Südafrika in den 90er Jahren: Milla Redelinghuys wartet auf den Tod. Durch ein Nervenleiden am ganzen Körper gelähmt, fällt es ihr schwer sich mittzueilen. Ihre schwarze Haushälterin Agaat ist bemüht, ihr jeden Wunsch von den Augen abzulesen. Doch Agaat lässt die zum Schweigen verdammte Milla auch ihre neu erworbene Macht über sie spüren. Und hat eine diebische Freude daran. Denn da ist der alte Groll über jene Frau, deren Sohn sie großzog, die ihr aber den Zugang zur Familie verwehrte. Und deren Ehemann alle drangsalierte. Zumindest darin sind sich die zwei Frauen einig. Und während Milla die letzten fünfzig Jahre Revue passieren lässt, loten die beiden die Grenzen ihrer Beziehung aus. Und nähern sich dabei Stück für Stück einander an.

Marlene van Niekerk, geboren 1954, veröffentlichte zwei Gedichtbände, eine Sammlung von Kurzgeschichten sowie den vielgepriesenen Roman »Triomf«. Der Roman wurde in zahlreiche Sprachen übersetzt und verfilmt. »Agaat« wurde zum preisgekrönten internationalen Bestseller und besiegelte ihren Ruf als eine der wichtigsten und einflussreichsten zeitgenössischen Autorinnen Südafrikas. Der Roman war für den renommierten International Man Booker Preis nominiert. Marlene van Niekerk lehrt Afrikaans und Niederländisch an der Universität Stellenbosch.

Marlene van Niekerk

Agaat

Roman

Aus dem Afrikaans
von Stefanie Schäfer

btb

Die südafrikanische Originalausgabe erschien 2004 unter dem Titel »Agaat« bei Tafelberg-Uitgewers, Kapstadt.

Die Übersetzung aus dem Afrikaans wurde mit Mitteln des Auswärtigen Amtes unterstützt durch litprom – Gesellschaft zur Förderung der Literatur aus Afrika, Asien und Lateinamerika e.V.

MIX
Papier aus verantwortungsvollen Quellen
FSC® C014496

Verlagsgruppe Random House FSC® N001967

1. Auflage
Genehmigte Taschenbuchausgabe Juni 2016

Umschlaggestaltung: semper smile, München, nach dem Entwurf von Elsa Wohlfahrt Larsson
Foto © sygma/corbis/scanpix
Druck und Einband: GGP Media GmbH, Pößneck
SK · Herstellung: sc
Printed in Germany
ISBN 978-3-442-71327-1

www.btb-verlag.de
www.facebook.com/btbverlag
Besuchen Sie auch unseren LiteraturBlog www.transatlantik.de!

Für Lou-Marié

»Diese neue Sammlung ist bestrebt, das Wachstum, die Leidenschaft und die Weite der Volksseele zum Ausdruck zu bringen. Möge jenes undefinierbare Element – die Kraft und der Geruch von Blut und Boden dieses Südlandes – darin fühlbar und spürbar werden, dann wird die Nation es in ihr Herz schließen und als ihr Eigen annehmen.«

aus der Einleitung zur ersten Ausgabe der Volksliedersammlung *FAK-Volksanbundel.* H. Gutsche, W.J. du P. Erlank und S.H. Eyssen (Hg.), Firma J.H. De Bussy, Pretoria, HAUM. V/H Jacques Dusseau & Co., Kapstadt 1937

»Das ist das Schöne, das Wertvolle an diesem Buch: dass es unbestreitbar aus Liebe geboren wurde und zu Liebe inspiriert. Damit wird diesem Volk ein großer Dienst erwiesen, denn wer ein Empfinden für Schönheit besitzt, egal in welcher Hinsicht, trägt das Seine zur kulturellen Entwicklung des Volkes bei.

Dieses Buch widmet sich dem spezifisch weiblichen Bereich und soll der Verfeinerung und Verschönerung der häuslichen Atmosphäre dienen. Eine solche Atmosphäre unterscheidet das kulturbewusste vom ungebildeten Volk.«

aus dem Vorwort von E. (Betsie) Verwoerd zur Stickfibel *Borduur só* von Hetsie van Wyk, Afrikaanse Pers-boekhandel, Johannesburg 1966

»Dieses Handbuch … bietet die Grundlage für die Erschließung der Schätze von Klima, Boden, Vieh und Marktpotenzial jeder der 93 000 Farmen unseres Landes.

So wie die Bibel den Weg zu seelischer Vollkommenheit weist, so wird dieses Handbuch Mittel und Wege zu einer gewinnbringenderen Landwirtschaft und zu größerem Wohlstand für jeden Bauern in jedem Teil des Landes aufzeigen.

Ich würde mich freuen, wenn dieses Werk seinen Weg in jedes Bauernhaus fände und in den Besitz einer jeden Person gelangte, die Landwirtschaft betreibt oder sich für landwirtschaftliche Belange interessiert, weil es eine reiche Quelle nützlicher Informationen darstellt.«

aus dem Vorwort von Seiner Exzellenz General J. G. C. Kemp, Landwirtschaftsminister, zum *Hulpboek vir boere in Suid-Afrika*, verfasst von Staatsbeamten und anderen Fachleuten, Staatsdrukker, Pretoria 1929

PROLOG

Fahlweißer Winter. Stoßverkehr. Mistwetter. Und ich. Wie immer an zwei Orten gleichzeitig. Schnee auf den Schultern, aber in Gedanken das Overberg-Licht, nassglänzende Winterwelt, Luftspiegelungen des Sommers. Eine über rauschenden Kornfeldern hinabstürzende Lerche, zwitschernd wie ein mechanisches Spielzeug. Der Himmel Südafrikas, meine Kindheit. Schwer zu vermitteln in einer Stadt, die den Himmel kaum je zu Gesicht bekommt. Jenseits – ein seltsames Wort nach meinem Empfinden. Ebenfalls seltsam: meine Reaktion auf das Telegramm. Erst Taubheit, dann Beklemmung, dann Tränen. Eine Öffnung im Schädel. Schließlich die Erinnerungen, unaufhaltsam wie ein strömender Fluss.

For parting is no single act, it is like a trailing streamer.

Zum ersten Mal bin ich vor elf Jahren hier am Flughafen ausgestiegen. Mit stocksteifen Gelenken. Während des gesamten vierzehnstündigen Fluges hatte ich kein Auge zugetan. Angst, Sorge, Schuldgefühle. Was war ich? Wer war ich? Zehntagebart, Urlaubsvisum im Pass, ein Bewerber ohne Empfehlungsschreiben. Für die kanadischen Behörden ein Bure, der um Asyl bat. Ein desertierter Soldat, im Gepäck Ausbildungsnachweise, Flugscheine, Geheiminformationen. Was wollten sie mehr? Ein Geständnis?

Ich war ohne Abschied oder Erklärung gegangen. An jenem Morgen, noch vor Tagesanbruch, es roch nach nassem Ruß, hatte Gaat mir den Schlüssel zum Sideboard gegeben, damit ich meine Papiere herausholen konnte. Ihr Gesicht blass und traurig, die Haube schief auf dem Kopf. Vier Uhr morgens. Sie wusste als Einzige, wohin ich aufbrach und warum. Ob ich mir je verzeihen würde, ihr eine solche Verantwortung aufgebürdet zu haben?

Weiße Schneewälle rechts und links der Straße. Die Scheibenwischer auf höchster Stufe. Unaufhaltsam steigen Bilder in mir auf. Die gestreifte Wassermelone unter dem Herrnhutermesser, Burenkürbisse inmitten haariger Blätter, ein bräunliches Merinovlies, schwer vom Wollfett, das auf dem Klassifizierungstisch auseinanderfällt. Brusthohe blaublühende Lupinen, die gelbe Sahne der Jerseykühe, das Geräusch beim Aufbrechen eines Granatapfels, die weißen Häutchen, in denen dicht gedrängt die Kerne sitzen. Rot und weiß, wie das Blut auf der Haut frisch geschorener Schafe.

Gott, ich klinge schon wie meine Mutter! Meine melancholische, übersensible Mutter. Die jetzt im Sterben liegt. Ob sie mich wiedererkennen wird? Trotz des Bartes? Gaat wird mich erkennen. Egal wie sehr ich mich verändert habe.

In letzter Zeit hatte ich immer wieder denselben Traum. Gaat rief mich, wir riefen einander. Dann schreckte ich auf. Verstört. Anstelle von Schlaf ein Abgrund. Die Hände um den Mund gelegt riefen wir einander, sie unten auf dem Hof in ihrer weißen Schürze, ich in eine der Felsspalten oberhalb unseres Hauses gekauert, von wo aus ich sie sehen konnte. Später verständigten wir uns durch lange Pfiffe, die man bei günstigem Wind bis ins *Droëland* hörte. Noch später bliesen wir auf Limonadenflaschen.

Langsam zurück an die Oberfläche, getragen vom Pfeifen des Windes. In Toronto und hellwach. Nachtmusik. Bis ich wieder wegdrifte und träume, dass wir uns Signale auf Widderhörnern schicken. Sanfte, tiefe Töne. Wie vorsichtig wir sein mussten, als wir im Gebüsch den Kaiserfalter suchten. Mattschwarz, verborgen in den Schatten, bis er die Flügel spreizte, blau auf der Oberseite, silbrig glänzend, dass einem das Herz aufging.

Und überfloss.

Blaues Flackern in den Intervallen zwischen den Scheibenwischerschlägen. Salz auf der Straße, Schneematsch auf der Windschutzscheibe, auf der Heckscheibe. Lapislazuli, diese Farbe habe ich in meinem Traum gesehen, ein wechselhaft schillerndes Blau, anders bei jedem Ein- und Ausatmen, erst auf dem einen, dann auf dem anderen Flügel. Das Buch der Vespern. *Apatura iris.* Der Große Schillerfalter.

Wunder. Katastrophen. Ein Kontinent, der sein Grundwasser mit Blut auffüllt und seine Erde mit Blut düngt. Wer hat das geschrieben?

Hier war das Blutvergießen Geschichte. Erkaltet. Die Gemetzel erhielten ein angemessenes Gedenken, eine funktionale Verpackung, eine hygienische Aufarbeitung. Nur ich, der immer noch frisch Entwurzelte, durchforschte die kühlen Archive. *Cut grass lies frail.* Und der Geruch schien das Leid anderer hervorzulocken. Gestern die Sainte-Marie-Unterlagen abgeholt, *Bleeding Heel*, *Broken Shoulder*, *Wounded Knee* für das neue Instrumentalstudio in Toronto, ein Perkussionstheater, bei dem die Besucher mit Samenhülsen rasseln und mit einem Bündel Grashalme über Zinnzimbeln streichen sollen.

Als ich nach Hause kam, lag er dort. Auf der Fußmatte vor der Tür, im Schnee. Ein Umschlag.

MÊME STIRBT STOP BESTÄTIGE ANKUNFT STOP ALLES LIEBE AGAAT

Ich war seit elf, zwölf Jahren fort. Ob ich meine Mutter wiedererkennen würde? Auf dem letzten Foto, das Agaat mir geschickt hatte, sah sie zwischen den fedrigen Büschen im Garten winzig aus, die Augen tief in den Höhlen, fast vollständig ergraut. Sie hielt ein Buch in den Händen, den Zeigefinger als Lesezeichen zwischen die Seiten gelegt. *Weltberühmte Klavierstücke.* Ich erkannte es an seinem blassrosafarbenen Umschlag. Sie hatte oft allein für sich vom Blatt gesungen. Damit sie nicht einroste, hatte sie erklärt.

Mama und ihre Hirngespinste, Mama, die davon träumte, dass ihr Jakkie, Jak de Wet junior, einmal Sänger würde, berühmt von den Hottentots-Holland-Bergen bis Wien. *Lieder eines fahrenden Gesellen.* Natürlich.

Und Agaat mit ihrem Pokerface, ihren großen Augen, mit

denen sie einen wortlos tadeln konnte, diesem Blick, den sie tagelang abwenden konnte, um einen zu strafen. Holzauge. Wie alt war sie, als ich von zu Hause fortging? Siebenunddreißig?

Gaat als Mamas Krankenschwester. Mein Gott, was für ein Spektakel. *Schicksalschwestern* oder – noch besser – *Die Nacht der Krankenschwester.*

Gaat mit ihrer steifen Haube wie ein ferner verschneiter Gipfel, die sich manchmal zu mir herunterneigte, damit ich sie aus der Nähe betrachten konnte. Dann durfte ich – nur ich – die feine Handarbeit berühren. Weiß auf Weiß. Ich konnte nie genug bekommen. Gaat, wie sie vor dem Aga-Ofen saß und nähte, Holzscheite nachlegte, das Feuer anfachte, bis der Ofen brummte, mit der starken, warmen Hand, an der ich die Welt erkundet hatte. Rechts die verkrümmte Hand, die sie vor allem dann sorgsam versteckte, wenn sie Mamas Freundinnen bedienen musste oder der Pfarrer auf Hausbesuch kam.

Und ich musste den Gästen vorsingen, Mama begleitete mich. Herr im Himmel. Afrikaanse Volkslieder, *Heidenröslein*, je nach Publikum.

Wie ist es dort, wo du aufgewachsen bist? In deiner Heimat? Diese Frage wurde mir nach meiner Ankunft ständig gestellt. Stets antwortete ich mit Philip Larkin: *Having grown up in shade of Church and State…* Es dauerte Jahre, ehe ich die Schönheit und die Grausamkeit in eigene Worte kleiden konnte. Irgendwann fragte niemand mehr, und da erst konnte ich über eine andere Antwort nachdenken.

Durch die Schranke, roter Ellbogen. Den Parkschein in der Hand, kalt, glatt, ein Obolus mit Magnetstreifen. Eins, zwei, drei, ich komme! *International Departures.*

Dachte ich dabei an Mama, war es eine heimliche Hommage an sie, dass ich mir ausmalte, meinen neugierigen Fragestellern in Versen zu antworten?

Stell dir vor, Mutter, ich habe nichts vergessen. Ich werde für dich singen. Von den hügeligen Bergausläufern vor dem Wohnhaus, einer über den anderen getürmt, von den verschiedenen

Gelb- und Grüntönen des *Fynbos*, gesprenkelt mit rosafarbenen *Vygies* und violetten Heidesträuchern. Oder von den Bergen werde ich singen, jener zartblauen Saumkante, die dem Blick der Reisenden die ganze Küstenstraße entlang Halt bietet, doch werde ich ein anderes Register, ein breiteres Spektrum wählen.

Meine Fantasie. Immer wieder stimme ich eine Eloge auf die Flüsse an und auf die Feuchtgebiete, die im Frühling mit einem süß duftenden Blumenmeer bedeckt sind. Eine Kantate über den großen braunen Strom, den Breërivier, und sein Bett tief in der Grootwinterhoek. Gespeist wird er von Wasser, das von Farnwedeln und aus den Windgruben im Fels rinnt. Erst sammelt es sich zu einem handbreiten Lauf, einem plätschernden Bach zwischen Stachelschweinried, dann stürzt es als nebliger Wasserfall hinab, in dessen Luftzug sich die roten Disa-Orchideen wiegen. Schließlich strömt das Wasser all dieser Fälle zusammen und fließt über einen Grund aus schwarzem Fels. Der Fluss gräbt sich durch das trockene Land, findet von selbst seinen gewundenen Lauf und wird zu einer Wasserstraße, breit genug für Schiffe, tief genug für Brücken, für Fähren, für Anlegestellen und Handel.

Der Chronist Paravicini di Capelli schrieb im neunzehnten Jahrhundert, dieser Fluss habe als erster die niederländische Bezeichnung »Rivier« erhalten, danach kamen der Rio de Nazareth und Le Fleuve Large. Gewiss musste er früher schon in irgendeiner Eingeborenensprache einen Namen gehabt haben, einen Hottentottennamen, aber was war davon übrig, und wen kümmerte das noch? Der Sijnnarivier trug noch einen alten Namen, abgeleitet womöglich vom Nama-Wort »Sunnu-la«. Streitfluss.

Wer hatte mir erstmals davon erzählt? Es muss Mama gewesen sein.

Streitland.

Kakofonie.

Check-in-Schalter. Fenster oder Gang? Jacke wie Hose. Boardingpass. Charon hinter einem Computerbildschirm.

Wälder. Tiefe, geheimnisvolle Wälder. Koloniesbos, Duiwelsbos, Grootvadersbos. Und Berge. Trappieshoogte, Tradouw, Twaalfuurkop.

Die Flüsse meiner Kindheit, sie waren etwas Besonderes, ihre Namen konnten nicht ausdrücken, wie schön sie waren: Botrivier, Riviersonderend, Kleinkruisrivier, Duivenhoks, Maandagsoutrivier, Slangrivier, Buffeljagsrivier, Karringmelksrivier, Korenlandrivier. Gewundene, kühne, steinige Flüsse. Was wohl von ihnen übrig war?

Die Flüsse waren unschuldig. Nein, an den Flüssen lag es nicht. *My country 'tis of thy people you're dying.* Wo, von wem hatte ich das zum ersten Mal gehört? Buffy Sainte-Marie mit Zittertremolo und Mundbogen, eine musikalische Waffe. Dieser Augenblick der Klarheit, diese Erkenntnis! Fünfundzwanzig – noch nicht zu alt, um noch einmal zu studieren. Literatur, Musik, Geschichte. Weniger strebsam als andere meiner Zeitgenossen. Die Gebildeten, die Intellektuellen – unfassbar, wie sie ihr Leben nach der Katastrophe in Angola weiterführen konnten. Angriff und Verteidigung, wie immer. Einer nach dem anderen verfasste selbstgerechte Autobiografien, Hemingway-Variationen. Wie man auf kultivierte Weise an einen unkultivierten Ort gelangt. Und dort überlebt. Ein verbissener Kampf mit Mutter Natur. Ich konnte damit nichts anfangen.

Wenn irgendjemand nachfragte, nahm ich ein Blatt Papier zur Hand und zeichnete eine Karte, einen Ausschnitt des südlichen Afrika, unten an der Spitze, aus der südwestlichen Kapprovinz, und fertigte aus der freien Hand eine Vergrößerung an. An der unbefestigten Straße zwischen Skeiding und Suurbraak, parallel zur Schnellstraße der Gartenroute und zur Küste zwischen Waenhuiskrans und Witsand, zwischen Swellendam und Heidelberg. Da. Fünf Kreuze. Fünf Farmen in einem fruchtbaren Becken, an die Hügel am Fuße der Langeberge geschmiegt, jene Gebirgskette, die sich von Worcester aus bis in die Unendlichkeit zieht und dort in die Outeniqua-Berge übergeht. Grootmoedersdrift, die Farm genau in der Mitte, zwischen Frambooskop im Osten und The Glen im Westen. Da. Dort bin ich geboren, unablässig das Rauschen des Flusses in den Ohren. Aus der Mitte entsprungen – vielleicht hat mich das vor der Perfektion bewahrt.

Was heißt Grootmoedersdrift? Nur mal so. Großmutters Drift? Wie ein Ford Drift? Was soll das bedeuten? Es gab noch keine Autos, als die Farm nach meiner berühmt-berüchtigten Ururgroßmutter mütterlicherseits benannt wurde und natürlich nicht nach einem Auto, sondern nach der flachen Furt ganz in der Nähe. Nicht ungefährlich in der Regenzeit. Wenn die Brücke überflutet war und vom Schlick seifenglatt, war man manchmal wochenlang von der nächsten größeren Straße abgeschnitten. Man konnte dann nur sehr langsam übersetzen. Alle wussten Bescheid. Schließlich warnten wir einander vor der Gefahr.

Langsam über die Furt!

Inzwischen muss ich nur noch auf mich selbst aufpassen. Der Passkontrolleur mustert mein Gesicht. Charon hinter kugelsicherem Glas.

Nur ein einziges Mal habe ich die Furt trocken erlebt. Steine wie Schädel, staubige Akazienbüsche. Wie angewurzelt stand ich da und konnte den Blick nicht abwenden, entsetzt über das Schweigen der Frösche, kein Taumelkäfer weit und breit. *Gyrinus natator.* Diese Frage quält mich seit damals: Was wird aus den Taumelkäfern, wenn das Wasser versiegt?

Doch derlei Fragen interessieren die Leute hier nicht, Mutter. Ihre Aufmerksamkeit erlahmt, sobald ich ins Detail gehe. Die Topografie meiner ersten Heimat, die krakeligen Linien, die dorthin führen, zu deiner Farm, Grootmoedersdrift. Ein Stück jenseits der Furt, zur Straßenseite hin, lagen die Häuschen der Arbeiter. Ob Dawid noch dort wohnt? Gleich nach der Abzweigung zur Farm, im ersten der vier Häuschen am Rande des Bewässerungsgrabens?

Eine schwarze Feuerstelle und eine Blechgitarre. Die Kinder spielten mit selbst gebastelten Autos aus Draht. Für ein *Drahtauto* konnte man eine weiße Knochenflöte eintauschen. Wie oft habe ich das Haus betreten, zwei Mal? Zusammen mit Gaat? Wir brachten Medikamente und einen kleinen Eimer Milchnudeln.

Der Geruch von Ruß und Menschenkörpern im Halbdunkel. Himmel, Gaat, die haben ja nicht mal Betten! Schon gut, *Boetie*, lass uns gehen. Hilft man einem, hat man irgendwann die ganze Sippschaft am Hals.

Eine Hängebrücke führte von Dawids Haus zum Akaziendickicht auf der anderen Seite des Flusses hinüber. Wacklig und löchrig. Streng verboten, auch nur einen Fuß daraufzusetzen.

Flight AC 52 to Cape Town now boarding. Ein Reisender um der Reise willen. Ein Nomade ohne Clan. Ein Horchender an der Zeltleinwand, ein Ohr, ein Auge, das war alles, das war genug. Doch wer wollte am Sterbebett seiner Mutter Ethnologe bleiben?

Wenn die Neugierigen mich drängten, zeichnete ich manchmal auf einem zweiten Blatt Papier das Haus, in dem ich groß geworden war. Das Wohnhaus von Grootmoedersdrift, fast H-förmig, der linke Schenkel kürzer als der rechte. Die Veranda ging auf der Vorderseite nach Osten hinaus, der Garten auf der Rückseite in Richtung Süden. Dort befanden sich Lagerräume. Ein Dienstbotenzimmer. Gaats Zimmer. Vorne, unter zwei Wolfsnasengiebeln mit großen Fenstern, lag rechts Mamas, links Papas Zimmer. Verwitterte Tauben im Flachrelief unter dem Vordach. Das riedgedeckte Dach. Gen Norden erstreckte sich die ebene Flussniederung bis ans Wasser. Für das Vieh waren Weiden angelegt worden, und am Ufer standen einheimische Bäume. Swartolienhout (*Olea africana*) – eine Flamme im Herzen – und breitblättrige Steineiben (*Podocarpus latifolius*).

Ein Lied. Die andere Antwort auf die Fragen. Fantasie für einen eingeschneiten Buren. Für Schilfrohr und Kindertrompete, mit Schnaufen, ohne Worte. Mein Gott, wie sollte ich das bloß überstehen? All die Jahre.

Please fasten your seatbelts.

Steil ansteigende Hügel jenseits des Flusses. Tiefe, dicht bewaldete Schluchten, die schmale Allee mit alten Wildfeigenbäumen rechts und links. Der Pappelwald – Flüsterpappeln. Der Hof mit Schuppen und Ställen zum Melken und Füttern. Jerseykühe. Mamas Blumengarten, für den sie lebte. Gelebt hatte. Gen Süden, jenseits der Furt und der unbefestigten Straße, die unbewässerten Getreidefelder und Schafweiden. Flache, rundliche Hügel, im oberen Bereich bewirtschaftet, dazwischen Steilhänge mit struppigen Büschen. Sanfte Hügel mit idyllischen Wiesen, weichen Sträuchern und Eukalyptuspflanzungen rund um die Schaftränken. Sauflöcher. Was für ein Wort. Papas Ausdruck für jemanden, den er nicht leiden konnte. Saufloch, Geierarsch, Missgeburt. Mein großmäuliger, dickköpfiger Alter, der mich mit Sprints über die Farmstraßen bis zum Umfallen drillte. Mit Hindernisläufen über Gräben und Tränken. Seitenstiche. Leistenbrüche. Die Hügel rauf und runter. »Das wird einen Mann aus dir machen!« Was er heute wohl von mir denken würde, eine Wollmütze und sechs Sommerhemden im Gepäck, einen Schmetterling im Herzen? Auf und zu klappen die Flügel. Gibt es Scheibenwischer gegen Melancholie?

No electronic equipment, please.

Übersetz doch mal. Wolfsnasengiebel, Bergrücken, Trockenland, Furt. Lass dir was einfallen, forderten meine kanadischen Kollegen mich auf und reagierten mit gutmütigem Gelächter auf meine holprigen Versuche. Flüsterpappelhain. Das fanden sie kitschig. Am besten ist's doch daheim. Oder nicht? Stimmt. Ich hatte zum Beispiel Heimweh nach den vertrauten Melodien. Aber das war nur die eine Seite. Die andere bestand aus gestochen scharfen Bildern, unsingbaren Intervallen.

Charon mit Passagierliste. Ist alles zu Ihrer Zufriedenheit, Dr. de Wet? Brauchen Sie etwas? Soll ich Ihnen mit dem Mantel helfen?

Alle tragen Mäntel.

Durchschauen mich die älteren Studierenden mittlerweile? Legen sie es absichtlich darauf an, mir Geschichten zu entlocken, mich anzustacheln? Glauben sie, ich müsste zur Ader gelassen werden wie ein fieberndes Pferd, Verliebte oder Trauernde? Was wissen sie schon von derlei alten Volksheilmitteln, dieser Haufen moderner Möchtegern-Musikexperten, was haben sie schon für eine Ahnung? Von dem Drang zu erzählen? Von den Refrains unter der Haut?

Nicht den Schimmer einer Ahnung haben sie.

Now ready for take-off. Please check that your seatbelt is securely fastened, baggage safely stowed away, emergency procedures in the seat pocket in front of you.

Wenn sie mich ausfragen, beschränke ich mich meistens auf das Klima. Nur manchmal entschlüpft mir versehentlich eine andere Erinnerung, ein Eindruck vom Breërivier, dem Breiten Fluss in der Höhe von Malgas.

Der Klang einer Windharfe.

1

Die Versuche, mit ihr zu kommunizieren, bringen mich noch um. So war es von Anfang an.

Heute Morgen musste ich ständig in die Richtung starren, wo die schwarze Schachtel steht, mittlerweile schon seit elf Monaten. Endlich gelang es mir, ihren Blick einzufangen, und ich sah demonstrativ dorthin, wo der glänzend schwarze Lack der Schachtel hervorblitzte. Unter dem Stapel Lesestoff. Unter dem wachsenden Haufen blauer Notizhefte, unter den Frauenzeitschriften, den *Saries* und *Fair Ladys*, unter den *Landbouweekblaaie* auf dem Frisiertisch vor der Verandatür. Dort!

Erst dachte sie, ich wollte, dass sie mir etwas vorlese. Sie grinste. Es war noch keine Vorlesezeit. Es war noch vor dem Frühstück, vor acht, kurz nachdem sie die Standuhr in der Diele aufgezogen hatte, kurz nachdem ich das Tschick-Geräusch der Sideboardtür gehört hatte und sie mit dem Heft zu mir hereingekommen war. Sie hatte die Stelle, die sie abends vorlesen wollte, schon mit einem Eselsohr markiert.

Die blauen Notizhefte auf dem Stapel wirken durch die umgeknickten Ecken alle dicker, als sie es tatsächlich sind. Manchmal fordert sie mich auf zu erraten, was sie mir vorlesen wird. Dann wieder seufzt sie und sagt, sie hätte sich im Traum nicht vorgestellt, was sie alles in diesen Aufzeichnungen entdecken würde. Manchmal klappt sie das Heft auf dem Schoß auch einfach zu und trägt den Inhalt, ganze Passagen, auswendig vor wie ein Gedicht oder eine Rede. Anschließend fragt sie mich, ob es so richtig gewesen sei und ob ich mich daran erinnern könne, wann sich das Ereignis zugetragen hat.

Als könnte ich ihr die Frage beantworten!

Stets überprüft sie, ob sie etwas ausgelassen hat, und markiert die Stelle dann mit einem Rotstift.

Wann sie wohl mit dem Auswendiglernen begonnen hat? Oder denkt sie sich an manchen Stellen einfach irgendetwas aus?

Als könnte ich mich noch haargenau daran erinnern, was ich alles aufgeschrieben habe! Vor dreißig, sechsunddreißig Jahren!

Meinen Eintrag vorne aus dem ältesten Heft hat sie herausgerissen und auf dem Leseständer vor meiner Nase befestigt. *Im Namen des allmächtigen Gottes* steht da neben einem anderen Text, den sie mir immerzu vor Augen halten will. Über den Verlauf meiner Krankheit. Die Symptom-, Medikamenten- und Therapietabellen. Sie nimmt diese beiden Blätter nie weg. Als solle mir das eine als immerwährende Erinnerung an mein Leiden dienen. Als sei das andere ein Beweis dafür, dass alles, was sie mir aus den Notizheften vorliest, von mir selbst aufgeschrieben wurde.

Als gehörten die beiden Dokumente zu derselben Wahrheitskategorie.

Es macht mich krank, jedes Mal diese beiden zerfledderten Blätter sehen zu müssen, wenn sie das Buch oder die Zeitschrift, die ich gerade gelesen habe, vom Ständer nimmt und wegpackt. Auch das Zuhören macht mich krank. Ständig trägt sie es mir laut und deutlich vor und zeigt dabei mit dem Finger auf die Tabelle und die Widmung.

Symptom: Verstopfung

Medikament: Pink Lady

Therapie: Gymnastik, vermehrte Flüssigkeitsaufnahme

Als könnte ich mich einem militärischen Drill unterwerfen.

Als gäbe es in diesen dürren Zeiten irgendetwas, das meinen Durst löschen könnte.

Als könnten mir Medikamente noch helfen. Medikamente nimmt man nur, wenn sie auch etwas nützen.

Die Schrift auf der herausgerissenen Seite erkannte ich zunächst nicht einmal als meine eigene.

Im Namen des allmächtigen Gottes, Herrscher über unser aller Schicksal und Bewahrer des Buchs des Lebens …

Ich war jung, und das war nicht meine erste Widmung gewesen. Den eigentlichen Beginn der ganzen Geschichte habe ich nie aufgeschrieben. Ich habe es nie gewagt, noch einmal in diese Tiefen hinabzutauchen. Nicht, nachdem ich herausfand, was ich mir aufgehalst hatte.

Wo liegt überhaupt so ein Beginn? In der Vorgeschichte eines Menschen? Wo fängt alles an?

Die Widmung habe ich mir erst später ausgedacht, nachdem es eine Weile gut lief, nach Jakkies Geburt. Damals habe ich sie im ersten Heft auf die Innenseite des Einbands geschrieben und datiert: 14. September 1960.

Jetzt will sie ihn mir unter die Nase reiben, meinen ahnungslosen Erguss, auf nüchternen Magen in meinem Krankenbett, und mich mit meiner Hartleibigkeit konfrontieren. Welchen Sinn hat das?

Als könnte ich protestieren.

Als könnte ich essen.

Frühstück.

Kann man so etwas Frühstück nennen?

Ich muss es trotzdem schlucken.

Ich höre sie in der Küche reden. Dawid ist da und auch Julies, Saar und Lietja. Sie warten darauf, dass Agaat ihnen die Aufgaben für den heutigen Tag erteilt. Um Punkt acht Uhr müssen sie antreten. Sie reden laut miteinander. Agaat ist hinübergeeilt, um sie zur Ruhe zu mahnen. Sie sind verstummt, sobald sie sie kommen hörten.

Ich bedeutete ihr mit den Augen: Die Schachtel, die Schachtel!

»Jetzt warte doch«, sagte sie, »später.« Sie hatte immer noch nicht begriffen, was ich meinte.

Trotzdem gab ich ihr mit den Augen weiterhin Zeichen: Tu, was ich dir sage!

»Wer wird denn wieder so ungeduldig sein ht Mrgn«, sagte sie.

Das ist neu, dieses Reden ohne Vokale. Sie äfft mich nach. Gemeiner, als Jak mich wegen der Tagebücher jemals behandelt hat.

Sie zog das Rollgestell, das eine Art Brücke über dem Bett bildet, und den Buchständer näher heran und stellte ihn aufrecht vor mich hin.

»Möchtest du noch einmal deine Widmung lesen? Man kann nicht genug davon bekommen, oder? Vielleicht macht dir das Appetit.«

Ein guter Anfang. Sie dachte, ich wollte selbst lesen.

Nein, konnte ich ihr zu verstehen geben, das will ich nicht lesen.

Darin besteht inzwischen meine Technik. Fortschritt durch Versuch und Irrtum. Ich muss die Irrtümer nur erst entstehen lassen, dann führt das eine zum anderen, bis ich mein Ziel erreicht habe – eine Art verzögerte Logik, eine Zergliederung all meiner Absichten bis in die kleinsten Zwischenschritte. Vorbei sind die Zeiten des geringsten Abstands zwischen A und B. Inzwischen nähern Agaat und ich uns auf Umwegen. Indem ich meine Augen zu dem Stapel Lesestoff verdrehe, kann ich dafür sorgen, dass sie die schwarze Schachtel findet. Ich muss ihre Aufmerksamkeit immer zuerst auf die Oberfläche lenken. Das ist der Anfang. Dann muss ich sie dazu bringen, in die Tiefe zu gehen.

Heute Morgen tat sie, was ich wollte, räumte den Stapel blauer Notizhefte beiseite und begann, die Zeitschriften zu durchsuchen.

»Was möchtest du lesen, *Ounooi*?« Rasch blätterte sie eine *Sarie* durch. »*Vier Arten, einen Mann zu erobern und an sich zu binden.*«

Wieder blickte ich zu dem Stapel auf dem Frisiertisch.

Sie nahm ein *Landbouweekblad* in die Hand und schlug es auf. »*Neue Entwicklungen im Fruchtwechselanbau und in der Wechselbeweidung: die südwestlichen Distrikte nach 1994*. Nein, nein, das kennst du schon. Wie wäre es mit: *Die Zukunft des Getreideanbaus in Südafrika*? Damit beschäftigst du dich doch so gerne, Ounooi. Mit der Zukunft.«

Lietja lachte laut, Milchkannen klapperten.

»Die werden übermütig dort in der Küche, ich gehe mal nachsehen«, sagte Agaat, klemmte die Zeitschrift im Ständer fest, über der herausgerissenen Tagebuchseite, über meiner Symptom-Behandlungsliste, stellte die Zeitschrift noch ein bisschen aufrechter hin, damit ich sie besser sehen konnte, und setzte mir meine Brille auf.

Die Zukunft. Sie tippte auf die entsprechende Stelle.

Nein, bedeutete ich ihr mit den Augen, nein, nein. Mach dich bloß nicht lustig über mich!

Wieder drehte sie sich zu dem Stapel um und durchsuchte die Zeitschriften. »Wo sind denn all die *Fair Ladys* geblieben, die haben doch hier gelegen?« Sie begann, den ganzen Stapel abzutragen, und sah mir dabei im Spiegel in die Augen. »Du hältst mich auf, Ounooi. Ich sehe die *Fair Ladys* nicht, doch, warte, hier ist eine. *Besondere Speisen für besondere Gelegenheiten.*«

Das war die unterste Zeitschrift. Ich zwang ihren Blick noch weiter hinab. Die glänzende schwarze Schachtel, unbedeckt und nicht mehr zu übersehen. Agaat konnte meinem Blick im Spiegel nicht mehr folgen und musste sich zu mir umdrehen, um erkennen zu können, wohin ich schaute.

»Tsk«, zischte sie und schüttelte den Kopf. Nein.

Doch!, sagte ich mit den Augen.

Da endlich nahm sie die Prothese heraus. Sie war noch genauso zugeschnallt, wie sie nach dem letzten Mal weggeräumt worden war. Agaat streckte meine Finger und schob die Prothese über meine Hand. Die Schnallen zu lösen war überflüssig. All die braunen Lederbänder waren bis ins letzte Loch gezogen, die Chrom-Flügelmutter bis zum Anschlag festgedreht. Ein langes Drahtende ragte aus der Mutter hervor wie eine Antenne. Die Prothese sah aus wie ein Schutzhandschuh, mit dem man radioaktiven Müll anfassen konnte. Sie war mir längst zu groß. Längst zu schwer. Wie alle Utensilien, die Leroux angeschleppt hat – sie funktionierten eine Zeit lang, dann nicht mehr.

Ich starrte meine Hand an und konzentrierte mich. Signalisierte ihr: Einen Stift, bitte. Und Papier. Ich kann schließlich nicht in die Luft schreiben.

Agaat sah sich um. Jetzt wusste sie, was ich wollte, tat jedoch so, als könnte sie sich nicht daran erinnern, wo die Schreibutensilien lagen. Es war lange her, dass ich selbst geschrieben hatte. Ich hatte noch die Listen angelegt, als wir das Haus aufräumten, vor einem Jahr, anderthalb. Zuletzt diktierte ich, sie schrieb, und ich markierte mit letzter Kraft, was weggeworfen werden sollte. Die blauen Hefte. Die sollten weg, bestimmte ich. Sie las es, führte den Auftrag aber nicht aus.

Jetzt stellte sie sich dumm. Als holte sie nicht regelmäßig das Klemmbrett hervor und legte mit dem roten Stift, der in ihrer Brusttasche steckte, ihre neuesten Listen an. Und dort neben dem Kalender hing der Bleistift. Sie machte sich ständig Notizen, schrieb andauernd irgendetwas auf. »Was sollen die Leute bei deiner Beerdigung essen, Ounooi? *Vaalafval?* Und was soll ich auf deinen Grabstein schreiben lassen, Ounooi? *Und Gott sah, dass es gut war?*«

Ja und Nein kann ich signalisieren. Oder meine Augen schließen.

Sie zog das Klemmbrett aus dem untersten, halb leeren Regalfach.

»Tsk.«

Die Bücher fielen um. Sie musste sich hinknien, um sie wieder aufzustellen. Hochglanzumschläge und alte Leineneinbände. Einige Bücher stammten noch von meiner Mutter. Ich hatte die meisten bei unserer großen Entrümpelungsaktion wegwerfen wollen, doch Agaat hatte sie ebenso behalten wie meine Tagebücher. Während sie sie in die Regale zurückstellte, las sie die Titel vor. In nüchternem Tonfall, einen nach dem anderen. »*Laat vrugte, Die burgemeester van Slapaagte, Foxtrot van die vleiseters, Sewe dae by die Silbersteins.* So ging es los. *Drie en veertig jaar by die De Wets, Vloedwater in die voorwinter, Op veld en rante, Kroniek van Kalkoenpoort, Kringe in 'n bos, Reguit spore in die halfwoestyn, Uitdraai, July's People, Ek stamel ek sterwe, Die afdraand van die dag is kil, Wie skryf kry opdraand, Die swerfjare van Poppie Nongena, Stoetmeesters val nie flou nie.* Tsk, nehmen wir mal *Die vroedvrou van Tradouw*, *Hierdie lewe*, *Daardie Doodgaan*, *Juffrou Sophia vlug vorentoe*, *The Story of an African farm*. Hmpf, dann schon lieber *In the Heart of the Country*.« Dieses Buch hatte sie als Letztes gelesen. »So ein Quatsch!«, hatte sie geschimpft. Sie könne das Land besser bestellen als diese dämliche Johanna, die wegen nichts und wieder nichts durchdrehte. Sie würde sich von einem Haufen zahmer *Kaffer* nicht unterkriegen lassen. Doch da hatte sie noch nicht *The Seed is Mine* gelesen, das ihr die Frau aus der Bibliothek vor Kurzem vorbeigebracht hat. Das hat sie wirklich nachdenklich gemacht. Ich weiß, was sie im Kopf hat. Flausen.

Wie alte Bekannte klangen die Titel der Bücher, als sie sie zurückstellte, wie die Namen von Verwandten. In den letzten Monaten hat sie sie mir allesamt vorgelesen oder sie auf den Ständer vor mich hingestellt und die Seiten für mich umgeblättert, sodass ich selbst lesen konnte. Die alten kennt sie längst. Die neuen prüft sie erst, bevor sie sie mir vorliest. Ganze Passagen kennt sie auswendig. Aber sie behauptet, kein Buch sei so schön zu lesen wie meine Tagebücher. Man müsste nur Satzzeichen ergänzen und die Abkürzungen voll ausschreiben, dann hätte man einen Bestseller.

Außerdem besitzen wir noch die Bücher und Zeitschriften, die Jakkie uns mit den Jahren geschickt hat und die Aufsätze und Artikel von ihm enthalten. Agaat liest sie mir regelmäßig vor, mit dem immer gleichen gestelzten Tonfall, wobei sie über die langen englischen Wörter strauchelt. Ich verstehe bis heute nicht allzu viel davon. *Private Speech, Public Pain: The Power of Women's Laments in Ancient Greek Poetry and Tragedy*, *Mourning Songs of the Dirty Goddesses: Traces of the Lamia in Orthodox Baptismal Rites of the Levant*, *Echoes of the Troll Calls in Romantic Scandinavian Choir Music*. Alles fürchterlich obskur. Ein anderes Werk handelt von dem polyfonen Trauergeheul australischer Eingeborenenfrauen. Womit sich der Junge beschäftigt! Dabei hat er doch ein Diplom als Flugzeugingenieur. Das hat er einfach in den Wind geschrieben und stattdessen Ethnomusikologie studiert, was immer das sein mag.

Auf der ersten Seite des Papierstoßes im Klemmbrett stand etwas. Agaat überflog es. Schaute mich an. Ich sah ihr an, dass sie etwas dazu sagen wollte, doch dann überlegte sie es sich anders. Zehn Seiten musste sie umblättern, wovon sie eine nach der anderen kurz überflog. Die Regelungen für die Beerdigung, das Datum ausgespart. Sie gibt sich mit allem große Mühe, um meinet- und ihrer selbst willen.

Sie öffnete den Klemmverschluss, nahm ein weißes Blatt zur Hand und legte es vorne ein, ließ den Verschluss zurückschnappen und schnalzte mit der Zunge. Dann kramte sie übertrieben umständlich in der Schublade der Frisierkommode, als suchte sie einen Stift. Im Spiegel sah ich, wie sie den Ärmel hochzog und den Stift auf dem Rücken ihrer schwachen Hand ausprobierte. Reine Schikane, denn wo sollte denn auf einmal ihr Rotstift sein, mit dem sie täglich Passagen in meinen Tagebüchern unterstrich, Anmerkungen hinzufügte und einzelne Sätze auf die gegenüberliegende leere Seite übertrug? Als wäre sie eine Lehrerin, die meine Arbeit korrigierte. Als müsste ich ein Examen bestehen.

»Schreibt«, stellte sie mit langem Gesicht fest und klemmte mir den Stift zwischen Daumen und Zeigefinger, so gut es angesichts der Schnallen, des Leders und der Schrauben ging. Dann schob sie mir das Klemmbrett unter die Hand. Ein mühsames Arrangement, bei dem sie die Schiene, den Stift, das Klemmbrett und meine Hand hin- und herschieben und -ziehen musste. Mit der Decke stützte sie alles ab. So setzt man eine Stoffpuppe auf: Man stößt sie in die Rippen, drückt gegen ihre Brust, Kopf hoch, Hintern platt, los, Puppe, sitz. Gefüllt mit Kleie. Oder mit Lupinensamen. Oder mit sauberem weißem Flusssand.

Dann legte sie ihre Hand auf meine. Ihre starke Hand. Es sah komisch aus.

»Ai, Ounooi, du machst dir doch das Leben schwer. Wie willst du das denn anstellen?«

Ich sah ihr an, was sie dachte. Hast du dich durch das Schreiben im Leben noch nicht genug versündigt? Das dachte sie.

Sei still!, bedeutete ich ihr mit den Augen. Sei einfach still und lass mich in Ruhe. Nimm deine Hand weg.

Sie reckte das Kinn nach vorn, legte die Styroporverpackung und die Plastikfolie zurück in den Karton und schloss den Deckel.

Mit schnellen Schritten verließ sie das Zimmer. Im Vorbeigehen nahm sie ihr Stickzeug vom Stuhl. Ich wusste, was das bedeutete. Das war die andere Strafe. Ich würde sie heute nur noch zum Essen und zur Medikamenteneinnahme zu Gesicht bekommen. Sonst sitzt sie oft stundenlang an meinem Bett und bestickt ein großes Stück Stoff; keine Ahnung, was das werden soll, es scheint eine komplizierte Arbeit zu sein. Sie zählt und misst, als hinge ihr Leben davon ab, und hat den ganzen Stoff mit Stecknadeln und Knöpfen markiert. Sie stickt daran, seitdem ich vollständig gelähmt bin. Normalerweise hätte ich mich längst danach erkundigt, aber sie tut sehr geheimnisvoll, manchmal beinahe belustigt. Als könne sie selbst nicht glauben, was sie da fabriziert. Dann wieder, so wie eben beim Hinausgehen, greift sie den Stoff wie ein dreckiges Wäschestück und sieht mich an, als hätte ich ihn beschmutzt.

Das war vor einer Viertelstunde. Die Standuhr in der Diele schlug Viertel nach acht.

Jetzt musste ich anfangen. Jetzt musste ich schreiben. Jetzt musste ich zu einem guten Ende bringen, was ich begonnen hatte.

Ich konzentrierte mich. Suchte nach einem Ansatz. Weidelgras, Athanasiablumen, Akazienzweige, gebt mir Halt, damit ich nicht in den Abgrund stürze. Myrrhebaum.

Ich erforschte die Gefühle in meinem Inneren. Noch gab es Grün, Wasser, Erde.

Ich musste den richtigen Anfang finden. Der zählte genauso viel wie die Handlung selbst.

Alles auf dieser Farm musste sorgfältig vorbereitet werden, alles wurde vorher überlegt und erwogen, damit kein zufälliges Ereignis vom eigentlichen Ziel ablenken konnte. Das war das oberste Gebot, bis heute. So hatte ich es Agaat beigebracht. Man stürzte sich nicht einfach in ein Vorhaben, man betrachtete es erst von allen Seiten, fasste dann einen Entschluss und schmiedete einen vernünftigen, in klare Schritte gegliederten Plan, stets im Rhythmus der Jahreszeiten. Dann führte man einen Schritt nach dem anderen aus, während man stets das große Ganze im Auge behielt, den Rhythmus, die Bewegungen, wie beim Einüben eines Musikstücks. So behielt man die Kontrolle, so verhinderte man lästige Verzögerungen in einem späteren Stadium seines Vorhabens.

Das war eines der Grundprinzipien eines ordentlichen Bauern, vor allem bei gemischter Landwirtschaft. Auf diese Weise erzielte man Resultate. So vergrößerte man seinen Besitz. Darin vorgesehen waren auch kurz- und längerfristige Belohnungen, die einem Mut zum Weitermachen, festen Boden unter den Füßen gaben.

Doch mein Anfang hier war nicht mein eigener, sondern auf den Flächen des Zimmers vorgezeichnet worden, wie Agaat es eingerichtet hatte. Nichts hatte sie dem Zufall überlassen. Der Tod war ihr Ziel. Sie hatte ihn makellos vorbereitet. Ich selbst hätte es nicht besser machen können.

Zuerst hatte sie das Zimmer leer geräumt und alles Überflüssige in den Keller getragen. Ich hatte gehört, wie sie die Sachen herumstieß und -schob, genau unter meinem Bett, um Platz zu schaffen. Das Sofa und die Fußbänke, die Tücher und Deckchen vom Frisiertisch, die Dekoration, alles, was an den Wänden gehangen hatte. Den Kleiderständer, den Hutständer, den Stockständer, den Rollator, den Rollstuhl, den Schnee von gestern, die Strohblumensträuße.

Damit sie sich ungehindert bewegen und leichter sauber machen könne, behauptete sie.

Sie duldete weder Staub noch Hindernisse. Das wird die beste Sterbepflege der Weltgeschichte, du wirst sehen, sagten ihre Augen. Ihr Mund war fest zusammengepresst.

Der Teppich flog raus, die Hängeschränke mit meinen Jacken und Kleidern, die Kommoden mit meinen Pullovern und Blusen.

Ich war diejenige, die damit angefangen hatte. Ich hatte ihr die Idee vom Großreinemachen in den Kopf gesetzt.

Aus Jakkies Zimmer trug sie das Bücherregal zu mir herein,

um den Lesestoff darin unterzubringen. Die Bücher wählte sie aus. Auch den Fernseher aus dem Wohnzimmer brachte sie, nahm ihn später aber wieder weg, weil mich die Sendungen angeblich zu sehr aufregten.

Vielleicht war sie es, die sich aufregte.

»In diesem Zimmer passiert zu viel, um auch noch Platz für *Das neue Südafrika* oder *Noot vir Noot* zu haben.«

Jetzt schiebt sie den Apparat nur noch herein, wenn sie glaubt, dass ich mir ein Video ansehen will. Aber ich habe keine Lust auf ihre Videos. *Ben Hur*, *Mary Poppins*, *My Fair Lady*, *A Day in the Life of Joe Egg*.

Das Radio durfte bleiben. Für die leeren Stunden, wie sie sagte. Für den Morgengottesdienst. Dem Himmel sei Dank dafür. Für *Sie entscheiden! Moto perpetuo*. In diesen heiligen Hallen. Bald ist wieder Zeit für Weihnachtslieder. Die fangen jedes Jahr früher an. Dann wird Agaat mit ihrem Sopran lauthals die zweite Stimme singen, während sie durchs Haus fegt.

»Du magst doch Musik, Ounooi.«

Sie schaltet das Radio ein und aus. Sie wählt die Sender. Sie wählt die Melodien. Manchmal legt sie eine Kassette ein. Nicht immer das, was ich hören will. Indianergekreisch von Jakkie, wenn sie mich ärgern will.

Dass sie den Frisiertisch mit dem dreiteiligen Spiegel stehen gelassen hat, ist ein Wunder. Er thront da wie ein Museumsstück, und sein dunkles Holz hebt sich auffällig von all den praktischen Gegenständen in Weiß und Chrom ab. Ich kann mich in dem mittleren Teil sehen, der später eingesetzt wurde, dem mit bläulicherem Glas. Sie hat den Frisiertisch extra so für mich gedreht.

»Damit du dir selbst Gesellschaft leisten kannst, wenn ich nicht da bin«, hat sie gesagt.

Die Schubladen sind leer. Aber das war nicht ich. Ich hatte es nicht übers Herz gebracht, sie auszuräumen. Der Hauch von Chanel N° 5 und Lippenstift, der ihnen anhaftete, ist sicher längst verflogen. Manchmal sehne ich mich nach Parfüm. Ob Agaat alles an die Hausmädchen verschenkt hat?

»Das ist das letzte Mal«, hatte Agaat am Morgen meines Geburtstags gesagt, »also genieße es. Eine Frau muss doch schön aussehen an ihrem Geburtstag.«

Sie hatte das Datum im Kalender angestrichen. 11. März. Mein Siebzigster.

Sie hatte mich für die Gäste geschminkt. Ich sah, wie sie erschraken, als sie eintraten.

Es hat ihr nie gefallen, mich schminken zu müssen, doch das musste sie schon zu einem sehr frühen Zeitpunkt, als zunächst nur meine Hände gelähmt waren und wir noch zusammen in die Stadt fahren konnten.

Geburtstage jedoch machten sie noch missmutiger.

Als sie fertig war, sah ich aus wie eine Blaukehlagame. Zwischen den Augen hatte ich einen weißen Fleck, den sie mir jedes Mal verpasste, wenn sie mich schminkte, um an das Spionieren zu gemahnen, um mich an das zu erinnern, was ich nicht hätte sehen dürfen, damals, mit der Stirn an der gekalkten Fensterbank des Außenzimmers. Wimperntusche. Flammendes Rot auf meinen seibernden Mund. Sechs verschiedene Parfüms auf meiner Kopfstütze. Gestäubte Wolken aus der Puderquaste um meinen Kopf. An dem Tag wäre ich beinahe daran erstickt. Das lieferte ihr einen Vorwand, den Inhalt der Schubladen aus der Frisierkommode in schwarze Plastiktüten zu leeren. Angeblich auf Anraten von Leroux, dabei war sie ihm immer einen Schritt voraus.

Meine Nase dürfe durch nichts gereizt werden, hatte er angeblich zu ihr gesagt.

Sie habe bereits an alles gedacht, hatte sie erwidert. Weder Hunde noch Pflanzen noch staubige Schuhe oder andere schmutzige Dinge kämen ihr ins Zimmer. »Und von jetzt an auch kein Puder, kein Parfüm und kein Deodorant mehr, was sie zum Niesen oder Husten bringen könnte.«

Sie hatte sich bremsen müssen. Es war einer jener Tage gewesen.

Soll sie doch schön glänzen und nach Parfüm stinken, hatte ihr Blick gesagt. Bald gibt es nur noch antiallergisches Deo und Juckreiz lindernden Kalaminpuder.

»Führen Sie sorgfältig Buch«, hatte Leroux ihr geraten, und Agaat hatte ihm den Farmkalender gezeigt, auf dem sie längst alles in die freien Spalten eintrug. Mit vor der Schürze gefalteten Händen hörte sie zu, wie er ihre Liste verlas. Urin, Stuhl, Schlaf, Essen, Kopfschmerzen, Schleim, Temperatur, Atmung, Gemütszustand, Schluckvermögen, Medikamente, Übungen.

Sie beurteilt mich in so vielen Kategorien, wie ihr nur einfallen, so viel ist sicher. Schließmuskeldruck, Schmelzpunkt, Pflugleistung, Saatdichte, Rostfreiheit, Hebelhöhe, Darmwindstärke, Dränageneigung, Kippindex, reziproke Proportionalität, *Sphaeropsis malorum*, Kernfäule.

»Sie sind eine ausgezeichnete Krankenschwester, wie ich sehe, Agaat«, lobte Leroux, nachdem er den Kalender studiert hatte. »Hervorragende Dokumentation. Weiter so!«

Das ließ sie sich nicht zweimal sagen. Sie war nicht aufzuhalten. Sie schraubte meine Zimmertür ab, weil mein neues Bett sonst nicht hindurchgepasst hätte.

So ein Unsinn, hätte ich am liebsten gesagt, bring es doch über die Veranda durch die Schwingtüren herein, aber ich konnte schon nicht mehr richtig sprechen.

Die fehlende Tür hat jedoch auch ihr Gutes, denn ich kann jetzt alles hören, was im Haus vor sich geht. Ich kann Agaat kommen hören. Ich erkenne sie am Gang und kann mich auf sie einstellen.

Meine Zimmertür war die letzte, die sie abgeschraubt hat. Die anderen Türen im Haus waren bereits eine nach der anderen verschwunden.

»Damit du die Türknäufe nicht zu drehen brauchst, Ounooi, und mit deinem Stock, deinem Rollator und deinem Rollstuhl überall leicht rein- und wieder rauskommst«, hatte sie erklärt.

Aber das war nur die halbe Wahrheit gewesen. Die andere Hälfte betraf sie und ihr persönliches Problem. Agaat verabscheute geschlossene Türen. Und sie verabscheute Unordnung.

Sie trug eine Melamintischplatte in mein Zimmer und bockte sie an der Wand auf. Darauf liegt nun fein säuberlich aufgereiht und gestapelt alles, was wir benötigten. Pakete mit Wattetupfern, Kopfstützen für jede Gelegenheit, schnell trocknende Laken, Matratzenschoner, saubere Krankenhausnachthemden, Bettpfannen. Unter dem Tisch stehen drei Emaileimer mit Deckeln. Wir haben einen fleckenfreien dreistöckigen Krankenhauswagen mit Waschbecken, sauberen Waschlappen und Handtüchern, Desinfektionsmitteln und medizinischer Seife. Außerdem einen kleineren Wagen aus Hartplastik mit herausnehmbaren Körben, in dem meine Medikamente in Fläschchen und Schachteln aufbewahrt werden. Frisches Wasser in einer Karaffe. Schwämmchen, Wattebäusche, Ohrenstäbchen, Salbe für meine austrocknenden Lippen, Papiertücher für Missgeschicke, Papiertücher für den Speichel und für die Tränen. In dem Wagen gerät das alles leicht durcheinander, aber Agaat sortiert es jeden Tag aufs Neue und sorgt dafür, dass alle Fläschchen und Röhrchen fest verschlossen sind.

Dann gibt es noch die Brücke: ein Metalltablett an einem Rollständer, das über mein Bett geschoben werden kann und auf dem meine Schüsseln und die Schnabelbecher mit Tee stehen. Und den Buchständer.

Über meinem Bett hängt eine Leselampe mit Hundert-Watt-Birne, verstellbarem Schirm und lang ausziehbarem Arm.

»So muss es sein«, sagt Agaat, »man dippt kein Schaf im Dunkeln.«

Nachts schaltet sie das Licht normalerweise nicht ein, nur wenn es sein muss.

Neben meinem Bett steht ein Holzhocker; auf dem sitzt sie, wenn sie mich füttert. Vor dem Fenster steht ihr Stuhl; auf dem sitzt sie, wenn sie mir vorliest oder stickt. Sie habe ihn aus ihrem Außenzimmer hierhergebracht, weil sie sich dort ohnehin nicht mehr aufhalte, sagt sie, sie wasche sich dort nur mehr und ziehe sich um, es sei nur noch ihre Umkleide.

Sie schläft im Flur. Das muss sie nicht, das weiß sie. Das Haus hat viele Zimmer.

All die Zimmer meines Hauses, der Weg, der mich hierhergeführt hat, die Geschichte, die mich in dieses letzte Zimmer gebracht hat, den Raum, der mir geblieben ist. Er schrumpft. Ich bin in meinem Körper eingesperrt. Meine Glieder sind nichts weiter als unscharfe Konturen unter einer Decke. Angefangen bei den Füßen. Flach liegen sie da. Über meinen Schienbeinen sinkt die Decke ein. Meine Knie sind zwei Beulen, meine Oberschenkel abgemagert, zwischen meinen Hüftknochen hat sich eine Kuhle gebildet. Etwas anderes kann ich nicht mehr erkennen. Mein Hals ist in dem Winkel gekrümmt, den Agaat für richtig hält. Mit den Kissen hat sie förmlich einen Bunker um mich herum gebaut. Im Spiegel kann ich etwas sehen, einen Schatten meiner selbst, meine abfallenden Schultern, meine Gesichtszüge wie verwischt, als wäre ein Künstler mit dem Ärmel über eine Vorskizze gefahren oder hätte den nassen Ton mit der Handfläche platt gedrückt. Weil der Anfang falsch war, weil der erste Versuch missglückt ist. Weil die zugrunde liegenden Strukturen nicht deutlich genug hervorgetreten sind.

Ich widersetze mich. Gib mir eine Chance! Lass es mich selbst versuchen, ein Selbstbildnis, eine Autobiografie, das Leben der Milla de Wet, ihre Herkunft, ihre Heimat, ihr Leben auf Grootmoedersdrift, ihrem ererbten Hof. Ein aufrichtiges Porträt.

Vom Spiegel her über meine Füße, an meinem gelähmten Körper entlang und bis in meinen Kopf. Zwischen den Schläfen, über meiner Nase, hinter dem Stirnknochen, genau da.

In der weichen Masse spüre ich erst ein Saatkorn, dann einen Keimling. Ich konzentriere mich, bis ich mir feine Fäden vorstellen kann, die sich durch das knochenmarkartige Gewebe ziehen. Ich rolle sie zwischen meinen Fingerspitzen, bis sie sich in meiner Vorstellung verbinden. Dann fange ich an – vorsichtig, um ihren vagen Ansatz nicht zu zerstören –, sie zu bündeln, bis sie dick genug sind, um sie zu verflechten, erst drei, dann neun, dann siebenundzwanzig und so weiter. Dreihundertdreiundsechzig. Bis ich bereit bin, den ganzen Zopf sicher in die Höhlung des Hirnstamms einzufädeln und dann in die Öffnung des ersten Wirbels. Ich gedulde mich, halte alles fest beisammen, bis ich es hindurchziehe und auf der anderen Seite auffächere wie eine Garbe. Feiner und feiner stelle ich mir die Verästelungen vor, eine Maßarbeit gleich unter der Oberfläche, bis ich mir sicher bin, dass ich alle Enden mit dem Willen beeinflussen kann.

Ich will schreiben.

Dem Strang, der durch meinen rechten Arm verläuft, widme ich besondere Aufmerksamkeit. Ich stelle mir vor, dass er dunkelbraun ist. Ich mache ein dickes, festes Bündel daraus, schimmernd wie Bambus im Wind mit einem zierlichen Quast am Ende, lange, empfindliche Fasern mit feinen Verzweigungen in jeden der ersten drei Finger meiner rechten Hand.

Ich warte auf den richtigen Moment. Ich habe nichts zu verlieren. Atme ein, sende den Befehl, atme aus, und los!

Schreib!

Mit präzisen Impulsen steuere ich jede Windung des Stroms, von der Gehirnmasse angefangen durch das gesamte Nervengeflecht, das ich in Bahnen gelegt habe, und mit einem weiteren Energieschub zwinge ich den Auftrag hinab in meine Hand bis in die letzten Enden.

Schreib!

Ich schaffe den langen Strich des K, bevor mir der Stift aus den Fingern gleitet, über die Decke rollt und zu Boden fällt.

Meine Hand liegt in der Schiene wie ein Maulwurf in der Falle.

*

Zum ersten Mal hast du mit Jak geschlafen, nachdem er tags zuvor bei deinen Eltern um deine Hand angehalten hatte. Am Morgen nach der Verlobung konnte er es kaum erwarten loszufahren – weg von deiner Mutter, die ihm am Vorabend eine Predigt gehalten hatte – und dich endlich in Besitz zu nehmen.

Du wusstest es, Milla Redelinghuys, du hattest ihn provoziert.

Wie hast du ihn damals erlebt? Kannst du dich noch daran erinnern?

»Vergesst die Schlüssel nicht!«, rief deine Mutter euch nach und klapperte mit dem großen Schlüsselbund der Gebäude von Grootmoedersdrift, als ihr auf Jaks roten Spider zulieft. »Fang!«, rief sie und warf sie ihm zu.

Du hast ihn die ganze Zeit genau beobachtet, ja, das hast du. Er fing die Schlüssel mit einer schwungvollen Bewegung auf. Im Auto ließ er sie theatralisch in deinen Schoß fallen und warf deinen Eltern, die auf der Treppe eures Hauses standen und euch verabschiedeten, einen übermütigen Blick zu. Schmal hoben sich ihre Silhouetten vor der Fassade und dem Himmel ab, aber du wolltest es gar nicht sehen. Du blicktest auf die Schlüssel hinab, die zwischen deinen Oberschenkeln in deinem Kleid lagen. Du klimpertest mit ihnen und befühltest die alten, abgenutzten Enden. Die Schlüssel für die Haustür, die Küche, den Speicher, den Keller, die Außenzimmer. Du stelltest dir vor, wie du sämtliche Türen aufschließen würdest.

»Danke für alles!«, rief Jak und winkte. »Alte Spinatwachtel«, fügte er flüsternd hinzu.

»Jak, das ist meine Mutter, etwas mehr Respekt, bitte!«, ermahntest du ihn, fielst aber in sein Lachen ein, denn am Abend zuvor hatte sie sich von ihrer schlimmsten Seite gezeigt. Es hatte angefangen, als Jak dir beim Abendessen den teuren Verlobungsring angesteckt hatte mit den Worten: *»Diamonds are forever.«* Du konntest deiner Mutter ansehen, was sie dachte. So viel Geld für einen Ring auszugeben! Der ist viel zu protzig! Es war ein großer Diamant mit Goldfassung. Du konntest ihre Gedanken lesen: Das Geld hättest du besser für etwas Vernünftiges ausgeben sollen, zum Beispiel für die Farm, die jetzt dir gehört, weil du heiraten wirst. Aber sie sagte nichts. Weil du, die in ihren Augen nie Gefallen gefunden hatte, endlich vollständig sein würdest. Die Frau eines Mannes. Und, wenn alles seinen normalen Verlauf nähme, die Mutter eines Kindes.

Außerdem war Geld nicht alles. Worauf es hauptsächlich ankam, war harte Arbeit, Schufterei und Durchhaltevermögen. Auf Grootmoedersdrift gab es viel zu tun, bevor eine Bilderbuchfarm daraus würde. Das hattest du Jak nie verheimlicht, und du rechnetest von Anfang an damit, dass er den Schwanz einziehen würde. Er war kein Bauernsohn. Seine Hände waren weich. Er war das einzige Kind des Arztes in Caledon, der auf der feinen Bishops-Privatschule zum Gentleman erzogen worden war. Er würde alles von der Pike auf erlernen müssen, von dir und deiner Familie, denn seine eigenen Eltern waren schon lange tot.

Ma hatte skeptisch reagiert, als du ihr zum ersten Mal von ihm erzähltest. Davon, wie er dich in Kapstadt zu Konzerten und Theaterstücken begleitete. »Der flirtet doch nur«, sagte sie, »den Mann will ich sehen, der lieber ins Konzert und ins Theater geht statt zum Rugby.« Und was ist mit Pa?, lag es dir auf der Zunge, doch dein Vater gebot dir mit dem Zeigefinger an den Lippen zu schweigen. Deine Mutter hatte recht. Im Theater langweilte Jak sich schon nach dem zweiten Akt.

Und deine Mutter war unerbittlich. Sie trug dir auf, dafür zu sorgen, dass Jak nach seinem Jura-Abschluss in Stellenbosch auch noch ein Landwirtschaftsdiplom in Elsenburg erwarb, um ihn auf die Farmarbeit vorzubereiten. »Entweder das, oder er setzt keinen Fuß auf meinen Grund und Boden«, erklärte sie.

Du wusstest, dass du in deinem eigenen Interesse geschickt zwischen Jak und deiner Mutter vermitteln musstest, damit keiner das Gefühl hatte, den Kürzeren zu ziehen.

Hast du damals darüber nachgedacht, was du dabei verlieren konntest? Damals war alles anders. Damals warst du eine Siegerin. Liebtest du ihn? Genug für den Anfang, dachtest du. Jak blühte durch deine Bewunderung auf, und du warst verliebt in seinen schönen Mund und seine jungenhafte Art. Er würde sich mit dir gemeinsam weiterentwickeln. Glaubtest du. An seiner Leidenschaft zweifeltest du nicht; von Anfang an hattest du ihn dir vom Leib halten müssen.

»Ich will deine Papiere sehen, junger Mann«, sagte deine Mutter am Abend der Verlobung, »und ich möchte dir ein paar Fragen stellen. Herausfinden, ob du in dieser Privatschule wirklich etwas gelernt hast.«

Jak ärgerte sich darüber, obwohl du ihn vorgewarnt hattest. Nur eine Person führte das Wort in dem Haus, in dem du aufgewachsen warst, und das war deine Mutter.

Dein Vater stand auf und sah zum Fenster hinaus. Du schlüpftest aus deinen Schuhen und riebst deine Füße an Jaks Beinen unter dem Tisch. Nach einer Weile nahm er heimlich deine Hand. Während der gesamten Predigt über das richtige Wirtschaften mit Schafen, Getreide und Rindern hieltest du dein Bein fest gegen seines gedrückt und den Blick auf den Tisch gerichtet, auf die dunkle Maserung des Holzes. Du konntest deiner Mutter während ihrer Reden nic in die Augen sehen. Es war, als redete sie über mehr als nur die Anforderungen der gemischten Landwirtschaft.

Du protestiertest und lachtest, um die Atmosphäre aufzulockern. »Du willst Jak doch nur ins Bockshorn jagen, Ma!«

»Er kann für sich selbst sprechen«, erwiderte sie. »Du hast doch selbst gesagt, wie gut er mit Worten umgehen kann. Aber ich freue mich zu sehen, dass er auch zuhören kann.« Ihre Miene besagte: Das rate ich ihm auch, denn was willst du sonst von ihm?

Ja, was wolltest du von Jak? War deine Mutter denn blind? Er war reich, er war gebildet, er war attraktiv, schlagfertig, wortgewandt und allseits beliebt. Er war alles, wovon du glaubtest, du wärst es nicht.

Doch auch wenn du dich manchmal unsicher fühltest und auch wenn du wusstest, dass du nicht die Schonste warst, wusstest du doch sehr genau, dass du klug warst. Du hattest einen Bachelor in Sprachen und dazu noch Musik und Schauspiel bis fast auf Lizenziatniveau studiert. Du warst belesen, wissbegierig und künstlerisch begabt. Außerdem hattest du praktische Erfahrung in der Landwirtschaft. Ihr würdet ein Gewinn für Overberg sein, nicht nur als Farmer, sondern auch für das kulturelle Leben in der Gegend. Und du wusstest, dass auch er glaubte, mit dir einen guten Fang gemacht zu haben. Er hatte gesagt, du würdest gut zu ihm passen, klein, aber oho und mit einer hübschen Stimme obendrein.

Dein Vater verfolgte all das mit wehmütigem Blick. »Das Wichtigste ist, dass du glücklich wirst und gesund bleibst, mein Kind«, erklärte er, »alles andere ist nebensächlich. Und vernachlässige deine Musik nicht! Wenn ihr erst dort drüben hinter dem Berg eingezogen und zur Ruhe gekommen seid, müsst ihr uns jeden Freitagabend besuchen kommen, dann hören wir zusammen Musik. Denk daran, meine ganze Sammlung wird eines Tages dir gehören.«

Jak hörte deinem Vater mit respektvoller Zurückhaltung zu, doch die beiden fanden keinen rechten Zugang zueinander, das war dir klar. Wie sehr du deinen Vater auch liebtest, an diesem Wochenende ging er dir mit seiner Sentimentalität und seiner Distanziertheit auf die Nerven. Du warst in Aufbruchstimmung, hattest andere Vorstellungen.

»Du hast doch keine Angst davor, mein Bauersmann zu werden, oder, Jak?«, fragtest du, als ihr an jenem Morgen die Hauptstraße von Barrydale entlang in Richtung des Passes fuhrt.

Zum ersten Mal würdest du ihm die Farm jenseits des Berges zeigen. Du wusstest, dass du hoch pokern musstest.

»Dein *Bauersmann*«, schnaubte Jak, blickte aber hinunter auf die Schlüssel zwischen deinen Beinen, und du wusstest, dass er in der Falle saß, mit Haut und Haar.

»Dann eben mein Gutsherr«, sagtest du, legtest deine Hand weit oben auf seinen Oberschenkel und küsstest ihn aufs Ohr.

»Gerissenes Weib!«, scherzte er. »Rück näher! Ich habe meine eigenen Pläne mit dir.«

»Welche Pläne denn?«, necktest du ihn und streicheltest seinen Oberschenkel.

So, Milla Redelinghuys, begann deine Geschichte. Die Situation bescherte dir eine gewisse Erregung. Jetzt habe ich zwei Fische an der Angel, dachtest du. Eine Farm und einen Mann. Und doch war dir nicht ganz wohl dabei. Die Sache hatte auch einen Haken.

»Dann erzähl mir doch noch mal, was wir alles auf unserer Farm haben werden, du und ich?«, fragte Jak.

Du überlegtest sehr genau, was du ihm antworten solltest, und füttertest ihn mit ein paar Fakten, die nicht allzu abschreckend klangen. Dabei streicheltest du im Rhythmus deiner Worte weiterhin leicht seinen Oberschenkel.

Deine Mutter hielt auf Grootmoedersdrift zweihundert Merinoschafe und ein paar Jerseykühe. Um die Farm kümmerte sich ein Verwalter, OuKarel Okkenel von den Okkenels aus Suurbraak, gemeinsam mit seinem halbwüchsigen Sohn Dawid, der ebenfalls auf dem Hof lebte. OuKarel war ein gewissenhafter Mann, ein Witwer und ferner Nachfahre der schottischen Werkzeugmacher, die 1817 unter Benjamin Moodie ans Kap gekommen waren. OuKarel säte jedes Jahr als Pachtanteil für deine Mutter einige Morgen Getreide aus. Deine Mutter bedauerte es sehr, dass der Hof ihr allmählich entglitt. Nachdem dein Vater seinen Hof geerbt hatte und sie begonnen hatten, Goedbegin zu bewirtschaften, sahen sie auf Grootmoedersdrift nur noch wöchentlich nach dem Rechten, und jedes Jahr zur Schafschur, zur Lämmer- und Erntezeit fuhren deine Eltern über den Berg und blieben ein paar Wochen in dem alten Farmhaus, um die Arbeit zu beaufsichtigen und selbst mit anzupacken. Oft fuhrt auch nur dein Vater und du. Das waren eure besten Zeiten. Er brachte dir Opernarien bei und nahm dich mit auf Feldexpeditionen. Dein Vater mit seinen langen Schritten und seinem perfekten Gehör – unfassbar, dass aus ihm ein windschiefer alter Mann mit schlurfendem Schritt geworden war.

»Meine Eltern werden alt«, sagtest du zu Jak, »sie schaffen es nicht mehr, andauernd über den Berg zu fahren und zwei Farmen zu bewirtschaften. Wir heiraten genau zur rechten Zeit. Wir übernehmen den Hof von den Okkenels und bauen selbst Getreide an. In dieser Gegend ist jetzt nach dem Krieg feines weißes Mehl Mangelware. Wir müssen die Schaf- und Rinderherden vergrößern. Die Weiden am Fluss sind ideal für Milchvieh. Wir müssen aus Grootmoedersdrift herausholen, was drinsteckt, dann wird daraus ein Modellbetrieb für gemischte Landwirtschaft. Wir müssen uns seiner würdig erweisen.«

Du schobst deine Hand weiter hinauf und massiertest die Innenseite von Jaks Oberschenkel.

»Du machst mich ganz verrückt!«, sagte er, rutschte auf seinem Sitz herum und beschleunigte.

»Nicht verrückt werden, Schatz, achte auf die Straße!«, erwidertest du.

Jak versuchte, sich zu beherrschen, schüttelte den Kopf und rief sich das Gespräch vom Vorabend ins Gedächtnis.

»Luchslederriemen! Wie ist sie gestern Abend bloß darauf gekommen?«, fragte er. »Ich hoffe, du schlägst nicht zu sehr nach deiner Mutter. Ihr könnt einen Mann fertigmachen!«

Du lachtest, kniffst ihn in die weiche Innenseite seines Oberschenkels und necktest zurück: »Und nach wem schlägst du?« Dann holtest du tief Luft, überwandst deine Scham und fügtest mit einem Blick zwischen seine Beine hinzu: »Du bist doch schon fast fertig, noch ehe ich richtig mit dir angefangen habe.«

Du wusstest genau, was du damit anrichten würdest. Er war ein Mann, der auf Schlüpfrigkeiten stand. Er hatte schon ein paarmal Sachen zu dir gesagt, die dich vor Scham hatten erröten lassen; du hingegen warst beim Schmusen niemals weiter gegangen. Du warst Jungfrau und hattest deinen Preis.

»Meine Güte, Milla!«, keuchte Jak. »Los, mach weiter!«

»Wie bedauerlich. Ich hab eine Sperre vor dem Mund«, erwidertest du kokett.

»Wart's nur ab«, entgegnete er, »bald kriegst du eine Sperre *in* deinen frechen Mund!«

Du wusstest nicht recht, was er meinte, stimmtest aber in sein Lachen ein.

Was Jak über deine Mutter gesagt hatte, stimmte. Sie hatte deinen Vater fertiggemacht. Er war mit den Jahren immer stiller geworden. Wahrscheinlich war er am Abend der Verlobung schon krank gewesen, so in sich gekehrt, wie er gewirkt hatte, während deine Mutter die Karten und Papiere von Grootmoedersdrift auf dem Esszimmertisch ausgebreitet hatte. Der Hof war ihr Erbe; seit Generationen hatte ihre Familie mütterlicherseits, die Steyns und Spies', ihn bewirtschaftet. Sie erzählte immer wieder, wie ihre Vorfahren die Wildfeigenallee gepflanzt und die Fundamente des Farmhauses mit Luchslederriemen ausgespannt hatten.

»Sein Geburtsrecht muss man ehren«, hatte deine Mutter Jak vor Augen gehalten. »Was deine Vorfahren mit Blut und Schweiß aufgebaut haben, muss man genauso weiterhegen und -pflegen wie sie.«

»Natürlich«, hattest du gesagt und deinem Vater zugezwinkert. Ihr wusstet beide genau, welcher Satz nun folgen würde.

»Die Leute damals mussten Wälder roden und Mauern aus Bruchsteinen hochziehen. Da war keine Zeit für Unsinn und Sentimentalitäten«, sagtet ihr alle drei gleichzeitig.

Das war der Lieblingsspruch deiner Mutter.

Jak war sichtlich verwirrt.

»Kamilla liegt das im Blut, musst du wissen, Jak«, predigte deine Mutter unbeirrt weiter. »Ihre Ururgroßmutter hat damals in der Zeit noch vor Hendrik Swellengrebel nach dem Tod ihres Mannes dreißig Jahre lang den Hof allein bewirtschaftet. Sie war eine Frau, die anpacken konnte und mit ihrer Hände Arbeit alles zu einem guten Ende brachte.«

Sie blickte durch Jak hindurch. »Wenn du da nicht mithalten kannst, junger Mann, dann gehst du am besten gleich wieder, denn dann taugst du nichts und fällst anderen nur zur Last.«

Du schämtest dich. Du legtest deine Hand auf Jaks und beugtest dich über ihn, sodass deine Brüste auf seinen Schultern ruhten, während du so tatest, als studiertest du die Karte, dabei kanntest du sie in- und auswendig. Von klein auf hatte deine Mutter sie regelmäßig für dich aus der langen Papprolle gezogen, um dir die Farm zu zeigen, die eines Tages dir gehören würde.

Jak hatte sich das alles geduldig und mit ausdrucksloser Miene angehört. Jetzt, unterwegs über den Pass, spottete er ganz offen.

»Es war einmal vor langer Zeit, als die Welt noch jung war, in der Zeit des Herrn Swellengrebel, da lebte die Ururgroßmutter Spies, eine Bäuerin, die nicht ihresgleichen hatte ...«

Er schaltete angesichts der Steigung einen Gang herunter.

»…und sie nannte ihre Farm Grootmoedersdrift, und ratet mal, womit sie die Grenzen ausspannte? Mit Luchslederriemen! Wie klingt das für den Anfang?«, fragte er und sah dich an. Dann fügte er hinzu: »Mir hat vor allem das mit der Frau gefallen, die anpacken konnte und mit ihrer Hände Arbeit alles zu einem guten Ende brachte. Darüber wüsste ich gern mehr.«

Du fingst an, ihn im Schritt zu streicheln. Es war das erste Mal, dass du so etwas tatst. Es erregte und überraschte Jak so sehr, dass er den Berg hinaufdonnerte wie auf einer Rennstrecke und die Steine nur so aufstoben. Das war damals, 1946, auf der alten Passstraße mit den schmalen Haarnadelkurven. Nirgendwo ein Randstein. Ab und zu sah Jak dich an, und du sahst ihn an. Wenn dir schon so viel im Kopf herumging, wie verarbeitete er das alles nur?

»Fahr langsamer, Jak«, ermahntest du ihn, »das ist eine Passstraße.«

»Was gibst du mir dafür?«

»Was immer du willst.«

»Kannst du dir nicht denken, was ich will?«

»Doch, schon«, sagtest du und löstest seine Gürtelschnalle.

Er sah dich überrascht an. Keuchte.

»So, und was gibst du mir dafür?«, fragtest du.

»Alles, was du willst.«

»Kannst du dir nicht denken, was ich will?«

»Ich bin nicht so klug wie du.«

»Zuallererst einmal solltest du langsamer fahren.«

»Du bist selbst schuld daran, dass ich so schnell wie möglich ankommen will!«

Du zogst deine Hand weg. Er holte sie zurück, aber du wehrtest dich – nicht zu sehr, damit er sie wieder dorthin legen konnte, wo er sie haben wollte.

»Gut, ich fahre langsamer«, versprach er, »und außerdem hast du Glück. Ich glaube, wir haben einen Melonenlaster vor uns.«

In einiger Entfernung vor euch kroch ein Lkw mit mehreren Anhängern voller Zucker- und Wassermelonen den Pass hinauf.

»Nein, du hast Glück«, erwidertest du, öffnetest seinen Reißverschluss und stecktest die Hand in seine Hose.

»Mein Gott, Frau!«, sagte Jak, warf den Kopf zurück und schloss für einen Moment die Augen.

»Augen auf die Straße, de Wet!«, befahlst du ihm.

Insgeheim aber dachtest du: Ich lenke das alles – die schiefliegenden Felsen, den dunklen Wasserlauf dort unten, die Kurven der Straße, die Wolken hoch oben.

»Also, was hat deine Mutter gemeint, als sie von den Problemen auf Grootmoedersdrift sprach?«, fragte Jak mit belegter Stimme und schluckte. Er schüttelte den Kopf, als würde er Sterne sehen. Du hattest ihn fest im Griff, schürtest mit deiner Hand hohe Erwartungen.

»Tulpen«, antwortetest du und rutschtest nach vorn, um deine Hand unter seine Hoden schieben zu können. Danach konntest du nie mehr genug davon bekommen – dieser Kontrast zwischen den weichen, beweglichen Kugeln und der langen, harten Erektion darüber faszinierte dich, und du warst überrascht, dass du wusstest, was zu tun war.

»Am Fluss wachsen wilde Tulpen, und wenn die Kühe sie fressen und hinterher Wasser trinken, gehen sie so elend daran zugrunde, als hättest du sie mit Arsen vergiftet. Man muss die Zwiebeln mit der Hand herausziehen. Wenn man sie umpflügt, vermehren sie sich nur.«

»Na ja«, sagte Jak, »das klingt nicht weiter kompliziert. Was sonst noch?«

»Die Weiden am Fluss sind zu nass.«

»Hmm, besser nass als trocken«, murmelte er.

»Die Kühe bekommen davon Geschwüre und Pilze und andere Hufkrankheiten. Die Pferde bekommen Mauke.«

»Mauke? Das hab ich ja noch nie gehört. Also, was kann man dagegen tun, meine tatkräftige Burenmaid?«

»Entwässern, in großem Stil. Auf Sumpfboden kann man keine vernünftigen Weiden anlegen.«

»Das hört sich für mich nicht nach einer Katastrophe an.«

»Dann gibt es noch das Problem mit den Abhängen auf dem Trockenland. Sie sind zu steil zum Pflügen, und der Boden schwemmt weg. Wir müssen terrassieren, Stufen und anschließende Flächen anlegen, um den Wasserhaushalt zu stabilisieren und die Bodenerosion zu stoppen.«

Du drehtest dich zur Seite, öffnetest seinen Reißverschluss zur Gänze, schobst Hose und Unterhose hinunter und nahmst ihn in die Hand.

»Terrassieren!«, stieß Jak hervor.

»Dazu braucht man einen Landvermesser«, erklärtest du ihm. »Das kann Monate dauern.«

»Darauf kannst du wetten«, schnaufte Jak. »O Gott, ich halt das nicht mehr aus!«

Er rutschte nach vorn und trat aufs Gas. Mit einer Hand lenkte er, mit der anderen drückte er deine Hand fester um seinen Penis. Zwischen deinen Beinen wurde es warm, dir schwirrte der Kopf. Die Straße, die wenigen Autos vor euch und den Lkw nahmst du nur noch verschwommen wahr.

»Halt dich fest«, sagte Jak und setzte zum Überholen an.

»Jak, pass auf!«, schriest du, doch du fühltest dich wagemutig, federleicht, wie die Regentin von ganz Tradouw, diesseits und jenseits des Berges, der Täler längs der Flüsse und über die Bergkämme hinweg, von der Heidelberger Ebene bis nach Witsand. Du sahst es genau vor Augen: alles dein Besitz. Du spürtest deinen Mund, deine Kehle; deine Zunge kribbelte, als hättest du Radieschen gegessen.

Über davonstiebende Steinchen bog Jak in eine Haltebucht am Berg, umarmte und küsste dich und streichelte deine Brüste. Erst wolltest du ihn daran hindern, weil das Verdeck offen war und man euch von der Straße aus sehen konnte. Doch im Grunde machte es dir nichts aus. Du stelltest dir vor, deine Mutter würde euch beobachten. Dann hätte sie mit eigenen Augen sehen können, wie Besitz, Geschichte und Erbe ihren eigenen Lauf nahmen, so wie es vorherbestimmt war, mit der rohen Energie eines guten Anfangs. Das war dein Film. So wie du es immer gewollt hattest, so wie du geglaubt hattest, dass deine Mutter es wollte.

»Welche Probleme gibt es sonst noch?«, keuchte Jak. Er war erregt, unbeherrscht, versuchte, in dich einzudringen, aber der Schaltknüppel war im Weg, und es war zu wenig Platz.

»In den Felsspalten leben Luchse«, sagtest du und bissest ihm in den Hals.

»Und was noch?«

»Lämmergeier. Sie picken den neugeborenen Lämmern die Augen aus.«

Du holtest deine Brüste aus dem BH und drücktest seinen Kopf dazwischen, sodass er nach Luft schnappte. Von oben betrachtet wirkten sein Hinterkopf und sein Nacken jungenhaft. Zärtlich betrachtetest du seinen Mund, diesen unwiderstehlichen Mund, der jetzt willenlos zitterte. Seine Stimme klang rau.

»Ich werde alles tun«, versprach er. »Pflügen, säen, scheren und melken, ich verspreche es dir.«

»Und mir helfen, einen Garten anzulegen?«

»Und dir helfen, einen Garten anzulegen.«

»Wie im Paradies?«

»Wie im Paradies.«

»Und mich niemals verlassen?«

»Und dich niemals verlassen.«

Sanft schobst du ihn weg und streicheltest ihm über den Kopf, um ihn zu beruhigen. Du wolltest weiterfahren und den Pass hinter dir lassen. Jenseits des Berges würdest du dich für ihn hinlegen, auf deinem Grund und Boden, so wie es in deinem Märchen geschrieben stand.

Du halfst ihm, seine Kleidung zu richten, und redetest beruhigend auf ihn ein. »Tief durchatmen!«

Ich muss ihm nicht gleich alles erzählen, dachtest du. Mit der Zeit wird er schon von selbst dahinterkommen.

Du warst das einzige Kind und die Erbin deiner Mutter, und deine Farm war die schwierigste. Deine besitzhungrigen Cousins würden die Farm deines Vaters erben. Angeblich wollten sie nichts von dem Hof wissen, der jenseits des Tradouwpasses in der »Gosse« lag, wie die Bauern die Gegend nannten. Die Cousins waren kleine Obstbauern im Barrydale-Distrikt und bewässerten eine Parzelle nach der anderen vom Farmland deines Vaters, damit sie dort Pfirsiche und Wein anbauen konnten.

»Nein danke«, hatten sie gesagt, wann immer deine Mutter nicht anwesend war. »Grootmoedersdrift ist ein Albtraum. Du wirst dich bis über beide Ohren verschulden müssen, um das nötige Kapital aufzubringen, und es wird ewig dauern, bis das Land vernünftig bewirtschaftet werden kann. Und dann wirst du dich zu Tode schuften, um deine Schulden abbezahlen zu können.«

Du warst froh, dass die Verwandten deines Vaters am Abend der Verlobung nicht dabei gewesen waren, denn die drei Cousins begehrten deine Farm mehr als irgendetwas sonst auf der Welt. Sie konnten Jak durchaus das Leben schwermachen, wenn sie wollten. Auch davon hattest du ihm bereits erzählt.

»Und jetzt willst du mich auch noch deinen Cousins zum Fraß vorwerfen«, hatte Jak gesagt, als ihr endlich vom Tisch aufgestanden wart. »Als wäre deine Mutter nicht schon schlimm genug.« Im Haus war es still gewesen. Im Haus deiner Mutter hatte immer schon eine bedrückende Stille geherrscht. Jak hatte sich vor den Spiegel im Gästezimmer gestellt und sein Gesicht berührt, als wollte er sichergehen, dass nach der Konfrontation mit seiner zukünftigen Schwiegermutter noch alles an Ort und Stelle war.

Du stelltest dich hinter ihn und legtest ihm die Arme um die Schultern. Du warst einfach nur froh, dass der Abend vorüber war.

»Ich weiß alles über Landwirtschaft«, flüstertest du ihm ins Ohr. »Ich bin damit aufgewachsen, ich werde dir helfen. Morgen zeige ich dir alles. Ruh dich jetzt aus, du bist müde.«

Du schmiegtest dich an ihn, und du spürtest seine Anspannung. Als er wieder sprach, lagen in seiner Stimme, in seinen Worten ein Unterton, den du geflissentlich überhörtest. Du dachtest, du würdest es dir nur einbilden.

»Ja«, sagte er, »und ob du es mir zeigen wirst! Ich kann es kaum erwarten! Morgen ist der große Tag. Und ob du mir alles beibringen und ob du mir helfen wirst, damit es mir auch gefällt. Und ob du mir alles zeigen wirst! Ich will sehen, wo ich Landwirt sein werde. Ich kann es kaum erwarten. Schließlich lasse ich mich in einen goldenen Käfig sperren.«

Am nächsten Tag fuhrst du also zum ersten Mal zusammen mit Jak de Wet über den Tradouwpass, den großen Tradouw, den tiefen Tradouw. Den »Weg der Frauen« in der Sprache der Hottentotten, wie dein Vater dir als Kind erklärt hatte.

Jetzt warst du eine erwachsene Frau mit einem Ring am Finger. Du musstest nur noch hinüber auf die andere Seite. Du warst wirklich aufgeregt. Schon so oft hattest du dir vorgestellt, wie es sein würde, ihn zu lieben, bei ihm zu liegen, ihn stundenlang zu küssen und seinen Rücken unter deinen Händen zu spüren.

»O nein, nicht schon wieder!«, fluchte Jak.

Erneut kroch der Melonenlaster vor euch her.

»Das hat man davon, mein liebster Jakobus, wenn man am Straßenrand stehen bleibt, um zu schmusen«, erwidertest du.

Blauer Auspuffqualm wehte dir ins Gesicht. Der Lkw war ein altes, lendenlahmes Vehikel, verbeult und verkratzt, die Karosserie mit der Hand verspachtelt und bepinselt.

»Zeig ihm einfach, dass du ihn überholen willst, dann weicht er dir vielleicht bei der nächsten Haltebucht aus«, schlugst du vor.

Jak hupte, gab Handzeichen, blinkte auf und fluchte.

Dann ging auf einmal alles sehr schnell. Der Lkw scherte nach links aus, und die Fracht verrutschte. Wassermelonen kippten über die Seitenwände des Anhängers, hüpften über die Straße und verspritzten ihr rotes Fruchtfleisch über die Windschutzscheibe des Spider.

Ihr wart zu nah dran. Ihr wart zu schnell. Du griffst ins Lenkrad.

»Nicht bremsen, nicht bremsen!«, schriest du. »Wir kommen ins Schleudern, bleib dicht am Berg!«

Du hattest deine Lektion längst gelernt und die Worte deiner Mutter im Ohr.

Der Motor soff ab. Jak war verblüfft. Ihr bliebt eine Weile sitzen und saht zu, wie der Lkw-Fahrer versuchte, die Straße zu säubern. Dann ließ Jak den Wagen wieder an, und ihr fuhrt langsam weiter, den Schreck noch in den Gliedern.

»Zum Glück hast du richtig reagiert«, sagtest du.

»Nein, das warst du«, erwiderte Jak, warf dir einen raschen Blick zu und sah wieder weg. Dann fügte er hinzu: »Ich hätte gebremst und versucht, rechts vorbeizufahren, wenn du mich nicht daran gehindert hättest.« Er klang ein klein wenig beleidigt.

»Du warst toll«, tröstetest du ihn. »Du bist ein guter Autofahrer, ich fühle mich sicher bei dir.«

Du zogst dein Kleid hoch und legtest seine Hand zwischen deine Beine, damit er spürte, wie feucht du warst. Den ganzen Weg bis nach Grootmoedersdrift hatte er eine Hand am Steuer und die andere an dir. Mit jeder seiner Bewegungen klingelten die Schlüssel des Farmhauses in deinem Schoß.

Du schlossest die Augen, doch das Bild der zerplatzenden Wassermelonen ging dir nicht mehr aus dem Kopf. Das ganze Auto roch danach.

womit beginnt eine krankheit? botulismus kommt vom knochenfraß aber woher kommen die knochen? rinderwahn kreuzverschlag elendes unkraut windbruch stinkbrand schwarzrost blatt- und spelzenbräune würmer käfer schnecken motten raupenarmeen alles unsichtbare anfänge boden ist langmütiger als getreide langmütiger als schafe boden kränkelt langsam aus der tiefe herauf durch bebauung durch plattschlagen mit der rückseite des spatens durch beackern im sommerwind doch ich bin weder schaf noch weizen ich hielt mich wohl für gott weil ich glaubte dass ich mich nur hinlegen und das alles ertragen müsste ich hielt mich wohl für einen berg einen hügel oder einen felsen doch wer hat gesagt wer hat je behauptet steine hätten keine rechte steine können zerbrechen durch nichtbeachtung durch misshandlung und wer hat beschlossen wer beackert wird und wer der pflug ist und warum bin ich nicht aufgestanden und warum bin ich nicht fortgegangen und was wäre geschehen wenn ich mich ihr widersetzt hätte meiner mutter meiner lehrmeisterin der gefügigkeit moderhinke beinwell jammerlappen federgrasbüschel meerrettich verbitterte tyrannin skelett in der erde jetzt schlägt es aus jetzt schlägt es in mir zurück weil ich nicht zurückgeschlagen habe ich ersticke an wörtern die niemand hören kann ich klammere mich fest ich sammle mein wasser meine wasserdicken waden mein lehm mein schiefer ich bin brachland gegen meinen willen wer wird mich sanft in furchen pflügen und meine stoppeln und meine kleinen dornen brechen und mich mit gründünger und stroh fruchtbar machen? wer wird mir den atem von dunklem humus in die nasenlöcher hauchen? wer wird tagesanbruch wer wird hoffnung in mich säen? wie wird sich meine späte ernte spiegeln und worin? wer wird mich ernten wer wird mich scheren wer wird mein fell mein vlies meine garben meine kleinen weißen kerne erben? wer wird mich kauen bis ich binde denn ich habe getan was an mir getan wurde und das ist die krankheit an der wir beide leiden

21. April 1960

Bin heute ein gutes Stück weitergekommen mit der Einrichtung des Außenzimmers und des Kinderzmrs. Erkenne zum ersten Mal warum alles so kommen musste wie es gekommen ist. Gottes große Vorsehung. Habe das Kinderzimmer streichen & das Außenzmr von innen und außen weißeln lassen, hübsch ordentlich schneeweiß. Plascon für das eine & weißen Kalk für das andere – sparsam – kann es jederzeit wieder überstreichen. Abwaschbare Farbe im Kinderzimmer wg schmutziger Händchen und Füßchen. Gute Gelegenheit alle Außenzmr weißeln & den Hinterhof gründlich in Ordnung bringen zu lassen.

A. bekommt den mittleren Lagerrm mit dem größten Fenster & einem kleinen nach hinten.

Habe alle drei Kammern leer räumen lassen sortiert & ausgemistet & was übrig blieb in den beiden kleineren Räumen untergebracht: Schaufeln, Gabeln, Schubkarren, Gartengerät, Hühnerfutter, Schweinebeifutter, Knochenmehl & Säcke Gartenkompost in dem einen & die ganzen alten Möbel in dem anderen. Das schönste Bett, die beste Matratze, Küchenstuhl, roher Holztisch, Waschtisch (den mit den kleinen Kacheln) habe ich in A.s Zimmer tragen lassen. Zum Glück alles Nötige noch gehabt. Dachte an Teppich aber J. ist dagegen. Lasse mir noch was einfallen. Verlege solange lose Linoleumreste ist zumindest einfacher sauber zu halten.

Jetzt ist alles wie es sich gehört und bestimmt ist es so für alle am besten. Hatte keine andere Wahl. Habe Beatrice angerufen und ihr von meinem Entschluss erzählt. Sie ist erleichtert, raspelt Süßholz & will mich als Vorsitzende der Nahrungsmittel- und Landwirtschaftsvereinigung vorschlagen. Unfassbar! Ich könnte ihr eine knallen, aber so richtig!

Verhältnis zu J. Gott sei Dank besser seitdem ich mich darum kümmere. Dass das so viel kostet darf gar nicht daran denken. Wie lange ihn das wohl zufriedenstellt? Er droht Tagebücher zu verbrennen. Warum er dauernd seine Sachen wegräumen soll als wären sie Müll während meine Hefte überall rumliegen mit Geheimschrift ohne Punkt & Komma vielleicht sollte ich sie laut im Radio vorlesen damit er auch mal was über die Seele sr Frau & die Not ihres Hausmädchens erfährt.

Brauche auf jeden Fall Kindermädchen Farmmägde zu schmutzig & ungehobelt. J. glaubt er hätte inzwischen bewiesen dass er Getreide anbauen kann & interessiert sich kaum noch für den Hof. Dafür werde ich immer stärker eingebunden & das muss auch so bleiben wenn das Kind da ist. A. wird mich mächtig unterstützen müssen hier auf Gdrft. Muss mich um immer mehr kümmern Scheren Säen & Schlachten. Planung & Verwaltung langweilen ihn. Boden & Wasser meine Verantwortung. Hab ihm gesagt dass das den Unterschied zwischen einer lebendigen & einer toten Farm ausmacht er will Artikel im Landbouweekblad veröffentlichen: Die Optionen des Gutsherrn, ein lebender Hof mit einer toten Frau oder ein toter Hof mit einer lebenden Frau höre ab sofort auf zu betteln.

J. sorgt immerhin für die Invest & dabei belasse ich es. Wünschte mir nur er würde sich über die Maschinen informieren & nicht ständig auf Vertreter reinfallen. Verschwinden auf Nimmerwiedersehen m. der Kommission & erst wenn mitten in der Erntezeit der Mähdrescher versagt erfährt man von Teilen die noch vor der Inbetriebnahme hätten eingebaut werden müssen. Ignorantes Volk. Billige Psychospielchen & große Reden. J. soll ruhig aus seinen eigenen Fehlern lernen.

Komme ganz sicher nicht ohne ein gutes Kindermädchen zurecht. A. kann gut lesen, schreiben & kochen kann ihr zu 100 % vertrauen sehr pflichtbewusst sehr sorgfältig sollte eigentlich kein großes Problem sein & außerdem kann sie dadurch noch viel lernen.

Würde ihr gern Gehalt zahlen, Postsparbuch. Muss noch J. überzeugen er sagt sie bekomme Essen, Kleidung & Wohnung ihr Leben lang & das sei besser als eine Lebensversicherung. Vorläufig ist er zufrieden mit seinem neuen Büro an der verglasten Veranda.

Muss mich ständig zusammenreißen. Mir ist schlecht. Schwindlig. Mir wird schwarz vor Augen & muss mich setzen. Alles verändert sich so schnell. Muss einfach weitermachen & an nichts denken. Oder Musik hören. Bach. Bach hilft immer. Muss warten bis J. aus dem Haus ist sonst sagt er wieder ich soll das Orgelgejaule ausmachen.

2

Der Wecker zeigt halb neun. Frühstück. Auf die Minute pünktlich. An ihren Schritten höre ich, dass ich wieder etwas ausgelöst habe. Tsch, tsch, tsch, schleifen ihre Sohlen über den Boden, als sie den Flur entlangkommt. Energisch tritt sie mit der Ferse zuerst auf. Sie reagiert empfindlich, wenn ich irgendetwas außerhalb der normalen Routine verlange. Sehe ihr besser nicht in die Augen, sondern richte den Blick auf das weiße Blatt Papier, auf dem meine Hand in der Schiene ruht.

Sie stellt das Tablett auf die Frisierkommode, hebt den Stift auf, der mir aus der Hand gefallen ist, und stöhnt, als sie sich aufrichtet.

»Ai, ai«, sagt sie, »ai, ai, was für ein Unsinn ist das nun wieder?«

Sie zieht das Klemmbrett unter meiner Hand hervor, dreht es um, betrachtet es und dreht es wieder zu mir. Sie hält mir das Blatt mit dem zittrigen Strich hin und tippt mit dem Ende des Stiftes darauf.

»L«, sagt sie, »L«, sodass ich die Zunge hinter ihren Lippen sehe.

»L wie liegen«, sagt sie. »Ich weiß, dass du liegst.«

Sie verstellt das Kopfteil des Bettes um drei Stufen in die Position, in der mir das Atmen am leichtesten fällt.

»Frühstück im Bett«, singt Agaat beim Einatmen durch die Zähne, »Frühstück im Bett«, schiebt die Stifte wieder hinein und zieht die Schrauben fest.

»Veränderung«, sagt sie, »ist wie Urlaub. Liegst du jetzt besser, Ounooi?«

Ich schließe ein Mal ganz langsam die Augen. Das bedeutet:

Ich liege jetzt besser, danke, aber du hast mich falsch verstanden. Denk mal richtig nach und nenne mir alle Buchstaben, die einen langen, geraden Strich enthalten: p, h, d, m, n, l, t, i, j, k.

Heute funktioniert unsere Telepathie nicht richtig. Ich blinzele erneut, diesmal etwas schneller. Das bedeutet: Lass nur, nimm das weg.

Sie zieht mir die Schiene aus. Sie braucht sie nicht zu lösen, so locker sitzt sie um Hand und Unterarm. Sie sieht aus wie der Armschutz eines Falkners. Wenn sich meine Sprache nur darauf niederlassen würde, zahm und gehorsam, wenn ich ihr nur eine Kappe mit einem Glöckchen über den Kopf stülpen könnte! Ein kleiner Rotfalke mit Tupfen auf der Brust und gezackten Flügeln, der über das Land schwebt, in Aufwinden segelt, zwischen den Horizonten rüttelt, Potberg im Süden und Twaalfuurkop im Norden, hier auf meinem Handrücken, ein Zeuge.

Es wird eine Weile dauern, ihr klarzumachen, dass der Strich der Anfang des Buchstabens K für Karte sein sollte und dass ich die Karten von Grootmoedersdrift sehen möchte, die Karten der Umgebung, meiner Farm. Festgelegte Punkte, konkrete Orte, die Lage meiner Ländereien zwischen dem Korenlandrivier und dem Buffeljagsrivier, ein letzter Überblick aus der Vogelperspektive, über gestrichelte Linien und über die Achsen zwischen den Längen- und Breitengraden hinweg. Aufgezeichnet und beglaubigt will ich die Entfernungen zwischen der großen Straße und den Hügelausläufern, von den Ställen bis zum alten Obstgarten sehen. Ich will meinen Blick an die dünne blaue Ader mit dem roten Häkchen heften, das die Furt, die Brücke über die Furt symbolisiert, den kleinen Pfeil, wo das Wasser über die Furt spült, die Gabelung des Flusses. Einen Grundriss der Farm, die Pläne der Außengebäude, der Wände, der Dachstühle, den Verlauf der Regenrinnen, die Neigungen der Dränagen, die Zahlen und Wörter in Druckschrift. Ich werde den Grenzzaun abschreiten und die Kadaver zählen, die der Metzgervogel hinterlassen hat, ich werde eine Insel im Fluss finden, überwuchert von wilden Brombeeren, ich werde mich unter den Balken eines Speichers hindurchducken, mich auf einen leeren Sack setzen und mich dort verkriechen, damit mich niemand findet. Plätze, an die ich mich klammern kann, ein Raum außerhalb dieses geschlossenen Zimmers mit seinem Vergeltungssystem, irgendetwas, worauf ich meine Fantasie, meine Erinnerungen pfropfen kann, einen Schnitt, eine Einkerbung, eine Okulierung, die aus der Oberfläche etwas weniger Steriles macht.

Agaat schiebt die Brücke näher über das Bett und stellt das Tablett darauf. Dann legt sie mir die Kopfstütze an.

»Schön festklemmen«, sagt sie, »sonst wackelt der alte Kürbis.«

Sie nimmt den Teller mit Brei in ihre gesunde Hand und den Teelöffel zwischen die Fingerspitzen der anderen, die aus dem Ärmel hervorlugt. Sie rührt den Brei um, um ihn abzukühlen.

»Noch nie ist etwas Unreines in meinen Mund gekommen«, zitiert sie die Bibel.

Sie hebt den ersten Teelöffel an meinen Mund, lauscht auf meinen Atemrhythmus und schiebt ihn mir zwischen Ein- und Ausatmen zwischen die Lippen. Ich behalte die kleine Menge lauwarmen Brei auf der Zunge, bis mir das Schlucken gelingt. Mir ist klar, dass es nicht mehr lange dauern wird, bis ich die Schluckhilfe brauche. Aber ich schiebe den Zeitpunkt noch hinaus. Scheinbar birgt es ein gewisses Risiko, sie anzuwenden. Doch was habe ich zu verlieren? Diese Zwangsernährung? Dieses künstlich verlängerte Leben? Dieses unaufhaltsame Gleiten in Richtung Tod?

Leroux hat gesagt, wenn der Schlauch nicht mehr in der Speiseröhre hält, wird er einen Luftröhrenschnitt machen und einen Nahrungsschlauch unterhalb meines Kehldeckels einführen. Der nächste Schritt wäre die künstliche Beatmung und eine Magensonde durch die Bauchdecke. Damit müsste ich allerdings ins städtische Krankenhaus.

Ich will das nicht. Ich will hierbleiben, bei Agaat, in meinem vertrauten Zuhause. Ich habe unterzeichnet. Sie hat unterzeichnet. Niemand kann uns zu irgendetwas zwingen. Wir sind aneinander gebunden.

Ich fühle den Brei rechts und links der Zunge hinabrinnen, bevor ich zum Schlucken bereit bin. Ich stelle mir die Schleuse im Bewässerungsgraben vor: Das Wasser dahinter steigt, eine Hand zieht den Haltestift und dann die Klappe in der Führung heraus, das Wasser fließt ab, die Schleuse wird hinuntergelassen und rastet in der unteren Halterung wieder ein. Mit diesem Bild versuche ich, den Schluckmechanismus anzuregen.

Jeder Bissen ist ein Wagnis; jedes Mal muss der geschwächte Reflex mit viel Fantasie ausgelöst werden.

Genau so hat Leroux es uns geschildert. Jeder Schluck ein Sprung ins Ungewisse. In dieser Hinsicht wolle er uns keinerlei Illusionen machen.

Illusionen!

Was versteht er schon davon.

Ich schlucke noch einmal.

»So, geschafft«, sagt Agaat, »wer nicht wagt, der nicht gewinnt. Konzentrier dich, Ounooi, hier kommt noch ein Löffel. Aller guten Dinge sind drei.«

Nach dem dritten Schluck bin ich erschöpft. Ich schließe die Augen und würge den Brei nach und nach hinunter. Als er endlich unten ist, öffne ich die Augen, dann den Mund und versuche zu sprechen. Ich weiß genau, wie es geht. Ich muss meinen weichen Gaumen absinken lassen und mit dem Zungenrücken verschließen, über den eben noch der Brei geflossen ist. Ein kurzer, rascher Tick muss es sein. Ein leiser, stimmloser Plosiv, ausgelöst durch meinen Atem. Das Klicken eines Türschlosses. K wie Karte.

Agaat schreckt auf.

»Hast du dich verschluckt, Ounooi? Warte, ich helfe dir. Ganz ruhig. Hol kurz Luft, dann schlucken, dann ausatmen. Schlucken, Ounooi, schlucken, ich reibe dir den Hals, los, schluck doch!«

Ich spüre ihre Fingerspitzen an meiner Kehle. Leicht massiert sie sie, wie Leroux es ihr gezeigt hat, nein, geschickter, immerhin hat sie schon unzählige aus dem Nest gefallene Vögel aufgepäppelt.

Vogeljunge. Niemand konnte sie so gut aufziehen wie Agaat.

Mit Brot, mit rohem, von ihr vorgekautem Getreidebrei. Alle nur denkbaren Arten waren dabei, von der Taube bis zum Lämmergeier. Sie hat sie alle durchgebracht. Immer. Und am Ende hat sie sie fliegen lassen. Aus der Hand hinauf in die Lüfte. Die Anhänglicheren unter ihnen sind manchmal noch eine Weile zurückgekehrt. Bestimmt hat sie sich darüber gefreut. Sie hat ihnen dann in den ersten paar Tagen noch Futter hingestellt, aber jeden Morgen weniger, um sie zu entwöhnen. Später hat sie sie von den Emailschüsseln, die sie nicht mehr mit Brot und Körnern füllte, verjagt.

»Fliegt davon! Werdet wieder wild! Sorgt für euch selbst!«, rief sie und fuchtelte mit den Armen durch die Luft, energisch mit dem starken linken, etwas flatterig mit dem dünnen rechten.

»Räum die Schüsseln weg«, ermahnte ich sie jedes Mal, »sonst hoffen sie weiter, dass du sie fütterst.«

Bei jedem Einatmen streicht sie in sanften, kleinen Kreisen über meine Kehle, und beim Ausatmen streicht sie abwärts, um meinen geschwächten Reflex zu unterstützen. Wie mühevoll das Schlucken ist! Auf einer Seite den Berg hinauf, auf der anderen Seite wieder hinunter, beides gleich beschwerlich. Höhnisch klingen mir die Versprechungen der Dichter im Ohr.

Über allen Gipfeln
Ist Ruh,
In allen Wipfeln
Spürest du
Kaum einen Hauch;
Die Vöglein schweigen im Walde.
Warte nur, balde
Ruhest du auch.

Warum fällt mir jetzt ausgerechnet dieses alte Gedicht ein, das ich als Studentin bei Herrn Doktor Blumer auswendig gelernt habe?

Noch ist meine Zeit nicht gekommen, noch schweigt der Vogel nicht ganz.

Sie glaubt, sie wäre die Herrin über meine Zeit.

Das glaubt sie.

Rasch öffne ich die Augen. Ich bin kein Feigling. Ich will eine Karte von meinem Hof sehen. Dieser Raum zwischen Chromstangen, dieses sterile Zimmer, in dem du mich an der Gurgel hast – ich bin mehr als das! Ich bin mehr als ein Kaninchen im Käfig!

Rasch zieht Agaat die Hand weg.

»Was ist denn jetzt? Steckt dir etwas im Hals? Lass mich mal nachsehen.«

Ein logischer Schluss, ein bekanntes Problem: ein Rest nicht geschluckten Essens, der am Gaumen klebt. Reine Routine.

Agaat drückt meine Zunge mit einem Spatel hinunter und blickt mir in den Mund. Wieder versuche ich, das K zu bilden, vielleicht geht es leichter, wenn mir der vordere Zungenteil nicht im Weg ist.

»Mund auf, Augen zu«, sagt Agaat.

Doch ich halte die Augen weit geöffnet, um ihre Aufmerksamkeit zu erregen. Sie sucht weiter meinen Mund ab. Wie jemand, der draußen im hellen Sonnenschein steht und in eine Höhle blickt, so sieht sie in mich hinein.

Ich blinzele langsam und regelmäßig, als Ermunterung.

Finde es, Agaat, finde das Wort in meinem Mund, finde die Regung, aus der es entspringt, fische die Bedeutung, das Verlangen heraus. Die Grenzen von Grootmoedersdrift, die Landmarken, die Hügel und Täler. Das kannst du mir nicht vorenthalten!

K, versuche ich es wieder. Agaat öffnet den Mund. Ich blinzele schnell. Warm!, bedeute ich ihr. Du bist auf der richtigen Spur! Sie erwidert mein Blinzeln. Mein Herz schlägt schneller. Jetzt verstehen wir uns. Einander in die Kehle sehen, das ist der Weg, zwei Kehlen auf der Suche nach einem Wort.

Gut, gut, Agaat, versuche, mein Gaumensegel zu erkennen, und schau, wie es sich absenkt, mache es nach, forme das K für mich und dann sage: »Karte.« Dann bringst du mir die Papprollen aus dem Sideboard; sie liegen hinter den blauen Notizheften, von denen du jeden Morgen ein neues hernimmst. Du kramst die

Karten hervor und breitest sie vor mir aus, damit ich sehen kann, wo zwischen Himmel und Erde ich mich befinde, denn mein Bett ist mir zu klein.

Mein Mund ist geöffnet, ihr Mund ist geöffnet. Versuchen wir es noch einmal. Ich sehe deinen weichen Gaumen, Agaat. Dein Mund riecht nach süßem Rooibostee, den du vor einer Stunde aufgebrüht und aus dem Emailbecher getrunken hast.

Agaat schließt den Mund, legt ihre Hände auf meine, tritt langsam einen Schritt zurück und sagt: »Bitte reg dich nicht unnötig auf. Komm, wir gehen unsere Liste durch und finden heraus, was du haben möchtest.«

*

12. Dezember 1947. Am Tag vor deiner Hochzeit geschah es zum ersten Mal. Anschließend, in den Tagen darauf, in den ersten Wochen, versuchtest du, dich zu beruhigen, indem du Musik hörtest. Du machtest dir weis, Jak sei wegen der Hochzeit, der großen Verantwortung und seiner Schwiegermutter nervös gewesen und in Panik geraten.

Und dann musstest du ihm auch noch zusätzlich die Ohren vollheulen. So versuchtest du es zu rechtfertigen. Die Idee, mit Beatrice darüber zu reden, verwarfst du schnell wieder. Oder mit deinem Vater vielleicht? Am Abend vor der Hochzeit hatte er dich angesprochen, dir die Hand auf die Schulter gelegt und gesagt: »Ich mache mir Sorgen um dich, mein Kind. Stimmt etwas nicht?« Du hattest in sein von der Krankheit zerfurchtes und ausgezehrtes Gesicht geblickt und dich gefragt, was wohl geschähe, wenn du es ihm erzähltest. Er hätte sofort reagiert und Jak zur Rede gestellt. Doch du konntest es nicht riskieren, Jak zu verlieren.

Du hättest vor dem großen Tag so gerne das ganze Haus auf Vordermann gebracht, denn der Empfang sollte auf Grootmoedersdrift stattfinden. Ach, und der Garten! Ungepflegt und überwuchert. Für ihn hattest du große Pläne, aber die würden vorerst warten müssen. Es gab Wichtigeres zu tun. Außerdem hingst du an den alten Pflanzen und wolltest sie auf jeden Fall für alle Zeit bewahren: die Amaryllis, die Purpurwinden und die Kapuzinerkresse um den Fuß des Wassertanks, die wilde Jasminhecke, die sich in die alten Guavenbäume hinaufgerankt hatte, die Schwarzäugige Susanne, die altmodische violette Bougainvillea, die die Seitenveranda überwucherte, die Winterlevkojen, die duftenden roten Bartnelken, die Tuberosen. Wenn du genau hinsahst, war es bereits ein Paradies.

Das Hochzeitsgeschenk deines Vaters war überaus großzügig: ein nagelneues Rieddach für das alte Farmhaus, aufgebracht von den besten Dachdeckern aus Suurbraak, und dazu einen neuen Fußboden auf einem hohen Unterboden mit ordentlichen Lüftungsöffnungen in den Fundamenten. Für das Wohnzimmer hatte dein Vater mit letzter Kraft noch Gelbholzdielen aus einem alten Haus in Swellendam organisiert, das gerade restauriert worden war. Außerdem hatte er jahrelang altmodische, schmale Tannenholzdielen mit dichter Astmaserung gesammelt, bis genug davon vorhanden waren, um die übrigen Räume des Hauses damit auszulegen. Ma heuerte einen ganzen Trupp Malaien aus Hermityk für die Arbeit an. Das Mauern und Schreinern liege ihnen im Blut, behauptete sie. Sie reparierten die Eingangstreppe, die stellenweise abgebröckelt war, und brachten Öffnungen in den Wolfsgiebeln an, sodass das neue Dach hinreichend belüftet wurde. Die zwei Tauben unter dem Überhang beider Giebel, jene verborgenen Verzierungen, die du von klein auf so geliebt hattest, restaurierten sie, sodass man sie wieder gut erkennen konnte, wenn das Nachmittagslicht in einem bestimmten Winkel darauffiel – die Köpfchen einander zugewandt, schienen die weißen Stuckvögel zu gurren. Die Eingangstür schmirgelten sie ab, strichen sie grün und brachten einen alten Kupfertürknauf und einen -klopfer mit Luchskopf an, die noch aus dem Erbe deiner Mutter stammten. Sie trugen das ganze Gerümpel aus den Kellern und erweiterten diese, um mehr Lagerraum zu schaffen. Lagerraum könne man auf einer Farm nie genug haben, meinte deine Mutter, und Jak wolle sicher seinen Wein vernünftig unterbringen. Sie überwachte persönlich die Arbeiten an den Kellern und sortierte aus, was weggeworfen werden konnte und was in die Lagerräume hinter dem Haus gebracht werden sollte. Darunter waren viele alte Möbel, die du mit der Zeit aufarbeiten lassen wolltest. Deine Mutter zeigte dir, welche am wertvollsten waren, und befestigte Etiketten an den Beinen. Die Bücher wollten sie und Jak entsorgen, aber das verhindertest du. Nur weil dein Vater krank war, sollten sie nicht glauben, sie könnten mit seinen Sachen machen, was sie wollten, sagtest du. Viele der alten Werke hatten kunstvolle Ledereinbände. Es gab Enzyklopädien und Nachschlagewerke über Insekten, das Verhalten der Tiere und Geologie, und auch mittlerweile veraltete populärwissenschaftliche Werke hatte dein Vater besessen. Sie werden sich gut in den Wohnzimmerregalen machen, sagtest du, und man wisse ja nie, wann man einmal Informationen über die unwahrscheinlichsten Dinge benötigte. Du stelltest sie neben die Gedichtbände, Romane und Dramen, die du während deiner Studienzeit gelesen hattest, neben *Wuthering Heights*, *Northanger Abbey*, *Belydenis in die skemering*, *Der Kirschgarten* und Leipoldts *Die heks*, *Kringloop van die winde* und *Die siel van die mier.* Die alten Nachschlagewerke, mit denen du aufgewachsen warst, wolltest du ebenfalls studieren und dir zu eigen machen. Dein Vater hatte dich als kleines Kind daraus unterrichtet, über den Erdfloh *Collembolla* mit der Sprungfeder unter dem Schwanz, der in einer Nacht ein ganzes Luzernefeld vernichten konnte, und so weiter. Die Bücher gehören zum Farminventar, sagtest du, während du die alten Folianten stapelweise ins Haus schlepptest.

Du ließest das Haus von innen und außen neu streichen und alle Holzelemente abschleifen und lackieren. Du ließest gesprungene Scheiben ersetzen, Teppiche und Überdecken auslegen und Gardinen aufhängen. Das Wichtigste war vor der Hochzeit erledigt. Dein Nest war gemacht.

Es war mehr als gut genug für den Anfang, aber du warst ehrgeizig und drängtest Jak, dir in letzter Minute noch mit dem Streichen der Küchenschränke zu helfen.

»Die sehen schlimm aus«, sagtest du, »was sollen die anderen Frauen von mir denken, wenn sie diese Küchenschränke sehen? So verdreckt, wie sie sind! Und was soll meine Mutter von uns denken, wenn wir nicht einmal selbst die Ärmel aufkrempeln und ein bisschen mit anpacken?«

Das konnte er nicht ertragen. Dass du ihn mit den Auffassungen anderer unter Druck setztest. Nicht mit deiner Meinung, sondern mit dem Urteil anderer Leute. Denn darauf legte er größten Wert.

Da passierte es. Am Tag vor der Hochzeit. An den Haaren schleifte er dich über die hintere Veranda des Farmhauses von Grootmoedersdrift. Schubste dich und stieß dir vor die Brust, sodass du auf den Zementboden stürztest. Dort ließ er dich liegen und marschierte davon.

An diesem Abend betrachtetest du dich im Zimmer von Mutters Stadthaus in Barrydale, wo du vor der Hochzeit wohntest, nackt im Spiegel. Du zogst die Haare straff nach hinten, um deine Kopfform erkennen zu können. Du begutachtetest deinen Körper und deine Gesichtszüge. Du warst keine schöne Frau im herkömmlichen Sinne. Dein Mund stand ein wenig schief, ebenso wie deine Augen, und dein Körper besaß nicht die Regelmäßigkeit und die Proportionen, die in den Zeitschriften als Ideal präsentiert wurden. Deine Haare waren mausfarben und etwas widerspenstig, weil du mehrere Wirbel am Kopf hattest.

Du betastetest deine Schrammen und Blutergüsse. Auf der Stirn hatte sich eine dicke Beule gebildet. Ein Knie konntest du nur mit Mühe beugen. Du setztest dich aufs Bett und weintest, hörtest irgendwann jedoch auf. Du wolltest nicht mit geschwollenen Augen vor den Altar treten. Nicht du.

Du wuschst dir das Gesicht und legtest Pas 78er Schallplatte *Frauenliebe und -leben* auf den Plattenspieler in deinem Zimmer. Sollte doch Kathleen Ferrier an deiner Stelle heulen. Dann nähtest du lange Voile-Ärmel und einen Stehkragen aus steifer Spitze an dein Hochzeitskleid, damit niemand etwas bemerkte. Das Hochzeitskleid war aus allerfeinstem Damast, der noch aus der Aussteuer deiner Mutter stammte. Ursprünglich war er für einen Bettüberwurf bestimmt gewesen, aber als zu wertvoll befunden worden. Zwischen den Stichen hobst du den Blick und sahst in den Spiegel. *Die verkaufte Braut*, dachtest du. Nun hast du mir den ersten Schmerz getan.

Du warst dabei, dein Hochzeitskleid zu verderben; es würde wie ein zu üppiges Nachthemd aussehen. Deiner Mutter gegenüber behauptetest du, es sei dir zu freizügig gewesen. Sie kniff misstrauisch die Augen zusammen und glaubte dir kein Wort. Sie wusste, wie du dich für gewöhnlich kleidetest. Freizügigkeit hatte dich noch nie gestört. Vielleicht, sagte sie, habe dir die Vorstellung nicht gefallen, in einer Bettdecke zu heiraten, aber was das angehe, solltest du dir die Flausen abgewöhnen, denn von nun an würdest du das Bett sein.

Die ordentlich gemachte Frau, dachtest du, die zurückgeschlagene, die aufgeschlagene, die frisch bezogene Frau. Eine Frau mit Federkern und stabilem Kopfende, eine Frau mit Kupferbeschlag.

Du arbeitetest mit feinen Stichen, das Garn vorsichtig durchgezogen, Stich für Stich nähtest du dich ein in die verhüllenden Ärmel, in den Kragen, der die Male an deinem Hals verdecken sollte.

Bei der Arbeit dachtest du an euer erstes Mal. Ihr hattet es schon vor der Hochzeit getan, an dem Tag, an dem ihr beinahe mit dem Melonenlaster zusammengestoßen wart.

Ihr hattet nicht warten wollen, und du warst genauso leidenschaftlich und übermütig gewesen wie Jak. Doch während du den verhüllenden Stoff an dein Hochzeitskleid nähtest, sahst du jenen Nachmittag plötzlich mit anderen Augen.

Jak hatte dich über die Schwelle getragen, dich auf das alte Bett im Schlafzimmer deiner Eltern geworfen und sich an dir befriedigt. Ohne Vorspiel, ohne Zärtlichkeit, einfach so. »Warte!«, hattest du ihn gebeten, »warte noch ein bisschen, Jakop, langsam, bitte!«, aber er war taub für dein Flehen gewesen. Kalk war von der rissigen Stuckdecke gerieselt, und die Bodendielen hatten unter dem quietschenden Bett geknarzt. Du warst bestürzt gewesen. Du dachtest: Nein, nein, nicht so!, rissest dich aber zusammen. Innerlich wehrtest du dich, während er sich über dich hermachte. Alles wird gut, redetest du dir ein, wir werden einander noch besser kennenlernen.

Hinterher warst du fassungslos, weil die Decke mit so viel Blut durchtränkt war, aber ihm war es einerlei.

»Das ist ganz natürlich«, sagte er mit dem Rücken zu dir, »schließlich bist du eine Bauersfrau. Jetzt bist du richtig eingeritten. Kleiner Schnellkurs. Stell dich nicht so an. Wie hat deine Mutter gesagt? Eine *Afrikaner*-Frau erträgt ihr Leid geduldig und schweigt.«

Nachdem du dein Kleid umgeändert hattest, warst du ein anderer Mensch. Du glaubtest, du hättest verstanden, worauf du dich eingelassen hattest. Du dachtest: Besser, ich weiß gleich von Anfang an, woran ich bin, als es erst später zu erfahren. Du experimentiertest vor dem Spiegel mit deiner Frisur, um die Verletzungen zu verbergen. Nicht einmal mit deiner Mutter konntest du deine neue Einsicht teilen.

Deine Cousins waren alle anwesend, aber du vertrautest keinem genügend, um dich zu öffnen. Beatrice, deine Freundin seit der Schulzeit, musterte dich mehrmals eindringlich, doch du ließest dir nichts anmerken. Du lächeltest und spieltest deine Rolle perfekt, den ganzen Hochzeitstag über. Es würde nicht noch einmal vorkommen und ging niemanden etwas an. Außerdem liebtest du Jak und bedauertest ihn inmitten all deiner Verwandten, deinem Vater, der ihm allzu ernst die Hand schüttelte, und deiner Cousins, die ihm fest auf den Rücken klopften.

Den schönen Jak nannten sie ihn. Jak, der Frauenschwarm.

Sie bewunderten ihn für seine Wortgewandtheit, und er hielt tatsächlich eine umwerfende Hochzeitsrede, dein Jak. Das hattest du nicht anders erwartet. Du kanntest sein Stilgefühl ja bereits. Aus dem Toastmaster-Klub in Stellenbosch, wohin er dich während des Studiums geschleift hatte. Dir hatte es dort nie sonderlich gefallen, aber dafür begleitete er dich zu den Liederabenden im kleinen Saal des Konservatoriums und saß dort brav seine Zeit ab. Bei seinen Reden lag ihm das Publikum stets zu Füßen, und das hatte er dir gerne beweisen wollen. Bei der Hochzeitsrede war es nicht anders.

»Es war einmal eine wunderschöne Farm«, begann er und zwinkerte dir zu. »Sie lag am Fuß eines Berges und am Ufer eines Flusses, und ihr Rieddach schimmerte zwischen den Bäumen hindurch. Doch der Hof war still und verlassen. Am Abend seufzten die Bäume, das Haus knarzte, und der Berg flüsterte dem Fluss zu: Wann bekommen wir endlich wieder Hofherren, einen Landwirt mit seiner Frau, die der Farm neues Leben einhauchen und einander über alles lieben?«

Hörtest nur du den spöttischen Unterton? Du erhaschtest den Blick deines Vaters. Ihm gefiel Jaks Rede offenbar nicht, doch er machte gute Miene zum bösen Spiel und lächelte.

Vielleicht hatte auch Jak diesen Blick bemerkt; jedenfalls verschwand der Spott aus seiner Stimme. Er berauschte sich und alle anderen, ja er heizte dem Publikum regelrecht ein. Am Ende brachte er alle zweihundert Hochzeitsgäste zum Singen, und das Heimatlied schallte über ganz Grootmoedersdrift.

Nachdem er fertig gesprochen hatte, glaubten alle, Märchen könnten wahr werden.

Erst nach Mitternacht, als die Gäste sich allmählich verabschiedeten, zogst du dich zurück. Du weintest nicht, sondern wogst lediglich die Umstände gegeneinander ab und schmiedetest deine eigenen Pläne. Als Jak zu dir kam, war er nach der rauschenden Feier angetrunken, redselig und suchte Körperkontakt. Er stellte sich hinter dich vor den Spiegel, vor dem du im Unterkleid saßt, und streichelte deinen Nacken.

»*Sweetheart, sweetheart, sweetheart*«, sang er, »*will you love me ever?*«

Zur Feier des Tages summtest du mit.

»Ich hätte niemals eine schöne Frau heiraten können«, sagte er, »das hätte mir viel zu unruhige Nächte beschert.«

Lächelnd erwidertest du: »Mein lieber Mann, was könnte sich eine Bauersfrau Schöneres wünschen als einen Ehemann, der morgens frisch und ausgeruht für sein Tagewerk aus dem Bett springt?«

wie lange liegen wilde erbsen in der erde bis sie schimmeln? wie lange trägt ein schaf die blauzungenkrankheit in sich bis sie ausbricht? wie lange haben sich in meinen fugen die gnitzen vermehrt? in welchen furchen und falten von hals und schritt hat die unsichtbare krätzemilbe gelauert? wie viele jahre beträgt die inkubationszeit des schreckens? in welchen unterirdischen adern lagert sich die geschichte ab? ein regenwasserbecken erwählt sich nicht selbst die berge wählen und die mündung eines stroms schenkt das meer wie konnte ich nur ein so fehlerhafter speicher werden wie ein still gärender see?

Mittwoch 12. Mai 1960

Jetzt da ich Listen anlege erscheint mir alles realistischer. Zwei Prozesse (drei!) bedingen sich gegenseitig & ich muss an vieles gleichzeitig denken. Ich darf aber nur an die Aufgaben denken und nicht an die Gründe. Herr hilf mir sonst wird mir alles zu viel!

Kriel & Co. Liste 1

Baby (Mädchen oder Junge?)
Windeln und Sicherheitsnadeln
Deckchen (zum Einwickeln und Zudecken, Woll-Baumwoll-Gemisch) (5)
Bodys (langärmlig, es wird im Winter geboren) (7) Ma sagt, davon kann man nie genug haben
Strampler (vorn zum Knöpfen)
Überhöschen (wasserdicht)
Wiege (vielleicht meine alte weiße bei Ma abholen? Oder steht sie noch hier im Keller?)
Kinderwagen (Dunlop, verstellbar)
Kissen & Überzüge
2 Jäckchen (Anoraks)
Handtücher (4 groß, 4 klein)
Babyshampoo & Seife
Badeöl
Babypuder

Watte
Ohrenstäbchen
Kleine Schere
2 x 4 Fläschchen m. Sauger
Flaschenbürsten 2x
(habe eine Rassel mit kleinen Bällen in einem Rahmen gesehen & ein Wiegenmobile mit Engeln & Vögeln)

Kriel & Co. Liste 2

7 langärmelige Hausmädchenkleider (schwarz – keine Zeit, selbst zu nähen)
7 Schürzen (vorne hoch Rückenbänder über Kreuz vgl. Royal Hotel)
7 weiße Hauben mit Gummibändern (wenn bei Kriel nicht erhältlich Good Hope Café Hilfen dort tragen sie Georgies Frau fragen)
Haarnadeln (2 x 24 groß)
Unterhosen (festes schwarzes Woll-Baumwoll-Gemisch Schulabteilung)
Schuhe für Schuluniformen (Gummisohlen)
weiße Socken (1 Dutzend)
Flanellnachthemden (2)
Nylonnachthemden (2)
4 BHs 70A (muss reinwachsen aber sie entwickelt sich jetzt schnell)
Handtücher & Waschlappen (Gardinen?) kann ich aus der Resteschublade im Wäscheschrank zusammensuchen
Bettwäsche & Kissen genug.
Stoffreste! – bei Nadelöhr anrufen – muss ihr schnell ein, zwei Sonntagskleider zusammenstückeln sie kann inzwischen gut genug nähen um sie selbst hübsch zu machen hab einfach keine Zeit & kann nicht alles fertig kaufen
4 Dutzend Dr. White's Monatsbinden (Aufklärung! Wann ist der richtige Moment?)
Gummiband mit Schlaufen
Deo (zum Cremen)
Lacto-Calamine-Lotion
Lifebuoy-Seife x 6
Johnson's Babypuder (muss ihr mal zeigen wie man Schuhgeruch bekämpft!)
Pepsodent x 6
schwarze Schuhcreme (& Bürste & Putzlappen)
drei kleine schwarze Bügeleisen, Bügelbrett (s. soll nicht morgens das im Haus benutzen sondern pieksauber &

ordentlich aus dem
Außenzimmer kommen
bereit für den Tag)
Vim
Kehrschaufel & Besen
Omo
Waschbrett
Stärke (Rezept aufschreiben:
kaltes Wasser & normal)
Wäscheblau
2 Blecheimer
Sunlicht-Seife (x 4)
Zinkbadewanne
Noch kein Wasser im
Außenzmr
Strom ein Thema?
(Doppelkochplatte?)
Teekessel
großer Topf zum Erhitzen v.
Waschwasser
Becher
Rooibostee
Limonade
Milchpulver
Zucker (Dose)

(PS für ihr Nähkörbchen:
Ersatzknöpfe für die Dienst-
kleidung, Stopfwolle, Nadeln
Stecknadeln Sicherheitsnadeln
Schere Häkelnadel Häkel-
garn Wollreste für die Pullover
die sie trägt muss sie ab jetzt
selbst häkeln)
Bibel
Landwirtschaftskalender (alt)
Kochbuch?
Handbuch für Landwirte
(Pas alte Ausgabe, A. soll die
Grundzüge lernen alte & neue
Methoden man weiß nie & ist
eine gute Übung)
Stickbuch

zusätzlich:
Dose Ingwerplätzchen
Dose Zwieback
Mürbeplätzchen
Zuckerwürfel
Pfefferminzdrops

Sie muss doch abends etwas zum Knabbern & zum Tee haben bevor sie zu Bett geht. Es gibt noch so viel zu tun! Mir wird ganz schlecht wenn ich nur daran denke. Habe J. gefragt ob er denn gar nichts empfindet bei den neuen Entwicklungen aber er hat erwidert ich hätte Gefühle genug für zwei. Ehe ich michs versah hat er sich wieder einen ganzen Schwung neue Kleider gekauft. Neuigkeiten auf Gdrft hat er gesagt & er könne doch nicht beim nächsten Akt ohne neues Kostüm auf der Bühne erscheinen. Ich habe gesagt er soll lieber was lesen & sich weiterbilden statt wie ein Lackaffe umherzustolzieren. Seit ich schwanger bin ist er vorsichtiger geworden. Hat mich kaum mehr berührt geschweige denn geschlagen. Aber wie er mit mir redet! Hat mir gerade das Tagebuch weggerissen. Selig sei die Schreiberin der Listen, Schöpferin des Himmels und der Erde, hat er gerufen. Geheiligt seien ihre Leser, habe ich erwidert. Was soll nur aus uns werden?

13. Mai 1960

Alles fügt sich wie vorherbestimmt. Drei Zimmer gleichzeitig eingerichtet Kinderzmr & A.s Zimmer & Giebelzmr im linken Flügel als J.s Büro. Er schläft jetzt meistens dort & mit dem Baby ist das bestimmt besser so meint er auch.

Bin todmüde vom Organisieren den lieben langen Tag. Befürchte die ganze Zeit Wichtiges zu vergessen. Habe Angst. Was für eine Veränderung! Weiß dass es gut ist sorge mich trotzdem dauernd.

Wiege & Waschtisch ins Kinderzimmer stellen lassen mit Aussparung im Waschtisch für die Schüssel & daneben Platz genug um Kind zu versorgen. Unter dem Waschbecken Platz genug für Handtücher & Waschutensilien. Einzelbett hineinbringen lassen & einen Lehnstuhl sodass ich mich zum Kind legen kann wenn nötig & Platz zum Stillen & Kommode mit ausreichend Schubladen sodass ich gleich alles zur Hand habe.

Gardinenstoff mit Halbmonden & Sternen gekauft Fenster geht zum Hinterhof sodass A. nachts auch mitbekommt wenn das Baby weint.

Linoleum auf ihren Waschtisch nageln lassen auf das s. ihren Kessel stellen kann. OuKarel hat Bretter zwischen den Beinen ihres Tisches für ihre Zinkwanne & ihren Koffer angebracht. Über dem Tisch ein Regal anbringen lassen auf dem s. Kaffee & Tee & Tassen & Seife & Reinigungsmittel stellen kann. Nagel für Spiegel in die Wand Sprung in der Ecke aber noch brauchbar. Habe ein Kupferrohr an der Wand zwischen den beiden niedrigen Trennwänden anbringen lassen wo früher die Lagerregale standen um ihre Schürzen & Kleider aufzuhängen (alte Kleiderbügel suchen!) davor eine Gardine an einer Schnur damit ihre Sachen nicht offen dahängen neben das Bett eine Kiste mit einem Stück Stoff über der offenen Seite stellen lassen für ihre Bibel und ihr Wasserglas für die Nacht & ihre Kerze vergessen auf die Liste zu setzen 2 Stück (in der Kiste kann s. ihren anderen Lesestoff unterbringen). Von Dawid 4 Apfelkisten übereinandernageln lassen davon 2 Fächer weiß gestrichen & 2 Haken oben reingebohrt & davor auch eine Gardine gehängt für ihre Schuhe & Schuhputzzeug unten & ihre Wolle & Stoffe & Handarbeitskörbchen oben.

Alten gelben Blumentopf mit Kapuzinerkresse aufgestellt Zimmer sieht richtig gemütlich aus. Wände noch nackt & Glühbirne ohne Lampenschirm aber s. soll auch nicht denken das hier wäre ein Hotel alte Badematte vors Bett gelegt damit s. beim Aufstehen nicht auf das kalte Linoleum tritt & alte Küchengardinen ans Fenster gehängt bisschen knapp musste den Saum auslassen aber sonst noch ganz hübsch.

Wie ihr das alles wohl gefallen wird? Es muss einfach gut genug sein. Glücklicherweise ist s. ziemlich vernünftig.

J.s Büro jetzt im Wintergarten. Schreibtisch, Aktenschrank & Farmpapiere aus dem zweiten Lager rübergetragen & Trainingsgeräte aus dem Schlafzimmer. Dazu Pokale & Fotos aus dem ganzen Haus. Jeder seine Kammer die Magd & der Mann singt J. Gott dieser Mann! Er sagt jetzt könne er den Leuten wenigstens wieder in die Augen sehen & mit einem Blick erkennen was auf dem Hof vor sich geht. Als würde ihn das interessieren. Solange er bloß zufrieden ist hab jetzt keine Zeit für Blödsinn. Erwarte dass die heilige Beatrice hier irgendwann reinschneit & die Lage peilt. Die hat doch 'ne Schraube locker würde Pa sagen.

3

Die Morgensonne beleuchtet von hinten Agaats Haube, die von einem üppigen Muster kunstvoller Lochstickerei durchbrochen und an den Rändern mit glänzendem Seidenfaden umsäumt ist. Hell spielen die Sonnenstrahlen darin, als sie sich nähert. Vor meinem Bett bleibt sie stehen, neigt den Kopf, betastet mit beiden Händen die Spitze und berührt rechts und links die Unterseite, um zu überprüfen, ob die Haube richtig festgesteckt ist und gut sitzt. Wenn ihre Haube sitzt, ist sie gegen alle Widrigkeiten gewappnet. Ihre Krone geweihter Baumwolle, ihre Mitra, ihr lichtgefleckter Feuerschutz verleiht ihr Macht über die Unterwelt. Sie berührt sie absichtlich auf diese Weise, damit ich gar nicht erst Zweifel an ihren Absichten hege. Sie ist gerüstet, sie steht bereit, ich soll ihr bloß keine Scherereien mehr machen, sie wird sich um mich kümmern, sie verwaltet meine Möglichkeiten.

Sie listet sie für mich auf, die Optionen, die mir noch bleiben, ohne auch nur eine einzige auszulassen. So wie es ihr in den Sinn kommt, mit den dazugehörigen Hinweisen auf meine Einschränkungen.

Die Liste wird immer kürzer.

Sie ändert sie immer häufiger.

Nachts auf ihrem Feldbett überlegt sie, was sie streichen soll.

Noch vor drei Jahren enthielt die Liste zahlreiche interessante Varianten.

Mit Dawid ausfahren?

Ein Picknick am See? Wir könnten dich in den Rollstuhl setzen.

Über die Furt rudern? Kleiner Scherz.

Möchtest du mit deinem Laufgestell die Veranda auf und ab spazieren?

Möchtest du die Handstütze anziehen und schreiben?

Möchtest du Übungen machen?

Möchtest du ein wenig still im Garten sitzen, neben der Lavendelhecke und der Kletterrose, unter dem Johannisbrotbaum?

Möchtest du Noten haben und ein bisschen vom Blatt summen?

Möchtest du im Speichersee schwimmen?

Pudding mit Aprikosenkonfitüre und Bananen?

All das gehört inzwischen der Vergangenheit an.

Ich schließe die Augen.

Ich habe ein Leben jenseits deiner Listen, hätte ich ihr gern gesagt. Ich habe Bedürfnisse, von denen du keine Vorstellung hast, und wenn du deine Haube in Bronze gössest.

Es macht sie verrückt, dass sie mir nicht jeden Wunsch erfüllen kann. Dass sie nicht jeden meiner Gedanken kennt, frustriert sie über alle Maßen. In meinen Kopf hineinzuschauen und sich das Theater anzusehen – das wünscht sie sich. Wenn sie mit mir spricht, schwingt Protest in ihrer Stimme mit, doch ich weiß, das ist nur die Spitze des Eisbergs, mir gegenüber mehr zu zeigen kann sie sich nicht leisten.

Soll ich die Gardine ein bisschen zuziehen?

Möchtest du die Morgenandacht hören?

Oder eine Kassette?

Wein, Weib und Gesang?

Brauchst du die Pfanne fürs kleine Geschäft?

Fürs große?

Ist dir zu kalt?

Zu warm?

Möchtest du aufrechter sitzen?

Flacher liegen?

Noch ein bisschen mehr Haferbrei?

Fruchtmus? Es ist auch kalte Melone da. Mit ein bisschen Salz?

Wasser?

Tee mit Honig und Zitrone?

Nach jeder Frage wartet sie auf eine Antwort, doch ich halte die Augen geschlossen. Das bedeutet: Kalt, du liegst weit daneben, du hast keine Ahnung, mein Wunsch ist viel abstrakter.

Ich öffne die Lider. Suche ihren Blick. Sperre die Augen weit auf.

Nein, nein und nochmals nein!

Alles um mich herum verschwimmt, doch sie lässt nicht locker. Sie bedrängt mich. Ich muss doch das Ausmaß ihres guten Willens begreifen! Es gibt nichts, was sie nicht für mich täte. Ja, sie würde alles tun, sofern es nicht verboten oder vollkommen unvernünftig ist.

Ich schließe die Augen wieder.

Ihre Stimme klingt einen ganzen Ton höher, und sie spricht ein wenig schneller.

Möchtest du lesen? Soll ich den Leseständer aufstellen und für dich umblättern?

Soll ich dir vorlesen?

Aus der Genesis?

Hiob?

Oder lieber einen Psalm Davids?

Die Offenbarung des Johannes?

Die Bibel der Agaat. Göttliches Delirium und menschliches Erschaudern.

Ich öffne die Augen, reagiere aber nur, indem ich starr geradeaus blicke, was bedeutet: Geh weg, du fällst mir auf die Nerven.

Aus dem Augenwinkel heraus sehe ich, wie sie mit den Schultern zuckt. Dann fährt sie mit dem Zeigefinger raschelnd über den Stapel blauer Hefte auf dem Stuhl.

»Möchtest du vielleicht lieber etwas von dir lesen? Das interessiert dich doch immer, stimmt's? Die gute alte Zeit. *Agaat und der Garten von Grootmoedersdrift 1980*? Nein, das da ist leer. Die Überschrift lautet zwar ›Paradies‹, aber dann kommt nur eine Liste von Pflanzen.« Sie fährt mit dem Finger über die Seite des aufgeschlagenen Hefts und liest: »Tollkraut, Zierquitte, Hängebirke.« Abrupt schlägt sie das Heft wieder zu und fährt mit zusammengekniffenen Lippen fort: »Schade, dass es nicht die ganze Geschichte enthält, sondern nur das Gerippe. Hat Spaß gemacht, die Arbeit im Garten.« Dabei klopft sie auf den Umschlag. »Vielleicht sollte ich es selbst dazuschreiben. Andererseits könnten wir erst einmal damit weitermachen, wie du mein kleines Reich eingerichtet hast, bevor wir mit deinem beginnen, meinst du nicht? Wo wir schon mal dabei sind. ›Ihr kl. Reich‹, das du so hübsch dort hinten eingerichtet hast, weißt du noch? Wie hat der *Baas* immer gesagt? Es wäre ein Fall für das *Guinness Buch der Rekorde*. Zum ersten Mal in der Geschichte: Innendekoration für ein Außenzimmer. Und du dachtest, du könntest es vor mir geheim halten. Bis die Ounooi zur Inspektion kam und die Tür offen stehen ließ. Da hat Saar es gesehen. Aber ich wusste es schon die ganze Zeit.«

Agaat versucht, mich zu provozieren, aber das lasse ich nicht zu. Meine Augen verraten nichts.

Ich musste mir die Geschichte in den verschiedensten Variationen schon bis zum Erbrechen anhören, wahrscheinlich würde heute Abend die nächste folgen. Sieben Schürzen, sieben Hauben, ein Dutzend weiße Socken und eine kleine Vase für die Gemütlichkeit. Weniger belastend wäre, wenn sie mit dem Schuh in der Hand im Sekundentakt auf die Stuhllehne schlagen würde. Doch wenn sie so still dasitzt, vorliest und mich dabei immer wieder anstarrt, als hätte ich ihr irgendwas getan – das ist wirklich schlimm. Meinetwegen kann sie springen und tanzen, ein Notizheft nach dem anderen in die Hand nehmen und wieder hinlegen und quer durchs Zimmer wirbeln wie ein Derwisch in gestärkter Schürze ohne Hoffnung auf Erlösung. Hauptsache, sie begreift, dass auch ich Rechte habe.

Ich will meinen Grundbesitz sehen, ich will mein Land sehen, wenn auch nur als Umriss und in Ortsnamen auf einer glatten Fläche. Ich will meinen Blick auf Wanderschaft schicken.

»Oder bist du in der Stimmung für ein Video?«

Sie sieht nicht mich an, sondern den Heftestapel. Neulich abends habe ich gesehen, wie sie sie gezählt hat. Es sind dreiundsechzig. Ich dachte, es wären mehr.

»Welches möchtest du sehen? Das mit den Schneewölfen? Oder das mit den schwarz-weißen Killerwalen? Oder lieber das mit den Riesenfledermäusen am Amazonas?«

Dabei verzieht sie angewidert den Mund, als hätte sie dabei mich vor Augen, wie ich mich mit winzigen, feuchten Krallen an die Mähne eines Pferdes klammere und mich an der Schlagader festbeiße, mein saugendes Maul in Großaufnahme.

Sie würde alles tun, um nicht eingestehen zu müssen, dass ich eingesperrt bin wie hinter dem dicken Glas eines halb durchlässigen Spiegels, vor dem sie steht und keine Ahnung hat, was in aller Welt ich von ihr möchte.

»Oder willst du lieber einen Film sehen? Bevor ich die Kassetten morgen wieder zurückbringe und neue hole? *Reise nach Indien*? *Engel und Narren*? *Am goldenen See*?«

Wie viele Silben kann man aussprechen, ohne ein K zu benutzen? Wie viele Sätze, ohne das Wort »Karte« darin einzubauen? Wie viele Gedanken kann man sich machen ohne den an eine schematische Abbildung der Welt?

Man sollte doch meinen, das sei unabdingbar.

Meine Wangen sind nass.

Ich schließe die Augen. Halte sie geschlossen. Gebe auf. Ich flattere mit den Augenlidern, ohne sie zu öffnen. Frechheit, soll das heißen. Du musst doch erkennen, dass ich etwas vollkommen anderes meine. Hau ab aus meinem Zimmer und nimm deine verdammten Listen mit!

Ich höre, wie sie auf dem Absatz kehrtmacht. Schnelle Schritte den Flur entlang zum Badezimmer. Sie kommt mit einem warmen Waschlappen zurück und fährt mir damit zwei Mal über das Gesicht.

Hör auf zu heulen, sonst erstickst du noch!, signalisiert ihr Blick.

»Zeit zum Zähneputzen«, sagt sie.

Putz dich selber!, bedeute ich ihr und blinzle heftig unter Tränen.

»*Aitsa!*«, erwidert Agaat. Was soll das?

Sie schiebt den Stecker der elektrischen Zahnbürste in die Steckdose und hält das grüne Ding mit dem rotierenden Kopf in die Luft, um es zu testen. Tsimm, macht es, tsimm-tsumm. Sie schraubt den Deckel von dem Pulverzeug ab und drückt den Bürstenkopf hinein. Zahnputzpulver. Schmeckt nach Limone, Staub und Tafelkreide. Im Gegenlicht tanzt Staub um Agaats Hände.

»So«, sagt sie, »und jetzt das ganze Klavier, Zahn für Zahn, von der Mitte aus nach hinten, erst außen, dann innen. Oben fangen wir an.«

Sie legt die Zahnbürste in eine Schüssel auf dem Wagen und streift ein Paar Latexhandschuhe über. Das Gummi flitscht und schnappt. Die kleine Hand gleicht einem Maulwurf, der sich blind in den Handschuh gräbt. Die andere Hand sieht aus wie eine Pinzette.

»Mariechen saß weinend im Garten«, singt sie beim Einatmen.

Sie nimmt die Mundklemme aus dem sterilen Bad, lässt sie abtropfen und wirbelt die Feststellschraube herum. Wrrr, dreht sie sich zu. Tropfen besprenkeln mein Gesicht.

Ich blinzele: Pass doch auf!

»Oh, tut mir leid«, sagt sie und wischt mir das Gesicht mit einem Wattebausch ab. Wisch, wisch, wisch. Links, rechts, links. »Im Grase lag schlummernd ihr Kind«, singt sie weiter.

Mein Gott, sage ich mit den Augen, mein Gott noch mal!

»Wie bitte?«, fragt Agaat.

Sie drückt die Feder der Klammer zusammen und manövriert sie in meinen Mund. Der flache, kalte Fuß aus rostfreiem Stahl legt sich auf meine Zunge, der obere Bogen schmiegt sich an meinen Gaumen. Sie lässt die Feder los, und mein Mund öffnet sich.

»Aufgebockt«, sagt Agaat.

Sie blickt zur Tür hinaus, während sie die Schraube in meinem Mund weiter aufdreht. Die Prozedur ist ihr wohlvertraut. Sie mag Leroux' Apparate. Die Zahnbürste mit dem Zahnputzpulver war ein Volltreffer. Damit kann sie überall in meinem Mund herumfuhrwerken, sogar unter der Zunge und auf der Rückseite meiner Zähne.

»Das Trockenputzen schont dich«, erklärte sie mir an jenem Tag, als sie die Zahnbürste auspackte. »Du brauchst nur noch zu schlucken, weiter nichts.«

Jetzt sagt sie: »Konzentrier dich. Schön einatmen.«

Meine Kiefer knacken.

»Noch ein kleines bisschen«, sagt Agaat und dreht an der Schraube, »damit wir überall gut rankommen.«

Bei den letzten Drehungen konzentriert sie sich auf ihre Aufgabe und meidet meinen Blick. Sie starrt in meine Mundhöhle. Kurz zuckt ihr Gesicht.

»Ein Loch ist im Eimer«, beginnt sie.

Ich weiß, wie es weitergeht. So stopf es, womit denn, mit Stroh.

Dann sieht sie mir in die Augen.

»Am besten, wir machen gleich alles auf einmal«, schlägt sie vor. »Wenn wir mittendrin aufhören, schmeckst du das eklige Zeug und willst schlucken, aber das Schlucken wollen wir uns ja fürs Essen aufheben, oder?«

Tsimm, macht die Bürste, tsimm-tsumm fährt sie durch die Luft.

Ich schließe die Augen. Spüre, wie Agaat die Oberlippe von meinen Zähnen hebt. Das Zähneputzen kann eine halbe Stunde oder nur fünf Minuten dauern, je nachdem. Wenn sie Tränen sieht, werde ich bestraft. Die Zahnbürste ist auf die niedrigste Stufe eingestellt und verursacht ein grollendes Bohrergeräusch, wenn sie über meine Zähne schrubbt. Mein ganzer Kopf vibriert. Das Pulver steigt mir in die Nase. Ich konzentriere mich. Atme ein. Bloß nicht ersticken.

»In ihren blonden Locken spielt leise der Abendwind«, trällert Agaat weiter, als hätte es keine Unterbrechung gegeben. Einen Zahn nach dem anderen knöpft sie sich vor und hebt meine Oberlippe dabei an wie einen Teppich.

Sie saß so still und träumend.

»Und jetzt die Kotflügel«, sagt sie und zieht mir die Unterlippe vom Zahnfleisch. Während sie meinen Unterkiefer bearbeitet, stimmt sie ein Kirchenlied an.

»So nimm denn meine Hände«, singt sie, »und führe mich bis an mein selig Ende und ewiglich!« Sie schaltet die Bürste aus. »Bleib so liegen«, sagt sie, »ich höre einen Hund bellen.« Schnalzend zieht sie einen Handschuh aus.

Mit aufgesperrtem Mund bleibe ich liegen. Ein kalter Luftzug weht hinein, die Chromplatte drückt gegen den Gaumen, und der kalkige Geschmack des Zahnpulvers liegt mir auf der Zunge.

Ich höre kein Gebell. Nur das Gurren von Tauben.

Die Tauben meines Bauernhofs.

Alles wird in seinem üblichen Trott weitergehen, alles so sein wie immer, die Schatten der Eukalyptusbäume, das Gurren der Tauben am Morgen. Schon einen Tag nach meinem Tod werden überall wieder die normalen Geräusche ertönen, als wäre nichts geschehen. Der Henkel wird gegen den Eimer klappern, die Tür des Lagerraums wird über die Schwelle schleifen, das Lachen der Kinder wird von der Brücke über die Furt herüberklingen, wo sie mit ihren Drahtautos spielen. Bis hier herauf wird man es hören, genau wie jetzt, begleitet vom Auf- und Zuklappen der Fliegengittertür bei jedem Kommen und Gehen, das in der Küche in einem fort herrscht.

Agaat tritt auf der Türmatte die Schuhe sauber und kommt den Flur entlang. Ich habe den *Bakkie* zurückkehren hören. Vielleicht hat Dawid im Dorf die Post geholt. Ob ein Brief von Jakkie dabei ist? Oder ein Tonband mit irgendwelcher Pygmäenmusik?

Doch als Agaat hereinkommt, lässt ihr Blick nichts dergleichen vermuten.

»Wo waren wir stehen geblieben?«, fragt sie.

Keine Fläche wird ausgelassen. Die Hunde erwähnt sie nicht mehr. Ich kenne sie. Sie ist hinausgegangen und hat mich liegen gelassen, weil sie anschließend wieder ins Zimmer zurückkehren und ihre Patientin, ja die Operation aus einer anderen Perspektive, einem neuen Blickwinkel heraus betrachten wollte.

Ein Loch ist im Eimer.

Mariechen weint.

Das Loch bleibt aufgesperrt.

Agaat wirbelt die Schraubenmutter herum, klappt das Gestell zusammen und lässt es in sein Desinfektionsbad plumpsen.

Ihre Bewegungen wirken einstudiert, ganz so, als arrangierte sie Blumen vor Publikum.

»Sehr schön«, sagt sie, »und jetzt noch gut abwischen.« Sie taucht einen Tupfer ins Wasser und reinigt damit mein Zahnfleisch, den Gaumen und die Mundwinkel. Mit einem besonderen Schwamm wird meine Zunge von Belag befreit.

»Schön Aah sagen!«, befiehlt Agaat.

Ich schließe die Augen. Was habe ich bloß verkehrt gemacht?

Mit den Fingern der Maulwurfshand löst sie meine Zunge, die das Gestell platt gedrückt hat. Meine elende, eingefallene, durch die Lähmung verformte Zunge. Bis vor einiger Zeit konnte ich sie noch herausstrecken, sie im Spiegel betrachten und selbst die Symptome davon ablesen. Die menschliche Zunge verrät alles Mögliche über den Zustand der inneren Organe.

Ich spüre ein Ziehen an der Zunge. Darin liegt ein Hauch von Versuchung: Woran ist sie befestigt? Wie fest? Mit welchen Bändern? Wie lang ist sie?

Für die Reinigung wird meine Zunge glatt gestrichen.

Das Schwämmchen ist rau. Mit flinken Zügen wird die Zunge abgeschabt. Der Schwamm schmeckt intensiv nach Pfefferminze. Drei Mal wird er gesäubert, bis Agaat mit dem Ergebnis zufrieden ist. Meine Zunge fühlt sich an wie gegerbt.

»So, fertig«, sagt sie und zieht noch einmal meine Lippen von den Zähnen ab, um ihr Werk zu inspizieren.

»Ounooi«, sagt sie, »alles wieder blitzsauber.«

Sie lässt meine Lippen los und drapiert sie wieder über meine Zähne, sodass es nicht mehr aussieht, als würde ich grinsen. Mit einer Hand in der Hüfte betrachtet sie mich.

»Eine andere Möglichkeit wäre, dir einfach die Zähne ziehen zu lassen. Alle auf einmal. Dann käme die Zahnfee und würde dir

Geld unters Kissen legen. Die Frage ist nur«, fährt sie mit einem Blitzen in den Augen fort, »wie hoch man das Betäubungsmittel dosieren müsste, damit du nichts spürst.«

Sie dreht sich um, bevor sie zur Pointe kommt, und spricht sie aus, als wäre es das Normalste der Welt. »Schließlich kannst du nicht zappeln und schreien.«

Sie wäscht sich die gesunde Hand in der Waschschüssel.

»Jetzt müssen wir nur noch das Zahnfleisch und den Gaumen reinigen. Das magst du doch, oder?«

Sie taucht die Finger in das Pfefferminzmundwasser, steckt mir Daumen und Zeigefinger rechts und links in den Mund und massiert mir das Zahnfleisch, erst unten, dann oben, wobei sie zur Verandatür hinaussieht. Der Massagerhythmus beruhigt sie, und ihre Berührungen werden sanfter und langsamer, fast liebkosend. Vergib mir, bitten ihre Finger, ich hab's schließlich auch nicht leicht mit dir, weißt du.

Noch sieht sie mich nicht an. Du kannst nicht sprechen, sagen ihre Finger. Woher in Gottes Namen soll ich wissen, was du willst? Tagelang schon willst du irgendetwas von mir, und ich komme nicht darauf, was es sein könnte. Ich bin doch keine Hellseherin!

Ihre Bewegungen werden heftiger. Mit Daumen und Zeigefinger flucht Agaat in meinen Mund. Verdammt!, spüre ich am Gaumen. Verdammt und zugenäht! Ich habe nicht darum gebeten, hier zu sein!

Mit geschlossenen Augen lese ich ihre Gedanken an ihren Fingern ab.

Wenn ich deinen Mund durch Massieren zum Sprechen bringen könnte, würde ich es tun! Du solltest lieber mit mir zusammenarbeiten! Ohne mich würdest du krepieren! Du krepierst ohnehin, daran kann ich nichts ändern. Nein, ich krepiere, ich bin im Grunde diejenige von uns, die leidet.

Sie zieht die Hand aus meinem Mund und streift die Handschuhe ab. Flatsch, flatsch, fallen sie in den Abfalleimer. Sie wischt mir das Gesicht ab, tupft die Tränen von meinen Wangen.

Danke, signalisiere ich hastig.

»Nichts zu danken«, sagt Agaat.

Sie dreht mir den Rücken zu und arrangiert die Utensilien auf dem Wagen. Sieht auf die Uhr. Hat es plötzlich eilig. Mit schnellen Bewegungen zieht sie die Gardinen zu und schlägt die Bettdecke über mich.

Mit geschlossenen Augen liege ich da. Mein Mund fühlt sich taub an. Es ist besser, wenn sie meinen Blick nicht sieht und nicht glaubt, ich verlange etwas von ihr. Ich warte darauf, dass sie mir die Hand auf die Schulter legt, was bedeutet: Wir tun, was wir können, so gut wir es können, du und ich, und: Ich gehe nicht weit weg.

Ich warte darauf, dass sie irgendetwas sagt wie: »Ich werde darüber nachdenken, was du meinen könntest. Ich komme schon noch darauf, lass mir nur etwas Zeit. Irgendwann finde ich immer alles heraus.«

Doch sie sagt nichts, sondern schiebt mir nur etwas Kaltes unter die Hand.

Ein kleiner Scherz.

Das Ende der Szene.

Es ist die Glocke.

Läute du dein Glöckchen, dann läute ich meines.

Ihre Erinnerung ist erbarmungslos.

Vielleicht kann ich es schaffen, die Glocke so über die Decke rollen zu lassen, dass sie vom Bett fällt.

Jetzt hör schon auf zu heulen, sagt ihr Blick. Sie hat die Gardinen bis auf einen schmalen Spalt zugezogen und verlässt mit raschen Schritten das Zimmer.

Die Standuhr in der Diele schlägt acht Uhr. Ich höre, wie Agaat die Glastür öffnet und sie aufzieht. Am Tempo höre ich, dass sie weiß, ich lausche. Sie dreht langsam, sodass ich deutlich mitbekomme, wie die Zahnräder knirschen und sich die Feder spannt.

Das Schließen der Glastür bedeutet: Die Zeit läuft weiter.

Klick! Sie legt den Aufziehschlüssel hinter das Uhrenkopfstück.

Tschick! Das nächste Geräusch.

Die dunkle Tür des Sideboards. Du kannst heulen, bis du schwarz wirst, deine Zeit ist abgelaufen, sagt sie.

Denk darüber nach, sagt die sich schließende Tür. Tschick.

Wie elegant symmetrisch du die Türen im Wohnzimmer öffnest und schließt, Agaat. Du kannst nicht widerstehen, die Schränke zu leeren und neu zu befüllen.

Die Zeit fließt rückwärts, tickt vorwärts, wird aufgezogen, bevor sie abläuft.

Dort, hinter den blauen Notizheften, liegen die Karten, die ich sehen will.

Du kannst über meine Stunden herrschen, sie mit deiner versteckten kleinen Schlangenhand und deinem weißen Stahlhelm vom Zifferblatt abzählen und einteilen, Agaat. Doch außer der Zeit gibt es auch noch den Raum, kartografiert, abgezeichnet, nicht wegwünschbar, Berge, Täler, der Abstand von A nach B, seit zwei, drei Jahrhunderten in Ortsnamen festgelegt, Diesverloren oder Dasgefunden.

Ob sie die Papphüllen sehen kann, wenn sie dort drüben in die Hocke geht? Wie viele Hefte sind da noch, die ihr die Sicht versperren? Zumindest einen dritten Packen, aus dem wir noch nichts gelesen haben, gibt es noch. Ist er es, der sie blind macht?

Mit Pfefferminzmund liege ich da.

Was soll ich tun, wenn ich nicht weinen darf? Wo es doch das Letzte ist, was ich mit meinen eingeschränkten Fähigkeiten noch zu tun vermag. Das Letzte, was ich noch aus eigener Kraft schaffe, etwas Eigenes, etwas anderes als pinkeln, scheißen oder schwitzen. Auch diese drei Ausscheidungen würde Agaat am liebsten wiegen und vermessen. Meinen Schweiß würde sie gern mit einem Tuch abwischen und im Kühlschrank aufbewahren, das sehe ich ihr an, während sie meine Exkremente entfernt. Dass ich etwas Greifbares absondere, besitzt große Überzeugungskraft. Warum sind ihr dann meine Tränen so gleichgültig? Für die Tränen könnte sie einen einzigartigen Index entwickeln. Salzgehalt, Schluchzwert, spezifisches Gewicht des Kummers. Als Feinschmeckerin könnte sie die Würze der Schuld feststellen, die Essenz von Bittermandel in meinen Tränen, von Empörung und Sehnsucht, das Aroma von Eukalyptus, einen Hauch Fenchel. Die Zeit ist reif, eher zu improvisieren als mich akribisch zu pflegen, doch das sieht sie nicht ein. Sie besaß diese Fähigkeit einmal, doch sie hat sie sich abgewöhnt. Ich habe sie ihr abgewöhnt.

Ich lausche, wie Agaat die übrigen Aufgaben des Tages organisiert. In der Küche erteilt sie Befehle. Ihr Ton ist gebieterisch; sie spricht langsam und nachdrücklich. Wenn sie geendet hat, beschleunigen sich die Bewegungen der anderen. Die Fliegengittertür klappt. Das muss Lietja sein, die die Sahne und die Milch für das Haus aus der Kammer holt und auch die Milch für Dawid und seine Familie, die in Flaschen abgefüllt und bis zum Abend in den Kühlschrank gestellt wird. Schabend öffnet sich die Tür zur Speisekammer.

Erinnere ich mich noch daran, wie feines Hühnermehl riecht? Wie viele Schritte sind es vom Hinterhof zum Hühnerstall?

Agaat wird die Küken füttern und anschließend zurückkehren, um ein paar Flaschen mit der in den Eimern übrig gebliebenen Milch zu füllen. Sie wird den zahmen Lämmern zu trinken geben, einem nach dem anderen, wobei das kleinste am längsten am Schnuller saugen darf, während sie sanft mit ihm spricht.

Ich höre, wie hinter den zugezogenen Gardinen die Möbel auf der Veranda verrückt werden. Das ist Saar. Tock, klappert ihr Besen, tock, tock, als sie auf der Veranda die Ecken ausfegt. Tock, tock, tock. Im Gardinenspalt erscheint ihr Gesicht, ein Querschnitt von Saar mit Kopftuch und bunter Schürze. Sie stört sich nicht an dem Spalt, sofern sie ihn überhaupt bemerkt. Ihr Blick reicht nur bis zu den Glasscheiben der Flügeltür. Für sie bin ich gar nicht vorhanden.

*

»Der Boden ist das A und O«, sagtest du zu Jack. »Ein gesunder Boden bedeutet gesunde Tiere und Menschen.«

Ihr standet auf dem Brachland, das der alte OuKarel Okkenel und sein Sohn im letzten November abgeerntet hatten. Es war euer erster gemeinsamer März auf Grootmoedersdrift. 1948. Du tratst auf die Schaufel; ein Stück harte Kruste löste sich, und du hobst eine Handvoll Erde auf. Du zerriebst sie zwischen den Fingern und ließest sie hindurchrieseln, feine Körnchen, die bei Regen lehmig wurden. Du kanntest das von klein auf und wusstest, wie die Erde roch, wenn sie nass wurde.

Es war zehn Uhr vormittags. Die Sonne brannte dir auf den Kopf. Nur mit Mühe hattest du Jak dazu bewegen können, dich zu begleiten, und tags zuvor warst du diejenige gewesen, die mit OuKarel hatte verhandeln müssen.

»Du kannst mit deiner Familie bleiben, Karel«, hattest du zu ihm gesagt. »Wir werden dir einen Lohn zahlen, aber von nun an die Farm selbst bewirtschaften.«

»Ai, *Kleinnooi*«, hatte OuKarel gesagt, und dir war aufgefallen, wie faltig er geworden war. Er hatte vor dir gestanden und seinen Hut in den Händen gedreht. »Ich dachte, mein Dawid könnte …«

Du fielst ihm ins Wort. »Dawid kann hierbleiben, wenn er will, aber wir kündigen die Pacht. Wir werden hier ab jetzt professionelle Landwirtschaft betreiben. Ihr pflügt nicht richtig, der Boden erodiert. Wir müssen die Terrassen mit Grubbern bearbeiten.«

Du versuchtest, ihm das Konzept der Humusdecke zu erklären, doch er stand nur da und sah dich an.

»Ihr werdet am Ende des Monats eure Ration bekommen, so wie immer«, versprachst du ihm. Er nickte nur und setzte seinen Hut wieder auf.

Jak war der Nächste, der lernen musste, wie alles funktionierte.

»Ich möchte dir gern etwas zeigen«, sagtest du.

»Na, hoffentlich etwas wirklich Wichtiges«, erwiderte er und las weiter in einer Autozeitschrift.

»Etwas sehr Wichtiges«, sagtest du. »Den Anfang und das Ende von allem.«

Du ludst eine Schaufel, eine Hacke und ein Sieb auf den

Bakkie. Du wolltest ihm etwas über den Boden beibringen, doch er stand nur daneben und trat gegen Erdklumpen. Du fragtest dich, wie du ihn würdest motivieren können. Ob du hier inmitten der Stoppeln zuerst ihn beackern müsstest und er dir dann vielleicht zuhören würde.

Das dachtest du, aber du sagtest: »Hierbei brauche ich wirklich deine Hilfe, mein lieber Mann, deine Ideen. Ohne dich kann ich es nicht schaffen.«

»Du brauchst mir keinen Honig ums Maul zu schmieren, ich lasse mich nicht bestechen«, knurrte Jak.

Du küsstest ihn auf den Mund. Er entzog sich dir. Küssen mochte er nicht.

»Schau«, sagtest du, »diese Art Trockenland ist typisch für unsere Gegend, eine dünne Humusschicht auf Schiefer. Leicht sauer und phosphorarm.«

Jak zuckte nur mit den Schultern. »Ja, und?«

»Er muss mit Kalk und Superphosphat gedüngt werden, und für die Tiere brauchen wir Salzlecksteine.«

Du hattest die Karte mit den anschaulichen Illustrationen mitgebracht. Du hattest sorgfältige Studien durchgeführt und glaubtest, auch er müsse über alles Bescheid wissen. Doch von den neuen Publikationen über Landwirtschaftsentwicklung im Distrikt hatte er nichts wissen wollen, und dem Aufklärungsbeauftragten hatte er gar nicht erst zugehört. Dort auf dem Feld, unter der hellen Märzsonne, versuchtest du es noch einmal. Du stelltest dich dicht neben ihn, sodass du ihn mit der Hüfte im Schritt berührtest. Dann zeigtest du ihm die Fotos von den Grabungen.

»Neun Zoll tief auf den Hügeln, darunter Fels«, erklärtest du ihm. »Das ist eine zu dünne Schicht.«

Du musstest feststellen, wie dürftig seine Kenntnisse waren. Und sein angebliches Diplom? Er hatte sich lediglich eingeschrieben und ein, zwei Seminare besucht, die praktischen Übungen hatte er gleich ganz ausgelassen. Du musstest ihm beibringen, einen Traktor zu fahren, und er ekelte sich vor dem Euter einer Kuh.

Du versuchtest es trotzdem. »Auf den Hügeln ringsum findet man gelblichen und rötlichen Boden, Mispah und Glenrosa. An einigen Stellen ist er dicker als an anderen. Unterhalb der Hänge und auf dem unbebauten Feld herrschen Hutton- und Clovellyböden vor, mitteltief rote und gelbe, gut durchlässige Böden. Hier oben dagegen, an den einfach zu pflügenden Stellen, wird der Boden leicht weggespült, hier müssen wir also Terrassen und Ablaufgräben anlegen.«

Du lehntest dich leicht gegen seinen Körper und passtest deine sanften Bewegungen rhythmisch dem Takt deiner Erklärungen an.

Jak stand hinter dir und drängte sich an dich. Über deine Schulter hinweg deutete er auf den Weidegrund unten in Richtung Fluss.

»Also, hier oben ist es trocken, aber dort unten ist es feucht«, sagte er und kicherte.

»Ach, Jakop!«, erwidertest du und lachtest über seine Anspielung, obwohl du dich im Grunde darüber ärgertest. Dann drücktest du deinen Hintern an ihn.

»Unten am Fluss steigt im Winter der Wasserspiegel. Die Niederschläge stauen sich, der Boden verschlämmt und macht dicht. Dort müssen wir Dränagegräben anlegen.«

»Wirklich? Sag mal, du Bodenfachfrau, wie heißt doch gleich wieder die Stelle darunter? Das Pflanzloch, in das man bohren muss?« Er legte dir die Hände auf die Hüften und zog dich fest an sich.

»Estcourt, Westleigh, Oakleaf.« Du zeigtest auf die Abbildungen und rasseltest die Namen herunter. »Longlands, Dundee, Avalon. Ein paar davon sind flache, nasse Lehmböden, andere bestehen aus salzhaltigem alluvialem Sand- oder Tonlehm und sind nicht besonders fruchtbar.«

»Und wie sollen wir auf unfruchtbarem Boden reich werden, kannst du mir das verraten?« Er küsste dich auf den Hals. Du bekamst eine Gänsehaut. Er erkannte die Zeichen.

»Langsam«, antwortetest du, »mit viel Zeit und Geduld.«

Er verstand dich falsch. Er hatte nur noch eines im Sinn. Er öffnete den Gürtel und entgegnete, er sei nun mal von der schnellen Truppe. Er wollte, dass du es ihm gleich dort auf dem offenen Feld besorgtest, während du der Ansicht warst, er werde seine Lektion besser in einem kühlen Zimmer im Haus lernen.

»Mit den Männern ist das meistens so«, hatte deine Mutter dir erklärt. »Wenn du etwas von ihnen haben willst, musst du Zucker auf deine Wünsche streuen. Denk daran: Die Wahrheit an sich ist unansehnlich. Du musst sie hübsch verpacken.«

Du knöpftest deine Bluse ein Stück weit auf und erklärtest ihm, dass es Jahre, vielleicht Jahrzehnte dauern würde, bis Grootmoedersdrift Profit abwürfe. Du nahmst seine Hand und legtest sie auf deine Brust und erzähltest ihm Geschichten von Bauern, die schnell reich geworden und genauso schnell bankrott gegangen waren.

Dann zogst du dein Kleid aus und erklärtest ihm dabei die Grundbegriffe der Fruchtwechselwirtschaft. Du öffnetest ihm langsam die Hose und versuchtest Knopf für Knopf, ihm Methoden des Unterfahrens nahezubringen. Du schobst die Hände unter sein Hemd, streicheltest seine Brustwarzen und erläutertest ihm, warum Böden längere Zeit ungestört ruhen müssen und dass Brache die beste Art und Weise sei, um die Bodenstruktur reich und krümelig werden zu lassen. Du beugtest dich über seinen Unterleib, verwöhntest ihn mit dem Mund, schlucktest. Du wusstest, dass er Ausspucken als Beleidigung betrachtete.

»Weißt du«, hatte Jak an jenem Morgen im Bett gesagt, »mein Maßstab für gesunde Böden sind reiche Erträge. Regelmäßige Betätigung ist alles, was man braucht. Auch für uns beide, wenn es mit uns gut weiterlaufen soll. Man erntet, was man sät. Oder wie es auf *Afrikaans* heißt: Wie man in den Wald hineinruft, schallt es wieder heraus.«

Du hattest dich zurückgelegt und ihn zum zweiten Mal gewähren lassen. Schlag ruhig, hattest du dabei gedacht, schlag mit deinem Schwert auf das Wasser. Du glaubst, mich zu besitzen, aber du kennst mich nicht. Dring ein, dachtest du, dring in mich ein. Was wärst du ohne meine Oberfläche, die du durchbrechen kannst? Doch sie ist tatsächlich nichts weiter als eine Oberfläche. Darunter wartet eine unergründliche Tiefe, und du bist nur ein Splitter in der Leere.

Als er sich von dir hinunterrollte, seufzte er, nahm deine Hand und drückte sie.

»Stell dir vor, Millatjie, in ein paar Jahren haben wir eine ganze Schar kleiner de Wets, die uns beim Säen und Ernten helfen. Also sollten wir lieber genug Profit machen, um Land für sie dazuzukaufen.«

Damit begannen eure Differenzen. Die Differenzen zwischen Jakop und Millatjie. Er wollte die ausgedehnten, unbebauten Ländereien von Grootmoedersdrift auf der Stelle umpflügen und mit Getreide bepflanzen. Du hieltest dagegen, das Land sei von unschätzbarem Wert, ihr solltet es lieber in kleinere Parzellen aufteilen und es unversehrt, wie es war, zur Wechselbeweidung nutzen. Er wollte das Brachland mit fünf Scharen umpflügen und mit einem Stück Bahngleis glätten, wie er es bei anderen Bauern gesehen hatte. Du erwidertest, ihr solltet die Erde nur krumentief lockern, um einsäen zu können, nur mit einem Grubber, damit der Luftanteil nicht zu hoch würde und die Saat sich besser in der Krume verankerte. Er entgegnete, das sähe aus wie auf einem Hottentotten-Bauernhof. Du sagtest, man müsse die Humusdecke schützen, weil sie die Feuchtigkeit und den Stickstoff speichere. Er wollte am liebsten jedes Jahr auf allen Feldern Getreide anbauen, doch du bestandst darauf, dass vierfacher Fruchtwechsel am besten sei: Getreide, Brache, Brache, Getreide, und alle zwei Zyklen Leguminosen wie Lupinen sowie die Aussaat von Trockenlandluzerne zwischen dem Getreide, um das Land nach der Ernte als Weide nutzen zu können. Doch er ließ sich nur auf eine zweifache Fruchtfolge ein: Getreide, Brache. Getreide, Brache. Außerdem wollte er an den steilen Hängen mit dem Gefälle pflügen, wie es die Okkenels all die Jahre getan hatten. »Nur über meine Leiche«, erwidertest du, »wir müssen Terrassen anlegen, damit nicht noch mehr Boden weggeschwemmt wird.«

Auf was dies hinauslaufen würde, war im Nachhinein betrachtet wohl vorhersehbar gewesen.

»Na schön«, sagte er, »dann musst du dein Land wohl allein bewirtschaften.«

»Aber du bist doch mein Mann«, erwidertest du, »das ist unser gemeinsamer Grund und Boden, du hast versprochen, mit mir zusammen die Farm zu betreiben.«

Doch ehe du dichs versahst, hatte er einen Kredit bei der Land-Bank aufgenommen, mit Grootmoedersdrift als Sicherheit, und ein großes Stück südlich angrenzenden Hügellands dazugekauft.

»Wollen wir doch mal sehen!«, sagte er. »Du verfährst nach deinem Gutdünken auf deinem heiligen kleinen Hof, und ich bearbeite das neue Land.«

Er hatte das Glück auf seiner Seite. Nachdem er in großem Stil Kunstdünger ausgebracht hatte, säte er auf dem durchgepflügten Boden in engen Reihen neue, kurzstänglige Getreidesorten aus. Du warntest ihn vor Getreiderost auf den hochgezüchteten Pflanzen, doch er lachte dich aus und nannte dich eine Schwarzmalerin. Und tatsächlich war er von den äußeren Umständen begünstigt. Es fiel kein nennenswerter Sommerregen, die Luft blieb trocken und sauber, weit und breit kein Anzeichen für Pilzbefall. In jenem Oktober sahst du immer wieder, wie die anderen Bauern am Straßenrand anhielten und durch die Zäune kletterten, um über Jaks Felder zu spazieren und die dicken, fetten Ähren und die kurzen, dicken Stängel seines Getreides zu befühlen. Nie mehr Klipkous, schworen sie sich. Es war das letzte Mal, dass du deinen Vater auf einem erntereifen Feld sahst: eine Hand in die Hüfte gestützt, den Blick in die Ferne gerichtet.

»Viel Glück, alter Junge«, sagte er zu Jak. »Du bringst wirklich frischen Wind auf diesen alten Hof.« Doch du hörtest an seiner Stimme, dass es nicht von Herzen kam. Das war 1948, ein Jahr vor seinem Tod.

Jak importierte einen großen New-Holland-Getreidetrockner aus Amerika und vergewisserte sich, dass die Ernte nicht in den Säcken faulte. In fünf aufeinanderfolgenden Jahren fuhr er Rekordernten ein. Er erstand neue Fahrzeuge und Geräte, ließ die alten Scheunen aus der Zeit deiner Mutter abreißen, zog stattdessen große, neue Gebäude mit Schiebetüren und glänzenden Stahldächern hoch und kaufte neue Zuchttiere, um die Rinder- und Schafherden zu veredeln.

»Und, was sagst du jetzt, Milla?«, fragte er. »Jetzt musst du nur noch beweisen, dass du eine gute Bauersfrau bist.« Dabei tätschelte er deinen Bauch, als klopfte er auf das Glas einer stehen gebliebenen Uhr, um die Zeiger wieder in Gang zu setzen.

war das der anfang? der erste spürbare beginn? karfreitag dreiundneunzig die schafe warten im grün auf den bergen und in den tälern auf das lammen die fernen rufe der schafe in der nacht während die herde im stillen wächst und morgens stehen die ersten aprilzwillinge knietief auf der weide im nährenden hafer auf wackligen beinen im unterirdischen klee stehen auf hellbraunen klauen im nieselregen unter einer allsegnenden schnauze einer gutmütigen schnauze an hügelhänge geschmiegt stehen schwankend bei den reihern in den sümpfen und was kribbelt mir da in den fingern? ich stammle glaube ich weil ich mich löse in der lämmerzeit es ist herbst die blätter fallen aber diesmal ist es anders als wäre ich irgendwie trächtig oder krank von jenem heimweh das die krankheit vor sich hertreibt wie ein fuß mein fuß ist schwer ich schwanke meine hand ist schwer meine ganze rechte seite mit den lippen will ich ostern sagen agaat es ist ostern im jahr des herrn neunzehnhundertdreiundneunzig komm wir backen einen kuchen einen osterkuchen zur feier der lämmerzeit gelb und weiß trenne ich die eier und sieben stück fallen hin sieben eier auf dem boden ein eierfall ich bin ungeschickt kindisch ein zeichen der zeit die wehmut der osterzeit trenn du die eier agaat lass mich am tisch sitzen damit ich juwelen für die königliche krone schneiden kann die ananas die kirschen und die feigen rot und grün und gelb die edelsteine und scherben von angelika

4. Juli 1960 zehn Uhr morgens

Extra mit meinem dicken Bauch ins Dorf gefahren um für A. Postsparbuch anzulegen habe die Chance genutzt als die Luft rein war. Habe ihre Taufurkunde & ihren Impfausweis – Polio, Diphtherie, Pocken – in ein Samtsäckchen gesteckt & es ins oberste Regal ihres Schranks unter ihre Unterwäsche gelegt.

Bin alles noch mal durchgegangen mehr könnte niemand tun mehr wäre falsch. Vielleicht hat J. recht woher soll ich das wissen. A. darf sich zu diesem Zeitpunkt nicht an mehr gewöhnen sonst wird es später umso schwerer für sie. Ich habe gesagt dass A. niemals Schwierigkeiten machen würde aber J. meint die anderen könnten Schwierigkeiten machen weil s. Privilegien hat die sie nicht haben. Was meinst du damit habe ich gefragt. Er hat gesagt man weiß nie im Land herrscht Unruhe. Die Kffrn oben im Norden würden ganz schön frech & er wolle keinen Haufen unverschämter Httntttn hier im Süden das wäre ein Unterschied wie Tag und Nacht und wir wollten doch in Overberg keine Zustände wie in Sharpeville riskieren. Ich habe erwidert dass die Unterprvlgrtn immer unter uns sein werden & es hilft nicht die Augen davor zu verschließen.

Beatrice kommt zum Tee. Diese Frau hat einfach zu viel Zeit. Versteht sie nicht dass ich zu tun habe? Sowieso keine Lust auf scheinheiligen Tratsch.

Nach dem Mittagessen

Heute Vormittag lange im Außenzmr. Alles noch mal kontrolliert.

Sieben Unterhosen oder lieber noch zwei mehr? Für den Notfall. Da ist mir noch etwas eingefallen & ich habe noch ein Unterlaken aufgezogen & das Bett neu gemacht weil ich daran dachte wie stark junge Frauen manchmal bluten.

Die kleine Gardine vor der Kleiderstange ließ sich nicht richtig über den Draht ziehen. Habe ihn mit Kerzenwachs eingerieben damit die Ringe nicht mehr so darüberkratzen & das Kerzenwachs auf das Regal über den Waschtisch gestellt damit A. noch mal nachlegen kann. Die Ringe verschleißen bestimmt schnell dann muss die Gardine eben zugezogen bleiben. Konnte J. nur mit knapper Not daran hindern das Fenster mit Brettern zu vernageln er sagt er will nicht jedes Mal wenn er aus der Küche kommt in ein Hausmädchenbett gucken & es sei auch keine gute Idee dass die anderen Farmarbeiter sehen wie luxuriös A. hier bei den Weißen lebt.

Habe ihm lieber nicht verraten dass ich schon lange vorhabe den Leuten auf der Farm neue Häuser zu bauen. Zuallererst für Dawid & seine Familie. Ihre Hütte stammt noch aus der Zeit meiner Mutter. Die Wände bröckeln das Dach leckt & sie haben noch einen ganzen Schwarm kleiner Kinder von D.s Cousins dazubekommen. Gut Ding will Weile haben & bis es so weit ist muss D. so zurechtkommen. Sollte ihm vielleicht ein paar Wellbleche von den Kochhütten der Schafscherer überlassen. Was wir machen wenn sie in der nächsten Saison wiederkommen weiß ich noch nicht aber kommt Zeit kommt Rat.

Alle müssen sich daran gewöhnen dass A. jetzt im Hinterhof wohnt.

Vor dem Abendessen

Komisches Gefühl kann einfach nicht aufhören über das Außenzimmer zu schreiben & dauernd fällt mir noch etwas Neues dazu ein. Habe ht. Mrgn die Bibel auf der Kiste neben dem Bett aufgeschlagen & dann noch Mas gehäkeltes Lesezeichen aus meiner Bibel geholt & es bei Psalm 23 eingelegt der Herr ist mein Hirte mir wird nichts mangeln.

Kann nicht aufhören dort herumzukramen wie eine brütende Henne im Nest. Habe einen Fenchelzweig in die Blumenvase gestellt & musste von dem Geruch plötzlich heulen sicher sind wieder die Hormone schuld.

Habe den Kessel ausgespült & Wasser auf der Kochplatte erhitzt. Hatte plötzlich den Wunsch dort eine Tasse Tee zu trinken. Wollte A.s Becher ausprobieren & von den Plätzchen kosten die ich ihr hingestellt habe. Ich habe den Rooibos so gesüßt wie s. ihn mag & die Plätzchen eingetunkt gutes Gebäck mit viel Butter & Buttermilch. Der Emailbecher war noch zu heiß hab mir die Finger verbrannt & musste warten bis er abkühlte. Inzwischen A.s anderen Lesestoff aus der Kiste geholt in die ich ihn gestellt hatte & die Einleitung der Ehrenwerten *Mevrou* Dr. Verwoerd im Stickbuch gelesen. Fand sie sehr inspirierend: ein Buch aus Liebe für die Entwicklung des Volkes & die Verschönerung der häuslichen Atmosphäre durch Stickereien denn dies sei das Merkmal eines kulturbewussten Volkes habe die Worte unterstrichen & vorne hineingeschrieben: Möge dieses Buch dir viel Freude in den ruhigen Stunden auf Gdrft bereiten. Das kam mir sehr trocken vor aber was hätte ich sonst schreiben sollen? Da fiel mir noch etwas ein. Ich holte drinnen einen Bleistift & ein Messer zum Anspitzen & ein leeres Notizbuch aus J.s Büro & schrieb in Großbuchstaben vorne drauf: Meine eigenen Muster & Entwürfe. Musste fest aufdrücken denn der Einband bestand aus glattem Papier & der Bleistift schrieb nicht richtig & dann habe ich das Stickbuch wieder in die Kiste gelegt & das Notizbuch obenauf.

Das alte Liederbuch der Frauenlandwirtschaftsvereinigung hat mich wieder ein bisschen aufgemuntert. Habe hinten gesessen & leise vor mich hin gesungen damit mich niemand hört. Die Brücke auf unserer Farm. Vom Tod der Eule. Über meine alte Blechgitarre. Am alten Mühlenbach. Ob s. auch Trost daraus schöpfen kann? Als ich daran dachte, wie s. allein dort sitzen & singen würde musste ich das Gesangbuch weglegen & mir war wieder zum Heulen zumute.

Dann habe ich den süßen Tee getrunken & in dem alten Handbuch für Bauern das Kapitel über Leder gelesen Haarentfernung mit Kleie & Mist & Walken der Riemen bis sie weich & weiß sind & das Gerben kleiner & großer Häute mit Vitriol & Transvaal-Sumach. Methoden die nur noch wenige Leute kennen.

Pa hat mir die Bedeutung der alten Kenntnisse eingeschärft & gesagt: Das Rad dreht sich immer weiter mein Kind & irgendwann kommt wieder eine Zeit von Armut & Not & der Bauer der dann die alten Methoden nicht mehr kennt wird untergehen. Pas Unterstreichungen in den Abschnitten über die Verarmung der Felder in unserem Land, die Erschöpfung des Bodens & die Erosion brachten mich zum Weinen. Das muss ich A. auch beibringen, die alten Methoden & die Versorgung der wehrlosen Erde, der Senken, Marschen & »Schildkröten« & wie wir sie vor den Gefahren der sog. Kultur schützen können denn wie viele Jahrhunderte braucht der Mutterfels um zu zerbröckeln & zu Erde zu werden & dann kommt der Mensch & zerstört alles durch Gier & Gleichgültigkeit.

Eigentlich sollte J. das alles lesen aber er hört ja doch nicht auf mich & hat schon damals gelacht als ich gesagt habe ich verkaufe die alten Esel nicht die Mutter gehalten hat denn was ist eine Farm ohne Esel. Wenn ein Pflug bricht oder ein Traktor liegen bleibt in diesen ersten Jahren & die Ersatzteile nicht sofort kommen kann man mit den Tieren & dem Handpflug weiterpflügen sodass die Arbeit nicht vollends liegen bleibt. Das sorgt auch wieder für ein bisschen mehr Respekt vor dem Blut & dem Schweiß mit dem Gdrft der Erde abgerungen wurde.

Habe mit Bleistift den Satz im Vorwort für A. unterstrichen in dem es heißt dass das Nachschlagewerk dem Bauern zu größerem

Wohlstand verhilft so wie die Bibel ihm zu seelischer Vollkommenheit verhilft & dann habe ich mich auf ihr Bett gelegt denn ich war plötzlich furchtbar müde & schloss die Augen & betete für mein Kind das in diese Welt geboren werden soll. Bestimmt bin ich kurz eingenickt denn als ich die Augen wieder aufschlug warf die Sonne nur mehr einen dünnen Streifen Licht auf das Linoleum. Im Haus wurde schon das Essen aufgetragen. J. saß am Tisch & runzelte die Stirn als er mich sah & zeigte mit der Gabel auf meinen Kopf & da trug ich eine von A.s Hauben die ich in ihrem Zimmer vor dem Spiegel anprobiert hatte. Sie war so leicht dass ich sie gar nicht gespürt hatte. Was soll das?, fragte J. Ist das deine Mütterhaube? Habe sie schnell abgenommen bevor jemand anderes sie sehen konnte.

4

Agaat regt sich auf ihrem Bett im Flur. Ich sehe das erste Morgenlicht durch den Spalt zwischen den Gardinen. Die Leuchtzeiger des Weckers auf dem Nachtschränkchen stehen auf fünf Uhr.

Agaat braucht keinen Wecker. Sie wacht jeden Morgen kurz vor dem Schlagen der Standuhr auf. Zu dieser Zeit liege ich schon lange wach. Manchmal stelle ich mich schlafend, damit sie für mich singen kann. Agaat weckt mich mit Gesang.

Es knarrt nur ein einziges Mal, wenn sie sich auf ihrem Feldbett aufsetzt. Während die Uhr im Vorderhaus ertönt, rührt sie sich nicht. Woran sie wohl während der fünf Schläge denkt? Wappnet sie sich dort auf ihrem Bett für den Tag, blickt sie den dunklen Flur hinunter, in den das erste Licht aus den Zimmern fällt, von Türöffnung zu Türöffnung? Geht sie rasch ihren Tagesplan durch? Betet sie womöglich? Nein, Agaat betet nicht. Sie bete für mich, in meinem Namen, so sagt sie, das müsse reichen.

Bei Anbruch des Winters hat sie erstmals das Feldbett aus dem Lagerraum hereingetragen. Meiner Meinung nach ist es zu schmal für sie, sie ist dick geworden in den letzten Jahren. Seitdem sie mich versorgt, arbeitet sie nicht mehr so viel in Haus und Garten. Ich höre, wie sie Anweisungen erteilt: Hier umgraben, dort putzen.

Nachts kommt kein Mucks von ihr. Stocksteif schläft sie auf ihrer Bahre. Ich sehe sie vor mir: auf dem Rücken liegend, die Hände über der Brust gefaltet. Der Schlaf der Wachsamen. Zwei Mal pro Nacht, einmal vor und einmal nach Mitternacht, schleicht sie auf nackten Füßen zu mir ans Bett. Sie will nicht, dass ich sie bemerke, und ich gebe mir Mühe weiterzuschlafen. In letzter Zeit geht sie manchmal anschließend zur Hintertür hinaus und bleibt eine Stunde oder länger fort. Ich höre sie nicht ins Außenzimmer gehen. Wo treibt sie sich herum?

Jetzt höre ich erste Bewegungen. Das Feldbett knarrt, als sie sich nach dem Lichtschalter streckt. Sie trinkt einen Schluck Wasser aus ihrem Becher. Das Email schabt beim Abstellen über den Boden. Erneutes Knarren, als sie die Beine aus dem Feldbett schwingt. Ein Reiben von Stoff auf Stoff, als sie den Morgenmantel über das Nachthemd zieht. Unter Quietschen und Klacken klappt sie das Feldbett zusammen, polternd stellt sie es in den Besenschrank neben dem Badezimmer.

Sie geht den Flur entlang. Tapp, tapp, tapp, machen ihre nackten Füße auf den Dielen. Sie schließt die Küchentür auf, redet mit den Hunden, macht die untere Türklappe hinter sich zu. Die Gittertür quietscht, schlägt zu, sieben Stufen, die Tür des Außenzimmers geht auf, das Schloss, der Riegel, die Untertür, die über das Linoleum schabt. Sie geht sich waschen und anziehen. Ich habe versucht, ihr begreiflich zu machen, dass sie das Badezimmer im Haus benutzen soll, aber sie tut so, als verstünde sie mich nicht.

Koffie und Boela winseln, und ich höre, wie sie an der Küchentür kratzen. Sie lässt sie nicht mehr in mein Zimmer. Auf Anraten von Leroux, behauptet sie. Ich glaube ihr nicht. Von dem Tag an, als sie in den blauen Heften zu lesen begann, verbot sie ihnen, zu mir zu kommen. Als wollte sie mein Hund sein. Sie duldet in meinem Zimmer kein anderes Lebewesen neben sich, genauso wenig, wie sie die Vorstellung ertragen kann, ins Gästezimmer zu ziehen und mit mir unter einem Dach zu wohnen.

Warum nicht? Hier ist doch Platz genug, versuche ich, ihr zu verstehen zu geben, doch es gelingt mir nicht, sie zu überzeugen.

Ich vermisse die Hunde. Jedes Mal, wenn sie hereingaloppiert kamen, hatte ich das Gefühl, noch Herrin für jemanden zu sein. Sie stellten immer zuerst die Vorderpfoten auf mein Bett und schmiegten dann die Schnauzen an meine Hände. Ihr Hundegeruch stieg mir in die Nase. Sie hechelten fröhlich und verbreiteten braune, pelzige Lebendigkeit über meinen weißen Decken.

Mit ihren wedelnden Schwänzen wirbelten sie die Luft in meinem Zimmer durcheinander, und wenn sie sich nach einer Weile beruhigt hatten, legten sie sich an der Glastür auf die Decke neben Agaats Stuhl. Ich sah, wie ihre Augenbrauen zuckten, wenn sie mich eine Weile beobachteten, bevor sie schließlich seufzend einschliefen. Ich konnte zusehen, wie sie irgendwann anfingen zu träumen, wie ihre Hinterbeine zuckten, ein kleiner Muskel im Vorderbein zitterte und mit unterdrücktem Knurren die Lefzen flatterten. Hasenjagd.

Mir sind nur Agaat und ihr Stuhl an der Glastür geblieben. Dort sitzt sie und stickt, wenn sie tagsüber die Zeit dazu findet und ich folgsam war, und abends, bis ich eingeschlafen bin.

Es ist ein großes Stück Stoff, das sie bestickt. Nachdem ich mich nicht mehr bewegen konnte, hat sie sich angewöhnt, sich damit zu mir zu setzen. Doch mit der Stickerei muss sie schon viel früher begonnen haben, denn eine Seite war bereits üppig verziert, als sie die Arbeit zum ersten Mal mitbrachte. Oft fordere ich sie mit Blicken auf, sie mir zu zeigen, doch sie ignoriert meine Bitte geflissentlich. Jetzt fällt das erste Morgenlicht durch den Spalt zwischen den Gardinen auf die Stickerei, die sie auf ihrem Stuhl abgelegt hat. Es ist ein dichtes, entlang des weißen Satinfadens dickeres Muster, eine komplizierte Kombination aus Ajour-Stickerei und Schattenstich. Wenn ich aus einem ganz bestimmten Winkel daraufschaue, gleicht die vom Licht beschienene Stoffbahn einem weißen Marmorband mit komplizierten Fresken in Flachrelief. In der Stickkunst hat Agaat es wirklich weit gebracht. Inzwischen könnte sie das Handarbeitsbuch um einige Kapitel ergänzen.

Die Uhr schlägt Viertel nach fünf. Agaat ist in die Küche zurückgekehrt, wo sie auf dem Weg hinaus den Kessel auf den Herd gestellt hat, sodass sie jetzt nur noch kochendes Wasser, Teebeutel und Verdickungsmittel zusammenrühren muss. Jetzt kommt sie den Flur entlang. Das erste Tablett, schon am Abend vorbereitet, in der zweiten Viertelstunde des Tages. Morgenmedizin.

Nach Lifebuoy-Seife, Mum-Deo und Calamine-Puder duftend betritt sie das Zimmer. »Preiset den Herrn mit frohen Liedern«, singt sie, verstummt jedoch, als sie sieht, dass ich bereits wach bin.

Ihre Arbeitskleidung raschelt. Ihre Haube leuchtet wie eine Boje. Sie trägt ein frisches schwarzes Hauskleid mit kurzen Ärmeln und einen Häkelpullover darüber. Ich kann das Handwaschmittel riechen. Die Schürze ist steif von Wäschestärke. Ihre Gummisohlen quietschen, während sie um mein Bett herumläuft.

Sie kurbelt mich hoch, schüttelt die Kissen auf, zieht mir den Hals lang, stützt meinen Kopf, rückt mich zurecht. »Im Frühtau zu Berge«, sagt sie und wischt mir mit einem lauwarmen, nassen Schwämmchen den Mund aus. »Morgenstund hat Gold im Mund.«

Sie löst die Windel zwischen meinen Beinen, legt sie zu einem Bündel gerollt beiseite und schiebt mir die Bettpfanne unter.

Sie bindet mir den Latz um.

Sie klemmt den Becher mit der langen Tülle und dem Röhrchen ans Bettgeländer und biegt den Tropfaufsatz mit dem Mundstück bis über mein Gesicht. Dann stellt sie die Tropffrequenz ein und steckt mir das Mundstück zwischen die Lippen.

»Nach jedem Schluck bis zehn zählen«, kommandiert sie. »Achtung, fertig, los!«

Sie öffnet den Verschluss, und der erste Tropfen angedickter Flüssigkeit rinnt mir über die Zunge. Rooibos.

»Ein Schluck Tee, ein Atemzug, und schön bis zehn zählen«, ermahnt mich Agaat. »Denk an die Unterprvlgrten.«

Ein Mundvoll Konsonanten. Nie soll ich vergessen, was ich einst aufgeschrieben habe.

Ich gebe mir Mühe. Trotzdem läuft die Hälfte daneben.

Agaat beobachtet mich genau, während sie alles arrangiert. Sie zieht den Latz enger um meinen Hals. Wischt mir das Kinn ab. Ich finde meinen Rhythmus. Ich habe Durst. Ich zähle bis zehn. Ich zähle zehn Mal bis zehn und schaffe es, zehn Schlucke zu nehmen, jedes Mal einen viertelvollen Mund. Dieser Becher!

Agaat füllt die Plastikschüssel mit dem heißen Wasser, das

sie aus der Küche mitgebracht hat. Sie holt Handtücher, Waschlappen, Seife und Schwämme und legt alles ordentlich auf dem großen Krankenhaus-Rollwagen bereit, den Leroux gebracht hat.

Ich trinke noch drei Zehner.

»Schön getrunken heute Morgen«, lobt Agaat. »Hast du schon Pipi gemacht, Ounooi?«

Ich bedeute ihr: Nein, du siehst doch, dass die Windel trocken ist. Doch sie sieht nicht hin.

»Ich habe gefragt: Hast du schon Pipi gemacht?«

Jetzt sieht sie mich an, und ich bedeute ihr wieder: Nein, habe ich noch nicht, und sei gefälligst nicht so grob so früh am Morgen.

»Dann mach jetzt, Ounooi, ich habe nicht den ganzen Tag Zeit.«

Ich kann nicht, wenn du mir dabei zusiehst, signalisiere ich, bitte dreh dich um.

Agaat pfeift durch die Zähne, um mich zu ermuntern.

Es kommt nichts.

»Ich höre nichts«, sagt sie, die Hand hinters Ohr gelegt.

»Ist heute Morgen der Hahn verstopft, hmm? Na ja, vielleicht kannst du nicht gleichzeitig trinken und Pipi machen. Komm, wir drehen den oberen Hahn zu, dann geht der untere vielleicht auf.«

Mit unbewegter Miene schließt sie den Teetropf und zieht mir die Tülle aus dem Mund. Ihre Sohlen schmatzen laut über den Boden; es klingt, als liege ein besonders starker Drehmoment, extra viel Gewicht in ihrem Schritt. Ich kenne das. So reagiert sie immer, wenn ich nicht pinkeln kann. So reagiert sie, wenn sie mich nicht dazu bringen kann, es zu tun. Sie dreht mir den Rücken zu. Ich weiß, was sie vorhat. Sie rührt das Wasser in der Schüssel um. Dann wringt sie den tropfenden Lappen aus. Immer noch nichts. Ich weiß, dass sie lauscht. Ihre Ohren sind regelrecht nach hinten gerichtet. Mit einem Glas schöpft sie Wasser und lässt es wieder in die Schüssel plätschern, wieder und wieder.

Ich versuche, an etwas anderes zu denken. Meine Blase ist voll. Ich will ja pinkeln. In die Windel machen wollte ich nicht, denn das hätte mir wieder allerhand Kommentare eingehandelt. Ich will ihr nicht unnötig Arbeit machen, ich will sie nicht aufhalten.

Gleichzeitig zu trinken und zu pinkeln ist nicht das Problem. Agaat ist das Problem, aber sie stellt sich dumm. Schon seit fünf Tagen versuche ich, ihr zu signalisieren, dass dort etwas liegt, da vorne, auf dem Sideboard, im Vorderhaus, bei den Fotoalben.

Sie schiebt die Vorstellung, dass ich Abschied nehmen will, beiseite. Doch vielleicht kann ich zwei Fliegen mit einer Klappe schlagen. Vielleicht funktioniert Telepathie besser durch das Pinkeln in eine Bettpfanne als durch unsichtbare Frequenzen quer durch Agaats harten Schädelknochen.

»Alles ist an Gottes Segen und an seiner Gnad gelegen«, singt Agaat, »über alles Geld und Gut. Wer auf Gott sein Hoffnung setzet, der behält ganz unverletzet einen freien Heldenmut.«

Ich denke an die Wasserkarte. Ich denke an die unterirdischen Wasserreservoire im Berg, an die weitverzweigten Adern, an die Öffnungen in den Schluchten, an die Quellen von Grootmoedersdrift, die Wasserfälle an den Felsen. Ich denke an die Furt bei Hochwasser, die schäumenden Fluten, die Furt im Regen, wenn die Tropfen in silbernen Kreisen auf die dunkle Oberfläche fallen. Und an die Momente nach dem Aufklaren, wenn die Zweige der Schwarzholzakazie schwer und tropfend über dem Graben hängen und das Quaken der Frösche aus dem nassen Gras am Uferwall ertönt. Erinnerungen in mir, ich eine Schiffbrüchige zwischen Himmel und Erde. Was ist konkret und real? Was ist wirklich? Wenn ich doch nur die Orte auf der Karte eingezeichnet sehen könnte! Die roten Häkchen, die Tore, Gatter und Schleusen markieren, das rote Gleichheitszeichen der Brücke über die Furt, der erste und letzte Zugang, über den der betriebsame Hafen Grootmoedersdrift gespeist wird und auch weiterhin in Gang gehalten werden wird, wenn ich nicht mehr da bin. Schafe, Rinder, Autos, Lkws, Spielzeugautos aus Draht und Blech, Wasser, Schlamm und Zeit. Schlüpfrige, geschmeidige, schleichende silbrige Zeit.

Karten begleiten Epochen. Was wäre ein Jahrhundert ohne

Karten? Ich sehe sie vor meinem inneren Auge, ganze Säle voller müßiger, melancholischer Kartografen im zeitlosen Jenseits. Auch im Himmel muss es doch Hügel geben, ewige Hügel allerdings, ewige Höhen und ewigen Sonnenschein. Müßige melancholische Meteorologen. Was ist schon ein wahrer Mensch? Ein Abfluss. Ein Ablauf von Minuten für Gott, den Spüler. Er, der die Rinne mit Menschen pflastert.

Ob Agaats Weltanschauung auf mich abgefärbt hat? Sie lästert Gott schon seit Langem.

Es kommt. Hier kommt es, durch meinen geheiligten Blasenschließmuskel, die erste Ausscheidung des Tages.

»Brav«, sagt Agaat. »Möchtest du die andere Pfanne auch gleich haben, wo doch gerade alles so gut läuft? Lektion sechs, weißt du noch? Man will doch nicht alles voller Kacke und Pisse haben, wenn man es verhindern kann.«

Stimmt, blinzele ich, aber ich bin kein Schlachtvieh.

Sie blinzelt zurück.

»Sonst muss ich dir wieder eine Pink Lady verpassen«, sagt sie, »eine Pink Lady für die Lady von Gdrft. Du hast seit fünf Tagen Verstopfung. Vielleicht macht dich das so unruhig. Was oben reingeht, muss doch unten wieder rauskommen, verflixt noch mal!«

Nimm die Pfanne weg, bedeute ich.

»Nein, wir lassen dich jetzt erst mal schön abtropfen. Währenddessen machen wir dich obenrum zurecht.«

Heute Morgen steht eine Viertelwäsche auf dem Plan. Eine halbe gibt es alle zwei Tage, eine ganze alle vier. Am fünften Tag ist wieder die Viertelwäsche dran. Die Katzenwäsche, in Agaats Worten.

Sie wischt mir mit einem lauwarmen Waschlappen über Nacken und Gesicht, dann über den Hals. Dann fährt sie damit unter mein Krankenhausnachthemd und über meine Schultern. Meine Haare bürstet sie mit Trockenshampoo aus. Dabei stützt sie meinen Kopf mit ihrer verkrüppelten Hand, damit er nicht zur Seite oder nach unten kippt. Sie cremt mir das Gesicht ein und tupft Salbe in meine Mundwinkel. Dann befestigt sie die Nackenstütze. Sie löst und schließt die Klettbänder, krrts, karrts, bis sie richtig sitzen. Die Stütze wird immer weiter. Mein Hals fühlt sich instabil an.

Agaat hält mir den Handspiegel vor. Ich schließe die Augen. Nimm den Spiegel weg! Ich sehe schon lange nicht mehr hin. Ich kenne diese Laune. Sie will mich provozieren. Jetzt ist sie imstande, den Lippenstift und die Wimperntusche wieder hervorzukramen.

»Spieglein, Spieglein an der Wand«, sagt Agaat, »wer ist die Schönste im ganzen Land?«

Ich halte die Augen geschlossen. Mein Gesicht wird heiß, während ich ihr auf diese Weise die Stirn biete. Ich weigere mich, die Augen aufzumachen, und warte, bis sie sich von mir wegbewegt. Ich höre, wie sie Wasser nachgießt. Sie zieht die Pfanne unter mir weg. Ich höre, wie sie damit beiseitegeht, und beobachte aus dem Augenwinkel heraus, was sie tut. Sie setzt die Brille auf, tritt ans Fenster und studiert den Inhalt der Pfanne. Dann stellt sie sie auf den aufgebockten Tisch, wirft ein Tuch darüber und trägt das Ergebnis ihrer Studie im Kalender ein, mit dem Bleistift, der an einer Schnur danebenhängt. Leroux' Urintabelle, die er bei jedem Besuch zu sehen verlangt. Mein Logbuch. Meine Eingangs- und Ausgangsbewegungen. Heute sieht Agaat wieder und wieder in die Pfanne, als enthielte sie irgendeine Botschaft. Sie holt das Vergrößerungsglas aus der Schublade im Frisiertisch, sieht hindurch, schreibt etwas auf und starrt wieder hin. Seherin meiner Elemente, wer wollte sie daran hindern, in meiner Pisse zu lesen? Wer weiß, vielleicht schwimmen Kaulquappen darin.

»Unter den gegebenen Umständen sehr zufriedenstellend«, bemerkt Agaat. »Ein klein wenig trüb, aber nichts, worüber man sich Sorgen machen müsste.«

Sie blättert im Kalender zurück, tippt darauf und klemmt den Bleistift im November ein. Das Vergrößerungsglas wandert zurück in die Schublade. Der Griff des Frisierschranks klappert, als sie die Schublade mit dem Oberschenkel zuschiebt. Sie weiß, dass ich sie beobachte.

Agaat schlägt die Decke zurück, wringt den Waschlappen aus und fährt damit kurz zwischen meine Beine. Er ist zu heiß, das weiß sie ganz genau.

Ich halte die Augen geschlossen.

»Du hast gepinkelt wie ein Pferd«, bemerkt Agaat, »mit dem Pipi ist alles in Ordnung.«

Ich warte darauf, dass sie mich wieder zudeckt. Mir wird kalt.

Sie wartet darauf, dass ich reagiere.

»Schön hellgelb und klar bis auf die kleine Eintrübung. Der Geruch nicht zu stechend. Perfektes Pipi sozusagen.«

Was soll ich darauf antworten? Welcher Augenlidakrobatik bedürfte es, um ihr mitzuteilen: Deinen Sarkasmus kannst du dir sparen! Wenn ich sterben könnte, um dich zu erlösen, würde ich es tun, und zwar noch heute. Such dir jemand anderen, der auf Befehl perfekt pinkelt. Du bist diejenige, die Perfektion anstrebt, und du willst, dass auch ich perfekt bin. Wir dürfen keine Fehler machen. Wenn du makellos sein kannst, muss auch ich es sein können, so denkst du.

Die vollkommene Krankenschwester. Die vollkommene Patientin.

So, wie ich dich erzogen habe.

Streng nach Vorschrift.

Du glaubst, mehr könne man nicht erwarten, und was dich ärgert, sind meine zusätzlichen Bedürfnisse und dass du nicht mehr weißt, wer ich bin. Du verstehst nicht, dass ich mich verändert habe und mich noch immer an jedem Tag, den ich hier liege, weiter verändere. Und dass ich etwas ganz Bestimmtes von dir will.

Ich öffne die Augen. Sie steht neben meinem Bett, die Hände übereinandergelegt.

Alles in Ordnung, Agaat, signalisiere ich, reg dich bitte nicht über jede Kleinigkeit so auf. Ich bin zufrieden wie eine Schnecke im Salat.

Doch das wäre zu einfach. Ein zu leichter Sieg. Sie will, dass ich wütend werde. Aufsässig. Sie will sehen, wie sich der Widerstand im Rücken einer Gelähmten bemerkbar macht. Ich spüre einen Seufzer in der Brust, und mir entweicht ein Stöhnen. Ich spüre Tränen. Ich versuche, sie zurückzuhalten. Zu spät, sie hat mich schon dabei ertappt.

»Zeit für deine Gymnastik«, sagt sie und reckt das Kinn vor. »Bewegung ist die beste Medizin, um schlechte Laune zu bekämpfen und deinen Darm auf Trab zu bringen.«

Du kannst mich mal, signalisiere ich.

»Nutze den Tag«, erwidert Agaat und zieht die Gardinen auf, sodass Licht ins Zimmer fällt.

Sie schlägt die Bettdecke ganz herunter und zieht sie am Fußende heraus. Die Matratze unter mir erzittert, meine Bettsocken werden abgestreift.

Nein, bedeute ich, bitte nicht jetzt, ich bin müde! Ich schließe die Augen wieder, ganz langsam. Mein letzter Widerstand: mich tot stellen, übersommern. Wie eine Echse.

»Was heißt hier müde? Der Arzt hat es so angeordnet, und so wird's gemacht!«, entgegnet Agaat.

Blöde Kuh.

»Na, na, na!«, tadelt Agaat. »Was sind denn das für Reden? Los, los, wir klatschen in die Hände.«

Sie beugt sich über mich, nimmt meine Arme und führt meine Hände in einer langsamen Bewegung zusammen.

»Eins, zwei, drei, eins, zwei, drei, wir grüßen, wir grüßen die liebe Sonne! Schön tief einatmen!«

Sie führt meine Handgelenke wieder auseinander und lässt sie ein Stück über der Matratze plötzlich links und rechts neben meinen Körper fallen.

»Ups!«, sagte sie.

Rasch läuft sie ans Fußende. Das waren nur die Aufwärmübungen. Sie drückt die Fäuste gegen meine Fußsohlen, als wären sie Pedale, und lässt meine Beine Rad fahren. Das eine Pedal ist schwächer als das andere.

»Und hoch das Bein«, sagt sie.

Hör auf, hör auf, hör auf!

»Irgendwelche Beschwerden, Mevrou de Wet?« Sie lässt meine Füße nicht aus den Augen. Dann wechselt sie die Seite und sieht mich direkt an, ihre Stimme eine Imitation sanfter Überredung. »Du liegst dich wund, du wirst steif, du bekommst Durchblutungsstörungen, dir wird kalt, deine Füße werden blau – schau mal, wie blau sie schon sind! –, du bekommst Verstopfung, und dein Allgemeinzustand verschlechtert sich, wenn du nicht zulässt, dass ich Gymnastik mit dir mache.«

Zulässt, sage ich mit den Augen, zulässt!

Sie packt mein Handgelenk und streckt mit der kleinen Hand den Ellbogen. Dann beschreibt sie große Kreise, erst in der einen, dann in der anderen Richtung.

»Windpumpe im Südosten«, sagt sie, »Windpumpe im Nordwesten. Ickschi, ickschi, ickschi. Es klappert die Mühle am rauschenden Bach, klipp klapp!« Mein Arm mit der steifen Klaue am Ende schwingt durch die Luft. Agaat atmet schneller, ihre Augen glänzen. »Und jetzt beugen«, sagt sie und bewegt das Ellbogengelenk. »Biegsam wie ein Ast«, sagt sie. »Bäumchen, rüttle und schüttle dich.«

Mein anderer Arm ist ein Leuchtturm, der sich über wüste Wellen erhebt. Agaat bläst das Nebelhorn. Zwei Bassnoten.

»Was sagst du dazu, Missus? Macht Spaß, oder? Jetzt hat dein altes Gestell mal richtig was zu tun! Wir lieben die Stürme«, singt sie, »die brausenden Wogen.«

Agaat hat einen hochroten Kopf und keucht. Ich erhasche ihren Blick.

Du tust mir weh!

»Jetzt stell dich nicht so an«, erwidert sie.

Langsam, blinzele ich, mach langsam mit dem, was noch von mir übrig ist.

»Sei still. Jetzt sind die Beine dran«, sagt Agaat, aber es kommt kein Ton heraus, sie bewegt nur die Lippen. »Zeigt her eure Füße, zeigt her eure Schuh«, singt sie, hebt meine Beine im Neunziggradwinkel an und beugt meine schlaffen Füße. »Und sehet den fleißigen Waschfrauen zu.«

Agaat schlägt Eckpfosten mit einem Zehnpfundhammer tief in die Erde. Sie verstrebt sie, streicht sie silbern und versieht sie mit Querstangen. Ich rieche Teer. Sie stellt die Zugstange auf und zieht den Draht stramm, bis er singt. Meine Fußknöchel, meine Zehen.

»Drei Mal hin, drei Mal her, rundherum, das ist nicht schwer«, singt sie, während sie meine Füße kreisen lässt. »Und jetzt«, sagt sie, »jetzt erheben wir uns aus dem irdischen Jammertal. Ernähre uns mit dem Brot des Lebens, Herr!« Sie packt mich wie ein Bündel, schiebt ihren kürzeren Arm unter meine Oberschenkel, den starken unter meine Arme. »Teig, Teig, geh auf. Und hopp!« Sie hebt mich an, sodass ich fast über dem Bett schwebe. »Gut durchgeknetet, lange gewartet«, sagt sie und hebt mich mit einem weiteren »Hopp!« noch einmal an. »Schüttle die Rosinen, schüttle sie heraus, hohopp, und los!«

Als sie mich loslässt, falle ich weich aufs Bett.

Sie tritt einen Schritt zurück, die Hände auf die Hüften gestützt. Ihre Brust hebt und senkt sich, und sie seufzt: »Du wirst immer leichter.« Sie streckt ihre kleine Hand nach mir aus. Mit der starken Hand löst sie den verkrüppelten kleinen Finger aus dem Fingerbündel ihrer verkrüppelten Hand und hält ihn mir mit Daumen und Zeigefinger vor die Nase. »Bald«, verkündet sie, »bald kann ich dich mit dem kleinen Finger hochheben.«

*

Die ersten sieben Jahre auf Grootmoedersdrift. An jedem entsprechenden Tag des Monats machtest du dich aufs Neue dafür bereit. Schlucktest Eisentabletten und aßest Rettich. Betetest und spreiztest für Jak die Beine.

Tagsüber rackertest du dich wie eine Blöde auf der Farm ab. Tennisarm vom Gärfutterschnitt, Gelenkentzündung vom Melken, Wadenkrämpfe von den tagelangen Erkundungsmärschen mit dem Landvermesser über die steilen Hänge. Abends legtest du dich stundenlang mit den Senfextrakten, die du von deiner Mutter bekommen hattest, in die Badewanne.

»Warum schindest du dich so?«, fragte Jak. »Du bist doch keine Sklavin, verdammt noch mal.«

Als du krank wurdest, war er stinksauer. Du spürtest es daran, wie grob er dich nahm.

»Moderne Hilfsmittel, darin liegt die Lösung, Milla«, sagte er, »wir leben schließlich nicht mehr im Mittelalter. Warum plagst du dich mit Luzerne, Lupinen und Kompost ab, wenn es Kunstdünger gibt?«

»Es geht dabei um die größeren Zusammenhänge, Jak«, versuchtest du, es ihm verständlich zu machen, »ein Spiel, an dem der Mensch teilnehmen muss, ein subtiles Wechselspiel mit der Natur. Die Natur ist sensibel und kompliziert. Alles ist von Bedeutung, bis hin zum kleinsten Insekt, ja bis zum vermoderten Baum und dem untersten Stein in der Furt.«

Der unterste Stein in der Furt. Das brachte dich zum Weinen.

»Was redest du für ein dummes Zeug!«, schimpfte Jak. »Subtil! Pah! Natur! Du schaffst es ja nicht einmal, schwanger zu werden!«

»Ich lasse mich untersuchen«, schnieftest du. »Es gibt moderne Behandlungsmethoden, auch für Männer.«

Begann Jak damals schon, seine merkwürdigen Theorien über dich zu entwickeln?

»Nur über meine Leiche«, erklärte er. »Bei mir ist alles in Ordnung und bei dir auch. Das ist alles nur in deinem Kopf. Du sperrst dich innerlich. Hör einfach auf zu heulen, dann klappt es auch. Schuld ist nur dein ständiges Gejammer und dass du mit langem Gesicht kreuz und quer über die Farm marschierst. Wo ist die liebe, sanfte Milla geblieben, die ich geheiratet habe? Sieh dich nur an, kreideweiß bist du, als wärst du bleichsüchtig.«

Er hielt es für Gejammer, wenn du dich über deine Müdigkeit beklagtest. Manchmal lud er abends absichtlich Beatrice und Thys ein, damit du dich hübsch anziehen und herausputzen musstest.

»Seht euch an, wie viel Leben noch in ihr steckt, nachdem sie den ganzen Tag geschuftet hat«, prahlte er dann ihnen gegenüber. »Einfach unverwüstlich, meine gute alte Kamilla!« Dann zwinkerte er dir zu und trieb es auf die Spitze. »Eben noch hat sie zusammengefaltet an einem Zweig gehangen wie eine Fledermaus, todmüde, und jetzt zwitschert sie wieder wie ein Fink. Komm, zeig unseren Freunden, was wir hier in Overberg unter Gastfreundschaft verstehen.«

Du sahst, wie Beatrice von ihm zu dir blickte. »Ich bin da, wenn du mich brauchst«, flüsterte sie dir mehrmals zu, doch du nahmst ihr Angebot nie an. Sie war doch nur neugierig. Und gierig. Nach Macht, nach Ansehen. Ständig verglich sie die gesellschaftliche Position ihres Mannes mit der von Jak. Und dann dieses Gewäsch darüber, wer Vorsitzender hiervon und Schatzmeister davon war, werden würde oder wollte. Klatsch. Eifersucht. Die Abspaltung der *NP*-Mitglieder aus Swellendam von der Ortsgruppe Bredasdorp war das neueste Thema und wie sie bei Mevrou van Eeden, der Gattin des neuen Vorsitzenden, zum Tee gewesen sei.

Du hattest andere Sorgen. Du warst kinderlos. Ein unfruchtbares Schaf. Du hattest das Gefühl, die ganze Welt wäre gegen dich. Wenn Jak auf dir herumhackte, klang er allmählich wie deine Mutter. Und die Klatschmäuler lauerten nur darauf, dass es Neuigkeiten aus Grootmoedersdrift gab, einen Anlass zum Tratschen, für einen Skandal.

Ma sorgte sich einerseits um dich, doch schwang immer auch ein kritischer Unterton mit, als trügest du Mitschuld an deiner Kinderlosigkeit. Manchmal klang dir ihre Stimme am Telefon geradezu verächtlich in den Ohren. Trotzdem riefst du sie jeden Abend an. Mit wem solltest du auch sonst über deine Probleme reden? Deine Mutter empfahl dir alte Hausmittel, zum Beispiel dich hinterher auf den Kopf zu stellen und Brennnesselsud zu trinken.

An manchen Abenden konntest du gar nicht mehr aufhören zu weinen, nachdem du aufgelegt hattest. Das ging Jak fürchterlich auf die Nerven.

»Deine Mutter«, wetterte er, »ist eine falsche Schlange, wie sie im Buche steht! Vorneherum tut sie besorgt, und dann lässt sie dich ihre Giftzähne spüren!«

Daraufhin weintest du erst recht. Denn Jak hatte recht. Es ging gar nicht darum, was du geleistet oder nicht geleistet hattest. Es ging um dich, um deine Person, um deinen Charakter. Das war es, was ihr nicht passte.

»Aber ich bin nun mal so, wie ich bin, was soll ich denn dagegen tun?«, schluchztest du.

Wenn du in diesem Zustand warst, verließ Jak türenknallend das Haus und fuhr davon.

»Bitte, lass mich nicht allein!«, betteltest du.

Du setztest alles daran, dass er nicht weglief, appelliertest an seine Gefühle, schmeicheltest ihm, schmiegtest dich an ihn.

Doch er stieß dich weg. »Lass mich in Ruhe! Putz dir deine Nase woanders ab!«

Andererseits wusstest du, dass du ihn nur hinreichend reizen musstest, damit er bei dir blieb. Dann schenkte er dir wenigstens Aufmerksamkeit. Du lerntest, seine Wut und die damit verbundene Energie auszunutzen. Die Begleiterscheinungen konntest du leicht verkraften.

Eine Ohrfeige, einen Schlag auf den Rücken.

Die Liebkosungen auf Grootmoedersdrift.

Und doch brachte all das dich ständig zum Weinen. »Darf ich denn niemals schwach sein?«, fragtest du ihn, aber das regte ihn nur umso mehr auf.

Aber diese Phase dauerte nicht lange. Zwei, drei Jahre vielleicht. Danach nahmst du nie mehr seine Hand und zeigtest ihm, wie er dich berühren sollte. Du hattest anderes im Sinn. Du bücktest dich, bliest ihm einen, fingst sein Sperma mit der Hand auf und versuchtest, dich selbst zu befruchten.

Das war ihm sowieso lieber. »Ich will dein Gesicht nicht sehen, wenn du so verhärmt bist«, sagte er. Oft merkte er nicht einmal, dass du weintest.

Jedes Mal betetest du, dass es klappen würde. Du stelltest dir vor, wie Zellen gleichzeitig losströmten, ein Kometenregen, ein Kataklysmus, eine Verschmelzung.

Du fragtest dich, warum Tiere sich so problemlos fortpflanzten und du nicht. Warst du aus der Art geschlagen? Oft batst du Jak, dich zu trösten und in den Arm zu nehmen. Doch entweder zog er sich ein Kissen über den Kopf und drehte dir den Rücken zu, oder er nahm seine Decke und schlief im Wohnzimmer.

An den Wochenenden und an Feiertagen war es am schlimmsten, genau wie zwischen den Jahreszeiten in den ruhigen Phasen auf der Farm. Dann zog es ihn hinaus zum Bergsteigen, Laufen oder Rudern, oder er wollte seine Bücher von Ian Fleming und Louis L'Amour lesen, und zwar am liebsten so weit wie möglich von dir entfernt. Du musstest dir etwas einfallen lassen, um ihn auf der Farm zu halten. Wände mussten gestrichen und ein neues Silo gebaut werden, wichtige Umstrukturierungen standen an, Bäume mussten gefällt und das große gemeinsame Kompostprojekt mit den Nachbarfarmen umgesetzt werden.

Du sorgtest dafür, dass in den dramatischsten Momenten Publikum anwesend war, und organisiertest am Ende eines jeden Projekts Treffen, Mittagessen für die Nachbarn oder Agrartage mit Infoveranstaltungen für die Mitglieder der Bauernverbände.

Dann strahlte Jak vor Stolz und Freude über die Aufmerksamkeit, die ihm zuteilwurde.

Eines Tages batst du ihn, mit dir zusammen den Garten neu anzulegen. »Die schönste Zierde für eine Farm ist ein Blumengarten«, sagtest du. »Du hast mir das Paradies versprochen, weißt du noch?«

»Bild dir nicht ein, dass ich dich nicht durchschaue«, erwiderte er. »Das ist das einzig Paradiesische, was es auf dieser Farm jemals geben wird.«

Du dachtest im Stillen: Wenn wir schon kein Liebespaar sein können, dann vielleicht wenigstens Freunde. Freunde können unterschiedlicher Meinung sein, sogar über das Paradies. Doch er wollte immer nur weg, raus, unter Leute.

Um dich zu trösten, stürztest du dich in die Arbeit. Wenn auf der Farm richtig viel zu tun war, wenn Aufgaben dringend und sorgfältig erledigt werden mussten, warst du am glücklichsten. Du mochtest Teamarbeit nach einem festen Plan, mit vorhersehbarem Ergebnis und langfristigen Aussichten. Von deiner Mutter hattest du gelernt, dass man nur so einen Hof bewirtschaften konnte.

»Wir können dir ein American Saddlebred kaufen, wenn der Wollpreis gut ist«, ködertest du Jak, »oder ein neues Auto, wenn wir die neuen Jerseyfärsen verkauft haben.«

Gegen Belohnung war er dir manchmal eine große Hilfe. Aber ihn einfach nur um etwas zu bitten führte zu nichts.

»Warum muss ich dir bei jeder Kleinigkeit die Hand halten?«, beschwerte er sich. »Du hast mir schließlich schon oft genug zu verstehen gegeben, dass du de facto die Farm leitest.«

Es dauerte lange, bis du begriffen hattest, dass auf der Farm nichts geschah, wenn du dich nicht selbst darum kümmertest, und dass du dich an OuKarel und seinen Sohn wenden musstest, um die Sache in die Hand nehmen und den Neuanfang wagen zu können. Als du sie ansprachst, warfen sich die beiden Blicke zu, und OuKarel bedeutete Dawid wortlos: Tu, was man dir sagt. Jak passte das nicht. Wenn er sah, dass sie dir halfen, fasste auch er eine Weile mit an. Dawid und OuKarel durchschauten die Situation im Nu und verlangten eine bessere Bezahlung.

Sie haben schließlich ihr gepachtetes Land aufgeben müssen, argumentierte OuKarel. Wie solle er denn jetzt für seine Angehörigen sorgen? Zwar wusstest du nicht, wer damit gemeint sein sollte, denn OuKarel war schon seit Langem Witwer und Dawid offenbar ein Einzelgänger, aber als Jak mit der Zeit dem Druck nachgab, den alten Status der Okkenels zum Teil wiederherstellte und sie zu Vorarbeitern auf Grootmoedersdrift machte, meldeten sich die Angehörigen ganz von selbst: die Großneffen mit ihren Frauen und Kindern, die nicht alle von der Schreinerei leben konnten, die OuKarels Brüder in Suurbraak betrieben. Sie strömten in Scharen herbei, und bald schon waren die Hütten überfüllt. Jak verbot ihnen, weitere Hütten zu bauen.

»Willst du etwa diese ganze Bastardsippschaft mit ihren angeblich schottischen Nachnamen und ihren Missionarsstationsmarotten hier auf der Veranda sitzen haben, Milla?«, fragte er. »Nur über meine Leiche. Mir reicht's!«

Du versuchtest, es wiedergutzumachen, indem du dafür sorgtest, dass genügend Mehlsäcke und Milchkannen ihren Weg über die Furt zu den Arbeiterhütten fanden, und wolltest Allianzen schmieden, indem du regelmäßig einen Stuhl oder einen Tisch aus dem Familienbetrieb in Suurbraak kauftest. Doch die fünf Okkenel-Brüder, die alle die gleiche hohe Stirn, die gleichen grünen Augen und die gleiche schmale Nase wie OuKarel hatten, sahen dich nur verächtlich an und verlangten Preise von dir, die der Größe deines Schuldgefühls entsprachen. Mit den Jahren sahst du ein, dass es ein Fehler gewesen war, die Pachtwirtschaft abzuschaffen. Es war die einzige Möglichkeit für die Familie gewesen, genügend Geld für den Kauf von gutem Möbelholz zu verdienen, und sie hatten genug Getreide angebaut, um auch nach dem Verkauf der Überschüsse für die ganze Familie Brot backen zu können.

Doch Jak wollte nichts von einem neuen Pachtvertrag hören. Er träumte von einer vollständig mechanisierten Farm, auf der nur noch ein, zwei Arbeiter notwendig waren.

Es habe nie ein Vertrag existiert, argumentierte er. Millas Mutter habe die Leute hier nur wohnen und arbeiten lassen, weil es praktisch für sie gewesen sei. »Wir haben ihnen gegenüber keinerlei Verpflichtungen. Je weniger von ihnen, umso besser.«

Du schämtest dich für seine Haltung. Wo sollten die Leute denn hingehen? Dies war auch ihr Land, ihre Heimat. Und auch sie arbeiteten hart und mussten essen.

Warum begehrtest du damals nicht auf, Milla? Wovor hattest du Angst? Warum konntest du dir nie vorstellen, dass es Alternativen gab? Warum ertrugst du Jak mit seiner Grobheit, seiner Selbstsucht und seiner Eitelkeit? Du wundertest dich damals über die Kurzgeschichten in den Zeitschriften, in denen die Heldinnen mit hochrotem Kopf ausriefen: »Jetzt reicht es, ich verlasse dich!« Du dachtest, solche Geschichten dienten nur dazu, die Auflagen zu erhöhen. Dir ein Beispiel daran zu nehmen kam dir nicht in den Sinn.

Nüchtern betrachtetest du die Männer anderer Frauen und kamst zu dem Schluss, dass du auch nicht schlechter dran warst. Jak war immerhin noch der attraktivste und intelligenteste von ihnen. Keine der Frauen in deinem Bekanntenkreis hatte so etwas wie ein »erfülltes Leben«. Das sahst du ihren Gesichtern an. Trotzdem waren sie loyal. Basie vorn und Fanie hinten und Thys hat gewonnen, Applaus, Applaus. Vor allem die Frauen in deinem Bekanntenkreis waren so. Trotzdem sehnten sie sich immerfort nach Gesellschaft, nach einem offenen Ohr, nach jemandem, der ihnen zuhörte. Du kanntest keine Frau, die auf ihrer Farm in den Bergen nicht einsam gewesen wäre. Wobei dich der Austausch von Gemeinplätzen nicht aufmuntern konnte.

Jeweils für ein paar Monate gelang es dir, einen Lesezirkel oder einen Musikkreis auf die Beine zu stellen. Doch die Frauen saßen dabei nur schweigend in deinem Wohnzimmer, als machte sie die Musik von Schubert, Brahms und Mahler verlegen. Bach ging einigermaßen. Bach klang vertraut, nach Kirche. Die Bücher, die du ihnen ausliehst, legten sie ungelesen zurück auf den halbmondförmigen Tisch in der Diele. Statt über Literatur unterhielten sie sich lieber über Patchworkarbeiten oder beklagten sich über Hausmädchen, die Seife stahlen.

Der größte Reinfall war der Wanderverein für Amateurbotanikerinnen, den du zu gründen versuchtest. Du warst selbst nicht gerade eine Fachfrau, aber du hattest die Bücher deines Vaters über Bäume und die Fynbos-Vegetation geerbt und als Kind von ihm die Grundlagen der Pflanzenbestimmung gelernt. Doch nach ein paar Ausflügen in die Hügel am Fuß der Berge in Begleitung von Damen, die in ihren guten Teekränzchenschuhen andauernd ins Stolpern gerieten und mit ihren Kleidern überall hängen blieben, in deren ängstlichen, gehetzten Gesichtern sich kein anderer Gedanke widerspiegelte als allein die Frage, was sie ihren Männern zum Abendessen vorsetzen sollten, gabst du auf. Du warst nicht wie sie, erkanntest du, dir war ein abenteuerlicheres Leben in die Wiege gelegt worden.

Doch das ging dir in den ersten sieben Jahren auf Grootmoedersdrift abhanden, und die Einsamkeit begann, dich zu zerstören.

Deine Mutter war der letzte Strohhalm, wenn du dich allzu einsam fühltest. »Nimm mich mit nach Barrydale«, sagtest du zu Jak, wenn er an Feiertagen oder für ein langes Wochenende nach der Lämmerzeit oder der Aussaat zu einer seiner Exkursionen aufbrechen wollte. Dabei fühltest du dich bei deiner Mutter noch nicht einmal besonders wohl. Sie war einfach nie zufrieden. Nach dem Tod deines Vaters war das noch schlimmer geworden. Du hattest das Gefühl, dass sie sich Tricks und Fangfragen ausdachte, um dich auf die Probe zu stellen, und ihr strittet euch noch schlimmer als du und Jak. Gegen deine Mutter hattest du keine Chance.

Die Wende kam im Sommer 1953. Ma hatte Probleme mit den Leuten auf ihrer Farm und hatte dir zu verstehen gegeben, dass du sie lösen solltest. Du nahmst die Herausforderung an. Du wolltest ihr beweisen, dass man weder selbst hilflos den Umständen ausgeliefert war noch andere ihrem Schicksal überlassen musste.

»Du wirst die Konsequenzen tragen müssen«, warnte deine Mutter, als sie hörte, was du vorhattest. »Du mischst dich in Angelegenheiten ein, die dich nichts angehen. Kein Mensch weiß, wo das hinführen wird.«

Ihr standet euch in der Speisekammer gegenüber, damals, am 16. Dezember 1953. Du wolltest etwas zu Essen mit hinaus zu den Hütten nehmen und hieltest eine gegarte Lammkeule in der Hand, die du für die Leute einpacken wolltest.

»Um Gottes willen, was tust du denn da?«, fuhr deine Mutter dich an. »Willst du sie etwa bestechen? Was hast du denn davon? Und ich muss es dann ausbaden, wenn du wieder weg bist.«

Das war der Tropfen, der das Fass zum Überlaufen brachte. Du schriest sie an. »Bist du eigentlich nie zufrieden, Mutter? Ich dachte, du wolltest, dass ich dir helfe, und ich habe geglaubt, ich sollte den Leuten helfen, und zwar in deinem Namen! Ich versuche, dir das Beste zu geben, was ich habe, meinen Glauben, meine Liebe, meinen Mut, die besten Jahre meines Lebens, und du bist immer noch nicht zufrieden? Warum kann ich für dich niemals gut genug sein?«

Du warst so außer dir, dass du am liebsten die Zähne in das Lammfleisch geschlagen und es zerfetzt hättest, doch du hobst es lediglich hoch. Dies ist mein Leib, dachtest du. Dann ließest du ihr die Keule vor die Füße fallen.

Mit verschränkten Armen starrte sie das Fleisch auf dem Boden an.

»Willst du mich vielleicht auseinandernehmen und mich nach deinem eigenen Bild von Grund auf neu erschaffen, sodass ich dir gleiche wie ein Ei dem anderen? Wärst du dann mit mir einverstanden?«

»Du verschwendest Essen«, sagte sie nur und drehte dir den Rücken zu.

Wie von Sinnen wichst du einen Schritt zurück. Und auf einmal brach alles aus dir heraus. Du konntest nicht mehr an dich halten. Als sie hörte, dass du einen neuen Ton anschlugst, drehte sie sich um.

»Oder liegt es vielleicht daran«, fragtest du sie ganz direkt, »dass du gar nicht genau weißt, wie du mich gerne hättest, Ma? Ist das dein eigentliches Problem? Dass es kein Vorbild gibt, nach dem du mich formen könntest? Weil da nur ein Nichts ist, wo du sein solltest, ein schweigendes Loch im Boden? Aber ich bin kein Nichts, Ma!«, zischtest du. »Ich bin jemand, ich weiß, was ich vom Leben will, und weiß auch, was ich tun muss, um es zu bekommen. In Zukunft werde ich mich nur noch um meine eigenen Angelegenheiten kümmern.«

Es war das einzige Mal in deinem Leben, dass du sie ängstlich gesehen hast. Ihre Pupillen weiteten sich, und sie sperrte den Mund auf, doch sie erwiderte nichts. Du drängtest dich an ihr vorbei und ließest sie allein in der Speisekammer zurück.

Das war das erste und einzige Mal, dass du dich ihr entgegengestellt hast. Danach behandelte sie dich anders – bis zu ihrem Tod.

»Wir sind geschiedene Leute«, sagte sie später am Abend, als sie in deiner Zimmertür stand. Sonst nichts. Dann schloss sie ihre Tür hinter sich. Und du warst allein mit dem Plan, der dein Leben verändern sollte.

Die ganze Geschichte davon, wie alles begann, die kanntet nur ihr, du und deine Mutter. Anfangs warst du dir nicht einmal selbst dessen bewusst. Dein Leben lang hattest du vor, das Geschehene aufzuschreiben, nur für dich, um Klarheit zu gewinnen. Doch so weit kam es nie. Dieses Kapitel übersprangst du. Du konntest dich einfach nicht dazu überwinden, es festzuhalten.

schwelle bordstein treppe überdenken sie diese hindernisse irren zögern innehalten verbergen der schritt das straucheln nachts von fenster zum bett der fuß der an den teppichfransen hängen bleibt die unebenheit auf dem gartenweg wie hat all das begonnen? lag es an meinem jahrelangen kommen und gehen mit einem stein im schuh mit fersensporn mit eingewachsenem blutenden zehnagel war es der heiße sand? das rennen mit nur einer sandale? die hetzjagd und der hechtsprung an den hals des weißfüßigen hasen? ist dabei der keim in meine ferse geraten die fessel um meinen knöchel die schwere schwarze eisenkugel die an meinem spann hängt? hängefuß schleiffuß schlaffuß draußen läuft ein schaf

12. Juli 1960 8 Uhr (nach dem Abendessen)

Was für ein Tag! Bin unruhig, als hätte ich etwas vergessen, aber was? Habe eben nachgesehen, ob im Außenzimmer das Licht ausgeschaltet ist, aber es brennt noch. J. sagt er habe noch nie von einem Hausmädchenzimmer mit Elektrizität gehört & ob das meine Interpretation des Lichts sei das wir an der Südspitze Afrikas leuchten lassen sollen. Doch ich habe darauf bestanden. Sie muss genügend Licht zum Lesen & Sticken haben denn womit soll sie sich sonst abends beschäftigen? J. hat mich angesehen als hätte ich sie nicht mehr alle.

Die Tür steht noch immer einen Spalt auf so wie ich sie hinterlassen habe bestimmt trinkt s. ihren Tee für s. ist das ja auch alles neu vielleicht wäscht s. ihre Wäsche. Keine Ahnung wie s. das Blut aus dem weißen Pullover rauskriegen soll.

Habe ehrlich gedacht es wäre gut wenn s. sich müde arbeitet bevor sie ihr Zimmer bezieht. Habe ihren braunen Koffer mit ihren Sachen darin heute Morgen in ihr Zimmer auf das Querbrett unter dem Tisch gestellt. Hatte erst überlegt sie zu überraschen & schon alles auszupacken wie Tischleindeckdich hab es mir dann aber anders überlegt. Sie muss selbstständig werden. Jeder muss sich in einem neuen Zimmer selbst einrichten & vielleicht sieht s. jetzt selbst dass ihre alten Sachen nicht zu den neuen passen & packt sie gar nicht aus & vergisst sie das wäre das Beste.

Ich muss auch vergessen. Sonst werde ich verrückt. Oder krank. Und das kann ich mir nicht leisten mit dem Kind unterm Herzen.

Habe gestern schon eine ganze Liste mit Aufgaben notiert die wir heute erledigen müssen damit s. beschäftigt ist man darf an einem solchen Tag nicht zu viel Zeit zum Nachdenken haben. Erst Routinearbeiten zum Aufwärmen Veranda fegen spülen waschen & bügeln, falten & einräumen & dann ein Schaf schlachten.

Ich gehe davon aus dass ich mit dem Kind keine Zeit mehr haben werde mich selbst darum zu kümmern deswegen muss A. die Schlachterin auf Gdrft werden. Gestern Abend habe ich den Arbeitern Bescheid gegeben. Dawid muss sie anlernen & ich werde dabei helfen er soll sich bereithalten. Heute Morgen um zehn stand er in der Küchentür das Schlachtschaf sei ausgesucht & ob ich es mir vorher ansehen wolle. Nein sagte ich binde das Schaf im Schatten an & gib ihm Wasser. Ich wollte mich nicht zu weit von A. entfernen die noch im Gästezimmer Hemden & Bettwäsche bügelte & musste ihr zeigen wie man einen Kragen ohne Falten bügelt & wie man die Laken faltet.

Beim Schlachten ging alles gut abgesehen davon dass ich im Schlachtabfluss ohnmächtig wurde. D. & zwei Handlanger brachten das Schaf rein einen dicken kleinen Hammel noch nicht ganz ausgewachsen aus der Herde von Hand aufgezogener Lämmer die wir ausdünnen müssen. Nimm ihn am Ohr sagte ich zu A. hab keine Angst da fasste sie ihn mit ihrer kleinen Hand. Nimm die starke Hand sagte ich & Dawid wurde albern in der Nähe des Mädchens & weil s. das Schaf mit der falschen Hand festhielt. Der kleine Hammel ruckte mit dem Kopf & blökte & wich zurück & schiss einen grünen Strahl über D.s Schuhe & A.s Kleid & ihr Bein & die Farmarbeiter kringelten sich vor Lachen & auf einmal wuselten überall die kleinen Kinder herum. D. rief igitt ich weiß nicht ob das klappt A. ist noch zu jung zum Schlachten. D. muss im richtigen Moment den Mund halten & s. muss sich einprägen was ich ihr sage sie ist klug.

Die erste Lektion beim Schlachten: Das Tier bekommt drei Tage lang nichts mehr zu fressen. So sind die Eingeweide entleert & sauber & zum Schluss bekommt es Kleie die absorbiert alles was noch im Magen ist & lässt sich leicht ausspülen doch durch das ganze Gerede war das Schaf wild geworden & ich sagte D. er solle es auf den Boden legen & festhalten. D. sagte meistens nähere er sich einem Schaf im Gehege von hinten & ehe es wisse wie ihm geschieht habe er ihm auch schon die Kehle durchgeschnitten während es immer noch nichts ahnend in den Luzerneblüten stehe. Das Fleisch sei dann besonders lecker weil das Tier nie Angst gekannt habe.

Die zweite Lektion die ich s. lehrte: Das Fleisch von Schafen die vor dem Schlachten Angst hatten ist bitter sie scheiden bei Angst einen Stoff aus den Nebennieren aus deswegen darf s. beim Schlachten nie trödeln & da drehten sie das Schaf auf die Seite & hielten den Hals über die Zementrinne & der kleine Hammel zappelte wie wild so geht das nicht dachte ich & sagte zu A. wir zählen jetzt bis drei & s. hatte die Augen weit aufgerissen komm näher sagte D. & die Küchenhilfen sangen Lasset die Kindlein zu mir kommen. Bück dich sagte D. zu A. nahm ihre Hand fest in seine & zusammen zogen sie dem Hammel blitzschnell das Messer durch die Kehle dass das Blut nur so spritzte. A. wich zurück & ließ das Messer fallen. Es rollte über den abgeschrägten Boden & ich sagte man wirft doch nicht einfach so das Messer weg geh es holen. Die Farmarbeiter johlten da liegt es Aschenputtel & sie schrien du machst ein Gesicht wie eine Bauernmagd. Seid still sagte ich & die Hunde leckten das Blut von A.s Schuhen mucksmäuschenstill stand sie da. D. hob ihr Messer auf & drückte es ihr in die Hand. Saar kam mit einer weißen Emailschüssel & die Farmarbeiter schrien fang auf das Blut fang auf das Blut die Wolle ist weiß & das Fleisch ist gut. Ruhe jetzt sie schlachtet zum ersten Mal brüllte ich & der kleine Hammel verdrehte die Augen & zog die Oberlippe zurück & die Riffel auf der Nase glätteten sich & die Ohren legten sich flach an & als ich A. die Zeichen erklärte krampfte sich der Hammel zusammen & trat ihr mit voller Wucht gegen die Schienbeine riss sich los & schiss allen noch mal über die Füße.

Lektion 3: Man darf die Beine nicht zu früh loslassen denn die Tiere treten im Todeskrampf um sich & das tut am meisten weh auch wenn sie schon halb tot sind.

Da sah ich wie J. mit einer Hand in der Hüfte das Spektakel beobachtete. Sieht mir nach viel Arbeit aus Milla bemerkte er. Schlächterin Bäckerin Serviererin damit machst du sie zur besten *Meid* aller Zeiten.

Er sollte sich besser um seine eigenen Angelegenheiten kümmern schließlich hat er es so gewollt.

Muss noch mal nachsehen ob das Licht im Außenzimmer noch brennt hoffe dass es mit ihr gut geht habe die ganze Zeit das Gefühl etwas vergessen zu haben.

10 Uhr

Alles ruhig Fenster hinten fest verschlossen bestimmt schläft sie. Die Sache mit dem Schlachten will mir nicht aus dem Kopf dabei haben wir doch nur ein Schaf geschlachtet wie immer. Warum muss ich das alles aufschreiben? Habe ihr doch alles richtig beigebracht, Schritt für Schritt. Natürlich ist es nicht leicht aber irgendwann mussten wir das alle durchstehen.

Lektion 4: Lange genug ausbluten lassen, sonst wird das Fleisch schwammig.

Lektion 5: Immer auf Hygiene achten. Lappen & Wasser bereitstellen man kann nicht schlachten wenn man voller Schafdung ist das zieht die Fliegen an. Habe mich mit meinem dicken Bauch gebückt & ihr den Dung von Beinen & Schuhen gewaschen & da zitterten ihr die Knie & die Gören riefen Angsthase Angsthase. Wenn ihr nicht sofort still seid sagte ich bekommt ihr nichts von der Lunge ab.

Ich stellte mich hinter s. & nahm ihre Hand mit dem Messer & dann bückte ich mich mit ihr zusammen & begann das Schaf von oben nach unten aufzuschneiden. Konnte das Brustbein nicht durchtrennen & sagte zu A. sie & D. müssten jetzt allein weitermachen & ich drückte A. das Messer in die Hand sing sagte ich zu D. das flößt ihr Kraft ein & D. sang sikketir sikketir sikketeich das Schaf geht zum Block mit Wolle & Fleisch sing mit A. sagte ich damit wieder Leben in dich kommt aber s. kniff nur den Mund zusammen dann plötzlich erwachte sie zum Leben & sah mir ins Gesicht & nahm das Messer.

Nicht zu tief hineinschneiden sagte ich und hier kommt Lektion 6: Wir wollen nicht überall Kacke & Pisse haben & s. schnitt so flach & schnell an der Mittellinie entlang dass ich ganz erstaunt war.

Dann nahm D. ihre beiden Hände in seine & s. zog die Eingeweide heraus & als der Darm herausfiel wurde mir übel & ich ging ins Haus kotzte & riss mich schnell wieder zusammen ich konnte A. ja nicht allein lassen während die anderen die Innereien sortierten s. muss die schmutzigen & die sauberen erkennen können. Penis & Blase & Magen & Galle & Dünndarm & Dickdarm auf die eine Seite & Herzlungenierenleber auf die andere.

A.s rechter Ärmel war inzwischen so voller Blut dass es aussah als wäre sie verletzt & mir war die ganze Zeit übel & der ganze Trubel & die Zuschauer machten mich nervös.

Lektion 7: Die Eingeweide bieten den sichersten Anhaltspunkt ob ein Schaf gesund ist oder nicht. Achte auf Würmer in den Därmen & Parasiten in der Lunge sie muss schön schwammig & rot sein & die Leber weich & dunkel & das Herz muss die richtige Größe haben so wie die Faust deiner gesunden Hand. Wenn es klein & verhärtet ist oder wässrig aufgeschwemmt stimmt etwas nicht mit dem Herzen & höchstwahrscheinlich mit dem ganzen Schaf denn das Herz ist die Windpumpe lehrte ich s. & wenn die nicht funktioniert verdorrt das Tier.

Habe A. alles befühlen & benennen lassen. Irgendwann konnte ich den blutigen Ärmel der ständig überall hineinhing nicht mehr ertragen & sagte entweder wir ziehen diesen Pullover aus oder wir krempeln den Ärmel hoch aber A. klammerte den Ärmel fest um den Daumen. Dawid hängte das Schaf mit den Fersen an Metallhaken in einen Eukalyptusbaum aber zu hoch für A. Er brachte eine Apfelkiste aber ich sagte die sei zu wacklig & er solle längere Haken biegen. Da sangen diese Gören: Oi oi oi ja so ist's brav hoch mit dem Mädchen oder runter mit dem Schaf.

Klappe halten rief ich aber sie tanzten nur mit ausgestreckten Hinterteilen um A. herum sodass ihre Unterlippe zitterte & ich sagte lass nur das sind doch nur Küchenmädchen lass dich von denen nicht ärgern sie bekommen nur den Kopf & die Innereien aber du isst heute Abend Koteletts.

Da hängt das Schaf jetzt musst du den Kopf abschneiden sagte ich es tropfte ihr auf die Füße. Da sah ich wie D. ein Ohr abschnitt & es A. in die Tasche ihres Kleides steckte ein Ohr ohne Kerben noch nicht zum Schlachten markiert wie all unsere zahmen Tiere. Ich sah wie er etwas zu A. sagte was ich nicht verstehen konnte & ich wollte nicht vor allen anderen nachfragen (muss engen Kontakt zwischen A. & Männern verhindern).

Dann zeigte D. ihr wie man die Haut abzieht & das Fleisch vom Vlies weghält & ich hielt das Tier fest & erst ging es schwer weil s. mal zu tief mal zu flach schnitt. Ich riet ihr mit der Faust das Fleisch von der Haut wegzukneten während sie die Klinge führe & da klappte es ein bisschen besser. Die rechte Faust in dem weißen gehäkelten Pullover sah aus wie ein blutiger Stumpf nach einer Amputation aber s. hat gut durchgehalten auch wenn es drei Mal länger gedauert hat als normalerweise. Aber s. hat auch gelernt wie das Fleisch geschnitten wird vom Nacken bis zur Lende & der Leiste & wozu man es am besten verwendet zum Grillen, als Braten im Ofen oder zum Schmoren.

Gut so mein Mädchen jetzt kennst du dich mit Fleisch aus. Das nächste Mal schlachten wir ein Rind und du wirst noch Vorschlachterin werden hier auf Gdrft sagte ich nur für deinen kurzen Arm müssen wir uns etwas ausdenken einen Schlachterärmel.

5

Mittagsstille. Die Dielen im Flur knarzen. Steht jemand am Telefontischchen und verlagert sein Gewicht von einem Fuß auf den anderen? Oder sieht sich jemand ein Bild an der Wand an, oder ist die Person stehen geblieben, weil ihr etwas eingefallen ist? Überlegt sie? Hin und her? Die Dielen knarzen von selbst.

Da ist niemand. Es sind die Geräusche eines alten Hauses.

Mein Haus kann mehr Geräusche machen als ich.

Manchmal bilde ich mir ein, Schritte zu hören, flüchtig, von vorne nach hinten quer durchs Haus, ein hastiger, zielgerichteter Gang in den Morgenstunden. In der Nacht und mittags zwischen zwei und drei ist der Gang mühsam, ein Hinken, ein Stock.

Es erscheint mir wie Aufnahmen von all den Gängen, die ich selbst durch die Flure und Zimmer meines Hauses unternommen habe und die mir nun von einem alten Tonband vorgespielt werden, Aufzeichnungen ohne erkennbare Nachricht.

Was soll ich daraus schließen? Wie lautet die Botschaft? Dass ich als aufrecht gehendes Säugetier erschaffen wurde? Dazu, meine Gliedmaßen zu strecken, zu vier Vierteln in die Luft zu ragen, ein goldener Schnitt, meine Reichweite der Kompass meiner Intentionen? Geboren, um zu schwimmen, zu marschieren, zu klettern, und optimistisch genug, um selbst das Fliegen auszuprobieren?

Hier liege ich. Würde ich von Pferden gevierteilt, es wäre die bessere Alternative.

Manchmal klopft es laut im Giebel, eins, zwei, drei, vier Mal, wenn nachts die Dachziegel abkühlen. Dann wache ich auf und frage mich, wer gekommen ist.

Wer steht vor der Tür?, würde ich am liebsten rufen. Wer ist da?

Doch da ist niemand. Wenn Agaat mich allein lässt, so wie heute, bin ich niemand. Zwischen mir und mir nicht der geringste unterscheidende Spalt.

Morgens, wenn sich das Dach erwärmt, tickt es eine Stunde lang über meinem Kopf. Wie ein Schrittmacher, der mir helfen will zu denken, einen Gedanken, den ich nicht alleine formen kann.

Ich bin weniger als ein Dach.

Ich bin ein Ablauf.

Manchmal höre ich ein Rascheln in den Türstöcken. Das müssen Holzwürmer sein, vielleicht auch Mäuse oder Kakerlaken. In den Hohlräumen rieseln Nagespäne zwischen Holz und Wand herab. Bestimmt Mäuse oder Insekten.

Ich würde Agaat gerne bitten, mir eine Kakerlake in einem Einmachglas zu bringen, damit ich beobachten kann, wie sich das Tier mit seinem flachen Körper bewegt und mit den Beinchen am Glas entlangtastet. Dann könnte sie sich daran ergötzen, wie neidisch ich auf die Kakerlake bin.

Das Bett, in dem ich liege und aufgerichtet werde, macht mein Gewicht für mich spürbar. Mein freies Gewicht innerhalb meines festen Gewichts. Jedes Mal fühle ich, wie sich mein Inneres verschiebt. Mein Herz fällt in einen Korb, meine inneren Organe verwandeln sich in einen Haufen Rolltabak, der in einer Kiste zur Seite rutscht. Das ist alles, was sie heute getan hat. Mich aufrichten. Ohne ein Wort zu sagen.

Das Fleisch an meinen Beinen ist unregelmäßig verteilt. Das Gewicht meiner Knochen ist das einzig Wahrhafte an mir. Mein Fleisch bringt mich zum Weinen.

Ich sehe die Umrisse meiner Füße unter der Decke. Meine Füße sind Stümpfe. Meine Zehen haben keine Muskelspannung mehr. Meine Füße gleichen Knien, meine Knie sehen aus wie Kopfsteine, Katzenköpfe, meine Hüften formen Felsen, dazwischen liegt eine Senke. Mein Brustkorb fällt zu den Seiten schräg ab, rechts und links von meinem Brustbein ist schon lange nichts mehr außer Haut. Ich erinnere mich an das Gewicht meiner Brüste, an ihre Schatten.

Jetzt umspielt mich das Licht. Ein Erdklumpen auf dem Feld, eine flache Kontur. In subtilen Schattierungen konturiert es meine Höhen und Tiefen wie ein geschickter Bildhauer. Die Decke ist weiß, die Schatten sind blau. Das Licht zeichnet die Bettkante um mich herum wie einen vergitterten Käfig. Ich bin ein Skelett innerhalb eines Skeletts, eine Kiste in einem Zwinger, aber ich habe noch Zeit, meine Zeit ist in mir, mein schwindendes Fleisch speichert sie.

Man sollte nur noch aus Knochen bestehen, wenn das Sterben beginnt. Ein belebtes Skelett. Ein Schädel voller Blitze, eine Hand, die sich mittels Scharnieren bewegt wie eine Weiche. Nur eine einzige Geste sollte einem vergönnt sein über die Geschöpfe, die in Unschuld sterben dürfen. Anschließend müsste man zurück in Reih und Glied treten.

Schatten huschen an den Fußbodenleisten entlang, Licht kringelt sich über die Holzdielen, über das Chrom, über die Stapel weißen Leinens, über die Tiegel, Schläuche und Tücher. Punkte, Streifen, Kleckse. Wie spät ist es? Ich will es nicht wissen. In der Diele tickt die Standuhr.

Mein Zimmer malt sich jede Stunde anders an und vervollkommnet sich selbst jeden Tag aufs Neue. Mein Zimmer ist ein perverser Künstler. Ich bin das Stillleben, die Falte im Tuch, das aufgeschlagene Buch. Ich blättere mich nach draußen. Die Geräusche der letzten Ernte schreiben sich in mich hinein.

Es muss später Vormittag sein, Zeit, die morgendliche Ernte abzuladen, Reparaturarbeiten durchzuführen, Atem zu schöpfen und sich die juckenden Spelzen und den Staub aus den Augen zu waschen. Der Mähdrescher, der heute Morgen hinausgefahren ist, kehrt dröhnend auf den Hof zurück. Der Fahrer ruft: »Aufmachen!«, und das Rolltor gleitet auf seinen Schienen aus Stahl quietschend zur Seite. Als die Maschine unter das Dach rollt, klingt das Motorengeräusch tiefer. Hier kommt der erste Traktor. Ich höre, dass er einen Anhänger voller Strohballen zieht. Der zweite Traktor bringt einen Hänger mit Säcken, er klingt schwerer. Es ist ein Jahr der schweren Gewichte, das hört man.

Ich höre Rufe. »Reintragen, reintragen! Packt mit an!« Es sind Dawid, Kadys und der neue Mann, Kitaartjie. Ich höre einen Bakkie. Das muss Thys sein, der vorbeikommt, um einen Blick auf die Farm und die Arbeiten zu werfen. In den Boxen auf der Rückseite der Scheune ertönt das Tingting von Rundkopfhämmern. Das Geräusch ist mir wohlvertraut. In das Schneidwerk des roten Mähdreschers werden für morgen neue Klingen eingesetzt. Die Halme müssen kräftig sein, weil die Klingen so schnell stumpf werden und zerspringen.

Vielleicht können sie mich morgen noch einmal auf den Hof hinausbringen, auf einer Trage. Sie könnten mir die Nackenstütze anlegen, mich festzurren und mich unter den Wildfeigenbaum setzen, damit ich alles sehen kann. Damit ich den Staub riechen kann, damit ich die schwarze Dieselwolke aus dem Traktor aufsteigen sehen kann, damit ich erkennen kann, wie der Anhänger an der Deichsel hin und her schwingt, damit ich die Ballen zählen kann, wenn sie in die Scheune hineingetragen werden, damit ich die Halme auf dem Rücken des Trägers zählen und demjenigen danken kann, der vor meinen Füßen einen Ballen öffnet, damit ich die Dichte sehe und die Kraft und die Herrlichkeit, demjenigen, der weiß, dass er aus der Mitte eine Handvoll packen und an meine Wange halten muss.

Jemand soll mir die kleine Waage bringen und sie hochhalten, bis der Zeiger aufhört zu zittern. Ich will sehen, wie ein Scheffel Daeraad, ein Scheffel Kleintrou und ein Scheffel Sterling gewogen werden.

Dann soll sich jemand vor mich hinstellen, einen Mundvoll Vondeling kauen und mir dabei in die Augen sehen. Ich will sehen, wie sich die Pupille verkleinert, wenn die Körner zerknacken, und ein leises Singen hören, während die Kiefer mahlen. Heho, spann den Wagen an. Und wenn das Getreide zu Brei zerkaut ist, will ich sehen, wie die Augen aufleuchten.

Dann müsste mir jemand einen Korb voller Küken bringen, meine Hände nehmen und rechts und links Küken hineinsetzen und diese mit einem rohen Teig aus Kleie und Spucke füttern. Ich will wieder das Piepen und Puckern eines Kükenkörpers in meinen Handflächen spüren.

Und dann müsste mir irgendjemand die Tränen wegwischen und verhindern, dass ich ersticke.

Denn ich muss zuvor noch die Karte sehen.

Sie müssten sie im Staub ausrollen und Steine auf die Ecken legen, damit sie sich nicht wieder zusammenrollt. Vier rotblaue Schieferscherben.

Sie müssten die Stütze entfernen, damit ich den Kopf neigen kann.

Sie müssten meinen Kopf in die Hände nehmen, damit er nicht herabfällt, und ihn anheben und neigen, während der Stock über die Karte fährt und die Hände auf meine Welt zeigen, sodass ich den Plan von Grootmoedersdrift und seine endlose Weite sehen kann. Die blauen Kurven des Korenlandriviers auf der Westseite, der Duivenhoks und Buffeljags auf der Ostseite, die dichten, fingerabdruckartigen Konturen des Langebergs im Norden und des Potbergs im Süden. Die kleinen Quadrate der umliegenden Ortschaften: Suurbraak, Heidelberg, Witsand, Infanta, Struisbaai, Port Beaufort, Skipskop, Malgas, Swellendam, Stormsvlei, Riviersonderend, Caledon, Bredasdorp und Barrydale kurz hinter dem Tradouw, dazu Montagu, Robertson und Worcester.

Und zwischen den Bergen, Dörfern und Flüssen – mit der schnurgeraden, rot markierten Umgehungsstraße mitten hindurch – der Umriss meiner Farm. Die gestrichelten Linien der Grenzen, die weißen Punkte der Landmarken, das Grün von Büschen, Obst- und Gemüsegärten, die silbrigen Teiche, die Tränken und Staubecken im Trockenland, die Ställe, Scheunen und Gatter. Die Weiden am Kliprivier und die Felder, die Gehege zum Lammen und für das Übersommern, die Brachen, die Schlafkuhlen der Schafe und die schwarzen Schatten der Eukalyptusbäume.

Ich will zwischen dem Boden und der Karte hin und her blicken, in die Ferne und in die Nähe, bis ich genug habe, bis ich gesättigt bin von dem, was mein Platz auf der Welt gewesen ist.

Dann müssten sie die Karte ordentlich aufrollen und mir die Nackenstütze wieder anlegen, sodass mein Kopf wie aus der Mündung eines Köchers herausragt. Ich würde die Augen schließen und mich sammeln, damit sie meinen Kopf abschrauben und die Karte in meine leere Hülle hineinschieben könnten. Damit ich von innen gefüllt und gestützt und für die Reise gestärkt wäre. Denn ohne diese Welt in meinem Inneren würde ich zuklappen und dichtmachen, noch schlimmer als jetzt, sprachlos, tatenlos und ohne Halt in der Zeit.

Ich stapele drei Atemzüge aufeinander und errichte mit meiner Brust einen Hügel. Das Glöckchen, das Agaat mir unter die Hand gelegt hat, kullert klingelnd unter meiner Handfläche hervor. Erst gegen das Bettgitter, dann fällt es zu Boden.

*

Die Bauern aus der Gegend luden dich und Jak, das attraktive, moderne, kinderlose Paar von Grootmoedersdrift, gern zu ihren Festen ein und überschlugen sich schier vor Eifer, wenn eine Gegeneinladung von dir kam. Es gab Erntefeste, Wollfeste und Wasserfeste auf Grootmoedersdrift, ein Fest für Drillinge in der Lämmerzeit, ein Fest für das neue Silo mit automatisierter Häckselanlage und Förderband, und deine Feste waren immer die aufwendigsten weit und breit.

Jak verhielt sich bei diesen Anlässen höflich und gesprächig und respektvoll dir gegenüber, so wie immer in Gesellschaft anderer. Die Partyfee nannte er dich. Nicht dass er je auch nur einen Finger krumm gemacht hätte, um bei den Vorbereitungen zu helfen. Übrigens wusste niemand, wie sehr der Erfolg jener Bewirtungen in den späten 1950ern auf Grootmoedersdrift einer einzigen Person zu verdanken war, auf die du immer bauen konntest. Alle glaubten, es wäre Jak, der dich unterstützte. Niemand ahnte, dass der Hof ihn nicht besonders interessierte, und keiner wusste, dass du im Außenzimmer Trost suchtest, wenn er dich mal wieder allein ließ.

Du sahst, wie sie alle seinem Charme erlagen, wie die jungen Frauen ihn umschwärmten und die herausgeputzten Jungbauern zu ihm aufblickten. Er war der Dreh- und Angelpunkt bei jenen Anlässen. Und du erkanntest dich in denjenigen wieder, die nicht genug von ihm bekommen konnten. Ihre Gedanken waren leicht zu erraten: Wie hat sie das geschafft? Wie kann eine Frau so ein Glück haben?

Ihre Augenlider flatterten angesichts Jaks neuer Autos, Lkws, Geräte und all des anderen modernen Schnickschnacks, seiner importierten Zuchtbullen und Widder. Bewundernd betrachteten sie seine feinen italienischen Schuhe und den Schnitt der Hose. Sie erröteten, wenn er scheinbar achtlos seine Hemdsärmel über den gebräunten Handgelenken aufkrempelte, und das, während du leichthin über Bücher und Musik sprachst, gerade so weit, um die Gesellschaft am Esstisch zu halten und ihnen dennoch die Gelegenheit zu bieten, ihren Fantasien über den schönen Jak de Wet freien Lauf zu lassen.

Das alles kam dir sehr gelegen. Du hattest kein Interesse daran, Jaks Schwächen bloßzustellen. Deine Aufgabe war es, sie zu vertuschen. Denn außer seinen Toastmaster-Witzen hatte er nicht viel zu sagen. Angeben konnte er und spitzfindige Kommentare über Zeitungsberichte abgeben, die er gelesen hatte. Er konnte die Pläne der Regierung und die Funktion neuer Geräte erklären, doch dir wog er zu leicht. Wenn im Wohnzimmer Gelächter ertönte, knirschtest du mit den Zähnen. Du hättest ihn dir stärker gewünscht, selbstständiger, weniger leicht durchschaubar, dir wäre lieber gewesen, er hätte mehr Persönlichkeit, mehr Substanz besessen.

Was sollte er für dich sein? Ein Fels in der Brandung? Ein Pionier? Ein Quell der Weisheit? Wie konntest du erwarten, dass er das verstehen würde?

Du verstandest es ja selbst nicht. Du konntest nur nörgeln und kritisieren. Du standest im Schatten. Das machte ihn wiederum wütend, ohne dass er wusste, warum: dass du sein Wesen durch deine eigenen Pläne ersetzt hattest. Doch wann begriffst du das? In den ersten zwölf Jahren jedenfalls nicht mit dieser Klarheit.

Du wolltest ein Kind haben.

Und dafür war er gut genug.

Denn das war etwas, was du nicht hattest. Was nur er besaß. Sein Samen.

Erster Januar 1960. An dem Tag, als du von deiner Schwangerschaft erfuhrst, wart ihr auf der Nachbarfarm Frambooskop zu einer Neujahrsparty eingeladen. Es war zugleich das Willkommensfest für einen der Scott-Brüder, der aus Rhodesien zurückgekehrt war, um den Hof seines Vaters zu übernehmen.

Du wolltest es Jak nicht sofort erzählen. Du warst ganz zappelig vor lauter Aufregung. Du zogst dein schönstes Kleid an, ein schwarzes, tief ausgeschnittenes, schulterfreies mit weiten Ärmeln. Zuletzt hattest du es am Abend eurer Verlobung getragen. Es passte dir noch immer ausgezeichnet, was dich erröten ließ.

Du spürtest die Blicke, fragende, unsichere Blicke angesichts deines ungewohnten Auftretens. Doch du behieltest das Geheimnis für dich.

Wer legte dir eine Hand auf den Arm, als solle deine Hitze sie erwärmen? Wer befühlte den Saum deines Kleides? Wer drehte die Tuben, die Tiegel und Stifte, die du herausgeholt hattest, um dich schön zu machen, wieder und wieder in den Händen? War da jemand, der etwas ahnte und deine Aufregung gern geteilt hätte?

Nein, du warst allein. Und du wolltest allein sein. Du warst zu einem anderen Menschen geworden. Deine Schwerpunkte und Maßstäbe hatten sich verschoben.

Zwölf Jahre lang hattest du darauf gewartet, zwölf Mal dreihundertfünfundsechzig Tage lang. Während des Anziehens rechnetest du es dir im Stillen immer wieder aus. Warum war es ausgerechnet jetzt geschehen?

Eine Stunde zuvor hatte dich der Arzt angerufen und dir die Neuigkeit verkündet.

»Gute Nachrichten im neuen Jahr«, hatte er gesagt. »Ich war in der Praxis, um etwas abzuholen. Die Ergebnisse aus Kapstadt sind da. Seien Sie jetzt bitte vorsichtig, meine Liebe, Sie sind schon einige Wochen weit. Denken Sie daran: keine Aufregung, nicht zu viel Bewegung in den ersten drei Monaten, nichts Schweres heben, nicht zu viel Alkohol und nicht zu viel schweres Essen. Schwangere neigen zu Sodbrennen.«

Du ließest dir beim Schminken Zeit und konntest nicht aufhören, es gegenüber dir selbst zu wiederholen: Nach all den Jahren, nach allem, was du hattest ertragen müssen, nach allem, was du unternommen hattest, so recht und schlecht, wie du konntest, lange, nachdem du die Hoffnung bereits aufgegeben hattest, endlich die Belohnung.

Mit roten Lippen lächeltest du dir im Spiegel zu. Es hatte sich gelohnt, dass du trotz allem durchgehalten hattest. Du streicheltest deinen Hals. Du hobst die Arme und drehtest dich im Kreis, um den Fall des Ärmelstoffs zu spüren und das Rascheln zu hören. Du konntest dich nicht daran erinnern, wann du zuletzt so etwas Frivoles getan hattest. Alles an dir kribbelte vor Leben, deine Glieder, deine Haare, deine Fingernägel, du vibriertest förmlich. Dein Körper, ewig unvollkommen, ewig minderwertig, war endlich schön, endlich voll. Von etwas erfüllt, was du ausnahmsweise einmal nicht geplant oder berechnet hattest und dessen Entwicklung und Vervollkommnung nichts mühsam Künstliches und Gezwungenes war, sondern ein ganz und gar natürlicher Vorgang.

»Meine Güte, hast du dich heute Abend aufgedonnert, was ist denn in dich gefahren?«, fragte Jak, als du hinaus auf die Veranda tratst, wo er bereits auf dich wartete.

Du lächeltest.

»Mein lieber Mann«, sagtest du, »du siehst auch gut aus in deinem Abendanzug, und die neue Krawatte noch dazu!«

Du spürtest die Wirkung deiner Worte. Wie eine Schlinge

legten sie sich um seinen Hals. Du zogst ihn an dich heran, zupftest seinen Kummerbund etwas höher, drehtest einen Manschettenknopf gerade und entstaubtest die Schultern seines Anzugs.

Dann fingst du an zu lachen. Einfach unfassbar! Du brauchtest ihn nicht mehr. Du brauchtest nichts und niemanden mehr auf die gleiche Weise wie zuvor.

»Warum lachst du?«, fragte Jak.

»Weil du wie ein Fotomodell aussiehst«, antwortetest du, »kaum zu glauben.«

»So, du findest also, dass ich gut aussehe?« Im Dielenspiegel betrachtete er sich von Kopf bis Fuß, während du weiter an ihm herumzupftest.

»Fantastisch«, sagtest du, »absolut fantastisch. Du gehörst in einen Modekatalog, nach Paris.«

Er war Butter in deinen Händen, und du konntest es dir leisten, ihm aus reiner Großzügigkeit zu schmeicheln.

Schwanger.

Er konnte es nicht wissen. Er hatte es verursacht, konnte es aber nicht körperlich spüren. Du warst mit deinem Wissen allein. In dir hatte es sich eingenistet, ein kleines Zellbündel noch, das bereits seit drei Wochen in seinem eigenen Tempo und nach seinem eigenen Plan in dir spross und gedieh, während du aßest, schliefst und arbeitetest.

An jenem Abend achtetest du darauf, wie dich die anderen Männer ansahen. Du beantwortetest ihre Blicke, lächeltest und hattest das Gefühl, dich selbst genießen zu dürfen.

»Du siehst einfach atemberaubend aus«, flüsterte dir Beatrice ins Ohr. »Hast du etwa ein Geheimnis?«

»Du siehst auch glänzend aus«, erwidertest du. »Wie geht es deinen Spanferkeln?«

Jak warf dir einen kurzen Blick zu.

Beim Kaffee kam eine Diskussion über landwirtschaftliche Fragen auf. Der neue Bauer auf Frambooskop entschuldigte sich; ganz offensichtlich wollte er nicht auf seiner eigenen Party in einen Streit hineingezogen werden. Es ging um Gewinne, Kosten und optimale Bodennutzung.

»Zweifelderwirtschaft! Zweifelderwirtschaft!«, riefen alle, und Thys, Beatrices Mann, schlug bei jeder Silbe mit der flachen Hand auf den Tisch. »Getreide, Brache, Getreide, Brache. Oder – noch besser: Getreide auf Getreide!« Mit dem neuen Kunstdünger könne man nichts falsch machen, lautete der allgemeine Konsens, jedes Jahr Rekordernten, das Wunder von Overberg. Sie sahen Jak an, den lebenden Beweis für dieses Wunder, obwohl er das Land, das ihn so reich belohnt hatte, schon nach fünf Jahren wieder verkauft hatte, um Schlachtrinder zu züchten.

Jak schlug den richtigen Ton an. Das Bodenforschungslabor der FOSFANITRA habe ihm von Anfang an den Weg gewiesen, sagte er.

Bescheidenheit ist eine Zier.

Er gestikulierte mit seinen Gentlemanhänden und erklärte: Man könne wissenschaftlich genau bestimmen, wie viel Phosphor, Stickstoff und Kalium pro Morgen Land für eine gute Ernte nötig sei.

»Wissenschaft hin oder her, ich bin anderer Meinung«, entgegnetest du, und Jak sah dich entgeistert an. Du spürtest, wie du errötetest, und nahmst noch einen Schluck Wein, doch du wusstest, dass dich die Runde erwartungsvoll ansah.

»Dieser Fehler kann jedem Bauern unterlaufen«, sagtest du, »dass er für sich und seinen ganzen Hof einen dicken Stock abbricht, mit dem dann alle geschlagen werden, wenn sich das Blatt wendet.«

»Milla, meine liebe Frau, von welchem Stock und von welchem Rad redest du?«

Du lachtest. Wie scheinheilig er doch war! Meine liebe Frau, so nannte er dich vor den Gästen, meine liebe, aufgedonnerte Frau, mit der doch irgendwas nicht stimmen konnte, wenn sie sich einmal ein bisschen hübsch zurechtmachte.

Du hattest Wut im Bauch, eine Wut, die sich zwölf Jahre lang aufgestaut hatte. Du fingst ein paar Seitenblicke auf. Niemand wollte es laut aussprechen, aber alle wussten, dass Dirk du Toit, an den Jak das Land verkauft hatte, so gut wie bankrott war. Und du wusstest auch, warum.

»Ich rede vom Rad der Fortuna«, erwidertest du, »und ich rede von ihren Handlangern und Geldverleihern, mein lieber Mann, von denjenigen, die sich durch gewisse notwendige Dienstleistungen unentbehrlich machen und Waren auf Kredit anbieten. Und ich spreche von Monopolen.«

Atemlos lauschten sie dir. Die Leute trauten ihren Ohren nicht.

»So etwas ist für die Landwirtschaft immer gefährlich«, fuhrst du fort. »Hier in Overberg wissen wir das seit den Barrys. Doch aus der Geschichte lernt nur derjenige, der sich die Mühe macht, sie zu studieren.«

»Sie hat vollkommen recht«, sagte einer. »Ich bewirtschafte heute nur noch ein Tortenstück unserer ursprünglich runden Familienfarm. Ein schönes, kreisförmiges Stück Land; mein Urgroßvater hat es noch zu Pferd abgeritten. Er steckte bis zum Hals in Schulden bei der Firma der Barrys, und als sie bankrottging, verlor er fast seinen gesamten Grund und Boden. Am Ende behielt er nur dieses Tortenstück.«

Er war ein sommersprossiger Kerl aus Bredasdorp, ein van Zyl. Die Ärmel seines Jacketts waren zu kurz, und seine dicken, rot behaarten Handgelenke ragten daraus hervor, als er mit beiden Händen die Abmessungen seiner Farm demonstrierte.

»Ach, Flippie, ein Tortenstück würde dir doch wirklich reichen!«, rief jemand.

Die Leute lachten über die freche Anspielung, aber die Stimmung verbesserte sich dadurch nicht. Ein unterdrücktes Murren brach sich Bahn. Der Direktor der Kunstdüngerfirma saß in Hörweite, und mehrere Angestellte der Agrartechnikbehörde hatten sich dazugesellt, als sie gehört hatten, über welches Thema diskutiert wurde.

Na schön, dachtest du, dann bekommen sie jetzt was zu hören.

»Das ist genau der Punkt«, sagtest du. »Meine Mutter besitzt immer noch einen Fünfpfundschein von ihnen. Sie waren ja fast so etwas wie eine Bank. ›Sollen die Geschäfte laufen, musst du bei Barry & Neffen kaufen‹, steht darauf. So gut liefen die Geschäfte, dass nach dem Bankrott praktisch die gesamte örtliche Wirtschaft zusammenbrach, von Port Beaufort über die gesamte Heidelberger Ebene und ganz Overberg von Caledon bis Riversberg, ja sogar noch jenseits des Bergs bis nach Worcester.«

»Ja, und heutzutage hieße der Slogan wahrscheinlich: ›Nimm Kunstdünger statt Mist, sonst schmierst du ab‹, und das reimt sich noch nicht mal.« Der Beitrag stammte von einem der teigigen Dieners aus Vreugdevol. Das schallende Gelächter, das daraufhin ausbrach, lockte noch mehr Leute an den Tisch.

»Was ist denn hier los? Wir wollen es auch hören! Was ist denn so witzig?«

Jak war all das peinlich. Er versuchte, in dem Gedränge aufzustehen. Vergebens. Er fummelte an seiner Krawatte herum und nahm große Schlucke aus seinem Glas.

»Fragt Milla de Wet!«, rief einer. »Sie hat damit angefangen! Fragt Jak de Wet! Scheint, als hätte sie das Kommando!«

Du warst verärgert, doch das Geheimnis jenes Tages verlieh dir Mut. Sollte sich Jak doch ausnahmsweise mal um seine eigenen Angelegenheiten kümmern, dachtest du.

»Seht euch doch nur den Boden an«, sagtest du. »Jedes Jahr wird er ärmer und dürrer. Seht euch die Staubwolken an, wenn vor der Aussaat Wind aufkommt, seht euch an, was die Regenfälle im Winter wegschwemmen. Das kommt davon, wenn man ausschließlich Getreide anbaut. Wenn man zu gierig wird. Oder wenn einem das Wasser bis zum Hals steht, weil man die Kredite für den Kunstdünger abbezahlen muss und die Land-Bank drängt.«

»Das stimmt! Das ist ein Teufelskreis, der ins Unglück führt!«, rief Dirk du Toit, der Jaks Land gekauft hatte.

»Sag es ihnen, Dirk!«, riefst du. »Erzähl ihnen, was mit deinem Land passiert ist, sonst glauben sie mir nicht!«

Dirk fuhr sich mit der Handkante über die Kehle.

»Ja, ich stand bei ihnen in der Kreide, und da haben sie mich gezwungen, ihnen meine gesamte Ernte zu verkaufen, zum Selbstkostenpreis. Sie sind der Überzeugung: Es ist unser Kunstdünger, also ist es auch unser Getreide. Sie verkaufen es weiter und streichen den Gewinn ein.«

Plötzlich redeten alle gleichzeitig. Aus dem Augenwinkel heraus sahst du, wie Adriaan, einer der Meyer-Brüder, denen die Kunstdüngerfirma gehörte, den Aufruhr mit einem säuerlichen Lächeln bedachte.

Du klopftest mit dem Messer gegen dein Glas. »Hört zu«, sagtest du. »Das ist ja noch nicht alles, der springende Punkt ist…«

»Hört, hört, jetzt zieht unser kleiner Vierscharpflug aus Grootmoedersdrift aber richtig tiefe Furchen!«

Der Ausruf kam von Gawie Tredoux von der Vleitjies-Farm, Freimaurer und eingefleischter Anhänger der liberalen United Party. Er mochte dich und ließ dir ein Glas Dessertwein bringen. Du prostetest ihm damit zu, nahmst einen kleinen Schluck, legtest den Zeigefinger auf die Lippen und bedeutetest ihm, dass du nicht viel trinken dürfest. Ach, komm schon, erwiderte er wortlos und nahm einen großen Schluck aus seinem Glas. Du legtest die Hand auf deinen Bauch. Ach? Er zog fragend die Augenbrauen hoch. Wirklich? Du nicktest. Da erhob er sein Glas auf dich: Glückwunsch!

Jak erhaschte den Blick, und du lächeltest ihn an, bevor du weiterredetest. »Der springende Punkt ist: Overberg ist der Brotkorb der Nation. Und ihr wisst ja: Ist weder Brot noch Salz im Haus, fliegt die Liebe zum Fenster hinaus.«

»Eine richtige Poetin, unsere Milla!«, rief jemand und klopfte auf den Tisch.

Jak wandte den Blick ab.

Du wusstest, dass noch ein weiterer Unterstützer am Tisch saß, nämlich der neue junge Landwirtschaftsberater Kosie Greeff. Er hatte sich verlegen umgeblickt, als er gesehen hatte, dass du deine Meinung äußern wolltest. Seine Frau starrte das Glas in deiner Hand an, ebenso wie Beatrice. Die Frauen am Tisch waren der Ansicht, dass eine Dame, die in Männergesellschaft derart den Mund aufzumachen wagte, vollkommen durchgedreht sein müsse.

Sollen sie doch gucken, dachtest du und lächeltest Beatrice an.

Es war der junge Greeff gewesen, der dich von dem neuen System der Fruchtfolge überzeugt hatte und der sich in der ganzen Gegend dafür einsetzte. Sein Gesicht war mittlerweile hochrot angelaufen, weil es um sein Fachgebiet ging. »Mevrou de Wet hat recht«, hob er schließlich an, »und mehr noch, meine Herren: Das Bodenproblem in den Hügeln ist weit bedenklicher als das sogenannte Hautfarbenproblem in unserem Land.«

»Ganz Ihrer Meinung«, riefst du. Du warst in Fahrt, du wusstest, dass du belehrend klangst, aber du konntest dich nicht bremsen. »Man darf nicht mehr aus dem Boden herausholen wollen, als man hineinsteckt«, doziertest du. »Und doch sind wir, eine kleine Gruppe von Bauern am Südzipfel Afrikas, gerade dabei, unser nationales Vermögen innerhalb von nur wenigen Jahrzehnten zu vernichten. Die Kunstdüngerernten mögen euch kurzfristig bereichern, aber sie sind nicht die Langzeitlösung für unsere Böden. Brache heißt die Lösung – eine Tradition, die aus dem Respekt vor der Natur entstanden ist. Im Zustand der scheinbaren Leere sammelt sie wieder Kraft. Das weiß jede Kröte.«

»Hört, hört!«, riefen die Leute.

»He, kennt ihr den vom Breitmaulfrosch?«, rief der rothaarige Flippie mit einem anzüglichen Unterton.

Schallendes Gelächter.

Beatrice sah dich entsetzt an.

»Milla, hör bitte auf, du machst dich vollkommen lächerlich«, flüsterte Jak dir gereizt zu.

»Lasst sie reden, Männer!«, rief Gawie, »eine solche Gelegenheit bekommt ihr so schnell nicht wieder!«

Du sahst den Leuten in die Augen, während du weitersprachst. »Der Mensch muss den Rhythmus der Natur so respektieren, wie der Schöpfer ihn bestimmt hat. Darauf muss die Landwirtschaft basieren. Gier ist barbarisch und grenzt an Blasphemie.«

Unwillkürlich schoss dir eine Idee durch den Kopf, und du sprachst sie aus, ohne vorher darüber nachzudenken. Vielleicht waren dir der Wein und die Aufregung zu Kopf gestiegen.

»Wenn ein Bauer Jahr für Jahr sein Land beackert und platt eggt, ist das genauso, als würde er Abend für Abend seine Frau schlagen … sozusagen«, fügtest du hinzu, aber die Worte waren bereits heraus, und du konntest sie nicht mehr zurücknehmen.

Du sahst, wie Beatrice nach Luft schnappte und die Hand vor den Mund schlug.

Eine erdrückende Stille legte sich über die Runde.

Gawie kam dir zu Hilfe.

»Stoff zum Nachdenken, Männer, ganz gewiss Stoff zum Nachdenken. Und jetzt lasst uns hören, was Thys zu sagen hat. Ich glaube, er kriegt einen Herzinfarkt, wenn er nicht bald zu Wort kommt.«

»Jetzt reicht's!«, zischte Jak. »Wir fahren nach Hause, und zwar sofort!«

An der Tür verabschiedete sich Gawie von euch. Dich küsste er auf die Wange und drückte dir die Schulter.

»Glückwunsch, alter Kumpel«, sagte er zu Jak. »Du hast eine mutige Frau geheiratet. Pass gut auf sie auf!«

Er schüttelte Jak fest die Hand, doch der verstand überhaupt nicht, worum es ging, und riss sich los.

Er stieg ins Auto und knallte die Fahrertür zu, ohne dir die Beifahrertür aufzuhalten, worauf er normalerweise in der Öffentlichkeit großen Wert legte.

Danach raste er nach Hause.

»Mein Gott noch mal!«, fluchte er. »Was bist du nur für eine Besserwisserin!«

Zu Hause angekommen kletterte er unbeholfen aus dem Wagen und stellte sich an den nächstbesten Baum, um zu pinkeln. Er schwankte, so betrunken war er.

»Du hast ein zu großes Mundwerk!«, rief er, als er zur Tür hereinkam.

Du warst ins Schlafzimmer gegangen und hörtest, wie er sich

aus der Karaffe im Wohnzimmer Whiskey einschenkte. Dann kam er hinauf zum Schlafzimmer, stellte sich in die offene Tür und starrte dich an.

»Ich muss dir etwas sagen, Jak.«

»Aha, was denn? Dass du ein Verhältnis mit Tredoux hast?«

»Jak, er ist unser Freund, er hat uns nur beglückwünscht.«

»Ach, und wozu? Zu deiner Rede vielleicht? Wie kommst du dazu, den Bauern zu predigen, wie sie ihr Land bestellen sollen? Was sollen sie jetzt von mir denken? Du und deine Mutter, ihr seid aus dem gleichen Holz geschnitzt, ihr glaubt, ihr wisst es besser. Wie soll ich mich je wieder bei der Kunstdüngerfirma blicken lassen?«

»Jak«, erwidertest du, »ich kann es nicht ändern, dass du so empfindest.« Und dann, um ihn zu beruhigen: »Komm her zu mir.«

Er trat in die Mitte des Zimmers und zupfte an seiner Kleidung herum. »Und dann diese Geschichte, dass der Boden so wäre wie eine Frau, die von ihrem Mann geschlagen wird. Was sollte denn dieser Mist? Du forderst es heraus, das weißt du genau, du reizt mich, du reizt mich bis aufs Blut!«

»Ja, *Baas*«, sagtest du zu ihm.

Er war überrascht. Du sahst dem Schlag unverwandt entgegen, blicktest ihm direkt in die Augen.

Und dann sagtest du: »Jak, das kannst du nicht mehr mit mir machen.«

Er stieß dich aufs Bett.

»Wenn du mein Boden sein willst, werde ich darauf tun, was ich will. Schlagen ist nichts! Schubsen eine Kinderei! Sag mir nur, was für eine Art Boden du bist? Lehm vielleicht? Dreck? Schiefer? Oder eine verdammte Felswand? Los, du bist doch die Expertin hier! Klassifizier dich mal richtig, das könnte dem Mann helfen, der dich bearbeiten muss!«

Du standest vom Bett auf. Er stieß dich zurück.

»Was macht man mit Boden, na? Was macht man damit? Man schlägt einen Pfahl hinein, man gräbt ihn um, man hebt ein Loch aus. Oder man gräbt sich selbst eine Grube und fällt hinein. Genau das ist mir passiert!«

Drohend kam er näher. Du legtest die Hände über deinen Bauch und sahst, dass er es sah. Dann streicheltest du über deinen Unterleib.

»Jak«, sagtest du und stelltest einen Fuß auf eine Stuhllehne, schobst dein Kleid bis zur Leiste hoch und löstest dein Strumpfband, »könntest du mir bitte den Reißverschluss aufmachen?«

»Mach's doch selbst«, murmelte er, doch an seinem Ton hörtest du, dass du ihn da hattest, wo du ihn haben wolltest. Du brauchtest nicht mal in seine Richtung zu blicken. Er schwankte leicht und starrte dich mit wässrigen Augen an.

Du öffnetest den Reißverschluss und stiegst aus dem Kleid, zogst den Strumpf aus, rolltest ihn an deiner Wade hinunter und sahst Jak dabei unverwandt an. Du streiftest die Träger deines schwarzen Unterkleids über die Schultern und legtest dich aufs Bett.

Wie nannte man das? Wenn man so bereitwillig mit weit gespreizten Beinen dalag? Du wolltest sie fühlen, seine Ohnmacht. Es erregte dich, darauf zu warten. Zum ersten Mal hattest du das Gefühl, die Oberhand zu haben.

Er war sehr grob. Er machte nur vorne die Hose auf, zerrte dich halb vom Bett, drehte dich um und zwang dich auf die Knie. Er zerriss dein Unterkleid und hielt dich an den Handgelenken fest. Du drehtest den Kopf, um ihn anzusehen.

»Guck nach vorn! Guck nach vorn!«, schrie er und schlug dich gegen den Kopf.

»Schäm dich, Jak«, sagtest du, doch in deiner Stimme lag ein gewisser Unterton. Ihr hättet euch beide schämen sollen.

»Hure!«, brüllte Jak. »Hure!«

Du lachtest, ja, du lachtest. Du dachtest, du hättest eine Bewegung im Spiegel gesehen, aber da war nichts. Nur ihr beide. Ihr und eure Schatten, der rote Kummerbund, die Fetzen des schwarzen Unterkleides um deine weißen Schultern.

»Was guckst du denn so?«, schrie er.

Mit einer Hand nahm er einen Hocker und warf ihn gegen den Spiegel, sodass er in tausend Stücke zerbrach.

Dann drang er brutal in dich ein.

Du griffst hinter dich, legtest die Hände um seine Hüften und zogst ihn tiefer in dich hinein. Du bestimmtest den Rhythmus. Deinen Rhythmus.

»Komm schon«, flüstertest du, »du bist und bleibst der Beste, komm schon. Wie sind füreinander gemacht!«

Die Worte galten dir selbst. Du wolltest es spüren. Trocken. Schmerzhaft. Erregend. Du hattest ihn da, wo du ihn haben wolltest, du warst fertig mit ihm, er war nur noch Zierde. Das zu wissen war deine Belohnung.

»Ich muss dir was erzählen«, sagtest du, nachdem er fertig war.

Erschöpft lehnte er sich an deine Seite.

»Ich bin schwanger, Jak«, sagtest du, »und solltest du es noch einmal wagen, die Hand gegen mich zu erheben, werde ich die Farm verkaufen, dich verlassen und unser Kind mitnehmen, und du wirst es nie mehr zu Gesicht bekommen.«

Er war zu betrunken, um etwas zu erwidern, kroch halb über dich hinweg und legte sich hin. Sein Penis hing noch immer aus der Hose. Er sah aus wie Gedärm.

»Ein Sohn«, murmelte er.

Er schlang einen Arm um das Kissen, streckte sich lang aus und trat dich, die noch immer am Fußende des Bettes stand, dabei ins Gesicht.

Du schlugst seine Füße weg und betrachtetest dich in dem kaputten Spiegel, bis Jak anfing zu schnarchen. Dann ließest du dir ein Bad ein, lagst stundenlang darin und fülltest immer wieder warmes Wasser nach. Dabei lauschtest du den Geräuschen des Hauses.

Vor dem Schlafengehen kehrtest du die Spiegelscherben auf, faltetest deine zerrissenen Kleider zu einem Bündel und warfst sie in die Mülltonne im Hinterhof. Die Seitenteile des Spiegels waren immer noch unversehrt. Du drehtest sie aufeinander zu und betrachtetest dich von allen Seiten. Du konntest gar nicht genug bekommen. Nach zwölf Jahren Demütigung wurdest du, Milla de Wet, geborene Redelinghuys, Mutter.

Du klapptest die Flügel des Spiegels zu, damit der Schaden am nächsten Morgen nicht als Erstes zu sehen war.

Je dicker dein Bauch wurde, umso mehr Zeit verwendete Jak auf sein Äußeres. Er wurde pingelig mit dem Essen, nahm nur noch bestimmte Speisen zu bestimmten Zeiten zu sich und dazu Kraftpulver, das in Dosen in der Küche herumstand. Du kamst mit dem Kochen gar nicht mehr hinterher, weil er ständig etwas anderes verlangte und die Küchenmädchen sich nicht damit auskannten.

»Koch dir selber was!«, sagtest du irgendwann, und von da an aß er nur noch Rohkost und Makkaroni. Jeden Abend, bevor er sich schlafen legte, trainierte er im Wintergarten mit Gewichten. Jeden Morgen und jeden Abend unternahm er lange Laufrunden in die Berge, und seitdem du schwanger warst, nahm er an fast jedem Wochenende an Tennisturnieren oder Wettläufen teil. Er wurde Langstreckenchampion von Overberg und Bergsteigermeister von Tradouw. Scheinbar dachte er, dass seine einzige Aufgabe auf der Welt nur mehr darin bestünde, nicht ebenfalls dick zu werden. Vielleicht befürchtete er, mit den Jahren so massig und schwer zu werden wie die anderen Bauern. Sein einziger Maßstab war die Stoppuhr, sein einziger Richter die Waage im Badezimmer.

Seine Trophäen und Urkunden stellte er rings um sich zur Schau. Die Karten von Grootmoedersdrift behielt er in seinem neuen Büro. Wenn er darüberscharren und sein Bein heben könnte wie ein Foxterrier, dachtest du, hätte er garantiert seinen Spaß daran gehabt. Dort hingen sie zwischen Regalen voller Pokale, Glasvitrinen mit auf Holz montierten Medaillen an Bändern und Fotos von ihm.

Allein die Fotos waren der Beweis für das Ausmaß seiner Eitelkeit.

Jak in einer Toga bei der Examensfeier, Jak in Elsenburg mit der Leichtathletikmannschaft der Landwirtschaftsstudenten, Jak mit seiner ersten Garbe Kurzhalmgetreide, Jak zusammen mit einem Firmenvertreter neben seinem neuen Mähdrescher, mit einem Glas Wein in der Hand auf einer NP-Fraktionssitzung, Jak auf seiner Araberstute, gestiefelt und gespornt für ein Pferderennen, Jak beim Bauerntag im weißen Anzug, an sein erstes rotes Cabriolet gelehnt, Jak in Nahaufnahme, ein Porträt aus dem Fotostudio, die Haare mit Brillantine zurückgekämmt, der charmante Jak de Wet, der Gentlemanfarmer. Gespuckt wie Gregory Peck, wie deine Mutter zu sagen pflegte.

In der Zeit, als die Zimmer renoviert und neu eingerichtet wurden, nahmst du die Gewohnheit an, Jaks Büro zu betreten, wenn er nicht da war. Wer ist dieser tolle Mann?, fragtest du dich. Was ist sein Geheimnis? Keiner kann von außen so schön und von innen so hohl sein, nicht einmal in einem schlechten Kitschroman. Wann würde er sich dir offenbaren? Wann würde er dir zeigen, wer er wirklich war? Du warst dir sicher, dass er irgendeine Überraschung bereithielt, ohne jedoch zu wissen, welche.

Wieder und wieder sahst du dir seine Ausstellung an, nahmst die Pokale in die Hand und lasest die Gravuren, holtest die Medaillen an ihren Satinbändern aus den Vitrinen und wogst sie in der Hand, betrachtetest die Fotos aus der Nähe, seine merkwürdigen, harten Maschinen, berührtest Geschirre und Riemen, befestigtest die Schnallen und löstest sie, du versuchtest, die Gewichte zu heben, riebst die Pulver und Öle zwischen den Fingern und beschnuppertest sie.

Vielleicht gab es andere Gründe für dieses Training. Wenn Jak oder auch irgendjemand sonst dich so in seinem Zimmer gesehen hätte, hätte er denken können, du wolltest seinen Ruhm auskosten.

Das dachte wahrscheinlich auch Beatrice, als sie dich eines Tages dort überraschte. Du hattest sie nicht kommen hören. Als sie dich dort vor den Fotos stehen sah, gesellte sie sich zu dir und stieß einen leisen Seufzer aus, heuchlerisch, im Nachhinein betrachtet.

»Ach, Milla, was hast du für einen wunderbaren Ehemann, wenn Thys doch nur so wäre wie er …«

Im ersten Moment spieltest du mit. »Was stimmt denn nicht mit Thys?«, fragtest du. »Ich halte ihn für ein ziemliches Prachtexemplar.«

»Thys, ist, na ja … hart.«

»Auch zu dir?«, fragtest du. »Mit dir geht er doch sicher sanft um?«

Beatrice wandte den Blick ab.

Was war in dich gefahren? Wolltest du sie schockieren? Wahrscheinlich glaubtest du, dass deine Schwangerschaft dir die Berechtigung und Macht verlieh, offen reden zu dürfen.

»Der schöne Jak de Wet ist ein Hund, Beatrice«, sagtest du. »Ein Dobermann, wenn man so will, edel gebaut und mit einer hübschen Schnauze, aber nichtsdestoweniger ein Hund.«

Und dann erzähltest du ihr alles über Jak und wie er dich behandelte. Du erzähltest ihr davon, wie du die Schränke hattest streichen wollen und er dich im Streit über den Beton geschleift hatte, sodass du am ganzen Körper aufgeschürft und blau und braun warst, davon, was er dir in all den Jahren angetan hatte und von seiner Verschlossenheit, wie eine tickende Zeitbombe. Sie habe immer vermutet, dass irgendetwas nicht stimmte, sagte Beatrice, doch je mehr du erzähltest, desto weniger wollte sie davon hören. Aber du erspartest ihr nichts.

»Warum habe ich ihn geheiratet, Beatrice?«, fragtest du sie. »Wer ist dieser Mann? Je länger ich mir diese Fotos ansehe und nach einer Antwort suche, umso größer wird das Rätsel.«

»Vielleicht«, begann Beatrice verlegen, »vielleicht wolltest du ein Stück von seiner … seiner …«

Beatrice wandte den Blick ab. Du wartetest darauf, dass sie weitersprach.

»Vielleicht ist er süchtig nach …«

Sie nahm ihre Handtasche und beendete ihren Satz nicht.

Du wechseltest das Thema.

»Nein«, sagtest du, »bitte geh noch nicht. Jetzt bist du an der

Reihe, mit mir zu reden, denn ich habe auch so meine Vermutungen.«

Und da machte sie zu, du konntest mit ansehen, wie sie sich verschloss, wie der Trotz in ihr aufwallte, du erkanntest es an ihrem Mund und an ihren Augen. Nein, es war mehr als Trotz, es war Abscheu, eine Anklage. Dir, nicht Jak gegenüber.

»Ich würde niemals über meine Ehe sprechen, Milla. Die Ehe ist heilig und etwas Privates. Der Stützpfeiler, auf dem alles ruht. Thys mag seine Fehler haben, aber er ist ein guter Mensch, ein guter Mann, und ich stehe ihm zur Seite, in guten wie in schlechten Zeiten, wie ich vor Gott, dem Herrn, gelobt habe.«

Danach drehte sie sich auf dem Absatz um und ging. Du setztest dich in Jaks Zimmer auf einen Stuhl, als müssten seine ausgestellten Trophäen dir deine Indiskretion vergeben. Welche düstere Anwandlung war es gewesen, die dich so weit getrieben hatte? Du nahmst die Kamera, die auf dem Schreibtisch lag, und gingst ihn suchen.

Du fandst ihn im Maschinenschuppen bei dem neuen Schälpflug. Langsam warst du mit deinem dicken Bauch über den Hof gelaufen; noch ein Monat, bevor Jakkie auf die Welt kommen sollte. Der Pflug war am Morgen erst vom International-Harvester-Verkäufer geliefert worden. Du hattest einen triftigen Grund, Jak aufzusuchen, denn das Mittagessen stand auf dem Tisch. Der Schuppen war dunkel, und du bliebst stehen, bis sich deine Augen daran gewöhnt hatten. Jak streichelte über den Saatkasten des neuen Pflugs. Seine Lippen bewegten sich.

»Soilmaster«, hörtest du ihn sagen. Das Wort war in der Scheune deutlich vernehmbar. Er hockte sich zwischen die hinteren Seche und tastete mit geschlossenen Augen die Pflugscharen ab.

Du wolltest dich wieder umdrehen und gehen, die Kamera hinter dem Rücken versteckt, doch er hatte dich bereits gesehen.

»Milla!«, rief er dir nach.

Du wolltest ihm eigentlich sagen, dass er zum Essen kommen solle, überlegtest es dir aber anders.

»Komm, zieh den Pflug raus unter die Wildfeige, ich möchte ein paar Fotos machen.« Du gingst zurück ins Haus, das Herz voll finsterer Gefühle, und wähltest aus seinem Kleiderschrank ein olivgrünes Hemd. »Das hebt das Rot des Pflugs schön hervor«, erklärtest du. »Rot und Grün sind Komplementärfarben.«

Und dann ließest du ihn posieren, so und so, fotografiertest ihn von unten und von oben, von Nahem und von Weitem, im Voll-, Halb- und Viertelprofil. »Lächeln!«, riefst du. »Und jetzt mal nachdenklich. Sag: Cheese! Sing ein Lied. Im Märzen der Bauer. Kein schöner Land.«

Die Farmkinder wollten mit auf die Fotos. Sie schwärmten aus wie Fledermäuse, wuselten überall herum und fassten alles an, als wäre irgendwo etwas Essbares zu finden. Und ganz plötzlich meinte Jak, es reiche ihm, er sei müde. Es war das erste Mal, dass er so etwas bei einer Fotoserie sagte.

Als ihr endlich bei Tisch saßt, sah er dich an. Er war blass im Gesicht, sagte, er sei furchtbar erschöpft, er hoffe, es sei nicht das Herz. Dann legte er sich hin, ohne etwas gegessen zu haben.

Du saßest noch lange vor deinem Teller, den Geschmack von Eisen im Mund.

ostern es ist ostern möchte ich gerne sagen kommt wir backen einen kuchen für die zwillinge und die drillinge und die vierlinge und von den vieren nehmen wir das kleinste das als letztes geboren wurde und das im liegen mit der schnauze kaum über den klee schaut ein weibchen das nehmen wir in die arme und geben ihr den namen von wolken den namen von regen den namen von herbst der in den quittenbäumen liegt sie die ein viertel vom himmel von der erde von gott und den sterblichen ist wir werden sie süße nennen süßes mehl spucke der gnade möchte ich sagen doch meine zunge bleibt an den zähnen kleben die eier auf dem boden eier auf dem boden quieps sage ich und pieps und schublade statt schokolade und vasen statt hasen und pest statt nest wie ist das über mich gekommen? es ist plötzlich in meinem mund hat sich eingeschlichen wie die minuten heimlich wie ein dieb unbemerkt wie der klee der sich zur erde neigt um an seinem fuß samen in die erde zu säen wie das nächtliche aufgehen von teig in meinem leib es ist gegoren wie hefe die kleeseide das weiße lamm das aus mir drängt und mich hilflos macht

12. Juli 1960 11 Uhr nachts

Je mehr ich an den Tag zurückdenke desto mehr habe ich das Gefühl ich hätte die ganze Sache vielleicht anders angehen sollen. Ich hätte vorher mit ihr reden & ihr alles erklären sollen aber wie erklärt man diese Dinge einem Kind?

Nach dem Schlachten heute Vormittag ging es ihr gar nicht gut s. stand einfach in der Küchentür den rechten Ärmel ausgeleiert & m. Blut besudelt & hat mich angesehen. Guck nicht so sagte ich wir haben noch viel zu tun weil ich es für das Beste hielt einfach darüber hinwegzugehen aber sie konnte sich nicht beruhigen & setzte einen Fuß auf den anderen & steckte die Faust in den Mund. Auf wasch dich sagte ich guck mal wie du aussiehst & steh gerade & nimm die Hand aus dem Mund & zieh diesen Pulli aus so kann man doch nicht rumlaufen. Da schlug sie die Arme fest um sich den einen über den anderen & ich fasste sie an den Schultern. Saar schüttelte den Kopf & gab ein abfälliges Geräusch von sich als machte ich irgendetwas falsch. Ich sagte sie solle sich nicht einmischen & mir aus dem Schlafzimmer meinen alten roten Pullover holen A. könne nicht länger in dem blutigen Ding herumlaufen. Da wollte A. den weißen Pullover nicht vor mir ausziehen. So viel zum Thema Dankbarkeit. Ich gab ihr ein Stück Sunlicht-Seife & sagte dann zieh ihn doch selbst aus draußen am Wasserhahn & weich ihn mit Seife ein & ich habe ihr einen Eimer mitgegeben denn ich wollte nicht dass s. so ins Haus kommt aber s. sollte auch nicht ins Außenzimmer. Das hätte meine ganzen Pläne durchkreuzt aber s. stand einfach nur da & widersetzte sich. Sie sagte ich habe noch einen Pullover wie diesen wo ist mein Pullover ich will meinen eigenen haben denn der hat den passenden Ärmel.

Ich musste mich darüber hinwegsetzen denn ihr Koffer mit ihren Kleidungsstücken stand bereits im Außenzimmer. Ich musste mir etwas einfallen lassen um ihren Widerstand zu brechen & habe schnell in ihre Kleidertasche gegriffen & das Hammelohr rausgeholt & gefragt: Was ist das? Was hat das hier zu suchen? Ich will nicht dass du irgendeinem Aberglauben anhängst & ich habe das Ohr in den Mülleimer geworfen & da hat sie so traurig ausgesehen dass ich sagte wenn du sauber bist komm zum Tee es gibt Ingwerplätzchen. Du hast dich beim Schlachten sehr gelehrig angestellt wir alle müssen Dinge im Leben tun die uns nicht gefallen & dann habe ich ihr meinen roten Pullover mitgegeben & gewartet bis sie sich hinter dem Haus alleine umgezogen hatte.

Nach dem Mittagessen habe ich ihr aufgetragen die Veranda zu putzen & Saar gebeten ihr zu helfen. Habe sie zusammen singen hören ein gutes Zeichen nach dem turbulenten Vormittag.

Widewidewenne heißt meine Puthenne
Kann-nicht-ruhn heißt mein Huhn
Wackelschwanz heißt meine Gans
Schwarz-und-weiß heißt meine Geiß
Treibe-ein heißt mein Schwein
Ehrenwert heißt mein Pferd
Gute-Muh heißt meine Kuh
Lebe-recht heißt mein Knecht
Sausewind heißt mein Kind
Wide-wide-wenne heißt meine Puthenne.

Ich hörte, wie Saar A. zwei neue Zeilen beibrachte: Wohlgetan heißt mein Mann & Spät-betagt heißt meine Magd & Stückchen Leber Stückchen Lungen für den armen kranken Jungen. Gott weiß was in ihrem Kopf vor sich geht aber s. hat tapfer die Aufgaben von der Liste abgearbeitet & sich anscheinend im Laufe des Tages wieder gefangen. Habe sie gelobt wo ich nur konnte.

Zwiebeln geflochten
Kartoffeln ausgegraben

Unkraut im Gemüsegarten gejätet
Kohl & Kürbisse vom Scheunendach für den Markt auf den Anhänger geladen

Um fünf hat sie zu mir gesagt ihre Hand sei müde. Ich war darauf vorbereitet & habe geantwortet: Viel Arbeit macht deine Hand stark heute Abend spürst du sie gar nicht mehr. Habe ihr eine Tasse starken Kaffee eingeflößt & sie weitermachen lassen bis 6 Uhr & dann habe ich gesagt jetzt mach uns mal Feuer damit wir leckeres frisches Fleisch grillen können waschen kannst du dich hinterher du stehst gleich sowieso im Rauch.

12 Uhr

Bin hundemüde. Habe mich übernommen & kann mich nicht dazu überwinden ins Bett zu gehen. Mir ist immer noch übel habe zu viel Fleisch gegessen muss besser aufpassen. Hoffe A. ist inzwischen zur Ruhe gekommen s. muss sich daran gewöhnen selbst auf die Uhr zu sehen. Hat hinten am Küchentisch zu Abend gegessen alles was wir auch hatten darüber wird sie sich nie beklagen müssen frische Schafsleber in Netzfett & Koteletts & Brot & Bohnen in Soße & Tomaten. Sie wollte keinen Bissen essen. Glaubst du ich will dich vergiften?, habe ich gefragt aber sie hat nur weiter den Kopf hängen lassen.

Habe gewartet bis sie mit dem Spülen fertig war & dann gesagt komm mal mit nach hinten ich habe eine Überraschung für dich.

Schade dass das Scharnier noch nicht repariert ist & die Tür über das Linoleum schleift. Habe ihr gezeigt dass man sie ein bisschen anheben muss. Ich habe das Licht eingeschaltet & das Zimmer hat etwas nackter ausgesehen als ich dachte die Glühbirne hat einen dunklen Schatten auf das Linoleum geworfen & das Bett sah zu hoch aus (muss morgen noch eine Apfelkiste davorstellen).

Das ist von jetzt an dein Zimmer A. sagte ich ganz allein für dich & es ist so bequemer für dich & nur zu deinem Besten denn du bist jetzt schon groß. Ich habe die Gardine beiseitegezogen – tadaa! – & ihr die schwarzen Dienstmädchenkleider gezeigt. Die trägst du jetzt an sechs Tagen die Woche so schonst du deine guten Sachen sagte ich & zeigte ihr dass alle extra lange rechte Ärmel hatten damit sie sich auch darin wohlfühlte & zeigte ihr dass ich nur für sie breite weiße Umschläge angenäht hatte.

Ich erklärte ihr dass sie von nun an für jeden Wochentag eine frische Schürze habe & dafür sorgen müsse dass sie immer sauber & gestärkt & gebügelt sind. Ich zeigte ihr wo alles steht die Reinigungsmittel & das Bügelbrett & die Bügeleisen & das Borax & das Terpentin zum Anrühren von Stärke & die Bläue für die Weißwäsche. Habe betont dass ich weder Flecken noch Falten an ihrer Dienstkleidung sehen will wenn sie im Haus arbeitet & ihr gezeigt wie sie die kleinen Bügeleisen abwechselnd auf der Platte erhitzen muss aber nicht rot glühend sonst versengt sie die Bügelwäsche & habe ihr erklärt dass sie die Schürzen unter einem feuchten Bügeltuch plätten muss. Die Hauben sind am schwierigsten. Ich sagte ich weiß du magst nichts auf dem Kopf tragen aber du musst es in Zukunft tun. Habe sie nett gebeten jeden Tag eine saubere aufzusetzen & sie schön aufrecht festzustecken. Hast du das verstanden?, habe ich gefragt denn s. stand einfach nur da & starrte ins Leere. Ich dachte ich zeige ihr mal wie man die Haube aufsetzt & sagte ich will nichts von deinen Haaren sehen.

Du brauchst dich für nichts zu schämen & keine Angst zu haben. Alles ist so wie es sich gehört. Du wirst meine besondere Hilfe sein hier auf Gdrft sagte ich. Meine rechte Hand oder in deinem Fall besser meine linke & ich steckte ihr die Haube fest aber sie hielt den Hals stocksteif. Ihr Gesicht sah winzig aus unter dem weißen Stoffband. Ich wollte dass sie in den Spiegel sah aber der hing zu hoch & ich hatte Angst dass er zerspringen würde wenn ich ihn abnähme & da sagte ich schau in meine Augen wie findest du dich? Wie in einem vornehmen holländischen Haus aber sie blickte durch mich hindurch & versuchte gar nicht erst ihr Spiegelbild zu sehen.

Mach mal die Augen zu sagte ich mit einem mulmigen Gefühl aber s. sah mich unverwandt an & da habe ich ihr 5 Pfund in die Hand gedrückt. Das ist mehr als die anderen Mädchen zusammen im ganzen Monat verdienen sagte ich & das bekommst du pro Tag & wenn alles gut geht hebe ich deinen Lohn für dich auf & zahle ihn alle sechs Monate auf dein Sparbuch ein spare in der Zeit dann hast du in der Not. Dann zeigte ich ihr das Sparbuch. Ich werde dir beibringen selbst damit umzugehen sagte ich aber s. zeigte weder Aufregung noch Freude. Habe ihren ersten Geldschein hineingelegt. Leg es wieder an seinen Platz sagte ich aber sie rührte sich nicht. Hast du dir die Zunge abgebissen?, fragte ich stellte den Kessel auf den Herd & zeigte ihr die Plätzchen & alles andere.

Jetzt sei doch nicht so undankbar sagte ich & wenn du etwas sagen willst dann raus damit man soll aus seinem Herzen keine Mördergrube machen. Doch sie presste nur weiter die Lippen zusammen. Jetzt trink noch eine schöne Tasse Tee bevor du schlafen gehst sagte ich & sag Bescheid wenn du noch etwas brauchst. Willst du dich denn nicht bedanken? Was sind das denn für Manieren? Ich hatte keine Lust mehr mich abzumühen & sagte ihr einfach was ich von ihr erwartete. Um 6 Uhr morgens muss sie in der Küche auf ihrem Posten sein & mir eine gute Tasse Kaffee aus der blauen Kanne mit der großen Tülle bringen & dem Baas in seinem Zimmer Kaffee mit Milch & Zucker & Plätzchen auf die Veranda stellen & ich will kein langes Gesicht sehen.

Plötzlich fragte sie: Wo sind meine Sachen was ist mit meinen Sachen passiert? Ich zeigte ihr den Koffer unter dem Waschtisch & fragte: Glaubst du ich will dir etwas stehlen? Aber dann wurde mir furchtbar übel sodass ich es nicht mehr bis ins Haus schaffte & musste mich draußen hinter der Küche in den Abfluss übergeben denn mein Magen war in hellem Aufruhr & ich habe in der Küche einen Eimer geholt & an ihrer Tür gesagt schütte Wasser in die Abflussrinne & spül das Erbrochene weg sonst kommen die Hunde & schnüffeln daran & im Weggehen habe ich gesagt schließ nachts deine Tür ab denk dran dass du ein großes Mädchen bist & nachts üble Gesellen herumlaufen.

Na ja mehr kann ich nicht tun um sie glücklich zu machen & mein Füller ist beinahe leer. Muss daran denken ein neues Fläschchen Tinte zu kaufen.

Halb eins

Habe doch noch mal vom Fenster im Kinderzimmer aus in den Hof geschaut & bei ihr brennt noch Licht es fällt durch den Spalt unter der Tür & der Eimer stand noch da wo ich ihn hingestellt hatte & der Geruch nach Kotze hing im Hof in der Luft. Dann soll es eben so sein. Bin zu müde um noch einmal mit ihr zu reden. Muss jetzt ins Bett sonst bin ich morgen zu kaputt. Habe das Gefühl dass das Kind in mir nach unten drückt.

6

Agaat kommt mit dem Mittagessen. Sie spricht mit einem Zimthauch. Er umweht sie wie eine Fahne der Überredungskunst.

Sie gönnt mir heute meinen Geruchssinn.

Ich solle froh sein, dass ich so privilegiert bin.

Ich solle die Zähne zusammenbeißen und das Zähneputzen und das Zaunpfahlspannen, die Windpumpe und das Bohrloch über mich ergehen lassen. Ich solle daran denken, dass sie auch nur ein Mensch ist und nicht alles kann.

Als würde mich das überzeugen!

Ich solle mich damit abfinden, dass sie mich in den letzten Tagen stundenlang allein gelassen hat.

Ich solle ihr keine Vorwürfe machen, weil sie nur ihre Pflicht getan hat, pünktlich zur rechten Zeit, aber ohne Sanftheit, ohne Worte.

Ich habe es selbst provoziert.

Ich solle eben nicht so schwierig sein.

Ich solle nicht irgendetwas signalisieren, von dem kein Mensch wissen kann, was es bedeuten soll. Ich solle mich bitte auf das Einfachste beschränken, sie habe auch so schon alle Hände voll zu tun, vielen Dank.

Ich solle ihr keine Vorwürfe machen.

Sie tue alles, so gut sie kann.

Sie tue ihr Bestes für mich.

So lautet die Argumentation, das Plädoyer der Gewürze, die sie für mich über das Essen gestreut und mit der Gabel untergerührt hat: Zimt und Kardamom mit Butter und Zucker für ein perfektes Kürbismus.

Ich atme den Duft so tief wie möglich ein, um alle Botschaften zu empfangen. Wenn ich könnte, würde ich vernehmlich schnuppern und sagen: Ich verstehe dich, Agaat, deine Absichten sind mir vollkommen klar. Folienkartoffel mit Fleischsoße, Süßkürbis mit Zimt, roter Wackelpudding mit Vanillesoße. Was will man mehr? Die Mahlzeit spricht Bände. Sonntagsessen auf Grootmoedersdrift.

Aber heute ist nicht Sonntag.

Welcher Tag ist heute?, frage ich mit einem Blick auf den Kalender. Ich kann so weit nicht mehr sehen.

Agaat stellt das Tablett auf dem Wagen ab und hebt das Glöckchen vom Boden auf, wo es schon seit drei Tagen liegt. Es sieht seltsam aus in ihrer kleinen Hand, und die Geste, mit der sie es in ihre Schürzentasche steckt, verrät Gewissensbisse.

»Montag, der elfte November, im Jahr des Herrn neunzehnhundertsechsundneunzig«, sagt sie, »das Korn steht hell auf den Feldern.«

Was sollte ich ihrer Meinung nach sagen, wenn ich sprechen könnte? Was würde sie sich wünschen? Hätte sie je so mit mir geredet, wenn ich noch sprechen könnte? Manchmal sagt sie irgendetwas mit reglosem Gesicht und unbewegter Stimme, als wäre es das Normalste der Welt, als führte sie Selbstgespräche. Das Korn steht hell auf den Feldern.

Soll ich zu etwas werden, das ich noch nicht bin?

Dawid habe sich verletzt, erzählt sie, ohne mich dabei anzusehen, und sterilisiert meinen Teelöffel in einem Glas mit kochendem Wasser. »Hat sich die Hand an einer gebrochenen Mähdrescherklinge geschnitten. Ich musste ihn verarzten, deswegen hat sich heute alles ein wenig verzögert. Bestimmt hast du schon Hunger.«

Mit einem Ping legt sie den Teelöffel auf die Untertasse und prüft die Temperatur der Kartoffel mit dem kleinen Finger ihrer linken Hand. Immer noch zu heiß.

Mit dem Rücken zu mir redet sie weiter, zieht die Stores und die Gardinen auf. Ihre Bewegungen sind nicht mehr ganz so schroff, und sie bemüht sich, sanft zu sprechen. Die violette Glut der Bougainvillea fällt ins Zimmer.

»Das Heu ist kräftig dieses Jahr«, sagt sie. Ihre Stimme klingt belegt, und sie räuspert sich. »Die Getreidekörner sind dick, wir werden mehr als fünf Sack Sterling pro Morgen ernten. Ich habe Dawid eine Probe mahlen lassen und ein kleines Brot gebacken, und es ist, es ist … über die Form … gequollen.« Ihre Stimme wird zum Ende des Satzes hin immer leiser. »Hast du es gerochen?«, bringt sie noch hervor.

Ich kann sie deutlich vor mir sehen, wie sie im frühen Morgenlicht den Vorteig ansetzt und den Tisch mit weißem Mehl bestreut, streu, streu mit ihrer vogelgleichen rechten Hand, mit der sie kleine Mengen aus der Mehltüte greifen kann, ich sehe sie mengen und kneten, kneten und drücken mit der starken Handfläche, den Teig zurückfalten mit der kleinen Hand, kneten und wieder kneten, bis er elastisch ist. Dann deckt sie ihn zu und lässt ihn ein erstes Mal gehen, knetet ihn, lässt ihn zum zweiten Mal gehen und knetet ihn noch einmal. Ich sehe, wie sie den Teig in die Form füllt und diese in den heißen Ofen schiebt, wie sie eine Stunde später mit einer Stricknadel in das Brot sticht, ihm wie einem kleinen braunen Kaninchen auf den Rücken klopft, den Laib herausnimmt und ihn auf dem alten, verbogenen Drahtgestell auskühlen lässt. Wie viele Brote, wie viele Kuchen sind schon auf diesem Gestell aus der Form geklopft worden und anschließend darauf abgekühlt? Dieses Gestell hat sie nicht weggeworfen, ganz bestimmt nicht.

Und wie steht es mit dem Essen, Agaat? Dem Schneiden, dem Buttern, dem Bestreichen mit Aprikosenkonfitüre und dem Probieren, allein an deinem gedeckten Platz, wenn du hier vorne im rechten Flügel mit mir fertig bist?

Von Brot wird mir erzählt.

Hunger wird mir eingeredet.

Licht wird mir gegönnt.

Zeit.

Farbe.

Leben strömt in mich hinein wie eine Infusion, die zwischen ihr und mir hängt. Sie stellt den Tropf ein.

Die Bougainvillea tut in meinen Augen weh. Agaat steht an der Tür und blickt hinaus, sie hängt da, hakt sich Halt suchend fest.

»Die blüht, als würde sie dafür bezahlt«, bemerkt sie. »Hat lange gedauert, aber jetzt hat sie's geschafft.«

Ich betrachte ihren Rücken mit den gekreuzten Schürzenbändern.

Dreh dich um, würde ich gern sagen, vergiss es, es ist vorbei. Du tust, was du kannst. Mir fehlt es an nichts. Es ist nicht deine Schuld. Du bist die beste Krankenschwester, die man sich wünschen kann. Wir werden es auf eine andere Art versuchen. Wie solltest du erraten, was ich haben will? Der Tag wird kommen, an dem du selbst daran denken wirst, ganz von allein. Dann wirst du mit den Karten unter dem Arm und dem Triumph im Gesicht zu mir kommen.

Ich weiß genau, wie du dann schauen wirst. Du wirst versuchen, dir ein Lächeln zu verkneifen, aber das Muttermal auf deiner Wange wird eine deutliche Sprache sprechen. Also komm jetzt weg von der Tür, ist doch alles halb so wild.

Manchmal, wenn ich ihren Rücken intensiv anstarre, spürt sie meinen Blick und dreht sich zu mir um. Mutig, so offen wie möglich, um alles aufzufangen, was an Signalen auf sie einfunkt.

Heute erkenne ich an ihrer leicht hochgezogenen rechten Schulter, dass sie noch nicht bereit ist. Doch die Schulter hängt bereits tiefer als gestern und heute Morgen. Und Agaat spricht von Brot.

Ich darf sie nicht anstarren, ich muss sie in Ruhe lassen.

Agaats sprechende Schulter.

Ich warte, ich blicke in den Spiegel. Ich sehe das Grün der Bäume, die verschiedenen Grüntöne der Zierzypresse, der Wasserbeere und des Johannisbrotbaums, dazwischen rote Flecken des Hängenden Zylinderputzers, der wieder ausgetrieben hat, nachdem Agaat ihn am Ende des Winters hat beschneiden lassen. Eine glänzende Scherbe des Scheunendachs, den vagen Umriss der fernen Hügel, alles umrahmt von der dunkelvioletten Bougainvillea, die über die Pergola auf der Veranda rankt. Und in der einen Ecke, erkennbar nur, wenn man ganz genau hinsieht, Agaats Profil. Sie weiß nicht, dass ich es sehen kann, schräg von der Seite, aber immerhin so, dass ich in ihrem Gesicht lesen kann. Sie runzelt die Stirn, als würde sie die Bougainvillea nicht verstehen oder als versuchte sie, sie zu ergründen.

»Sie blüht, als hätte sie Geburtstag«, murmelt sie.

Sie hebt die Hände und rückt ihre Haube zurecht.

»Über die Form gequollen …«

Ich halte mich zurück, gebe ihr eine Chance. Ich betrachte das Spiegelbild und sehe das Gleiche wie Agaat, ohne dass sie es weiß, nur dass sie, eingerahmt von den violetten Blütenranken, den ganzen Garten sehen kann, der für mich in Streifen geschnitten und in den drei Seiten meines Spiegels wieder zusammengesetzt wird. Das mittlere Glas ist heller als das der beiden Flügel; der Mittelteil ist vor langer Zeit zerbrochen. Seit elf Monaten steht die Kommode nun an dieser Stelle, und die Spiegel sind im immer gleichen Winkel ausgerichtet. Ich kenne die Ansicht, die sie reflektieren, in- und auswendig und versuche, mir vorzustellen, was fehlt. Die Agapanthusreihen, die jetzt in voller Blüte stehen sollten, die Gartennelken, Geröllnelken und Löwenmäulchen sowie die violetten und weißen Petunien, die Agaat im späten Frühjahr und im Frühsommer gesät hat und anpflanzen ließ, damit sowohl ich als auch die Gäste, die zu meiner Beerdigungen kommen, die Blüte noch miterleben.

Im September hat sie mir die Päckchen und Tüten mit den Blumenzwiebeln und Samen gezeigt. »Such dir aus, welche ich nehmen soll«, hat sie gesagt, »ich habe zehn Päckchen jeder Sorte gekauft und fünfhundert Blumenzwiebeln bei Starke Ayres bestellt.«

Alles, sä alles aus, signalisierte ich ihr, pflanze all das, es ist das letzte Mal, dass ich den Garten sehen werde.

An ihren glänzenden Augen erkannte ich, dass sie genau das

beabsichtigt hatte. Sie blinzelte mir zu, ging und säte und pflanzte drei Tage lang. Dabei sang und pfiff sie ums Haus herum, damit ich immer hören konnte, wo sie gerade beschäftigt war. Beim Mittagessen erzählte sie mir dann, dass sie hinten drei Beete mit weißen Schwertlilien bepflanzt habe, in der Mitte violette Dahlien und ganz vorn lilafarbenes und weißes Steinkraut. Dazwischen Fenchel wegen des Dufts, wegen seiner zarten, fedrigen Stängel und wegen seiner gelben Blüten, die die Strenge der Dahlien und Schwertlilien auffingen und weiß und violett kontrastierten.

Tabakblüten, kalifornischer Mohn, Klatschmohn und Schleierkraut als zartes Element, in die trockeneren Beete Sonnenblumen, Zinnien und hohe und niedrige Tagetes. Hatte sie gar keinen Plan entworfen? Hat sie den Garten diesmal aus der freien Hand angelegt? Etwas sorgloser, üppiger und unordentlicher als sonst? Wozu, weshalb? Für die Trauerfeier und die Beerdigung?

Draußen muss ein Prachtgarten blühen.

Ein Lustgarten.

Sie lässt ihn jeden Tag bewässern. Schon vom frühen Morgen an höre ich das Sirren und Rauschen der Sprinkler auf den Rasenflächen. Sie sind bis ungefähr neun Uhr in Betrieb, bis es langsam heiß wird, und abends wieder, wenn die größte Hitze vorüber ist.

Agaat weiß, wie man einen Garten pflegt.

Wenn ich Glück habe, wenn es windstill ist und sie sich bis dahin wieder beruhigt hat, wird sie heute Abend die Türen zur Veranda öffnen, damit ich die Blüten riechen kann. Vielleicht kann ich sie dazu bringen, wenn ich ihren Bewegungen folge und mich auf ihre Wünsche konzentriere. Vielleicht kann ich heimlich ihren Willen kapern, ihn in mir warmhalten, ohne dass sie bemerkt, dass ich ihn in meinen Besitz gebracht habe, und ihn mit meinem eigenen verschmelzen, sodass wir in diesen meinen letzten Tagen nur noch einen gemeinsamen Willen haben.

Rieche das Leben! Nimm die Spur auf, an den Beeten und an den Begrenzungszäunen entlang! Zeig mir die Umrisse! Hol mir die Karten aus dem Sideboard!

Sie erhascht meinen Blick im Spiegel und ertappt mich bei meinen berechnenden Gedanken, meinem Wunschtraum. Ich sehe die spontane Empörung in ihrem Gesicht. Sie kneift die Augen ein wenig zusammen. Ich hätte mich beherrschen sollen. Als sie sich umdreht, lässt sie sich nichts anmerken, aber der Krieg ist immer noch nicht zu Ende, das höre ich an ihren Absätzen.

So hab ich es doch nicht gemeint! Bitte!

Sie stellt das Bett hoch, sodass ich fast aufrecht sitze, und legt mir die Nackenstütze an. Ihre Hände sind kühl und flink. Das Tablett knallt sie auf die Brücke.

Ich schließe die Augen, um ihr zu sagen: Du bist zu empfindlich! Schon bei der geringsten Kleinigkeit bist du beleidigt! Ich will nichts essen. Ich bin noch nicht bereit für deine duftenden Wohltaten.

Sie ignoriert mich.

Ich blinzele. Ich sage noch einmal: Ich will nicht! Ich bin nicht bereit!

Sie tut so, als sähe sie es nicht. Sie legt mir den Latz um, zieht und zupft ihn zurecht. Dann senkt sie den Kopf. »Herr, segne, was du uns bescheret hast.« Sie löffelt einen halben Teelöffel Kürbispüree auf.

Jetzt wird sie meine Atmung beobachten, mir den Löffel in den Mund stecken und ihn nach hinten kippen, um meinen Schluckreflex zu stimulieren. Ich sehe sie an. Ich sehe den Löffel an, den Spiegel.

»Was guckst du denn so, Ounooi?«

Ounooi. Um des Brotes und der Blumen willen!

Sie folgt meinem Blick zum Spiegel, der durch die Fülle der Bougainvillea schier zu bersten droht und in einer dicht mit Bäumen bestandenen Landschaft zu hängen scheint. Da huscht wie der Blitz etwas vorbei. Vögel, kleine Vögel, Kapbrillenvögel, die aus dem für mich nicht sichtbaren Feigenbaum auffliegen, der um die Ecke steht. Den ich, Herrgott noch mal, nicht sehen kann. Die ersten Feigen in den oberen Zweigen müssen schon wie reife Glocken daranhängen. Die ersten hellgrünen Feigen, neben einem violetten Bougainvilleazweig auf einem Teller arrangiert, so habe ich sie immer serviert, wenn die Erntezeit anbrach, um sie uns bewusst zu machen, um sie zu feiern, Mittsommer auf Grootmoedersdrift. Meine Feigen.

»Hmm«, brummt Agaat, »wir sollten mal nachsehen, ob schon die ersten Feigen reif sind, der Baum trägt dieses Jahr so viele, dass die Äste bis hinab auf den Boden hängen.«

Sie klingt leicht verschnupft. Sie dreht den Kopf und sieht weiterhin zusammen mit mir in den Spiegel, fest entschlossen, mich zum Essen zu zwingen. Die Windpumpe muss sich drehen, der Leuchtturm schwenken. Der Kürbis muss hinein.

»Und die Bougainvillea blüht, als würde sie nie wieder aufhören«, fügt sie hinzu.

Will sie mich ärgern? Soll ich mir vielleicht ein Beispiel nehmen an den Blumen, dem Korn und dem Brot?

Ich bin nicht taub, blinzele ich, wie oft willst du das heute noch sagen? Seit wann erwartest du von mir, dass ich mit der Bougainvillea konkurriere? Doch sie sieht mich nicht an.

Sie hält den Blick auf die Verandatür gerichtet. Ich sehe ihren Hals, Agaats Hals von der Seite, die Nester dunkler Muttermale und die Reihe von Haarnadeln, mit denen sie ihre Haube festgesteckt hat.

Langsam dreht sie sich wieder zu mir um, sorgsam darauf bedacht, das Beste aus der Situation zu machen und mich irgendwie dazu zu bringen nachzugeben und ihr mit den Augen zu signalisieren: Gut, ich esse ja schon, komm her mit deinem Teelöffel, Agaat, drücke ihn langsam auf meine Zungenspitze und fahre damit bis zur Mitte, sodass es mich weniger Mühe kostet zu schlucken, was du für mich zubereitet hast. Füttere unsere Seelen.

Doch ich tue es nicht. Die grünen Ausschnitte im Spiegel sind eine Reflexion, eine Kopie auf einer anderen Ebene und in einem anderen Format. Wie die Karte eines Ortes. Wenn ich sie doch nur dazu bringen könnte, die Analogie zu begreifen! Spiegel, Karte, Abbildung, Kopie.

Ich presse meinen Blick in die Vorderseite von Agaats weißer

Haube, als wäre sie ein Segel und mein Wille der Wind, der in einer bestimmten Richtung weht.

Ich sehe an ihr vorbei zum Spiegel und dann zur Wand neben meinem Bett. Zum Spiegel, zur Wand. Vom fragmentierten Garten auf die glatte weiße Oberfläche. Von dem, was im gespiegelten Sommer fehlt, zu dem, was auf der kahlen Wand fehlt, ein Bild, eine Farm auf den Hügeln, auf einer Karte, die an einer Schlaufe an der Bilderleiste hängt. Hin und her sehe ich, hin und her, wie der Flug der Kapbrillenvögel im Spiegel, um die unsichtbare Ecke herum zum unsichtbaren Feigenbaum. Agaat, siehst du es denn nicht? Das Unsichtbare, die Erdkugel, siehst du es nicht, zwischen den Quadranten des Kompasses, Ost West Süd Nord? Die Farmgebäude, der Wasserspeicher, der Berg, die Furt!

Langsam weicht sie vor mir zurück, legt den Teelöffel auf den Rand der Untertasse und steht von dem hohen Hocker neben meinem Bett auf.

»Hoch mit dem Mädchen«, sagt sie leise und mit angehaltenem Atem.

Hin und her blickt sie, genau wie ich, wobei ich ständig blinzele. Sie sieht mich an, sieht in die gleiche Richtung wie ich, nickt langsam.

»Spieglein, Spieglein«, sagt sie. »Stört er dich? Zu viel gesehen? An der Wand? Welches Land?«

Das ist der Anfang, signalisiere ich, du bist schon nah dran! Damit sind wir schon viel weiter! Denk mal nach: Landkarte an der Wand, denk an flache Erde, denk an gezeichnete Handfläche, denk an Lebenslinie, denk an Fingerabdruck!

Agaat sieht mir in die Augen. Ich sinke tief in ihre, ich halte ihre Augen mit meinen fest und drehe sie in Richtung Tür, den Flur entlang bis ins Wohnzimmer, zum Sideboard an der Wand bis zu den Papprollen, die dort liegen, hinter den Fotoalben. Ich schließe die Augen langsam und halte sie geschlossen. Ich sammele eine Garbe, hinter ihrer Schürze, aus ihrer Brust. Ich sehe ein großes Segelschiff, das mit vollen Segeln langsam gegen den Wind kreuzt. Kieltief im wogenden Korn kommt es auf mich zu,

Hügelrücken um Hügelrücken, und verschwindet zwischendurch in den Senken, ist jedes Mal größer, wenn es wieder auftaucht, bis ich die Schote in der Dünung knarren höre und den Bugspriet erkennen kann, das Profil der Schicksalsgöttin, das Kinn vorgereckt, um den von ihr vorherbestimmten Stürmen ohne Widerworte zu trotzen.

*

Als ihm richtig klar geworden war, dass er Vater würde, benahm sich Jak dir gegenüber ein wenig freundlicher. Doch du trautest dem Frieden nicht. Als du im achten Monat warst, bekamst du auf einmal lauter kleine Geschenke. Eine Langspielplatte mit Saxofonmusik, die dich allerdings nicht sonderlich interessierte, *Wonderland by Night*, Parfüm von Elizabeth Arden, ein neues Teeservice. Er fuhr sogar mit dir nach Swellendam ins Theater, wo eine Amateurtruppe Leipoldts *Heks* aufführte. Zwar war er mit den Gedanken andernorts, aber du wusstest die Geste zu schätzen.

Du musstest dir anhören, wie er sich ausmalte, dass das Kind genau wie er aussehen werde, da ja das edle Blut der de Wets in seinen Adern fließe, und wie er seinen Sohn stark und fit machen werde, ganz wie sein Vater, der Gentlemanfarmer. Abends zeichnete er Pläne von Spielzeug, das er für das Kind bauen wollte. Gleitschirme, Flugzeuge, Raketen, die richtig aufsteigen konnten.

Du fragtest ihn: »Und wenn es ein Mädchen wird?«

In seiner Familie, antwortete Jak, sei das Erstgeborene stets ein Sohn.

Du betrachtetest deinen Mann, wenn er sich abends gebückt und in Unterwäsche das Gesicht wusch und die Zähne putzte. Manchmal, wenn er sich das Handtuch ans Gesicht presste, sah es aus, als weinte er. Mehrmals ertapptest du ihn dabei, wie er die Hefte auf deinem Nachttisch durchblätterte, aber jedes Mal klappte er sie wieder zu, wenn er dich bemerkte. Nachts kam er zu dir und schmiegte sich an deinen Rücken wie ein kleiner Junge. Wenn du morgens wach wurdest, war er wieder weg.

So nachgiebig er dir gegenüber war, so erbarmungslos verhielt er sich den Leuten gegenüber. Er bestrafte sie für jede Bagatelle. Du drücktest immer ein Auge zu, ob nun Kaffee und Zucker aus der Küche oder die Knochen für die Hunde aus dem Fliegenschrank verschwanden, doch Jak verfolgte die Diebe. Er lauerte den Kindern auf, die Kürbisse vom Scheunendach klauten, und schoss mit dem Luftgewehr auf sie. Du wusstest davon, weil ihre Mütter die weinenden Kleinen zu dir brachten, wenn sich die Geschosse in ihren Popos entzündet hatten. Du musstest die kleinen Kugeln mit über dem Feuer sterilisierten Nadeln herauspulen und die Wunden mit Salbe und Pflaster versorgen, bis sie verheilten. Die Kinder verrieten nie, was genau passiert war, ja manche wussten es noch nicht einmal, denn Jak ließ sich natürlich nie blicken. Wenn du die Kugel aus dem schreienden Kind herausgeschnitten hattest, das die Mutter auf dem Küchentisch festhalten musste, sagtest du ihr, sie solle nicht hinsehen, und ließest das Beweisstück in deinen Ausschnitt fallen.

Eines Abends legtest du die Kugeln auf Jaks Teller. Es waren fünf.

»Jak, das sind Kinder«, sagtest du. »Sie können sich so viele Kürbisse nehmen, wie sie wollen, du isst sie ja doch nicht. Weder isst du sie, noch pflanzt du sie, bewässerst sie oder stapelst sie auf den Dächern. Es sind meine Kürbisse, die ich auf dem Markt verkaufe, um mir ein bisschen Geld dazuzuverdienen, mit dem ich die Bediensteten bezahle, aber genauso gut könnte ich sie als Teil ihres Lohns betrachten.«

Schweigend steckte er die Kugeln in die Brusttasche seines Hemdes.

»Die Kinder wachsen hier auf der Farm auf«, fuhrst du fort, »und als erwachsene Männer werden sie sich an diese Erfahrung erinnern. Schämst du dich denn nicht?«

»Die vermehren sich hier wie die Karnickel«, murrte Jak. »Ich hätte nicht übel Lust, die ganze Bande auf die Straße zu setzen. Die können auf meiner Farm nicht einfach machen, was sie wollen. Die sind nur auf Ärger aus!«

»Du kannst auf der Farm auch nicht machen, was du willst«, erwidertest du. »Das sind Menschen und kein Vieh, denk daran!«

Du schwiegst, bis das Essen aufgetragen wurde, und legtest den Zeigefinger auf die Lippen, damit auch Jak nicht weitersprach.

Doch er scherte sich nicht darum. »Du lässt dir von denen alles gefallen, Milla«, sagte er, »du weckst Erwartungen bei ihnen. Ich nicht. Du reichst ihnen den kleinen Finger. Aber beschwer dich dann nicht bei mir, wenn sie eines Tages alle möglichen Forderungen an dich stellen. Schon die Römer haben gesagt: Gib den *Hotnots* einen harten Baas, und sie werden sich einen milden wünschen. Gib ihnen einen milden Baas, und sie träumen davon, ihr eigener Herr zu sein. Willst du das etwa? Wo zum Teufel soll das noch hinführen hier in diesem Land?«

Es war die alte Leier. Die politische Rechtfertigung für schiere Boshaftigkeit.

Du entgegnetest ihm: »Dass du auf Kinder schießt wie auf Paviane, hat nichts mit Politik zu tun, Jak.«

»Und womit hat es zu tun, dass sie das Alphabet nachplappern lernen wie Papageien? Glaubst du etwa, du würdest ihrer anschließend noch Herr werden können? Du glaubst, alles über die Landwirtschaft zu wissen, Milla. Aber erzähl mir nichts über Politik.«

Was solltest du tun? Du konntest nicht einmal verhindern, dass er so laut sprach, dass es alle hören konnten.

»Ist mir doch scheißegal, wer das hört, Milla!«, antwortete er, als du versuchtest, ihn zum Schweigen zu bringen. »Ich lasse mir nicht in meinem eigenen Haus auf der Nase herumtanzen. Auf gar keinen Fall!«

Du warst in der Zeit unmittelbar vor Jakkies Geburt über die Vorgänge auf der Farm nicht mehr so gut informiert wie sonst. Deine Knöchel waren geschwollen, und du konntest nicht mehr so viel herumlaufen. Wenn etwas Außergewöhnliches geschah, erfuhrst du es trotzdem innerhalb weniger Minuten.

Wer erzählte dir von der Prügelei? Und davon, dass Jak Koos Makkelwyn zuerst weggestoßen hatte, weil der angeblich den Mund zu voll genommen hatte?

Anfangs verstandest du gar nicht richtig, was überhaupt geschehen war, und aus Jak bekamst du nichts heraus. Mit hängendem Kopf, die Reitkleider voller Staub und Pferdemist, die Kappe in der Mitte eingedrückt, kam er mitten am Nachmittag nach Hause, nahm ein Bad und fuhr anschließend mit dem Bakkie davon, ohne ein Wort zu sagen.

Makkelwyn war ein kräftiger, anständiger Kerl in den Fünfzigern, den Jak eigens für die Versorgung der Reitpferde angeworben hatte. Er war Hufschmied und Bereiter und kam früh am Morgen stolz auf einem Tennessee-Walker-Schimmel von The Glen herunter, wo er Stallmeister war. Seine Familie, die McCalvins, waren seit Generationen Hufschmiede in der Gegend.

Nachdem Jak weg war, ließest du Dawid holen. Er kam in Begleitung seines Vaters.

Du würdest nie vergessen, wie sie vor dir in der Küche standen, der über siebzigjährige alte Mann und sein Sohn, beide mit den schiefen Mündern und den hellgrünen Augen der Okkenels, die speckigen Kakimützen in Händen. Dawid hielt in der anderen Hand die glänzende Reitpeitsche, die im krassen Gegensatz zu der schmutzigen Hose und den abgetretenen Schuhen stand.

»Was ist im Pferdestall passiert? Raus mit der Sprache, Dawid!«

Du warst gereizt. Warum war der alte Mann mitgekommen? Wenn OuKarel in der Küche erschien, das wusstest du von klein auf, dann gab es Schwierigkeiten. Doch du warst erschöpft und hattest keine Lust auf Scherereien.

Dawid sah seinen Vater an.

»Rede«, sagte der alte Mann zu ihm, »ich stehe hier als dein Zeuge.«

Dawid blickte dir in die Augen. Du fühltest dich unbehaglich.

»Mister Makkelwyn hat den Baas kritisiert«, begann Dawid und rieb mit der Gerte über sein Hosenbein.

»Weshalb?«

»Weil der Baas seine Pferde durch die Pisse reitet, und dann muss sich Mister Makkelwyn tagelang mit lahmenden Pferden abplagen.«

»Und dann?«

»Dann hat der Baas ihn gegen die Brust gestoßen und gesagt, er soll sein verdammtes Maul halten.«

»Und dann?«

»Dann hat Mister Makkelwyn gesagt, er würde sein verdammtes Maul nicht halten, und er würde sich nicht von einem angeberischen Rotzlöffel beschimpfen und rumschubsen lassen, der keinen Respekt vor einem edlen Tier hat.« Dawid verlagerte das Gewicht von einem Fuß auf den anderen.

»Weiter«, forderte OuKarel ihn auf.

»Da hat der Baas Mister Makkelwyn mit der Gerte ins Gesicht geschlagen, und da hat Mister Makkelwyn die Gerte am Ende festgehalten, und da hat der Baas Mister Makkelwyn an der Gerte auf den Boden gerissen und wollte ihn treten, und da hat Mister Makkelwyn den Baas am Bein gepackt, und da ist auch er hingefallen, und dann haben sich beide auf dem Boden durch das Stroh und den Pferdemist gewälzt, aber der Baas konnte Mister Makkelwyn nicht kleinkriegen, denn Mister Makkelwyn hat ihn einfach festgehalten, sodass er nichts machen konnte.«

»Und dann?«

»Der Baas hat mich angefahren, warum ich nur herumstehen und ob ich nicht sehen würde, dass der verdammte Bastard ihn am Hals hätte, und ich solle ihm helfen und die Heugabel holen.«

Das Türchen des Aga-Ofens klappte, und das Feuer loderte aus den Öffnungen der Platten, auf denen das Abendessen aufgewärmt wurde.

Dawid wandte den Blick ab. »*Nooi*, ich habe gesagt, es tut mir leid …«

»Was denn, Dawid?«

Wieder sah Dawid seinen Vater an.

Der alte Mann blieb beherrscht, aber man sah ihm an, dass er etwas auf dem Herzen hatte. Er verzog gespielt schmerzlich das Gesicht. »Mir tut die Hüfte weh, mein Sohn, bitte komm zum Ende«, sagte er. »Die Leute hier wollen ihr Abendessen kochen.«

Du sahst, wie OuKarel die Töpfe anstarrte, wenn die Küchenmädchen die Deckel anhoben und das Essen umrührten. Fleisch mit Klößen, Süßkartoffeln und Fenchelknollen in weißer Soße. Für den Salat wurden Rote Bete und Zwiebeln geraspelt. Als Vorspeise gab es Spinatsuppe mit Speckstückchen. Viel Essen für drei Leute. Dem alten Mann lief das Wasser im Mund zusammen.

»Und dann, Dawid?«

»Dann habe ich gesagt: Baas, so wie ich die Sache sehe, ist eine Heugabel zum Heugabeln da, und ich werde nicht dafür bezahlt, für den Baas die Drecksarbeit zu machen, schließlich bin ich hier der Vorarbeiter, und dann habe ich einfach die Stalltür zugemacht, damit keiner sah, was da los war, denn die beiden wälzten sich weiter im Mist, und Mister Makkelwyn hat dem Baas die Arme auf den Boden gedrückt, sodass er ihn nicht schlagen konnte.«

Zwei frische Brote wurden aus den Formen gekippt, und ein Pfund Butter kam aus der Speisekammer. Die Küchengeräusche dröhnten dir in den Ohren.

»Und dann?«

»Ich bin draußen stehen geblieben, weil ich sichergehen wollte, dass Mister Makkelwyn unversehrt aus der Sache rauskam. Ich hätte mir keine Sorgen machen müssen, denn der Baas war längst außer Gefecht gesetzt. Am Ende ist Mister Makkelwyn aufgestanden, hat sich den Hintern abgeklopft und die Hand ausgestreckt, um dem Baas aufzuhelfen, aber der hat die Hand weggeschlagen, und da hat Mister Makkelwyn gesagt, dann müsse der Baas eben von jetzt an selber sehen, wie er mit seinen schicken Rössern zurechtkommt, und er solle ihm das Geld, das er ihm noch schuldet, bitte zu seinem Bruder nach Hause bringen, und zwar noch heute Abend. Er werde ihm die Peinlichkeit ersparen, raus nach The Glen zu fahren und den Stallmeister um Verzeihung zu bitten, und er bekomme noch soundso viel von ihm, und wenn der Baas nicht bezahle, werde er ihn wegen des tätlichen Angriffs anzeigen, selbst wenn es aussichtslos wäre. Ihm gehe es um eine Aktennummer und darum, dass die Polizei endlich Bescheid wisse, was auf Grootmoedersdrift vor sich geht.«

In der Stille, die darauf folgte, war nur das Klatschen der Gerte gegen Dawids Hose zu hören. Du überlegtest, was du darauf erwidern solltest.

OuKarel nutzte die Unterbrechung. »Grootmoedersdrift, ai, ai, ai … Ich bin schon von Anfang an hier gewesen …« Er schüttelte den Kopf.

Da wusstest du, jetzt lässt er die Katze aus dem Sack.

»Ich bin müde vom Arbeiten, Kleinnooi, ich möchte eine kleine Pension haben, Kleinnooi, ich muss Arznei für meinen Rheumatismus kaufen, und ich möchte zu Hause bleiben und mich ausruhen und ab und zu ein Stück Fleisch essen oder eine Büchse Pfirsiche kaufen können.«

Du warst bass erstaunt. Als wäre zuvor rein gar nichts geschehen, kein Wort zu den Ereignissen im Stall, ein Stein im Fluss, über den man hinwegtritt.

»Ich werde sehen, was ich tun kann, Karel«, hast du versprochen.

Du wusstest, dass es keinen Sinn hatte zu fragen: Aber was hat das eine denn mit dem anderen zu tun, und warum ausgerechnet jetzt?

Doch auch Dawid fiel sofort ein: »Wir haben Hunger, Nooi, unsere Kinder laufen dem Baas nach und wollen sich die Perlhühner nehmen, die er kaputt schießt, aber er jagt sie immer weg. Wir können doch nicht nur von Milch und Aschebrot leben, Nooi …« Dawid legte die Gerte auf den Küchentisch und hielt kurz inne. »Nicht nur von Milch, Aschebrot und … Kürbissen, Nooi. Können Sie denn unsere Rationen nicht mit ein wenig Schweinefleisch und Bohnen ergänzen?«

»Ich werde sehen, was ich tun kann, Dawid«, sagtest du noch einmal.

Kürbisse. Das Wort ragte vor dir auf wie eine Flagge, eine rote Stecknadel, mit der man einen kritischen Punkt auf einer Karte kennzeichnete.

Du ließest zwei große Emailschüsseln mit Essen und einen Eimer mit Suppe für sie füllen und dazu beide Brote, die Butter und ein Einmachglas mit Pfirsichen aus der Speisekammer einpacken. Du wusstest, dass Jak ohnehin nicht zum Abendessen nach Hause kommen würde, und dir war inzwischen der Hunger vergangen.

»Ach, Nooi, so habe ich es doch nicht gemeint«, sagte OuKarel, und du glaubtest ihm, aber in Dawids Gesicht konntest du lesen wie in einem offenen Buch, als er dir die Körbe mit dem Essen abnahm, er war übermütig geworden von seinen eigenen Worten über die Ereignisse im Pferdestall und unterstützt von der Forderung seines Vaters, auch wenn dessen Bitte auf früheren Verpflichtungen und Übereinkünften basierte.

»Ai, das wird dir schmecken«, sagte er zu Karel, »und vielen Dank, Nooi, ich freue mich sehr, dass wir uns verstehen.«

»Komm, Dawid«, sagte sein Vater und setzte die Mütze wieder auf. Du konntest am Rücken des alten Mannes erkennen, dass er der Meinung war, sein Sohn sei zu weit gegangen.

Was du hättest verstehen sollen, was an Erkenntnis von dir erwartet worden war, war mehr, als du an einem Tag verkraften konntest.

An der Tür drehte sich OuKarel noch einmal um.

»Dass ich nicht mehr hart arbeiten kann, soll nicht heißen, dass ich vollkommen nutzlos bin, Kleinnooi. Ich kann den jungen Männern das Schlachten beibringen, ich kann immer noch bei kleineren Arbeiten helfen, lassen Sie mich wissen, wenn Sie mich brauchen, Kleinnooi. Und grüßen Sie die Ounooi, wenn Sie mit ihr sprechen, und wenn sie kommt, lassen Sie mich rufen, damit ich ihr an der Furt Guten Tag sagen kann. Ich möchte gerne sehen, wie es ihr geht.«

Eine weitere deutliche Botschaft.

Du wusstest genau, dass du Jak gegenüber den Vorfall nicht

erwähnen durftest. Er, der fitte, muskulöse Baas von Grootmoedersdrift, auf dem Stallboden besiegt, festgehalten von einem Farbigen, der zwanzig Jahre älter war als er selbst.

Du sorgtest dafür, dass seine Reitkleidung gewaschen und gebügelt wurde. Du putztest seine Gamaschen, beultest seinen Reithelm aus, staubtest ihn ab und ließest den grünen Samtstoff abbürsten. Dann legtest du ihm alles ordentlich aufgestapelt auf die Couch in seinem Büro, zusammen mit der Reitgerte, die Dawid mitgebracht hatte, auch sie glänzend gewienert und schräg gegen die Rundung der Kappe gelehnt.

Doch dann war da noch die Sache mit den Hunden. Du warst jedes Mal wütend, wenn du ihn dabei erwischtest, wie er sie misshandelte.

Er ließ es immer so aussehen, als hätte er sie nur gestreichelt und seinen Tritt gegen einen Ball oder einen Stock gerichtet. Er behauptete, du würdest Gespenster sehen, er würde doch nur mit ihnen spielen.

Deine Mutter schien nicht besonders überrascht zu sein, als sie eines Tages davon erfuhr. Es war am ersten Juliwochenende. Sie war herübergekommen, um bei den letzten Vorbereitungen zu helfen, und tatsächlich hielt sie die neuen Zimmer für eine gute Idee. Dich betrachtete sie mit einer Mischung aus Missbilligung, Faszination und Mitleid. Du warst schwer und träge, deine Knie und Knöchel waren dick und gerötet.

Jak war reizbar, und du hattest an jenem Samstagnachmittag Angst, er könne einen Streit anzetteln, sobald er vom Sport nach Hause kam. Deswegen hattest du deine Mutter herübergebeten.

Du warst gerade im Kinderzimmer damit beschäftigt, eine Gazegardine anzubringen, und öffnetest das Fenster, um nach dem Streichen zu lüften. Ma hielt sich in der Küche auf und kochte nach ihrem Mittagsschläfchen Kaffee. Die Küchentür stand offen, und du hörtest das Klirren der Tassen bis in den Hinterhof. Der Bakkie fuhr auf den Hof, und die Hunde bellten. Jak kehrte von einem Rugbyspiel und einem anschließenden Kneipenbesuch zurück, das hörtest du an der Art, wie er auf den Hof einbog und die Autotür zuschlug. Er würde durch die Hintertür ins Haus kommen.

Aus dem Augenwinkel heraus machte dich eine Bewegung stutzig. Die Tür des Außenzimmers stand immer noch offen, weil Ma es sich früher am Nachmittag angesehen hatte. Hattest du es dir nur eingebildet, oder regte sich da etwas hinter den Gardinen? Die Tassen hörten auf zu klirren.

Da kam Jak fluchend um die Ecke und schaute unter seine Sohlen. Er war in einen Hundehaufen getreten und regte sich furchtbar darüber auf. Seine neuen Kalbslederstiefel! Salomo, der Rhodesian Ridgeback, und Sofietjie, der Scottish-Terrier-Mischling, waren an seiner Seite und krochen auf ihn zu. Sie wussten genau, dass sie ihn nicht anspringen und ablecken durften. Mit einer Hand in die Seite gestützt betrachtete er sie. Unter Sofietjie wurde der Beton dunkel, weil sie Pipi machte. Salomo hatte die Ohren angelegt und die Lefzen hochgezogen. Er zitterte am ganzen Leib.

Jak lockte die Hunde grinsend zu sich. Hinter der Fliegengittertür sahst du das Gesicht deiner Mutter als weißen Fleck. Du zogst dich hinter den Gardinenflor zurück.

Du hättest ihn daran hindern können, du hättest das Fenster aufreißen und ihm zurufen können: »Jak, Kaffee ist fertig, wie war's beim Rugby?« Aber du sagtest nichts, und du wusstest, dass auch deine Mutter ihre Anwesenheit nicht verraten würde. Ihr wolltet ihn nur beobachten, ohne dass er davon Kenntnis hatte, und Zeugen seiner Missetat werden. Wieder regte sich etwas im Außenzimmer. Wie viele Augenpaare waren dort an jenem Nachmittag?

Jak stand mit dem Rücken zu dir direkt vor der Küchentür. Du konntest jedes Wort hören.

»Wenn ihr glaubt, ihr könntet mich anknurren, mich in meinem eigenen Hinterhof ankläffen und alles vollscheißen …«

Dann trat er dreimal zu. Einmal traf er Sofietjie, die sofort die Flucht ergriff, und zweimal Salomo, der vor ihm auf dem Boden lag.

»Da!«, zischte er Salomo zu, »alter Hängesack! Du solltest eine Unterhose tragen«, schnauzte er ihn an. »Mehlpimmel! Nichtsnutz, du lässt es zu, dass man uns hier alles unter dem Arsch wegklaut!«

Der Hund rappelte sich auf und hinkte davon, wobei er immer wieder ängstliche Blicke über die Schulter warf. Jak säuberte seine Schuhsohlen mit einem Stöckchen, wusch sich die Hände am Wasserhahn im Hinterhof und sah auf seine Armbanduhr.

Da stießest du das Fenster des Kinderzimmers auf.

»Jak«, riefst du, »Kaffee ist fertig. Er steht in der Küche, Ma hat ihn aufgesetzt.«

Er sah dich an und warf einen Blick zur Fliegengittertür. Dann lief er eilig weg in Richtung der Scheunen.

Du setztest dich auf den Stuhl im Kinderzimmer, wartetest und faltetest dabei den bunten Lampion auseinander, den du noch aufhängen wolltest, ein gelbes Gesicht mit einem breit lachenden Mund. Auf und zu faltetest du ihn, die Sonne wie einen Fächer in der Hand.

Deine Mutter kam mit einem Tablett und drei Tassen herein. Sie stellte das Tablett auf den Waschtisch, schloss das offene Fenster, zog die Gardinen zu und sah dich an, bis du dich wieder hingesetzt hattest.

Sie sagte nichts, sondern wartete lediglich darauf, dass du den Mund aufmachtest.

»Jak ist frustriert«, sagtest du leichthin, doch du hattest das Gefühl, du selbst hättest die Hunde getreten. Du standst auf und begannst, die Babysachen auf dem Wickeltisch zu sortieren.

»Im Grunde seines Herzens ist er kein Bauer, Ma, das weißt du doch selbst«, sagtest du.

Sie schwieg und wartete ab. Du warfst ihr einen verstohlenen Blick zu. Sie wusste bereits, was du sagen wolltest, Wort für Wort.

»Er fühlt sich wertlos und lässt es an den Hunden aus.«

Sie schnaubte abfällig.

»Er hat das Gefühl, dass ich ständig an ihm herumnörgle, und jetzt bin ich auch noch schwanger, nach all den Jahren, und stehe im Mittelpunkt der Aufmerksamkeit. Bestimmt fühlt er sich vernachlässigt.«

Deine Stimme versagte. Du wurdest wütend. Du alte Fledermaus, die an mir herumpickt, dachtest du, erst bin ich nicht gut genug, um deine Farm zu bewirtschaften, und ihm scheint zwölf Jahre lang die Sonne aus dem Hintern, obwohl er mich schlecht behandelt, aber du tust, als wäre nichts, und jetzt, da ich schwanger bin, hältst du ihn für einen Schurken, weil er nach den Hunden tritt. Hör auf, die Nase in meine Angelegenheiten zu stecken, dachtest du, und deine Wangen brannten.

Du standst auf und zogst die Gardinen wieder beiseite. Die Tür des Außenzimmers stand jetzt weit offen. Im Haus ging eine Tür auf und zu. Irgendetwas fiel auf den Fußboden des Außenzimmers. Du fühltest dich schmutzig, und du hattest das Gefühl, auch dein Haus wäre schmutzig.

Die Stimme deiner Mutter traf dich wie der Stock im Nacken, mit dem die Schafe zum Baden getrieben wurden. Runter mit dir in das weiße, milchige Gift!

»Milla, sieh mich an«, sagte sie, »und setz dich hin, damit ich mit dir reden kann. Ich bin alt, und ich weiß und verstehe mehr, als du glaubst. Mein Leben ist fast vorüber, ich kann jetzt nichts mehr tun außer zu reden, und ich muss es mir von der Seele reden, damit du nicht behaupten kannst, deine Mutter hätte dir bis zu ihrem Tod etwas vorgemacht.«

»Hör auf, Ma!«, riefst du und wedeltest mit den Händen um deinen Kopf.

»Du wirst mir jetzt zuhören, Kamilla, und auch die Wände werden mich hören.«

Die Dielen im Flur knarzten. Du legtest den Zeigefinger auf die Lippen, doch sie sprach nur umso lauter.

»Für meinen Geschmack zeigst du zu viel Verständnis für den Täter und zu wenig Empörung über seine Taten«, sagte sie. »Auf diese Weise erheben die Frauen ihr eigenes Leid zu einer Tugend, und die Männer müssen nicht einmal einen Mord sühnen. Du brauchst mir nichts mehr vorzumachen und er genauso wenig, und du musst endlich Verantwortung übernehmen, denn sonst trägst du Mitschuld. Jak de Wet tritt seine Hunde aus zwei Gründen: weil sie ihm nicht in ganzen Sätzen schmeicheln und weil sie niemandem verraten können, was er für eine heuchlerische Missgeburt ist.«

Du protestiertest, doch sie brachte dich mit erhobenen Händen zum Schweigen.

»Lass mich ausreden«, bat sie. »Willst du weiterhin sein Hund sein? Du bist jetzt die Mutter seines Kindes. Du weißt, dass du ihn mit den gleichen Tricks von dir fernhalten kannst, mit denen du ihn einst eingefangen hast. Du musst nicht glauben, dass ich nicht bemerkt hätte, wie du ihn eingewickelt hast. Aber du kannst mehr tun. Du bist jetzt eine vollwertige Frau. Die Leute werden auf dich hören. Du kannst anderen erzählen, was hier vor sich geht, deinen Freundinnen, deiner Mutter. Wir Frauen sind vielleicht das schwächere Geschlecht, aber im Grunde sind wir die Herrinnen, und das weißt du genauso gut wie ich. Wir funktionieren nur auf eine andere Art und Weise. Wir brauchen keine Angst zu haben. Wir kriegen sie da, wo es ihnen am meisten wehtut.«

Sie streckte die Hand aus. Sie hatte einen steifen Ellbogen und konnte den Arm nicht mehr ganz gerade halten. Du hättest am liebsten nicht hingesehen, aber du konntest den Blick nicht abwenden. Sie tat so, als nähme sie etwas von unten in die Hand und liebkoste und streichelte es, bevor sie den Arm wieder sinken ließ. Ihre große, knotige, abgearbeitete Hand mit den verdickten Gelenken lag offen auf ihrem Schoß.

»Ein Gerücht«, sagte sie, »lässt sich leicht verbreiten.«

Du konntest den Blick nicht von ihrer Hand abwenden. Du dachtest: Lass mich in Ruhe, ich bin schon infiziert, du kannst mich nicht kränker machen, als ich bin. Du wusstest nicht, woher dieser Gedanke kam. Die ganze Zeit über in dem kleinen Zimmer fühltest du dich gegängelt und unterstützt zugleich. Gefüttert und gebissen. Du rolltest die Schultern und blinzeltest mit den Augen, um dieses Gefühl loszuwerden, du versuchtest, sie so zu sehen, wie sie war, und sie in aller Ruhe anzuhören, denn schließlich versuchte sie seit langer Zeit zum ersten Mal, offen mit dir zu reden.

»Wenn das Gerücht sich nicht längst verbreitet hat«, fuhr sie fort. »Es gibt doch nichts Besseres als ein gutes Hausmädchen, um die Wahrheit hinaus in die Welt zu tragen. Du brauchst es nur zu sagen. Sie sind Frauen. Sie wissen Bescheid. Sie leben für ihre *Miesies*, denn was haben sie sonst, wofür es sich zu leben lohnte? Ihre Männer vielleicht? Du brauchst das Feuer nur ein bisschen anzufachen, und schon verbreitet es sich wie ein Flächenbrand. Küche, Genossenschaft, Kirche. Du hast doch einige hier, die du einspannen könntest. Das junge Mädchen scheint mir dafür besonders geeignet zu sein. Ein Gerücht in dieser Gegend, das sage ich dir, ist das beste Mittel, den eigenen Mann im Zaum zu halten. Wenn die Leute Bescheid wissen, werden sie ihm böse Blicke zuwerfen, an ihm vorbeigehen und ihn genau dort ausgrenzen, wo man sich sehen lassen muss, um dazuzugehören. Dann wird er zu dir kommen und sich ausweinen. Er wird dich um Hilfe bitten. Dann kannst du deine Bedingungen stellen. Er wird alles tun, um rehabilitiert zu werden. Er wird aufhören. Ich kenne diese Sorte Mann. Er wird damit aufhören.«

»Hör auf, Ma, das geht dich gar nichts an!«, protestiertest du.

»Ich kenne diese Sorte Mann«, wiederholte deine Mutter, »du solltest besser auf mich hören. Männer wie Jak finden starke, kluge Frauen attraktiv und können ohne ihre Bewunderung nicht existieren. Sie brauchen Bestätigung und Lob wie die Luft zum Atmen. Sie sind wie Kinder, und so wie Kinder Angst vor der Dunkelheit haben, haben sie Angst davor, nicht mehr beliebt zu sein.«

Ihre Mundwinkel waren hinuntergezogen und ihre Lippen gespitzt, als wollte sie etwas hinunterschlucken.

»Also, überleg dir, was du von nun an wert sein willst, und manipuliere ihn dementsprechend.«

Du hättest am liebsten geschrien: Ich weiß das! Schon lange! Aber du wolltest ihr einfach nicht recht geben. Es war eine Falle.

Sie wollte dich aus der Reserve locken, sie war eifersüchtig, sie wollte deinen verstorbenen Vater schlechtmachen, deinen Pa, der dich so geliebt hatte, wie du warst, bedingungslos, sie wollte herausfinden, wie weit es zwischen dir und Jak gekommen war. Sie würde deine Reaktion, wie immer sie auch ausfiel, gegen dich verwenden. Sie hatte absichtlich laut geredet, dich vielsagend angesehen, bei jedem Wort die Augen zum Hinterhof, zur Tür und zum Flur verdreht, wo leise Schritte zu hören gewesen waren.

»Was habt ihr zwei denn hier zu besprechen?«

Jak erschien in der Tür, lehnte sich an den Rahmen, steckte die Hand in die Tasche und tat, als wäre er gänzlich ohne Arg. Er trug nur mehr Socken an den Füßen.

Du empfandst Mitleid mit ihm. Er wirkte eingefallen und sah verwirrt aus. Deine Mutter stand auf und drängte sich an ihm vorbei. Im Flur drehte sie sich noch einmal um, warf dir noch einen Blick zu und fragte: »Milla, weißt du, ob der Tierschutzverein im Telefonbuch steht?«

»Das Telefonbuch liegt vorne im Flur, Ma, schau selbst nach«, erwidertest du.

Jak sah dich hilflos an.

Du standst auf, gingst zu ihm hinüber und fuhrst ihm mit der Hand durchs Haar.

»Schon gut«, sagtest du. »Sie ist alt. Und Hunde, die bellen, beißen nicht.«

Du hattest geflüstert, damit sie dich nicht hörte, aber du hattest nicht leise genug geredet. Heftig stampfte deine Mutter von dem Tischchen weg, auf dem das Telefonbuch lag, ohne die Nummer nachzuschlagen. Du hattest ihr einen Vorwand verschafft, nicht anzurufen.

in die hölle hinabgestiegen meine rechte hand ein sternenregen es regnet das gemecker auf den feldern nächtelang liege ich wach krämpfe pochen gegen die ringe an meiner hand daumen und zeigefinger aneinandergedrückt ein hasenauge da springt ein falscher schatten mein daumen verknackst stift papier rutscht mir aus der hand ein rascheln im gebüsch eine eidechse eine maus ein kaiserfalter im blätterdach wie hält man ein ei fest den stängel einer rose einen türknauf einen fensterriegel alles lasse ich offen bist du in einer kirche geboren? erschaffen und stehen gelassen worden? knopf und knopfloch bleiben getrennt was kehrst du deine güte heraus? das ist die frage agaat

12./13. Juli 1960 nach Mitternacht

Habe mich mit einem Schal über dem Morgenmantel ins Wohnzimmer gesetzt. Wach geworden v. Efeu wie eine verstohlene Schattenhand am Fenster & konnte nicht wieder einschlafen.

Heller Vollmond heute. Ziemlich kalt. Habe Appetit ohne zu wissen worauf. Tee & Ingwerplätzchen? Ein Glas Glühwein würde helfen kommt aber nicht infrage es ist als würde ich auf etwas warten oder etwas vermissen. Wahrscheinlich liegt es an dem Kind normalerweise tritt es früh am Abend & ist nachts ruhig. Die Hunde hätten gebellt & die Enten am See geschnattert wenn etwas vorgefallen wäre aber es ist ruhig. Zikaden. Frösche. Vielleicht sollte ich eine Runde über den Hof drehen & frische Luft schnappen. Die Übelkeit will einfach nicht vergehen.

1 Uhr

Auf dem Hof ist alles still aber irgendetwas stimmt nicht. Will J. nicht wecken er würde behaupten dass ich es mir nur einbilde aber ich bin wach & bleibe wach & habe das Gefühl über dem Boden zu schweben auf einer fremden Farm im Traum einer anderen. Aber dies hier ist meine Farm. Dies ist Grootmoedersdrift. Habe mich schon selbst gekniffen.

Draußen nichts Unbekanntes oder Unerwartetes der Hof lag im Mondlicht alles versorgt alles der Inbegriff von Ruhe und Ordnung. Die weißen Giebel der Scheunen Torwächter am Eingang zu den Flussweiden & Wachen die schwarzen Schatten der Hangars in denen ich das Holz & Wollballen & Drahtrollen & Pfähle ordentlich aufgestapelt wusste. Der süßsaure Geruch geflochtener Zwiebeln aus dem Zwiebellager. Sind es die großen rosafarbenen Blüten der Brunfelsia pauciflora, die immer außerhalb der Saison blüht? Kann man einen solchen Geruch träumen? Riecht man Unrat besser bei Mondschein?

Ich überprüfte alle Schlösser & Tore & sah nach ob die Schleuse geschlossen war & ob die Lämmer im Stall hinter dem Gemüsegarten schliefen. Sie sind immer ein bisschen unruhig wenn eines von ihnen geschlachtet worden ist & habe das Geländer des Anhängers mit den Kürbissen überprüft ob alle Stangen richtig eingesteckt sind sodass sie sich nicht lösen können falls sich die Ladung auf dem Weg über den Pass verschiebt.

Alles an seinem Platz. Habe sogar das Tor des Futterlagers aufgestoßen & die Luzerneballen befühlt sie sind lauwarm wie es sich gehört & werden sich nicht weiter aufheizen.

Bin durch die Seitentür ins Maschinenlager gegangen & habe dort im Dunkeln gestanden. Konnte den Kühler des Massey Ferguson erkennen das Relief d. Chrombuchstaben. Ein unwirkliches Gefühl. Aber wer würde träumen im Dunkeln mit den Fingern zu lesen?

Beim Hühnerstall hörte ich das Nesteln der schlafenden Hennen auf ihren Stangen & roch Mist & Federn. Bin an der fensterlosen Seite des Hauses entlanggegangen um nachzusehen ob die Tür des Fliegenschranks in dem das frische Fleisch reift verriegelt war wegen der Räuber, der kleinen frechen Kerle von der anderen Seite der Furt. Kaum zu glauben aber sie klettern einander sogar auf die Schultern um an eine Schafskeule oder an die Schenkelknochen der Hunde zu kommen. Bilde mir ein dass sie dreister geworden sind seitdem ich das Außenzimmer zurechtgemacht habe weiß Gott wie sie das so schnell spitzgekriegt haben.

Bestimmt hat Saar geplaudert & sie glauben jetzt sie hätten in A. einen Vorposten vielleicht hat A. längst mit ihnen angebändelt. Ai schäm dich Milla das ist nun wirklich unwahrscheinlich.

Zwanzig vor zwei

Wollte gerade wieder ins Bett gehen da wusste ich plötzlich was nicht stimmte Agaat! Die Außenzmrtür war immer noch geöffnet als ich vom Fleischschrank aus daran vorbeigegangen bin. Sie stand einen Spaltbreit offen! Habe ans Fenster geklopft. Ob sie wirklich weg ist? Muss noch mal nachsehen!

Zwei Uhr

A. ist weg! O mein Gott sie hat nicht in ihrem Bett geschlafen der Koffer ist weg zwei Sonntagskleider die Kleider habe sogar 8 Haarnadeln & eine Haube gezählt Himmel hilf! Ein Paar Schuhe & ein Paar Socken sind auch weg & das Paket Dr. White's war geöffnet & eine Binde fehlte & der Koffer mit all ihren Sachen WEG! Überall gesucht, will aber nicht rufen & alle wecken habe die Hunde auf ihre Fährte gesetzt ich prügele sie windelweich wenn ich sie finde undankbares Gör wo kann sie nur sein? Mein roter Pullover den ich ihr geliehen hatte hing ordentlich an einem Haken an der Küchentür eine Frechheit! Sie weiß wo die schmutzige Wäsche hingehört ich werde ihr Bescheid geben habe keine Zeit für derlei dreiste Geschöpfe hier auf Gdrft weiß nicht was ich tun soll!

Habe alle Lichter auf dem Hof & am Haus eingeschaltet damit sie weiß dass ich herausgefunden habe dass sie weggelaufen ist. Hoffentlich wird J. nicht wach er wird fuchsteufelswild & dann ist die Hölle los & er wird sie bestrafen.

Zehn nach zwei

Lampen wieder ausgeschaltet damit sie sich nicht einbildet dass ich mir allzu große Sorgen mache.

Halb drei

Ich werde verrückt! A. steht in ihrer neuen Dienstmädchenkleidung oben auf dem Berg! Ich stand draußen auf der Veranda & dachte erst ich hörte Gesang dann dachte ich ich sähe etwas Weißes das sich am Hügel dort bewegte dachte erst es wären die Guanosäcke die ich dort befestigt hatte um zu markieren wo die Akazien entwurzelt werden sollen dabei war es die ganze Zeit A.! Konnte sie durch J.s Fernglas deutlich erkennen. Kann nicht sehen was sie da trieb sie machte komische Schritte & Bewegungen am Berghang.

13. Juli neun Uhr morgens

Habe die ganze Nacht wach gelegen & mir war eiskalt nachdem ich draußen herumgelaufen war. Gegen sechs hörte ich Geräusche in der Küche & ich dachte ich tue einfach so als wüsste ich von nichts & da kam s. auf den neuen Gummisohlen quietschend den Flur hinunter & kein krauses Löckchen war zu sehen sauber angezogen in ihrer Dienstkleidung die Haube ordentlich festgesteckt & den Kaffee schön auf dem Tablett leichter Geruch von Gras & Gebüsch aber ansonsten kein Hinweis & die Hunde hinter ihr her die Nasen in ihrem Schoß. Ich weiß was das bedeutet aber vielleicht liegt es auch nur daran dass die Dienstkleidung noch frisch riecht.

Agaats nächtliche Flucht. Habe das Gefühl ich hätte alles nur geträumt. Wie hat s. mich erschreckt, meine Güte! Ich tue weiterhin so als wäre ich ahnungslos. Vielleicht wird sie mir eines Tages erzählen, was sie dort getrieben hat was sie in Gottes Namen bewegt hat & was aus dem Koffer geworden ist & den Hauskleidern & den zwei schönen Kleidern die ich für sie genäht habe & der vom Schlachten schmutzigen Kleidung. Nicht dass es ein großer Schaden wäre es war doch alles schon alt & wäre ihr bald zu klein gewesen. Mein roter Pulli am Haken. Ein deutliches Zeichen ich kenne s.

Kann diesen Veitstanz auf dem Hügel nicht einordnen. Seitlich & rückwärts die Knie gebeugt mit den Füßen aufgestampft auf einem Bein herumgesprungen & mit einem Arm auf den Boden gezeigt. Dann die Arme eng an die Seiten gelegt. Dann hat sie sie gebeugt & gestreckt. Erst sah es aus als hielte sie den einen Arm mit dem anderen in die Luft & winkte. Ich dachte oh ich komme zu spät & das geht schon lange so mit diesen nächtlichen Treffen aber ich habe niemanden kommen sehen & kein Pfeifen oder Rufen gehört nur das Singen zwei, drei Töne immer dieselben.

Merkwürdig. Sie hat hinauf zu ihrem kleinen Arm geschaut als wäre es ein Stock. Ein Knüppel? Ein Stockschirm? Dann hat sie den Arm wieder ausgestreckt mal mit der Handfläche nach oben mal nach unten. Ein Urteil? Ein Segen? Über die Hügel die Farmstraßen das Flusstal? Ein Abschiedsritual? So seltsam das alles ich kann die Bilder nicht vergessen & denke die ganze Zeit daran. Warum dort oben? Was wollte sie da? Ich kann mir gut vorstellen wie die Landschaft im Mondlicht ausgesehen hat der Fluss zwischen den Bäumen die Weiden im Tal die mondhellen Hügel im Südosten & hier & da eine Öffnung sodass man die große Ebene dahinter erblicken kann. Doch das alles hat sie doch schon so oft gesehen!

Ob das Fernglas mich genarrt hat? Ihr Arm ein Zeigestock? Deuten hindeuten was ist was & wer ist wer? Ein Ruder? Ein Messer? Ihre Faust die das Fleisch vom Vlies drückt als bearbeitete sie ein Schlachttier? Oder als teilte sich etwas. Einen Wurzelballen.

Wie abwegig, Milla! Krankhaft, deine blühende Fantasie. Aber so etwas kann man sich doch nicht ausdenken. A. die mitten in der Nacht in ihrer Dienstmädchenkleidung auf einem Hügel im Mondlicht steht & tanzt. Das kann ich doch nicht geträumt haben. Es muss eine simple Erklärung dafür geben. Vielleicht wollte s. Mut sammeln um wegzulaufen. Bestimmt erfahre ich eines Tages die Wahrheit. Ich muss mal nachsehen vielleicht ist der Koffer wieder da.

7

Ein breiter Streifen Licht fällt ins Zimmer, Licht, das ich gut kenne, gelbliches Nachmittagslicht. Zehn vor fünf? Es ist irgendwann zwischen den Viertelstunden, eine unbestimmte Zeit. Der Wecker wird von einer Schachtel mit Papiertüchern namens Inspirations verdeckt.

Doch irgendetwas erscheint mir anders als sonst. Der Spalt zwischen den Gardinen befindet sich nicht wie üblich in der Mitte der Flügeltüren entlang der Türknäufe. Die Stores hängen so, dass die Öffnung ein Stück Glasscheibe freigibt. Auch die Gazegardine ist nicht wie gewöhnlich ganz geschlossen, sondern an der weißen Schnur über dem Türrahmen beiseitegezogen und hinter die Übergardinen geschoben worden. Durch die alten Glasscheiben in den Gartentüren, die den Blick ein wenig verzerren, kann ich den Garten erkennen.

Doch es liegt nicht nur an dem gewellten Glas, dass das Licht besonders ist. Es zittert ganz leicht. Es ist mit irgendetwas erfüllt, erquickend wellig, klar, wässrig, winkend.

Woher stammt dieses Licht? Wodurch wird diese Totenkammer, die ich in allen Einzelheiten kenne, derart erhellt? Dieses Zimmer, durch das jeden Tag meine Blicke schweifen, das von den Vorzeichen meines herannahenden Endes erfüllt ist, den Medikamenten, die keine Besserung versprechen, sondern nur dem pietätvollen Abbau meines Körpers dienen, der täglichen Reinigung meiner Gliedmaßen, vier an der Zahl, der drei behaarten Stellen unter den Achseln und zwischen den Beinen, meiner Finger-, Zehen- und Hinternspalten, meiner Höhlungen, dem Nabel, den eingesunkenen Stellen unterhalb der Schlüsselbeine, meines Kopfes mit den sieben Öffnungen, den Pillenfläschchen mit den Mitteln zur Anregung des Speichelflusses, gegen Augentrockenheit, gegen Ohrensausen, gegen die Schmerzen in meinen schwindenden, von Krämpfen geplagten Muskeln, den Instrumenten zum Messen meiner übrig gebliebenen Reflexe, der statistischen Registrierung eines Sterbens.

Was für ein Aufwand rund um die Leere eines jeden Tages!

Was für ein Witz!

Zeitvertreib nannte Agaat es hin und wieder. Aufschub. Sie liest mir inzwischen oft Gedichte aus den Sammlungen vor, die der südafrikanische ALS-Förderverein herausgibt. Wer wird sie nach mir bekommen? Mir erscheinen derlei wiederverwertbare Krankenstationsbücher wie Särge. Man vererbt sie an den Nächsten, der für einen Tag darin probeliegen möchte.

Doch gerade, inmitten allen Abgangs, schenkt sich mir das Licht in meinem Zimmer wie ein unbekanntes Wort. Ein Wort, das man als solches erkennt, dessen Bedeutung man aber nur erahnen kann. Scheel. Schellenbaum. Scherbengericht. Streitschrift. Agaat und ich und unsere Wörterbuchspiele. Was hätte sie noch mit mir spielen sollen, jetzt da die Worte in diesem Zimmer zunehmend unbrauchbar werden? Licht-und-Schatten-Schach? Blinde Kuh?

Auf einmal weiß ich, was die Veränderung bewirkt. Der Frisiertisch!

Er ist ein klein wenig anders gedreht, schräg nach vorn in Richtung Veranda, und die beiden Seitenteile wurden verstellt. Wie Flügel eines lebendigen Wesens, das flatternd und mit lang gerecktem Hals danach strebt, irgendetwas einzuholen, zu fangen.

Der Spiegel eröffnet mir den Blick auf den Garten, schärfer und klarer jedoch als in der normalen Wahrnehmung. Ich erkenne meinen Garten in drei Ausschnitten voller Details und mit verlockendsten Aussichten.

In einem Flügel sehe ich Kornblumen, tiefblaue Kornblumen, im anderen Flügel einen Wasserfall von hellblauen Agapanthusblüten an langen, geneigten Stängeln. Im mittleren Teil erstrahlen in den huschenden Schattenflecken der Jakarandabäume die zarten, pudrig blauen Köpfchen der Christrosen in voller Blüte.

Ganz vorsichtig koste ich davon, denn wenn ich vor Begeisterung ersticke, bedeutet dies das vorzeitige Ende dieser Geschichte. Ob Agaat mich endlich ansatzweise verstanden hat? Wenn dies kein Zufall ist, wenn sie aufgrund meiner Augensignale so gut raten konnte, liegen noch unendlich viele Möglichkeiten vor uns, die ich nicht in einem Anfall von Sentimentalität verderben darf.

Der Spiegel zeigt ein perfektes Ergebnis: den schönsten Garten, den ich je erlebt habe. So habe ich mir immer ausgemalt, wie die Nordostseite aussehen könnte. Anhand der verschiedenen Blautöne in den Katalogen habe ich Pläne geschmiedet, und genau so hätte ich sie umgesetzt. Blaue Stauden, Iris, Agapanthusdolden, Christrosen, Büschel von Eisvogel-Kapaster, einjährige Blumen, die jedes Jahr neu in die niedrigen Randbeete gesät werden, für den Winter hellblaue Stiefmütterchen und Vergissmeinnicht, die sich stellenweise selbst neu aussäen, Gewöhnlichen Leberbalsam im Frühling und für den Sommer Kornblumen und noch mal Kornblumen. Denn von Blautönen kann man im dürren Gelbbraun des Sommers nie genug bekommen und auch nicht im Winter, wenn sie den Regen herbeilocken sollen, wie die Leute früher geglaubt haben.

Jetzt hat Agaat all das für mich in den Spiegeln verwirklicht wie eine Vision. Doch wie soll ich herausfinden, ob sie auf meine Bitte reagiert hat oder bloß durch Zufall daraufgekommen ist?

Oder hat sie das selbst schon seit Langem geplant? Zuerst das Leeren meines Zimmers und die zugezogenen Gardinen und dann das Licht, den Neubeginn von Farben und Dingen? Damit ich, während mein Wesen aus mir herausströmt, mich wieder mit all dem füllen kann, was außerhalb von mir lag, wie es in einem Gedicht hieß? Damit im Fluss etwas stromaufwärts strampelt? Bei Agaat weiß man es nie. Sie ist verhext. Manchmal glaube ich, sie spielt ihr eigenes Spiel, und ich bin nur das Versuchskaninchen für ihre Experimente.

Anfangs arrangierte sie täglich frische Blumen für mich in Töpfen, so wie sie weiß, dass es mir gefällt, doch Leroux riet ihr angeblich davon ab und warnte vor Staub, Pollen und Insekten.

Behauptete Agaat zumindest.

Vielleicht tut es ihr jetzt leid, und sie möchte es wiedergutmachen.

Wie immer zu dieser Tageszeit spielen Schatten an der Wand neben meinem Bett, doch jetzt werden sie von lebendigen Lichtpunkten ergänzt, blauen Flecken, einem gleichmäßigen Agapanthuston, den der Spiegel darüberwirft.

Ein vielfacher Garten.

Einer, den ich durchs Fenster sehen kann, einer im Spiegel, einer an der Wand.

Wie lange sie dafür wohl gebraucht hat? Wie oft ist sie hin und her gelaufen, ganz leise, um mich nicht zu wecken?

Vielleicht ist sie geflogen, hat sich in eine Libelle verwandelt. Oder in eine Wespe. Sie ist auf dem Kissen gelandet, den Kopf auf einer Höhe mit meinem, um mit meinen Augen zu sehen, dann wieder zurück, um den Winkel zu korrigieren, den Winkel des Frisiertisches, den Winkel der drei Spiegelscheiben im Verhältnis zu mir, im Verhältnis zueinander und zu den Kornblumen, damit schließlich alles zueinanderpasste. Ein paar Grad in diese oder jene Richtung, und schon gingen die Christrosen verloren oder ein Stück braune Verandawand tauchte anstelle der blau blühenden Beete auf.

Doch meine Karten, Agaat, wie kann ich dir nur zu verstehen geben, dass ich sie haben will? Anscheinend setzt du doch Himmel und Erde in Bewegung, um mich fein säuberlich gepflegt und rundum zufrieden unter die Erde zu bringen. Du sorgst dafür, dass nichts von mir hier hängen bleibt wie ein Heuschreckenpanzer an einem Dorn.

Armer Jak. Warum denke ich plötzlich an ihn?

Vielleicht wandert er ruhelos umher. Vielleicht nähert er sich von den Akazienbäumen her, um nachzusehen, was aus mir geworden ist. Für ihn ging alles so plötzlich. Eins, zwei, drei, hier komme ich! Viel zu übereilt, ihm war es gar nicht richtig klar. Der Mund stand ihm vor Überraschung offen, und seine Augen waren so groß wie Untertassen. Mein Gott, jetzt ist mir zum Lachen zumute! Vater im Himmel, dass ich nicht mehr genug Luft zum Lachen habe! Früher glaubte Leroux, es sei ein Symptom meiner Bulbärparalyse, dass ich so häufig unkontrolliert in Lachen ausbrach, doch es lag immer nur an Jak. Es ging immer nur um diese eine Flugbahn. Was aufsteigt, muss auch wieder herunterkommen, da gibt es kein Entrinnen. Nur die Flugbahn unterscheidet sich von Fall zu Fall. Je mehr meine Krankheit fortschreitet, umso häufiger frage ich mich, ob es nicht besser wäre, so abzutreten wie er, und dann muss ich jedes Mal lachen.

Der dumme Jak, Hollywood bis zum letzten Atemzug, oder nein, nicht Hollywood, höchstens Südafrikas Leon Schuster.

Zwei Tage nach seinem Tod sagte ich zu Agaat: »Räum auf. Pack die Papiere in Kartons und lass sie von den Testamentsvollstreckern abholen. Den Rest trag hinten raus, damit wir ihn sortieren können.« Was immer mit Jak zu tun hatte, wollte ich aus den Augen haben. Das Auto ließ ich sofort abschleppen. Ich wollte es nicht jedes Mal ansehen müssen, wenn ich losfuhr.

»Ai, Baas und noch mehr Baas!«, bemerkte Agaat mit unbewegter Miene, als sie die Fotostapel hereinbrachte und fragte, was sie damit tun solle.

»Wirf sie weg«, antwortete ich. »Ins Feuer damit, alles raus, weg, ich habe keine Verwendung mehr dafür. Roll mir nur die Karten ordentlich zusammen.«

Ich fragte mich, was ich mit den Schlägern, der Hantelbank, den Gewichten, dem Bauchtrainer, den Kletterseilen, den Helmen und Knieschützern, dem Wadenvibrator, den Rückenmassagerädchen und dem elektrischen Fußmassagegerät anfangen sollte. Ich dachte über eine Auktion nach, aber ich hatte keine Lust auf die Gesichter der Leute und ließ schließlich alles auf den Schrotthaufen hinter dem Maschinenschuppen tragen. Von dort aus, wusste ich, würde es genau wie die verrosteten Pflugscharen und alten Wellblechplatten verschwinden und in den Wiederverwertungskreislauf der Farm aufgenommen werden.

Das war 1985. Noch Jahre später sah ich die Kinder auf der Farm mit Medaillen um den Hals herumlaufen und mit den silbernen Pokalen im Sand spielen. Das war alles, was ihnen von Jak geblieben war, dieses Spielzeug, und die Erwachsenen, die es damals miterlebten, höre ich noch heute manchmal über das Spektakel reden. Der Baas von Grootmoedersdrift, aufgespießt wie ein Käfer.

Jaks juristische Nachschlagewerke und Abenteuerromane, seine gesammelten Zeitschriften, seine Bildbände über Sporthelden, Kataloge von Sportwagen, Expeditionstagebücher von Bergsteigern und dunkel bebrillten Abenteurern in den Alpen, in der Sahara, am Amazonas und am Südpol schenkte ich der Stadtbibliothek, was ich allerdings sofort bereute. Die Frauen dort starrten das Material mit großen Augen an, als fragten sie sich, wie ich nur mit all dieser männlichen Energie zurechtgekommen sei und wie so eine graue Maus wie ich mit den Fantasien meines Camel-Manns habe mithalten können.

Doch wie wollte man das den Bibliothekarinnen in Swellendam erklären? Oder der Vorsitzenden des Frauen-Landwirtschaftsvereins? Die hatte ich gar nicht erst vorgewarnt, dass ein Spiegel kommen würde, ein wandgroßer Spiegel, der eine ganze Seite von Jaks Büro beansprucht hatte. Ich hatte die Paneele einzeln abschrauben, verpacken und bei Dot Stander zu Hause abliefern lassen mit der Nachricht, dass der Spiegel doch wunderbar in den Saal passe, in dem die jährliche Feldblumenausstellung stattfand. Blümelein Vergissmeinnicht, dachte ich. Wie oft hatte ich den Spiegel eigenhändig geputzt und die Schweiß- und anderen Spritzer abgewischt, weil ich nicht wollte, dass die Bediensteten sie sahen.

Nur die Karten behielt ich, darunter die alte Transportkarte, die mit den handgemalten Bildern sämtlicher besonderen Orte auf der Farm, die ich nach Mutters Tod zwischen meinen Erbstücken gefunden hatte. Diese Karte ist die älteste der

Sammlung. Dann gibt es die alte Herrenrechtekarte mit den Grenzen und Landmarken und die Wasserkarte, auf der die Flüsse und unterirdischen Wasseradern, die Bohrlöcher, Tränken und Quellen eingezeichnet sind. Aus jüngerer Zeit stammen die Vermesserkarten – von damals, als die Bewässerungssysteme von der Theewaterskloof und den Duivenhoks aus angelegt wurden. Außerdem gibt es eine topografische Karte, auf der auf jeder registrierten Erhebung und an jedem Berghang die Neigungswinkel, die Umrisse und Höhen über Normalnull markiert sind. Die übrigen hat Jak später beim Bezirkskreisrat bestellt und zeichnen lassen, Distriktkarten, in denen auch die Nachbarfarmen markiert sind. Darauf erkennt man, dass Grootmoedersdrift die größte Farm weit und breit ist und über die besten Böden, die meisten Bäume und Fynbos-Areale sowie das ergiebigste Wasserreservoir verfügt. Die große Bodenbeschaffenheitskarte habe ich vom Landwirtschaftstechnischen Dienst erstellen lassen, ergänzt durch die Abbildungen der Grabungen, auf denen man sämtliche Bodentypen auf Grootmoedersdrift erkennen konnte, den Rotsand und den Gelbsand auf porösem Gestein, den Tonlehm, den Sandlehm und den Flusstorf. Dazu kommen schließlich noch eine Südafrikakarte und eine Weltkarte sowie Jakkies Schulkarten, auf denen er und sein Pa mithilfe von Kompassen und Berechnungen die genauen Proportionen und die exakte Lage von Grootmoedersdrift eingezeichnet und mit Schwalbenschwanzpfeilen markiert haben.

»Roll sie alle ein und binde sie mit einer Kordel zusammen«, trug ich Agaat auf, »und leg sie ins Sideboard zu den Familienalben. Sie gehören zu unseren Urkunden.«

Es kann nicht mehr lange dauern, bis sie sich daran erinnert.

Der Garten vibriert im Spiegel, eine blaue Wiege, ein sich wiegendes Nest im Mittagslicht. Ich höre ein Sausen und sehe im Spiegel Sprühnebel auf die Beete sinken. Ein Glitzern legt sich auf die Blätter, die Stängel neigen sich weiter, je schwerer die Blüten werden, mein Garten in all seiner Pracht.

Die Hintertür wird geöffnet. Viertel nach fünf. Agaat hat

die Eier eingesammelt, bevor die Mungos sie holen. Ich höre an ihren Schritten, dass sie eine empfindliche Last trägt, den dickbauchigen Korb mit dem strohbedeckten Boden. Ich stelle mir vor, wie sie in den Hühnerstall geht und vorsichtig unter die aufgeplusterten, dicken Hennen fasst und dabei leise Schnalzlaute von sich gibt, damit sie nicht erschrecken. Dabei beobachtet sie die Hühner sorgfältig und achtet auf die starren, gelb umrandeten Knopfaugen, denn die Tiere können einem fies in die Hand picken, wenn man ihnen die Eier wegnimmt. Agaat hat auch zwischen den Kaktusfeigenbäumen, hinter dem Hühnerstall, unter den Granatapfelsträuchern, in der Quittenallee und entlang des alten Beetes nach Eiern Ausschau gehalten. Sie muss alle Legeplätze abgegangen haben.

Sie trägt den Korb zur Speisekammer, wo sie die Kartons aus dem Regal zieht und die Eier hineinpackt. Mit ihrer guten Hand nimmt sie die rotbraunen, fahl staubbraunen und lehmgelben Exemplare Stück für Stück hervor und begutachtet sie. Die größten packt sie separat ein, um sie später auf dem Markt zu verkaufen, immer je ein halbes Dutzend, mit dem dicken Ende nach unten. Die Uhr schlägt zur Viertelstunde. Anhand der Zeit, die Agaat braucht, errate ich, dass es heute mehr als ein Dutzend Eier sind. Jetzt schreibt sie bestimmt das Datum auf die Packungen, wie wir es immer getan haben. Welcher Tag wohl heute ist?

Eine Karte der Tage, einen Kalender, den habe ich, und jeden Tag schreibt Agaat alles hinein. Doch ich kann nicht mehr weit genug sehen, um darauf irgendetwas erkennen zu können. Und was kümmert mich schon die Zeit? Ein Tag gleicht dem anderen in diesem Absud, den sie sich für mich ausgedacht hat. Das Fegefeuer nach Art von Agaat.

Nachdem Jakkie fortgegangen und Jak tot war, herrschten zum ersten Mal seit langer Zeit wieder Ruhe und Frieden auf Grootmoedersdrift. Kein harter Blick, keine hochgezogene Schulter und zur Abwechslung sogar hier und da ein weicher Mund mit zu einem Lächeln verzogenen Lippen. Wie lange hat dieser Zustand angedauert? Fünf, sechs, sieben Jahre? Bis ich krank wurde, doch auch noch im ersten Jahr, vielleicht sogar in den ersten anderthalb Jahren, als ich mich noch selbstständig bewegen konnte, auf Krücken, mit dem Rollator, im Rollstuhl, herrschten Liebe und Harmonie. Ich konnte es kaum glauben, es war die reinste Freude, und ich glaubte, ich könne mit ihr zusammen meine alten Tage genießen. Wann trat die Veränderung ein? Als ich nicht mehr sprechen konnte, als ich nicht mehr schreiben konnte, als ich vollkommen hilflos wurde und hier liegen musste? Wurde dadurch das Gift freigesetzt? Weil ich von ihr abhängiger war denn je? Das war ich im Grunde immer schon gewesen, von Anfang an. Doch mit jedem weiteren Schritt meines Verfalls beschlich mich das Gefühl, dass sie rachsüchtiger und erbitterter wurde. Hatte sie diese Empfindungen all die Jahre unterdrückt?

Ich höre, wie sie in die Küche zurückkehrt, ich höre, wie aus dem Hahn das Wasser fließt, mit dem sie den Kaffeekessel füllt. Für ihre Nachmittagstasse, die sie bis abends auf den Beinen hält. Die Stille, während sie trinkt. Ich spüre, wie sie nachdenkt, überlegt. Dann kommt sie den Flur entlang, langsamer als zuvor, hält inne und kehrt in die Speisekammer zurück.

Vollkommene Stille.

Agaat schmiedet einen Plan. Ein Schritt folgt auf den anderen. Die Ader ist angebohrt.

Ich stelle mich schlafend, als sie das Zimmer betritt, und beobachte sie durch die Wimpern hindurch. Sie betrachtet die Wand neben meinem Bett, auf der die blauen Lichtflecken spielen. Dass es so gut funktioniert, hättest du nicht gedacht, was? Ich wollte, ich könnte es ihr sagen. Ich sehe, wie sich ein Lächeln auf ihrem Gesicht breitmacht. Sie tritt näher, noch näher, stellt sich an mein Bett und beugt sich vornüber, bis ihr Kopf auf meiner Höhe ist. Hinter ihrem Haubengiebel hat sich ein Strohhalm in ihrem Haar verfangen. Ein Legehennennest! Sie richtet sich auf, blickt auf mich hinunter, und ich öffne die Augen und schaue in ihre.

Ich habe es gesehen!, blinzele ich.

Ich lasse meine Augen erst zur Wand und dann zum Spiegel wandern, immer hin und her, und versuche, meine Augenbrauen zu bewegen. Vielen Dank, Agaat! Er ist wunderschön, mein Garten!

»Spieglein, Spieglein an der Wand, wer hat den schönsten Garten im Land?«, fragt sie mit zufriedenem Gesicht.

Sie steckt eine Hand in die Schürzentasche.

»Mach mal die Augen zu.«

Sie legt mir etwas in die Hand, etwas Kühles und Glattes, das sie mit ihrer Hand unter meiner festhält.

»Und jetzt mach sie wieder auf.«

Es ist ein großes braunes Ei.

»Ich wette, es hat zwei Dotter«, sagt Agaat. »Heute Abend brate ich dir ein Rührei, Ounooi, du hast in letzter Zeit wirklich zu wenig gegessen. Du hast zu wenig zu dir genommen, und unten ist nichts rausgekommen. Und ich habe nicht einen Stich gestickt. Wir müssen heute früh zu Abend essen, damit ich wieder zum Arbeiten komme.«

Arbeiten, denn die Nacht rückt näher, denke ich, signalisiere ihr aber: Ich freue mich darauf, ich habe schon lange Appetit auf ein Ei.

»Na schön«, sagt Agaat, »ein guter Appetit ist nicht zu verachten, und ein gutes Verständnis braucht nur ein halbes Augenzwinkern.«

Ich schließe die Augen. Ich kann meinem Blick nicht trauen. Besser, ich gehe kein Risiko ein und lasse es nicht auf ein Missverständnis ankommen. Ich will mich am Erfolg der ersten Runde erfreuen.

Ich höre sie in der Küche klappern. Sie ist heute Abend besonders lebendig. Ein neuer Versuch? Was versucht sie zu tun? Mut für das Bevorstehende zu schöpfen? Für wie lange? Sie schlägt Eigelb und Eiweiß. Von der Wiege bis zur Bahre. Die Fliegengittertür schlägt zu. Agaat ist zur Küchentür hinaus und wieder hereingekommen. Rührei. Was für ein Aufwand für ein einziges Ei! Es klingt vielmehr nach einem Fünf-Gänge-Menü. Ich spüre ihre Aufregung. Positive Energie. Doch wie lange wird es anhalten?

Sie bringt mein Tablett. Eine Kerze? Eine Blumenvase? Und zum ersten Mal seit vielen Monaten ein Zweig der Kletterrose! Crepuscule! Locker sitzende kupferfarbene Blütenblätter, innen etwas dunkler, eine lebendige Rosenfarbe, wie der Latz des Kap-Rotkehlchens. Der Abend wird für mich hereingelassen.

»Das Auge ist das Fenster zur Seele«, sagt Agaat, »aber ein Spiegel hilft auch.« Da steht sie, ein Bild der Bescheidenheit, aber ich erkenne, dass sie mit ihrem Werk hochzufrieden ist.

Sie kurbelt mein Bett hoch. »Hoch auf dem gelben Wagen«, intoniert sie außer Atem. Sie setzt sich auf ihren Hocker. »Rauf mit dem Mädel«, sagt sie mit sanfter, beschwichtigender Stimme.

Das Ei rutscht gut. Sie hat es exakt auf den richtigen Punkt gegart, noch ein bisschen feucht und, wenn ich mich nicht irre, anschließend zwei Mal durch ein Teesieb passiert, sodass es gleichmäßig weich ist.

In aller Ruhe nimmt sie kleine Löffel des Eierbreis auf, führt sie mir zum Mund und achtet darauf, dass ich schlucke, einmal, zweimal, alles ohne Zwang.

Ihre kleine Hand liegt auf meinem Bauch, umhüllt von ihrem weißen Häkelärmel. So kontrolliert sie meine Atmung, damit sie mir den Teelöffel im richtigen Rhythmus und im richtigen Tempo in den Mund steckt. Ihre gestärkte Kleidung raschelt jedes Mal, wenn sie sich nach vorne lehnt, die Schulterbänder der Schürze spannen und entspannen sich, ihre Arme fahren an den Ärmelaufschlägen entlang. Der Hocker knarzt regelmäßig, wenn sie das Gewicht verlagert.

Ich habe Hunger. Der Eigeschmack hat etwas Wohltuendes, ein Aroma von Butter und Sahne. Agaat will mich verwöhnen, aber auch sich selbst: für den Durchbruch, für meine Dankbarkeit.

Jetzt verstehe ich das Rumoren von vorhin. Ich stelle mir vor, wie sie, den Spatel in der kleinen, das Schälchen mit dem geschlagenen Ei in der starken Hand, vor der Pfanne steht, in der schon die Butter schäumt, wie ihr dann plötzlich etwas einfällt, sie alles hinstellt, die Pfanne vom Feuer schiebt und sie in der hereinbrechenden Dämmerung in die Milchkammer geht, um einen Becher frische Sahne aus der Kanne zu schöpfen. Rührei de luxe. Und wie der eine Einfall den nächsten nach sich zieht. Rein und raus durch die Fliegengittertür, eine Idee nach der anderen. Sie pflückt Petersilie aus dem Topf neben der Hintertür und legt sie an den Tellerrand, nur zur Dekoration und wegen des Geruchs, weil die Petersilie sogar feingehackt zu gefährlich für mich wäre. Sie zerreibt die Blättchen zwischen den Fingern ihrer rechten Hand und hält sie mir unter die Nase, mit gespitzten Lippen und feuchten Augen.

Ich rieche es, Agaat.

Ach, Ounooi, ach herrje, sagen Agaats Augen. Sie wendet den Blick ab. Mein Gesicht ist ihr zu viel, sie teilt es in handliche Stücke auf. Sie wischt mir einen Tropfen unter der Nase weg und streicht mir etwas aus der Stirn, das nicht da ist. Dann gibt sie mir noch einen Teelöffel Ei.

Ich esse eine Straße durch das Doppeldotterei.

Es ist ein windstiller Abend. Agaat hat die Flügeltüren geöffnet, sodass ich die Hofgeräusche – klappernde Milchkannen, zurückkehrende Traktoren, das Schließen von Scheunentoren – hören kann.

Dann wird es still, und ich höre nur noch das Rauschen der Sprinkler und die Pumpe unten am alten Reservoir, die Dawid um zehn Uhr ausschalten wird. Näher bei mir ertönen die Rufe von Elstern und Kap-Rotkehlchen, die Bougainvillea auf der Veranda raschelt, und ich höre leise Geräusche kleinerer Vögel wie Spatzen und Kap-Brillenvögel, die dort in den Zweigen ihre Nachtruhe suchen.

Auf dem Spiegel zeichnet sich ein abstraktes Gemälde ab, nachtblau wie das Innere einer Iris, dazwischen die letzten dämmrig bleichen und dunklen Schemen, aus denen man erkennen kann, dass der Garten tief und weit ist, voller versteckter Winkel, stiller Teiche, kleiner Funken sich spiegelnder Sterne auf den nassen Blättern, von Wassergräben durchzogen. Grüne, feuchte Nachtgerüche, von Wassertropfen auf Rasen, heißer Erde und staubigem Laub dringen ins Zimmer.

Ich rieche es, Agaat. Alles, was du für mich bereitet hast.

Agaat nimmt den Rosenzweig in der Kristallvase vom Tablett und stellt ihn zusammen mit der Kerze auf meinen Nachttisch.

»Genug gegessen? Hat's geschmeckt? Geht es dir jetzt besser? Mit so leerem Magen hättest du niemals schlafen können.«

Sie räumt das Tablett ab und schaltet die großen Lampen aus.

»Und jetzt eine warme Milch mit Zucker und einem Tropfen Vanille?«

Nein danke, später, blinzele ich.

Auf dem Weg hinaus nimmt sie ihr Stickzeug aus dem Korb, wirft einen Blick in das blaue Heft auf dem Stuhl, liest die letzte Seite und seufzt. Sie durchsucht den Stapel und zieht ein anderes hervor. Ich sehe ihr jedes Mal an, wenn sie das Lesen aufgeben will, wenn sie mutlos wird. Doch das Lesen und das Sticken sind ihre beiden Projekte, und sie lässt niemals irgendetwas halb fertig liegen. Vor allem solange sie nicht weiß, wie die Sache ausgehen wird.

Die Kerze wirft ihren Lichtschein auf die Wand neben meinem Bett, und darin tanzt der Schatten der Crepuscule in ihrer Glasvase. Die Blüten recken sich und schrumpfen wieder. Ein leichter Luftzug weht herein und bläht die Gardinen vor den offenen Türen mal nach innen, mal nach außen. Die Flamme flackert und wirft die Silhouetten von Stängeln an die Wand, Kristall, Wasser und kleine Luftblasen brechen das Licht. Doppelt vergrößert im Schatten an der Wand sehe ich die Gottesanbeterin mit übereinandergelegten Vorderbeinen zwischen den Rosenzweigen sitzen.

Agaat hat sie mir garantiert nicht ohne Absicht gebracht. Sie ist das regloseste Geschöpf, das sie kennt. Sie hat die Beinchen zusammengefaltet, und ihre grünen, vliesartigen Flügel sind um ihren Hinterleib geschlungen wie ein Mantel. Darüber sitzt der dreieckige Kopf mit den hervorstehenden Augen.

Ich blicke in den Spiegel. Ich sehe die Kerzenflamme und ihre gelbe Glut, die Schatten, die Lichtflecken des Wassers, die Vase, die Rose, die dünnen Glieder der Gottesanbeterin. Das alles wird jetzt von den drei Scheiben des Spiegels reflektiert, nachdem der Garten dunkel geworden ist. Wenn die Flamme flackert, tanzen die Schatten, tanzt die Reflexion der Schatten, hebt die Betende in der Rose die Vorderbeine.

Bewahrt ein Spiegel womöglich alles auf, was er je gesehen hat? Existieren Aufzeichnungen des Lichts, dünne Häutchen, die Schicht für Schicht aufeinandergepresst wurden und die man mit den Fingerspitzen wieder auseinanderziehen muss, damit sich die Farbe nicht daraus löst, die Augenblicke nicht verkleben und die Stunden nicht zu nichtssagenden Flecken ineinanderfließen? Damit ein Lied von aufbewahrten Jahren in deiner Hand liegt, eine Miniatur deines Lebens, bei der jede Einzelheit sorgfältig in hauchdünnem Email dargestellt ist, zart wie die singenden Engel in alten Manuskripten, die du mit dem Vergrößerungsglas betrachten kannst, verwundert über die immense Mühe und Sorgfalt? So viele Tränen um nichts? Um Licht? Um vergangene Augenblicke?

Ein Gefühl zu schweben ergreift von mir Besitz; hin und her blicke ich zwischen dem Schattenspiel an der Wand und der Reflexion im Spiegel. Eine Spiegelgeschichte, aus zweiter Hand. Von dem, was gewesen ist, und dem, was sein wird. Davon, wohin ich in diesen letzten Tagen und Nächten gelangen werde. Davon, wie ich mithilfe der Bruchstücke, die ich sammele, dorthin gelangen kann. Ich trete darauf, hüpfe darüber wie über Felsen in einem Strom. Ich und Agaat und Jak und Jakkie. Vier Trittsteine, jedes Mal vier und dazu die Zweier- und Dreierkombinationen, deren Macht sich bis ins Unendliche und bis tief in ihre Wurzeln hinein erstreckt. Ihre Reihenfolge in der Zeit, ihre Ursachen und Wirkungen. Sie bestimmen, wie ich einschätze und abwäge, wie ich gehe und sage: So bin ich über den Fluss gelangt, dort bin ich entlanggelaufen, dies war mein Weg bis hierher. Doch wie soll ich mich erinnern, wenn ich weder sprechen noch schreiben noch mich an einer Karte orientieren kann, ich, eine Exilantin in meinem Inneren? Reglos. Starr. In meinem Bett. In meinem Körper. Meiner Umgebung entschrumpft, die ich selbst erschaffen hatte. Mit Bildern, die in mir aufsteigen und die ineinanderfließen, Lichtflocken, die aus mir heraustreiben, sodass ich mich nicht mehr daran erinnern kann, was ich bereits gespeichert habe und woran ich mich noch erinnern muss. Bin ich der Fluss, oder bin ich der Stein? Wer tritt auf mich, wer watet durch mich hindurch, an wen hefte ich mich wie Blütenpollen, wie Nektar, wie ein Duft? Immer mehr Inhalte müssen in einen Zusammenhang gebracht werden.

Durch die offenen Türen rieche ich die Nacht immer deutlicher; sie dringt mir als komplexe Komposition in die Nase. Kann man Geräusche riechen? Ich höre die Triele aus nördlicher Richtung. Krismis, krismis, krismis, rufen sie in absteigenden Kadenzen. Weihnachten naht. Die Farmkiebitze schreien, wenn sie auffliegen – hat sie jemand aus ihrem Nest aufgescheucht? Die Frösche beginnen ihr Konzert, zwischen den Schilfstängeln schwellen weiße Kehlen. Unter der Veranda spielt eine Grille auf ihrer Geige. Unmittelbar neben meinem Kopf betet ein Wesen im Nichts. Ach, dürfte ich noch einmal jene Reise zurücklegen, mit den Augen an gestrichelten Linien entlang, Ortsnamen folgend, die mir vorgesagt würden, ein letzter Rundgang, ein Geheimnis, ein Schatz, den die Motten und der Rost noch nicht zerfressen haben, ein Zusammenhang, ein zwischen Worten verborgener Satz.

Plötzlich sehe ich Agaat, die mit dem Tablett in den Händen in der dunklen Türöffnung steht. Sie beobachtet mich aus dem Schatten heraus, ich kann ihr Gesicht nicht erkennen, nur die Haube, ein kleines weißes Grabmal in der Luft.

Ist sie von Neugier getrieben, eine Schaulustige, die sich auf der Straße einem Ohnmächtigen nähert, eine Besucherin vor einem Glaskasten, in dem sich eine Schlange langweilt? Wie soll ich es je herausfinden? Und wie könnte ich es ihr verdenken? Wie möchte ich, dass sie mich ansieht, hier auf meiner Lagerstatt?

Ich schließe die Augen. Ich dachte, sie wäre längst in die Küche zurückgekehrt. Ansonsten hätte ich es nicht gewagt, mich auf diese Weise umzublicken, nach allem, was in den letzten Tagen geschehen ist. Nicht, solange sie noch da gewesen wäre. Ich höre, wie sie den Flur entlanggeht, sich umdreht und langsam wieder zurückkommt. Sie betritt das Gästezimmer und bleibt dort stehen.

Ich zähle bis zwölf, bevor sie sich wieder regt. Ich höre, wie sie das Tablett in der Küche abstellt, aber ansonsten keine weiteren Geräusche. Normalerweise deckt sie das Tablett auf der Anrichte ab, schabt die Essensreste in den Mülleimer, lässt Wasser ins Becken laufen, spült das Geschirr, trocknet es ab und räumt es weg, holt ihren eigenen Teller aus dem lauwarmen Ofen, füllt den Kessel mit Teewasser, zieht den Küchenstuhl zurück, setzt sich und rückt darauf nach vorn. Dann folgt die Stille, in der sie zu Abend isst. Doch jetzt höre ich nichts von all dem.

Sie wandert im Haus umher, bleibt ab und zu stehen, geht ein paar Schritte hierhin, ein paar Schritte dorthin und hält dann wieder inne. Im Esszimmer, im Wohnzimmer, wieder im Esszimmer, in der Diele höre ich die Bodendielen knarzen. Dann ist sie wieder im Flur, und ihre Gummisohlen quietschen leise an meiner Tür vorbei. Ein Blick auf mein Bett, weiter in Jakkies Zimmer, ins Gästezimmer, ein Zögern vor der Treppe zum Außenzimmer und wieder zurück in den Flur, hin und her, stehen bleiben, weitergehen. Ich kann sie regelrecht nachdenken hören. Ich spüre, dass sie leere Stellen betrachtet. Das bereits ausgeräumte Haus hallt ein wenig. Jetzt zur Hintertür hinaus. Schlüssel. Der große Bund. Erst die Lagerräume hinten, dann vornherum.

Was pfeift sie da? Pfeift sie, damit ich höre, wo in der Dunkelheit sie sich befindet?

Oh ye'll tak' the high road and I'll tak' the low road…

Was rappelt da unter meinem Bett? Die Kellertür? Hier, genau unter dem rechten Flügel? Was hat sie denn dort zu suchen?

Unter den Bodendielen und dem Estrich hervor ertönt gedämpft das Pfeifen, gerade so laut, dass ich die Melodie erkenne.

An' I'll be in Scotland before ye'…

»Die Extrameile«, hat Leroux prophezeit, »diese Frau läuft die Extrameile für Sie.«

nacht der auferstehung sonntagnacht einen fuß vor den anderen langsam vor meinen spiegel da bin ich hier stehe ich vier gliedmaßen nichts fehlt roll den stein von meinem fuß weg bitte ich langsam als ich vor dem speisekammerregal stehe die mehltüte in den händen die zuckertüte in den händen die rührschüssel in den händen den milchbecher in beiden händen herr im himmel gib mir die kraft in den händen zurück sechs eier eines nach dem anderen in jeder hand ein kuchen ist eine gute übung für die hände vergib mir meine schuld sieb löffel backform ofen ich werde ich will ich höre den hahn den montagmorgen ankündigen eine kuhle im mehl die eier trennen das erste ei bricht in stücke das zweite bleibt gottlob heil das dritte fällt so auch das vierte bis zum fünften und sechsten es sind sieben schalen im mehl

12. August 1960 zehn nach acht

A. verursacht mir noch graue Haare, ich sehe es kommen. Ht mrgn als s. den Kaffee brachte hat der Hund wieder an ihr geschnuppert. Ich konnte nichts riechen nur Deo & Stärke & entdeckte einen schmalen Schmutzstreifen am Saum ihrer Schürze von ihren nächtlichen Eskapaden aber ansonsten alles schneeweiß & sauber.

Habe gerade ihr Zimmer inspiziert. Der alte schwarze Schirm steht in der Ecke & eine leere Farbdose auf einem Sack in die Wasser tropft. An der Decke ist ein feuchter Fleck bestimmt ist das Wellblech an der Stelle durchgerostet muss es reparieren lassen. Ansonsten alles sauber & ordentlich. Habe in ihrem Schrank nachgeschaut & gesehen dass sie die BHs trägt auch wenn sie ihr noch zu groß sind & aus der Packung Dr. White's fehlt nichts weiter sie weiß bestimmt nicht wie das geht aber ich erinnere mich daran dass an dem Abend an dem sie mit ihrem Koffer verschwunden ist eines der Bänder fehlte an denen man die Binden befestigt. Ich kenne den Hund der schnuppert so an Frauen die ihre Tage haben. Habe insgeheim gehofft dass sie die Fakten des Lebens von den anderen Mädchen erfahren würde aber von denen ist keine Hilfe zu erwarten. Lass sie sie ist weiß habe ich Saar zu Lietja sagen hören. Hatte gehofft dass s. sich mit dem Umzug ins Außenzimmer den anderen annähert – nicht ganz aber zumindest so dass sie lernt wo sie hingehört.

Habe sie rufen lassen & ihr dahinten das Nötige erklärt aber ich weiß nicht ob das ausreichend war man kann in dem Alter nicht streng genug mit ihnen sein. Wenn du anfängst jeden Monat zwischen den Beinen zu bluten hab ich gesagt bist du für uns hier auf Gdrft ein Risiko du könntest über Nacht alles zerstören was wir für dich getan haben & ich weiß dass du nachts im Dunkeln herumläufst & wenn ich dich jemals bei den Hütten der Arbeiter erwische oder rauskriege dass du nachts bei D. & den anderen warst werfe ich dich schneller raus als du Piep sagen kannst & wohin solltest du gehen? Dein Platz ist hier auf Gdrft sagte ich also verhalte dich gefälligst anständig. Tu nicht so als wüsstest du von nichts sagte ich. Du weißt was der Bulle mit der Kuh macht & was kommt dabei heraus? Nur Schmerz & Kummer & du bist noch nicht bereit & du bist behindert. Man hat dir wehgetan als du klein warst deswegen kannst du sowieso keine Kinder bekommen selbst wenn du wolltest & vielleicht ist dein Zustand erblich & du weißt was mit dem späten Lamm passiert das von seiner Mutter verstoßen wird? Wir können nicht alle von Hand aufziehen das kostet zu viel Zeit & Mühe.

Du kannst dich glücklich schätzen sagte ich dass du ausgesucht & behalten wurdest & dass du dahin gekommen bist wo du heute bist & wo es Leute gibt die für dich sorgen das ist eine große Gnade & wenn du blutest sagte ich nimm die Binden. Ich zeigte ihr wie das mit dem Gummiband & den Schlaufen funktioniert 5 Mal täglich an den ersten 3 Tagen & wasch dich jedes Mal wenn du eine neue einlegst mit warmem Wasser und Seife & schmiere Mum in die Leisten wenn du eine neue einlegst & wenn ich jemals merke dass du riechst kriegst du Ärger & die schmutzigen sammelst du in einer Papiertüte & steckst die dann tief unten in die Mülltonne wo die Hunde nicht drankommen. Wenn die Blutung einmal ausbleibt brauchst du es mir gar nicht erst zu sagen dann kannst du gleich deine Sachen packen & gehen denn dann will ich dich nie wieder sehen.

12. August 1960 10 nach 10

Mir geht's nicht gut nachdem ich hinten im Außenzimmer war muss wahrscheinlich mehr ruhen in diesem Stadium. Noch etwa zwei Monate bis zur Geburt hat der Dr. gesagt und ich würde bald müde werden und müsse mir mehr Ruhe gönnen. Es wäre schön mehr Zeit zu haben und alles aufschreiben zu können was hier passiert. Überschlage oft Sachen die wichtig sein könnten. Saar sagt A. sei nicht in Ordnung sie gehe umher als würde sie schlafwandeln. Ich sehe dass bei A. nachts das Licht brennt sie liest sicher denn ich habe ihr verboten tagsüber zu lesen weil sie für die anderen Hausmädchen ein schlechtes Beispiel abgibt & sie mehr als genug zu tun hat & außerdem habe ich Angst dass J. sie beim Lesen erwischt denn er ist absolut dagegen & sagt immer bring einem Pavian abends das Lesen bei & am nächsten Morgen kommandiert er dich herum ich solle ihr lieber das Sticken beibringen dabei komme wenigstens etwas heraus.

12. August nach dem Mittagessen

Habe heute Mittag geschlafen. Fühle, dass es bald so weit ist. Kommt es zu früh? Alle sagen dass die Ersten meistens später kommen. Mache mir Sorgen um A. ich glaube sie hat Angst vor mir & dem was mit mir geschehen wird & sie versucht es zu verdrängen hat sich heute Morgen wieder angestellt nachdem der Regen endlich aufgehört hatte. Hol mal dein Stickbuch & setz dich ein bisschen zu mir auf die Veranda sagte ich denn ich wollte sie ein bisschen trösten nach der Predigt über die Monatsbinden & ich kann meine Ruhepausen genauso gut nutzen um ihr etwas Sinnvolles beizubringen. So hatte ich es von Anfang an geplant bin nur noch nicht dazu gekommen. Hol dein Handarbeitskörbchen sagte ich.

Da ging es los. Sie drehte sich um als hätte eine Schlange sie gebissen & sah mir direkt in die Augen wie ungezogen! Ich hatte nur gesagt du sollst dein Handarbeitskörbchen mitbringen aber auf einmal ärgerte ich mich darüber dass ich Gewissensbisse hatte & das Gefühl mich rechtfertigen zu müssen. Was bildet sie sich ein die kleine Streunerin? Sie stand praktisch in Habachtstellung da die Füße parallel der Rücken gerade die Arme leicht angewinkelt die rechte Hand in der linken unter der Brust verschränkt & das Kinn weiß Gott wie weit vorgereckt.

Was soll ich denn deiner Meinung nach sagen dachte ich. Am Ende sagte ich einfach was ich sowieso vorgehabt hatte: Dein Stickbuch & dein Handarbeitskörbchen sollst du holen aber sie stand nur da wie auf einer Bühne. Das ist alles danke sagte ich als wäre auch ich auf einer Bühne & erst da schien sie zufrieden zu sein. Sie nickte mit dem Kopf wie eine Puppe & weg war sie mit gemessenen kleinen Schritten als hätten ihre Beine Scharniere oder als hätte sie Angst etwas fiele unter ihr heraus. Wo sie das wohl herhat? Ich musste die anderen Hausmädchen tadeln weil sie sich schier totlachten über diese Marotten. Tut so als würdet ihr nichts merken sagte ich das geht von allein wieder vorüber.

Im Flickensack habe ich nach einem grob gewebten Stoffrest gesucht. Aber auf einmal kam mir eine andere Idee. Mir fiel ein dass in der untersten Schublade des Wäscheschranks noch kostbare Stoffe aus der Aussteuer meiner Mutter lagen die sie nie verwendet hatte & ich suchte das größte & schönste Stück heraus 2 Teile zu 6 x 3 Meter Glenshee-Leinen noch genauso in weißes Seidenpapier eingeschlagen wie Ma sie wahrscheinlich bekommen hat. Ich dachte ich belohne sie ein bisschen & schenke ihr etwas um ihr zu zeigen dass ich verstehe dass das alles nicht einfach für sie ist.

Ich bedeutete ihr sich neben mich auf die Bank zu setzen als s. auf die Veranda kam aber s. wollte nicht. Dann bring eben den Verandastuhl her & stell ihn neben die Bank. Ich musste näher zu ihr rücken damit wir uns gemeinsam das Buch ansehen konnten. S. ist böse auf mich dachte ich aber ich sage lieber nichts. Das Schlachten ist nicht das Wichtigste auf der Welt sagte ich & auch nicht das Schrubben der Veranda das Flechten der Zwiebeln oder das Aufstapeln der Kürbisse. Die Arbeit auf dem Hof macht nur die eine Hälfte der Aufgaben einer Haushaltshilfe aus. Ich hatte das Gefühl diesen Punkt sehr deutlich machen zu müssen denn ich hatte s. im letzten Monat ziemlich angetrieben.

Das Sticken so erklärte ich ihr sei die andere Hälfte zusammen mit feinen Näharbeiten & Stricken & Häkeln. Diese Handarbeiten gehören zu den feineren Dingen des Lebens & sind jahrhundertealte Künste & reiche Traditionen aus dem Lebensbereich der Frau. Schau mich an aber sie blickte stur geradeaus & stellte sich taub. Ich möchte dass du etwas lernst & ich möchte dass du dich selbst weiterbildest & etwas Eigenes erschaffst denn das wird der Beweis dafür sein dass ich meine Zeit mit dir nicht verschwendet habe sagte ich zu ihr.

Dann schlug ich das Buch bei meiner Widmung vorne auf & ließ sie laut vorlesen was ich in der Einführung unterstrichen hatte. Stickereien schaffen eine Atmosphäre wahrer Werte im Haus & sagen etwas über die Persönlichkeit der Schöpferin aus sie sind ein Beweis für die Unterschiede zwischen einem kultivierten und einem ungebildeten Volk.

Habe ihr die schönsten Techniken erklärt: Ajour, Hohlsaum, Schattenstich und Hardanger & ihr Bilder davon gezeigt wie eine schöne Tischdecke eine gedeckte Teetafel veredeln kann & wie bestickte Servietten jede Mahlzeit königlich erscheinen lassen. Erzählte ihr von den Vorhängen des Tabernakels wie in Exodus beschrieben reichlich von Hand bestickt & von den ersten Stickereien aus dem 4. Jhdt. v. Chr. & von den verzierten Lappen mit denen die Mumien Ägyptens eingewickelt waren für die lange Reise ins Totenreich & von den Pelikanen & Schakalen & all den Gestalten der Götter & davon wie alles mit der größten Sorgfalt auf fein gewebten Stoffen ausgearbeitet wurde damit die Verstorbenen sich nicht allein fühlten & wie sie ganz & gar in ihre Kultur & ihre Geschichte & ihren Glauben eingehüllt im Himmelreich ankamen. Dann habe ich ihr noch von der Nadelmalerei erzählt an der Tausende Nonnen bei schwachem Licht in ihren Zellen arbeiteten zu Ehren Gottes & vom Opus Anglicanum & von dem großen französischen Wandteppich des ummauerten Gartens in dem das schneeweiße Einhorn den Kopf in den Schoß der Jungfrau Maria gelegt Ruhe findet.

Das Bild mit dem seltsam gehörnten Pferd hat sie natürlich schrecklich neugierig gemacht. Habe bemerkt wie sie sich die Augen ausgeguckt hat & mich gern danach gefragt hätte aber sie hielt die Lippen fest zusammengepresst. Da habe ich ihr von mir aus erzählt dass das Einhorn ein Symbol der rastlosen menschlichen Seele sei & die Katholiken glauben dass die Mutter Gottes auch eine Mittlerin sei aber das sei ein Aberglaube JC sei der einzige Weg zum Vater & die Mutter Nebensache.

Habe mir große Mühe gegeben A. mit den vielen Möglichkeiten der Stickerei zu beeindrucken & ihr Beispiele unserer Volkskunst gezeigt etwa geschichtliche Darstellungen der Schiffe van Riebeecks & die Verteilung der ersten Farmländereien am Liesbeeck & die Fettschwanzschafe die die Vryburger d. Hottentotten gegen Perlen & Stoffe abkauften & die *Voortrekker* & die Ochsenwagen & der Burenkrieg & die Geschichte von Gold & Diamanten. Sie begreife noch nicht wie anspruchsvoll solche Stickereien seien aber eines Tages wenn sie nur selbst genug gelernt habe werde sie es verstehen sagte ich. Das sei mit jeder Kunstform so. Man fängt mit dem Einfachen an & wenn man jeden Tag übt ist man eines Tages so weit Bibelszenen darzustellen.

An dem Übungsstoff habe ich ihr gezeigt wie man mit Zickzackstich Stoff umsäumt den man besticken will. Knopflochstich Margueritenstich doppelter Schlingstich & italienischer Schlingstich & dann die ersten grundlegenden Stiche im Buch Plattstich & Stielstich & Knötchenstich & Satinstich Steppstich & Kreuzstich habe ich ihr auf den Übungslappen vorgegeben damit sie selbst weiterüben kann.

Ich habe ihr ausführlich erklärt dass das Sticken eine gute Übung sei & einen nach der harten Arbeit des Tages beruhige. Man übt sich in Demut & bleibt nicht müßig & richtet die Aufmerksamkeit auf etwas Nützliches & lenkt sich von negativen Gedanken & Gefühlen ab & das Sticken beruhigt auch die Menschen um einen herum & schafft eine heimelige Atmosphäre & die Zeit vergeht dabei wie im Flug & es ist besser als abends im Zimmer zu sitzen & Däumchen zu drehen. Übe sagte ich du wirst nie bereuen dass du das gelernt hast & Ende der Woche will ich die ersten Musterproben sehen.

Um sie zu ermuntern habe ich ihr etwas versprochen wenn sie nach ein paar Monaten die grundlegenden Stiche beherrscht fangen wir gemeinsam mit ihrem ersten Erwachsenenversuch an auf einem schöneren Stück Stoff & dann sagte ich um ihr zu zeigen was ich eines Tages von ihr erwartete wenn sie groß wäre: Hier sind die schönsten Stoffe die ich habe groß genug für eine Decke für den großen Tisch wenn er ausgezogen ist & dann packte ich das Glenshee-Leinen aus & faltete es auf meinem & ihrem Schoß auseinander. Fühl mal sagte ich heutzutage kann man eine solche Qualität gar nicht mehr kaufen aber ich weiß dass die Stoffe bei dir in guten Händen sind.

Sie hat das Leinen nicht berührt & ihre Hände darunter auf dem Schoß gefaltet & zu Boden geblickt als wollte sie ein Loch hineinstarren.

Ich habe mich nicht aus dem Konzept bringen lassen & den Stoff wieder zusammengefaltet & in das Seidenpapier geschlagen & ihn ihr hingehalten. Sie stand ein wenig von ihrem Stuhl auf um das Paket anzunehmen steif & förmlich & ich dachte anmaßendes Stück du kriegst mich nicht klein aber sie blieb einfach stehen & zwang mich tatsächlich dazu das zu sagen was ich eigentlich nicht hatte sagen wollen also sagte ich es: Das wäre alles danke du kannst jetzt gehen. Da hat sie die Sachen in ihren Handarbeitskorb gepackt ihn klick klack zugeknipst & ist mit ihrem neuen Stelzschritt davongestakst.

Wie soll ich A. nur wieder zur Vernunft bringen? Ich werde mich in den kommenden Monaten nicht allzu viel mit ihr beschäftigen können. Ich bin lange mit den Händen auf dem Bauch auf der Veranda sitzen geblieben & habe gefühlt wie das Kind unter meinem Herzen strampelte. Habe versucht es mir da drin vorzustellen mit seinen Seesternhändchen seine Ankunft durch Blut & Wasser aber ich sah nur das Paket in weißem Seidenpapier das weggetragen wurde durch das Wohnzimmer hinaus aus der Küchentür über den Hinterhof der frisch geweißelt war der weiße gefaltete Stoff im Seidenpapier & wie er ins Außenzimmer getragen wurde über das lockere Linoleum das auf dem Zement knackst & ich höre sie denken wo soll ich das hinlegen? Welcher Platz wäre sauber & sicher? Die tiefste Stelle in den Schränken & Laden die ich ihr habe zimmern lassen. Ich wusste dass sie darüber nachdenken würde denn ich habe ihr selbst beigebracht dass man wertvolle Sachen gut versteckt dort wo niemand sie findet & dass man sie nur hervorholt wenn man eines Tages genau weiß was man damit anfangen will.

Ich saß immer noch so da als sie plötzlich wieder vor mir stand die Hände ineinander verschränkt vor dem Bauch weiß Gott wo sie diese Haltung herhat. Mottenkugeln!, sagte sie zu mir so schroff es hätte auch ein Fluch sein können. Gute Idee sagte ich. Ich werde mich doch nicht von so einer Rotznase durcheinanderbringen lassen & ich ging zum Flurschrak um die Mottenkugeln zu holen & war mir dabei die ganze Zeit ihrer Blicke bewusst die auf mich gerichtet waren & wie sie meinen hochschwangeren Leib ansah als wolle sie ein Loch in mich brennen aber ich tat so als merkte ich nichts. Mir fällt gerade ein dass ich mich ihr gegenüber von Anfang an so verhalten habe: kühl & sachlich & verschlossen. A. will immer aus allem ein Drama machen wo es kein Drama gibt. Also habe ich so getan als würde ich nichts merken & habe die Packung Mottenkugeln geöffnet & eine Wolke von Mottengift raubte mir den Atem. Sie stand mit der ausgestreckten Hand vor mir & ich war entsetzt als ich ihr Gesicht gesehen habe mit weit aufgerissenen Augen als hätte sie eine Heidenangst vor – was? Seidenpapier? Schattenstichen? Riesengroße Stoffe die zu besticken sie Jahrzehnte kosten würde? Vor der größten Nachtfalteraugenmuttermotte die sich mit ihren pudrigen Flügeln gegen einen Anschlag mit Mottengift wappnet? Gott allein weiß was in diesem Geschöpf vor sich geht.

Zwei Kugeln reichen & sieh mich nicht so an als wäre ich ein Gespenst. Zwei sagte sie mit rauer Stimme die gute Hand ausgestreckt als rechne sie damit bestraft zu werden. Darauf bedacht ihre Hand nicht zu berühren habe ich die Kugeln hineingelegt & ganz schnell hat sie ihre Faust darum geschlossen & ist davongeeilt nicht gerannt sondern mit ihren komischen neuen Schritten wie eine Aufziehpuppe. Denk daran dir die Hände zu waschen!, wollte ich ihr hinterherrufen aber ich bekam keinen Ton heraus & ich war wütend das ist schrecklich für sie & für mich dass ich so auf ihre Launen reagiere. Bestimmt die Hormone. Der Dr. hat gesagt die spielen verrückt während der Schwangerschaft.

Doch ich habe es bis in die Knochen gespürt & schreibe es jetzt nieder damit wir es schwarz auf weiß haben: Seitdem ich den kostbaren Stoff aus der Hand gegeben habe spüre ich dass Unheil droht so wahr ich Milla de Wet heiße. Muss daran denken die Mottenkugeln anderswo aufzubewahren.

Jak ekelte sich vor deinem schwangeren Körper. Er konnte es nicht ertragen, in deiner Nähe zu sein, und konnte es auch nicht länger verbergen. Am Morgen jenes zwölften August machte er sich Hals über Kopf mit dem Bakkie auf den Weg zu einem Wettkampf im Rudern, Schwimmen und Radfahren in der Nähe von Witsand. Dawid nahm er mit, er sollte ihm das Rad und das Kanu an den Start bringen. Du warst auf dich allein gestellt. Schon vor Monaten hattest du dich zur Geburt in der Klinik in Barrydale angemeldet, um in der Nähe deiner Mutter zu sein. Deine Tasche hattest du schon vor Wochen gepackt. Du warst auf alles vorbereitet.

Die ersten Wehen setzten nach dem Vorfall mit den Mottenkugeln ein. Im Flur.

Du musstest dich auf den Telefonhocker setzen. Du hattest gedacht, du hättest noch zwei Wochen Zeit. Die erste Wehe raubte dir fast die Besinnung. Du riefst sie an – wen schon. Die Allwissende.

»Sieh auf die Uhr«, riet deine Mutter. »Überprüfe, wie viel Zeit zwischen den Wehen vergeht, und plane deine Schritte dementsprechend.«

Ihre Stimme klang hart, sachlich, strafend.

»Du kannst rechtzeitig hier sein, sogar wenn die Fruchtblase schon geplatzt ist. Beim Ersten dauert's meistens länger. Ich hatte meine liebe Not mit dir, neun Stunden lang habe ich mich abgeplagt. Es war die Hölle, also mach dich auf was gefasst.«

»Ma, bitte!«, sagtest du, doch sie unterbrach dich.

»Jetzt ist nicht die Zeit für Diskussionen, Milla, reiß dich zusammen und mach dich auf den Weg. Ich rufe die Hebamme im Krankenhaus an, dann können sie schon mal alles vorbereiten. Und nimm Agaat mit, damit wir ihr den Umgang mit dem Baby beibringen können, ich habe eine kaputte Hüfte und kann nicht mehr hinter dir herlaufen.«

Du riefst Agaat. Du warst beklommen, hörtest deine eigene Stimme wie von ferne.

»Du hast zehn Minuten«, sagtest du, »pack für eine Woche,

und nimm deine Sticksachen mit, wir fahren zur Ounooi, das Kind kommt. Zu früh. Du wirst mir helfen müssen … wenn es nötig ist.«

Sie sah dich mit großen Augen an. Die Hände, die sie gefaltet hatte, öffneten sich, und der kleine Arm fiel hinab, als gehörte er nicht zu ihr, als wäre er längst abgetrennt und als hätte sie ihn nur vor dir versteckt. Du dachtest: Gott, hilf mir, für eine Geburt braucht man zwei Hände. Doch du glaubtest nicht im Ernst, dass es so weit kommen würde. Deine Mutter wusste schließlich Bescheid.

»Nimm dich zusammen, Agaat«, sagtest du, »wir haben keine Zeit zu verlieren. Pack deinen Koffer.«

»Koffer«, erwiderte sie, »welchen Koffer? Ich habe gar keinen.«

Du schriest sie an. »Wo ist der braune Koffer, den ich dir gegeben habe? Wenn du nicht auf solche kleinen Sachen aufpassen kannst, wie soll ich dir dann die wichtigen anvertrauen? Nimm Kissenbezüge, hol dir einen Jutesack aus dem Lager, nimm eine Apfelkiste, egal was, nur mach schnell!«

Du wolltest Jak einen Brief hinterlassen.

Lieber Jak

Du zerrissest das Blatt und begannst noch einmal von vorn.

Jakobus Christiaan de Wet, dein Kind kommt zur Welt, du weißt, wo du die Mutter finden kannst.

Du zerknülltest auch dieses Blatt und sagtest stattdessen zu Saar: »Gib dem Baas Bescheid, wo ich bin. Ruf in seinem Hotel in Port Beaufort an. Mach das Garagentor auf und sag Bescheid, dass das große Tor zur Straße geöffnet werden soll. Wenn die Furt noch unter Wasser steht, bitte zwei Jungs, sich rechts und links auf den Randstein zu stellen, damit ich sehen kann, wo ich durchfahren muss.«

Du riefst Befehle. Agaat rannte mit langen, fliegenden Schritten hin und her. Das steifbeinige Gestakse war vergessen, und ihr Mund stand weit offen. Du bliebst im Flur auf dem Hocker sitzen, deine Beine wollten dich nicht mehr tragen. Agaat beeilte sich und tat, wie du ihr geheißen hattest. Jetzt sind wir aufeinander angewiesen, du und ich, dachtest du. Damals wurde es dir zum ersten Mal in aller Deutlichkeit klar.

»Wir brauchen eine scharfe Schere«, sagtest du, »schleif ein Fleischmesser, desinfiziere die Schneiden in einer Kerzenflamme, wickle Schere und Messer in saubere Tücher und nimm die große Emailschüssel mit, die mit den drei roten Rosen auf dem Boden, und Dettol, nimm die halb volle Flasche und die neue mit. Dazu Tücher, Laken, Stapel Zeitungspapier, Decken, Streichhölzer, Watte und Mullbinden.«

Sie wusste, wo alles war, und merkte sich die Liste, die du heruntergerasselt hattest, auf Anhieb. Lautlos wiederholte sie jedes Wort. Sie packte an und half mit, genau wie du es sie gelehrt hattest. Saar holte eine Blechkiste aus dem Regal und stellte sie vor dich hin.

»Soll ich mitkommen?«, fragte sie. Du sahst sie nur an und ließest sie alles einpacken, was Agaat herbeischleppte.

»Ach was«, sagtest du, um euch alle zu beruhigen, »das ist ja nur für den Notfall, es ist noch früh genug, wir kommen schon rechtzeitig an.«

Du dachtest an Riechsalz, an Flaschen mit abgekochtem Wasser, eine Rolle Zahnseide und Schnur zum Abbinden, eine Schachtel Papiertücher. Eine Flasche gesüßten Tee.

Du schriebst die Adresse und Telefonnummer deiner Mutter auf einen Zettel und stecktest diesen in dein Portemonnaie. »Schau mal, Agaat, hier habe ich alles, nur für den Notfall, damit du Bescheid weißt.« Du erklärtest ihr, was du vorhattest. Ihr musstet in zwanzig Minuten den Pass erreichen, dort würdest du anhalten und die nächsten Wehen abwarten, und dann würdet ihr weitere zwanzig Minuten später auf der anderen Seite ankommen.

Jak brauchte immer nur eine Viertelstunde.

Weiter konntest du nicht denken.

Du beschlossest, den Mercedes zu nehmen, weil er am sichersten war. Du musstest den Sitz bis ganz nach hinten schieben, um hinter das Steuer zu passen. Deinen Sitz polstertest du mit Zeitungspapier und einer Decke aus.

Agaat zitterte. Du beruhigtest sie. Sie müsse sich jetzt so selbstsicher wie möglich fühlen. »Schon gut«, sagtest du, »wir haben so viele Kälber auf die Welt gebracht, du und ich. Bei Menschen funktioniert es ganz genauso, das kennst du in- und auswendig. Aber es wird gar nicht nötig sein, es wird noch lange dauern, genau wie bei einer Färse.«

Die Brücke über die Furt war durch die Regenfälle noch immer überflutet. Zwei von Dawids Neffen hatten sich rechts und links auf das Brückengeländer gestellt, bis zu den Knöcheln im Flusswasser. Sie fingen an, laut zu lachen und zu johlen, als sie sahen, wie schnell du angerast kamst. Du schaltetest herunter und brettertest mit Vollgas hinüber. Du spürtest den Schlamm unter den Rädern und kamst ein wenig ins Rutschen, bevor du auf der anderen Seite wieder festen Boden erreichtest. Hin und her schlingertest du auf dem glitschigen Weg, und die Scheibenwischer hinterließen schmutzige Schlieren auf der Windschutzscheibe. Im Rückspiegel sahst du, wie die Kinder, klitschnass und mit Dreckwasser bespritzt, euch mit offenem Mund hinterherstarrten.

Auf der Suurbraakstraße kamen die nächsten Wehen. Du fuhrst links ran und schautest auf die Uhr. Waren seit dem letzten Mal zwanzig oder fünfundzwanzig Minuten vergangen? Du warst dir auf einmal nicht mehr sicher. Als du wieder weiterfahren konntest, erklärtest du Agaat, was sie im Ernstfall tun sollte. Du musstest dich dabei auf die Straße konzentrieren, denn sie war nass, und du gerietst immer wieder ins Rutschen.

»Du brauchst überhaupt nicht blass zu werden«, sagtest du zu Agaat, »und denk gar nicht daran zu kotzen. Vergiss deine Reisekrankheit und bete, dass uns unterwegs kein Lkw vor der Nase herschleicht. Hör mir gut zu. Das ist nur für den Notfall, das soll nicht heißen …«

Mit unbewegter Miene starrte sie vor sich auf die Straße. Du redetest schnell und betontest die wichtigsten Punkte. Wasser. Atmung. Pressen. Kopf. Rausziehen. Blut. Glitschig. Schleim. Vorsicht. Klaps. Geschrei. Abbinden. Durchschneiden. Zudrehen. Stillen. Waschen. Auto anhalten.

Das war das einfache Szenario.

»Wenn der Kopf stecken bleibt, musst du die Schere nehmen und mich aufschneiden«, sagtest du, »nach hinten in Richtung Po, verstehst du?« Sie müsste deine Scheide mit einem Schnitt ins Fleisch erweitern. »Säge, wenn es sein muss.« Sie solle dich nicht schonen. »Wenn das Baby blau wird, musst du seine Nase säubern und Mund und Kehle von Schleim befreien und dann durch Mund und Nase beatmen, bis es ein Geräusch von sich gibt. Genauso, wie wir es mit den schwachen Kälbern tun.« Sie solle sich nicht um dich kümmern, sagtest du, auch wenn du noch so sehr blutetest, das spiele keine Rolle. »Das ist wiederum anders als bei den Kühen«, sagtest du. Bis heute hast du deine Stimme im Ohr. »Wir verlieren lieber ein Kalb als eine Kuh. Aber ein Mensch, ein Menschenkind ist etwas anderes, ein Menschenkind kommt an erster Stelle.«

Agaat war aschfahl. In den ersten Kurven den Pass hinauf wurde sie auf ihrem Sitz hin und her geworfen. Du durftest nicht zu schnell fahren, denn die Straße war noch nicht geteert.

Die nächsten Wehen kamen zu früh. Du musstest auf einen kleinen Parkplatz am linken Straßenrand ausweichen. Du legtest den Sitz so flach um wie nur möglich, aber es half nicht. Die Schmerzen durchfuhren dich wie eine Lavazunge, die sich langsam eine Straße hinunterwälzt.

»Das Erste, was ich dir beibringe, wenn wir hier heil rauskommen«, stöhntest du, »ist Autofahren. Hast du gehört? Und wenn es das Einzige ist, was du je zu lenken lernst.«

Du nahmst deine Armbanduhr ab.

»Hier, zieh du sie an und stoppe, wie lange die Wehen dauern.«

Sie dauerten sieben Minuten. Als sie abebbten, reichte Agaat dir einen Becher mit Tee. Die Thermosflasche hielt sie in der rechten, starken Hand. Die linke, schwache mit dem Becher zitterte, als sie ihn dir mit den klitzekleinen Fingern anreichte.

Gott im Himmel, dachtest du, mach, dass wir es rechtzeitig über den Pass schaffen, denn wir haben hier wirklich nicht genügend Hände! Zum ersten Mal war es dir derart klar. Du schlossest die Augen und versuchtest, den süßen Tee mit kleinen Schlucken hinunterzukriegen.

»Tut es sehr weh?«, flüsterte sie dir von der Seite her zu, so sanft, als hätte dir jemand mit der Spitze einer Feder im Ohr gekitzelt.

Du konntest die Tränen nicht zurückhalten.

»Schon gut«, hörtest du, oder vielleicht bildetest du dir es auch nur ein zu hören, tief in dir, ein Klang, der leicht in deinen Nabel tippte.

»Es gibt nichts«, sagte die Stimme, »es gibt nichts, weswegen du weinen müsstest.«

Es gibt nichts.

Das Geräusch von Federn, die durch die Dunkelheit fallen, die ausgeschüttelt werden.

Schon gut.

Das Geräusch eines Rinnsals, das einen Berghang hinabplätschert, nachdem es hoch oben am Gipfel geregnet hat.

Es gibt nichts, weswegen du weinen müsstest. Agaats erste Regel.

Du fasstest Mut, ließest das Auto wieder an und sahst zu Agaat hinüber. Ihr Gesicht war starr, du musstest es dir eingebildet haben.

Es war kurz vor zwölf, und die Straße trocknete bereits. Du fuhrst schnell. Die Bergwände ragten über euch auf, immer näher, rauer, grauer, bis sie euch verschluckten. Tiefer und tiefer, so hattest du das Gefühl, drangt ihr in den Bauch des Berges ein, tiefer in die schwarzen Schatten mit jeder Kurve, die ihr umrundetet.

»Wie sieht der Fluss aus?«, fragtest du Agaat, um sie abzulenken.

»Voll«, antwortete sie.

»Und sonst?«

»Glänzend.«

»Liegt er weit unterhalb?«

»Weit. Und nah.«

Sie flüsterte. Ihre Lippen waren weiß gerändert.

Plötzlich wurde es lauwarm zwischen deinen Beinen. In dir

sackte irgendetwas ab und drückte nach unten. Es war so weit. Es würde keine neun Stunden mehr dauern. Ma hatte sich geirrt. Es würde Agaats Baby werden, das wusstest du, ohne es laut auszusprechen.

Ihr hattet den Pass zur Hälfte überquert. Die Haltebuchten lagen zu deiner Rechten. Nach einer Viertelstunde musstest du in die Nächstbeste einbiegen. Diesmal hielten die Schmerzen länger an. Du atmetest tief ein und aus. Noch eine Etappe, dachtest du, nur noch eine Viertelstunde, vielleicht schaffen wir es noch. Du warst auf einmal wütend auf deine Mutter und zugleich wütend auf dich selbst, weil du auf ihre harte Stimme und ihren falschen Rat gehört hattest. Du hättest einfach zu Hause bleiben sollen. Saar wäre dort gewesen, und du hättest Beatrice bitten können zu kommen. Die eine stank und die andere war scheinheilig, aber wenigstens hatten sie Erfahrung. Du hättest den Arzt aus Swellendam kommen lassen können. Es gab Hunderte Möglichkeiten, auf die du selbst hättest kommen können, statt sie zu fragen. Als hätte sie die Weisheit gepachtet, dabei hatte sie nur dich bekommen, bezog ihr Wissen auch nur aus einer einzigen Geburt. Diese reuevollen Gedanken machten dich Agaat gegenüber gereizt. Du konntest dich nicht beherrschen. Du klangst schon ganz wie deine Mutter.

»Ja, Agaat«, sagtest du, »so ist die Welt, siehst du, so ist das Leben. So steht es geschrieben. Also los, du kennst doch deine Bibel. Was steht in der Genesis über das Kinderkriegen?«

Agaat brachte nur zwei Worte heraus: »Unter Schmerzen.«

Aus dem Augenwinkel heraus sahst du, wie sie den Mund zusammenkniff, als sie auf die Uhr sah.

»Sieben Minuten«, sagte sie.

»Dunkel war's, der Mond schien helle«, fingst du an, denn es war nicht deine Absicht gewesen, so böse zu klingen. »Als ein Auto blitzesschnelle … Und, Agaat, wie geht es weiter?«

»Langsam um die Ecke fuhr«, ergänzte sie mit zittriger Stimme. »Drinnen saßen stehend Leute, schweigend ins Gespräch vertieft …«

Du sahst dich nach den Haltebuchten um, als ihr daran vorüberfuhrt, und musstest dich des Eindrucks erwehren, dass das Auto stand und sich der Berg aus seiner Verankerung gelöst hatte und knirschend an euch vorbeizog, ein Karussell grauer Wände, felsiger Einbuchtungen. Du kanntest sie alle, die Haltepunkte, und wolltest den am Wasserfall erreichen. Dort war am meisten Platz, und es gab ein paar Sträucher, hinter die man sich hinstellen konnte.

Tradouw, dachtest du, ein Kind des Tradouw. Gantouw, der Weg der Elen-Antilopen, Tradouw, der Weg der Frauen.

Unter dem Prasseln kleiner Steinchen brachtest du das Auto zum Stehen.

Agaat tat, was du ihr auftrugst. Sie breitete eine dicke Lage Zeitungen und Decken auf der Rückbank aus und zwei saubere Laken doppelt gefaltet obendrauf. Du musstest dich hinlegen. Es war ein Gefühl, als rissest du entzwei oder als würde deine Wirbelsäule gespalten.

»Sing!«, batst du sie. »Sing mir etwas vor!«

»Atme!«, rief Agaat. »Du hast gesagt, ich soll dich daran erinnern zu atmen, auszuatmen. Ausatmen! Tief!«

Sie wartete, bis du tief ein- und ausgeatmet hattest. Dann erst atmete sie selbst tief durch, wobei sich ihre Schultern hoben und senkten.

»Guter Mond«, sang Agaat dir vor. »Guter Mond, du gehst so stille durch die Abendwolken hin.«

Sie sang zu hoch und auch ein wenig schief. Sie räusperte sich und begann noch mal von vorn. Entschlossen diesmal, tief, schön und melodisch. Es war, als würde der Mond an einem Seil tief und stetig am Horizont entlanggezogen. Agaat streifte dir die nassen Sachen ab und wickelte deinen Oberkörper mit einer Decke ein, genau wie ihr es mit den Kühen im Winter tatet. Deinen Kopf stützte sie mit einer zusammengerollten Decke ab.

»Bist so ruhig, und ich fühle, dass ich ohne Ruhe bin«, sang sie.

»Wasch dir jetzt die Hände«, trugst du ihr auf. »Gieß das Wasser in die Schüssel, gib zwei Tropfen Dettol hinein, wasch dir noch einmal die Hände und mach dann mich untenrum sauber. Nimm einen Waschlappen und die rote Seife und wasch mich gründlich. Leg dir alles so zurecht, dass du leicht drankommst: Schere, Messer, Zahnseide, Kordel, Tücher, Laken, Riechsalz. Erschrick nicht, es wird stark bluten. Mach einfach alles genau wie bei einer Kuh. Und sing, sing mir bitte weiter etwas vor, sodass ich meinen Rhythmus finde. Sing etwas Schnelleres.«

»Brüderlein, komm tanz mit mir«, sang Agaat.

Ihre Stimme wurde höher, und du atmetest.

»Beide Hände reich ich dir.«

Du spürtest den Druck in deinem Innern, den Druck nach unten, aus dir heraus, wie ein Baumstamm.

»Jetzt pressen!«, rief sie. »Einmal hin, einmal her … Atmen! Pressen! Ausatmen!«

Du brülltest.

»Atmen, atmen, atmen, pressen!«, kommandierte Agaat.

Du spürtest ihre schwache Hand auf deinem Unterleib. Sie tastete dich überall ab, rechts und links der Wölbung, wie ein Spatel an einem Teigklumpen, drückte dich unterhalb des Nabels ein wenig zusammen und strich in Richtung Unterleib hinunter, ein, zwei, drei Mal, genau wie du ihr beigebracht hattest, die Tiere abzutasten, um herauszufinden, ob ein Lamm quer lag oder ein Kalb sich nicht rechtzeitig gedreht hatte.

»Pressen!«, rief Agaat. »Es liegt richtig, sein Kopf ist im Geburtskanal, ich spüre es!« Dann sang sie beim Einatmen: »Schaut, wer kommt von draußen rein! Einatmen, pressen, puste, puste, puste!« Die andere Hand war in dir, du spürtest sie. Sie weitete dich wie einen Abfluss. »Einatmen und ausatmen, du musst jetzt pressen!«, kommandierte Agaat. »Es kommt, ich fühle es, es hängt, es hängt gut, es hängt wie eine Beere mit dem Kopf nach unten! Mach schon, los jetzt!« Agaat feuerte dich an. Sanft, schnell, drängend, genauso, wie sie mit den Simmentaler Kühen sprach, die nur unter großen Mühen kalbten. Du hörtest dich selbst, deine Stimme war in ihr. Du hörtest deinen Vater, wie er mit den Tieren gesprochen hatte, als du noch klein warst, als du früher in Grootmoedersdrift neben ihm gestanden hattest, die Sprache der Frauen, die er besser beherrscht hatte als deine Mutter.

Jetzt atme tief ein, ein Schnaufer, ein Schrei,
Öffne deinen Tradouw,
Steh gerade, kleine Buttermilch,
Jetzt ziehe ich deiner Mutter die Ohren lang,
Mutter Muhkuh Mütterchen Kuh,
Streck deinen Hintern raus,
Jetzt sehe ich das Kap!
Jetzt jetzt jetzt, drück jetzt fest,
Puste auf das Heu,
Schmeiß die Maulbeere aus deiner Kiste,
Schmeiß die Ruder hin,
Schmeiß das Eisen raus,
Drück es hinaus,
Gib es her,
Gib mir das Kälbchen,
Gib mir die Eukalyptusblume,
Wirf den kleinen Scheißer ins Nest,
Ai!

Du konntest nicht mehr. Du warst fix und fertig.

»Es steckt, es steckt, sein Kopf steckt im Geburtskanal fest!« Panik sprach aus Agaats Stimme.

»Nimm die Schere!«, schriest du. Du spürtest ihn, den kalten Stahl auf deiner Haut, es fühlte sich zu langsam an, Agaat zögerte.

»Jetzt schneid schon, verdammt noch mal, schneid mich auf bis zum Loch!«

Du spürtest den scharfen Einschnitt, dann einen zweiten. Ein Strahl von Blut spritzte aus dir heraus bis oben an den Autohimmel und tropfte von dort auf dich herab.

Du fühltest ein Gleiten, ein Reißen, du warst offen, du schriest, heultest bitterlich, lauschtest, mit jeder Faser.

Wie Gruben, wie Strudel, wie hallende Schluchten, wie Winde am Rande von Wasserfällen rauschte es dir in den Ohren, bis du das Geräusch hörtest, und es stammte weder von dir noch von Agaat.

Das Geräusch.

Du fuhrst auf, hörtest die Schere klappernd hinfallen, sahst die Nabelschnur heraushängen, dazu Schleim und Blut.

Ein Bündel landete auf dir, in Tücher gewickelter Schall, deine Arme, die dir nicht mehr zu gehören schienen, wurden darumgelegt, der flussseitige zuerst, dann der bergseitige, von links und rechts wurden deine Arme um das Bündel gebettet, ein weißer Kokon mit roten Handabdrücken, ein ausgebreiteter Fächer auf der einen, eine Otterpfote auf der anderen Seite. Agaats ungleiche Hände, die dir in der Not geholfen hatten.

Du blutetest, als hätte man dich geschlachtet. Agaats Schürze war rot bis zur Halskrause, ihre Haube ein Hahnenkamm, in deinen Ohren rauschte und pochte es, dein Herz klopfte wie wild. Voll und prächtig, weit und nah. Ein Wasserfall. Vom höchsten Gipfel aus tanzte eine Feder auf dem Schaum, eine kleine Lilie neigte sich lachend über deinen verschwommenen Körper, ein scharlachroter Fleck im schwarzen Moos, eine Kehle, eine Zunge, ein Gong im tropfenden schillernden Strom.

Es folgte eine Fahrt auf der Ladefläche eines Lasters. Der Wind wehte kalt über dich hinweg. Du blutetest auf Kohlblätter. Hin und wieder kamst du zu dir und sankst dann erneut in Ohnmacht. Die Berge stürzten über dir zusammen. Agaat saß vorne beim Fahrer, das wusstest du noch, das hatte sie dir ins Ohr geflüstert.

»Alles ist gut gegangen, *Même*«, sagte sie, »ich habe ihn bei mir, er ist in Sicherheit, ich halte ihn für dich, wir sind gleich da.«

Wir fahren wie der Wind mit dir und deinem Kind, wir fahren, wir fahren um die Kurven geschwind, wir sind uns wohlgesinnt, meine Haube, meine Haube, tiefrot ich sie find.

Als du im Krankenhaus wach wurdest, weintest du. »Wo ist Jak?«, schluchztest du. »Wo ist Agaat?«

Jak saß in seinem Kanu auf dem Breërivier und Agaat im Kamin und wollte nicht herauskommen.

Deine Mutter war da, aber du wolltest sie nicht sehen.

»Du hast einen Sohn«, sagte sie, »einen kräftigen Sohn. Einen echten de Wet. Alle Zehen und Finger und einen ordentlichen Pipimann. Den schönen Mund seines Vaters. Du bist schlimm gerissen, vom Schnitt aus noch weiter nach hinten.«

Sie zeigte die Länge mit Daumen und Zeigefinger.

»Dein Hausmädchen hat dich nicht richtig erwischt. Du musst noch einmal genäht werden.«

Deine Mutter lächelte seltsam. Vor Schreck? Schock? Schadenfreude? Missbilligung? Du wusstest es nicht und weintest. Man brachte dir das Bündel, aber du wolltest es nicht haben, du weintest nur.

»Hol Agaat, hol sie her, geh sie holen, bring sie zu mir«, heultest du. »Hol Agaat, ich will Agaat bei mir haben.«

Du putztest dir die Nase, die Hände vor dem Mund, die Hände an den Schlüsselbeinen. Du wärst am liebsten erstickt, hättest dich betäubt, wolltest zurück unter den Berg, dein Herz hinter dir herschleifen, reinschleifen, ein Schleifding, die Faust an Blutfäden.

Sie gaben dir Medikamente. Sie sagten, du stündest unter Schock. Sie nähten dich zu. Sie brachten dir das Bündel und nahmen es wieder mit, brachten es und nahmen es wieder mit. Deine Milch wollte nicht einschießen. Du wurdest zu deiner Mutter nach Hause geschickt.

Agaat erwartete dich in ihrer weißen Schürze und mit weißer Haube am Gartentor.

Sie war wieder aus dem Kamin herausgekrochen.

»Kein Flöckchen Ruß, kein Fleckchen Blut«, hörtest du dich sagen, »aus dem Wasser, aus dem Feuer, aus der Kuhle unter deiner Lippe.«

Sie streckte dir die Arme entgegen.

»Komm«, sagte sie leise, »gib ihn mir. Ich kümmere mich um ihn.«

8

Auf dem Rollwagen neben meinem Bett dampft das heiße Wasser in der Waschschüssel. Es riecht nach Milton. In die Dämpfe des Desinfektionsmittels mischt sich Lavendelduft. Agaat weiß, dass ich Milton verabscheue. Dennoch verwendet sie es, weil sie es für besser hält als Dettol. Dettol sei für Krankenhäuser und Geburten.

Mal gibt sie Lavendel oder Fenchel ins Miltonwasser, um den Geruch für mich erträglicher zu machen, manchmal auch Pfefferminze oder Zitronenmelisse. Sie habe in unseren Gartenbüchern nachgelesen, dass Kräuter gut fürs Blut seien, sagt sie, und auch für die Konzentration und für die Nerven. Alles klar. Ich soll mich konzentrieren können und Nerven aus Stahl haben. Um mein Blut, so weiß ich, brauche ich mir keine Sorgen zu machen, das würzt sie für mich.

Agaat hebt mich auf einer Seite an und schiebt ein dreifach gefaltetes Badelaken unter mich. Dann wechselt sie hinüber, kippt mich erneut zur Seite und zieht das Handtuch unter mir gerade. Das alles erledigt sie mit der starken linken Hand. Mit der rechten steuert, zieht, schiebt und faltet sie. Wie eine Dirigentin: Mit der einen Hand schlägt sie den Takt, mit der anderen befiehlt sie die großen Einsätze, Pauke, Posaune, und die Intensität, passionato, grazioso, jedes Waschen ein Konzert.

Die rechte Hand fühlt sich anders an als die linke, wenn sie meine Haut berührt, kühler und glatter. Mir scheint, als berühre sie mich in den letzten Tagen öfter mit der schwachen Hand. Sie fährt mit den Knöcheln über meine Haut, flattert mit den vier aneinandergepressten Fingern hin und her, lässt eine schwerelose hohle Handfläche auf meinem Bauch ruhen.

Es ist, als mache es ihr mittlerweile weniger aus, ob ich die Hand sehe oder nicht. Ab und zu erhasche ich einen Blick darauf in den Falten eines Waschlappens, wenn sie diesen in die Waschschüssel legt, oder im Stoff der Gardine, wenn sie sie aufzieht. Doch sie verbirgt sie jedes Mal, bevor ich genauer hinsehen kann. Das hat sich nicht verändert. Eine verkrümmte Pfote mit eingeklapptem Daumen, wie man es auch bei warzigen Hühnern sieht.

Jeden Tag trägt sie einen ihrer leichten gehäkelten Überziehpullover, die sie zu einem Teil ihrer Dienstkleidung gemacht hat und deren rechter Ärmel länger ist als der linke, sodass er die Hand größtenteils bedeckt. Doch ich habe jetzt schon mehrmals gesehen, wie sie den längeren Ärmel hochschob, wenn sie mich wusch, und sie sah, dass ich es sah. »Der Schlachtärmel«, sagte sie dann.

Sie schlägt die Bettdecke ganz hinunter und lässt sie über das Fußende hängen. Das Kopfteil stellt sie ein Stück höher, damit mein Oberkörper ein wenig aufrechter liegt. Mit der harten Manschette stabilisiert sie meinen Kopf. Es ist das Modell »Head Lock« von LimberUp & Co.

»Heute ist die Ganzkörperwäsche dran, Ounooi, es ist Mittwoch. Danach fühlst du dich bestimmt wieder frisch.«

Sie bedeckt mich von den Füßen bis zur Taille mit einem Badelaken.

»Ich glaube, wir sollten auch die Füße massieren, mir scheint, sie sind ein bisschen kalt.«

Ich fühle ihre Hand auf meiner Fußsohle. Die linke Hand, sie ist ganz warm. Sie reibt kurz über die Stelle. Hängefuß. Um zu verhindern, dass sich die Muskeln so schlimm verkürzen wie bei meinen Händen, legt sie mir manchmal Orthesen an. »Foothold« von Feet & All. Agaat nennt sie Steigbügel. Meist reite ich barfuß. Was für eine Vorstellung: ich in meinem heutigen Zustand auf einem Pferd – der haarige Tod, unaufhörliches Gewieher, denn es wüsste genau, wer da auf ihm säße.

Agaat knöpft mein Nachthemd auf und zieht es mir über die Arme, bis sie es über die Hände streifen kann.

Diese dünnen, ärmellosen Krankenhausnachthemden hat Leroux mitgebracht, »für den einfachen, effektiven Umgang mit Ihrer Patientin«, wie er zu Agaat gesagt hat. »Ihr wird darin schnell kalt werden, weil ihre Muskeln nicht mehr arbeiten, deswegen müssen Sie sie immer mit mehreren leichten Decken versorgen, auch jetzt im Sommer.«

Leroux spricht immer draußen im Flur vor meiner Tür mit Agaat. Er denkt wohl, es wäre hier wie im Krankenhaus, wo ihrer beider Stimmen von dem Getöse der Essens- und Medikamentenwagen, dem Klappern von Geschirr und den Schritten der Schwestern übertönt würden. Er erzählt ihr alles über seine letzten Diagnosen, unterbreitet ihr Vorschläge und erteilt neue Anweisungen. Ich höre ihn klar und deutlich. Die knarzenden Dielen, wenn er auf den Ballen wippt, bilden die einzigen Nebengeräusche, abgesehen vom Ticken der Standuhr in der Diele. Agaat erwidert oder fragt nie etwas. Sie weiß, dass ich genau mithören kann und dass sie mir dann nicht alles selbst erklären muss. Dass meine Lunge immer schwächer werde. Dass der verschwindende Schluckreflex ein Problem sei. Sie will, dass ich es mit eigenen Ohren höre und selbst über die Hilfsmittel entscheide oder darüber, ab wann ich ins Krankenhaus gehe.

Dieses Thema bringt sie mit einer einzigen Frage auf den Punkt: »Möchtest du eine andere Krankenschwester haben?«

Meine Antwort darauf lautet Nein.

Agaat bedeckt mich mit einem großen Handtuch, bevor sie darunter das Nachthemd abstreift. Sie hebt die Waschschüssel vom Wagen auf das Klapptischchen und zieht es näher heran, über mein Bett und über meinen Körper.

»Erst den linken«, sagt sie, holt meinen Arm unter dem Handtuch hervor und legt ihn ein paar Zentimeter vom Körper entfernt auf die Matratze. Sie behandelt ihn wie ein Fragment, etwas, das nur durch eine lose Verbindung zu mir gehört. Ein toter Arm, aber lebensecht. Ein Kunstarm. Nur dass Kunstarme nicht so gründlich gewaschen werden müssen.

»Ganz ruhig atmen, Ounooi«, sagt Agaat und prüft die Temperatur des Wassers mit dem linken Ellbogen, wie ich es ihr vor langer Zeit beim Badewasser für den kleinen Jakkie gezeigt habe.

Ihr Griff ist sanft, aber fest. Sie bereitet mich auf die Berührung mit dem warmen Waschlappen vor, indem sie die ganze Zeit Körperkontakt hält, eine Hand auf meiner Schulter, eine Hand auf meiner Hand. Sie hat nichts verlernt.

»Zeigt her eure Füße, zeigt her eure Schuh und sehet den fleißigen Waschfrauen zu«, singt sie etwas atemlos.

Sie seift den Waschlappen ein, wringt ihn halb aus und schäumt den Arm mit festen Bewegungen bis zur Achsel ein. Sie dreht ihn im Gelenk, das noch beweglich ist. Sie wäscht ihn so, als wäre er von den silbernen Armreifen, die ich immer getragen habe, fleckig geworden. Die Handfläche schrubbt sie, als hätte ich ein Huhn entbeint. Und zwischen den Fingern, die sie einzeln streckt, und an den Nagelhäuten rubbelt sie, als hätte ich in nasser schwarzer Gartenerde gearbeitet.

Sie wäscht mich so gründlich, als hätte ich wie früher ein ganzes Tagewerk hinter mich gebracht und wäre richtig schön schmutzig. Dabei erzählt sie vom Lavendel.

Sie sagt, er blühe dieses Jahr, als ob er dafür bezahlt würde, und die Bienen sammeln bergeweise Honig von den violetten Blüten. Sie glaubt, sie haben ihr Nest in dem alten ausgebrannten Eukalyptusbaum. Dawid solle mal dort nachsehen, und was ich denn davon hielte, ein bisschen Honig zu kosten, Lavendelhonig frisch aus der Wabe. Nichts, sagt sie, sei mit frischem Wabenhonig vergleichbar, und sie müsse daran denken, ein Glas für Jakkie aufzuheben, wenn er zu Besuch kommt. Er möge ihn doch so gerne. Beleuchtete Kirchtürme erinnerten ihn an Honig im Kamm, hatte er ihr einmal aus Kanada geschrieben.

Die Seife wäscht Agaat mit einem anderen Lappen, einem Seifenwaschlappen, ab. Sie trocknet den Arm, legt ihn wieder neben den Körper und deckt das Handtuch darüber.

Jetzt ist das Bein auf dieser Seite an der Reihe. Es ist unten an der Wade blau. Sie wäscht mich energisch zwischen den Zehen, damit ich spüre, wie lebendig mein Fuß noch ist.

»Weißt du, Ounooi, ich habe lange gebraucht, um herauszufinden, warum du so die Wand anstarrst und dann den Spiegel, immer hin und her, wie ein Chamäleon, das einen Stein anstarrt, aber jetzt weiß ich, was du meinst. Die Wand neben deinem Bett ist zu kahl. Du möchtest etwas anderes betrachten können als diesen dummen Kalender, vielleicht stört er dich sogar. Der Spiegel dort in der Ecke gefällt mir, zwar ist er nicht groß genug, aber du kannst sämtliche Winkel des Gartens darin sehen, die ich eigens für dich gestaltet habe.«

Nachdem sie mit ihrer Arbeit fertig ist, deckt Agaat das saubere Bein genau wie den Arm wieder zu. Ihr Gesicht ist ausdruckslos. Die Unschuld vom Lande. Als hätte ich mir unsere Streitigkeiten nur eingebildet. Als wäre es nur ein harmloses Geplänkel gewesen.

»Bin ich zu langsam? Wird dir kalt?«, fragt sie.

Die Frage ist nur ein Vorwand, um mir in die Augen zu schauen und eine Antwort zu erhalten, ohne mir eine direkte Frage zu dem Thema stellen zu müssen. Scheuch einer die Fliege vom Rücken der alten Stute. Ha!

Ich tue unschuldig. Nein, blinzele ich, mir wird nicht kalt, und wovon redest du überhaupt?

Sie schlägt das Handtuch beiseite, sodass die andere Seite meines Oberkörpers freiliegt. Der gewaschene Arm, das gewaschene Bein und mein Unterleib bleiben bedeckt. Sie hält ihren Blick immer auf einen unbestimmten Punkt gerichtet. Das ist ihre Art, mit meiner Nacktheit umzugehen. »Na, komm schon«, drängelt sie, »du willst doch bestimmt nur zu gerne wissen, wovon ich rede, oder? Als hättest du mich nicht tagelang mit deinem Gezwinker und Geblinzel wahnsinnig gemacht. Aber dann vergessen wir's eben, ich bin nur froh, Mevrou, dass dir nicht kalt geworden ist!«

Sie seift meinen Oberkörper ein, vom Halsansatz bis zum Nabel, hebt meine Brüste an und wäscht mich darunter. »Eine für mich, eine für dich«, sagt sie. Sie wischt die Seife darunter weg. Sie tupft mich trocken und reibt mich unter dem Busen zweimal mit einem frischen Handtuch ab.

»Rechts zwei drei, links zwei drei«, sagt sie, als sie sie abtrocknet.

Ich merke, wie sie mich inspiziert. Hier droht Pilzbefall, darauf muss sie ein Auge halten. Manchmal betrachtet sie einzelne Stellen mit dem Vergrößerungsglas. »Hautpilz ist etwas Heimtückisches«, meint sie, »eine schleichende Gefahr.«

Agaat deckt meinen Oberkörper wieder zu und geht auf die andere Seite des Bettes. Als sie das Fußende umrundet, gelingt es mir, ihren Blick zu erhaschen.

Erzähl's mir doch, bitte, blinzele ich und schaue zur Wand und wieder zurück. Du hast gewonnen, gebe ich zu, du hast natürlich richtig geraten, du errätst immer, was ich meine, und das ist auch gut so, du bist wunderbar, du bist fantastisch, so wie immer, Applaus!

»Hmm?«, macht sie mit undurchdringlichem Gesicht. »Hmm?« Einfach so im Vorbeigehen. Dabei schiebt sie ihr Kinn ein Stück nach vorn.

Ich weiß, was sie tut. Sie gestaltet das Waschen für uns beide durch eine spannende Geschichte erträglicher und wird das Ende hinauszögern, bis wir fertig sind. Zur Belohnung wird sie mir am Ende die Auflösung verraten. Triumphierend. Zum Trost. Für die Entblößung. Für die Scham. Für die blauen Füße. Für die unfassbare Leistung, eine Halbtote wie einen Menschen zu behandeln.

»Genau«, sagt Agaat, »wir haben schon über die Hälfte geschafft.«

Sie spricht sich Mut zu. Der ganze Rücken liegt noch vor uns.

»Hältst du es noch aus, Ounooi?« Sie beugt sich über mich und sieht mir in die Augen, während sie den anderen Arm wäscht. »Und da dachte ich bei mir«, fährt sie fort und schaut wieder weg, »ich sammle einfach alles, was man aufhängen oder an die Wand kleben kann, alles, wovon du beim großen Aufräumen gesagt hast, ich könne es wegwerfen, alles, was ich im Keller aufgehoben habe, und alles, was noch hier im Haus geblieben ist zum Vererben oder Verschenken, wie du es bestimmt hast, und hänge eins nach dem anderen hier auf, bis du zufrieden bist.« Dann schickt sie noch hinterher: »Der Bauer schmiedet einen Plan, auch wenn das Kalb in der Grube liegt.«

Sie schiebt den Arm zurück, holt das Bein hervor und sieht mich an, um zu sehen, wie ich reagiere.

Doch der Effekt ist dahin. Ich bin doch kein Kalb! Und ich liege auch noch nicht in der Grube! Pass auf, was du sagst! Rede nicht so selbstzufrieden daher, das ist wirklich unpassend!

»Entschuldige, Ounooi, jetzt sei nicht gleich beleidigt, das ist doch nur ein Sprichwort«, verteidigt sich Agaat, klingt aber enttäuscht. Sie lässt den Waschlappen in die Schüssel fallen.

»Morgenstund hat Gold im Mund«, zitiert sie meine alten Sprüche. »Spare in der Zeit, dann hast du in der Not.«

Immer mit der Betonung auf dem letzten Wort, als wehre sie sich mithilfe dieser Formulierungen, die sie durch Stimme und Betonung zu ihrem Zweck moduliert. Ein alter Trick. Sie hegt keinen Respekt vor der wahren Bedeutung der Sprichwörter, sondern macht sich ihren eigenen Reim darauf. Das ist ihre Art zu reagieren, wenn sie unsicher ist. Diese alte Papageien-Angewohnheit. Nachäffen mit doppeltem Boden.

Und du musst auch nicht so empfindlich sein, Agaat, schließlich bin ich diejenige, die stirbt, schau mich verdammt noch mal an, blinzele ich, doch sie guckt nicht hin.

»Das schlägt dem Fass den Boden aus, bricht dir keinen Zacken aus der Krone, wir kehren die Sache unter den Teppich und schütten das Kind mit dem Bade aus.« Sie schiebt den Ausklapptisch mit der Waschschüssel weiter in Richtung Fußende. »Fast fertig«, sagt sie, reckt das Kinn vor, schiebt meine Beine auseinander und wäscht meinen Unterleib mit schnellen, seifigen Bewegungen. »Fast ist nicht ganz.« Sie spült den Lappen, wringt ihn aus und wischt die Seife weg. Das Ganze wiederholt sie noch einmal. »Wo Rauch ist, ist auch Feuer.«

Sie trocknet mich in den Leisten ab. Das Handtuch fühlt sich rau an.

Es tut mir leid, dass ich protestiert habe. Die halb Lebendigen fühlen sich leicht auf die Füße getreten. Ja, es beginnt tatsächlich an den Füßen.

Ich wünschte, ihr mit meinen eigenen Wortspielen antworten zu können.

Der Tropfen, der das Fass zum Überlaufen bringt.

Mea culpa.

Ich flehe sie mit den Augen an.

Sie weigert sich, mich anzusehen. Stattdessen schaut sie nach ihren Handtüchern.

»Komm, wir drehen dich um, und dann klopfe ich dir den Schleim raus, bevor wir dir den Rücken waschen.«

Plötzlich klingt sie ganz sachlich.

Sie wickelt drei Handtücher zu festen Rollen, um mich von vorne zu stützen, und drückt sie energisch gegen mich. Die Technik hat sie sich selbst angeeignet. Leroux hat zu ihr gesagt, sie könne das nicht allein, schon gar nicht mit nur einer Hand, sie brauche Hilfe, ab einem bestimmten Zeitpunkt jedenfalls, und ob er nicht eine Krankenschwester bestellen solle, die auch über Nacht bleibe.

Als ob es je eine mit uns beiden aushalten würde, signalisierte ich ihr, und Agaat übersetzte es folgendermaßen: »Mevrou sagt: Nein danke, sie ist zu eigen.«

Stütz mich mit zusammengerollten Handtüchern, Agaat, denn ich bin fix und fertig, interpretiere mich, ich bin krank vor Reue.

Wie viele Handtücher hat Agaat eigentlich zur Hand? Wie viele lässt sie jeden Tag waschen? Wie merkt sie sich die Anzahl der Bettwäschegarnituren, die sie hier durchschleust? Wie hält sie das aus?

Sie schlägt mich von Kopf bis Fuß in ein weiteres Handtuch ein, groß genug für eine Königin.

Ich höre, wie sie sich die Hände schrubbt. Kann sie noch sauberer werden?

Sie kehrt mit sterilen weißen Tüchern über der Schulter zurück und legt sie unter meine Wange, damit ich daraufspucken kann.

Sie wendet mir den Rücken zu, streift ein Paar frische Handschuhe aus weißem, gepudertem Latex über und dreht drei Fläschchen auf. Ihre Hände sind bleich, der rechte Handschuh ist schlaff wie lose Haut.

Sie mischt auf einer Untertasse zwei Salben und eine Flüssigkeit mit einem Stäbchen aus rostfreiem Metall. Die Mischung streicht sie mir an den Halsansatz und unter die Nase. Sie riecht nach Eukalyptus und Erkältungsbalsam, die Dämpfe sollen helfen, den Schleim zu lösen und auszuscheiden.

Sie gießt warmes Wasser in eine silbrige Nierenschale. Dann legt sie rosafarbene Mundschwämmchen in einer Reihe bereit und schraubt das Mundstück der Phlegmapumpe auf.

Wie viel Schleim glaubt sie noch aus mir herauszubekommen? Ich habe fast keinen Hustenreflex mehr.

Sie zieht die Nachttischlampe so weit wie möglich zu sich heran und dreht den Schirm so, dass das Licht unmittelbar auf meinen Rücken scheint und mich wärmt. Dazu dient die Lampe. Agaat braucht sie nicht. Sie könnte mich mit verbundenen Augen abklopfen.

»Ounooi, jetzt mach die Augen auf und hör mir gut zu.«

Ihre Augen blicken wieder sanft, und ihre Stimme klingt versöhnlich. Sie ist ganz dicht vor meinem Gesicht. Sie würde mich am liebsten aus der Grube herausholen, so ist das nämlich, und das erkenne ich jetzt. Und mich wieder in den Kuhstall zurückbringen.

Eimer im Fach.

Kürbis auf dem Dach.

So, wie es immer war, wie es in dem alten Lied heißt.

Doch ist sie glücklich gewesen, so, wie es gewesen ist?

»Du weißt doch, wie wir es machen?«, fragt Agaat. »Du holst Luft, ich drehe dich auf die Seite, du hältst den Atem an, bis ich dich gut abgestützt habe, drei Rollen im Rücken und drei von vorn, dann atmest du aus. Dann ruhst du dich erst mal aus, und dann holst du wieder Luft. Lass dir Zeit. Wir haben es nicht eilig. Wir arbeiten ganz in Ruhe. So lange, bis wir fertig sind. Du sagst mir mit den Augen Bescheid, wenn du nicht mehr kannst, indem du sie langsam schließt. Dann legen wir eine Pause ein, ich sauge ab, was da ist, dann koche ich uns Tee. Dann klopfen wir die andere Seite ab. Oder wir nehmen sie uns morgen vor, egal. Hast du das verstanden, Ounooi? Mach dich bereit für den ersten Atemzug. Auf die Plätze, fertig, los!«

Mein Gott, Agaat, sind wir bei einem Wettrennen? Wie viele Runden wird das Ausklopfen und Halten dauern? Und bekomme ich anschließend eine Medaille am weißen Band? Und diejenige, die das Tempo vorgibt: Hält sie bis zum Ende durch, oder fällt sie vorzeitig aus? Den Kopf auf der letzten Bahn zwischen den Knien, zu müde, um zuzusehen, wie der Rekord gebrochen wird?

Der Rekord im Langstreckensterben, die beste Zeit im Querfeldeinlauf mit Hindernissen. Bis dahin, wo die Glockenschläge bimm, bimm, bimm aus dem weißen Turm dringen, an einem sengend heißen Nachmittag, wenn die Grillen in den Pfefferbäumen zirpen und ein Begräbniszug mich wegbringt. Oder, nein, es wird anders werden, die Beerdigung wird hier auf der Farm stattfinden, und Agaat wird eigenhändig die Inschrift in meinen Grabstein meißeln.

»Stell dich nicht so an«, sagt Agaat, als sie meinen Blick auffängt, »unter jedem Dach ein Ach, du musst einfach nur mitarbeiten, ich habe dich doch höflich darum gebeten. Komm schon, bist du so weit?«

Mit einem energischen Ruck an dem Handtuch unter mir dreht sie mich auf die Seite und hält mich in Position, indem sie mir den starken Arm der Länge nach in den Rücken presst. Ich fühle, wie sie mich mit den zusammengerollten Handtüchern abstützt und mit der Rückseite der kleinen Hand anstupst wie mit einer Schnauze.

Sie arbeitet schnell und geräuschlos. Sie hält mit mir zusammen die Luft an. Dann beginnt sie mit dem Abklopfen. Unten auf der kurzen Rippe liegt die hohle kleine Hand, mit der anderen klopft sie. Von unten nach oben bis unters Schulterblatt und wieder zurück. Jedes Mal tätschelt sie mir anschließend mit der starken Hand über die Rippen, und zwar fest. Es ist nicht gerade angenehm. Ich fühle, wie sich etwas in meinen Bronchien löst, etwas, das wie ein altes, festes Stück in mir geklebt hat. Es ist das kritische Stadium. Jetzt wird sie aufhören und mich mithilfe des Heimlich-Griffs beim Husten unterstützen. Das, was herauskommt, wird sie mit der Phlegmapumpe absaugen.

Mir ist schwindlig. Steine und Gras ziehen unter mir vorbei, als flöge ich über eine Landebahn. Ein Fuß ohne Sandale. Die Zunge klebt mir am Gaumen.

Wann werde ich nach Irrweg und Beklemmung heimkehren, wann?

Agaat atmet aus.

»Gut so!«, sagt sie, zieht die Handtücher weg und lässt mich langsam zurückrollen. »Du hältst dich wacker, Ounooi. Komm, jetzt setzen wir dich erst mal auf, damit du husten kannst.«

Ich spüre, wie ihr Blick mein Gesicht sucht.

»Schau mich an, Ounooi, damit ich weiß, was los ist.«

Ich versuche, den Mund zu öffnen. Ich will ihr sagen: Ein Stück, du bist ein Stück von mir, wie soll ich ohne dich auskommen? Die Landebahn nähert sich, wie soll ich bloß aufkommen? Ich spüre den Drang zu husten, aber nur schwach, nicht zwingend, ein Phantomhusten, wie das plötzliche Gefühl, mit einer amputierten Hand etwas aufheben zu können.

Ich spüre von vorn den Druck gegen meine Zähne und seitlich Druck auf meine Kiefer, unterhalb der Ohren, mein Mund wird geöffnet, ein flacher Stab zwischen meine Zähne geschoben, um sie auseinanderzuhalten, ich fühle Finger auf meiner Zunge, Fäden aus mir herauslaufen, ich fühle das Saugen der Phlegmapumpe, das Gurgeln des abgesaugten Schleims und dann einen feuchten Schwamm, der alles auswischt, meine Zähne, den Zungengrund, das Innere der Wangen, das Zahnfleisch von innen und außen und dann einen neuen Schwamm. Speichel fließt aus mir heraus, noch ein Schwämmchen, kühl, feucht auf meiner Zunge, und ein starker Arm, der meinen Kopf anhebt. Dann sagt eine Stimme: »Du kannst jetzt wieder atmen, der Schleim ist draußen, mach dich zum Schlucken bereit, du hast bestimmt Durst.«

Eine Tülle aus kleinen Fingerspitzen drückt die Tropfen zwischen meine Lippen. Eins, zwei, drei, hinten auf meine Zunge.

Ich kann das nicht schlucken, ich kann nicht!

*

Jak war wütend und beschämt über seine Abwesenheit während der Geburt seines Sohnes. Dass es ihm leidtue, brachte er allerdings nicht über die Lippen.

Er hatte den Wettkampf gewonnen, ja. Er war Erster bei den Senioren geworden, Erster von sechsundvierzig Teilnehmern, von denen alle übrigen jünger gewesen waren als er selbst. Die Flut war hereingekommen. Zwei Mal war er gekentert und unter seinem Kanu gelandet. Eine echte Strafe waren die Steigungen auf dem Rennradkurs gewesen. Er war gestürzt und hatte sich verletzt, sich Hände und Knie aufgeschürft. Sieh mal. Bis aufs Blut. Er hatte bei stürmischem Wind ganz allein ein Rad wechseln müssen. Fast hätte er aufgegeben. Und dann noch die Plackerei im losen Dünensand, sieben Meilen weit.

Du musstest es dir bis zum Erbrechen anhören. Doch als du anfingst zu erzählen, wie wacker sich Agaat geschlagen habe, wie tapfer sie gewesen sei, wie sie dich mit der starken Hand aufgeschnitten und mit der anderen das Kind herausgezogen habe, wie sie von A bis Z alles richtig gemacht und wie schließlich ein Gemüselaster angehalten und euch ins Krankenhaus gefahren und wie sie, die Hände und die Schürze rot von deinem Blut, geholfen habe, die Kohlköpfe so aufzustapeln, dass für dich genügend Platz zum Liegen war, und wie du auf die Kohlblätter geblutet habest und wie sie mit dem Baby vorne bei dem wildfremden Mann eingestiegen sei, unterbrach er dich jedes Mal.

»Hauptsache, ihr seid gesund und munter«, sagte er und betonte, wie stolz er auf seinen Sohn sei.

»Es war in derselben Haltebucht wie damals«, sagtest du.

»Welche Haltebucht?«

»Wo wir das erste Mal … wo wir beinahe … als wir zusammen unterwegs waren, zum ersten Mal, weißt du nicht mehr, an dem Tag, als meine Mutter dich so abgekanzelt hat, als wir beinahe am helllichten Tag im offenen Sportwagen … Erinnerst du dich? Der Wasserfall hat nach dem unerwarteten Regen laut gerauscht, und genauso war es auch diesmal, als wäre die Zeit stehen geblieben.«

Du versuchtest, es ihm klarzumachen, aber du wusstest nicht, wie du dich ausdrücken solltest. Du sehntest dich danach, dich zusammen mit ihm an eine Begebenheit aus jener aufregenden ersten Zeit zu erinnern, nun da ihr endlich ein gemeinsames Kind hattet.

Jak sah dich an und dann wieder weg. Er konnte oder wollte sich nicht erinnern. Er war nervös, vermied es, mit dir allein zu sein, rief Gott und die Welt an, brachte jeden zu dir ins Wochenbettzimmer und hielt dort Hof. Deine Mutter machte dem Ganzen ein Ende, indem sie ihn schalt, du seist erschöpft und das solle er bitte respektieren.

Nach zwei Tagen kehrte Jak auf die Farm zurück und rief nur noch ab und zu an. Von jener Zeit an hielt er sich bedeckt, denn er wusste, dass sein Verhalten auf allgemeine Verständnislosigkeit gestoßen war.

Den Mercedes verkaufte er, ohne ihn vorher zu reinigen. Die Polster seien von Blut und anderen Flüssigkeiten durchtränkt gewesen, erklärte er. An dem Tag, als du wieder auf die Farm zurückkehrtest, nahm er dich kurz und regelrecht aggressiv. Du warst noch empfindlich, und er tat dir weh, obwohl seit der Geburt schon drei Wochen vergangen waren, aber du ließest ihn gewähren. Was Schmerzen betraf, hatten sich deine Maßstäbe verschoben. Er würde dich nicht mehr kleinkriegen.

Du warst wochenlang müde und schwach und hattest Probleme mit dem Stillen. Der Kleine weinte viel, und Jak reagierte gereizt.

In diesen ersten Wochen versuchte Jak auf dem Hinterhof, ein Spielzeugflugzeug zu bauen. Aber es wollte ihm nicht gelingen.

Mehrere Versuchsmodelle zertrat er vor Wut. Du versuchtest, ihn zur Vernunft zu bringen.

»Jak«, sagtest du, »du weißt doch inzwischen, dass du zwei linke Hände hast. Reg dich also nicht so auf. Es wird ohnehin noch Jahre dauern, bis der Junge groß genug für so ein Spielzeug ist.«

Doch er wollte nicht aufgeben. Hinterher war der ganze Hinterhof übersät von Brettern, Nägeln, offenen Farbdosen, Schraubzwingen und Leimtöpfen.

Ständig musstest du ihn ermahnen, leise zu sein, weil er mit seinen elektrischen Schleifmaschinen und Bohrern unter dem Kinderzimmerfenster einen Heidenlärm verursachte.

»Jetzt hör endlich auf!«, schriest du ihn an. »Jeden Tag dieser entsetzliche Krach, kannst du denn nicht ein Mal Rücksicht nehmen?«

Dann riss er sich zusammen und ging in die Berge zum Laufen, doch wenn er anschließend mit hochrotem Kopf zurückkehrte, fing er genau an dem Punkt wieder an zu hämmern und zu sägen, wo er aufgehört hatte.

Du rietst ihm, auf den Rotor zu verzichten, doch er wollte zu guter Letzt noch ein Armaturenbrett mit Blinklichtern einsetzen und vorne eine Schraube befestigen, die sich mittels eines Elektromotors drehte.

Als er einmal einen Tag weg war, räumtest du die Unordnung auf, sortiertest die einzelnen Teile und ließest alles unter das Vordach neben den Scheunen tragen.

»Du bist uns hier im Weg«, sagtest du später. »Geh woanders spielen.«

Er sah dich an, klappte den Mund auf und wieder zu und marschierte steifbeinig davon. Gib mir eine Chance, sagte sein Rücken, gib mir eine Chance, ich bin auch noch hier. Doch du verschlossest deine Augen davor, dein Herz war kalt.

Einmal brachtest du ihm einen Becher Kaffee, während er unter dem Vordach vor sich hin werkelte. Er lag flach auf dem Rücken unter dem Fahrgestell und versuchte, die elektrischen

Leitungen für die Cockpitbeleuchtung durch kleine Bohrlöcher zu schieben und die Drähte hinter der Schraube zu befestigen. Als Rotor hatte er die zurechtgefeilten Klingen eines alten Rasenmähers verwendet, doch sie waren viel zu schwer für das kleine Flugzeug und wirkten unproportioniert groß. Du deutetest auf die Schraube. Er sah dich nur an. Du ließest deine Hand sinken.

Eines Abends rief er dann nach dir und Agaat. Ihr wart gerade im Schlafzimmer mit Jakkie beschäftigt.

»Kommt und seht es euch an«, sagte er, »und bringt meinen Jungen mit, wir sind klar zum Jungfernflug!«

Für die Demonstration hatte er das Flugzeug unter dem Dach hervor bis in die Mitte des Hinterhofs geschleppt. Dort wartete die Maschine unter einer schwarzen Plane auf ihre Enthüllung. Unter dem Plastik schlängelte sich eine dicke weiße Verlängerungsschnur hervor, die an das Stromkabel angeschlossen werden sollte, welches aus dem Kinderzimmerfenster heraushing.

»Stellt euch dorthin«, sagte er zu dir und Agaat, die das Baby auf dem Arm hielt. Vor dem Kinderzimmerfenster auf der geschlossenen Seite des Hinterhofs solltet ihr Position beziehen, weil ihr von dort die beste Aussicht haben würdet.

Die Türen und Fenster der Zimmer, die zum Hinterhof lagen, waren geöffnet. Jak hatte sämtliche verfügbaren Lampen im Haus eingeschaltet, von der Küche bis zu Agaats Zimmer, dem Lager und dem Kinderzimmer, alle großen Lichter, und die Türen weit geöffnet, damit es für sein Experiment hell genug war.

Mit großer Geste zog er die Plastikplane weg. Dir fiel auf, dass seine Courage nur gespielt war; er wirkte überaus angespannt.

»Es ist wirklich schön geworden«, sagtest du, und tatsächlich sah das Spielzeug aus einiger Entfernung und im Schein der vielen Lichter beeindruckend aus.

Es war silbern gestrichen und trug orangefarbene und blaue Muster auf dem Rumpf und auf den Flügeln. »Jakobus de Wet jr.«, stand auf der einen Seite, und daneben waren die fünfeckigen Umrisse des Kapstädter Kastells aufgemalt. Die Flügel waren mit Ringen, Punkten und Kreuzen verziert.

»Das ist eine Spitfire«, erklärte Jak, »und die schicken wir jetzt in die Luft.«

»Wird es laut?«, fragtest du, denn das Baby hatte sich nach langen Schwierigkeiten beim Stillen endlich beruhigt.

»Nicht besonders«, antwortete Jak, »ihr könnt ihm ja einfach die Ohren zuhalten.«

Agaat sah dich an und wich zurück. Du legtest ihr den Arm um die Schultern.

»Seid ihr bereit?«, fragte Jak. »Es fliegt wahrscheinlich noch nicht lange, denn ich muss den Winkel der Schraube noch einstellen.« Fast hattest du Mitleid mit ihm, so unbeholfen wirkte er, und du wolltest nicht, dass er sich vor den Kindern der Leute lächerlich machte, von denen sich inzwischen eine ganze Schar an der offenen Seite des Hofs versammelt hatte.

Jak schloss den Strom an. Die Schraube krachte und drehte sich ein, zwei Mal. Jak winkte euch zu. Dann jaulte die Schraube plötzlich laut auf und drehte durch, sodass Jak die Hand wegziehen und zurückspringen musste. Er rief euch etwas zu und gestikulierte mit beiden Händen, aber du verstandst ihn nicht. Das Flugzeug bewegte sich mit einem Holpern vorwärts, doch dann hustete und röchelte es, kippte vornüber, ruckte noch einmal rückwärts und explodierte.

Etwas Graues schoss in die Luft – schwirrende Klingen.

Du sahst nur langsame, wellenförmige Bewegungen. Dann wirbelte Agaat herum und streckte sich, wölbte ihren Rücken und reckte ihn wie einen Mast. Ihre gekreuzten Schürzenbänder lagen weiß über ihren Schulterblättern. Den Kopf hatte sie zum Baby hinuntergebeugt, und ihre weiße Haube lag über seinem kleinen rosigen Gesicht wie ein Keil. Holzstücke flogen durch die Luft, und die Schraube schoss genau auf sie zu. Sie traf sie schräg am Hinterkopf, prallte ab, durchschlug das Fenster zum Kinderzimmer und blieb dort im Metallrahmen hängen.

Agaat sank zu Boden, während ein Regen von Glassplittern auf sie niederging. Die Arme hielt sie fest um das kleine Bündel geschlungen, die hochgezogenen Schultern schützend darüber.

Unter dem Gummiband ihrer Haube bildete sich ein dünnes Blutrinnsal, das ihren Hals entlangsickerte. Überall lagen herausgerissene, qualmende Drähte am Boden. Das Armaturenbrett mit den beiden roten Blinklichtern war vor deinen Füßen gelandet. Dann folgten noch drei, vier Explosionen, bei denen jedes Mal klirrend Glasscheiben zerbarsten. Ein Kurzschluss löschte alle eingeschalteten Lampen in den Zimmern zum Hof, ja, im ganzen Haus von hinten bis vorne. Plötzlich lag der Hof im Dunkeln. Du brachtest kein Wort heraus. Deine Knie wurden weich, und du musstest dich auf den Boden setzen. Es herrschte Totenstille.

»Ihm ist nichts passiert«, sprach Agaat nach einer Weile aus der Dunkelheit. »Keine Schramme.«

Ihre Stimme klang fest.

Du sahst die weiße Haube langsam hochkommen, und das Kind fing furchtbar an zu weinen.

»Jakkie!«, rief Jak mit vor Angst schriller Stimme. »Gebt ihn mir!«

Du krochst über Holzstücke und Glassplitter hinweg zu Agaat hinüber.

»Du lässt die Finger von meinem Kind, Jak de Wet!«, fauchtest du ihn an. »Komm nicht in seine Nähe!«

»Ich wechsle schnell die Sicherungen«, versprach er mit unsicherer Stimme, »ich habe neue gekauft.«

»Du wirst hier gar nichts mehr anrühren, Jak. Du lässt die Finger von allem und kannst in deinem Kanu im Schuppen schlafen«, sagtest du ganz ruhig und beherrscht. Du warst wütend. Gleichmäßig kamen die Worte heraus. »Ich bestelle morgen einen Elektriker, wir brauchen längst neue Sicherungen. Wir kommen zurecht, wir haben Lampen, Kerzen und einen Gasherd. Agaat ist hier, um mir zu helfen. Und morgen früh, wenn ich aufstehe, ist hier alles bis auf die letzten Trümmer aufgeräumt, hast du gehört? Und dann nimmst du dein Auto und fährst in die Stadt, sobald die Geschäfte öffnen. Du lässt Glas für die kaputten Scheiben schneiden, besorgst Kitt und stellst alles ordentlich hierhin. Ich werde Dawid bitten, die neuen Scheiben einzusetzen. Habe ich mich klar ausgedrückt? Hast du mich verstanden?«

Jak blieb noch einen Augenblick stehen, bevor er sich umdrehte und über das knirschende Glas davonging.

Im Licht der Sterne verschränkte er die Hände hinter dem Kopf, ließ sie seitlich wieder herunterfallen, stieß drei Mal einen unterdrückten Fluch aus, immer den gleichen, und drückte die Schultern nach unten, als wollte er sich aus seinen Kleidern heraus in den Boden wühlen.

irgendetwas stimmt nicht
du wirst nur älter
ich bin krank
nicht krank nein eher kindisch wer backt schon biskuit
mitten in der nacht
sieh nur diese zuckungen wie aus dem nichts
ein esel der das jucken bekommt in einem senfbad
der knopf geht nicht ins knopfloch
komm ich helfe dir
meine schulter tut weh
weil du sie ein leben lang überanstrengt hast komm ruh dich
ein bisschen aus
kein wunder dass sie steif ist
kalte schulter die kenne ich gut eiskalte schulter es ist die maikälte die
in deine knochen kriecht
irgendetwas stimmt nicht
du wirst alt
ich bin krank
hör auf zu jammern
meine finger kribbeln
kribbel zurück
meine ringe gehen nicht mehr ab
nimm seife
es funktioniert nicht

soll ich beim juwelier anrufen?
was kann das sein?
unwohlsein durch den falschen bleiglanz der jahreszeit
ich falle
die blätter fallen bald fällt der regen dann können wir pflügen dann wirst du sehen es geht vorbei
aber ich falle andauernd
du bist früher schon oft gestolpert du verlangst bloß nach aufmerksamkeit
ich bin krank
hypochonder
richtig krank
du stellst dich an
gelähmt vor angst
das ist die krankheit der übergangszeit das brachland muss jetzt ruhen der hafer ist eingeeggt alles wartet mit angehaltenem atem auf regen

3. September 1960 nach dem Mittagessen

Fühle mich allmählich wieder wie ein Mensch & habe wieder Lust zu schreiben auch wenn ich noch oft weine. Nach der Geburt hatte ich zwar das Bedürfnis Tagebuch zu führen aber in den ersten Wochen war ich schwach & kraftlos & noch immer habe ich Albträume. Postnatale Depression meint Beatrice. Sie kommt oft her wenn ich Pas alte Platten abspiele aber ich will sie eigentlich gar nicht hierhaben denn sie weidet sich an meinem Zustand & langweilt sich wenn ich ihr von Brahms & seiner ewig unbeantworteten Liebe zu Clara Schumann erzählen will. Sie sagt es sei kein Wunder dass ich niedergeschlagen bin wenn ich mir diesen schwermütigen Brahms anhöre das Leben ist der schwüle Tag der Tod ist die kühle Nacht & angeblich sei das auch meines Vaters Problem gewesen. Dann sage ich immer ich muss mich hinlegen damit sie wieder fährt & A. reagiert richtig & bringt ihr den Mantel.

Das brave Mädchen! Wie kann ich das je wiedergutmachen? Guter Mond du gehst so stille mit zugeschnürter Kehle Gott noch mal. Ma hat ihr 20 Pfund in die Hand gedrückt als Jak uns abgeholt hat & noch einen alten Kirchenhut man kann ohne Hut nicht zum Abendmahl gehen also bitte. A. hat sich artig bedankt & den Hut ganz komisch angeschaut & später unterwegs hat sie aus heiterem Himmel gesagt: Ich habe sieben Hauben was soll ich noch mit einem Hut? Ich sehe das grüne Geschenk mit Truthahnfedern im Band an einem Nagel in ihrem Zimmer hängen. Was sich Pa wohl ausgedacht hätte um ihr zu danken? Bestimmt hätte er ihr einen Limerick geschrieben.

Bei der nächstbesten Gelegenheit ist A. zusammen mit D. in die Stadt gefahren um mit Mas Geld Stickzubehör zu kaufen Garn & Stoff & Knöpfe & da haben die Frauen von Nadelöhr bei mir angerufen. Ob ich von den zwei Dutzend importierten Porzellanknöpfen wisse A. habe alles in allem für über sechzig Pfund bei ihnen eingekauft. Erst hat sie offenbar alles ausgesucht & dann noch auf der Post etwas von ihrem eigenen Geld abgehoben um die Sachen bezahlen zu können. Ich musste mich beherrschen, um nicht zu antworten: Jetzt hören Sie mal gut zu, Mevrou Garnverkäuferin, ob ich davon weiß oder nicht, dieses Mädchen war meine Hebamme & meine Stütze in der Not & kein Purpurstoff oder Seidenfaden oder Elfenbein aus Saba könnte zu gut für ihre Hände sein. Doch ich sagte nichts ansonsten hätte der Distrikt die nächste Klatschgeschichte gehabt. Alles stürzt sich auf Tod & Geburt & die Dummheiten der schwarzen Farmarbeiter nicht dass A. eine Arbeiterin wäre oder Dummheiten machte aber die anderen sehen eben nicht den Unterschied. Auf jeden Fall scheint es als mache A. große Fortschritte beim Sticken ich sehe Waschlappen & Geschirrtücher & einige meiner Taschentücher haben Bordüren & Röschen bekommen wunderhübsch. Ich zeige sie Jak aber er brummt nur verächtlich. Halt sie bloß von meinen Hemden fern ich will nicht aussehen wir ein verdammter Türke mit einer Tulpe auf der Brusttasche hat er gesagt. Weiß nicht was sie mit den gekauften Utensilien in ihrem Zimmer anstellt ich gehe nicht mehr hinein um nachzusehen.

6. September 1960

Habe heute Abend gelesen was ich bisher in diese Hefte geschrieben habe es ist jetzt schon ein ganzer Stapel & würde nicht viel Sinn ergeben für jemanden der die Umstände nicht kennt. Es tröstet mich alles über die Familie und die Farm aufzuschreiben egal was J. dazu sagt. Neuerdings ärgert er mich immer mit dem Vorschlag ich soll meine Geschichten an Rooi Rose verkaufen diese kitschige Frauenzeitschrift aber vorher will er überall Satzzeichen einfügen sonst würden die denken seine Frau mit ihrem Brahms & ihrem Französisch könne nicht ordentlich schreiben & seiner Meinung nach ist es auch viel zu langatmig & ich solle daran denken dass der Hausfrauenmarkt alles in gut verdaulichen Häppchen will sie wollen Liebe & Herzschmerz mit Kommas an den richtigen Stellen damit sie zwischendurch weinen & Tee trinken könnten. Verstehe nicht was ihn so ärgert. Schließlich versuche ich nicht ein Geschichtsbuch für die Oberstufe zu schreiben.

Andererseits frage ich mich beim Durchblättern was nur aus mir geworden ist. Aus meinen Interessen & Talenten. Bin immer hektisch oder müde oder erschöpft wenn ich schreibe. Muss mich jeden Tag zwingen auf den Beinen zu bleiben auf dieser Farm. Ständig Mann Kind & Personal & es endet einfach nicht. Was hätte Dr. Blumer nur dazu gesagt dass ich über solche Themen schreibe? Vielleicht sollte ich versuchen auf Englisch zu schreiben. Kann mir gut vorstellen was der kleine Friedman dieser Gernegroß von einem Professor damals an der Englischen Fakultät dazu gesagt hätte. Er hat immer die Ränder meiner Aufsätze in seiner Krakelschrift vollgeschrieben. *You have come seriously unstuck here, Milla, what has become of your style, your wit, your vocabulary?* Den Fachleuten zufolge sollten sogar psychologische Abhandlungen wie ein Thriller klingen. Tempo, denken Sie daran, Tempo, Struktur & bittere Momente, nur bittere Momente stillen den Hunger. Davon hätte er in meinen Aufzeichnungen genug gefunden zumindest wenn er seine Brille aufgesetzt hätte. Jedenfalls mehr als bei seinem großen Idol Charles Lamb. *On Saying Grace.* Wo ist die Zeit geblieben? Und was hatte ich damals für eine hehre Meinung von mir!

Komisch wie schnell man Dinge vergisst besonders die kleinen. Musste überall etwas hinzufügen oder korrigieren. Und auf einmal fiel mir etwas für die Widmung ein die mir schon so lange auf dem Herzen gelegen hatte aber die Zeit war nie reif dafür gewesen. Jetzt scheint es so als würde die Mühe belohnt die ich mir mit A. gegeben habe. Sie ist wirklich sanftmütig dieser Tage. Ich brauchte drei Versuche bis ich endlich zufrieden war. Schwierig auf Papier innig zu klingen aber so empfinde ich es nun mal. Jetzt muss ich es nur noch ordentlich vorne ins erste Heft hineinschreiben.

10. September 1960

Kann mich 100 % auf A. verlassen. Sie hat einen besonderen Draht zu Jakkie so viel ist sicher. In den ersten Wochen hat sie Stunde um Stunde an seiner Wiege gewacht & tut es auch jetzt noch jeden Tag. Sie ist geduldig & hilfsbereit & gelehrig bei all ihren Aufgaben. Es scheint als hätte sie sich sehr verändert. Hatte ehrlich gestanden nicht daran geglaubt dass ich es auf Dauer mit ihr aushalten würde. Vor Aug. hatte ich noch gedacht ich sollte sie lieber woanders unterbringen denn ich sah nichts als Schwierigkeiten auf mich zukommen. Doch was würde ich jetzt ohne sie tun? Sie nimmt Jakkie auf den Arm wenn er wach wird & wickelt ihn wenn er nass ist & badet ihn wenn er schmutzig ist & zieht ihn an als wäre er ihr eigenes Kind. Tag & Nacht ist sie sofort bei ihm wenn er weint & s. schläft mit offenem Fenster um ihn nachts zu hören. Sie sagt sie wacht auf noch bevor er bäh macht & dann kommt sie zur Hintertür herein & singt ihm etwas vor & das beruhigt ihn sofort. Ich habe ihr schon gesagt sie kann das Feldbett in seinem Zimmer aufschlagen solange er noch so klein ist das wäre doch bequemer aber sie tut so als hätte sie mich nicht gehört fühlt sich bestimmt nicht wohl bei der Vorstellung & ich habe das Thema daraufhin nicht mehr angeschnitten J. würde auch nur wieder schimpfen. Er nennt sie Hotnotmadonna von den Langebergen Sankt Agaat von Südafrika den Heiligenschein hätte sie ja schon fehlte nur noch die Heiligsprechung. Hoffentlich hat A. das nicht gehört.

Jakkie ist kein einfaches Kind. Ma sagt die Ersten wären immer so. Beatrice hat verschiedene Theorien. Er erschreckt sich vor meinen Händen & erschrickt vor meinem Gesicht & das Stillen fällt mir schwer & ich habe sowieso nur wenig Milch. A. sagt ein Frühlingslamm ist immer launischer als Herbstlämmer aber bei ihr benimmt er sich wie der sonnige April.

Sie ist immer fröhlich & unermüdlich. Beobachte sie oft ohne dass sie es bemerkt. Sie ist so zärtlich & ihr Mund so weich & ihr ganzer Körper obwohl sie selbst schier noch ein Kind ist (habe ihren Namen in den Geburtstagskalender eingetragen 12. Juli genau einen Monat vor Jakkie werde es nicht noch mal vergessen!) legt sich schützend um das hilflose Wesen. In ihrem Schatten fühle ich mich ihr unterlegen was Geduld & Fantasie angeht. Bin der Aufgabe nicht gewachsen. Bin immer noch weinerlich aber weniger als am Anfang. Sitze oft in meinem Stuhl vor der Glastür kraftlos & lustlos & dann kommt A. & legt das Kind zufrieden glucksend und wohlriechend in seinen weißen Deckchen & weichen Kleidern in meine Arme. Als wolle sie dass ich an seinem Wohlbefinden teilhabe das sie in ihm weckt oder als solle er mich mit seinem neu erlernten Lächeln anstecken. Doch er verzieht sofort das Gesicht wenn er mich sieht & runzelt sorgenvoll die Stirn als erkennte er ein fürchterliches Problem in meiner Miene & er verzieht den Mund & weint dass mir schier das Herz bricht und dann gebe ich ihn A. zurück sie weiß immer was zu tun ist. Komm wir legen ihn in den Kinderwagen & gehen mit ihm zum See komm wir setzen uns ein Weilchen unter die Weiden in den Schatten komm wir singen für ihn damit er Mensch wird komm wir fahren mit ihm über die Hügel damit er das Auf und Ab der Landschaft in seinem kleinen Körper spüren kann sikketir sikketir über Furt & Felder bis zur alten Brücke von Vaaringsdrift komm wir fahren mit ihm über die Ebene bis nach Malgas & schippern mit der Fähre über den Fluss damit er sich an das Überqueren der dunklen Tiefen gewöhnt.

14. September 1960 mittags

Habe in den letzten Wochen A.s Vorschläge befolgt & wir haben jeden Tag die Wickeltasche neu gepackt & für uns ein Picknick zurechtgemacht & sind einfach losgefahren immer der Nase nach. A. will nicht vorne bei mir sitzen sondern lieber hinten bei dem Kind in seinem Körbchen. Habe im Rückspiegel beobachtet wie sie ab & zu nach ihm sieht & die Decke zurechtzupft oder ein freigestrampeltes Händchen oder Füßchen wieder einpackt & dann wieder links & rechts hinausschaut über das Land in seinem hellgrünen Frühlingskleid. Die Lämmer hüpfen übermütig am Seeufer umher & die Saat steht handhoch der Fenchel – ihr Fenchel! – blüht am Straßenrand (habe einmal das Fenster heruntergedreht damit wir ihn riechen konnten & sie hat mir im Spiegel zugelächelt) die Wipfel d. Eukalyptusbäume leuchten knallrot was denkt sie nur? Ich frage lieber nicht. Sie wiegt & beruhigt das Kind.

Ich fahre & zeige ihr die Gegend. Über die Hügel über die Ebene über die Flüsse. Stormsrivier Breërivier Korenlandrivier Buffelsjag Karnemelks Duivenhoks. Wir picknicken was sie am liebsten einpackt Wurst & Brot mit Aprikosenkonfitüre & roten Saft & Sagopudding an Böschungen & Ufern im Schatten. Habe sogar meine Oxford Collected Poems ausgegraben & ihr vorgelesen & ihr ein paar neue englische Wörter beigebracht. Damit möchte ich sie trösten & sensibilisieren & sie an die guten Dinge erinnern die nicht verloren gehen dürfen. Ich sehe sie an & weine im Stillen denn ich weiß es ist mein Baby das in ihren Armen liegt & das sie die schnellen Schritte & die steife förmliche Haltung die sie sich angewöhnt hatte oft vollkommen vergessen lässt sodass sie in unbeobachteten Augenblicken wieder ganz so ist wie früher.

14. September abends

Habe wieder von Beginn an die Hefte gelesen. Woher rührt nur mein Bedürfnis alles durchzuarbeiten als würde ich etwas suchen was ich verloren habe? Sage mir ich hätte nichts verloren. Ich habe das was ich immer haben wollte & dazu habe ich A. wiederbekommen & das alles ist gut geworden so wie Gott es gewollt hat. Ich schrieb die Widmung die ich mir neulich abends ausgedacht hatte in Druckbuchstaben vorne in das erste Heft mit dem heutigen Datum damit ich eines nicht vergesse: dass ich dies alles der Ankunft des kleinen Jakkie verdanke.

17. September

Jetzt sind es schon 3 Tage & ich weiß immer noch nicht wie ich es aufschreiben soll fast als dürfe es nicht schwarz auf weiß niedergeschrieben werden. J. würde sie umbringen wenn er es wüsste. Kann es niemandem erzählen.

Habe schon seit einer ganzen Weile immer wieder nasse Flecken vorne auf ihrer Dienstkleidung bemerkt & wenn ich sie frage sagt sie immer Jakkie habe sie besabbert oder ein Bäuerchen gemacht & sie würde sich rasch umziehen. Ohne eine Miene zu verziehen. Nach den ersten paar Malen hat sie vermutlich Vorkehrungen getroffen. Sie kennt die Regel Kindermädchen oder nicht die Kleidung muss zu jeder Tageszeit schneeweiß & sauber sein. Letzten Mittwoch kam ein kleiner Frühlingsregen & ich habe Mittagsschlaf gehalten & als ich wieder wach wurde lag eine schwere tiefe Stille über dem Haus & ich blieb im Bett liegen & lauschte den Tropfen & blickte hinaus auf die Veranda die mit Blauregenblüten übersät war wie blaue Schmetterlinge in der Nässe & leise tropften die Regenrohre eine Turteltaube rief der Regen hatte fast wieder aufgehört & ich fühlte mich glücklich & dankbar dass ich trotz allem alles & jeden auf Gdrft auf Kurs halte & als ich endlich aufstand & nachsah war die Wiege leer. Fühlte an den Decken noch warm von seinem Körper & ich drückte meine Nase in die Decken & sie dufteten süß & ich wusste A. hatte ihn geholt um ihm das Fläschchen zu geben alles war so still.

Wollte nicht rufen oder mich bemerkbar machen wollte den sanften schläfrigen Nachmittag genießen wie in einem Nest im Regen. Bin auf nackten Füßen leise in die Küche geschlichen dort stand die Hintertür sperrangelweit offen & der Geruch nach Nässe war so lieblich & überall tropfte es vom Regen. Das Wasser auf dem Ofen worin wir immer die Milchflaschen erhitzen war noch warm & drei saubere Flaschen standen kopfüber auf dem Geschirrtuch. A. fütterte ihn also irgendwo mit der vierten Flasche. Aber sie waren auch nicht im Wohnzimmer auf dem grünen Sofa & auch nicht auf der Veranda & auch nicht im Gästezimmer.

Da sah ich durch das Fenster des Kinderzimmers dass die Außenzimmertür geschlossen aber nicht verriegelt war & da wusste ich sofort wo sie waren & das war mir unangenehm denn ein Dienstmädchenzimmer ist kein Ort für mein Kind aber ich dachte A. hätte schnell eine neue Schürze umbinden wollen & ihn mitgenommen. Zog Pantoffeln an & bin raus in den Hinterhof & A.s Gardinen waren zugezogen aber ich wollte nicht klopfen denn ich schämte mich weil ich weiß dass Jakkie nirgendwo sicherer ist als bei A. Bin hintenrum gegangen weil mir einfiel dass dort ein kleines Fenster ist & der Boden war matschig & ich bin auf einen Farbeimer gestiegen & das Fenster stand einen Spaltbreit offen & ich hielt mich an der Fensterbank fest um hineinschauen zu können.

Da saß A. mit dem Rücken zu mir auf der Apfelkiste vor ihrem Bett. Eine Schulter war entblößt & ich konnte die verwachsenen Knochen ihrer schwachen Seite sehen & traute meinen Augen nicht ich dachte ich träumte das Schürzenband hing herunter & der Ärmel ihres Kleides hing leer herunter & ihr Kopf war zu dem Kind auf ihrem Schoß geneigt. Sah nur seine Füßchen auf einer Seite hinausragen. Hochzufrieden. Dann sah ich dass auf ihrem Bett die vierte Milchflasche unbenutzt auf einem Handtuch lag. Ich stand im Nieselregen auf dem Farbeimer der allmählich im Matsch versank meine Stirn an die Fensterbank gedrückt & lauschte den Geräuschen dem Saugen & Seufzen eine ganz eigene Sprache dort im Außenzimmer & ich kann es kaum hinschreiben.

Habe Regenjacke & Gummistiefel angezogen. Schrieb »Bin spazieren« für A. auf einen Zettel & die genaue Uhrzeit halb vier damit sie wusste dass ich wach war. Ich ging zum Fluss hinunter an der Furt entlang & blieb an den tiefen Stellen stehen & sah zu wie die Tropfen auf dem Wasser Kreise zogen & die Aale kamen weil sie dachten es gäbe Futter. Bin absichtlich eine Stunde lang weggeblieben.

Als ich zurückkam hat A. den Kleinen gerade gebadet mit ihrem starken Arm unter seinem Rücken um ihn zu stützen mit der kleinen Hand seifte sie ihn ein wie ich es ihr beigebracht hatte & da lag er gurrend im Wasser & lächelte mich an. Ich stand in der Tür des Kinderzimmers & sah einfach nur zu & fand keine Worte.

Schau mal wer hier ist Jakkie deine Même sie war spazieren aber wo war sie denn bloß sie hat einen weißen Fleck auf der Stirn wie eine Stute mit einer Blesse!

Ich schaute in den Spiegel & sah dass es der Kalk des kleinen Fensters war durch das ich gespäht hatte.

9

Meine Zunge wird abgewischt. Das ist nicht Agaats Hand. Nicht das kleine Händchen, das sich bis nach hinten ans Gaumensegel wagt. Es sind dickere, unschuldigere Finger. Mir wird etwas aufs Gesicht gedrückt, über meinen Mund. Dann dringt etwas zwischen meine Lippen, ein Mundstück, Schienen zwischen meinen Zähnen, die meine Kiefer auseinanderdrücken, meine Lippen quetschen. Kühle Luft wird in mich hineingeblasen.

Hinter meinem Rücken wird geflüstert. Zwei Stimmen, Agaat und noch jemand. Ich liege auf der Seite. Vier Hände arbeiten an mir. Der Star, die Krähe und noch zwei festere, kühlere Hände. Ich werde mit etwas eingerieben.

Schatten im Spiegel. Glut auf meinen Rippen. Ich lausche. Kann man andere belauschen, wenn man stumm ist?

»Alles in Ordnung, Sie machen das sehr gut, Agaat, Sie hätten es nicht verhindern können. Es soll kühler werden, vielleicht ein kleiner Sommerregen, das verschafft ihr bestimmt ein wenig Linderung. Lüften Sie dann mal ordentlich, es ist stickig in diesem geschlossenen Raum.«

Es ist Leroux. Er räuspert sich. Ich rieche sein Aftershave. Nelken.

»Aber warum ist sie … Sie ist noch nie einfach so ohnmächtig geworden, wenn ich ihr den Schleim ausgeklopft habe.«

»Doch, ganz bestimmt, Sie haben es nur nicht bemerkt. Das liegt am Sauerstoffmangel. Das fehlt hier drin, Sauerstoff. Ansonsten können wir nichts weiter tun.«

»Sie hat sich in letzter Zeit verändert.«

»In welcher Hinsicht?«

»Sie war irgendwie unruhig. Hat die Augen immer hin und her gerollt, so, immer hin und her, fast wie auf der Flucht. Ich glaube, ich weiß, was sie meint.«

»Was denn?«

»Ich glaube, sie fühlt sich gefangen hier drinnen, sie möchte raus, an die Luft, deswegen habe ich den Spiegel so gedreht, dass sie den Garten sehen kann. Das ist besser als nichts. Aber es liegt wohl an etwas anderem. Sie möchte irgendetwas sehen, etwas, das draußen und drinnen ist. Draußen und drinnen zugleich.«

»Sie müssen damit rechnen, dass allmählich die Grenzen ihrer Wahrnehmung verschwimmen.«

»Was wollen Sie damit sagen?«

»Die Grenze zwischen Wachsein und Bewusstlosigkeit. Sie wird halluzinieren, im Halbschlaf dahindämmern, phasenweise bewusstlos sein, beim Aufwachen verwirrt reagieren, Dinge durcheinanderbringen, etwa wer sie ist und wo sie ist. Stellen Sie es sich doch nur vor: Sie liegt da und kann nicht mehr kommunizieren, halluziniert vielleicht häufiger, als Sie glauben. Sie müssen es sich wie einen endlosen Tunnel vorstellen, in dem Fetzen herumspuken von gestern und heute und aus der ferneren Vergangenheit. Wenn sie dann erwacht, kann sie nicht sprechen und sich nicht bewegen, und dann gerät sie in Panik.«

Ich kann mir Agaats Gesicht vorstellen. Undurchdringlich. Sie spricht für mich, dort hinter meinem Rücken. Sie weiß, ich höre alles.

»Nein, daran liegt es nicht, ich bin mir sicher, dass sie vollkommen klar ist. Sie weiß genau, wer ich bin, sie weiß, was sie will, und sie möchte etwas von mir, sie möchte etwas sehen, sie bittet mich darum, mit ihren Blicken, unaufhörlich, sobald sie die Gelegenheit dazu hat. Aber ich habe mir etwas überlegt. Ich habe einige Dinge herausgesucht und werde sie hier aufhängen, neben ihrem Bett, bis das Richtige dabei ist, was sie sich unbedingt ansehen will.«

»Agaat, tun Sie, was Sie für richtig halten. Sie beide haben die Situation selbst gewählt und notariell geregelt. Sie hat Ihnen testamentarisch die umfassende Entscheidungsfreiheit zugebilligt, also kann ich Sie zu nichts zwingen. Aber bitte achten Sie darauf, sich nicht zu übernehmen, und gönnen Sie sich ausreichend Ruhe. Sie können mich jederzeit anrufen, wenn Sie Hilfe benötigen. Ich kann Ihnen eine Schwester schicken, die bei Ihnen übernachtet, zwei sogar, um Sie zwei-, dreimal in der Woche zu entlasten.«

»Nein danke, das ist nicht nötig. Sie kann zum jetzigen Zeitpunkt niemand anderen ertragen.«

Das ist für meine Ohren bestimmt. Ertragen.

»Na schön, aber denken Sie daran: Es geht hier auch darum, wie viel Sie aushalten können. Geben Sie ihr Sauerstoff, wie ich es Ihnen gezeigt habe, wenn Sie es beim Ausklopfen für nötig halten, sowohl vorher als auch hinterher. Die Bewusstlosigkeit kann auch durch einen Schrecken verursacht werden. Denken Sie daran, dass sie alles fühlt. Möglicherweise ist sie in ihrem Zustand empfindlicher und reagiert schneller auf Schmerzen als früher. In Ohnmacht zu fallen ist dann eine Art Fluchtreaktion.«

»Sie ist auch schon früher leicht ohnmächtig geworden, wenn es ihr nicht gut ging, aber sie … sie ist nicht geflüchtet.«

Ich kann sie ertragen, sie allein, und ich werde ihr nicht entfliehen. Agaat wirft eine Leine nach der anderen nach mir aus. Der Arzt dient ihr schon seit Langem nur noch als Sprachrohr, um mir das Nötige zu übermitteln. Erst war sie erschrocken, mittlerweile ist sie aggressiv. Rupft und zupft an einem leblosen Ding, um ihm Leben einzuhauchen.

Ob Leroux einen Verdacht hat? Seine Stimme klingt leise und sachlich. Er sagt, sie könne die Maske in etwa einer Stunde abnehmen.

Das Handtuch wird unter mir hervorgezogen. Zwei Paar Hände drehen mich auf den Rücken. Ich fühle Agaats Arme unter meinen Knien, den Hebel und den Stützpfosten. Leroux packt mich am Oberkörper. Sein Griff ist gefühllos, gefühllos und nichtssagend, solche Hände vermitteln einem den Eindruck, bereits tot zu sein.

»Sehen Sie mal!«, sagt Agaat. »Sie schlägt die Augen auf!«

Die Augen. Als wäre ich ein bockiges Kind.

»Mevrou de Wet, können Sie mich hören? Ich bin's, Doktor Leroux.«

Fingerschnipsen vor meinen Augen.

»Sie mag es nicht, wenn man ihr etwas vor das Gesicht hält«, mahnt Agaat.

Wieder das Fingerschnipsen.

»Sie ist bei Bewusstsein, ich sehe es, Doktor.«

»Mevrou de Wet, ich bin's, Doktor Leroux, wir haben wieder alles unter Kontrolle. Der Schleim ist ausgeklopft, und wir haben Ihre Luftwege freigesaugt. Sie sind bewusstlos gewesen. Wir haben Ihnen ein wenig Sauerstoff gegeben, und jetzt sind Sie wieder fit wie ein Turnschuh.«

Leroux' Gesicht schwebt über mir. Er betrachtet meine Augen wie die eines Tintenfischs, als wüsste er nicht genau, wo ein Tintenfisch seine Augen hat und was so ein Tier eigentlich sieht. Er leuchtet mir mit einer kleinen Taschenlampe ins Gesicht und schwenkt sie von einer Seite zur anderen. Ich sehe ihn durchdringend an, aber er ist mit offenen Augen blind.

Agaat erhascht meinen Blick und sagt: »Warten Sie, lassen Sie mich mal nachsehen.«

Leroux tritt kopfschüttelnd beiseite.

Agaats Gesicht ist über mir, ihre Haube leuchtet weiß, sie blickt mir in die Augen. Ich blinzele ihr zu, dass ich weiß, was sie denkt. Diese Anmaßung! Wenn man nicht auf zwei Beinen herumläuft und über das Wetter plaudert, halten einen die Leute nur noch für einen Muskelklumpen mit Reflexen und leuchten einem ins Gesicht. Sag dem Mann, er soll gehen.

Über Agaats Gesicht huscht ein Flackern. Husch, Erdmännchen!, bedeutet das. Ihre Schürze raschelt beim Aufstehen. Ihre Übersetzung ist makellos.

»Sie sagt: Danke, Doktor. Sie sagt, Sie können jetzt wieder gehen, sie fühle sich schon wieder besser. Sie bedankt sich für Ihre Hilfe und den Sauerstoff, aber ab jetzt kommen wir wieder allein zurecht.«

Ich schließe die Augen. Leroux muss sie für verrückt halten.

Wieder schnipst er mit den Fingern vor meinem Gesicht herum.

»Sie ist wieder bei sich, wirklich, Doktor. Lassen Sie sie, sie ist nur müde, das erkenne ich daran, wie sie die Augen zumacht. Sie braucht jetzt Ruhe. Sie sagt, es sei alles in Ordnung, sie wolle jetzt schlafen. Ich weiß es, ich kenne ihre Art.«

»Ich weiß nicht, Agaat, vielleicht ist das doch nur Ihre Interpretation. Wie können Sie sich da nur so sicher sein? Sie können doch Ihrer Ounooi nicht in den Kopf sehen, auch wenn Sie das noch so gerne täten. Wissen Sie, diese Krankheiten, die einen Menschen in seinen Körper einschließen, machen die Patienten immer auch ein wenig dement ... äh ... kindisch. Das liegt an der Einsamkeit, der Isolation. Sie können nicht darauf vertrauen, ihre Reaktionen richtig zu deuten. Es wäre besser, sachlich mit der Situation umzugehen und sich auf die grundlegenden Bedürfnisse zu beschränken, ohne an subtile Absichten oder komplizierte Botschaften zu glauben. Damit verwirrt man die Leute nur oder setzt ihnen allerhand unnötige Flausen in den Kopf. Dabei haben sie es ohnehin schon schwer genug. Soll ich nicht über Nacht hierbleiben? Glauben Sie ...«

»Nein danke, Doktor, ich bilde mir das nicht ein, ich kenne sie. Und sie ist weit davon entfernt, kindisch zu sein. Sie ist immer noch bei klarem Verstand.«

Agaat sieht mich an.

Ich signalisiere ihr: Stimmt, und auch du bist noch vollkommen klar im Kopf. Sag dem Mann, dass unsere Fantasie eine gemeinsame ist, sag ihm, dass wir beide uns hier erfunden haben. Er ist zu früh dran, meine Zeit ist noch nicht gekommen. Sag ihm, es muss noch viel Wasser diesen Fluss hinunterfließen, und sag ihm, ich will nur dich hierhaben. Außerdem soll er aufhören, mir mit den Fingern im Gesicht herumzuschnippen, als wäre ich ein Pudel. Das finde ich wirklich arg, vielen Dank auch.

Agaat reißt die Augen auf. Augenblick mal!, bedeutet das. Benimm dich! Zugleich freut sie sich, dass sich bei mir noch Widerstand regt.

Doch Leroux lässt nicht locker. »Es wäre wirklich kein Problem, ich habe eine Übernachtungstasche mitgebracht, ich könnte auf dem Sofa im Wohnzimmer …«

Vielleicht gibt es tatsächlich ein Kommunikationsproblem zwischen Männern und Frauen. Nicht einmal, wenn wir Frauen uns ganz klar ausdrücken, verstehen uns die Männer. Vielleicht versteht der gebildete Arzt aber auch nur nichts von der Kommunikation zwischen einer Krankenschwester und ihrer Patientin.

»Ihre Zeit ist noch nicht gekommen«, pariert Agaat. »Wenn es so weit ist, werde ich es wissen, sie wird es mich wissen lassen.«

»Wie Sie meinen, Agaat. Dann fahre ich jetzt wieder. Ich hole nur noch die zweite Sauerstoffflasche und die Ersatzmaske aus dem Auto.«

Bin gleich wieder da, signalisiert sie mir hinter dem Rücken des Arztes. Mit einer Geste gibt sie mir zu verstehen, dass sie ihn hinausbugsieren wird, den Eindringling loswird, mit seiner Lampe, seiner Tasche und dieser Gebärdensprache für Hunde. Er braucht sich hier nicht einzumischen. Wir schaffen das schon.

Ich fühle mich plötzlich schwach. Es liegt an ihren Rücken, die sie mir zudrehen, erst Leroux in seinem grauen Anzug mit den doppelten Schößen und dann Agaat mit der steifen weißen Schürzenschleife. Mir zuliebe ist sie zunächst rückwärts gegangen, um mich nicht Hals über Kopf allein zu lassen und um mich zu beruhigen. Doch jetzt hat sie sich umgedreht. Und ich liege hier, ich bleibe zurück. Vielleicht sind wir der Situation doch nicht gewachsen, vielleicht hat er recht, der Arzt, vielleicht haben wir beide den Verstand verloren, wenn wir glauben, wir könnten dieses Projekt noch innerhalb der verfügbaren Zeit zu einem Ende bringen. Jede einzelne Phase davon. Das Erinnern, das Lesen, das Sterben, das Lied.

Agaat hat so getan, als sähe sie meine Zweifel nicht. Leroux' Schritte halten im Flur inne. Agaat steht hinter ihm.

»Was liegt hier denn alles herum?«, höre ich Leroux fragen.

Agaat antwortet nicht. Sie ist an ihm vorbeigegangen und öffnet ihm die Haustür.

»Was soll dieses Zeug, das hier im Flur herumliegt?«

»Ach, das sind nur alte Sachen, die sie längst wegwerfen wollte, damals, als wir das Haus entrümpelt haben. Damals habe ich befürchtet, sie könnte es im Nachhinein bereuen, und habe die Sachen im Keller aufbewahrt. Jetzt möchte sie sie sich gerne ansehen, die Andenken an früher.«

»Ah, verstehe«, sagt Leroux mit Misstrauen in der Stimme.

»Es sind Sachen, von denen ich glaube, dass sie sie sehen will.«

»Denken Sie aber bitte daran, dass sie Ruhe braucht und sich nicht aufregen darf. Die geringste Störung, eine Kleinigkeit, die ihren Atem aus dem Rhythmus bringt, den Speichelfluss zusätzlich anregt, Kummer, Ärger ...«

Ich kann mir genau vorstellen, welche Kopfbewegung er dabei macht. Dann ist es um sie geschehen, soll sie bedeuten.

Er ist ziemlich direkt. Das weiß ich schon lange. Er ist ungehobelt. Für ihn ist es, als arbeitete er in einem Zoo, wo die Tiere eingesperrt sind, und er müsste sie füttern, ihnen Sauerstoff verabreichen und beruhigende Worte murmeln. Er glaubt, seine Besuche wären die einzige Abwechslung und er als Außenstehender verkörperte die reale Welt und den Verstand der Vernünftigen.

»Ich rege sie nicht auf«, erwidert Agaat. »Wenn sie Sachen sehen will, dann wird sie sie zu Gesicht bekommen, sie besitzt noch genug eigenen Willen.« Agaat klingt entschlossen, als wolle sie mir auf ewig einen eigenen Willen garantieren.

Leroux' Schritte klingen wieder lauter. Na dann, macht nur weiter mit eurem Quatsch, sagt sein Tritt, bei euch ist doch Hopfen und Malz verloren. Mit euren Spielchen macht ihr die Sache nur noch komplizierter.

Seine Abschiedsworte bekomme ich nur halb mit.

»Damit ist niemandem geholfen«, sagt er, »wenn Sie sich bis an den Rand der ...«

Den Rest kann ich nicht verstehen. Was er wohl gesagt hat? Es ist niemandem geholfen, wenn Sie sich bis an den Rand ... des Todes, des Todes einer anderen, begeben? Bis an den Rand des Wahnsinns, des Wahnsinns einer anderen, wagen?

An den Rand des Abgrunds. Die letzte Grenze. Das Hinterland. Die Hottentots-Holland-Berge. Die Overberg-Senke. Niemandsland.

Nein, dieser Mann ist zu gefühllos, um so zu denken; der Wind weht seine Worte zurück in die Diele. Die Haustür kracht gegen die Schwelle. Die beiden stehen auf der Veranda. Unter dem Außenlicht. Wo die Geckos sitzen, die Mäuler voller Motten. Die Botschaft ist deutlich. Hält Agaat die Tür mit ihrer kleinen Hand auf, damit ich sie verstehe?

»Damit ist niemandem geholfen, wenn Sie sich bis an den Rand der Erschöpfung abrackern, Agaat. Denken Sie daran: Die ganze Verantwortung ruht auf Ihren Schultern. Wenn Sie jetzt auch noch zusammenklappen, stehen wir vor einer größeren Krise, als wir sie ohnehin schon haben. Tun Sie nur das Nötigste. Schonen Sie sich und lassen Sie die Fisimatenten sein. Sorgen Sie dafür, dass Sie regelmäßig essen und ausreichend Schlaf bekommen, gehen Sie ein bisschen auf dem Land oder in den Bergen spazieren. Sie können sie nicht festhalten. Sie schwindet, jeden Tag ein bisschen mehr. Sie müssen sich damit abfinden. Ihren Frieden machen damit. Es wird Zeit. Niemand kann den Tod besiegen.«

Sie stehen auf der Veranda, auf halber Treppe. Der Kofferraum öffnet sich mit einem Klicken, wird wieder zugeklappt. Der Motor summt im Leerlauf. Letzte Instruktionen, unverständliche Anweisungen, eine Autotür schlägt zu, Scheinwerferlicht wandert über den Hof.

Dann ruft Agaat die Hunde zurück, nimmt den Türstopper weg und schließt die Haustür. Sie stellt einen Gegenstand hin. Klingt wie eine Taucherflasche. Irgendetwas raschelt im Flur.

Als sie wieder ins Zimmer kommt, hält sie ein zusammengerolltes, an drei Stellen mit Kordel zusammengebundenes Stoffbündel in der Hand.

»Du meine Güte«, seufzt sie, »ganz schön lästig, dieser Doktor!«

Sie mustert die Wand.

»Es ist nur dein Atem, Ounooi.«

Sie zieht einen Stuhl heran.

»Du kriegst nicht ausreichend Luft.«

Eine Stoffkante ist umgeschlagen. In der Hohlnaht steckt ein Bambusstab, so einer wie der, an denen wir die Tomaten aufgebunden haben. Ein Tomatenstock. Daran befestigt sind eine Schlinge und ein Leistenhaken. Agaat zieht die Naht mit einer Hand glatt, sodass der Stoff in der Mitte des Stabes hängt.

»So, soll ich dir jetzt die Maske abnehmen?«

Die normalste Frage der Welt. Von Anfang an ist sie so mit der Situation umgegangen. Soll ich die Eier für dich aufschlagen? Soll ich dir das Kleid zumachen? Dir den Hintern abwischen? Dir die Krücken bringen? Den Rollator? Den Rollstuhl schieben? Das Bett höher stellen? Wie in der Landwirtschaft. Melken, Schlachten, Scheren, Ernten.

Agaat klettert auf den Stuhl, misst die Länge des Bandes ab und hängt den Haken in die Bilderleiste ein.

»Du magst es nicht, wenn dir irgendetwas so nahe vor dem Gesicht hängt, oder, Ounooi?«

Sie löst die erste Schleife, überlegt es sich anders, blickt auf mich hinab.

»Wie ein Marsmännchen siehst du aus mit dem Ding.«

Mars. Willkommen auf dem Mars. Verschwende deinen Atem nicht, signalisiere ich ihr. Es reicht, wenn eine von uns keine Luft mehr bekommt.

»Augenblick«, sagt sie und steigt vom Stuhl. »Eins nach dem anderen. Erst die Maske ab, dann die Überraschung.«

Agaat erledigt alles der Reihe nach. Sie sagt, nichts sei so beruhigend und so motivierend beim Erledigen einer schwierigen Aufgabe wie das Wissen, dass man dafür belohnt werde. Sie lächelt mich an. Ihr Das-errätst-du-nie-Lächeln.

Arme Agaat. Was für ein Leben hatte sie? Was für ein Leben hatte ich? Wie kann ich es ihr je vergelten, dass sie es so lange mit mir auf Grootmoedersdrift ausgehalten hat? Wie belohnt man eine Person dafür, dass sie sich entführen, einsperren und wieder hinauswerfen ließ? Dass sie es zuließ, geformt, zergliedert und wieder neu zusammengesetzt zu werden? Nicht dass sie eine Wahl gehabt hätte. Sogar einen anderen Namen habe ich ihr gegeben.

»Erst die Maske«, bestimmt Agaat. »Wenn ich sie dir abnehme, werde ich dir leicht auf die Brust drücken, Ounooi, nicht erschrecken! Leicht hoch und runter. Du gibst mir mit den Augen den Rhythmus vor. Der Doktor hat es mir gezeigt, es soll deine Muskeln unterstützen. Beim Atmen. Komm, wir setzen dich erst etwas aufrechter hin.«

Agaat macht sich bereit, das Kopfende meines Bettes zu verstellen. Sie lässt mein Gesicht dabei nicht aus den Augen. Mit einem Fuß tastet sie nach dem Pedal, mit den Händen nach den Schrauben.

»Aai, aai«, singt sie, leise, mit angehaltenem Atem, doch die Witborskraai im Lied kommt nicht, sie stürzt ins Leere, Agaats Gesicht zerbröselt, ihre Haube verwelkt, ihr Mund öffnet sich gequält.

Wie ein Bündel Knochen und Federn stürzt sie hinab durch das Blau und Weiß der Lüfte, der braune Horizont ein kreiselnder Schemen, hinab, hinab, hinab, schwarz und weiß, ein Sauseling, bevor sie wieder zu sich kommt, die Flügel ausbreitet, von der Luft aufgefangen wird und wieder fliegen kann.

Agaats Fuß findet das Pedal, ihre Hand die Flügelmutter. Mit einem leisen Knirschen und einem leichten Ruck fährt das Kopfteil des Bettes in die Höhe.

Sie legt die Arme an meine Seiten. Flügel, mit denen ich nicht mehr fliegen kann.

»*Hiervandaan na Mosselbaai*«, fährt sie mit der richtigen Melodie fort. Die Witborskraai, diese Selbstverständlichkeit, hat sie ausgelassen, aber das macht nichts. Ein Lied, das wir beide kennen, kann das vertragen.

Hoch geflogen und tief gefallen.

Was mag es für ein Stoff sein, den sie dort aufgehängt hat? Agaats Kulisse für das große Atemschauspiel? Es wäre die erste handgearbeitete Dekoration, nachdem sie alles andere aus dem Zimmer getragen hat.

By die groot see omgedraai.

Sie löst die Schnallen an meinem Hinterkopf und die Klemme über meiner Nase. Mit einer Hand drückt sie rhythmisch auf meinen Brustkorb und lässt wieder locker. Mit ihrer schwachen Hand. Es fühlt sich an, als säße ein Vogel auf mir, kleiner als eine Krähe, größer als ein Fink, vielleicht so groß wie ein Star. Der Star hilft mir beim Atmen.

»So, ja, so ist's gut, so ist's gut! Blinzele mir zu, Ounooi, blinzle, ob du zurechtkommst.«

Ihr Blick fixiert mich, während sie mit der starken Hand die Maske beiseitelegt und dann weiter auf meinen Brustkorb drückt. Größer als ein Fink. Ein großer, schillernder Flügelschlag.

Witborskraai, der Schildrabe.

Von hier aus. Bis zur Wand, bis zu dem, was da hängt.

»Jetzt«, sagt Agaat, »jetzt habe ich das Gefühl, du schaffst es wieder von allein.«

Die Hand pumpt immer leichter, bis sie nur noch einen ganz leichten Impuls gibt. Dann bin ich wieder auf mich allein gestellt.

Agaat beobachtet meinen Flug.

Du kannst zufrieden sein, Agaat. Sicht schwach, starker Rückenwind, aber ich trotze ihnen, einer nach der anderen, den turbulenten nächtlichen Stunden, den Stunden des Sturmflugs, ich weiß, die Landungslichter brennen, und meine Blinkzeichen sind deutlich auf dem Radarschirm zu sehen.

Sie ignoriert mich. »Wie fühlst du dich ohne den Schleim?«, fragt sie.

Sauber, frei, danke.

»Habe ich zu fest geklopft?«

Ihre Stimme klingt sanft.

Mein Rücken fühlt sich an wie ein weich geklopftes Steak, die Haut über den Rippen ist braun und blau, als hätte ich mich stundenlang gegen eine laufende Ballmaschine gelehnt.

»Jetzt übertreib doch nicht so«, sagt Agaat und lächelt für mich mit. »Jetzt werde ich hier aufräumen, und du siehst dir solange an, was ich für dich aufgehängt habe.«

Agaat legt mir die weiche Halsmanschette an, EasyHead, und dreht meinen Kopf so, dass ich gut sehen kann. Rechts und links stützt sie ihn mit Kissen ab. Das Nachttischlämpchen dreht sie zur Wand, zieht es so weit wie möglich vor und kippt es, sodass der Schirm aussieht wie der Kopf eines gespannten Zuschauers. Wieder klettert sie auf den Stuhl. Ein Horizont steigt auf. Der schwarze Saum des Hauskleids, der weiße Saum der Schürze, umgeschlagene weiße Socken, Agaats braune Waden, Specksohlenschuhe, von denen an den Fersen schon zwei Schichten abgelaufen sind. Hacken, die energisch auftreten und standfest sind, die Fersen einer Tauzieherin.

»Der Arzt hat gesagt, ich soll dich nicht aufregen, Ounooi, damit du schön gleichmäßig atmest.«

Agaats Stimme kommt von oben, ein bisschen mühsam, während sie sich auf dem Stuhl streckt, um den Stoff geradezuziehen, aber spöttisch, was den Arzt angeht, seine Meinung über unser Verhältnis und wie er glaubt, dass sie mich ansprechen solle.

»Ich habe etwas ausgesucht, was dir beim Einschlafen hilft. Also sieh es dir schön an, bevor du die Augen zumachst.«

Sie löst die beiden anderen Bänder.

Mit einem Schurren fällt die Stoffbahn hinunter. Er strahlt auf mich hinab.

Der große Regenbogen.

Ein Stickexperiment aus der Zeit, als Jakkie in die höhere Schule nach Heidelberg kam und Agaat die Zeit ohne ihn überbrücken musste.

»Alle glauben, sie wüssten, wie ein Regenbogen aussieht«, sagte sie, »doch die würden sich wundern, wenn sie ihn von Nahem betrachteten.«

Ich erinnere mich noch daran, wie sie damit begann. »Unmöglich«, sagte ich damals, »reine Zeitverschwendung, mach doch lieber etwas, das man auch gebrauchen kann«, aber sie warf mir nur einen leeren Blick zu.

Sie betäubte sich mit Arbeit und saß vormittags stundenlang auf der Veranda, bis der Augenblick kam, für den sie lebte, drei Uhr, wenn sie das Dröhnen und die quietschenden Bremsen des Schulbusses hörte und sie losrennen konnte, um Jakkie abzuholen, mal an der Furt, mal jenseits der Furt an der Straße. Dann konnte sie neben ihm sitzen, wenn er aß, stundenlang mit ihm über den Hausaufgaben die Köpfe zusammenstecken und mit ihm gemeinsam alles über die Französische Revolution, die Weltkriege und den Burenkrieg lernen. Dazu brachte er ihr alle Lieder bei, die sie in der Schule sangen.

Irgendwann lag er zusammengefaltet auf einem Stuhl, der große Regenbogen.

Und jetzt hängt er hier.

Der Regenbogen in einem geraden Längsschnitt. Die ganze Stoffbahn ist bedeckt. Das Gelb des Spektrums geht in ein Cremeweiß, dann in Schneeweiß über. Die Farben sind so fein abgestuft, dass meine Augen versagen und ich in meinem Inneren Halt suche. Vom Blaugrün eines Berggipfels über grüngelbe Haferschösslinge, wassergrünen Ananassaft, Limonenschale, Sonnenblumen, orangefarbene Kannas, eine staubige Sonne über Stoppelfeldern, einen blutroten Erntemond, das Innere einer Wassermelone. Süßwein, Paviane zwischen dunklen Farnen, die sieben verschiedenen Weinrottöne des Septembers. Flüchtiger Schimmer, Falten des Lichts.

Doch weder Ort noch Zeit liegen darin. Es ist das gestickte Nichts und Nirgendwo. Das, wovon Agaat gedacht haben muss, dass es hinter der zarten Verzweiflung hilfloser Kreaturen liege, hinter den Glühwürmchen, dem Abendstern, dem Klatschmohn, dem blonden Knaben in der Cordhose. Alles, was ihr aus den Händen glitt, Jakkies Kindheit, ersetzt durch eine üppig ausgestickte Leere.

Um mich herum räumt Agaat das Schlachtfeld auf. Sie glaubt, mich mit ihrem Regenbogen ablenken zu können. Zuerst räumt sie die Eimer mit den Tupfern voller Schleim weg, dann die Nierenschale mit den nassen Watteklumpen, die Schwämme, die Lappen, das nach Milton und Lavendel riechende Wasser. Sie arbeitet schnell, bevor sich der Effekt ihres Kunstwerks abschwächt.

Trotzdem höre ich, wie sie die Tiegel und Tuben zuschraubt, sehe die effektiven Bewegungen, mit denen sie den Rollwagen abwischt, den schnellen Griff, mit dem sie den Schwamm vom Klapptisch nimmt, den klirrenden Dreh, mit dem sie die nagelneue Takelage der Sauerstoffschläuche, Schnorchel und Mundstücke aufrollt. Dies, so wollen ihre Bewegungen sagen, gehört alles zu deiner Vergangenheit. Jetzt befinden wir uns an einem anderen, sichereren Ort. Ich habe dir den Regenbogen gebracht. Eine vollständige Farbkarte. Den Ursprung, die Fülle, den Beginn von allem.

Was soll ich damit anfangen? Es ist die falsche Medizin. Vollständigkeit. Der Tod des Liedes, der kleinen, staubigen Geschichte.

Der Regenbogen des Todes.

Soll er mich hypnotisieren?

Perfektion, Reinheit, Ordnung. Sie alle sind Widersacher, des Teufels Ruhekissen.

Wie mein Herz brennt, es ihr zu sagen! Jetzt da ich es erkenne. Jetzt da es zu spät ist.

Freitag 23. September 1960 neun Uhr abends

Jakkies Taufe in einer Woche sorgt bei A. für helle Aufregung. Bin zur Haustür raus & ums Haus herumgeschlichen & habe zur Küchentür hineingespäht was sie da ausheckt. Nach dem Abendessen hat sie sich in die Küche zurückgezogen & die Tür zugemacht & gesagt ich dürfe nicht reinkommen bis sie fertig ist & mich ruft. Sieht nach mindestens zwei Kuchen & einer Quiche aus die dort entstehen. Der ganze Tisch voller Zutaten & es wird gerührt & geknetet wie wild & aus voller Brust gesungen alle meine Kochbücher liegen offen herum. Formen mit Teig stehen in einer Reihe & Hagelzucker & geriebene Orangenschale & Teller voller geschnittenem Speck & Zwiebeln & Petersilie. Alles für den Pf. & den Presbyter die morgen früh kommen um die Taufe zu besprechen.

Samstag 24. September Viertel vor acht morgens

Musste soeben A.s Werk begutachten. Sie hat mich gerufen ob alles recht sei. Im Wohnzimmer hat sie frische Blumensträuße arrangiert (sie ist schon im Morgengrauen aufgestanden) & ihre Kuchen stehen verziert mit Orangenscheiben & Schokolade unter Gitterhauben auf dem Teetisch & sie hat das beste Geschirr eingedeckt & Kuchenteller & Gäbelchen bereitgestellt die Quiche ist fertig & muss nur noch in den Ofen geschoben werden alles wunderbar. Ich dachte bei mir was für ein Aufwand & da stand sie mit glänzenden Augen und vorgerecktem Kinn & ließ die Katze aus dem Sack: Sie möchte Jakkie in die Kirche tragen. Ich flehe dich an! Ob ich nicht bitte bitte den Pf. um Erlaubnis bitten könne.

Das ist völlig undenkbar! Aber ich habe es nicht übers Herz gebracht ihr das ins Gesicht zu sagen nachdem sie sich so viel Mühe gegeben hat mit dem Backen und allem. Großer Gott.

Das Beste von allem ist dass sie ein Taufkleidchen für Jakkie bestickt hat. Hier & da ein bisschen unbeholfen aber es ist etwas Besonderes. Wicken & Traubenbüschel an den Säumen & auf dem Kragen & die allerfeinsten Knöpfchen & Schleifchen & Gürtelchen aus weich gebürstetem leicht glänzendem Seidenstoff – gut genug für einen Prinzen. Sie muss viele Stunden daran gearbeitet haben. Trotzdem wäre es unerhört ein Dienstmädchen in der Kirche & es ist doch schon alles arrangiert & J.s Cousine soll ihn im alten Familientaufkleid hineintragen.

A. möchte ihn gerne über das Taufbecken halten schließlich sei sie doch auch ein getauftes Kind des Herrn sagt sie & er würde auch nicht weinen wenn sie ihn hielte. Das ist natürlich ein Argument.

Samstagnachmittag 24. September 5 Uhr

Bin eigentlich zu verstört um zu schreiben aber Gott im Himmel wie hätte ich denn Pf. van der Lught darum bitten können? Vielleicht hätte ich es tun sollen & dann hätte sie es aus seinem Mund gehört jedenfalls hat sie die ganze Zeit hinter der Küchentür gestanden & gelauscht.

Da liegt das Taufkleid auf dem Sideboard sorgfältig in weißes Seidenpapier eingeschlagen & A. trägt Kuchen & Tee auf alles sehr ordentlich mit Servietten & der Pf. lobt sie über den grünen Klee aber er äße keinen Kuchen & der Presbyter probiert nur einen Bissen denn die beiden sind natürlich schon den ganzen Vormittag auf Hausbesuchen & mit Kuchen vollgegessen & dann musste sie Psalm 23 aufsagen & der Pf. hat sie alles Mögliche gefragt über Sünde & Erlösung & sie wusste alles & er pries sie ungemein wie ordentlich & geschickt & adrett sie sei & er sähe ihr Herz sei rein. Ich sah wie J. das sauer aufstieß.

Die ganze Zeit signalisierte sie mir mit Blicken jetzt zeig ihm doch endlich das Taufkleid sodass ich viel zu viel Kuchen aß nur um ihr zu beweisen wie lecker er war danke du bist eine Perle & später brachte sie Jakkie herein & dann hat J. sie weggeschickt denn wir mussten uns hinknien & beten & ich habe die ganze Zeit auf den Stuhlbezug aus Chintz gestarrt & als ich an der Reihe war zu beten habe ich kein Wort herausgebracht & Jakkie fing an zu weinen & A. kam & nahm ihn auf den Arm & beruhigte ihn damit vor der Taufe der Segen über ihn gesprochen werden konnte & der Pf. betete & der Presbyter betete & sie fanden kein Ende & ich blickte während der Gebete zu A. & sie stand mit großen Augen daneben & formte mit den Lippen bitte bitte aber ich konnte einfach nicht fragen & da mussten wir singen

Gib uns deinen Segen & A. sang die zweite Stimme & der Pf. & der Presbyter haben einander angesehen & sagten kommt lasst uns noch einen Vers zusammen singen doch ich schämte mich denn Farbige singen nicht mit Weißen zusammen im Wohnzimmer. J. hätte fast einen Herzinfarkt bekommen aber er musste sich dem Pf. gegenüber benehmen & ich sah wie er A. bedeutete sie solle sofort aufhören zu singen.

Als sie endlich weg waren stürmte J. aus dem Haus & ich ging mit Jakkie im Kinderwagen ein Stück spazieren mir war ganz übel von dem vielen Kuchen & dann kam ich zum See an die Stelle wo die Enten aus dem Wasser watscheln & da lag doch tatsächlich das weiße Paket mit dem Taufkleid. Dasselbe das gerade eben noch auf dem Sideboard gelegen hatte. Ich traute meinen Augen nicht.

Komm raus, habe ich gerufen, komm raus, denn ich wusste dass A. sich im Schilf versteckt hielt um mir aufzulauern. Gott weiß wie sie so schnell dort hingekommen ist hat bestimmt eine Abkürzung durch den Matsch genommen aber sie kam nicht raus & da nahm ich das Paket & warf es in den See. Es dauerte eine Weile bis es versank & ich wusste die ganze Zeit dass sie mich beobachtete. Habe ein paar Klumpen Erde ins Schilf geworfen um sie rauszujagen aber es hat nicht funktioniert. Was für ein Aufstand mein Gott noch mal!

Die Sache entwickelt sich schon wieder zu einem richtigen Drama.

Ich gehe besser mal nachsehen denn es herrscht schon den ganzen Nachmittag Totenstille. A. ist weg. J. musste sich zur Abwechslung selbst um sein Mittagessen kümmern. Jetzt ist es sechs Uhr. Noch immer rührt sich nichts in der Küche. Vielleicht kommt sie zurück wenn es für Jakkie Zeit zum Baden ist. Wie sollen wir uns je wieder in die Augen sehen?

Letzter Sonntag im September 1960

A. schweigt hartnäckig. So gut ihr Gebäck beim Besuch des Pf.s auch war so zusammengefallen war alles beim Tauftee. Sie hat absichtlich einen Becher Milch auf dem Tablett umgekippt & die Schuhe der Gäste waren voller Hundekot weil sie den Gartenweg nicht sauber gemacht hatte. Während des Taufgottesdiensts ist sie im Wagen sitzen geblieben obwohl der Pf. zu ihr gesagt hat sie könne sich in die Sakristei setzen & sich dort die Predigt mit anhören. Sie hat sich sogar geweigert sich im Kirchgarten bei den Paradieskranichen mit Jakkie in seinem Taufkleidchen fotografieren zu lassen.

Ich werde mir von ihr nicht auf der Nase herumtanzen lassen. Ich werde sie arbeiten lassen bis sie gefügig wird & dann wird sie schon sehen was sie davon hat. Glaube & Schweiß & Blut von Generationen bilden die Voraussetzung dafür dass Agaat sich hier auf Gdrft dick & rund essen kann & die Ernte einfährt ohne sich selbst dabei anzustrengen.

Ich sollte ihr das Fell über die Ohren ziehen, hab ich mir gesagt & das hat mich auf eine Idee gebracht. Gegerbt & gewalkt musst du werden habe ich gesagt das ist die Strafe Nummer eins & wenn du dich dadurch nicht besserst habe ich noch ein paar weitere Strafen in petto.

3. Oktober 1960

Ich beobachte mit dem Fernglas durch das Küchenfenster wie sie unter dem Eukalyptusbaum sitzt & Lederriemen gerbt. Habe D. aufgetragen ihr einen Gerbstein mit Griff zu bringen. Sie soll singen bei der Arbeit & zwar so dass ich sie hören kann. Ich werde sie lehren mir derart die kalte Schulter zu zeigen. Ich sehe wie J. drei weitere Luchshäute auf den Haufen legt. Es widert mich an wie er im Kleinwild wütet. Neue Sportgewehre mit Teleskopen mit denen man nie danebenschießt er soll doch Fallen aufstellen habe ich gesagt dann hätten die armen Tiere wenigstens noch eine Chance.

5. Oktober 1960

Es ist ihr Wille gegen meinen & das weiß sie. Sie reckt das Kinn vor & arbeitet stur mit einem Arm. Hoch & höher zieht sie den Lederriemen bis er tropft & zieht den Stock aus dem Griff & fährt auf der anderen Seite wieder hinunter. Hat schon zwei Gerbstöcke zerbrochen. Die Kinder scharen sich um sie & machen sich über sie lustig. So ist der erste Stock zerbrochen sagt Lietja einer hat ihn an den Kopf gekriegt dass das Blut floss jetzt sind sie vorsichtiger & halten Sicherheitsabstand.

6. Oktober

Ich habe ein Stück Leder abgeschnitten & es ihr unter die Nase gehalten. Siehst du, habe ich gesagt, so ist das Leder gegerbt, das Innere ist weiß. Dann habe ich ein Stück von einer ungegerbten Haut abgeschnitten. Hier ist das Innere schwarz. Genauso wird es dir ergehen. Ich werde dich gerben bis die ganze schwarze Sünde aus dir heraustrieft & dich umdrehen & von der anderen Seite bearbeiten bis du ein braves Mädchen bist das einen nicht im Stich lässt wenn man es am nötigsten braucht. Sie sah mich derart ausdruckslos an dass ich sie am liebsten geschlagen hätte.

7. Oktober 1960

Vier Tage Häute gerben & es wird immer schlimmer mit A. Zerbricht Sachen in der Küche wenn sie abends helfen & Essen für uns kochen muss. Rührschüssel Glasbecher in Scherben in zwei Töpfen das Essen so angebrannt dass ich sie wegwerfen musste Milch sauer weil Flaschen nicht richtig gespült Kleider in der Wäsche verfärbt ganze Körbe Eier fallen gelassen sodass alle kaputtgingen die Hennen legen nicht mehr & Jakkie quengelt ununterbrochen. Muss jetzt die ganze Zeit selbst auf ihn Acht geben er kann schließlich nicht da draußen bei A. unter dem Eukalyptus liegen.

Ich habe sie gefragt: Vermisst du Jakkie tagsüber? Willst du nicht deine Bockigkeit aufgeben & wieder brav sein? In Sünde empfangen & geboren antwortete sie. Ich schimpfe sie wg. der Disteln im Blumengarten & des Meerrettichs im Gemüsebeet & des Wespennests auf der Veranda sie fliegen zur Haustür rein & krabbeln mit dem Hintern wackelnd über die Gardinen. Ich habe ihr aufgetragen das Wespennest zu entfernen am Ende wird Jakkie noch gestochen aber s. hat gesagt sie käme nicht dran. Na schön antwortete ich dann wirst du stattdessen den Acker mit Handpflug & Maulesel umpflügen.

J. sagt du & dein Mädchen kannst du s. nicht rausschmeißen bald fällt sie vor Erschöpfung tot um & was dann? Denk dran von mir kriegt sie keinen Grabstein.

Wusste nicht was ich ihm antworten sollte. Fühle mich schuldig. Doch je schuldiger ich mich fühle umso wütender werde ich.

9. Oktober 1960

Habe ihr absichtlich einen alten Pflug mit einer rostigen Schar gegeben mit einer verdrehten stumpfen Spitze und einem verbogenen Balken & dafür gesorgt dass die Zugkette erst zu hoch & dann zu tief hing & zugesehen wie sie sich mit der Schar abplagte die nicht gepackt hat & stecken geblieben & umgekippt ist oder mit der Spitze aus der Furche rutschte & der Maulesel war abends vollkommen durcheinander & halsstarrig.

Habe gewartet bis sie richtig müde war & gesagt jetzt liest du schön dein Handbuch in dem die Kunst des Handpflügens erklärt wird & dann kommst du zu mir & sagst mir deine Lektion auf & wenn du alles weißt & mir erklären kannst warum du solche Schwierigkeiten hast dann schmieden wir einen Plan aber den Acker wirst du umpflügen ob einarmig oder nicht. Ach Nooi, sagte D. nur. Ich sagte zu ihm er solle den Mund halten & wenn er sich einmischen wolle werde er schon sehen wohin das führt. Ein guter Knecht ist wie eine glänzende Schar die ordentlich pflügt.

11. Oktober 1960

A. läuft mit ihrer starken Hand auf dem Griff & ihrer Schulter hoch hinaufgezogen neben dem Pflug her & redet mit dem Maulesel & singt aus voller Brust: Pavian klettert den Berg hinauf um die Bauern zu ärgern. Hat alles gewusst als ich s. heute Morgen abgefragt habe. Die ganze Logik des Pflugbodens. Scharspitze zum ungepflügten Boden geneigt. Vertiefung unter dem Huf. Scharpflug. Schlepptau in der Mitte der Schar. Bis in alle Einzelheiten.

Habe s. heute mit in den Genossenschaftsladen genommen & gesagt jetzt such dir hier einen Pflug & eine Schar aus die dir für den nassen Flusslehm geeignet erscheinen. Da wusste sie genau was was war & hat mich fast schon frech vor dem Verkäufer gefragt: Haben wir eine Drahtbürste & Schmiere & Grafit & Feinöl um die Bolzen einzulassen & Farbe für nach dem Pflügen sonst verrostet dieser Pflug genauso wie der alte. Du kannst mich so lange bestrafen wie du Lust hast sagte ihr schiefer Rücken als ich hinter ihr her den Laden verließ.

Muss mir etwas anderes ausdenken. Fühle mich furchtbar. Kann aber nicht aufhören.

13. Oktober 1960

J. sagt er hätte nicht übel Lust sich eine Wohnung in der Stadt zu nehmen & Anwalt zu werden er habe die Nase voll davon ein Statist in meinem Arbeitslagerfilm zu sein. Er habe genug von dem Durcheinander im Haus & was denn aus meinem großartigen Hausmädchen geworden sei die bügele nicht mal mehr ein Hemd ordentlich & warum sie sich mit einem Handpflug abplagen müsse oder sei das jetzt meine neueste Vorstellung von einem Zeitvertreib für Mädchen erst der Plattstich jetzt die Pflugfurche. Musste diese Woche drei Hemden mit Brandflecken am Kragen wegwerfen. Habe sie ein großes Segeltuch mit Fett & Leinöl imprägnieren lassen immer wieder auf beiden Seiten.

Wenn ich sie nicht mit harter Arbeit brechen kann dann werde ich sie bei ihrem Verstand packen & dann werden wir ja sehen ob sie so klug ist wie sie glaubt.

Ich erniedrige mich selbst. Herr im Himmel.

14. Oktober

Habe D. aufgetragen die McCormick-Sämaschine auf die Plane in der Scheune zu schleppen & an einer Seite aufzubocken & die Zahnräder abzuschrauben & ein paar Säcke Getreidesaat bereitzustellen. 150 Pfund müssen wir pro Morgen einsäen sagte ich zu A. Rechne aus wie wir die Zahnräder der Maschine einstellen müssen damit sie die richtige Menge ausschüttet & wie viel Saat wir bräuchten um 16 Morgen zu bepflanzen & sie solle es gleich auch D. beibringen & s. brauche nicht nach Hause zu kommen & bekäme nichts zu essen ehe sie es berechnet hätte geh & lies dein Handbuch & hol Stift & Papier aus dem Büro vom Baas. Du hast mir erzählt du wüsstest wie mal malnimmt & teilt. Da erwidert sie mir doch tatsächlich es sei keine Saatzeit sondern fast schon Erntezeit & ob sie nicht lieber die Ernte berechnen solle. Ich musste mich zusammennehmen. Die Arbeiter haben mich mit Argusaugen beobachtet. Tsk!, habe ich hinter meinem Rücken gehört. Sie haben mich angesehen als würden sie mich nicht kennen.

Kenne ich mich?

14. Oktober 1960 1 Uhr

Bei A. brennt noch Licht & sie summt schon den ganzen Abend die gleichen drei Töne. Ich weiß womit sie Probleme hat. Nirgendwo steht wie viele Quadratyard ein Morgen hat & wie viele Fuß ein Yard. Wenn sie schlau ist sieht sie in den Tabellen des Farmer-Almanachs hinten auf der Küchentür nach.

Habe jetzt gar keine Milch mehr & Jakkie bekommt von Kuhmilch schlimme Koliken.

16. Oktober 1960

Habe ht Mrgn Krach aus der Scheune gehört & D. ist zur Tür rein & raus. Da säte die Sämaschine auf die Plane & A. drehte das aufgebockte Rad mit einem Seil das sie um eine der Speichen geschlungen hatte um die Drehungen zu zählen & da lagen das Handbuch & der Almanach mit den Tabellen & ich sah ihre Zettel mit den Berechnungen darauf. Sie waren gerade dabei zum dritten Mal die Räder der Sämaschine einzustellen um auf genau 150 Pfund pro Morgen zu kommen. Da gab ich ihnen das Zahnrad zurück das ich herausgeholt hatte & die Maschine arbeitete wieder richtig & die Berechnungen erwiesen sich als korrekt & es hätte nicht viel gefehlt & A. hätte mir die Zunge rausgestreckt. D. sah mich an & sagte Mein Gott Nooi sonst aber nichts & ehe ich michs versah hatte Lietja A. in der Küche einen Teller Reis & Hackfleisch & Gemüse hingestellt & ich hörte wie sie sagte jetzt hat das ein Ende du bist wirklich klug. Wie eine Schlange wie des Teufels Schleifstein so klug wie eine Eule du musst jetzt langsam anfangen zu essen sonst wird dir schlecht & danach gehst du in dein Zimmer legst dich hin & schläfst du Arme siehst ja aus wie ein Gespenst.

Habe mich verdrückt denn ich hörte plötzlich Schniefen in der Küche & wusste nicht ob es Lietja oder A. war die heulte aber A. heult nicht. Da hörte ich wie J. in die Küche kam & A. aufhetzte. Los sing deiner weißen Stiefmutter ein Lied: Alles was du kannst kann ich besser.

Jetzt ist A. schon den ganzen Nachmittag im Außenzimmer. Alles still.

Ich kenne keinen einzigen Bauern der zu solchen Berechnungen fähig wäre. Wie konnte ich ihr das bloß antun?

*

In jenem Oktober nach Jakkies Geburt, nach dem Krieg mit Agaat wegen des Taufkleids, geschahen fünf Dinge, die alles auf Grootmoedersdrift veränderten. Zuerst ließ Jak die Viehkrippen mit dem Lecksalz und die Lecksteine von den Weiden entfernen. Dann fiel dir eines Tages auf, dass die selbst gebastelten Spielzeugautos der kleinen Jungen auf der Farm nicht mehr aus Draht, sondern aus Knochen gebastelt waren. Aus weißen Wirbeln, weißen Rippen, weißen Schlüsselbeinen – weiße Leichenwagen rasselten über den Hof. Doch du stelltest den Zusammenhang nicht her. Die dritte Sache waren Jaks neue Jagdgewehre. Was tat er, wenn er mit den langen Lederfutteralen das Haus verließ? Du wolltest es gar nicht wissen. Und dann deine Tagebücher. Jemand hatte deine Tagebücher gelesen. Jedenfalls glaubtest du das. Doch das Wichtigste von allem war die Veränderung, die mit Agaat vor sich ging. Du sahst ihr an, dass sie euch mit anderen Augen betrachtete. Hauptsächlich Jak – als sähe sie ihn überhaupt zum ersten Mal.

Fünf Dinge gingen der ersten Katastrophe voraus. Fünf Dinge, die die Grundlage für alle weiteren Katastrophen bildeten.

Abends gab es wieder einmal Streit wegen der Farm, wegen deiner Komposthaufen, deiner Kürbisse zwischen den Birnbäumen.

»Das hat rein gar nichts mit Laboratorium zu tun, Jak«, erwidertest du ihm, »sondern mit gemischter Landwirtschaft. Die Flächen können nicht kahl und steril daliegen ohne jegliches Anzeichen derjenigen Prozesse, die einen Hof gesund halten.«

Er saß bei dir am Tisch; den Teller mit Essen hatte er beiseitegeschoben. Er war dabei, seine Waffen zu zerlegen und wieder zusammenzusetzen und zwischendurch anzulegen und imaginäre Schüsse auf die Dekoration in der Diele abzufeuern. Er zielte durch die Fernrohre. Klick. Klick. Du wurdest schier verrückt davon.

Agaat war ganz fasziniert. Nicht von den Gewehren, sondern von Jaks Gesicht, seinen Händen.

Eines Abends brachte sie dann die Neuigkeit. Es war Ende Oktober 1960. »Die Kühe fressen Dosen.« Genau in dem Moment, als Jak sich den ersten Bissen in den Mund schob.

»Was denn für Dosen?«

Du hattest Jakkie auf dem Schoß und versuchtest, ihn dazu zu bringen, sein Fläschchen zu trinken.

»Lampenöldosen, Maschinenöldosen, Terpentindosen, Schafseifedosen, Melassedosen«, antwortete sie.

»Und wo bitte schön sollen sie die herhaben, Agaat?«, fragtest du, ungläubig, denn warum sollten Kühe Dosen fressen? Du glaubtest, sie würde sich das ausdenken, um es dir wegen der Strafen heimzuzahlen, die du ihr auferlegt hattest.

Agaat schwieg.

»Ach, deine blöden Kühe«, bemerkte Jak verächtlich, »bestimmt kalben sie wieder, dann machen sie doch ständig Ärger. Wenn es nicht die Milchkrankheit ist, dann ist es irgendwas anderes.«

»Ich habe nur gefragt, wo sie diese merkwürdige Sammlung

von Dosen herhaben. Haben sie sie etwa aus der Scheune geholt?«

Du sahst Agaat an.

»Die Dosen liegen auf der hintersten Weide am Fluss zwischen den Steinen«, sagte sie.

Ein ganzer Satz mit mehreren Präpositionen. Wie aus einem Lehrbuch für den Fremdsprachenunterricht.

Sie reckte das Kinn nach vorn.

Jak zeigte mit der Gabel auf Agaat. »Das sind meine Dosen, lass sie bloß dort liegen, sonst kannst du gleich den nächsten Acker von Hand pflügen!«

Du gabst ihr Jakkie. Er wollte bei dir einfach nicht richtig trinken. Sie blieb mit dem Kind in den Armen am Tisch stehen.

Und Jak explodierte. »Das ist mein Schießstand, verdammt noch mal, ich schieße dort auf die Scheißdosen! Und ich werde mich nicht von einem Haufen dämlicher Kühe davon abhalten lassen, mir das bisschen gesunde Entspannung zu gönnen, das man in diesem Internierungslager hier noch bekommt!«

Du bedeutetest Agaat, sie könne gehen. Nach kurzem Zögern verließ sie den Raum, die Ohren unter der Haube gespitzt.

»Sie soll aufhören, die Nase in meine Angelegenheiten zu stecken, das rate ich ihr! Sie benimmt sich, als sei sie die Bäuerin auf diesem Hof. Und … und …«

Jak war rot angelaufen und wischte jetzt verbissen mit einem Öllappen an seinem Gewehrlauf herum.

»Ja, Jak, was noch?«

Du warst daran gewöhnt. Es war immer das Gleiche in solchen Situationen: Agaat war die Ursache für alles, was schieflief, und das war wiederum deine Schuld. Du bedeutetest ihm mit dem Finger auf den Lippen, leiser zu reden.

»Und«, fuhr er fort, »wenn mir noch einmal zu Ohren kommen sollte, dass mein Kind, mein kleiner Jakkie … dann schneide ich ihr beide Möpse ab, einen nach dem anderen, und werfe sie den Schweinen zum Fraß vor! Jak de Wets Kind wird ge… ge… *säugt* von einem … einem domestizierten Hotnotweib!«

Erschrocken sahst du ihn an. Wer hatte das gelesen, wer hatte es gesehen, wer hatte es ihm erzählt?

Du bliebst ganz ruhig und fragtest ihn, wie er bloß auf solchen Unsinn käme.

Jak sprang auf und stieß dabei seinen Stuhl zurück.

»Ich hab es von den Leuten gehört! Ich hab gehört, wie sie reden! Sie wissen alles, was in diesem Haus vor sich geht, das weißt du genau. Dawids Neffe hat gesagt, Saar hätte es gesehen. Die bepissen sich vor Lachen, diese Hotnots! Wo soll denn das deiner Meinung nach enden? Was sollen die von mir denken, dem angeblichen Herrn des Hauses?«

»Du begreifst nicht, was Agaat mir bedeutet«, erwidertest du. »Wenn sie nicht wäre, hättest du wahrscheinlich gar keinen Sohn und vielleicht nicht einmal mehr eine Frau.«

Du blufftest, aber das Herz klopfte dir bis zum Hals. Hatte Agaat das alles am Ende selbst eingefädelt?

»Verdammt, Milla, jetzt schmierst du mir schon wieder diese Heiligengeschichte aufs Brot. Wie lange willst du mir damit eigentlich noch auf die Nerven gehen? Immer die gleiche Leier! Schreib doch mal an Springbokradio, los! Kaum hast du das Weib wieder zur Räson gebracht, himmelst du sie auch schon wieder an. Agaat von Grootmoedersdrift, das Tittchen von Overberg! Dann kann von Caledon bis Swellendam jeder die Geschichte im Radio hören, tagaus, tagein.«

Jak stürmte hinaus und schlug die Tür hinter sich zu.

Ein bisschen heftig dafür, dass es nur um dosenfressende Kühe geht, dachtest du. Ein bisschen zu sauer über bloße Gerüchte. Erst am nächsten Tag wurde dir klar, warum Jak derart vehement zum Gegenangriff übergegangen war.

Du warst dabei, deine vollgeschriebenen Tagebücher durchzunummerieren, beginnend bei 1953. Du hattest sie chronologisch geordnet und sauber auf der Vorderseite notiert, welche Perioden sie umfassten, um genau überprüfen zu können, wie viele es waren. Du bewahrtest sie oben im Schrank des Gästezimmers auf, unter den Daunendecken.

Da rief Agaat nach dir.

»Komm schnell! Die Jungs behaupten, die Kühe würden nicht nur Dosen fressen!«

Du folgtest ihr zu der Weide unten am Fluss. Dort im wilden Brombeergestrüpp standen die trächtigen Kühe und nagten an weißen Rippen, am Kadaver einer Kuh, der schon eine Weile dort gelegen haben musste. Weiße Brocken ragten ihnen beim Kauen rechts und links aus den Mäulern. Du sahst das Sabbern und Krachen mit an, zu schockiert, um einen Fuß vor den anderen zu setzen. Die kraushaarigen Kälber standen unbeachtet ein Stück weit entfernt herum und glotzten.

»Dawid sagt, gestern habe er Blommetjie und Gesina erschossen«, berichtete Agaat. »Bestimmt hatten die auch was Komisches gefressen.«

Sie zeigte sie dir: zwei Kühe am gegenüberliegenden Flussufer, Blommetjie und Gesina, beide durch einen Kopfschuss getötet. Blommetjie war bereits aufgeplatzt. Du konntest den toten Fötus ihres Kalbes erkennen. Blommetjie, eine Urgroßenkelin von Grootblom aus der Herde deiner Mutter.

Aus Jak bekamst du nichts weiter heraus, als dass die Kühe nicht mehr hätten aufstehen wollen und nur noch mit dem Kopf in der Leiste dagelegen und ins Gras gesabbert hätten. Er hätte sie von ihrem Elend erlösen wollen.

Du riefst den Tierarzt in der Stadt an. Er versprach zu kommen und nachzusehen. Er habe zwar keine Impfseren vorrätig, werde sie aber umgehend aus Onderstepoort bestellen. Wenn es sich denn um die Krankheit handele, die er im Sinn habe. Es werde eine Woche dauern, bis der Impfstoff verfügbar sei.

Du packtest Agaat vorne an der Schürze und schütteltest sie.

»Warum habe ich keine Schüsse gehört? Warum hören wir nie etwas? Warum erfahre ich erst jetzt davon? Warum hat mir niemand gesagt, dass die Kühe krank sind? Warum hast du nicht darauf geachtet? Du weißt doch, wie eine gesunde Kuh aussieht.«

Sie sah dir direkt in die Augen, am ganzen Körper stocksteif. Du erkanntest an ihrem Blick, wie tief du sie verletzt hattest. Ihre unbewegte Miene trug einen Schleier der Entrüstung. Mehr als das.

»Er schraubt ein Rohr auf sein Gewehr«, antwortete sie tonlos.

Du ließest sie los, und sie wich einen Schritt zurück. Als sie wieder sprach, klang ihre Stimme leise, aber deutlich und beherrscht.

»Ich habe es gestern zum ersten Mal gesehen. Man hört nur ein leises Plopp, als würde ein Salzsack vom Wagen fallen. Aber jetzt weiß ich ja, wie es klingt. Von jetzt an weiß ich, worauf ich achten muss.«

»Pass auf, dass er dich nicht sieht, Agaat!«

Du bist meine Augen und meine Ohren, lag es dir auf der Zunge. Er weiß, dass ich irgendwann alles herausfinde, aber er darf nicht dahinterkommen, dass du ihn ausspionierst.

Aber du sagtest nichts, sondern putztest dir nur die Nase. Ihr Blick hatte dich zum Schweigen gebracht.

Du hättest ihr sagen müssen, dass es dir leidtue, sie derart ausgeschimpft zu haben. Du hättest sagen sollen, dass du ab jetzt auch selbst besser aufpassen wollest. Schon gut, es ist nicht deine Schuld, Agaat, hättest du sagen sollen, du kümmerst dich den ganzen Tag um Jakkie, woher solltest du denn wissen, was auf den Weiden vor sich geht. Aber du schwiegst. Du gingst an ihr vorbei, die Hände vors Gesicht geschlagen. Erschüttert wegen der Kühe. Über den verletzten Blick Agaats setztest du dich hinweg, über alles, was darin lag.

Soll ich nun also die Keime sehen, noch bevor sie sie krank machen? Soll ich nun auch den Tod von dir fernhalten? Dieser Vorwurf lag in ihrem Gesicht.

Es war ernüchternd.

Du nahmst dich zusammen und halfst dabei, die alten Knochen, die Dosen, die verrosteten Drähte und alles andere von den alten Weiden am Fluss aufzusammeln. Jak bebte vor Entsetzen, als er den Namen der Krankheit erfuhr, krempelte die Ärmel hoch und half mit. Du beherrschtest dich und sagtest ihm, dass du, wenn es denn sein müsse, einen ordentlichen Schießstand mit

Zielscheiben hinten auf dem trockenen Brachland für ihn anlegen lassen wolltest, dort, wo er Mensch und Tier nicht im Wege sei. »Auf diesem Land wird nie wieder ein einziges Lebewesen totgeschossen und liegen gelassen«, sagtest du.

Du begannst umgehend, dem Salz Knochenmehl beizumischen, auch für die Schafe, und neue Futtertröge zimmern zu lassen, um sicherzustellen, dass jedes Tier acht Unzen bekam.

Du heuertest eine Gruppe Häftlinge an und ließest das gesamte Farmland an den Flüssen und jenseits der Furt nach Knochen durchkämmen. Über hundert Säcke voll wurden aufgelesen.

Du würdest es niemals vergessen: die kahl rasierten Schädel der Männer, die in langsamer Phalanx und vornübergebeugt vor Agaats weißer Schürze über das Land schritten. Die alten Gesänge dort hinten auf den unbewässerten Feldern, man hörte sie bis zum Hof, Agaats Sopran hoch und klar über den tiefen Stimmen der Männer.

O komm, du wahres Licht der Welt,
das unsre Finsternis erhellt.
Wir irren hier in Trug und Wahn,
o führ uns auf des Lichtes Bahn.
Freu dich, freu dich, o Israel!
Bald kommt, bald kommt Immanuel!

Es herrschte allgemeines Entsetzen. Kühe, die Skelette fraßen! Als besäße der Tod einen Nährwert. Sogar Saar und Lietja, die sonst über alles anzüglich lachen konnten, stimmten in der Küche in den Gesang ein, gedehnt und in jenem klagenden Unterton, den die Leute in Lieder legen konnten. Trauerklagen und Wehgeschrei ertönten auf Grootmoedersdrift, als die mit weißen Knochen beladenen Anhänger auf den Hof rollten. Als die Gruben ausgehoben und die Skelette von Mungos, Erdmännchen und Perlhühnern sowie die Kadaver der Kühe hineingekippt wurden, sang Agaat den Arbeitern folgenden Vers vor:

O komm, o komm, Gott Sabaoth,

Du unser Hort in aller Not!
Mit Jesses neuem Herrscherstab
treib weit von uns die Feinde ab!
Freu dich, freu dich, o Israel!
Bald kommt, bald kommt Immanuel.

Du fingst sofort wieder an zu weinen, und zwar nicht nur wegen deiner Kühe, sondern auch wegen Agaat, die mit derart trockenen, scharfen Augen die Aufsicht führte. Aus ihrem Mund klangen die Verse wie ein Kriegsgesang, das hörtest du heraus, und er richtete sich an dich. Du spürtest, wie ihr Groll gegen dich wuchs. Sie legte ihre Anklage gegen dich in die Gesänge deiner eigenen Kirche bis hinein in die Münder der alttestamentarischen Propheten.

Standen damals schon alle auf ihrer Seite?

Jak hielt es jedenfalls nicht lange aus unter Agaat und ihren Strafgefangenen. Er ließ seinen Sack mit Knochen stehen und half stattdessen dem Tierarzt, so gut er konnte. Du versuchtest, das Einsammeln der Knochen zu beschleunigen. Du hattest das Gefühl, die Wände des Farmhauses würden einstürzen wie die Mauern von Jericho, wenn das Singen weiterhin anhielte.

Die Beifütterung von Knochenmehl half, die Ochsen, die Stiere und die Kühe, die in jenem Jahr nicht trächtig waren, wieder auf die Beine zu bringen. Doch die besten Milchkühe, die in dieser Saison alle hätten kalben sollen und auf die kleine Weide am Fluss gebracht worden waren, waren verloren.

Drei Tage lang hielt das Sterben an. Der Prozess wiederholte sich ein ums andere Mal: der schwankende Gang, mit dem es begann, die starren Augen, der sorgenvolle Blick, die hängenden Ohren, die struppigen Haare und die trockenen Nüstern. Eine Kuh nach der anderen legte sich hin. Einer nach der anderen wurde der Kopf schwer, als sie im Gras ruhte. Sie drehten die Schnauzen zu den Leisten und versuchten, ihre Köpfe darauf abzustützen. Die Leisten fielen ein. Die Kiefer wurden lahm, die Zungenspitzen lagen vorn auf den Zähnen, Speichel und

Schaum glänzten ums Maul, schwer hoben und senken sich die großen braunen Schlünde. Du begleitetest einen leisen, schwindenden Tod nach dem anderen, die Hand auf der Flanke oder auf dem Scheitel zwischen den Ohren. Du weintest bei deinen Kühen. Die Besten unter ihnen waren Abkömmlinge der Tiere, die du als Kind gekannt hattest. Die Ururenkelin von Abendstern, die entfernten Nichten von Pieternella, all diese karamellbraunen, sanftmütigen Mütter.

Als die Gefangenen wieder fort und die Kühe begraben waren, kam Agaat zu dir ins Zimmer. Sie brachte Jakkie mit, der in ihren Armen sein Fläschchen trank, und legte dir das alte grüne Bauernhandbuch in den Schoß. Ihre Stimme klang fest, und ihre Augen funkelten.

»Schlag Seite 221 auf«, sagte sie. »Schlag es auf und frag mich, was du willst. Ich weiß jetzt alles darüber, was mit einer Kuh passieren kann.«

die gesichter der ärzte sind die verkörperte heuchelei die geflüsterte verschwörung hinter den kulissen mit mir ist nichts in ordnung falsche geometrie missglückte elektrizität nichts richtiges unter der sonne nichts weiter als teilchen und wellen mein durchleuchtetes skelett ein zimmerverteiler mein kopf in einem tunnel mein hals in einem loch mein bein in einem bad meine arme gewichtslos tastend nach nichts in ärmeln aus blei in einer lösung von salzen werde ich getauft mit mitteln mitbietend um wirksamkeit gefärbtes wasser erde feuer und luft eine vierfalt des urteils hängt über meinem nacken unsichtbare aale nagen an den fingerkuppen haut die bis auf weiteres mein versagen umhüllt ein atmendes bündel umgürtet vom schicksal gegenüber ihm dem intakten dem gut durchatmenden dem wohlbehaltenen in einem mantel der entschuldigung ich befürchte das schlimmste mevrou das schlimmste o meiner seel du wirst belauscht von einer batterie stethoskope einer galerie von fachleuten welche die frau taxieren die kein ei mehr aufschlagen kann die frau die keinen besen mehr halten kann die eine-von-hunderttausenden-mevrou-de-wet o kniefallende tief bewegte gemeinde gottes in swellendam alle auf einmal mitleidig mit schadenfrohem unterton singet das vorgebet sie soll gewisslich fallen wie der regen im winter o Herr muss herniederprasseln wie manna aus essbaren schmetterlingen während mich schweigende assistentinnen an elektroden koppeln mich durchleuchten mich wiegen das spezifische gewicht meines geistes das ich angeben muss wenn ich den beweis der allmählichen entkräftung richtig interpretiere auf den anzeigen auf den kontrollpulten der engel mit flammenden schwertern den elektromyografistinnen die ihre nadeln in mein fleisch stecken sie flüstern unisono morbus charcot das lou-gehrig-syndrom jetzt die krankheit von grootmoedersdrift die mutter aller krankheiten man wird belagert im eigenen kopf ein zungenloser bunker mit schießscharten

10

Im grauen Morgenlicht sieht der Regenbogen anders aus. Dunkler als gestern Abend im Lampenschein. Da erinnerte er mich an eine Kulisse, vor der Schauspieler erscheinen würden, Sänger, um Leben hereinzubringen. Jetzt gleicht er einem Loch im Verputz, einer dunklen Fläche auf der weißen Wand. Ein dunkler Regenbogen.

Agaat ist müde heute Morgen, sie sieht abgespannt aus und taucht seltener als sonst an meinem Bett auf. Sie weicht meinem Blick aus, und ihre Stickerei liegt zusammengefaltet auf dem Stuhl. Darauf ruht aufgeschlagen das blaue Heft, in dem sie gerade begonnen hatte zu lesen, bevor ich ohnmächtig wurde. Die Geschichte vom Kaminbau.

Manchmal denke ich, dass nicht mehr ich es bin, der sie es mit ihrer Lektüre zeigen will. Sie liest meine Tagebücher um ihrer selbst willen, sie verleihen ihr Energie. Sie presst aus meiner Geschichte ein letztes Quäntchen Entrüstung, doch nicht, um mich leichter vernichten zu können, sondern als Aufmunterung, als Brennstoff für sich selbst, damit sie mich weiterhin jeden Tag pflegen kann.

Denn ihre Arme sind müde. Ich spüre, wie schwer es ihr fällt, wenn sie mich umdrehen, wenn sie meine Beine und Hände hochheben muss.

Ihre Füße schmerzen, ich höre es an ihrem schleppenden Gang. Sie ist ausgebrannt.

Wie mutig sie am Anfang noch war, in jenen ersten Tagen, als sie gerade erst erfahren hatte, was mit mir los war. Regelrecht Feuer und Flamme war sie. Sie dachte, sie könnte es schaffen, so wie sie ihr Leben lang mit Krankheiten und mit dem Tod umgegangen war.

Sie war enttäuscht, dass ich sie nicht mitnahm, als ich nach Kapstadt ins Krankenhaus fuhr, und beunruhigt, als ich nach einer Woche zurückkehrte.

Leroux hatte mich abgeholt und mich wieder nach Hause gebracht. Im Auto hatte ich mich schlafend gestellt. Ich hatte keine Lust gehabt, seinen Reden zu lauschen. Ich hatte an Agaat gedacht und wie ich es ihr beibringen sollte. Mehrmals spürte ich, wie der Wind am Wagen rüttelte, hörte Leroux fluchen und fühlte das Auto schwanken, wenn er gegenlenken musste. Es wehte ein heftiger Wind, wie er für den Jahreszeitenwechsel typisch ist, und dieser Wind blies vom Groote-Schuur-Krankenhaus in Kapstadt bis zu uns in die Flussniederung hinunter. Als wir auf dem Hof ausstiegen, sah ich, wie sich die Weiden am See neigten, und ich roch den Fenchel, scharf und wild, wie immer, wenn vor den Regenfällen starker Wind aufkam.

Es war am 12. Mai 1993. An einem Mittwochnachmittag. Agaat servierte im Wohnzimmer Tee und Plätzchen.

In ihren Augen spielte ein ganzes Orchester.

»Da bist du ja wieder! Springlebendig! Du hast dich nur angestellt, ich hab's dir doch gesagt. Aber was rede ich? Raus mit der Sprache! Wenn mehr dahintersteckt, will ich es wissen. Jetzt auf der Stelle. Winterschmerzen? Rheumatismus?«

Ich achtete darauf, dass mein Blick mich nicht verriet, und antwortete ausweichend. »Später, später, bitte lass uns jetzt allein.«

»Meine Befürchtungen haben sich also bewahrheitet«, begann Leroux und goss sich Milch in den Tee.

Ich war nicht hypochondrisch gewesen. Diesmal nicht.

Ein freudloses Lächeln huschte über sein Gesicht. Die Untersuchungsergebnisse und Berichte lagen vor ihm ausgebreitet.

Ich müsse vorausplanen, sagte er.

Einen und einen Viertel Löffel Zucker.

Ich müsse Vorkehrungen treffen.

Doktor Rühr-gut-um.

Ich sollte ein Testament aufsetzen.

Doktor Tunk-das-Plätzchen.

»So ein Testament braucht seine Zeit, man wird niemals richtig fertig damit. Aber man kann es ja jederzeit wieder ändern. Am Ende muss schwarz auf weiß dastehen, was geschehen soll, wenn man selbst nicht mehr handeln kann.«

Quietschend fegte der Efeu über die Fensterscheibe.

»Wer dann welche Aufgaben erledigen soll ...«

Er angelte einen Krümel aus dem Tee.

»Wer dann entscheiden darf ...«

In der Ferne hörte ich das Bellen eines Hundes, davongetragen vom Wind.

»Wer in Ihrem Namen etwas verändern ... in Ihrem Namen entscheiden darf ... Wissen Sie, was ich meine?«

Tick, und der Löffel traf auf die Untertasse.

Ich solle gründlich darüber nachdenken, noch hätte ich genug Zeit, sagte er. Drei Jahre, in meinem Fall vielleicht fünf. Ich müsse wissen, dass er sehr progressiv über diese Dinge denke und jegliches Leiden so gut wie nur irgend möglich lindern wolle. Er sei immer für mich da, ich solle einfach nur Bescheid sagen, das verstünde ich doch?

So gut wie nur irgend möglich. Lindern wollte er es.

Hoch und runter wanderten die Augenbrauen. Baccalaureus medicinæ und chirurgiæ Lies-mich-ich-bin-ein-offenes-Buch-mein-Name-sei-Gnadentod-Leroux.

»Nun, meine eigenen Wege sind dunkel, Dok. Ich bin eine geborene Redelinghuys.«

»Wie bitte?«

»Ich wollte sagen: Kommt Zeit, kommt Rat.«

Genau genommen wollte ich, dass er ging. Agaat stand hinter der Küchentür und lauschte. Ich hörte die Bodendielen knarzen. Sie hatte den Mann von Anfang an nicht leiden können und vermochte sein aufgesetzt väterliches Salbadern täuschend echt nachzuahmen.

An der Haustür drückte er mir eine durchscheinende Plastiktüte mit blauen und roten Faltblättern und Broschüren, ein Buch über verschiedene Atrophien und ein Reklameheft über Hilfsmittel in die Hand und legte meine Daumen darum.

»Sie sollten sich gründlich informieren und gut überlegte Entscheidungen fällen, Mevrou de Wet«, riet er mir. »Es beruhigt mich zu wissen, dass Sie praktisch denken und zu den Menschen gehören, die jederzeit die Kontrolle behalten wollen. Und Sie sind Bäuerin. Krankheiten und Leiden sind der Bauern täglich Brot. Gut ist auch, dass Sie zum jetzigen Zeitpunkt keine Angehörigen haben, die Ihnen Vorschriften machen könnten ... äh ... oder um die Sie sich Sorgen machen müssten.«

Seine Berichtigung ging fast in dem lauten Knall unter, mit dem die Hintertür zufiel.

Auf Grootmoedersdrift zieht es, sagten wir immer um diese Jahreszeit.

»Augenblick, beinahe hätte ich noch etwas vergessen.«

Mit drei Schritten war Leroux bei seinem Auto. Ein großer weißer Plastiksack kam zum Vorschein.

»Voilà«, sagte er, »die neuesten Hilfsmittel auf dem Markt. Ich dachte, wenn ich schon in der Stadt bin, erledige ich gleich ein paar Einkäufe. Probieren Sie alles aus, schauen Sie, was davon sinnvoll ist, wir regeln das dann später.«

Er drückte mir die Plastiktüte in die Arme.

Ein Blatt Papier segelte auf den Boden. Er hob es auf und drückte mir auch dieses an die Brust.

»Ach, und dann noch diese Tabelle, das ganze Profil auf einen Blick«, sagte er, »Symptome, Medikamente, Therapien.«

Die Overberg-Manieren, dachte ich. Gut für eine ganze Nation.

Als er zum Tor hinausfuhr, schoss es mir durch den Kopf: Milla hat ALS.

Jetzt erst wird mir klar, was mir den ganzen Tag unterschwellig im Kopf herumgespukt hat, jetzt da ich fast alles hinter mir habe.

Aus nichts alles machen.

Das hat Agaat mit mir getan. Je unbeweglicher, je nichtsnutziger ich wurde, umso mehr hat sie in mich hineingesteckt. Ich leistete keinen Widerstand. Es war ihre Initiative. Sie wollte aus mir ein Überraschungspaket machen. Der Mensch muss dahinsiechen, damit sein Buch des Lebens vollständig ist. Genauso, wie der große Gott geringer werden musste, um Platz für seine Schöpfung zu machen. Oder so ähnlich. Ich kann den Gedanken noch nicht richtig in Worte kleiden. Ich denke an eine Art Summe mit wechselnden Summanden, jedoch immer gleichem Wert, nur in sehr spezifischen Verpackungen.

Damals legte ich mich hin, bis Agaat zum Abendessen läutete. Sie hatte etwas Besonderes gekocht, um meine Rückkehr zu feiern: Lammfleischpastete, grüne Bohnen mit Zwiebeln und Speck, gedämpfte Pfirsiche, Kartoffeln, mehlig, wie ich sie mag, einen Salat aus reifen, dunkelroten Tomaten mit Zwiebeln. Damast. Kerzen. Blumen.

Willkommen daheim.

Sogar eine Flasche Wein hatte sie aus dem Keller geholt.

»Iss«, sagte sie, »damit du wieder zu Kräften kommst.«

Sie bediente mich, schenkte mir Wein ein. Das Fleisch in der Pastete war feiner als gewöhnlich, sodass ich es nicht klein zu schneiden brauchte. Ich hatte Hunger. Der Gedanke, wahrnehmen zu können, wie sich Hunger anfühlt, betrübte mich. Ich tupfte mir die Augen mit der Serviette ab. Sie tat so, als sähe sie es nicht. Während ich aß, sprach sie leise mit mir und tröstete mich Kranke mit einer Schilderung dessen, was inzwischen auf der Farm geschehen war. Anschließend machte sie es mir in meinem Zimmer gemütlich. Wärmflasche, neue Bettsocken aus kuschelweicher Wolle, sieh mal, die habe ich gestrickt, während du weg warst. Sie wartete darauf, dass ich redete, bat mich mit den Augen, bitte, ich bin's doch, Agaat, ich bin hier, bei dir, rede mit mir, sag mir endlich, was los ist!

Zu gegebener Zeit, erwiderte ich mit einer Geste.

Sie schaltete das Licht aus.

»Schlaf jetzt«, sagte sie im Dunkeln zu mir, »dann wirst du dich besser fühlen.«

Später hörte ich ein Murmeln und stand auf, um nachzusehen. Ich horchte in den Flur hinein. Es war ihre Stimme.

»Dys-pha-gie, kann nicht schlucken, Dys-ar-thrie, kann nicht sprechen, Sia-lo-rrhö, verstärkter Speichelfluss.«

Silbe für Silbe sprach sie die Wörter aus. Ich hörte es durch die Küchentür, die einen Spaltbreit aufstand. Sie hatte die Plastikhülle und die weiße Tüte ausgepackt, die Papiere und Broschüren lagen auf dem Küchentisch verstreut. Während Agaat zu Abend aß, studierte sie meine Krankheit. An den Händen trug sie zwei graue Handgelenkmanschetten, an denen ein klobiges Messer und eine Gabel mit drei Zinken befestigt waren.

»Spas-tik«, las sie in der Tabelle neben ihrem Teller, »Gelenkschmerzen, Krämpfe, Spasmen, As-piration, Depressionen.«

Langsam buchstabierte sie die Wörter: Be-we-gungs-spektrums-übungen. Mo-di-fi-zier-te Nah-rungs-kon-sis-tenz.

Im selben Atemzug sagte sie: »Ich bin fertig mit Essen, du kannst jetzt hinter der Tür hervorkommen, wir können genauso gut an die Arbeit gehen, du und ich.«

Du und ich. In der Tat. Und wir gehen noch immer an die Arbeit, wenn man das, was in den vergangenen Monaten in diesem Zimmer stattgefunden hat, Arbeit nennen kann.

Wir hätten genauso gut beschließen können, gar nicht erst damit anzufangen.

Weil von vornherein klar war, dass es zu viel werden würde.

Ich hätte mich selbst darum kümmern müssen, solange ich mich noch bewegen konnte, das hätte ich. Kurz und schmerzlos. Aber ich habe es immer wieder vor mir hergeschoben. Erst noch dies, dann noch das, erst noch aufräumen, erst Ordnung in mein Leben bringen, bevor ich es eines Tages fein säuberlich mit einer Kordel verschnürt beende. Aber ich habe es nicht fertiggebracht.

Ich habe die Entscheidung ihr überlassen.

Doch der Gnadentod ist kein Thema, über das sie sich mit mir beraten würde.

Die Möglichkeit hat sie nie in Erwägung gezogen.

Wie hätte sie sie auch formulieren sollen?

Soll ich ein Ende mit dir machen?

Bist du bereit?

Wie soll ich dich darauf vorbereiten?

Oder soll ich in einem unbedachten Moment über dich herfallen?

Möchtest du wissen, wie ich es tun würde?

Willst du dir die Methode selbst aussuchen?

Ein Kissen auf deinem Gesicht? Einen Trank? Eine Tablette? Ein Brecheisen? Ein Messer?

Sie hätte es niemals aussprechen können. Stattdessen entschied sie sich für den langen Weg. Sie tut ganz einfach von Stunde zu Stunde, was getan werden muss. Die wichtigsten Dinge zuerst, eins nach dem anderen, alles nach Plan. Als ergäbe das einen Sinn, als enthielte das ein Versprechen.

Warum entfacht sie jeden Tag von Neuem ein Fünkchen Hoffnung in mir? Hoffnung auf eine Wendung, einen Ausweg, ein befriedigendes Ende, eines, von dem man mit Sicherheit sagen kann, dass es gut war?

An manchen Tagen sehne ich mich mehr danach, an anderen weniger.

Heute Morgen hörte ich, wie das Telefon klingelte. Es war Leroux.

Agaat war kurz angebunden.

Vielleicht hegte er Hoffnung, denn sie sagte: »Nein, sie ist noch bei uns, und es geht ihr gut. Gut, gut, gut. Ja, mach ich. Ist recht. Bis bald, Doktor. Ja, Doktor. Nein, Doktor. Auf Wiederhören.«

Sie denkt, ich würde wieder schlafen, nachdem ich meinen süßen Tee getrunken habe, angedickt mit Reisstärke, weil sie glaubt, das wäre gut für mich. Ich habe gehört, wie sie die Bediensteten nach Hause geschickt hat. Heute Morgen hat sie mir nur schnell das Gesicht feucht abgewischt und mich ansonsten nicht angerührt, als hätte sie plötzlich Angst, ich würde auseinanderfallen. Ich versuchte, sie zu beruhigen.

Danke, mir geht es besser, nachdem der Schleim weg ist. Ich fühle mich leichter, ich bekomme besser Luft.

Doch sie wich meinem Blick aus, wollte mir nicht helfen zu kommunizieren, denn sie wusste, dass ich sie nur trösten wollte.

Ich kann ihr nicht helfen.

Zwei Mal schon habe ich gehört, wie sie den Hörer abgenommen und wieder aufgelegt hat. Sie will telefonieren. Ich warte. Was wird sie sagen? Wen will sie anrufen?

Sie telefoniert häufig, mit der Apotheke, der Genossenschaft, dem Supermarkt. Sie gibt Bestellungen auf und regelt auch alle anderen Angelegenheiten. Manchmal werden auch wir angerufen, und je nachdem, wer es ist, erzählt sie am Telefon mehr oder weniger. Eher weniger, noch weniger, immer weniger. Nichtiges. Nebensächlichkeiten. Die Hühner legen gut, die Ernte ist fast eingefahren, ihre Füße sind manchmal kalt. Wenn sie das sagt, legen die Anrufer meistens auf. Niemand möchte von meinen kälter werdenden Füßen hören.

Wenn es Jakkie ist, redet sie absichtlich laut, sodass ich mithören kann, und sie wiederholt alles, was er sagt. Er erzählt von seinen Forschungen bei indigenen Stämmen, von seinen Reisen, die ihn an alle möglichen Orte in Afrika führen, nur nicht nach Südafrika. Hier braucht er angeblich nur Assistenten, Informanten, die für ihn Lieder aufzeichnen und sie ihm schicken. Im Canadian Centre for Ethnomusicology werden sie dann archiviert. Agaat sagt, die Amerikaner hätten wohl zu viel Geld.

Jakkie. Manchmal ahne ich, dass es gar nicht stimmt, wenn sie behauptet, er hätte angerufen, sich nach mir erkundigt und versprochen, dass er kommt.

Aber wie sollte ich das überprüfen?

Mein Sohn, der große Abwesende.

Was er von mir und was er von Jak geerbt hat, ist unverkennbar. Er neigt zur Melancholie und kann sehr direkt sein, manchmal sogar verletzend. Am deutlichsten jedoch merkt man ihm Agaats Einfluss an. Die Sprichwörter, die Lieder, die Reime, für die er ein geradezu obsessives Interesse hegt. Agaat singt ihm manchmal am Telefon etwas vor, wenn er sich nicht mehr genau an einen Liedtext erinnern kann.

Die blikkie se boom. Die Sondagmôre.

Ai, diese einfachen kleinen Lieder, und dazu hat er eine so wunderschöne Stimme, der Junge. Ob sie ihn anrufen will? Damit er eine letzte Chance hat, mich zu sehen?

Als er uns geschrieben hatte, er wolle noch einmal studieren, und uns von seinem neuen Interessengebiet erzählt hatte, hatte ich ihm geantwortet, es gebe meines Wissens auch eine Abteilung für Kulturgeschichte an der Universität Stellenbosch, oder nicht? Daraufhin wetterte er in seinem nächsten Brief darüber, dass er nicht vorhabe, in reaktionärer, vaterländischer Nostalgie zu schwelgen, sondern dass er Anthropologe werden wolle. Dafür müsse er in Stellenbosch den Müll der ehrwürdigen verknöcherten Professoren mit dem Vergrößerungsglas betrachten, nicht ihre Standpunkte. Jene Standpunkte, so schrieb er, seien so banal, so landläufig, dass man sie schon von Weitem erkennen könne wie Feuersäulen in der Wüste. Nicht einmal ein Blinder mit Krückstock könne das übersehen.

Ich war entsetzt, dass mein Sohn derart gegen seine eigenen Landsleute hetzte. Von mir aus sollte er radikale Ansichten haben, aber deswegen musste er noch lange nicht so ungehobelt sein. Doch darauf zu reagieren wäre nicht klug von mir gewesen. Es waren seine Rebellenjahre. Nicht dass er je angepasst gewesen wäre. Schon als Kind hatte er sich immer ein wenig abseits gehalten, kaum Interesse an seinen Altersgenossen gezeigt und auf der Farm immerzu an Agaats Rockzipfel gehangen. Auch später nahm er nur wenig Anteil am Leben seiner Kommilitonen oder dem der Offiziere beim Militär. Herdentiere, nannte er sie, die immer einen Leithammel und einen Sündenbock bräuchten, um zu funktionieren.

Heutzutage klingt er besorgter. Nicht wegen der Geschehnisse in den Nachrichten, schreibt er, sondern wegen der *Nebenschauplätze*, was immer das bedeuten mag. Mit so wenig Vertrauen in die Welt kann man doch nicht leben?

Wir hören nicht mehr viel von ihm. Wenn er an Agaat schreibt, zeigt sie mir die Briefe nicht mehr. Das hat sie sowieso nie getan, aber wenigstens hat sie mir eine Weile daraus vorgelesen und das zitiert, was sie für richtig hielt.

Nur jenen Brief – den an uns, an Jak und mich, den ersten Brief nach Jakkies Verschwinden –, den hatte sie uns zeigen müssen. Ich hatte damals nur die erste Zeile gelesen, und als ich ihn später wiedersah, war er so blutverschmiert, dass die Seiten aneinanderklebten.

Angeblich hatte sie ihn mir immer noch mal vorlesen wollen. Doch daraus ist nie etwas geworden. Erst ein Jahr später hat Jakkie selbst mir alles erzählt. Schön der Reihe nach, ohne sich auch nur ein einziges Mal auf sein ursprüngliches Geständnis und Plädoyer zu berufen.

Haben wir ihn falsch erzogen?

Nein, ganz falsch bestimmt nicht, denn er hat eine Arbeit und ein Haus und einen eigenen Willen.

Agaat leidet am meisten unter seiner Entscheidung. Sie sehnt sich nach ihm, das erkenne ich daran, wie sie mit diesem ganz bestimmten Blick zur Tür sieht und dann für einen Moment die Augen schließt, oder manchmal nachts, wenn die Türen offen stehen und sie ihre Stickarbeit sinken lässt und ihren Kopf schräg legt und lauscht, die Haube auf Empfang gedreht wie eine Satellitenschüssel.

Will sie ihn anrufen? Vielleicht hat sie Probleme mit den Vorwahlen ins Ausland, oder sie will nur so tun, als ob sie mit ihm telefonierte, um meinetwillen. Vielleicht denkt sie darüber nach, was sie dann sagen und wie sie es, für meine Ohren bestimmt, formulieren müsste.

Doch ich kenne ihren Gesichtsausdruck, wenn sie damit rechnet, mit Jakkie zu reden.

Vielleicht will sie aber auch den Bestatter anrufen. Wegen der Planung. Vielleicht hofft sie, sein taxierender Blick würde mich aufschrecken. Dass ich meiner Sprache beraubt bin, hat auch sein Gutes.

Von unseren Freunden ließe Agaat nur noch Beatrice zu mir – wenn diese es denn wollte, nebenbei bemerkt. Nach dem Gespräch in Jaks Büro hat sie sich von mir zurückgezogen, aus Angst vor ihren eigenen Gefühlen. Da erst ist mir klar geworden, wie weit verbreitet es sein muss: stumpfe Männer, Frauen, die keine Lust mehr haben, ihren Gatten sexuell zu Diensten zu sein. Nur der Tod kann ihren Appetit noch anregen.

Nachdem Agaat dies erkannt hat, schränkt sie auch die Besuchsdauer strikt ein. Sie serviert Gästen im Wohnzimmer Tee, lässt zu, dass sie mich an der Tür kurz grüßen, keinen Schritt weiter, und komplimentiert sie dann wieder hinaus. Tür zu. Manchmal entschlüpft ihr einer der Besucher und wandert unbeaufsichtigt den Flur entlang. Neugierige meist, Missgünstige, angelockt von meinem Leidensbett.

Wie nichtig das alles von hier aus erscheint. Eine Zeit lang riss der Besucherstrom überhaupt nicht mehr ab, bis Agaat beschloss, dem Ganzen ein Ende zu setzen. Danach war sie dran und nur noch sie allein.

Mir sind inzwischen nur mehr meine Gedanken geblieben, denen ich nachhängen darf, ohne sie aussprechen zu müssen, sowie die kärglichen Wahrnehmungen meiner Sinnesorgane. Licht, Dunkel, Hitze, Stimmen, offene Türen, Wind. Die Ruine, die Agaat mir zu bewohnen hilft. Eine Slumbewohnerin meines eigenen Körpers. Eine windschiefe Hütte. Eine gefährliche Freiheit.

Sie könnte für den Rest ihres irdischen Lebens dasitzen und beschreiben, was sie mit mir alles durchgemacht hat. Einen Vorsprung habe ich momentan nur deswegen, weil ich nicht mehr lange genug leben werde, um eines Tages ihre Aufzeichnungen zu lesen.

Sie könnte meinen Kopf in eine Klemme stecken und mich dazu zwingen. Eigens für meine Augen angefertigt. Nischenmarkt.

Jetzt wählt sie draußen im Flur die Nummer und setzt sich zum Telefonieren hin. Wenn sie glaubt, ich schlafe, heuchelt sie umso mehr.

»Ich bin's, Agaat«, sagt sie. Sie spricht leise.

Sie räuspert sich, spielt die bescheidene Meid.

»Hier ist Grootmoedersdrift, Nooi Beatrice, Agaat am Apparat.«

Schon besser. Standesgemäß. Klar und deutlich. Die Unschuld persönlich. Das farbigste Hausmädchen im ganzen Land.

»*Môre*, Nooi, wie geht es Ihnen? Ach, mal so, mal so, Nooi. Ich möchte Sie um einen Gefallen bitten, Nooi. Ich muss morgen in die Stadt fahren, mit Dawid zusammen, und wollte fragen, ob Sie vielleicht ein paar Stunden bei der Ounooi wachen könnten.«

Wachen. Meisterhafte Wortwahl, Agaat.

»Was haben Sie gesagt, Nooi? Nein, ich muss allerlei Besorgungen machen, in der Apotheke und bei der Genossenschaft. Und ich muss zur Druckerei, die Karten und das Programm in Auftrag geben, so wie es sich die Ounooi für ihre Beerdigung wünscht. Ja, es werden viele Gäste erwartet, Nooi. Wenn alle vollzählig erscheinen, werden es an die hundert sein. Es wird eine Heidenarbeit, Nooi.«

Eine Heidenarbeit. Mein Gott. Denkt sie sich das alles aus? Vielleicht möchte sie, dass die Telefonzentrale alles mitbekommt? Oder sie redet mit dem gleichmäßigen Tuten des Freizeichens.

»Nein, Saar und Lietja können das nicht übernehmen, Nooi, sie sind Farmarbeiterinnen, zu unsauber.«

Du kennst die Nachbarin in- und auswendig, mein gutes altes Mädchen, bis auf die Knochen.

»Ja, hier geht alles seinen Gang, Nooi. Gestern Abend wurde es allerdings brenzlig. Nein, der Schleim, der Schleim setzt sich unten in der Lunge ab, sie kann doch nicht mehr selbst abhusten. Nein, ich klopfe sie von unten nach oben ab, wie der Doktor es mir beigebracht hat, und dann sauge ich den Schleim mit einer Pumpe heraus. Ich weiß, wie das geht. Der Doktor war hier, ja, hat ihr Sauerstoff gegeben. Wir haben jetzt Sauerstoff hier. Ja, er hat mir gezeigt, wie es geht. Wenig, etwa zwei Stunden am Stück, dann stehe ich auf und sehe nach ihr. Wie meinen Sie, Nooi? Nein, Nooi, die Ounooi unterstützt uns, so gut sie kann, sie weiß, dass ich das alles tun muss, sie begreift es.«

Ja, Agaat, sie liegt hier und begreift es. Ich lausche dem Preis, den du am Telefon für einen einfachen Nachbarschaftsdienst bezahlen musst. Am anderen Ende der Leitung klappert der Geierschnabel. Füttere sie nur, Agaat. Füttere sie, bis sie dick und rund ist.

Agaats Stimme wird leise. Sie hustet.

»Nein, ganz klar. Immer noch ganz klar bei Verstand, Nooi. Nein, der Doktor hat gesagt, zu Hause könne man nicht mehr tun. Ansonsten müsse sie ins Krankenhaus. Das würde nicht gut gehen, Nooi. Ja, ich weiß. Aber sie will nicht. Sie hat die nötigen Papiere unterschrieben. Sie will nicht an Maschinen hängen. Sie glaubt, der Doktor wolle ihr vorschreiben, wie … wie sie … Sie wissen schon. Wie es mit ihr weitergehen soll.«

Agaat verlagert auf dem Hocker ihr Gewicht. Die Dielen im Flur knarzen. Sie schweigt eine Zeit lang. Ob sie an ihre Haube fasst, um den Sitz zu überprüfen? Ob sie sich auf die Bodendielen konzentriert?

»Nein«, sagt Agaat, »das wird sie niemals tun, sie hat ihren eigenen Kopf, sie will selbst entscheiden. Natürlich, ich passe gut auf sie auf, Nooi Beatrice, das wissen Sie doch, wir kennen uns. Die Ounooi und ich, wir kennen uns seit langer Zeit. Sie will nur mich um sich haben. Doch, ich verstehe sie, Nooi, sie will noch alles sehen, sie will hören, das weiß ich, sie will schmecken und all das. Ich weiß es einfach. Nein, sprechen kann sie nicht mehr, kein Wort, aber ich brauche sie nur anzusehen, dann weiß ich Bescheid. Ja, Nooi, ja, bitte. So früh Sie können. Acht, halb neun? Wir bereiten hier ein Frühstück für Sie vor. Ja, um zwölf sind wir wieder da. Erst zum Genossenschaftsladen, ja, Dawid braucht ein paar Sachen, Ersatzteile für die Mähdrescher, die er warten muss, ja, und Säcke. Ballenkordel haben wir noch genug, die hat der Bahnbus geliefert. Ja, alles ein bisschen viel, dazu ist die Ernte spät dieses Jahr, aber ich hab ja gewusst, dass es bei uns um Weihnachten herum so weit sein würde. Ja, ich bin vorbereitet. Ja, warten wir ab.«

Agaats Stimme klingt müde.

»Ja, ja, nur in die Stadt, Nooi, wie gesagt. Wir müssen ein paar Dinge ausliefern. Nein, Eier und Milch. Kürbisse. Auch die Zwiebeln. Und ich muss Videos zurückbringen und neue ausleihen. Spielfilme regen sie zu sehr auf. Ich zeige ihr nur noch Naturfilme. Ja, die von *National Geographic.*«

Stimmt, Agaat. Schmetterlinge, Fledermäuse, Killerwale. Saftige Köder für die Nachbarin.

Agaat zertritt mit der Schuhspitze ein Insekt auf dem Dielenboden.

»Ja, das Bestattungshaus Avbob«, sagt sie.

Sie spricht jetzt schnell.

»Ja, der ist schon hier, steht in der Scheune. Sie wollen es hier machen. Ja, sie haben gesagt, es sei besser, wenn man es zu Hause mache, wenn jemand schon so lange gelegen hat. Der Pfarrer, ja, der ruft regelmäßig an. Ja, seine Frau auch. Aber die Ounooi möchte nicht, dass sie kommen, auch nicht der Presbyter. Ich halte Andachten. Ja, das mache ich... Ich bete und lese ihr aus der Bibel vor, wenn sie das Bedürfnis danach hat, und ich singe für sie. Ja, die wird hier auf der Farm stattfinden, auf unserem eigenen Friedhof. Ja, das ist schon lange ausgehoben. Neben dem ihrer Mutter. Es ist mit Maschendraht abgedeckt, damit sich keine Tiere darin einnisten. Glatt verputzt, ja. Geweißelt, auch die Mauer. Alles ordentlich. Ich habe rundherum Tagetes ausgesät, die blüht jetzt schön. Wer? Jakkie? Er hat versprochen zu kommen. In Kanada schneit es, er hat gesagt, der Schnee liege meterhoch. Morgen schicke ich ihm ein Telegramm, damit er Bescheid weiß. Er muss arbeiten, ja, bis kurz vor Weihnachten, die haben da jetzt keine Ferien. Nein, das ist geregelt. Alles ist geregelt. Also, können Sie morgen kommen, Nooi? Vielen Dank, Nooi. Bis morgen dann, Nooi. Danke, Nooi. Ja, Ihnen auch, Nooi. Wie bitte? Nein, der Doktor meint, es dauert nur noch ein paar Wochen, höchstens einen Monat. Nein, Nooi, ja, Nooi, wir hoffen das Beste, Nooi. Ja, alles gut. Bis morgen, Nooi. Bis dann.«

Tsk, schnalzt Agaat mit der Zunge.

Ich höre sie nicht auflegen.

Die Diele unter dem Telefonhocker knarzt, als sie sich aufrichtet, und knarzt noch einmal, als sie sich wieder hinsetzt. Dann knarzt sie wieder. Sie legt den Hörer mit einem leisen Klicken auf, dann ein erneutes Klicken beim Abheben.

Alles in Ordnung, Agaat?

Sie knallt den Hörer auf die Gabel. Er fällt runter, ich höre, wie er an der Schnur baumelt und gegen die Wand schlägt.

Dring, macht das Telefon. Wieder wird der Hörer aufgeknallt. Agaat geht mit lauten, unregelmäßigen Schritten den Flur entlang, an der Küche vorbei und weiter ins Wohnzimmer. Dort tritt sie gegen irgendetwas, sodass es umfällt, und richtet es wieder auf. Es fällt wieder um, Metall auf Holz. Andere Sachen fallen um. Duff, geht es, duff, duff, duff. Sie ist wieder im Flur. Sie will zu mir, kann aber nicht. Sie schleift irgendetwas hinter sich her. Seile über dem Boden.

Was höre ich? Ein Stöhnen, einen Fluch, ein Schluchzen?

Zwei Türen schlagen. Die Küchentür, die Fliegengittertür. Und dann noch eine, die Tür des Außenzimmers.

Ein Hund bellt.

Was höre ich noch? Fenster werden zugeworfen, schwergängige Kupferriegel mit Gewalt über die Lippe des Fensterrahmens gezwängt und wieder geöffnet.

Gardinen werden mit einem Ruck geschlossen, zu heftig, sodass die Hälfte des Fensters wieder frei wird. Auf und zu werden sie gerissen, bis zwei Ringe hinunterfallen.

Ich verstehe, Agaat. Es war zu viel. Deine Stimme, deine Worte, die Nachrichten, deine Bitte, dass du dir das alles anhören musstest, war zu viel für dich.

Ich sehe dich. Du stehst in deinem Zimmer, du stehst, obwohl du nicht mehr stehen kannst. Du sinkst vornüber, die Knie geben nach, dein Rücken krümmt sich, du kriechst auf allen vieren über das Linoleum. Du nimmst den Schürhaken und ziehst die Ofenklappe auf. Du kriechst in deinen Kamin, mit der weißen Haube zuerst. Mit angezogenen Knien legst du dich in den Ruß. Du machst dich schwer, du verschließt dich, und du versinkst mit der Faust im Mund unter dem Zement.

Wie könnte ich es dir verübeln, Agaat, dass du am liebsten verschwinden möchtest? Dass du von mir wegwillst, weg von mir und meiner Zwangsherrschaft? Unentrinnbarer denn je, jetzt da ich nichts mehr tun oder sagen kann, jetzt da ich selbst verschlossen bin und reglos wie ein Stein. Wie gern würde ich mich für dich öffnen und dich in mich und meinen Trost aufnehmen! Aber ich kann nicht, denn ich bin deine Widersacherin, eben weil ich so bin, wie ich bin, stumm und verschlossen. Du suchst einen sicheren Schutzraum vor mir. Unter deinem eigenen Stein.

Wie kann ich mit dir zusammen dort hingelangen, wo du jetzt bist? Auf den Boden des Kamins, unter den Ruß, wo du dich verbergen willst, unter die Fundamente, unter die Felsbänke, dort, wo sie blau sind, wo du einen Riss findest, in dem du verschwinden kannst, und wo du den Felsblock auf dich ziehst, sodass du eingeschlossen bist, den Arm über dem Kopf, die Faust im Mund? Bis dich niemand mehr sucht, um dich herauszuholen, um dich auszubreiten und dich über Latten zu spannen und dich vollzupumpen und dich zu reiben und zu klopfen, bis du schreist, bis du singst, bis du ganz kleine Schritte machst? Bis du die Zeit mit einem Klacken hinter dir zufallen hörst und alles andere still wird und in deinem Mund kein anderer Geschmack mehr ist als der saubere Kreidegeschmack von Kalk und Schiefer?

Ich wünschte mir, dorthin zu dir gelangen zu können, eine Hand auf deiner Hüfte, eine Hand auf deiner Schulter, um gemeinsam mit dir im Dunkeln abzuwarten. Bis sie weiß und sauber werden, deine Knochen, einer nach dem anderen, dein Schlüsselbein wie ein Ruder, wie eine Fahne, deine Schulterblätter wie Fächer, deine Rippen blanke Speichen, die einen gereinigten Raum umschließen, jeder Mast und Balken kalfatert und geplättet in der dichten Felswand – der Fels, der sich für deinen Einzug teilt, eine kleine Fanfare. Sodass du zur Ruhe kommen kannst, alles an dir fest und dicht wie Pech, die Segel eingeholt.

Wie kann ich bei dir sein, wenn du zu Farn wirst, zum Kiefer von etwas Vorgeburtlichem, zu einem Kiel, einem fließenden Kernstück in der Körnung des Gesteins?

Ich werde mich mit dem Kopf in jene Ecke legen, das Ohr an der Stelle, wo dein letzter Hauch vernehmbar war. Ich werde die Aura deines Seufzers einatmen, vorsichtig, sodass du mich nicht bemerkst, sodass du von mir gelöst bleibst und auch gelöst von dir selbst, ein Dampf, ein dunkler Fleck, der auf dem Felsen kondensiert, auf den ich meine Wange gelegt habe.

*

»Schlag Seite 221 auf«, verlangte Agaat mit klarer Stimme. Sie hatte dir das alte grüne Bauernhandbuch auf den Schoß gelegt. Ende Oktober war das, 1960, im Jahr des *Botulismus*.

»Frag mich, was du willst«, sagte sie. »Frag mich nach den Symptomen, nach den Heilmitteln, stell mir Fangfragen, ich habe alles gelernt, ich weiß jetzt alles darüber, was mit einer Kuh passieren kann. Ich werde nie wieder einen Fehler machen.«

Schon gut, Agaat, wolltest du sagen, aber du brachtest keinen Ton heraus. Du saßest nur da und weintest, und sie fing an, ihre Lektion aufzusagen. Sie wollte dich dazu zwingen, dich wieder aufzurichten. Trotz des Streits zwischen euch oder vielleicht gerade deshalb, denn wie sollte sie gegen dich kämpfen, solange du schwach warst? Wie sollte sie dich hassen?

Du konntest den Verlust deiner Jerseykühe kaum verkraften, und ihre Stimme, die versuchte, Ordnung zu schaffen, und die die Dinge beim Namen nannte, brachte dich nur noch umso mehr zum Weinen. Es war der dritte Tag nach der Katastrophe, den du in deinem Zimmer verbrachtest. Jakkie lag die meiste Zeit bei dir in der Wiege, doch nicht einmal sein Rosenmund und sein Händchen um deinen Finger konnten dich trösten.

»Zuerst Appetit auf Knochen, dann ganz allgemein auf Müll«, begann Agaat. »Erst Os-teo-pha-gie, dann Allo-trio-pha-gie.«

Die schwierigen lateinischen Wörter sprach sie Silbe für Silbe aus.

Fehlgeleiteter Appetit, das war es. So habe es der Tierarzt ihr erklärt, sagte sie. Alles andere habe sie in dem Buch nachgelesen.

Agaat sah zu Jak auf, der in der Tür stand und zuhörte. Er bedeutete ihr mit einem Nicken fortzufahren. Du spürtest, wie euch das Unglück einander nähergebracht hatte, näher, aber auf eine komplizierte, schüchterne Art. Später erwachte Jakkie in seiner Wiege, und er erinnerte euch als Einziger an eure Fähigkeit zur Unschuld.

Als du das Warten und das Sterben nicht länger hattest ertragen können, hattest du das Kind genommen und Agaat bei den Autopsien allein gelassen. Du hattest gesehen, wie sie angetreten war, um mit anzupacken, ihre weiße Schürze wie eine Flagge über all dem Blut. Drei Tage später stand sie vor dir, blass vor Erschöpfung, aber mit sämtlichen Drahtstücken, Geschosshülsen, Nägeln, Dosen, Horn- und Knochenstücken, die aus den Mägen geholt worden waren, sauber geschrubbt in einem Eimer, um sie dir zu zeigen.

»Unnatürliches Verlangen«, fuhr sie mit vor Müdigkeit tonloser Stimme fort, »das bewirkt, dass die Kühe Aas fressen. Schafe können die Krankheit auch bekommen. Dann fressen auch sie das Falsche und werden krank. Durch die Keime in den Kadavern. Bo-tu-li-num-to-xin. Aber die eigentliche Ursache ist, dass der Erde etwas fehlt, nämlich Phosphor. Das Problem liegt im Boden und wandert über das Gras ins Blut. Das verursacht diesen fehlgeleiteten Appetit: der mangelhafte Boden.«

Es sei das erste Mal, dass der Tierarzt die Krankheit in der Flussniederung gesehen habe, berichtete Agaat. Sonst trete sie vorwiegend im Nordwesten auf. Es sei eine Armutskrankheit.

Mit ihrer kleinen Hand deutete sie vage in eine Richtung, die wohl Nordwesten sein sollte.

»Wir sind reich«, fuhr sie fort, »aber man muss genau wissen, auf welchen Böden man Landwirtschaft betreibt. Die Rinder können durch den falschen Boden nicht nur an Botulismus, sondern auch an la-mi-ni-ti-schem Cro-ta-lis-mus erkranken. Der

Rücken krümmt sich, die Gelenke werden dick, und die Köte schwillt an.«

An ihrem starken Arm, an der Rundung ihres Gelenks, zeigte sie dir, wo die Köte sitzt – am hinteren Vorderhuf des Tieres, knapp über dem Huf.

Jak stand in der Zimmertür und hörte ihr zu. Ihr lächeltet euch zu, während Agaat ihre Bücherweisheiten wiedergab – ein schmales Lächeln. Jak war am Boden zerstört. Du erlebtest zum allerersten Mal, wie er dem Tierarzt aus eigenem Antrieb einen Sack Zwiebeln, einen Sack Kartoffeln und eine Hammelkeule brachte, um ihm zusätzlich zu seinem Honorar für seinen Einsatz zu danken. Und es war das erste Mal, dass er Agaat etwas schenkte – er brachte ihr aus der Stadt eine Tüte Bonbons und eine Zeitschrift mit.

Er nahm sogar Jakkie auf den Schoß. »Solange du nur schön gesund bleibst, Papas kleiner Bulle«, sagte er und streichelte dem Kind über den Kopf.

Es sollte während Jakkies Kindheit nicht die einzige Katastrophe mit den Kühen bleiben.

War es im August des darauffolgenden Jahres? Nein, es war im September 61, einen Monat nach Jakkies erstem Geburtstag, als Jak beschloss, Simmentaler aus Südwest-Afrika hinzuzukaufen. Ihr bräuchtet zusätzliches Zuchtmaterial, hatte er beschlossen, zu der Herde, die er ab 55 aufgebaut hatte, nachdem er die Lust an seinem Getreideexperiment verloren hatte. Dir war es nicht recht gewesen. Du kanntest dich mit Jerseys aus. Zierliche Hüften und Beine, fein geschnittener Kopf. Die Simmentaler, eine Zweinutzungsrasse mit stumpfem Kopf, vollem Widerrist und stämmigen Beinen, waren dir fremd. Kühe, die du selbst gemolken und denen du beim Kalben beigestanden hattest, nach ein paar Jahren als Schlachtvieh zu verkaufen erschien dir wie Verrat.

Und auch das Kalben war so eine Sache. Du kanntest das noch von der ersten Herde Simmentaler. Sie waren schmal und fest im Becken und taten sich beim Gebären schwer. Dawid und du, ihr musstet euch oft die Nächte um die Ohren schlagen, um querliegende Kälber zu drehen. Jak stand erst ungeschickt daneben und lief irgendwann weg, weil er ungeduldig wurde und sich vor dem Blut ekelte. Dann bliebst du allein zurück mit dem Augenpaar, das dir unter der Laterne auf der Stalltrennwand sitzend über die Schulter sah und murmelnd die Worte wiederholte, mit denen du auf die Kühe eingeredet hattest. Sechs, sieben Jahre alt musste sie damals gewesen sein.

Wenn man neue Tiere aus einer anderen Umgebung zu denen alter Herden stellte, die schon seit Generationen auf der Farm lebten, gab es immer Probleme, und darauf hattest du keine Lust. Die im Hinterhof, die gerade wieder aufflackerten, reichten dir schon, und jetzt trafen ein Jahr nach der Botulismus-Katastrophe siebzig Simmentaler ein. Du drängtest darauf, sie in einer getrennten Herde zu halten und nur als Schlachtvieh zu nutzen, während du die vertraute Milchwirtschaft mit den Jerseys weiterführen wolltest.

Wie konnte es da passieren, dass an jenem Tag die neue Simmentaler-Herde zusammen mit den Jerseys am Fluss zwischen den blauen und gelben Blumen weidete? Hatte ein Tor offen gestanden? Oder hatte der neue Stallbursche, Kadys, ein Verwandter von Dawids Familie aus der Stadt, nicht gehört, dass die Tiere getrennt bleiben sollten?

Der Schuldige sollte nie gefunden werden. Es war ein Samstagnachmittag, kein guter Zeitpunkt für die Suche nach Verantwortlichen. Jak gab gegen deinen Ratschlag an den Wochenenden zusammen mit den Rationen für jeden Arbeiter eine Flasche Schnaps aus. Er argumentierte, dass er sie ansonsten in die Stadt fahren müsste, wo sie sowieso saufen würden, und er wollte keine besoffenen Hotnots auf seinem Laster transportieren. »Und ich melke am Wochenende nicht mit Betrunkenen«, erwidertest du, stießest aber auf taube Ohren. Und schon hattet ihr den Salat.

Wenn Agaat nicht gewesen wäre, wäre alles noch viel schlimmer gekommen. Sie war mit Jakkie im Kinderwagen spazieren gegangen.

»Wir gehen zum Fluss!«, hatte sie gerufen, während sie seine Flasche und seinen Hut eingepackt hatte.

Du hattest geahnt, warum sie dorthin wollte. Es war Sauerampferzeit – Zeit, um aus den rosafarbenen und gelben Blüten Kränze zu binden, indem man sie auf lange, dünne Tulpenblätter reihte, ein altes Spiel, das du Agaat einst beigebracht hattest. Man zupfte die Ampferblüten mit dem Fruchtboden vom Stiel ab, sodass die Blüte ein Loch hatte, dann fädelte man eine nach der anderen fest aneinander auf das Tulpenband, bis es voll war, und knüpfte zum Schluss die beiden Enden zusammen. Dann hängte man sich die Kette um. Solche Blütenkränze legte sie im Frühjahr sich selbst und dir um den Hals. Man arbeitete daran zwei Stunden und trug sie eine Viertelstunde lang, dann war sie verwelkt. Du wusstest, dass sie an jenem Nachmittag Jakkie auf eine Decke ins Gras setzen, ihm einen Kranz flechten und ihm etwas vorsingen würde. *Al die veld is vrolik. Daar was 'n haas, 'n jakkals en 'n das en voëls in de wilgerboom.* Die alten Frühlingslieder.

Zehn Minuten, nachdem sie losgegangen waren, kam Agaat in dein Zimmer, ohne anzuklopfen, und drückte dir das Kind in den Arm.

»Wie? Seid ihr schon zurück?«, fragtest du.

Da sahst du, dass ihre Haube schief saß.

»Sie müssen am Wasser gewesen sein, sie scheißen Schleim!«, rief Agaat und schluckte krampfhaft, um wieder zu Atem zu kommen. Dann rückte sie sich die Haube zurecht.

Du wusstest sofort, dass sie von den Simmentalern sprach. Sie hatten von den Giftpflanzen gefressen. Kühe, die auf einer Farm mit Tulpen aufwachsen, fressen sie nicht. Sie lernen von klein auf, dass sie bitterer sind als Gras. Für die alte Jersey-Herde bestand daher nie Gefahr, obwohl die Tulpen saftig blühten. Es mussten die neuen Rinder sein, die Rinder aus Südwest-Afrika mit ihrer dummen Gier nach Grün. Man hatte sie nach ihrer Ankunft auf einen kahlen, schattigen Paddock getrieben und mit Heu, Trockenfutter und Rübenschnitzeln gefüttert, um sie nach dem langen Transport in Zügen und Lkws wieder zu Kräften kommen zu lassen. Einmal auf einer grünen Weide, hatten sie sich natürlich ausgiebig die Bäuche vollgeschlagen, und zwar zuerst mit frischen Tulpen. Davon hatten sie Durst bekommen, also hatten sie gesoffen – und Wasser auf Tulpen, das wusste jeder, wirkte in etwa wie Arsen.

Aus Agaat sprudelte es nur so heraus.

»Hab sie von der Weide gejagt und das Tor zugemacht, damit sie nicht mehr zum Fluss konnten, sie haben eine kleine Tränke auf der Weide, wo sie jetzt sind, aber bestimmt ist die schon leer gesoffen! Sie haben Durst, sie scheißen, ihre Augen tränen, sie gehen ein! Hamburg steht im Fanggehege vor der Behandlungsbox und weigert sich, auch nur einen Zentimeter weiterzugehen, wir müssen ihm die Kopfklemme anziehen, schnell!«

Sie hatte recht. So ein Bulle, auch wenn er krank war, konnte nicht einfach draußen im Freien behandelt werden. Ein Schwenk mit dem Kopf, und man lag im Schlamm.

Du wolltest wissen, wo Dawid war, wo Kadys und Julies waren.

»Ich habe sie bei den Hütten rufen lassen, aber sie sind nicht rausgekommen.«

Wie hatte sie den Bullen allein in das Fanggehege bekommen?

Agaat eilte bereits im Laufschritt den Flur hinunter in Richtung Speisekammer. Jakkie fing an zu schreien. Jak war beim Tennis und würde erst zur Melkzeit zurück nach Hause kommen. Saar und Lietja waren verschlafen mit einer Kinderschar an die Küchentür gekommen. Groß und Klein reckten die Hälse, um zu sehen, ob es in dem ganzen Durcheinander etwas Leckeres abzustauben gab.

»Husch, weg mit euch!«, schimpfte Agaat.

Du saßest da wie gelähmt. Was war denn nur los auf Grootmoedersdrift? Agaat sah dich tadelnd an, und ihr Blick sagte: Los, reiß dich zusammen und tu was!

»Jetzt hört mal gut zu«, sagte sie zu Saar und Lietja, »die neuen Kühe haben Tulpen gefressen. Tut, was ich euch sage, und zwar schnell! Zuerst brauchen wir Kaffee, vier Kannen voll, doppelt stark, mit Zucker!«

Sie sah dich an. Das konnte nur eines bedeuten: Hamburg war in einem kritischen Zustand. Süßer, starker Kaffee war das einzige Mittel, mit dem man die Kostbarsten retten konnte.

Unablässig teilte Agaat Befehle aus, während sie unermüdlich arbeitete. Sie hatte bereits ein Fässchen Rohleinöl aus der Speisekammer gerollt und den Sack Leinsamen herausgeschleppt. In die große weiße Schüssel mit den roten Rosen auf dem Boden gab sie zehn Messbecher Leinsaat, goss warmes Wasser darüber, verrührte das Ganze mit einem Spatel und redete dabei ohne Unterlass weiter. In einem Kanister ließ sie zehn Messbecher Gerste mit Wasser mischen.

Du standest nur da; deine Beine wollten dich nicht mehr tragen.

»Branntwein!«, schrie sie dich an. »Kalkerde! Fünf doppelte Handvoll!«

Du schafftest es gerade so, das Kind im Kinderwagen anzugurten. Sollte er jetzt eben schreien.

»Vier Dutzend Eier, getrennt!«, befahl sie Saar.

»Vier Tassen Branntwein in das Eiweiß! Umrühren! In die Lämmerflaschen füllen! Zuschrauben! Wenn der Kaffee fertig ist, kühlt ihn ab! Füllt ihn in Limonadenflaschen! Schnell, schnell, schnell! Bringt mir den langen Schlauch mit dem Dehnungsring am Ende, der hinter der Speisekammertür hängt! Und ein Messer! Bereitlegen! Beeilung!«

Jetzt strömte auch dir das Adrenalin durch die Adern und rüttelte dich auf. Du holtest Jaks zehn Jahre alten Brandy aus dem Schrank und schleiftest einen Sack Kalkerde aus dem Lager. Du hattest den Sinn all ihrer Befehle verstanden, selbst hättest du dich nicht mehr annähernd an all das erinnert. Aber du wusstest, was auf dem Spiel stand. Der neue Bulle war ein Champion und hatte Zehntausende Rand gekostet. Du gabst mehrere Handvoll Kalk in eine Kanne. »Wie viel Wasser?«, riefst du.

»Fünfzehn Becher! Gut durchrühren!«

Agaat maß bereits das Rohleinöl ab und gab es in das große Zwiebackglas.

Gemeinsam gabt ihr das Kalkwasser an das Öl und schütteltet das Gefäß. Du hieltest es oben und unten fest, Agaat mit ihrem schiefen Griff an den Seiten.

»Erst hin und her!«, dirigierte Agaat. »Auf und ab!« Und als die Mischung zu einer dicken Creme geworden war: »Fertig, abstellen!«

»Der Tierarzt!«, rief sie hinter dir her. »Ruf ihn an, sag ihm, wie wir die Arzneien gemischt haben, frag ihn, ob alles richtig ist, und sag ihm, er soll so schnell wie möglich kommen!«

In dem Chaos hattest du gar nicht daran gedacht. Aber sie hatte recht. Jemand musste den Vorgang kontrollieren, damit hinterher niemand sagen konnte, ihr hättet irgendetwas falsch gemacht.

Ihr Mann sei beim Golfspielen, sagte Mevrou Tierarzt.

»Nehmen Sie einen Stift, Schätzchen, und notieren Sie: Rohleinöl, Kalk, Gerste, Gerbsäure, Kaffee, Branntwein, Hamburg tulpenkrank, Krise Gdrft, 13. September, 17 Uhr. Haben Sie das?« Du legtest auf, noch ehe sie antworten konnte.

Du holtest den Bakkie und fuhrst auf den Hinterhof. Agaat ließ die Flaschen mit Zuckerkaffee, Eiweiß mit Branntwein, das Zwiebackglas voll Kalk und Ölcreme, das Fässchen mit Gerstenwasser und den Kanister mit schleimiger Leinsamen-Wasser-Mischung einladen, alles voneinander getrennt in Kisten verpackt. Es folgten die Gummischläuche, die Coopers-Dosierspritzen aus dem Schuppen, eine Flasche Gerbsäure, ein Messlöffel, die dickeren Gummischläuche und Kanister für die Klistiere, Plastiktrichter, leere Dosen mit abgekochtem Wasser, Flaschen mit Schraubverschluss und zusätzliche Flaschen mit Haltern.

Die gesamte Rettungsaktion war innerhalb von einer Stunde so weit vorbereitet, dass sie vom Stapel laufen konnte.

Alle wollten sich hinten auf die Ladefläche des Bakkie drängen. Agaat sah dich an. Jetzt musstest du etwas sagen. Sie versuchte, Jakkie zu beruhigen, der sich vor lauter Durcheinander die Kehle aus dem Leib schrie.

Du befahlst allen, ganz ruhig zu sein, um die Tiere nicht zu erschrecken, und gefasst und planvoll zu arbeiten, genau wie du und Agaat es ihnen auftragen würdet. Ohne Wenn und Aber. Nicht laut reden, keine ruckartigen Bewegungen, alle Mann vorher gründlich Hände waschen, und zwar vor der Behandlung eines jeden Tiers von Neuem. Saar, zwei große Jungs und ein kleiner sollten zu dir in die Mannschaft, Lietja, zwei große und drei kleine Jungs in Agaats Team. Sie sollten hinter euch bleiben, sobald ihr das Gehege erreichtet, weil ihr erst den Bullen auftreiben müsstet, um ihn zu verarzten.

»Ogottogottogott«, stieß Saar zittrig hervor und band ihr Kopftuch fester.

»Was heißt hier Ogottogott?«, schimpftest du. »Wo sind überhaupt eure Männer? Warum könnt ihr sie nicht im Zaum halten?«

Saar wandte den Blick ab. War da noch etwas anderes in ihrer Mimik? Weil sie miterlebt hatte, wie Agaat, ein knapp dreizehnjähriges Mädchen, dich herumkommandiert hatte und du jede Order genau befolgt hattest? Ihr Blick war verschlagen. Aber du hattest keine Zeit zu sagen, guck nicht so. Wobei du es dir sowieso zweimal überlegt hättest, so etwas zu den Küchenmädchen zu sagen.

Du schicktest einen von den kleinen Jungs los, um OuKarel zu holen. Du wusstest, dass Agaat über die Arzneien genau Bescheid wusste, und du hattest von deiner Mutter gelernt, was bei einer Tulpenvergiftung zu tun war, aber Erfahrung hattet ihr beide nicht. Du brauchtest OuKarels scharfen Blick, sein Gefühl. Deine Mutter hatte immer gesagt, ein Bulle, vor allem ein neuer, arbeite nicht mit, wenn kein Mann zugegen sei.

Die Tiere hatten sich um die Tränke geschart, genau wie Agaat es prophezeit hatte.

Und da stand Hamburg, dessen Widerrist den höchsten Balken der Einfriedung noch um sieben Handbreit überragte. Er hätte den Zaun mühelos niedertrampeln können. Er ließ den Kopf hängen, Speichelfäden hingen ihm aus dem Maul, und Urin und dünner, schleimiger Mist liefen aus ihm heraus. Er drängte sich gegen den hinteren Teil der Einfriedung.

Wie hatte Agaat ihn dort hineinbekommen? Und wie solltet ihr ihn bis an die Schwelle der Viehschleuse bewegen? War die Kopfklemme überhaupt in Ordnung?

Die Hausmädchen starrten euch mit großen Augen an. Agaat beeilte sich, den Hebel der Klemme auszuprobieren. Auf und zu klappte sie ihn, und die Metallarme der Klemme blitzten vorne am Rand des Pferchs in der Sonne.

»Wie kriegen wir ihn dort hinein?«, fragtest du.

»Der ist schon halb tot«, antwortete Agaat, »sieh nur, wie tief seine Augen liegen. Seine Vorderbeine zittern schon, der tut nichts mehr.«

Wie? Du sahst sie fragend an.

Agaat krümmte den Zeigefinger ihrer starken Hand vor ihrer Nase.

»Einfach so am Nasenring?«

»So habe ich ihn auch in den Paddock gekriegt«, erwiderte Agaat.

Du glaubtest ihr nicht. Das Tor war breit, und du warst dir sicher, dass sie ihn von hinten hineingetrieben haben musste.

Der Paddock war eine Sache, da konnte man zur Not unter dem untersten Brett hindurchkriechen. Die Viehschleuse jedoch glich einer schmalen Box mit Betonmauern zu beiden Seiten. Hinten gab es einen Ausgang, aber wie sollte man sich an dem Tier vorbeidrängen, wenn man vor ihm stand und er einen auf die Hörner nahm? Er würde die Schleuse vollständig ausfüllen.

An der Vorderseite, vor der Kopfklemme, befand sich eine Stahlluke, die man hochziehen konnte, falls er beschließen sollte, nach vorn zu stürmen.

Doch angenommen, das alles geschähe zu schnell? Angenommen, man wäre wie gelähmt vor Schreck, würde ausrutschen, derjenige, der die Klappe hochziehen sollte, würde die Nerven verlieren – man würde zertrampelt werden.

Und wer sollte den Bullen hineinführen?

Du zögertest.

»Ich hole ihn«, sagte Agaat und presste die Lippen zusammen.

»Er kennt mich. Er hat eine empfindliche Nase. Er macht schon keine Dummheiten.«

»Heiliger Bimbam«, sagte Saar.

»Setz du dich ins Auto zu Jakkie«, sagte Agaat, »aber wasch dir erst die Hände, bevor du ihn anfasst. Und du«, befahl sie Lietja, »dräng die anderen Tiere von der Tränke weg. Zähl sie, es müssen siebzig sein.« Dir gegenüber zählte sie an den Fingern ihrer starken Hand ab: »Eine Flasche Eiweiß mit Branntwein, eine Flasche Kaffee, zwei Messbecher von der Kalk-Leinöl-Mischung aus dem Zwiebackbehälter mit zwei Esslöffeln Gerbsäure auf einen halben Liter vermischt, und dann das Ganze in die Cooper-Kanister!«

Sie würde das Tier in die Schleuse führen, du solltest seinen Kopf fixieren. Dann musste jemand die Luke öffnen, damit sie vorne wieder hinauskäme.

Agaat hatte zwei kleinen Jungen aufgetragen, Bretter zu holen und auf Fässern rechts und links neben der Viehschleuse Gestelle zu errichten, damit ihr den Bullen von dort aus verarzten konntet.

»Und wenn er dich aufspießt?«, flüsterte einer von ihnen. »Und wenn er dich zertrampelt?«

Sie wichen zurück und traten sich dabei gegenseitig auf die Füße. »Matsche!«, kicherten sie. »Arschgaat!«

»Mund halten«, befahl ihnen Agaat. »Eine Tüte saure Drops für jeden von euch, wenn ihr brav mithelft. Stellt euch bereit, reicht uns an, was wir brauchen, und haltet die Klappe, sonst kriegt ihr eine geknallt.«

Du würdest nie vergessen, wie folgsam plötzlich alle waren, egal ob Klein oder Groß. An jenem Tag wurde auf Grootmoedersdrift eine andere Gangart eingelegt.

Agaat stellte die Arzneimittelbehälter in Reih und Glied auf der Mauer rechts und links der Kopfklemme bereit. Sie blies Luft in die Gummischläuche, um ihre Durchlässigkeit zu überprüfen. Sie drückte auf die Knöpfe der Dosierkanister und spritzte Medizin auf den Boden, bis sie überzeugt war, dass der Mechanismus einwandfrei und ohne Luftblasen funktionierte. Sie hatte den Mund fest zusammengekniffen und das Kinn energisch nach vorn geschoben.

»Holt ein Seil!«, riefst du den Jungen zu. »Und einen Stock!«

»Wozu?«, fragte Agaat.

»Damit ich etwas habe, womit ich dich rausziehen kann, wenn er wild wird«, antwortetest du. »Dann kannst du dich an dem Seil oder Stock festhalten.«

Sie sah dich an. Agaat Lourier kann sich mit einem Arm nicht aus der Schleuse ziehen, sagte ihre Miene.

»Oder ich schiebe den Stock unter deinen Schürzenträgern hindurch und hebele dich raus«, sagtest du. Du konntest ihr nicht in die Augen sehen.

Die Schleuse ist zu tief. Dein Stock ist zu kurz. Du bist zu schwach. Sie brauchte es nicht einmal laut auszusprechen.

»Vielleicht sollten wir doch lieber auf den Tierarzt warten«, brachtest du mühsam hervor. Deine Stimme klang rau.

»Warte, bis ich drin bin«, sagte sie zu dir, »klettere auf die Mauer und lauf hinter mir her. Du darfst ihn nicht nervös machen. Denke nur an eins! Denk: Geh immer geradeaus!«

»Versuch doch erst, ihn von hinten anzutreiben«, schlugst du ihr vor.

»Versuch's doch selbst«, erwiderte Agaat. »Er will nicht, es geht ihm zu schlecht.«

Du gingst hinten um den Paddock herum und bohrtest dem scheißenden Bullen den Stock in die Flanke. Er rührte sich nicht.

Agaat rückte mit beiden Händen ihre Haube zurecht. Du beobachtetest es vom Tor der Viehschleuse aus. Sie zog erst die eine Schulter hoch, ging dann einen Schritt vor, einen zurück und kurz in die Knie. Dann öffnete sie das Tor, trat hindurch und schloss es hinter sich. In stolzer, kerzengerader Haltung bewegte sich Agaat im toten Winkel zwischen den Augen des Bullen schnurgerade auf ihn zu.

In deinem Mund sammelte sich Speichel. Er schmeckte nach Eisen, nach Blut.

Agaat hakte ihren Finger in den Nasenring des Bullen, drehte sich um und machte einen Schritt nach vorn. Durch die Zaunbretter sahst du, wie der Bulle seine Knie beugte, das Hinterbein anzog und sich in Bewegung setzte. Sechs, sieben, acht Schritte, und Agaat war mit ihm in der Schleuse.

Du klettertest auf die Mauer, Seil und Stock in der Hand. Der Bulle senkte den Kopf, Speichelfäden landeten rechts und links auf den Betonwänden. Seine kleinen, eingesunkenen Augen hatte er auf das Kreuz von Agaats Schulterbändern gerichtet. Bald würde sie unsichtbar für ihn sein. Nur dem stetigen Gang des Bullen konntest du entnehmen, dass sie vor ihm herging und einen gleichmäßigen Zug auf ihn ausübte.

Das Blut pochte in deinen Schläfen, die kompletten zwanzig, fünfundzwanzig, dreißig Meter an der Schleuse entlang. Ein triumphales Gefühl, als der Bulle sein großes Maul über die Querstange schob, als du den Hebel hinunterdrücktest und seinen Kopf einklemmtest und Agaat durch die Klappe entwich. Das Johlen der Kleinen und Ausrufe der Bewunderung empfingen sie.

Sie stand dir auf ihrem Gestell jenseits der Schleuse gegenüber. Sie wischte sich die Hände am Brustteil ihrer Schürze ab. Sie rückte ihre Haube zurecht. Auf ihren Schultern glitzerte etwas in der Sonne. Es war Speichel, der aus dem Maul des riesigen Bullen auf sie getropft war.

Agaat streckte ihre kleine Hand aus, den Handrücken, sodass der Bulle die Wärme ihrer Haut an der Schnauze spüren konnte. Er wollte einen Schritt zurücktreten, merkte aber, dass sein Kopf feststeckte. Es wäre eine Katastrophe gewesen, wenn er sich jetzt in der Schleuse hingelegt hätte. Ihr musstet schnell agieren. Agaat sah dich über den Widerrist hinweg an.

Du hättest sie gerne für ihre Tapferkeit gelobt, aber ihr Gesichtsausdruck hinderte dich daran.

»Erst den Kaffee, dann Branntwein, er braucht einen Kick«, sagte sie.

Hauptsache, die Flüssigkeit geriet nicht in seine Lunge. Agaat reichte dir die Flasche Kaffee.

»Drück gegen seine Zähne«, sagte sie, »du hast zwei Hände!«

Du presstest deine Finger auf die empfindlichen Speicheldrüsen. Auf den Druck hin öffnete der Bulle unwillkürlich ein Stück weit das Maul. Du drücktest noch ein bisschen weiter nach unten, damit er den Kopf noch um ein paar Grad hob, zogst seine Lippe hoch und legtest ihm den Schlauch über das Zahnfleisch hinter dem letzten Backenzahn auf die Zunge.

»Schluck!«, rief Agaat.

Der Kaffee lief problemlos hinein, doch die Eiermischung wollte nicht richtig durch den Schlauch fließen. Daraufhin nahm Agaat selbst große Schlucke aus der Flasche und drückte dem Stier die Mischung durch den Schlauch ins Maul.

Danach die Rohleinöl-Kalk-Mischung. Zwei vorschriftsmäßige volle Messbecher.

Anschließend löstest du die Klemme. Belebt von den Stimulanzien ließ sich der Stier weiter durch die Schleuse treiben. Langsam geleitetet ihr ihn zu dem sauberen Stroh, das du hattest bringen lassen, und warft Säcke über ihn, denn er zitterte jetzt am ganzen Leib.

Wann kam OuKarel ins Spiel? Irgendwann drehtest du dich um, und da stand er und knetete seinen Hut. Er hatte eine furchtbare Fahne, und du musstest Agaat einen warnenden Blick zuwerfen, sonst hätte sie den alten Mann ausgeschimpft. Er war gerade geistesgegenwärtig genug, um mitzuhelfen. Ihr triebt immer drei Kühe auf einmal in die Schleuse und verarztetet sie mithilfe der kleinen Jungen, die ihre Köpfe hielten. Die Kühe schissen und pissten, versuchten, rückwärts auszubüxen, und husteten heftig. Ihr musstet warten, bis der Husten vorüber war, bevor ihr weitermachen konntet. Dass das Rohleinöl in die falsche Kehle geriet, war das größte Risiko. Davon hätten sie eine schwere Lungenentzündung bekommen können.

Zwei Mal eiltest du zusammen mit Agaat zurück ins Haus, um für Medikamentennachschub zu sorgen.

Gegen sechs Uhr abends schaltetest du die Scheinwerfer des Bakkie ein, um für Beleuchtung zu sorgen. Dir und Agaat streiftest du Stirnlampen aus Jaks Bergsteigerausrüstung über. Agaats Lampe leuchtete wie ein Zyklopenauge in der Dämmerung.

Eine Kuh schien kurz davor zu sein einzugehen. Ihr musste ein Klistier verabreicht werden.

Jakkie fror, hatte Hunger und schrie.

»Nimm ihn, Agaat«, sagtest du, »bade ihn und gib ihm etwas zu essen, er ist ja vollkommen überdreht, ich übernehme jetzt das Kommando. Warte, bis er schläft, und ruf mich dann.«

Um halb sieben kehrte Jak vom Tennisklub zurück. Er war wie vom Donner gerührt. Mit seiner weißen Kleidung sprang er mitten hinein in den Mist und den Schlamm und packte mit an. Ihr flößtet dem Bullen noch einmal Kaffee und Branntwein ein, um sein Herz zu stimulieren. Um sieben Uhr tauchte endlich der Tierarzt auf, direkt aus dem Klubhaus und noch betrunkener als OuKarel. Jak ließ Dawid und seinen Cousin aus den Arbeiterhütten holen, damit sie mit anpackten. Agaat kehrte zurück, Jakkie in einer Decke auf ihren Rücken gebunden. Sie baute sich vor Dawid und Kadys auf und gab beiden wortlos eine halbe Flasche süßen Kuhkaffee und drei Schlucke angereichertes Eiweiß zu trinken, um sie von ihrem Kater zu kurieren. Obwohl sie vor aller Augen im Scheinwerferlicht standen, gehorchten sie ihr aufs Wort. Die Küchenmädchen und die Kinder tuschelten miteinander. Dawid verzog angeekelt das Gesicht. Der Tierarzt wich zurück – aus Angst, man könnte ihm das Zeug ebenfalls einflößen.

»Ihr beiden geht jetzt die Jerseys melken«, sagtest du. »Sie haben bestimmt schon Schmerzen.« Sicherheitshalber schicktest du ihnen Saar hinterher, denn die Männer schwankten gewaltig.

In euren Blicken wart ihr euch einig: Männer! Doch Agaats Botschaft reichte noch weiter: Und manche Frauen erst!

Gegen vier Uhr am Morgen hattet ihr das Tulpengift besiegt. Ihr gabt den Tieren Gerstenwasser mit Leinsamen und Kalk, weil sie noch immer kein Wasser trinken durften. Die neue Herde war gerettet. Hamburg sah mittlerweile deutlich stabiler aus, er hatte aufgehört zu pinkeln und schiss auch weniger. Nur die Kuh, der das Klistier hatte verabreicht werden müssen, schien noch schwach auf den Beinen zu sein.

Alle, die mitgeholfen hatten, fielen schier um vor Hunger und Müdigkeit. Agaat ging nach Hause, um sich zum zweiten Mal an jenem Tag zu waschen und umzuziehen.

In der Küche herrschte das reinste Chaos. Der Boden war mit Kalk und Öl verschmiert, und überall standen Schalen und Schüsseln voll Eigelb von den getrennten Eiern herum.

»Die vielen Eier!«, staunte Agaat. Zum ersten Mal an diesem Tag schien sie überwältigt.

»Na und? Die können wir doch noch verwenden«, erwidertest du. »Komm, wir machen den Leuten etwas zu essen, sie müssen ja umkommen vor Hunger.« Du rührtest einen Teig an, und Agaat briet Pfannkuchen, Speck, Zwiebeln und mehrere Pfannen Rühreier. Du halfst ihr, das Essen und große Becher gesüßten Rooibostee mit Milch aufzutragen.

»Aitsa! Unsere Weißhaubentierärztin«, riefen die Leute Agaat scherzhaft zu. »Pustet Branntwein in eine Bullenschnauze!«

In ihren Neckereien und ihrer Haltung lag jedoch eine neue Art von Respekt, sogar bei den erwachsenen Männern, als sie die Teller und Becher zurückbrachten und sie ihr in die Hände drückten.

Jak und den Tierarzt bedientest du im Haus. Beide waren auffällig wortkarg.

»Dieses Mädchen hat einen Orden verdient«, wandte sich Thom Smuts, den Mund voll Rührei, nach einer Weile an Jak.

»Das ist Millas Verantwortung«, antwortete Jak und nickte zu dir hinüber, während du ihnen Kaffee einschenktest. »Das Kompliment gebührt ihr.«

meine krankenschwester unterwirft mich meinem eigenen gesetz sie zählt meine wohltaten ab püriert mein essen spült meine därme wischt mir den hintern ab schließt meine knöpfe jackenknöpfe blusenknöpfe pulloverknöpfe bindet mir die schnürsenkel schließt die schnallen zieht die reißverschlüsse an der seite auf dem rücken und vorne zu schiebt haken in ösen bedeckt meinen körper deckt meine öffnungen ab wäscht mich kämmt mich pudert mich schminkt mich ich bin eine runderneuerte frau eine potemkin'sche frau eine vogelscheuche am besenstiel

gaat und puppe gehen in die stadt tun so als wäre alles wie immer gaat gestärkt mevrou eingewickelt sie gehen mit kleinen schritten vier beine und ein stock sie nicken kurz nick nick nick guten morgen guten morgen guten tag sie laden gott und die welt zum tee ein mevrou ist siebenundsechzig ihre hände liegen im schoß und sie trinkt durch einen strohhalm vitamine denn wer trinkt durch einen strohhalm schon tee?

neben ihr steht der stock die finken zwitschern im schilf wer hat schon angst vor einem besenstiel wer erschreckt sich vor einem stock?

o wer erschreckt sich vor einem stock

der erste war ein stock mit knauf doch bald war der knauf zu glatt der zweite hatte einen krummen griff doch bald war er zu krumm der dritte hatte einen klinkengriff doch bald war er zu flach der vierte war aus leichtmetall mit gummi an der spitze und gummi um den griff und einem silbernen ring als handgelenkstütze

und dann gab es zwei gleiche

einen für jeden ellbogen

hopplahe durch den flur ein lahmes kamel auf der veranda kalomp kalomp hier kommt kamilla eine fledermaus auf krücken ein buchstabe in fraktur wer hat behauptet wir hörten die ankunft des todes nicht?

der fünfte hatte vier beine und einen verchromten namen auf der stange

viking strider

der strider besaß eine wadenfußstütze sie ging wie eine schildwache in athen ihr kopf auf dem hals eine pechschwarze troddel ihr herz kippelnd wie ein gyroskop

3. Oktober 1961

Was muss ich mir eigentlich noch einfallen lassen um sie kleinzukriegen? Häutegerben Pflügen Planenabdichten Sämaschinenberechnungen! Alles umsonst! Ein Jahr ist vergangen und das

Theater geht schon wieder los. Scheint jahreszeitabhängig zu sein. Will nicht wieder das Gleiche mit ihr durchmachen.

Heute Abend kamen die Nudeln wieder pechschwarz auf den Tisch. J. warf einen Blick darauf & stand auf & fuhr mit quietschenden Reifen davon. Habe gewartet bis Jakkie eingeschlafen war einen Schluck von J.s Branntwein getrunken um mich zu beruhigen & dann an A.s Tür geklopft. Ich habe ihr gesagt sie solle sofort in die Küche kommen. Erst sagte sie keinen Ton & schaute nur zu Boden.

Jetzt sieh mich mal an meine erfolgreiche Meid sagte ich schau mir in die Augen und sag mir was um Himmels willen jetzt schon wieder los ist? Ein kleines Flackern auf ihrem Gesicht doch ich blieb ruhig – wollte ihr den Eindruck vermitteln sie hätte gewonnen & fragte: Was in Gottes Namen kann ich tun damit du dich wieder beruhigst? Und dann habe ich natürlich genau das Falsche gesagt: Ich kann nicht länger mit so einem Menschen unter einem Dach leben. Doch sie warf mir nur einen kurzen Blick zu. Ich lebe nicht mit dir unter einem Dach erwiderte sie ich wohne im Außenzimmer. Da bin ich fast vor Wut explodiert aber ich habe mich zurückgehalten & noch einmal gefragt: Was kann ich tun damit du wieder gut mit mir bist?

Ich möchte einen Kamin haben antwortete sie. Was soll man dazu sagen!

S. hatte genaue Vorstellungen: mit Gitter & Schürhaken & einem Sims. In meinem Zimmer. Es ist kalt & feucht. Die Wände riechen muffig. Ich friere.

Einfach so mir mitten ins Gesicht.

Wir haben Oktober erwiderte ich. Der nächste Winter kommt bestimmt entgegnete sie. Ich habe im Winter Geburtstag.

Also das steckt dahinter! Da Jakkies Geburtstag in den August fällt ist A.s Geburtstag im Juli darüber schon wieder in Vergessenheit geraten. Wie kann s. von mir erwarten dass ich auch noch daran denke? Aber um des lieben Friedens willen habe ich mich entschuldigt & hinzugefügt: Ein Kamin – kommt nicht infrage! Da hat s. mich angesehen & ihren Zeigefinger gehoben & gesagt: Ich habe deinen Bullen für dich am Nasenring geführt.

Was sollte ich dagegenhalten? Sie hätte noch so vieles hinzufügen können.

9. Oktober 1961 halb acht

Seit heute Morgen wird im Hinterhof gehämmert & gestemmt & A.s Sachen wurden auf den Hof hinausgebracht. Habe mich entschieden ihr einen Kamin einbauen zu lassen. Es wird im Winter kalt dahinten & Jakkie ist jetzt oft bei ihr. Muss ihr auch das Autofahren beibringen. Will nicht noch mal eine Krise meistern müssen wenn Jak oder Dawid nicht hier sind.

Ein Hausmädchenzimmer mit Kamin wo gibt's denn so was?, fragte J. Hält die sich für die adlige Zofe einer Königin? Ich erwiderte an seiner Stelle würde ich den Mund halten schließlich habe sie seinen heiligen Hamburg am Nasenring geführt & ihm Branntwein eingeflößt während der Baas auf dem Tennisplatz Volleys trainiert habe.

Habe letzte Woche die Aschewanne & das Gitter schweißen & den Kalk zum Weißeln anrühren lassen & das schwarze Ofenrohr steht bereit & die Querstange für die Oberkante des Gitters sodass die ganze Aktion in ein paar Tagen über die Bühne gehen kann. Sorg dafür dass er ordentlich zieht hab ich D. aufgetragen. Wenn er rußt & das ganze Zimmer voller Rauch ist haben wir uns die Mühe umsonst gemacht. Er muss vor Erntebeginn fertig & einsatzbereit sein wir haben keine Zeit für Trödelei.

Viertel nach neun

Hab im Hinterhof nachgesehen. In der Wand klafft die Öffnung für den Kamin. Es wird ein halbrund draußen angebauter Kamin werden weil er drinnen zu viel Platz einnehmen würde. A. steht in der Mitte des Zimmers & sieht zu wie die Fundamente gegossen werden. Die Leute lachen & rufen: Können wir in deinem Kamin Kastanien rösten? Und unsere Schafschwänze & Schafsköpfe grillen? Können wir unseren Stachelschweineintopf über deinem Feuer garen oder wirst du damit geizen? Sie verzog keine Miene aber ich kenne sie sie ist wirklich begeistert. Mehr als das. Sie wirkt inspiriert. Herrgott noch mal dieses Mädchen.

Zweiter Tag des Kaminbaus 12 Uhr

D. hat mich in die Küche rufen lassen sie seien fertig mit dem Verputzen & Weißeln aber drinnen gäbe es ein Problem. A. hätte ihre eigenen Vorstellungen von dem Gipsverputz rund um die Kaminöffnung. Sie sollen es machen wie sie es sich wünsche bestimmte ich. Ihm sei nicht wohl bei der Sache sagte D. die Arbeiter würden A. zwischen die Beine gehen. Schick sie sofort weg sagte ich dann musst du ihr eben allein helfen das Innere fertig zu machen Hauptsache ihr seid bald so weit.

Sie will nicht dass man ihr hilft sagte D. sie will alles selbst machen. Es sei ihr Altar. Du lieber Himmel! Altar? Für welches Opfer?

Nach dem Mittagessen

Schon den ganzen Nachmittag ist es seltsam still im Hinterhof. Habe zum Kinderzimmerfenster hinausgeschaut & da standen Saar & Lietja & spähten in A.s Zimmerfenster hinein & stießen sich an & schubsten sich. Gehe besser mal nachsehen.

17 Uhr

Während A. Kartoffeln für das Abendessen vom Acker holte spähte ich durch das Fenster. Vor dem Kamin hing ein Stück Stoff & davor standen ein Eimer Gipszement & eine Spitzkelle & ein Eimer Wasser & ein schneeweißer Farbquast & ein paar Schuhkartons alles mit Deckeln verschlossen. Typisch. Habe die Gelegenheit genutzt & nachgesehen. Quarzsteine & Tierschädel & runde Muscheln & längliche Muscheln & Seeigel aus Witsand. Weiter kam ich nicht.

13. Oktober

Habe D. gebeten A. im Bakkie das Fahren beizubringen. Sie weigert sich. Werde sie selbst unterrichten müssen. In einer Woche beginnt die Getreideernte.

15. Oktober

Habe gewartet bis J. heute Nachmittag weggefahren ist bis ich im alten Chevy mit A. & Jakkie raus aufs Feld gefahren bin. Habe sie bekniet & gebeten du hast doch jetzt deinen Kamin genauso wie du ihn wolltest & jetzt möchte ich etwas von dir. Sie sah durch mich hindurch & wollte mir das Kind nicht geben & wollte auch nicht ans Steuer. Vielleicht sollte ich noch eine Weile warten. Der Kamin scheint jedenfalls den gewünschten Effekt zu haben. Alles läuft wieder glatt. Brote gehen auf Hennen legen wieder Eier Blumengarten in Ordnung großes Feuer jeden Abend. Höre wie sie Jakkie vorsingt & ihm Märchen erzählt. Jeden Morgen hängt die weiße Gardine vor dem Kamin. Kann nicht sehen was sie fabriziert hat sehe nur die Asche & die halb verbrannten Scheite neben dem Komposthaufen. Jeden Morgen kehrt sie den Kamin sorgt dafür wie ein Küster für seinen Glockenturm.

20. Oktober nach acht Uhr abends

Habe nachgesehen was die beiden dahinten treiben. Funken durch den Schornstein Feuerwerk auf dem Dach des Außenzimmers es zischt & spritzt wenn die heißen Ascheflocken auf die Regentropfen treffen (Oktoberregen! Zwei Felder abgeerntet. Sieht aber danach aus dass es morgen aufklart. Kann jetzt keine Probleme mit nassem Getreide gebrauchen.)

Durch den Spalt zwischen den Gardinen konnte ich nur die Silhouette von A. mit Jakkie auf dem Schoß erkennen. Kein anderes Licht nur gewaltiges Feuer. Habe mein Ohr gegen die Scheibe gelegt konnte aber nichts hören. Jakkie hat seinen Strampelanzug an & seine Haare liegen wie ein Strahlenkranz um seinen Kopf. A.s Haube ist so durchleuchtet von der Feuerglut dass es scheint als könnte sie jeden Augenblick in Flammen aufgehen. Rund um den Kamin hat s. ihr ganzes merkwürdiges Sammelsurium eingegipst nicht gerade das was man ein Kunstwerk nennt. Halb römische & schnörkelige Fresken wie kommt sie nur darauf?

Jakkie drückt die Fingerchen in die schwarzen Nasenlöcher des Luchsschädels A. streicht über die Abdrücke des Lederfarns Jakkie zeigt auf das Hufeisen oben in der Mitte s. zählt die Perlmuttmuscheln mit denen der Rand besetzt ist eins zwei drei vier fünf sie hält Jakkie hoch damit er die Muscheln berühren kann die durch die Flammen lebendig wirken flackern mit grünen & gelben Innenfahnen die kleinen Melkalbastertjies bläulich & rötlich sie zeigt ihm die Höhlungen d. Dassievoet er berührt die Spur des Steinbocks s. zeigt ihm die Tränen des Schnees er lacht über glitzernde Wasserpfützen s. berührt den Stempel der Callablüte die Wölbung der Lilienlippe die geriffelte Borte dort wo die Lilie befestigt war bevor sie in der Flussaue aufging. An ihrem Mund erkenne ich dass s. ihm vorsingt. Die ganze Zeit wippt sie ihn auf dem Knie & er hört ihr mit großen Augen zu. Zeigt auf den schwarzen Leberfleck auf ihrer Wange s. reißt die Augen weit auf er drückt mit seinem kleinen rosa Fingerchen auf den Fleck & sie tut so als wäre er ein Schalter ein Zauberfleck & s. zuckt mit der Kopfhaut sodass ihre Ohren & ihre Haube wackeln & mein Kind lacht sich kaputt.

11

»Milla, hörst du mich? Ich bin's, Beatrice.«

Sie spricht laut, als redete sie durch eine Wand.

»Beatrice von Friswind, du kennst mich doch.«

Was würde sie wohl noch von sich sagen, um mich daran zu erinnern, wer sie ist? Glaubt sie, ich wäre durch das Stillliegen vollkommen verblödet?

Sie entscheidet sich für die jüngere Vergangenheit.

»Ich war als Zeugin bei der Unterzeichnung des Testaments dabei, weißt du noch?«

Mit Hut und Handschuhen, ich erinnere mich daran. Auch ich trug zu diesem Anlass Puder und Lippenstift. Mich zu schminken war Agaats größtes Vergnügen. Dazu einen weißen Fleck auf die Stirn, um mich daran zu gemahnen, dass ich eine Spionin an frisch geweißelten Fensterbänken war. Doch wie soll ich Beatrice signalisieren, dass ich sie wiedererkenne, was erwartet sie? Dass ich in die Hände klatsche und einen Freudenschrei ausstoße? Lange nicht gesehen! Wie geht's deinen Spanferkeln?

Ich habe nicht mal Lust, die Augen zu öffnen.

»Ich bin's, Thys' Frau. Kannst du mich hören?« Jetzt klingt ihre Stimme sanfter, gespielt mitfühlend, als wollte sie mir sagen: Ich, deine nächste Nachbarin, der du alles von dir erzählt hast.

Warum habe ich ihr eigentlich je etwas von mir erzählt? Jetzt lechzt sie nach mehr. Sie ist zum Resteessen hier, will den Topf auskratzen, die Knochen abknabbern.

Sie beugt sich über mich. Sie riecht nach Schweiß und Puder. Sie kommt noch näher. Ihr Atem riecht nach Frikadellen. Ihr Mitgefühl ist frikadellig.

Sie weiß nichts von mir, sie kann inzwischen nichts mehr von mir wissen. Was ich ihr damals von Jak erzählt habe, war für sie nichts Neues. Ich sah ihr an, dass ich ein Spiegel für sie war: dieser scheue Blick, die Scham, die unterdrückte Wut. Geständnisse in der Küche gelten jedoch als Verrat am repräsentativen Wohnzimmer. Und diese Fassade musste verteidigt werden, um jeden Preis. Das verstehe ich inzwischen. In dieser Hinsicht hat Jak sicher recht gehabt. *All hands on deck!*, rief er immer, wenn er im Wohnzimmer antrat, um Besuch zu empfangen.

Wenn ich plötzlich die Sprache wiederfände, würde ich es dir klipp und klar sagen: Uns ist in unserem ganzen Leben nichts Besseres eingefallen, als in unserem Inneren dem Herrn unser Herz auszuschütten. Erhöre mich, dein kleines Mädchen, beschütze mich, deine blühende Magd, segne mich, Frau deines Volkes, aber was hat das aus Ihm gemacht? Einen Versicherungsmakler, der seine Versicherungsnehmer beruhigt? Einen besseren Haremsvorsteher? Ich weiß nicht, wie es dir geht, Freundin, aber in meinem Eheleben stand Gott nicht auf der Seite derer, die die Maske herunterzogen. Er war selbst die größte Maske. Unser polygamer himmlischer Gemahl. Erinnerst du dich an die Empfehlung der Frau von Pfarrer van der Lught? Dass wir zu Ihm beten sollten wie in einer Overberg-Version des Psalms 119: Wende meine Augen ab von eitlen Dingen. O ja. Und hier liege ich nun, aufgebahrt für Volk und Vaterland.

Würdest du das verstehen, Beatrice? Aber in deiner Vorstellung dürfen Sterbende nicht lästern, nicht wahr?

Nichtsdestoweniger, liebe Nachbarin, pass auf, denn meine Maske besteht heutzutage aus hartem grünen Plastik. Mein Leben hat sich verändert. Ich bin ungefährlich für dich, ungreifbar für den Gott der sich gegenseitig belügenden Nachbarn und der wehleidigen Dichter. Ich bin meinen Tagebüchern aus alten Zeiten ausgeliefert. Und die treffen tiefer als Küchengeheimnisse, das kann ich dir sagen. Zugleich ist Gott rachsüchtiger geworden, wie in seinen jungen Jahren, und das fühlt sich wesentlich ehrlicher an. Übrigens ist Er zur Frau geworden. Er heißt jetzt Agaat, obwohl ich nicht glaube, dass du Griechisch verstehst. Agaat, das ist nicht nur die Bezeichnung für einen Halbedelstein. Weißt du, was der Name sonst noch alles bedeutet?

Ich spüre, dass Beatrice vor mir zurückweicht. Sie ist unzufrieden. Was hatte sie erwartet? Das Ave Maria in Gebärdensprache?

Wie ist sie überhaupt hereingekommen? Wo bleibt Agaat?

Durch meine halb geschlossenen Augenlider kann ich erkennen, dass die Gardinen fast zur Gänze zugezogen sind. Nicht das Morgenlicht fällt hindurch. Nein, es ist nicht Morgen, sondern Mittag, schon Nachmittag.

Was hat Beatrice hier zu suchen? Sie wollte doch morgens kommen, morgen früh, wenn Agaat in die Stadt will.

Doch Agaat hat sich nicht von mir verabschiedet und mir auch nicht Bescheid gesagt, dass sie losfährt. Sie hat mir die Sauerstoffmaske aufgesetzt. Da habe ich sie zum letzten Mal gesehen.

Sie hat gesagt, ich solle mich ein bisschen ausruhen und schön durchatmen.

Sie hat gesagt, ich solle nicht wieder ohnmächtig werden, bloß nicht.

Das war nach dem Mittagessen. Und zwar heute. Ob mir schon die Tage durcheinandergeraten? Am ersten Löffel Pudding wäre ich beinahe erstickt. Sie musste mich wieder abklopfen, um den Pudding herauszulösen, und sich hinter mich setzen, um den Heimlich-Griff anzulegen, mehrmals hintereinander. Es war das erste Mal, dass Agaat am helllichten Tag in mein Bett kam.

Heute war das, ich bin nicht verwirrt.

Ihr Herz pochte heftig gegen meinen Rücken. Ihre Beine lagen rechts und links neben meinem Körper. Ihre Arme waren vor meinem Bauch verschränkt. Ein Hauch Angstschweiß mischte sich unter ihren Geruch nach Stärke und Apotheke. Als ich wieder atmen konnte, mied sie meinen Blick. Sie war kreidebleich im Gesicht.

Sie hat mir die Maske aufgesetzt, eine Hand auf meine Brust gelegt, den Sauerstoff reguliert, die Gardinen zugezogen.

»Ruh dich ein bisschen aus.«

Lass mich sterben!, bat ich sie.

Nein, antwortete Agaat mit ihrem Blick, und hör auf, so aufsässig zu sein.

Das Gummi der Maske ziept am Hinterkopf schmerzhaft in meinem Haar. Keine Chance, Beatrice das begreiflich zu machen. Und was hätte sie auch daran ändern sollen? Sie würde eher ein Krokodil am Schwanz packen, als mich anzufassen. Und ich habe ja bereits eine Bändigerin. Sie, die die Türen meines Gesichts öffnen kann.

Ich höre Spatzen tschilpen. Spätnachmittag. Erleichterte Spätzchen, die nach dem erstickend heißen Tag wieder aufatmen können. Achtunddreißig Grad, hat Agaat gesagt. Ach, der Atem des allerkleinsten Spatzen! Wenn ich den nur in mich aufnehmen könnte, ginge es mir besser. Ich könnte meiner neugierigen Nachbarin ins Gesicht spucken. Die Wahrheit ans Licht bringen.

»Es tut mir leid, wenn ich dich erschreckt habe. Ich dachte, ich komme schon heute Nachmittag. Ich übernachte hier, wenn du möchtest. Agaat hat mich heute Morgen angerufen. Sie will morgen in die Stadt fahren und hat mich gefragt, ob ich so lange bei dir bleiben kann. Sie hat sich gar nicht gut angehört, deswegen bin ich schnell vorbeigekommen, um nachzusehen, ob ihr zurechtkommt. Man weiß ja nie, was diese Geschöpfe anstellen, wenn man sie nicht im Auge behält. Und jetzt, da du hier so hilflos liegst, stehlen sie dir womöglich alles unter dem Hintern weg. Ich meine natürlich nicht Agaat, sondern die anderen. Sie kann schließlich nicht überall sein. Wo ist sie überhaupt? Bestimmt hinten. Ich habe angeklopft, aber niemand ist gekommen. Die Haustür stand sperrangelweit offen, und im Wohnzimmer liegt ein Haufen Krempel, der aussieht, als solle er weggeschafft werden. Ich werde ihr sagen, dass sie lieber die Türen schließen soll, du meine Güte, zwei Frauen so allein hier auf dem Hof, heutzutage ist man ja seines Lebens nicht mehr sicher. Ich muss dir sagen, Milla, ich habe mich schon oft gefragt, ob sie überhaupt dazu fähig ist, dich hier allein zu versorgen, aber Mevrou hat erzählt, Doktor Leroux sei sehr zufrieden. Angeblich sei sie besser als eine Krankenschwester, kenne deine Bedürfnisse und nehme alles überaus genau. Ai, man muss dankbar dafür sein, dass es solche Menschen gibt.«

Beatrice zieht die Gardinen weiter auf.

»Ist das zu hell?«

Ich reiße die Augen auf.

»Mein Gott! Kannst du mich etwa sehen?«

Sie kommt näher. Schaut mir in die Augen. Ich sehe, wie der Plan in ihrem Kopf reift. Sie hält mir einen Finger vor die Nase und bewegt ihn von links nach rechts. Ich folge dem Finger meiner Nachbarin mit dem Blick.

»Haaa«, sagt sie, »du kannst also wirklich noch sehen und… und… alles.«

Ja, sehen und alles, hallo, Beatrice, blinzele ich. Sie muss kichern, schluckt es aber runter.

Sie zieht die Gardinen wieder ein bisschen weiter zu. Nervös, verlegen, ich kann das nicht mit ansehen. Ich kann sie nicht ansehen. Diese Verlegenheit in ihrem Gesicht, die Angst und der Ekel, alles zugleich. Sie könnte mich leichter ansehen, wenn ich ein gefülltes Ferkel mit einem Apfel im Maul wäre. Es ist ihr leichter gefallen, damals, als ich gefüllt war. Mevrou de Wet mit einem Stopfen im Mund. Ob Beatrice Thys je einen geblasen hat? Tatsächlich konnte sie auf der Kirchenchorgalerie den Mund am weitesten aufreißen. Um deutlicher zu artikulieren. Lobet den Herren.

»Soll ich die Türen ein bisschen aufmachen? Es ist etwas stickig hier.«

Beatrice trippelt zu den Verandatüren und drückt sie auf.

Jetzt folgt ein Hörspiel, ein Riechspiel für die Nachbarin, Spatzendreck und die Schemen des Todes.

»A-g-a-a-t!«, ruft sie mit dünner Stimme. »A-g-a-a-t!« Erst nach rechts, dann nach links die Veranda hinunter.

Ein Schwarm Spatzen fliegt aus der Bougainvillea auf. Das Blau von Beatrices Kleid beißt sich mit dem Violett.

Ich wünschte mir, sie würde gehen. Ich wünschte mir, Agaat

würde kommen, sie ins Wohnzimmer führen, sagen, dass sie zurechtkomme, vielen Dank, ihr zum Abschied Tee servieren und sie hinauskomplimentieren. Wenn sie käme, würde ich ihr signalisieren: Weg hier mit der sensationslüsternen Nachbarin, sie kann sich ihre Vertraulichkeiten aufsparen, bis ich kalt und eingesargt bin, schönen Dank! Ich werde mit den Augen blinzeln, bis Agaat versteht: Ich bin mit Saar zufrieden, Saar kann sich zu mir setzen, wenn du morgen in die Stadt fährst, ich werde noch verrückt, wenn ich den ganzen Vormittag dieses scheinheilige Gebrabbel in den Ohren habe, vollkommen wahnsinnig. Saar sagt nie etwas zu mir außer *Oumies*. Wenn sie den Flur kehrt, bleibt sie einen Augenblick lang aufrecht stehen und sieht zu mir herein. »Oumies«, sagt sie dann, eine Bestätigung meiner Existenz, ein einziges Wort, im gleichen Miniaturmaßstab, in dem ich jetzt lebe. Sie sieht mich an wie ein Schaf, das schon lange mit der Blauzungenkrankheit daniederliegt. »Oumies.« Ounooi. In der Tat. Was gibt es sonst auch noch zu sagen? Das ist wenigstens ehrlich.

Besucher am Krankenbett reden meist nicht mit einem, sondern mit sich selbst, vor allem wenn man im Sterben liegt. Ein Übungslauf für ihre Abbitten.

»Wo kann Agaat nur sein?«, fragt Beatrice. »Ich hoffe, sie lässt dich nicht oft so allein, schließlich kannst du jeden Augenblick … Du könntest sie jeden Augenblick brauchen. Ai, Milla, dass du so wehrlos hier liegen musst!«

Beatrice schnalzt mit der Zunge und blickt sich im Zimmer um. Ihr Blick huscht über die Einrichtung. Sie glaubt, ich wäre nicht mehr ganz bei Verstand, könnte nicht mehr richtig sehen und reagierte nur noch reflexhaft. Sie glaubt, ich sähe nicht, wie sie die Schublade des Spiegelschranks aufzieht und unter Geplauder hineinspäht, wie sie die gefalteten Handtücher von den Bettpfannen hebt und darunterschaut, wie sie die Medikamente auf dem Wagen in die Hand nimmt und die Augen zusammenkneift, um die Bezeichnungen lesen zu können, wie sie mit dem Finger über den Bettpfosten fährt, wie sie einen schiefen Blick auf das Feldbett an der Wand wirft.

»Sieht alles ganz gut aus«, bemerkt sie, »sauber und ordentlich. Bestimmt besser als im Krankenhaus, bekannt, vertraut, man möchte sicher lieber zu Hause bleiben.«

Der Wortreichtum der Lebenden. Ihr Becher läuft über. Üppig soll sie sein, ihre Ernte aus dem Totenreich, dem Beinahetotenreich. Ihr Besuch hat sich gelohnt, so viel ist sicher. Ich kann mir genau vorstellen, wie sie hinterher davon erzählt: Nichts in der Bettpfanne, sieht aus wie unbenutzt. Bestimmt tut sich auf diesem Gebiet nichts mehr. Sie isst so gut wie nichts. Die Meid hat gesagt, nur ein kleines bisschen dünnen Brei.

Was die eine Mevrou der anderen wünscht: dünnen Brei und ein erlahmtes Innenleben. Ich sehe die Selbstzufriedenheit der gewissenhaften Botschafterin, die prüde gespitzten Lippen. Es wird mehr als eine Bettpfanne unter ihrem Hintern nötig sein, um sie von ihrem Hochmut zu kurieren.

»Soll ich mal nachsehen, wo Agaat ist?«

Beatrice beugt sich dicht über mich. Sie sieht aus, als wünschte sie sich ein Stöckchen, um mich damit zu pieken. Sie braucht nur die Augen aufzumachen, auf dem Wagen liegen flache Holzspatel und Ohrenstäbchen, sie könnte es sich aussuchen. Am liebsten würde ich »Buh!« machen. Ihr die Zunge herausstrecken. Ich reiße die Augen auf, weit, abrupt, und dann verdrehe ich sie für sie, ich flackere meiner Nachbarin zuliebe mit den Augenlidern, ein Todesflackern, lang und unverkennbar, der zitternde schwarz-weiße Wimpernfalter. *Leminitis Ounooi.* Der Landkartenschmetterling. Freigelassen in einem geschlossenen Tal. Habe mich schon lange nicht mehr so lebendig gefühlt. Der gewünschte Effekt bleibt nicht aus. Es wird gesungen. Mezzosopran für die Gosse.

»O mein Gott, Milla, o Gott, Hiiiilfee!« Sie weicht mehrere Schritte zurück, den Blick starr auf mein Gesicht geheftet. Burendiva im Bühnenschock, hätte Jak gesagt.

Aber, Beatie, wer wird denn gleich wegschauen? Du musstest dich ja unbedingt mit angewidertem Gesicht an mein Bett stellen. Sieh mal, wie meine Augäpfel zittern! Mit meinem letzten bisschen Muskelkraft! Damit kann ich Berge versetzen!

Mit schriller Stimme rennt sie den Gang entlang.

»Gaat! Gaat, komm schnell, Gaaaaat! Hilfe! Gaat! Die Oumies!«

Raus aus der Hintertür. Kattack, schlägt die Fliegengittertür zu. Ich höre Beatrice an die Tür des Außenzimmers hämmern, ein Fenster wird aufgestoßen. Ein Schrei. Ich zähle die Sekunden. Dann klappt wieder die Gittertür. Noch ein Schrei.

»Himmelherrgott, Hilfe!«, ruft Beatrice. Sie rennt zum Telefon. Erneut höre ich die Hintertür aufgehen. Ich weiß, wer das ist. Ich weiß, wer klammheimlich in der Küche wartet und sich alles anhört. Ich weiß, wer hinter der Tür steht und lauscht. Ich würde gerne lachen. Ich wollte, ich könnte lachen. Meine Augen tränen. Beatrice, die Theatralische, Beatrice, die Agaat von klein auf so gut nachahmen konnte. Wir belauschen sie gemeinsam, ich und Agaat. Wir lauern hinter den Gardinen.

»Thys, Thys, bist du das, Thys? Thys, hör zu, ich bin bei Milla de Wet, und ich glaube, sie liegt im Sterben, und ich glaube, ihre Meid ist schon tot! Agaat, ja. Nein, ich hab dir doch gesagt, sie hat heute Morgen angerufen und mich gebeten, morgen früh zu kommen, weil sie in die Stadt muss, allerhand erledigen und die Beerdigung regeln. Jetzt hör mir doch mal zu, Thys! Also, ich dachte, ich fahre lieber heute Nachmittag schon rüber, weil Millas Meid am Telefon so merkwürdig klang. Nein, so gegen fünf. Hast du denn meine Nachricht nicht gefunden, die ich dir auf dem Sideboard hinterlassen habe? Also, ich kam hier an, da standen die Türen sperrangelweit offen, kein Mensch war im Haus, und Milla lag mutterseelenallein in einem stockdunklen, verschlossenen Zimmer mit einem grünen Ding im Gesicht. Über Mund und Nase, ja. Aber sie hat die Augen verdreht, und ihre Augenlider haben geflattert, ganz furchtbar! Nein, Thys, ich habe sie nicht angerührt. Nein, wie gesagt, die Meid hat sich aus dem Staub gemacht, ausgerechnet jetzt, da sie gebraucht wird! Ich bin sie suchen gegangen, und da lag sie im Außenzimmer mit genau dem gleichen grünen Ding im Gesicht! Nein, ich hab nur durchs Fenster geschaut, die Tür war zu, aber ihr Bett steht am

Fenster. Ich weiß nicht genau, ich bin schnell weggerannt. Ein Schlauch? Was für ein Schlauch, Thys? Wie bitte? Gift? Herrgott, Thys, woher soll ich das wissen, dazu ist jetzt keine Zeit! Ja, ich höre dich. Komm einfach! Nein, Thys, ob Gas oder Gift, das spielt doch keine Rolle! Ja, ich bin unerwartet hier reingeschneit. Vielleicht bin ich gerade noch rechtzeitig gekommen, verstehst du? Mein Gott, Thys, kannst du oder willst du es nicht begreifen? Selbstmord! Selbstmord! Das will ich damit sagen! Vielleicht wollten die beiden gemeinsam … Wie sagt man? Ein gemeinsamer, ein geteilter … Wie heißt das nur? Ein gekoppelter … Vielleicht haben sie keinen anderen Ausweg mehr gesehen, zu zweit, wie heißt das denn nur? Ich sag dir eins, hier ist alles voller Medikamente und Bettpfannen, und es riecht nach Tod! Nein, Thys, ich gehe nicht noch mal in dieses Zimmer! Was, ich? Ich soll Agaat wiederbeleben? Bei einer Meid Mund-zu-Mund-Beatmung machen? Sonst noch was? Nein, ich will weg, das ist mir hier zu unheimlich! Das ist ein Doppelselbstmord. Sagt man das nicht so? Bitte, komm einfach, so schnell du kannst! Nein, ist gut, ist gut, ich warte, bis du kommst, ich bin draußen. Und, Thys, ruf den Arzt, die Polizei und Pfarrer van der Lught an. Ich lege jetzt auf, Thys, ich muss hier raus, ich krieg's mit der Angst zu tun. Ich warte vorne auf dich, komm jetzt einfach und bring Magda mit, sie kann doch Tote waschen, sag ihr, es sind zwei, tschüs, Thys, bis gleich!«

Beatrice flitzt den Flur hinunter. Tippel, tippel, mit einem Rutsch in die Diele um die Ecke. Klick, klick, klappern die Absätze. Sie rüttelt an der Haustür. Bestimmt hat sie abgeschlossen, nachdem sie eingetreten ist. Nachbarin mit Leichen eingeschlossen. Meine Leiche, deine Leiche, in der Mitt' 'ne Vogelscheuche.

Endlich kommt Agaat. Ihren Schritten entnehme ich, dass sie das Telefonat mit angehört hat. Sie kommt aus der Küche hinter der Tür hervor, von der aus sie gelauscht hat. Sie eilt über den Flur. Sie macht einen verwirrten Eindruck, die Haube windschief auf dem Kopf. Sie stellt sich dicht neben mich und sieht mir in die Augen.

»Was muss ich da von einem Geflatter hören? Du flatterst mit den Augen und den Lidern? Ist dir schwindlig?«

Nein, Agaat, das war nur ein Witz!

Sie ist zu erschrocken, um mich richtig verstehen zu können.

»Entschuldige, Ounooi, ich bin eingeschlafen, ganz furchtbar, es tut mir so leid, ai!«

Sie nimmt mir die Maske ab, wischt den Speichel weg, cremt mich an den Stellen ein, wo die Maske auf meine Wangen gedrückt hat.

Ich blinzele. Alles in Ordnung, Agaat, ich lache mich tot, ich lache!

Sie sieht es nicht.

»Nooi Beatrice hat sich bestimmt erschreckt. Ich lag hinten in meinem Zimmer mit der Sauerstoffmaske auf dem Gesicht im Bett, mit der Zweitmaske, weil ich wissen wollte, wie sie funktioniert, ob sie gut funktioniert und du damit genügend Luft bekommst. Ob ich besser Luft kriege und wie sich das anfühlt, zusätzlichen Sauerstoff einzuatmen. Da bin ich eingeschlafen, bestimmt weil ich zu viel Sauerstoff eingeatmet habe, und ich habe richtig tief und fest geschlafen. Es tut mir so leid! Ich bin wach geworden, als Nooi Beatrice das Fenster von außen aufgestoßen hat.«

Agaat fummelt an meinen Augenlidern herum, zieht das obere Lid über das untere und betastet die weichen Stellen unter meinen Augen, als wolle sie sie zurechtschieben, lebendige Augen, Augen, die sich nicht grundlos verdrehen.

»Was für ein Geflatter hat Nooi Beatrice denn gemeint? Wovon redet sie?«

Entspann dich, Agaat, das ist lustig, siehst du das denn nicht? Lach doch mal! Ich will hören, wie du lachst! Ich will Gelächter hören. Lach, Agaat, ich möchte sehen, wie du aussiehst, wenn du lachst, denn wann war es bei uns zuletzt mal so richtig lustig? Die lachenden Leichen. Die eine mit verdrehten Augen, die andere trunken vom Sauerstoff. Das eine Gespenst war mager, das andere Gespenst war dick, kannst du dich noch an das Kinderlied erinnern, Agaat? Das haben wir Jakkie vorgesungen, als er noch klein war, beim Baden. Ich habe die Backen aufgeblasen, und du hast deine eingesogen, und ich sang hoch, und du sangst tief, und dann hat er gekräht vor Lachen.

Agaat kramt ziellos im Zimmer herum. Sie ist zu verwirrt, um meine Zeichen richtig zu interpretieren. Ihr geht es um die Wirkung auf die Außenwelt.

Sie schnalzt mit der Zunge und seufzt. »O nein, das Klappbett steht auch noch hier, das habe ich völlig vergessen!«

Sie schnappt es sich, stellt es in den Flurschrank und macht sich zur Inspektion bereit. Sie wirft einen Blick in den Spiegel und ruft: »Wie sehe ich denn aus!« Sie richtet ihre Haube. Ich erhasche ihren Blick im Spiegel. Mit dem Mund voller Haarnadeln steht sie davor. Ich sehe sonst nie, wie Agaat ihre Haube feststeckt.

»Entschuldige, Ounooi«, murmelt sie durch die Nadeln, »ich komme gleich, ich muss mich nur noch ein bisschen zurechtmachen.«

Agaat, blinzele ich, bitte, siehst du denn nicht, wie lustig das alles ist?

»Ich komme, Ounooi, ich komme, ich muss nur erst Baas Thys alles erklären und nachsehen, wo Nooi Beatrice ist.«

Lass die Frau, lass sie, hast du nicht gehört, was sie gesagt hat? Dass sie eine Meid nicht wiederbeleben würde?

Agaat kommt näher.

»Was sagst du, Ounooi? Ich blamiere uns? Nein, das meinst du nicht so.«

Ich rolle meine Augen in Richtung Garten, wo Beatrice jetzt händeringend auf und ab geht, und ich zeige Agaat, wie ich sie verdreht habe. Ich drehe sie weg, zucke damit, sehe sie geradeheraus an. Ich lache. Das wiederhole ich mehrmals. Ich lasse meine Augen blitzen und funkeln.

Sieh doch nur, Agaat, sieh nur, ich habe nur meine Augen, um einen Witz zu erzählen, meine liebe Agaat, die an meiner statt Atem holen will und mit einer Sauerstoffmaske im Gesicht einschläft, lach doch, lach mit mir!

Ein Lächeln erscheint um Agaats Mund.

»Haai, Ounooi, das hast du doch nicht im Ernst getan? Du hast das alles nur gespielt?«

Sie traut sich kaum, es auszusprechen.

Doch, das habe ich, ich, Milla de Wet, geborene Redelinghuys, die jetzt schon seit Monaten auf dem Rücken liegt, ich habe heute so getan, als ob, ich hab was vorgespielt, gespielt, ich läge zuckend im Sterben. Jetzt bist du dran. Wenn ich meinen Spott treiben kann, kannst du es erst recht. Das ist unser letzter Witz, verstehst du?

»Sehr lustig«, sagt Agaat. »Aber das ist nicht der richtige Zeitpunkt für Spielchen. Du hast gehört, wer alles alarmiert wird.«

Genau, Agaat, die ganze Truppe will den Doppelselbstmord sehen!

Autos fahren auf den Hof, die Hunde bellen.

»Und im Wohnzimmer liegen die ganzen Sachen!«, stöhnt Agaat. »Am Ende denken sie noch, ich wollte dich bestehlen!«

Sie ist raus, bevor ich sie aufhalten kann, um die Ankömmlinge vor der Haustür zu stoppen.

»Aber, Agaat, du bist ja quicklebendig!« Fragen, Rufe. Agaat bemüht sich, alles zu erklären. Thys, dem Pfarrer und Magda, der Leichenfachfrau. Agaat bittet sie nicht herein, doch sie wollen mich sehen, mit eigenen Augen, und drängen sich an ihr vorbei. Agaat übernimmt die Führung; ich höre ihre Sohlen im Flur, rückwärts, rückwärts. Sie betritt vor ihnen das Zimmer, die Arme ausgebreitet, als wolle sie sie hinter ihrer Schürze abbremsen. Mit den Augen signalisiert sie mir: Entschuldige, dass ich sie nicht aufhalten konnte! Sie stellt sich neben mein Bett und legt mir die Hand auf die Schulter.

Ich werde umringt, ich stehe im Mittelpunkt, meine fünf Minuten Ruhm. Langsam lasse ich meine Augen von Agaat zu der Gesellschaft wandern, die sich mit gereckten Hälsen in der Türöffnung drängt. Ich sehe meine Nachbarn an, die Hüter von Recht und Ordnung, die Überbringer guter Wünsche, die Vorbeter, die Unheilspropheten. Einem nach dem anderen sehe ich in die Augen, bis ich alle in meinem Blick versammelt habe, mit ihrer Verwirrung, ihrer Scham, ihrer Furcht.

»Wir sind auf Besuch vorbereitet, die Ounooi und ich«, sagt Agaat. »Wir haben genug Früchtekuchen und Tee für alle, nicht wahr, Ounooi?«

Zu Bestätigung schließe ich langsam die Augen und zeige den Gästen mit einem langen Blick den Weg zum Wohnzimmer.

Gehet hin. Esst Früchtekuchen.

Doch plötzlich haben sie es eilig. Nein danke, sie möchten sich nicht setzen.

Ich höre, wie Agaat sie an der Haustür verabschiedet.

Er sei so dankbar, dass die Ounooi in so guten Händen ist, versichert der Pfarrer.

»Wir tun unser Bestes«, antwortet Agaat.

»Die Schafdiebe erwischen wir!«, verspricht der Polizeimeister.

»Dazu brauchen Sie ein Großaufgebot«, entgegnet Agaat. »Die Diebe arbeiten in Gruppen.«

Twock, twock, twock, poltert Thys mit seinen großen Schuhen die Verandatreppe hinunter.

»Alles Gute, Agaat, *baai-baai*!«, ruft Magda fröhlich.

Kein Mucks von Beatrice.

Türen schlagen zu. Autos fahren vom Hof. Die Hunde bellen.

Der Witz von heute Nachmittag erscheint mir nichtig. Ein kleiner, trauriger Scherz. Ich spüre, wie er aus mir hinaussickert. Ich fühle mich schwer. Ich fühle mich komprimiert. Ich fühle mich nicht traurig. Ich bin müde. Agaat ist traurig. Ich weiß es, ich kann es spüren.

Sie bleibt auf der Veranda stehen und ruft die Hunde zurück. Ich höre, wie die Tiere hecheln. Ich schließe die Augen. Ich kann mir vorstellen, wie sie mit den Schwänzen wedeln und Agaat mit offenen Mäulern zulachen. Sie kommen zu ihr und holen sich ihre Streicheleinheiten ab.

»Boela, wie siehst du denn schon wieder aus? Worin hast du dich gewälzt?«

Agaat bringt die Worte nur mühsam heraus. Sie versucht, die

Kontrolle über ihre Stimme wiederzuerlangen, indem sie mit den Hunden redet und ihre Lebendigkeit hervorlockt. Hunde, die kommen, gehen und sich im Staub wälzen können, in Aas, um sich mit dessen Geruch zu umgeben. Danach stehen sie auf und scharren mit den Hinterpfoten.

»Komm her, Koffie, meine Güte, du auch! Wo findet ihr bloß so viel Matsch, um euch darin zu wälzen? Igitt, seid ihr stinkig!«

Agaat kommt nicht wieder herein. Ich sehe sie dort draußen stehen. Sie schaut zum Tor, das geöffnet und geschlossen wird. Sie steht dort länger als gewöhnlich. Sie sieht den Autos nach, die auf die Straße abbiegen, den Staubfahnen, die kleiner werden und sich über den Hügeln auflösen. Sie spürt die Schwere des bevorstehenden Abends, riecht das stille, niedrige schwarze Wasser der Furt, sieht die dunkel aufragenden Berge und die schwarzen Baumwipfel von Grootmoedersdrift.

Doch es ist besser als gar nichts, besser als ich in meinem weißen Bett hier drinnen.

Sie will nicht hereinkommen.

Sie will nicht ins Haus. Aber sie hat keine Wahl. Sie kann nirgendwo anders hin. Nicht, solange ich hier bin. Hier ist der Becher. Hier ist das Buch. Trink, blättere um.

»Ai«, höre ich, »seht nur, wie ausgetrocknet ihr seid!«

Ich höre, wie sie die Verandatreppe hinuntergeht. Wasser auf Zement. Das ist der Gartenschlauch. Das Wasser plätschert leise vor sich hin. Agaat wässert die Topfpflanzen. Sie spricht mit ihnen und wünscht sich, dass ich es höre. So habe ich es ihr beigebracht. Pflanzen gedeihen, wenn man mit ihnen spricht, vor allem Topfpflanzen. Dann bekommen sie glänzende Blätter. Das ist ihre Antwort.

»Goldkolben«, sagt sie, »Grünlilie, Wachsblume, Mackaya bella, Köstliches Fensterblatt, Bubikopf.«

Heute Abend fällt ihr nichts weiter ein, als die Anwesenheitsliste durchzugehen.

Der Gartenschlauch schleift zur anderen Seite der Veranda. Eins kommt zum anderen. Jetzt werden die Beete knapp unterhalb der Veranda getränkt, die das Wasser aus den Sprinklern oft nicht ganz erreicht.

Agaat schindet Zeit. Sie denkt über ihre nächsten Schritte nach. Schmiedet Pläne. Wie es weitergehen soll. Wie sie Licht und Luft in der Sache halten kann. Wie dieser Abend, wie der nächste Morgen werden soll.

Ein Topf und noch ein Topf wird unter die Veranda gezogen. Nasser Ton schabt über den Zement. Dezembergeräusche. Die Spätnachmittagssonne fällt in dieser Jahreszeit unter die Veranda und trocknet die Pflanzen aus.

»So, jetzt seid ihr raus aus der Hitze«, sagt Agaat.

Sie stöhnt, als sie sich aufrichtet.

Alles ist nass. Der Hahn ist zugedreht. Die Töpfe sind in den Schatten gerückt. Jetzt muss sie hineingehen. Jetzt kann sie nichts anderes mehr tun. Aber es ist inzwischen dunkel geworden, und sie hat hier drinnen eine Aufgabe. Sie kann die Gardinen zuziehen, die Stehlampen einschalten. Ein Zeichen von Leben setzen. Dies hier ist eine Farm. Hier wohnen Menschen. Schau-genau heißt meine Frau, Spät-betagt heißt meine Magd.

Ich höre sie an der Haustür. Sie tritt die Füße auf der Rattanmatte ab. Einmal, zweimal, blickt unter die Sohlen, noch einmal. Ein Seufzer, dann ist sie drin. Sie macht die Tür zu, schließt ab, legt den inneren Riegel vor. Sie sieht den Riegel an. Sie dreht sich um, blickt in der Diele umher. Sie geht einen Schritt hinein, noch einen, dann ist sie auf dem Teppich. Jetzt ist sie bereit. Jetzt tut die Hand, was sie zu tun findet, die linke Hand vorn, die rechte Hand hinten.

Ich höre eine Gardine und noch eine, ich höre einen Ton, eine Phrase. Dann findet sie die Melodie, und die Melodie findet mich. Ich weiß, sie ist für mich bestimmt. Sing für mich vorne im Wohnzimmer. *Blow the wind southerly*, summt sie. Sie kennt das Lied von der alten Kathleen-Ferrier-Platte. Haben wir sie beim Ausmisten weggeworfen? Ihre Stimme klingt schwach. Sie räuspert sich und beginnt noch einmal von vorn.

Sing, Agaat! Sing nur die alten, alten Weisen, sing die Lieder von früher! Die Musik aus dem Wohnzimmer. Sing vom Wind, der um die Ecken des Hauses bläst, dem *Suidooster*, dem *Noordwester*. Das Lied der Fensterrahmen, der Fensterbretter und der Gardinen, der Stehlampen, des Teppichs mit den roten Blumen und des Sideboards aus dunklem Imbuiaholz, das seine Geheimnisse preisgegeben hat. Das Lied von den mit Lederriemen bespannten Stühlen und der Sitzbank und dem runden Tisch in der Ecke. Von den stummen Worten der Menschen, den stillen, verschlossenen Dingen, dem alten Nippes, an dem du dich anfangs nicht sattsehen konntest. Berührst du vielleicht Diana und ihre zahmen Wölfe aus altem braunem Porzellan? Nimmst du den kleinen indischen Schuh aus Kupfer in die Hand, in den du im Frühling immer die Gethyllis für mich gestellt hast? Und die Schwäne aus mundgeblasenem weißem Glas, streichst du über ihre Hälse, und siehst du die große Vase für Freesien, die blaue mit den Narzissen und den großen grauen Topf, den du geklebt hast, den für die Feldblumen im September, für die ersten blauen Lupinen, die violettblauen Christrosen?

Sing nur leise vom Abend, der hereingebrochen ist, und vom Abendessen, der Wurst, den Eiern, den roten Tomaten und dem frischen Brot mit der aufgeplatzten braunen Kruste, der Milch in dem Becher, der einst ein Hochzeitsgeschenk war, dem rechteckigen Stück Butter unter Glas. Dem weißen Tischtuch, den Topflappen um die Henkel des schwarzen Eisentopfs, dem Hinsetzen, den Händen in gedämpftem Licht, um die Messer, um die Gabeln, die Löffel mit den Elfenbeingriffen, von den Menschen, die einander ansehen oder nicht ansehen, miteinander reden oder nicht reden oder wortlos kommunizieren. Sing nur, damit du Trost findest. Denn nun musst du dich selbst trösten, wie du es im Grunde immer schon tun musstest.

Sing nur, sing nur, Agaat, von dem Wind, der aus dem Süden weht, und dem Schiff, das kommen wird, denn es kommt. Ich sehe es in der Ferne. Weiß ist sein Bug, und seine Spanten sind weiß, und es kommt über die Hügel, ich sehe es näher kommen, immer näher.

Ich verstehe. Du fandest den Witz heute Nachmittag nicht lustig. Er war eine traurige kleine Melodie, sonst nichts.

Ich öffne die Augen. Das Licht im Zimmer brennt.

»Schau«, sagt Agaat, »bei all dem Durcheinander hast du das da noch gar nicht gesehen.«

Sie deutet neben mein Bett.

Der Regenbogen ist verschwunden. Jetzt hängt dort ein Berg mit einer Sumpflandschaft zu seinen Füßen, auf der lauter weiße Wasserblumen blühen. Die Berge werfen einen dunklen Schatten auf die Blumen. Eine frühmorgendliche Szene, ein Gemälde aus der Diele. Ich dachte, wir hätten es weggeworfen.

»Von den blauen Bergen kommen wir«, sagt Agaat. »Ich habe es aus dem Keller geholt. Und schau mal hier, das Porträt deiner Großmutter. Ich dachte, vielleicht möchtest du es noch einmal sehen.«

Vor dieses Porträt hat meine Mutter mich als Kind oft gestellt, ihre Hand schwer auf meiner Schulter. »Siehst du, Milla, sie hat diese Farm aufgebaut, die eines Tages dir gehören wird.«

Eine künftige Matriarchin, der Mund jung, die dicklichen weißen Finger um ein zusammengerolltes Dokument gelegt, die Haare im Nacken straff zu einem Knoten gebunden, die Wangen zwei rot kolorierte Flecke, der Kragen um ihren Hals aus feiner weißer Spitze, das eine Auge klein und stechend, das andere größer, hellseherisch. Über diesem Auge liegt eine störende Spiegelung auf dem gewellten Glas in dem ovalen Rahmen, ein weißes Rechteck, mein Bett, ein fahler Fleck, mein Gesicht, mein graues Haar auf dem Kissen.

räum auf räum auf mein schnödes leben schreit die nickkopfpuppe und schlägt mit ihrem stock auf den boden verschenken! vererben! verbrennen! die weisen heben nicht mal einen knopf auf die vernünftigen fangen mit fünfzig an wegzuwerfen der gesammelte krempel eines lebens zierrat und fetzen todgeweihte sollten alles außer dem galgenstrick aufdecken beneidenswert die zornige sorgfältige planung des keuschen selbstmörders museen buhlen um die hinterlassenschaften der sterben-

den ein kamm eine kette ein schuhlöffel schriftsteller hängen nach der letzten aufgehängten jacke einen hut hinter die tür graben in den untersten schubladen sie die bewahrer sollten lieber aufmunternde lieder schreiben in den archiven sollten mit den letzten kadenzen gruben ausheben in den kellern abrissbeile schwingen reinigende feuer entzünden kommt ihr lieben lasst uns die arbeit der motten und des rosts beschleunigen! lasst uns das werk des wehenden staubes anfachen! beginnt beginnt beim wäscheschrank! beginnt beim tüll des dritten kleides einer frau beginnt bei den überflüssigen bändern den hübschen accessoires mit denen man den tod bezirzen will verschenken! vererben! verbrennen! ich stelle die liste zusammen und du machst drei haufen für verschenken verbrennen vererben und heute noch wirst du mit mir im paradies sein noch bevor der hahn kräht

Es war der Tag der Schweinemasern, der Abend nach dem Unglück mit der Ballendreherachse, im Dezember 61, nach dem Abendessen. Agaat brachte Jakkie herein, und in ihrem Gesicht stand: Große Neuigkeiten. Gute Neuigkeiten.

Sie hatte gehört, dass ihr wieder einmal eine Auseinandersetzung hattet, Jak und du, die zu eskalieren drohte.

Agaat setzte den Jungen auf den Teppich, brachte nach dem Essen Kaffee und sagte, es sei etwas passiert.

Jak war zu verärgert, um darauf zu reagieren. In der Mittagspause war eine Abordnung der Leute zu ihm gekommen und hatte neue Latrinen für ihre Hütten gefordert, die alten seien verfallen. Du warst in deinem Zimmer, erschöpft von diesem Tag, und hörtest alles mit an. Du hattest schon oft mit Jak über ihre sanitären Anlagen gesprochen, doch er hatte die Maßnahmen immer wieder hinausgezögert.

Die Leute standen vor seiner Bürotür auf der Vorderveranda, und du hörtest deutlich ihre Beschwerden.

Agaat mache in ihren Augen nur Mist, und Agaat behaupte, es wäre wegen der Menschenkacke, die überall herumläge, dass die Schweine Masern bekämen, und ihr Schlachtschwein für den Monat sei krank, und sie glaubten ihr nicht, sie dächten, Schweinefleisch sähe immer so aus, voller Punkte, und warum sie kein Schaf zum Schlachten bekommen könnten, und die Miesies habe versprochen, sie würden Plumpsklos kriegen, wann die endlich kämen, und Agaat habe gedroht, der Baas würde ihre Hunde erschießen, ob der Baas das wirklich tun würde, und wo sie denn das Futter für die Hunde hernehmen sollten, sie hätten ja selbst nichts zu beißen, und Agaat habe gesagt, die Frauen könnten nicht in der Küche für die Miesies arbeiten, wenn sie Keime hätten.

Du sahst durch die offene Tür deines Zimmers hinaus auf die Veranda. Da standen sie: Liejtas Mann Kitaartjie und Saars Mann Piet Skilletjies. Du sahst sie von hinten, die ausgefransten Hosensäume, die kahlen Stellen am Kopf von den Messerstichen, die hängenden Schultern. Du konntest sie riechen, ihren stechenden Schweiß, die ungewaschenen Körper.

»Unsere Kinder haben Würmer, wir verlangen Sickergruben mit Wellblechhäuschen und Sitzen aus Holz«, sagten sie.

Jak wusste nichts von den Vorgängen am Morgen, von der Medizin gegen Bandwürmer und den Scherereien bei den Hütten der Leute. Er begriff nicht, was das Schlachtschwein mit Masern und Latrinen zu tun haben sollte. Er sagte, sie sollten von seiner Bürotür verschwinden, er habe zu tun. Du zogst deinen Kopf schnell zum Fenster hinein.

Dawid stand im Büro. Er wollte über seinen Cousin reden, der am frühen Nachmittag beim Heuballenbinden in die Windenachse geraten war.

Julies liege vor dem Kamin und rede wirres Zeug. Der Arzt habe gesagt, es sei eine Gehirnerschütterung, und seinem Fuß, seinem Fuß gehe es gar nicht gut.

Dawids Stimme klang ruhig und ernst. Er stellte keine ausdrücklichen Forderungen, sondern zählte nur die Fakten auf.

Das war zu viel für Jak, all diese Unfälle. Du sahst es ihm an, als er nach dem Abendessen seine Gabel in den Händen drehte. Er hörte dir überhaupt nicht zu, als du ihm erzählen wolltest, was an diesem Tag vorgefallen war und wie Agaat sich verhalten hatte. Agaat gehe ihm auf die Nerven, sagte er.

In diesem Moment kam sie mit Jakkie herein und wiederholte, sie müsse euch etwas zeigen.

Jak legte die Gabel hin und lehnte sich in seinem Stuhl zurück.

»Was ist denn jetzt schon wieder los? Ist der Damm gebrochen? Ist das Pferd ersoffen? Wie kommt es nur, Agaat, dass du immer als Erste vor Ort bist? Man könnte meinen, du hättest den bösen Blick. Also, was ist?«

Später, signalisiertest du Agaat, morgen, jetzt ist nicht der richtige Zeitpunkt, geh lieber. Doch du sahst ihr an, dass sie aufgeregt war.

Ich will dir helfen, bedeutete sie dir mit ihrem Blick, ich will dir Ablenkung von der Situation bei Tisch verschaffen. Es ist etwas Besonderes! Gib mir eine Chance!

Sie nahm Jakkie auf den Arm, der mit dem Finger auf ihre Haube zeigte.

»Bring ihn ins Bett«, sagtest du, »es ist Schlafenszeit.«

Der Ausdruck auf ihrem Gesicht war dir nur allzu vertraut. Er besagte, dass sie etwas kompensieren, einen Ausgleich für die Probleme des Tages schaffen wollte. Sie verlangte nach Sicherheit, Beruhigung. Sie war es gewesen, die das Schlachten der Schweine hatte unterbrechen müssen und dich gerufen hatte.

Sie hatte recht gehabt, ohne den geringsten Zweifel. Das Fleisch war bis in die Muskeln von kleinen roten Verdickungen durchsetzt. Finnen. Du ließest sämtliche Schweine einfangen und ihnen mit einem Stock die Mäuler öffnen. Mit einer Zange zogst du ihnen die Zungen heraus und sahst nach. Sie waren alle krank.

Mit einem Mal schien dir alles über den Kopf zu wachsen. Du schicktest sie als Botschafterin aus.

Sie musste den Leuten erklären, dass es in diesem Monat kein Schweinefleisch geben würde, sie musste die Räucherhütte wieder schließen, in der bereits das Feuer zum Räuchern des Specks angefacht worden war, sie musste die Leute mit leeren Händen wieder nach Hause schicken.

Anschließend musste wieder sie zu ihren Hütten gehen, die Medizin und die sauren Drops in der Schürzentasche, und die ganze Bagage gegen Würmer behandeln, wie du es ihr aufgetragen hattest.

Als sie zu lange wegblieb, gingst du nachsehen, allerdings hintenherum, um nicht gesehen zu werden. Einerseits wolltest du dich nicht einmischen, andererseits hattest du plötzlich das Gefühl, es sei nicht in Ordnung, Agaat dort allein zu lassen.

Du sahst, wie sie die Mütter der Kinder herumkommandierte. Sie sollten die Kleinen einfangen und zu ihr bringen, denn beim Anblick der Arzneiflasche waren sie ins Akaziengebüsch gerannt und hatten sich versteckt. Agaat zerrte und schubste sie herum, damit sie sich in einer Reihe aufstellten. Die Großen – von den Kratzern der Zweige übersät – heulten und schnieften, die Kleinen hockten plärrend im Dreck.

Du hörtest sie schreien, noch bevor du sie entdecktest. Du spähtest um die Ecke und sahst, wie sie die Kinder an den Haaren packte, ihre Köpfe in den Nacken zog und ihnen die Nasen zuhielt, bis sie den Mund aufmachten. Jeder Löffel wurde von Schelte begleitet.

»Was müsst ihr auch in die Büsche kacken wie die Wilden! Mach den Mund auf! Was müsst ihr euch auch den Hintern mit der bloßen Hand abwischen! Schluck das bloß runter! Wenn du es ausspuckst, kriegst du eine geknallt! Und dann futtert ihr mit derselben Hand eure Aschekuchen. Was ist das denn für ein schwarzes Gurgelloch? Schluck das runter! Verdammt noch mal, schluck! Und schmier bloß keine Rotze an meine Kleider! Ihr seid schlimmer als Schweine! Die können nichts für ihre Dummheit. Die fressen eure matschige Scheiße, die hier überall herumliegt und in der Sonne stinkt. Deshalb sind sie voller Knötchen. Wenn ich das nächste Mal komme, treibe ich euch alle mit einem Stock im Nacken in das Schafsbad, Gott weiß, was ihr hier für Krankheiten ausbrütet! Seht euch doch nur mal an, wie dieses Kind aussieht! Über und über dreckverkrustet. Wann hat dieses Kind zuletzt ein Stück Seife gesehen? Mein Gott noch mal! Stellt euch nur mal vor, wie eure Därme aussehen! Voller Hotnotwürmer, die krabbeln in euer Gehirn und fressen es auf, bis ihr nur noch wie die Wahnsinnigen herumtaumelt. Und diese räudigen Köter! Auf dieser Farm wird alles, was Würmer hat, erschossen. Igitt, du hast auf meine Schuhe gepinkelt, du kleiner Hotnot! Stell dich dahin, halt die Klappe und schluck deine Medizin, oder ich dreh dir deinen Pipimann lockig wie einen Fliegenfänger! Warum hast du keine Hose an?«

Agaat war die Reihe abgegangen, trat zurück, wischte sich die Hände an der Schürze sauber und fuchtelte mit dem Löffel in der Luft herum.

»So, und jetzt hört ihr mir alle mal gut zu und schreibt es euch hinter die Ohren. Ihr nehmt euch jetzt eine Schaufel, grabt ein Loch, schippt die ganze Scheiße hinein, die hier herumliegt, macht ein Feuer darüber und schippt anschließend Erde drauf. Und das macht ihr jetzt jeden Tag, verstanden, ihr kleinen Hosenscheißer? Sogar die Katzen wissen, dass man seinen Haufen vergräbt! Wenn ich je wieder einen von euch erwische, der sich mitten in die Landschaft hockt, dann ziehe ich demjenigen Stacheldraht untendurch!«

Du zogst dich hinter die schmutzige Mauer zurück. Dein Herz klopfte wie wild. So hattest du Agaat noch nie erlebt, sie noch nie so reden gehört. Du sahst, wie die Erwachsenen über Agaats Theater lachten, aber nicht aus vollem Hals, sondern nur halbherzig, und wie sie einander vielsagende Blicke zuwarfen. Dann zupfte ein älterer Junge die Tüte Bonbons aus Agaats Schürzentasche, und die Kinder stürzten sich darauf wie die Raben.

»Gesindel!«, keifte sie, schlug und trat um sich und hieb mit ihrem schwarzen Uniformschuh auf das Knäuel ein, sodass die Kinder husch, husch auseinanderstoben.

Du wichst zurück und tatst so, als kämst du gerade erst um die Ecke gerannt.

»Hallo! Was ist denn hier los?«, riefst du.

Du sahst Agaat streng an, hobst den Beutel mit Süßigkeiten auf und verteiltest den Inhalt in die kleinen, schmutzigen Händchen. Du stelltest dich vor sie, verdecktest sie.

Dann erklärtest du ihnen den Lebenszyklus des Bandwurms

und die Gefahren der Ansteckung. Gottergeben hörten die Leute dir zu. Du versprachst, dass sie anständige Toiletten bekommen würden. Du gabst den Frauen das Medikament, damit sie es selbst einnehmen und ihren Männern verabreichen konnten. Du versprachst ihnen, dass es Wasser und ein Waschhaus geben würde. Du versprachst ihnen ein gesundes Schwein zum Schlachten. Während du redetest, brandete Gemurmel auf, und du ahntest, was kommen würde. Eine endlose Liste von Forderungen. Wasser, Brot, Fleisch, Milch, Dächer, Fenster, Wände, Schuhe, Kleider, Seife, Kerzen, Zucker, Kaffee.

»Komm, Agaat«, sagtest du, »komm, wir müssen dich von Kopf bis Fuß abschrubben und frisch anziehen, ich will nicht, dass Jakkie sich bei dir ansteckt.«

Das Kind saß auf deiner Hüfte. Es wurde dir allmählich zu schwer, aber du wolltest es nicht abgeben. Agaats Schürze war voller Spucke, Arzneiflecken und Dreck, und ihre Haube saß schief.

Rück deine Haube zurecht, signalisiertest du ihr mit den Augen.

Du hattest das Gefühl, dass die Leute euch anstarrten, dich, dein Kind und Agaat. Sie reckte ihr Kinn nach vorn und erwiderte deren Blicke, und du hättest am liebsten gesagt: Mensch, Agaat, jetzt guck doch nicht so, aber du wusstest nicht, wie du es anstellen solltest. Du lächeltest den Leuten beschwichtigend zu. Dir war danach, sie um Entschuldigung zu bitten: Sie weiß es noch nicht besser, sie ist selbst noch ein Kind, aber deine Blicke wurden nicht beantwortet, und du wusstest nicht, wie du den Schaden wiedergutmachten solltest.

Du nahmst dir vor, nach dem Mittagessen mit ihr zu reden. Du konntest das nicht ausstehen: diese bösen Augen, die nicht wieder normal werden wollten, die Schritte, die zu laut klangen, die Tür des Außenzimmers, die zu fest zugeschlagen wurde, nachdem Agaat sich frisch gemacht hatte, die neue Schütze, die zu weiß und steif war, die Haube, die zu aufrecht stand.

Du hättest sie fragen können: Was ist los, Gaat?

Garr, garr, garr, raspelte sie Möhren in der Küche, wo die Zubereitung des Mittagessens inzwischen in Verzug geraten war. Sie schälte die Kartoffeln mit langen Zügen und rührte grob das Fleisch im Topf um. Sie trug das Essen zügig und wortlos auf und entschuldigte sich dann, weil sie ihre Kleidung waschen wollte.

»Auf dem Kriegspfad«, bemerkte Jak.

»Halt du dich da raus«, erwidertest du.

Du hörtest, wie die Zinkwanne und das Waschbrett in den Hof geschleift wurden. Du konntest erkennen, wie verbissen sie die Schürze über die Riffel rieb. Nach dem Essen setzte sie, wie du es ihr aufgetragen hattest, Jakkie in seinen Wagen, um ihn bei einem Spaziergang zum Schlafen zu bringen, damit du dich ein wenig hinlegen konntest.

Du benutztest das Kind. Nur Jakkie konnte sie wieder zur Vernunft bringen.

Du lagst mit offenen Augen in deinem Zimmer und versuchtest, über die Ereignisse des Vormittags nachzudenken.

Wo hatte sie bloß diese Ausdrücke her? Du hattest sie ihr nicht beigebracht. Dreckiges Blag. Hotnotwürmer. Du hattest es mit eigenen Ohren gehört. Die feste Hand, den harten Fuß, du hattest sie gesehen. Du wälztest dich auf dem Bett herum, hättest dich am liebsten aus deinen Gedanken und den Bildern des Vormittags geschraubt, doch sie blieben in deinem Kopf wie Tücher, die lose im Wind flatterten und dir die Aussicht versperrten.

Da hörtest du die Fliegendrahttür klappen, die Reifen des Kinderwagens auf dem Linoleum, die Ränder, die gegen die Türrahmen stießen, ihre Schritte.

Sie redete schnell. Auf dem Weg durch den Flur zum Badezimmer klopfte sie flüchtig mit den Knöcheln gegen deine halb offene Zimmertür. Du hörtest, wie sie das Erste-Hilfe-Kissen unter dem ersten Wäscheschrank hervorzog.

»Mann in der Winde! Auf dem Luzernefeld! Dawid hat die Maschine abgeschaltet! Kopf auf die Steine. Musste losgeschnitten werden. Er blutet, atmet kaum noch! Komm schnell!«

Das waren ihre Worte, doch in ihrem Unterton schwang noch etwas anderes mit.

Steh auf!, bedeutete er. Du mit deiner ewigen Faulenzerei! Ich kann mich nicht allein um alles kümmern! Das ist deine Farm und damit dein Schlamassel! Der ganze Schlamassel deines Lebens. Ich muss mich mit deinem Leben herumschlagen!

Du warst wie gelähmt. Der Schrecken legte sich auf das Entsetzen vom Vormittag, das noch nicht verarbeitet war.

Ein Unglück, noch ein Unglück!

Unzählige Male hattest du Jak eingeschärft, dass die Leute nicht ohne den Metallmantel um die Achse Ballen drehen oder dreschen sollten und dass sie zu jeder Zeit zugeknöpfte Overalls tragen mussten.

Den Schutzmantel hattest du schon lange nicht mehr gesehen. Es bedeutete nur zusätzliche Plackerei, ihn mit aufs Feld zu transportieren. Bestimmt lag er in irgendeiner Scheune herum.

»Hol eine Reisedecke«, riefst du, »und Wasser. Und wir brauchen die Trage aus dem Lager.«

»Er hat versucht, sich am Rad des Anhängers festzuhalten. Dabei ist seine Hose runtergerissen worden«, sagte Agaat.

Du ignoriertest den verächtlichen Ton und nahmst einen alten Pyjama von Jak aus dem Wäscheschrank. Du hattest von derlei Unfällen schon gehört, aber auf Grootmoedersdrift war so etwas noch nie passiert. Ein Ärmel, ein Hemdenzipfel oder ein loser Gürtel verfing sich in der Winde, und das Opfer wurde herumgeschleudert, mit schlenkernden Gliedern und auf den Boden schlagendem Kopf. Ein solcher Unfall konnte tödlich enden, wenn nicht jemand rechtzeitig die Maschine abschaltete.

»Gaat, ruf den Baas, er ist im Büro«, befahlst du ihr, »sag, er soll den Arzt anrufen und ihn fragen, was wir tun müssen. Vielleicht sollte er selbst herkommen und nachsehen oder eine Schwester aus dem Krankenhaus schicken.«

Agaat erstarrte, drehte ruckartig den Kopf zur Seite und bewegte die Lippen. Dann riss sie sich zusammen und starrte dich wieder an.

Sie musste ihn oft für dich rufen, aber an diesem Tag regte sich Widerstand in ihr. Es lag an der Sprache. An den Worten. Sie hatte zu viele Sprachen an einem Tag sprechen und sich zu viel anhören müssen.

Baas, hätte sie gesagt, wenn sie es gewagt hätte, seit wann denn das? Wessen Baas? Deiner vielleicht? Meiner nicht! Du, du bist mein Baas!

»Lass nur, ich gehe selbst«, sagtest du und liefst zu Jaks Büro hinüber. Sie folgte dir und stellte sich mit Jakkie auf dem Arm hinter dich in die Bürotür.

»Julies ist in den Ballenwickler geraten«, berichtetest du ihm. »Er ist schwer verletzt.«

»Wer sagt das? Agaat?«, fragte Jak, ohne hinter seiner Zeitung hervorzublicken.

»Es ist passiert, weil schon wieder der Schutzmantel nicht montiert war«, sagtest du zu Jak, »und weil die Leute in Lumpen an den Maschinen arbeiten müssen, da sie keine Overalls haben, Jak!«

Mit einem Ruck nahm er die Zeitung herunter.

»Immer die gleiche Nörgelei! Hängt dir das nicht allmählich selbst zum Hals raus?«

»Er könnte querschnittsgelähmt sein«, entgegnetest du.

»Er blutet am Kopf«, sagte Agaat.

»Hört, hört, das Duett«, höhnte Jak.

Jakkie fing an zu weinen. Du legtest deinen Arm um Agaat und das Kind und bugsiertest sie aus dem Raum.

»Ruf den Arzt an!«, riefst du über die Schulter hinweg Jak zu.

Agaats Laune hatte sich immer noch nicht gebessert, als ihr mit dem Bakkie an der Stelle ankamt, wo Julies auf dem Luzernefeld lag. Agaat warf die Reisedecke über seinen nackten Unterleib.

»Beweg deinen Hals, beweg deinen Hals, wir wollen sehen, ob er noch dran ist!«, rief sie. Du sahst, wie Dawid sie betrachtete. Er hielt Julies Kleider in den Händen.

Du schobst Agaat beiseite. Der Mann war schwer verletzt. Sein Hemd hing in Fetzen herunter, und der Wickler hatte ihm die Hose von den Beinen gerissen. Seine Unterschenkel waren bis auf die Knochen aufgeschürft, und er hatte am ganzen Körper grüne Flecken, weil er durch die Luzerne gekielholt worden war.

Er stöhnte, als du ihn abtastetest.

Er nahm deine Hand und ächzte: »Ich sterbe, Nooi!«

Du hieltest seine Hand fest und tropftest ihm mit einem Wattebausch Wasser in den Mund.

Er verlor das Bewusstsein.

Du hieltest ihm Riechsalz unter die Nase.

Es sah aus, als sei seine Schulter ausgekugelt, aber du trautest dich nicht, sie wieder zurück ins Gelenk zu drücken.

Du reinigtest die Kopfwunde, hässliche, tiefe Schnitte, die stark bluteten. Erde und kleine Steinchen saßen darin. Als Agaat dir die in Gentian Violet getauchten Wattebäusche anreichte, den Verband zuschnitt und die Pflaster vorbereitete, wurde sie allmählich ruhiger.

Während der Behandlung redetest du leise mit ihm. Jakkie saß mit großen Augen daneben im Gras und sah euch zu. Dawid wandte sich ab und ging fort.

»Alles wird gut, Julius«, murmeltest du, »ich nehm dich mit nach Hause, der Doktor kommt, ich kümmere mich um dich, mach dir keine Sorgen. Du kannst in aller Ruhe gesund werden, du bekommst weiter deinen Lohn, und wir übernehmen die Behandlungskosten.«

Der Klang deiner Stimme, die beruhigenden Worte und Julies' grobe Hand in deiner – das alles war auch für Agaat bestimmt.

Und vielleicht auch für dich selbst. Du sehntest dich plötzlich nach Musik, die tröstete dich immer, brachte dich näher zu dir und bewirkte zugleich, dass du dich deiner Umgebung und den Menschen darin näher fühltest, doch was war inmitten all der Katastrophen und Krankheiten von deiner Musik noch übrig geblieben?

Dort unter der heißen Mittagssonne, als ihr neben dem stöhnenden Mann kauertet, Dornen unter den Knien, als sich Agaats und deine Hände berührten, wenn ihr euch die Schere und die

Verbände hin und her reichtet, hattest du plötzlich das Gefühl, dein Leben nicht mehr bewältigen zu können.

Die Ambivalenz des Ortes. Die Farm, die deine Heimat war, die Not der Menschen in deiner Umgebung, deine Unfähigkeit, gerecht und gut zu handeln, die Katastrophen, die euch Tag für Tag heimsuchten, die ewigen Streitigkeiten mit Jak, dein Kind, das mit seinen zarten Fingern Luzernestängel griff und pflückte und das noch nichts von den Vorgängen in seiner Umgebung verstand. Jakkie fing auf eine bestimmte Art und Weise an zu weinen, wenn um ihn herum die Stimmen erhoben wurden, erschrak, wenn Türen zuknallten, und runzelte besorgt die Stirn, wenn sich Spannungen oder Krisen anbahnten. Wie solltest du ihn vor alledem beschützen?

Deine Tränen tropften auf Julies' Gesicht.

Agaat wischte sie ab.

Ihr spanntet eine Plane zwischen den Traktor und den Wickler, um ihm Schatten zu spenden. Er müsse an Ort und Stelle liegen bleiben, bis der Arzt eintreffe, hattet ihr beschlossen. Ihr wolltet ihn nicht anheben oder drehen, für den Fall, dass er eine ernsthafte Rückenverletzung hatte, und seinen Fuß, der keine Ähnlichkeit mehr mit einem Fuß hatte, wolltet ihr genauso wenig berühren.

Wie endete jener Tag damals? Wie in aller Welt brachtet ihr es fertig, nach all dem am Tisch zu sitzen und zu essen?

Du sahst in Jaks Gesicht, als er dich anstarrte. Du weißt es bis heute, wie du dich damals fühltest – eine gewisse unnatürliche Gelassenheit hatte Besitz von dir ergriffen. Sein Gesicht erschien dir wie das eines Fremden. Wie sehr hattest du dich anfangs danach gesehnt, etwas von deinen Erkenntnissen und deinen innersten Wahrnehmungen, von der Schwere der Entscheidungen und deine Pläne für die Farm mit ihm zu teilen! Doch es gelang dir nie, seinen Widerwillen zu überwinden. »Jak«, sagtest du, »lass uns aufhören und zu Bett gehen, inzwischen ist ja alles wieder einigermaßen geregelt.«

In diesem Moment kam Agaat erneut herein. Sie hatte nur auf

die passende Gelegenheit gewartet. Du konntest jedes Mal hören, wie sie ihren Auftritt inszenierte. Ihre Schritte waren leise, zum ersten Mal an diesem Tag.

»Ist das Kind immer noch nicht im Bett?«, fragtest du, als sie wieder mit Jakkie auf dem Arm dastand, in der belastenden Stille, die zwischen dir und Jak entstanden war.

Sie setzte den Jungen neben dem Sideboard ab, dessen Schubladen er jeden Tag öffnete, weil er sich daran am liebsten festhielt. Sofort zog er sich an den Griffen hoch.

Agaat ging ein Stück hinter ihm in die Hocke. Jakkie drehte sich zu ihr um. Den Kopf erst nach rechts, dann nach links, der Mund gespitzt wie eine Rosenknospe, wie Agaat es ihm beigebracht hatte.

»Komm«, sagte sie, »komm zu Gaat!« Sie streckte ihre Arme aus.

Unsicher drehte er sich um. Er löste das kleine Händchen vom Griff und stand zum ersten Mal ohne Hilfe da, wacklig zwar, aber auf seinen eigenen zwei Beinen.

»Komm!«, wiederholte Agaat. »Zeig Papa und Mama, wie schön du schon laufen kannst.«

Jakkie strahlte übers ganze Gesicht.

»Tann«, sagte er.

»Ja, du kannst es!«, ermutigte Agaat ihn. »Komm her zu mir!«

Und da waren sie, die ersten, unverkennbar unabhängigen, aufeinanderfolgenden Schritte.

Mit dem letzten warf er sich laut lachend seiner *Nêne* in die Arme. Sie stand auf, zog ihn mit Schwung auf ihre Hüfte und sah ihm lachend in die Augen.

»Papas kleiner Rabauke!«, rief Jak und breitete die Arme aus, um ihn Agaat abzunehmen.

1. Oktober 1964

Mucksmäuschenstill schleichen sie sich neuerdings davon. Ich gehe ein paar Schritte rufe sie & schon weiß ich dass es zu spät ist nach ihnen zu suchen weil sie WEG sein wollen. Wind & Wolken sind die beiden Farn & Wasser. Stundenlang zusammen & voller Geheimnisse. Irgendetwas daran flößt mir Angst ein. Sie gehen unten zur Furt oder zum See oder verkriechen sich im Wald. A. kann nicht schwimmen & es gibt noch Paviane & Leoparden in den Schluchten außerdem hat A. nur eine gute Hand & Jakkie ist noch keine fünf & so sehr an s. gebunden dass man denken könnte s. wäre seine Mutter. Vielleicht ist s. das auch. Ich weiß dass s. ihn mit ihrem Leben beschützen würde & trotzdem.

Jak redet mir ständig ein ich überließe das Kind schlechten Einflüssen. Er ist nur eifersüchtig. Ich bin Jakkies einziger Einfluss wenn auch nur indirekt. Aber ich habe A. angewiesen nicht mehr zu verschwinden ohne vorher Bescheid zu sagen wohin genau sie gehen & wann sie zurückkommen. Schließlich hat s. eine eigene Uhr die ich ihr zum Geburtstag geschenkt habe. Sie sagt sie lese lieber die Zeit am Sonnenstand ab aber ich habe ihr gesagt s. soll die Uhr anziehen & zur verabredeten Zeit zu Hause sein ich will keinen Ärger heraufbeschwören.

Habe gar keinen Ärger. Mache mir bestimmt auch unnötig Sorgen. Sie nimmt ihn doch nur mit zu den alten Stellen die ich ihr gezeigt habe & die als Kind schon meine Lieblingsplätze waren & die mein Vater mir gezeigt hatte. Der Schildkrötenfriedhof die Werkstatt der Elfen das Trinkloch des Wasserbocks die Insel mit den schwärzesten Brombeeren wo die Libelle sich einem auf die Schulter setzt eine saphirne Brosche wenn sie blau ist aus Rubin wenn sie rot ist aber im Grunde der lebendige Atem des Herrn wenn Er seine heiligen Träume träumt. Ich verwette meine Seele dass das alles ist was Agaat ihm erzählt.

5. Oktober 1964

Lichtjahre sagt Jakkie. Perspektive sagt er Jahresringe & Krakatau. Er fragt: Können Aale auch traurig sein warum stehen sie so aufrecht im Strom & warum flüstern Flüsterpappeln & wo ist der Bock im Bocksdorn & taumeln die Taumelkäfer & warum atmen sie mit dem Popo? Ich weiß wie er darauf kommt. Was soll ich sagen? Mein Vater hat es mich gelehrt & ich habe es A. gelehrt.

Als Kind habe ich im Vollmond ein Gespann von zwei Füchsen gesehen die einen Sulky zogen darauf ein Brautpaar unterwegs zum Ententeich. Ziemlich harmlos an und für sich. Doch in Agaats Umgang mit Jakkie liegt etwas Verbissenes. Irgendetwas an ihrer Energie jagt mir Angst ein.

Habe geträumt s. ermordet ihn & schlägt ihm mit einem Backstein den Kopf ein. Das kann ich J. nicht erzählen. Agaat noch viel weniger. Gott bewahre! Ich muss mich auf das Schöne & Gute konzentrieren. Muss beten dass sich hier alles zum Guten wendet.

23. Oktober 1965

Agaat ist jetzt sechzehn & ich möchte dass sie konfirmiert wird. Hab sie deswegen letzten Sonntag als wir nach Swellendam zur Kirche gefahren sind nach Suurbraak in die Missionskirche gebracht. Keine gute Idee wie sich herausstellte als wir sie wieder abholten. Hatte s. gewarnt dass sie mit ihrer Haube & ihrer Schürze nicht in die Kirche gehen dürfe & jetzt sagt sie s. wolle nicht wieder hingehen weil sie ausgelacht worden sei. Habe mit Pfarrer van der Lught gesprochen. Sie kommt jetzt mit uns zur Kirche & bleibt mit Jakkie im Mütterzimmer. Zumindest hört sie jetzt die Predigt.

10. November 1965

Muss jetzt ahnungslos tun. Bin den beiden den ganzen Vormittag gefolgt & sofort nach Hause gerannt als sie sich im Wald auf den Heimweg machten. Muss jetzt schnell das Mittagessen kochen sonst wird A. misstrauisch aber kann mich kaum überwinden. Bin ich eifersüchtig böse oder froh über das was ich gesehen habe?

10. November nach dem Abendessen

Große Geheimniskrämerei den ganzen Tag alle Beteiligten schweigen wie ein Grab. Warum wollen sie mir nicht verraten was sie gesehen haben?

Agaat singt den ganzen Tag selbst gedichtete Lieder seitdem sie zurück sind & Jakkie platzt fast vor Aufregung hat aber geschworen nichts zu sagen.

Heute Morgen um kurz nach zehn habe ich Agaat dabei erwischt wie sie zwei Bananen aus dem Obstkorb nahm aber ich tat so als hätte ich nichts gesehen denn ich wusste sofort was sie vorhatte & da habe ich im Getränkeschrank nachgesehen & sofort bemerkt dass von dem Rum den ich für die Karamellsoße gebraucht habe etwas fehlte. Sie hätte mich wenigstens fragen können. Bestimmt hat sie Angst ich könnte sie auslachen denn wie lange haben wir beide damals mit dem stinkenden Köder im Wald gesessen & gewartet völlig umsonst & ich wollte dem Kleinen doch nicht das Abenteuer verderben.

Wir wandern zur Keurtjiekloof sagte A. ganz unschuldig zu mir wir wollen uns den Wasserfall ansehen & zum Mittagessen sind wir wieder da. Die Wäsche ist schon gewaschen & gebügelt & das Gemüse geputzt & die Rote Bete gekocht & das Fleisch im Topf setz nur gegen elf Uhr Wasser auf alles in einem Atemzug aus Angst ich könnte sie aufhalten. Aber ich habe nichts gesagt & gewartet bis sie einen sicheren Vorsprung hatten. Habe meine Wanderschuhe angezogen & bin über den oberen Weg durch die Boesmanskloof in den Wald gegangen denn ich wusste sie würde mit Jakkie den leichteren Weg untenrum nehmen obwohl der länger ist. Ich hatte richtig geraten & war ihnen ein Stück voraus & als sie vorbeikamen habe ich sie bis zu der Stelle verfolgt an der A. beschlossen hat zu warten. Sie hat auf einer Lichtung angehalten nicht weit von dem Platz entfernt an dem s. & ich damals eine Woche lang jeden Morgen gesessen hatten & ich musste mich ganz langsam anschleichen um eine gute Sicht zu haben ohne dass sie mich bemerkten A. hat Ohren wie ein Luchs.

Sie holte die Bananen aus ihrer Schürzentasche & ein kleines Fläschchen Rum etwa fünf Esslöffel & dazu zwei Farbdosendeckel & eine Gabel. Schön durchkneten hat sie zu Jakkie gesagt. Er mag es wenn kleine Mäuse wie du ihm Essen machen. Jakkie hat die Banane zerdrückt & s. hat dabei seine Hand gehalten damit das Mus fein genug wurde. Dann gab s. ein paar Tropfen Rum auf jeden Deckel. Hier probier mal sagte sie zu Jakkie & er hat angeekelt ausgespuckt. Wir können froh sein dass er noch nicht hier ist und dich spucken hört sagte A. denn für ihn ist das eine königliche Leckerei je stinkiger desto besser & er ist der Kaiser. Dann stellte sie die Deckel in die Sonne damit die Banane gärte.

Konnte die Mischung bis hinter meine Felsenfeige riechen. Sie warteten & ich wartete. Nach einer halben Stunde bekam ich Krämpfe in den Beinen aber ich konnte mich nicht rühren denn es war so still nur ein Bokmakiri rief.

Wann kommt er denn fragte Jakkie. Sei still dann hörst du ihn oben in den Blättern rascheln antwortete A. Ich sah wie Jakkie ungeduldig wurde. Was meinst du worauf wir warten fragte A. Auf den Kaiser antwortete Jakkie aber wie sieht er denn aus? Schwarz wie der Neumond von außen erklärte A. aber blau wie der Novemberhimmel von innen, nein kreideblau nein eher nassblau silbrig & wenn er die Flügel ausbreitet siehst du ihm in die Augen. Welche Augen fragte Jakkie & zwinkerte. Nein, so funktioniert das nicht. Er breitet die Flügel aus & du siehst das allsehende Auge. Wenn die Flügel zugeklappt sind sieht man nichts. Wie bei Himmel und Hölle fragte Jakkie. Ja, wie bei Alles oder

Nichts wie ein Feuer wie die große Liebe alles & nichts & deine Seele vergeht in den Flammen & die Geschichte wird erzählt von Generation zu Generation. Pssst, ich höre ihn! Er kommt!

Ich hatte das Flattern schon eher gehört aber gedacht es wären Waldelstern.

Schließ die Augen forderte A. Jakkie auf. Lock ihn mit deinem Willen an.

Mit geschlossenen Augen saßen wir alle drei da & ich fügte meinen Willen zu ihrem um das Wunder geschehen zu lassen & da geschah es!

Das Erste was ich sah als ich die Augen aufschlug war Jakkies Gesicht mit dem hellen Fleck der Reflexion eines der Deckel. Aber er funkelte nicht nur hell sondern leuchtete blau als hätte sich auf Jakkies Stirn ein Fenster geöffnet. Der Schmetterling saß auf dem Deckel & aß Banane & hatte die Flügel ausgebreitet sodass man das Blau sehen konnte. Apatura iris der Große Schillerfalter. Beide saßen mit der Sonne auf den Köpfen da & das Blau spiegelte sich auf Jakkies Stirn & auf A.s Haube & der Schmetterling faltete seine Flügel auf & zu & flog weg wie ein Himmel-und-Hölle-Juwel & kehrte wieder zurück & fraß weiter. Zwischen den Deckeln hin & her. Seine Flügelspannweite unfassbar groß so groß wie zwei offene Hände mit überkreuzten Daumen. Nymphalidae die Familie der Aasfresser.

11. November 1965

Sie haben es mir immer noch nicht erzählt. J. fragte heute Morgen am Frühstückstisch: Was für ein Geheimnis habt ihr drei mal wieder vor mir? A. die gerade Jakkies Maisbrei brachte sah mich an aber ich tat ahnungslos & fragte: Was habt ihr denn nun gestern in der Keurtjiekloof gesehen? Jakkie legte den Zeigefinger auf den Mund & warf A. einen verschwörerischen Blick zu & sagte: Rate mal: Die Nacht ist schwarz & der Tag ist blau & die Seele erst nicht sichtbar doch dann schau genau was ist das? Iss deinen *Pap* mahnte A. ungerührt aber ich sah wie sie ihn mit einem einzigen Blick daran erinnerte dass er nichts verraten sollte. Höchste Zeit dass du in die Schule kommst bemerkte J. Du wirst viel zu vorlaut hier bei Gaat. Er ist so neugierig dass er mir während des Schreibens mein Tagebuch wegzieht um nachzulesen aber er kann meine Schrift nicht entziffern dass ich immer so in Eile bin hat auch sein Gutes. Gib her sagte ich das geht dich nichts an. Dann solle ich nicht alles so offen hineinschreiben erwiderte er das wäre doch als würde ich in aller Öffentlichkeit den Rock hochziehen & auf die Hauptstraße pinkeln & erwarten dass keiner hinsieht.

September 1966

Was hat das alles bloß zu bedeuten? Manchmal bin ich so überwältigt von dem was ich jeden Tag erlebe dass ich während des Schreibens heulen muss. Weiß nicht woran das liegt. Kein Kummer eher Freude & Angst. Eifersucht vielleicht? Aber weshalb & warum?

Habe eben Jakkie & Agaat gesucht und gesehen dass sie im Obstgarten bei den Birnbäumen gespielt haben die schneeweiß in voller Blüte stehen. Ihr neuestes Spiel: Jakkie hat unter dem Vordach das Flugzeug entdeckt das Jak damals für ihn gebaut hat es ist nur noch ein Gerippe & die Farbe ist schon ganz abgeblättert aber es hat noch Flügel & Räder. Er hat A. dazu gebracht es bis an den Bewässerungsgraben zu schleppen & sie hat einen alten Ventilator als Schraube vorne befestigt. Jakkie sitzt im Cockpit & s. sitzt im Gras mit dem Rücken gegen den Rumpf & schaut geradeaus. Sie spielen dass er startet & wegfliegt. Hab mich an den Rand des Bewässerungsgrabens hinter die Granatapfelhecke gesetzt & gelauscht.

Wie hoch bist du jetzt?, fragte Agaat.
So hoch wie die Berge.
Erzähl mir was du alles siehst.
Ich sehe einen Vogel.
Was für einen Vogel?
Ich weiß nicht.
Frag ihn was er für ein Vogel ist!
Ich kann nicht!
Streck die Hand aus & fang ihn ein & bring ihn mit nach Hause dann frag ich ihn was er für ein Vogel ist.
Da er fliegt weg!
Flieg hinterher!
Ich kann nicht er ist weg!
Dann weiß ich wie er heißt!
Wie denn?
Man darf den Namen nicht laut aussprechen ich muss ihn dir ins Ohr flüstern.
Aber ich bin hier oben!
Dann komm eben wieder runter!
Ich komme! Ich lande!
Ja ich sehe dich schon! Du bist im Anflug! Vorsicht das Silo!
Ich komme! Ich sehe dich. Hier bin ich!

Jakkie sprang aus dem Flugzeug in A.s Arme & sie rollte mit ihm durchs Gras & lachte. Sie standen auf & er hielt die Hand hinter sein Ohr & sie flüsterte eine ganz lange Geschichte hinein & er riss vor Erstaunen die Augen auf & s. zog den Kopf weg & er schüttelte ungläubig den Kopf & s. nickte & er wollte etwas fragen aber s. legte den Zeigefinger auf die Lippen & er seinen Finger auf seinen Mund.

12

Mich juckt es.

Vielleicht weil ich nicht lachen konnte. Womöglich war das Theater mit der Nachbarin gestern wirklich zu makaber. Milla, die Drama Queen. So hat Jak mich immer genannt. Was würde er wohl sagen, wenn er mich jetzt und hier sehen könnte? Was würde er tun?

Schlussszene. Teufelin mit Gürtelrose. Vielleicht würde er einen Eimer Wasser über mich kippen und den Vorhang fallen lassen.

Dienstag, 3. Dezember 1996, zwölf Uhr.

Es juckt.

Niemand weiß es, und ich kann es niemandem sagen. Zwar ist das kein Drama, aber durchaus etwas für die Bühne, Jak. Kleinkunst. Hilf mir kratzen, so heißt diese Hölle.

Dieses Bett. Ein Chromgeländer. Die Decke hochgezogen bis zum Kinn. Darunter meine Haut, die sich wellt vor Juckreiz.

Wo ist Agaat? Wann kommt sie?

Es juckt!

Juckreiz ist kein Wort für ein Lied, höchstens für ein Hotnotvolkslied, Worte für Agaats Veitstänzchen, mit dem sie sich den Wahnsinn vom Leib hält. Ich höre die Küchenfrauen darüber tratschen, wie sie nachts über den Hof geistert.

Der Sonntagmorgen,
der Sonntagmorgen,
ich wollte nicht hören,
und Mamis Worte
ziehen wie ein Senfpflaster.

Ich kann mich kratzen – so sollte die Botschaft des Evangeliums lauten.

Wo bleibt Agaat?

Hiob kratzte sich.

Aber er war auch nicht gelähmt und hatte eine Tonscherbe.

Ob durch Jucken die Schöpfung entstanden ist? Es heißt, dass Menschen in Isolationshaft sich vor Stress den Kopf blutig kratzen.

Warum kommt Agaat nicht?

Wer hat den großen Bären ans Himmelszelt geführt? Wer hat der See einen Mantel aus Nebel umgelegt? Wunderschön. Wer hat den Menschen mit Haut bekleidet, ihn für Juckreiz empfänglich gemacht?

Ich kann mich im Spiegel sehen. Soweit ich erkennen kann, krabbelt nichts über mein Gesicht, kein Spinnennest hat sich über der Decke entleert.

In einem Alltagsratgeber habe ich einmal gelesen, dass man sich auf unangenehme Körperempfindungen konzentrieren soll. Ganz gelassen. Seelenruhig. Erst werde man neugierig, dann begreife man die Situation als Chance. Angeblich soll sich das Gefühl daraufhin verändern. Was man für eine konkrete Wahrnehmung gehalten habe, sei eigentlich eine Abfolge verschiedener Empfindungen, namenlos und nicht zu beschreiben. Wie Wolken ziehen sie vorüber und verschwinden. Vorübergehend. Unbedeutend. Wie alles. Wie Frühstück.

Gewiss eine naheliegendere Heilslehre als die Auferstehung nach drei Tagen. Kurz und bündig. Füllt keine Bände.

Am Anfang war die Haut, und die Haut war Gott, und die Haut hat gejuckt in der tiefsten Finsternis. Man braucht keinen Namen dafür, man braucht in der Tat nur zu sagen: Ich bin, die ich bin.

Wo ist der blöde van der Lught mit seinen dicken Backen? Sein Gesicht möchte ich sehen, wenn er das hört.

Die Welt als Ohnmacht eines von Juckreiz geplagten Gottes, und die Menschenkinder kratzen ihn.

Milla, hör auf damit!

Linke Seite, vorderer Quadrant, zwanzig vor sieben, wenn mein Gesicht ein Zifferblatt wäre.

Da hat es angefangen.

Ein Stich, wie von einem Insekt.

Ich sagte mir, dass mich hier nichts stechen kann. Kein Floh würde hier überleben.

Doch eins hat zum anderen geführt. Ein zweiter Stich unmittelbar neben dem ersten, dreiundzwanzig vor sieben, wie eine Mücke, die kreisförmig zusticht. Simm, summ, Mücke, wo ist dein Rüssel? Ich könnte mir vorstellen, ihn rauszuziehen.

Es war keine Mücke. Doch die Käfer, kritze kratze, kommen schnell aus der Matratze. Und krabbeln über meine Kopfhaut.

Harpyen, im Sekundentakt, in Bruchteilen von Sekunden, winzige schwarze Ungeheuer staksen und pieken über meine Schädeldecke.

Wenn ich mich schon nicht kratzen darf, dann gebt mir wenigstens die Bibel, ich werde sie abschreiben von A bis Z, mit der Hand im Eisengestell. Die Wüste und die Leere und die Straßen aus Jaspis. Mit Juckreiz werde ich sie ersetzen. Der ist mindestens ebenso dramatisch.

Danach krabbelten die Horden an meinem Hals hinab und sammelten sich in Juckkuhlen in den Senken meiner Schlüsselbeine. Und ihre Zahl war groß, und sie wanderten an meinem Rückgrat entlang hinunter, kolonnenweise, in mannigfachen Schlachtordnungen. Nach einer Weile kehrten sie vornherum mit größerer Gewalt zurück, entlang an sämtlichen Rippen. Sie fraßen sich unter meinen Brüsten hindurch wie spitzgiebelige Buchstaben, die man aus einem Text gerissen hatte. Sie marschierten über meinen Bauch, eine erhabene Juckspur bis in meinen Nabel, Amen.

Flechte.

Gürtelrose.

Röteln.

Grasmilben.

Krätze.

Unzählige Wohnungen im Haus meines Vaters.

An meiner Seite, auf meinen Schienbeinen, auf der Innenseite meines Arms, schuppend.

Ich warte, meine Arme reglose Haken an meiner Seite, Bitterkeit im Mund.

Speichel.

Kribbeln.

Tränen.

Schweiß.

Heimwerken.

Meine Wangen, meine Stirn, das Zahnfleisch unter meinen Lippen, alles juckt. Es juckt in meiner Poritze bis in den Hintern hinein, an der weißen Narbe entlang, wo Agaat mich bei der Geburt aufgeschnitten hat, und weiter bis in jede lappig graue Falte meines Unterleibs. Kann ich es sagen? Bis in meine Möse. Möse. Milla Redelinghuys' Möse juckt. Wer hätte je gedacht, dass ich einmal so schmutzig daherreden würde? Jetzt da kein Ton mehr aus mir herauskommt. Möse. Was reicht tiefer als eine Möse? Bis in meine schwarze, unvernünftige Seele hinein juckt es mich.

Da ist sie ja!

»Meine Güte, Ounooi, was ist denn los?«

Sie steht an meinem Bett, blickt mir fragend in die Augen. Tupft mein Gesicht mit einem Papiertaschentuch ab. Tempo.

»Klatschnass geschwitzt!«

Sie reißt die Decken herunter.

Jetzt muss ich mich ganz klar ausdrücken.

»Ist dir so heiß?«

Nein, geh bitte die Liste durch, die Liste, die du für mich aufgestellt hast!

»Hast du Schüttelfrost?«

Nein!

»Bekommst du keine Luft?«

Nein!

»Hast du Schmerzen?«

Ist Juckreiz ein Schmerz? Wie soll ich antworten? Nein, Juckreiz ist kein Schmerz. Ich leide, das schon. Aber ich suche Erleichterung, keinen Trost. Keine Pflege. Menschen mit Juckreiz und Menschen in tiefster Not gehören in eine Komödie. Vielleicht eine griechische? Ein Philosoph, der im Schatten von Volksdenkmälern scheißt, sich knatternd erleichtert. Das Verlangen nach Untröstlichkeit ist etwas anderes. Das gehört in die Tragödie. Aber in Tragödien leidet niemand unter Juckreiz.

»Blinzle, Ounooi, blinzle mit den Augen, ich sehe doch, dass du etwas hast, tut dir irgendetwas weh?«

Vielleicht ist »irgendetwas« ein Anfang.

Ja, irgendetwas!

»Dein Kopf? Hast du wieder Kopfschmerzen?«

Ja, mein Kopf!

»Kopfschmerzen?«

Nein.

»Aber es hat mit deinem Kopf zu tun?«

Ja.

»Willst du Saft gegen Kopfschmerzen?«

Nein.

»Steifer Hals?«

Nein, nein, nein, bleib beim Kopf!

»Kopf? Liegst du unbequem?«

Unbequem, ja!

Wenn sie nur meinen Kopf berühren würde, könnte das ein Anfang sein. Es wäre nicht das erste Mal.

Sie klopft das Kissen zurecht. Mein Kopf kippt zur Seite. Eine Juckkugel voller Christbaumlichter.

»So besser?«

Nein!

»Also, was dann? Mit dem Kopf? Albträume? Schlimme Gedanken?«

Nein! Ja! Ja!

»Was denn, Ounooi? Drück dich deutlicher aus! Du sendest doppeldeutige Botschaften! Nein oder ja?«

Jetzt ist es wieder so weit! Mal ja, mal nein!, sagen ihre Augen.

Ich muss verhindern, dass ich schwach werde. Albträume, schlimme Gedanken, so etwas kann sie nicht aushalten. Ich muss brav sein und brav bleiben.

Sie streckt mir erst die kleine und dann die starke Hand hin. Hin und her, immer im Wechsel.

Gib mit der einen Hand und nimm mit der anderen, bedeutet das. Ja oder nein. Sei eindeutig!

Nein! Nein! Nein! Agaat, mein Kopf! Leg die Hand auf meinen Kopf!

Ich verdrehe die Augen flackernd nach oben.

Sie legt mir die Hand auf die Stirn. Unter ihrer Hand wimmelt es von feinen Milben, unter der Handfläche kribbelt und krabbelt es, dringt aus den Tiefen hervor, nein, es sind keine Milben, es sind Maden.

»Du hast kein Fieber, Ounooi. Was ist es dann?«

Nimm deine Hand nicht weg, lass sie da liegen! Ich bewege meine Augen hin und her, auf und ab.

Agaat streicht von meiner Stirn aus nach hinten über meine Haare. Zurück. Noch mal. Und noch mal.

Meine gesamte Kopfhaut entflammt mit einem Schlag, wieder von vorn, schlimmer denn je.

Ich schließe die Augen, öffne sie schnell, rolle sie hin und her, in den Augenhöhlen nach oben gedreht.

Kratz mich am Kopf! Kratz meinen Kopf! Meinen verdammten schorfigen Kopf! Kratz!

Ich sehe, wie Agaat ein Licht aufgeht. Ich sehe ihr Lächeln. Sie versucht, es zu unterdrücken, doch es gelingt ihr nicht.

Stotterer, Taubstumme, Idioten, Krüppel, Lahme, Juckende? Warum bringen sie andere zum Lachen? Ich weiß es nicht, Agaat. Du kannst mir den Buckel runterrutschen, Agaat!

Sie zögert die Rettung hinaus. Zieht fragend die Augenbrauen hoch. Dann macht sie eine kleine Kratzbewegung mit den Fingern, nur kurz, als Vorgeschmack. Sie spricht es nicht laut aus, sondern formt nur mit den Lippen das Wort »jucken«.

Stummfilm. Die vom Juckreiz Geplagte und die, die sie kratzen kann. Wie viele Akte heute Abend?

Soll ich dich kratzen?, fragt sie wortlos.

Ich schließe die Augen. Das bedeutet: Du bist mein rettender Engel. Es bedeutet: Kapitulation. Kein Drängen mehr von meiner Seite.

»Am Kopf«, sagt Agaat. »Und wo noch?«

Sie fährt mit einer Hand unter mein Schulterblatt.

»Hier?«

Kleine Skorpione unter einem Stein.

Sie zieht die Hand wieder heraus und lässt sie auf meiner Schulter ruhen.

Drei Larven der Blaubuschlaus, die sich mit ihren Mundwerkzeugen an mir festgebissen haben.

Sie legt die Hand in die Senke zwischen meinen Brüsten.

Schuppige, kleine Ottern in einem Nest.

Jetzt nimmt sie beide Hände. Sie fährt leicht über meine Saiten, meine Tasten, meine Schlüssel. Über meine Rippen, meinen Bauch, meine Hüften, meine Oberschenkel, meine Knie, meine Knöchel, meine Zehen. Als wäre ich eine Harfe. Eine Harfe aus Gras, Spreu, Sandflöhen und wehendem, kribbelndem Staub.

»Überall? Juckt es überall?«

Die Hände in die Hüften gestemmt, blickt sie auf mich hinab.

»Ein Juckanfall? Ach herrje. Tsk.«

Da kommt eine Hand. Sie wandert zu meinem Kopf. Sie kratzt, aber unkonzentriert.

Fester!

Fester! Überall!

»Warte, Ounooi, bevor wir irgendwelchen Schaden anrichten, will ich erst nachsehen, ob du womöglich einen Ausschlag hast.«

Agaat zieht die Gardinen beiseite. Sie bleibt am Fenster stehen. Woher soll ich wissen, ob sie das absichtlich macht? Oder ob es ein Zeichen von Gelassenheit ist? Ist sie vielleicht müde? Oder nicht imstande, sich auch nur einen Augenblick länger in meine

Not hineinzuversetzen? Weil sie einfach zu abgespannt ist? Jeden Tag versucht sie, in meinen Augen zu lesen und meine Bedürfnisse aus meinen Blicken abzuleiten. Die Lenkerin und die Gelenkte und die Trense. In wessen Mund liegt sie? Es muss sein, als befände man sich im Traum eines anderen. Die eigene Reise geopfert, die eigene Ruhe ein Gebiss im Mund. Man beißt darauf herum. Man beißt sich fest. Wie sie mich manchmal verfluchen muss! Biest! Mistkuh! Doch die Worte bilden einen Knebel in ihrem Mund. Unter der weißen Haube ein Mund voll bitterer Zähne.

Während Agaat am Fenster steht, greift sie mit der starken Hand über die Schulter und kratzt sich knapp über dem weißen Schürzenband auf dem fleischigen Teil ihres Schulterblatts.

Sie seufzt.

»Blinde Kuh«, sagt sie. »Ich und du und blinde Kuh.«

Ich halte die Augen geschlossen. Wird sie sich jetzt auch noch selbst am Kopf kratzen, um mich zu quälen? Wird sie versuchen, mir den Juckreiz auszureden? Wird sie ihn ignorieren? Wie wohltätig ist ihr Anflug? Wird sie jemals einen Satz mit »Ich fühle«, »Ich wünsche mir« oder »Ich hoffe« beginnen? Oder greift mein Juckreiz auf sie über? Weil sie nicht reden kann?

Sie schaltet die Nachttischlampe ein, knöpft mein Nachthemd auf und rollt es hinunter bis zum Unterleib. Dann holt sie ihre Lesebrille aus der Brusttasche der Schürze und setzt sie auf. Girts, garts, zieht sie die Latexhandschuhe an.

»Jetzt wollen wir mal nachsehen, was da los ist«, sagt sie, »so ein Juckreiz kommt doch nicht von ungefähr.«

Sie inspiziert meinen Hals auf beiden Seiten, dann die Brust. Die Brillengläser vergrößern ihre Augen. Sie liest meine Körnung, meine Knoten und Male. Zwischen den Zeilen.

»Entschuldige, aber muss dich leider überall untersuchen«, sagt sie und meidet dabei meinen Blick. Sie holt das Vergrößerungsglas aus der Schublade der Frisierkommode.

Sie hebt meine Brüste an und schaut darunter, dann sieht sie in den Falten meiner Bauchhaut nach. Sie zieht meinen Nabel hoch und leuchtet mit der Nachttischlampe hinein. Ich fühle die pieksigen Hakenbeinchen eines Käfers darin zappeln. Kann man von Juckreiz verrückt werden? Der Rosenkäfer hat fünfundzwanzig Beine und sieben Fühler.

Darf ich?, fragt Agaat mit den Augen.

Natürlich.

Der Juckreiz brennt auf mir wie das Feuer auf dem Berg Sinai.

Sie zieht mir das Nachthemd vom Unterleib und betrachtet meine Leisten durch ihre Linsen. Sie faltet meine Schamlippen auseinander.

Ich sehe durch das Vergrößerungsglas, wie sich ihre Lippen bewegen, ein verschwommenes, fleischiges Loch.

»Rein wie der Morgentau«, bemerkt sie.

Sie richtet sich kurz über meinem Unterleib auf, bläst auf die Lupe und wischt sie mit dem Schürzenzipfel sauber.

Deine Wortwahl ist unmöglich, Agaat. Wie wirst du mich eines Tages für den Sarg vorbereiten? Wie wirst du dir alles erklären? Schlüsselbein, Fingerknochen, Kiefer? Ob du für jedes Teil einen Spruch weißt? Vielleicht klopfst du mich jetzt schon ab? Poltergeist! Aber Sprüche jucken nicht. Das ist alles, was dir noch im Weg steht. Diese letzten Beweise äußerlicher Gefühle.

Jetzt betrachtet sie meine Oberschenkel von innen und außen, das Muttermal in der Kniekehle, die Schatten unterhalb meiner Knie. Unter ihrem Vergrößerungsglas wallt der Juckreiz auf wie salziger Dunst, weht wie Sand über eine Düne, meine Schienbeine, meine Knöchel, zwei rostige Wracks.

Sie klemmt links und rechts von mir Handtuchrollen ein und dreht mich auf die Seite, wobei jede Berührung neue Juckstellen verursacht. Sie steht hinter mir, betrachtet die scharfen Kanten, den Riesengürtelschweif, der auf der Trappieshoogte in der Sonne liegt, die Aloen, den bitteren Saft, die knisternde Fata Morgana.

Sie dreht mich wieder auf den Rücken.

»Ich sehe nichts. Keine geröteten Stellen, keine Schuppen, keinen Ausschlag, keinen Schorf, keine Beulen, keine Pickel, nichts.

Keine Bettwanze in Sicht, milbenfreie Zone. Und, juckt es immer noch?«

Agaat, ich rede mit dir, sieh mich an, die Sterne sind alt. Würde ich dir einen Stein geben, wenn du nach Brot verlangtest? Um Gottes willen, kratz mich doch einfach ein bisschen!

Gut, aber nur leicht, denn ich glaube, du bildest dir das alles nur ein. Das, glaube ich, will sie sagen, doch ihre Lippen bewegen sich nicht mehr.

Sie legt die Lupe wieder in die Schublade, setzt die Brille ab und steckt sie zurück in die Brusttasche. Girts, garts, streift sie die Handschuhe wieder ab und wäscht sich die Hände in der Waschschüssel. Ich rieche Desinfektionsmittel. Sie trocknet sich die Hände ab und betrachtet ihre Fingernägel.

Ihr Blick wirkt plötzlich unsicher. Welchen Beweis hat sie, dass ich nicht allmählich den Verstand verliere? Ihr Mund gibt kein Gefühl preis.

Sie zieht die Laken wieder über meinen Körper. Sie will mir und sich den Anblick ihrer Hände ersparen, der großen und der kleinen, die über meinen nackten, ausgezehrten Leib kratzen. Vielleicht will sie auch nur verhindern, dass sie lachen muss. Vielleicht will sie ausschließen, dass sie mich kitzelt. Vielleicht will sie aber auch genau das: mich ganz urplötzlich kitzeln. Wenn mich schon alles juckt, kann ich auch noch ein Kitzeln vertragen. Vielleicht ist sie ein wenig hysterisch. Vielleicht hat sie sich von dem schlechten Scherz mit der Nachbarin immer noch nicht erholt.

Ich betrachte die Bewegungen unter dem Laken. Ich werfe die Trensen meiner Augen über das ungleiche Gespann. Ihre Finger sind vorsichtig. Agaat folgt den Bewegungen meiner Augen auf ihren Händen. Meine Augen sind ihre Partitur. Sie liest mich vom Blatt. Sie spielt Klavier. Nach Gefühl. Triller. Tonleitern. Einen Akkord. Der notenfest einstudierte Tod werde ich sein, der virtuos ausgeführte.

Links, rechts, nein, etwas höher, höher, hoch, nein, tiefer, weiter unten, weiter nach da, nein, nach da. Da! Da bleiben! Weiter!

Nicht aufhören! Jetzt hier oben. Nein, knapp daneben. Runter! Hoch!

Die Uhr in der Diele schlägt. Eine Viertelstunde lang hat sie mich gekratzt. Von Kopf bis Fuß und an allen Stellen, vorne, hinten und an den Seiten. Eine Partita. Unglaubliches Tempo. Fantastische Interpretation. Vollständige Erleichterung. Applaus! Blumen!

Agaat will nicht, dass ich ihr danke, und wendet den Blick ab. Sie bringt eiskalte, nasse Waschlappen und wäscht mich damit ab. Anschließend holt sie ein kleines grobes Handtuch, das sie im Ofen erwärmt hat, und reibt mir damit über den ganzen Körper, bis meine Haut glüht. Danach cremt sie mich von Kopf bis Fuß mit Lacto-Calamine-Lotion ein. Mit einem Tagebuch fächert sie mir zu, bis die Feuchtigkeitsmilch eingezogen ist. Die Seiten flattern. Eine Fledermaus, ein Schmetterling, ein blauer Greifvogel. Sie zieht mir das Nachthemd wieder über und bindet es hinten im Nacken fest. Sie deckt mich zu. Sie verlässt mit kerzengeradem Rücken das Zimmer.

Von Juckreiz befreit bleibe ich liegen.

14. Dezember 1966

Endlich ein paar Tage Ferien. Ich brauche wirklich Erholung nach diesem Unheilsjahr. J. regt sich die ganze Zeit auf & erfindet allerlei Verschwörungstheorien nach dem Attentat auf Verwoerd. Ma ist kaum unter der Erde & jetzt auch noch das. Habe bisher kaum Zeit gehabt mich hinzusetzen & bin auch nicht zum Schreiben gekommen wie doch das Leben an einem vorbeizieht & Jakkie wird groß & die alten Leute gehen uns voraus & man vergisst die Momente die einem kostbar erschienen.

Gestern bevor wir gefahren sind waren Agaat & ich noch einmal an Mas Grab um Blumen draufzulegen & ich musste daran denken dass ich im Juli nur wenig geweint hatte doch was genau hätte ich betrauern sollen? Vielleicht die Ahnung dass ich mich trotz allem nach ihrer Anerkennung gesehnt hatte? Die Sehnsucht nach einer spontanen Umarmung? Versöhnlich in den Arm genommen zu werden? So vieles kann jetzt endgültig nicht mehr vergeben & besprochen werden. Ja letztendlich bin ich auch von ihr befreit. Doch woran soll ich mich jetzt messen? Jetzt da ihr abschätziges Auge nicht mehr auf alles fällt was ich tue? Irgendwie finde ich das beängstigend.

Vielleicht ist mir zum Heulen weil sie gestorben ist bevor ich ihr die ganze Wahrheit über J. erzählen konnte. Doch die Beerdigung & der Tratsch der mir zu Ohren gekommen ist haben mir mal wieder gezeigt dass man es sich nicht erlauben kann ehrlich zu sein. Es ist zu gefährlich sich verletzlich zu zeigen. Doch wie wappnet man sich gegen die eigene Mutter? Ihre Vorschriften in Bezug auf die Beerdigung kamen mir vor wie eine letzte Prüfung.

Gott sei Dank konnte ich auf A. zählen. Ihr brauchte ich nichts zu erklären. S. war eine große Stütze bei der Trauerfeier & hat die Zubereitung des Essens für über hundert Gäste beaufsichtigt. Es war schwierig alle unterzubringen & für Sitzplätze auf der Veranda zu sorgen denn es regnete in Strömen. An der Furt gab es natürlich Theater. Der Sarg war den ganzen Weg von Barrydale aus auf einem Pferdewagen transportiert worden wie Ma es in ihrem Testament verfügt hatte – sie hatte das Drama geliebt. Ganz anders als Pa der nur wollte dass seine Asche in den Tradouw gestreut werde. Jedenfalls stand die Brücke über die Furt unter Wasser & die Pferde waren wahrscheinlich klatschnass unter den schwarzen Trauerdecken & die waren sicher auch schwer & sie wollten nicht durchgehen. Da hat A. in der Küche alles stehen & liegen gelassen & D. & den anderen geholfen. Sie hat gesagt der Sarg müsse abgeladen & getragen werden schließlich solle die Ounooi nicht im Fluss landen & davontreiben & sie brauche die Steigergebisse. Der Sarg wurde abgeladen die Pferde sind gestiegen & haben geschnaubt aber sie hat ihres festgehalten & D. seines & alle haben ihre Beerdigungsmienen aufgesetzt & sind mit Schuhen & in voller Montur zusammen mit Kadys durch das Wasser gewatet & Julies mit seinem Hinkefuß schlipp, schlopp hinterher. Dann wurde der Sarg wieder auf den Wagen geladen für das letzte Stück bis zum Friedhof neben dem Obstgarten wo es so nass & matschig war dass wir Bretter & Säcke auslegen mussten damit die Gäste darauf stehen konnten & das Wasser aus dem Grab gepumpt werden musste.

Dass man sich noch so viel Mühe geben muss für etwas das sowieso zu Staub zerfällt oder in diesem Fall zu Matsch denn es hat seit Anfang Juni unaufhörlich geregnet. Mas Grabstein ist zwei Mal umgefallen & gestern stand auf dem ganzen Weg von Skeiding bis nach Port Beaufort der wilde Fenchel hüfthoch am Straßenrand. A. sagt der Fenchel sei ihr Markenzeichen. Wenn ich s. wäre würde ich das nicht zu laut sagen habe ich sie gewarnt. Nicht jeder mag es wenn die Milch nach Lakritze schmeckt. Sie hat gefragt für wen die Grabstelle zwischen der Ounooi & der Großmutter sei.

Witsand 16. Dezember 1966

Heute Morgen wurde am Strand ein *Geloftedags*-Gottesdienst abgehalten & die Flagge gehisst. Sehr bewegend an so einem hellblauen windstillen Tag am Meer. *Daar is geen strand so ver of woes geleë of orals blink u Naam en majesteit.* Der Pfarrer betete für die neuen Staatsoberhäupter nachdem Dr. Verwoerd uns auf so grausame Weise von den Mächten der Finsternis genommen wurde. J. sagt Tsafendas sei Kommunist. Ich sage der arme Mann ist verrückt niemand bei klarem Verstand würde den Premierminister von Südafrika mitten im Parlament mit einem Messer niederstechen so ein Land sind wir nicht. J. erwiderte ich solle mir keine Illusionen machen das sei erst der Anfang.

Agaat weicht Jakkie nicht von der Seite wenn er in den Wellen spielt. Heute Morgen standen noch drei andere Kindermädchen im flachen Wasser wo die Kleinen herumtollen. Sie hatten sich die bunten Röcke in den Bund gesteckt damit sie nicht nass wurden & sprangen & schrien wenn die Wellen kamen. Sie sprachen nicht mit A. Sie hält sich abseits & wirkt ein bisschen hochmütig in ihrer schwarz-weißen Kleidung die sie während des ganzen Urlaubs noch nicht ein Mal abgelegt hat. Dabei gäbe es genügend Gelegenheiten Freunde zu finden. Es ist eine Schande dass A. so allein ist habe ich zu J. gesagt aber das hätte ich besser bleiben gelassen denn schon gab es wieder Streit. Er sagte sie habe alles was sich eine Meid wünschen könne & es sei besser wenn sie sich abseits halte denn er wolle keine Scherereien mit irgendwelchen Verehrern haben die jungen Hotnots kämen ganz von selbst & dann würde sie schwanger & dann wären wir sie los. Ich erwiderte das hätte ich gar nicht gemeint sie sei zu alt & zu kühl & den anderen zu überlegen um an junge Hotnots zu denken aber wir seien doch im Urlaub & was hat sie denn schon von ihrem Jungmädchendasein? Hat, hat!, rief J. fang bloß nicht damit an was sie alles hat sie hat alles was ein Meidenherz begehren kann & ansonsten habe sie Jakkie mehr als er oder ich ihn je gehabt haben und je haben werden. Warum ich mir um sie Sorgen mache? Ich solle mal an Jakkie denken. Er finde auch keine Freunde sondern hänge nur an Agaats Rockzipfel das sei auch nicht normal.

Darüber habe ich noch gar nicht nachgedacht aber J. hat tatsächlich nicht unrecht. Mir ist aufgefallen dass sich Jakkie im Umgang mit anderen Kindern schnell langweilt & auch wenn er mit mir allein ist. Sehr brav aber wenn es zu lange dauert wird er kribbelig. Sobald A. in der Nähe ist lebt er auf. Ihr fällt immer ein Scherz oder ein neues Spiel ein. Nicht dass J. sich jemals um Jakkies Erziehung kümmern würde aber wahrscheinlich kommt das auch noch. Habe gesehen wie er an ihm herumgetastet hat & dann hat er gefragt wo sind denn deine Muskeln Kerlchen.

17. Dezember 66 morgens

Hat J. recht? Hat A. zu viel Einfluss auf Jakkie? Ich behalte sie im Auge wo immer ich kann aber die beiden haben ihre Geheimnisse. Versuche immer zuzuhören wenn s. ihm Geschichten erzählt. S. beginnt immer mit der »ersten Geschichte« der 2. & der 3. usw. bis zur »letzten Geschichte«. Es heißt Märchen könnten großen Einfluss auf das Gemüt eines Kindes haben. Es gibt eine Geschichte die Jakkie immer ganz zum Schluss hören will & der er nie überdrüssig wird & wenn s. ein Wort daran verändert ruft er »Nein! Nein! So geht das nicht!« auch wenn er schon fast eingeschlafen ist. Seine Nein-Rufe sind das Einzige was ich mitbekomme nur den Anfang habe ich ein paarmal heimlich belauscht: Es war einmal eine Frau die sehr unglücklich war & die da und dort wohnte & war sie unglücklich weil sie so hässlich war wie die Sünde? & war sie unglücklich weil sie arm war? & war sie unglücklich weil sie keine Freunde hatte usw. & auf alle Fragen lautet die Antwort Nein aber die richtige Antwort habe ich nie gehört. Auf Gdrft hindert mich immer das knisternde Feuer in A.s Zimmer daran die »letzte Geschichte« vollständig zu hören & hier ist es das Meeresrauschen. A. öffnet absichtlich das Fenster auf der Strandseite & spricht am Kopfende seines Bettes immer leiser & leiser. Die Geschichte bringt ihn immer irgendwann zum Einschlafen egal wie aktiv & aufgekratzt er tagsüber gewesen ist & sie mein Gott geht mir das zu Herzen! sie lächelt selbstzufrieden wie eine Sphinx wenn sie aufsteht & ihre Haube zurechtrückt.

17. Dezember 66 abends

Heute Abend nachdem A. rausgegangen war habe ich Jakkie gefragt wie die »letzte Geschichte« geht aber er hat nur geantwortet das sei sein & A.s Geheimnis er dürfe es nicht weitererzählen & Agaat würde ihn verzaubern wenn er es täte. Wie bitte verzaubern?, fragte ich. Weiß und schwarz in einen Fliegenfänger frag

Papa sagte Jakkie. Woher weiß Papa das?, fragte ich zurück. Er kennt doch fast alle Geschichten die mit »Es war einmal« anfangen antwortete Jakkie. Weiß der Himmel was J. dem Jungen einredet aber ich darf kein Theaterstück für meinen Sohn schreiben denn dann heißt es ich setze dem Kind Flausen in den Kopf. Jakkie hat von sich aus schon genug Flausen. A. & ich kringeln uns vor Lachen wenn er mit Mantel & Schwert so altmodisch daherkommt als Prinz aus der Zauberflöte. Habe eine einfache Version mit Liedern für das Kinderkonzert geschrieben um ihn zu ermuntern mit anderen Kindern zu spielen. Aber Jakkie sagte nur er wolle lieber allein im Wald Papageno spielen denn der Prinz & die anderen Kinder seien ihm zu lahm. J. hat während des dritten Akts den Saal verlassen als sie das Stück gestern Abend aufgeführt haben. Ich schäme mich zutiefst für meinen Mann.

Witsand 18. Dezember 66

Habe aus einer Schublade einen alten schwarzen Badeanzug ausgegraben altmodisch mit einem Röckchen untenrum & Drahtbüstenhalter bestimmt noch von Ma. Zwar ist er viel zu groß aber ich dachte ich gebe ihn A. falls s. Lust haben sollte zu schwimmen. Aber bitte nur zu einer Zeit & an einer Stelle wo es nicht ungebührlich ist habe ich gesagt denn der Strand ist nur für Weiße. Ich hätte es gar nicht zu sagen brauchen denn s. weiß was sich gehört. Sie wird sich wahrscheinlich nicht trauen aber ich habe das Gefühl dass ich ihr damit wenigstens die Chance gegeben habe das Meer zu genießen. S. hat den Anzug mit ausdruckloser Miene & ohne Danke zu sagen in Empfang genommen.

Witsand 20. Dezember 1966

Bin heute Morgen früh wach geworden es war noch nicht hell nur der Mond stand fahl am Himmel da habe ich die Gartentür quietschen hören es war A. barfuß mit ihrem Handarbeitskörbchen & einem Ziel vor Augen das habe ich an ihrer Haltung erkannt. Habe einen Moment gewartet & bin ihr dann nachgegangen. Schnurstracks in Richtung Strand ist sie gelaufen ein schwarzer Fleck mit weißen Schürzenbändern & ich bin ihr versteckt hinter der ersten Dünenreihe gefolgt fast eine Stunde lang bis Viertel vor fünf & es wurde langsam hell & es war windstill aber das Meer hat so gerauscht dass sie mein Rufen trotzdem nicht gehört hätte. Dann ist sie mit dem Gesicht zum Wasser stehen geblieben wie ein Zinnsoldat & hat die gleichen merkwürdigen Bewegungen ausgeführt wie damals nachts auf dem Berg die Arme vor sich ausgestreckt als bestimmte s. die Windrichtungen oder definierte den Horizont. Es war Flut & auch ein paar schwarze Austernfischer standen dort & starrten in die Wellen & ich roch Kelp & hörte sie rufen ihre Beine seien so rot. Auf einmal zog A. ihre Schürze & ihr schwarzes Kleid aus & die Vögel mit ihren roten Schnäbeln flogen tiwii tiwii über das schwarze Wasser davon & s. faltete ihre Kleider zusammen langsam & ordentlich & wenn sie einen Kleiderbügel dabeigehabt hätte hätte sie sie an der Morgendämmerung aufgehängt aber nicht die Haube die zog sie extra stramm auf die Stirn & ich traute meinen Augen nicht aber s. hatte die ganze Zeit unter dem Kleid den alten Badeanzug meiner Mutter getragen & er hing an ihr wie ein Fledermausflügel & s. holte den weißen Häkelpullover aus dem Korb & streifte ihn darüber. Wer glaubt s. wohl könnte hier draußen ihren Henkelarm sehen die Beine die Schienbeine vielleicht die hauchdünne Mondsichel? Dann ging s. über den Sand & durch die tief ausgespülten Senken voller Wasser ins Meer schnurstracks durch die Wellen ohne zu zögern ohne sich umzudrehen oder schützend die Arme vor sich auszustrecken. Plötzlich hatte ich Angst ihr könnte etwas zustoßen. Ihr würde etwas zustoßen. Mein Herz klopfte wie wild & ich schmeckte Blut. Erst als sie bis zur Taille drin war blieb sie stehen. Die Wellen türmten sich hoch vor ihr auf & brachen & brodelten weiße Schaumwälle & die Haube ragte nur knapp daraus hervor & die schiefe braune Schulter war hochgezogen & s. stemmte sich rückwärts leicht in die Strömung & hielt ihr stand & der Badeanzug blähte sich in schwarzen Blasen um sie auf rechts und links & s. rückte ihre Haube zurecht & s. stand felsenfest da inmitten der wüsten Wogen bestimmt zehn Minuten lang. Wie hoch, wie stark müsste die Welle sein die s. umwerfen könnte? Dann kam sie wieder heraus. Schritt für Schritt rückwärts ohne die Augen vom Meer abzuwenden & ich dachte wem will sie ihren Anblick ersparen? & dann schämte ich mich & ich kauerte mich hinter die Düne & weinte ohne zu wissen warum & ich hatte noch nicht aufgehört da musste ich los & ich trat in Zweige & scharfe Muscheln denn durch den Tränenschleier konnte ich nicht richtig sehen aber ich wusste dass ich vor ihr zu Hause sein & in meinem Bett liegen sollte wenn sie Kaffee brachte. Dann musste ich so tun als erwachte ich gerade & sagen hmm ich rieche das Meer & fragen warst du heute schon draußen wie sieht denn das Wetter aus?

21. Dezember 66

Oje muss unbedingt vorsichtiger sein. War gestern Abend wieder zu müde um das Tagebuch wegzuräumen da hat J. heute Morgen die Passage über A. im Meer gelesen. Er langweilt sich denn der Wind ist zu stark um nach draußen gehen zu können. Er sagte wenn ich wenigstens mal was Sinnvolles schreiben würde aber das sei alles ja nur ein langer Bandwurm als wäre ich nicht mehr ganz richtig im Kopf was nur los sei mit mir? Mein Geschwafel über den letzten Unsinn würde ja immer schlimmer & ob ich glaube ich könnte die Zeit anhalten wenn ich solche Endlossätze schriebe. Dann hat er das Heft wahrhaftig mit in die Küche genommen & A. laut & ohne abzusetzen daraus vorgelesen. S. tat so als ignorierte sie ihn aber ich bin mir sicher dass sie alles genau gehört hat. Ich habe es ihm aus der Hand gerissen. Henkelarm! Morgendämmerung! Fledermausflügel! Hauchdünne Mondsichel! Wüste Wogen!, rief er. In 45er Geschwindigkeit abgespielt immer dieselbe Platte! Aber wer soll sich das anhören? Da kam Jakkie rein & wollte wissen was los sei. Mein Sohn, deine Mutter ist tief in ihrem Innern eine Poetin. Was ist eine Poetin?

Jemand mit einem Krampf untenrum für den es keine Medizin gibt. Und warum nimmt sie kein Brooklax?, fragte Jakkie ganz unschuldig & entschärfte damit zum Glück die Situation denn alle mussten furchtbar lachen & konnten gar nicht mehr aufhören. A. ist danach den ganzen Tag mit einem kleinen Lächeln & einem merkwürdigen Gesichtsausdruck herumgelaufen. Lasse die Sache besser auf sich beruhen. Habe s. ja nicht beleidigt oder so.

24. Dezember 1966

Ich glaube wirklich Jakkie hat das perfekte Gehör. Schon von klein auf hat er Lieder gesungen die A. ihm beigebracht hat & heute Abend beim Weihnachtsgottesdienst hat er mutterseelenallein & ohne Begleitung Stern über Bethlehem gesungen während an einem Draht der Weihnachtsstern wacklig über ihn hinweggezogen wurde. Ai mein Herz! Was sein Großvater wohl dazu gesagt hätte! Ganz rein & klar sang er mit seiner Sopranstimme selbst die allerhöchsten Töne. A. hat an der Tür gestanden & zugehört & wir konnten es kaum fassen wie schön er sang & dabei schämt er sich oft vor anderen Leuten. Er muss Gesangsunterricht bekommen. Ich habe von einer Mevrou Naudé in Swellendam gehört die ein Händchen für musikalische Kinder hat.

Witsand 1. Januar 1967

Neujahrsansprache des neuen Premierministers im Radio SA auf der ganzen Welt als Schurkenstaat gebrandmarkt leistet Außerordentliches auf ökonomischem Gebiet das Kraftwerk Afrikas durch die reichen Bodenschätze werden wir es ganz nach oben schaffen. A. zu Neujahr einen neuen blauen Badeanzug gekauft mit Polster-BH denn sie entwickelt einen ordentlichen Brustumfang. Ich habe aufmerksam gelauscht aber s. kein weiteres Mal morgens hinausgehen hören. Der Badeanzug liegt noch so in der Schachtel wie ich ihn ihr geschenkt habe & der alte schwarze ist spurlos verschwunden egal war ohnehin schon alt & unmodern.

Agaat & ich bringen Jakkie das Schwimmen bei s. in ihrer Dienstmädchentracht auf der einen ich auf der anderen Seite. Er macht das so toll! Eigentlich wollte J. ihm das Schwimmen beibringen aber er geht einfach zu grob mit ihm um. Jakkie kommt anschließend weinend & den Bauch voller Salzwasser nach Hause. Habe zu J. gesagt so jage er ihm nur Angst vor dem Wasser ein. Er erwiderte der Junge müsse gestählt werden es kämen noch harte Zeiten auf uns zu & ich fragte inwiefern & er sagte unsere Feinde seien zahlreich & wir müssen das verteidigen was unsere Vorfahren erschaffen haben. Jeden Abend sitzt er mit seinen Urlaubsfreunden auf der Veranda & trinkt Rotwein & schmiedet Pläne für die Lokalpolitik der NP in Swellendam im kommenden Jahr. Manchmal regt er sich so auf dass er sich sogar über die Trockenlegung der Flussmarschen Gedanken macht. So könne es nicht weitergehen schon das zweite nasse Jahr in Folge die Kühe bekämen Hufrehe.

Witsand 23. Dezember 1967

Jedes Mal wenn ich das spezielle Witsandbuch aufschlage das das ganze Jahr über in einer Schublade hier liegen bleibt blättere ich zurück zu den Aufzeichnungen der letzten Ferien & kann kaum glauben wie die Zeit vergeht & wie groß Jakkie geworden ist. Er geht jetzt schon seit zwei Jahren zur Schule! Nächstes Jahr im August wird er acht! Habe ein paar Leute zu einem Weihnachtskonzert eingeladen. Jakkie braucht ein Lied nur ein Mal zu hören schon merkt er sich Text & Melodie. Habe mit ihm das Ave Maria & Little Drummer Boy & Jerusalem geübt & das hat er im Wohnzimmer den Gästen vorgesungen & dazu noch ein paar Lieder die er von seiner Lehrerin gelernt hat. Gute Intonation schöne Klangfarbe in der Stimme Gefühl für Rhythmus das hatte er immer schon aber durch den Unterricht hat er sich sehr gut weiterentwickelt.

Witsand 5. Januar 1968
Agaat zurück war mit J. zusammen in Heidelberg zum Einkaufen brauchten Lebensmittel nach Neujahr bleiben noch 10 Tage hier hat sich doch wahrhaftig von ihrem Weihnachtsgeld eine Angel gekauft. Sagt s. hätte sich alles Nötige von den anderen Anglern abgeschaut. J. hat s. ausgelacht wer hätte je von einer Meid gehört die angelt aber die Fische die s. fängt lässt er sich schmecken. Sie geht morgens im Dunkeln raus & nimmt Jakkie mit & wenn sie um sieben wiederkommen bringen sie einen glänzenden Kabeljau mit & neulich sogar einen dicken Galeonenbarsch. A. ist immer durchnässt bis zu den Schürzenbändern.

Habe Jakkie gefragt wie s. es anstellt. Er hat erzählt s. predige erst den Fischen um sie anzulocken & wenn die ersten Krabben rauskröchen um die Predigt zu hören wisse sie dass auch Fische da sind. Dann marschiere s. entschlossen mit ihren Kleidern ins Meer & werfe nur ein einziges Mal tsirr ihre Angel aus & dann beiße ein Fisch an hu! & dann ziehe sie hah! ihn aus dem Wasser & dann biege sich die Angel aber nur ganz kurz dann habe sich der Fisch müde gezappelt & dann drehe s. mit der kleinen Hand an der Kurbel wieriewieriewierie & stemme die Angel mit der starken Hand fest in die Leiste & dann komme der Fisch hopphopp durch die Wellen gehüpft & dann steche s. ihm tschack! den zweizinkigen Spieß in den Bauch & dann packe s. ihn am Schwanz & knalle ihn peng! mit einem Schlag auf einen Stein denn ihr würde übel von einem Tier das nach Luft schnappt und langsam erstickt & wenn er tot sei sage sie Amen.

Gebratener Fisch gedünsteter Fisch Fischküchlein Pökelfisch Fischauflauf Fischsuppe & Salate & Fischpasteten mit Fenchel ich muss sagen wir genießen A.s Fang. S. entwickelt sich zu einer richtig guten Köchin & denkt sich immer neue Fischrezepte aus ich habe gesagt A. mach langsam in der Küche & ruh dich ein bisschen aus du arbeitest das ganze Jahr über so hart aber s. hat erwidert das Angeln sei ihre Urlaubserholung & Fische zu fangen & auszunehmen & lecker zuzubereiten ihr Hobby denn zu Hause gäbe es immer nur Lammfleisch & s. ekle sich vor dem Schlachten & s. verschenke ihre Fische sogar an die Gäste. Ich habe gesagt s. solle sie doch lieber verkaufen & sich ein bisschen was dazuverdienen. S. hat erwidert die Fische kommen doch umsonst aus dem Meer & sie zu fangen sei reine Glückssache & keine Arbeit. Schwimmen lernen will s. aber nicht davon sieht s. den Nutzen nicht ein.

Witsand 10. Januar 1968

Morgen wieder nach Hause. Einigermaßen erleichtert dass alle wieder ihren gewohnten Rhythmus aufnehmen. Jak langweilt sich. Er hat keine Lust mehr auf Kanufahren & wenn der Wind weht kann er nicht raus auf die Flussmündung & dann sitzt er hier & ignoriert mich oder hackt auf mir rum & dann streiten wir uns. Gestern Abend wieder Gewalt. Hier gibt es ein paar reaktionäre Hitzköpfe die Jak aufhetzen & dann trinkt er zu viel.

Glück gehabt heute ist schönes Wetter. Ich glaube A. bekommt ihre Tage dann wird sie launisch sitzt mit langem Gesicht am Strand sagt ihr sei heiß. Dann zieh doch deine Schürze & deinen Pullover aus hab ich gesagt aber sie verschränkt nur die Arme vor der Brust. J. rudert mit Jakkie draußen im Tiefen zusammen mit ein paar anderen Vätern & deren Söhnen & ich habe zu ihr gesagt schau mal durchs Fernglas das gelbe Kanu sieh mal Jakkie in seiner roten Schwimmweste aber sie wollte nicht. Rings um uns spielten & lachten die Leute bunte Sonnenschirme & Bälle am letzten Ferientag. Habe kalten roten Saft & leckere Puddingteilchen eingepackt aber nein sie lässt sich nicht aufmuntern der Mund bleibt verkniffen. Jakkie ganz aufgeregt bei der Rückkehr & erzählte davon wie tief das Wasser gewesen sei & wie er das Ruder halten & mit seinem Vater habe paddeln dürfen. Dann hat er zu A. gesagt: Komm wir bauen wieder so eine große Burg mit Türmen & Graben ringsum mit einer Brücke aus Steinen & Hechtkieferknochen & Korallen aber sie wollte nicht. Pure Eifersucht weil er langsam groß wird.

Heute Abend nach dem Essen habe ich gesehen dass sie an einem rot-schwarzen Kissen stickt & sie hat Jakkie Gutenachtgeschichten erzählt aber dann wich sie von Hänsel & Gretel ab & ließ die Hexe zu dem Jungen sagen: Schau du wirst dir einbilden die See sei freundlich & ein Ort an dem man mit bunten Bällen spielt & Zuckerstangen isst & in einem gelben Kanu sitzt aber auf dem Grund lauert schwarzer Schleim in dem das Wesen der Tiefe herrscht es schnaubt ekligen Schaum durch seine Nüstern & beißt sich in den eigenen Schwanz & umfängt die ganze Welt wie eine Fessel & krampft in den Därmen vor Bosheit & dann kochen die Wasser daher kommen die Wellen & du glaubst du ruderst & du denkst du schwimmst & du meinst es wären Ferien mit bunten Sonnenschirmen aber das stimmt gar nicht. Wie kann sie es wagen? Ich wurde wütend & habe geschimpft sie solle nicht so böse & eifersüchtig sein & habe nach dem Kissen gegriffen. Da habe ich gesehen dass sie einen Drachen draufgestickt hatte mit stachligen Schwingen die Schuppe für Schuppe ausgearbeitet waren & darüber stand in Totenkopflettern WITSAND. Ich habe es Jak gezeigt aber er hat nur gesagt ich solle mich nicht bei ihm beschweren schließlich habe ich selbst diesem Geschöpf alle möglichen Flausen in den Kopf gesetzt als es noch jung war & er habe mich ja gewarnt ich solle aufpassen man wisse nie wie all das später in einem Hotnotkopf gäre.

Muss Jakkie mehr unter meine Fittiche nehmen. Mehr Zeit mit Musizieren verbringen. Das ist das Einzige was er gerne mit mir zusammen tut. Wenn ich ihn dazu ermuntern kann. Singen & Blockflöte spielen.

Witsand 11. Januar 1968
Gepackt & fertig zur Abreise heute Morgen da wollte J. nicht fahren weil er im Laden erfahren hatte dass nachmittags ein Strandlauf für Vater & Sohn stattfand an dem er mit Jakkie teilnehmen wollte. Hat mir furchtbar viel Arbeit verursacht. Kühlschrank war schon geleert & sauber gemacht & Eisschrank abgetaut & A. hatte den ganzen eingefrorenen Fisch & die Tupperware voller Brühe geschickt in Kartons verpackt. Mussten alles wieder auspacken & den Eisschrank wieder einschalten & A. motzte in einem fort. Sie hat gehört was J. gestern Abend gesagt hat & ist deshalb heute allermiesester Laune. Er solle sich in Acht nehmen sagte sie das Kinn vorgereckt – ich koche ihm eine leckere Kugelfischsuppe das Rezept habe ich von einer Witwe in Port Beaufort. Gott bewahre!

*

Das Lamm, Jakkies zahmes Lämmchen. Wurde dir dadurch klar, dass sich etwas veränderte? Oder hattest du es schon früher bemerkt? Du hattest das Tier an der Nackenwolle gepackt, und Agaat stand dahinter, Jakkie vor sich.

Jak und Agaat behielten dich gleichermaßen im Auge. Sie hatten dich mit ihren Blicken in die Enge getrieben. Das Lamm fing an zu blöken. Es war von selbst angerannt gekommen, nachdem Agaat es gerufen hatte.

Pietertjie. Mit dem fetten Schwänzchen. Es dachte wohl, es wäre Zeit für sein Fläschchen. Aber als du es festhieltest, bekam Pietertjie es mit der Angst zu tun und riss den Kopf nach hinten. Du musstest es gut festhalten. Der Hammel war eigentlich schon zu groß, um noch mit der Flasche gefüttert zu werden, aber Jakkie war ganz vernarrt in ihn. Jeden Morgen vor der Schule begleitete er Agaat, um ihm Milch zu bringen, und jedes Mal gab es ein großes Hallo und Geblöke am Zaun. Jeden Nachmittag holte er ihn aus dem Paddock. Dann stellte sich das Lamm in die Küchentür und nickte mit dem Kopf, während Jakkie das Mittagessen zu sich nahm, das Agaat ihm warm gehalten hatte. Anschließend machten die beiden Hausaufgaben, und das Schaf schmiegte sich währenddessen an ihre Knie.

Es war Jakkies achter Geburtstag. Agaat schenkte ihm ein Messer, das er sich gewünscht hatte, ein echtes Rodger-Taschenmesser aus Sheffield in England, das sie bei den Malaien in Suurbraak gekauft hatte. Ihr hattet Kuchen gebacken, Agaat und du, Kolwyntjies, in Rechtecke geschnittenen Biskuitkuchen für die Party. Ihr hattet Gäste eingeladen, viele Kinder. Obwohl es Jakkie peinlich war, bedrängtest du ihn, der Gesellschaft vorzusingen, und begleitetest ihn dabei auf dem Klavier. *Heimwee* von S. le Roux Marais. Die Erwachsenen waren stumm vor Ehrfurcht. Beatrice lauschte mit weit aufgerissenen Augen. Die Kinder standen mit Limonadengläsern und den Mündern voller Kuchen daneben und kicherten. Jak schämte sich.

»Ein Junge, der ein Messer haben will«, sagte er, als Jakkie fertig gesungen hatte und seine Geschenke auspackte, »muss auch einem Schaf den Schwanz abschneiden können. Da werden wir ja sehen, ob dieses angeblich englische Kulimesser etwas taugt.« Daraufhin lief Jakkie davon.

»Agaat, such den Kleinbaas und bring ihn her, und zwar auf der Stelle«, befahl Jak.

Du bedeutetest ihr mit den Augen, sie solle ihn suchen, aber nicht finden. Stumpf erwiderte sie deinen Blick. Sie brauchte nicht lange. Du hörtest ihn schon von Weitem weinen. Am Ohr schleifte sie den widerstrebenden Jungen mit der kleinen Hand über den Hof, und mit der starken Hand hielt sie ihn am Arm fest.

»Meine Güte, wirst du wohl anständig gehen und dich benehmen an deinem Geburtstag?«, schimpfte Agaat.

»Wo war dieser kleine Nichtsnutz?«, fragte Jak.

»In der Luzernescheune, ganz oben auf den Ballen. Ich musste ihn herunterziehen, da hat er mich gebissen, hier!«

Agaat hielt Jak ihren Arm hin. Selbstgerecht. Es war eine offene Wunde, geschwollen, mit sichtbarem Gebissabdruck.

»Na, so was!«, rief Jak. »Unser Chorknabe! Wenn er eine Meid beißen kann, kann er auch einen Lämmerschwanz abschneiden! Bring den kleinen Giftzwerg hintenrum her, nicht durchs Wohnzimmer, schau mal, wie schmutzig er ist. Wo ist sein Messer? Hol sein Messer!«

Du kannst dich immer noch genau daran erinnern, wie Jakkie mit dem Messer in der geballten Faust auf dem Hinterhof stand. Du hattest den Kopf des Schafs zwischen die Beine geklemmt und dich darübergebeugt. Agaat hielt Jakkie am Hals fest und drängte ihn nach vorn.

»Los, klapp die Klinge aus, die große, hast du Maisbrei in den Händen oder was?« Jak tat so, als wäre es die normalste Sache der Welt.

Die Kinder drängten sich näher heran. Einige von ihnen waren schon große Kerls mit Gänsestimmen.

»Memme!«, riefen sie, »Mimose!«, und sie äfften ihn nach, indem sie falsche hohe Töne sangen.

Warum botest du der Sache damals nicht Einhalt? Du hättest es verhindern können. Stattdessen machtest du mit. Du wolltest, dass es so schnell wie möglich vorübergehe. Etwas anderes kam dir nicht in den Sinn.

Jaks Augen waren auf dich gerichtet. Agaats Augen waren auf dich gerichtet. Wussten die beiden von den Gründen des jeweils anderen? Du kanntest sie. Du kanntest die Beweggründe aller Beteiligten.

Jak hatte für Jakkie ein kleines Motorrad gekauft, um mit ihm zusammen fahren zu können, obwohl du ein Veto eingelegt hattest. »Nur über meine Leiche!«, hattest du gesagt. »Er ist noch zu klein, er wird sich wehtun.« Schon am Abend zuvor nach dem Essen hattet ihr euch darüber gestritten.

»Er ist noch ein Kind«, argumentiertest du. »Lass ihn, er sammelt Vogeleier, schießt mit Pfeil und Bogen, schwimmt im Fluss, spielt mit Agaat Verstecken, das ist sein Leben. Und du willst ihn mit gefährlichem Spielzeug verderben, das auf dem Hof Krach macht, stinkt und qualmt?«

»Du und deine Meid, ihr verweichlicht ihn, ihr setzt ihm Weiberflausen in den Kopf, wenn ich nur in seine Nähe komme, stellt ihr euch doch schützend vor ihn.«

Agaat trat ein und brachte Kaffee.

»Er ist noch ein Kind«, erwidertest du, »er ist erst acht Jahre alt. Du kannst doch nicht von ihm erwarten, dass er jetzt schon …«

Agaat stellte krachend die Kaffeekanne vor dir auf den Tisch.

»Nicht zu viel«, riet sie dir, »er ist sehr stark.«

Ihre Stimme klang monoton. Du sagtest nichts. Sie hatte dich zum Schweigen gebracht. Du kanntest diesen Tonfall: Es ist zu deinem eigenen Besten, jetzt nichts weiter zu sagen. Das bedeutete er.

»Ist der Kuchen verziert?«, fragtest du.

»Fertig«, antwortete sie. »Pink und grün. Kinderkuchen.«

»Ihr und euer ewiger Kuchen!«, schimpfte Jak, stand auf und ging hinaus.

Am nächsten Tag dann das Drama mit dem Lamm und dem Messer. Und der Beginn einer neuen Allianz. Und wenn es nicht der Beginn war, erschlossen sich zumindest neue Perspektiven.

Du machtest einfach mit. Dir kam nichts anderes in den Sinn. Du wusstest nicht, was du hättest sagen sollen.

Jakkie war kreidebleich im Gesicht und hatte den Kopf eingezogen. Agaat kniff ihm in die Schulter, bis er den Kopf senkte. Sie drückte ihm das Messer in die linke Hand und hielt es dort mit ihrer starken Linken fest. Damit sie ihm helfen könne, sagte sie. Helfen? Jakkie zitterten die Knie.

»Mama, nein, bitte nicht!«, bettelte er. »Gaat, bitte, ich kann das nicht.«

»Doch, du kannst, Boetie«, erwiderte Agaat und sah dich dabei an. Die Botschaft war für euch beide bestimmt, oder besser: Sie tat so, als ob, doch es war klar, dass sie keinen Widerspruch duldete.

»Du bist doch Gaats großer Junge. Deine Même ist hier, sie hält ihn gut fest, und ich bin auch da. Ein Schaf kann nicht mit einem so langen Schwanz herumlaufen, die Maden setzen sich darin fest, wenn er verschmutzt. Mach die Augen zu und den Ellbogen locker, dann helfe ich dir.«

Letzteres sagte sie ihm leise ins Ohr.

Doch dich sah sie dabei an. Sie sah dir genau in die Augen. Festhalten, jetzt geht's los, sagte ihr Blick. Ein zahmes Lamm für dich, eins für mich.

In einer fließenden Bewegung schnitt Agaat ihm den Schwanz ab. Jak applaudierte als Erster. Blut spritzte auf Jakkies Beine. Das Lamm riss sich los und rannte mit dem Kopf voran mit voller Wucht gegen die Mauer des Hinterhofs.

»Nimm dein verdammtes Messer! Nimm es, ich will es nicht mehr haben!«, rief Jakkie weinend, schleuderte das Messer weg und rannte mit langen Schritten davon.

»Mädchen!«, riefen die anderen ihm nach. »Mädchen! Milchschaf! Weichei!«

»Wasch das Blut weg, und zwar sofort!«, befahlst du Agaat. »Und behandle das Schaf mit Wundsalbe.«

»Und zwar sofort«, äffte sie dich nach, nahm das Messer vom Boden, wischte in deinem Beisein die Schneide an ihrer Schürze ab, erst die eine, dann die andere Seite, zwei rote Streifen auf weißer Baumwolle, und klappte das Messer dann wieder zu.

»Das gibt Flecken«, wandtest du ein.

»Es gibt nichts«, belehrte dich Agaat, »was man nicht mit kaltem Wasser, Sunlicht-Seife und ein bisschen Chlorbleiche wieder rauskriegen könnte.«

Später in jener Nacht wurdest du wach, weil im Flur eine Diele knarzte. Jak hatte das Kind als Strafe für sein schlechtes Benehmen ohne Abendessen in sein Zimmer geschickt, und jetzt war Jakkie herausgeschlichen. Du hörtest, wie er mit nackten Füßen ins Badezimmer ging. Du hörtest den Toilettendeckel und, wie du glaubtest, auch die Tür des Badezimmerschränkchens. Dann wurde ein Fenster geöffnet, und dann war ein leises Plumpsen aus dem Hinterhof vernehmbar. Die Standuhr schlug Viertel nach eins. Du wusstest schon lange, dass Agaat und Jakkie sich nachts durch sein Fenster unterhielten, er auf den Ellbogen aufs Fensterbrett, sie auf den Fleischblock an der Mauer gestützt. Du wusstest, dass er manchmal durch ihr Fenster kletterte und zu ihr ins Bett schlüpfte. Von klein auf hattest du ihn dabei erwischt, wie er bei ihr schlief.

Sie wussten beide, dass das gegen die Regeln verstieß und Jak einen Anfall bekommen würde, wenn er davon erführe. Aber auch nach dem schrecklichen Geburtstag suchte Jakkie Trost bei Agaat.

Du lagst mit offenen Augen im Bett und lauschtest. Du warst traurig. Wer war da, um dich zu trösten? Du hattest abends allein mit Jak an Jakkies Geburtstagstafel sitzen müssen.

»Meinst du nicht, es reicht für heute?«, hattest du gefragt. »Kann er nicht einfach zum Essen kommen?«

»Nein«, hatte Jak erwidert. »Er muss lernen, dass er seinen Vater nicht vor Gästen blamieren darf.«

Schweigend hatte Agaat euch bedient. Es gab Brathähnchen, braune Ofenkartoffeln und Kürbisküchlein, Jakkies Leibspeisen. Du sahst, wie sie hinterher Essen auf einen Teller legte. Doch sie selbst aß nichts davon. Sie spülte das Geschirr und ging anschließend in ihr Zimmer, ohne den Nachtisch aufzutragen. Als du den Schichtpudding aus dem Kühlschrank holtest, sahst du, dass auf einer Seite ein großes Stück fehlte. Du legtest den Pudding in der Küche auf, damit Jak nichts davon mitbekam.

Du konntest nicht schlafen. Du hörtest, wie die Tür des Außenzimmers geöffnet und leise wieder geschlossen wurde. Sie schleifte noch immer über den Zementboden; mit den Jahren war sie noch weiter abgesunken. Es half nicht einmal mehr, sie anzuheben. Warum hattest du sie nie abhobeln lassen? Vielleicht, weil du hören wolltest, wenn jemand ein oder aus ging?

Lange lagst du so da, aber nichts weiter geschah. Später gingst du barfuß in die Küche, ohne Licht zu machen. In Agaats Zimmer glimmte die Glut, Funken stoben aus dem Schornstein. Die Tür war geschlossen.

Du öffnetest leise die Küchentür und hieltest die Fliegengittertür fest, damit sie nicht hinter dir zuschlug. Dann spähtest du durch eine Öffnung in den Gardinen des Außenzimmers. Jakkie saß im Schlafanzug am Feuer, und Agaat stand im Nachthemd an ihrem Zweiplattenherd. In einem großen Topf kochte Wasser; der Deckel lag verkehrt herum darauf, und darauf wiederum stand ein mit einem weiteren Deckel geschützter Teller. Agaat trug beim Kochen ihre Haube, und das Feuer schien hindurch, wenn sie vor dem Kamin hin und her lief. Sie warf einen langen, spitzen Schatten auf die Wände, und bei jeder ihrer Bewegungen schrumpften und bogen sich die Schatten in den Ecken. Sie nahm ein weißes Tuch zur Hand, breitete es auf dem Boden vor Jakkie aus und deckte es mit einem Glas Wasser, einem Teller und einem Löffel, den sie vor seiner Nase schwenkte. Tut mir leid, das ist alles, was ich habe. Sie hob den Deckel vom Teller; Dampf stieg auf. Agaats Abendessen. Jakkies Hühnchenschenkel, das Pfaffenstück und ein Stück Rücken, das am längsten in der Soße gelegen hatte.

Sie unterhielten sich leise beim Essen. Du konntest nicht verstehen, was sie sagten. Du konntest nur ihre Gesichter sehen, die sich nach den schrecklichen Ereignissen des Tages allmählich entspannten. Als Jakkie mit dem Essen fertig war, gab Agaat ihm das Taschenmesser zurück. Sie drückte es ihm in die Hand und legte seine Finger darum. Jakkie deutete auf ihren Unterarm, und sie streifte den Ärmel ihres Nachthemds hoch. Gemeinsam beugten sie sich über die Bisswunde. Er holte eine Rolle Pflaster aus der Brusttasche seines Schlafanzugs. Nein, da müsse Luft drankommen, bedeutete ihm Agaat. Doch dann überlegte sie es sich anders, holte eine kleine Schere aus ihrem Handarbeitskorb, schnitt ein Stück Pflaster ab und erlaubte ihm, dass er es auf die Wunde klebte.

Ganz unvermittelt schmiegte sich Jakkie mit dem Kopf an sie und verzog dabei das Gesicht. Agaat drückte ihn mit beiden Armen fest an sich. Lange blieben sie so sitzen, und sie wiegte ihn hin und her. Nach einer Weile flüsterte sie ihm etwas ins Ohr, stand auf, nahm den Löffel, spülte ihn ab, kehrte zurück und stellte ein Milchschüsselchen mit Schichtpudding vor ihn hin.

Du drehtest dich um. Du konntest es nicht länger mit ansehen. Ihre Gesichter im weichen Licht des Feuers. Die Vertrautheit. Die Selbstverständlichkeit. Die Vergebung, erbeten, gewährt, besiegelt. Die weichen Körper in der Nachtwäsche. Du kanntest dein Kind so nicht, du kanntest Agaats Körper nicht, ihre Rundungen, die sich im Gegenlicht des Feuers unter dem Nylonnachthemd abgezeichnet hatten. Du hattest gesehen, wie sie ihre Bettdecke für ihn aufschlug. Du wandtest dich vom Fenster ab und presstest die Faust in den Mund, damit sie dein Stöhnen nicht hörten.

aufräumen! aufräumen! wegwerfen! vererben! bettlaken und überzüge wie viele gäste werden zur beerdigung erwartet? matratzenschoner die brünstigen blutenden schwitzenden schläfer verlangen sie nicht nach ruhe? schonbezüge wo liegen die fettigen köpfe der vaterländisch tratschenden wohnzimmerhocker? hinter welchem ameisenhaufen werden sie sich neu formieren? küchengardinen kariert geblümt gestreift die damalige spießige mode warum müssen küchen gardinen haben? dampf und spritzendes fett und volle schüsseln sollen die hungrigen das alles doch sehen gardinen verlangsamen den lauf der geschichte geschirrtücher spültücher topflappen angeberei ist historisch genau wie abtrocknen und brandflecken und tellerspülen wer schreibt das auf? tablettdeckchen tischdecken servietten der wein das salz die reue alles ist jetzt wäscheblau und weiß schluchzer aus damast badelaken gesichtshandtücher gästehandtücher waschlappen der lebendige schmutzige leib seine dampfenden falten sein gedankenloses tropfen sein mangel an respekt für verfall tücher taufkleid babykleider warum hebt man das auf? mamas kindchen dreh ihm den hals um und mit einem stein auf den grund des sees undankbares geschöpf mein eigener sohn findest du nicht? stickleinen das kannst du behalten das hinterlasse ich dir um dich zu beschäftigen wenn ich nicht mehr da bin gesammelte aussteuer wozu kleine deckchen mit perlen? welches vertrauen in mottenkugeln! welch eitle furcht vor fliegen sie leben nur vierundzwanzig stunden ohne fanfaren gönn ihnen einen becher verderbliche milch musselin samt filz baumwolle satin seide bänder matratzenvlies chintz kafferleinen flanell frottee segeltuch sisal seersucker gebürstetes nylon jackenstoff tweed flachs daunen sechzehn plastiktüten voll wolle was wollte ich mein lebtag bloß damit anfangen?

13

Agaat wirft ein Laken über mich. Flatternd bauscht es sich über mir auf.

»Wenn Jakkie kommt, musst du tipptopp aussehen«, sagt sie.

Das Laken senkt sich auf die Bettdecken, und sie verknotet die oberen zwei Zipfel in meinem Nacken. Von meinem Hals aus zieht sie es nach unten glatt und steckt es links und rechts neben mir fest unter die Matratze. Den runden Handspiegel stellt sie in einen Ständer auf die ausziehbare Brücke.

»Er soll doch nicht denken, dass ich dich verwahrlosen lasse«, fährt sie fort.

Das Laken gleicht einem Lampenschirm, einem Zirkuszelt.

Setz einen Wimpel auf meinen Kopf, und ich bin das Hauptzelt, blinzle ich Agaat zu. Sie blinzelt zurück, ohne mich anzusehen, um mir zu zeigen, dass sie es gesehen hat, aber dass ich ihr nur Mist signalisiere, und das, obgleich sie mich überhaupt nicht verstanden hat.

Mein Kopf ist das Ende in der Scheitelöffnung, fahre ich fort, mein Hals der Mittelpfosten. In meiner Stirnhöhle glühen vierzig Watt. Eine Manege voller Sägespäne, eine Laterne, ein Schirm um eine Kerze, Schatten von Trapezartisten gleiten im Scheinwerferlicht über den Boden, drinnen rauscht der Applaus des Publikums.

»Er soll wissen, dass seine liebe Mutter in den allerbesten Händen ist«, sagt Agaat.

Sie ignoriert mein Blinzeln, hat keine Lust, seinen Sinn zu erraten, will gar nicht erst mit dem Spekulieren anfangen, die praktischen Aufgaben zuerst. Die Stunde der Schönheitspflege ist angebrochen.

Sie legt mir noch ein Handtuch um den Hals und steckt es oben in der Nackenstütze fest. »So«, sagt sie, »jetzt bist du gut gegen die kleinen Härchen geschützt.«

Sie will kein weiteres Kopfjucken riskieren, so viel ist klar. Sie legt eine Kassette ein, *Die Mittagshexe*, eine symphonische Dichtung von Dvořák, ein Geschenk von Jakkie zu ihrem letzten Geburtstag. Es sei zwar nicht gerade ein Wiegenlied, hatte er geschrieben, aber es solle sie daran erinnern, wie sie ihn auf dem Tradouw »der Vergessenheit entrissen« habe.

Wen will sie damit unterhalten? Was treibt sie an? Das Ende, schätze ich. Für sie ist das Ende in Sicht. Da benimmt man sich schon mal merkwürdig. Da kann man es sich leisten, Geige zu spielen, während die Brücke über die Furt brennt. Man fängt an, großzügig mit den Rationen zu sein. Man jagt die Pferde bedenkenlos durch Pisse. Man ist schließlich fast da. Ganz vorn in der Kolonne. Aber dieser Zug ist schlimmer als der *Große Treck*.

»Welche Frisur möchtest du denn diesmal haben?«, fragt Agaat. »Daisy de Melcker oder Margaret Thatcher?«

Sehr witzig, signalisiere ich. Zirkus!

Die Neugier treibt sie an. Ich durchschaue sie. Die Pseudodressur einer Halbtoten. Wozu das Ganze? Sie lügt. Erneut steht sie vor dem Zelt und späht durch den Spalt, um einen Blick zu erhaschen. Vom Zirkusdirektor, vom Elefanten, der auf einer Tonne balanciert, von dem Löwen, der sich beim Knall der Peitsche hinlegt. Von der starken Frau, die das Pferd hochhebt. Vom Hanswurst, der über den Eimer stolpert. Der Unterschied besteht darin, dass Agaat nicht mehr das Kind ist, das sie einmal war.

»Wenn man nicht mehr lachen kann«, sagt sie, »kann man auch gleich aufgeben.«

Weiß sie überhaupt, was sie da sagt? Aufgeben? Als ob in meinem Fall die Logik des Kämpfens und Mutverlierens gelten würde! Nein, es ist viel einfacher. Alles, was geschehen muss, ist: dass ich sterbe. Doch für sie gilt: *The show must go on.* Bis dahin.

Welche Nummer spart sie sich für den Schluss auf? Der Trommelwirbel kündigt sie an, die Scheinwerfer sind auf den Spalt in der Zeltwand gerichtet. Doch was kommt heraus? Nur ein Umzug, alles, was wir bisher gesehen haben, die Löwendompteure und Artisten, der Gummimann und die Zwillinge in der Tonne, immer rund um die Manege, bis sie hinter dem geöffneten Vorhang wieder verschwinden. Bis nur noch der Zirkusdirektor übrig bleibt. Er lupft seinen Zylinder. Lebt wohl! Auf Wiedersehen! Vielleicht wird der Clown noch ein letztes Mal über seine Füße stolpern. Doch dann ist es vorbei. Für mich jedenfalls. Nicht für Agaat.

Ich habe letzte Nacht Rauch gerochen. Offenbar ist das Akaziengebüsch bei den Hütten der Leute in Brand geraten. Alles ist schwarz verrußt dort unten. Ein Haus ist abgebrannt, bei einem anderen ist das Dach eingestürzt. Vermutlich ist ein Funke von den Kochfeuern übergesprungen, denn der Wasserstand an der Furt ist niedrig, und die Uferpflanzen sind knochentrocken.

Heute habe ich Dawid in der Küche reden hören. »Abreißen«, habe ich verstanden und »Bauen« und »bitte drei zusätzliche Häuser anstelle der Wellblechhütten, die für Julies' und Kadys' Kinder errichtet wurden«.

Daraufhin trat eine lange Stille ein. Agaat und Dawid waren allein, Agaat hatte die anderen beiden hinausgeschickt. Dann endlich antwortete sie, laut und deutlich, sodass ich mithören konnte.

»Eins nach dem anderen, Dawid. Bis zum Begräbnis müsst ihr euch irgendwie behelfen. Bis Neujahr, würde ich sagen. In der Zwischenzeit zeichnet ihr Pläne und berechnet, wie viel Beton und wie viel Backstein, Wellblech, Türen, Fenster und so weiter ihr brauchen werdet. Ich prüfe das alles und sage euch dann, was wir verwirklichen können. Aber ich sag's dir offen und ehrlich, ihr seid zu viele. Ich baue nicht mehr als zwei neue Häuser anstelle der alten – und auch keine größeren. Zusätzliche Häuser gibt es nicht. Ihr müsst selbst entscheiden, welche drei von euch sechsen mit ihren Familien die Farm verlassen. Wir brauchen schon lange nicht mehr so viele Leute, und ich kann euch nicht mehr alle bezahlen. Ich mag aber auch kein unbezahltes, hungriges Pack, das hier herumhockt, Maulaffen feilhält und meine Schafe stiehlt. Und diejenigen, die hierbleiben, dürfen nicht ständig neue Kinder in die Welt setzen, sonst lasse ich die Frauen sterilisieren, ruckzuck. Hier wird sich alles verkleinern, das wisst ihr schon seit mehr als einem Jahr, und wenn ich Leute für größere Arbeiten brauche, heuere ich mir Kaffern als Saisonarbeiter an, zum Scheren beispielsweise, das ist viel einfacher und billiger, das machen inzwischen alle Bauern so. Die Leute kommen, arbeiten, essen, schlafen auf Strohsäcken in der Scheune, ich bezahle sie, und ihr Baas holt sie wieder ab. Keine Saufereien, keine Messerstechereien, kein Herumlungern und keine Kinder, die ich wieder einfangen muss, die krank werden, um die ich mich kümmern und die ich ihr Leben lang gesund halten muss.«

Dawid erwiderte darauf nichts. Es herrschte Stille; dann klappte die Fliegengittertür.

Ist es das, was ihr die Laune verdirbt? Die neue Ordnung?

Schnipp schnapp, lässt Agaat die Schere in der Luft klappern, schnipp schnapp, und dabei mustert sie mich von der Seite. Sie tut so, als könnte sie den Blick nicht von meinem Äußeren abwenden, den nassen Strähnen, die mir wie Schnittlauch am Kopf und an dem Zelt um meinen Hals kleben. Sie tut so, als wäre alles an mir bloß eine Frage der Interpretation und der systematischen Herangehensweise.

Doch in Wirklichkeit sucht sie ein Loch zum Hindurchspähen. Sie will sehen, was ich von ihrer neuesten Zimmerdekoration halte. Unmittelbar in meinen Willen möchte sie blicken, mitten hinein, ganz so, als erwartete sie hinter meinen Augenlidern eine Leinwand voller bewegter Bilder, die ihr eine naturgetreuere, intimere Wiedergabe meiner Reaktion bieten. Als hätte ich irgendwelche Geheimnisse, die sie nicht kennt.

Sie hat alles, was ihr eingefallen ist, in mein Zimmer geschleppt und an die Wände gehängt.

Nur nicht die Karten.

Warum sollte sie in diesem Stadium absichtlich die Karten übersehen? Seitdem ich mich nicht mehr im Rollstuhl fortbewegen kann und hier liege, habe ich regelmäßig die Tür des Sideboards aufgehen hören, immer kurz nachdem sie die Standuhr aufgezogen hat. Tschick, auf, tschick, zu. Es ist eines der Imbuiaholzmöbel meiner Mutter, genau wie der Frisiertisch in meinem Zimmer. Die Türen sind mit starken Magneten und Kupferlippen an den Verschlüssen ausgestattet. Nahtlos dicht und solide ist das Ding, mit einem dicken geschwungenen Rand oben und einer Faltenborte unten. Breitbeinig ruht es auf Löwentatzen, und es ist über und über mit Kupfergriffen und Beschlägen verziert. Wie die altmodische Darstellung einer Schwarzafrikanerin in der *National Geographic* mit zahlreichen Goldreifen, Ohr- und Nasenringen. Breitbeinig. Tschick, auf, und nach einer Weile: Tschick, zu. Dann wusste ich jedes Mal, dass sich Agaat ein weiteres blaues Heft herausgesucht hatte, welches sie dann – begleitet von der Ankündigung eines selbst erdachten Titels dafür, einer Kostprobe der abendlichen Lesung – zu mir ins Zimmer legte. Keine Sorge, sie würde herausholen, was herauszuholen war. Inzwischen liegen hier zwei Stapel Tagebücher mit Eselsohren in den Seiten, und ich muss mir dieselben Geschichten immer wieder bis zum Erbrechen anhören. Wo ist der Rest? Es gab doch noch einen dritten Stapel?

Ansonsten liegen nur noch die Fotoalben im Sideboard, die Karten und Unterlagen der Farm. Meine Heiratsurkunde. Was noch? In einem kleinen Koffer habe ich Jakkies Schulzeugnisse und die Zeitungsartikel über seine Schulkonzerte aufbewahrt. Seine Abschlusszeugnisse und Medaillen hat er mitgenommen, als er an jenem Morgen 1985 verschwunden ist. Dazu ist noch etwas Silberbesteck und Porzellan aus dem Haus meiner Mutter übrig. Eine Garnitur Woodstockgläser. Das Kaffeeservice mit den Wüstenszenen. Agaat weiß, dass es eines Tages ihr gehören wird. Bald schon. In ein paar Tagen. Und die Servietten, die sie mir zum fünfzigsten Geburtstag bestickt hat, die mit den weißen Gardenien, zu schön, um sie zu benutzen. Das goldene Jahr. 1976. Kapstädter Gardenien, während im ganzen Land die Aufstände begannen. In zwei Jahren wird sie selbst fünfzig. Vielleicht wird sie sie da endlich benutzen. Mit wem sie wohl an dem fein gedeckten Tisch sitzen wird?

Vielleicht mit Jakkie, wenn er kommt. Vielleicht wird sie aus eigenem Antrieb an seinem Tisch auch für sich selbst eindecken. Vielleicht auch nicht, vielleicht ist es nur mein Wunschtraum für sie. Eine Mahlzeit für zwei, wenn alles vorbei ist. Bevor er wieder zurückfliegt. Sie wird sich zu ihm setzen und so tun, als äße sie.

Liegt es wirklich an Jakkie, dass sie mich jetzt auf einmal herausputzen will? Oder lässt sie es an mir aus, dass er uns noch nicht hat wissen lassen, wann er kommt? Oder hat er das? Kommt er vielleicht morgen schon? Ach was. Das Haareschneiden hat nichts mit jemand anderem zu tun. Sie will mich bloß unter Kontrolle halten.

Zuerst hat sie mir die Haare gewaschen. Sie hat das hintere Gitter meines Bettes runtergelassen, die Bremsen gelöst und das Bett ein wenig von der Wand weggerückt. Sie hat den kleinen Wagen herangezogen und meinen Kopf in die Waschschüssel mit der Nackenstütze gelegt. Sie hat meine Kopfhaut massiert, die Haare mit Schuppenshampoo gewaschen, Conditioner hineingeknetet, drei Mal ausgespült und dann trockengerubbelt. Eine Spezialbehandlung, eine äußerst sorgfältige und juckreizlindernde Prozedur und sehr energisch obendrein. Wie sie das nur alles schafft!

An ihrer Zerstreutheit kann es nicht liegen, dass sie die Karten nicht herausholt. Sie muss sich einfach daran erinnern, dass sie dort liegen. Sie musste schließlich das ganze Sideboard ausräumen, um die dicken Rollen aus Jaks Büro dahinterzuschieben. Ich weiß noch, wie ich sie inmitten der ganzen Sachen kniend auf dem Wohnzimmerboden vorfand, die mit Kordel verschnürten Päckchen blauer Hefte auf dem Schoß. »Was ist denn das?«, hatte sie gefragt. Als hätte sie es nicht mehr gewusst.

»Nur alter Kram«, habe ich geantwortet. »Kannst du wegwerfen, das nimmt nur Platz weg.«

Ich konnte ihr ansehen, dass sie andere Pläne hatte. Ihr Unterkiefer hat sie verraten. Aber sie hat nichts gesagt.

Bei der letzten Aufräumaktion, als ich schon halb gelähmt war, kamen die Tagebücher wieder zum Vorschein. Von zwei Päckchen hatte sich die Verschnürung gelöst. Ich saß im Rollstuhl Marke Redman Chief neben ihr, den Royal-Reacher-Greifstock in der Hand. Hier und da konnte ich noch irgendetwas aufheben oder verschieben. Die blauen Hefte bugsierte ich zur Seite, einschließlich des dritten Stapels, der noch zusammengebunden war.

»Ins Feuer damit«, sagte ich. »Hol einen kleinen Koffer oben aus dem Flurschrank und pack Jakkies Sachen ordentlich ein, bestimmt will er sie eines Tages haben. Irgendwann möchte er sich sicherlich noch mal ansehen, was die Lehrerinnen damals über ihn geschrieben haben. Sein erstes Aufsatzheft, seine ersten Schwimm- und Ruderurkunden.«

Ich weiß noch, dass es plötzlich laut polterte. Agaat war auf ihrer Suche nach einem passenden Koffer, der klein genug für das Sideboard und groß genug für Jakkies Sachen war, alles aus dem Schrank entgegengefallen. Es klang, als würde sie die Koffer und Taschen quer durch den Flur kicken.

So war es schon immer: Das Haus hat gesprochen, wenn Agaat sich entschieden hatte zu schweigen. Wann würde sie die Tagebücher wieder zurück ins Sideboard räumen? Und wann hatte sie überhaupt begonnen, die beiden ersten Stapel zu lesen? Hat sie den ältesten Stapel nur noch nicht geschafft? 1953 bis 1960, steht vorne drauf. Chronologisch sortiert hatte ich sie damals verschnürt.

Ich hörte schon an der Art, wie sie das Gitter am Kopfende hochklappte, dass es heute nicht beim Haarewaschen bleiben würde. Das war nur der Anfang.

Jetzt will sie den ganzen zukünftigen Kadaver bearbeiten. Ganzkörperbehandlung. Sie hat sich schon alles zurechtgelegt. Bimsstein, Nagelschere, Feilen, grob und fein, Rasiermesser, Vergrößerungsglas, Pinzette. Als würde das Schneiden, Zupfen, Rasieren und Wegscheuern irgendetwas aus meinem Inneren offenbaren. Als könnte die Entfernung überflüssiger Haare, Nägel und Hornhäute meine Schale durchscheinender machen, damit man meine inneren Mechanismen sehen kann. Was glaubt sie, woraus sie bestehen? Gänge, Zähne, Rädchen? Eine Zentrale, die alles steuert? Ein schwarzes, summendes Gehäuse, in dem der Motor steckt? Ein Film auf einer Rolle, der durch Gänge, Gruben und Spulen geführt wird? Dort will sie hingelangen, zu den Dias, um zu sehen, wie ich über ihren Widerstand denke, um herauszufinden, was ich will, um zu erkennen, wonach ich quengele. Am liebsten würde sie mich demontieren, all meine Teile auseinanderschrauben.

Warum glaubt sie, mein Wunsch läge so tief verborgen?

Er liegt genau vor ihrer Nase, verglichen mit allem anderen, das sie aus dem Keller geholt und hier hereingetragen hat. Alles, von dem ich gesagt habe, wir sollten es wegwerfen, verbrennen oder verschenken. Und alles, was wir auf die Seite gelegt haben, um es zu behalten.

Hier sieht es aus wie in einer Requisitenkammer. Strandhut, Fischgabel, alter schwarzer Badeanzug von anno dazumal. Die Ausstellung wechselt von Tag zu Tag. An allem lässt sie mich riechen und legt es unter meine Hand, damit ich es befühlen kann.

Wie will sie das alles wieder rausschaffen, bevor Jakkie kommt? Oder kommt er gar nicht? Oder ist es gar für seine Augen bestimmt?

Sie ist geübt darin, Spuren zu hinterlassen. Das war eins ihrer Lieblingsspiele. Folge mir, wenn du kannst. Abgebrochene Zweige lehrte sie ihn lesen, Spuckekugeln im Staub, Kratzspuren an der Rinde, umgedrehte Steine. So wie ich es ihr beigebracht hatte.

Sie klappt das Gitter hoch und stützt mich im Rücken mit zusätzlichen Kissen ab, weit genug vom Kopfende entfernt, sodass sie an meinen Hinterkopf herankommt. Das Bett hat sie von der Wand abgerückt, sodass sie sich leichter um mich herum bewegen kann. Der schwarze Kamm ragt halb aus ihrer oberen Schürzentasche hervor, die Haarklipse hat sie rechts und links am Brustlatz festgesteckt. Eine Sprühflasche mit Wasser steht auf dem Wagen bereit. Sie stellt sich hinter mich. Zeremoniell. Wie im Salon. Chez Agaat. Meine Friseurin und ich.

»So«, sagt sie, »heute vor einem Monat haben wir deine Haare zum letzten Mal geschnitten, und sie sind einen ganzen Daumenbreit gewachsen.«

Mit dem Kamm zieht sie eine Haarsträhne von der Seite meines Kopfes weg, damit ich etwas sehen kann. Ein Mauseschwänzchen, dünn und grau. Sie schaut mich im Handspiegel an.

Sieh nur, wie viel Wachstumskraft noch in dir steckt, will sie mir sagen. Dann besinnt sie sich. Doch der Gedanke ist eine Falle. Sie steckt darin fest. In ihrer eigenen Falle. Ich weiß es. Sie bleckt die Zähne und fährt die Krallen aus. Ein Reflex. Sie kämmt energisch kleine Pfade in mein Haar, fasst dicke Strähnen zusammen und steckt sie zu Büscheln hoch. Jetzt befinde auch ich mich auf dem Kriegspfad. Stoßt ins Horn! Sturm!

Wachst so weiter!, wäre der falsche Kriegsschrei. Sie würde es nicht wagen, das laut auszurufen. Doch der Gedanke ist eine Schlange, aus der eine Reihe weißer Eier schlüpfen. Ich sehe ihn hinter ihrer Haube aufsteigen wie Gedankenblasen in einem Comic.

Zwei Fingerbreit neue Haare! Ohne Sonne? Ohne Brot? Was sind das nur für Stränge, die aus dem Nichts heraus wachsen können? Wie viele Meter in einem Leben? Und wen wollte man einstellen, um sie zu messen? Denn einige Fingerbreit werden sie noch im Sarg wachsen. Fäden eines Wurms, der in Pappeln geweidet hat. Aus letzten Gedanken gesponnen. Endlich ist alles hell und klar. Silbrig weiße Haare. Pechschwarzes Blut.

Denkt sie das? Ich weiß es nicht mehr.

»Ounooi«, sagt sie, »stell dich bitte nicht so an. Ich weiß, du magst das nicht, aber wenn wir fertig sind, fühlst du dich gleich viel besser.«

Sie zieht den Kamm ein paarmal hindurch, geht zum Kalender und vermerkt mit dem Bleistift, der danebenhängt, das Datum. 11. Dezember 1996. Mit der Rückseite des Stifts tippt sie die Daten der letzten Tage an. Dann das alte Stück Papier, das auf meinem Leseständer klebt. Mittlere Spalte, unterste Reihe. Agaats Periodensystem. Bisacodyl-Zäpfchen. Häkchen. Lactulose. Häkchen. Kenne ich bereits auswendig. Das ist etwas, das sie nicht aus ihrer Sammlung streichen wird. Sie ist versessen auf die bizarren Namen der Medikamente, die sadistische Sprache der empfohlenen Behandlungen. Symptom: Dickdarmträgheit. Therapie: Gymnastik. Häkchen, Häkchen, Häkchen.

Nicht schwer zu entziffern, diese Häkchen. Es ist der Morsecode für die Pfanne. Er bedeutet: Aus dir kommt mehr Kopfhaar als Stuhlgang, Mevrou de Wet. Auf der einen Seite kommt's raus, auf der anderen nicht. Seit fast sieben Tagen nur Winde.

Kot und Haare. Die letzten Ausscheidungen der beinahe Toten. Kot und Haare. Wie Öl, das aus einem Motor auf dem Schrotthaufen läuft. Dazu Urin und Nägel. Deswegen verschließen sie einen mit ein, zwei Pfropfen. Damit man nicht ausläuft und den Sarg beschmutzt oder die Predigt verdirbt. Deswegen wird einem ein Netz über die Haare gezogen. Damit der Kopf nicht anfängt zu rascheln. Und der Unterkiefer wird hochgebunden, damit die Zunge nicht in postmortales Lallen ausbricht.

Liebe Angehörige, gehet hin in Frieden und haltet euch die Nasen zu. Im Namen des Herrn, der Himmel und Erde erschaffen hat, denn er hat auch den wohlriechenden Tod erdacht. Klapp, fällt der Kiefer runter. Die blaue Zunge wird zum Altartuch ausgestreckt. Lispelnd zwischen den Lilien.

Etwas so Schändliches muss natürlich verhindert werden.

Ich sehe mich im Spiegel an. Wortlos lästern meine Augen. Wie viel Watt an Gotteslästerung? Lästern, ohne dabei die Mundmuskulatur zu bewegen. Das will sie von mir. Sie will sehen, wie weit sie mich treiben kann. Der letzte Tropfen. Auf meinen Knien im Sägemehl. Im trockenen Lauf der Furt. An dem Ort, wo der letzte Scheinwerfer erlischt.

Agaat legt den Spiegel beiseite. Sie tupft mir die Augen trocken und wischt mir den Speichel ab, der mir aus dem Mund rinnt.

»Wer braucht denn schon einen Spiegel«, sagt sie, »schau lieber, was ich alles für dich aufgehängt habe, ganz Grootmoedersdrift, Ounooi, von vorn bis hinten. Besser als im Kino.«

Die Schere spricht eine andere Sprache.

Was willst du denn noch? Apropos Haare: Ich bin diejenige, die sie benötigt mit dir, auf den Zähnen, den Schneide- und Backenzähnen, hörst du mich, Haare auf den Zähnen!

Tschilp! Eine große, glänzende Schwalbe mit zwei spitzen Flügeln, ein Sturzflug knapp über meine Augenbraue hinweg.

Ein schmutzig graues Büschel Haare fällt vorne auf das Laken. Mehr als zwei Fingerbreit, würde ich sagen, eher vier.

Agaat mag es nicht, wenn Haare ins Gesicht hängen.

Das Hereintragen all dieser Sachen hat drei Tage gedauert. Keine Ahnung, wo sie das alles verstaut hatte, jedes einzelne Teil, das auf dem Wegwerfhaufen gelegen hatte. Im Keller? Manchmal habe ich sie unten rumoren und räumen gehört. Andere Gegenstände stammen aus dem Lager und aus dem Außenzimmer. Alles, was sie einst aus meinem Zimmer herausgeräumt hat, ist wieder da. Die Einbauschränke sind wieder mit meinen Kleidern gefüllt. Stapelweise hat sie sie hereingeschleppt, inklusive Kleiderbügel, sie hat sie haufenweise auf mein Bett geworfen und die Schals und Röcke vor mir ausgebreitet, die Pullover an meine Wange gedrückt. Den weichen roten Kaschmirpulli, den kastanienfarbenen, der nach Chanel N° 5 riecht, das sie so liebte, als sie klein war. Die Tänze, die Berge, der Schnee, das Meer. Alles zurück in die Schubladen.

Der Ständer mit den Sonnenhüten, der Stockständer mit den Regenschirmen, das Laufgestell, der Rollstuhl. Mit Schwung ist sie zu mir hereingerollt, in all meinen Rollstühlen nacheinander, erst mit dem Spyder, als nähme sie an einem Paralympics-Rennen teil, dann mit dem Redman und zuletzt stehend in dem IBot mit der ausgeklappten Kniestütze. Es sah aus wie das Papamobil. Fehlte nur noch, dass sie huldvoll winkte und mich segnete. Selbst die Kopfbedeckung sah täuschend ähnlich aus.

Zwischendurch bin ich eingeschlafen. Manchmal dachte ich, ich träumte. Als ich wieder wach wurde, ertönte ein Gepolter auf dem Flur, und sie schleppte wieder etwas herein: einen Sack Guano, einen Sack Kükenfutter, einen Kanister Dipzusatz, einen Kanister Impfserum, die Pflugschar, die unter dem Wildfeigenbaum gehangen hatte, und das Rohr, womit man daraufschlagen konnte. Einen silbernen Eckpfosten, drei Hängepflöcke, frisch geteert, Federn vom roten Hahn, Federn vom weißen Hahn, eine Garbe Getreide, einen Sack Kompost, ein Widderhorn, ein Hufeisen, ein Büschel feinster Wolle. Sie hielt mir alles unter die Nase, damit ich daran riechen konnte. Geraschel, die Gräser, die Samen. Sie schlug den Gong, schüttete die Jutesäcke aus. Sie brachte praktisch die ganze Farm in einer Schubkarre durch die Hintertür herein, von der Schafschere bis zur Harke. Ich hörte, wie sie den Leuten drei Tage Urlaub gab, damit sie ihr Vorhaben ungestört durchführen konnte. Denn wen hätte man wohl für verrückt gehalten? Sie wussten, dass ich hier lag. Sie wussten, dass ich zuletzt vor einem Jahr etwas gegessen hatte.

Den Trokar und die Kanülen.

Die gebisslose Zäumung.

Das Steigergebiss.

Einen Gerbstock.

Die Zinke einer Netzegge.

Ein Spornrädchen der Drillmaschine.

Das Werkzeug, mit dem der Zaundraht gedreht wird.

Einen Gegenstand nach dem anderen hielt sie mir vor, bis ich ihr signalisierte: Nein, das ist es nicht, was ich sehen möchte. Manchmal befürchtete ich schon, sie wollte mir die Trense unter die Zunge legen, den Zaum an meiner Oberlippe befestigen oder mit dem Trokar zwischen meine unteren Rippen und die Hüfte stechen in der Hoffnung, dass ich abblasen würde, dass ihr das Geräusch, das aus mir herauspfiffe, das Wort verraten würde, den Namen des Gegenstands, den ich so unbedingt sehen wollte, die alten Karten, die sie aus nur ihr bekannten, düsteren Gründen nicht aus dem Wohnzimmer herbeizuschaffen imstande war. Als hätte sie Angst, irgendetwas im Sideboard könnte sie beißen.

Schnipp, schnipp, schnipp, klappert die Schere. Immer schneller. Ich spüre die Klingen an meinen Ohren. Die Haare fliegen. Das Zelttuch ist mit Haarspitzen übersät. Ich beobachte, wie sie trocknen und aus den nassen Schwänzchen Daunen werden, wie sie sich aufplustern, seitwärts rollen und auseinanderfallen, Tausende kleiner Halbmonde taumelnd im Schnippstrom meiner Friseurin, während sie um das Bett herumwandert. Da kommt die Sprühflasche, sirrts, surrts, von allen Seiten. Als wäre ich ein verlauster Rosenstock. Rosenpflege. *What's in a rose.* Nooi Redelinghuys. Die Rose von Tradouw.

Agaat beginnt mit der zweiten Runde.

Ich will in den Spiegel sehen, bedeute ich, sofort!

»Warte«, erwidert sie, »ich bin noch nicht fertig. Diese ganzen Fusselhaare im Nacken!«

Girr, girr, girr, sägt sie sie mit der gezackten Klinge ab. Mir wird kalt am Kopf.

»Fast fertig. Hier noch ein Zipfel und dort noch eine Fluse. Aber so müsste es gehen, Ounooi, deine Haare sind auch nicht mehr das, was sie mal waren.«

Sie holt den Föhn und wühlt mit der kleinen Hand unter dem warmen Luftstrom in meinen Haaren herum.

Zu heiß!, sage ich.

»Zu dies, zu jenes ...«, murmelt Agaat und stellt den Föhn auf kühl. »Beschwer dich nicht bei mir, wenn du einen Schnupfen bekommst.«

Dann bringt sie mir den Spiegel. Neulich habe ich ausgesehen wie Liza Minnelli, davor wie Mary Quant.

Sie hält mir die vergrößernde Seite des Handspiegels vor, in dem mein Kinn und meine Wangen absurd aufgequollen und zugleich eingefallen wirken und in dem ich meine Haare nicht sehen kann.

»Und Gott sah, dass es gut war«, sagt Agaat. »Bist du auch zufrieden?«

Danke.

»Ziemlich sparsam mit Komplimenten heute Abend«, scherzt

sie. »Streng doch mal deine Fantasie an. Du gleichst Julie Andrews aufs Haar!«

The hills are alive with the sound of music, summt Agaat. Eine Phrase, dann wechselt sie das Lied. »Dem Zilli sein allerneuester Schwarm, das ist zu Haus 'ne Hühnerfarm.«

Klapps, zieht sie die Kassette aus dem Rekorder. Zu viele Lieder für eine Kehle.

»Und jetzt die Ohren«, verkündet sie.

Warum nicht, meine Ohren liegen jetzt frei.

Plopp! Der Deckel der Wattestäbchen geht auf. Agaat schüttelt den Köcher, sodass er wie ein Stachelschwein aussieht.

»Erst nass, dann trocken.«

Sie taucht die runde Seite des Stäbchens in ein Schüsselchen Wasser.

»Des Teufels Ruhekissen«, sagt sie, »aber voll mit altem Schmalz. Sag, wenn es zu tief ist.«

Sie sieht mir in die Augen, während sie mit der lauwarmen Watte in mein Ohr fährt.

Bitte, lass mich, signalisiere ich ihr, das ist längst zu tief, man braucht keine sauberen Ohren, um zu sterben.

»O doch!«, entgegnet Agaat. »Petrus steckt seinen Schlüssel hinein und sieht nach.«

Sie dreht und dreht das Stäbchen. Feuchtigkeit rinnt in mein linkes Ohr. Es geht zu. Auf dieser Seite bin ich taub.

»Stille Wasser«, sagt Agaat.

Als sie das Stäbchen herauszieht, hängt ein dunkelbrauner Klumpen am Ende. Sie hält ihn mir vor die Nase.

»Gut geschmiert«, sagt sie. »Noch sehr gesund. Reiner Torf.«

Sie studiert den Klumpen aufmerksam, bevor sie ihn am Laken abwischt und mir das andere Ende des Stäbchens ins Ohr steckt.

Bitte, respektierst du meine Wünsche denn gar nicht?, frage ich.

»Könnte schlimmer sein«, sagt Agaat und knöpft sich das andere Ohr vor. Ihre Stimme klingt rau, und sie schluckt herunter, was sie noch sagen wollte. Doch ich beobachte ihren Unterkiefer.

Sie hat ihn weit vorgeschoben, und er bewegt sich in unterdrücktem Murren.

»Wenigstens kannst du noch hören. Wenn dein Darm von innen so aussehen würde wie deine Ohren, hätten wir keine Probleme. Reiner Kartoffelboden. Bis zu den Toren. Jetzt schau mich doch nicht andauernd so an! Was soll ich denn noch tun? Es ist doch schon alles hier. Soll ich vielleicht noch das Wasser der von Gott erschaffenen Furt durch dein Zimmer leiten? Eine Pumpe installieren, ein Rohr verlegen und alles hier überschwemmen wie bei einer Sintflut? Geht leider nicht, denn die Furt ist ausgetrocknet. Leer! Nichts mehr drin!«

Vergib mir.

»Wie bitte?«

Vergib mir!

»Ich habe doch gar nichts gesagt? Oder glaubst du vielleicht, das hier ist die Arche Noah? Soll ich etwa alles paarweise hier reintragen? Du und ich! Wir sind das Paar! Ein Paar reicht!«

Vergib mir!

»Womit? Arsen, Arsenit oder Arsenat? Keine Feigheit vorschützen! Wir fangen erst mal mit den üblichen Mitteln an, sonst musst du wieder ein Klistier bekommen. Du kannst hier nicht so liegen bleiben, du vergiftest dich noch selbst.«

Sie glaubt, sie könnte mir Angst machen. Aber ich habe keine Angst mehr. Ich bin müde. Sie macht mich müde. Ich mache sie müde. Sie hat dunkle Schatten unter den Augen, und soweit ich erkennen kann, sind ihre Knöchel geschwollen. Wenn sie auf dem Stuhl sitzt, kann ich ihre Knie sehen, dick wie die einer Schwangeren. Wir machen uns gegenseitig fertig. Wie soll das bloß enden, wenn sie mir kein Ende macht?

Sie setzt die Brille auf und geht die nächste Aufgabe an. »Jetzt die Fingernägel«, bestimmt sie, »du kratzt dich noch blutig. Schau nur, wie das hier aussieht, ojemine!«

Sie biegt die Finger meiner rechten Hand gerade. Ich spüre schon seit einer Weile, wie mir die Nägel in die Handfläche schneiden. Aber dieses Problem steht nicht auf der Liste. Wenn ich meinen Blick auf meine Hände gerichtet habe, hat sie sie immer nur kurz gerieben oder sie unter die Decke gelegt. Sie scheut sich vor meinen verkrümmten Klauen, das sehe ich ihr an. Doch heute Abend stehen sie auf ihrer Liste. Jetzt da das Zimmer wieder voll ist, muss ich beschnitten und bis auf die Nagelhaut ausgekratzt werden. So dreht sich das Rad. Rauf und runter.

In meiner rechten Handfläche hat sich der Mittelfingernagel bereits durch die Haut gebohrt. Die anderen Fingernägel haben sich aus Platzmangel nach oben gebogen. Zwei sind eingewachsen. Das lässt Agaat verstummen. Ein vernachlässigtes Gebiet. Nichts spornt sie mehr an. Sie arbeitet jedes Problem systematisch ab. Halbmondförmig fallen die abgeschnittenen Nägel auf das Laken zwischen die Haare. Die eingewachsenen Nägel werden bis aufs Fleisch abgefeilt, die Häutchen weggeschoben. Die Schnittwunden in der Hand werden desinfiziert und mit trockenen Pflastern versorgt.

Jetzt die Füße. Die Hundeklauen werden abgefeilt. Ich rieche Horn. Die Sohlen werden mit Hornhautentferner eingerieben. Während die Creme trocknet, werden die Minuten gezählt, anschließend die gelösten Hautschichten abgerieben.

Die Standuhr schlägt die Viertelstunde, zum wievielten Mal? Ich habe nicht mitgezählt. Wie spät es wohl ist? Spät, spät nachts, so kommt es mir vor. Ich höre keine anderen Geräusche mehr als diejenigen dieser sinnlosen Ministrantendienste, das Klicken der Pinzetten und Zangen, das Raspeln der Feilen, das Tschi-tschitschi der Gummisohlen rund um mein Bett. Die weiße Haube hebt und senkt sich über meinen Körperteilen. Will sie schon mal vorarbeiten? Will sie das alles jetzt erledigen, damit es später nicht so lange dauert, mich für den Sarg herzurichten? Ab und zu öffnen sich ihre zusammengekniffenen Lippen, als müsste sie zusätzlichen Atem schöpfen. Manchmal zieht sie die Lippen ganz ein und presst sie fest aufeinander, dann bildet sich eine steile Falte über ihrer Nasenwurzel. Ihre Augen kann ich nicht mehr erkennen.

Beim Anblick meiner haarigen Unterschenkel findet Agaat die Sprache wieder.

»Wie ein Orang-Utan«, bemerkt sie und räuspert sich. »Ich möchte nicht wissen, wie es mittlerweile unter deinen Achseln aussieht. Wildwuchs! Die dürfen wir nicht vergessen!«

Durch ihr Vergrößerungsglas betrachtet sie mein Gesicht.

»Du hast Stoppeln auf dem Kinn, und guck mal, die Augenbrauen. Nasenhaare büschelweise! Pfui, ich glaube, da haben wir Arbeit für zwei Abende.«

Ihre Stimme klingt belegt. Sie tritt zurück, setzt die Brille ab und reibt sich die Augen.

»Komm, wir rasieren jetzt noch die Stoppelbeine, und dann gehen wir schlafen. Morgen ist auch noch ein Tag.«

Mein linkes Bein wird eingeseift. Kaum fährt die Rasierklinge darüber, fängt es an zu bluten.

»Deine Haut«, bringt sie hervor, »sie ist einfach zu dünn.«

Mit dem erhobenen Rasiermesser sieht sie zu, wie sich ein Blutrinnsal durch die Rasierseife schlängelt und der Schaum sich rosa färbt, bevor sich das Rinnsal verliert und das Blut rechts und links von meiner Wade hinab auf das Betttuch tropft.

Ja, sieh hin, Agaat. Sieht es dir genau an. Da hast du, wonach du gesucht hast. Es ist nichts als Blut, das in mir fließt. Noch bin ich randvoll davon, schwer und dicht von Blut. Das ist alles, was aus mir herausläuft, wenn du ein Loch in mich hineinschneidest. Blut! Keine fertigen Bilder, vor denen du dich grausen müsstest, aber auch kein Zelt voller Scherze. Das da in meinem Klappergestell ist nicht das Guckloch eines Kaleidoskops, in dem du Glasscherben in hübschen Mustern klimpern lassen kannst. Die Kostüme sind deine Erfindung. Das Orchester. Die Dekorationsgegenstände, die du hier hereingebracht hast. Hinter deinen Gardinen wartet das Stück auf seinen Anfang. Du selbst wirst den Text verfassen müssen. Denn die Leere ist in dir.

Die dunklen Kulissen.

Wie Kiemen liegen sie Schicht auf Schicht.

Ich höre, wie schwer du atmest.

In Wellen.

Geschah es nach jenem Abend – dem Abend, der alles zwischen euch veränderte? Ist Jak zwei Tage danach zusammengebrochen?

Jener Abend, der Abend, der alles zum Ausbruch brachte, ereignete sich zu einer Zeit, in der du wieder einmal begonnen hattest, um deine Ehe zu kämpfen. Jakkie war allmählich aus dem Gröbsten heraus, und ab und zu saß ein Spielkamerad bei euch mit am Tisch. In jener Phase versuchtest du mit aller Macht, dich von deiner liebevollen Seite zu zeigen. Bereits seit mehr als einem Jahr hattest du dich bemüht, nachsichtiger mit Jak umzugehen, nicht zuletzt Jakkie zuliebe. Er reagierte empfindlich auf Spannungen zwischen euch und entzog sich daraufhin allem und jedem außer Agaat. Er war genauso sensibel wie du, auch wenn er seinem Vater äußerlich verblüffend ähnlich war. Wenn du zwischen deinem Mann und deinem Kind hin- und herblicktest, sahst du in eine Art Zeittunnel. Und Agaat stand daneben und beobachtete jede Bewegung deiner Augen.

In dir verbirgt sich etwas, da muss doch etwas sein, dachtest du, wenn du in Jaks Gesicht sahst. Du wolltest einfach nicht wahrhaben, dass er nur eine schöne Hülle war. Abends, wenn du allein warst, versuchtest du, dich mit Wein in die richtige Stimmung zu bringen. Du kramtest alte, fast vergessene Noten aus dem Klavierhocker, Melodien, die du unsicher gespielt und zu denen du gesungen hattest, nach dem Beispiel der großen Sängerinnen auf den alten Platten deines Vaters. Ferrier, Flagstadt, Schwarzkopf. Auf diese Weise halbwegs milde gestimmt rangst du dich hin und wieder dazu durch, zu Jak in den Wintergarten zu gehen. Du schaltetest seine Nachttischlampe ein, weil du wolltest, dass er dich ansah, in den neuen schwarzen Nachthemden, die du im Versandhandel bestellt hattest, um dir die Peinlichkeit zu ersparen, sie in der Stadt zu kaufen. Jedes Mal schlug er mit der flachen Hand wieder auf den Lichtschalter, und jedes Mal war es nur eine Sache von ein paar Minuten im Dunkeln, ohne ein Wort oder eine zärtliche Geste.

Doch du gabst nicht auf.

Du warst einsam, und jenseits der vierzig littest du noch stärker darunter als zuvor. Nicht dass Jak Affären gehabt hätte, jedenfalls nicht deines Wissens. Aber dich rührte er auch nicht mehr an.

In welchem Jahr ereignete sich jener Abend? 1969? Oder war es schon 70, 71?

Es war eine Frühsommernacht im Oktober. Du hörtest die Furt rauschen, sie war nach einem guten Winter voll Wasser. Du standest auf der Veranda, nachdem alle anderen bereits schlafen gegangen waren, und fragtest dich: Soll das nun dein Leben gewesen sein, Milla? Dein einziger Sohn verstrickt in ein Komplott von Spielchen und Geheimsprache mit seinem Kindermädchen, dein Mann von dir entfremdet, zurückgezogen in seinen eigenen Flügel auf der Verandaseite. Was war dir geblieben? Von deiner Ausbildung, deiner Musik, deinen Büchern? Nur Grootmoedersdrift? Und was hatte es dir gebracht? Erst die unsägliche Schufterei, um die Farm zur Blüte zu bringen, nur um dich jetzt so ungeliebt und allein gelassen zu fühlen?

Genau wie Pa, dachtest du. Und wie Ma.

Du streicheltest deine Haut. Was für eine Verschwendung, dachtest du. Wie schade darum!

Doch du wolltest nicht aufgeben. Du warst anders als deine Mutter, als deine Eltern. Du nahmst dir vor, noch einmal alles auf eine Karte zu setzen.

Und zwar an jenem Abend.

Du pflücktest einen Strauß blauen Rittersporn und gelben Fenchel im Garten und stelltest ihn in eine Vase, öffnetest im ganzen Haus die Fenster und Türen, um die milde Nachtluft hereinwehen zu lassen, schaltetest die Lichter aus und zündetest Kerzen an, entkorktest eine Flasche Wein, holtest die Kristallgläser heraus und nahmst ein Bad, cremtest dich am ganzen Körper mit duftender Lotion ein und bürstetest dir die Haare, die du neuerdings im Liza-Minnelli-Stil trugst, der am besten die dünnen Strähnen und unattraktiven Wirbel kaschierte. Du weißt noch genau, wie du dich unauffällig schminktest und das knöchellange Satinunterkleid anzogst. Dann betrachtetest du dich im Badezimmerspiegel. Die Zeit hatte durchaus ihre Spuren an dir hinterlassen, aber in diesem Zustand, geschönt von ein paar Gläsern Wein und beschwingt von der Musik, erschien dir dein Gesicht weich, die Lippen entspannt, die Augenlider verführerisch. Du vermiedest es, dich allzu lange zu betrachten. Was sich hinter deiner wollüstigen Ausstrahlung verbarg, wolltest du nicht sehen. Du wundertest dich lediglich, dass du dich noch in eine solche Erscheinung verwandeln konntest.

Die Musik wähltest du deiner Stimmung entsprechend aus. Jak verdrehte normalerweise die Augen, wenn du eine Platte auflegtest. Strauss-Walzer konnte er gerade noch so ertragen. Doch dies war kein Abend für Wiener Walzer, sondern eine Nacht für Bratschen, für Mezzosoprane, für düsteren, melancholischen Sex.

Was legtest du an jenem Abend auf den alten Plattenspieler? Eine Cellosonate von Rachmaninow? Lieder von Brahms? *O komme, holde Sommernacht*? *Meine Liebe ist grün*? Oder Lieder von Schubert und Schumann? *Der Hirt auf dem Felsen*? *Widmung*?

Du hattest das Bedürfnis, die Musik aufzusaugen wie einen Schwamm und dich mit den subtilen europäischen Leidenschaften aufzuladen. Die Melodien in deinem Körper sollten mittels Osmose auf Jak übergehen und seinen Körper entflammen.

Was für eine grenzenlose Selbstüberschätzung! Zu erwarten, dass du nach all den harten Worten, den Schlägen und Flüchen, dem Groll, den er dir gegenüber hegte, wieder attraktiv für ihn sein könntest! Zu träumen, dass da eines Tages doch noch irgendwo mehr sein könnte.

Tatsächlich steckte mehr in ihm. Viel mehr, als du zu diesem Zeitpunkt erahnen konntest.

Das aber war dein Problem, Milla, dein Mangel an Fantasie. Du interpretiertest ihn fehl, schätztest das, was in ihm steckte, falsch ein, du konntest ihn nur aus deiner eigenen Perspektive betrachten. Du konntest dir einfach nicht vorstellen, dass sich irgendjemand nicht so wie du hin und wieder nach Zärtlichkeit, Erregung und Verschmelzung sehnte. Nicht einmal Jak.

Wie warst du bloß auf diese abstruse Idee gekommen?

Romantische deutsche Lieder! Aber genau darum ging es. Sehnsucht. Lust. Wonne. Duft. Als Studentin hatten dich diese Worte und die unglaublich schönen Melodien bezaubert. Davon solltest du dich nie wieder erholen. Doch die Erwartung, du würdest auf den Flügeln solchen Gesangs draußen in Overberg, jenseits von Swellendam, ein Leben lang für einen Mann, den Sohn eines Landarztes, die Muse sein, war ein bisschen viel verlangt, oder nicht?

Du warst vierzig. Du wusstest zu diesem Zeitpunkt genug, um mit einer gewissen Ironie leben zu können. Du brauchtest dich nur umzusehen, und schon erblicktest du andere Realitäten, vielleicht auch andere Lieder, die besser zu deinem Leben passten, andere Worte, auf die es sich reimen und singen ließ: Mutterschaf, Widder, Schlucht, Buttermilch, Gerste, Penis, Brunst, Eukalyptus, Schwarzholz-Akazie, Luzerneblüte, Lerche. Doch an jenem Abend lag dir Ironie fern. Grootmoedersdrift war für dich ein »rieselnder Quell« und »flüsternde Pappeln«, und du huschtest in deinem fließenden Satingewand durchs Wohnzimmer zum linken Flügel hinüber, stießest Jaks Tür auf, legtest dich auf ihn und küsstest ihn sanft auf den Hals.

Er murmelte unwirsch, aber es war deutlich zu spüren, dass dein Annäherungsversuch eine Wirkung auf ihn hatte. Du knöpftest seinen Schlafanzug auf und streicheltest seine Brust, du fuhrst mit der Hand in seine Hose. Du nahmst seine Hand und legtest sie zwischen deine Beine, damit er dein feuchtes Schamhaar ertasten konnte.

Nicht dass derlei Handlungen auch nur im Entferntesten etwas mit *Frauenliebe und -leben* oder einem gurrenden Taubenpaar zu tun gehabt hätten, aber du glaubtest zu wissen, wie du mit ihm umgehen musstest.

Das hattest du dir so gedacht.

»Komm zu mir«, flüstertest du ihm ins Ohr, »komm, ich bin im Wohnzimmer, ich warte auf dich.«

Du legtest eine neue Platte auf, eine Sammlung von Schumann-Liedern, und setztest dich mit einem Glas Wein in der Hand aufs Sofa.

Die nackte Maja vom Lande! Du darfst gar nicht daran denken! Was für eine Schmierenkomödie!

Verschlafen erschien Jak in der Tür. Seine Haare waren verstrubbelt, der Pyjama aufgeknöpft, seine Erregung sichtbar.

»Komm«, sagtest du, »komm her und koste den Wein.«

»Es ist mitten in der Nacht«, entgegnete Jak. »Du weckst das ganze Haus auf.«

Du erwartetest ihn mit ausgebreiteten Armen.

»Mein Gott, Milla, warum ausgerechnet hier? Was ist denn in dich gefahren?«, fragte Jak.

Der Fehler war deine Antwort, deine Antwort auf die Frage, was in dich gefahren sei.

»Liebe«, antwortetest du ihm. »Liebe und Sehnsucht – nach dir.«

»Spinnst du?«, fragte Jak und presste den Schlafanzug vorne zusammen. Kopfschüttelnd betrachtete er den Wein, die Blumen und die silbernen Kerzenleuchter auf dem Tisch.

Du standest auf, schmiegtest dich an seinen Rücken und ließest die Hände seitlich an ihm hinunterwandern.

»Was ist denn los mit dir? Bist du auf einmal geil, weil du dich in einen anderen verliebt hast?«, fragte Jak. »Warum bin ich denn auf einmal gut genug für dich, wo ich dir doch nie etwas recht machen konnte?«

»Bitte, sag so etwas nicht«, flehtest du ihn an, »du weißt, dass es immer nur einen Mann in meinem Leben gegeben hat.«

Jak schnaubte, nahm den Wein aus dem Kühler, warf einen Blick auf das Etikett, setzte die Flasche an den Mund, trank einen tiefen Zug und stellte sie mit einem lauten Knall zurück auf den Tisch.

»Hast du mich denn gar nicht mehr lieb, Jakop?«, flüstertest du ihm ins Ohr. »Bitte sag, dass du mich immer noch lieb hast, und nimm mich in die Arme.«

Warum machte ihn das so wütend?

Er drehte sich um und packte dich an den Schultern.

»Du«, sagte er, »du mit deinem messerscharfen Verstand und deiner genauso spitzen Zunge, du warst immer schon zu dämlich, um zu kapieren, dass es so nicht funktioniert. Liebe ist nichts, worum man bittet.«

»Aber du gibst sie mir nie«, erwidertest du, »und ich sehne mich so danach. Ich bin einsam, Jak, ich brauche dich.«

Er ließ dich los und winkte ab.

»Riechst du die Nachtluft, Jak?«, fragtest du, stelltest dich vor ihn und schmiegtest deinen Unterleib an seinen. »Wir haben hier auf dieser Farm alles so geschaffen, wie wir es wollten. Können wir jetzt nicht versuchen, einander glücklich zu machen?«

Du nahmst seinen steifen Penis in die Hand, aber er schob dich weg.

»Lass mich in Ruhe, verdammt noch mal!«, fluchte er. »Ich bin doch nicht dein Werkzeugkasten!«

Du ließest die Träger deines Unterkleids über die Schultern gleiten und drücktest deine Brüste gegen ihn.

»Nicht!«, fauchte er und schubste dich weg. »Lass das, Milla!« Er trat einen Schritt zurück und starrte dich an, bis du mit den Händen deine Blöße bedecktest. Irgendwann ertrugst du seinen Blick nicht mehr und schlugst die Hände vors Gesicht. Du ließest dich aufs Sofa sinken.

»Sag mir, was ich falsch mache«, weintest du. »Ich weiß nicht mehr, was …«

»Was du falsch machst? Nein, meine liebe Milla, du machst alles genau richtig, bis hin zu deiner bühnenreifen Ohnmacht. Lass uns jetzt nicht die Wahrheit verdrehen. Gut, ich sag dir, was ich denke. Du hältst mich für dumm. Du glaubst, du kannst mit mir spielen. Wen willst du darstellen mit diesem dämlichen Aufzug? Eine Elisabeth Schwarzkopf in *Manche mögen's heiß*? Aber leider funktioniert es nicht, mit ein bisschen schwarzer Spitze vor mir herumzuscharwenzeln, nachdem du mich jahrelang gedemütigt und beschimpft hast. Lieber hol ich mir selbst einen runter, vielen Dank! Melde mich ab«, fügte er hinzu und drehte sich um.

»Jak, warte!«, batst du ihn, aber er ließ sich nicht erweichen.

»Jak, warte!«, äffte er dich mit hoher, flehentlicher Stimme nach und versetzte im Vorbeigehen dem Esszimmertisch einen Stoß. »Du widerst mich an, weißt du das? Dein Getue ist einfach zum Kotzen!«

Rumms, rutschte der Tisch vom Teppich, dass der Nederburg-Rhine-Riesling im Kühler klirrte, der Rittersporn in der Vase zitterte und die Flammen der Kerzenleuchter flackerten. Da versetzte Jak dem Tisch noch einen weiteren kräftigen Stoß, sodass er bis an die hintere Wand des Wohnzimmers donnerte, vorbei an dem halbmondförmigen Tisch mit den weißen Schwänen aus mundgeblasenem Glas bis neben den Plattenspieler unter dem Porträt deiner Großmutter.

»Der arme Jak de Wet, wie sieht er nur aus, sieh nur, was seine Frau aus ihm gemacht hat«, rief Jak theatralisch zu dem Porträt hinauf. »Erst Zuchtbulle, dann mit Gedenknadel in die Ecke gestellt. Was halten Sie davon, Großmutter? Sie sind doch die Erschafferin dieses Ortes.«

Jak trat ans Tischbein. Der Tisch krachte gegen die Wand. Der Weinkühler fiel um, und die Flasche zerbrach. Die Schallplatte blieb hängen. Du sahst, wie der Tonabnehmer über die Rillen rutschte und sprang. Würdest du das verstümmelte Lied, den trügerischen Duft von Fenchel je wieder vergessen?

Du meine Seele, du mein Herz Herz Herz Herz,
Du meine Wonn', o du mein mein mein mein Schmerz,
Du meine Welt, in der in der in der in der ich lebe,
Mein Hi-Hi-Hi-Himmel du, darein ich schwebe-be-be ...

Sahst du in diesem Moment Agaat in der Tür stehen? Konntest du in ihrem Gesicht lesen? Sie stand halb im Schatten. Du sahst ihre Augen glitzern.

Geh!, bedeutetest du ihr mit deinem Blick. Was hast du hier zu suchen? Verschwinde!

Doch sie gehorchte dir nicht. Da war sie, mitten in der Nacht, perfekt geschniegelt und gebügelt mit Haube und Schürze aus dem Hinterhof angetreten. Nur Schuhe trug sie nicht. Mit unergründlichem Gesicht stand sie da, Kehrschaufel und Besen bereits in der Hand, und wartete darauf, dass die letzten Töne des Liedes verklangen.

Du hebst dich liebend über mich,
Mein guter Geist, mein bess'res Ich!

Geräuschlos trat sie zum Plattenspieler, hob die Nadel von der Platte und legte den Tonarm auf den Halter.

Wie viel hatte sie mitbekommen? Hatte Jak sie zur Hintertür hereinkommen hören, bevor du sie gesehen hast?

»Aha, die Bühnenassistentin«, höhnte er, »wie die Motte vom Licht angezogen.« Er ging einen Schritt nach vorn und trat in eine Glasscherbe, fluchte, hob den Fuß an und zog die Scherbe heraus.

Beim Hinausgehen trat er den Weinkühler in Agaats Richtung.

»Lass den einen Fuß nicht wissen, was dem anderen geschehen ist«, sagte er. »Lass sie hier alles schön sauber machen, Mevrou, und sieh zu, dass sie Schuhe anzieht, sonst tritt sie auch noch in eine Scherbe.«

Du bliebst mit dem Gesicht in den Händen auf dem Sofa sitzen, hörtest, wie Agaat das zerbrochene Glas aufkehrte, den Tisch an seinen Platz zurückschob, die Platten ins Regal räumte und die Noten in das Fach im Klavierhocker legte. Ohne ein Wort ging sie danach zur Hintertür hinaus.

Du nahmst dir vor, dass dies das letzte Mal gewesen sei, dass du in deinem eigenen Wohnzimmer zu deutscher Musik in eine Posse geraten warst.

So tatest du die Sache ab. Als Posse.

Jaks furchtbare Reden, seine verletzenden Worte und die Frage, was Agaat davon gehört hatte, verdrängtest du aus deinen Gedanken.

Doch damit waren die deutschen Probleme noch nicht zu Ende. Die Simmentaler verursachten die nächsten.

Du sahst Jak an, dass er nach jener Nacht mit der Musik verstört war, doch das Thema war zu heikel, um es zur Sprache zu bringen. Außerdem war Agaat ständig anwesend, schneeweißunschuldig ausstaffiert, höhnisch-korrekt und aufmerksam. Du wolltest ihr Feuer nicht noch zusätzlich anfachen.

Wie hatten diese Auseinandersetzungen angefangen? Schon vor dem Abendessen, als du im Badezimmer geklagt hattest, du seist erschöpft. Den ganzen Tag lang hattest du dabei geholfen, den Obstbaumbestand gegen Fruchtfliegen zu besprühen, danach noch die Arbeiten an den Eckpfosten beaufsichtigt, damit sie ordentlich mit Rostschutzgrundierung und Silberfarbe versehen wurden, und veranlasst, dass die Jungschafe gegen Fliegen behandelt wurden – all die unerlässlichen Arbeiten auf einer Farm, die Jak nur wenig interessierten.

»Erschöpft!«, rief er unter der Dusche hervor. »Du bist mehr als erschöpft. Dir geht es nicht gut, weil du in einer Tour arbeitest, als säße der Teufel dir im Nacken, und weil du dich überall einmischen musst, damit es auch ja nach deinem Kopf geht. Die ganze Zeit läufst du mit einer Flappe herum und meckerst und jammerst: Hilf mir hier, hilf mir dort, ich schaff das nicht alles alleine. Und um Mitternacht verwandelst du dich dann in die große Verführerin, halb nackt und in Reizwäsche, und raubst mir mit deinem Wein, deinen Kerzen und deiner bescheuerten Musik den Schlaf. Was ist bloß los mit dir? Hältst du dich jetzt für Marilyn Monroe auf einer Texas-Ranch?«

Du betrachtetest seine sehnigen Arme, als er sich abtrocknete. Irgendetwas an seinem harten Körper, an seinen ausgezehrten Fußknöcheln und Handgelenken verstörte dich. Es war, als stünden seine Gelenke unter äußerster Spannung.

»Es liegt einzig und allein daran, dass auf dieser Farm zu viel zu tun ist«, fuhr er fort. »Das hier ist doch kein verdammtes Versuchslabor!«

Du wusstest, worauf er hinauswollte. Dieses Argument führte er jedes Mal an, wenn du ihm auf euren Kontoauszügen zeigtest, wie viel Geld auf Grootmoedersdrift vergeudet wurde durch pure Nachlässigkeit, falsche Ankäufe und Viehkrankheiten, die durch die richtigen Vorsorgemaßnahmen hätten vermieden werden können. Er wurde wütend, wenn du ihm die Beweise für die Verschwendung unter die Nase hieltest. Er hatte beispielsweise eine Sämaschine mit Schlepp- statt Rollscharen gekauft, obwohl du ihn gewarnt hattest, dass damit das Säen eine schiere Katastrophe würde, weil die Steine in euren Schieferböden sie in kürzester Zeit ruinieren würden. Außerdem hattest du ihm vorgeworfen, nach der Aussaat nie die Drillmaschinen zu reinigen, sodass sie durch die Düngerreste bei der nächsten Aussaat durchgerostet waren. Aber die Kosten durch die vernachlässigten Maschinen waren längst nicht alles. Hinzu kam zum Beispiel das Mastitisproblem bei den Jerseykühen. Jeden Tag ermahntest du ihn: »Isoliere die kranken Tiere, Jak, denk an das Desinfektionsfußbad am Stalleingang, filtere täglich die Erstmilch einer jeden Kuh«, ohne dass er je auf dich gehört hätte.

Jedes Mal erwiderte er, die Haltung von Milchvieh sei zu arbeitsaufwendig und Schlachtrinder seien viel einfacher zu halten. Dabei hattet ihr mit seinen Simmentalern nicht eben weniger Ärger. Sie erkrankten an Augenkrebs, und Jahr für Jahr starben Färsen beim ersten Kalben. Die Tierarztkosten auf Grootmoedersdrift waren ins Astronomische gestiegen, und Jaks Lösung dafür lautete: Verkauf das ganze Vieh.

Fing es damit an? Mit diesem Vorschlag später bei Tisch? »Verkauf die Viehherden, bevor sie uns noch mehr Geld kosten. Der Markt ist gerade günstig. Konzentrieren wir uns auf Schafe und Getreide. Diese Idee der Bilderbuchidylle von einer Farm ist doch blanker Irrsinn.«

Du machtest den Fehler zu protestieren.

»Ich bin nicht diejenige mit den kostspieligen Hobbys, ich experimentiere nicht die ganze Zeit mit diesem und jenem, Jak. Und ich bilde mir auch nicht ein, es wäre einfach, mit einer Farm reich zu werden. Dass wir zu viel Geld ausgeben, liegt daran, dass du nie rechtzeitig sämtliche Faktoren mit einbeziehst, dass du dich nicht umfassend informierst, bevor du eine Investition tätigst. Da liegt der Hase im Pfeffer.«

Du sahst, wie sich sein Gesicht verzerrte, aber du konntest dich nicht bremsen.

»Wenn man Simmentaler kaufen will, muss man sie sorgfältig einzeln auswählen, Jak, und man nimmt nur diejenigen, die ordentliche Brillen haben. Jeder weiß, dass die Tiere mit reinweißen Gesichtern anfälliger sind für Geschwüre. Es ist Fleckvieh, und es muss Flecken an den Nüstern, den Ohren und um die Augen herum haben, sonst bekommt es Geschwülste, und zwar so sicher wie das Amen in der Kirche. Jetzt sieh mich nicht an, als würde ich Chinesisch sprechen! Wir sind hier nicht in Deutschland, hier brennt die Sonne gnadenlos auf die armen Tiere herunter, acht Monate im Jahr. Aber nein, Jak de Wet glaubt, er bräuchte nur das Scheckbuch zu zücken und den Importeur in Südwest-Afrika anzurufen: ›Hallo, *Meneer* Liebknecht, ich brauche siebzig Kühe und den größten Zuchtbullenchampion südlich des Äquators, um sie zu decken, vielen Dank und Tschüs.‹ Und das soll dann den Erfolg garantieren.«

»Komm, Jakkie«, sagte Agaat, »ich räume später ab. Wir nehmen jetzt eine Laterne und sehen nach, ob der Mungo, der am See den Enten die Eier wegfrisst, schon in die Falle gegangen ist.«

Jakkie sah dich an.

Geht ihr nur, signalisiertest du ihm.

Jak biss die Zähne zusammen. Er hätte das Kind lieber dabehalten, um seine Argumente leichter durchsetzen zu können. Du wusstest von seinen Versprechungen, mit dem Erlös aus dem Verkauf der Viehherden einen Flugdrachen und ein Ultraleichtflugzeug zu kaufen, mit dem die beiden Grootmoedersdrift aus der Luft inspizieren und zusammen mit den Kranichen über die Schluchten schweben wollten.

Wie hätte ein Kind solchen Versprechungen widerstehen können? Und wie hättest du die Sache hinbiegen können, ohne als Spielverderberin dazustehen?

»Wenn du irgendetwas verkaufen willst, dann am besten den Bullen«, sagtest du, während Jakkie noch in Hörweite war. »Wir haben inzwischen ausgezeichnete Nachkommen von ihm, kleinere Bullen, die die Kühe genauso gut decken können.«

Jak sah dich an. Du spürtest, dass du auf einen Riesenkrach zusteuertest, aber du konntest dich nicht mehr beherrschen.

Wolltest du das, Milla? Einen Bruch, nachdem du zwei Abende zuvor so gedemütigt worden warst? Einen Bruch, weil Versöhnung nicht länger möglich war?

Du ließest nicht locker.

»Jahr für Jahr, Jak, deckt dieser riesige Hamburg die jungen Färsen, und Jahr für Jahr sind die Kälber zu groß, um auf natürliche Weise auf die Welt zu kommen. Jahr für Jahr bitte ich dich inständig, den Bullen zu verkaufen. Nie trägst du die Konsequenzen. Nie reagierst du. Du liegst im Bett und schläfst, während ich mir die Nächte als Hebamme um die Ohren schlage.«

»Bist du wahnsinnig?«, rief Jak. »Dieser Bulle ist Gold wert, in der ganzen Gegend reißen sich die Bauern um ihn. Ich denke darüber nach, eine Besamungsstation einzurichten, dann kann ich den Bullen schonen, und er bringt trotzdem Gewinn ein.«

»Jak, du weißt nicht, was du damit anrichtest!«, entgegnetest du ihm. »Willst du das Elend etwa noch sehenden Auges ausweiten? Es ist furchtbar für die Kühe, sie leiden unnötig, und was tust du? Du läufst jedes Mal weg, wenn es für dich zu grausam wird, du bekommst gar nicht mit, wie es ist, wenn wir eine Kuh mal wieder übel zurichten müssen, um das Riesenkalb zu holen. Man muss die Tiere doch respektieren und es ihnen so leicht wie möglich machen …«

»Jetzt fang bloß nicht wieder damit an!«, erwiderte Jak.

Du betrachtetest seinen Mund, die vor Wut bebenden Lippen, die angespannten Wangenmuskeln. Irgendwie reizte dich das. Warum? Du fandst es nie heraus. Es war eine unmittelbar körperliche Reaktion, Speichelfluss, Schluckbedürfnis, eine Art Gefäßerweiterung, Kribbeln im Zahnfleisch. Mit geschlossenen Augen wartetest du darauf, dass er seinen Auftritt hinlegte. Seine Stimme klang hoch und laut, der Sprachrhythmus eindringlich. Du lehntest dich zurück, du wusstest, was kommen würde und was die Sturzflut seiner eisenharten, hitzigen Sätze in dir auslösen würde.

»Jak, ich fange mit gar nichts an, das bildest du dir bloß ein«, erwidertest du langsam.

Jak schlug mit der flachen Hand auf den Tisch.

»Natürlich, Milla. Du hast überhaupt nichts gesagt, überhaupt nichts gemeint, das bilde ich mir nur wieder ein. Die alte Geschichte! Aber ich weiß, was du denkst, immer wieder musst du darauf herumreiten. Darauf, dass ich dich bei Jakkies Geburt im Stich gelassen und dass ich mich absichtlich aus dem Staub gemacht hätte, weil ich die Wehen nicht hätte mitansehen wollen. Dass du deswegen bei der Geburt so zu-ge-rich-tet wurdest. Genau so drückst du dich jedes Mal aus, wenn du davon erzählst. Glaub also ja nicht, ich wüsste nicht, worauf du anspielst.«

Jak stand auf, baute sich hinter seinem Stuhl auf und umklammerte die Rückenlehne so fest, dass seine Knöchel weiß hervortraten.

»Das Kind ist einfach nur zu früh gekommen. Ganze zehn Tage! Wie hätte ich das ahnen können? Ich hätte dir bei der Geburt beigestanden, ich hatte dabei sein wollen, natürlich, schließlich ist es mein Sohn! Aber du, du denkst immer nur schlecht von mir, immer noch, du willst gar nicht anders über mich denken, du hast schon vor langer, vor sehr langer Zeit beschlossen, dass Jak de Wet der Schurke in dieser Geschichte ist, und er wird auch für alle Zeit der Schurke bleiben. Fertig aufgeschrieben und gebunden, das, was alle am liebsten lesen wollen. Aber weißt du, wie es ist, Milla, sein Leben an der Seite einer Frau zu vergeuden, die immer alles besser weiß? In deren Augen du nichts richtig machen kannst? Für die alles, was du tust, von vornherein zum Scheitern verurteilt ist? Wie es ist, mit einer Frau zusammenzuleben, die die ganze Zeit herummeckert, du würdest sie nicht genug lieben? Die nur ihre eigenen Bedürfnisse kennt? Wer du bist, was du bist – dein ganzes Wesen, dein Fühlen und Denken –, ist ihr gleichgültig …«

Noch nie zuvor hatte Jak so gesprochen. Er geriet ins Stocken, und sein Mund zitterte, aber er bewahrte Augenkontakt und fuhr mit dem fort, was er zu sagen hatte.

»... sein ganzes Wesen, Milla. Mit seinen eigenen Gedanken und Träumen, nicht nur mit deinen, Milla.«

Sein Blick war stechend, seine Augen blitzten. Am liebsten wärst du aufgestanden und hättest ihn in den Arm genommen, doch er wich zurück.

Da erkanntest du zum ersten Mal, was sein merkwürdiger Blick zu bedeuten hatte. Es war Angst – mehr noch: Hysterie. Er zerrte an seinem Kragen, als hätte er Atemnot.

»Komm mir bloß nicht zu nahe, Weibsstück«, keuchte er mit rauer Stimme, »lass die Finger von mir!«

»Jak«, sagtest du, »hör bitte auf, verstehst du denn nicht, dass ich mir immer gewünscht habe, du würdest genau so wie jetzt mit mir reden, damit ich verstehe, was in dir vorgeht?«

Du gingst um den Tisch herum auf ihn zu. Er tastete mit den Händen hinter sich, warf einen Terrakottatopf um und flüchtete beinahe bis in die Wohnzimmergardine hinein.

»Lass mich in Ruhe, lass mich einfach in Ruhe, ich kenne dich, ich weiß, wer du ... bist!«

»Beruhige dich, Jak«, sagtest du, »du bist aufgebracht, es ist doch gar nicht so schlimm, wie du es darstellst, du bildest dir vieles nur ein. Komm schon, ich bin's, Milla! Du machst ja Augen, als hättest du ein Gespenst gesehen!«

»Du!«, schrie er atemlos, den Arm lang ausgestreckt, den Zeigefinger auf dich gerichtet. Seine Hand zitterte, und seine Brust hob und senkte sich heftig. »Du, du saugst mich aus, du zerrst die Eingeweide aus mir heraus, das tust du, du bist ein Vampir, jawohl! Niemand weiß das, niemand ahnt es, niemand blickt hinter die Fassade, aber glaub ja nicht, dass ich dich nicht durchschaue! Auch wenn ich der Einzige bin, der es erkennt, auch wenn du alle anderen weiter hinters Licht führst! Ich habe gehört, wie du mit der Nachbarin geredet hast, ich höre alles! Ich nehm dir deine Geschichten nicht mehr ab, hörst du! Ich nehm sie dir nicht mehr ab! Den schönen Schein, den du vor anderen wahren willst. Die feine, intelligente Milla de Wet. So sensibel! So fleißig! Einsam! Elend! Das ist eine Lüge, eine infame Lüge! Du leidest nicht, du blühst auf, so sieht's nämlich aus. Du bist hier in deinem Element. Eine Sau bist du, eine ewig hungrige Sau mit solchen Zähnen! Mit Flügeln! In Jerusalem! Du steckst in einem Trog, im Trog, mit der Schnauze im Schweinefutter! Da bist du! Du frisst mich auf!«

Jak schrie so laut, dass sich seine Stimme überschlug. Und dann sackte er in sich zusammen. Seine Schultern fielen nach vorne, der Schädel war zwischen den Stoppeln sichtbar. Du schenktest ihm aus der Karaffe auf dem Tisch ein Glas Wasser ein und hieltest es ihm hin. Er weigerte sich, es anzunehmen. Er rappelte sich auf und drückte sich in der Wohnzimmerecke in die Gardinen, zitternd, kreidebleich im Gesicht. Du stelltest das Glas Wasser auf dem Wohnzimmertisch ab, strecktest die Hände vor dir aus, um ihm zu bedeuten: Ich komme nicht näher.

»Ich gehe«, sagtest du, »ich verlasse das Zimmer. Bitte beruhige dich! Leg dich hin. Soll ich den Arzt rufen?«

Er drehte das Gesicht weg und schluckte heftig, sodass sein Adamsapfel auf und ab hüpfte. Auf seinem Hemd hatten sich dunkle Schweißflecken gebildet.

Du gingst hinaus auf die Veranda und dachtest: Was nun? Wie soll es weitergehen? Du schautest durch das Fenster auf den immer noch gedeckten Tisch. Die Weinflasche war nicht einmal zur Hälfte geleert. Jak war nicht betrunken gewesen. Du blicktest über den Hof und hieltest nach Agaats und Jakkies Laterne Ausschau. Du hättest zu ihnen gehen können. Du dachtest: Sie wissen, dass ich gut bin, meistens jedenfalls, sie wissen, wie sanft ich sein kann. Du dachtest daran, wie dein Vater sich manchmal nach einem Streit mit deiner Mutter auf deine Bettkante gesetzt und dir über die Stirn gestreichelt hatte und wie kurz darauf deine Mutter hinzugekommen war und wie sie sich miteinander auszusöhnen suchten, indem sie dir gemeinsam Gutenachtgeschichten erzählten.

Die Hunde im Hinterhof und die klappende Fliegengittertür

verrieten dir, dass Agaat und Jakkie vom See zurückgekehrt waren. Agaat würde sich darum kümmern, dass Jakkie badete und zu Bett ging. Du dachtest darüber nach, zu ihnen zu gehen, zu Dampf, duftender Seife und weißen Handtüchern. Du würdest sie ein wenig antreiben, damit der Tisch abgedeckt würde. Du würdest Agaat helfen, die Reste in den Kühlschrank zu räumen, und den Alltag, den Faden deines Lebens, wiederaufnehmen.

Doch stattdessen bliebst du auf der Veranda stehen und hörtest, wie Jak sich ein Glas Wein einschenkte. Dann kam er heraus und trat neben dich.

»Und noch etwas, Milla«, sagte er, »du willst es nicht hören, denn du kannst Wut, Ernüchterung und Zusammenbrüche nicht ertragen. Was umso schwerer ist, weil du zugleich ohne die Energie, die davon ausgeht, nicht leben kannst. Aber du steckst ständig deine Nase in Bücher. Vielleicht verstehst du es besser, wenn ich es in die Form eines Märchens kleide. Vielleicht siehst du es dann ein. Das Märchen kannst du dann eines Tages deinem Teekränzchen erzählen, denn ihr seid ja doch alle vom gleichen Schlag.«

Ihr saht euch nicht an. Ihr blicktet hinaus in den dunklen Garten. Du schlangst die Arme um dich.

Und Jak begann. »Es war einmal ein Mann, der in den Spiegel sah und befand, gut genug zu sein.« Er nahm einen Schluck. Er hatte so flüssig und sicher gesprochen, als hätte er seine Ansprache in Gedanken schon viele Male zur Probe gehalten. Doch dann legte er eine lange Pause ein.

»Ich weiß nicht, ob ich das hören will«, sagtest du, drehtest dich um und gingst hinein, aber er folgte dir. Agaat kam zur Esszimmertür herein und fing an, den Tisch abzuräumen.

Jak begann noch einmal von vorn, nachdrücklicher diesmal. Wollte er, dass Agaat zuhörte? Du wusstest, dass er sich gern vor Publikum produzierte, doch in diesem Fall war es, als wünsche er sich eine Zeugin.

»Es war einmal ein Mann, der befand, gut genug zu sein, wenn er in den Spiegel blickte«, wiederholte er und betonte dabei jedes einzelne Wort.

Er stapelte nun persönlich die Teller aufeinander, was er sonst nie tat. Agaat wendete die Augen ab, doch du sahst genau, dass sie zuhörte.

Beim Abräumen lieft ihr zwischen Küche und Esszimmer hin und her. Jak sorgte dafür, dass niemand etwas verpasste. Seine Stimme war immer noch rau vom Schreien und mit bitterem Sarkasmus gespickt. Es war nicht das erste Mal, dass du jenen spöttisch-hochtrabenden Tonfall zu hören bekamst, aber noch nie zuvor hatte er sich in einer längeren, zusammenhängenden Ansprache zu Ursachen, Folgen und Einzelheiten geäußert.

»Agaat«, sagtest du, »nimm die Bügelwäsche mit ins Außenzimmer.«

Sie ignorierte dich. Ihre Augen waren auf Jak gerichtet.

»Ach was, Agaat kann ruhig bleiben«, erwiderte Jak, »eines Tages wird sie sich das Gehörte vielleicht zunutze machen können. Lass sie ruhig zuhören, sie erhält damit einen besseren Überblick als Hausmädchen. Ich begnüge mich mit ein wenig Glaubwürdigkeit in ihren Augen. Sie wird wissen, wovon ich rede. Der Mann«, nahm Jak seine Geschichte wieder auf, »war reich, klug und stark, und er heiratete eine Frau, die seine Talente bewunderte. Wie schön er ist, wie gut, wie wunderbar! Doch das waren nur Lippenbekenntnisse. Sie hielt sich nämlich für schwächer und dümmer, als sie in Wirklichkeit war. Ein hässliches Entlein, das nicht zum Schwan werden wollte. Schluchz. Sie dachte: Wenn ich mir einen attraktiven Mann nehme, wird sein Glanz auf mich abstrahlen. Doch ihr Selbstbewusstsein wuchs nicht, obwohl er glänzte, was das Zeug hielt, und sie machte sich in einem fort Sorgen und jammerte in einer Tour. Sie jammerte über den Boden, das Wasser, die Luft und das Feuer. Nichts war ihr jemals recht. Sie wollte, dass ihr Mann alles richtete, was ihr auf ihrem Gut nicht gefiel. Das Haus, den Hof, den Zaun, den Boden, den Stall, den Tisch, den Pflug, die Schermaschine und den Fleischwolf. Sie wollte, dass er der Baas wäre und alles verwaltete, wie sie selbst es verwaltet hätte, wenn sie selbst schön, stark, klug und reich gewesen wäre, wenn sie der Baas hätte sein können. Könnt ihr mir folgen? Hilf mir hiermit und hilf mir damit, nörgelte sie und gab sich hilflos. Obwohl sie alles über die Landwirtschaft wusste, bildete sie sich ein, ohne ihn könnte sie nichts ausrichten. Sie weinte, wenn er verreisen musste, und wenn er bei ihr war, sollte es so und so und so sein, wie er es nicht verstand, sodass er sich zutiefst mutlos fühlte. Stopf mir einen Teddybären, pfeif für mich wie ein Hecht. Du liebst mich nicht genug, ich bin dir nicht genug wert, seufzte sie Tag für Tag und betäubte sich mit einem Glas Wein, einer Schlaftablette, süßen Plätzchen, Schokolade oder Klagen am Telefon. Und ständig jammerte sie über körperliche Gebrechen. Meine Beine sind schwer, meine Arme fühlen sich müde an. Nachts schlafwandelte sie mit schwarzen Schals und flatternden Wimpern durchs Haus. Was für ein merkwürdiges Verhalten, dachte der Mann, wenn er sie ins Bett brachte. Ich gebe ihr alles, was will sie denn noch? Wie kann ich sie jemals glücklich machen? Das fragte er sich, wenn er neben ihr im Bett lag, bis sie sich wieder beruhigt hatte. Auf diese Weise wurde er ein Experte in Selbstanalyse, ohne dass jemand es vermutet hätte, ein stiller Überdenker seines eigenen Schicksals, aber das nur am Rande, liebe Zuhörerinnen. Was, glaubt ihr, ist dann passiert?«

Jak war in Fahrt. Er sah abwechselnd Agaat und dich an, zog die Gardinen auf und holte tief Luft.

»Die herrlichen, herrlichen Düfte von Grootmoedersdrift«, seufzte er, »Fenchel und Koriander …«

Als er sich umdrehte, klang seine Stimme rau.

»Dieser Mann«, fuhr er fort, »dachte mit der Zeit, er wäre doch nicht gut genug gewesen. Nicht klug genug, nicht stark genug, nicht schön genug, nicht reich genug. Er hielt sich für den schlechtesten Bauern der Welt. Und er war unglücklich. Nein, im Grunde war er wütend. Sein Herz war bitter. Und ja, Sünde aller Sünden, er begann, seine Frau zu misshandeln, wenn sie nörgelte. Er schlug, trat, schubste sie.«

Jak hielt drei Finger in die Luft und zählte die Misshandlungen für Agaat daran ab.

»Er stieß sie weg, wenn sie ihn anflehte, er solle sie in die Arme nehmen, er beschimpfte sie, und dabei machte er sich Vorwürfe, dass er jemanden, den er liebte, so schlecht behandelte. Ai, ai, tsk. Und ratet mal, was der Mann dann getan hat?«

»Jak, es reicht«, sagtest du.

Er ignorierte deinen Befehl und schloss stattdessen die Tür zum Flur, damit Agaat nicht hinauskonnte.

»Ratet, was dieser dumme Mann getan hat? Hier, Milla, trink ein Gläschen, vielleicht hilft es dir, dich zu entspannen, du musst nicht glauben, dass ich es nicht bemerke, wenn du nachts meinen Brandy trinkst. Der Mann trainierte, um stärker zu werden, und engagierte sich auf dem Hof, um reicher zu werden. Dieser Dummkopf! Er las, um klüger zu werden, und kaufte sich die feinsten Kleider, um besser auszusehen, wenn er in den Spiegel sah. Doch es half alles nichts. Sein Herz tat weh, aber seine Frau piesackte ihn nur immer ärger. Du wirst mich verlassen, maunzte sie, morgen packst du deine Sachen und verlässt mich, das weiß ich genau. Wenn Männer vierzig werden, dann lassen sie ihre Frauen im Stich, das sagen alle Psychologen. Was sollte er tun? Was fängt man mit solchen gelehrten Vorwürfen an? Der Mann protestierte, so laut er konnte.«

Jak legte die Hand aufs Herz und blickte zur Decke.

»Ich werde dich nicht verlassen. Was habe ich getan, dass du mir so sehr misstraust? Weh mir! Dann zeigte sie ihm wieder ihre Titten, lupfte ihr Röckchen, spitzte ihre Lippen und lobte und pries ihn aus voller Kehle: Seht euch meinen Mann an, er ist der beste von allen, und mein Mann sagt dies, und mein Mann sagt jenes, und ihr könnt froh sein, dass ich seine Weisheit mit euch teile.«

Jak warf seine Jacke, die über dem Stuhl gehangen hatte, an einem Finger über die Schulter und wischte mit der freien Hand ein paar Krümel vom Tisch.

»Doch Schmeicheln ist nur leeres Gerede, das weiß schließlich jeder, nicht wahr, Agaat? Deine Miesies hier lobt deine Dienste ja auch über den grünen Klee und erzählt ihren Nachbarinnen und ihrem Bücherklub, wie sehr sie sich auf dich verlassen kann. Da spielt es gar keine Rolle, was sie dir angetan hat und wie sie dich hinterher behandelt und was für Verdächtigungen sie gegen dich ausspricht, hmm? Dabei gibst du dir jeden Tag solche Mühe, ihr zu beweisen, wie gut du eigentlich bist, hmm? Aber glaubst du etwa, du könntest sie davon überzeugen?«

»Jak, lass Agaat aus dem Spiel, das hier hat nichts mit ihr zu tun«, sagtest du.

Jak schlug sich an die Stirn.

»Nein, wie konnte ich nur so dumm sein?«

Als er fortfuhr, sprach er leise und blickte zwischen dir und Agaat hin und her. Er redete schnell.

»Doch im Laufe der Jahre verlor der Mann das Vertrauen in die Aufmerksamkeiten seiner Frau. Er begann, sich vor ihr zu ekeln. Ja, ekeln, Finger in der Seeanemone. Schlupp! Brr! Er wusste, dass ihre Komplimente nur Schachzüge waren, mit denen sie ihn an sich binden wollte, um die Schraube in die Mutter zu kriegen, wie wir hier in Overberg sagen. Und ach, leider hat der arme Mann vom lieben Herrgott einen sehr folgsamen Piephahn bekommen. Wie hat dein Dichter so schön gesagt, Milla? *Why are we crucified into car mechanics?* Aber das ist gar nicht der springende Punkt. Die Frage ist: Wer sonst könnte ihm so schön das Öl absaugen? Doch er wusste, dass auch das Saugen nur ein Ausdruck des Hungers war, und ihm wurde eiskalt dabei. Schöne Geschichte, findet ihr nicht? Wollt ihr nicht klatschen? Will jemand die Filmrechte kaufen? Oder eine Option auf das Material? Eine psychologische Fallstudie?« Jak klang jetzt theatralisch. »Und so lebten sie miteinander. Was würde ihren Hunger und ihren Durst stillen können? Sein Blut, sein Mark, seine Seele? Hätte er ihr das im Tausch gegen ihre Komplimente geben sollen? Komplimente, ja, ihr habt richtig gehört. Keine Liebe?, fragt ihr euch. Wollte er die nicht von ihr? Nicht ihre Liebe? Wo bleibt die Liebe in dieser Geschichte?«

Jak räusperte sich. In einem Singsang, als führte er ein Musical auf, sprach er weiter.

»Nein, nein, nein, meine Damen, nein, Selbstliebe, das sage ich euch, Selbstliebe, von der bösartigen, ansteckenden Sorte, davon handelt diese Geschichte unglücklicherweise. Tut mir leid, Sie enttäuschen zu müssen, meine Damen. Ich weiß nichts weiter, als dass der Bauer abmagerte und die Frau kränkelte, doch sie konnten nicht mehr ohne einander. Wer könnte sie aus ihrem Elend erretten? Ihr Ochs? Ihr Esel? Ihr einziger Sohn? Ihre getreue Dienstmagd? Fortsetzung folgt«, sagte Jak und drehte sich zur Haustür um.

»Jak, bitte warte, lass uns miteinander reden, das stimmt doch alles nicht!«, riefst du. »Das kannst du mir nicht antun, Jak, bitte lauf nicht weg! Was soll nur aus uns werden?«

Sein Gesicht war kreidebleich, und seine Augen glänzten. Dir war, als würdest du ohnmächtig. Du hieltest dich an der Tischkante fest. Du spürtest Agaats Blicke. Spielte da ein Lächeln um ihren Mund?

»Was soll aus uns werden?«, äffte Jak dich nach und blickte erneut abwechselnd zu dir und zu Agaat. »Wollt ihr das wirklich wissen? Nun, ich kann euch nur so viel sagen: Habt Geduld, eure Neugier wird befriedigt werden. Bis dahin strengt einfach eure Fantasie an, ihr beide könnt euch den Hitzegrad ausdenken, bei dem die Welt verglüht.«

Er ging hinaus, holte den Bakkie aus der Scheune und fuhr hinaus in die Nacht.

Du standest auf der Veranda und beobachtetest, wie er das Tor öffnete und wieder schloss. Erst fiel der weiße Strahl der Frontscheinwerfer, dann der rote der Heckleuchten auf seine Hosenbeine. Hatte er es sich damals schon vorgenommen? Er hatte offenbar mehr im Kopf, als du gedacht hattest. Du ahntest, dass er etwas im Schilde führte. Du spürtest, dass er auf Konfrontationskurs gewesen war, du hattest es ihm angesehen, seinem Körper, seinen Augen. Du fühltest dich zittrig, und das Herz schlug dir bis zum Hals. Du batst Agaat, dir einen Schlaftrunk zu mischen.

aufräumen! aufräumen! versteigere den ganzen plunder dann kannst du die zurückbleibt ganz unbelastet von vorn anfangen wirf die silberglöckchen weg die immer an den tisch gerufen haben für wen willst du sie noch läuten? das kupfer das messing der sinnlose nippes weg damit! porzellanhündchen! die dunkelbraune diana mit den wölfen am kleidersaum! das lesende kinderpaar auf dem halbrunden tisch welch blödsinniges idyll! die silbernen untersetzer mit den eingravierten kanadischen sumpfkoniferen wo kommt das alles bloß her? gemälde von der furt den auen dem berg ovale spiegel schmiedeeiserne blumentöpfe gewebte wandbehänge der geburtsteller in delfter blau nimm sie gib sie ihm wenn er kommt oder wickle sie in schaumstoff und luftpolsterfolie und schick sie gen norden makrameelampen mundgeblasene glasschwäne mit ranken hälsen gerahmte porträts die puderrougewangen meiner urgroßmutter der gewichste schnauzer meines urgroßvaters senfgelbe gardinenquasten zinnaschenbecher indische schühchen aus kupfer gusseiserne türstopper obstschalen auf wackligen ständern sieh dir diese handgearbeiteten gegenstände an gegossene höhlungen geschmiedete stöpsel wellige oberflächen ornamente gewichte lederbezüge chintz samt makrameenestern in der spinnen milben und selbstzufriedenheit nisten banale dinge die der nichtigkeit einen namen geben räum die kleiderschränke auf ballschuhe shiftkleider wickelröcke kniebundhosen doppelreihige blazer jacken mit fledermausärmeln zopfmusterpullover strickjacken regenjacken windjacken kirchenhüte strandhüte nylonstrümpfe zauberkreuz-bhs jerseyhosen unterhosen gib sie nicht den küchenmädchen die streiten sich nur darum such für die küche das nötigste aus und wirf den rest weg rührschüsseln den fleischwolf die teigschaber unzählige brotbretter schleifstäbe überzählige messer gesprungene teller mit herbstblättern leere flaschen unter der spüle altes glaskochgeschirr dicke keramiktassen den gesprungenen römertopf das fleckige porzellan mit dem verblichenen goldrand und der ausgebleichten glasur die suppenschüssel ohne deckel die karaffe ohne stopfen die alten emailbecher die eimer die kanister und die zinkwannen die allmählich undicht werden die sechzig leeren friscodosen ohne etikett das brasso-putzmittel das silberputzmittel in dem nur noch ein kleines tröpfchen übrig ist wirf sie weg die gummibänder die schnüre und garne und die gebrauchten fensterleder und die tüten voller alufolie die tüten voller plastik papier schnüre in einem jahr muss ich sterben

16. Mai 1968

Agaat misst Jakkie jetzt wöchentlich – jeden Freitagabend großes Brimborium darüber dass er angeblich so schnell wächst. Habe gerade wieder die Operation dort hinten im Flur beobachtet sie nennt es Protokollieren der Wachstumsgeschwindigkeit. Er muss seine Schuhe ausziehen & ausatmen & den Rücken straffen & sich mit den Fersen gegen die Bodenleiste ganz aufrecht hinstellen & mit dem Kopf gegen die aufsteigende Leiter von Bleistiftmarkierungen von jedem vergangenen Geburtstag lehnen.

Ich vermute das ist nur ein Vorwand den sich Agaat ausgedacht hat um ihn zu berühren er wird inzwischen schamhaft. Sie schiebt & drückt seine Schultern den Hals & die Knie & Knöchel als wollte sie verhindern dass er sich verändert manchmal befürchte ich s. tut ihm etwas an & dann bringt sie das Lineal & legt es ihm kerzengerade auf den Scheitel & zieht einen kurzen Bleistiftstrich. Eben habe ich gesehen wie sie mit ihrer starken Hand seine Kehle umfasste während er stocksteif & mit geschlossenen Augen an der Wand stand. Du wächst mir glatt über den Kopf sagte s. du bekommst schon einen Adamsapfel genau wie dein Vater fühl mal hier die Verdickung am Hals.

Was sind das hier eigentlich für Striche?, höre ich Jakkie dort am Ende des Flures fragen. Antwort: Niedrigwasserstand Tiefe der Furt Höhe der Zeit Länge der Schatten wer kann das schon wissen? Das ist ein altes Haus vielleicht wurde da deine Mutter gemessen oder vielleicht sogar deine Oma.

Wann ist hier denn mal Post eingeworfen worden?, fragt Jakkie & klappert mit dem Briefkastenschlitz. Binnenkorrespondenz antwortet Agaat vielleicht war jemand in Quarantäne. Was ist Quarantäne?, fragt er. Wenn man nicht weiß an welcher Krankheit jemand leidet dann bringt man denjenigen andernorts unter sonst steckt er die Gesunden an & dann kommuniziert man schriftlich miteinander denn Reden wäre zu gefährlich weil die Keime in der Atemluft sind.

Im Vorbeigehen sah A. mich vielsagend an. Was hätte ich sagen sollen? Was sollte Jakkie denn damit anfangen wenn er es wüsste? Will sie ihn vor dem Wissen schützen? Oder will sie mich schützen? Oder sich selbst? Vermute ohnehin dass Jak ihm längst alles erzählt hat. Könnte aber auch sein dass er seinem Sohn die Vergangenheit lieber verschweigen möchte.

Zu Jakkies Geburt gibt es verschiedene Geschichten. Eine davon lautet A. hätte sich in die Zwölfuhrhexe verwandelt & ihm auf dem Pass in die Welt geholfen. Seinen Schwanz hätte sie in einen Kissenbezug gesteckt & mit einem Beil abgehackt & ihm dann die Haare geschoren. Aber es gibt immer wieder neue Geschichten & es gibt die letzte Gutenachtgeschichte die niemals verändert werden darf & von der ich das Ende nie erfahren habe.

Gewiss wird es Zeit ihn aufzuklären. Ich frage mich ob ich das J. überlassen soll. Doch vielleicht ist uns Agaat auch in diesem Punkt bereits zuvorgekommen. Neulich habe ich gesehen wie sie auf der Veranda standen & sie ihm mit ihrer kleinen Hand über der Schulter gezeigt hat wie jenseits des Flusses der Hengst mit seinen Vorderbeinen in die Luft schlug & versuchte die Stute zu besteigen.

15. Juli 1968

Agaats & Jakkies Spiele – irgendetwas daran beunruhigt mich momentan. Ich hätte so gern dass er mit Kindern seines Alters spielt. Es wird Zeit dass er wieder zur Schule geht.

Sie rufen einander aus der Ferne. Dieses Spiel dient offenbar dazu festzustellen wer das bessere Gehör hat & innerhalb einer gewissen Zeit auftaucht. Manchmal stoßen sie furchterregend zischende ohrenbetäubende Pfiffe zwischen den Zähnen aus & hämmern zu jeder Tages- & Nachtzeit auf den Hofgong oder drücken auf die Hupe des Farm-Lkws dass einem Hören & Sehen vergeht. Ich hab es ihnen verboten das Geschrei mit den Händen vor dem Mund ist schon schlimm genug. Was fesselt sie nur so sehr daran? Einer von ihnen verschwindet spurlos & die Absprache lautet offenbar dass derjenige etwas zurücklassen muss etwa ein Taschentuch eine Glasscherbe oder einen Flaschenverschluss (als Beweis dafür wie weit man hören kann). Die neueste Variation sind Widderhörner auf denen man nur recht eintönig tuten kann sie variieren aber manchmal die Länge der Töne & der Pausen dazwischen. Eben habe ich wieder auf der Veranda gestanden & gehört wie hoch oben auf dem Berg einer ins Horn blies. Es klingt traurig klagend es muss A. gewesen sein sie hat einen unglaublich langen Atem durch das Anfachen des Feuers & dumpf von irgendwo hinter den Hügeln antwortete Jakkie. Hin & her ertönten die Widderhornklänge ich glaube das ist ein Code. Wie wohl die Botschaft lautet? Ohne Inhalt würden sie sich schnell langweilen doch sie können sich eine Ewigkeit damit beschäftigen.

12. September 1971

A. lernt gemeinsam mit Jakkie was in seinen Schulbüchern steht sie fragt ihn Vokabeln & Tabellen ab. Er bringt ihr bei was sie in der Schule singen. Die Nationalhymne. Aber davon kennt sie mehr Strophen als er. Er wirft ihr vor sie würde sie sich nur ausdenken doch sie zeigt ihm ein Kapitel in ihrem Buch. Du klingst wie ein Esel beim Singen sagt sie wenn du singst halte mal den Ton! Ich hoffe dass er nach dem Stimmbruch nicht die Lust am Singen verliert. Ich vermute er wird einen schönen Tenor bekommen.

16. September 1971

Neuerdings darf ich das Badezimmer nicht mehr betreten wenn Jakkie badet. J. auch nicht. Jakkie sagt er sei jetzt zu groß aber A. darf immer noch zu ihm rein. Sie läuft mit dem Schlafanzug & sauberen Handtüchern hin & her & blinzelt mir amüsiert zu. Sie setzt sich auf einer Apfelkiste zu ihm an die Wanne & unterhält sich mit ihm (ich habe bereits den Stuhl hinausgetragen um sie zu entmutigen aber sie stört sich nicht daran). Musste eben einen Sack Daunenfedern für zwei neue Kissen aus dem Lager holen & sie im Hinterhof stopfen sonst regt sich J. über den Dreck auf & da sah ich durch den Dampf die Bewegungen. A. ließ Wasser nachlaufen stand auf oder wusch ihm den Rücken. Da hörte ich ihn fragen: Wo kommst du her? Was bedeutet dein Name? Lange Geschichten erzählt sie ihm. Konnte nicht alles verstehen. Sie scherzt & er lacht & fragt A. Löcher in den Bauch. A. antwortet: Ich bin aus dem Feuer gekrochen. Gar nicht wahr erwidert Jakkie so ein Quatsch. Doch sagt s. Ich wurde aus der Asche gekratzt aus dem Kamin gestohlen ich bin aus einer Wolke gefallen & im Fenchel gelandet von der Flut angespült mit der Sichel gemäht gedroschen & mit dem Getreide zu Brot gebacken worden. Nein jetzt mal ohne Witz verlangt Jakkie Agaat was ist das denn für ein merkwürdiger Name? So heißt doch niemand. Ich wurde so getauft & er ist an mir hängen geblieben. Eigentlich wird das G in der Mitte zischend ausgesprochen, chchchchch wie eine Hausschlange hinter der Fußbodenleiste. Chaat, Chaat, Chaat, was soll das denn heißen?, fragt sich Jakkie. Alles & nichts antwortet A. Es ist ein Name für alles was gut ist. Ein Name für alles & nichts für ein halbes Dutzend dies & sechs mal etwas anderes.

Dann sang s. ihm ein merkwürdiges Lied vor ich schreib mal auf woran ich mich noch erinnere. Vielleicht hat J. recht & A. ist kein guter Umgang für Jakkie. Ich weiß nicht genau wie ich darauf komme. Schließlich hat s. alles von mir gelernt aber sie macht ihre eigene Mischung daraus. Irgendwie traurig sodass ich es am liebsten verdrängen würde. Dieses Mädchen! Wie ist s. nur so geworden?

Ich bin das Ohr der Eule
Ich bin das Auge der Ameise
Ich bin die Ursache des Regens

Das Lied begann ganz tief & stieg dann immer höher & ging schneller & schneller. Hat mich an Chorgesang erinnert. Von welchem Komponisten? Kann mich nicht entsinnen dass ich es ihr beigebracht habe kann mich kaum selbst daran erinnern hab's an der Uni gelernt & das ist schon so lange her. Ich schreibe deinen Namen in den Sand & in den Schnee & in das weiße Brot der Tage. Auf alles was mir wertvoll ist schreibe ich deinen Namen & durch die Kraft dieses Wortes wird mein Leben wieder beginnen. Ich bin geboren um dich beim Namen zu nennen: Freiheit. Ungefähr so. Aber A.s Lied handelte von etwas anderem. Bin nicht schlau daraus geworden.

Ich halte Wacht beim Mahl der scheinheiligen Schakale
(das sang sie mit hoher Kopfstimme)
Ich bin der Blütenstaub der Tuberose
Freu dich o Jüngling das Vergnügen ist kurz
Ich bin das Gehen des Teigs
Der Sänger im Schilfrohr
Ich bin der Mut der Mutter
Ich bin der Stolz des Vaters
Ich bin das Bad des Kindes in der Wanne
Komm komm bade in meinen Händen
Meine Hände mein Lied der Entstellung (kann das sein?
hab mich bestimmt verhört, aber so ging es immer weiter)
Ich bin der Grat der Hügel
Die Palmen Palmyras sind meine
Was ist das Was der Wasserhyazinthe?
Wo liegt der Schnitt im Schnittlauch?
Bei mir!
Ich bin das Ende der Endlosigkeit

Und die Breite des Breëriviers
Ich bin das Wie in Wieso
Ich bin das Wo in Wozu
Ich bin das Blut der Blutorange

Hör auf hör auf!, schrie Jakkie. Hör bitte auf! Das reicht! Nein jetzt mach ich mal, was ich will erwiderte Agaat und du wirst schön zuhören! Sie ärgerte ihn denn er wollte nicht vor ihr nackt aus der Wanne steigen & konnte nicht weglaufen & er musste also weiter zuhören & da hat s. noch lauter gesungen um ihn zu reizen & s. hat die Melodie mit Sprechgesang unterbrochen & es war eine richtige Aufführung da drinnen während die Fenster immer mehr beschlugen.

Ich bin meines Bruders Hüter
Seine weißen Schürzenbänder
Und die Asche von verbranntem Holz
Ich spreche die Sprache von Menschen und Engeln
Das Zittern des Zittergrases kenne ich
Doch meine Zunge liegt wie ein Stück Holz in meinem Mund
Feurige Kohlen häufe ich auf meinem Kopf
Ja geringer als gering
Die Geringste unter euch
Raschel zitter zitter und husch
Das Drehen des Rades
Die Locke
Der Spitze
Des Frauenhaarfarns
Bin ich

So ging es weiter und weiter. Mein Gott Agaat!, rief Jakkie. Du kannst einem wirklich auf die Nerven gehen! Was singst du denn für einen Quatsch? Werd endlich fertig ich will raus! Doch ich hörte sie brummen: Gleich gleich mein Kind mit ganz brüchiger Stimme – mein Kind! – das so groß wird! – & ich höre ihn in seinem Zimmer immer wieder auf A.s erfundene Melodie singen ihr heidnisches Lied das kein Ende nehmen wollte.

Das Wie in Wieso
Das Wo in Wozu
Der Mut der Mutter
Der Stolz des Vaters & das Blut
Das Blut der bitteren Blutorange

14

Ein Kirchenhut, ein ausgestopfter Luchsschädel, ein Widderhorn, eine silberne Zuckerdose, ein Gerbstein, ein Teigmodel. Was für ein Durcheinander in meinem Zimmer! Ich will nichts mehr ansehen, ich will nicht mehr vom Tageslicht abgelenkt werden, von den Gegenständen, auf die das Licht fällt. Sie drücken mir auf die Augäpfel, wenn ich die Lider öffne. Von jetzt an halte ich die Augen geschlossen, von jetzt an sehe ich gegen das Innere meiner Lider.

Blind in einer stilleren Stille, im Schwarzrot meiner geschlossenen Augen will ich liegen, ein Cello in seinem Kasten, in dieser maßgeschneiderten Nische, zu der mein Körper für mich geworden ist, hier will ich träumen, bis ich zu dem anderen, weißeren Licht gelange, von dem im Totenbuch die Rede ist. Hier will ich nur noch die letzten hastigen Schritte im Flur hören können, die letzte Tür, die zuschlägt, das Einsingen, das Konzert, das endlich ohne mich beginnen kann. Ich möchte wegtreiben von alledem, ersetzt durch einen Platzhalter, der dem Stock des Dirigenten dort vorn mit klarem Blick folgt.

Karneval der Wilden, die letzten Illuminationen.

Ich habe von dieser Parade genug gesehen, genug gehört. Was sollte ich hier noch wissen müssen oder zu verstehen versuchen? Wie lautet die Botschaft der stickigen Luft in dieser Gruft? Oder liegt so das Laken eines letzten Sommers auf einem Menschen, eine weiße Gischt, die vom Wellenkamm aus zurück auf die offene See hinausweht? Als wolle das Meer die Welle an sich binden, ihr Brechen verhindern, als würde es ihr das letztendliche, kochende, stürmische Schäumen missgönnen.

Ungewiss, was hier noch auf mir lastet. Manchmal spüre ich eine Wärme auf meiner Wange, auf meiner Stirn, auf meinem Bauch, auf meinem Fußknöchel, eine Hand, die über mir schwebt mit dem Gewicht des Verlangens, des Verlangens, eine Saite anzuschlagen, einen Stein auf seiner Unterseite zu berühren. Ich bilde mir ein, dass ich es spüre, wie ein Stein es spüren würde, diesen subtilen Wunsch, die Wünsche eines Bergwindes, eines zarten Samens, eines verirrten Tropfens oder einer Eidechse, eines Grashalms, der sich an mich schmiegt. Wozu wollen sie mich anregen, diese zarten Gestalten, die rings um mich herum vibrieren? Wozu wollen sie mich bewegen, wenn sie ihren unscheinbaren Körper an meinem messen, ihr fast unmerkliches Gewicht in meinem Gewicht versenken?

Manchmal fühlt es sich an, als vibrierte etwas auf meinem Brustbein, als hätte man das Stäbchen eines Spielzeugwindrads dort aufgesetzt. Manchmal, tief in der Nacht, wird das Stöckchen zu einem Fahnenmast im Sturm, und ich höre ein Seil, das gegen den Pfosten schlägt.

Wenn ich den Druck spüre, dann weiß ich, dass ich noch lebe.

Meine Haut drückt, ein Unterlegfilz, eine nass geregnete Plane. Meine Haut versucht, noch eine letzte Schicht, eine letzte Pressung ihrer selbst aus meinem Fleisch herauszuholen.

Was soll ich noch lernen von all meinen nutzlosen Einzelteilen? Was soll ich von meiner Haut begreifen, die mich abstößt? Meine Haut ist dabei, sich von mir zu lösen, obwohl es andersherum sein müsste. Meine Haut ist mir einen Schritt voraus.

Welche Lektion verbirgt sich in diesem widerwilligen Abbau?

Als wäre die Hilflosigkeit an sich nicht lehrreich genug.

Ich habe jetzt wirklich genug. Ich möchte endlich leicht werden, unbedeutend, mannigfach wie die Samen der Distel, ich will mich von mir selbst lösen, vom Stängel weggeblasen, schwebend.

Staub. Wind. Asche. Warum bleibt mir dies so lange versagt? Das Verdorren müsste schneller geschehen, das Verwehen ungehinderter vonstattengehen. Wem zuliebe muss ich das ertragen, diesen letzten Zusammenhalt? Dieses nichtssagende Gewicht, die armseligen Berührungen, Laken auf Körper, Kopf auf Kissen, oberes auf unterem Augenlid, Augapfel in Augenhöhle?

Als wäre es denkbar, dass von einem ganzen Konzert nur dies zum Zuhören übrig bliebe: das Reiben der Ärmel über die Handgelenke der Musiker, das Knarren der Stühle, auf denen sie sitzen, ihre Atemzüge beim Auf- und beim Abstrich, das Rascheln beim Umblättern der Partitur. Nur dies, ohne Musik. Unbedeutende Nichtmusik, der Boden ohne den Bauernhof.

Ich bin eine Suite letzter Atemzüge. Soloatem. Mein Atem lastet auf mir. Wenn ich ausatme, bleibt er auf meiner Brust liegen, und meine Brust will sich nicht mehr heben. Mein Atem ist wie Blei, das Gegenteil von dem, was Atem sein sollte. Ich stoße mein Blei ab, Schicht um Schicht.

Wenn die Kunst darin besteht, mich dem Gewicht hinzugeben, dann soll es ausreichend schwer sein, totes Gewicht, unter dem ich zermalmt werde. Warum noch dieser Spielraum? Warum dieses zarte Drücken, Reiben und Drängen, das mich zum Nachdenken bringt, in dem noch Wärme liegt und etwas anderes, ein Hauch von Musik, ein leichter Pulsschlag, der in meinen Füßen pocht?

Können Füße atmen? Was spüre ich da wie eine Lunge unter meiner Sohle? Beginnt es so? Als Inspiration von unten? Etwas, das die Fersen leichter macht?

Wer beruhigt da meine Füße für mich? Wer in aller Welt kann sich so etwas ausdenken? Ein leichtes Drängen, das meine Knöchel aneinanderdrückt? Ein süßes Gewicht, das an mich geschmiegt atmet? Eine Katze vielleicht? Ein kleiner Hund, ein frühgeborenes Ferkel, das Agaat mir ins Bett gelegt hat, damit es mir Gesellschaft leiste?

Ich schlage die Augen auf. Sie ist es, Agaat selbst, die zu meinen Füßen schläft.

Sie liegt mit dem Kopf schräg auf ihrem starken Arm, der dünne Arm umfasst meinen Fußknöchel, die Hand steckt bis zu den Fingerspitzen im Ärmel. Meine Füße liegen an ihrer Brust, als hätte sie sie an sich gezogen wie ein Kind, das mit einem Teddybären schläft. Auf dem Bett liegt eins der blauen Hefte. Es ist aufgeschlagen, und ich kann die schwarze Tinte erkennen, die Kleckse meines alten Füllers. Wie viele davon gibt es noch? Wenn ich mich richtig erinnere, ist dieses Tagebuch das letzte des zweiten Packens. Gab es noch ein weiteres? Gab es drei davon?

Warum hat Agaat ihre tägliche Ration heute am Fußende meines Bettes gelesen? Meist deklamiert sie aus dem Rollstuhl oder aus dem Laufgestell heraus, und zwar keineswegs Gutenachtgeschichten. Eher will sie mich damit wachhalten. Doch jetzt haben wir beide geschlafen. Jetzt habe ich sie ertappt. In all den Monaten, in denen ich hier liege, ist es das erste Mal.

Agaats Brille sitzt schief auf ihrer Nase, und ihr Mund ist leicht geöffnet. Ihre Unterlippe glänzt, und sie atmet schwer. Der Schlaf eines Menschen, der todmüde ist. Die Spätnachmittagssonne schickt einen Strahl durch die Gardine. In den Ecken lauern Schatten. Die Jacken und Hüte an der Garderobe, die Bilder und Tücher an den Wänden, eine Bauernhofausstellung vor dem Tagesgebet.

Ich höre Spatzen. Es muss schon Abend sein. Eine geschäftige Tageszeit.

Milch. Sahne. Eier.

Leitungswasser, Hundefutter, Hühnerfutter.

Türen werden geöffnet, Fenster hochgeschoben, um in der Abendkühle das Haus zu lüften.

Abendessen.

Ausklang des Tages.

Vage höre ich das Klappern von Milchkannen, Stimmen, das Geschnatter von Enten, die zum See fliegen, die Scheunentür, die auf ihren Rollen aufgeschoben, den Bakkie, der in die Garage gefahren wird.

Ob ich das alles träume? Ist dieser schale Aufguss von Hofgeräuschen die Klangbahn eines Traums? Dieses goldene Leuchten im Zimmer, ist das bereits das Licht einer anderen Dimension? Meine schlafende Krankenschwester. Ist ihr Schlummer ein Zeichen, dass ich zusammen mit ihr in einer Glasglocke der Vergessenheit gefangen bin?

Die Sonnenstrahlen ziehen sich von den Wänden zurück, kriechen über das Fußende des Betts. Sie erhellen Agaats Haube von der Seite, von vorn, von hinten. Ich kann die Stickerei deutlich erkennen. Sie ist von hinten gedämpft durchleuchtet und von vorne im Relief hervorgehoben. Negativ und positiv zugleich.

Die gestärkte Spitze der Haube wirft einen langen, welligen Schatten auf die Falten der Bettdecke. Er gleicht einem Horn. Oder dem Schatten einer alten Schlangenhaut, an manchen Stellen beinahe durchscheinend. Hier und da sind in den Windungen noch gedehnte Schattenmuster erkennbar.

Die Haube ist weiß auf weiß bestickt und über und über mit dicken Reliefstichen geschmückt. Nur wenn das Licht so wie jetzt darauffällt, kann man erkennen, dass sie fast wie ein Schmuckstück ausgearbeitet ist.

Niemand, niemand außer Jakkie, als er noch klein war, durfte diese Haube je eingehend betrachten. Mit den Jahren wuchs das Tabu rund um jene Zone über Agaats Stirn. Wenn sie mich dabei erwischte, dass ich hinsah, gab sie mir das Gefühl, auf eine durchsichtige Bluse zu starren.

Doch nun schläft sie, und ich kann die Haube betrachten. Das Licht spielt über die Wellen, Punkte, Ösen und Treppen der Stickerei. Oben und unten ist die Haube mit Seidenband eingefasst und mit einer Häkelkante umsäumt. Spielen mir meine Augen einen Streich? Ich meine, eine Art Partitur zu erkennen, Noten, Schlüssel und Striche. Als das Licht ein wenig heller wird und gedämpft durch die Pergola auf der Veranda, durch die Glasscheiben der Tür und durch den Gardinenflor hereinfällt, kann ich die Muster noch besser ausmachen. Sehe ich richtig? Eine Harfe, eine Doppelflöte, ein Tamburin, eine Trompete, den Hals einer Laute? Und Hände sehe ich, gebeugte Handgelenke, Finger auf Saiten, Löchern und Tasten.

Agaat regt sich. Sie schließt den Mund, sie schluckt. Sie spürt meinen Blick. Ich muss die Augen schließen, bevor sie aufwacht. Ich halte das nicht mehr aus, dieses Gefecht mit den Augen.

Doch ich kann meinen Blick nicht abwenden. Es ist so ähnlich, als sehe man hinauf in Wolken. Alles ist möglich. Manchmal gleichen sie Flügeln, Engelsflügeln. In schwungvollen Bogen ragen sie hinter den Rücken der Musikanten hervor. Doch der Trompetenspieler hat eine Schweineschnauze, und der Mund der Harfenspielerin gleicht dem einer Fledermaus. Ein Wolf schlägt grinsend das Tamburin. Ein Pavian mit dicken Backen bläst die Flöte, eine Ratte mit kleinen Zähnen hängt sabbernd über der Laute.

Agaat schlägt die Augen auf. Schläfrig. Sie weiß nicht, wo sie ist. Sie blinzelt. Scham legt sich über ihr Gesicht. Doch dann weicht die Scham einem gewissen Unwohlsein. Der Verwirrung darüber, dass sie den Arm um meine Füße gelegt hat.

Schon gut. Du warst müde. Gut, dass du dich ausruhen konntest. Komm schon, es ist nicht schlimm. Ganz ruhig. Werd erst mal wieder richtig wach. Es hetzt uns niemand.

Doch sie ist sauer. Auf sich selbst. Wütend, dass ich sie so gesehen habe, dass sie mit ihrem Tagesplan ins Hintertreffen geraten ist. Dass es Abend geworden ist, ohne dass sie all ihre Aufgaben erledigt hat. Sie setzt sich auf, schiebt die Brille auf die Nase und rückt ihre Haube zurecht.

Sei nicht böse! Ich habe nichts gesehen, ich habe auch geschlafen, ich bin mit dir zusammen wach geworden. Wir haben geträumt. Alles, was ich gesehen habe, war ein Traum. Schau, ich schließe die Augen.

Ich spüre ihr Misstrauen. Und hinter dem Misstrauen noch etwas anderes. Kann es wahr sein? Ich fühle, wie sie sich aufrichtet. Meine Füße vermissen ihre Wärme. Ich höre den Stuhl knarren, als sie aufsteht. Ich schlage die Augen auf. Sie geht zur Tür. Doch sie öffnet sie nicht, sie steht einfach nur da. Ihre Hände hängen rechts und links an ihr hinunter, die kleine und die große, ihre verkümmerte Schulter. Sie dreht sich um, ich schließe die Augen. Sie kehrt ans Bett zurück. Ich höre, wie sie sich wieder auf den Stuhl sinken lässt. Sie legt die Arme um meine Füße und drückt sie an ihre Brust, fest, noch fester. Sie beugt den Kopf und presst die Stirn gegen meine Fußsohlen, ganz fest. Der Wolf, die

Ratte und das Schwein, die Flöte und das Tamburin, das ganze wilde Orchester zerknittert sie an meinen Fußknöcheln.

*

War es der Tag nach Jaks Zusammenbruch, der noch einmal alles veränderte? War es der folgende Morgen?

Du verdrängtest, was er am Abend zuvor alles gesagt hatte. Ein Schwein mit Flügeln. Hatte er den Verstand verloren? Und dieses angebliche Märchen, das er sich da zusammengereimt hatte! Wie konnte er euer Zusammenleben nur derart verzerrt darstellen? Du hattest trotz des Schlafmittels keine Ruhe gefunden. Du hattest Angst gehabt nachzusehen, ob Jak zurück war. Um fünf Uhr standest du auf, setztest Milch für den Kaffee auf und gingst hinaus in den Hinterhof, um die Scherben des Terrakottatopfes, den Jak am Abend zuvor umgeworfen hatte, wegzuwerfen. *What goes up must come down*, sagtest du dir, als du die Scherben in den Mülleimer warfst – die Worte deines Vaters für die Nachwirkungen von Familienstreitigkeiten.

Die obere Tür des Außenzimmers stand auf. Du hörtest, wie Agaat beim Bügeln vor sich hin murmelte. Du hörtest das Knarzen des Bügelbretts und rochst den Dampf und die Stärke, du hörtest das dumpfe Aufsetzen des kleinen schwarzen Bügeleisens, mit dem sie immer bügelte, und du erhaschtest einen Blick auf die weiße Schürze in dem dunklen Zimmer. Sie trug bereits ihr schwarzes Kleid, ihre Haube und die Schuhe. Sie bügelte die Schürze, offenbar zum zweiten Mal, den Saum, die Bänder, die Taschen auf der Brust und auf dem Bauch.

Sie runzelte die Stirn und schüttelte den Kopf, als versuche sie, etwas zu begreifen. Sie war tief in Gedanken versunken. Du hieltest dir mit beiden Händen die Ohren zu und flüchtetest zurück in die Küche. Du wolltest nichts mehr hören; du konntest nach den Ereignissen des Vorabends nichts mehr ertragen. Plötzlich fühltest du dich eingeengt von den vielen Personen, die ständig um dich herum waren. Dauernd unterschrittet ihr den persönlichen Sicherheitsabstand des jeweils anderen und mutetet einander eure Katastrophen zu. Die Milch kochte über, und du musstest sie retten und die Platte säubern, bevor die Milchreste anbrannten. Da hörtest du die Litanei.

»Hilf mir mit diesem und hilf mir mit jenem.« Stille. Dann ein paarmal das Bügeleisen auf dem Brett, und sie fuhr fort: »Sie wollte, dass ich der Herr wäre, sie hat von sich selbst nur Schlechtes gedacht, sie hat sich für dumm und schwach gehalten, wollte nicht ihre eigene Herrin sein.«

Mit einem Knall wurden die Bügeleisen auf der Herdplatte gewechselt.

»Aber dies ist schlecht, und das ist verkehrt, und schimpf, schimpf, schimpf, die ganze Zeit, was immer du auch tust.«

Es zischte, als Agaat Wasser auf das Bügeltuch sprenkelte.

Sie wiederholte Jaks hitzigen Vortrag des gestrigen Abends.

O Gott, muss ich mir das wirklich ein zweites Mal anhören?, dachtest du mit dem Lappen voll übergekochter Milch in den Händen.

»Und was hat er getan, der arme Mann? Er hat sich nur umso stärker angestrengt, gut genug zu sein.«

Plötzlich ertönte eine andere Stimme, höher, heller, deine Stimme.

»Was hat das mit Agaat zu tun? Sie ist die Beste im ganzen Land, die beste Gouvernante, die man sich nur wünschen kann!«

Du entriegeltest die Fliegengittertür und schlugst sie mit Wucht wieder zu.

Aus voller Brust ertönte es aus der dunklen Türöffnung des Außenzimmers: »Preiset den Herrn mit frohen Gesängen, o meine Seele, es gibt reichen Stoff!«

Aha, eine Andachtsübung. Donnerwetter im Außenzimmer, wenn es im Wohnzimmer blitzt.

Du gingst hinaus auf die vordere Veranda. Der rote Bakkie stand unter dem Feigenbaum, die Vorderräder halb über den Wurzeln. Du musstest also doch eingeschlummert sein, denn du hattest Jak nachts nicht nach Hause kommen gehört.

Du schautest in Jakkies Zimmer und schaltetest für einen Moment das Licht ein. Er schlief tief und fest, den Kopf auf Agaats gesticktem Kissen. Der Raum war erfüllt von Jungengerüchen, Jakkies Mund mit dem leichten Flaum auf der Oberlippe war leicht schief auf das Kissen gedrückt.

Jak saß zur gewohnten Zeit am Frühstückstisch. Er war blass. Du sahst ihm an, dass er etwas im Schilde führte, doch du sagtest nichts. Du hofftest, das alles würde schon wieder vorübergehen, so wie es immer vorübergegangen war. Doch du spürtest, dass es diesmal anders war. Als Jak mit dem Essen fertig war, faltete er seine Serviette zusammen und räusperte sich.

»Ruf in der Schule an, und zwar sofort«, befahl er dir, »so, dass ich mithören kann. Sag ihnen, dass Jakkie eine Woche lang in ein Pfadfinderlager geht und mit dem Bergsteigerklub einen Überlebensmarsch durch die Berge unternimmt. Das müssten sie als Entschuldigung akzeptieren. Oder denk dir etwas Besseres aus, sag, er hätte Röteln.«

Gekünstelt grinste er Jakkie an.

Du standest von deinem Stuhl auf. Jak sah dich nicht an.

»Aber in Wirklichkeit begleitet er natürlich seinen Vater, damit wir einander ein bisschen besser kennenlernen können, nicht wahr? Und damit er mal einen Eindruck davon bekommt, worum es im Leben wirklich geht. Was hältst du davon, mein Sohn? Erzähl deiner Mutter doch mal von unseren Plänen.«

Jakkie war aufgeregt. Die beiden hatten ihren Ausflug offenbar schon lange vorbereitet.

Agaat kam mit einem Topf Haferbrei herein. Mit den Augen fragtest du sie: Was weißt du davon? Sie tat so, als sähe sie dich nicht.

Jakkie begann, von ihrer Route zu erzählen.

Vom Twaalfuurkop aus wollten sie genau oberhalb von Swellendam über den Zwischenkamm der Piekeniers, durch die Bergkwaggaschlucht und an den Buschmannhöhlen bei den Vier Sluise vorbeiklettern. Er erzählte von dem Kompass, den Seilen, den Karten und den Leoparden in den Schluchten. Das letzte

Stück vom Pass hinunter wollten sie mit Gurten und Seilen und Kletterhaken am Fels hinunterklettern, nachdem sie bereits von der Brücke aus über die Felsgrate gewandert wären. Du und Agaat, ihr solltet mit dem Fernglas verfolgen können, wie sie sich das letzte Stück am Felsen abseilten, und sie entlang des Passes bis zu der Stelle verfolgen, wo ihr sie am tiefsten Punkt des Weges im Bett des Huisriviers abholen solltet.

Wieder sahst du Agaat an. Ihr Gesicht war undurchdringlich. Sie räumte die Haferbreiteller ab und schob eine Pfanne mit Eiern in die Mitte des Tisches. Jak reichte sie den Pfannenheber, und er schöpfte Jakkie auf.

»Iss, mein Junge, damit du genügend Kraft hast«, riet er ihm. »Die wirst du brauchen. Wir nehmen nur Erdnüsse und Wasser mit, ansonsten müssen wir Klippschliefer jagen.«

»Das werde ich nicht zulassen«, entgegnetest du.

»Komm, Jakkie«, sagte Agaat, »wir gehen dein Pony putzen, das stinkt schon in seinem Stall.«

Jak legte die Hand auf Jakkies Schulter.

»Jakkie bleibt hier, Agaat, er möchte seine Eier aufessen. Putz du sein Pony für ihn und kümmere dich auch um die anderen Pferde. Miste die Boxen aus; nimm dazu die Mistgabel und eine Schaufel, anschließend streust du einfach neues Stroh ein. Die Ballen liegen bereit, aber denk daran, die Drahtschere mitzunehmen.«

Jakkie sah Agaat mit großen Augen an. Sie beachtete ihn nicht. Sie ließ sich nicht aus der Ruhe bringen. »Hmpf«, machte sie nur verächtlich, und Jak grinste.

Was schmiedeten sie da für ein Komplott?

Deine Augen mied sie die ganze Zeit. Wie sollte sie deiner Meinung nach daran auch etwas ändern? Jak hielt Jakkie vor sich wie einen Schild. Du riefst in der Schule an. Du hörtest, wie die anderen über deine Lüge kicherten, während du dem Schuldirektor gegenüber unterwürfig dein Anliegen vorbrachtest. Du wusstest, dass Agaat jedes Wort mithörte.

Jak hatte sich verändert; du erkanntest es an der Verbissenheit, mit der er die Vorbereitungen überwachte.

Jakkie bekam von ihm ein paar richtige Bergsteigerstiefel mit blutroten Schnürsenkeln und einen Kompass. Er konnte vor Aufregung kaum schlafen. Abends arbeitete er mit Jak zusammen per Zirkel und Bleistift ihre Tagesrouten auf der Karte aus. Drei Tage lang lagen Gurte, Schnallen, Gürtel, Laufknoten, Seilrollen und Karabinerhaken im Wohnzimmer und wurden wieder und wieder überprüft.

Du tatst alles, was Jak dir auftrug. Du packtest seinen großen Rucksack und Jakkies kleinen, jeweils genau achtzehn und acht Kilo schwer, mit Unterhosen, T-Shirts, Socken, leichten Windjacken, Regenjacken mit Kapuze, langen Unterhosen, Schlapphüten und Golfmützen, einem Benzinkanister und Streichhölzern, einem Fläschchen Spiritus für schmerzende Füße, mit Schlafsäcken, Erdnüssen, Salz und Süßigkeiten. Dazu die Katapulte, die Rollen mit glattem Draht und Seil für Fallen, Messer, eine Taschenlampe, eine Tüte Vogelfutter, Wasserflaschen. Ohne das Gewicht zu überschreiten, packtest du in Jakkies Rucksack zusätzlich auch noch eine Tafel Schokolade, einige Rollen getrockneter Guavenpaste und eine Packung Kekse, doch Jak warf all das wieder hinaus, als er den Inhalt der Rucksäcke kontrollierte. Agaat stand in der Tür und beobachtete alles.

»Das ist doch kein Picknick«, sagte Jak, »wir werden unsere Kräfte mit der Natur messen. Sorge dafür, dass wir vor unserem Ausflug genügend Energie speichern, und halte Essen für uns bereit, wenn wir zurückkommen.«

Geschah das alles so unerwartet, wie es sich an jenem Morgen für dich anfühlte? Nein, im Grunde nicht. Die Zeichen waren da gewesen, du hattest sie nur nicht erkennen wollen. Vielleicht hatte Agaat damals schon einen viel besseren Überblick gehabt. Sie war immer die Erste gewesen, die dich darauf aufmerksam gemacht hatte, wie groß Jakkie geworden war. Seine ersten Schritte, seine ersten waghalsigen Sprünge, die ersten Runden allein auf dem Fahrrad, das erste Durchqueren des Flusses. Sie war es gewesen, die dich immer gerufen hatte: »Komm gucken, komm und sieh dir an, was er schon kann!« Und auch als Jak seinem Sohn am

Siloturm die Technik des Abseilens und Abstoßens gezeigt hatte, hatte sie dich gerufen. Du hattest immer nur wiederholt: »Hört nur, wie schön er singen kann«, doch was war das schon gegen die anderen Leistungen. Du warst nur über den dünnen Draht der Musik mit ihm verbunden, und du warst dir nicht einmal mehr sicher, ob er nicht bloß dir zum Gefallen noch dabei mitmachte.

Wenn Jak hörte, dass ihr musiziertet, lockte er Jakkie stets fort. »Schon wieder Traurigkeit nach Noten«, sagte er dann und forderte seinen Sohn dazu auf, ihn zum Joggen oder Rudern zu begleiten. Bei den Ferienwettrennen in Witsand stellten sie das beste Vater-Sohn-Team und kamen wiederholt mit glänzenden Pokalen und vergoldeten, auf Holzklötzchen montierten Kanus nach Hause. Sie waren schon mehrmals auf Tageswanderungen in den Bergen gewesen, doch diese Unternehmung war eindeutig eine Nummer zu groß. Die Schrammen, Blutergüsse und Löcher im Kopf, die du würdest kurieren müssen! Doch das war deine geringste Sorge. Hinzu kam diesmal noch das Risiko der Entbehrungen sowie die Gefahr, sich zu verirren, in der Wildnis, in der Kälte.

Doch war dies wirklich deine eigentliche Sorge?

Mein Kind, dachtest du, ich verliere mein Kind, erst an Agaat und jetzt an Jak, das Kind, von dem ich immer geträumt habe. Wenn du Jakkie die Hand auf den Lockenkopf legtest, spürtest du mittlerweile, wie er sich wegduckte.

»Ich komme mit«, erklärte Agaat, die hinter Jakkies Stuhl stehen geblieben war und die Hände auf die Rückenlehne gelegt hatte.

»Ich auch«, sagtest du.

Jakkie blickte unsicher zwischen euch beiden hin und her.

»Wir gehen allein«, bestimmte Jak. »Was sollen wir in den Bergen mit einer lahmen Frau und einer einarmigen Meid? Ihr könnt doch eure geliebte Farm nicht allein lassen! Stellt euch nur vor, was da passieren könnte!«

Er zwinkerte Jakkie zu.

»Die Kühe würden Scharlach bekommen, die Hammel würden einer nach dem anderen in der Tränke ersaufen, los, Jakkie sag schon, was würde noch passieren?«

»Die Hühner würden Schokoladeneier legen und die Schornsteine anfangen zu pfeifen«, antwortete Jakkie lachend, erleichtert, weil gescherzt wurde. Er stand jetzt auf der Seite seines Vaters.

»Tja, seht ihr, er weiß auch schon Bescheid«, sagte Jak. »Die Fenster würden sich ausstülpen, die Windpumpen weglaufen, die Leute würden sich gegenseitig die Eier abschneiden, die Hammel würden die Dienstmädchen decken. Diese beiden Fledermauspiloten hier dürfen es einfach nicht riskieren, auch nur einen Augenblick lang wegzusehen. Schau dir mal ihr Kontrollpanel an!«

Jetzt war Jak in Fahrt und gestikulierte mit Händen und Füßen.

»Luftdruck, Höhe, Rückenwind, Scherwinde, Fahrgestell, Schwingen, Plumpsklo, Kondensstreifen, furz rein in die Furt!«

Jakkie lachte laut.

»Oder fahren sie nur ein einfaches, altes Schiff, Jakkie? Backbord, steuerbord, Gänsekopf, es sinkt!«

Du konntest nichts tun.

Und auch Agaat hätte weder etwas ändern können noch wollen.

Du fragtest nicht, in wessen Mannschaft sie war. Wobei Mannschaft womöglich das verkehrte Wort war. Sie war in keiner Mannschaft, sie war eine Achse, eine Spindel, du hattest schon seit geraumer Zeit gespürt, wie sich die Teile um sie drehten, schneller und immer schneller, auch wenn sie selbst das unbedeutendste Rädchen zu sein schien.

»Wir kommen mit«, wiederholtest du.

»Ihr beide«, erwiderte Jak, »ihr bleibt genau da, wo ihr seid, und sorgt dafür, dass die Eukalyptusbäume keinen Typhus bekommen und dass Grootmoedersdrift nicht in einem Loch verschwindet, nicht wahr, Jakkie? Und am Samstag, den 17. September, werdet ihr uns am Pass mit Essen, Kaffee und frischen Kleidern erwarten. Kommt mit dem roten Bakkie, damit wir euch von oben gut sehen können.«

Es regnete an jenem Samstag, als ihr sie abholen solltet. Du hattest schon die ganze Woche, in der sie weg waren, Unheil gewittert. Du hattest es regnen gehört, bevor die ersten Tropfen fielen. Ein Platzregen würde es werden, so wie es in dieser Jahreszeit in den südwestlichen Distrikten zu erwarten war. Die Felsen würden spiegelglatt sein, die Gipfel im Nebel liegen, in den Schluchten würden die Wasserfälle rauschen. Agaat hatte Tag und Nacht an dem abstrakten, großen Regenbogenbild gestickt, an dem sie über Jahre immer dann gearbeitet hatte, wenn sie bedrückt gewesen war. Das Bild war just an dem Tag fertig geworden, bevor ihr aufbrechen wolltet. Sie hatte dir den Stoff hingehalten wie ein Menetekel, aber es war doch nur ein bedeutungsloser Lappen gewesen.

Du hattest schon zu Beginn der Woche die Rettungskräfte alarmiert und ihnen Jaks und Jakkies Route beschrieben. Du hattest dich über die Helikopter auf dem Swellengrebel-Flugplatz informiert. Je länger du darüber nachgedacht hattest, umso mehr hattest du es dir verübelt, nicht energischer protestiert zu haben. Es war unüberlegt gewesen, insgesamt achtzig Kilometer über Berggipfel und durch Schluchten und Flüsse zu wandern. Du konntest kaum glauben, dass du es zugelassen hattest.

»Nehmt noch andere Leute mit, nehmt ein Funkgerät mit«, hattest du zwei Tage vor ihrer Abreise gefleht. Im letzten Augenblick, ehe du sie absetztest, hattest du Jak einen kleinen Spiegel in die Hand gedrückt und ihm angeboten, mit den Bauern am Fuße des Berges abzumachen, zu einer bestimmten Zeit nach Blinkzeichen Ausschau zu halten, damit du erführest, wo sie waren.

»Hör auf mit dem Theater, Milla«, hatte Jak gesagt. »Aus allem musst du ein Drama machen, mit dir selbst in der Hauptrolle. Dazu ein Banner mit der Aufschrift: ›Frau verliert Mann und einzigen Sohn in einer Bergsteigertragödie!‹ Die Welt ist nun mal, wie sie ist, meine Frau. Das ist dein Problem. Du bist wie die hungrige Kuh in Jakkies Kinderbuch. Du ziehst das Unglück an, und es betrifft dann auch mich, uns alle hier. Du brauchst den Spiegel, nicht ich.«

Er hatte dir den Spiegel zurückgegeben. Seine Augen hatten

geflackert. Agaat und Jakkie hatten auf dem Rücksitz gesessen und alles mit angehört.

Dann kam der Samstag eine Woche später, der dunkle regnerische Morgen. Du hattest es nicht gewagt, noch einmal zu Agaat ins Zimmer zu gehen. Während der ganzen Woche, in der ihr gewartet hattet, war sie angespannt und in sich gekehrt gewesen. Sie hatte dir erneut das große Tuch mit dem Regenbogen gezeigt und etwas Merkwürdiges dazu gesagt.

»Breche und werde gebrochen«, hatte sie gesagt, »das ist das Gesetz des Lebens.«

Du hattest gewusst, dass es besser war, nichts darauf zu erwidern.

Ansonsten hatte sie sich unmissverständlich ausgedrückt. Sie hatte dich mit einer Liste in der Hand herumkommandiert, und du hattest ihre Anweisungen befolgt. Du warst vor Nervosität wie gelähmt gewesen und hattest nicht mehr klar denken können. Sie packte Decken, Handtücher, warme Kleider und Thermosflaschen mit süßem schwarzem Kaffee ein, dazu Gerstenwasser mit Zucker und Salz, wie sie es bei den Hütten den Babys mit Durchfall einflößte. Das Erste-Hilfe-Kissen. Zusätzliches Verbandsmaterial. Branntwein. Sie bereitete belegte Brote, Frikadellen und hart gekochte Eier zu, dazu ein Glas eingemachte Quitten, süße Plätzchen, Reisbrei, Zucker und Zimt, Sagopudding und Vanillesoße.

»Bestimmt sind sie hungrig wie die Wölfe«, meinte sie, »und dann müssen sie zuerst mit leichter Kost anfangen.«

Du beobachtetest jede ihrer Bewegungen. Die Becher, Teller, die Löffel, die sie in den Korb legte. Immer jeweils drei und dazu ihren eigenen Emailteller und -becher.

»Und wenn sie nicht kommen?«, fragtest du, »angenommen, wir warten dort den ganzen Tag bis zum Abend, und sie kommen nicht?«

»Ein feste Burg ist unser Gott«, erwiderte Agaat.

Der Klang ihrer Stimme hatte nichts mit Gott zu tun, und das »uns« schloss niemanden mit ein.

Sie bat Dawid, die Abdeckung über die Ladefläche des Bakkie zu spannen und eine Matratze darunterzulegen. Sie hatte beschlossen, dass wir im Auto übernachten würden, wenn sie nicht kämen, du hinten, sie vorne. Ihr würdet an der verabredeten Stelle warten müssen, bis sie einträfen. Sie ließ einen Sack Holz herbeitragen, damit ihr Feuer machen könntet, falls es nötig werden sollte. Du fingst an zu zittern, als ihr die Sachen im Morgengrauen einludet. Du merktest, dass du wütend warst, wütender als je zuvor in deinem Leben. Wegen all dem, was Jak dir angetan hatte. Doch deine Wut fand keinen Ausdruck. Sie war wie ein dünnes Band in dir. Du konntest sie nicht äußern, du hättest am liebsten geschrien und geflucht, aber es kam nichts aus dir heraus. Agaat brachte dir eine deiner grünen Tabletten und ein Glas Wasser.

»Nimm die«, sagte sie, »du bist ja das reinste Nervenbündel.«

»Was, wenn ...«, begannst du.

Doch Agaat fiel dir ins Wort. »Wenn das Wörtchen ›wenn‹ nicht wär.«

Sie war sachlich. Du wusstest, wie sie sich fühlte. Du glaubtest zumindest, du wüsstest es. Es würde ihr das Herz brechen, wenn Jakkie etwas zustieße.

Doch noch etwas anderes kam hinzu. Verachtung. Weil du zugelassen hattest, dass Jak dir das antun konnte. Und sie war rebellisch, weil ihr die Hände gebunden gewesen waren.

Noch im Morgengrauen hieltet ihr jenseits der Brücke in der ersten Bucht an, um auf Jak und Jakkie zu warten. Der Plan lautete, dass sie euch gegenüber auf dem höchsten Grat erscheinen, sich bemerkbar machen und dann horizontal am Berg entlang weitergehen würden bis zum Abstieg.

Als es allmählich heller wurde, dachte Agaat, ihr hättet sie womöglich verpasst. Du fuhrst weiter zu einer anderen Stelle am Pass, von wo aus du glaubtest, sie besser sehen zu können, gegenüber einer Schlucht, die sie am Hang überqueren mussten, sofern sie sich an ihren Plan hielten. Am Himmel brauten sich allmählich dunkle Gewitterwolken zusammen. Nebel hüllte den Rand der Schlucht ein. Ein schmaler Wasserfall toste weiß einen Felsspalt hinab. Im unteren Teil fiel er in feinem Sprühnebel in die wilde Natur, rechts und links flankiert von steinernen Löwenklauen. So hatte dir einst dein Vater an seiner Hand die Formation der Fußhügel erklärt. Die Rundungen der Tatzen waren mit Bietoubüschen bewachsen, und glänzend schwarze Felsen griffen wie Krallen ins dunkle Wasser.

Ab und zu leuchtete Glut hinter den Wolken auf, sodass die Farben der Felsen schärfer hervortraten. Du hattest das Gefühl, als würdest du all das lediglich durch dickes Glas sehen. Das lag wohl einerseits an der Beruhigungstablette, andererseits aber auch an der Anspannung des Wartens. Die Landschaft wirkte öd und leer, und der Geruch von klammen Laken, schwarzem Wasser und Granit stieg dir in die Nase.

Der Feldstecher wanderte zwischen dir und Agaat hin und her. Jedes Mal musstet ihr ihn wieder neu einstellen, denn ihr hattet unterschiedliche Sehfehler – du warst kurz-, Agaat weitsichtig.

Du verirrtest dich mit dem Feldstecher im fallenden Nebel und taumeltest in die schwarzen Tiefen der Schlucht. Einmal sahst du in den Höhlungen der Felsen das Gesicht deines Vaters, die scharfe Nase, die Falte zwischen den Augen, den traurigen Zug um den Mund. Immer wieder musstest du das Fernglas sinken lassen, um dich neu zu orientieren. Später gabst du ganz auf und schautest einfach nur ziellos umher, bis Agaat an dem Riemen zog, weil sie noch einmal hindurchschauen wollte. Wortlos putzte sie die Linsen mit dem langen Ärmel ihres Pullovers trocken.

Du dachtest an Jak, der am Abend vor der Abreise in der Tür deines Schlafzimmers erschienen war. Wortlos, seine Schritte so leise, dass du zunächst geglaubt hattest, es wäre Jakkie. Stumm hatte er sich an dich geschmiegt und seinen Kopf auf deine Brust gelegt. Du hattest dich nicht geregt. Du hattest ihn schlucken gehört, nach einer Weile die Hand auf seinen Hals gelegt und erschrocken festgestellt, wie sehnig er sich anfühlte, wie knochig sein Rücken, seine Wirbel, seine hervorstehenden Schulterblätter geworden waren. Du hattest gehofft, er würde dir erzählen, dass er die Route kannte wie seine Westentasche und dass er das Kind mit seinem Leben beschützen würde, aber er hatte es nicht getan. Stattdessen war er wieder gegangen, so still und leise, wie er gekommen war. Im Gegenlicht hattest du noch seine Silhouette gesehen, seinen Schädel mit den kurz geschorenen Haaren, seinen sehnigen Hals.

Stundenlang saßt ihr dort im Auto und wartetet, du und Agaat. Manchmal durchbrach ein Ausruf die Stille, wenn eine von euch glaubte, etwas gesehen zu haben, einen winkenden Arm, zwei Gestalten, die nebeneinander auf dem nebligen Grat standen, einen Schlapphut zwischen den silbrigen Büschen, einen weißen Kragen, der in einer Spalte verschwand. Aber es waren immer nur trügerische Nebelwolken oder eine Reflexion der Sonne, die ab und zu heller durch die Wolken schien und die Farben zwischen den schwarzen Felsen aufflammen ließ.

»Komm, lass uns zum Abstieg fahren«, schlug Agaat nach einer Weile vor, »vielleicht warten sie dort bereits auf uns.«

Du fuhrst langsam, um ihnen eine Chance zu geben anzukommen, dann wieder schneller, um rechtzeitig dort zu sein, falls sie bereits eingetroffen wären. Als ihr weiter über den Pass fuhrt, zwischen den schroffen Felsen hindurch, den schwarzen Fluss tief unter euch, musstest du unwillkürlich an die Fahrt denken, die zwölf Jahre zurücklag. Agaat suchte die Gipfel ab, das Fernglas fest vors Gesicht gedrückt. Du sahst ihrem Mund an, dass sie das Gleiche dachte wie du. Du hörtest sie vor sich hin murmeln.

»Ich klettere da rauf, ich schleif euch aus euren Löchern, ich hol euch da runter, ich belle so laut über den Pass, dass ich die Paviane von hier bis Swellendam aufscheuche, damit ihr daran hören könnt, dass ich euch suche.«

Wie lange wartetet ihr noch dort am tiefsten Punkt des Passes bei den roten Felsen? Eine Stunde? Zwei Stunden lang? Ab und zu musstest du kurz den Motor einschalten, um die Scheibenwischer in Gang zu setzen. Zwischen kurzen Sonnenphasen fiel der Regen in blauen Böen. Ständig saht ihr beide auf eure

Armbanduhren, doch es ging euch nicht um den Stand der Zeiger, nicht darum, ob es zehn, elf oder zwölf war, sondern du und Agaat, ihr maßt andere Dimensionen, andere Distanzen, Veränderungen.

»Bitte sag mir, dass sie kommen werden«, flehtest du sie an.

Sie warf dir einen schnellen Blick zu. Ich?, besagte dieser Blick. Du willst, dass ich dich beruhige? Das muss ich ja wohl tun, nachdem du diese Schwierigkeiten verursacht hast, du zusammen mit deinem Baas!

Doch nach einer Weile murmelte sie trotzdem: »Sie werden kommen.«

Agaat sah sie zuerst, im Regen, zwei dunkle, kleine Bündel, die langsam die Felsen hinabkletterten.

»Da, da!«, rief sie.

Ihr grifft gleichzeitig nach dem Fernglas, ihre Hand lag auf deiner.

»Gib es mir«, bat sie, »gib es mir, ich beobachte sie.« Sie riss dir das Fernglas aus der Hand. Du ließest sie gewähren. Du flehtest sie mit den Augen an: »Bitte, lass es wahr sein!«, und sie sah dich mit der üblichen Botschaft im Blick an.

»Jetzt stell dich nicht so an, entweder sie sind es, oder sie sind es nicht, ich bin doch nicht der liebe Gott.«

Du starrtest Agaat an, während sie das Fernglas einstellte. Ihr Mund bewegte sich, eine Nachempfindung dessen, was sich an der Felswand bewegte. Oder auch nicht bewegte. Was sie wohl sah? Bergziegen, Brocken abrutschender Erde, Büsche, die durch die Nässe entwurzelt worden waren und abstürzten? Der Berg hatte euch schon den ganzen Morgen über genarrt.

»Sie sind es«, brachte sie schließlich hervor.

Du griffst nach dem Fernglas. Aber statt deines Mannes und deines Sohnes fandst du nur ein Wirrwarr von Flächen, Kanten und Spalten im Fels.

»Wo, wo?«, schriest du, und Agaat dirigierte dich. Sie zog und schob das Fernglas zurecht. Ein Einschnitt da oben. Etwas weiter unten, nach links. Wo der Felsen roter wird, oberhalb des Grats.

Und da waren sie, in ihren grünen Regenjacken. Eng an die Felswand geschmiegt, reglos, bevor sie beide gleichzeitig umgriffen und mit dem Fuß neuen Halt suchten. Jakkie war mit einem Seil an Jak festgebunden, doch du erkanntest, dass das nutzlos war. Sie hatten sich nicht mit Haken im Fels gesichert. Sie trugen ihre Rucksäcke. Sie brauchten nur ein klein wenig das Gleichgewicht zu verlieren, und sie würden abstürzen. Die Wand war zu eben, es gab kaum Möglichkeiten, um sich festzuhalten.

Du konntest es nicht mit ansehen. Du gabst Agaat das Fernglas zurück und ließest den Kopf aufs Steuer sinken.

Sie versuchte, dir mitzuteilen, was dort vor sich ging. Deine Ohren rauschten. Du hattest das Gefühl, ohnmächtig zu werden. Was war das plötzlich auf deinem Rücken? Agaats kleine Hand? Was war das, was sie da für dich nachzeichnete? Jaks und Jakkies Bewegungen an der Bergwand entlang deines Rückgrats, entlang der Wölbungen und Gruben deiner Wirbel, Tradouw, der Weg nach unten.

»Sie sehen uns! Sie winken uns zu! Schalt die Scheinwerfer ein!«

Du wolltest nicht hinsehen, du wolltest nicht winken, und du wolltest die Scheinwerfer nicht einschalten. Agaat hielt dich über jede Bewegung der beiden auf dem Laufenden. Sie berichtete, wie Jak die Rucksäcke abseilte, wie er die Haken befestigte, die Seile verlängerte, wie er den Steinhaken, der das Hauptseil halten sollte, tiefer als die anderen einschlug, wie er Jakkies Gurte kontrollierte, die Flaschenzugrollen, die Schnallen, die Schlaufen. Wie er sich als Erstes abseilte.

Du wolltest immer noch nicht hinsehen. Als Agaat wieder zu sprechen begann, klang ihre Stimme verändert.

Ein Kratzen und Klicken, Glucksen und Zischen, Murmeln und Murren drangen aus ihr hervor. Du presstest die Augen noch fester zusammen. Du spürtest, wie sie sich neben dir auf dem Beifahrersitz regte. Ihre Schürze raschelte; es klang wie das Zischen eines Truthahns. Dann schrie sie. »O mein Gott! O mein Gott!« Sie sprang aus dem Auto, ließ die Tür offen stehen, und plötzlich stieg dir würziger Kräutergeruch in die Nase. Du hobst den Kopf und öffnetest die Augen.

Sie stand direkt vor dem Kühler des Autos, unmittelbar vor dir, sodass du nicht sehen konntest, was unten in der Schlucht geschah. Du ahntest es, es war, als fluchte sie mit ihrem ganzen Körper. Sie gestikulierte mit Armen und Beinen, ahmte das Hängen, das Gleiten, das Abstoßen mit den Füßen nach. Die Spitze ihrer Haube hob und senkte sich, als führte sie ein Eigenleben, ein schwarz-weißes Wesen, das schöpfte, den Nacken krümmte, nach vorn abkippte. Agaat ging in die Knie, stellte sich auf die Zehenspitzen, schwankte seitwärts, trat einen Schritt nach vorn und einen Schritt nach hinten.

Du konntest nicht länger sitzen bleiben. Du musstest raus.

Jakkie hing dreißig Meter über dem Boden, zu weit weg von der Wand, seine Beine zu kurz, um Halt zu finden. Er versuchte mit dem Pickel, die Wand zu erreichen, aber er war zu weit davon entfernt.

»Du musst vor- und zurückschaukeln!«, versuchte Jak, ihm von unten zu signalisieren. »Schwing dich nach vorn zur Wand!« Jak gestikulierte mit beiden Armen. Nach vorne, nach vorn!

Du konntest erkennen, wie Jakkie versuchte, mit den Beinen Schwung zu holen. Doch es gelang ihm nicht. Seine Beine hingen kraftlos herunter. Er sah nach oben. Irgendetwas stimmte da nicht. Es war der Haken an den Wand, er begann, sich zu lösen. Jakkie zupfte daran und bedeutete Jak: Es gibt ein Problem.

Da ruckte das Seil ein winziges Stück weit, und Jakkies Kopf flog herum, als es sich wieder spannte.

»Spring!«, schrie Jak, »mach dich los!« So klang es zumindest, du konntest nicht genau verstehen, was er rief. Nur aus Jaks Gebärden konntet ihr ableiten, was er Jakkie auftrug. Schneid die Gurte durch! Lass dich einfach baumeln! Lass dich an den Armen hängen, bis du still hängst, ganz still, halt dich aufrecht, die

Beine zusammen, schneid dich los! Ich fang dich auf, ich bin hier! Er schlug sich mit der flachen Hand auf die Brust, ich bin hier, ich bin hier, ich lasse nicht zu, dass du dir wehtust, ich stehe hier felsenfest, für dich!

Er drehte sich zu euch um, um euch ebenfalls zu signalisieren, dass er da war, die Hand auf der Brust.

Da wurde dir schwarz vor Augen. Agaat hielt dir die kleine Hand auf den Hinterkopf, die große Hand vor die Augen.

Als sie sie wieder wegnahm, lag Jak rücklings auf den Felsen und Jakkie über ihm. Du konntest nicht erkennen, wo der eine Körper aufhörte und der andere anfing.

Agaat hatte sich die Schürze über den Kopf geworfen und sich vornübergebeugt.

Hattest du richtig gehört?

»Même«, stöhnte sie, »ai, Même, sag bitte, dass sie sich bewegen, bitte, sag es mir!«

Es dauerte eine Weile, bevor Leben in sie zurückkehrte. Allmählich lösten sie sich voneinander. Ihre grüne Kleidung zeichnete sich deutlich vor den Steinen ab. Dann näherten sie sich wieder einander. Jak hielt Jakkie im Arm, die Beine des Jungen über seine gelegt, und rieb ihm über den Körper. Er fuhr mit der Hand unter seine Jacke, um seine Rippen zu zählen, um zu fühlen, ob sie alle heil waren, die Knochen deines Kindes.

welche reste des heil- und des festmachens und des zusammenfügens und des reparierens gelangen hier unter meine grifflosen hände hunderte garnspulen dreizehn päckchen singernadeln singerspulen und ein reservefuß zwei silberne fingerhüte ein lackierter stopfpilz dunkelbraun mit geriffeltem rand ein verschlissenes maßband stricknadeln aus metall aus plastik in allen stärken häkelnadeln für deckchen für tischläufer nadelkissen knopfschachteln knöpfe für jacken kleider blusen nagelneue reißverschlüsse in allen farben des regenbogens schnallen lochahlen flachsgarn für übungslappen eine rolle dünnen lederriemens ein knäuel stopfwolle für schwarze socken ösen bronzefarben und schwarz aus metall verstärkungsband für kleidergürtel druck-

knöpfe pailletten filzösen gold- und silberdraht ein stück hutband mit drei federn päckchen mit hosengummi schmal und breit schaumstoff für schulterpolster ein satingürtel brokatumschläge schnürsenkel weiß schnürsenkel schwarz schnürsenkel braun und rot hutnadeln krawattennadeln manschettenknöpfe mützenbommeln weiße süßwasser- und salzwasserperlen ohrringe broschen mas ring mit den sechs granaten der siegelring meines vaters der verlobungsring und der trauring den meine finger nicht vertrugen eine schachtel mit katzensilbersplittern feldspat achat quarz eine jakarandasamenhülse eine walnussschale beide mit dem datum der liebe von stellenbosch drei rollen und schnallen eines kletterseils lege sie in den delfter teller in den schnabel des storchen falls er kommt unser sohn wenn er zurückkommt augentrost und ehrenpreis hier unter meinen umhertastenden fingerspitzen raschelt ein handarbeitskörbchen kaltes futter eines schmuckkästchens daumen und zeigefinger haben sich von der kindlichen welt gelöst frei von gottes krimskrams die habseligkeiten einer frau ringe scherben spulen die nun entschlüpfen und über die dielenbretter rollen es gab eine zeit in der ich sticken konnte umändern konnte borten ansetzen konnte reihen und stopfen konnte stiche machen knopflöcher nähen und stricken konnte ösen bohren konnte säumen konnte anstecken aufstecken festhaken konnte das pedal der nähmaschine treten die welt mit sich selbst versöhnen ihre aufschläge schließen ihre garne weben ihre pailletten setzen und matratzen mit rosshaar füllen und alles ansehen und es gut finden hier unten hier unten drin sind sogar noch muster für hemden für kleider für hosen nimm sie nur und mach damit was du willst von jetzt an bin ich eine unverzierte frau meine lumpen und meinen zierrat kann niemand zusammenfügen es gibt keine karte oder wegbeschreibung um mich anzuleiten

Sonntag 11. März 1972 vier Uhr nachmittags

Habe A. gesucht wie eine Stecknadel im Heuhaufen. Nicht verwunderlich dass sie unzufrieden ist. Sie hat sich doch so darauf gefreut dass Jakkie am Wochenende aus Heidelberg nach Hause kommen würde aber er hat einen Klassenkameraden mitgebracht & sie sind sofort mit Jak zusammen zu einer Flugschau ans Kap gefahren. Sie kommen erst morgen am späten Nachmittag zurück. A. hat gekocht & gebacken aber sie haben nur ein bisschen von ihrem Biltong & ihrem Früchtebrot als Proviant mit auf den Weg genommen. Du kannst ihm & seinem Klassenkameraden doch wieder ein leckeres Fresspaket mit ins Internat geben tröstete ich sie aber ihre Mundwinkel blieben unten. Muss sie finden.

11. März sechs Uhr

Habe gerade einen Blick in die Molkerei geworfen da flirtet Julies mit A. Komm mal her sagte er meine Aschekartoffel wie geht's & er tat so als würde er das zu der Kuh sagen doch ich wusste dass es für A. bestimmt war. Er sah sie nicht an & sprach mit dem Euter das er gerade melkte. Warum sie den ganzen Tag suchend zwischen den Hügeln umherlaufe wie eine Katze fragte er. Ist sie vielleicht rollig wie ein Luchs oder ein Tiger? Faucht sie mich an? Es heißt sie würde die ganze Zeit nur sticken & hätte nur Augen für Nadel & Stoff stich stick schnipp schnipp & sie guckt dabei nicht nach links und nicht nach rechts schade um diese Möpse & den Hintern dieser vertrockneten Süßkartoffel. A. stellte sich taub & strich schrr, schrr die Erstmilch jeder einzelnen Kuh durch das Sieb.

Dachte bei mir halt doch den Mund Julies wollte mich aber nicht einmischen & wollte sehen was geschah & versteckte mich hinter dem Tank. Es war bestimmt nicht das erste Mal aber s. sagte nichts & er machte einfach weiter.

Er sagte na schön sein Fuß sei krumm & schief seitdem er damals in die Winde geraten sei aber er wisse Gaat sei dabei gewesen & habe ihn gepflegt wie eine Krankenschwester. Er habe gefühlt wie sie seine Adern abgedrückt habe damit er nicht verblutete & wie sie ihn wiederbelebt habe damit er nicht den Löffel abgäbe &

dann habe er gesehen wie sie weißen Verband mit ihrem glänzenden Scherchen abgeschnitten schnipp schnipp schnipp & wie s. so lieb seinen Kopf gedreht & sie die Enden fein säuberlich mit Klammern festgesteckt habe. Aber sein Fuß werde nie wieder in Ordnung kommen & seine Zehen schleiften unbeweglich durch den Sand er würde eiern wie ein Rad ohne Nabe. Mit diesem Hinkefuß würde er nicht zum Mond kommen aber welcher Mann wollte schon den Mond sehen wenn er eine Süßkartoffel soßen könnte? Er dächte der olle Hinkefuß hätte vielleicht eine Chance bei dem kleinen Bügeleisen & zusammen hätten sie doch drei gesunde Beine & drei gesunde Arme & das würde doch reichen um oben auf den Luzernehaufen zu klettern. Dabei zog er die ganze Zeit weiter ungeschickt am Euter. S. solle nur vorher um Gottes willen diese spitze Haube & diese schneeweiße Schürze abnehmen sonst würde er sich vorkommen wie in einem Krankenwagen tatütata. Er würde ihr ein geblümtes Kopftuch schenken er würde ihr ein rotes Kleid mit Blümchen & mit einer Schleife um die Taille schenken & was sie davon halten würde? Tschorr tschorr melkte er ungeschickt den Kopf an den Bauch der Kuh gedrückt & Agaat ignorierte ihn noch immer vollkommen.

Wünschte ich mir sie hätte ein Herz? Oder fürchte ich mich davor? Was fürchte ich mehr: dass s. ein Herz hätte oder keines?

1. Mai 1973

A. ist nicht mehr dieselbe seit Jakkie in Heidelberg aufs Internat geht. Jedes Mal wenn er am Wochenende nach Hause kommt schuftet sie sich halb zu Tode. Sie fegt die Gartenwege schrubbt die Veranda wäscht die Gardinen & putzt die Türknäufe & alles Kupfer & Silber & sie backt Kuchen & Torten & Pasteten die er mag. Sie strickt ihm wunderschöne Zopfpullover mit Wolle die sie von ihrem eigenen Geld kauft wenn wir in die Stadt fahren. Er ist doch kein König wende ich ein er ist ein Kind jetzt rackere

besser. Ich sehe dass sie extra Heu macht & kürzlich hat s. mit ihrem letzten Gewinn ein paar Fässer Melasse von der Genossenschaft bestellt & regelmäßig treibt s. ihre Merinos an der Furt entlang für ein paar Tage ins Gras & hütet sie persönlich damit sie sich an dem langen Gras dort satt fressen können. Nur ihre Ziegen sind eine Plage sie sind halb zahm & brechen manchmal aus ihrem Gehege aus & fressen meine Gartenpflanzen.

12. Juli 1974

Heute mit A. zu ihrem 26. Geburtstag ausgefahren. Wie die Zeit verfliegt! Wir haben am Huisrivier ein Picknick gemacht. Von dort aus konnten wir sehen wie die neue Passstraße angelegt wird. Solide dicke Steinmauern werden rechts & links aufgetürmt. Wenn wir diese Straße schon gehabt hätten als Jakkie geboren wurde sagte sie aus heiterem Himmel dann hätten wir gar nicht erst anhalten müssen. Seit langer Zeit hat s. mal wieder »du« zu mir gesagt.

Jakkie hat ihr zum Geburtstag ein Päckchen geschickt das s. beim Picknick geöffnet hat eine blutrote Schürze mit einem Kärtchen dazu das ich nicht sehen durfte & das sie verstummen ließ für den Rest des Picknicks & auf dem ganzen Weg nach Hause. Ach sie sehnt sich so nach ihm! Er sagt er singe in Heidelberg im Schulchor aber die Musiklehrerin habe absolut keine Ahnung.

14. September 1974

Jakkie in den Frühlingsferien zu Hause. Geschäftige Zeit auf der Farm. A. hat den ganzen Tag zu tun & Jakkie langweilt sich ein bisschen. Ich habe ihm angeboten ihm mit dem Deutschen zu helfen aber er will nicht. Daraufhin sagte ich: Komm lass uns singen das ist die beste Methode eine Sprache zu lernen aber eigentlich wollte ich hören wie er jetzt nach dem Stimmbruch klingt. Ich brachte ihm »Der Musensohn« bei. *Und nach dem Takte reget /*

Und nach den Maß beweget. Er hat einen hübschen Tenor wie ich es vermutet habe & noch immer dieses Feingefühl ach es wäre eine Sünde wenn er das nicht entwickeln würde. Das Wichtigste aber ist dass ich wieder ein bisschen Kontakt zu ihm bekommen habe.

Samstag 15. Februar 1975 halb sieben

Schrecklicher Tag! Bin allein zu Hause & habe das Gefühl verrückt zu werden. Was muss ich tun um dieser Hölle zu entkommen? Es scheint als sei alles was ich unternehme verdammt.

Sind heute schon um vier Uhr Nachmittag nach einem langen Wochenende in Witsand zurückgekehrt. Vermisse Jakkie so sehr jetzt da er in Stellenbosch zur Schule geht & im Strandhaus ist die Atmosphäre normalerweise entspannter. Ich dachte es wäre vielleicht nett wenn wir als Familie am Wochenende dort im Hotel gemeinsam essen gehen würden aber es war ein Fiasko! Jakkie (der allmählich aufklärerische Gedanken hegt) sagte er wolle nicht mit wenn A. nicht auch kommen dürfe. Da hast du es sagte Jak in Gdrft ist A. Gouvernante aber außerhalb der Farm ist sie nur ein Hausmädchen & ich solle mir nur ansehen was ich in meiner Allwissenheit erzogen hätte jetzt habe Jakkie auch schon merkwürdige Flausen im Kopf.

Es wird doch bestimmt einen Raum für das Küchenpersonal geben dachte ich irgendetwas wo A. sich hinsetzen & essen könne. Schließlich ist s. mit ihrer schönsten Haube widerwillig & nur Jakkie zuliebe mitgekommen dort angekommen wollte sie nichts wissen von der Hotelküche & wich nicht von der Stelle & blieb im Auto sitzen & da ist Jakkie aufgestanden ohne sich zu entschuldigen oder ein Wort zu sagen & hat seinen Teller voller Essen hinausgebracht & ihn Agaat gegeben & da hat sie ihn offenbar so ausgeschimpft dass er den Teller mit Essen auf den Boden geworfen hat das hat wiederum Jak herausgefunden denn als Jakkie nicht zurückkam an den Tisch ist er nachsehen gegangen & als sie schließlich beide in den Speisesaal zurückkehrten war Jakkies Gesicht dunkelrot & seine Lippen ganz weiß. Später habe ich erfahren dass Jak ihn vor A. mit seinem Gürtel verprügelt hat – wie kann Jak so etwas tun? Der Junge ist schon fünfzehn & muss sich doch furchtbar schämen. Es herrscht eine schreckliche Stimmung denn wir mussten im Strandhaus noch alles zusammenpacken & Jak schrie jeden an & raste dann wie der Teufel in nur zwei Stunden hierher zurück. Als wir zu Hause ankamen musste Jakkie sofort packen J. befahl Dawid ihn im Bakkie zurück nach Stellenbosch zu fahren.

Agaat ist verschwunden es ist schon fast dunkel & sie ist noch nicht wieder zurück was soll nur aus uns werden? Jak ist außer sich & in seinem Trainingsanzug zum Laufen hinausgestürmt. Wie können sie mich nach all dem so alleine lassen?

15

Zum Abendessen gibt es Spinat. Zum Nachtisch werden gedämpfte Backpflaumen serviert.

Grünes und schwarzes Essen. 12. Dezember. Bereits auf dem Kalender vermerkt, ins Logbuch eingetragen.

Püree.

Mit dem Braun-Mixer püriert.

Simm summ.

Danach noch drei Mal durchs Sieb passiert.

Fein, aber reich an Ballaststoffen.

Agaat kam vorhin an die Tür, um mir alles haarklein zu berichten, die kleine Hand in der großen. Sie konnte den Unterton in ihrer Stimme nicht verbergen, konnte und wollte mir die Einzelheiten des Püriervorgangs nicht vorenthalten. Sie hat es versucht, war aber machtlos. Triumphierend klang es. Abgehackt. Eine wahre Lektion in Eloquenz. Die Lippen spannten sich um die P-Laute, und sie stieß den Atem hervor, als hätte sie lieber gesungen. Könnte ich ihr doch nur ein wenig soufflieren! Ein Libretto für die große Purgationsszene. Primadonna auf dem Bett des Prokrustes.

Oder etwas in der Art.

In ihrer heutigen Verfassung würde sie die Sache jedoch eher unverblümt beim Namen nennen.

Manchmal frage ich mich, ob wir in jenen letzten Tagen eine gemeinsame Sprache finden werden, mit der wir uns verständigen können, als könnte ich plötzlich wieder sprechen.

Eine Sprache, mit der wir letzte Witze reißen könnten.

Oder erste Witze.

Ein erstes Lächeln.

Ein erstes Wort.

Doch vielleicht hätte zu viel Gerede verhindert, den Punkt zu erreichen, an dem wir jetzt sind. Wo dieser Punkt liegt, weiß ich nicht einzugrenzen. Ich kann nur raten. Und Agaat muss ebenso raten. Unsere Positionen im Atelier. Wer von uns sitzt auf dem Stuhl der Zeichenlehrerin, und wer ist das Modell auf dem Podium? Nein, ich habe eher das Gefühl, als wären wir beide Anfängerinnen mit einem Stück Kohle in der Hand, erschrocken über unsere eigene Nacktheit, ohne jemanden, der uns bei der Anfertigung einer naturgetreuen Wiedergabe unterrichtet.

Vielleicht interpretiere ich zu viel in ihre Worte und Taten hinein und bilde mir ihre Niedertracht nur ein. Oder ihre Güte. Vielleicht leide ich aufgrund des Sauerstoffmangels längst an Halluzinationen.

Oder bin ich klarer bei Verstand denn je? Vielleicht versucht sie mit aller Macht, mich bei Bewusstsein zu halten? Indem sie mich mit Nachschub versorgt und mich mit Reizen konfrontiert.

Ich weiß, wie Agaats Verstand arbeitet. Sie kennt keinen Respekt vor einem hilflosen Menschen. Höchstens Mitleid. Aber nicht lange, dann will sie Zeichen der Selbstständigkeit sehen. Sie weiß, dass sie diese in mir hervorrufen muss, wenn sie sie sehen will, Reaktionen, Widerstand. Denn erst, wenn sie mir Gegenwehr entlockt hat, kann sie mich wieder unterwerfen.

Spinat und Backpflaumen also.

Ihr entschlossen vorgerecktes Kinn spricht eine deutliche Sprache.

Sie wird meine Verstopfung nicht länger tatenlos hinnehmen.

Sie übernimmt jetzt die Kontrolle über meinen Darm.

Wenn sie schon nichts anderes aus mir herausbekommt, dann wenigstens das.

Du wirst scheißen, sagt ihre Haltung. Für sie werde ich mit Wonne auf die Bettpfanne gehen. Und wenn es das letzte Mal ist. Dies hier werde ich ihr nicht nehmen. Und wenn auch mein Mund gelähmt ist und ich zu feige bin, ihr länger als unbedingt notwendig in die Augen zu sehen, wenn ich auch zu undankbar bin, um schätzen zu können, was sie hier in meinem Zimmer für mich errichtet hat. Doch mein Magen, mein Magen und sein Überlauf gehören ihr. Mein letzter ehrbarer Mechanismus. Sie wird ihn für mich in Gang setzen. In Gang setzen und arbeiten lassen. Denn die Nacht rückt näher.

Wenn ihre Darreichungen nicht den gewünschten Erfolg haben, schiebt sie eine Röhre in mich hinein und pumpt lauwarmes Salzwasser hindurch. Ist mir das lieber? Das Gluckern in meinen Eingeweiden, während ich vollgepumpt werde wie ein Benzinkanister? Das Bett um fünfzig Grad gekippt? Wenn ich an den Füßen geschüttelt werde, damit die Luftblasen nach oben steigen?

Hat sie vergessen, dass sie meine Füße umarmt hat? Oder spielt sie mir vor, dass das keinerlei Bedeutung hatte? Weiß sie wirklich nicht mehr, dass sie den Kopf über meine Waden gebeugt und ihre kostbare Haube an meinen Knöcheln zerknittert hat?

Doch das war gestern. Heute, so scheint es, steht sie wieder mit beiden Beinen fest auf der Erde. Die Haube thront aufrecht wie ein kapholländischer Giebel auf ihrem Kopf. Vielleicht hat sie eigens für diesen Anlass eine neue Haube bestickt. Eine Allegorie. Millionen Röhrchen, die durch die Sterne fliegen, hinein in das Schwarze Loch, um das Böse anzulocken, bis es ein Lebenszeichen von sich gibt?

Komm, Agaat, beug dich hinunter zu mir, damit ich mich vergewissern kann, dass dies deine neueste Stickstrategie ist. Schick mir einen Traum von deiner Nadelspitze. Wie viele Engel tanzen dort? Wirst du mich als Stickerin von Sterbebettgeschichten in den Himmel begleiten? Wie sollte deine Sterbebettbegleiterin sein, wenn du sie dir aussuchen könntest?

Zum Abendessen gibt es Spinat. Und zum Nachtisch Backpflaumen.

Richtig vornehm hat sie sich ausgedrückt. Im Brustregister des haushalterischen Mezzo – sie, die unter allen Umständen Haltung bewahren muss, eine Stewardess auf dem Flug ins Verderben, eine Kellnerin aus *Flammendes Inferno*.

Als sänge sie von Entenzungen in Portweinsoße, von Kürbisblüten in Backteig.

Das Mahl ist seit dem Morgen mit großem Pomp und bis ins letzte Detail vorbereitet worden. Der erste Blick – Wart nur, was auf dich zukommt, Mevrou! – wurde mir nach dem Frühstück zugeworfen, als ich noch unverrichteter Dinge auf der Pfanne lag. Mit einer Schüssel voller federnder, an den Rändern eingerollter Schnittspinatblätter frisch aus dem Beet marschierte sie durch den Flur, um das Gemüse im Bad zu waschen. Frisch aus ihrem Gemüsegarten, auf den sie so stolz ist. Links, rechts, links, rechts, es fehlten nur der Tambourstab und die Trompete. An besseren Tagen tritt sie mit sonnengereiften Erdbeeren an mein Bett und lässt mich daran riechen, bevor sie sie mit der Gabel zerdrückt. Doch heute gibt es Grünzeug. Grün, die Farbe des Drachen. Die Fahnen, die in der letzten Schlacht um das Flusstal wehen.

Ich habe gehört, wie sie den Spinat in der Badewanne ausgiebig geputzt hat. Sie rührte, schüttelte und spritzte. Heute Mittag wehte mir dann der Duft in die Nase, als sie das Gemüse mit Zwiebeln in Butter schmorte. Und mit einem Stück Speck, wenn mich mein Geruchssinn nicht trog. Vor einer Stunde begann dann der Braun in der Küche zu singen, der Pürierstab, auf höchste Stufe gestellt. Simm summ, sechs, sieben, acht Füllungen. Ich hörte den nassen Spinat in der Rührschüssel wallen und sah im Geiste den Brei an der Schüsselwand hinunterlaufen. Wer soll das alles essen? Sie wird drei Teelöffel in mich hineinbekommen, vielleicht vier. Und sie selbst wird nichts davon wollen.

Sie hat genug Spinat für Heerscharen verstopfter Patienten zubereitet. Vielleicht ist ihr danach, ein ganzes Krankenhaus voll Bettlägeriger zu versorgen und ihre Anwendungen an jedem Bett zu wiederholen. Damit eine Revolution der Scheißenden ausbreche, die sie wiederum mit einer Gegenoffensive unterdrücken wird. Sie muss sich zu Tode langweilen. Seit drei Jahren immer die gleichen Abläufe, wieder und wieder, das Waschen, das Füttern, die Bettpfannen.

Endlich weiß ich, was sie mit ihren lautstarken Vorbereitungen erreichen will. Sie will Aufmerksamkeit. Sie will Spannung aufbauen. Sie will, dass ich höre, dass sie im Anmarsch ist. Mit Trommelwirbel. Tralali, tralala.

Hat sie es meinetwegen oder ihretwegen getan? Vielleicht kann sie es inzwischen kaum glauben, dass sie es schon so lange mit mir ausgehalten hat. Drei Jahre Sterben. Die Tagebücher eines ganzen Lebens. Vielleicht kommt sie sich inzwischen selbst wie ein Gespenst vor und hält sich nur durch das Bewusstsein meiner Abhängigkeit von ihr noch auf den Beinen.

Das eine alte Gespenst war krank, das andere hat ihm geholfen. Lang sollen sie leben!

Wer hat dieses Lied zum ersten Mal gesungen?

Zwei Gänse haben es mitgebracht.

Macht Tote lebendig.

Macht Kranke gesund.

Die vollgeschissene Braut. Die dreieckige Pfanne.

Was wäre Agaat ohne ihre Ouvertüren?

Die Backpflaumen kochen schon seit dem frühen Morgen. Ich habe gehört, wie sie die Packungen aus dem Vorratsschrank holte, eins, zwei, drei. Ich habe gehört, wie sie die Pflaumen ins Wasser gab, um sie einzuweichen, bevor sie sie auf den Herd stellte, und ich hörte, wie sie die Pflaumensteine – pling, pling, pling – beim Entsteinen in eine Emailschüssel fallen ließ.

Hier kommen sie, Mevrou de Wet! Sehen Sie nur, hier, Ihre Pflaumen. Gesünder als jede Kur.

Im Stillen hoffe ich, dass sie nachgibt und mir stattdessen doch noch ein Soufflé zubereitet. Einfach so aus reiner Güte. Ob das der Grund für ihren strammen Schritt ist, der sich auf dem Flur nähert? Ein hoch aufgegangener hellgrüner Spinatsoufflé-Puffer in einer weißen Schüssel?

Nein. Sie sucht eine Kassette aus. Klipp, klapp, legt sie sie in den Rekorder ein. Lautstärke. Balance. Kein Soufflé. Der Sklavenchor. Der Große Marsch. Va pensiero.

Ich kenne das, dieses unvermittelte Einschalten der Musik. Die Begleitung zum Essen, wenn sie keine Lust hat, sich mit mir zu unterhalten.

Manchmal dient die Musik als Vorwand. Wenn Gäste kommen. Um sie zu verjagen, legt sie manchmal absichtlich das Geklimpere und Geklopfe von Blechgitarren und Trommeln auf, für das Jakkie sich interessiert. Damit ich nicht höre, was sie im Wohnzimmer mit den Besuchern bespricht. Doch was will sie plötzlich übertönen, nachdem sie den ganzen Vormittag lautstark Spinat püriert und Pflaumen ins Wasser hat plumpsen lassen? Ich spitze die Ohren. Tschick, höre ich trotz der Musik. Und noch ein Tschick. Die Türen des Sideboards werden geöffnet und wieder geschlossen.

Was kann das sein? Was immer es ist, es kommt mit langsamen Schritten im Takt der Musik den Flur hinunter.

Ich wage es nicht zu hoffen. Das wäre fantastisch, genau der richtige Zeitpunkt!

Was sehe ich?

Ja, ich sehe. Meine Augen sind geöffnet. Ich muss ihnen glauben. Mit den Kartenrollen im Arm marschiert sie feierlich ins Zimmer. Wie eine Opfergabe. An der Tür bleibt sie stehen, damit ich die Rollen in Ruhe ansehen kann. Mit einer Hand zieht sie einen Stuhl heran. Ihr Gesicht ist vollkommen ausdruckslos. Sie klettert auf den Stuhl. Sie nimmt eine Rolle nach der anderen, hängt sie an ihren Schlaufen an der Bilderleiste auf, öffnet sie aber nicht. Sie sind noch immer eingerollt und mit Kordeln zusammengebunden.

In Ordnung, Agaat, Mevrou versteht den Handel.

Ein Schiss für jede Karte. Kein schlechter Tausch.

Stuhlgang für die Übersicht. Eine volle Pfanne für ein Panorama von Grootmoedersdrift.

Wer außer Agaat könnte auf die Idee kommen, die Erfüllung eines Wunsches mit der Darmfunktion zu verknüpfen?

Ja, Agaat, du hast natürlich recht, Mevrou wird einen Scheiß sehen. Ich weiß, wie deine Logik funktioniert. Erst Jak und jetzt ich. So berechnet, dass wir uns alles selbst zuzuschreiben haben.

Sie erwartet, dass ich ihr applaudiere. Jetzt da ich so müde und erschöpft von allem bin, was sie mir unter die Nase gehalten hat. Jetzt da mein Atem so mühsam und flach geht. Jetzt da ich zum letzten Mal ausscheiden soll. Ohne dass ich dabei den geringsten Druck ausübe. Ein bloßes Kanalrohr.

Und hier kommt mein Spinat. Dampfend in einer Untertasse auf der Brücke. Mit einer Prise Kochsoda versehen, damit er grün bleibt.

Doch erst muss noch ein Manöver ausgeführt werden.

Ein Schüttelmanöver. Braunes Fläschchen. Glänzender Teelöffel.

»Erst die Pink Lady«, bestimmt Agaat, »dann der Spinat.«

Die Lady ist so pink wie das künstliche Zahnfleisch von Gebissen. Sie legt sie mir unter die Zunge. Sie schmeckt nach Kalk und Kaugummi. Drei Mal hintereinander wird sie mir eingetrichtert. Agaat verzieht das Gesicht.

»Igitt«, sagt sie, »ich weiß nicht, wie du das Zeug runterkriegst!«

Schon gut, Agaat, ich weiß.

»Nur ein kleiner Löffel Gemüse, und schon flutscht die Medizin«, singt Agaat.

Drei Schluck Chlorophyll.

Mit jedem Teelöffel wächst ihre Aufregung. Sie kann es nicht verbergen. Konnte sie noch nie. Von Anfang an war das ihr Spezialgebiet. Seitdem ich nicht mehr selbst auf die Toilette gehen und mich allein abputzen konnte, hat sie die Regeln aufgestellt, umso komplizierter, je schlimmer meine Lähmung wurde. Während der ganzen Zeit meiner Bettlägerigkeit war es ihr erklärtes Ziel, mich auch von innen sauber und durchlässig zu halten. Als geschähe auf diesem Weg die Wiederauferstehung.

Drei Schluck schwarze Zellulose.

»Lecker, die Pflaumen, nicht wahr?«, fragt Agaat.

Heute Abend werde ich schnellstmöglich verarztet. Wer würde nicht der Auflösung entgegenfiebern? Agaat hat die Musik ausgeschaltet. Sie will nichts verpassen. Vor allem nicht die Posaunen von Jericho, wenn sich meine Pforten öffnen.

Diese Mischung aus Rosa, Grün und Schwarz ist explosiv, das weiß ich aus Erfahrung. Ein Regenbogen, der einer Sintflut vorausgeht. Ein altes Rezept von Grootmoedersdrift.

Mein Bauch beginnt zu rebellieren und blubbert laut, rumpelt und gurgelt. Zwischendurch hört man Singen und Summen.

Agaats Freizeitvergnügen. Musik in ihren Ohren.

»Auf geht's«, sagt sie mit undurchdringlichem Gesicht.

Sie zieht mir die Bettdecke weg. Alles ganz sachlich und effektiv heute Abend. Alles wird doppelt kontrolliert. Sie streift die Latexhandschuhe über und drückt ein Zäpfchen aus der silbrigen Verpackung. Es ist durchscheinend. Glyzerin. Zum Abführen in einem sensiblen Organismus. Das Zäpfchen hat die Form einer Bombe.

Heute Abend hat sie nicht einmal Zeit, mich auf die Seite zu drehen, sondern macht kurzen Prozess. Sie schiebt eine Hand zwischen meinen Beinen hindurch und fährt mit dem Finger die Poritze entlang, um die Öffnung zu finden. Dann entspannt sie zunächst den Schließmuskel.

»Mit dem Loch ist alles in Ordnung«, murmelt sie. »Stramm wie in einem Pferdehintern. Man sollte nicht meinen, dass es einmal aufgeschnitten wurde. Mamis Matratzenknopf.«

Die Spitze des Zäpfchens ist scharf, doch sie schiebt es ohne langes Federlesen hinein.

»Jetzt stell dich nicht so an«, sagt sie zu meinem Po. »Behalt es bei dir, sonst hole ich die Zäpfchenpistole für die Pferde.«

Sich das anzuhören ist eine Sache, aber wer außer ihr hat je mit einem Schließmuskel diskutiert?

Sie schiebt das Zäpfchen tiefer hinein.

Ich fühle, wie der Muskelring sich schließt und das Zäpfchen meinen Darm hinaufrutscht. Sofort spüre ich seine Wirkung.

Flatsch, flatsch, wirft Agaat die Handschuhe in den Abfalleimer. Sie deckt mich nicht wieder zu.

»Festhalten«, sagt sie zu mir, »ich bringe nur schnell das Tablett nach hinten.«

So beiläufig, als wäre das alles vollkommen normal.

Festhalten.

Bin ich Atlas? Der Mythos zeigt ein ganz falsches Bild. Himmel wie Erde sind in uns. Wir bewahren sie in unseren Hohlräumen und geben sie durch unsere Öffnungen frei.

Was höre ich Agaat singen, als sie den Flur entlangmarschiert? Jedenfalls nichts Italienisches.

Im Frühtau zu Berge wir zieh'n, fallera.

Wir wandern durch Felder und Höh'n, fallera.

Da steht die mit dem sauberen weißen Tuch abgedeckte Pfanne. Dort hängen die aufgerollten Karten an der Wand. Es klappert allzu fröhlich in der Küche. Leichte Artillerie. Hinter dem Hügel formiert sich das Regiment. Was höre ich, singt Agaat etwa? Singt sie, damit ich hören kann, wo sie ist?

Der Mixer wird in der Speisekammer in seinen Karton gepackt.

»Kannst du noch einhalten?«, ruft sie. »Ich stelle nur schnell den Spinat in den Kühlschrank!«

Als könnte ich ihr antworten.

Die Krämpfe setzen ein. Ein Wolkenbruch irgendwo weiter oben. Anschwellende Massen. Vollkommen flüssig. Zu furzen wäre jetzt bestimmt riskant.

»Noch nicht!«, ruft Agaat, während sie mit dem Geschirr klappert, »mach jetzt bitte nicht dein ganzes Bett voll, ich habe es heute Morgen erst frisch bezogen.«

Ich fange an zu schwitzen.

Der Topf mit den Pflaumen wird ausgekratzt. Der Mülleimerdeckel klappert. Schweres Geschütz.

Tralali, tralala! Tralali, tralala!

Ich habe das Gefühl, ohnmächtig zu werden. Ich schließe die Augen. Ich konzentriere mich auf einen Punkt oberhalb meiner Nase. Gummisohlen kommen den Flur entlang.

Ich muss, ich muss marschieren bis in den Tod.

»Oje!«, sagt Agaat. »Du schwitzt ja wie ein Pferd! Ich schätze, jetzt geht es richtig los.«

Eine Hand legt sie sanft auf mein Schienbein. Leicht wie eine Feder.

Ich öffne die Augen. Donnerwetter noch mal! Bring mir die Pfanne!

»Ja, ja, ich hol sie schon. Hetz mich nicht! Sonst lässt du mich jeden Morgen stundenlang warten.«

BringdiePfannebringdiePfanne!

»Übrigens, Ounooi, hast du eigentlich schon gesehen, was ich dir heute Abend mitgebracht habe? Eine Überraschung. Die ganze Zeit habe ich gedacht, irgendetwas will die Ounooi sehen, aber ich komme nicht darauf, was es ist. War es das, was du die ganze Zeit wolltest? Habe ich recht? Wolltest du sie von Anfang an? Die Karten? Ja oder nein?«

DiePfannediePfannediePfanne!

»›Bring mir bitte die Karten vorne aus dem Sideboard, direkt vor deiner Nase.‹ Hast du mich darum die ganze Zeit gebeten? Habe ich recht, ja oder nein, Ounooi? Da trage ich praktisch die ganze Farm zu dir ins Zimmer, dabei liegt das, was du wolltest, nur den Flur entlang im Wohnzimmer. Die ganze Zeit habe ich nicht daran gedacht, dort nachzusehen.«

Sie lügt mich an, ohne mit der Wimper zu zucken. Da steht sie, die Pfanne hoch erhoben, das weiße Tuch über dem Arm.

Ja, Agaat, du hast recht. Leg mir die Hügel unter den Hintern anstatt deiner hochheiligen Pfanne. Von Botrivier bis Heidelberg, die Städte, die Distrikte, die Regionen. Roll sie unter mir aus, reihe die Felsen aneinander, dann wirst du sehen, wie ich eine Gosse daraus mache. Und wenn die Farmkarte zu minderwertig ist, bring die Weltkarte, damit ich sie Stück für Stück für dich zuscheißen kann. Was macht das jetzt noch aus? Falt ein Boot aus der Wasserkarte, spann die Höhenkarte als Segel auf. Dichte den Bootsrumpf mit Schlamm aus Grootmoedersdrift ab. Dann werde ich in diesem Kahn meine letzte Fahrt antreten.

Knietief in der Scheiße.

Ein für alle Mal auf meinen Platz verwiesen.

Wird dich das zufriedenstellen?

Hey, hey, hey! Ein letzter Tritt im Todeskampf. Das Tier ist fast tot, aber diese Tritte schmerzen am meisten.

Behalt deine verdammte Pfanne. Steck sie dir sonst wohin. Gib mir lieber die Republik, ihre Provinzen, den ganzen Süden, dann verdunkle ich für dich das christliche Licht, das die Holländer angeblich auf der Dromedaris hierhergebracht haben. Du bist der beste Beweis dafür, dass das eine dumme Idee war. Dein Name mag heilig sein, Agaat, aber deine Seele ist manchmal so schwarz wie der Kamin, aus dem du gekrochen kamst. Kennst du denn keine Gnade? Hast du beschlossen, es sei an der Zeit, mich durch die Scheiße in die Unterwelt zu rudern? Zeit für diejenige, die für dich wie Gott Schicksal gespielt hat? Hast du beschlossen, dass es jetzt keine Rettung mehr für diese Verrohung und dieses Kauderwelsch gibt? Nun, sei getröstet. Die letzten Posaunen werden angestimmt.

Hier kommt es. Ich kann nicht anders. Mit schneeweißen Laken sauber bezogen oder nicht.

»Jetzt stell dich doch nicht so an, Ounooi. Du bist doch kein Kind, meine Güte noch mal!«

Gerade noch rechtzeitig. Das Email fühlt sich kalt an unter meinem Po.

Sie hält sich mit einer Hand die Nase zu und zieht mit der anderen das Laken über mich.

»Hörst du«, sagt sie mit angehaltenem Atem, »hörst du das mächtige Dröhnen?«

Sie löst die rosafarbenen Bänder. Rrrrt, rollen sich die Karten auf. Nebeneinander aufgereiht hängen sie von den Bilderleisten rechts und links an der Wand.

»Ratsch, ratsch, ratsch«, sagt sie, als sie die Schleifen löst. »Jetzt brodelt es aber gewaltig, was, Ounooi? Von drauß vom Walde komm ich her.«

Mit weit ausgebreiteten Armen zeigt sie auf die Ausstellung.

Alles ist da, sogar die Pläne des Hauses und die Grundrisse für die Gartenanlage. Grafiken, Tabellen, Indizes.

»So«, sagt Agaat, »und wie sollen wir jetzt weiter vorgehen?«

Lass mich in Frieden! Geh raus! Raus!

»Ach, nun komm schon, seit wann kannst du denn nur eine Sache auf einmal erledigen? So wie es bei dir blubbert, brauchst du ohnehin gleich die zweite Pfanne. Ich gehe jetzt nicht raus. Aber ich werde hier auch nicht meine Zeit verschwenden, da kannst du dir sicher sein.«

Agaat dreht sich auf dem Absatz um. Rechtsumkehrt. Ihre Sohlen quietschen auf dem Holzboden. Mit raschen Schritten geht sie hinaus. Wie auf dem Paradeplatz. Sie reißt den Besenschrank im Flur auf. Es hört sich an, als fiele der ganze Inhalt heraus. Besenstiele rollen über die Bodendielen. Sie tritt sie beiseite. Schlagt auf die großen Zimbeln! Sie kehrt mit dem Federstaubwedel zurück. Dem Paradestab.

»So, jetzt geht's los«, verkündet sie und dreht den Wedel in den Händen, ein brauner Federwisch. Ich rieche Hausstaub.

Mit dem anderen Ende tippt sie auf verschiedene Stellen der Umgebungskarte.

Mein Darm löst sich ruckend und krampfend. Ich spüre, wie die Pfanne überläuft. Ich kann es riechen. Ich schließe die Augen.

»Komm schon, was machst du denn für einen Unsinn? Mach die Augen auf und schau, wohin ich zeige. Wenn du wüsstest, wie viele Nächte ich wach gelegen habe, weil ich nicht wusste, was in Gottes Namen du von mir wolltest!«

Ich schlage die Augen auf. Bitte!, flehe ich sie an.

»Was heißt hier bitte! Genug mit bitte, bitte, danke! Blinzle, wenn ich auf die richtige Stelle zeige, ich habe das Gefühl, dass es irgendwo hier auf den Karten eine Stelle gibt, die du noch einmal besuchen möchtest. Hooikraal? Tygerhoek? Boschjesmansrug? Adderskop? Holgat? Van Rheenenshoogte? Lindeshof? Wolvelaagte? Varslug? Blydskap? Rietpoel? Jongensklip? Infanta? Ockertseinde?«

All die Kriegsschauplätze. Farmen, Bahnhöfe, Dörfer. Strände.

Getreidespeicher. Slums. Rangierbahnhöfe. Von einigen habe ich noch nie gehört. Die Hälfte der Namen erfindet sie. Ich kann gar nicht so weit sehen, um die Stellen zu erkennen, auf die sie zeigt. Ich misstraue der Sache. Mir steigt mein eigener Gestank in die Nase. Bitter, grasig. Gründünger.

»Komm schon, Ounooi, jetzt bist du dran, ich habe mich nicht umsonst bemüht, wochenlang gerätselt und mich krummgeschuftet, um dich zufriedenzustellen. Vielleicht würdest du mir jetzt bitte mal erklären, was wir auf diesen Karten suchen? So weit von deinem Bett entfernt? Du kannst dir sicher sein, dass ich nicht aufgebe. Ich gebe nicht auf, und du gibst auch nicht auf. Das ist unser Problem, nicht wahr?«

Sie drückt ihre Haube fester auf den Kopf, als trotzte sie einem Sturm. Sie nimmt den Stab in die andere Hand, die kleine, greift nach einem blauen Heft und wedelt damit vor ihrer Nase herum.

»Meine Güte, kannst du stinken!«

Sie schiebt den Ärmel ihres verkrüppelten Arms hoch bis zum Ellbogen. Als wollte sie eine Schlange im Nacken packen. Sie sieht mir direkt ins Gesicht.

»Damit ich besser zeigen kann«, erklärt sie. Sie schüttelt den Arm vor meiner Nase wie die Kurbel eines Fleischwolfs.

Dies ist das erste Mal, dass Agaat vor meinen Augen ihren rechten Ärmel so weit aufkrempelt. Dies ist das erste Mal, dass sie vor meinen Ohren flucht, jedenfalls ausdrücklich und an mich gerichtet. Sie sieht, wie ich den dünnen Arm anstarre. Er ist gleichmäßig wie ein Stock, und der Ellbogen steht verkehrt herum.

»Vatersgaben? Fenchelrücken? Zwinkere mit einem Auge, wenn ich recht habe, ja? Zwinkere mit beiden Augen, wenn ich falschliege. Verstehst du mich?«

Was soll ich denn verstehen? Ich signalisiere ihr: Lass das sein, bist du verrückt geworden? Ich schließe die Augen.

»Augen auf, Ounooi, oder ich klemme dir Streichhölzer zwischen die Augenlider, ehe du dichs versiehst, klebe ich dir alle vier Lider mit Pflaster fest. Sieh jetzt hierher, hier her! Bist du hier schon gewesen? Bin ich dort schon gewesen? Was könnten wir hier getan haben? Wir kennen doch unseren Platz. Und wenn die Welt noch so groß ist. Remhoogte? Bobbejaankrans? Perdekop? Slangrivier? Rotterdam? Bromberg? Weißt du was, Ounooi, jetzt da du dich gerade so herrlich selbst bescheißt, bekomme ich richtig Appetit auf ein Gläschen Sherry. Von dem, den du mir immer eingeschenkt hast, wenn wir den Schichtpudding gemacht haben. Was sagst du dazu, stört dich das? Es ist doch bald Weihnachten. Kommt herbei, ihr Heerscharen! Ein Kind ist uns geboren! Und außerdem gibt es etwas, worauf es sich zu trinken lohnt, scheint mir, hier in unserem kleinen Winkel.«

Agaats Rücken ist kerzengerade. Sie eilt hinaus, und ich höre den Deckel der Wohnzimmerbar auf- und zuklappen. Klapp! Dann quietschen wieder die Gummisohlen. Linksumkehrt.

Agaat kommt mit dem Sherry und einem kleinen Glas zurück. Sie schraubt den Deckel von der Flasche, will sich einschenken, sieht sich um.

»Schade, dass du abstinent bleiben musst«, sagt sie, »aber ich befürchte, das würde dir nicht bekommen.« Sie hält mir die offene Flasche unter die Nase.

»Ein Prosit der Gemütlichkeit«, sagt sie. »Hast du jetzt fertig geschissen?«

Sie sieht mich mit harten Augen an. Sie versucht gar nicht erst, meine Blicke zu lesen. Ich habe das Gefühl, dass mir unten alles hinausfällt. Die Krämpfe kommen in Wellen. Da, die nächste! Ich könnte mich krümmen vor Schmerz, die Arme um den Bauch schlingen, stöhnen, tief ein- und wieder ausatmen. Am liebsten würde ich mich ganz klein zusammenrollen.

»Was siehst du mich so an, bist du stumm?«, fragt sie, ohne meine Antwort abzuwarten.

Sie kippt den Sherry in einem Zug hinunter, sieht das Glas an, schmatzt.

»Gut«, sagt sie, »das gibt Kraft. Wo waren wir stehen geblieben?« Sie greift nach dem Staubwedel und schiebt sich die Brille auf die Nase. Sie liest weiter Namen vor und tippt mit dem Staubwedel auf die Karte wie ein Metronom.

Uitvlugt, Niekerksbog, Avontuur.

Skeiding, Omkyk, Eigenartigkeit.

Lekkerwasser. Letzte Liebe.

Freiheit.

Geselligkeit.

Zwischendurch schlägt die Standuhr. Agaat wartet die Viertelstundenschläge ab. Waffenstillstand. Elf Uhr. Noch ein Gläschen Sherry. Eine fantastische Darbietung. Ihre Stellungen rücken vor.

Napky und Dipka und Kinkoe.

Caledon, Stanford, Napier.

Hermanus, Bredasdorp, Riviersonderend.

Die Namen sprudeln nur so aus ihr heraus.

Da haben wir übernachtet (sie auf Strohsäcken bei der stinkenden Magd in den Strohhütten), dort waren wir zu Besuch (Kuchen und Tee für sie im Schatten eines großen alten Eukalyptusbaumes, was will man mehr), dort haben wir dies und das abgeholt (drei Rollen Tweed von einem gestrandeten Schiff), oder wir haben jenes gekauft (echte holländische Tulpenzwiebeln, die in jenem Jahr gelb blühten), da haben wir etwas anderes für wenig Geld verkauft (ein verstimmtes Klavier, auf dem ich ihr *Marmor, Stein und Eisen bricht* vorgespielt habe). Hier war der Bauerntag (ein alter Mann in weißem Jackett wachte über die Parkplätze), dort eine Versteigerung, nachdem die Farm bankrottgegangen war (sogar die Schaufeln und Mistgabeln wurden verkauft), ein Pferderennen (wer war das noch, der erst so die Klappe aufgerissen hat und dann vom Pferd gefallen ist?), eine Versammlung von Dickbäuchen mit Hängeschwänzen in Kakihosen (wie Schweine mit Finnen). Hier gab es Schaf am Spieß (ich brachte ihr das Schienbein in einer weißen Serviette), dort hat ein Zirkus gastiert (sie sah die Vorstellung durch einen Spalt im Zeltstoff), eine Ausstellung, ein Tanz, ein Gebetstag um Regen.

Sie durchwanderte all die alten Schützengräben.

»Alles, was du gar nicht erst in deinen Tagebüchern aufgeschrieben und vergessen hast«, sagt Agaat.

Ich habe es mir selbst zuzuschreiben. Jetzt kann ich nichts

mehr daran ändern. Jetzt bekomme ich, worum ich gebeten habe, und noch mehr. Mein Darm ist jetzt zwar leer, aber Agaat spult nun ihr gesamtes Programm ab. Sie rasselt die Namen der Bauernhöfe herunter. Sie schlägt die Triangel im Blasorchester. Mit dem Staubwedelstab lässt sie ein Hufeisen erklingen.

All diese Höhen und Tiefen, die Sumpfwiesen dort und die Viehgatter da, die Furten und Brunnen, wo sie draußen bleiben, die Stellung halten und Schafslunge essen musste.

Diese Namen! Sowieso-gegönnt und Diesunddas-begonnen.

Welgelegen, Nietverdiend, Goed- und Laatgevonden.

Ein Engpass, ein Gipfel, ein Grat, eine Ecke.

Eine Schlucht, ein Wald, ein Brunnen.

Von Karte zu Karte, gehofft, gefreut, erwartet.

Sonderkos und Grootbaklei, Droëbek und Natteschoot: Ohne Essen, Große Schlägerei, Durstiger Mund, Nasser Schoß. Agaats Erfindungen, je nachdem, was sie mit den Orten verbindet.

Ausgespannt, Umgedreht, Ausgeruht, Weggefahren, Geblieben.

Dankbar.

Nie-gedacht.

Morgenstern bis Abendrot.

Murmelnd folgt sie ihren eigenen Wegen der Erinnerung, hin und her, auf den verschiedenen Karten. Sie schüttelt den Ärmel herunter, sodass ihre Hand wieder bedeckt ist. Zwischendurch wirft sie mir über die Schulter verstohlene Blicke zu. Was ist los, Agaat?

»Omkyk«, sagt sie. Umsehen.

»Openmaak.« Aufmachen.

»Soebattersvlakte.« Die Bittstellerebene.

Ich flehe sie mit den Augen an: Bitte, mach mich sauber, ich bin jetzt fertig, ich gebe auf, die weiße Fahne, du hast gesiegt, bitte, dann gehen wir schlafen.

»Der Tag wird kommen«, verkündet Agaat.

Sie steht vor dem Grundriss von Grootmoedersdrift, den Plänen des Hauses und des Gartens. Sie zeigt hinauf und hinüber, vor und zurück. Mit dem ausgestreckten Arm, mit dem Zeigefinger, der auf mich und die Karte deutet. Sie stampft mit den Füßen auf. Was kommt jetzt? Ein Salut.

Sie tippt mit dem Finger auf ein paar Stellen, drückt so fest, dass sich der Finger biegt, der Zeigefinger der starken Hand, sie drückt auf alles.

Laden. Schießpulver in die Pfanne, Stock in den Lauf, Anlegen den alten Vorderlader, ich spüre, wie ich in die Schusslinie gerate. Doch vielleicht ist es eher eine Salutkanone. Wer wird die Schüsse hören, wenn sie durch die Schluchten quer über den Berg bis zum Kastell in Kapstadt dröhnen, Agaat?

»Außenzimmer! Grüne Tür!«, brüllt Agaat.

Hopplahopp, hopplahopp, hopplahopp, hier kommt ein Gänsemarsch von Tubastößen aus der Sherryflasche, hoch die Beine, die Füße gestreckt, Drittes Reich auf Grootmoedersdrift, vorgerecktes Kinn, Haube auf dem Kopf, scharf nach rechts und dann linksumkehrt, so marschiert sie vor dem Fußende meines Bettes auf und ab, den Staubwedel wie ein Bajonett über der Schulter.

Briefschlitz! Niedrigdecke! Halbkerze!
Kind eingeschlossen! Ohne Topf!
Haufen in der Ecke!
Ausgeschimpft!
Teppichklopfer auf Agaats Hintern!
Au-au-au!
Ai-ai-ai!
Nie entschuldigt!
Siebenjahreskind!
Und dann?
Ist es zu glauben?
Hinterhof!
Dienstmagdzimmer!
Hochbett!
Brauner Koffer!
Weiße Haube! Herz begraben!

Nie erzählt! Nie betrauert!
Gute Agaat!
Jetzt verdammt! Jetzt ist die Zeit!

*

Wie war das Feuer ausgebrochen?

Wer ließ den Regen aus dem launischen Wind fallen?

Was hatte Jakkie von all dem gehört, was Jak an jenem Morgen im Garten zu dir gesagt hatte?

Agaat, was hatte sie gehört?

Es waren Schulferien, und Jakkie sollte aus dem Internat nach Hause kommen. Wie immer machte dich das nervös. Agaat trabte über den Hof und rackerte sich ab. Jak marschierte auf der Veranda auf und ab, bereit, wieder irgendeinen Berg zu besteigen. Er wollte noch am selben Abend mit Jakkie aufbrechen.

Dieses Gezerre. Du hast es seinem Gesicht angesehen, wie sehr Jakkie das alles verunsicherte. Es machte ihn unsicher und überheblich zugleich, weil er jedermanns Liebling war und alle nach seiner Pfeife tanzten.

Du tratst hinaus auf die Veranda.

»Lass ihn doch erst mal in Ruhe ankommen und das leckere Abendessen genießen, das Agaat für ihn zubereitet hat«, batst du Jak. »Ihr könnt doch am Wochenende in die Berge fahren, ich habe doch sonst überhaupt nichts von ihm. Und Agaat möchte sich bestimmt auch ein bisschen mit ihm unterhalten, sie hat ihn so sehr vermisst.«

Jak antwortete nicht, sondern zerrte nur an den Bergsteigerseilen, die er gerade zusammenrollte.

»Jedes Mal machst du den Jungen fertig, wenn er nach Hause kommt«, warfst du ihm vor. »Eines Tages wirst du die Quittung dafür bekommen!«

Jaks Kopf war kahl geschoren, wie immer, bevor er zu einer Bergtour aufbrach. Seine Gesichtszüge traten scharf hervor. Wortlos sah er dich an.

Euer Verhältnis hatte sich dramatisch verschlechtert. Nach jener ersten Bergtour mit Jakkie über den Pass warst du zusammengebrochen. Noch nie hattest du zwei derart geschundene Männer gesehen. Beide waren zu Tode erschöpft, von Kopf bis Fuß mit getrocknetem Blut aus Schnitten und Schürfwunden bedeckt gewesen. Wie die Wölfe waren sie über das Essen hergefallen und hatten sich anschließend sofort ins Bett gelegt. Keiner von ihnen hatte erzählen wollen, was auf dem Berg geschehen war. Irgendwann hattest du angefangen zu schreien.

Du packtest Jak an den Schultern.

»Willst du ihn töten? Bist du dann zufrieden? Willst du sein Fleisch verrotten lassen, seine Knochen sauber abkochen und sie anschließend mit Scharnieren wieder zusammensetzen? Willst du dir eine Sohn-Maschine basteln mit geschmiertem Getriebe und klingenden Glöckchen, die du nach Herzenslust die Felsen hinunterwerfen und mit Seilen und Haken wieder heraufziehen kannst?«

Jak wollte einfach nur wieder zu Kräften kommen, aber du ließest ihn nicht in Ruhe. Du trommeltest mit den Fäusten auf seine Brust, als er in seinem Zimmer in den Kissen lag. Er war zu erschöpft, um sich gegen dich zu wehren. Doch du sahst, wie kalt seine Augen waren, wie schmal seine Lippen.

Seit damals, seit 1971, versuchte er, dir deinen Sohn zu entziehen, dir und Agaat. Zuerst setzte er durch, dass Jakkie nach Heidelberg aufs Internat ging. Und ehe du dichs versahst, organisierte er bereits, dass Jakkie ab der siebten Klasse an die Paul-Roos-Schule in Stellenbosch kam. Naturwissenschaften und Mathematik sollte er studieren. Sprachen und Musik werden ihm nichts einbringen, das seien brotlose Künste, und er wolle nicht, dass sein Sohn sein Leben irgendwann auf der Farm vergeude, wie er selbst es getan habe.

Das Feuer, war es 1976? War Jakkie in der achten Klasse? Er sollte über Ostern nach Hause kommen, er hatte eine Mitfahrgelegenheit aufgetan. Die erwarteten Regenfälle waren ausgeblieben. Heißes Herbstwetter, böiger Südostwind, alles knisterte vor

Dürre, die Flüsse waren so gut wie ausgetrocknet. Ideale Voraussetzungen für einen Buschbrand.

Du machtest dir Sorgen wegen des Wassers für die Schafe und wegen der Lämmer auf den trockenen Stoppelfeldern. Wegen des Schafshafers, der aufgrund der ungewöhnlichen Trockenheit im Dezember zu langsam gekeimt hatte. Du bereitetest dich darauf vor, Trockenfutter hinaus zu den Futterkrippen zu fahren. Du wolltest die Schafe nicht auf die Grasweiden der Kühe treiben, denn auch die waren zu mager für die Jahreszeit. Der Fluss führte zu wenig Wasser, um damit die Felder zu bewässern. Du brauchtest alle Hände auf der Farm, um bei der Geburt der Lämmer zu helfen. Die Mutterschafe waren schwächer als in den vorangegangenen Jahren, und eine der Herden hatte sich noch nicht wieder richtig von der Azidosevergiftung im vergangenen November erholt. Die Tiere hatten zu viele lose Getreidekörner auf den abgeernteten Feldern gefressen.

Wer hatte sie wohl dorthin getrieben?

Und wer hatte wohl als Erstes gesehen, dass sie sich alle hinlegten?

Und wer musste sie wohl anschließend verarzten?

Allmählich hattest du das Gefühl, dass die Geschehnisse auf Grootmoedersdrift einem bestimmten Szenario folgten.

Wessen Plan lenkte euch?

Welche Lehre solltet ihr daraus ziehen?

Ihr wart blind. Du warst blind. Dein Mund war trocken von den vielen Beruhigungstabletten. Du starrtest deine Umgebung nur reglos an, die Gesichter, die dich umgaben, dein eigenes Gesicht im Spiegel, aber nichts und niemand wollte seine Geheimnisse preisgeben. Du kanntest einen Teil der Gründe, die Menschen in deiner Umgebung wiederum einen anderen Teil. Und jeder versuchte, in seiner Einsamkeit das Rätsel für sich allein zu lösen.

Ostern damals, das war eine kritische Zeit. Du wünschtest dir, dass Jakkie und Jak auf der Farm blieben und dir halfen. Du hattest das Gefühl, das sei doch im Interesse aller. Warum musstest du immer um Unterstützung bitten, um Hilfe flehen?

Lag es wirklich an der gemischten Landwirtschaft, dass immer so viel zu tun war, und musstest du wirklich immer alles anders machen, weil du wolltest, dass die Lage sich verbesserte? Hatte Jak in dieser Hinsicht recht?

Doch wie sollte man einen so komplizierten Betrieb umstrukturieren und neu aufstellen, mit weniger Sparten und weniger lästigen Einzelheiten, auf die man achten musste? Wer hätte dir dabei helfen sollen, eine derartige Neuausrichtung zu durchdenken und zu planen?

Und wie hätte die Farm dann ausgesehen? Nur noch von grünen Kornfeldern umgeben? Ein gleichförmiger Sommer? Eine Monokultur, in der alles verarmte?

Es war am Nachmittag vor Jakkies Ankunft. Agaat war in der Küche mit Kochen beschäftigt, Jak überprüfte auf der Veranda die Bergsteigerausrüstung, du warst mit deinem Tagebuch in deinem Zimmer. Stimmt, es waren die Osterferien 1986, damals begannst du ein neues Tagebuch.

Das Schreiben diente dir zunehmend als Mittel, erst einmal abzuwarten und zu sehen, was als Nächstes geschehen würde. Durch das Schreiben wolltest du die Kontrolle über deine Zeit und deine Tage auf der Farm erlangen, du wolltest die Stunden, die fließende Struktur der Dinge in deinen rasch hingekritzelten Sätzen konzentrieren und greifbar machen, jene Ursachen und Wirkungen, die im Fluss der Geschehnisse so dicht aufeinanderfolgten. Später würdest du dann zumindest die Seiten der Tagebücher umblättern können, vor und zurück, und erkennen: Dies ist vor jenem geschehen, und dies und das waren die ersten Anzeichen der Katastrophe, die du erst sehr viel später schildertest, und dies und jenes geschah gleichzeitig und nicht ohne Zusammenhang, obwohl dieser Zusammenhang später erst erkennbar wurde.

An jenem Nachmittag vor Jakkies Ankunft schriebst du von deinen Sorgen um die Farm. Und davon, wie ihr wartetet, jeder auf seine Art, auf diesen Sohn, den ihr alle besitzen wolltet und der euch entglitt, nicht so sehr, weil er seine eigene Persönlichkeit entwickelte, nein, ganz im Gegenteil, sondern weil er Angst hatte. Ja, er war in vielerlei Hinsicht ängstlich – ängstlich, schuldbewusst und fordernd euch gegenüber –, weil er nicht wusste, wie er es euch allen recht machen sollte.

Du schriebst, dass du hörtest, wie Agaat Blätterteig für Jakkies Hühnerpastete ausrollte, klopf, klopf, mit dem hölzernen Teigroller auf dem Küchentisch. Einmal gingst du nachsehen, und ihr Kinn war weit vorgereckt. Sie wusste, dass Jak seinen Sohn mit in die Berge nehmen wollte, sobald er an jenem Nachmittag ankommen würde. Sie wusste, dass ihm nicht einmal genügend Ruhe gegönnt würde, um zu essen, und sie wusste, dass Jak ihr nicht erlauben würde, schmackhaften Proviant einzupacken. Dennoch setzte sie mit verkniffenen Lippen ihre Vorbereitungen fort.

Hattest du dir eingebildet, sie in der Woche zuvor am Telefon reden gehört zu haben, ganz kurz nur, in der blauen Stunde kurz nach dem Essen, als du dich hingelegt hattest, um ein Nickerchen zu machen?

Schmiedete sie wieder einmal ein Komplott mit Jakkie?

Du wolltest nicht nachfragen.

Was immer Agaat im Schilde führte: Du wusstest, dass ihr Plan besser war als alles, was Jak sich ausgedacht hatte. Du zähltest damals auf sie. Um Dinge innerhalb deiner Familie geschehen oder nicht geschehen zu lassen. Um Geschehnisse zu verhindern. Oder um Ereignisse vorauszusehen. Regen, Wind, Fluten. Sie konnte dir die Stimmung von den Augen ablesen und Jaks Schachzüge vorhersagen, lange bevor er selber wusste, wie er agieren wollte.

Die Dämmerung brach bereits herein, und allmählich machtest du dir Sorgen. Jak war zuvor schon einmal mit dem Bakkie losgefahren, um zu sehen, ob Jakkie und seine Freunde ihm irgendwo auf der Straße entgegenkämen. Da läutete das Telefon. Es war Jakkie. Er wollte Bescheid geben, dass er sich beim Rugby eine Bänderdehnung zugezogen habe und erst am kommenden Morgen wieder eine Mitfahrgelegenheit nach Hause bekommen könne, und er glaube, dass er nicht besonders viel werde unternehmen können, der Arzt habe seinem Bein Ruhe verordnet.

Hatte Jakkie diesen Plan ganz allein und von sich aus geschmiedet?

Jak hatte erst kurz zuvor auf der Farm einen Fernsehanschluss legen lassen. Vielleicht wollte Jakkie lieber zu Hause bleiben und sich eine Sportsendung ansehen, als bergsteigen zu gehen, oder vielleicht wollte er einfach nur so gemütlich zu Hause bleiben? Vielleicht wollte Agaat fernsehen? Vielleicht wollte sie Jak vom Fernseher vertreiben, einzig weil er ihr verboten hatte fernzusehen? Er wollte verhindern, dass sie zu viel von den Schüleraufständen im Norden zu sehen bekam.

»Man gibt ihnen das Beste, was man hat, und das kommt dabei heraus«, sagte er und sah dich an, als wärst du diejenige gewesen, die den Leuten Afrikaans als Schulsprache aufgezwungen hatte.

Jak sagte nichts, als er hörte, dass Jakkie an jenem Abend nicht nach Hause kommen und nicht würde bergsteigen können. Er zurrte seine Kopflampe fest, füllte in der Küche seine Wasserflasche und schulterte seinen Rucksack.

Agaat holte die Seile von der Veranda und reichte sie ihm.

»Ach ja, natürlich, die hätte ich beinahe vergessen. Was würde ich nur ohne dich tun, Agaat«, sagte Jak.

Seine Stimme klang merkwürdig. Er sah ihr fest in die Augen und fingerte an den Seilrollen herum.

Grußlos marschierte er in der Dämmerung vom Hof. Und du und Agaat, ihr saht dem kleinen Licht der Stirnlampe nach, bis es oben in der Leopardenschlucht verschwand.

»Ist vielleicht besser so«, sagte Agaat mit unbewegtem Gesichtsausdruck.

Sie holte ihr schönstes Glas mit eingemachten Quitten aus dem Regal in der Speisekammer. Sie sagte, sie würde nur noch schnell einen Schichtpudding kochen, dann wäre er fertig, wenn Jakkie am nächsten Tag nach Hause käme.

Um neun Uhr abends rief Jakkie an und sagte, er habe nun doch beschlossen, heute schon nach Hause zu kommen, und bat dich und Agaat, ihn bitte abzuholen. Seine Mitfahrgelegenheit fahre nicht weiter als Swellendam. Sein Knie sei bandagiert, und er könne schlecht laufen.

Jakkie und Agaat begrüßten sich wie immer. Er hoffe sehr, scherzte er, dass es Hühnerpastete, Quitten und Schichtpudding gäbe, und sie antwortete: »Was denn sonst?«

Du kamst überhaupt nicht zu Wort.

An jenem Abend wart ihr drei beisammen, ganz so, als existierte Jak überhaupt nicht. Jakkie aß mit großem Appetit die Pastete. Dann wollte er sich die Nachrichten im Fernsehen ansehen, angeblich wegen der nationalen Lage. Er erzählte, er sei im Debattierklub seiner Schule und müsse an einer Diskussion über die Vor- und Nachteile von Afrikaans als Unterrichtssprache an Schulen für schwarze Schüler teilnehmen.

Agaat wandte ein, er würde allmählich zu schlau für sie, und was er stattdessen von einer Runde Scrabble halte?

Ihr hattet Agaat in der Küche beim Abwasch geholfen und dann gewartet, bis sie dort ihr Abendessen verzehrt hatte. Anschließend saßt ihr bis nach zwei Uhr nachts um den Esszimmertisch und spieltet Scrabble.

Warum kann es nicht immer so sein?, dachtest du. Dieser Friede, diese Harmonie? Dann erhaschtest du einen kurzen Blickwechsel zwischen Jakkie und Agaat und wusstest, dass der Friede nicht von Dauer sein würde.

»Zitter«, hatte Jakkie gelegt. »Pappel«, hattest du ergänzt und »Zitterpappel« daraus gemacht. »Zitterpappelgebüsch«, kam von Agaat. Sie nutzte das H aus »rasch«, das bereits auf dem Spielfeld lag. Sieben Buchstaben und außerdem ein rotes Feld – Agaat hatte gewonnen. Aber erst, nachdem sie Jakkie die verschiedenen Arten von Gebüschen in dem alten Bauernhandbuch gezeigt hatte, weil das Wort nicht im großen Wörterbuch des Afrikaans stand. Jakkie hatte behauptet, Agaat habe es sich bloß ausgedacht, so ein Gebüsch gebe es gar nicht. Daraus wiederum entstand eine Diskussion darüber, ob ein Wort galt oder nicht, wenn es nicht im Wörterbuch stand. Du musstest als Schiedsrichterin entscheiden.

»Eine Sprache ist mehr als nur das, was in einem Wörterbuch steht«, bestimmtest du. »Auf Grootmoedersdrift würde recht wenig geschehen, wenn wir allein mit den Begriffen im Wörterbuch auskommen müssten.«

So entschiedst du. Agaat hatte gewonnen, Schluss, aus, Amen.

»Immer gewinnt Agaat!«, maulte Jakkie augenzwinkernd und warf einen Blick zu seinem gepackten Rucksack, der auf dem Wohnzimmerfußboden bereitstand. Du tatst so, als hättest du es nicht bemerkt. Du stelltest dich immer noch blind, als Agaat zur Schlafenszeit sämtliche Türen und Fenster doppelt verriegelte, und tatst so, als hättest du nicht gesehen, wie sie Jakkie mit ihrer kleinen Hand bedeutete, die Küchentür von innen abzuschließen. Du gabst vor, ebenso wenig gesehen zu haben, wie Jakkie, ganz ohne zu hinken, durch die Küche gelaufen war und die Tür mit einem lauten Knirschen verriegelt hatte.

Doch Jaks Attacke kam nicht in der Nacht.

Am nächsten Morgen hattest du gerade die ersten Ladungen Futter ausgefahren und warst im Garten damit beschäftigt, Pflanzen für den Winter zu setzen, als er plötzlich hinter dir stand. Derangiert. Rot im Gesicht, mit weiß zusammengepressten Lippen, eingetrockneter Speichel in den Mundwinkeln.

Es war zwölf Uhr, und die Sonne brannte heiß vom Himmel.

Jaks Bergsteigerkleidung war völlig verschlissen. Er sah aus, als hätte er im Staub mit einem wilden Tier gekämpft.

Du arbeitetest weiter und nahmst dir vor, gelassen zu bleiben und über seinen mitgenommenen Zustand hinwegzusehen.

»Der Jäger kehrt heim, heim aus den Bergen«, sagtest du. Du gingst zu dem Beet hinter den Ingwerbüschen hinüber, damit die Leute auf dem Hof euch nicht sehen konnten oder wer immer auf die Veranda trat.

Jak packte dich vorne am Kleid und riss dich hoch.

»Niemand würde mir glauben«, zischte er dir ins Gesicht. »Niemand! Sie würden mich alle für verrückt halten, wenn ich ihnen von dir erzählte, aber ich weiß, dass ich recht habe! Ich weiß, wie du wirklich bist!«

Du versuchtest, sachlich zu klingen, löstest seine Hand und bücktest dich über das Beet, wo du mit einer kleinen Schaufel Setzlinge für den Wintergarten eingrubst. Ringelblumen und violette Stiefmütterchen auf Anzuchttabletts.

»Der einsame Rufer in der Wüste«, sagtest du. »Pass nur auf, dass du die Paviane nicht anlockst!«

»Stimmt«, sagte Jak, »du hast recht, ich sehe es in der Wüste, in der Wildnis. Ich sehe es, wenn ich an meinen Seilen zwischen Himmel und Erde baumele, dann verstehe ich es, ich blöder, begriffsstutziger Idiot. Ich sehe es erst, nachdem ich meilenweit gelaufen bin oder wenn ich senkrechte Felsen hinaufklettere. Dann sehe ich es, dann sehe ich, was hier los ist!«

»Und was ist mit der Schönheit der Natur, mein lieber Mann?«, fragtest du. »Wann hast du zuletzt eine Sumpfrose gesehen? Oder die großen Kaiserfalter von Grootmoedersdrift? Du kommst doch an die schönsten Aussichtspunkte, da solltest du die Aussicht genießen!«

Jak trat dir die Schaufel aus der Hand und versetzte dir einen so heftigen Stoß, dass du rückwärts auf den Hintern fielst.

»Wie kann eine rechtschaffene Frau das ertragen?«, schrie er. »Warum? Warum? Warum sollte sie sich herumschubsen lassen, ohne irgendjemanden anzurufen? Ohne irgendjemandem davon zu erzählen? Warum? Warum bleibt sie? Warum bekommt sie von so einem Mann ein Kind? Warum hält sie die Zustände zu Hause vor anderen Leuten geheim? Immer nur Ausflüchte! Ihr Haus, ihre Farm, ihr Erbrecht, ihr Kind, ihr Ruf in der Bauerngemeinschaft? Alles, um bei Jak zu bleiben, diesem blöden Hund, der sich tagaus, tagein anhört, dass er nichts taugt, dass er ein Versager ist.«

Er verdrehte die Augen, und die Adern an seiner Stirn schwollen an. Bei jeder Frage trat er dich, wieder und wieder, gegen die Knie, in die Rippen.

»Jak, du wirst noch einen Herzinfarkt bekommen«, sagtest du, »beruhige dich!«

»Du Hexe! Als würde dich das kümmern! Soll ich dir sagen,

warum du bei mir bleibst? Du willst doch, dass ich dich schlecht behandle. Und weißt du auch, warum? Weil deine Mutter es dir so beigebracht hat. Und der hatte es zuvor ihre Mutter beigebracht und immer so weiter, bis zurück zu Eva, bis zum Baum im Paradies!«

Er riss sich das Hemd vom Leib, dass die Knöpfe in alle Winde flogen. Erschrocken stelltest du fest, wie mager und sehnig er geworden war.

»Ja, sieh mich nur an, Milla! Das ist alles, was noch von mir übrig ist, aber ich weiß es wenigstens. Der weise Frauenschläger. Und was ist mit dir? Weißt du, was ich sehe, Milla? Eine Viehbäuerin, eine Fachfrau für Getreide und Böden, eine Gärtnerin. Du hältst alles in Ordnung hier auf dieser gottverdammten Farm. Aber wie siehst du aus? Wie eine Gestalt aus den Büchern deiner Mutter. Heilige Genoveva von Suurbraak. Und warum? Weil du dich minderwertig fühlst. Weil du dich minderwertig fühlen willst! Sieh mich an, Milla! Siehe, hier steht dein Komplize. Ich helfe dir. Glaubst du, man kann von allein so werden, wie du bist? Das kannst du niemandem erzählen. Denn wo solltest du anfangen? Unsere Geschichte ist komplizierter als die Artikel in der Klatschpresse. Da ist es doch immer der Held, der die Weisheit gepachtet hat, und die Heldin frisst ihm aus der Hand. Ich, die Kostbare, ich, das Opfer – wie solltest du so etwas bei deinen heiligen Teekränzchen oder beim Kirchenbasar je über die Lippen bringen? Nein, o nein, für die Beichte hast du jemand anderen, da betest du deinen lieben Jesus am Kreuz an. Schade, dass er immerzu mit sittsam überkreuzten Beinen dargestellt wird. Sonst könntest du mit dem Mund voll Kuchen davon träumen, dass Pilatus ihm einen Stock in sein geheiligtes Loch steckt. Was sonst könnte ihn für dich noch anbetungswürdiger machen?«

»Jak, du wirst in der Hölle schmoren, hör auf damit!«

»Milla, in der Hölle bin ich längst. Aber du bist diejenige, die so tut, als wäre sie im Himmel. Nie ein Wort in der Öffentlichkeit, nein, die Katastrophe bleibt schön drin im stillen Kämmerlein! Du hast mich doch an den Eiern ausgesucht! In deinem

Sinne erzogen! Gutenachtgeschichte! Frauchen macht so lange schöne Augen, bis sie denjenigen bekommt, den sie unbedingt haben will. Knall, peng, Blut im Schuh, von Traumhochzeit zur Tragödie in zwei Schritten. Rückgrat des Volkes, pah! Du und deinesgleichen, ihr beschert den Afrikanern den vorzeitigen Untergang. Ihr seid eine verdorbene Spezies. Sieh dich doch nur an! Du magst es. Sag mir: Wie soll man jemanden vergewaltigen, der vergewaltigt werden will?«

Du wolltest um jeden Preis verhindern, dass euch jemand sah. Du sprangst von einem Bein aufs andere, während er dich immer weiter schubste, nur um hinter dem Ingwerbusch zu bleiben. Die scharfen Blätter schnitten dir jedes Mal, wenn du daran vorüberstolpertest, in die Handgelenke.

»Fall, fall doch, das gibt einen Punkt für mich. Dann siehst du mich wenigstens! Einen Oscar für Jack the Ripper!«

Mit der einen Hand schlug er dir den Gartenhut vom Kopf, mit der anderen Hand erwischte er dich an der Wange, obwohl du versucht hattest auszuweichen. Dann traf er dich wieder, die andere Wange. Links, rechts, links. Die Schläge brannten auf deiner Haut.

»Eine gesunde Hautfarbe! Ein paar kräftige Schläge! Das ist alles, was du von mir ertragen kannst. Sonst glaubst du mir ja nicht, wie sehr ich dich liebe. Papas kleine Prinzessin! Fürchtet sich vor dem bösen Wolf! Autsch, hat sich den kleinen Zeh gestoßen! Dieses Verzärteln war die Wurzel allen Übels. Damit hat alles angefangen! Und genauso hast du es mit Jakkie gemacht, als er klein war. Was würdest du wohl sagen, wenn sich dein Erbe eines Tages als gottverdammter Schwuler entpuppte? Als ich so alt war wie er, hab ich mit Mädchen im Bett gelegen, und wo liegt er? Im Außenzimmer, da wette ich mit dir. Wo soll das nur hinführen?«

»Jak, du weißt ja nicht, was du redest, ich kann mir das nicht mehr anhören.«

Du warfst dich zwischen die Ingwerbuschblätter, zogst die Knie an und den Kopf ein. Er zerrte dir die Arme auseinander, hockte sich vor dich und fauchte dir direkt ins Gesicht. Du konntest ihn riechen, seinen säuerlichen Atem, den Körpergeruch.

»Pfui«, sagtest du, »du stinkst, bleib weg von mir!«

Durch das Schubsen und Rangeln hatten sich die Samen des Ingwerbuschs gelöst, und weiße, juckende Federkiele rieselten euch um die Köpfe und blieben an euren Armen kleben.

»Was ist schon ein bisschen Schweiß gegen den Gestank, der hier über Grootmoedersdrift hängt? Denk an Agaat! Was soll sie nur von dir halten, wenn sie erfährt, wie du dich beschimpfen und schlagen lässt? Sie ist jeden Tag auf ihrem Posten. Gebügelt und gestärkt. Eine meisterhafte Dienstmagd! Sie manipuliert dich viel geschickter als ich, verzieht keine Miene, wenn ihr etwas gegen den Strich geht. Und sie lernt daraus, Milla, das sag ich dir heute, und vergiss es nicht: Die ganze Zeit lernt sie von uns.«

Du versuchtest, dich aufzurichten und gegen seine Tirade anzuschreien. »Warum verschwindest du nicht einfach? Warum bleibst du bei mir, wenn ich so schrecklich bin?«

Du strecktest die Hand aus, weil du glaubtest, er würde wieder zu sich kommen, wenn er deine Berührung spürte, doch er packte deine Hände und stieß sie von sich weg.

»Ich kann nicht weg, Milla, selbst wenn ich es wollte. Ich sitze hier fest! Du saugst mich aus! Aber mittlerweile bin ich fast leer, hörst du, ich bin aufgezehrt. Bald kannst du wieder nach vorne blicken. Du hast ja schon für eine Stellvertreterin gesorgt. Aus dem Pferch der zahmen Schafe. Agaat Lourier. Vor-vergewaltigt. Ja, sieh mich nicht so an, das ist die Wahrheit! So wie kein Mann eine Frau vergewaltigen kann. Sie ist bereit für dich. Bis zum bitteren Ende. Denn eines sage ich dir, ich werde es mit dir nicht bis dahin schaffen, Milla, das spüre ich bis in die Knochen!«

Jak trat die Anzuchttabletts um und zertrampelte die jungen Pflänzchen.

»Stiefmütterchen!«, schrie er. »Ihr glaubt, ihr könntet mich daran hindern, mit Jakkie zusammen zu sein. Ihr glaubt, ihr könntet mich hintergehen. Ihr glaubt, ihr könntet ihn verweichlichen, du und deine Dienstmagd. Mit euren Liedern, euren Hirngespinsten, euren verstohlenen Blicken. Was soll aus ihm werden? Was würde ich ihm von seiner Mutter erzählen, wenn er mich nach ihr fragte? Hast du schon einmal darüber nachgedacht? Er weiß mehr, als du glaubst. Und weißt du auch, warum? Weil deine Dienstmagd es ihm erzählt! Jedes einzelne Wort!«

»Jak, du verlierst den Verstand, du brauchst dringend Hilfe«, sagtest du, so ruhig und so fest du nur konntest.

Da stieß er dich hinter dem Busch hervor, beinahe in die Arme von Jakkie, der dort stand mit seinem weißen Verband ums Bein und einem Körbchen gedörrter Birnen, die er von den Trockengestellen geholt hatte. Zunächst sah Jak ihn nicht. Mit den Händen hinter dem Rücken versuchtest du, ihn zum Schweigen zu bringen, doch seine letzten Sätze waren unüberhörbar gewesen. Dann sahst du Agaat die Verandatreppe hinaufsteigen. Mit beiden Händen hielt sie sich die Ohren zu.

»Hilfe? Weshalb Hilfe? Ich bin nicht der Erste, der hier krank ist!«, schrie Jak dir nach. »Du bist diejenige, die ernsthaft krank ist. Ich werde gesund werden, ich werde hier herauskommen, und wenn ich mich dafür umbringen muss!«

Jak starrte Jakkie einen Augenblick lang ins Gesicht und wischte sich hastig über die Augen. Dann ging er in die entgegengesetzte Richtung davon, hinüber zu den Scheunen, und sein nackter Oberkörper leuchtete weiß in der Wintersonne.

Jakkie hinkte vor dir her zum Haus.

Du hättest ihn am liebsten angeschrien: Geh vernünftig, verdammt noch mal! Natürlich konntest du nicht. Du legtest beide Hände rechts und links auf deine brennenden Wangen. Eine gesunde Gesichtsfarbe. Du betrachtetest deine Handflächen und Unterarme, die bis hinauf in die Achseln kreuz und quer mit feinen, juckenden Schnitten bedeckt waren.

Agaat wartete mit der Verkündigung bis zum Dessert. Es war die reinste Katastrophe. Der Pudding war ein untrügliches Zeichen dafür, dass es kein guter Tag in der Küche gewesen war. Zu heiß gekocht, sodass die Soße über den Rand gelaufen und außen an der weißen Emailschlüssel schwarz eingebrannt war. Überhaupt waren alle Speisen angebrannt gewesen. Agaat hatte sich den ganzen Nachmittag über spurlos verdrückt und war erst nach fünf Uhr wieder aufgetaucht. Sie hatte während des Abendessens neben euch gestanden. Es hatte eine solche Stille geherrscht, dass man den Efeu an der Fensterscheibe hatte rascheln und die lose Regenrinne ab und zu im Wind hatte quietschen hören. Du hattest einen blutroten Ausschlag auf Händen und Armen und warst mit angetrockneten weißen Streifen Lacto-Calamine-Lotion bedeckt.

»Du siehst aus, als wärst du im Krieg gewesen, Mama«, bemerkte Jakkie, und Jak knallte sein Besteck auf den Tisch.

Ohne sich irgendetwas anmerken zu lassen, setzte Agaat den Pudding auf den Tisch.

Mit dem Löffel klopfte Jakkie auf die harte Kruste.

»Nanu, ein kleines Malheur«, sagte er.

»Ab und zu passiert eben mal ein Missgeschick«, sagtest du. »Erzähl uns doch, wie du dir eigentlich das Bein verletzt hast. Hat jemand dich zu brutal getackelt?«

Da steckte Agaat energisch den Schöpflöffel in die Mitte des Puddings, sodass er aufrecht stehen blieb.

»Kurz oberhalb des Eidechsenfelsens«, sagte sie, »links neben dem obersten Wasserreservoir entlang der Schlucht, in den trockenen Graspollen und bis runter in die Proteas.«

»Was soll da sein?«, fragte Jak.

»Da brennt der Hügel.«

»Ich schwöre, ich rieche es schon die ganze Zeit!«, rief Jakkie aus und sprang auf, ohne an sein Bein zu denken. Agaat warf ihm einen warnenden Blick zu.

»Au!«, rief er und sank zurück auf seinen Stuhl.

»Warum hast du denn nichts gesagt, wenn du es gerochen hast?«, fragte sie, die Augen unverwandt auf Jakkie gerichtet.

Du eiltest hinaus auf die Veranda. Wenn das Feuer dort oben begonnen hatte, hatte es sich inzwischen ausgebreitet. Es brannte bereits an mehreren Stellen auf dem ganzen Hang des ersten Vorbergs vor dem Haus. Die Flammen loderten in die Höhe und breiteten sich in dem böigen Wind schnell aus. Man hörte das Knacken des Feuers bis hinunter auf den Hof. Der Streifen Proteas und Fynbos, der sich unterhalb des Wasserreservoirs bis zu den Schwarzakazien erstreckte, war mittlerweile ein siedendes Flammenmeer. Du hörtest es knallen, als das trockene Holz der Schwarzakazien und der Weidenakazien Feuer fing.

»Jetzt passiert genau das, was ich immer prophezeit habe«, unktest du. Die aus Australien stammenden, hartnäckig wuchernden Weidenakazien waren dir schon lange ein Dorn im Auge gewesen.

»Natürlich hast du das seit jeher prophezeit, und natürlich hast du schon ewig verlangt, dass wir diese Eindringlinge ausrotten, weil sie zu leicht Feuer fangen, schließlich bist du Naturschützerin, aber wieder einmal hat niemand auf dich gehört, bis es zu spät war«, sagte Jak, ohne dich anzusehen.

Es war allzu offensichtlich, dass ihr gegen das Feuer nichts ausrichten konntet. Die Leute trudelten allmählich auf dem Hof ein. Dawid hängte den Wassertank an den Traktor, und es wurde nach Säcken und Schaufeln gerufen. Doch die Leute blieben nur verängstigt und eng zusammengedrängt auf dem Hof stehen und kneteten ihre Mützen in den Händen. Ab und zu warfen sie einen Blick hinüber zu euch. Bei dem Wind war an ein Gegenfeuer nicht zu denken, das wussten alle, und ausschlagen ließen sich die Flammen ebenso wenig.

»Seht mal dort!«, rief Jakkie. Eine kleine Klippspringer-Antilope überquerte den Fluss und sprang panisch im Zickzack über den Hof. Ihr folgte immer mehr Kleinwild. Hasen, Zwergantilopen, Mungos, sogar ein, zwei Schakale. Du schicktest zwei Jungen zum Fluss, um die Schildkröten zu retten, weil du wusstest, dass auch die, so schnell sie konnten, vor dem Feuer flüchten würden.

»Meine Ziegen!«, ächzte Agaat plötzlich. Sie fasste sich mit beiden Händen an die Haube, zog sie tiefer in die Stirn und murmelte: »Meine Ziegen, meine Ziegen!«

Jakkie sah ihr ängstlich hinterher, doch sie beantwortete seinen Blick nicht.

Agaats Ziegen waren jenseits des Flusses auf einem kleinen Luzernefeld angepflockt, das sie dort eigens für ihre Herde gesät hatte. Ihre Kühe kalbten jedes Jahr. Ihre Fleischlämmer verkaufte sie mit Gewinn an den Schlachter in Swellendam. Die Ziegen waren ihre neueste Errungenschaft. Sie hatte sie von den Okkenels erworben.

»Unten bei den Hütten krepieren die Tiere«, hatte sie argumentiert. »Besser, die Leute kaufen günstig gesundes Ziegenfleisch bei mir, statt ihre eigenen armen Viecher unter Räude und Schmeißfliegen leiden zu lassen und sie gerade noch rechtzeitig zu schlachten, bevor sie von selbst eingehen.«

Und weg war sie mit der Peitsche, um ihre Ziegen loszubinden und wegzutreiben.

Jak ließ die Scheunendächer besprengen und fuhr die Fahrzeuge ins Freie. Du ließest nasses Zeitungspapier über das Heu in der Scheune ausbreiten. Du fühltest dich, als schwebtest du Zentimeter über dem Boden. Wie in Trance packtest du ein paar Taschen voll Proviant, damit ihr würdet flüchten können, falls es nötig werden sollte. Der Hof war ausgedörrt, und ihr hattet Heuballen und trockene Luzerne in der Scheune gelagert. Ein Funken auf das Rieddach konnte das Ende bedeuten. All die Stoppelfelder weiter hinten, all die neugeborenen Lämmer! Doch an jenem Tag fühltest du nichts. Eine Lähmung hatte dich befallen, eine Niedergeschlagenheit, während du neben Jakkie auf der Veranda standst. Ausgebremst durch seine eigenen Lügen, seinen Stolz oder seine Angst, sich zu offenbaren, stand er wie angewurzelt da.

Du betrachtetest ihn. Was war er für ein Mensch, dein Sohn, der in einer solchen Krise die Nerven behielt und derart konsequent den Anschein wahrte? Wie groß musste die Angst vor seinem Vater sein? Wie groß seine Angst vor Agaat? Wie viele Verschwörungen dieser Art hatte es in der Vergangenheit schon gegeben, von denen du nie erfahren hattest?

»Mama, ich rieche Regen!«

Jakkies Stimme neben dir. Kleine Feuerzungen leckten bereits an den Eichen entlang der Furt. Du deutetest mit dem Finger dorthin, aber mehr, um ihn zum Schweigen zu bringen. Du wolltest nicht, dass er sprach. In seinem Tonfall hatte etwas Flehentliches gelegen, als hätte er dich trösten wollen, als wollte er dich um Entschuldigung bitten. Angst lag in seinem Blick. Er wagte es nicht, sich dir anzuvertrauen.

Der Regen kam mit dem stürmischen Südostwind. Dicke Tropfen fielen herab. Eine verirrte Wolke, ein verdampfter Tag, von einer Böe über der offenen See versammelt und genau dort herabgelassen, wo im Inland ein Feuer wütete. Ein bizarrer Zufall. So etwas geschah nicht einmal in Büchern, es war gegen alle Wahrscheinlichkeit.

Ihr standet auf der Veranda und saht dabei zu, wie der Regen vor euren Augen das Feuer löschte.

Am nächsten Morgen war die ganze Farm von schwarzem, nassem Ruß bedeckt. Der Gebirgsausläufer gleich hinter dem Haus war von der Leopardenschlucht bis zu den Hängen in Richtung Glen niedergebrannt. Agaat stand an der Furt des Flusses und hob sich vor den schwarzverkohlten Baumstämmen weiß ab. Sie drehte ihre Runden und machte sich ein Bild vom Ausmaß des Schadens. Du selbst drehtest dich um und gingst hinein. Du wolltest nicht, dass sie dich sah. Doch als sie zur Küchentür hineinkam, bemerktest du, dass ihre Schürze bis hinauf zur Haube mit feinen schwarzen Flecken gesprenkelt war. Du strecktest die Hand nach ihr aus, doch sie zog den Kopf weg.

»Nicht wischen«, sagte sie, »das hinterlässt Streifen.«

Eine Stunde später erzählte dir Dawid auf dem Hinterhof, dass eines von Agaats Zicklein mit gebrochenem Hals am Fluss liege. Er verstehe das nicht, das Tier sei nicht einmal mehr angebunden gewesen und seine Mutter in der Nacht bereits sicher in das Gehege hinter dem Haus getrieben worden.

»Das Kleine ist tropfnass und voller Schlamm, Ounooi«, berichtete Dawid, erschauerte und räusperte sich. »Für mich sieht es so aus, als sei es dort aus irgendeinem Grund zurückgeblieben. Jemand muss es misshandelt haben, Nooi, ertränkt oder so. Am Ufer sind Schleifspuren, es sieht so aus, als hätte jemand es dort hingezerrt.«

Mit einem schwarz-weißen Bündel frisch gewaschener Kleider erschien Agaat in der Tür des Außenzimmers.

»Nehmt es euch, Dawid. Säubert es gründlich, bevor ihr es schlachtet. Wir müssen aus solchen Katastrophen das Beste machen. Bestimmt hat es durch das Feuer den Kopf verloren.«

Sie drängte sich an euch vorbei. Du hörtest die Wäscheklammern in ihrer Schürzentasche klappern.

Das Stück platt getretenen grauen Flussschlamms hobst du erst später an jenem Tag vom Wohnzimmerteppich auf. Jakkie saß auf dem grünen Sofa. Agaat kniete vor ihm und rieb sein Knie mit Wärmesalbe ein.

Was ist das hier denn für Dreck?, wolltest du schon fragen, doch ihre Gesichter erlegten dir Schweigen auf.

Das Stück flach getretenen Flusslehms trug das Muster von Agaats Gummisohlen. Du sagtest nichts. Du warfst es in den Gully im Hinterhof. Lange bliebst du dort stehen und betrachtetest ihre Wäsche an der Leine, außergewöhnlich an einem Sonntag. Weiß und schwarz blähte sie sich auf und flatterte im böigen Südostwind. Zwei Schürzen, zwei Paar Socken, zwei Hauben, zwei schwarze Kleider. Du hängtest sie ab, damit der Ruß sie nicht erneut beschmutzte. Das Gewicht der vom Wind getrockneten Stoffe auf deinem Arm erstaunte dich. Leichter als gedacht, meintest du zuerst, doch als du die Sachen über die untere Türhälfte des Außenzimmers hängtest, kamen sie dir auf einmal schwerer vor, als wären sie unmittelbar vom Geruch des Außenzimmers durchtränkt worden: rote Seife, Jik, Omo, Wäscheblau, Stärke, Mottenkugeln, Borax, Linoleum, Körper, Bett, Haare, Deo, Calamine, Rooibostee, Wolle, Garn, Stoff.

Lange standst du vor der dunklen Türöffnung, bevor du dich dazu aufraffen konntest, dich abzuwenden.

alles endlich aufgeräumt der pfarrer der arzt der anwalt schreibt auf ich will meinen letzten wunsch diktieren mein testament meine ländereien in erbpacht sowie der hof gehen an agaat bis zu ihrem achzigsten lebensjahr danach soll sie alles an meinen sohn übergeben der für sie bis an ihr lebensende sorgen soll anbei ihre bestattungsversicherung der ehemalige pachtanteil der okkenels fällt wieder an die familie zurück sie sind fortan agaat verpflichtet und agaat ihnen wie untereinander vereinbart die einnahmen aus der versteigerung von hausrat vieh und farmgerätschaften sowie die ersparnisse der letzten sieben jahre stehen agaat zur verfügung um damit zu wirtschaften und für ihren unterhalt zu sorgen hinzu kommen hunderttausend rand sowie eine lohnerhöhung für ihre tätigkeit als krankenschwester.

ich lege mein leben in ihre hände solange sie mich pflegen kann verweigere ich das krankenhaus pumpen schläuche leitungen es sei denn dieser wille wird durch einen späteren außer kraft gesetzt ich bitte nur weiterhin um meine tropfen um die schmerzen und sorgen zu lindern agaat kennt meine dosis ich bin ihr krankes merinoschaf ihr erschöpfter boden ihr brachland voller weißer steine ihre aufgeblähte kuh und ihr feld mit umgeknicktem getreide ihr rostbrauner weizen ihre von nun an überflutete furt sie soll mein grab ausheben und die mauer ringsum hübsch weißeln und den sinn des lebens in meinen grabstein eingravieren lassen in ihren mund lege ich mein letztes wort und in ihren blick über meinen dahinsiechenden körper den letzten fluch oder segen.

denn sie weiß was eine bauersfrau ist: windpumpe schwengel weidezaun riegel und schlussstein der index von allem wie überzeugt man sie vom ende wie räumt man sie auf für den tod wie kann man sie ausschalten?

fragt agaat sie wird es euch sagen.

wenn eines tages ihr testament und ihr kodizill geschrieben sind wenn ihr haus hergerichtet ihre herden verkleinert ihr hof geordnet und ihre schränke und schubladen ausgeräumt ihre sachen zum verschenken aussortiert ihre arbeitnehmer unterrichtet sind und der ganze rest ihres persönlichen krams verteilt ist lippenstifte puderdosen nagellack leere taschentuchschachteln verbrannt ihre beerdigung bis ins detail geplant ihre grube ausgehoben ihr sarg auf dem dachboden mit satin gefüttert

dann bittet agaat

dass sie zur erbauung die letzte tabelle vor der nase ihrer fast toten nooi aufhänge

Symptom	*Medikament*	*Therapie*
Müdigkeit	*Pyridostigmin*	*Krafteinsparung, mechanische Hilfsmittel, Methodenanpassung*
Spastik, Gelenkschmerzen	*Baclofen, Tizanadin, Dantrolin-Natrium*	*Übungen zur Erweiterung des Bewegungsspektrums*
Krämpfe	*Chinin-Sulfat*	*Massagen*
Faszikulationen	*Carbamazepin*	*Ruhigstellung*
Speichelfluss	*Anticholinergikum*	*Speicheldrüsenbestrahlung, mechanische Absaugung*
festsitzender Schleim	*Betablocker*	*erhöhte Flüssigkeitsgabe*
Pseudo-Bulbärparalyse mit Zwangslachen und -weinen	*trizyklisches Antidepressivum Lithium*	*keine*
pulmonale Sekretion und Abhusten	*Dextromethorphan*	*Rehydratation, feuchte Luft, Aspirationshilfen*

Würgen	*Cisaprid*	*Änderung der Nahrungskonsistenz*
Depression	*Antidepressiva*	*Beratung und psychiatrische Beratung, Unterstützung*
Schlaflosigkeit	*Opiate*	*Krankenhausbett, Ventilator*
respiratorische Insuffizienz	*bronchiale Dilatatoren, Morphin*	*Sauerstoffzufuhr*
Verstopfung	*Bisacodyl*	*erhöhte Flüssigkeitszufuhr*
Stase des Dickdarminhalts	*Lactulose*	*Bewegungstherapie*

14. November 1978

Nachdem er seine Abschlussprüfungen hinter sich hatte, hat Jakkie seine erste Freundin mit nach Hause gebracht. Ich denke eher Jak zuliebe besonders verliebt schien er nicht zu sein. Hat ganz den Gentleman gegeben aber ich kenne ihn er war nicht mit dem Herzen dabei. Das arme Ding redete vor lauter Nervosität ohne Unterlass & Jak trank zu viel & hielt es nach einer Weile nicht mehr aus & zog eine alte Gedichtsammlung von mir aus dem Regal. Die liebe Isabel müsse nämlich wissen dass in diesem Haus hohe Literatur gelesen werde. Wie gut sie sich denn mit Poesie auskenne? Jakkie versuchte noch ihn zu bremsen aber Jak rezitierte bereits in vollem Brustton. O zeig mir den Ort wo wir einst standen als du die Meine warst. Die jungen Leute ergriffen die Flucht sobald sie konnten mein Gott war mir das peinlich.

Offenbar wollte Jakkie sie mit nach Witsand nehmen aber danach wollte sie natürlich nicht mehr mitkommen. A. lächelte darüber weil sie Jakkie jetzt ganz für sich hat. Das Mädchen sei überhaupt nicht sein Typ meinte A. sie sei zu oberflächlich für ihn & ich fragte wer denn dann sein Typ sei. Er tendiere mehr in Richtung Fynbos & Höhle sagte Agaat oder Springtide, was auch immer das bedeuten mag, aber sie schien sehr überzeugt von ihrer eigenen Einschätzung.

Die letzten Ferientage hat er in seinem Zimmer verbracht. Stundenlang hat er gelesen, einen Teller mit A.s Plätzchen an seiner Seite außer wenn J. ihn zum Lackieren abkommandierte. Ansonsten brach er allein zu längeren Läufen auf oder ging mit A. zum Angeln & las ihr Geschichten oder Gedichte vor. Braun gebrannt & muskulös mein Sohn. Kann manchmal kaum glauben wie attraktiv er ist. Auch so ein Draufgänger wie sein Vater, geht im Meer schwimmen & kommt irgendwo wieder heraus. Die Mädchen machen ihm schöne Augen & er scherzt mit ihnen aber das ist auch schon alles. Er geht manchmal aus, wenn irgendwo eine Party stattfindet & kommt spät nach Hause, aber anschließend erfahre ich jedes Mal er habe sich mit einem Buch irgendwo in eine Ecke verzogen. Vielleicht sollte ich eine Party für ihn bei uns zu Hause ausrichten um seinen Schulabschluss zu feiern. Die Noten gibt es Anfang Januar, er sagt, darüber mache er sich keine Gedanken. Ob er denn andere Sorgen habe? Er kann manchmal so abwesend sein. Locker im täglichen Umgang doch in den letzten Jahren auf eine neue Art und Weise reserviert. Habe das Gefühl, dass er sich immer weiter & weiter von mir entfernt. J. sagt, es liege daran, dass er sich als etwas Besseres fühle als wir. Seit er auf die Paul Roos gehe sei er hochnäsig geworden in dieser Stadt voller Snobs das sei ansteckend. Ich habe erwidert Jakkie sei nicht annähernd so narzisstisch wie sein Vater. Er sei auf der Suche nach sich selbst. Aha, er sucht also!, rief J. Sein Land ruft ihn er soll zum Militär & Haare auf der Brust kriegen der Feind wartet darauf unser Land anzugreifen. Ich sagte Jak für jemanden der sich solch bizarre Theorien über seine eigene Frau ausdenke seien seine politischen Äußerungen wirklich extrem einfältig.

19. November 1978

Machte heute Morgen den Fehler Jakkie mit in die Kirche nehmen zu wollen. Erst wollte er nicht. Meinte, es sei zu heiß für einen Anzug aber J. sagte zu ihm, mein Junge, du wirst tun, was ich sage. Nicht dass J. religiös wäre es geht ihm eher darum an den richtigen Orten gesehen zu werden & vielleicht ist es genau das was Jakkie ärgert.

Er ist zusammen mit den anderen Jungs in Stellenbosch konfirmiert worden & ich habe gesehen dass eine Bibel auf seinem Nachttisch liegt aber wie er es mit dem Glauben hält weiß ich nicht. Er redet mit mir nur über Oberflächlichkeiten. Heute rutschte er nervös auf der Kirchenbank herum & seufzte & legte die Stirn in die Hände & biss sich auf die Wangen & verschwand spurlos als wir zurückkehrten & ist nicht zum Mittagessen erschienen.

Der Pfarrer predigte über die Kundschafter im Lande Kanaan. Etwas überkandidelt vielleicht, dennoch ein treffendes Gleichnis das er entwarf. Numeri 13. Der Herr sprach zu Mose: Schick einige Männer aus, die das Land Kanaan erkunden, das ich den Israeliten geben will. Aus jedem Väterstamm sollt ihr einen Mann aussenden & das sind ihre Namen: aus dem Stamm Ruben Schamua, der Sohn Sakkurs; aus dem Stamm Simeon Schafat, der Sohn Horis; aus dem Stamm Juda Kaleb, der Sohn Jefunnes etc. Er bezog sich damit auf den großen Grenzkrieg & verglich den Auftrag der Afrikaner-Spione mit dem der Israeliten. Seht, wie das Land beschaffen ist und ob das Volk, das darin wohnt, stark oder schwach ist, ob es klein oder groß ist & der Pfarrer sprach über Kaleb, der gesagt hatte: Wir können trotzdem hinaufziehen & das Land in Besitz nehmen; wir werden es gewiss bezwingen. Und über die, die widersprachen & sagten: Wir können nichts gegen dieses Volk ausrichten; es ist stärker als wir. Und darüber, wie sie falsche Gerüchte unter den Israeliten verbreiteten sie hätten Riesen dort gesehen die Anakiter & sie würden die Israeliten zerquetschen wie Heuschrecken & über die Menschen, die gegen Moses & Aaron murrten: Warum nur will uns der Herr in dieses Land bringen? Etwa damit wir durch das Schwert umkommen & unsere Frauen & Kinder den Feinden zum Opfer fallen?

Der Pfarrer warnte von der Kanzel vor falschen Propheten, die ausgezeichnet Afrikaans sprechen & die Bibel zitieren & nicht zögern, ihre eigene Nation in ihrer Muttersprache & innerhalb ihrer eigenen Kirche zu unterminieren.

Damit zielte er natürlich auf Reformtheologen wie Beyers Naudé & andere kirchliche Apartheidsgegner aus Johannesburg. Anschließend schloss er die Analogie mit einer Liste der Söhne aus Overberg, die im Januar eingezogen würden: von den Delports aus Grootbos Erik, der Sohn Flips; von den du Toits aus Riviersonderend Hugo, der Sohn Liebs; von den Neethlings aus Lindeshof Jurie, der Sohn Gafs. Im Auto sagte Jak dann halb im Scherz: und von den de Wets aus Grootmoedersdrift Jakobus Christiaan, der Sohn von J. C. senior & Kamilla geborene Redelinghuys. Jakkie wurde fuchsteufelswild als sei das etwas Schlimmes dabei war es weiß Gott nicht böse gemeint.

4. Juli 1979 Veranda

Berg noch bedeckt nach dem Schneefall gestern dunkelblau im Süden mit Regenbogen es ist kalt & womöglich liegt noch mehr Niederschlag in der Luft. Höre Schuberts Streichquintett in C-Dur (was soll der zweite Satz nur ausdrücken? Ankunft des Todes?) irgendwelche Motten haben an meinen Plattenhüllen gefressen ai ich habe so wenig Zeit für mich auf dieser Farm.

Habe das Gefühl alles vergessen zu haben was ich je gelernt habe. J. bringt Jakkie nach Kapstadt zum Bahnhof. Wollte nicht mit A. auch nicht. Habe mich ihretwegen hier zu Hause von ihm verabschiedet sie kann ihn schlecht in ihrer Dienstmädchenkleidung in aller Öffentlichkeit umarmen.

Gestern Abend bei Tisch wieder große Diskussion. A. stand daneben die Hände auf dem Bauch & das Gesicht im Schatten. Ich weiß was sie denkt: Er ist noch so jung. Der Plan ist dass Jakkie sich gleich nach seiner Grundausbildung in Valhalla & der Offiziersschule in Waterkloof als Berufssoldat bei der Luftwaffe verpflichtet & nach seiner Pilotenausbildung in Langebaan Maschinenbau auf Diplom studiert drei Fliegen mit einer Klappe sagt J. So brauche er später nicht sein Studium für die Grundausbildung zu unterbrechen & verdiene sogar etwas während des Studiums & werde mit jeder bestandenen Prüfung befördert sodass er ganz automatisch Karriere macht. Das sei für einen jungen Mann in SA heutzutage die beste & renommierteste Laufbahn & wenn er Glück habe könne er nebenbei noch ein paar Kommunisten abmurksen.

Frage mich wo A. ist. Spurlos verschwunden nachdem die Männer weg waren. Wo versteckt sie sich nur mit ihrem Trennungsschmerz?

4. Juli 6 Uhr abends

J. immer noch nicht zurück. A. schon das sehe ich an der Rauchfahne aus dem Kamin. Trostfeuer. Friert sicher nach ihren Eskapaden. Bin heute Nachmittag ihren Spuren die Wildfeigenallee entlang gefolgt & weiter hinunter zum Fluss sie konnte das rauschende Wasser nicht überqueren & da stand sie & vollführte ihre seltsamen Bewegungen vorwärts & rückwärts Drehen Aufstampfen Arm nach oben Haube nach unten. Hab nur die Hälfte von ihrem Gesang verstanden stand am Wasser stromaufwärts &

stromabwärts. Schneesturm. Vielleicht doch nicht ganz richtig im Oberstübchen.

Viertel nach 6

Gerade gehört wie die Tür des Außenzimmers aufging & hinter dem Holzschuppen versteckt beobachtet wie sie die zahmen Lämmer fütterte wieder der Gesang mir lief es kalt den Rücken runter. Konnte nichts damit anfangen vielleicht wenn ich versuche aufzuschreiben woran ich mich erinnere. Kind ist verschwunden / Zeit ist kurz / tauche das Ruder ein / reiße das Steuer herum / lege den Bremskeil unter / ziehe die Ratsche an / unter der Mühle sitzt der einarmige Zwerg / höre sie mahlen / es ist das Mehl es ist der Schnee es ist das Salz es ist der Knochen / höre sie mahlen / Agaat Agaat Agaat.

Klingt bedrohlich. Typisch. Macht sich selbst immer größer als sie ist in Krisenzeiten.

8. Juli 1979

Wieder Schnee. Leichtes Nieseln wie Puderzucker tiefer als gestern bis ins Tal. Rieche ihn wie saubere weiße Laken unter freiem Himmel aufgehäuft. A. wie immer aufgeregt durch die Witterung. Muss ihr zusätzliche Arbeiten geben um sie zu beschäftigen. Sollten vielleicht ihre Herden ein wenig vergrößern damit sie mehr hat worum sie sich kümmern muss. Sehe die ersten Briefe an Jakkie sind bereits geschrieben & liegen auf der Anrichte bereit zum Einwerfen.

9. Juli 1979

Vielleicht sollte ich in diesem Jahr wieder versuchen an Agaats Geburtstag (31!) etwas Besonderes zu unternehmen jetzt wo Jakkie so weit weg ist & seiner eigenen Wege geht. Habe das Gefühl dass das Tagebuchschreiben gar nicht mehr so richtig sinnvoll ist. Nicht mehr allzu viel zu berichten. Agaat ist Agaat. Ich denke ich habe das Bestmögliche aus ihr gemacht. Mehr als viele andere Leute geschafft hätten glaube ich. Kann mich nicht beklagen. Sie ist jetzt die perfekte Haushälterin & wacht in jeder Hinsicht mit scharfem Blick über die Farm. Da Jakkie nun endgültig fort ist wird es auf jeden Fall weniger Anlass für Spannungen hier im Haus geben & vielleicht ist sie von nun an in der Lage in Ruhe & Frieden mit uns zusammenzuleben.

Vielleicht sollte ich einen großen Schokoladenkuchen für sie backen? Sie mit einem schönen Blumenstrauß vor der Tür überraschen & am 12. mit ihr nach Witsand fahren? Sie liebt doch das Meer so sehr wenn es regnet. So viele Schattierungen von Grau & Weiß sagt sie immer so ein fast schwarzes Meer.

16

W-E-R H-A-T D. F-E-U-E-R A-U-F D. B-E-R-G G-E-L-E-G-T, frage ich.

Ich werfe einen Blick auf den Wecker. Es hat zehn Minuten gedauert, die Frage zu buchstabieren, trotz Agaats Abkürzungen, der Artikel und Konjunktionen.

»Glaubst du vielleicht, ich war das?«, fragt Agaat mit den Augen und wendet sich ab.

Ja, signalisiere ich mit unserem üblichen Code, indem ich einmal mit beiden Augen zwinkere.

Sie sieht mich gerade lange genug an, um meine Antwort aufzufangen.

»Hotnotmadonna«, sagt sie.

Sie drückt auf einer Seite gegen ihre Haube und umfasst den Stock des Staubwedels ein bisschen fester. Sie lässt mich weiterbuchstabieren, sie tippt auf die Karte. Nach jedem Tippen sieht sie mich an. A Tipp B Tipp C Tipp D Tipp E Tipp F Tipp G Tipp H Tipp.

H ist richtig, ich blinzle mit dem rechten Auge. Es muss so ermüdend für sie sein! Dann tippt sie wieder, von A angefangen. Ich halte sie sofort auf. A stimmt.

Dann muss sie wieder neu ansetzen und tippen bis zum S und dann zum T. H-A-S-T. Und noch einmal.

H-A-S-T D-U D. F-E-U-E-R…

»…im Heuschober gelegt?«, beendet sie meinen Satz.

Ganz richtig, das wollte ich fragen.

Sie stellt den Staubwedel in die Ecke. Ende des Gesprächs. Ich hätte es beim Wetter belassen sollen, der Regenmenge, der

Anzahl der Schafe, der Statistik für dieses Jahr des Herrn 1996. Ich hätte mich strikt auf Farmangelegenheiten beschränken sollen und darauf, wie sie künftig die Geschäfte hier auf Grootmoedersdrift führen will. Ich müsste es inzwischen besser wissen.

Sie stellt sich an mein Bett. Faltet die Hände über dem Bauch. Ihre Antwort kommt direkt und ohne zu zögern.

»Die Milchzentrifuge«, sagt sie. »Um zu überprüfen, ob sie ordnungsgemäß funktioniert, setzen Sie sie auf ein solides Fundament und stellen Sie sicher, dass sie vollkommen waagerecht steht. Wenn Milch nur unzureichend zentrifugiert wird, kann es daran liegen, dass sich die Kurbel entweder zu schnell oder zu langsam dreht. Die Geschwindigkeit kann nur bei halb vollem Milch-Vorratsbehälter eingestellt werden. Trennt eine hochwertige Maschine nicht ordnungsgemäß, liegt es daran, dass der Vorratsbehälter nicht waagrecht ausgerichtet ist und übermäßig vibriert oder dass die Zentrifuge nicht präzise genug kalibriert wurde, wenn die Milch im Frühjahr fettärmer, und erneut im Herbst, wenn sie reichhaltiger wird. Kontrollieren Sie den Hahn, aus dem die Sahne läuft. Neigt die Sahne dazu, den Auslass zu verstopfen, ist die Geschwindigkeit zu hoch eingestellt für die Milchmenge, die durch den Zulaufbehälter fließt. Sprudelt die Sahne daraus hervor, dreht sich die Kurbel zu langsam. Fließt die Sahne in einem verhältnismäßig stetigen Strahl in den Sahnebehälter, ist bei den meisten Zentrifugen die richtige Konsistenz erreicht. Spülen Sie in jedem Fall den Vorratsbehälter regelmäßig mit Magermilch aus.«

Das Bauernhandbuch. Ich bin selbst schuld. Sahne ins Feuer gießen. Sehr originell. Welches Argument könnte ich dagegen vorbringen? Lieber rezitiert sie all ihre auswendig gelernten Texte, als mir aufrichtig zu antworten.

Ich zwinkere mit den Augen. Bravo!, bedeutet das.

Sie ignoriert mich und beugt sich vor, um mir den Urinbeutel abzunehmen. Unter den offenen Katheter stellt sie den Nachttopf, um die Tropfen aufzufangen. Tipp, höre ich sie auf dem Email auftreffen. Tipp.

Leroux hat erst den Katheter für den Urinbeutel gelegt, dann einen Bauchschnitt für den künstlichen Darmausgang durchgeführt. Hauschirurgie unter lokaler Betäubung. Agaats Entscheidung. Die Wunde sollte eigentlich heilen, ehe der Stomabeutel angebracht wurde, tat es aber nicht. Jetzt muss sie jedes Mal beim Wechseln des Beutels den Bereich rund um das Stoma desinfizieren. Und sie genießt es. Meine Körperöffnungen interessieren sie brennend. Je mehr ich davon habe, umso besser.

Ich sollte so wenig wie möglich bewegt werden, darüber war man sich einig. Die Pfanne war zu hoch für mich. Also erniedrigte man die Frau. Agaats Entscheidung. Schneiden Sie ein Loch in ihre Seite. Außerdem droht sie mir jeden Tag mit künstlicher Ernährung durch einen Speiseröhrenschlauch, aber ich weigere mich. Ich will nicht, dass ein weiterer Eingang in meinen Körper gestanzt wird. Ich will nichts mehr essen. Ich will reden. Es gibt noch eine Menge zu besprechen. Jetzt da wir durch die Alphabet-Tafel einen Weg zu sprechen gefunden haben.

Sie hält mir den Urinbeutel hin. Dunkelgelb, fast bernsteinfarben, aber nicht klar.

»Bewölkt«, sagt sie, »aber darauf folgt immer das schönste Blau.«

Sie öffnet die Tür zur Veranda und geht mit schnellen Schrittchen hinaus und hält den Beutel dabei weit von sich weg. Ich sehe in den Spiegel. Jetzt kommt sie ins Bild. Sie kennt die Reichweite der Reflexion und wird dafür sorgen, dass sie innerhalb bleibt.

Lösch das Feuer mit Sahne, ersticke die Flammen mit meinen letzten dunklen Flüssigkeiten.

Ich darf nicht klagen, ich bin selbst schuld.

Die Hortensien sind dunkelviolett-blau, genau die richtige Farbe für die Beerdigungssträuße. Das ist es, was sie mir mit dem ganzen Theater sagen will, mit dem so auffälligen Entleeren des Beutels. Sie weiß, dass ich sie im Spiegel beobachte. Um die Ecke wachsen noch mehr Hortensien, die sie begießen könnte, aber dies hier sind die Mutterstöcke. Hier hat sie gelernt, ihren eigenen kleinen Nachttopf zu leeren.

Das alles nehme ich in Kauf, seitdem ich mit ihr reden kann. Ihre Strafen werden subtiler. Die Botschaft lautet: Dein Einfluss wird noch lange spürbar bleiben, bis in die Kapillarwurzeln der Pflanzen in deinem Garten. Für dich halte ich die alten Traditionen aufrecht.

Ich sehe, wie sie sich zwischen die Blätter bückt. Nur ihr Achtersteven ragt noch daraus hervor.

Ich verstehe, Agaat. Du drehst der letzten Feuersbrunst, die du hier auf der Krankenstation entfacht hast, den Hintern zu.

Sie richtet sich wieder auf und begutachtet das Ergebnis ihrer Gartenkunst. Prächtige, üppig lilafarbene Kugeln.

Pipi, Pipi in den Topf, wer hat den blauesten Blütenkopf?

Bilde ich es mir ein, oder schüttelt sie den Kopf?

Wie kann ich es wagen, sie so etwas zu fragen? Eine Brandstifterin, ausgerechnet sie, herrjemine! Werde ich wirklich langsam verrückt?

Du kannst den Kopf schütteln, so lange du willst, Agaat. Ich weiß, dass du es warst. Wer denn sonst?

Sie legt den leeren Beutel auf den Rasen, zieht eine kleine Schere aus der oberen Schürzentasche und schneidet eine, zwei, drei, vier, fünf Blüten ab. Sie bewegt sich außerhalb des Spiegelbildbereichs. Gleich wird sie hintenrum in die Küche gehen, die Blumen ins Wasser legen und dann im Wohnzimmer eine Vase aussuchen. Vielleicht habe ich Glück. Vielleicht bekomme ich heute Blumen ans Bett. Das soll mich lehren, meine Fragen für mich zu behalten.

Ich wundere mich über den Zeitpunkt, an dem unser neues Kommunikationsmittel urplötzlich aufgetaucht ist. Die alte Alphabet-Tafel. Hat sie sich urplötzlich, wie aus dem Nichts, daran erinnert? An eine Technik, von der sie vor langer Zeit in Broschüren gelesen und die sie bequemerweise vergessen hatte? Oder hat sie sie bisher gemieden, weil sie zu müde war? Weil ihr klar war, dass sie sich meiner bemächtigen würde in diesen meinen letzten Augenblicken, in denen ich nicht länger zögern würde, offen meine Meinung zu sagen? Weil sie erraten hatte, dass dabei herauskommen würde, was zwischen uns herauskommen musste?

Vielleicht wird es nie so weit kommen, vielleicht stehen die Chancen schlechter denn je. Vielleicht hat das, was gesagt werden muss, nichts mit der Wahrheit zu tun.

Weiß ich denn selbst, was es ist? Liegt die Wahrheit jenseits dessen, was geschah oder nicht, was passierte, wie und wo? Jenseits der Fakten? Ich bin diejenige, die geprüft wird, um herauszufinden, ob ich die richtigen Worte finde, um alle Hindernisse zu überwinden.

Vielleicht haben die Karten Agaat zu der Idee angeregt. Die Ortsnamen. Das Zeigen auf die Symbole der Städte, bis ich nicke, ja, erzähl mir von Protem, erzähl mir von Klipdale, davon, was dort geschehen ist, was wir getan haben, wer uns gesehen hat.

Soll ich sie fragen? Wie bist du auf die Idee gekommen, sie dort aufzuhängen, die Alphabet-Tafel, das alte, vergilbte Pappschild mit dem Knick in der Mitte, mit den reich verzierten Großbuchstaben, den Bibelillustrationen und Szenen aus der Heilsgeschichte, steifen Propheten und Visionen zwischen Weinreben und Getreidegarben?

Ich könnte sie fragen, jetzt da ich Fragen stellen kann.

Warum hast du bis jetzt damit gewartet? Schließlich wusstest du doch die ganze Zeit, dass ich darauf brannte zu reden, du musstest doch geahnt haben, dass ich die ganze Zeit hier lag und über mein Leben sinnierte.

Ich könnte sie damit konfrontieren. Vielleicht würde sie dann mit einem kleinen blauen Heft vor meiner Nase herumwedeln. Sie hat es endlich gefunden, das dritte Paket. Über die erste Zeit ihres Lebens auf Grootmoedersdrift.

Kaum noch am Leben, und ich der Quell ihres Lebens. Jetzt ist es umgekehrt. Ich sterbe, und sie ist da, um mich zu begleiten.

Wer wird zuerst nachgeben? Was die Fakten der Vergangenheit betrifft? Oder liegt unsere Aufgabe in der Gegenwart?

»Hiermit knüpfe ich meinen eigenen Strick«, sagte sie, als sie das Alphabet aufhängte.

Habe ich richtig gehört? Sie flüsterte es beim Einatmen.

Ich knüpfe meinen eigenen Strick.

Wem geht es hier eigentlich an den Kragen? Es sind meine buchstabierten Worte, die sie für mich aussprechen, meine Sätze, die sie für mich vervollständigen muss.

Wer macht am Ende wem irgendwas vor? Vielleicht dass alles in Ordnung wäre? Vergeben und vergessen und gehet hin in Frieden?

Vielleicht wäre es besser gewesen, bis zum Schluss bei den Augensignalen zu bleiben, ohne jede Chance auf eine Entgegnung meinerseits. Vielleicht hätten wir die Angelegenheit zu einem vernünftigen Abschluss bringen können, wenn wir uns mit der Fragenliste begnügt hätten.

Ist dir kalt? Ist dir heiß? Bist du hungrig? Bist du müde? Ist es zu dunkel? Zu hell? Musst du auf die Pfanne? Groß? Klein? Möchtest du lesen? Möchtest du Radio hören?

Ja oder Nein.

Doch es wird komplizierter. Sie hat auf losen Blättern zusätzliche Hilfslisten zum Alphabet angelegt, Eröffnungen, Phrasen und Konjunktionen. Sie hat sie rund um die Tafel geklebt, sehr praktisch, Abkürzungen, mit denen wir schneller auf den Punkt kommen. Die Blätter winken und rascheln mit jedem Zug oder Windstoß, der durchs Zimmer weht, sie flattern, wenn Agaat vorbeigeht, die losen Zettel, als wären sie lebendig.

Ich bin, ich darf, ich fürchte, ich hoffe, ich glaube.

Weil, aber, und, dennoch, trotz, wenngleich.

Die ersten Sprachelemente, die man lernt. Wer hat das gleich wieder geschrieben?

Milla. Jak. Agaat. Jakkie.

Ich bin nicht mehr hungrig und jenseits von müde …

Wen liebte ich in meinem Leben und warum?

Ich habe, ich werde, ich kann, ich will. Oder auch nicht. Ich könnte. Ich hätte gern gehabt. Wenn all dies vorbei ist, dann …

Eine ganze Grammatik entwickelt sich dort an der Wand, und täglich kommt mehr hinzu. Fragezeichen, Ausrufezeichen,

Schimpfwörter, Punkte, um eine Betonung anzudeuten. Ein Skelett der Sprache, willkürlich mit Filzstift notiert, größer, komplizierter als Agaat allein, als ich oder wir beide gemeinsam es uns hätten ausdenken können. Wenn es noch mit Fleisch ausgestattet werden soll... mit Muskeln, Haut, Haaren, Nerven, Drüsen...

Wie, wann, wer, warum, was...

Doch meine Nerven sind abgestorben und meine Muskeln nur mehr feuchte Watte, meine Haare graue Strähnen, meine Haut verschlissen, meine Drüsen Knoten. Meine Ausscheidungen tröpfeln durch Schläuche aus mir heraus. Mein Stuhlgang und mein Urin gehören nicht mehr zu mir. Meine Schließmuskeln öffnen und schließen sich nicht mehr. Ich bin, so könnte man sagen, durchlässig geworden.

Warum sollte sie ausgerechnet jetzt Sprache in mich investieren?

Oben, unten, unter, vor, hinten, oben, in.

Oder vielleicht ist »investieren« der falsche Ausdruck.

Mich damit dirigieren trifft es eher.

Sie ist diejenige, die Japie zur Hand nimmt, wie wir den Staubwedel nennen. Sie kann ihn hinlegen, wann immer sie will. Oder sie kann ihn mitnehmen und anderswo Staub wischen. Oder sie kann ihn umdrehen und mit dem Stiel auf die Karte deuten.

Die meiste Zeit steht Japie in der Zimmerecke. Sie hält ihn in der linken Hand und beginnt bei jedem Wort wieder von vorn, tippt auf Buchstaben um Buchstaben. A steht für Adam, B für Babel, C für Christus, unseren Erlöser und Herrn. Sie sieht, was ich signalisiere, und tippt und tippt, bis ein Wort, drei Worte, ein Halbsatz entstehen, und dann beginnt sie zu raten.

Leg mir nicht die Worte in den Mund, Ausrufezeichen, muss ich dann für sie buchstabieren. Nimm nicht vorweg, was ich sagen will, oktroyiere mir keine falsche Bedeutung, keine falschen Untertöne auf! Ausrufezeichen, Ausrufezeichen, Ausrufezeichen!

Mein Protest nützt nicht viel. Sie wird ungeduldig, wenn es zu lange dauert. Sie will meine Sätze für mich fließen lassen. Sie will, dass ich singe. Sie sucht nach einem Rhythmus. Einem Marsch der Landfrauenvereinigung.

Vorwärts, vorwärts, immer weiter, durch den Busch und durch die Gischt, niemals wird die Reise enden, ankommen werden wir nicht.

Ich sehe es ihrem Gesicht an. Vorarbeiter-Gewohnheiten. Sie schlägt den Takt auf dem Geländer des Bettes. Dann kommen die Worte.

Seid stark! Es gilt, eine Nation zu führen, eine Schlacht zu schlagen, an die Arbeit! Schielt nicht auf Ehre oder Ruhm, weicht nicht nach rechts oder links, packt schweigend an, es gibt genug zu tun. Auf, auf!

Wenn ich es geschafft habe, etwas hervorzubringen, eine ganze Ansprache mit Dennoch und Trotzdem, bin ich an der Reihe, Druck auszuüben.

Dann muss sie mir antworten. Es ist nur gerecht, dass du reagieren musst, habe ich für sie buchstabiert. Oft schweigt sie trotzdem. Oder sie sagt: »Den nächsten Satz bitte.« Oder sie zuckt mit den Schultern, was bedeutet: Beantworte dir deine Frage doch selbst. Oder sie stellt den Staubwedel hin und verlässt das Zimmer. Oder sie sieht mich an, bis ich die Augen schließe.

»Merk dir gut, was du sagen wolltest«, sagt sie dann, »damit wir beim nächsten Mal wissen, wo wir aufgehört haben. Das ist wieder eine von deinen langen Geschichten, und ich kann mir wirklich nicht vorstellen, wie sie endet.«

Ich war allein, ich fühlte mich nutzlos, ich wollte etwas für meine Mitmenschen tun.

Sie geht zur Verandatür und blickt hinaus. Oder sie nimmt nach einer Weile den Faden wieder auf und lässt mich einen Monolog führen.

Ich wusste nicht, welch große Verantwortung ich auf mich nahm, ich habe nicht weit genug gedacht.

Vergiss jetzt einfach, dass ich hier bin, sagt ihr Gesichtsausdruck, ich buchstabiere einfach alles für dich und spreche es laut aus, damit du hören kannst, wie es klingt.

Jak war dagegen gewesen, doch ich habe ihm widerstanden, jahrelang habe ich ihm widerstanden, doch der Druck war irgendwann zu groß, und da habe ich nachgegeben.

Es gelingt ihr nicht immer, ihre Stimme neutral zu halten. Sie befrachtet meine Sätze mit ihren eigenen Nuancen. Skepsis, Nachdruck, Spott. Sie fügt hinzu, improvisiert. In meinen Ohren klingt das Ganze eher wie ein laufender Kommentar als wie das Original.

Etwas für deine Mitmenschen tun? Oder etwas mit deinen Mitmenschen tun? Ihnen etwas antun? Mitmenschen, Un- oder Übermenschen? Halbmenschen? Untermenschen, weniger menschlich als du?

Manchmal, wenn wir einen Satz beendet haben, wiederholt sie ihn nicht, sodass ich den Faden verliere.

Tut mir leid. Machtlos. Schuldig. Ich bin. Ich werde sein. Aber. Wie soll ich. Sterben. Fragezeichen.

Dann wechselt sie das Thema. Oder sie sagt: »Komm in Gottes Namen zum Punkt, Ounooi, du bist heute wieder viel zu langatmig.« Als erstreckten sich die Tage endlos vor mir. Als könnte morgen für mich ganz anders sein als heute.

Diese Art zu kommunizieren ist entsetzlich zeitraubend und garantiert keineswegs Klarheit. Stattdessen verursacht sie Missverständnisse, die wir dann mühsam wieder aufklären müssen. Dieses Klopfen, Zwinkern und Buchstabieren lastet schwerer auf meinen Augen als früher die Schiene an meiner Hand. Agaats vorgestanzte Phrasen blockieren mich, statt mir zu helfen, meine Sprache fühlt sich an wie ein brutales Instrument, mit dem ich mich quäle.

Wie lange werde ich noch in der Lage sein, mit den Augen zu blinzeln? Das linke fällt andauernd zu, das rechte öffnet sich weiter, als ich es gewohnt bin. Wenn meine Augenlider mir nicht mehr gehorchen, ist es das Ende.

Eine Chance, ich habe eine letzte Chance. Vielleicht sollte ich eher frei assoziieren, als Punkt für Punkt erklären und ihr verdeutlichen zu wollen, zu wem ich inzwischen hier auf meinem

Bett verkommen bin, sprachlos, fantasierend, eine Sehnsüchtige, eine Poetin der Verluste, eine Legendenerzählerin.

Die Aufgabe lastet schwerer auf meinem Gemüt als das Verfassen meiner letzten Worte, als ich noch schreiben konnte. Sie ist gewichtiger als die Aufstellung meiner Inventarlisten für das Aufräumen, mein Testament, mein Selbstbestimmungskodizill.

Sie ist schwieriger als jede letzte Äußerung eines Wunsches. Sie bewirkt Verwicklungen in einer Phase, von der sie und ich gehofft hatten, dass alles einfacher würde. Jetzt wird das Ende komplizierter werden, als jede von uns es je prophezeit hätte.

Ich kann gut verstehen, dass sie das Reden in Grenzen halten will und deswegen eine Struktur vorgegeben hat, an die sie sich strikt hält. Eine Stunde am Morgen, eine Stunde am Abend.

Bevor sie zu Bett geht, werden mir ein paar weitere Sätze gewährt, falls sie selbst das Bedürfnis verspürt zu reden und wenn sie mit dem Lesen der blauen Tagebücher fertig ist. Sie ist jetzt bei den Heften aus dem letzten Päckchen im Sideboard angelangt, dem ersten Stapel, den ich vollendet hatte, ohne Abkürzungen und mit vollständigen Angaben, verfasst mit dem Enthusiasmus einer Anfängerin.

Sie hat lange gebraucht, um sich zu überwinden, die Kordel zu entfernen, mit der die Hefte immer noch zusammengebunden waren. In den ersten paar Tagen, als sie hier lagen, spielte sie hin und wieder mit dem Knoten, ließ dann aber immer davon ab. Irgendwann schnitt sie die Kordel durch und begann mit angehaltenem Atem und flüsternd zu lesen, als wollte sie die Worte einsaugen.

Wenn sie genug hat, steht sie auf und greift zum Staubwedel. Dann weiß ich, dass es ihr hilft, mit mir zu reden, meist aber nur über Unverfängliches. Harmloses.

Es hilft ihr zu glauben, dass ich harmlos bin. Mir scheint, sie will sogar an meine Güte glauben. Aber dann müsste ich doch noch ein wenig Kraft besitzen, denn was wäre für Agaat Güte ohne Kraft, ohne Stärke?

Schwäche kann sie nicht ertragen.

Wenn sie mich andererseits, wie es an manchen Tagen geschieht, für durch und durch schlecht hält, fühlt auch sie sich schlecht. Und schlecht will sie nicht sein. Das kann sie nicht sein. Sie ist durch und durch gut.

Wäre es richtig, mir zu verzeihen? Das wäre zu einfach. Und es würde auch nicht helfen.

Wäre es gut, sich an mir zu rächen? Das stellt sie schon längst nicht mehr zufrieden; sich an jemand Wehrlosem zu rächen ist uninteressant.

Wie kann ich ihr helfen?

Ich will zu viele Sätze buchstabieren. Ich muss meinen Text schlichter halten. Ich kann ihre Geschichte nicht für sie erzählen; wenn sie zu verschlossen und zu wenig selbstbewusst ist, es selbst zu tun, dann ist es nicht meine Schuld.

»Wie viele Jerseys hast du inzwischen in deiner Herde?«, ist mir erlaubt zu fragen. Wie viele Färsen willst du im Herbst verkaufen? Welchen Preis verlangst du dafür? Wie ist die Marktlage?

Sie nennt mir die Zahlen.

»Wenn du so weitermachst, wirst du eines Tages noch eine wohlhabende Bäuerin«, darf ich sagen.

Und was nützt mir das?, erwidert sie mit den Blicken. Doch wenn sie erkennt, dass ich sie dabei erwischt habe, wie sie sich dem Selbstmitleid hingibt, rudert sie sofort zurück. Wie bei der Tirade gestern.

»Also wirklich, man muss heutzutage nur mehr geben, geben, geben, um die Leute zu halten. Die scheinen sich in letzter Zeit totfressen zu wollen, sie stehlen sogar das Hundefutter aus den Näpfen im Hinterhof. Bis du krank geworden bist, haben sie sich noch mit Mehl, Kaffee, Zucker, hin und wieder geräuchertem Schweinefleisch, einem Sack Zwiebeln, Bohnen und Kürbissen zufriedengegeben. Aber nein, jetzt wollen sie ein Schaf pro Monat zusätzlich, und dann muss ich für die Frauen und Kinder sorgen, die ständig an diesem leiden und über jenes klagen. Sie fressen einem die Haare vom Kopf und sind zu faul, um arbeiten zu gehen, sie wollen einfach nur in ihren Hütten liegen und herumgammeln. Ich habe Dawid schon vor einiger Zeit gesagt, dass ein Teil von ihnen gehen muss. Ich will stattdessen Lohnarbeiter oder, noch besser, Saisonarbeiter, eine Mannschaft von Transkei-Kaffern, wenn viel zu tun ist, die geben sich mit *Mieliepap* und Dickmilch zufrieden.«

Ich erwiderte nichts. Und sie wusste, warum.

In der Stille, die darauf folgte, setzte sie sich und arbeitete wortlos zwei Stunden lang an ihrer Stickerei. So geht es oft, seitdem wir wieder miteinander reden können. Als versuchte sie, Kraft für das nächste Gespräch zu sammeln.

Sie sitzt einfach zu weit weg, als dass ich erkennen könnte, womit sie ihren Stoff bestickt.

Sie werde mir die Arbeit zeigen, wenn sie fertig sei, verspricht sie.

Scheinbar verwendet sie dafür sämtliche Stiche aus dem Lehrbuch. Diagonaler Wellenstich, Stielstich, Treppenstich, Wabenstich, Deckenstich, Saum-Zierstich, Pflaster- und Kranzmuster.

»Ich hab noch viel auszusticken«, sagt sie. Sie hat Muster für eine Lochstickerei vorgezeichnet – Korngarben, Adern, Sterne, Ösen, Blumen, Diamanten, Räder, Schattenquadrate.

Ab und zu muss sie zwischendurch Muster auftrennen und in viel kleinerem Maßstab neu sticken, weil sonst nicht alle Motive auf den Stoff passen. Es dauere deutlich länger als gedacht, das alles unterzubringen, sagt sie.

Alles? Was meint sie damit? Sag doch einfach, dass dies dein Zeitvertreib ist, bis ich unter der Erde liege.

Manchmal, wenn ich es nicht mehr aushalte – uns beide zusammengepfercht, eingesperrt in meinem Zimmer, ohne jede Fluchtmöglichkeit –, flehe ich sie ganz offen an. Durch meine Tränen hindurch zwinkere ich, mit einem Augenlid schneller als mit dem anderen.

Bitte, rede mit mir, ich möchte reden, ich möchte dir so vieles sagen!

Manchmal erklärt sie sich einverstanden, aber wenn ich mich einen Satz zu weit vorwage, hört sie auf.

Such den Schmetterling, Agaat! Du hast ihn schon einmal gesehen! Zeig ihn mir!

Doch meist ignoriert sie es, wenn ich so bin. Mit verkniffenem Mund. Das Kinn vorgeschoben. Unstete Augen. Die Botschaft ist deutlich.

Deine Seele! Ich suche deine Seele! Deine verdammte Seele!

Ich kann mir denken, was sie fühlt, welche Sätze sie insgeheim formuliert. Einmal habe ich es Wort für Wort für sie buchstabiert: Es ist zu spät für Tränen, Tränen lassen dich ersticken. Triff stattdessen endlich deine Wahl. Ersticke oder sprich über das, worüber du dir erlauben willst zu reden.

Sie gab vor, nicht zu verstehen, um wessen Worte es sich handelte. Ich weine nie, sagte sie, du bist diejenige, die weint.

So, sagte ich.

Sie warf mir einen Blick zu und ging hinaus.

»Ich bin nicht aus Glas«, sagte sie später, während sie meinen Arm einseifte, mich sanft wusch. Ich war von ihr noch nie so sanft berührt worden. Es war, als hätte sie Angst, ich könnte zerbrechen.

Ich bin auch nicht aus Glas.

Sie weiß genau, dass ich sie durchschaue, sie weiß, ich kann ihre Gedanken lesen und sie zum Ausdruck bringen. Es ist nicht mehr allzu sicher für sie in dieser Krankenstation. Sie hat beschlossen, mir meine Stimme wiederzugeben. Und sie steht zu ihrem Entschluss. Sie weiß, dass sie in ihrer eigenen Schlinge steckt.

Sanft seifte sie mich ein, und noch einmal wiederholte sie mit angehaltenem Atem: Nicht aus Glas.

Sie wusch meinen Arm mit der starken Hand. Den Waschlappen hat sie schon vor einiger Zeit ausrangiert. Meine Haut ist dafür einfach zu dünn geworden. Als sie die Tränen in meinen Augen sah, hörte sie sofort auf.

»Nicht schon wieder«, sagte sie und rieb mich mit einem rauen Handtuch trocken.

Das war gestern.

Heute Morgen bin ich schon wieder mit Kopfschmerzen

erwacht. Durch den Nebel in meinem Kopf habe ich ergründen wollen, wie die Dynamik zwischen uns funktioniert. Ich verstehe sie nicht. Sie ist zu kompliziert für mich. Ich habe mir vorgenommen, mit ihr darüber zu reden, sobald die Sprechstunde anfängt.

Doch dann kam etwas ganz anderes aus mir heraus. Weil ich mich so machtlos fühlte, so bedürftig, griff ich sie an und begann, sie zu beschimpfen.

Du und die Feuer von Grootmoedersdrift, Agaat. Der Brand auf dem Berg, das Feuer im Heuschober, bist du das gewesen?

Vorwürfe haben sie schon immer reizbar gemacht. Und Beschwerden. Und Kritik. Wenn ich sie schon nicht erweichen kann, ist das meine einzige Alternative. Ich will sie zornig machen. Und wenn ich ihren Zorn wecken kann, kann auch ich selbst wütend werden. Das wäre besser als gar nichts.

Wer ist der Brandstifter auf diesem Hof? Wer von uns ist der Feuerteufel?

Volltreffer. Sie war so außer sich, dass sie mir wortlos den Urin abnahm und mir das Hinterteil zuwandte, um Hortensien zu schneiden, die unteren, die schon ein wenig von Sonne und Wasser zerzaust waren. Die schönsten, die kräftigsten hat sie stehen gelassen. Alles eine Frage des Timings.

Blauviolette Hortensien für meine Beerdigung, kombiniert mit den weißen Dahlien und den Osterlilien, hübsch mit Kreppband zusammengebunden, ich kann es deutlich vor mir sehen.

Die Uhr im Wohnzimmer schlägt die Viertelstunde. Jetzt folgt das Probebukett. In der grauen Vase – jener Vase, die nicht auf der Wegwerfliste stand. Sie könnte bei meiner Beerdigung verwendet werden, habe ich mir damals gedacht. Ein Vorgeschmack auf kommende Attraktionen, hätte Jak gespottet. Nicht der spröde Stil üblicher Trauerbuketts, sondern schön, lebhaft, natürlich arrangiert werden sollen die üppig blauen Kugeln, gelbe Ligusterzweige und das bronzefarbene Laub der Blutpflaume, einige Abelien, orangefarbenes Kap-Geißblatt, ein paar orangerote Rosen. Zur Abrundung unten an der Basis – was sonst? – ein paar große, üppige Buntnesselblätter.

»Sieh dir nur die Hortensien an!«, schwärmt Agaat, »sie blühen, als wollten sie sich selbst übertreffen, ich muss unbedingt Stecklinge schneiden!«

Sie räumt einen Platz auf dem Nachttisch neben mir frei. Ihre Haltung ist ein wenig steif.

Stell dir vor, lese ich in ihrem Gesicht, wie sie auf dem halbmondförmigen Tischchen vor der Haustür aussehen werden, dort wo die Gäste hereinkommen. Aufrichtiges Beileid, Agaat, es muss ein großer Verlust für Sie sein.

»Gefällt es dir so? Oder findest du das Orange und die vielen Zweige nicht ein bisschen zu wild?«

Wenn ich könnte, würde ich ihr mit dem Staubwedel ins Gesicht schlagen. Alphabet der Hölle. Schlaginstrument.

Mit den Händen in der Hüfte steht sie da und betrachtet ihr Werk. »Und, Ounooi? Sieht aus, als wolltest du noch ein bisschen plaudern. Wir haben noch eine halbe Stunde.« Sie fasst den Staubwedel am Federkopf. »Komm, wir gehen hinaus auf die Wiese und pflücken Blumen«, singt sie leise.

A B C D E F G H.

Ich blinzele I und C und H und S und Schimpfwort von der Hilfsliste, die Gefühle wiedergeben soll.

»Ja, und?«, fragt Agaat, »welches denn?«

D-U, Ausrufezeichen, buchstabiere ich, M-I-T-T-A-G-S-H-E-X-E.

»Und weiter?«, fragt Agaat ungerührt. »Was noch?«

S–A-R-K-A-S-T-I-S-C-H, buchstabiere ich, D-U W-E-I-S-S-T W-A-S I-C-H M-E-I-N-E.

»Nein, weiß ich nicht«, erwidert Agaat, »du musst es buchstabieren.«

F-E-U-E-R A-U-F D. B-E-R-G, buchstabiere ich und verdrehe die Augen zu dem Blumenstrauß.

»Ja, ist das Blau nicht wunderhübsch?«, fragt Agaat.

Die Botschaft lautet: Wenn ich hier auf meinem Sterbebett unbedingt Schwierigkeiten machen will, wird sie so tun, als wäre ich senil.

Könnte es einen schwierigeren doppelten Boden geben? Wie soll ich damit nur umgehen?

B-R-A-U-N-E-R K-O-F-F-E-R, buchstabiere ich.

Wo, wann, warum, Fragezeichen, tippt Agaat für mich auf ihren Zetteln. Sie zittern wie Laub. Ich blinzele J-A J-A Ausrufezeichen.

Sie stellt den Wedel beiseite und formuliert meine Frage für mich neu, auf meine eigene Art und Weise, mit all meinen Modulationen der Entrüstung. Und sie gibt ihren Senf dazu.

Was, frage ich dich zum soundsovielten Mal, ist mit deinem braunen Koffer geworden, den ich auf das Zwischenregal des Waschtischs im Außenzimmer gelegt habe, an deinem Geburtstag, dem zwölften Juli im Jahr unseres Herrn neunzehnhundertsechzig, als du dort eingezogen bist? Was ist mit all deinen Sachen aus dem Außenzimmer geschehen? Und mit den schönen Kleidern, die ich dort für dich hinter dem Vorhang auf die Garderobe gehängt habe, ein rotes, ein blaues und ein gelbes, speziell für dich genäht mit meinem hochschwangeren Bauch? Und wo sind deine ersten Schuhe geblieben, die ich hatte brünieren lassen?

Absolut richtig, blinzele ich. Sehr gut erraten, die wirren Gedanken einer senilen Alten. Und wie lauten deine Antworten auf meine Fragen?

Agaat tritt einen Schritt zurück, die Hände vorne über dem Bauch gefaltet. Sie sieht mir direkt in die Augen. Ihre Antwort ist das Zerteilen eines Rindes. Sie zitiert, ohne auch nur ein einziges Mal zu stocken: »Hüfte. Wird in Scheiben geschnitten und in der Pfanne gebraten. Roastbeef. Zum Braten geeignet, kann auch entbeint und gerollt werden. Filet, zum Braten oder Rollen. Querrippe, zum Braten geeignet, kann auch gerollt werden. Bauchlappen, geeignet zum Braten, kann gerollt werden. Oberschale und Unterschale, geeignet für Cornedbeef, als Braten oder Biltong. Nuss, kann geröstet werden, ist aber besser zum Pökeln und Kochen geeignet. Schliem, zum Pökeln, Kochen oder Dünsten. Backe, kann gedünstet werden. Nacken, für Suppe oder zum Dünsten. Schlüsselbein, für Suppe. Rinderbrust, am besten zum

Pökeln und Kochen geeignet. Knochen, am besten an Kaffern verkaufen. Schwanz: Suppe, Eintopf. Hufe und Unterschenkel: Sülze. Knochendünnung: Suppe und Eintopf. Möchtest du auch noch hören, wie man ein Lämmchen zum Geburtstag zerteilt?«, fragt Agaat. »Schöne frische Koteletts für die schöne frische Magd? Meid und Lamm gleichermaßen lassen sich viel leichter auseinandernehmen als eine zähe alte Kuh, das sag ich dir!«

Sie wiegt ihren Stock. »Japie, mein Schatz, komm an meine Brust!«, schmettert sie. Dann fragt sie: »So, und was kommt jetzt?«

S-E-H-R W-I-T-Z-I-G, buchstabiere ich.

Sie wartet darauf, dass ich fortfahre. Zuckt nicht mit der Wimper. Lässt mich wüten. Füllt meine Lücken aus. Ergänzt mich.

W-A-S H-A-S-T D-U I-N D. E-R-S-T-E-N N-A-C-H-T I-N D-E-I-N-E-R D-I-E-N-S-T-K-L-E-I-D-U-N-G A-U-F D. B-E-R-G G-E-M-A-C-H-T? H-A-B D-I-C-H D-U-R-C-H-S F-E-R-N-G-L-A-S G-E-S-E-H-E-N. K-O-M-I-S-C-H-E S-C-H-R-I-T-T-E U. S-P-Ä-T-E-R W-I-T-S-A-N-D F-R-Ü-H-M-O-R-G-E-N-S I-N D. W-E-L-L-E-N. H-E-I-D-N-I-S-C-H-E R-I-T-U-A-L-E? K-Ü-C-H-E-N-H-I-L-F-E-N S-A-G-E-N D-U = B-E-S-E-S-S-E-N L-Ä-U-F-S-T N-A-C-H-T-S H-E-R-U-M + L-Ä-S-S-T M-I-C-H H-I-E-R A-L-L-E-I-N. I-C-H H-A-B-E D-I-C-H D-U-R-C-H-S-C-H-A-U-T, H-E-X-E! R-E-I-C-H-T M-E-I-N- T-O-D D-I-R N-I-C-H-T? A-U-F W-E-L-C-H-E-N H-Ö-H-E-P-U-N-K-T S-T-E-U-E-R-S-T D-U Z-U? SCHIMPFWORT.

Agaat tritt von der Tafel und der Wand mit den flatternden Zetteln zurück. Sie rückt ihre Haube zurecht und stellt den Staubwedel wieder in die Ecke. Diesmal stammt ihre Antwort aus dem Stickereibuch.

»Schattenstich«, sagt sie, »eine leicht zu erlernende Form der Weißstickerei. Sie eignet sich für Tischwäsche, Tagesdecken, Kissenüberzüge für Babys, Brautschleier, Blusen, Taufkleider, Kinderkleider. Der Schattenstich wird auf transparentem Stoff ausgeführt. Aus Italien stammt das für diesen Zweck besonders gut geeignete feine Leinen, man kann aber ebenso gut Seidenorganza oder hochwertige Schweizer Organza damit verzieren. Kunstfasern sind nicht zu empfehlen.«

D-U M-A-C-H-S-T D-I-C-H L-U-S-T-I-G Ü-B-E-R M-I-C-H, buchstabiere ich.

»Die lustigen Weiber von Grootmoedersdrift«, erwidert Agaat.

H-A-S-T D-U D. Z-I-C-K-L-E-I-N E-R-T-R-Ä-N-K-T A-L-S D. B-E-R-G B-R-A-N-N-T-E? + W-A-R-U-M? W-E-I-C-H-E, S-A-T-A-N!

»Du springst heute Morgen wirklich wild hin und her«, sagt Agaat, »ich kann gar nicht mit dir Schritt halten.«

Sie zieht sich die Haube tiefer in die Stirn und macht sich bereit für meine nächste Salve.

W-A-R-U-M H-A-S-T D-U D. O-H-R D. S-C-H-L-A-C-H-T-L-A-M-M-S A-U-S D. M-Ü-L-L-T-O-N-N-E G-E-H-O-L-T, M-I-T W-E-L-C-H-E-M A-B-E-R-G-L-A-U-B-E-N H-A-S-T D-U J-A-K-K-I-E V-E-R-G-I-F-T-E-T?

»Es war mein Lamm«, antwortet Agaat mit gemessener Stimme und blickt durch die Glastür hinaus.

Welches Lamm? Agaat zog ständig Lämmer auf und dazu Ferkel, Erdmännchen, alle Arten von Jungtieren.

»Hyazinthe«, sagt Agaat mit dem Rücken zu mir.

Hyazinthe? Ich erinnere mich noch an sie. Ein verstoßenes Lamm. Drittgeborenes von Drillingen. Agaat fütterte sie tagaus, tagein mit Vollmilch, extra Sahne und einem Teelöffel Löschkalk. Achtzehn Mal am Tag gab sie ihr die Flasche, körperwarm, wie es in ihrem Buch stand. Allmählich reduzierte sie die Mahlzeiten auf sechs pro Tag, bis Hyazinthe anfing, Haferbrei und Luzerne zu fressen. Sie war fünf Monate alt und kam, wenn Agaat sie rief. Doch das Lamm, das wir an jenem Tag schlachteten, war ein junger, dickbäuchiger Hammel.

Agaat dreht sich wieder von der Tür weg, die Augenbrauen fragend hochgezogen. Ich zwinkere zur Tafel, ich möchte etwas buchstabieren. Sie nimmt ihren Stock.

D-U L-Ü-G-S-T!, buchstabiere ich.

Ich hätte nie zugelassen, dass sie ihr eigenes zahmes Lamm schlachtet. Ich hätte das vorher überprüft. Doch habe ich das? Es hatte keine Marke im Ohr. Daran erinnere ich mich noch, und Dawid rief, ich solle kommen und nachsehen, nachdem er das Lamm eingefangen hatte, aber ich bin nicht hingegangen. Ich wollte Agaat im Auge behalten, die an jenem Morgen zum ersten Mal allein ein großes Laken bügeln sollte. Ich zeigte ihr, wie man es der Länge nach über dem Bügelbrett faltete und mit Wasser besprenkelte.

»Außerdem«, sagt Agaat, »war es mein Geburtstag, der zwölfte Juli, jener Tag, wie du mich freundlicherweise gelehrt hast, an dem der Herr mir mich zum Geschenk gemacht hat. Doch du hast es vergessen, weil du so darauf konzentriert warst, mich wieder aus dem Haus zu werfen. Und hast auch noch so getan, als wäre das Außenzimmer der Himmel.«

Zur Faust geballt steckt sich Agaat die kleine Hand in den Mund, als wollte sie einen Stopfen hineindrücken, auf dass nichts mehr herauskomme. Über die Hand hinweg sieht sie mich lange an. Ich sehe das inständige Flehen in ihren Augen: Bitte, Ounooi, zwing mich nicht, mich darüber aufzuregen. Ich habe es längst aufgegeben, wütend zu werden, ich will nicht böse sein, aber du provozierst mich, was willst du bloß von mir? Sag es mir, und ich gebe es dir, worum auch immer du mich bittest, so es in meiner Macht steht.

Sie ist bereit, hält den Stock parat.

H-E-U-C-H-L-E-R-I-N! S-C-H-A-U M-I-C-H N-I-C-H-T M-I-T D-I-E-S-E-N T-R-A-U-R-I-G-E-N H-U-N-D-E-A-U-G-E-N A-N! W-I-E O-F-T W-I-L-L-S-T D-U M-I-R D-A-S N-O-C-H V-O-R-W-E-R-F-E-N?

Es geht zu langsam. Ich denke zu schnell. Ich bringe nur mühevoll ein Wort heraus.

W-A-R-U-M B-I-S-T D-U J-E-D-E-S M-A-L S-O S-C-H-N-E-L-L A-M U-N-G-L-Ü-C-K-S-O-R-T E-R-S-C-H-I-E-N-E-N W-A-S S-T-E-C-K-T W-I-R-K-L-I-C-H I-N D-I-R K-R-A-N-K-E-N-P-F-L-E-G-E-R-I-N F-E-U-E-R-

W-E-H-R-F-R-A-U S-C-H-L-E-I-M-K-L-O-P-F-E-R-I-N M-I-S-S-T-R-A-U-E-N T-E-U-F-E-L.

Agaat komponiert ihre eigenen Sätze aus den Worten. Ich komponiere meine. Die Versionen, die entstehen, sind sehr unterschiedlich.

»Das reicht jetzt, Ounooi, du regst dich zu sehr auf. Ich kann dich nicht verstehen.«

Sie stellt den Stock in die Ecke.

Ich dränge sie weiterzumachen.

Sie nimmt den Stock wieder in die Hand.

D-U W-I-L-L-S-T M-I-C-H N-I-C-H-T V-E-R-S-T-E-H-E-N! D-U S-P-I-E-L-S-T E-I-N F-A-L-S-C-H-E-S S-P-I-E-L! H-Ä-L-T-S-T D-I-C-H W-O-H-L F-Ü-R G-O-T-T M-I-T D-E-I-N-E-M S-T-O-C-K!

»Von Natur aus unfähig zum Guten und geneigt zu jedem Übel«, sagt Agaat.

W-I-E B-I-S-T D-U S-O S-C-H-N-E-L-L Z-U-M S-E-E G-E-K-O-M-M-E-N U-M D. P-Ä-C-K-C-H-E-N M-I-T D. T-A-U-F-K-L-E-I-D A-B-Z-U-L-E-G-E-N? W-A-R-U-M S-O T-Ü-C-K-I-S-C-H? D-U W-E-I-S-S-T G-E-N-A-U D-A-S-S I-C-H I-N D. S-A-C-H-E N-I-C-H-T D. G-E-R-I-N-G-S-T-E F-Ü-R D-I-C-H T-U-N K-O-N-N-T-E.

Agaat legt den Stock weg. Jetzt habe ich sie. Ich weiß noch gut, wie sauer sie damals war.

»Schleppstich«, sagt sie, »Purpurwinden, Granatapfelkerne, ai, wo sind die Tage geblieben? In Sünde empfangen, würde ich sagen. Du auch. Du hast immer geglaubt, dir wären die Hände gebunden, in jeder Form. Aber meiner Hände Arbeit in den See zu werfen, dafür hattest du Kraft genug. Tsk, ich will lieber gar nicht darüber nachdenken!«

Sie hebt mein Laken an. Für einen Moment glaube ich, sie will es mir über den Kopf ziehen. Doch sie schlägt es ordentlich um und zieht es mir bis unters Kinn.

Du glaubst, du könntest mich einwickeln, blinzele ich. Du glaubst, du könntest diese ganze Geschichte abschließen und wegräumen, wie du es mit allem anderen auch getan hast, aber das kannst du nicht, das liegt nicht in deiner Macht, du brauchst mich dafür!

»Weißer als Schnee«, sagt Agaat und streicht mir übers Haar.

Ich verdrehe meine Augen zu den eselsohrigen, offenen Heften, die auf dem Stuhl liegen. Sie folgt meinem Blick.

Sie fixiert meine Augen und liest in mir, anstatt weiter mit dem Stock zu buchstabieren.

Sie neigt den Kopf, ich fühle den harten Stoff ihrer Haube an meiner Schläfe.

Sanft interpretiert sie meine Gedanken für mich. Sie flüstert mir mit ihrem süßen Rooibosatem ins Ohr, und ich rieche das Borax in der Wäschestärke.

Ich lausche mir selbst. Wäre es das, was ich sagen würde, wenn meine Zunge wie durch ein Wunder genäse? Kann ich meinen Ohren noch trauen?

»Was willst du damit erreichen? Indem du mir immerzu unter die Nase reibst, was ich irgendwann einmal in die Tagebücher geschrieben habe?«, fragt die Stimme in meinem Ohr, eine perfekte Imitation meiner Redeweise. »Es ist deine Geschichte, sie ist für dich, damit du etwas hast, woran du dich im Alter erinnern kannst. Damit du weißt, wie du aus der Not gerettet wurdest. Wie ich ein menschliches Wesen aus dir gemacht habe. Du warst nichts und wärst nichts geblieben, wenn ich dir nicht eine Chance gegeben hätte. Ich will nicht behaupten, ich hätte alles richtig gemacht, nein. Ich habe ständig Fehler gemacht, ich habe dich verletzt, dich gedemütigt, aber woran hätte ich mich denn orientieren sollen? Du weißt doch, wie es zu jener Zeit war. Dein Fall war höchst außergewöhnlich. Aber ich habe versucht, unter den Umständen und mit der Intuition, die mir zur Verfügung stand, das Beste daraus zu machen. Und jetzt machst du so einen Zirkus daraus.«

Z-I-R-K-U-S!, buchstabiert Agaat. Nach einer kurzen Pause fährt sie fort. Ich sehe den Schleppstich auf ihrer Haube, weiß auf weißer Gewalt.

»Es war nicht einfach. Nichts an deiner ganzen Geschichte war einfach, das kann ich dir sagen. Meine Ehe ging darüber zu Bruch. Und was habe ich nun davon? E-I-N-E-N Z-I-R-K-U-S, E-I-N-E-N P-L-A-T-Z A-U-F D. A-N-K-L-A-G-E-B-A-N-K!«

Agaat strafft den Rücken, stellt sich wieder aufrecht hin, und mein Ohr fühlt sich kalt an ohne ihren warmen Atem. Was antwortet sie ihrem eigenen Bauchredner?

»Ich wusste gar nicht, dass du an diesen alten Heften so interessiert bist, Ounooi. Aber nicht jetzt. Ich lese dir heute Abend wieder vor. Nützliche Brocken aller Art.«

Ordentlich stapelt sie die blauen Hefte aufeinander. Zum ersten Mal sehe ich auch das Stickbuch, das Bauernhandbuch und das orangefarbene Gesangbuch auf dem Schminktisch. Exponate. Mit Vers und Kapitel.

»Der Deckel des Brühetopfs«, singt Agaat, »muss über Nacht abgenommen werden, sonst wird die Brühe schlecht.«

Ein Zitat aus dem Bauernhandbuch? Was soll das bedeuten?

Sie sieht mich an.

Es hat nicht die gewünschte Wirkung auf mich. Ich blinzle ihr zu: Jetzt sprich es endlich aus, Agaat! Hör auf mit deinen Parabeln. Los, sprich endlich alles für mich aus, damit du zur Besinnung kommst, vielleicht hilft es dir, all das selbst laut auszusprechen, was du für meine Gedanken hältst! Was, glaubst du, sollte ich denken? Kopfvergewaltigung, nichts anderes ist das!«

Wieder beugt sie sich über mein Bett, diesmal von der anderen Seite. Sollen in diesem teuflischen Spiel beide Ohren drankommen?

Warum quälst du mich auf dem Sterbebett?

Flüstert Agaat das? In mein Ohr? Höre ich richtig? Ihre Stimme klingt eindringlich.

Warum lässt du mich vor Juckreiz vergehen, ziehst und drückst an meinen Gliedern, schraubst meinen Mund auf, verspottest mich, drohst mir mit Einläufen und Zäpfchen, gräbst in meinen Ohren, als dächtest du, ich hätte Ohrmilben, lässt Löcher in mich hineinschneiden, schiebst Schläuche in mich und schneidest mir die Haare so, dass ich aussehe wie eine Kriegsgefangene? Warum?

Sie tritt zurück. Sie antwortet auf ihre Art, mit einem Lächeln, als führe sie gen Himmel auf. Sie öffnet weit den Mund.

»Wenn Fleisch für das Küchenmädchen oder die Kaffern gekocht wird«, singt sie, »oder auch für das Herrenhaus, sollte es vorher etwa eine Stunde lang im Bouillontopf vor sich hin köcheln, damit möglichst viele Nährstoffe ins Wasser übergehen.«

Wieder liegen ihre Lippen an meinem Ohr. Ich fühle die Feuchtigkeit in ihrem Atem.

»Warum hältst du mich noch am Leben?«, flüstert sie. »Warum kommst du nachts im Dunkeln an mein Bett? Willst du mich töten? Was hindert dich daran? Geschwefeltes Obst sollte niemals roh verzehrt«, lautet ihre Antwort – eine schwebende Altstimme –, »sondern vorher gekocht werden, um die Schwefelspuren zu vertreiben.«

Wie viele Stimmen hat Agaat?

»Beruhige dich, Ounooi«, sagt sie, »schließ jetzt die Augen. Denk an was anderes. Du bist wieder durcheinander. Aber das ist nicht schlimm, entspann dich, ich bin hier, ich bin bei dir, ich gehe nicht weg, hier bin ich, einfach nur für dich da.«

Sie tritt hinter das Bett, und über meinem Kopf höre ich die Worte, die nun in mir aufwallen, lispelnd tropfen sie von Agaats Zunge.

»Und die Pampe, mit der du mich fütterst! Ich werde noch daran ersticken! Aber das wird dir sicher zu schnell gehen. Du willst noch etwas von mir haben, erinnerst du dich? Lebendiges Fleisch. Was hieltest du von einer toten Leber? Einem toten Herzen? Du willst mich mit einem Draht aus der Grube holen. Wie einen Maulwurf. Dann halt den Draht gut fest! Bald werde ich in einer Grube liegen, wo nicht einmal du mehr an mich herankommst, es sei denn, du gräbst mich wieder aus, um an meinen Knochen zu nagen. Wie die Kühe damals!«

Agaat erscheint neben meinem Bett. Sie sieht mich an.

»Und, wie geht es uns?«, fragt sie. Sie tritt vor die Wand und schreibt etwas auf.

Wer hat den Tag hoch oben im Kalender markiert? Der dreizehnte Dezember, es riecht nach Kuchen und nach Ingwer. Habe ich mir das alles nur eingebildet? Träume ich?

Sie sieht mich an, lächelt, schreibt weiter.

»Abrakadabra«, sagt sie und beschreibt mit dem Zeigefinger einen Schnörkel neben der Schläfe.

Ob sie damit meint, dass ich meinen Verstand verloren habe? Dass ich fantasiere? Ich fantasiere nicht, Hexe! Du bist diejenige, die fantasiert, du bist diejenige, die für mich zu fantasieren versucht. Kein Wort kommt über meine Lippen seit drei Jahren. Stumme können nicht fantasieren. Aber sie können hören!

»Ganz ruhig, Ounooi, keine Angst«, sagt sie, »es ist nur das Licht, es geht jetzt an und aus. In deinem Kopf.«

Der war gut! Interpretiert mich bis an den Rand von Babel, bis an die Schwelle des Todes. Aber es gibt Grenzen. Zurück! Weiche zurück! Du bist zu nah! Mein Tod gehört mir! Und mein Bett! Es gibt Grenzen!

Agaat bleibt an der Tür stehen. Sie schlingt die Arme um ihren Leib, nimmt die Knöchel der kleinen Hand in den Mund.

Nimm den Stock, nimm den Stock, signalisiere ich ihr.

Sie kommt wieder näher, nimmt den Stock zur Hand.

E-S G-I-B-T G-R-E-N-Z-E-N, buchstabiere ich, S-E-N-S-E-N-F-R-A-U.

Agaat tippt von allein sieben Ausrufezeichen. Sie legt den Stock hin, beugt sich über mich, sieht mich an, hält sich selbst mit Daumen und Zeigefinger der linken Hand beide Augen zu und mit den Fingern der kleinen Hand die meinen. Kalt liegen ihre Finger auf meinen Augenlidern.

»Ruh dich aus«, sagt sie, »ruh dich aus, es dauert nicht mehr lange, wir haben es fast geschafft.«

*

Der erste Brief, den du abfingst, war an Jakkie in Langebaan adressiert. Die amtlichen Zahlen und Codes standen in steifen schwarzen Blockbuchstaben auf dem Umschlag. Du wolltest wissen, was Agaat ihm geschrieben hatte. Stundenlang hatte sie in ihrem Zimmer an dem Brief gesessen.

Der erste Brief. Nein, es konnte nicht der erste gewesen sein. Es waren mehr. Als du ihn auseinanderfaltetest, fiel dir sofort die veränderte Anrede auf. Auf einmal hieß er nicht mehr »Lieber Boetie« wie damals in der Schule oder »Lieber Soldat« wie während seiner Grundausbildung. »Lieber Hauptmann der Luftwaffe Jakobus de Wet«, stand da. Dir tat das Herz weh, als du dies am Straßenrand, versteckt hinter einem Gatter auf dem Weg in die Stadt, gelesen hast.

Du hattest Agaat erzählt, dass Jakkie nun Geheimnisträger und seine Korrespondenz nicht mehr privat sei. Jakkie hatte dich und Jak gewarnt: Er dürfe keine ausdrücklichen Fragen über seine Aufgaben und seine weitere Ausbildung beantworten, und eure privaten Schilderungen und Offenbarungen könnten von Leuten gelesen werden, für deren Augen sie nicht bestimmt waren. Und dies war nun Agaats Tarnung. Sie dachte, sie könnte verschleiern, wie nah sie ihm wirklich war.

Die Worte, mit denen sie den Brief geschlossen hatte, waren noch ergreifender. Nicht mehr: »In Liebe, Deine Nêne«. »Hochachtungsvoll«, schrieb sie jetzt. Und nicht mehr nur Gaat. Nun stand da ihr voller Name: Agaat Lourier.

Doch als dein Blick über die eng beschriebenen Zeilen wanderte, beeindruckte dich vor allem die Liebe, die du darin erkanntest. Sie war ungebrochen, und sie sprach aus ihren Beschreibungen: von dem Schakal, der so vorsichtig an dem Zweig geschnüffelt hatte. Die großen grünen Augen in der Nacht, als er sich mit bösen Absichten dem Hof genähert hatte. Und aus der Auswahl der aufgezählten Dinge. Drei rosafarbene Eier von einem kleinen Ziegenmelker auf dem Fußweg zum alten Obstgarten. Und aus der Art und Weise, wie sie die beiläufigsten Eindrücke beschrieb. Im Vergleich zu deinen Briefen war es ein

Liebesbrief. Du fragtest dich, was die Militärzensur wohl daraus machen würde. Wie verschlüsselt musste ihnen die Sprache erscheinen! Wie ein Geheimcode.

Dein eigener Brief steckte in deiner Handtasche. Auf der schmalen Seite. Was du zu sagen hattest, war wirklich eher dürftig gegenüber dem, was in Agaats Brief zu lesen stand.

Sie erzählte von allem, was auf dem Bauernhof geschehen oder auch nicht geschehen war. Eine Chronik. Mit benetztem Finger zähltest du dreißig Seiten, alle in der akkuraten, aufrechten Schrift, die sie sich angewöhnt hatte. Du warst erstaunt über das Ausmaß, in dem sie über alles informiert war, von der Trunkenheit der Landarbeiter über die Einsatzpläne der Landmaschinen, die Anzahl der Wollballen, den unterschiedlichen Nährstoffgehalt der Milch und der Sahne im Frühjahr und im Herbst bis hin zur Behandlung der Weizensaat gegen Pilz. Die Aufzeichnungen einer Buchhalterin. Sie hatte Jakkie Regen vorhergesagt – einen feinen grauen Nieselregen am frühen Morgen, gerade so viel, dass die Aale die Nasen hervorstreckten – und ahnte den Wind der kommenden Woche für ihn voraus. Sie schätzte mit bloßem Auge den Anstieg der Bergbäche und -flüsse und verglich ihn mit dem Pegel im Jahresdurchschnitt. Als gehörte die Farm ihm und ihr.

Was konntest du dagegensetzen? Gegen die Anzahl der Kühe, die gedeckt worden waren, den Bericht über die ersten Anzeichen von Milbenbefall unter den Schafen? Weggelassen hatte sie die furchtbaren täglichen Auseinandersetzungen zwischen dir und Jak, die Beschimpfungen und die Tränen. Nach Agaats Brief zu urteilen war Grootmoedersdrift ein Ort des Friedens und der Harmonie.

Warum regte dich das an jenem Tag am Straßenrand so über die Maßen auf? Die Schönfärberei, die aus jedem Absatz sprach, war doch so taktvoll wie nur irgend möglich hineingewebt. Du selbst hättest es nicht besser machen können.

Du last den Brief von vorn bis hinten. Am Ende stellte sie einen ganzen Absatz lang Fragen – persönliche Fragen der Nêne von früher. Was bekommt ihr in der Messe zu essen? Ist genug Fleisch im Eintopf? Hast du es nachts auch warm genug? Ist dein Kissen ordentlich gestopft? Sind deine Vorgesetzten dir gutgesinnt? Bist du gesund? Schwebst du auch wirklich nicht in Gefahr? Befolgen die Untergebenen deine Befehle? Hast du dich an das Fliegen in großer Höhe gewöhnt, an den Druck auf dem Herzen und an das Gefühl, als rittest du ein bockendes Pferd? (Halt es kurz am Zügel!) Verschließen sich deine Ohren noch immer so unangenehm im Sinkflug? (Kaue einen getrockneten Pfirsich!) Wann kommst du wieder nach Hause?

Die Sorge, die auch dir und Jak auf dem Herzen lag, hatte sie folgendermaßen formuliert: »Ich bete für deine gesunde Heimkehr aus den fernen Lüften.«

Agaat tröstete sich damit, dass sie Rezepte für Quitten-Mousse und Hasenbraten in Granatapfelsoße für Jakkie komponierte und sich vorstellte, wie sie ihm die Köstlichkeiten bei seiner Rückkehr kredenzte.

Du nahmst dir vor, den Brief noch einmal zu lesen, und stecktest ihn wieder in die Handtasche. Normalerweise lecktest du Agaats blaue Croxley-Umschläge einfach nach dem Lesen der Briefe an, klebtest sie, so gut es ging, wieder zu und batest auf der Post um einen Klebestreifen. Du vertrautest darauf, dass deine Indiskretion durch die weitaus offensichtlicheren, sanktionierten Übergriffe des militärischen Sicherheitsdienstes gedeckt würde, der laut Jakkie die gesamte Post öffnete und abstempelte. Doch diesen Brief konntest du einfach nicht loslassen. Seine Formulierungen enthielten eine Zärtlichkeit und eine Obsession, nach denen du dürstetest.

Jak ging auf seine Weise mit der neuen Situation um.

»Und, wie geht es meinem Soldaten?«, fragte er am Telefon, wenn Jakkie anrief.

Du hörtest am zweiten Telefon mit. Seinem Vater konnte Jakkie mit der Schilderung seiner Anzahl protokollierter Flugstunden, dem Gefühl beim Durchbrechen der Schallmauer und der Ausbildung mit dem Schleudersitz im Simulator antworten.

Sein Vater sah in ihm einen jungen Mann mit begnadetem Körper – ein Paradeexemplar mit Ausdauer, physischer Disziplin, austrainierten Gliedern und geschärften Reflexen.

Und du? Was konntest du ihn fragen, diesen Sohn, von dem du das Gefühl hattest, dein Wissen über ihn sei allem anderen untergeordnet? Weder konntest du mit Jak mithalten, mit dem gemeinsam er seine Feuertaufe in den Bergen erlebt hatte, noch mit Agaat, an deren Busen er aufgewachsen war.

Ihr gab er jedes Mal seinen Wäschesack, wenn er nach Hause kam, und wer packte wohl seinen Koffer für ihn, wenn er wieder fuhr?

Wie hättest du reagieren, was dem Lächeln und den Pokerfaces bei der Übergabe der Tasche und der Rückgabe des Koffers hinzufügen können?

Du wusstest von den kleinen Überraschungen, mit denen sie sich seit Jakkies Kindheit gegenseitig verwöhnten. Quarzkiesel, Mäuseschädel, gegerbte Maulwurfsfelle. Unter einem Kissen, in einem Schuh. Später Agaats dünne und dicke Pullover, eine Krawatte, ein neues Hemd, das sie ihm in der Stadt von ihrem eigenen Geld gekauft hatte, Zellophantütchen mit Karamell und Toffee und Fenchelplätzchen, die sie unter seiner Kleidung versteckte.

Und Jakkies Geschenke für sie: Schachteln mit erlesenen Pralinen, Tütchen mit Safran und Kardamom aus den Gewürzläden im Boland, Geschichtsbücher, Croxley-Schreibblöcke und -Umschläge, Zeitschriften, Kopftücher, Parfüm.

Nicht dass sie das Parfüm je verwendet hätte. Die kleinen Fläschchen standen unberührt wie eine Trophäensammlung auf dem Regal über ihrem Waschtisch. Die Kopftücher verwendete sie als Wandschmuck für ihr Zimmer und nahm die Muster als Vorlage für neue Stickdessins.

Deine Aufmerksamkeit und dein Interesse an deinem Sohn schienen wie Wasser an ihm abzuperlen. War er deinetwegen zur Luftwaffe gegangen? Einmal schickte er dir eine Platte mit der Hymne seiner Waffengattung. Auf der A-Seite: *Der Herr ist mein*

Hirte. Auf der B-Seite: *Gib mir ein Ruder in die rechte Hand.* Jakkie war einmal mehr den Idealen seines Vaters gefolgt und brauchte Agaats Zuwendung mehr als deine Besorgnis. Und du sahst diese Entwicklung wie eine Außenstehende mit an.

Als Mitglied eines militärischen Elitecorps von Hochqualifizierten kletterte Jakkie schnell in der Hierarchie empor, genau wie Jak es ihm vorausgesagt hatte. Er erhielt die Möglichkeit zu studieren und gleichzeitig Geld zu verdienen. Er erwarb ein Diplom als Ingenieur der Luftfahrttechnik. Für den Fall, dass er nicht sein Leben lang fliegen könne, sagte er, werde er anschließend eben technisches Gerät für die Luftwaffe entwickeln.

»Welches denn zum Beispiel?«, wollte Jak wissen.

»Es gibt gewisse Pläne, aber diese Informationen sind streng vertraulich«, erwiderte Jakkie. Ihr erfuhrt in jener Zeit kaum mehr darüber, als dass die Fachhochschule für Maschinenbau in Stellenbosch eine Art Übungsplatz für die Waffenproduzenten von Armscor war. Du hattest Bedenken, doch Jak erwiderte nur: »Warum sollte die kulturelle Hauptstadt von uns Afrikanern nicht auch eine Stätte der Waffenproduktion sein? Das ist doch nur natürlich, so sichern sich alle bedeutenden Nationen ab.«

Ihr wusstet beide, dass sich Jakkie im Grunde nicht wirklich für Politik interessierte, sondern nur die modernen Jets der Air Force fliegen wollte. Damit erfüllte er Jaks großen Traum. Beim Abendessen las er dir und Agaat Artikel vor und zeigte euch Bilder von Flugzeugen aus einschlägigen, von ihm abonnierten Zeitschriften.

Ihr wusstet, dass Jakkie Impalas und Mirages flog. Ihr wusstet, dass das dort oben in Südwest kein Kinderspiel war. Ihr wusstet, dass es das große Spiel der Helden war und dass denjenigen, die in Angola am Krieg gegen die Kubaner teilgenommen hatten, die höchsten Auszeichnungen verliehen wurden. Ihr hättet stolz sein müssen, er war euer aller Kind.

Doch was empfandst du wirklich, wenn Agaat vor dem Abendessen einen Brief von ihm erhielt, der dicker war als der für Jak und dich, und ihr sie batet, ihn laut vorzulesen? Das war kein Stolz, das war Trostlosigkeit, die euch dort unter der Lampe vereinte. So weit vereinte, wie es euch möglich war, denn du und Jak, ihr wart misstrauisch gegenüber Agaat, deren Blick manchmal zu schnell über die Zeilen glitt, wenn sie ganze Passagen ausließ. Jakkies Briefe an sie öffnetest du nicht. Du wagtest nicht, sie abzufangen.

Ihr wart in euren jeweiligen Spekulationen über Jakkie voneinander abhängig. Ihr wart seine Familie, doch er gehörte dem Krieg, den Geheimoperationen. Später, als mehr Informationen an die Öffentlichkeit gelangten, spekulierte Jak bildreich über Jakkies Anteil an der Verteidigung von Volk und Vaterland.

»Sei doch bitte einfach still!«, schriest du Jak an, wenn es dir wieder mal zu viel wurde. Dann schlossest du dich in deinem Zimmer ein, legtest dich auf dein Bett und weintest. Du wusstest nicht, auf wen du wütender warst: auf Jakkie, der nicht offen über sein Tun und Lassen sprach, auf das Militär, das ihn für seine Zwecke missbrauchte, oder auf die Geheimniskrämerei der Regierung.

Doch was dich am meisten aufbrachte, war das Schauspiel im Esszimmer, das Theater mit Jak und Agaat. Sie stand ihm gegenüber auf der anderen Seite des Tisches, die Hände auf die Rückenlehne des Stuhls gestützt, die Hälfte ihres Gesichts im Schatten. Jak erzählte Geschichten von ausgebombten feindlichen Stellungen, von rauchenden Migs, die als Feuerbälle explodierten. Fühlte sie sich geschmeichelt, dem Baas als Publikum zu dienen?

Es widerte dich an. Du versuchtest, dich mit harter Arbeit abzulenken, doch damals, Ende der Siebziger-, Anfang der Achtzigerjahre, waren Unruhe und Misstrauen allgegenwärtig.

Du gingst zum Arzt. Er verordnete dir ein stärkeres Beruhigungsmittel, ein besseres Schlafmittel. Es half nur in Teilen, denn du fühltest dich, als wärst du nur noch halb lebendig. Agaat kontrollierte deinen Medikamentenkonsum genau. Besonders interessierte sie sich für deine Ohnmachten, für die Schwächeanfälle, die dich manchmal beim Klassifizieren der Wolle oder beim Stempeln der Getreidesäcke überkamen. Übertrieben besorgt reagierte sie dann, und Ironie, nein: Sarkasmus lag in ihrer Haltung, wenn sie dir den starken Arm bot, um dich in dein Zimmer zu begleiten.

Nach einer solchen Episode, nachdem sie dich in deinem Zimmer versorgt hatte, verschwand sie mitunter für Stunden. »Bleib bei mir, Agaat«, batst du sie, aber sie zog nur die Vorhänge zu. »Bleib bei mir, ich habe Angst«, sagtest du, doch sie blieb nur für einen Moment im halbdunklen Zimmer stehen, die Arme unter der Brust verschränkt, weiße Haube, weiße Schürze, wie eine Krankenschwester, und ging dann auf quietschenden Gummisohlen hinaus.

Eines Tages erwachtest du nach einem solchen Zusammenbruch am späten Nachmittag. Du hattest geträumt, sie wäre weggelaufen, und gingst hinaus. Du musstest mit dem Fernglas den Horizont absuchen, um sie zu finden. Hoch erhobenen Hauptes – das konntest du aus der Ferne erkennen –, mit ihrem stämmigen Körper geradezu unbesiegbar und gleichmäßigen Schrittes näherte sie sich. Unaufhaltsam, wie in einem Theaterstück. Diesmal hatte sie sich nicht wie so oft auf dem *Koppie* vor dem Haus befunden, auf dem sich ihre Silhouette vor dem Horizont abzeichnete und sie größer wirken ließ, als sie in Wirklichkeit war. Sie näherte sich in der Dämmerung auf dem Fußweg über das unbewässerte Land, mitten durch die Weizenfelder. Die weiße Haube ragte wie ein Bug über dem Korn empor.

Nach einer halben Stunde kehrte sie durch die Hintertür zurück. Die Unschuld in Person, ein verstoßenes Lamm im Arm, eine Geschichte über einen Hasen parat, der in eine Schakalfalle geraten war, einen Korb mit Eiern in der Hand. So war es immer. Ein Bericht über ein sperrangelweit offenes Tor, einen leeren Wassertrog, eine Windpumpe, die sich nicht drehte, einen weiteren Randstein, der aus der Brücke über die Furt gebrochen war, eine Rauchfahne über dem Pappelwald. Doch du wusstest, dass es mit ihren Spaziergängen mehr auf sich hatte. An jenem Abend wartete sie nach dem Auftragen des Abendessens erneut mit Nachdruck und unbeugsam darauf, dass du Jak erzähltest, was sie gefunden, bemerkt, vermutet hatte. Dann hörte sie ausdruckslos zu. Die wesentlichen Informationen konntest du nicht überbringen. Du wusstest nicht mehr, was das gewesen war.

Du verschlossest deine Ohren vor deiner eigenen Stimme, die trügerische Worte aussprach.

Du schriest Agaat an: »Hör auf, mich anzustarren, als wäre ich nicht bei Sinnen! Was habe ich dir getan? Was willst du mir sagen?«

Du trommeltest mit beiden Fäusten auf den Tisch. Dein Glas zerbrach. Du stecktest die Hand in den Mund, wolltest deine Zunge rausreißen.

Jak sah dich misstrauisch an. »Darauf trinken wir«, sagte er dann, hob kurz sein Glas und aß weiter.

Agaat räumte die Scherben weg und brachte dich in dein Zimmer. Sie gab dir deine Medizin, deckte dich zu und schaltete die Nachttischlampe neben deinem Bett ein. Du hörtest, wie sie Jak das Dessert und den Kaffee servierte, aufräumte und die Wohnzimmerfenster für die Nacht schloss.

Die Geräusche, diese Stille, in der Agaat endlich hinter der geschlossenen Küchentür ihr Abendessen verzehrte, das Klappen der Hintertür, die sie hinter sich zuzog und abschloss, das Zuschlagen der Fliegengittertür, das Schaben der Außenzimmertür, all jene dunklen Töne, die du auf dem Rücken liegend bis hinüber in dein Zimmer hörtest, waren das Gegenteil von Musik, das waren Klänge der Verdammnis.

Dazu ist mein Paradies hier diesseits des Tradouw also geworden?, dachtest du.

Hattest du deshalb das Bedürfnis, den Garten anzulegen? War das deine Reaktion auf die Kriegsgeschichten, mit denen Jak Agaat Abend für Abend unterhielt? Eine Art Beschwörung, eine Absicherung gegen den fernen Krieg und seine Grausamkeiten? Wolltest du Agaat für dich gewinnen? Oder etwas von deinem Traum zurückerobern?

Du rafftest dich auf, gingst in der Nacht zu Jak auf seiner Couch im Wintergarten und befriedigtest ihn, auch wenn er schon halb eingeschlafen war.

Was soll das alles – diese Geschichten von heulenden Motoren, Raketen und Rauch, Explosionen und Blut, abgerissenen Gliedmaßen und schwarz verbrannten Ruinen?, fragtest du ihn, nachdem er gekommen war. Du fragtest sanft, als wolltest du ihn motivieren, als sprächest du mit einem schmollenden Kind. Du hofftest, dass er in diesem entspannten, träumerischen Zustand mit der Wahrheit herausrückte.

»Ich weiß, du hast Angst, genau wie ich«, sagtest du, »ich weiß, du machst dir Sorgen. Aber warum quälst du uns mit diesen schlimmen Vorahnungen? Was willst du damit erreichen? Du liebst ihn doch auch, er ist unser Sohn, warum stellst du ihn als jemanden hin, der Zerstörung und Tod sät? Auf wen bist du böse? Wovor hast du Angst?«

Das Ohr an seinem Mund lauschtest du lange darauf, was er sagen würde.

»Unsere Bodenschätze, die Zukunft des weißen Mannes«, murmelte er, »die Terroristen. Wir müssen uns gegen den Feind wappnen, wir müssen Opfer bringen ...«

»Jak, das will ich gar nicht wissen«, erwidertest du, »das sehe ich jeden Tag in den Nachrichten. Jakkie ist dein Sohn, er ist die Zukunft. Wofür genau willst du ihn opfern?«

»Er verteidigt die Grenzen«, antwortete Jak. »Das hätten wir Weißen von Anfang an in diesem Land tun sollen. Er führt Befehle aus, und zum Glück sind es nicht mehr deine und die deiner Dienerin.«

»Du führst einen Kampf gegen mich«, sagtest du, »du hast unseren Sohn auf deine Seite gezogen, und jetzt willst du mit deinen blutrünstigen Reden auch noch Agaat gegen mich aufwiegeln.«

»Wenn die Leute zu Hause schwach werden, schadet das der Moral der Männer an der Grenze, Milla. Du könntest ihn unterstützen, indem du ein bisschen mehr Kampfgeist bewiesest, statt dich ständig unter irgendeinem Vorwand in dein Zimmer zurückzuziehen. Warum meldest du dich nicht als Krankenpflegerin und tust was Nützliches?«

»Ein Paradies«, flüstertest du, den Kopf auf seiner Brust, »das hast du mir versprochen, erinnerst du dich noch? Vor langer Zeit. Einem Zaubergarten gleich. Legen wir einen Garten für Jakkie an. Er wird nicht für immer Jets fliegen wollen. Eines Tages wird er nach Hause kommen, und dann können wir ihm den Garten zeigen als ein Zeichen … ein Zeichen von …«

Du konntest nicht sagen, wofür der Garten ein Zeichen sein sollte.

»Na los«, murmelte er, »leg deinen Garten an, du tust ja doch nur das, was du willst.«

Du gingst hinaus auf die Veranda. Der süße, würzige Geruch von Nelken lag in der Luft, der berauschende Duft einer weiß blühenden Prunkwindenhecke. In Grootmoedersdrift hatte es schon immer einen Garten gegeben, im Sommer ein Meer aus Hortensien und Schmucklilien, aber du wolltest mehr als einen bunten Bauerngarten. Du wolltest einen Lustgarten erschaffen, mehrere Hektar groß, einen Park, in dem man sich verlieren konnte, mit Rosenbogen, runden Teichen mit Springbrunnen, Gartenlauben, wie du sie in deinen Zeitschriften gesehen hattest, mit gepflasterten Wegen, Buchsbaumhecken und ungewöhnlicheren Ecken, mit gemischten Beeten, überquellend von Rittersporn und Mohn, markanten Akzentpflanzen, Koniferen, Phlox, Bäumen und Sträuchern, von denen in jeder Jahreszeit ein paar Arten blühen sollten. Dein Garten sollte streng geplant, aber augenscheinlich willkürlich bepflanzt sein. Wie eine Geschichte sollte er werden: ein duftendes, begehbares Buch voller Besonderheiten, die man erst nach einer Weile als Teil eines subtilen Musters erkannte. So sollte dein Garten sein: eine Komposition, eine Sonate mit Thema, Entwicklungen und Wiederholungen in wechselnden Tonarten, das Juwel in der Krone von Grootmoedersdrift.

Jak murrte über die Ausgaben, als er erkannte, dass es dir ernst damit war. Daraufhin wedeltest du mit einem Kostenvoranschlag für ein Facelift vor seinem Gesicht herum, den Agaat in einer seiner Hosentaschen gefunden hatte.

»Das sind Tausende Rand! Deine Eitelkeit wird uns eines Tages noch in den Ruin stürzen«, entgegnetest du. »Warum sträubst du dich nur so dagegen, mir ein bisschen zu Hilfe zu kommen?«

Er packte dich an den Handgelenken. »Hör auf, deine Nase in meine Angelegenheiten zu stecken! Wenn ich dich so ansehe, bist du diejenige, die ein Lifting gebrauchen könnte. Die Sanierung der Kamilla!«

Er drückte dir trotz deiner heftigen Gegenwehr die Finger in die Mundwinkel.

»Sieh dich doch nur an, wie du aussiehst, du Heulsuse, die sich Mevrou de Wet nennt, du mit deiner ewigen Leichenbittermiene!«

Agaat kam auf euch zu. Jak stieß dich weg und wischte sich Daumen und Zeigefinger an der Hose ab.

»Was willst du hier?«, blaffte er Agaat an.

Agaats Stimme klang hart. Es war ihre sachliche Hauswirtschafterinnenstimme, mit der sie immer wieder eure Streitereien unterbrach.

»Ich bitte um Verzeihung, Meneer«, sagte sie, »ich wollte nur den Aschenkasten wieder zurück in den Ofen schieben.«

Vor Scham, dass sie euch in dieser Situation ertappt hatte, schlugst du die Hände vors Gesicht.

»Manchmal«, sagte Agaat, und ihre Worte passten nicht zu ihrem Ton, »manchmal wünschte ich, ich könnte …«

Du blicktest dich um. Da stand sie, den eisernen Schürhaken in der starken Hand. Die Anspielung war subtil, aber unmissverständlich: Am liebsten hätte sie Jak etwas angetan. Doch ihr Blick war auf dich gerichtet.

»Erledige deine Aufgaben«, brachtest du hervor, »das hier geht dich nichts an.«

»Durchaus«, erwiderte sie und schmiss den Schürhaken in die Kupferschublade, »das tut es zweifellos.«

Hatte sie das wirklich gesagt? Hattest du richtig gehört?

»Verschwinde, und zwar sofort!«, befahl Jak.

Ohne dich anzusehen, verließ sie mit schnellen Schritten und hoch erhobenem Kopf das Zimmer. Wenn sie nichts gesagt hätte, hätte ihre hochgezogene Schulter Bände gesprochen: Dies ist meine einzige Aufgabe im Leben – du, dein Mann, dein Kind und euer Theater.

In jener Zeit, als Jakkie an der Grenze eingesetzt war, wundertest du dich immer wieder aufs Neue über Jak. Seit seinem ersten Zusammenbruch an jenem Abend, als er anschließend das theatralische Märchen über dich deklamiert hatte – wie alt war Jakkie damals gewesen? Elf, zwölf? –, hattest du das Gefühl, dass er unablässig daran arbeitete, seine Theorien über dich weiter auszufeilen, darüber, wer du warst und was du mit ihm anstelltest. Das schmerzte mehr als alle Tritte oder Schläge.

»Wenn du mir schon nicht mit dem Garten helfen willst«, schlugst du vor, »könntest du doch stattdessen endlich all die Geschichten aufschreiben, die du jahraus, jahrein über mich erfindest. Alles, was sich in dir angesammelt und sich aufgestaut hat. Dann könnte ich es lesen und vielleicht endlich besser verstehen, denn ich begreife den Sinn des Ganzen nicht. Alles, was ich zu hören bekomme, sind immerzu nur Tiraden und obskure Parabeln.«

»Schreib's doch selbst auf! Was soll das, warum tust du auf einmal, als interessiertest du dich dafür, was ich denke? Ich denke schon lange so und halte damit auch nicht mehr hinterm Berg. Aber du kapierst es einfach nicht, Milla, das ist dein Problem. Und jetzt willst du mich auch noch zu deinem Gärtner machen? Du kannst mich mal!«

Auf einmal hattest du Mitleid mit ihm. Sein Gesicht und sein noch immer durchtrainierter Körper verrieten allmählich sein Alter. Dir wurde klar, dass du nicht nur dich selbst, sondern auch ihn mit dem Garten trösten wolltest.

Eines Sonntagmorgens wachtest du gegen sechs Uhr auf und

hattest den Plan für die Gestaltung deines Gartens vollständig im Kopf.

Jak war weg, das Haus war ruhig. Am Sonntagmorgen war Agaat nicht im Dienst. Du gingst in die Küche, um dir einen Kaffee zu kochen. Einem Impuls folgend tratst du im Nachthemd hinaus auf den Hinterhof und klopftest an die obere Tür des Außenzimmers. Sie stand sperrangelweit offen.

»Komm, ich koche uns einen leckeren Kaffee mit Zwieback dazu. Ich hab eine tolle Idee, Agaat, und du musst mir dabei helfen.«

Du redetest und redetest, bevor du sie sahst. Als du ihr schließlich in die Augen blicktest, blieben dir die Worte im Hals stecken.

Die Vorhänge waren aufgezogen. Das Zimmer war hell und luftig. Agaat saß in ihrem Nylonnachthemd im tiefen Sessel am Fenster und stickte, die nackten Füße auf einem kleinen Teppich aus zusammengenähten Maulwurfsfellen. Sie hatte ihre Haube nicht aufgesetzt, und die Haare standen ihr in wirren Strähnen vom Kopf ab. Zum ersten Mal seit zwanzig Jahren sahst du sie ohne ihre Haube. Es war ein Gefühl, als hättest du jemanden nackt überrascht, und du warst wie vom Donner gerührt.

Durch den ungezähmten Haarbusch sah sie verwahrlost aus. Du wolltest wegschauen, konntest es aber nicht. Das Haar stand in jähem Kontrast zu dem ansonsten ordentlichen Zimmer – wie eine Verschwörung gegen jegliche Öffentlichkeit und Untertänigkeit. Dein Blick fiel von der Ungeheuerlichkeit ihres Haares auf die bizarren Einlegearbeiten rund um den Kamin. Hin und her wanderte dein Blick, von ihrem Kopf zu den Verzierungen aus Muscheln, Schädeln, Quarzsteinen, Murmeln, kleinen Eisensplittern und Nieten und wieder zurück. Es war, als hätte Agaat ihr ungepflegtes Selbst als Flachrelief dort abgebildet.

Ihr Handarbeitskorb stand zu ihren Füßen, darin die festen Garnknäuel und die Nadeln alle an ihrem Ort in Tütchen und Briefchen. Das weiße Hochbett war makellos gemacht, und all ihre großen, bestickten Kissen lehnten gegen die Bettpfosten und waren ordentlich drapiert. Die schwarzen Kleider und die weißen Schürzen hingen in Reih und Glied an der Kleiderstange. Im Regal darüber standen die gestärkten weißen Hauben, steif bestickt wie Mitren, immer jeweils drei ineinandergesteckt. Doch all das – einschließlich der Zinkbadewanne an ihrem Platz unter dem Waschbecken, des schneeweiß geschrubbten Tischs, des blitzblank gescheuerten Kessels, der geputzten Kappen der drei Paar schwarzer Schuluniformschuhe, die unter dem Vorhang vor der Apfelkiste hervorlugten, der Singer-Nähmaschine, die ordentlich ins Untergestell geklappt war –, all das reichte nicht aus, um dich wieder zu beruhigen. Die Knäuel von Stahlwolle auf ihrem Kopf, die Art und Weise, wie sie dich in ihrem ungepflegten Zustand anstarrte, als du dort in der Tür standst, selbst mit schlafzerzaustem, abstehendem Haar, ungewaschenem Gesicht, dürren Schienbeinen und den weißen Knien, die unter deinem rosafarbenen Morgenmantel hervorschauten – das schockierte dich. Du rafftest dein Nachthemd vor der Brust zusammen, obwohl es zugeknöpft war. Du fühltest dich nackt.

»Ich komme«, sagte sie und schob das Kinn nach vorn, um ihren Missmut kundzutun, doch die Geste, so ganz ohne Haube, drückte eher Hilflosigkeit aus.

Mit dem merkwürdigen Gefühl, abgewiesen worden zu sein, streiftest du dir ein Kleid über und kämmtest dich flüchtig, sodass du dich nicht allzu eklatant von ihr unterscheiden würdest, wenn du mit ihr am Küchentisch säßest. Du wusstest, dass sie schneeweiß gestärkt antreten würde.

Sie lehnte den Zwieback ab und trank mit widerwilligen Schlucken ihren Kaffee. Ihr Kinn war vorgereckt, und sie hielt den Blick starr auf die Wand gerichtet, während sie sich deinen Plan anhörte, die Haube wie einen Schutzschild über der Stirn.

Du musstest dich zwingen, nicht wieder das ganze Papier, die Buntstifte und Gartenbücher, die du bereitgelegt hattest, wegzuräumen und zu ihr zu sagen: »Danke, du kannst gehen.« Warum sollte sie plötzlich zur Verfechterin deiner Idee werden? Zu einer Art kriecherischer Untertanin?

Doch du wolltest nicht aufgeben, du wolltest dich nicht entmutigen lassen und griffst zu einer anderen Taktik. Aufgeregt erläutertest du es ihr, die Ellbogen auf den Tisch gestützt, so heiter und fröhlich wie nur möglich.

War sie verärgert, weil du ihre Stickarbeit gesehen hattest? Niemand durfte Agaats Kreationen je begutachten, ehe sie ganz fertig waren, der Stoff sauber gewaschen und gebügelt und zur Besichtigung ausgebreitet war. Und diesmal war es eine große Arbeit, die sie erst am Morgen begonnen haben konnte, denn bisher waren nur die Kanten gesäumt. Hatte der Stoff Ärmel? Einen Halsausschnitt? Du hattest dich bemüht, nicht allzu genau hinzusehen. Diese widerspenstigen Wuschelhaare über das feine weiße Tuch gebeugt, die Hand, die flink und präzise mit der Nadel gearbeitet hatte – dieser Anblick rief plötzlich furchtbare Gewissensbisse angesichts der geöffneten Briefe in dir hervor. Des einen Briefs – desjenigen, den du immer und immer wieder gelesen hattest. Wie lange hattest du ihn in der Handtasche herumgetragen, bevor du ihn endlich aufgegeben hattest? Hattest du ihn überhaupt je zur Post gebracht?

Ohne aufzublicken, zeichnetest du ein Blatt nach dem anderen voll und schobst es vor Agaat: ein Blatt, um die Struktur der Terrassen zu erklären, breiter und schmaler, der Abwechslung halber, mit Steinmauern und Verbindungstreppen, die den Blick bis zur Eingangstür des Farmhauses lenken sollten. Eines, um das Schema der Bogen, Arkaden und Pergolen zu erläutern, die dem Besucher Ausblicke auf den Garten wie auf hübsch gerahmte Bilder bieten würden. Ein weiteres, um die Lage der Brunnen, Fischteiche und Wasserläufe sowie deren Verbindungen untereinander zu skizzieren, und eines, um das System der Bewässerungsrohre zu verdeutlichen. Das letzte Blatt zeigte das Farbschema, Blau, Violett, Weiß und Grün würden überwiegen, mit Akzenten von Bronze, Kupfer oder Ocker hier und da. Auf der Westseite sollte ein ordentlicher Kräutergarten entstehen, mit allem, was aromatisch und schmackhaft war, mit einer Sonnenuhr in der Mitte und mit feinem Kies bestreuten Wegen, wie du sie in den Büchern gesehen hattest.

Du ließest dir für jede Karte Zeit, maltest die Flächen bunt aus und redetest dabei die ganze Zeit leise vor dich hin, als führtest du Selbstgespräche, ehe du das Endergebnis mit größerer Lautstärke präsentiertest.

Ich muss sie irgendwie rumkriegen, dachtest du, ihr schmeicheln, und wenn es Stunden dauert. Irgendwann standst du auf, um ein Glas eingemachte Grünfeigen, Agaats liebstes Konservenobst, aus der Speisekammer zu holen. Es war elf Uhr, und vielleicht konntest du sie mit einer Leckerei für deine Pläne gewinnen. Brot und Butter und Grünfeigen. Egal was, Hauptsache, du brachtest sie zum Reden.

»Wie wär's mit etwas Besonderem für uns zwei alte Leckermäuler an diesem sonnigen Sonntagmorgen?«, riefst du beschwingt aus der Speisekammer und fügtest noch fröhlicher hinzu: »Was hältst du davon, Agaat? Na, hast du Lust?«

Mit einem lauten Schaben zogst du die Trittleiter über den Speisekammerboden und stiegst die knarzenden Sprossen hinauf. Du musstest ein wenig Zeit gewinnen, um dir den nächsten Schritt zu überlegen. Vielleicht solltest du vorschlagen, hinaus in den alten Garten zu gehen und sich vor Ort Gedanken über die neue Anlage zu machen? Das hätte die Atmosphäre ein bisschen entspannen können. Eine Verlagerung weg von der quadratischen Tischplatte, an der ihr beide gefangen wart – irgendetwas, um die Spannung aus Vortrag und Freigabe zu durchbrechen.

Doch die Luft wurde noch dicker, als du dort oben auf der klapprigen Trittleiter standst, vier Regalbretter hoch vor den Gläsern der während vieler Jahreszeiten haltbar gemachten Chutneys, Konfitüren, Säfte und Essiggemüse.

Plötzlich kam dir der Gedanke, dich einfach von der Leiter fallen zu lassen. Das wäre die unmittelbare Lösung gewesen. Innerhalb eines Augenblicks wäre das Gleichgewicht wiederhergestellt. Du wärst wie gelähmt vor Schreck und Schmerz, und Agaat eilte herbei, um dir zu helfen und sich um dich zu kümmern. Du könntest deinerseits deine Lage als Arbeitgeberin mit verknackstem Knöchel dazu nutzen und sie dorthin bekommen, wo du sie haben wolltest.

Du fragtest dich, wo genau du Agaat haben wolltest, während du die Etiketten überflogst.

Albertas (alter Obstgarten) dicker Sirup 1970, Weißfleischige Pfirsiche (alter Obstgarten) in Weinbrandsirup 1971, Quittengelee 1973, Kaktusfeigensirup 1975, feine Aprikosen 1980, Relish aus Aprikosen (ganze Frucht) und Pfirsichen (Curry) 1981, süßsaure Pfirsiche (Chili) 1981.

Jedes Einmachglas vor dir auf dem Regal war durch Agaats Hände gegangen. Sie hatte alles übernommen: das Pflücken, das Schälen, das Aufschneiden, das Einkochen, das Abfüllen, das Beschriften in ihrer geraden Handschrift.

Eingemachte Kumquats (vorderer Obstgarten) 1972, Zitronenmarmelade 1972, Bitterorangenmarmelade, Wilde Wassermelone (Gdrft, Trockenland), Hottentottenfeigen in Zimt-Zucker-Sirup (Witsand Dünen), Grünfeigen (Rosa Feige) 10. Oktober 1980.

Dir war schwindlig. Für einen Moment war der Fall definitiv eine reelle Option. Du stütztest dich am Regal ab. Und dann sahst du Agaat unter dir, die Nase in einem der Gartenbücher, die du auf den Tisch gelegt hattest, die starke Hand fest um ein Bein der Leiter gelegt.

»Kommst du zurecht?«, fragte sie. »Hier drin ist sogar ein Kapitel über Farbgestaltung.«

Die Heuchelei war mächtig dick aufgetragen. Trotz des Schwindelgefühls warst du auf einmal wütend. Am liebsten hättest du sämtliche Gefäße aus dem Regal gefegt, sodass sie ihr auf den Kopf gefallen wären. Sie hätte kaum gewusst, wie ihr geschähe. Ein Artilleriefeuer aus Eingemachtem.

»Jakkie hat gestern angerufen«, begann sie leise. »Er sagt, man hätte ihn herbeizitiert, um nachzufragen, wer diese Agaat sei und warum ihre Briefe manchmal geöffnet, manchmal zugeklebt eintreffen. Sie haben Angst vor Sabotage, sagt er, aber er verstehe das nicht, denn es seien vor allem die auf der anderen Seite, die Briefbomben geschickt bekommen. Er hat Angst, dass seine Vorgesetzten denken könnten, er hätte die Seiten gewechselt, und dass die Geheimpolizei ihn eliminieren könnte. Er sagt, er habe vom Krieg die Nase voll und leide unter Albträumen.«

Das war der Beginn deines Gartens.

Nach ihrer Ansprache nahm Agaat die Gartenbücher mit ins Außenzimmer und betrieb ihre eigenen Studien, während du immerzu an den Brief denken musstest. Ob sie ihn gesehen hatte? Ob sie in deine Tasche geschaut hatte? Möglicherweise, als sie deine neuen Tabletten aus der Apotheke abholen sollte? Du versuchtest, dich daran zu erinnern, wann du ihn schließlich zur Post gebracht hattest. Vergeblich bemühtest du dich, dir ins Gedächtnis zu rufen, wie du ihn angeleckt und neu verschlossen hattest.

Abends nach dem Essen, wenn Jak hinaus auf die Veranda ging, setzte Agaat sich zu dir an den Tisch, gab dir Ratschläge und achtete darauf, dass du alles plantest bis ins Detail, so lange, bis dir die Augen zufielen. Dann kochte sie dir einen starken Kaffee; der wiederum hielt dich vom Schlafen ab.

»Nimm einfach eine Valium mehr«, sagte sie, wenn du dich beklagtest.

Sie überredete Dawid, euch bei den großen Aufgaben zu helfen.

Jak hielt sich heraus, doch hin und wieder, wenn du nicht hinsahst, packte selbst er mit an, wenn Dawid ihn darum bat.

Du ließest eine starke Pumpe am Stausee installieren und auf Agaats Empfehlung für den Sommer ein zusätzliches Staubecken auf der Anhöhe hinter dem Haus graben. Sie hatte bei Barlows in der Stadt einen kleinen Bulldozer und eine Planierraupe gesehen und gemietet, um damit die Terrassen anzulegen. Kompostmaterial war ausreichend vorhanden. Du hattest große Haufen Mist und Stroh aus den Ställen aufschichten lassen. Agaat schob jeden Morgen ein Stück Federstahldraht in die Haufen, um die Temperatur zu überprüfen. Sie durften nicht zu heiß werden, sonst würden die Mikroben getötet, hatte sie in ihrem Buch gelesen.

Sie rechnete sich aus, dass die Farmhotnots, wie sie sie nannte, zu wenige für die Gartenarbeit und zu schwach sein würden, und auf ihr Drängen heuertest du zusätzlich einen Trupp Sträflinge aus der Stadt an, um Gräben auszuheben, Steinmauern zu errichten und drei Meter tiefe Gruben auszuheben, in denen unter Beigabe von Kompost die Bodenstruktur unter den zukünftigen Blumenbeeten verbessert würde.

Agaat kochte große Töpfe voll Reis und Schweinefleisch für die Sträflinge und brachte ihnen alle drei Stunden Krüge mit süßer Limonade, um sie auf den Beinen zu halten. Mit einer Gerte in der Hand patrouillierte sie zusammen mit dem Aufseher hinter den Absperrungen auf und ab und achtete darauf, dass niemand sich vor der Arbeit drückte.

Sie brachte ihnen ein Frühlingslied mitsamt zweiter und dritter Stimme für den Refrain bei und übte mit ihnen.

Sie hatte sich mehr oder weniger vollkommen verausgabt, als ihr so weit wart, bei Starke Ayres in Grabouw Samen, Zwiebeln, Bäume, Sträucher und Rosen kaufen zu gehen.

In dieser Zeit erlebtet ihr eure besten gemeinsamen Zeiten – die Ausflüge, die langen Stunden in duftenden Gärtnereien mit euren Nachschlagewerken unter den Armen, beim Betrachten der exotischen Blüten und beim Befühlen der Blätter all jener unbekannten Pflanzen. Die Namen der Rosen, die du für Agaat übersetztest und die du ihr erklärtest: Crepuscule, Abenddämmerung und Maria Stuart, Königin der Schotten mit ihrem langen Kinn, die weinrote Mario Lanza nach dem Sänger, den sie von deiner Platte mit der Filmmusik von *Alt-Heidelberg* kannte. *Overhead the moon is beeeaming*, summtet ihr im Duett in den Baumschulalleen. Zum ersten Mal konntet ihr wieder gemeinsam picknicken, nur ihr zwei, in den Rosengärten des Elgin, in den Parks, auf einer Bank unter dem großen Wildfeigenbaum mit dreizehn Stämmen, Ficus craterostoma, im Botanischen Garten von Kirstenbosch. Kalter Braten, Sandwiches dick mit Butter und Aprikosenkonfitüre bestrichen, Kaffee mit Kondensmilch aus der Thermoskanne, ganz so, wie Agaat ihr Picknick am liebsten mochte. Zusammen saßt ihr auf der alten grünen Reisedecke im Stadtpark, nachdem du ihr die Statue des Gründers von Kapstadt, Jan van Riebeeck, das Kastell, die Brunnen in der Adderley Street und den Blumenmarkt gezeigt hattest. Dort, wo die malaiischen Frauen versuchten, Agaat im Kapstädter Dialekt der Farbigen anzusprechen, den sie kaum verstand. Die Leute starrten euch an – die förmlich gekleidete Dienstbotin und die ältere Weiße –, als wärst du eine Psychiatriepatientin, die in der Obhut ihrer Pflegerin Ausgang hatte.

Ich habe dir doch versprochen, dir eines Tages Kapstadt zu zeigen, wolltest du sagen, überlegtest es dir aber rechtzeitig anders.

Doch sie konnte deine Gedanken lesen.

»Kaum zu glauben, jetzt sitze ich tatsächlich hier unter dem Tafelberg«, sagte sie und schluckte den Rest ihrer Replik hinunter.

»Komm, wir fahren ein Stück mit dem Auto«, schlugst du vor, »dann kannst du ihn auch noch von der Rückseite sehen.«

Mit der Karte auf dem Schoß verfolgte Agaat euren Weg über den Kloof Nek und las die Namen der Orte, Buchten und Berge laut vor. Lion's Head, Kommetjie, Kalk Bay.

Hinter Simon's Town hieltest du bei dem kleinen Naturschutzgebiet am Meer an und zeigtest ihr die Pinguine.

Agaats Staunen beim Anblick der watscheligen Kolonie, ihr beeindruckter Gesichtsausdruck, als die weite Welt an ihr vorüberzog – der Tanker am Horizont, die Straßen, die Gebäude, die abwechslungsreiche Halbinsel mit den beiden Horizonten. Auf dem Heimweg sagte sie kein Wort.

Nachdem die Stein- und Holzkonstruktionen im neuen Garten von Grootmoedersdrift fertiggestellt waren, erledigtet ihr die meisten übrigen Arbeiten selbst. Ihr sätet, pflanztet Keimlinge und Setzlinge, pikiertet und pflanztet sie aus den Anzuchttabletts um, zogt neue Stecklinge, bandet Ranken auf, streutet Schneckengift und besprühtet die Rosen. Ab und zu setztet ihr eine Pflanze um, die nicht an der richtigen Stelle stand, oder pfropftet ein kümmerndes Bäumchen auf einen stärkeren Stamm.

Ohne Agaat hättest du all das nie geschafft, erklärtest du in deiner kleinen Ansprache beim ersten Frühlingsfest im darauffolgenden Jahr. Auf Agaats Vorschlag hin hattet ihr ein Gartenfest organisiert, bei dem Geld für die Soldaten an der Grenze gesammelt werden sollte. Du hattest die Vertreterinnen der Wohltätigkeits- und Landfrauenvereine sowie des Roten Kreuzes eingeladen, und der Nachmittagstee wurde von der Pfarrersfrau mit einer Bibellesung und einem Gebet eröffnet und mit einem Kirchenlied beendet.

Du sahst zu Agaat hinüber, die mit den Händen vor dem Bauch gefaltet hinter der Kuchentheke stand. Sie schloss ihre Augen nicht zum Gebet, und während des Abschlusslieds starrte sie hinauf in den blauen Himmel und wiegte sich beim Singen leicht auf den Fersen. Ihre schwarz-weiße Kleidung hob sich markant vor der violetten Iris im Beet hinter ihr ab, und ihre melodische Oberstimme schwebte dort draußen im Freien über dem Lied.

Lobet den Herren. Wen hätte das nicht zutiefst gerührt.

wer packt die kartons von bockmanns güter für ein selbstständiges leben aus? sieh dir die fetten grünen buchstaben auf dem karton an es ist herbst 1994 land of hope and glory wer schneidet das braune packband auf? wer zieht die styroporblöcke und kunststoffverpackungen heraus? es sind metallrohre chromstangen stützpilotten wer liest die anweisungen? klick klack klappern die teile gegeneinander da stehen meine externen skelette meine laufgestelle eines mit beinen eines mit rädern

tarantula oder fortuna

wählen sie!

wer fasst die spinne am kopf? wer demonstriert wie es geht? so macht man das lehnen sie sich nach vorn auf die querstange wer behauptet es wäre wie mit einem kleinen tisch zu laufen nur ohne tischplatte? schauen sie nicht auf ihre füße ihre füße sind unwichtig die ziehen sie nach ihre beine müssen sie gerade halten machen sie die knie steif mit dem anderen läuft man wie mit einem teewagen nur ohne den tee man rollt nach vorn und schleppt sich hinterher die räder haben bremsen man kann sie einstellen wenn sie sich allzu schnell drehen fallen sie wer kann das gestell vom walker unterscheiden? und das rad und die drehung? den imitator vom imitierten?

wer läuft demonstrationsrunden auf der rot lackierten veranda? wer kehrt am anderen ende wieder um mit eingezogenem kinn und gespitzten lippen? wer weint lautlos ohne tränen?

ich sehe sie macht steife knie sie stellt die füße flach hin sie lässt sie schleifen wölbt den rücken unter den schürzenbändern ihre fingerknöchel treten auf dem chrom weiß hervor

wir nehmen alle beide sagt sie

das gestell für den morgen und den walker für den abend wir erleichtern dir deine letzten schritte so gott will auf zweierlei art

Mittwoch 16. Dezember 1953 Viertel nach drei (ein Tag nach Geloftedag!)

Das große Saubermachen hat begonnen. Sie ist immer noch schlapp vom Baldrian. Ich nutze jetzt jede Gelegenheit. Habe ihr die Haare geschnitten, sie erst mit Läusemittel und dann mit Shampoo gewaschen und anschließend die Kopfhaut mit Salbe behandelt. Schlimme Pilzinfektion. Habe das verklumpte Ohrenschmalz mit Streichhölzern und Watte herausgeholt und ihr die Nägel geschnitten. Es war ein Kampf, ihr die Zähne zu putzen. Zahnfleisch ist entzündet und viele Zähne faul. Glücklicherweise Milchzähne, müssen gezogen werden, wahrscheinlich alle. Habe den Mund mit Nelkenöl desinfiziert. Ihre Haut habe ich am ganzen Körper erst mit Öl eingerieben, dann habe ich sie eine halbe Stunde in der heißen Wanne einweichen lassen und danach mit einem harten Schwamm, Nagelbürste und Seife abgeschrubbt. Sie ist über und über voller Schorf und offener Stellen. Ganz schlapp, der kleine Körper. Dauernd fallen ihr die Augen zu. Sieh mich an, Aschenputtel, sagte ich, alles wird gut. Wir müssen uns einen anderen Namen für dich ausdenken.

Habe sie gründlich abgetrocknet und dann wieder am ganzen Körper mit Öl eingerieben, die Wunden desinfiziert und mit

Pflastern abgedeckt. Sie ist voller schwarzer Leberflecke. Muss sie untersuchen lassen, einige von ihnen scheinen nicht in Ordnung zu sein. Der Intimbereich ist extrem empfindlich und rot geschwollen. Gott weiß, was sie mit dem Geschöpf angestellt haben. Weggeworfen, vergessen. Morgen fahre ich mit ihr zum Arzt, damit er sie sich ansehen kann. Wer weiß, welche Krankheiten sie hat. Muss geimpft werden. Pocken. Diphtherie. Polio. Kann mir keinen Infektionsausbruch hier auf der Farm leisten.

Habe ihr ein Bett im Hinterzimmer gemacht. Kein Fenster, Tür kann verschlossen werden. Ist sofort fest eingeschlafen. In einer alten Pyjamajacke von Jak. Ganz verloren darin. Habe ihr eine weitere doppelte Dosis Beruhigungsmittel gegeben, damit sie sich richtig ausschlafen kann. Scheint unter Schock zu stehen. War wohl zu erwarten.

Noch immer 16. Dezember halb neun abends

Es herrscht Totenstille, aber eine andere Art von Stille als gewöhnlich. Als läge über dem Haus eine gefährliche Spannung. Habe nach ihr gesehen. Schläft tief und fest.

Mir eine Riesenverantwortung aufgehalst. Fühle mich erschöpft/weinerlich/bin wütend auf mich selbst, weiß nicht genau.

J. läuft die ganze Zeit mit einem sauertöpfischen Gesicht herum. Reiner Egoismus, murmelt er, und was ist mit mir? Ich warte auf die Explosion. Währenddessen grübele ich über einen Namen nach, der dem Mädchen gerecht wird, den sie als ihren eigenen annimmt. Er darf sich nicht zu sehr von ihrem gewohnten unterscheiden. Agnes, Aggenys, Anna. Vielleicht bleibe ich vorläufig bei Aschenputtel, das ist besser als gar nichts und auf jeden Fall besser als Asgat, Aschenarsch oder Aschenloch. Herrgott noch mal!

18. Dezember zehn Uhr

Ich muss sie zum Essen zwingen, sie zwischen meine Knie klemmen, mit einer Hand die Kiefer auseinanderdrücken, Löffel zwischen die Zähne schieben und flugs den Mund zuhalten. Mit der anderen Hand reibe ich ihr den Hals, um sie zum Schlucken zu animieren. Nur dünnen Milchbrei, viel Zucker. Will nichts kauen. Habe ihr eine Flasche mit Sauger hingestellt, sie würdigt sie keines Blickes.

Ich habe Angst, dass sie wieder das Weite sucht, und sperre sie ein, wenn ich nicht bei ihr sein kann. Ich habe deswegen Gewissensbisse, aber was sollte ich sonst tun? Sie an die Leine legen? Vielleicht keine schlechte Idee für die erste Zeit. Eine Art Hundegeschirr? Aber vielleicht will sie auch gar nicht weglaufen.

Wenn ich sie aufrecht hinstelle, will sie nicht die Beine steif machen. Fällt um und stellt sich tot, sobald ich ihr zu nahe komme, wie manche Wildtiere oder Insekten, wenn sie spüren, dass Gefahr droht. Umfallen. Tarnfarbe annehmen. Versuchen, nicht gesehen zu werden. Instinkt.

Heute saß sie zusammengekauert in der Ecke mit ihren Knöcheln im Mund. Ein Zeichen des Fortschritts ganz bestimmt, dass sie zumindest aufrecht dasitzt. Gestern hat sie sich unter dem Bett verkrochen. Musste sie drei Mal darunter hervorziehen. Klammerte sich mit der gesunden Hand an den Bettpfosten. Überraschend zäh, der kleine Pavian, musste ihr regelrecht die Hand aufbiegen, um sie zum Loslassen zu bewegen. Beim dritten Mal gab ich ihr einen festen Klaps auf den Po. Sie muss es lernen, meine Güte. Sie kann mit mir nicht machen, was sie will. Habe ihr Japie gezeigt, einen guten altmodischen Staubwedel mit solidem Holzgriff.

Wie alt könnte sie sein? Vier? Fünf? Schwer zu schätzen, sie sieht extrem unterernährt und unterentwickelt aus.

Ich muss sie erst ein wenig aufpäppeln, bevor ich sie zum Arzt bringe. Bin ohnehin nicht erpicht darauf, seine Diagnosen zu hören. Ma sagt, ich hätte nicht mehr alle Tassen im Schrank. Wer hat sie mir denn vor die Füße gelegt?, habe ich gefragt. Du, Mutter, wie du mir alles vor die Füße wirfst.

Jak wandert schimpfend auf und ab. Hältst du dich für eine Heilige?, fragt er. Für wen rackerst du dich so ab? Für wen willst du dich aufopfern? Du solltest dich lieber darauf konzentrieren, selbst Mutter zu werden, sagt er. Besser, er beleidigt mich, als dass er gar nichts sagt.

19. Dezember 10 Uhr morgens

Muss mich wirklich mal hinsetzen und aufschreiben, wie es zu der ganzen Geschichte gekommen ist, von Anfang an. Der Stausee, die hin- und herhuschenden Taumelkäfer, die sich öffnende Tür. Aber es ist eine so lange Geschichte. Viel zu viel. Wo liegt der wahre Anfang? Ich muss mir trotzdem irgendwann die Zeit nehmen, alles festzuhalten, bevor die Details verblassen. Ich muss den Hintergrund schildern, die richtigen Worte für die Widmung finden. Vielleicht hilft mir das, den Wald vor lauter Bäumen zu sehen.

19. Dezember halb drei nachmittags

Verschlossen wie ein Stein. Kein Mucks. Starr, schwarz, dicht, leicht, wie Kohle. Will nicht reden. Will nicht essen. Ballt die Fäuste, steckt die eine mit den Knöcheln in den Mund, ist überall schon ganz rot und wund.

Sie weigert sich hartnäckig, mich anzusehen. Blickt nur verstohlen an meinen Beinen vorbei. Kauert sich zusammen, sobald ich näher komme, dreht den Kopf weg, als erwarte sie Schläge.

Ich lasse nichts unversucht. Habe sie heute in einer Karre aus einer Apfelkiste (OuKarels Werk, mit einem Riemen um die Beine und quer über die Brust, damit sie nicht entkommen kann) zum See gezogen. Mich mit ihr ans Ufer gesetzt. Sie wollte nicht hinsehen. Habe ihr wieder die Taumelkäfer gezeigt, die Entenküken, alles, was ihr eigentlich vertraut sein müsste – keine Reaktion. Habe sie zur Furt gezogen und ihr das kleine Boot gezeigt. Eines Tages werden wir darin rudern, versprach ich ihr, aber sie zog nur stur den Kopf zwischen die Schultern.

Habe eine Mütze aufgetrieben, weil ihr Kopf so schlimm aussieht: kahl und voller Wunden. Sie mag nichts auf dem Kopf, so scheint es, reißt sich die Mütze weg, wenn ich nicht hinsehe. Immerhin ein Lebenszeichen.

Habe sie entwurmt. Hat ihre ganze Hose vollgemacht. Habe geschimpft und sie mit dem Staubwedelstock geschlagen, aber was nutzt es? Ich glaube, sie hinkt ihrer Entwicklung weit hinterher. Habe die Würmer gesehen, flache Bandwurmstücke, runde Spulwürmer.

In der Apotheke Windeln bestellt, dazu wasserdichte Überhosen. Hat drei Nächte hintereinander ins Bett gemacht. Matratze ruiniert. Habe sie zum vierten Mal gebadet, kauert sich dabei noch immer eng zusammen. Eher könnte man das Pech aus einem Schiff lösen als die Steifheit aus den Gliedmaßen dieses Kindes. Kam mit dem Waschlappen nicht überall heran. Sie zieht den Kopf ein, klemmt die Arme eng an den Körper, presst die Knie zusammen.

21. Dezember

Aschenputtel ist erkältet. Husten und Schnupfen. Bestimmt von dem Bad im See von Goedbegin. Bilde mir ein, dass sie beim Essen etwas mehr mithilft, vielleicht weil die Nase verstopft ist.

Dadurch öffnet sie den Mund zum Atmen. Zumindest schluckt sie besser. Kiefer sind entspannter. Muss mit Proteinen beginnen. Heute Lebertran und Vitamin C. Riesentheater! Malzsirup und Lecithin in den Brei gegeben. Süße Sachen helfen, scheint es. Muss sie künftig als Belohnung einsetzen.

Habe ein Loch in die Tür des Hinterzimmers gesägt und Dawid einen alten Kupferbriefschlitz einsetzen lassen. Ich muss sehen können, was sie tut, wenn sie allein ist. Vermute, sie ist schlau, nehme an, sie stellt sich nur dumm. Habe mich an den Jutesack erinnert, den Lys ihr mitgegeben hat, und ihn zu ihr ins Zimmer gelegt. Sie betrachtet ihn stundenlang. Rührt sich nicht vom Fleck.

Kopfwunden verheilen gut.

Habe meine alten Kinderbücher im Keller ausgegraben. Lese ihr Reime vor. Wer hätte das gedacht! Ich erinnere mich nach und nach an die alten Verse, wenn ich sie wieder lese.

> Ipchen, dipchen, Silberfippchen,
> Ipchen, dipchen, dab,
> und du bist ab.

Jak sagt, ich verschwende meine Zeit, und warum ich unser Weihnachtsfest verderben müsse? Ich habe erwidert, ob er denn keine christliche Barmherzigkeit und kein Mitleid kenne? Ich habe weder das eine noch das andere, erwiderte er, ich tue das ausschließlich für mich selbst und für niemanden sonst. Er wage es nicht, andere Menschen derart für eigene Zwecke zu missbrauchen, sagt er. Ich werde schon sehen, was ich eines Tages davon habe.

Er ist nur eifersüchtig, fühlt sich vernachlässigt. Ich verbringe meine ganze Freizeit mit ihr.

Ich muss das schaffen, ich muss das hinkriegen, es muss sich lohnen.

Habe das Gefühl, als sei die ganze Welt gegen mich. Zuerst Mutter und jetzt auch noch Jak.

Muss den Pfarrer aufsuchen und mit ihm darüber reden, das Kind kann nicht so namenlos bleiben.

22. Dezember

Jetzt hab ich eine Erkältung! Muss sie von ihr haben. Jak sagt, das sei nur der Anfang. Er weigert sich, in ihre Nähe zu kommen. Sie verursache ihm eine Gänsehaut, sagt er, allein der Gedanke an sie sei ihm unheimlich. Er behauptet, ich hätte sie nicht alle, und zeigt mir einen Vogel, wenn ich durch den Briefschlitz beobachte, was sie tut. Ein ziemlich dickes Ding hätte er da als Weihnachtsgeschenk bekommen, sagt er. Uns ist ein Kind geboren, eine Meid ward uns geschenkt. Das brüllt er laut durch den Flur. Ich habe ihn gebeten, sich zu beherrschen. Angenommen, sie hört ihn und versteht alles?

Vielleicht doch besser zum Arzt, falls ich vor Weihnachten noch einen Termin bekomme. Ihr Stuhl ganz gelb von der Breikost, die sie isst.

Habe roten Wackelpudding mit Vanillesoße zubereitet, ihn in einer Schüssel angerichtet und gesagt, wenn sie brav sei und mir erlaube, sie in die Badewanne zu stecken, dürfe sie ihn essen. Sie sieht mich immer noch nicht an, aber es scheint, als höre sie mich. (Muss Ohren testen lassen. Vielleicht taubstumm? Ich denke an die merkwürdigen hohen Quietschtöne. Vielleicht behindert? Man weiß nie bei diesen Leuten. Generationen von Inzucht, Gewalt, Krankheit, Alkohol. Hams verfluchte Kinder.)

Fünftes Bad, noch immer keine Entspannung der Glieder. Es ist fast, als hielte sie den Atem an. Bilde mir aber ein, dass die Kiefer sich leichter öffnen. Sie beißt in den Löffel. Lass los, sage ich, loslassen, dann bekommst du mehr. Ich muss ziehen und ruckeln, dann macht sie nach einer Weile den Mund auf.

Wie ein Hund. Belohnung wirkt. Habe eine ordentliche Menge Wackelpudding in sie hineingestopft. Den könne sie jeden Tag haben, wenn sie brav sei, habe ich gesagt. Wenn sie schön aufs Töpfchen geht, mit mir spricht, lernt, mir in die Augen zu sehen, brav auch anderes Essen isst und ihre Medizin einnimmt. Wenn sie lernt, hübsch aufrecht zu sitzen und flotter zu laufen. Wenn sie ein braves Mädchen ist. Erst dann.

Setze sie jeden Tag zu regelmäßigen Zeiten auf den Topf. Eine Stunde nach dem Mittagessen, eine Stunde nach dem Abendessen. Setz dich, sage ich. Mach Pipi und Häufchen. Feste drücken! Dabei stöhne ich ein bisschen, um sie zu ermuntern, und gieße Wasser aus einem Glas in ein Kännchen, damit sie Pipi macht. Sie verschließt sich, bombendicht wie ein Tresor. Sie drückt den Kopf in den Schoß. Nach einer Weile gehe ich hinaus, schließe die Tür und beobachte sie durch den Briefschlitz. Sie hat noch nichts bemerkt, weil sie immer auf den Boden sieht. Sie steigt vom Topf runter, sobald ich draußen bin, und verkriecht sich in der Ecke, als wollte sie sich in die Wand pressen. Dann ziehe ich ihr eben wieder Windeln an. Der Intimbereich sieht besser aus, aber ausgeleiert und lappig. Mir graut vor dem Gedanken, was sie mit ihr gemacht haben. Wollte sie mit dem Finger untersuchen, aber sie presst die Beine zusammen. Soll der Arzt sie sich ansehen.

Sie braucht mehr Bewegung, dann kommt auch die Verdauung in Gang. Ich sage zu ihr, sie soll nicht so faul sein. Zu Hause bei meiner Mutter konnte sie rennen wie ein Hase. Ich singe ihr »Häschen in der Grube« vor und klopfe den Takt auf dem Tisch dazu.

27. Dezember halb zwölf mittags

Zum Glück sind wir beide wieder gesund. Weihnachten war eher ruhig. Ma war zu Besuch, aber sie hat nicht einen einzigen Blick ins Hinterzimmer geworfen. Ich habe Aschenputtel ein Radio hingestellt, während wir aßen, sodass sie sich die Weihnachtslieder anhören konnte. Bei geschlossener Tür wird es ziemlich warm im Hinterzimmer, aber ich kann sie noch nicht allein herumlaufen lassen.

Definitiv Fortschritte in puncto Essen. Ganz kleine, aber immerhin. Heute Morgen gab es Mieliepap mit einem Stück Butter und Sirup, heute Nachmittag zerdrückte Kartoffeln, Fleischsoße und Süßkürbispüree. Heute Abend Haferbrei mit Zucker und Zimt. Und roten Wackelpudding mit Vanillesoße. Sie wirkt ein bisschen lebendiger, finde ich. Jak ist zu Freunden in die Stadt gefahren, aber ich kann sie doch noch nicht allein hierlassen.

Halb acht abends

Großer Durchbruch! Habe die geniale Idee gehabt, ihr eine Gutenachtgeschichte vorzulesen. Habe drei Süßigkeiten in ihren Jutesack gesteckt und ihn ans Fußende des Bettes gelegt.

Was ist da wohl drin?, habe ich gefragt. Erinnerst du dich noch? Da drin sind deine Sachen! Erinnerst du dich an Lys? Lys hat sie für dich eingepackt, damit du hier damit spielen kannst. Willst du nicht mal nachsehen? Vielleicht findest du da drin auch etwas Leckeres, was ich für dich eingepackt habe. Na los, du magst doch Süßes. Dann bin ich rausgegangen und habe durch den Briefschlitz beobachtet, was sie tut.

Das Zimmer lag im Halbdunkel. Ich schaltete das Licht im Flur aus, um besser sehen zu können. Lange Zeit lag sie stocksteif unter der Decke. Dann setzte sie sich aufrecht hin, und dann kam die Hand hervor! Erst die starke, dann die kleine, spitze Pfote. Dann setzte sie sich noch gerader hin. Zuerst starrte sie den Sack nur an. Dann huschten ihre Augen hin und her. Zum ersten Mal konnte ich das Weiße sehen. Mit steifem Hals neigte sie sich nach vorn. Mein Herz schlug schneller. Ich hatte das Gefühl, ich selbst neigte mich nach vorn, um an den Sack zu kommen. Ich sah, dass meine Knöchel ganz wund waren, weil ich vor lauter Anspannung hineingebissen hatte.

Faust in den Mund, Faust aus dem Mund, so saß sie da und überlegte. Es kam mir vor wie eine Ewigkeit. Dann schob sie die Hand vorsichtig bis zum Rand des Sacks und spielte mit den Fransen. Dann holte sie tief Luft und fasste tief in den Sack hinein! Tiefer und tiefer, bis zum Ellbogen, weiter bis zur Achselhöhle. Dann folgte sogar noch die schwache Hand. Fühl, fühl, fühl. Da! Ich hab's! Dann arbeitete sie mit beiden Händen. Riss die Verpackung auf, Mund auf, schnell rein mit dem Bonbon, in die Wange damit und lutschen! Dann hat sie das Papierchen glatt gestrichen und gefaltet, kaum zu glauben! Mit schnellen, präzisen Bewegungen. Anschließend hat sie das Papier zurück in den Sack gesteckt.

Ich zitterte. Ich konnte es nicht glauben. Aber das war noch nicht alles. Anschließend nahm sie das Maulwurfsfell, das kleine Rad und den Stock aus dem Sack. Das Fell legte sie sich an den Hals, den Stock steckte sie in das Rad. Legte den Kopf schräg, schmiegte die Wange an den Pelz. Eins, zwei, drei, rollte sie das kleine Rad über die Decke. Dann legte sie alles wieder nebeneinander und fing von vorn an. Maulwurfsfell an den Hals, Stock ins Rad, und los! Volltreffer! Ihr eigenes Spiel! Hier bei uns zu Hause!

Ich habe es Jak erzählt, als er nach Hause kam.

Fantastisch!, rief er. Bravo! Er klatschte laut in die Hände, das Gesicht zu einer Grimasse verzogen. Jetzt hast du sie gebrochen. Wachs in deinen Händen! Ein unbeschriebenes Blatt! Jetzt kannst du ihr einreden, was du willst. Du solltest dir allerdings eine gute Geschichte ausdenken, Milla. Die, die du mir weismachen wolltest, hat sich als Fata Morgana erwiesen.

Mein Gott, er kann so schlimm sein!

Habe Ma angerufen. Sie hat zugehört, ohne etwas zu sagen. Am Ende kam das, womit ich wohl hätte rechnen müssen: Du musst die Konsequenzen tragen, Milla, aber es ist dein Leben, tu, was du für richtig hältst. Sie fragte außerdem, ob ich mit ihr schon beim Arzt gewesen sei. Muss ich wohl mal in Angriff nehmen.

4. Januar 1954

Habe sie heute von Kopf bis Fuß untersuchen und behandeln lassen. Weiß nicht, ob das so gut war. Sie hatte schon vorher eine Heidenangst. Ai, es bricht mir das Herz, nach der vielen Mühe, die ich mir in den letzten paar Tagen gegeben habe, damit sie etwas zutraulicher wird. Habe ihr kurzerhand in der Ambulanz für die Farbigen sämtliche Milchzähne ziehen lassen. Sie hat geschrien wie am Spieß, stumm ist sie gewiss nicht. Sie haben sie nicht mal betäubt. Das neue Kleid war vorne ganz voller Blut. Beim nächsten Arzt musste ich mich dafür entschuldigen, denn ich wollte nicht noch einmal zurück zur Farm fahren, um ihr frische Kleidung anzuziehen. Die ganze Zeit hat sie sich stocksteif gemacht, wollte sich nicht anfassen lassen und hat ihre Mütze hinuntergerissen und weggeworfen. Zwei Schwestern mussten sie auf die Pritsche drücken. Die Untersuchung ergab genau das, was ich befürchtet hatte. Häufige Penetration, stellte die Urlaubsvertretung von Leroux fest. Ein junger Kerl, scheint ziemlich unerfahren zu sein. Außerdem ist er arrogant. Er wisse nicht, ob sie jemals Kinder bekommen könne. Umso besser, dachten wir beide. Ansonsten ist mit ihr alles in Ordnung. Die schwarzen Muttermale sind nicht bösartig. Das auf der Wange könne er veröden, sagte er, meinte aber, es verleihe ihrem Gesicht einen gewissen Charakter – ich glaube, er machte sich lustig über mich. Allerdings gibt es Anzeichen von Mangelernährung. Die verkrüppelte rechte Hand und der Arm sind wahrscheinlich eine Folge von Verletzungen im Mutterleib. Augen, Ohren, Hals, Nase, After, alles untersucht. Die Mandeln müssen herausgenommen werden. Sie war ziemlich aufgeregt angesichts all der glänzenden Instrumente. Wieder dieses Quietschgeräusch. An der Schulter des kleinen Arms bekam sie ihre Impfungen. Bluttest durchführen lassen. Blasses Zahnfleisch und Ränder unter den Augen deuten auf Anämie hin, aber das ist leicht zu kurieren. Sie muss viel Leber und Spinat essen. Der Arzt konnte nicht feststellen, ob sie geistig normal entwickelt ist. Sie wirkte auf ihn wie im Schockzustand. Wir sollten noch einmal wiederkommen, wenn sie sprechen könne, dann erst könne er sich eine Meinung bilden. Er starrte mir dabei so merkwürdig in die Augen, dieser Grünschnabel. Wie bringe ich ihr am besten das Sprechen bei?, fragte ich ihn. Dazu müsse ich mir überlegen, wie viel ich investieren wolle, antwortete er. Heutzutage gebe es Therapien für alle Arten von Behinderungen. Es hänge davon ab, was ich mit so jemandem vorhabe. Fast spöttisch klang das, ich glaube, er wollte mich provozieren. Habe mich über den Mann geärgert. Als müsste ich mich ihm gegenüber rechtfertigen! Ich sagte, ich werde selbst mit ihr arbeiten, bis sie es schaffe. Ich werde für sie sorgen, sie hat doch sonst niemanden auf der Welt. Es gibt nur wenige Menschen, die sich so für die Unterprivilegierten einsetzen, Mevrou de Wet, sagte der Arzt trocken. Fühlte mich gedemütigt, als ich die Praxis verließ. Was ist das denn für eine Einstellung jemandem gegenüber, der nur das in die Tat umsetzt, was in der Kirche gepredigt wird? Liebe deinen Nächsten wie dich selbst? Logisch wäre, mich zu fragen: Was können wir tun, um Ihnen zu helfen mit dem armen Kind, dessen Sie sich angenommen haben? Heuchler! Die alte Krankenschwester Schippers und ihre Kollegin, die eingebildete Goedhals, die immer so gelehrt tut, guckten nur hochnäsig in ihren weißen Kitteln und marschierten mit quietschenden Kreppsohlen um uns herum. Sie haben mich regelrecht mit ihren Blicken aus dem Sprechzimmer vertrieben wie einen Eindringling, als hätte ich ihr Hoheitsgebiet beschmutzt. Das war das letzte Mal, dass ich ihnen Weihnachtspflaumen mitgebracht habe! Wie soll die Welt zu einem besseren Ort werden, wenn die Ärzteschaft so über die Hilfsbedürftigen denkt?

Hab uns beiden hinterher einen Eisbecher gekauft und mich mit ihr ans Flussufer gesetzt. Sie hat sich geweigert, ihr Eis zu essen. Knöchel in den Mund. Wieder genauso verschlossen wie zuvor. Hab ihr auf dem Rückweg am Kiosk ein Plastikwindrädchen gekauft und ihr gezeigt, wie es funktioniert. Dazu habe ich ihr »Es klappert die Mühle am rauschenden Bach« vorgesungen. Die Erinnerung an meine Kindheit hat mich zu Tränen gerührt.

Sie wollte das Windrädchen nicht annehmen. Ich hielt es mit einer Hand aus dem Autofenster, damit es sich drehte. Habe sie im Spiegel beobachtet. Sie saß mit weit aufgerissenen Augen da. Es sah aus, als weine sie ohne Tränen.

Es gibt nichts, weswegen du weinen müsstest, Aschenputtel, sagte ich, wir machen dich für das Leben bereit, das ist alles. Nur ein winziges Flackern, als ich ihren Namen nannte. Aber das ist nicht dein richtiger Name, sagte ich. Wir werden einen schönen Namen für dich finden.

Noch immer 4. Januar nach dem Essen

Hatte einen schrecklichen Weinkrampf, konnte nicht aufhören. Zu viele Emotionen für einen Tag, nehme ich an. Jak sagt, ich stelle mich an. Er sagt, es sei der Silvesterblues.

Sie wollte nichts essen und trinken. Weder Tee noch Wackelpudding. Habe sie früh auf ihr Zimmer gebracht. Habe das Gefühl, wieder ganz von vorn anfangen zu müssen.

Habe eben durch den Schlitz gespäht, um zu sehen, was sie tut. Sitzt in der Ecke und starrt zur Tür. Sie hat herausgefunden, dass ich sie durch den Briefschlitz beobachte. Ich habe alle gezogenen Zähne in ihre neuen Schuhe gelegt, damit die Zahnfee Geld bringt.

Kann noch immer nicht aufhören zu weinen. Weiß nicht, weshalb.

Jak verhöhnt mich wegen der Reime, die ich ihr vorsage.

Himpelchen und Pimpelchen
stiegen auf einen Berg.
Himpelchen war ein Heinzelmann,
Pimpelchen war ein Zwerg.

Was heulst du denn schon wieder, sagt er, die Suppe, die du dir eingebrockt hast, musst du auch auslöffeln. Ich solle abhauen und woanders rumheulen, er wolle seine Ruhe haben. Sitze jetzt hier im Wohnzimmer. Das Haus ist dunkel und still. Unheilvoll irgendwie. Ist das meine Schuld?

6. Januar 1954

Wackelpudding zum Frühstück, Mittag- und Abendessen. Ansonsten isst sie nichts. Ihr Zahnfleisch ist noch immer ganz wund vom Zähneziehen. Setze mich mit ihr morgens in den Garten und singe alle Lieder, die mir einfallen, erzähle drauflos, nenne ihr die Namen aller Blumen. Klappere mit den Zähnen, schmatze mit den Lippen, schnalze mit der Zunge, zeige ihr alle Teile des Mundes, mit denen man Laute formt. Imitiere alle möglichen Geräusche, Brrr macht der Trecker, Bsss macht die Biene, Paddabamm galoppiert das Pferd, Muh sagt die Kuh, Mäh macht das Schaf.

Habe versucht, ihr zu erklären, was ihr Nachname Lourier bedeutet, und ihr Lorbeerzweige gezeigt. Aschenputtel Lourier, jetzt bist du bei mir, Aschenputtel Lourier, wir sitzen jetzt hier. Heute ist sie ein bisschen aufgetaut. Beobachtet mich verstohlen, wenn sie glaubt, ich sähe es nicht. Will noch nichts von mir annehmen. Süßigkeiten ja, aber nur, wenn ich nicht hinsehe. Will ihr diese Heimlichtuerei nicht angewöhnen. Halte ihr mit geschlossenen Augen Bonbons in der offenen Hand hin, aber sie nimmt sie nicht. Sie ist vorsichtiger als ein zahmes Erdmännchen.

Habe Halsschmerzen vom vielen Singen und Sprechen. Wie lange dauert es noch, bevor sie Mensch wird? Habe das Gefühl, etwas beweisen zu müssen. Mir, Jak, meiner Mutter, all den anderen. Warum halse ich mir immer die schwierigsten Aufgaben auf? Den schwierigsten Bauernhof, den schwierigsten Mann und jetzt auch noch dieses verwahrloste Kind ohne Namen.

Weiß bald nicht mehr weiter. Es ist, als legte sie es darauf an, mir die Grenzen meiner Belastbarkeit aufzuzeigen. Was genau treibt mich an? So ein Projekt ist derart aussichtslos, dass die meisten normalen Leute sich gar nicht erst daranwagen würden. Vielleicht hatten die Krankenschwestern und dieser skeptische junge Arzt doch recht, und ich verschwende nur meine Zeit und die aller anderen gleich mit. Und das ohne jegliche Garantie auf Erfolg, ohne Unterstützung der Gesellschaft. Aber ist das fair? Ja, wenn einer hier bei uns etwas Besonderes leistet, klopft man ihm auf die Schulter, und der Glanz fällt auf alle zurück. Aber Zeit und Geld will keiner investieren. Wäre es besser, wenn wir in einem anderen Land lebten? Ach, Kleingeister findet man ganz sicher in jedem Land.

10. Januar

Ich habe Albträume, in denen das Kind eine Rolle spielt. Habe geträumt, ich würde ihre Zunge herausziehen wie eine Antenne, einen Abschnitt, zwei, drei, länger und länger, meine Hände rutschten ab, ich suchte Halt, aber es nahm kein Ende, sie lachte kehlig, Tausende und Abertausende von roten Mandeln wiegten sich wie Algen, ihre Zunge zerrte an meinen Händen wie eine Angel, etwas Schweres biss und zerrte an der Schnur und riss mich von den Füßen, zog mich in ihren Mund, da erwachte ich schreiend. Jak schüttelte mich an den Schultern und schlug mir ins Gesicht. Er sagte, viel länger werde er sich das nicht mehr mit ansehen. Eines Tages werde ich feststellen, sie sei für immer verschwunden. Er werde dafür sorgen, sagte er, und kein Hahn werde nach ihr krähen. Ich bin der Hahn, erwiderte ich, ich werde krähen.

16. Januar

Durchbruch! Heute Morgen im Garten wurde ihr Blick plötzlich lebendig. Sie zog die zierlichen Augenbrauen hoch, und das Muttermal auf ihrer Wange bewegte sich rauf und runter. Sie hat an meiner Schulter vorbei nach irgendetwas geschaut, das sich hinter mir befand. Zum ersten Mal blickte sie mir direkt in die Augen und dann wieder über meine Schulter, als wollte sie sagen: Guck mal hinter dich! Schau mal! Pass auf! Guck doch! Ich erwiderte ihren Blick und zog ebenfalls die Augenbrauen hoch: Was siehst du? Hinter dir!, signalisierte sie mit den Augen. Was konnte das sein? Fragend rollte ich die Augen hin und her. Sie schaute immer eindringlicher, hielt meinen Blick fest, steuerte meine Augen, ich spürte es fast körperlich, wie sich ihr eigener Wille rührte, zum allerersten Mal!

Wie sich dann herausstellte, hatte Jak die ganze Zeit dort gestanden und hinter meinem Rücken Grimassen geschnitten. Er holt mehr aus ihr heraus als ich. Lachend behauptete er, es sei ganz einfach, sie wisse eben, wer der Baas hier auf Grootmoedersdrift sei, vielleicht könne sie das eines Tages auch seiner Frau beibringen.

17. Januar

Ich bediene mich inzwischen Jaks Methode. Funktioniert prima. Ich blicke an ihr vorbei. Schau mal, sage ich mit meinen Augen, guck mal dort, hinter dir. Was?, fragt ihr Blick. Sieh hin, Vorsicht, hinter dir ist etwas! Dann trete ich ein paar Schritte zurück, als versuchte ich, dem Etwas zu entfliehen. Es ist die einzige Möglichkeit, sie dazu zu bewegen, auf mich zuzukommen. Sie krabbelt auf allen vieren und hält inne, kurz bevor sie mich erreicht. Ich will ihr keine Angst machen, aber es ist der einzige Weg. Wenn sie endlich wagt, sich umzublicken, zeige ich ihr: Ach, ist doch nur eine Wolke, die Sonne, es ist ein Baum, es ist ein Vogel. Nichts, weswegen man sich fürchten müsste!

Inzwischen spielen wir das ständig. Sie fängt an, ebenfalls mit den Blicken zu bluffen. Sie versteht ganz genau, wie das Augenspiel funktioniert. Jetzt schone ich zumindest meine Stimme ein wenig, ich war richtig heiser. Wir kommunizieren endlich miteinander, ich bilde mir das nicht nur ein. Ich verdrehe meine Augen auf jede erdenkliche Weise, blicke erstaunt auf eine Stelle hinter ihr. Dann springt sie herum. Oder ich starre entrückt an einen Ort weit hinter ihr. Lange sieht sie mir in die Augen, bis sie sich umdreht, um nachzusehen, was da wohl ist.

20. Januar

Sie ist jetzt ganz auf meine Augen fixiert und sieht überall dorthin, wo ich hinsehe. Wir spielen immer kompliziertere Spielchen, Überraschungsspielchen, Ratespielchen. Ich hätte mir nie träumen lassen, dass man so viel mit den Augen erreichen kann.

Ich schaue zum Beispiel an ihr vorbei, aber sie reagiert nicht. Sieh lieber hin, was dort los ist, signalisiere ich mit den Augen, doch sie guckt immer noch nicht, sondern bleibt stur. Es ist sehr, sehr hübsch!, bedeute ich, oder: Es ist wirklich hässlich, oder auch: Es ist schrecklich gruselig, es ist sehr schön, oder: Lauf, sonst kriegt es dich!

Irgendwann guckt sie dann, aber meistens ist da gar nichts Besonderes, und ich weiche ihrem Blick aus und mache ein ganz unschuldiges Gesicht. Dann stellt sie sich ganz dicht neben mich, bis ich sie ansehe. Ich schließe die Augen, um ihr zu demonstrieren: Mach die Augen zu! Anschließend lege ich ein Plätzchen oder eine Süßigkeit irgendwohin, und wieder signalisiere ich: Sieh mal, hinter dir ist was Schönes. Dann muss ich wegschauen, bis sie es gegessen hat. Ich muss darauf achten, dass sie nicht ausschließlich auf Belohnung reagiert. Es wird nicht immer eine Belohnung geben. Sie muss jetzt einfach sprechen lernen. Man kann nicht von Blicken allein leben. Ich habe den Staubwedel herausgeholt und ihr angedroht, dass sie Japie zu spüren bekommt, wenn sie sich weigert zu sprechen.

21. Januar 1954

Morgens ist es immer ein Kampf mit ihr. Sie liegt zusammengekauert im Bett und will sich nicht rühren, wie ein frierendes Tierchen, das sich erst aufwärmen muss. Habe mir eine Aufwärmübung ausgedacht. Den Sonnengruß nenne ich sie. Ich mache es ihr vor: Hoch auf die Zehen, dann erst den einen, dann den anderen Arm ausstrecken (bei dem schwachen Arm muss ich ihr immer noch helfen, aber ich bin mir sicher, dass sie aufholen wird), einen großen Schritt nach vorn, einen großen Schritt zurück, in die Knie gehen, runter mit dem Kopf, hoch mit dem Kopf, guten Morgen, liebe Sonne! Wenn sie sich weigert, bekommt sie einen Klaps mit dem Staubwedel, das funktioniert in der Regel. Was wir brauchen, ist einfach mehr Disziplin. Das machen wir jetzt jeden Morgen, habe ich ihr angekündigt, bis du morgens aus dem Bett springst und es ganz von alleine machst.

22. Januar

Wir spielen »Ich sehe was, was du nicht siehst«, und sie muss zeigen, was ich meine. Zuerst hielt sie die Hand dicht an den Körper und deutete nur mit einem Finger auf dies oder das, jetzt zeigt sie schon mit dem ganzen Arm und ist in den letzten beiden Tagen sogar zum Baum oder seinem Schatten, zu den Aloepflanzen oder der Agapanthusreihe gerannt, zum Wasserhahn, dem Fischteich oder der Verandatreppe, und ich rief dann den Namen der Dinge: Blume! Stein! Wasser! Dann berührt sie das Betreffende ganz leicht, als hätte sie Angst, es beißt. Vielleicht fällt es ihr leichter, einzelne Wörter zu lernen, als wenn ich nonstop auf sie einrede.

27 Januar

Ich brauche sie nicht mehr den ganzen Tag einzusperren. Sie folgt mir überallhin. Bist du mein Schwanz?, frage ich. Sie sucht nur meine Augen. Ich zeige ihr in meinem Bilderbuch: Pferdeschwanz, Schweineschwänzchen, Schafsschwänzchen, Hundeschwanz. Inzwischen zeigt sie schon selbst zielstrebig mit dem Finger auf die Bilder. Pferdeauge, Schweinsauge, Schafsauge, Hundeauge. Ich lasse die Bücher bei ihr im Zimmer. Sie blättert selbst um, wenn ich nicht hinsehe, aber ganz vorsichtig, als könnte sie sich an den Seiten verbrennen.

30. Januar

Der erste Tag ohne Windel und ohne Unfall. Heute Morgen war Pipi im Topf, sie muss also in der Nacht oder früh am Morgen allein aufgestanden sein. Saar sagt, sie macht in den Garten, wenn wir nicht hinsehen. Nicht in den Garten machen, Aschenputtel, sagte ich, oder willst du wieder Würmer kriegen? Mach in den Topf, sonst bekommst du keinen Wackelpudding.

1. Februar

Die Wackelpudding-Drohung wirkt. Zwei Tage lang hat sie keinen bekommen. Heute kam sie zu mir in die Küche und bedeutete mir mit den Augen: Komm und guck mal! Komm mit und sieh dir das an! Bis ich ihr in den Flur folgte. Sieh mal!, signalisierten ihre Augen. Sie zeigte mit dem Finger auf den Topf, und darin lag eine ansehnliche Wurst.

Pfui!, sagte ich, man zeigt anderen nicht sein Häufchen, das ist ungezogen. Sag schön: Entschuldigung, ich muss mal auf die Toilette, dann machst du groß, wischst dir den Popo sauber, und dann bekommst du Wackelpudding. Du hast zwar jetzt artig in den Topf gemacht, aber so einfach ist das nicht. Wackelpudding gibt es erst, wenn du gelernt hast, in ganzen Sätzen zu sprechen.

Da hat sie auf den Boden geschaut und das Kinn vorgeschoben! Zum ersten Mal geschmollt! Zum ersten Mal ein Gesichtsausdruck, mit dem sie an meine Gefühle appellierte! Ich bin sehr aufgeregt, darf es ihr aber nicht zeigen. Guck nicht so, dann bekommst du Wackelpudding, sagte ich. Da sah sie mir ganz lieb in die Augen, so scheinheilig, dass ich den Blick abwenden und mir das Lachen verkneifen musste. Wie ein kleiner Welpe, der bettelt, obwohl er weiß, dass er das nicht darf.

5. Februar

Isst nun jeden Tag. Huhn und Gemüse, mit den Händen, wenn ich nicht hinsehe. Sogar die erste kleine Scheibe Schwarzbrot. Muss nur hungrig genug sein. Weigert sich immer noch, allein mit Besteck zu essen. Als wolle sie die Innenseiten ihrer Hände nicht herzeigen. Habe ihr schon ein paarmal die Fäuste aufgebogen und die Handflächen abgetastet, doch ich konnte nichts feststellen, außer dass die kleine Hand kälter und schlaffer ist. Vielleicht ist sie auch nur deswegen so nutzlos, weil sie sie die ganze

Zeit versteckt und nie benutzt hat. Der Arm hingegen ist deutlich verformt.

Ich sagte, ich habe genau gesehen, dass sie das rosa Bonbonpapier zusammenfalten könne. Sie kann alles mit ihrem kleinen Händchen tun. Sie sah mich bloß mit großen Augen an.

6. Februar

Ich öffne die kleine, schwache Hand und lege die Tischglocke hinein. Dann helfe ich ihr, sie zu schütteln, aber sobald ich loslasse, lässt sie die Glocke fallen.

7. Februar

Habe mir ein kleines Spiel ausgedacht, wir rufen uns mit Glocken. Ich nehme die Bronzeglocke, und sie hat die silberne in ihrem Zimmer. Ich habe ihr versprochen, ihre Zimmertür aufzuschließen, wenn sie mein Klingeln mit ihrer Glocke beantwortet. Ich läute in der Küche, schleiche mich an den Briefschlitz und spähe hindurch. Warum hat sie bloß solche Angst, irgendetwas in die Hand zu nehmen? Sie sitzt nur da und starrt die Glocke an, aber immerhin hält sie sie inzwischen für ein paar Sekunden fest, wenn ich sie in ihre verformte Hand lege. Wir werden deine Hand stark machen, verspreche ich ihr. Wir üben so lange mit ihr und geben ihr jeden Tag schöne Dinge zum Festhalten, bis sie genauso geschickt ist wie deine andere Hand.

8. Februar

Bin heute Morgen in die Stadt zu Pfarrer van der Lught gefahren. Er zeigte sich sehr geduldig und väterlich. Er sagte, ich habe eine sehr große Verantwortung übernommen, aber der Herr habe mir diese Aufgabe zukommen lassen, um mich Geduld und Demut zu lehren.

Beim Tee brachte ich die Sache mit dem Namen zur Sprache. Über die demütigenden Spitznamen, mit denen sie zu Hause angesprochen wurde, hat er nur den Kopf geschüttelt. Er war sofort sehr hilfsbereit und zog dicke Namensbücher zu Rate. Er schlug Agaat vor. Komischer Name, noch nie gehört, doch er erklärte mir, das sei Niederländisch für Agatha. Durch die Aussprache mit dem gutturalen Ch-Laut ähnele der Name dem verächtlichen Schimpfwort Asgat. Der Achat sei doch ein Halbedelstein, merkte ich an. Richtig, antwortete er, und seine Schönheit und seinen Wert erhalte er erst durch den richtigen Schliff, doch das sei noch nicht alles. Gucken Sie mal mit mir zusammen in dieses Buch. Der Name ist vom griechischen »Agathos« abgeleitet, was »gut« bedeutet. Und wenn der Name eines Menschen »gut« bedeute, sei dies doch quasi eine sich selbst erfüllende Prophezeiung. Wie ein heiliges Brandzeichen, wie ein immanentes Schicksal werde ihr der Name auf die Stirn geschrieben sein, damit sie nach dem Guten strebe, ja die Güte selbst sein wolle. Wir werden sie mit diesem Namen taufen lassen, wenn sie ein bisschen größer ist und versteht, was mit ihr geschieht, sagte er. Dann knieten wir nieder, und er betete für mich und für Agaat und für den Auftrag, den ich angenommen habe, und er dankte dem Herrn für eine weitere Heidenseele, die durch die guten Taten einer gottesfürchtigen Frau der Schafherde hinzugefügt wird, ein Stängel, den man in die Garbe einbinden kann.

Ich muss die Widmung schreiben, so wie sie mir heute durch das Gespräch mit dem Pfarrer in den Sinn kam. Meine Aufgabe und Berufung – fühle mich jetzt nicht mehr so allein gelassen damit. Und ich muss den Anfang aufschreiben, den Beginn der Geschichte, bevor ich vergesse, was ich empfand, als ich sie damals fand und wusste, dass sie die Meine würde.

17

B-E-T-E-N, lasse ich Agaat buchstabieren. B Tipp E Tipp T Tipp E Tipp N Tipp. Richtig, BETEN.

Ich zwinkere mit dem linken Auge. Nur damit kann ich noch zwinkern. Das andere, das rechte, bleibt starr geöffnet. Es ist quasi über Nacht passiert. Oder doch schon vor ein paar Tagen? Wie lange habe ich geschlafen? Ich weiß es nicht mehr. Ich drifte ab, ohne es zu merken, ich träume, dass ich zu mir komme, und es ist der Abend eines anderen Tages oder zwei Nachmittage später. Ich weiß nur, dass der Schließreflex meines rechten Auges versagt, ich spüre nichts mehr außer hin und wieder ein schwaches Zucken rund um den Augapfel, aber die Augenlider bleiben starr.

Nun kommt Agaat und schiebt mit der kleinen Hand das untere Lid hoch, um das Auge zu befeuchten. Ich ahne jedoch, was sie für die bessere Methode hält. Ich sehe es in ihrem entschlossenen Gesicht. Sie wird das weit aufgerissene Auge mit Watte und einem Pflaster zukleben.

Niemand will oder kann für ein fremdes Auge zwinkern. Genug ist genug. Wie soll man mit einem Auge, einer unergründlichen Dolmetscherin und einer Alphabet-Tafel mit jemandem Frieden schließen?

Wenn man es Frieden nennen kann.

Werde ich es schaffen? Mich mit ihr zu versöhnen?

Wir konnten zusammen einen Blumengarten erschaffen. Sie hat ein Foto ausgegraben, das Dawid damals von uns gemacht hat, nachdem wir das Kletterrosenspalier aufgestellt hatten. Angeregt von der vielen Arbeit und all dem Pläneschmieden blicken Agaat und ich in die Kamera. Wir stehen zwischen den Gruben,

Gräben und Erdhaufen, erwecken aber den Eindruck, als könnten wir bereits den ganzen Garten in voller Blüte vor uns sehen.

Kann man sich nach all dem noch mehr erhoffen?

Ich rieche die Nelken und Bartnelken durch die geöffnete Tür.

Sollte uns das Friede genug sein? Unser paradiesischer Garten?

Neben mir steht ein großes Hortensienbukett. Wie lange habe ich geschlafen? Zwei Tage? Drei? Vier? Heute Morgen hat sie den Blumen einen Blick zugeworfen, den ich nur allzu gut kenne. Sie gibt ihnen noch einen Tag, dann fliegen sie raus. Auf den Komposthaufen. Fertig zum Untergraben.

»Beten«, wiederholt sie mein erstes Wort der Rede. Sie klingt irgendwie ungläubig.

Sie tritt von der Karte zurück und stellt den Staubwedel in die Ecke. An ihrer Socke haftet ein rötlicher Staubstreifen. Ihre Haube sitzt schief. Wo war sie wieder in der Nacht? Sie dreht sich zum Spiegel um, die Arme hängen an den Seiten hinab. Dann hebt sie ihre Hände, aber nicht zum Kopf, um ihre Haube zu richten. Sie betrachtet sich mit erhobenen Händen im Spiegel. »Hände hoch!«, sagt sie. »Wir sind in der Überzahl!«

B-E-T-E-N wollte ich. Ich weiß nicht, wie ich sonst anfangen soll, sie dazu zu bringen, meine Bitte anzuhören. Wirf sie nicht raus, unsere violettblauen Hortensien! Wirf sie nicht raus und mich auch nicht! Bewahre uns noch ein Weilchen. Auch welkende Blumen besitzen ihre ganz eigene Schönheit. Ihre letzten Stunden bieten Anlass zur Besinnung. Sinne für mich über sie nach. Für wen willst du eigentlich noch einmal frische Blumen in die Vase stellen? Dies ist unser letzter Strauß mit Geschichte in diesem Raum. Denke daran, du hast die Vase gerettet. Und geklebt. Und sie war nie undicht.

Agaat liest mir jeden Abend aus der Bibel vor. Die Klagelieder. Weh, wie glanzlos ist das Gold, gedunkelt das köstliche Feingold, hingeschüttet die heiligen Steine an den Ecken aller Straßen. Und dann betet sie. Das Vaterunser. Das sicherste Gebet unter diesen Umständen. Vergib uns unsere Schuld.

Jetzt ist es Morgen. Die Vorhänge sind offen. Ich bin gewaschen, sie hat mir mit einer Pipette drei Tropfen Tee hinten auf die Zunge getropft und die Mundhöhle notdürftig mit einem Schwamm ausgewaschen. Der Tee war kalt. Sie hatte vergessen, Zucker hineinzurühren. Der Schwamm war rau und schmeckte leicht bitter. Aloe. Wermut. Pfefferminz ist aufgebraucht, warum sollte sie zu diesem Zeitpunkt ein neues Röhrchen kaufen?

Gestern Abend, ist es gestern Abend gewesen? Oder vorgestern? Der Streit wegen Jakkie? Ich konnte noch mit beiden Augen blinzeln.

Sie hat alles buchstabiert, was ich sagen wollte. Kein Wort erwidert. Trat vor und zurück mit dem Stock und hatte die Brille so hoch auf die Nase geschoben, dass ich ihre Augen nicht sehen konnte. Sie folgte meinem Zwinkern, klopfte hart und trocken mit dem Staubwedel auf die Buchstaben, ließ mich so schnell reden, wie sie mitreden konnte, wiederholte mit neutraler Stimme meine Fragen, beantwortete sie jedoch nicht. Das war schlimmer für mich, als hätte sie meine Intonation imitiert, wie sie es sich in den letzten Tagen angewöhnt hat. Kühl und beiläufig. Doch irgendetwas rumort in ihr.

Ich fühle, wie der Tee aus mir heraussickert. Ist er wärmer als noch beim Einträufeln? Süßer? Oder salzig? Oder traurig? Ich bin am Boden zerstört durch meinen Ausbruch, und durch das Buchstabieren kann ich nicht einmal behaupten, ich hätte spontan die Beherrschung verloren. Nein, ich wollte sie treffen.

H-A-T-T-E-S-T D-U W-I-R-K-L-I-C-H M-I-L-C-H A-L-S D-U J-A-K-K-I-E D-A-M-A-L-S A-N D. B-R-U-S-T G-E-L-E-G-T H-A-S-T? W-A-R-U-M H-A-S-T D-U M-I-R N I E E-R-Z-Ä-H-L-T, D-A-S-S I-H-R D-A-M-A-L-S I-M W-A-L-D D. B-L-A-U-E-N K-A-I-S-E-R-F-A-L-T-E-R G-E-S-E-H-E-N H-A-B-T? I-C-H W-A-R D-O-R-T H-I-N-T-E-R D. F-E-L-S-E-N-F-E-I-G-E U. H-A-B-E A-L-L-E-S M-I-T A-N-G-E-S-E-H-E-N! D-U H-A-S-T I-H-N M-I-R G-E-S-T-O-H-L-E-N! I-H-N V-O-L-L B-L-U-T + S-C-H-L-E-I-M A-U-S M-I-R R-A-U-S-G-E-H-O-L-T + V-O-N M-I-R L-O-S-

G-E-S-C-H-N-I-T-T-E-N + I-H-N I-N D-E-C-K-E-N G-E-W-I-C-K-E-L-T + I-H-N G-E-N-O-M-M-E-N + I-H-N N-I-E W-I-E-D-E-R Z-U-R-Ü-C-K-G-E-G-E-B-E-N, A-B-E-R D-U H-A-S-T G-E-S-E-H-E-N, W-A-S D-A-R-A-U-S G-E-W-O-R-D-E-N I-S-T: H-E W-H-O B-I-N-D-S T-O H-I-M-S-E-L-F A J-O-Y D-O-E-S T-H-E W-I-N-G-E-D L-I-F-E D-E-S-T-R-O-Y. H-A-S-T I-H-M S-C-H-L-A-F-T-A-B-L-E-T-T-E-N I-N D. W-E-I-N G-E-T-A-N, H-Ä-T-T-E-S-T I-H-N U-M-B-R-I-N-G-E-N K-Ö-N-N-E-N, D-I-E-S-E-R A-N-G-E-B-L-I-C-H-E E-R-S-T-E B-R-I-E-F V-O-N I-H-M E-I-N-E-N M-O-N-A-T N-A-C-H S-E-I-N-E-R A-B-R-E-I-S-E, K-R-U-M-M-E & S-C-H-I-E-F-E B-U-C-H-S-T-A-B-E-N, U-M D-E-I-N-E H-A-N-D-S-C-H-R-I-F-T Z-U K-A-S-C-H-I-E-R-E-N? E-R W-U-S-S-T-E N-I-C-H-T-S V-O-N D. B-R-I-E-F + W-Ä-R-E D-A-M-A-L-S S-I-C-H-E-R N-I-C-H-T Z-U-R P-O-S-T G-E-G-A-N-G-E-N + S-E-I-N-E B-E-S-O-R-G-T-E-N A-N-R-U-F-E D-I-E-S-E-R T-A-G-E? E-R-F-I-N-D-E-S-T D-U D-I-E G-E-N-A-U-S-O W-I-E A-L-L-E-S A-N-D-E-R-E? E-S I-S-T D-E-I-N-E S-C-H-U-L-D, D-A-S-S E-R D-A-M-A-L-S F-O-R-T-G-E-G-A-N-G-E-N I-S-T! W-A-S H-A-S-T D-U I-H-M D-A-M-A-L-S A-N S-E-I-N-E-M G-E-B-U-R-T-S-T-A-G A-L-L-E-S E-R-Z-Ä-H-L-T I-N D-I-E-S-E-M F-L-U-G-Z-E-U-G? E-S W-A-R D-E-I-N-E S-C-H-U-L-D D-A-S-S J-A-K V-E-R-U-N-G-L-Ü-C-K-T I-S-T, N-I-C-H-T D-A-S-S I-C-H I-H-N V-E-R-M-I-S-S-E, K-E-I-N-E-S-W-E-G-S! A-B-E-R E-T-W-A-S D-A-N-K-B-A-R-K-E-I-T K-A-N-N M-A-N D-O-C-H E-R-W-A-R-T-E-N! S-C-H-A-N-D-E! D-A-S G-A-N-Z-E H-A-U-S D-U-R-C-H-S-U-C-H-T, K-R-E-U-Z-V-E-R-H-Ö-R + D-U S-T-E-H-S-T H-I-N-T-E-R D. K-Ü-C-H-E-N-T-Ü-R + L-A-U-S-C-H-S-T, W-I-E D-E-I-N K-O-M-P-L-O-T-T S-I-C-H E-N-T-W-I-C-K-E-L-T!!! M-E-I-N E-I-N-Z-I-G-E-S K-I-N-D! W-E-I-S-S E-R D-A-S-S I-C-H I-M S-T-E-R-B-E-N L-I-E-G-E? W-A-R-U-M V-E-R-S-C-H-W-E-I-G-S-T D-U M-I-R S-E-I-N-E P-L-Ä-N-E?

Nachdem ich fertig war, stellte sie sich an mein Fußende, band ihre Schürze los, knöpfte ihr Kleid vorne auf, entblößte ihre kleine krumme Schulter vor mir und faltete ihre Hände vor ihrer Brust. Zuerst sprach sie, aber die Worte hatten eine Kadenz in sich, eine Art Sprechgesang war es, voll von archaischen Ausdrücken.

Im Leben der Schafe
ist die Zeit der Entwöhnung die kritischste.
Sie, die Landwirte der Zukunft,
müssen unbedingt dafür sorgen,
dass die kleinen Lämmer nicht unnötig darunter leiden.
Dass sie gut wachsen, ist unerlässlich,
denn einmal in ihrer Entwicklung beeinträchtigt,
erholen sie sich nie wieder.

Ich schloss das Auge, das ich noch schließen konnte. Ich konnte die schiefe Schulter nicht länger ansehen, den Ausdruck in Agaats Gesicht, ihren Mund, den sie verzog, als weine sie die Worte.

Was sollte ich davon halten?

Bevor Sie also die Schafe trennen,
sollten die Lämmer eine Weile mit ihren Müttern zusammen
auf den besten Weiden grasen,
um sie mit der neuen Umgebung vertraut zu machen.
Obwohl der Abschied immer schwerfällt,
werden sie dadurch später weniger leiden.

Ich könnte mein eines Auge schließen, richtig, jetzt erinnere ich mich, das war der Moment, als es passierte, als das andere Auge erstmals starr blieb. Ich musste also weiterhin die Zauberformel ertragen, wie es mir schien, nach dem Muster der Eingeborenenklänge auf Jakkies Kassette.

Nach der Trennung sollten die Schafe nicht
auf einer Weide in unmittelbarer Nachbarschaft grasen,
sondern weit genug entfernt auf Feldern und Hügeln,
am besten unter dem Wind,
damit ihre Lämmer sie nicht hören.
Ein Kind kann, wie man weiß,

die Stimme der Mutter unter Tausenden anderen heraushören,
und zwar bis zu vier Meilen weit.
Da Lämmer außerdem dumm sind,
mit den Köpfen gegen den Zaun drücken
und sich in eine Ecke der Weide drängen,
bis Panik ausbricht,
sollte man ein paar alte Mutterschafe zu ihnen stellen.

Ich versuchte, mein Auge zu verdrehen, nach unten, seitwärts, doch zum ersten Mal reagierte es nicht und blieb starr in seiner Höhle. Dadurch war ich gezwungen, sie weiterhin anzusehen. Ich versuchte, nicht zu fokussieren und das Bild verschwimmen zu lassen, doch unter der weißen Haube hob sich weiterhin Agaats Gesicht als brauner Fleck ab, verzerrt, faltig, wie eine singende Unterwasserstatue.

Die alten Mutterschafe werden
die Jungtiere uneigennützig beruhigen
und sie zu dem fetten Gras und zum Wasser führen,
sodass sie nicht abmagern.
Auf der anderen Seite ist es Ihre Pflicht,
die Mutterschafe sorgfältig zu melken,
vor allem wenn Sie mit einer ertragreichen Jahreszeit
gesegnet sind.

Als die Rezitation beendet war, fuhr sie wieder mit dem Arm in den Ärmel, setzte sich in den Redman Chief, schnallte sich klickend an und begann, in einem blauen Heft zu lesen. Nur ihre Lippen bewegten sich. Als sie sah, dass ich sie beobachtete, drückte sie auf den Knopf, griff nach dem Steuerknüppel und drehte den Stuhl mit summendem Geräusch nach rechts. Ich sah nur noch die hohe schwarze Rückenlehne, die Chromschnallen rechts und links und das tiefe Gummiprofil der schwarzen Hinterräder. Nur ein Flüstern hörte ich von Zeit zu Zeit von jenseits der Rückenlehne, Stöhngeräusche, als führe der Stuhl ein Eigenleben.

Sollte ich das alles nur geträumt haben? Das Schnaufen, das Vor- und Zurückmanövrieren des Rollstuhls, die gemächlichen

Drehungen, erst nach rechts, dann nach links? Das Flattern der Seiten, das Reißen, das Stöhnen, das Seufzen? Das Rückwärtslehnen und das Aufrichten, die automatische Schaukelfunktion in einem kleinen Winkel, nur leicht hin und her, um das Einschlafen zu erleichtern? Zur Linderung der körperlichen Schmerzen vom Sitzen?

Habe ich mir das alles nur ausgedacht? Eine nackte Schulter kann man sich doch nicht ausdenken? So einen Stuhl? Dort steht er, mitten im Zimmer, ein Thron aus schwarzem Leder und Chrom, die Stickerei zusammengeknüllt auf dem Sitz.

Jetzt träume ich nicht, ich bin hellwach. Es ist Morgen, ich rieche den Garten, ich sehe das Hortensienbukett. Ich erinnere mich. Drüben in der Ecke steht der Staubwedel. Agaat hat ihn eben dorthin gestellt.

B-E-T-E-N, buchstabiere ich.

»Beten«, wiederholt sie verwundert und wartet darauf, dass ich weiterspreche. Wie soll ich ihr erklären, warum ich beten will?

Es ist nur eine Option, ein Ansatz.

Wie sonst soll ich erfahren, was in ihrem Kopf vorgeht? Wo sie nachts war?

Drei Mal habe ich bemerkt, dass sie im Dunkeln neben meinem Bett stand. Nach dem letzten Mal hörte ich sie zur Hintertür hinausgehen. Doch dann hörte ich nicht die Tür des Außenzimmers aufgehen, sondern die der Abstellkammer. Ich hörte etwas fallen, ein Klappern von Spaten und Werkzeug, einen gedämpften Ausruf. Dann nichts mehr, nur den Wind und darüber schwebend ein Geräusch, ein Bild, eine Andeutung von Zwietracht, von Rufen, von einem Hämmern auf die Brust, das weiße Kreuz auf die Schulter geladen, Schreie in der Nacht, gegen die roten Steine, in den roten Staub des Sommers, ein Rütteln am Firmament, einen Sternenfall, einen dunklen Schein vom Berg, einen Striemen über dem Auge, über der Wange, einen brennenden grauen Schleier, doch nicht von meinen eigenen Tränen. Alt wie der Schleier auf schwarzen, reifen Weihnachtspflaumen war er, weich und üppig. Ich hörte die Hunde in der Ferne bellen, von ganz oben jenseits des Flusses, vom Berg her. Boelas Gebell, Koffies Gebell, wütend, hysterisch, ein Verbellen dessen, was die Menschen beseelt.

Bete für mich, Agaat, bete für alles, was den Menschen beseelt. Bete um die letzte Pflaumensaison, die ich erleben darf.

Doch man kann anderen nicht vorschreiben, worum sie beten sollen.

Vergib uns unsere Schuld, wie auch wir vergeben unseren Schuldigern.

Und führe uns nicht in Versuchung.

Vergib uns unsere Schuld.

Wie einfach das klingt, doch wer führt wen, und wessen Schuld ist es? Warum wurde der verführbare Mensch erschaffen?

Vierzig Tage in der Wildnis! Hier steht es, für mich im Kalender angestrichen. 6. November bis 16. Dezember. Der Kalender klemmt auf dem Leseständer über der Widmung, über den Symptomen und ihrer vergeblichen einstigen Behandlung.

Vierzig Tage! Er zeigte ihm alle Reiche der Welt mit ihrer Pracht und sagte: Das alles will ich dir geben, wenn du dich vor mir niederwirfst und mich anbetest. Das hat sie mir aus der Bibel vorgelesen. Wann? Gestern Nachmittag?

Das alles will ich dir geben, wenn du dich vor mir niederwirfst? Was soll das heißen? Hält sie mich für den Beelzebub?

Mir bleiben zwei Tage, um die vierzig vollzumachen. Wie viele Viertelstunden sind das? Ich kann nicht mehr zählen, die dunklen und die hellen Stunden, der Sonnenstrahl auf dem Altar. Der sechzehnte Dezember ist eingekreist. Geloftedag, Tag der Versöhnung.

Ein Kalender für positive Diskriminierung. Mit erhobenem Zeigefinger. Wie kann man nur so kleinlich sein! So demonstrativ! Oder ist es reiner Zufall? Ist alles, was hier geschieht, reiner Zufall? Habe ich mir die Ursachen, die Auswirkungen, die Gründe und Hintergründe nur ausgedacht? Und sie hat sie sortiert? Weil man ohne sie nicht leben und nicht sterben kann?

Bete für mich, Agaat, wisch das fahle Grau von meiner und deiner Wange. Noch besteht Hoffnung auf Glanz. Die schwarzreife Frucht. Der süße Saft. Wisch den Grauschleier mit deinem Ärmel ab. Es werde Licht.

Was machst du da vor dem Spiegel?

Will sie tatsächlich noch einmal ihren Ärmel vor mir hochkrempeln?

Warum diese Zurschaustellung die ganze Zeit? Was willst du mir zeigen, was ich nicht längst gesehen habe? Ich weiß doch, wie du aussiehst. Dein deformierter Arm. Schließlich habe ich dich großgezogen.

Dein rechter Ärmel, hoch, noch weiter hoch, über deine verkrümmte Hand? Über deinen dünnen, geraden Unterarm, nackt wie ein Brecheisen? Der runde Ellbogen wie ein gebogenes Kupferrohr? Eine eherne Schlange in der Wüste? Erhebt dich das über mich? Dein schwarzer Ärmel, hochgerollt bis unter die Achsel, für einen sauberen Schlag, für einen geraden Stoß? Auf welchen Teil von mir zielst du? Willst du mich durchbohren? Mein Herz? Mit demselben Arm, der damals mein Mitleid erregt hat?

Man sollte kein Mitleid mit Behinderten haben! Jede Deformierung ist eine Waffe, ein Hebel, ein Mittel der Macht und Zerstörung.

Willst du mir das klarmachen?

Sie hält sich den Arm quer vors Gesicht, dreht ihn und bewegt ihn abwärts wie ein Schwert. Sie geht einen Schritt zurück, einen Schritt vorwärts. Beugt die Knie. Zieht die Schulter hoch.

Vor dem Geländer meines Bettes.

Wie in der Mondlichtnacht des Herzbegräbnisses.

Wie auf dem Tradouw, als sie an der Nabelschnur zog, dem Seil, an dem das Kind hing.

Wie vor dem kranken Stier in der Viehschleuse.

Wie in ihrem schwarzen Badeanzug in den schäumenden Wellen von Witsand.

Tief sinkt sie.

Hoch zielt sie.

Will sie losstürmen?

Will sie sich hinknien?

Will sie tauchen?

Will sie in Herrlichkeit gen Himmel auffahren?

Welcher Anflug von Selbstentblößung, welch wütende Begrüßung ist das?

Nein, sie steckt die Fingerknöchel in den Mund.

Nimmt sie wieder heraus. Sie hat die Haut aufgebissen. Blut fließt.

An diesem duftenden Morgen betet sie vor meinem asymmetrischen Blick.

»Herrgott im Himmel«, sagt ihre Stimme. »Erhöre mich! Klauenfäule! Moderhinke!«

Sie senkt den Kopf, die weiße Haube blitzt hell im Spiegel auf.

»Rotz! Bockigkeit! Darre! Pips! Verseuchte Missgeburt! Wasserpfefferknöterich! Wen habe ich außer dir? Verlass mich nicht! Bitte verlass mich nicht! Was soll ich ohne dich anfangen, wohin mit meinen Worten? Ich suche den Koffer. Hab Erbarmen mit mir! Um deines Namens willen. Amen.«

*

Januar 84. Du und Jak, ihr hattet eine Einladung erhalten, der feierlichen Medaillenparade bei Ysterplaat beizuwohnen. Auf der Karte war dick das Wappen der Luftwaffe eingeprägt. Die Kleiderordnung für Ehrengäste sah den Gesellschaftsanzug vor, *Damen Kopfbedeckung und Handschuhe.* Nach der Zeremonie stand ein Mittagessen mit Chorgesang auf dem Programm, am Nachmittag gefolgt von einer Flugschau. Jakkie würde sowohl singen als auch an einem Formationsflug seines Geschwaders teilnehmen. Er hatte euch bereits über die Feier informiert, nachdem er von der Operation Askari zurückgekehrt war, wo sie die Scheiße aus den Kubanern gebombt hatten, wie Jak sich ausdrückte.

Jak drückte dir die Karte im Garten in die Hand, wo du dabei warst, zusammen mit Agaat die Rosen für den Sommer zu beschneiden.

»Orden erster Klasse in Gold, Ehrenkreuz für hervorragende

Leistungen, Führungsqualitäten und Tapferkeit in der spezialisierten Kriegsführung«, las er laut vor.

Du reichtest die Karte weiter an Agaat. Ihr Mund war zusammengekniffen, die Augenlider flatterten. Sie sagte nichts.

Dir war aufgefallen, dass Jakkie schon seit mehr als einem Jahr ihre Briefe nicht mehr ganz so regelmäßig beantwortete, wie er es zuvor getan hatte. Du lasest, wie sie sich in dem Wissen, dass ihre Briefe nun auch von dir gelesen wurden, darüber beklagte. In sämtlichen Briefen, die du abgefangen hattest, verspottete sie dich.

»Ich verstehe, wenn du zu beschäftigt bist, Hauptmann de Wet, aber schick doch in diesem Fall einfach eine Karte als Lebenszeichen oder lass das Telefon drei Mal klingeln, damit ich weiß, dass du an mich denkst. Deine Mutter und ich wissen dann schon, dass du es bist.«

Darauf folgte sogar eine Antwort von Jakkie. Es muss Weihnachten 1983 gewesen sein, ein ziemlich dicker Brief, persönlich überbracht von einem seiner Kameraden, der Urlaub hatte und auf der Durchreise war. Auf der Vorderseite hieß es nur: »Gaat«. Verschlossen war er auf der Rückseite mit einem dicken roten Siegelwachs-Klecks. Für Meneer und Mevrou J.C. de Wet war ein Umschlag beigefügt, der vier Fotos enthielt, auf der Rückseite hastig mit Kugelschreiber beschrieben. Wieder und wieder betrachtetest du die Fotos und lasest die Beschriftung, wieder und wieder nahm Agaat sie dir aus der Hand und las die Rückseiten ebenfalls. Was solltet ihr damit anfangen? Es war ein einziges wütendes Gekritzel.

Rambo de Wet neben seiner Impala, nachdem er am 23. Dezember 83 FAPLA-Stellungen bei Mulondo bombardiert hat. Konnte vor lauter Cumulonimbus-Wolken einen Sch...dreck sehen, wär fast in den Zaun gekracht. Hätte kotzen können von den SAMs, die mir links und rechts um die Ohren flogen, eine Impala am Heck getroffen, aber sicher bei Ondongwa gelandet. Euer kleiner Rambo von einer SAM-7 getroffen, musste bei Ongiva landen, zum Glück war ein paar Wochen zuvor die Landebahn befestigt worden, sonst wär er wohl im Arsch gewesen.

Auf dem zweiten Foto war der Stift zwischendurch abgerutscht.

Der Schwarzenegger von Overberg mit entzündetem Trommelfell (vgl. Wattestopfen links) mit seiner Mirage F-I nach Aufklärungsflug über Cuvelai. Musste unter dem Radar fliegen, hörte praktisch die Dornakazien über den Rumpf kratzen.

Foto drei war beschädigt, so fest hatte er mit dem Stift aufgedrückt.

Was konnte das bedeuten, diese Verweise auf sich selbst in der dritten Person? So kanntest du ihn nicht.

De Wet, nachdem er unter waghalsigem Kommando zwei Alouettes durch Luftabwehrgeschütze gesteuert hat, um die Bodentruppen im Cuvelai-Becken zu decken. Das ist die einzige Stellung, die sie richtig an den Arsch gekriegt haben. Die FAPLA sitzt weiterhin gemütlich in Cahama, Mulondo und Caiundo im Graben, aber die Crème de la Crème der SADF sitzt ihnen im Nacken. Halten uns glatt für Fledermäuse mit Radar in den Köpfen. Und über uns die silbernen Strahlen des Mondes, ha!

Foto vier war ein Gruppenfoto der Piloten vor ihren Schlafbaracken. Sichtlich widerwillig hatten sie sich für den Fotografen aufgestellt.

Haben inzwischen erfahren, dass der Caiundo-Angriff nie ordnungsgemäß vom Ops HQ genehmigt wurde. Daher die langen Gesichter. Es scheint weder militärische noch nationalpolitische Strategiepläne zu geben. Regionaler Konflikt, dass ich nicht lache, das ist ein riesiger internationaler Scheißhaufen! Hätte verhindert werden können. Pik & Magnus sollten da unten in Pretoria mal ihr Hirn einschalten. Tut mir leid, Papa, aber so sehe ich die Sache, und ich bleibe dabei! Hoffe, euch im Februar bei der Parade für die Überlebenden zu sehen!

Beim Abendessen zeigtest du Jak die Fotos.

Mit einem schnellen Griff nahm er sie dir ab.

»Die habt ihr nie gesehen, hört ihr?«, warnte er euch. »Ihr wisst nichts von diesen Bildern! Was noch? War ein Brief dabei? Ich will ihn auf der Stelle sehen!«

Er streckte seine Hand zu Agaat aus.

»Asche, in meinem Kamin«, erklärte sie.

Du kauftest dir ein neues blaues Kleid, einen passenden Hut mit einseitig hochklappbarer Krempe und eine neue Handtasche bei De Jagers in der Stadt. Das Kleid war zu kurz, Agaat musste den Saum auslassen.

»Es wird ein langer Tag«, sagtest du zu Jak, »ich nehme Gaat mit, sie soll mir Gesellschaft leisten.«

»Nur über meine Leiche«, erwiderte Jak. »Die in ihrer Agatha-Christie-Aufmachung! Das ist eine Gala, und wir sind Ehrengäste der Luftwaffe! Sie darf bestimmt sowieso nicht mit rein, wir werden mit den VIPs in der Messe essen, wo soll sie denn so lange bleiben? Es gibt keine Unterbringungsmöglichkeiten für sie.«

»Ich werde mich nach dem Essen entschuldigen, Jak. Bis dahin haben wir schon einen ganzen Vormittag hinter uns, und ich werde mich ausruhen wollen. Ich habe dann garantiert keine Lust mehr, mir einen Schwarm Flugzeuge anzusehen.«

Du sagtest es ganz beiläufig, um ihn nicht zu kränken.

»Wir suchen uns einen schattigen Baum«, sagtest du zu Agaat, ebenfalls ganz nebenbei, als wäre es die normalste Sache der Welt. »Irgendwo abseits vom Gedränge. Wir können Zeitschriften lesen, du kannst dir Sachen für ein Picknick einpacken, wir nehmen die Kühltasche mit, ich das Strickzeug, du deinen Handarbeitskorb, dann können wir wenigstens den Nachmittag auf unsere Art genießen. Ich habe keine Lust, mir den Hals zu verrenken, indem ich ständig in die Luft starre.«

»Werde ich ihn sehen?«, fragte Agaat.

»Du wirst ihn in der Luft sehen. Du wolltest doch schon immer mal sehen, wie er fliegt.«

Sie starrte dich an.

Du wartetest, bis Jak das Auto herausgefahren hatte, dann gabst du das Startzeichen. Agaat stand bereit, das Haus war abgeschlossen. Du öffnetest Beifahrer- und Hintertür gleichzeitig. Dann stiegt ihr ein, Agaat mit ihren Körben und Dosen, du mit deiner cremefarbenen Handtasche und den neuen Schuhen, derentwegen du dir Pflaster auf die Fersen kleben musstest.

Jak war wütend, fluchte über alles, was ihm unterwegs auf der Straße begegnete, und überholte im Überholverbot vor Hügelkuppen, hinter denen man nicht sehen konnte, was auf euch zukam. In Swellendam hielt er mit quietschenden Reifen an einem Verkaufsstand, schnappte sich einen Sechserpack Bier und begann sofort zu trinken.

Du wagtest es nicht, dich umzublicken. Du fühltest förmlich Agaats trotzig vorgeschobenes Kinn im Nacken. Von allen Sommern meines Lebens, dachtest du, ist dieser hier der furchtbarste. Die Hügel waren trocken und schrecklich, und das Wasser in der False Bay glühte wie Stahl, als ihr den Sir-Lowry-Pass überquertet.

Bei eurer Ankunft war das Vorprogramm mit Leichtflugzeugen und Segelflugzeugen bereits im Gange. Schon von Weitem sah man die Reihen der Autos in der Sonne, eine Blechlawine.

Du batest Jak, einen Parkplatz im Schatten zu suchen.

Ein ganzes Stück weiter hinten gab es einen extra Eingang. Ein sandiger Pfad führte durch die Rooikrandbüsche dorthin – sie waren das einzige Grün weit und breit. Du konntest Farbige mit Flaschen in den Händen wilde Bocksprünge machen sehen, wenn die tief fliegenden Flugzeuge über sie hinwegschossen. Du hörtest sie johlen, hörtest ihre höhnischen Kommentare zu den Hubschraubern, die auf der Stelle schwebten, und wenn Tiger-Moth-Doppeldecker kopfüber vorüberzogen, klammerten sich alle aneinander.

»Das habt ihr euch so gedacht, dass ich meinen Wagen zwischen einer Horde betrunkener Hotnots parke«, knurrte Jak. »Aber wir können sie hier rauslassen, bei ihresgleichen aus den Townships, dann kann sie ein bisschen Kaaps-Dialekt lernen. Es wird ihr guttun – sie klingt ja schon wie ein wandelndes Landwirtschaftsblatt mit Schürze! Meinst du, ein Nachmittag reicht, um sie zu kurieren? Wenn du sie erziehen konntest, Milla, kannst du dir ja denken, wie leicht die anderen sie zurechtbiegen!«

»Jak, es reicht«, warntest du ihn, obwohl du wusstest, dass es keinen Sinn hatte. Gegen Jaks Geschwätz nach vier Dosen Bier konntest du nicht ankommen.

»Agaat ist gut entwickelt«, fuhr er fort, »ich dachte, deswegen sollte sie heute mitkommen. Es wird höchste Zeit. Sie steht im Stall wie eine Stute und vertrocknet. Hey, tschickelei, tschickelie«, trällerte Jak und ruckelte hinter dem Lenkrad hin und her, »komm, setz dich auf mein Knie, tschickelei, tschickelie!«

Wie kam er nur auf dieses Lied? Und was für ein Gesicht er dabei machte, als er sich zu Agaat umdrehte! So hatte er dich nie angesehen, nicht einmal in eurer Jugend, nicht einmal zum Spaß, und das hier war kein Spaß. Du schämtest dich in Grund und Boden.

»Komm schon, Agaat«, sagte er aufreizend, kurvte zwischen den Gruppen der Farbigen hindurch und heizte ihnen ein, indem er zwischendurch unvermittelt Gas gab. »Was sagst du dazu? Siehst du schon jemanden, der dich interessiert? Ich werde ihn für dich bezahlen, dann kannst du ihn rannehmen, einen richtigen Kapstädter Hotnot mit langen Beinen, Zahnlücke und einem schicken Hemd! Du sitzt doch so allein dort draußen auf Grootmoedersdrift ohne jede Gesellschaft! Wenn du zufrieden bist, kaufen wir ihn dir. Du hast den ganzen Tag Zeit, ihn auszuprobieren. Damit du nicht die Katze im Sack kaufst.« Jak nahm seine Hände vom Lenkrad, rieb sie und sang: »So fahren die Damen, so fahren die Damen, so reiten die Herren, so reiten die Herren!«

Beim Anblick des glänzenden BMW inmitten der Staubwolken kreischten die Leute, streckten Agaat die Zunge raus, beschimpften Jak und trommelten mit den Fäusten auf das Wagendach.

Es war ein Fehler, erkanntest du. Ihr hättet beide nicht mitkommen dürfen. Jak schämte sich mit der Farbigen auf seinem Rücksitz, und er schämte sich für dich mit deinem großen blauen Hut auf dem Beifahrersitz neben ihm.

Endlich fand er im Getümmel einen Parkplatz.

Tut mir leid!, signalisiertest du Agaat mit dem Blick, als du ausstiegst. Du holtest zehn Rand aus dem Portemonnaie und legtest sie auf den Sitz.

Für kühle Getränke, bedeutetest du ihr mit den Augen.

Doch Agaat sah dich nur ausdruckslos an. Sie hielt einen länglichen weißen Umschlag in den Händen.

»Gib ihm den«, sagte sie, »und bitte nicht falten.«

Du stecktest den Brief in die Handtasche. Zwischen deinen behandschuhten Fingerspitzen glaubtest du, eine leichte Verdickung darin zu spüren, eine Textur.

Es war schrecklich heiß auf dem Paradeplatz. Die Luft flimmerte über dem Teer. Alle Frauen in deinem Block trugen Hüte. Nur in der ersten Reihe, wo die Ehefrauen der Minister, Generalmajore und Generäle saßen, hatte man Sonnenschirme aufgespannt.

Ein Pfarrer eröffnete die Parade mit einer Bibellesung. Er betete darum, dass die Engel über die tapferen Soldaten wachen mögen, die die Philister von unseren Grenzen fernhielten. Dann hielt der Ministerpräsident mit erhobenem Zeigefinger eine Rede. Ständig wischte er sich mit einem weißen Taschentuch den Schweiß von der Stirn.

Dann sprach der Verteidigungsminister. Südafrika verfüge über das schlagkräftigste Militär in ganz Afrika, sagte er. Die Waffenbezeichnungen las er von einer Liste ab. Das alles könne heute hier besichtigt werden, sagte er, doch es sei wertlos ohne die gut ausgebildeten jungen Männer, die jene Waffen bedienten. »Wir kümmern uns um die Verletzten. Unser Beileid gilt den Freunden und Verwandten derer, die im Dienste ihres Vaterlands gefallen sind. Das ist das größte Opfer, das man je erbringen kann.«

Es folgte eine weitere Liste. Die der Toten.

Dann wurden Salutschüsse abgefeuert, der große Zapfenstreich geblasen, die Bigband spielte, die Nationalhymne wurde gesungen.

Danach wurden die Orden verliehen und die Auszeichnungen verlesen.

Es wurde mit den Füßen gestampft, mit Fahnen geschwenkt, salutiert. Jak verfluchte die Hitze. Ihr saßt ganz hinten im Block, und die vielen Hüte und Sonnenschirme versperrten euch die Sicht. Als Jakkie an der Reihe war, standet ihr auf. Er sah genau wie alle anderen aus, klein dort unten auf der verdorrten Wiese und unter dem weiten, weißblauen Himmel. Der Orden wurde ihm angeheftet, er trat zurück und salutierte. Ihr setztet euch wieder. Der Applaus im Freien klang wie brechende Zweige.

Danach kam Jakkie, um euch zu begrüßen. Du hattest ihn zuletzt vor fast neun Monaten gesehen. Er war ein anderer geworden. Glatt rasiert, makellos, eine Wachsamkeit in den Augen und einen Zug um den Mund, den du nicht einordnen konntest.

Agaat, wolltest du sagen, doch deine Zunge war wie gelähmt. Du wolltest sagen: Hier, ein Umschlag für dich. Deine behandschuhten Finger rutschten über den glatten Chromverschluss deiner Handtasche.

Jak schnippte mit dem Finger gegen Jakkies Brust, an der der Orden baumelte. »Achtzehn Karat!«

Agaat, wolltest du sagen, doch dann kamen andere Leute, um Jakkie zu gratulieren. Ein Korporal mit Gästeliste in der Hand trieb euch zu einem Backsteingebäude, in dem das Mittagessen stattfinden sollte. Die Luft darin war schwer von den Essensgerüchen und einem Hauch von heißem Eisen. Die Decke war hoch und die Halle dämmrig, aber nicht kühl. Ventilatoren verwirbelten die stickige Luft lediglich. Ihr wurdet zu euren Plätzen geführt. Der Chor sang drei kurze Stücke und anschließend ein Medley von Volksliedern. Zum Meeresfrüchte-Cocktail wurde *Komm, Herr Jesus, sei unser Gast und segne, was du uns bescheret hast* angestimmt. Der Dirigent signalisierte den Leuten in der Halle, sie sollten mitsingen. Du konntest Jakkies Stimme unter den Tenören nicht heraushören. Du konntest ihn nicht einmal erkennen, dort auf der Tribüne sahen alle gleich aus. Bei euch am Tisch saßen noch zwei weitere Elternpaare. Jak hatte den Wein öffnen und einschenken lassen und bereits eine zweite Flasche bestellt. Er nahm ein Gespräch mit den Männern auf, während du die

Frauen mustertest. Was lag in ihren Augen? Nichts. Sie hatten Lidschatten und Mascara aufgelegt, genau wie du.

Jakkie und zwei weitere Hauptleute setzten sich zu euch an den Tisch. Sie tauschten Blicke, ohne ein Wort zu sagen.

Als Nächstes wurde das Büfett eröffnet. Du bemerktest zu spät, dass die anderen Frauen ihre Hüte und Taschen an den Tischen zurückgelassen hatten. Ständig stießen Männer mit den Schultern gegen deine Hutkrempe und streiften dich. Um deine Nase bildeten sich Schweißperlen, doch du hieltest das Tablett schon in den Händen. Deine Fersen in den neuen Schuhen brannten.

»Gib mir deine Handtasche und deine Handschuhe, Mama«, bot Jakkie an.

Klang seine Stimme ungeduldig? Er blickte sich um, und eine Ordonnanz nahm ihm die Sachen ab.

»Ihr Hut, gnädige Frau?«, fragte der junge Mann.

Jakkie warf ihm einen Blick zu, und er trat wieder zurück und marschierte davon, einen Arm zackig vor- und zurückschwingend, deine Sachen auf der flachen anderen Hand wie einen Kuchen auf einem Tablett vor sich herbalancierend.

Jak sah dich an. In seinen Augen loderte Wut.

Aus blinkenden Edelstahlbehältern ließest du dir Kürbis, Kartoffeln, Blumenkohl in weißer Soße und Erbsen servieren. Du dachtest an Agaat in dem heißen Auto auf dem Parkplatz. Du stelltest dir einen separaten Tisch vor, an dem die Bediensteten in schwarz-weißen Uniformen saßen.

Vielleicht würde sich beim Essen eine neue Gelegenheit ergeben, Jakkie Agaats Umschlag auszuhändigen.

»Mevrou?«, fragte der Mann am Büfett. »Schwein, Lamm, Rindfleisch oder ein bisschen von allem?«

»Komm schon, Milla«, sagte Jak und presste dir sein Tablett in den Rücken, »die Warteschlange ist lang.«

»Lamm«, sagtest du, »bitte nur ein kleines Stück.«

Jakkie aß gar nichts. Er könne nicht mit vollem Magen fliegen, erklärte er. Er und die anderen blickten ab und zu auf die Uhr. In Gedanken war er meilenweit entfernt. Warum standest du nicht auf, gingst um den Tisch herum und gabst ihm den Umschlag? Du betrachtetest seine Uniform. Sie besaß keine Tasche, in die er den Brief hätte stecken können, ohne dass eine Ecke herausgeragt hätte. Und es durfte doch kein weißer Zipfel aus seiner schicken blauen Uniform schauen!

Jak war in seinem Element. Er lockerte seine Krawatte und zog sein Jackett aus. Er prahlte mit seinem Wissen über Kampfflugzeuge. Eine dritte Flasche Wein wurde gebracht. Die anderen Frauen tranken nichts, und du warst zu schüchtern, um dir nachschenken zu lassen. Dabei hätte ein bisschen mehr Alkohol sicher geholfen, sagtest du dir und fragtest dich, wie du aus dieser Situation wieder herauskommen solltest.

Du versuchtest, deine Chance zu nutzen, als Jakkie sich von euch verabschiedete.

»Ich nehme an, dass wir uns nicht mehr sehen«, sagte er, schüttelte Jak die Hand und drückte deine Schulter. Du versuchtest aufzustehen. Du hattest dir vorgenommen, ihn zu fragen, ob er an seinem Geburtstag nach Hause käme, doch dann verkniffst du es dir. Dies war nicht der richtige Ort dafür. Er war gegangen, noch ehe du deine Handtasche vom Boden aufheben konntest. Im Geiste sahst du den weißen Umschlag im Dunkel deiner Tasche. Was mochte er enthalten?

»Setz dich, Milla, es gibt noch Nachtisch und Kaffee«, sagte Jak. Bei dem Kaffeegeruch unter der warmen Hallendecke drehte sich dir der Magen um. Du rührtest die Schokoladensoße in Streifen unter das Eis.

»Er hat Augen wie ein Falke, mein Sohn«, prahlte Jak.

In der Ferne hörtest du über das Stimmengewirr hinweg, wie die Triebwerke der Flugzeuge für die Show angelassen wurden.

»Er kann auf einem Dreistrang-Stahldraht balancieren und kennt keine Angst. Ich habe ihm das von klein auf beigebracht, in den Bergen, Schluchten und Wasserfällen, Hand über Hand an einer schlaffen Kette mit einem Rucksack auf dem Rücken. Er könnte in einem Butterfass den Kopf oben behalten, der Bursche.«

Dann wart ihr wieder draußen in der glühenden Hitze. Die

Frauen setzten ihre Hüte auf, diesmal, um ihre Gesichter vor der Sonne zu schützen. Dich hielt Jak zurück.

»Nimm um Himmels willen das Ding ab, du kannst durch die Krempe doch gar nichts sehen!«

Der erste ohrenbetäubende Donner ertönte über euren Köpfen, sieben Impalas, die orangefarbene, weiße und blaue Rauchstreifen hinter sich herzogen. Eine wichtigtuerische Stimme bat über die Lautsprecheranlage um Applaus. Wie dumm, dachtest du, die da oben in ihren Kapseln können doch gar nichts hören. So ging das schon den ganzen Tag. Diese Feier fand nicht für die Soldaten statt. Aber für wen dann? Die Frauen folgten ihren Männern über den Asphalt und standen sich die Beine in den Bauch, während sich ihre Gatten um die Olifant-Panzer, die Luchs-Hubschrauber, die Buschschweine und Buschböcke gruppierten. Ein gepanzertes Wildreservat, dachtest du.

Jak fauchte dir zu, du solltest nicht so griesgrämig dreinschauen, dies hier sei von nationaler Bedeutung.

Er lief hin und her auf dem heißen Asphalt des Showgeländes und erzählte seiner kleinen Gruppe neuer Freunde oder auch Wildfremden – kurzum: allen, die es hören wollten –, dass es sein Sohn sei, der dort am blauen Himmel hoch zur Sonne aufsteige. Man sah ihm an, dass er zu viel getrunken hatte und noch immer wütend war. Du kniffst die Augen zusammen, um die Blätter aus Stahl erkennen zu können, wie sie in einer Formation hinabtrudelten und sich um die eigene Achse drehten, die winzigen Splitter am Horizont, die in geräuschlosen Reihen heranjagten, vorbeisausten und dann erst ihr ohrenbetäubendes Getöse hinter sich herzogen.

Wann immer ein Moment der Ruhe zwischen den kreischenden Triebwerken und dem Lautsprecherkommentar eintrat, der die Geschwindigkeiten und Informationen über Überschall- und Unterschall-Triebwerkkapazitäten lieferte, redete Jak auf die Umstehenden ein. Er gestikulierte und brüllte seinem Publikum in die Ohren, um den Lärm zu übertönen, und du fingst Fetzen seiner Reden auf.

»... dann habe ich ... seine Reaktionszeit getestet ... Armmuskeln ... Reflexe, Hand-Augen-Koordination ... außergewöhnlich schnell ... Die lassen einen in den Flugsimulatoren rotieren, bis man sich tagelang wie Vanillepudding fühlt!«

Unter dem Vorwand, du hättest Kopfschmerzen, setztest du dich ab und kehrtest zum Parkplatz zurück. Du konntest dich nicht mehr daran erinnern, wo genau ihr geparkt hattet, und suchtest die endlosen Reihen der Fahrzeuge ab. Deine Schuhe drückten, doch auf dem heißen Teer konntest du sie natürlich nicht ausziehen. Die harten Dächer der Autos, das Glas, der Chrom und die Seitenspiegel reflektierten die Sonne, sodass du die Farben nicht länger unterscheiden konntest. Irgendwann merktest du, dass du im Kreis herumliefst und nicht mehr wusstest, welche Reihen du schon abgesucht hattest und welche noch nicht. Nach einer Weile warst du dir nicht einmal mehr sicher, welche Farbe euer Auto hatte. Es war ein blausilberner BMW, doch es gab so viele silberfarbene Autos, die von Weitem wie ein BMW aussahen. Silbergrau, grünsilbern, kakisilbern. Du stelltest dich auf die oberste Stufe eines Umspannhäuschens und versuchtest, die Kennzeichen zu lesen, so weit du sie sehen konntest. CBY, CEY, CA, CAT, aber kein CCK. Anschließend schautest du durch die Fenster der Autos, durch drei, vier Scheiben gleichzeitig, um nachzusehen, ob jemand darinsaß. Ein paarmal dachtest du, du hättest Agaats Haube erspäht, doch wenn du dich nähertest, war es nur ein Hut oder ein Wackeldackel.

Nirgendwo war Schatten. Das Metall der Autos war so heiß, dass du dich durch deine Kleidung hindurch daran verbranntest, wenn du zu nahe herankamst. Die ganze Zeit warst du der reflektierten Hitze der Karosserien ausgesetzt. Von Zeit zu Zeit ertönte das donnernde Dröhnen der grauen, nadelspitzen Flugzeuge, die aus dem Nirgendwo tief über die Dächer hinwegrasten. Dann glitzerte und bebte der gesamte Parkplatz, ehe sie wieder hinauf in den blauen Himmel abdrehten, indem sie die Tragflächen in scharf abgemessenen Vierteldrehungen abkippten. Sie drehten sich um die eigene Achse und rasten gefährlich zur Seite geneigt zwischen den hohen Masten der Lautsprecher, den Leitungen und Türmen hindurch.

»Sturzflug zur Vermeidung von Flugabwehrgeschützen unter dem Radar für Aufklärungsfotos feindlicher Stellungen«, meldete der Kommentator ohrenbetäubend laut aus den trompetenförmigen Lautsprechern. Doch du dachtest nur: So muss es in der Hölle sein. Diese Hitze, dieses Getöse, das ist die Hölle. So ist es, wenn man dort nach jemandem sucht, den man verloren hat.

Gaat!, hättest du am liebsten über den einsamen Parkplatz geschrien. Gaat! – mit dem Ziel, dass ihre weiße Haube plötzlich über das Meer der Fahrzeuge hinausragen würde. Hier, Gaat, hier!, hättest du gern gerufen und mit beiden Händen gewinkt, damit sie dich abholen käme. Sie würde erkennen, dass du in Not warst, aber vorgeben, alles wäre in bester Ordnung.

So wart ihr es voneinander gewöhnt.

Du konntest das Auto nicht finden. Du entdecktest die Toiletten und fasstest wieder Mut, doch nicht für lange. Es waren nicht dieselben wie diejenigen, die du am Morgen schnell aufgesucht hattest. Diese hier hatten einen rot polierten Zementfußboden, der andere war grau gewesen. Arme Agaat, dachtest du, wo hast du wohl einen Platz zum Pipimachen gefunden?

Unter dem flachen Wellblechdach des Toilettenhäuschens war es drückend heiß. Es roch stark nach Desinfektionsmittel, aber zumindest fandest du dort Schatten. Die Lautsprechererklärungen waren immer noch gedämpft hörbar.

Im Halbdunkel wuschst du dir am Waschbecken das Gesicht und die Handgelenke. Das Wasser war ebenfalls warm. Du zogst Schuhe und Strümpfe aus. Die Pflaster auf deinen Fersen waren zusammengeschoben. Du träufeltest Wasser auf deine wunden Füße und tupftest sie mit Toilettenpapier trocken. Mit einem nassen Taschentuch wuschst du dir die Achseln und den unteren Rücken unter dem Kleid, dann den Bereich unter deinem BH.

Du ließest dich an der Wand hinunter bis auf den Boden rutschen und setztest dich auf den Zement. Deine Beine hatten dir ganz plötzlich den Dienst versagt. Du dachtest wieder an den Umschlag und öffnetest ihn. Er enthielt ein kunstvoll besticktes Lesezeichen.

»Für deine Bibel, Jakkie«, stand auf der beiliegenden Karte, »leg es zu Psalm 23. Denk daran: Der Herr ist dein Hirte, in allen Gefahren, die du durchstehen musst. In Liebe, Agaat.«

Du legtest den Kopf auf die Knie und weintest.

Als später das Dröhnen der Düsenflieger abebbte, hörtest du stattdessen leisere Geräusche, ähnlich dem Schnurren von Spielzeugflugzeugen. Irgendwie tröstlich nach dem Kampfflugzeugterror. Du warst müde und nicktest ein, bis irgendwann jemand kam und dich fragte, ob dir unwohl sei. Nein, sagtest du, dir sei nur heiß. Dann standst du auf und wuschst dir noch einmal das Gesicht, legtest frisches Make-up auf und pudertest dir die Nase. Eine fremde Frau sah dich im Spiegel an. Du gingst in eine der Toiletten, zogst dir die Strümpfe wieder an und schobst Toilettenpapier hinten in die Schuhe.

Draußen waren Hunderte von Menschen auf dem Weg zu ihren Autos. Nur ein paar kleinere Verkehrshubschrauber brummten noch durch die Luft; die Stimme des Ansagers klang inzwischen leiser, und im Hintergrund lief Marschmusik. Du suchtest das Tor, durch das du vom Festgelände aus den Parkplatz betreten hattest, doch du wurdest von den Menschenmassen zurückgedrängt, die sich in die entgegengesetzte Richtung bewegten. Du liefst am Maschendrahtzaun auf und ab und hieltest nach Jak oder einem eurer Tischnachbarn Ausschau, um dich bemerkbar zu machen. Allmählich bekamst du es mit der Angst zu tun. Angenommen, du würdest Jak nicht finden? Angenommen, er führe einfach ohne dich los? Angenommen, er würfe Agaat dann einfach aus dem Auto? Würde sie so vernünftig reagieren, einfach an Ort und Stelle stehen zu bleiben, bis nur noch ihr beide auf dem leeren Parkplatz übrig wärt?

Du konntest nichts anderes tun, als in dem Gedränge zu warten, und bliebst mit deiner Handtasche und dem Hut in den Händen am Maschendrahtzaun stehen. Irgendwann setztest du den Hut wieder auf, damit man dich besser sehen konnte. Die Leute lächelten dir zu.

Wie kamst du schließlich zum Auto und nach Hause?

Du konntest dich kaum mehr an etwas erinnern. Jak raste fluchend auf dem Standstreifen an der langsamen Autoschlange vorbei, stocksteif wie ein Totempfahl wurde Agaat auf dem Rücksitz hin und her geworfen, und du klammertest dich mit beiden Händen am Türgriff fest. Dieses Geschimpfe, das du dir auf der ganzen Fahrt anhören musstest, diese Raserei!

»Du und deine Meid! Nie wieder werde ich euch irgendwohin mitnehmen! Nie wieder, hörst du? Ich lasse mich nicht vor versammelter Mannschaft derart blamieren!« So fing Jak an, begleitet von herumfliegenden Spucketropfen. »Der größte Tag im Leben meines Sohnes, und du benimmst dich so daneben, dass man sich von Anfang bis Ende in Grund und Boden schämen muss! Ich musste alle stehen lassen, um hinter dir und deiner Meid herzulaufen! Ich dachte, nach dem heißen Tag fahren wir mit Jakkie und ein paar anderen ans Meer, setzen uns irgendwo draußen vor ein Restaurant und trinken noch was, aber nein, Milla ist spurlos verschwunden, sodass ich ganz Ysterplaat verrückt machen musste! Wo warst du bloß, dass du die Lautsprecherdurchsagen nicht gehört hast? ›Mevrou Milla de Wet, bitte kommen Sie zu Ausgang B, Sie werden dort von Ihrem Mann erwartet. Mevrou de Wet! Mevrou de Wet!‹ Du hast mich zum Gespött der Leute gemacht! Ein Mann, der nicht auf seine Frau aufpassen kann! Stundenlang habe ich an Ausgang B gestanden und auf dich gewartet, und dann musste ich auch noch erklären, was die Meid in einer Toilette für Weiße zu suchen hatte! Wie soll man das erklären? Und das, obwohl ich dich gewarnt hatte. Von Anfang an! Aber du wolltest ja nicht hören. Agaat hinten und Agaat vorn. Himmelherrgott noch mal, ich hab dermaßen die Nase voll! Hörst du mir überhaupt zu? Die Nase voll von dir und von dem Abschaum, den du in mein Haus gebracht hast!«

Danach sprach Jak kein Wort mehr. Er schaltete das Radio ein und suchte auf Kurzwelle krächzend und pfeifend nach einem Sender. Nachrichten und Wettervorhersage. Er drehte die Lautstärke bis zum Anschlag auf. Wieder wurden Unruhen in der Gegend um Johannesburg gemeldet. Es gebe Hinweise auf subversive Aktivitäten. Es folgte die Prognose für den Winterregenbereich von den Hottentots-Holland-Bergen bis zum Kap Agulhas: starker Südostwind, Temperaturen von mehr als dreißig Grad, eine Buschbrandwarnung.

Als ihr zu Hause ankamt, herrschte bereits tiefe Abenddämmerung – jene Stunde des Overberg-Sommers, die dich beunruhigte. Das trügerische Licht, der Geruch sonnenverbrannten Staubs, der Wind, der die Eukalyptusbäume zerzauste.

Agaat öffnete das Tor und kehrte nicht ins Auto zurück. Nicht dass Jak auf sie gewartet hätte. Er raste los, durchpflügte den Kies, wirbelte eine Staubwolke auf. Du erhaschtest noch einen Blick auf Agaat im Seitenspiegel. Die Hunde sprangen an ihr hoch, doch sie stieß sie mit den Hüften weg.

Später, nachdem du gebadet hattest und Jak sich zurückgezogen hatte, schaltetest du die Stehlampen ein und zogst die Vorhänge im Haus zu, füttertest die Hunde und holtest die Sahne aus dem kleinen Raum, wo die Milchzentrifuge stand. Im Hinterhof war alles dunkel und still. Der Riegel an der Tür des Außenzimmers war noch nicht vorgeschoben. Die Flaschen für die Hausmilch waren nicht wie sonst sterilisiert und auf den Küchentisch gestellt worden. Das Tablett, das Agaat immer mit Tassen für den Abendtee auf der Anrichte bereitstellte, stand aufrecht hinter dem Wasserkessel auf dem Regal. Du sahst in den Lebensmittelbehältern nach, die du aus dem Auto mitgebracht hattest. Die Wurst war angeschwitzt, die Sandwiches unangetastet und aufgeweicht.

Du holtest dir eine Taschenlampe, zogst Turnschuhe an und machtest dich auf die Suche nach Agaat. Zuerst warst du wütend. Worüber ärgere ich mich eigentlich?, fragtest du dich. Alle zeigen ihre Gefühle, aber niemand fragt, wie es mir geht.

Doch du hattest Hunger und fühltest dich allein. Und auch Agaat musste Hunger haben. Du sehntest dich danach, am Küchentisch zu sitzen und Tee zu trinken, während sie Rührei mit Tomaten briet.

Am See befahlst du den Hunden: »Sucht Agaat, los, sucht!«

Juckende Entendaunen wurden an dich herangeweht. Das Schnattern von Enten, Gänsen und kleineren Wasservögeln stieg auf, so weit die Hunde liefen, und es ertönte ein Bellen, ein Planschen, Flügelschlagen und Rascheln im Schilf, bis es wieder still wurde. Nach einer Weile kehrten die Hunde zurück und setzten sich hechelnd neben dich.

Du schaltetest die Taschenlampe aus. Das atemlose Hecheln der Hunde erschwerte dir das Lauschen. Lauft nach Hause, bedeutetest du ihnen, los, ab nach Hause!

Worauf lauschtest du? Auf einen Seufzer über dem Wasser? Weinen im Gras?

Doch das waren nicht Agaats Geräusche.

Das schnelle Aufziehen von Schürzenbändern, das scharfe Einatmen, wenn sie etwas mit ihrer schwachen Hand aufhob, das Quietschen ihrer Gummisohlen – das gehörte zu ihr. Doch das waren Innenklänge, aufgefangen und zurückgeworfen von Böden, Wänden und Decken, Laute aus den hellen Stunden des Haushalts. In diesem Moment hob sich das Farmgebäude mit den Tischlampen hinter den Vorhängen in der Dunkelheit hervor wie glühende Kohle in der Nacht.

Du hättest besser auf ein leises Sieden und Knistern achten müssen; die Bedingungen waren günstig.

Es gab zwei Orte, an denen du noch nachsehen konntest: im Pappelwäldchen am kleinen Sumpf hinter dem See und auf dem Hügel vor dem Haus, den sie so oft erklomm.

Du schaltetest die Taschenlampe nicht noch einmal ein und gingst über dem ebenen Boden unterhalb des Staudamms den Weg entlang in Richtung Sumpf. Er war fast ausgetrocknet. Mit der Nase in der Luft achtetest du auf Brandgeruch, rochst aber nur den Froschlaich. Und noch etwas anderes. Eine tote Katze?

Weiter hinten am Pappelwäldchen wurde der Geruch stärker. Zwischen den Bäumen schaltetest du die Taschenlampe wieder ein und leuchtetest an den weißen Pappelstämmen hinauf und hinunter. Du versuchtest, dir vorzustellen, wie Agaat an ihren weißen Schürzenbändern baumelte, den Kopf mit der weißen Haube nach vorn geneigt. Doch das war kein realistisches Bild. Eher hättest du mit dem Schlag eines stumpfen Gegenstands auf den Kopf gerechnet.

Was dachtest du dir dabei? Dass sie sich von dir finden lassen würde? Deinen Trost annehmen würde? Was suchtest du wirklich dort draußen in der Dunkelheit? Dein ganzer Körper war in Aufruhr, und du hattest einen metallischen Geschmack im Mund.

Du sahst den Graben nicht rechtzeitig. Die Taschenlampe fiel dir aus der Hand, als du über den Rand stolpertest. Du schriest und versuchtest noch, dich festzuhalten, doch die Erde war locker und schlammig und zerbröckelte zwischen deinen Händen. Als du am Boden angelangt warst, tratst du auf etwas, das mit einem schmatzenden Geräusch unter dir nachgab. Irgendetwas krabbelte über deine Beine. Wieder schriest du auf und versuchtest, dich mit langen Schritten aus dem Dreck zu befreien. Der Gestank war unerträglich. Dann sahst du die Taschenlampe mit schwachem Schein auf dem Boden liegen. Sie beleuchtete etwas Krabbelndes. Es dauerte eine Weile, bis du erkennen konntest, was es war. Der Kopf einer Kuh, halb verfault, weiße Maden, die sich in den Augenhöhlen und den Ohren wanden, das aufgeblähte, offene Maul und Nüstern, die nichts mehr von dem sanftmütigen Ausdruck einer Jersey besaßen.

Wie kamst du zurück nach Hause? Am liebsten hättest du deine Haut abgestreift. Du ranntest und ranntest und zogst dabei den Gestank hinter dir her.

Im Hinterhof brannte Licht. Du streiftest deine Schuhe ab und spritztest dich notdürftig mit dem Gartenschlauch sauber. An der Küchentür bliebst du stehen. Mit deiner schmutzigen Kleidung wolltest du nicht ins Haus gehen.

Agaat ignorierte dich vollkommen. Sie war gerade dabei, die Milch aus den Kannen ordentlich in Flaschen umzufüllen. Sie trug eine saubere Schürze und frische Kleider, dazu eine frisch gestärkte Haube auf dem Kopf. Die Teetassen waren eingedeckt, du hörtest den Kessel summen. Mit einer Zange nahm sie eine Milchflasche aus dem kochenden Wasser im Sterilisationstopf und drehte sie um, um sie abtropfen zu lassen. Eins, zwei, drei Tropfen in den Topf. Schütteln, schütteln, schütteln.

Sie blickte auf und sah dich erst ausdruckslos an. »Pfui, was stinkt denn hier so?«, fragte sie dann. »Ich arbeite hier mit Milch.« Sie senkte den Blick und schnalzte mit der Zunge, weil der Bügel der Milchkanne beim Gießen über ihr Handgelenk geklappt war.

»Bring mir ein Handtuch«, sagtest du, »und meine Pantoffeln und einen alten Bademantel.«

»Die Handtücher«, erwiderte Agaat mit dem Kopf im Wasserdampf, »liegen im Wäscheschrank im Flur, dein alter Bademantel hängt an der Badezimmerzimmertür, und deine Pantoffeln stehen vor deinem Bett.«

Das war das erste Mal. Es war schon öfter vorgekommen, aber nie begleitet von Worten.

Du stürmtest auf sie los, wolltest sie schütteln, sie schlagen mit ihrer offenen Flasche voll kochendem Wasser in der ausgestreckten Hand.

»Bitte«, sagte sie mit neutraler Stimme, sah dir dabei jedoch nicht in die Augen. »Bring mir bitte meine Sachen, Agaat.«

»Stell die Flasche hin, auf der Stelle! Ich lasse mir nicht von dir drohen, nicht von dir!«

Du schriest, wolltest schreien, doch es klang wie ein Plädoyer, wie: Bitte, es ist doch nicht meine Schuld.

Auf einmal stand Jak im Pyjama in der Tür. Vorsichtig stellte Agaat die Flasche auf den Tisch, trat beiseite und faltete die Hände vor dem Bauch.

»Bravo!«, rief Jak, »bravo! Haben wir wirklich immer noch nicht genug Theater für einen Tag gehabt? Die Frau, die Magd und die Milch. Wievielter Akt?«

Er ging zum Kühlschrank und schenkte sich ein Glas Milch ein, nahm einen Schluck und spuckte ihn sogleich in die Spüle.

»Sauermilch auf Grootmoedersdrift! Ich wollte, ihr würdet die Flaschen kennzeichnen!«

»Sie«, sagtest du und deutetest auf Agaat.

Jak setzte sich an den Küchentisch. »Los, Agaat, erzähl dem Baas, was es hier für Schwierigkeiten gibt.«

Agaat blieb stehen und wippte auf ihren Gummisohlen vor und zurück.

»Sie!«, sagtest du noch einmal.

»Nein, Milla, nicht sie, du. Du stinkst furchtbar! Sieh dir mal dein Kleid an! Wo zum Teufel warst du?«

»Die Kuh, die Kuh im Graben am Pappelhain«, schluchztest du.

»Ja, die blöde Kuh ist da herumgelaufen, wo sie nichts zu suchen hatte. Sie ist in den Graben gefallen und hat sich das Bein gebrochen. Ich musste sie erschießen.«

Agaat rückte näher und sammelte die vollen Flaschen ein.

»Warte«, sagte Jak, »stell die Flaschen hin! Ich möchte noch meine Abendandacht halten.«

Für einen Moment dachtest du, Agaat würde schmunzeln.

»Mein einziger Rat an dich ist, Gaat: Lass dich nicht in die Irre führen! Ach, ich bin so schwach, mir ist schwindlig, verirrt sich auf dem Parkplatz, verirrt sich auf ihrer eigenen Farm – alles Humbug! Mevrou Hilflos de Wet mit der Jammerstimme ist nur Fassade. Ein Versuch, Aufmerksamkeit zu erregen, das ist alles. Denn – du weißt es sowieso, und ich erinnere dich nur daran – im Grunde steht sie mit beiden Beinen fest auf dem Boden, eine unsterbliche Königin der Nacht, die hier alles im Griff hat. Unfassbar, nicht wahr, denn ständig braucht sie etwas, und nie ist es ihr recht. Mal ist es zu heiß, dann wieder zu kalt, erst zu süß, dann zu sauer. Unmöglich, sie zufriedenzustellen. Sind wir herzlos, sind wir grausam, du und ich? Wenn ja, dann nur, weil sie uns so haben will. Sie, meine liebe Meid, hat uns gemacht, uns auseinandergenommen und wieder zusammengesetzt. Meccano à la Milla. Wir sind Kraftfutter, unsere Wut ist reines Vitamin für sie. Sie gedeiht daran. Jetzt untersuch sie nur fein nach Maden! Schließlich bist du die Gouvernante der Nooi und kennst dich mit Maden aus. Du weißt, dass sie sich in die weichen Stellen fressen, unter die Haut, und sie verzehren dich von innen heraus, bis du eines Tages zusammenfällst, und dann sagt jeder: Komisch, sie war doch gar nicht krank.«

in drei monaten aus dem sessel in den rollstuhl es ist wie laufen mit einem teewagen nur ohne den tee anstelle der teekanne wird mevrou de wet aufgerichtet gestützt festgeschnallt in ihrem rollstuhl sie klappert immer weniger ein traum in schale eine welle über dem tümpel ist sie nun selbst eine gehhilfe auf rädern für ihre krankenschwester ihr lebendiges gut für ein selbstständiges leben vom guten alten schlag die ihre ounooi in den stuhl hineinhebt wenn sie das bett macht und sie schiebt wohin sie sie haben will die puppe ans fenster die puppe vor die wand die puppe schaut mit geneigtem kopf auf den boden manchmal wird sie dorthin gerollt wo gefegt oder gemüse geputzt wird das ist besser als die ganze zeit nur im bett zu liegen von rollstuhl zu rollstuhl in weniger als einem jahr der erste stuhl das weiß sie noch war ein spyder von pride mobility products den sie an den großen rädern mit beiden händen selbst bewegen konnte dann folgte ein elektrorollstuhl von redman power chairs mit fünf gängen und joystick der hoffnung gab wie eine hoflaterne der dritte ein in den aufhängungen vollgefederter omega trac mit dem sie über einen damm fahren konnte wie mit einem panzer der vierte war von permobil ein ibot 30-2 ein thron auf kreiselnden rädern der die verandastufen emporklettern konnte und der nicht allein elektronisch sondern mit dem willen eines phantoms gesteuert wurde der letzte war ein ganz normaler stuhl von froglegs denn sie hätte sich nicht mehr allein fortbewegen können auch wenn sie es gewollt hätte sie war schließlich ihrer hände und füße und ihrer kleinen räder entwöhnt und rollte jeden tag wie wasser durch die schleuse mit ihren träumen durch die öffnungen fensterrahmen und gänge ihres hauses

17. Februar 1954

Agaat reagiert auf ihren neuen Namen! Ich spreche ein Nachtgebet für sie: Ich heiße Agaat, ich bin klein, mein Herz ist rein, soll niemand drin wohnen als Jesus allein. Sie macht die Augen dabei nicht zu, sondern sieht mich groß an. Agaat ist gut, Agaat ist lieb. Lieber Gott, mach sie fromm, auf dass sie in den Himmel komm. Herr, wache über sie, wenn sie schläft. Gut wie Gold, gut wie Regen, gut wie Salz, gut wie die Flamme im Herzen des Holzes. Ich weiß nicht, ob meine Worte etwas erreichen, ich habe das Gefühl, das Kind muss lernen, sich mit schönen und guten Dingen zu identifizieren. Was für eine Schande, noch so klein und schon so vom Leben gezeichnet zu sein. Ich singe ihr vor: »Guten Abend, gute Nacht«, »Schlaf, Kindlein, schlaf, dein Vater hüt' die Schaf«. Vielleicht sollte ich den Text ein wenig verändern, denn bei »Mutter« und »Vater« könnte sie auf falsche Gedanken kommen. Doch ich nehme an, noch kann es nicht schaden, sie ist ja noch so klein.

20. Februar 1954

Agaat hat mir zum ersten Mal etwas gebracht und etwas von mir angenommen. Wirklich ein Meilenstein!

Heute Morgen im Halbschlaf kam ich auf eine Idee. Plötzlich war ich mir ganz sicher, dass es funktionieren würde, wenn schon die Glocke nicht half. Ich brauchte etwas mit größerer Wirkung, mit einer dramatischeren Funktion, und nachdem ich endlos darüber nachgegrübelt hatte, fiel mir auf einmal genau das Richtige ein. Ich suchte die alte Zunderbüchse meines Vaters heraus und zeigte Agaat, wie man den Feuerstein schlug, damit ein Funke entstand. Auf einem Stück Wellblech im Hinterhof machten wir aus Grashalmen und Pinienzapfen ein Feuerchen. Großes Interesse! Weit aufgerissene Augen! Hockte wie erstarrt neben mir. Lauf los und hol uns noch so einen Zapfen, sagte ich. Und kaum zu glauben, da holte sie doch tatsächlich einen neuen! Sie wusste genau, wo sie sie finden würde, und gab ihn mir in die Hand!

Möchtest du sie haben?, fragte ich. Möchtest du die Zunderbüchse? Da kam die kleine Hand und nahm sie, vorsichtig darauf bedacht, mich nicht zu berühren. Sie hielt die Büchse ganz fest, spielte und roch daran. Das Aroma von Zunder.

Vor mir! Während ich dabeistand! Preiset den Herrn!

Habe ihr beigebracht, dass sie nicht zündeln soll. Sie darf den Feuerstein nur schlagen oder mit Streichhölzern spielen, wenn ich dabei bin. Vielleicht ist es eine gute Übung für die faule Hand, denn man kann die Zunderbüchse nicht mit einer einzigen Hand bedienen. Habe ihr beigebracht, Danke zu sagen, wenn sie etwas geschenkt bekommt, und wenn man nicht sprechen kann, kann man es mit den Augen sagen. Sie soll langsam blinzeln und dabei leicht mit dem Kopf nicken, so habe ich es ihr gezeigt. Vielen Dank für den Wackelpudding, danke für Essen und Kleidung und Wohnung, danke für die Zunderbüchse. Feierlich hat sie sie in ihren Jutesack gesteckt.

Habe Ma angerufen. Hätte mir vorher denken können, wie sie reagieren würde. Pass auf, sagte sie. Alles, was du in sie hineinsteckst, kommt wie ein Bumerang zurück.

25. Februar 1954

Wieder Feuer gemacht! Diesmal mit einer Lupe aus Jaks Büro, muss ihm eine neue besorgen, er betrachtet damit die Karten. Draußen ist es glühend heiß. Hab mir ordentlich den Nacken verbrannt, als ich so lange mit der Lupe in der Sonne gesessen habe. Ein Zeitungsfeuer. Geh und hol Gras, sagte ich zu ihr, und bring Zweige mit. Im Nu war sie wieder zurück. Sie scheint genau zu wissen, wie man Feuer macht. Dann streckte sie doch tatsächlich die Hand nach der Lupe aus! Wie sagt man, wenn man etwas haben will? Man sagt brav Bitte! Oder man sieht demjenigen, von dem man etwas möchte, in die Augen und blinzelt zweimal. Wir haben so lange geübt, bis ich zufrieden war. Dann wieder Danke, vielen, vielen Dank durch langsames Schließen der Augen und Nicken. Die Lupe steckte sie in den Sack zu ihren anderen Habseligkeiten. Ich muss ihr einen anderen Beutel besorgen oder einen kleinen Koffer, der Sack stinkt.

27. Februar 1954

Ein drittes Feuer! Agaat denkt, ich kann zaubern. Mit einem flachen, schon halb vermoderten Stück Nadelholz und einem geraden Stock. Am Fluss im Schatten. Es dauerte Stunden, und ich war schweißgebadet, aber man darf nicht einfach irgendwann aufhören, sonst muss man wieder ganz von vorn anfangen. Drehte, drehte und drehte in dem kleinen Loch. Hoch und runter, meine Hände brannten nach einer Weile wie verrückt. Wenn es so weit ist, riecht man es zuerst, dann kringelt sich vom unteren Ende des Stocks eine feine Rauchsäule empor. Agaat hockte auf den Knien davor und starrte, als wollte sie das Feuer mit den Augen entzünden. Sie zwinkerte mir zu, den Blick auf das flache Holzstück und auf das Stöckchen gerichtet. Bitte! Bitte! Hölzchen, Hölzchen, Feuerbrand, wer macht den ersten Funken im Land?, reimte ich. Als der Rauch stärker wurde, nahm ich das Stöckchen aus dem Loch, und sie gab hauchdünne Strohhälmchen hinein. Als hätte sie das schon häufiger getan und als wüsste sie genau, wie es geht, spitzte sie die Lippen und blies. Ich konnte es kaum glauben! Sie legte noch ein Strohhälmchen hinzu und hauchte ganz vorsichtig, bis eine kleine Flamme aufflackerte! Wo hast du das vorher schon mal gesehen, Agaat? Woher weißt du so genau, wie man Feuer macht? Wer hat dir das beigebracht?

Dann sah sie über meine linke Schulter. Ich blickte mich um, doch da war nichts. Dann sah sie über meine rechte Schulter –

nichts. Sie schaute zu Boden, hoch in die Luft, dann in die Handfläche ihrer starken Hand. Ich faltete sie ganz auseinander, tat so, als suchte ich etwas, sah allerdings nichts. Ganz unschuldig blickte sie mich an. Ich glaube, das war der erste Witz, die erste Geschichte, die sie mir erzählt hat.

Wer hat dir beigebracht, Feuer zu machen?

Die Nirgendwofrau, die Frau ohne Namen, die überall ist, ohne dass man sie sehen kann. Die hat es mich gelehrt.

Da habe ich die Geschichte weitergesponnen: Es war einmal ein kleines Mädchen, das lernen wollte, wie man Feuer macht. Dabei habe ich ihre Reaktion ganz genau beobachtet. Würde sie andeuten, wie es weiterging? Nein, sie ließ rein gar nichts durchblicken. Ich vermute, dass in ihrer frühen Kindheit viel mehr und viel Schlimmeres geschehen ist, als man sich in einem Märchen ausdenken kann.

4. März 1954

Agaat ist ein Buch mit sieben Siegeln. Manchmal denke ich, sie ist klüger, als es scheint, manchmal denke ich, sie ist zurückgeblieben. Wenn man mit den Augen kommunizieren und von Rückschlüssen leben muss, kommt es leicht zu Missverständnissen. Ich darf nicht vergessen, dass sie noch ein Kind ist und schwer misshandelt wurde. Ich darf nicht zu viel in sie hineininterpretieren, nicht zu viel von ihr erwarten. Ich kann mir nicht helfen, aber ich glaube, das ist die anspruchsvollste und zugleich vielversprechendste Aufgabe, die der Herr mir je anvertraut hat, um mich innerlich zu bereichern und stark zu machen, um meine Fähigkeit zur Nächstenliebe zu stärken und mehr Verständnis für andere zu entwickeln.

Ich muss unbedingt die Widmung schreiben! Ich muss aufschreiben, wie ich sie gefunden habe, sonst vergesse ich es am Ende noch, doch es scheint zu viel zu sein, und ich fürchte mich davor, es dem Papier anzuvertrauen. Werde ich wirklich die richtigen Worte finden?

6. März

Ich ermutige sie, Dinge anzufassen und zu befühlen, ihre Hände zu öffnen, zu geben und zu empfangen. Geh und hol mir mein Heft, sage ich, damit ich aufschreiben kann, wie es dir geht. Sie weiß genau, wovon ich rede, bringt es und schlägt es für mich auf einer leeren Seite auf. Es geht jetzt von Tag zu Tag besser. Muss sie manchmal ermahnen, leise zu sein, weil sie im Esszimmer die silberne Glocke läutet, und dann kommt J. zum Essen, dabei ist es noch gar nicht fertig. Nur das Sprechen muss sie noch lernen, alles andere klappt dann schon von ganz allein, wenn es damit erst mal losgeht.

11. März

Ich werfe Schattenfiguren für sie an die Wand. Hase, Schlange, Kamel, Taube. Sie öffnet jetzt ihre Hände, die starke Hand leichter als die schwache, die schlaue Hand, die Affenpfote, wie ich sie nenne. Ich nehme das Händchen in meine Hand, öffne und schließe es, auf und zu, sodass es menschlich werde, sage ich, aber sie mag das nicht, sie versteckt es, so gut sie kann, genau wie den schwachen Arm, als gehörten ihre Glieder nur ihr allein. Mit der gesunden Hand mache ich Fingerspiele: Das ist der Daumen, der schüttelt die Pflaumen und so weiter. Abends lasse ich einen Kerzenstummel bei ihr im Zimmer brennen. Durch den Schlitz beobachte ich, was sie tut. Stundenlang beobachtet sie die Kerzenflamme und wirft mit den Händen Figuren an die Wand. Die schwache Hand formt Schnauzen, Ohren, Schwänze, die starke den Hals der Antilope, den Kopf eines Pferdes. Heute Abend habe ich sie leise flüstern gehört, als zählte sie Schafe. Ich darf keine Wunder erwarten. Sie schläft nicht, bevor die Kerze abgebrannt ist. Jeden Abend vor dem Schlafengehen bringt sie mir den Kerzenständer, damit ich einen neuen Kerzenstummel hineinstelle, und dann trägt sie ihn davon wie einen Schatz.

14. März sieben Uhr

Agaat kann sprechen! So unrecht hatte ich nicht mit dem Flüstern! Sie spricht im Bett mit sich selbst, aber ich kann nicht verstehen, was sie sagt. Sie flüstert jedes Mal beim Einatmen. Ich sehe, wie sich ihr schmaler Brustkorb hebt. Als ich eben das Ohr gegen den Schlitz gepresst habe, habe ich ein Rascheln von Sätzen gehört, fast stimmhaft, eine Wiederholung desselben Wortes oder derselben Phrasen, aber ich kann nur hin und wieder etwas verstehen. Spricht sie die Reime nach, die ich ihr vorsage? Passagen aus den Märchen, die ich ihr erzähle? Großmutter, was hast du für große Ohren! Großmutter, was hast du für ein entsetzlich großes Maul! Ich weiß, dass sie mich versteht. Beim Erzählen sieht sie mich mit großen Augen an. Manchmal glaube ich, sie will mich etwas zu der Geschichte fragen. Doch es ist, als taxierte sie mich, als hätte sie Angst, ich könnte ihr irgendetwas nehmen, sobald sie nur den Mund aufmacht.

Viertel nach sieben

Ich könnte alles verderben, wenn ich sie jetzt unter Druck setzte. Ich habe wieder an ihrer Tür gelauscht, und diesmal war es unverkennbar. Was höre ich da?

In der Straße ist ein Loch, in dem Loch ist ein Stein, im Stein ist ein Geräusch.

In einem Atemzug hat sie das Rätsel aufgesagt!

Ihren Zeigefinger hatte sie an die Zungenspitze gelegt, wie ich es ihr immer vormache, wenn ich ihr ein Rätsel aufgebe, um sie zum Reden zu motivieren, als wäre Sprache etwas, was man schmecken kann.

Ich hab mich auf ihre Bettkante gesetzt. Ich sehe nicht hin, flüsterte ich, ich schaue woandershin, und dann sagst du mir, was du dir abends alles selbst erzählst, ja?

Ich hab die Beine aufs Bett gezogen, sodass ich mich am Bettpfosten anlehnen konnte, und versuchte, mich zu entspannen, damit sie sich auch entspannt. Wollte erreichen, dass sie meine Anwesenheit praktisch vergaß und mit ihren Gutenachtgeschichten fortfuhr. Habe wohl eine Stunde lang dort gesessen, ohne etwas zu sagen. Sie sprach nicht weiter, aber ich fühlte mich so wohl wie noch nie zuvor mit ihr. Friedlich. Sicher. Fast schon wie eine Mutter.

Halb neun

Habe lange auf der Veranda gesessen und versucht, alles zu verarbeiten, was dort in Agaats Zimmer geschehen ist. Es ist, als hätte ich Angst, es aufzuschreiben. Als würde das Schreiben jenes fragile Ereignis auslöschen, als könnten Worte alles verderben.

Es roch angenehm bei ihr in dem kleinen Bett. Agaats Atem und ihr zarter Körper riechen inzwischen gut. Die Wunden sind verheilt, und die Pilzinfektion ist abgeklungen, die schlechten Zähne sind gezogen, sie isst und schläft gut, hat regelmäßigen Stuhlgang, nimmt jeden Abend ein Bad. Sie ist auch nicht mehr so verkrampft und schreckhaft wie zu Beginn. Weich wie ein Häschen. Heute Nachmittag habe ich einen Fenchelzweig gepflückt und ihr in einem Glas ans Bett gestellt. Ich pflückte ein Blättchen ab, zerrieb es zwischen den Fingern, roch daran und ließ dann auch sie daran riechen. Verträumt versenkten sich ihre kleinen Augen in meine, halb geschlossen vor Entzücken über den Duft. Wenn sie jetzt etwas sagen würde, dachte ich, dann nur, weil sie schon halb eingeschlafen war.

Ich hätte sie gern an mich gedrückt. Aber das ist gegen die Regeln.

Zwanzig vor neun

Himmel! Meine Hand zittert beim Aufschreiben!

Ich beugte mich hinunter und flüsterte ihr ins Ohr.

Was habe ich zu ihr gesagt?

Zehn vor neun

Ich bin so hungrig, ich bin so durstig, habe ich gesagt, weil du nicht mit mir reden willst, obwohl ich weiß, dass du es könntest, denn ich höre dich durch den Schlitz in der Tür. Ich höre, wie du im Bett liegst und Selbstgespräche führst, ich sehe, wie sich deine Lippen bewegen, und ich frage mich, was du sagst.

Ich kniete mich neben das Bett.

Kannst du mir vielleicht deinen neuen Namen sagen?

Ich blinzelte mit den Augen: Bittebitte!

Zwanzig nach neun

Warum brauche ich so lange, um es aufzuschreiben? Weil ich lieber darüber nachdenken will, immer wieder. Es ist zu kostbar! Es ist zu fein! Worte verderben es. Wer sollte das verstehen?

Ich hielt mein Ohr direkt an ihren Mund und atmete bestimmt zehn Minuten lang ihren leichten Fenchelatem ein. Ich stellte mir die Spitze ihres Willens wie ein eingerolltes junges Farnblatt vor. Hatte ich es wirklich laut ausgesprochen? Damit sie dieses Bild auch vor Augen sah? Ein zarter grüner Kringel mit gefalteten Fingerchen? Ich öffnete ihn mit meiner Aufmerksamkeit.

Dann drang es mir ins Ohr wie das Rauschen meines eigenen Blutes. Ganz hinten aus der Kehle drang es, ein sanfter, gutturaler Reibelaut, das Rauschen einer Muschel an meinem Ohr, das Chchch von Agaat.

Ich fühlte mich ganz schwach, senkte meinen Kopf auf ihre Brust.

Sie war fest eingeschlafen, als ich meinen Kopf hob. Ich musste selbst geschlafen haben. Hatte ich das alles nur geträumt?

Als ich aufstand, öffnete sie die Augen.

Ich öffnete meinen Mund, um ihren Namen zu sagen.

Dann öffnete auch sie ihren Mund.

Wir sagten ihren Namen zur selben Zeit. Süß, voll in meinem Mund, in ihrem Mund wie ein himmlischer Bissen: Agaat.

Herr, mein Gott – das Kind, das du mir geschenkt hast.

Zehn Uhr

Noch immer habe ich dieses Gefühl der Sättigung. Jetzt noch, während ich hier sitze und schreibe, Stunde um Stunde, ich fühle es, ein prickelndes Gefühl im Körper. So stelle ich mir das Gefühl vor, ein Kind zu stillen. Kann es sein, dass man jemand anderen ernährt und dadurch selbst satt wird?

Vielleicht ist es die bloße Tatsache, dass sie in meiner unmittelbaren Nähe einschlafen konnte, was in mir dieses Gefühl verursacht hat.

Zum ersten Mal im Leben habe ich es ganz deutlich gespürt, das Einssein allen Lebens. Es spielt keine Rolle, wer man ist. Sprecher oder Zuhörer. Muschel oder Meer, Katzenmutter oder Menschenhand, die in deren blinden Wurf greift, der Wind oder die rauschende Tanne, die trockene Furt oder die Flut. Alles ist eine Kraft. Wir sind eins, ich und Agaat, ich spüre, wie es in meinem Nabel zieht.

17. März 1954

Agaat hat wieder mit mir gesprochen! Zwar durch die geschlossene Tür, aber immerhin!

Wir spielten zuerst den Klopfreim, zu beiden Seiten der Tür, ich sprach die Worte, und sie klopfte den Rhythmus.

Sie sucht ihren Mann,
und sie sucht ihr Kind.
Ihre Geduld ist zu Ende,
und ihr Atem ist Wind.
Sie klopft poch-poch!
Sie klopft poch-poch!
Poch-poch!
Poch-poch!

Bei der zweiten Strophe hörte ich eine zweite Stimme.

Sie klopft mit ihrem Körper,
um die Wahrheit zu ermessen.
Wer hat ihr Kind
und ihren Mann aufgefressen?
Poch-poch, poch-poch.

Dann blieb ich still, und tatsächlich begann Agaat die dritte Strophe von allein, schnell und atemlos.

Ihr Hunger ist groß,
und ihr Blut ist dünn.

Sie neigt ihren Kopf
tief auf das Kinn.

Wer spricht da?, fragte es hinter der Tür.
Ich.
Wer ist ich?
Ich bin ich, und du bist sie.
Wie ist ihr Name?
Agaat.
Agaat und weiter?
Agaat Lourier.
Wer ist sie?
Die aus der Flohdecke kroch.
Wo kommt sie her?
Opa hat ein Schwein geritten!

18. März 1954

Die Hinterzimmertür steht einen Spaltbreit offen. Wir sitzen jede auf ihrer Seite der Tür. Wir singen, wir reden, Reime, Lieder. Noch keine richtigen Sätze, aber besser als gar nichts. Sie hat sich offenbar alles, buchstäblich jedes Wort, das ich ihr bisher beigebracht habe, gemerkt. Sie kann nicht zurückgeblieben sein! Ganz im Gegenteil! Nur Jak ist sauer. Hottentottenkindergarten, ruft er, wenn er uns hört.

20. März 1954

Wenn sie nicht richtig von Angesicht zu Angesicht mit mir reden will, bekommt sie nichts zu essen und muss in ihrem Zimmer bleiben. Das ist die Regel. Zwei Tage ist es jetzt schon so.

21. März 1954

Sitzt wieder mit der Faust im Mund in der Ecke. Aschfahl im Gesicht, sodass sich die Muttermale schwarz abheben. Sperre sie einfach ein. Sie muss lernen, mir zu gehorchen. Ich schicke Saar, um den Topf auszuleeren. Ich sage an der Tür, was es zu Essen gibt. Aber sie muss mir in einem vollständigen Satz antworten, was ich für sie aufschöpfen soll. Meine Geduld ist am Ende.

22. März 1954

Nach drei Tagen ohne Essen kam es endlich: »Darf ich bitte Wackelpudding mit Vanillesoße haben?« Wort für Wort sprach sie mir nach, flüsternd, die Augen abgewandt.

Wackelpudding ist für unabhängige Menschen, nicht für Papageien, sagte ich. Und sieh mir in die Augen, wenn du mit mir sprichst, sonst verstehe ich dich nicht.

Gab ihr eine trockene Brotkruste. Sie kniff die Lippen zusammen und schob das Kinn vor. So hungrig, dass sie das Brot bis auf den letzten Krümel aufaß. Hartnäckiges kleines Ding!

23. März 54

Habe Saar heute Nachmittag dabei erwischt, wie sie Essen ins Hinterzimmer schmuggelte. Trage jetzt den Schlüssel in meinem BH. Meine Autorität darf nicht untergraben werden.

24. März 54

Durchbruch! Endlich! Als ich heute Morgen die Klappe des Briefschlitzes angehoben habe, sprang sie auf, tanzte auf einem Bein, klatschte in die Hände und sang: Brüderlein, komm, tanz mit mir, beide Hände reich ich dir!

Ich ließ die Tür offen, und schon folgte mir der kleine Frechdachs mit dem Zinnteller, auf dem das Brot gelegen hatte. Setzte sich auf den Stuhl, sagte Bittebitte und Danke, wobei sie die Wörter halb verschluckte. Ich musste unwillkürlich lachen. Hat einen großen Teller voll gegessen. Wenn ich nicht hingesehen habe, hat sie den Löffel losgelassen und sich das Essen mit den Händen in den Mund gestopft. Hab sie gewähren lassen. Hinterher gab es Wackelpudding mit Vanillesoße. Was sagt man nach dem Essen? Sie blinzelte langsam mit den Augen, neigte den Kopf nach vorne, sagte: Vielen Dank, mit angehaltenem Atem, als hätte sie Angst, ich würde ihn ihr stehlen. Klingt eher wie nachgeplappert als aufrichtig gemeint. Wie bringt man jemandem Aufrichtigkeit bei? Was kommt zuerst? Aufrichtigkeit oder Worte der Aufrichtigkeit? Doch um solche Unterschiede können wir uns später kümmern. Zuerst muss ich ihr Vertrauen gewinnen, damit sie furchtlos vor ihrer Wohltäterin ein- und ausatmet und mit den Augen zwinkert, auf und zu!

25. März 54

Ich stehe hinter ihr und ziehe an ihren Ohren. Siehst du das Kap? Ich ziehe noch fester. Siehst du das Kap? Ich ziehe so lange, bis sie einen Laut von sich gibt. Die Küchenmädchen starren zu mir herüber, als hätte ich nicht alle Tassen im Schrank, und sagen: Ai, Nooi!, aber ich entgegne ihnen nur: Kümmert euch um euren eigenen Kram.

28. März 54

Sie muss lernen, beim Ausatmen zu sprechen. Morgens puste ich auf ihre Lider, bis sie die Augen aufschlägt. Sie kneift sie zu, aber ich puste und puste. Sieh mir in die Augen, Agaat! Puste den Atem der Nacht aus! Sag: Morgenstund hat Gold im Mund!, sing: Im Frühtau zu Berge wir zieh'n, fallera. Wir wandern durch Felder und Höh'n, fallera. Man kann nur beim Ausatmen singen, immer wieder ausatmen, sing: Lobet den Herren, den mächtigen König der Ehren. Sie sah mich an, als wollte sie sagen: Meine Güte, du kennst aber viele Lieder! Ich drücke mit einem Finger auf das Muttermal an ihrer Wange. Hier, sage ich, hier ist dein Ausrufezeichen. Ich zähle die Muttermale an ihrem Hals. Hier sind deine neun Sterne.

29. März 54

Das erste Lächeln! Nach einem für die Jahreszeit untypischen Regenschauer waren ganz viele Schmetterlinge ertrunken. Wir setzten sie in die Sonne, da erwachten sie wieder zum Leben. Sie flogen auf, und Agaat LÄCHELTE!

2. April 54

Unterricht im kräftigen Ausatmen. Ssss weht der Wind, Muh sagt die Kuh, Mäh macht das Schaf, der Esel brüllt I-Aaah, die Blume haucht ihren Duft aus, in welche Richtung weht der Wind? Nordwest! Südost! Alle Lebewesen atmen Luft ein und atmen sie mit einem Geräusch wieder aus. Wir legen die Hände vor den Mund und formen eine Trompete, wenn wir schon keine Schnauze und kein Maul haben. Rufe! Ich rufe dich! Höre! Doch sie ruft nicht zurück. Agaat traut sich nicht zu, genügend Luft zu holen. Als würde sie ihr Leben aushauchen, wenn sie redete.

8. April 54 morgens beim Tee

Durchbruch! Diesmal allerdings geht's um mich! Agaat will mich etwas lehren, aber ich begreife die Lektionen nicht schnell genug. Erst heute habe ich eins und eins zusammengezählt: Sie hat natürlich schon einmal ausgeatmet, nämlich als sie die Lippen spitzte und das Feuer anblies! Ich muss mit ihr Feuer machen, um ihre Atmung zu trainieren! Sie sieht mich an, als wolle sie sagen:

Ich sehe, dass du einen Plan hast. Ja, und ich werde ihn unverzüglich in die Tat umsetzen. Ich wette, dass es funktioniert! Muss allerdings taktisch klug vorgehen, damit ich diese Chance nicht vergebe.

8. April zwölf Uhr

Sieht aus, als würde es funktionieren! Hab den alten Blasebalg aus dem Keller ausgegraben. Noch von Pas Farmschmiede, ziemlich heruntergekommen, das alte Ding, die trockenen Scharniere quietschen jedes Mal beim Zusammendrücken. Zuerst habe ich mich mit Agaat im Hinterhof in die Sonne gesetzt, die Lederoberflächen mit reichlich dicker roter Politur eingefettet, sie in der Wärme gut einziehen lassen und aufpoliert. Bereitwillig hat sie mitgeholfen. Wir haben die Konzertinafalten wieder geschmeidig gemacht, die Kupferbeschläge gereinigt, die Scharniere und Nieten gesäubert, alles mit Brasso auf Hochglanz gebracht, die Holzgriffe geschmirgelt und neu lackiert. Eine richtig schöne Antiquität! Agaat weckt Erinnerungen in mir und öffnet mir die Augen für Dinge, die verloren gegangen sind und die ich vernachlässigt habe.

Agaat hat den Blasebalg überall berührt und war ganz aufgeregt, als erriete oder wüsste sie bereits, worum es sich dabei handelte.

Nach dem Mittagessen

Halte deine Handfläche vor die Spitze, sagte ich, zog an den Griffen und drückte sie zusammen. Das Scharnier quietschte. Fühl mal den Luftzug!, forderte ich sie auf. Genauso funktionieren unsere Lungen, links und rechts. Komm, leg die Hände auf meine Rippen, fühl, wie der Fluss anschwillt und wieder sinkt, ein und aus, die Sonne geht auf, die Sonne geht unter. Piep, sagte Agaat mit angehaltenem Atem. Komm, wir ölen das Scharnier, und wenn du das Feuer mit dem Wind deiner Worte zum Brennen bringst, gehört der Blasebalg dir. Eine extra Lunge, die zusammen mit deiner arbeitet, eine Feuergeige, ein blasendes Buch mit Hunderten Seiten.

12. April 54

Beatrice hat angerufen und Bescheid gegeben, dass durch die außergewöhnlich starken Regenfälle in der letzten Zeit der Fluss angeschwollen sei und eine Flutwelle auf uns zurolle. Ich bin mit Agaat zur Furt hinuntergerannt, ohne ihr anzukündigen, was uns erwartete.

Komm, wir rufen das Wasser!, sagte ich.

Mach die Ohren auf, sagte ich. Hör mal!

Agaat sperrte die Augen auf. Wir formten mit den Händen Ferngläser und blickten den Fluss entlang, legten die Hände hinter die Ohren und lauschten, hielten die Hände vor den Mund wie eine Trompete.

Komm nur, komm, Fluss,
aus den Bergen, von den
farngesäumten Fällen
als des Regenmannes Guss!

Und dann kam er! Sie glaubt, ich kann zaubern! Ich zeigte ihr alles, was der Fluss mit sich führte, und nannte die Dinge beim Namen.

Zweige und Blätter und Gebeine von Kleinwild, hinuntergefallene Nester und Wurzelballen, das ganze Schlachtfeld eines trockenen Flussbetts versammelt in einer raschelnden, rauschenden Wörterflut, im feuchten Staub am Rande des Wassers, die massive Wand, die darauf folgte, die Akazienzweige, die vor ihrer Ankunft aufwallten, der Wind im Sog der ersten Welle, die wilden Buschgerüche: Buchu, Luchsurin, Tagetes, alles aus dem Überflutungsgebiet mitgerissen. Hör zu, sagte ich, ich habe den Fluss in meinem Mund, es ist der Anfang aller Dinge.

Ist das Blasphemie?

Ich will Agaat zu verstehen geben, dass sie, indem sie die Dinge beim Namen nennt, Macht über sie gewinnt. Doch unabhängig von Worten entwickelt sie sich inzwischen zu einer ganz eigenen kleinen Persönlichkeit. Sie hat einen Maulwurf ausgegraben, gerade rechtzeitig. Sie rollte ihn herum, und er zappelte mit seinen kleinen rosaroten Pfötchen, und sein nasses Fell schillerte in der Sonne. Wir haben gemeinsam beobachtet, wie er trocknete. Die Schnauze erwachte als Erstes wieder zum Leben, und schon grub er sich wieder ein, blind hinein in einen feuchten, dunklen Haufen. Agaat kratzte die Erde auf, steckte den Finger hinein und sah mich an, als wollte sie auch in das Loch hineinkrabbeln.

Du bist kein Maulwurf, sagte ich, du bist ein oberirdisches Wesen, du wandelst im Licht.

18. April 54

Jak will nicht mehr in Agaats Anwesenheit zu Abend zu essen. Sie sei ihm unheimlich, sagt er. Jetzt bade ich sie früh am Abend, gebe ihr in der Küche zu essen und bringe sie ins Bett, sodass er nichts mit ihr zu tun haben muss.

Du wirst noch sehen, was sie für uns bedeuten wird, sagte ich zu ihm.

Er wolle sich nicht zum Komplizen meines neuesten Projekts machen, entgegnete er. Er sei bereits genug in meine Farmangelegenheiten, in mein Haus und den ganzen Krempel verstrickt. Weiß nicht, was ich mit Jak anfangen soll. Er wird aufsässig, sobald ich ihn um die geringste Kleinigkeit bitte.

19. April 54

Wir üben Mimik. Ich versuche, die Mobilität ihres Gesichts weiterzuentwickeln, damit sie sich nicht nur mit den Augen, sondern auch mit dem Mund und ihrer Körperhaltung ausdrücken kann. Guck mal freundlich, guck mal traurig, zeig dich mal aufgeregt. Spiel Vollmond, Schnüffelmaus, blühender Baum, blinde Mauer, frisch entfachtes Feuer. Die blinde Mauer machte sie richtig gut! Ich schlage Töne auf dem Klavier an, berühre Stellen in ihrem Gesicht und ordne jeder Stelle einen Ton zu. Du bist mein kleines braunes Klavier, sagte ich, und ich werde dich mit Tönen füllen, bis du klingst wie ein Konzert.

21. April 54

Endlich! Zum ersten Mal hat sie beim Ausatmen einen Reim gesprochen, die ersten eigenen, unabhängigen Worte! Der Herr ist mein Zeuge, und ich bin gründlich erschöpft von meinem Versuch, dem Kind Leben einzuhauchen. Habe anschließend das versprochene große Blasebalgfeuer hinten beim Schlacht-Eukalyptus angezündet. Verschiedene Hölzer für die beste Wirkung, Akazie, Eukalyptus, ölhaltige Zapfen. Eine Musikstunde für zwei. Zunächst haben wir uns vor den Holzstapel einander gegenübergelegt und hineingepustet. Sowie das Holz zu ticken, schnappen, knallen und knistern begann, imitierten wir die Geräusche. Kips, pfüüt, schfiet, chchchch, tsssk, f-f-fuk, b-hub.

Dein Mund ist ein Funke, dein Gaumen das Feuer, das Flackern der Flamme deine Zunge!

Dann tanzten wir um das Feuer. Zwei Flammen! Agaat war hellauf begeistert. Sie sprang auf und ab, hob die Beine, fuchtelte wie wild mit den Armen. Ich pustete mit dem Blasebalg unter ihr Kleid. Du bist das Feuer!, spornte ich sie an. Musste nur aufpassen, dass sie dem Feuer nicht zu nahe kam.

Hüpfab und Hüpfauf
gehn die Treppe rauf.
Hüpfab fällt hinab,
Hüpfaus steigt rauf.
Was ist das?

Und endlich kam es, nach mehr als drei Monaten Mühe und Plage. Ein Feuer mit Asche und Rauch!, schrie sie und fuchtelte mit den Armen, ganz von selbst hatte sie das gerufen, aus voller Brust! Sie griff nach dem Blasebalg, blies ins Feuer, sodass die Funken stiebten, drückte den unteren Griff mit der schwachen Hand gegen ihren Körper und pumpte mit der starken.

Wir löschten das Feuer mit einem Eimer Wasser. Sie wollte die weißen, heißen, zischenden Dämpfe mit den Händen fangen.

Lass sie, sagte ich, sie werden zu Wolken, die Regen bringen.

Wolken können nicht brennen, sagte sie und pustete den Qualm mit dem Blasebalg weg. Pfüüt, pfiet, hoch in die Luft!

Brenne, Wolke, brenne!, rief sie, dass mir die Ohren klingelten.

Das Blut pochte mir heftig in den Venen. Sie könne den Blasebalg jetzt behalten, sagte ich, zur ewigen Erinnerung an den Tag, an dem sie das Sprechen lernte.

Ich hoffe, sie beruhigt sich wieder, sonst muss ich ihr vielleicht heute Abend zur Schlafenszeit etwas Baldrian geben.

14. Mai 54

Agaat wächst. Ich wiege und messe sie regelmäßig. Sie hat inzwischen schön aufgeholt. Bin noch mal mit ihr beim Arzt gewesen, und diesmal war es einfacher. Er hat gesagt, sie sei bis auf den verwachsenen Arm völlig normal entwickelt. Jeden Monat stelle ich sie in den Türrahmen des Hinterzimmers, vermesse sie und markiere mit Bleistift ihre Größe. Ihr Gewicht trage ich in einen Kalender in ihrem Zimmer ein. Sie isst alles, darüber brauche ich nicht mehr Buch zu führen; nur Spinat verweigert sie. Davon wird mein Häufchen grün, sagt sie.

24. Mai 54

Ich setze bei besonderen Lektionen jetzt immer Feuer ein. Sie lernt dabei schneller, es bannt ihre Aufmerksamkeit, und sie reagiert mir gegenüber spontaner und offener. Abends im Wohnzimmer setzen wir uns an den Ofen, ich lese ihr aus meiner alten Kinderbibel vor, von vorn bis hinten, und sie muss die Geschichten nacherzählen. Die Geschichte vom Blut an den Türrahmen, vom Roten Meer, der Feuersäule in der Wüste. Bald sind wir bei den Evangelien.

In ordentlichen, ganzen Sätzen und mit aufrechtem Rücken, die Hände vor sich verschränkt, muss sie mir die Geschichten neu erzählen. Manchmal verschließt sie sich; dann lasse ich sie mit dem Blasebalg pumpen und zusammen mit der ausgeblasenen Luft sprechen, dann geht es wieder besser. Sie schläft jetzt mit dem Blasebalg im Bett. Sobald sie morgens die Augen öffnet, fängt sie an zu pumpen.

18

Wie spät es wohl ist? Warum ist alles so still? Wann kommt Agaat?

Ich wünschte mir, ich könnte ein letztes Mal baden.

Wie weit entfernt scheinen die Tage, an denen ich auf Krücken selbstständig ins Bad gehen konnte!

Agaat hat die großen Waschungen aufgegeben. Sie kommt immer noch mit einer Wanne voll dampfend heißem Wasser, aber es ist nur mehr eine Geste.

Ich höre sechs Schläge. Ist es Abend? Oder Morgen?

Sie wird jetzt jeden Moment mit ihrem duftenden Wasser hier sein. Sie wird den Lappen hineintauchen. Sie wird ihn auswringen, bis er ganz trocken ist, und den warmen Stoff auf mein Gesicht legen. Dann wird sie ihre kleine Hand ins Wasser tauchen und mich damit abtupfen, bis mein ganzer Körper voller kühler nasser Flecken ist.

Oft erwache ich erst, wenn sie schon dabei ist, mich mit dem Wasser zu berühren. Sie vergisst keinen Teil von mir, aber ich werde nicht mehr besetzt oder belagert.

Es fühlt sich an, als balsamierte sie mich ein.

Kleine Taufe nennt sie es.

Sie sagt es nicht laut. Ich lese es in ihren Augen. Sie sorgt dafür, dass ich alles sehen kann, und entfernt das Pflaster von meinem zugeklebten Auge, wenn sie meinen Körper pflegt, sodass ich sehen kann, was geschieht, und mich nicht erschrecke. Sie hält mich mit unserem Augenspiel aufrecht. Ein einäugiges Spiel nun, wo das andere Auge zugefallen ist. Sie sorgt dafür, dass mein Geist aktiv bleibt; die ganze Zeit über muss ich sie interpretieren. Wenn sie ahnt, dass es zu schwierig wird, gibt sie mir Hinweise.

»Horch, was kommt von draußen rein«, singt sie, wenn sie mich leicht ausklopft, wohl mehr, um mich zu beleben, als um den Schleim loszuwerden.

Ob ich Jakkie noch sehen werde?

Haben wir ihm ein Weihnachtsgeschenk gekauft?

Ich kann mich nicht mehr daran erinnern.

Und was wird sich Agaat für mich zu Weihnachten ausdenken? Wird sie daran denken, mich zu fragen? Mit dem Zeigefinger wird sie ihre Liste von Fragen hinunterwandern, die eingerissen und verschlissen an der Wand hängt. Ich hoffe, ich fürchte, ich wollte ...

Ich wünschte mir, ich könnte baden.

Ob ich es noch schaffe, das zu buchstabieren? B-A-D-E-N? Um ein Untertauchen bitten?

Es ist einfacher als B-E-T-E-N.

Die Liebkosung von warmem Wasser, das Kribbeln. Wie sehr ich mich danach sehne! Im schwindenden Kreis der Genüsse war dies die letzte kleine Freude. Das Gefühl von Schwerelosigkeit, von Eingetauchtsein.

Ich stelle mir vor, dass ich reglos in der Badewanne liege wie damals, bevor ich krank wurde. Mit Schaum, Ölen oder Badesalz. Oder Senf, nach einem harten Arbeitstag.

Agaat hat mir für mein Invalidenbad immer eine volle Stunde gegönnt und kam nur ab und zu herein, um heißes Wasser nachlaufen zu lassen. Sie sorgte dafür, dass ich nicht abrutschte, zog die kleine Gummimatte unter mir immer wieder ein bisschen nach hinten und setzte mir eine Badekappe auf den Kopf, damit mein Haar nicht nass wurde.

In der Regel gehörte zu dem Bad auch das Haarewaschen. Ich konnte mich ganz zurücklehnen und mich fast treiben lassen. Agaat hielt mich mit dem starken Arm und schäumte mit der kleinen Mausepfote den zurückgelegten Kopf mit Shampoo ein und massierte mir die Kopfhaut.

Es war angenehm, dieses schwebende Gefühl, mein Hals befreit von der scheuernden Nackenstütze.

Es brachte mich zum Lächeln.

Damals konnte ich noch lächeln.

So wird es sein, dachte ich über den Tod, ein Forttreiben auf einem lauwarmen Teich zwischen Binsen.

Einmal blickte ich zu ihr auf und sah, dass wir das Gleiche dachten.

Oder ich meinte, wir hätten das Gleiche gedacht.

Ich hatte das Bedürfnis, etwas dazu zu sagen, zu flüstern: Es ist gut. Dass wir das glauben, dass wir das träumen.

Doch ich brachte nur ein Stöhnen hervor.

»Keine Sorge, Ounooi«, sagte Agaat, »keine Angst, ich halte dich.«

Hatte sie mich missverstanden?

Nicht, dass sie immer dazu bereit gewesen wäre, mir zu helfen.

Oft sah sie auch tatenlos zu, wie ich mich abmühte, ins Badezimmer zu kommen. Es war die letzte meiner Strapazen. Da konnte ich mich noch anstrengen.

Vielleicht dachte sie auch, es wäre eine gute Übung.

Wenn ich um sieben Uhr baden wollte, habe ich mit dem Viking Strider zehn Minuten bis zum Bad gebraucht. Mit dem Laufgestell ohne Rollen dauerte es sechs Monate später schon viel länger. Mit der Gehhilfe war es schließlich ein halbstündiger Kampf. Wenn ich mich aufmachte und das erste Poltern im Flur ertönte, stimmte Agaat ein Marschlied an.

Sie hatte nicht immer Lust, mich zu baden. Sie hoffte, ich würde auf halbem Wege aufgeben und zurück in mein Zimmer humpeln. Die Spitzen der Stöcke, die Stelzen und Rollen der Gehhilfe blieben überall hängen. Das Anstoßen, Steckenbleiben und Manövrieren um die Ecke erschöpfte mich.

Die Tür des Badezimmers hängte sie zuletzt aus, als wollte sie bis zum Schluss die Barrikade aufrechterhalten.

Gegen meine Nacktheit, dachte ich.

Doch wie wollte sie das alles verhindern?

»Halt dich immer schön in der Mitte!«, rief Agaat aus der Küche, oder: »Achte auf den Telefonhocker!« Und eine Weile später, als hätte sie nicht genau gewusst, wohin ich ging: »Wo bist du jetzt, Ounooi? Am Flurschrank? Beim Gästezimmer? An der Wachstumstabelle?«

Als hätte ich antworten können.

Mit »Wachstumstabelle« meinte sie die Bleistiftstriche am Türrahmen des Kinderzimmers kurz vor dem Bad. Dort hatte Agaat Jakkie jedes Jahr im August hingestellt und mit einem Bleistift markiert, wie groß er mittlerweile war. Ob die Striche noch da sind? Oder hat sie sie bei der großen Putzaktion, die sie nach dem Ausräumen des Hauses exerzierte, weggewaschen? Dieser Putz- und Anstreichfimmel. Hygienewahn um meinetwillen.

Es gab zwei Reihen von Markierungen. Die zweite befand sich am Ende des Flurs, wo die Decke niedriger wurde und das Licht nur noch schwach hineinfiel.

Man konnte die Striche nur erkennen, wenn im Hinterzimmer das Licht eingeschaltet war.

Doch dort schaltete niemand mehr das Licht ein.

Die Tür war verschlossen.

Es bestand auch keine Notwendigkeit, sie auszuhängen.

Niemand ging dort mehr hin.

In einer bestimmten Phase meiner Krankheit verwendete ich die geschlossene Tür am Ende des Flurs als Hebel, um mich nach rechts ins Badezimmer zu schieben.

Dann konzentrierte ich mich auf den Kupferbriefschlitz in der Tür.

Genau auf Augenhöhe.

Er wirkte auf mich wie ein Feuerstrahl.

Er motivierte meinen lahmen Körper. Irgendwann musste ich erst den Kopf wegdrehen, dann meinen Körper und dabei das Laufgestell auf einer Seite höher anheben als für einen normalen Schritt mit meinen schlaffen Füßen. Ich musste das Gestell durch die Luft schwenken, mindestens mit einer Vierteldrehung, um mich in die richtige Position für das Betreten des Badezimmers zu bringen.

Durch die Nackenstütze konnte ich mich nicht mehr umblicken, aber ich wusste, dass Agaat rückwärtsgelehnt am Küchentisch stand und den Flur hinunterblickte.

Das tat sie immer, wenn ich zu jener Zeit allein unterwegs war.

Ich spürte, was sie dachte.

Wenn ich die Badezimmertür fast durchschritten hatte, kam sie auf die Melodie von *Oh ye'll take the high road and I'll take the low road* den Flur entlangmarschiert, zwängte sich an mir vorbei und ließ Wasser in die Wanne laufen. Dann zwängte sie sich ein zweites Mal an mir vorbei, um Handtücher zu holen.

Wenn das Wasser lief, musste ich so schnell wie möglich ins Bad schlurfen, weil ich mit dem Glöckchen um meinen Hals klingeln musste, wenn die Wanne voll war. Das Glöckchen, das sie mir mit den Worten umgehängt hatte: »Binde der Kuh eine Glocke um, dann fällt sie nicht in den Graben.«

Ich musste einen Arm von der Gehhilfe heben oder aus der Ellbogenstütze nehmen, um die Glocke zu läuten. Ein, zwei Mal schaffte ich es.

Wenn der Briefschlitz mich zu lange in seinem Bann hielt, wenn ich zu lange mit dem Gesicht vor der blinden Tür stehen blieb, bevor ich rechtsherum bog, marschierte Agaat irgendwann wütend an mir vorbei, drehte die Wasserhähne ganz auf und stampfte zur Hintertür hinaus, dass die Fliegengittertür nur so knallte. Anschließend blieb sie so lange weg, dass es Konsequenzen hatte.

Mehrmals lief die Badewanne über, und Wasser floss über den Fußboden hinaus in den Flur, und wenn ich es endlich schaffte, mich abzuwenden, platschte ich mit den Beinen des Laufgestells ins Wasser und verlor das Gleichgewicht.

Zwei Mal fiel ich hin.

Unter Glockengeläut.

Beide Male schimpfte sie furchtbar mit mir.

»Jetzt sieh dir nur an, wie hier alles überschwemmt ist! Du

brichst dir noch die Hüfte, und was dann? Und das nur, weil du hier herumstehst wie eine Eidechse, die in die Sonne starrt. Und wozu? Es gibt hier nichts zu sehen. Das hier ist eine Sackgasse.«

An solchen Abenden brachte sie den Rollstuhl, schob mich behände durch das Wasser zurück in mein Zimmer und ließ mich dort sitzen, während sie den Flur aufwischte.

Dann eben kein Bad.

Das Schwierigste war am Ende, mich in die Wanne zu hieven.

Mit dem neuen automatischen Rollstuhl IBot – im Juli 1995 habe ich ihn bekommen – dauerte die Fahrt von meinem Zimmer ins Bad weniger als zwei Minuten, aber schließlich wurde es unmöglich für Agaat, mich aus dem Stuhl zu heben und auf den Badewannenrand zu setzen. Mein Rücken war zu schlaff, ich konnte nicht mehr mithelfen oder mich abstützen. Nur in einem Arm hatte ich noch ein letztes bisschen Kraft.

»Dann nehme ich dich eben huckepack«, sagte Agaat und kniete sich vor den Rollstuhl.

Ich erinnere mich noch an den Abend – ich saß bereits nackt auf dem Ledersitz, sie hatte mir mein weißes Nachthemd über den Kopf gestreift und mir die Nackenstütze abgenommen, sodass mir der Kopf auf die Brust hing. Umgeben von den glänzend schwarzen Hebeln, Reglern und Schaltknüppeln kam ich mir vor wie eine Stoffpuppe, und der Stuhl glich einem lebendigen Tier.

Wohl oder übel musste ich in meinen eigenen Schoß sehen, auf das dünne Haarbüschel dort unten. Ich konnte den Kopf nicht heben, um meinen Blick abzuwenden.

»Komm schon, drück auf den Knopf, lass dich nach vorne kippen und rutsch auf meinen Rücken. Halt dich mit dem Arm, in dem du noch ein bisschen Kraft hast, an meinem Hals fest, auf, ich warte!«

Ihre Stimme klang, als wollte sie sagen: »Los, schalt die Drehachse ein und häng die Flachzahnegge an, oder ich lege dir das Steigergebiss ins Maul!«

Man merkte eben, dass sie in der Landwirtschaft zuhause war.

Ich stöhnte, um ihr zu bedeuten: Vielleicht sollten wir es einfach bleiben lassen. Das große weiße Kreuz ihrer Schürzenbänder vor mir glich einem Hinweisschild.

Quarantäne.

Vorsicht, Krüppel überqueren die Fahrbahn.

Ins Heilbad? Nein, vom Fliegen träumen.

Agaat streckte die Arme nach hinten, um mich aufzufangen, den dünnen und den dicken, in das Schwarz ihres Hauskleids gehüllt, Manschetten wie weiße Flügelspitzen. Ihr Kopf war hoch erhoben, die Rückseite der Haube ragte spitz in die Luft, ein Kranich im Anlauf.

»Drück auf den Knopf!«, rief Agaat. »Wer wagt, gewinnt!«

Und wie weiter, wenn ich einmal auf deinem Rücken bin?, stöhnte ich. Willst du mich mit einem Stoß aus der Hüfte ins Wasser befördern wie einen Sandsack?

Ich hätte nicht gestöhnt, hätte ich verständliche Wörter hervorbringen können, aber wenigstens mit Lauten konnte ich mich noch ausdrücken.

Ich blickte auf die Wanne voll Wasser. Plötzlich blitzte die Vorstellung in mir auf, wie Agaat mich in dem Moment, in dem sie mein volles Gewicht auf sich spürte, mit einem Schulterwurf gegen die Wand schmetterte, sodass ich in die Wanne fiel und ein roter Schleier von Blasen im Wasser aufstieg.

Haushälterin und langjährige Krankenschwester sagt aus, es sei ein Unfall gewesen.

»Was hängst du da zwischen Himmel und Erde, Ounooi? Siehst du schon wieder Gespenster?«, fragte sie. »Komm jetzt, ich kann nicht für den Rest meines Lebens hier rumhocken. Steig auf! Hopp, aufs Pferd!«

Ein Traum vom Reiten.

Vorwärtskippfunktion. Mit einem Finger fand ich das kleine Symbol auf dem Bedienfeld. Der IBot summte, bäumte sich auf und zischte. Agaat hob den Hintern und kam mir ein Stück entgegen. Die Schürzenschleife um die Taille glich einer scharfkantigen weißen Lilie auf einem Teich.

»Pack die Badehose ein, nimm dein kleines Schwesterlein«, sang Agaat.

Mein Gesäß klebte am Ledersitz. Sie griff mich rechts und links bei den Oberschenkeln und zog mich auf ihren Rücken. Hopp!, saß ich breitbeinig auf ihrer Hüfte, die Arme wie schlaffe Zügel rechts und links neben ihrem Kopf.

Hüh, Pferdchen!

»Leg den Arm um meinen Hals!«

Mein Kopf fiel nach vorn auf ihre Schulter. Ihr Haar berührte meine Wange. Wie immer weicher als gedacht. Ihr Hals. Die neun Sterne. Die Sehnen spannten sich durch die Anstrengung. Lifebuoy-Seife. Mum. Walfischrücken. Weiße Feder auf dem Kopf.

Dann richtete sie sich auf, die starke Hand unter meinem Gesäß, damit ich nicht abrutschte. Ihre Kleidung scheuerte hart und grob an meinem Bauch und meiner Brust, ehe ich die Wärme ihres Körpers spüren konnte.

»Oh, mein hübsches Pferd, meine glänzende Fuchsstute mit dem nagelneuen Sattel! Hüh!«, sagte sie leise beim Einatmen.

Fluchte sie?

An irgendetwas spürte ich ihre Entscheidung.

Eine Falte hatte sich im Stoff ihres Kleides gebildet.

Und jenseits des Grats lag eine Grenze, ein Bordstein quer durch ihr Inneres.

Dann kletterte sie mit mir ins Bad.

Mit Schuhen und voll bekleidet.

Sie ließ sich immer tiefer sinken und arrangierte meine Beine rechts und links, damit wir uns beide hinsetzen konnten. Ein Plumps, ein Platschen, ein Spritzen, und ihr Kleid bauschte sich als schwarze Blase um sie herum auf, ein schwarzer Wall gegen meinen Bauch, das Schwarz noch schwärzer, als sich der Stoff bis zu ihrem Rücken hinauf vollsaugte und die weiße Schleife verwelkte.

Ich hörte noch den Hahn tropfen, pling, pling, hörte das Rauschen der Eukalyptusbäume durch das gekippte Fenster, ein

Regenpfeifer flog auf, der Hund schob seinen Fressnapf über den Zement des Hinterhofs.

Wie lange saßen wir so da? Ich fühlte ihren Atem an mir, eine Unterstützung für meinen. Tiefe Atemzüge mit Pausen dazwischen.

Mit meinem Kopf gegen ihren Rücken gelehnt muss ich eingeschlafen sein.

Ich wachte wieder auf, als sie den Hahn aufdrehte und heißes Wasser nachlaufen ließ. Sie verteilte es mit den Händen zu beiden Seiten, drehte den Hahn wieder zu und blieb sitzen. Die Standuhr schlug. Viertel nach acht. Meine Zeit war abgelaufen.

Sie streckte die Beine und schob mich zurück, sodass ich mich hinten anlehnen konnte. Dann stand sie auf. Das Kleid klebte ihr an der unteren Körperhälfte. Sie zog es von ihren Beinen, aber der schwere Stoff klebte sofort wieder fest. Ihre Beine glichen zwei Baumstämmen.

Tropfend stieg sie aus der Wanne.

Bleib so sitzen und schlaf nicht wieder ein, ich bin gleich wieder da!, signalisierte sie mir, ohne die Miene zu verziehen. Als stiege sie jeden Tag voll bekleidet mit mir in die Wanne.

Schluff, schluff, patsch, patsch, ging sie mit nassen Schuhen den Flur entlang.

Nie zuvor hatte ich sie so langsam gehen gehört, nie zuvor mit so schweren Schritten. Wie ein Pferd unter einer Decke, das mit zwei Beinen durch die Furt marschiert, hinter sich einen Leichenwagen und Trommler.

Nein, das war Mutters Beerdigung, ihre theatralischen Vorschriften.

Wie wird meine werden?

Es liegt in Agaats Händen.

Wäscht man eine Leiche, bevor man sie aufbahrt? Mit Seife? Mit Karbol?

Agaat wird mich waschen, ich bin mir sicher, rein werde ich meinem Schöpfer gegenübertreten, weißer als Schnee, bevor sie meine Hände über meiner Brust faltet.

Wird sie der Versuchung widerstehen, meine Finger gerade zu biegen?

Vielleicht schient sie meine Hände.

Vielleicht bricht sie mir die Finger.

Wie wird es sein, wenn die Leichenschmauser gegangen sind?

Ich sehe sie am Tor stehen, wenn die letzten Gäste fort sind, wenn Jakkie nach Kanada zurückgekehrt ist.

Das Tor wird ihr Halt bieten, das silberfarbene Innenkreuz, die gespannten Drähte und die Stangen, aus denen es gemacht ist.

Sie wird sich nicht dazu überwinden können, sofort zurückzugehen.

Sie wird mit den Fingerspitzen der kleinen Hand den Riegel betasten, obwohl sie weiß, dass er vorgeschoben ist, den schwarzen Eisenring, den doppelten Metallhaken, über den man den Ring streift. Die andere Hand, die starke, wird die oberste Stange umklammern, locker und dann wieder fest, sodass die Knöchel weiß hervortreten.

Es wird nicht das erste Mal sein. Genauso hat sie jeden Tag dagestanden, wenn Jakkie mit dem Bus zur Schule gefahren ist, und auch später jedes Mal, wenn er nach einem Wochenende oder nach den Ferien wieder fortmusste. Dann musste ich sie holen oder sie von der Veranda aus rufen.

»Komm, Agaat, wir ziehen Kartoffeln! Komm, wir flechten Zwiebeln, komm, die Lämmer schreien schon nach der Milchflasche!«

Komm, kleine Gaat, wir schlachten dein zahmes Lamm, und diesmal darfst du das Ohr behalten.

Sie wird dastehen, ohne dass jemand nach ihr ruft.

Die Hunde werden an ihrem Kleidersaum schnuppern und ihr die nassen Schnauzen in die Kniekehlen drücken. An ihr hochspringen, sodass sie kurz aus dem Gleichgewicht gerät.

Komm, Agaat, was stehst du denn noch da?

Das Tor von Grootmoedersdrift. Das Farmtor.

Das Tor zu Agaats Welt.

Sie wird den schwarzen Eisenring vom Haken heben und wieder fallen lassen.

Das Tor ist geschlossen, die Straße ist weiß, der Weg führt hin und zurück. Immer weiter zurück bis zum unergründlichen Anfang, so wie alle Wege.

Sobald sie den Eisenring losgelassen hat, wird sie beide Hände an den Kopf heben und die Haube fester hinunterdrücken.

Ich werde dort sein, Agaat. Für einen Augenblick wird es nach wildem Fenchel riechen. Ich werde den weiß bestickten Saum deiner Haube mit neuen Fingerspitzen berühren. Nur so lange, bis du ein leichtes Ziehen spürst und dich fragst, welcher Weihnachtswind dich streichelt.

Und ich sage dir: Dieser sanfte Wind, der um dich herumstreicht, wird den Keim des Neubeginns in sich tragen, eine Farnspitze Mut, einen Fingerhut voll.

Doch was werde ich mit dem mutterlosen Staub anfangen können, mit der einsamen Straße hinter dem Tor, der dürren Sommerlandschaft rund um Grootmoedersdrift, der weißen Hitze, der aschfahlen Brache, den Schafen, die mit ihren Mäulern am Schiefer schnüffeln und mit den Lippen die trockenen Schoten der Wicken abtasten? Was könnte ich an den trockenen Bewässerungsgräben ändern, den schwarzen Schatten der Eukalyptusbäume, was an den weißen herausgepflügten Steinen auf der Tiefebene von Heidelberg, an den schwarzen Felsen im Korenlandrivier?

Das alles wird sich zu groß und einsam für dich anfühlen. Du wirst dich umdrehen. Der Hof, das Haus wird klein wirken. Klein, verlassen und unerbittlich. Du wirst das Bedürfnis haben, die Augen zu schließen. Du wirst sie wieder öffnen. Du wirst in deinen Kamin kriechen wollen. Du wirst wieder hervorkriechen. Du wirst nicht ein noch aus wissen. Du wirst hintenrum an den Scheunen vorbei auf den Hinterhof gehen. Deine Füße werden sich nicht wie deine anfühlen, deine Schritte werden dir zu lang vorkommen, deine Beine zu schwach. Die Milchkanne neben der Fliegengittertür wird dir wie ein unbekannter Gegenstand erscheinen. Du wirst den Deckel an der Kette hochziehen und wieder loslassen. Du wirst die Tür zur Molkerei öffnen. Vom Geruch wirst du schwach werden. Mit der Vorderseite deiner Haube wirst du dich gegen das glänzende Chrom der Zentrifuge lehnen und eine Weile so stehen bleiben. Blind wirst du nach der Kurbel tasten und sie drehen, bis ein hoher Sington erklingt und du die Vibrationen an der Stirn fühlen kannst.

O meine kleine Agaat, mein Kind, das ich verstoßen habe, das ich verließ, nachdem ich es mir angeeignet hatte, das ich zu fangen versuchte, ohne es je einfangen zu können, das ich einsperrte, bevor ich einen Zugang zu ihm gefunden hatte!

Warum habe ich dich nicht so gelassen, wie ich dich fand? Warum habe ich dich über den Pass entführt? Was hat mich dazu bewogen, dich hinter den schroffen Bergen zu stehlen? Warum kann ich dir erst jetzt so nahe sein, in einer Vision meines eigenen Todes?

Warum kann ich dich erst jetzt lieben, mit diesem unaussprechlichen Kummer?

Und wie kann ich es dir mitteilen?

Schau, im dämmrigen Stall führe ich eine Kuh vor dich hin, eine sanfte Jerseykuh in der Farbe von Karamell, der Farbe von geschmolzenem Zucker, sie riecht nach Stroh und einem Maulvoll Luzerne. Leg deine Hände auf ihre Nüstern, deine Handflächen auf ihr Maul. Du bist die Augenleserin. Darin siehst du sie, die unendliche Barmherzigkeit, in diesen wehrlosen Pupillen. Ich bringe dich auf die Sumpfwiesen zur weißesten eingerollten Callablüte. Nimm sie zwischen die Finger und pfeif auf ihrem gewellten Rand. Sie wird, wie der Dichter sagt, aufgehen mit einem Stern in ihrer Kehle. Hier schluchzt ein Bokmakiri in der wilden Malve, und in seinem Gesang liegt unerträglich viel umfassende Liebe. Riech den Bugustrauch, stell dir vor, wie der sanfte, nasse Winter wieder in den Boden eindringt. Lass dich trösten, Agaat, jetzt da die Sprache mich verlassen hat, ein Auge zugefallen ist und das andere reglos vor sich hin starrt. Jetzt endlich finde ich die Sehnsucht in meinem Herzen, dich zu trösten, in der Vorfreude auf das Jenseits.

Bin ich eitel, wenn ich glaube, dass du mich vermissen wirst? Dass du dich danach sehnen wirst, mich zu versorgen, mich zu waschen, zu verarzten und mich im Bett anzuziehen, deine letzte Puppe, mit der du vier Jahre lang spielen musstest? Wer empfindet Trost bei dem Gedanken, dass du mich so vermissen wirst, wie ich am Ende war? Welchem Ich, welcher meiner Stimmen wirst du gedenken wollen? Schau gut hin, lausch genau, du wirst es wissen, wenn ich auf die Reise gehe. Wenn du schläfst, wirst du davon geweckt werden.

Wer hält die Eisenstangen des Tores ein letztes Mal fest, wer hebt den Haken an, um hinauszugehen? Wer zögert dort vor dem Viehgatter im Boden, wer neigt langsam den Kopf, dort wo die Mittagssonne zwischen den Stangen hindurchfällt? Wessen Hufe sind es, die vorsichtig über das Hindernis klettern? Ist es ein Flattern, das etwas bedeutet?

Wirst du mir deine gestärkte Haube reichen, damit ich sie einen Moment für dich halte, bevor du sie wieder zurücknimmst, du, die du zurückbleibst?

*

Sie machten dich mundtot, Jak und Agaat. Von jenem Abend an, an dem du in den Graben auf die verwesende Kuh gefallen warst. Und im Herbst des folgenden Jahres nahmen sie gemeinsam die Planung von Jakkies Geburtstagsfeier in Angriff. Eine Abschiedsfeier.

Du reimtest dir zusammen, dass er vom Militär genug hatte und eine Karriere in der zivilen Luftfahrt anstreben wollte, aber erst noch seine restliche Dienstzeit ableisten musste. Agaat wusste mehr, du sahst es ihr an.

Du schriebst an Jakkie und fragtest ihn, wen ihr einladen solltet. Etwas schroff antwortete er: Ladet ein, wen ihr möchtet.

Du warst beleidigt. Sei nicht so undankbar, Jakkie, sagtest du zu ihm am Telefon, wir wollen doch nur etwas Nettes für dich organisieren.

Da schickte er dir eine Liste: Jurie, Sohn von Gaf, Hugo, Sohn von Lieb, Erik, Sohn von Flip.

Jak ließ seine Enttäuschung an dir aus. Jakkie drohte er damit, ihn zu enterben, wenn er nicht bei der Luftwaffe bliebe. Das bekamst du ein paarmal mit, wenn die beiden telefonierten.

Abends nach dem Essen rief Jak Agaat aus der Küche zurück und forderte sie auf, mit ihm die Planung für das Fest durchzusprechen. Sichtlich genoss sie die Ironie der Situation. Sie ignorierte dich, genau wie Jak dich ignorierte. Wie zum Spott ahmten die beiden deine Art, Partys zu organisieren, bis ins letzte Detail nach.

Der Blumengarten müsse tipptopp aussehen, verlangte Jak, als hätte er jemals etwas für den Garten übriggehabt.

Mit rotem Filzstift hakten sie in Nachahmung deiner Methode auf ihren Listen die Aufgaben ab, die erledigt waren.

Du verlorst in jener Zeit deinen Appetit und hieltest dich überwiegend in deinem Zimmer auf. Von dort hörtest du, wie Agaat sämtliches Tun und Lassen auf dem Hof und im Haus organisierte. Das Haus war erfüllt von Geschepper, Möbelrücken, knarzenden Bodendielen, raschelndem Zeitungspapier auf den Fensterbrettern, unermüdlichen Schritten, dem Kratzen von Besen und Schrubbern, vom Klappern der Scheren bei der Schafschur im Garten. Du stopftest dir Watte und Vaseline in die Ohren.

Am Abend nahmst du deinen Platz bei Tisch ein, nachdem Agaat die Glocke geläutet hatte. Sie sah dir nicht in die Augen, tischte perfekte Mahlzeiten auf, schöpfte euch das Essen auf und blieb schweigend hinter euren Stühlen stehen. Du stochertest nur mit der Gabel im Essen herum. »Wer nicht will, der hat schon«, sagte Jak. »Da hat jemand an Pillen und Tränen genug.« Um dich demonstrativ zurechtzuweisen, verlangte er mit großer Geste einen Nachschlag.

Und Agaat war unerschütterlich. Du weißt noch genau, wie sie um den Tisch herumging und ihm nachlegte, die Hände im Licht, das Gesicht im Schatten des Lampenschirms. Du warst wie hypnotisiert von ihren Handgelenken in den gestärkten weißen Manschetten. Die starke Hand führte das Fleischmesser, die schwache Hand, tief im Ärmel, stützte die Fleischplatte und schob die Sauciere näher heran. Du konntest die Augen nicht von Agaats Händen abwenden, der Macherhand und der Helferhand, dem Weiß, Schwarz und Braun von Agaats Armen und Händen unter dem hellen Licht auf dem makellosen Damast. Nie machte sie auch nur den geringsten Fehler.

Jak trank viel beim Abendessen, womit eine neue Art von Gesprächigkeit einherging. Nicht mehr wütend, nicht mehr leidenschaftlich, sondern verbittert, zynisch und verzweifelt.

»Der Baas von Grootmoedersdrift«, sagte er, sein Glas hoch erhoben, »trinkt auf Agaat.«

Irgendwann kanntest du den Refrain.

Ein Prosit auf die Meid! Der Baas bevorzugt die Tyrannei aus zweiter Hand!

»Füll mein Glas nur immer nach, Agaat«, sagte er, »aber die Mevrou soll nüchtern bleiben, es ist ihr Schicksal, nicht zusammen mit ihren Untertanen fröhlich sein zu dürfen. Und auf Agaat, unsere Abstinenzlerin«, sagte Jak oft, »ich werde sie mit Worten füllen, bis sie eines Tages in Eloquenz ausbricht, stockbesoffen vor Weisheit. So geht es denen, die alles wissen und nichts sagen!«

Agaat schmunzelte, wenn er so redete.

Was sollte aus euch werden? Etwas Unabwendbares schwebte über euch. Das Gesetz und die Propheten – diese Phrase aus der Bibel ging dir nicht mehr aus dem Kopf. Aber zu diesem Zeitpunkt hattest du längst aufgegeben, die Bibel zu lesen.

Selbst hier sprang Agaat ein. Neuerdings kommandierte sie in den Abendstunden die Arbeiter, nein: alles Volk aus den Hütten, Groß und Klein, auf den Hinterhof und hielt ihnen Vorträge. Allabendlich tischte sie ihnen eine Art Erweckungspredigt auf, nach dem Beispiel jener agitierenden Radiosendungen, bei denen von Vaterland und der Verteidigung gegen die Feinde von außen die Rede war. Ein geschickter Schachzug, das wusstest du. Sie war nicht wirklich gläubig. Doch sie verstand es, die Rhetorik einzusetzen. Sie forderte die Zusammenarbeit der Leute bei den Vorbereitungen für das Fest ein. Nach der Predigt gab es *Vetkoek*, Suppe, Zimthaferbrei. Sie überredete Jak, die Alkoholrationen zum Feierabend zu erhöhen, damit die Leute empfänglicher für das Evangelium wären, wenn sie sich im Hinterhof versammelten.

Tagsüber trieb sie sie unbarmherzig an, ebenso wie die zusätzlichen Arbeiter, Männer und Frauen, die Jak für sie angeheuert hatte und bezahlte, um den Garten für das Fest zu verschönern.

Eigenhändig transportierte er alles, was sie brauchte, mit dem Lkw herbei: Erde, Mulch und Stroh für die Rosenbeete, Düngemittel, neue Bäume und Sträucher. Er fuhr nach Kapstadt und kaufte Dutzende Gartenfackeln und Lampions. Er lieh sich bei einer Firma ein Festzelt mit schicken gusseisernen Tischen und Stühlen, ließ Holz hacken und stapeln, neue Spieße schweißen und *Braai*-Stellen bauen.

Für die Gäste, die auf der Farm übernachten sollten, mietete er Luxus-Schlafzelte mit Moskitonetzen und Bädern, ja er baute sogar eine Sauna unten am Staudamm.

Jak half Agaat wie ein fleißiger Lehrling. Er verwandelte sich in ihren Vorarbeiter. Die Ironie war bitter und voller Abscheu, sein Gehorsam eine groteske, an dich adressierte Demonstration. Du beobachtetest, wie die Arbeiter lachten, wenn Jak angetrabt kam, um Agaats Anweisungen auszuführen.

Sie begleitete Jak auf die Weiden, um die Schlachttiere auszuwählen und zu markieren, und er warb nach ihren Vorgaben zusätzliches Schlachtpersonal und Küchenhilfen für das Fest an. Die beiden ließen die Außengebäude neu streichen und den Hof aufräumen.

Jak hatte eine Start- und Landebahn einebnen lassen und geplant, eine kleine zweisitzige Maschine zu mieten, damit Jakkie seine Freunde zu Vergnügungsrundflügen mitnehmen konnte.

Abends beim Essen berichtete er dir lang und breit von den Fortschritten bei den Vorbereitungen, während Agaat schweigsam danebenstand. Je betrunkener er wurde, umso vehementer verlangte er von Agaat mitzuspielen.

Wusste er denn nicht, dass Agaat ihr eigenes Spiel mit euch trieb?

Sie sagte kein Wort.

Wenn er irgendwann den Humor verlor, ging er auf euch beide los.

»Ach, wie dumm von mir zu glauben, dass sich die Sklavin wirklich je auf die Seite des Herren schlagen würde! Nein, die Sklavin ist stets der Herrin verbunden. Sie dienen einander quasi wechselseitig als Verlängerungskabel. Geschlossener Stromkreis.«

Ob Jak selbst die Zusammenhänge in vollem Ausmaß begriff? Manchmal hattest du tatsächlich den Eindruck, zum Beispiel an jenem Abend, als er sich drei Gläser Wein einschenkte, aus jedem abwechselnd trank und den Inhalt hin- und herschüttete.

»Komm, Milla«, sagte er, »meinst du nicht, es wäre an der Zeit für ein kleines Gedicht? Das, aus dem du mir immer so gern zitiert hast? Liebe ist das leere Glas. Und dann? Dunkel? Bitter? Das in des Herzens Höhlung passt? Wie ging es noch gleich? Ihr seid doch siamesische Zwillinge, ihr zwei, könnt ihr es nicht gemeinsam für mich aufsagen? So hat doch eure gemeinsame unselige Geschichte angefangen? Mit diesen Unsinnsreimen, oder nicht? Himpelchen und Pimpelchen stiegen auf einen Berg.«

Jak warf die Sauciere um.

Agaat räumte sie weg, ohne eine Miene zu verziehen, als wären all das Gesten und ein Text, die sie kannte. Als wäre Jak ein Schauspieler, den sie abhörte, um zu prüfen, ob er tatsächlich textsicher war.

»Wie geht es weiter, Agaat? Kannst du dich nicht mehr daran erinnern, an deine gute Afrikaner-Erziehung?«, fragte Jak. Agaat sah ihn nur an, das Tuch in der Hand, mit dem sie die Soße aufgewischt hatte.

»Was guckst du mich so an, Gaat?«, fragte Jak. »Hängst du an meinen Lippen? Deine sind ja wie zugenäht! Das Reden übernimmt hier allein der Baas auf seinem Podium. Du und deine Miesies, ihr könnt Kinder wickeln, Kürbis kochen und den Hühnern den Pips von der Zunge schneiden, aber wenn's ums Urteilen und Erklären geht, bleibt ihr beide stumm. Nicht, dass ihr jemals den Mund halten würdet, o nein, unaufhörlich wird gequasselt. Ad nauseam. Und worüber? Über nichts und wieder nichts. Tralali, tralala. Aber wenn's um die Wurst geht, muss der Baas in die Bresche springen und sich um die ganze Scheiße kümmern. Er muss die Geschichte erzählen und sie interpretieren. Ihr könnt nichts als hohle Phrasen dreschen, du und Madame Butterfly dort drüben.«

Jak sah dich an, der Blick unstet vom Alkohol.

»Aber was rede ich die ganze Zeit? Milla, meine Pilla, ach so stilla? Was ist, sagst du denn überhaupt nichts heute Abend?«

Du blicktest nicht auf. Jak erhob sich schwankend von seinem Stuhl und schlug sich auf die Brust.

»Das ist meine Tragödie, Agaat. Du stehst da mit versiegelten Lippen, weil du weißt, nicht wahr, dass deine Geschichte bereits fertig geschrieben steht, mit Tag und Datum. Aber wem würde es je einfallen, eines Tages meine Geschichte zu erzählen? Sie würde sich nicht für ein breites Publikum eignen. Aber ihr beiden, ihr gebt eine ganze Kitschserie ab, einen Bahnhofsfrauenroman. Die Frauen von Grootmoedersdrift! Agaat Lourier und Milla Redelinghuys, ein Märchen, das das Herz einer jeden Mutter zerreißen wird! Rührend, sag ich dir! Der Stein und die Fledermaus! Die zum Schweigen gebrachte Minderheit, der letzte Haushaltsschützengraben, die ungelebte Revolution, jetzt erstmals in den Regalen! Mutter erstickt, Zofe überbezahlt!«

Spät am Abend setztest du dich hinaus in den Garten. Du wolltest nachdenken, du verstandest einfach nicht, was Jak euch hatte sagen wollen. Sein Gerede hatte völlig unsinnig geklungen. Es muss schon spät gewesen sein, als du dich endlich von der Gartenbank erhobst. Es war eine klare Nacht, Orion war schon gen Westen gewandert. Regenpfeifer riefen im Vorüberfliegen, eine gebrochene Tonleiter, zwei Noten, drei Noten, vier. Es war nach Ostern, und du hörtest die frischen Lämmer auf den Hügeln jenseits der Furt blöken.

Du wolltest gerade zur Verandatür hinein und auf dein Zimmer gehen, als du sahst, dass bei Jak noch Licht brannte. Du hörtest Bewegungen, ein Geräusch, gingst die Treppe wieder hinunter und stelltest dich auf die Terrasse, ein Stück weiter, von wo aus man in sein Zimmer sehen konnte. Nur die Hantelstange war erkennbar, wenn er sie stemmte, und sie hob und senkte sich ruckartig und in einem gefährlichen Tempo.

Du klettertest auf den Stumpf des abgesägten Feigenbaumes unter seinem Fenster. Von oben vom Scheitel aus blicktest du in sein Gesicht. Aus dieser Perspektive glich es einer Maske.

Er war nackt bis auf den Gewichthebergürtel aus Kunststoff, den er um die Taille trug.

Sein Brustkorb hob und senkte sich heftig, die Sehnen am Hals traten dünn vor Anstrengung hervor, seine Oberarmmuskeln zitterten. Die Gewichte waren eindeutig zu schwer. Zwischen seinen Stöhnern hörtest du noch andere Laute. Erst jetzt konntest du seinen Gesichtsausdruck einordnen. Tränen liefen ihm über die Wangen, Schleimblasen blähten sich vor seiner Nase.

Du wolltest zu ihm. Ich bin Teil dieses Schmerzes, wolltest du zu ihm sagen, aber du brachtest es nicht fertig. Du lehntest den Kopf an die Fensterbank und wartetest, bis das Schluchzen verebbt war.

Als es still wurde, schautest du wieder hinein. Er lag zusammengerollt auf dem Teppich, um ihn herum die schwarzen Stangen und die runden Eisenscheiben. Seine Arme hatte er um den Kopf gelegt. Eine Motte umschwirrte die Lampe, und große Schatten flatterten im Zimmer umher. Am Schimmer des roten Gewichthebergürtels sahst du seine Atmung. Er schlief nicht. Seine Kiefer mahlten, während er murmelte.

Jaks Geschichte.

Agaats Geschichte.

Die Außenansichten und die Innenansichten.

Du hörtest sie dir beide an. Die Geschichten, die hinter den Kieferknochen verborgen gelegen hatten, die in den Wind gebrüllt worden waren, ins Schilf, in den wehenden Eukalyptusduft; die aus den Schornsteinen aufgestiegen waren, die Worte, die ganz unten aus dem Bodensatz der Flaschen gedrungen, die auf den unbefestigten Straßen des Trockenlandes herausgeschrien, die in die Hörer gemurmelt worden waren.

War jemand am Apparat, an dem Tag, als du Agaats Telefongespräch belauschtest? Oder war es ein Monolog gewesen, speziell für deine Ohren bestimmt? Woher solltest du es wissen? Du warst ihre Lehrmeisterin gewesen.

Du standest hinter der Tür in der Küche, von wo aus sie, wie du wusstest, selbst oft Telefongespräche mithörte.

»Ach, Jakkie«, sagte Agaat, »das ist mir nicht neu. Ich weiß – jeder weiß –, dass deine Mutter und dein Vater keine einfachen Menschen sind. Aber wir alle haben unsere Fehler. Und sie werden immer deine Eltern bleiben. Nein, ich verteidige sie nicht, ich meine ja nur … Ach, komm, was soll ich sagen? Sie sind immer gut zu mir gewesen. Was soll das heißen? Ich hab zu essen, ich habe Kleidung, ich habe eine Unterkunft … und alles … Nein, das darfst du nicht sagen. Nein, das darfst du nicht. Jakkie, hör auf, dein Vater würde so etwas nie behaupten! Das bildest du dir ein, weil du wütend auf ihn bist. Nein, Jakkie, sie kümmern sich um mich, sie sind meine Familie. Nein, ich verheimliche dir nichts, warum sollte ich dich anlügen? Deine Mutter hat es momentan sehr schwer mit ihm. Er ist schwierig, aber sie ist auch nicht einfach. Nein, Jakkie, so schlimm ist es auch wieder nicht. Nein, ich weiß nicht, was er zu dir gesagt hat, und ich will es auch gar nicht wissen. Es ist seine Sache, und wenn er etwas zu meckern hat, soll er es mir selbst sagen. Nein, ich mische mich da nicht ein. Nein, das ist ihre Sache. Nein, ich stelle mich nicht dumm und spiele nicht die Unschuldige. Das ist nicht wahr. Ich weiß alles und sehe alles. Nein, ich sage nichts, zu niemandem. Warum sollte ich? Sie tun mir doch nichts. Du weißt nicht, was du sagst. Schon gut. Beruhige dich, Boetie, warum bist du so kompromisslos heute Morgen? Natürlich will ich, dass du hierbleibst! Natürlich! Du bist mein Bruder. Du bist der einzige kleine Bruder, den ich habe. Nein, um mich brauchst du dir keine Sorgen zu machen, ich kann mich um mich selbst kümmern. Ich werde dich vermissen, ja, mehr noch, als ich dich jetzt schon vermisse. Natürlich schreibe ich dir. Ich schreibe noch häufiger als bisher. Jede Woche. Über den Klee. Auch über den Regen. Über die Furt, über alles. Ich verspreche es dir. Über den Wind. Über den Duft meines Fenchels. Es heißt, man riecht ihn bis nach Mosselbaai! Ich gebe dir Samen mit. Natürlich hab ich dich lieb, ganz schrecklich lieb, du ahnst ja nicht, wie sehr! Nein, du weißt es nicht, du kannst es nicht wissen. Du bist ja auch in gewisser Weise mein Sohn, das weißt du doch, oder? Weißt du das, Jakkie? Aber jetzt komm erst mal her und feiere schön deinen Geburtstag mit Gaat. Ich koche dir all deine Leibspeisen. Ein letztes Mal. Schafshals und Süßkürbis, leckere Hühnerpastete. Aber du kannst doch jetzt keinen Rückzieher machen! Es ist alles arrangiert, Jakkie! Das würde mir das Herz brechen, hörst du? Jetzt komm schon. Deine Mutter und ich bereiten einen wunderschönen Augustgarten für dich vor. Ja, wir haben schon Blumen ausgesät. Namaqualand-Gänseblümchen. Dorotheanthus. Dein Vater hat sogar ein Flugzeug für dich gemietet! Ich? Niemals! Auf gar keinen Fall! Vergiss es! Nein, ich hätte viel zu viel Angst. Nein, das mache ich nicht. Nie im Leben. Über den Kapokberg? Gütiger Himmel, Jakkie! Über die Ebene? Bis zur Flussmündung? Nein! Frag nicht warum – Nein heißt Nein. Das War des Warum und der Mut des Mutterschafs. Ja, Boetie. Die Spitze des Farns. Schon gut, schon gut, ich weiß, es ist schwer. Ja, ich weiß, dass du es tun musst. Und du musstest dich mal aussprechen. Ich höre dir zu. Nein, ich werde nicht meine Ohren verschließen, ich bin nicht dumm, ich weiß Bescheid. Ich lese Zeitung, ja, ich hab die Gerüchte gehört. Weine nicht, Jakkie, bitte nicht weinen, schsch, schsch, hör auf zu weinen, ich weiß, es ist schwer, ich versteh dich doch. Du bist wütend. Nein, das werde ich nicht, und das will ich auch nicht. Weil ich dort nicht hingehöre, deswegen. Nein, das ist nicht wahr, das hier ist mein Zuhause. Und jetzt raus mit der Sprache, Jakkie, rede offen mit mir, was soll ich deiner Meinung nach tun? Ich würde sie niemals allein lassen! Sie braucht mich. Das bin ich ihr schuldig. Fängst du schon wieder damit an? Du bist hier bei mir aufgewachsen, so ist es nun mal. Nein, ich will das nicht. Wohin sollte ich gehen? Wer würde mich haben wollen … so wie … wie ich bin? Nein, Boetie, du weißt, dass ich das nicht meine. Nein, Boetie, jetzt noch nicht, vielleicht irgendwann. Wenn ich eines Tages alt und grau bin. Das werde ich, ich verspreche es dir. Eines Tages werde ich dir alles erzählen. Du hast recht, Jakkie, folge deinem Herzen. Ich werde mich um sie kümmern, egal, was passiert. Du weißt, dass ich das tun werde. Aber sie kümmern sich auch um mich. Ich könnte ehrlich gesagt anderswo gar nicht mehr Fuß fassen. Es gibt keine Alternative für mich. Dann ist es eben so. Dann haben sie eben nur mich. Aber das ist doch besser als gar nichts. Und ich hab nur sie. Das ist auch besser als gar nichts. Doch, du wirst glücklich werden, ganz sicher. Sag niemals nie, Jakkie! Das Mädchen hat einfach nicht zu dir gepasst, das ist alles. Nein, ich weiß, die jungen Burschen sind ja genauso – ungehobelt, wie deine Mutter sagen würde. Wer möchte schon mit ihnen Schafskopf essen und Schnaps trinken? Doch, du findest bestimmt jemanden, du bist doch so ein hübscher Kerl und so gebildet, jedes Töpfchen findet sein Deckelchen. Ja, das werde ich. Ich denke immer an dich. Ich bete für dich. Bitte, sag so was nicht, Jakkie! Lies es in der Bibel nach wie ein guter Junge. Für alles Geschehen unter dem Himmel gibt es eine bestimmte Zeit. Es gibt eine Zeit zum Bleiben, eine Zeit zum Gehen. Das Buch Kohelet, schlag es dort nach, das wird dich trösten. Hast du dein Lesezeichen noch? Das ich deiner Mutter bei der Ordensverleihung mitgegeben habe? In einem weißen Umschlag? Na ja, dann weiß ich es auch nicht, ich mach dir ein neues. Ob ich dort war? Nein, aber sie haben mir erzählt, dass es eine wirklich schicke Veranstaltung war. Deine Mutter hat sich allerdings in den neuen Schuhen Blasen gelaufen. Ja, ich frage sie nach dem Lesezeichen. Bring bitte deinen Orden mit, damit ich ihn mir ansehen kann! Dein Vater sagt, er ist aus achtzehnkarätigem Gold.«

Da konntest du es nicht länger ertragen und kamst hinter der Tür hervor.

Agaat hielt den Hörer vom Ohr weg und sah dich an.

Du versuchtest, ihr den Hörer wegzunehmen. Ohne sich zu verabschieden, stand sie vom Hocker auf und strich ihre Schürze glatt. Du griffst nach dem Hörer in ihrer Hand, sie ließ ihn los, und er knallte gegen die Wand. Als du ihn endlich erwischtest, ertönte nur noch das Besetztzeichen.

Du folgtest ihr in die Küche, packtest sie vorne am Kleid und schütteltest sie.

»Wer bist du? Wie viele Tausende Teufel bist du? Wozu gibst du vor, ein heiliger Engel des Lichts zu sein? Die liebe, gute Agaat von Grootmoedersdrift, die weder schimpft noch meckert, egal, was passiert! Die sich kümmern wird, die weiß, wo sie hingehört, die sich nicht einmischt! Die so überaus dankbar ist! Und so bibeltreu! Wem willst du damit etwas vormachen? Du bist ein Satan! Das ist mein Kind! Meins! Meins! Hörst du? Warum erzählst du ihm nicht, was wirklich hier vor sich geht? Oder willst du ihn immer weiter von uns forttreiben? Mit deinen honigsüßen Worten? Ist es das, was du willst? Er weiß, dass du lügst! Er weiß Bescheid! Er weiß Bescheid! Du denkst dir für jeden von uns eine andere Geschichte aus, je nachdem, wie es dir gerade passt. Du Hexe! Du bist eine Hexe, du verhexst uns alle! Wenn ich das damals nur gewusst hätte – wenn ich hätte ahnen können, was ich anrichte, als ich dich zu uns geholt habe! Du bist ein Fluch! Ich hasse dich!«

Du schlugst ihr ins Gesicht. Du weißt noch genau, wie du am Kragen ihrer Dienstkleidung zerrtest, wie ein Knopf abriss, wie du ihr mit den Fäusten auf Brust und Schultern hämmertest.

Stocksteif stand sie da und ließ die Schläge über sich ergehen, ohne mit der Wimper zu zucken, ohne zurückzuweichen, ohne ein einziges Widerwort.

Bis du die Hände senktest und dein Gesicht abwandtest.

Du ließest dich auf einen Stuhl fallen, verschränktest die Arme auf dem Küchentisch und legtest den Kopf darauf. Ein Wimmern drang aus dir heraus, und du konntest nicht mehr aufhören zu weinen. Vage nahmst du Bewegungen wahr, ein Wasserkessel wurde aufgesetzt, Tassen klirrten, Wasser begann zu sieden.

Dann war da nur noch das Quietschen von Gummisohlen auf dem Linoleum, und irgendwann stieg dir der Duft von Tee in die Nase. Du hobst den Kopf. Agaat gab mit der starken Hand Zucker in die Tasse. Einen Löffel, noch einen und noch ein bisschen. Genau abgemessen. Mehr Zucker, als du je in den Tee genommen hattest. Dann rührte sie um, wieder sehr genau, weder ungeduldig noch schnell. Sachlich. Beruhigend. Ein Friedensangebot? Der Teelöffel lag wieder auf der Untertasse.

Dann gab sie dir mit den Fingerspitzen der kleinen Hand zwei Disprin.

Und dann ging sie durch die Hintertür hinaus.

Draußen im Hof ertönte das laute Brummen des Lkws, der das Zelt lieferte, und dann ein Klirren und Klappern, als die Stangen, Seile und Heringe abgeladen wurden.

Zwischen den männlichen Stimmen ertönte Agaats Befehlston: »Tragt es hierher! Hier! Stellt es dort auf!«

Ihre warnende Stimme: »Nicht durch die Blumenbeete! Vorsichtig mit den kleinen Bäumen, die Spitzen! Das sind ihre Wachstumspunkte! Wehe, ihr verletzt mir einen!«

Ihre drohende Stimme: »Dann setzt es was mit der Peitsche!«

Noch tagelang nach dem Zerwürfnis warst du aus dem Gleichgewicht. Du hattest Migräne, Druck auf der Brust, ein Muskelzucken in einem Auge.

Agaat brachte Pfefferminzextrakt in dein abgedunkeltes Schlafzimmer, Tücher mit Senf gegen deine Kopfschmerzen, Eukalyptusextrakt für Dampfbehandlungen über einer Schüssel mit kochendem Wasser.

Auch sie war noch Tage nach dem Vorfall eine Nuance fahler im Gesicht. Ihre Haube saß schlaff, als hätte Agaat ihr Talent zum Stärken und Bügeln verloren.

Es wäre fatal gewesen, keine Versöhnung zu suchen. Und du warst diejenige, die am meisten im Unrecht war, der am meisten vergeben werden musste.

Sie hatte dich genau da, wo sie dich haben wollte.

Sie wünschte sich mehr als nur eine praktische Lösung, sie wollte, dass du zum Fest in ihrem Sinne funktioniertest. Fröhlich, sanft. Um Jakkies willen wollte sie es. Für die Nachbarn und die Gemeinschaft. Sie wollte ihren Haushalt zusammenhalten, und du solltest ihr dabei helfen.

Und trotz ihrer jahrelangen Übung in Täuschungsmanövern wollte sie außerdem unbedingt, dass im Interesse eines guten Abschieds alle offen und aufrichtig zueinander waren. Obwohl keiner von euch dazu in der Lage sein würde.

Dass wusste sie ganz genau, auch wenn ihre Vorbereitungen ansonsten absolut planmäßig verliefen. Ein Zug kalter Trauer lag um ihren Mund, und sie zog ihre krumme Schulter noch ein bisschen krummer und kantiger hoch, als sie sich abschuftete.

Du konntest ihr nicht helfen. Wie hättest du die Mauer durchbrechen sollen? Die Tischordnung, Begrüßungsreden, der Springbrunnen, die vorgeschriebenen Gerichte zur vorgeschriebenen Zeit dampfend heiß aufgetragen. Das war die Ordnung von Grootmoedersdrift, die jährlich stattfindende, schon institutionalisierte Tradition, die protzige Party für Jakkie, den einzigen Sohn, den Erben, das ewige Tamtam um ihn.

Du ergriffst die Initiative nicht. Du unterwarfst dich Agaats Diktat und ließest ihre Versöhnungsversuche, wenn man sie so nennen mochte, über dich ergehen: die etwas dichtere Annäherung, wenn sie dir in der Küche einen Gegenstand anreichte, der weniger formelle Ton, die eingestreuten Bemerkungen über das Wetter, die Rose in der Vase am Abend auf dem Esstisch, die zusätzlichen Mühen mit deinen und Jaks Mahlzeiten sowie mit eurer Kleidung.

»Gib mir deine Partykleider, Ounooi«, sagte Agaat eines Tages nach dem Mittagessen, »ich will sie für dich durchsehen, im letzten Moment wird uns keine Zeit mehr dafür bleiben.«

Ihr Ton war streng, doch in ihren Augen lag auch etwas Bittendes.

Zwei Tage später hingen die Sachen gewaschen, gebügelt und duftend in deinem Kleiderschrank, die Nähte je nach Bedarf ausgelassen oder enger gefasst, Knöpfe und Reißverschlüsse repariert. Und alles, was du vorbrachtest, war: »Danke, Gaat, ich komme ja doch nie dazu.«

Um Jak zu gefallen, räumte Agaat seinen Schuhschrank aus und putzte und wienerte den kompletten Inhalt, einschließlich seiner Sättel und Reitgamaschen. Anschließend reihte sie alles für ein, zwei Tage vor dem Schrank auf, damit er ihr Werk begutachten konnte, bevor sie alles wieder wegräumte.

Jak fiel dazu auch nichts Besseres ein als: »Danke, Gaat, was ist ein Bauer ohne gepflegte Schuhe.«

Mit solchen kleinen Sätzen entschärftet ihr die Spannung zwischen euch und verdrängtet das, was ihr gemeinschaftlich vor Jakkie verschweigen würdet.

»Haben wir Aschenbecher für die Tische im Festzelt, Gaat?«, fragtest du, statt: Meinst du, wir können ihn dazu überreden, nach dem Fest noch ein, zwei Tage bei uns zu bleiben?

»Kannst du bitte zwei grüne und zwei rote Fähnchen für die Start- und Landebahn nähen, Gaat?«, fragte Jak. Agaat presste die Lippen zusammen und führte die Aufgabe gewissenhaft aus, während Jak ihr mit den Blicken folgte, die eigentliche Frage auf seinen Lippen erstarrt: Weißt du, wie lange er diesmal Urlaub bekommen konnte? Weißt du, wohin er gehen will, wenn seine Dienstzeit vorüber ist?

»Sollen wir in der Stadt Eis bestellen, Ounooi? Sie könnten es am Freitag um sieben Uhr liefern. Die Hälfte könnten wir in der Kühlung des kleinen Schlachthauses für Samstag aufbewahren«, schlug Agaat vor, obwohl du an ihrem Tonfall hörtest, dass sie eigentlich sagen wollte: Ich würde dich niemals mit kochendem Wasser verbrühen, das weißt du doch!

Es war, als hättet ihr alle das Handtuch geworfen.

»Ach, Gaat«, sagte Jak kurz vor Jakkies Ankunft abends oft, ein Glas Wein in der Hand. »Was hätten wir nur ohne dich angefangen? Hier sitzen wir auf Grootmoedersdrift, an Körper und Seele erschöpft, und du bereitest für uns Leberpastetchen und Tomatensalat zu. Hast du es denn niemals satt?«

Du sahst sie an, doch sie füllte bloß eure Teller und tat so, als hätte sie nichts gehört. Ihr Brustlatz schimmerte im Lampenschein, ihr Busen wölbte sich, wie eine Mauer, auf der unsichtbar alle Aussprachen von dir und Jak geschrieben standen, alle Vorschriften und Ermahnungen seit dem Augenblick, da du sie zu euch genommen hattest. Eine Mauer, ein Herz aus Stein, das ihr beide ihr eingepflanzt hattet. Das war alles, was sie euch noch geben konnte.

Du nahmst sie wahr, ihre Gesten, ihre Sätze, ihren Blick. Sie war eine ganze Ansammlung von euch, sie enthielt euch in ihrem Inneren, sie war die Arena, in der ihr beide miteinander gerungen hattet.

Das war alles, was sie sein konnte. Von Anfang an.

Euer Archiv.

Ohne sie hättet ihr nichts voneinander gewusst, du und Jak. Sie war euer Parlament, euer Spiegelkabinett.

Wie fühlte es sich wohl an, Agaat zu sein? Wie solltest du das je in Erfahrung bringen? Hättet ihr es begriffen, wenn sie die Worte gefunden hätte, um es auszudrücken?

Sie hätte es in einer anderen Sprache als jener ausdrücken müssen, die ihr ihr beigebracht hattet.

Doch wie hättet ihr sie dann verstehen sollen? Wer hätte für euch gedolmetscht?

Insgeheim dachtest du: Wenn es einen neuen Himmel und eine neue Erde gäbe, einen leeren, hellen Ort ohne Streit oder Missverständnisse, dann hättest du dieser Seligkeit trotz allem das Leben mit Agaat auf Grootmoedersdrift vorgezogen und statt der himmlischen Leere die Berge, Flüsse und schroffen Hügel von Overberg. Und ihr hättet zwischen euch eine angemessene Sprache mit robusten musikalischen Wörtern gefunden, mit der man hätte argumentieren und zueinanderfinden können. Die Sprache von Ried und Binsen. Denn, so dachtest du, was wäre das für ein Glück, einander zu finden, ohne vorher füreinander verloren gewesen zu sein?

In den letzten Wochen vor dem Fest konntet ihr, du und Jak,

nur in Anwesenheit Agaats wieder normal miteinander sprechen.

War es in dieser Zeit, dass Jak ohne weitere Erklärung ein paar Nächte bei dir im Bett schlief? Hausväterlich im Pyjama, mit Brille und Buch?

Du hattest den Eindruck, dass er das eigentlich gar nicht wollte. Er wusste, dass es dafür längst zu spät war. Doch wider besseres Wissen suchte er Trost. Nur deswegen kam er kurz vor dem Schlafengehen mit seinem Kissen und seinem Glas Wasser.

Keiner von euch unternahm einen Annäherungsversuch. Jeder besetzte seine Seite des Bettes. Er schlief ruhig, du spürtest kaum seine Wärme und sein Gewicht. Wie eine Hülle, dachtest du, eine trockene Membran. Als du am Morgen aufwachtest, war er bereits verschwunden.

Wenn Agaat nicht da war, während ihr allein wart, ertrugt ihr einander wortlos. Wenn sie in den Abendstunden die Küchentür hinter sich zuzog, nachdem sie die Teetassen gespült hatte und du sie draußen mit den Hunden reden und das Außenzimmer betreten hörtest, dann war es ein Trost für euch beide, die ihr im Lampenschein des Wohnzimmers zurückgeblieben wart, zu wissen, dass sie am nächsten Morgen zurück auf ihrem Posten wäre, dass sie da sein würde, wenn Jakkie eintraf, und dass sie helfen würde, seine Abreise erträglich zu gestalten.

Seine Abreise! Du wolltest gar nicht daran denken.

Wohin würde er gehen? Du sahst Jak an, dass er sich furchtbar darüber aufregte.

Doch ihr konntet miteinander nicht darüber reden. Ihr putztet euch zusammen im Bad die Zähne und badetet voreinander, zogt euch Nachthemd und Schlafanzug an und lagt wach nebeneinander, bis schließlich der eine dem anderen den Rücken zudrehte.

Jakkies Mutter und Vater, Agaats Familie, dachtest du, was sind wir darüber hinaus? Und was haben wir aus den beiden Menschen gemacht? Es war zu deiner eigenen Verwunderung Agaat, die in deiner Bestandsaufnahme an erster Stelle stand.

Wenn du im Dunkeln mit offenen Augen neben Jak lagst, fragtest du dich, was Agaat vor dem Schlafengehen tat.

Wie ging sie wohl vor, wenn sie ihre Dienstkleidung vorne aufknöpfte und die Haarnadeln herauszog, um die Haube absetzen zu können? Schloss sie dabei die Augen, ehe sie sich ohne die weiße Spitze im Spiegel betrachtete? Und schob sie dann die Hände ins flach heruntergekämmte Haar und massierte sich die Kopfhaut? Lockerte sie ihr Haar, bis es nach allen Seiten vom Kopf abstand? Betrachtete sie sich im Spiegel und lächelte? Warf sie den Kopf zurück, lachte, streckte sie die Arme über den Kopf und rollte den Kopf über die Schultern, sodass die Schatten ihrer Haare über das Linoleum huschten wie Tumbleweed bei starkem Wind?

Wäre so etwas im Außenzimmer möglich? Solch ein anderes, geheimes Ich, so eine versteckte, wilde Energie?

Es war eine Vorstellung, die du nicht lange aufrechterhalten konntest, so verlogen und banal war sie. Sie glich einer Szene aus einem Groschenroman. In solch einem Buch hätte Agaat Unterstützer gehabt, Zuschauer, Claqueure und Pfeifer, einen Bösewicht mit Feder am Hut, der sie aufhetzte.

Nein, so konnte es nicht sein. Sie würde knarrend und raschelnd aus ihren Kleidern treten und im Unterkleid, die Hand in die Taille gestemmt, Haube, Schürze und das schwarze Kleid betrachten, die in einem Haufen auf dem Boden lagen. Sie würde ihr Nachthemd überwerfen wie eine Toga und sich grimmig und würdevoll zu Bett legen.

Mit diesen Bildern versuchtest du, dich zu beruhigen, obwohl du wusstest, dass nichts davon stimmte. Sie war weder hochmütig noch vornehm.

Du wusstest, wie es wirklich war, du konntest dir jedes Detail ganz genau vorstellen.

Es war still dort draußen. Das Linoleum auf dem Zement knirschte sandig unter ihren Füßen. Es roch nach Seife und Stärke, nach frisch gebügelter Wäsche. Die nackte Glühbirne warf Schatten auf den Boden und in die Mulde des ausgessenen

Lehnstuhls. Die bestickten Tücher leuchteten farbenfroh an den Wänden, Moses im Schein des brennenden Dornbuschs, Elia in seinem Feuerwagen.

Vielleicht schaltete sie das Licht aus und setzte sich zunächst noch eine Weile auf einen Stuhl, um über den Tag nachzudenken?

Vielleicht machte sie im Kamin ein Feuer und sich dabei noch ein paar Gedanken?

Doch du wusstest, dass dies nur deinem Wunschdenken entsprach.

Damals, zu jenem Zeitpunkt, existierte Agaat gar nicht als eigenständige Person.

Sie steckte bis über beide Ohren in den Vorbereitungen für Jakkies Ankunft und Abreise.

Sie lebte außerhalb ihrer selbst, schlanker, konzentrierter, wie jemand am Tag vor dem Antritt einer Reise. Alle Koffer gepackt, die übliche Routine aufs Wesentliche reduziert und intensiviert.

In diesem Zimmer.

Dort draußen musste alles ordentlich und aufgeräumt sein und knistern.

Ruckzuck würde sie sich waschen und abtrocknen, sorgfältig wie in einer Behörde, ohne zu trödeln, ohne eine einzige überflüssige, wohltuende Geste. Jeder Gegenstand stünde an seinem Platz wie zur Inspektion. Keine Muße, kein Nachdenken, dafür war keine Zeit.

Sie würde das Licht am Schalter neben der Tür löschen und in der Dunkelheit einen Moment innehalten, bis sie wieder sehen konnte. Barfuß würde sie zum Bett hinübergehen, ihr Nachthemd anheben, mit einem Knie zuerst auf die Matratze und dann unter die straff gezogenen Decken klettern, ohne sie herauszuziehen. Dann würde sie eine Mulde für ihren Kopf finden.

Ob sie ebenfalls zuerst mit offenen Augen in der Dunkelheit lag, das Gesicht auf das Fenster zum Hof gerichtet? Würde sie durch die Gardinen den hellen Mond betrachten? Oder durch einen Spalt zwischen den Gardinen? Suchte sie nach einem Stern?

Nein, sie würde sich auf die andere Seite drehen, mit dem Gesicht zur Wand.

Und dann würde sie mit einem Seufzer – ja, einen Seufzer erlaubtest du ihr – die Augen schließen und einschlafen.

An all diese Dinge dachtest du. Ständig grübeltest du in jener Zeit vor Jakkies Geburtstag über Agaat nach.

Wie konnte es da passieren, dass ausgerechnet du in jenem Juli wieder einmal ihren Geburtstag vergaßt? Zum dritten Mal?

wasserstuhl steinkohleschwarz liftgeräusch auf hohem c seifenresistent isoliert rostfrei synthetisch gepolstert sodass er nicht die badewanne verkratzt 200 kilo maximale belastung für dickere krüppel aber so ein dünnes leichtgewicht zu heben ist ein witz sie rauszuhieven lächerlich einfach sie zu baden ein kinderspiel auf einer doppelbank abzüglich armlehnen verschraubt auf der wasserseite niedriger als der rollstuhl sodass sie mühelos hineinrutschen kann aquasitz von julius bach wie von deutschen zu erwarten mit sicherheitsgurt verbindungsring rudern wir hydraulisch unser boot drück die taste dann hebt sie sich und wird über den rand gehoben und dann wieder nach unten gesenkt ein leichter ruck lass die rückenlehne nach hinten fahren entspann dich anders als im schlauch auf dem sie auf dem whirlpool kreiselt was hört sie da? eine einführungslektion? hat der arzt wieder einen sitz des bach-vertreters für afrika ausgepackt? aber er ist doch schon lange weg? was hört sie da in den tiefen der nacht? immer wieder das zischen auf und quer und ab siebzigmal siebenmal? sie bewegt sich in ihrem ibot im mute-medium-modus den flur entlang und wer ist da allein im bad? hals eingespannt in reifen riemen festgezogen schlafend im wasserstuhl? sie schlägt alarm mit ihrer hühnerklaue waltzing mathilda jesu joy of man's desiring schöne blaue donau jeepers creepers where'd ya get them peepers strangers in the night what a wonderful world wer denkt sich all das für die stummen aus? die laufenden die walzertanzenden die sehnsüchtigen? ihr anruf ist gezählt ihre retterin außer reichweite in der leeren badewanne hände gefaltet über der Brust die kleine in der größeren beine gestreckt knöchel nebeneinander schwarz weiß und braun wie reich sind ihre farben wie weich ihre haut in der engen weißen wiege ein schalensitz ein weltraumflug steh auf bademeisterin! aufwachen torwächterin! noch ist es nicht zeit für die letzte reise sing mit mir wenn du kannst frohlocke wie ich ich es kann über roboternoten hinweg sing aus voller brust ein menschenlied einen vulgären gesang aufbegehrend gegen dieses lange siechtum

7. Juni 1954

Bin noch immer ganz zittrig. Lieber Himmel! Musste Agaat ein Beruhigungsmittel geben und selbst ein paar Tropfen nehmen. Heute Abend, als wir vom Tanz in der Stadt zurückkehrten, erwartete uns ein großes Drama. Gut, dass wir nicht allzu lange dort geblieben sind.

Ich schließe sie nicht mehr ein, außer wenn Jak und ich ausgehen; dann habe ich das Gefühl, dass es so sicherer ist. Ich lege sie auch immer erst schlafen, kurz bevor wir fahren. Doch schon beim Hereinkommen heute Abend wusste ich, dass irgendetwas nicht stimmte.

Sie kauerte in der Zimmerecke, die Augen weit aufgerissen. Zum Glück habe ich gleich nach ihr gesehen! Sie hatte die Spitze des Blasebalgs im Mund, und das ganze Bett war voller Blut. Es kam von ihren Händen, sie hatte sich die Nägel abgebrochen bis aufs Fleisch. Sie wollte nicht reden, ganz so, als stünde sie unter Schock. Erst dachte ich, sie wäre überfallen worden, aber die Tür war verschlossen, und der Schlüssel hatte in meiner Handtasche gelegen. Als ich genauer hinsah, bemerkte ich die Kratzer an der Tür und die Holzsplitter an den Schlössern. War sie in Panik geraten? Ich wusste nicht, was los war. Musste ihr die Hände verbinden. Sie war wieder so verkrampft, dass ich ihr die Arme mit aller Kraft geradestrecken musste.

8. Juni 1954

Geheimnis aufgeklärt! Habe erst heute Morgen das Häufchen und das Pipi in der Zimmerecke entdeckt, unter dem alten Telefonbuch, das ich ihr zum Spielen geschenkt hatte. Saar, gütiger Himmel, diese Frau! Sie hatte gestern vergessen, den Nachttopf wieder ins Hinterzimmer zu stellen, nachdem sie ihn geleert hatte. Dass eine solche Nachlässigkeit einen derartigen Rückschlag verursacht, bricht mir das Herz! Wahrscheinlich dachte sie, sie würde wieder geschlagen werden, weil sie ihr Zimmer schmutzig gemacht hatte. Also versuchte sie, die Tür aufzubrechen.

Jetzt muss ich wieder ganz von vorn anfangen.

Es ist nicht deine Schuld, du konntest nichts dafür, versuchte ich ihr den ganzen Tag lang zu erklären. Man wird nicht bestraft, wenn man etwas getan hat, an dem man keine Schuld trägt. Man wird nicht bestraft, nur weil man als Mensch natürliche Bedürfnisse hat. Es war ein Versehen! Es ist nicht weiter schlimm! Es ist nur ein altes Telefonbuch! Wo hättest du denn sonst hinmachen sollen? Wenn man muss, muss man. Es ist Saars Schuld. Ich habe mit Saar geschimpft.

Sie scheint mich nicht zu verstehen. Hatte einen wilden Blick in den Augen.

9. Juni

Verstopfung! Verständlich, leider. Will nicht essen.

10. Juni

War seit dem Schreck neulich Abend noch nicht wieder auf Toilette. Kleine Hand schlimm verletzt vom Kratzen an der Tür.

11. Juni

Ai, guter Gott, habe ihr Brooklax gegeben, um die Verdauung wieder in Gang zu bringen. Daraufhin hat sie in die Hose gemacht und ist weggelaufen, und ich finde sie nicht! Hoffe nur, dass ich kein folgenschweres Problem verursacht habe.

15. Juni 1954

Habe ein großes Feuer für sie angezündet, getanzt und mit dem Blasebalg gepustet und gespielt, wir wären Hexen und hätten keine Angst vor kleinen dummen Häufchen. Geht jetzt wieder besser.

17. Juni 1954

Sie macht jetzt täglich Fortschritte, das spüre ich. Sie spricht inzwischen flüssig. Wenn sie mit angehaltenem Atem redet, bekommt sie mit dem Staubwedelstiel eins über den Po, und auch, wenn sie die Faust in den Mund steckt oder wenn sie mich beim Sprechen nicht richtig ansieht. Das ist das Mindeste, predige ich ihr, dass du die Leute ansiehst, wenn du mit ihnen sprichst, sonst hält man dich für hinterhältig.

11. Juli 1954

Irgendwann muss A. Geburtstag haben. Habe Ma angerufen und sie gebeten, sich bei den Leuten in den Hütten von Goedbegin wegen ihres Geburtsdatums zu erkundigen. Sie sagt, sie wüssten es nicht genau. Sie glauben, dass es vor dem Winter gewesen sei, Ende Mai 47 oder 48. Sie muss also vier oder fünf gewesen sein, als ich sie gefunden habe. Mai ist allerdings mittlerweile vorbei. Ich nehme an, es kommt nicht so sehr darauf an.

Lys sendet wohl Grüße. Heute Abend backe ich einen Schokoladenkuchen und stecke sechs Kerzen darauf. Morgen ist der Tag, Agaats Geburtstag. Ich glaube, ich muss feiern, dass sie hier auf Gdrft Mensch geworden ist. Habe ihr genau erklärt: Wir feiern den Tag, an dem der Herr dich dir und mir geschenkt hat.

12 Juli halb neun

Vielleicht war es keine so gute Idee, Agaat ihren Geburtstag feiern zu lassen. Habe nicht daran gedacht, dass man am Geburtstag Gäste einlädt. Habe schließlich Saars Kinder in ihren besten Sonntagskleidern rübergeholt. Es gab Kuchen und Limonade an einem kleinen Tisch im Hinterhof. Musste die ganze Zeit aufpassen. Kaum drehte ich den Kindern den Rücken zu, hänselten sie Agaat. Eselsmaul, Klippschlieferpfote. Ich gab Agaat mit den Augen Zeichen. Mach dir nichts daraus, sie wissen es nicht besser. Später hab ich die Kinder nach Hause geschickt und Beatrice eingeladen. Ich ließ Agaat im Wohnzimmer für uns Reime aufsagen und Geschichten erzählen, und jedes Mal klatschten wir hinterher Beifall.

Beatrice traute ihren Augen und Ohren kaum. Du meine Güte, rief sie, aber ihr Lob klang nicht aufrichtig. Sie hält mich für verrückt, weil ich so viel in das Kind investiere, und behauptet, ich vernachlässige darüber meine Freunde und Bekannten. Sie fragt, was Jak davon hält, und ich antworte ausweichend. Beatrice ist im Großen und Ganzen ein Kopfmensch. Sie würde niemals irgendwas Unkonventionelles tun, ein Risiko eingehen oder sich mit ganzem Herzen für jemand anderen einsetzen. Sie würde niemals Partei ergreifen. Mir wird immer klarer, dass ich allein dastehe und an die gute Sache glauben muss, obwohl ich doch nur das tue, was uns ständig gepredigt wird. Vielleicht haben die anderen ein Problem damit, dass ich die Predigten zu wörtlich nehme.

16. August 1954

Heute haben wir den ganzen Tag im Garten gearbeitet. Zuerst haben wir einen Blumenkranz aus Tulpenblättern und Sauerampferblüten geflochten und dann Kräuter ausgesät. Ich gab ihr die Samen zu kauen, damit sie den Geschmack jeder Pflanze kennenlernt: Koriander, Dill, Mohnsamen. Fenchel mag sie am liebsten. Wonach schmeckt er?, fragte ich. Wie Bonbons, antwortete sie mit verschmitztem Gesicht, nach Lakritz. Du bekommst Bonbons von mir, wenn du brav bist. Ich brachte ihr das Wort Süßholz bei, Süßholz, weil es süß ist, Agaat, weil sie gut ist. Süßholz, Süßholz, sagte sie. Gibt es auch saures Holz? Sie muss intelligent sein, wenn sie solcherlei Analogien bildet.

13. September 1954

Nun da die Seele in ihr erwacht und sie den Schrecken ihrer Herkunft entwachsen ist, zumindest körperlich (Größe und Gewicht sind jetzt zum ersten Mal altersgerecht), wird es Zeit, dass Agaat getauft wird. Solange es eine private Zeremonie sei, sagt der Pfarrer, könne sie in der Kirche der Weißen stattfinden. Er werde sich um Taufzeugen kümmern. Er stimmt mir zu, dass es Zeit für sie ist, im Glauben ihrer Ziehmutter eingesegnet zu werden, damit sie in der Gnade des Bundes aufwachsen kann.

14. September 1954

Es war schwer, A. die Sache mit der Taufe zu erklären. Jetzt da sie schön gewachsen sei und singen und sprechen könne, sagte ich, da sie gehorche und sich allein waschen und anziehen könne, ihre Knöpfe und Schnallen schließen könne, die Geschichten aus der Bibel kenne und jeden Abend ihr Nachtgebet aufsage, müsse sie mit Wasser aus dem Taufbecken auf der Stirn als Kind des Herrn gekennzeichnet werden.

Muss ich mich mit offenem Mund auf einen Stuhl setzen?, fragt sie. Erst verstand ich sie nicht, bis ich dahinterkam, dass sie ans Zähneziehen dachte. Muss sie tief beeindruckt haben.

Habe das Album mit den Fotos von meiner Taufe herausgeholt, um ihr zu zeigen, worum es geht. Fasziniert betrachtete sie das Taufkleid, und ich kramte es aus dem Wäscheschrank, um es ihr zu zeigen. Es war voller Motten und Löcher, muss es loswerden, wird auf Gdrft ohnehin nie verwendet werden. Immer wieder berührte sie die Falten, Rüschen und doppelten Kragen des Kleidchens. Es ist ganz altmodisch über und über mit Rüschen verziert, stammt noch von der Familie meiner Mutter. Warum trägt man so ein Kleid?, fragte sie.

Taufkleid, Konfirmationskleid, Hochzeitskleid, Totenhemd, die vier Kleider einer Christenfrau, erklärte ich ihr. Zeigte ihr mein Brautkleid mit den angenähten Voile-Ärmeln. Ich musste weinen, und meine Tränen tropften auf die Seiten des Fotoalbums. Ein kleiner brauner Finger wischte sie weg. Da fühlte ich eine kleine Hand in meiner, zum ersten Mal kam diese Geste von ihr aus.

Das sei nichts, weswegen man weinen müsse, sagte sie.

Musste zuerst auf der Toilette die Fassung zurückgewinnen. Zu viel Intimität ist jetzt bestimmt nicht gut. Sie muss lernen, wo ihr Platz ist.

20. September 1954

Habe Agaats weißes Taufkleid fertig gesmokt. Wie adrett sie darin aussieht! Heute Abend vor dem Schlafengehen hat sie es noch einmal anprobiert, damit ich den Saum abstecken konnte.

Muss ich mich mit gespreizten Beinen vor das Taufbecken legen?, fragte sie. Sie hat die Untersuchungen durch die Ärzte noch immer nicht verwunden.

Ich versuchte, ihr zu erklären, dass sie nicht ihre Beine öffnen müsse, sondern ihr Herz, denn es gehe nicht um ihren Körper, sondern um ihre Seele. So wie ihr Körper von einem Arzt geheilt wurde, werde nun der Pfarrer ihre Seele heilen, damit sie eines Tages in den Himmel zu den Engeln käme. Sie verstand es nicht. Werden wieder kalte, glänzende Sachen in mich reingesteckt? Nein, antwortete ich, es gibt nur einen Gottesdienst, und du musst auf alle Fragen mit Ja antworten, damit der Name, der dir gegeben wurde, in das große Buch des Lebens eingetragen werden kann. Und wenn nicht, was passiert dann?, fragte sie. Wenn nicht, weht Agaat Lourier ziellos umher wie ein Flugsamen im Wind, ohne je in die Erde zu sinken, und sie wird zugrunde gehen und nie reife Früchte tragen, sagte ich. Sie sah mich mit großen Augen an.

21. September

Albträume und Bettnässen letzte Nacht. Agaat sagte, sie wolle nicht getauft werden. Sie müsse aber, sagte ich, sonst werde sie in der glühend heißen Hölle des Teufels brennen. Sie fragte, wer der Teufel sei und ob er einen Blasebalg habe. Mit Feuer kenne sie sich aus, sie brenne lieber, sie habe keine Angst. Ich entgegnete, wenn sie brav sei, könnten wir am Abend nach der Taufe ein Feuer anzünden und tanzen. Ich versprach, ihr einen Orangenkuchen zu backen. Sie sagte, sie wolle ihren Blasebalg mit zur Taufe nehmen. Er müsse für diesen Anlass unbedingt poliert werden.

23. September zehn Uhr

Die Taufe fand am späten Nachmittag statt. Gott sei Dank. Zuvor ein Riesentrara. Hätte es kommen sehen müssen. Als sie sich anziehen sollte, lief sie weg. Musste ihr nachrennen und sie einfangen, zusammen mit Saar. Unten am Pappelwäldchen haben wir sie am Uferwall in die Zange genommen. Sie war schon wieder stocksteif und wild. Musste ihr ein paar ordentliche Schläge auf den Hintern geben. Sie weigerte sich, sich anzuziehen. Musste sie mühsam in die neuen Kleider zwängen, weiße Kniestrümpfe und glänzende Schuhe dazu. Sie zog den Kopf ein, weil der Tüll des Hütchens sie angeblich am Hals kratzte. Im Haus des Herrn muss dein Kopf bedeckt sein, ermahnte ich sie. Als wir losfahren mussten, wollte sie den Blasebalg nicht loslassen. Wir waren über eine Viertelstunde zu spät dran. Du wirst mich mit deinen Launen noch blamieren an diesem großen Tag, sagte ich. Ein Kind des Herrn verhält sich nicht so. Erinnere dich daran: Dein Name bedeutet »gut«, sagte ich, und heute wird dir dieser Name vom Pfarrer gegeben, er ist der Diener des Herrn.

Trägt der Pfarrer einen Mantel wie der Doktor?, fragte sie.

Pfarrer van der Lught war zum Glück die Geduld in Person. Lassen Sie nur, sagte er, als ich Agaat den Blasebalg abnehmen und das Hütchen zurechtrücken wollte. Er hatte den Küster, die Organistin und den alten Groenewald, der sich um die Gärten kümmert, für den Anlass herbeigerufen. Ansonsten waren nur der Presbyter und ich da. Jak wollte mit der Taufe nichts zu tun haben. Ma ebenso wenig.

Gelbliches Licht fiel durch die Milchglasfenster der Kirche. Agaats Haut wirkte heller als sonst. Es war kalt auf den nackten Holzbänken, und oben von der dunklen Galerie ertönte eine dünne kleine Melodie. Agaat hatte am ganzen Körper Gänsehaut, als ich sie für das Taufbekenntnis nach vorne schob. Den Blasebalg schleppte sie mit. Der Pfarrer sah uns unter seinen Augenbrauen hervor so streng an, als hätten wir uns Schlimmeres zuschulden kommen lassen als die Erbsünde, Agaat und ich. Wir sangen das Taufl ied »Liebster Jesu, wir sind hier, deinem Worte nachzuleben«.

Dann kam die Organistin von der Galerie zu uns herunter, und der Pfarrer sagte: Wir und unsere Kinder und unsere Findelkinder, die wir beschützen, und die Heiden, die wir vor der Verdammnis retten, werden in Sünde empfangen und geboren. Die Taufe mit Wasser zeigt die Verunreinigung unserer Seelen. Wir müssen uns selbst misstrauen und das Heil außerhalb unserer selbst suchen.

Die Spätnachmittagssonne fiel durch das gelbe Glas auf den glänzenden Rand des Taufbeckens, und es sah so aus, als wäre gar kein Wasser darin. Ich hielt Agaats Hand ganz fest und spürte, wie sie sich sträubte, als die Stimme des Pfarrers immer tiefer und schwerer wurde. Ich dachte bei mir, er hätte es ruhig ein bisschen kürzer halten können, schließlich ging es nur um Agaat. Doch vielleicht war ich diejenige, die sich den ganzen Sermon noch einmal anhören sollte. Der alte Groenewald stand mit den Händen vor dem Schritt gefaltet daneben, nickte beiläufig und drehte Däumchen. Dieser Schauspieler!

Wir müssen unsere Natur zügeln und ein gottesfürchtiges Leben führen, sprach der Pfarrer. Wenn wir auch manchmal schwach werden und sündigen, so dürfen wir doch nicht an der Gnade Gottes zweifeln oder in der Sünde verharren.

Dann folgte ein Gebet. Schließ die Augen, flüsterte ich Agaat zu. Ich beobachtete den Presbyter, der vor- und zurückschaukelte und ein Gähnen unterdrückte. Daher bitten wir Dich, auch über dieses angenommene Kind Deine Gnade walten zu lassen und ihm durch Deinen Heiligen Geist Deinen Sohn Jesus Christus zu schenken, sodass es mit ihm begraben werden und mit ihm wiederauferstehen kann. Hilf ihr, ihr Kreuz im Dienste ihrer Herrin und ihres Herrn frohgemut zu tragen, Christus täglich zu folgen und ihm in wahrem Glauben, fester Hoffnung und feuriger Liebe zu dienen, damit sie dieses Leben, das unvermeidlich im Tod endet, um Deinetwillen getrost verlässt, sodass sie am Jüngsten Tage ohne Furcht vor dem Richterstuhl Deines Sohnes Jesus Christus erscheinen kann.

Mach die Augen auf, du musst jetzt auf alle Fragen mit Ja antworten, flüsterte ich Agaat zu. Dann sah der Pfarrer Agaat unter seinen Augenbrauen hervor an. Glaubst du an den einzigen wahren Gott, der Himmel und Erde und alles, was darin ist, aus dem Nichts erschaffen hat? Glaubst du, dass nichts im Himmel oder auf Erden ohne Seinen göttlichen Willen geschieht? Erkennst du an, dass du von Natur aus unfähig zum Guten und zu allem Bösen geneigt bist? Bekennst du, dass du durch den Glauben die Vergebung deiner Sünden in Seinem Blute empfängst?

Agaat gab nur ein Piepsen mit angehaltenem Atem von sich. Ich kniff ihr in den Nacken, damit sie deutlicher Ja sagte, aber nein, sie nahm den Griff des Blasebalgs und drückte ein wenig Luft heraus, pffft. Ich stieß sie ermahnend an. Die Organistin erhaschte meinen Blick und musste ein Lächeln unterdrücken. Dann versetzte ich Agaat einen Stoß in den Rücken, und sie trat nach vorne. Der Pfarrer winkte sie zu sich und streifte den rechten Ärmel seines Talars ein wenig hoch. Agaat hielt inne, und ich musste sie an beiden Schultern fassen und vorschieben, weil ich spürte, dass sie sich bereits zum Weglaufen wandte. Ich schubste sie so weit nach vorn, bis sie an der richtigen Stelle stand. In dem Moment schob sich eine Wolke vor die Sonne, die Kirche wurde dunkel, mir wurde ganz unheimlich zumute, als fielen die Makel Hams auch auf mich zurück. Halt die Stirn vor, sagte ich, zog ihr Hütchen nach hinten und griff sie im Nacken, damit sie den Kopf aufrecht halte, denn sie zog ihn ein, als befürchte sie, geschlagen zu werden.

Agaat Lourier, ich taufe dich im Namen des Vaters und des Sohnes und des Heiligen Geistes. Der Pfarrer sprenkelte drei Mal Wasser auf Agaats Stirn. Ich spürte, wie sie unter meinem Griff erstarrte und versuchte, den Kopf wegzuziehen, die Augen fest zugekniffen, als würde sie mit Säure beträufelt.

Dann betete der Pfarrer noch einmal, die Hand auf Agaats Kopf gelegt. Ich hielt sie weiterhin am Hals fest, damit sie nicht ausweichen konnte. Ich spürte ihren Puls unter meinem Daumen. Hilf ihr, dass sie in aller Gerechtigkeit unter unserem einzigen Lehrer, König und Hohepriester leben und mutig gegen die Sünde, den Teufel und sein ganzes Reich zu kämpfen vermag, dass sie den Sieg erringe und sie den einzig wahren Gott, Vater, Sohn und Heiligen Geist ewig lobe und preise, Amen.

Dann stieg die Organistin wieder hinauf auf die Galerie, und unsere kleine Runde sang für Agaat »Ich bin getauft auf Deinen Namen«.

Die Organistin musste kräftig in die Tasten hauen, weil wir viel zu leise waren. A. starrte unverwandt zu ihr hinauf. Das sind Orgelpfeifen, erklärte ich ihr, es gibt große und kleine, und sie klingen je nachdem wie Harfen oder Trompeten. Hör gut zu, das sind die Stimmen der Engel des Herrn, sie rufen dich in seine Herde.

Gehet hin in Frieden, sprach der Pfarrer, hob die Arme, und Agaat erschrak vor den Fledermausflügeln seines schwarzen Talars.

Dann musste sie nur noch ins Taufregister eingetragen werden. Die Taufurkunde war bereits gesiegelt. In der Sakristei war es so dunkel, dass das Licht eingeschaltet werden musste. Agaat stand mit gesenktem Kopf da und machte pffft, pffft mit dem Blasebalg. Siehst du, hat doch gar nicht wehgetan, sagte ich. Sie könne später in der Missionarskirche konfirmiert und ein vollwertiges Gemeindemitglied werden, sagte der Pfarrer. Der alte Groenewald kramte in seiner Hosentasche und zog ein Toffee für Agaat heraus. Der Presbyter gab ihr fünf Rand. Für dein Sparschwein, sagte er. Zu Hause wartet ein ganzer Kuchen, sagte ich, falls jemand heute Abend vorbeikommen möchte. Gott sei Dank nahm keiner die Einladung an. Ich hatte schon genug Drama gehabt für diesen Tag, da hatte ich keine Lust mehr auf dumme Kommentare und Jaks ablehnende Haltung.

Die Organistin begleitete uns hinaus. Früher, erklärte sie Agaat, habe man den Wind für die Orgel mit so einem Blasebalg erzeugen müssen, nur sei der viel größer gewesen als ihrer. Sie griff in ihren Ausschnitt, zog ein Spitzentaschentuch daraus hervor und hielt es Agaat unter die Nase. Riech mal, das riecht gut, nicht wahr? Das ist für dich, als Erinnerung an deine Taufe. Wie sagt man?, fragte ich Agaat und musste sie erneut anstoßen. Doch sie bekam kaum die Lippen auseinander. Ich habe nichts gehört, tadelte ich sie. Du stellst dich heute aber auch an! Du bist ein bisschen blass um die Nase, meinte die Organistin. Iss schön dein Toffee, damit du wieder ein wenig Farbe bekommst. Schon gut, ist doch jetzt alles vorbei, bestimmt ist das alles auch sehr seltsam für ein armes kleines Hotnotmädchen, wo haben Sie sie denn her?

Ich war zutiefst erleichtert, endlich von dort wegfahren zu können.

Zu Hause wollte sie ihr Abendessen nicht essen. Musste das Feuer anzünden, das ich ihr versprochen hatte, und sie blieb davor sitzen, während wir aßen. Hörte sie hin und wieder mit dem Blasebalg hantieren. Irgendwann ist sie einfach in sich zusammengesunken und eingeschlafen. Als ich sie später auf den Arm nahm, um sie ins Bett zu bringen, schlug sie plötzlich die Augen auf und fragte aus heiterem Himmel in einem vollständigen Satz: Wo ist das Kreuz, das ich tragen soll? Jak hörte es und spöttelte: Das erfährst du schon früh genug, glaub mir. Was meint er bloß damit? In letzter Zeit sieht er mich oft mit einem Ausdruck regelrechter Abscheu an.

Habe ihr eine Scheibe Orangenkuchen und eine Tasse Tee ins Zimmer gebracht. Beim Essen sah sie mich mit großen Augen an. Sie hatte unzählige Fragen, und ich war ganz erstaunt darüber, was sie sich alles gemerkt hatte. Was ist ein Richterstuhl? Was bedeutet das mit dem Blut? Schön, dass du deine Stimme wiedergefunden hast, sagte ich, heute Nachmittag hast du mich ja ganz schön vor den Leuten blamiert. Bin ich böse?, fragte sie. Nein, antwortete ich, dein Name bedeutet »gut«, aber du neigst zum Bösen, so wie alle Menschen. Warum? Weil wir von Natur aus Sünder sind. Bist du auch eine Sünderin, Même?, fragte sie mich. Und was bedeutet eigentlich dein Name?

Milla, Kamilla – ich hab mich nie gefragt, was das bedeutet.

Es ist der Name einer weißen Blume, den meine Mutter mir gegeben hat, sagte ich mangels einer besseren Antwort. Sie sah mich an, als glaubte sie mir nicht. Kleine Kinder wie du sollten sich nicht über solche schwierigen Fragen den Kopf zerbrechen, entgegnete ich, merkte aber, dass sie damit nicht zufrieden war.

Mein Hals tut weh, klagte sie, als ich ihre Kerze ausblies. Das kommt davon, weil du ihn in der Kirche andauernd eingezogen hast, erwiderte ich, wie ein Esel, der sein Joch nicht tragen will. Ich nutzte die Gelegenheit und fügte hinzu: Siehst du, das bedeutet sündigen, dass du bei der Taufe so widerspenstig warst. Aber die Hand von dem unheimlichen Onkel hat so schwer auf meinem Kopf gelegen, erwiderte sie, und du hast mich in den Hals gekniffen, Même. Herrgott, das Kind ist wirklich sehr frühreif.

2. Oktober 1954

Bin heute mit Agaat nach Malgas gefahren. Wollte mit der Fähre den Breërivier überqueren, aber sie weigerte sich. »Fähre«, wiederholte sie unablässig, wie sie es neuerdings mit jedem neuen Wort tut, das sie lernt. Fähre, Mähre, Ähre, ich muss ihr Einhalt gebieten, damit sie nicht zu vorlaut wird. Dabei habe ich ihr selbst beigebracht, Reime zu bilden. Das habe ich nun davon! Ich habe ihr angedroht, ihr den Mund mit Seife auszuwaschen, wenn sie schmutzige Wörter benutzt, denn das kommt auch vor bei ihren Wortspielchen. Letztendlich habe ich mich durchgesetzt und mit dem schreienden Kind im Auto übergesetzt. Augen zu und durch! Dann sind wir weitergefahren bis nach Witsand ans Meer. Dort war es regnerisch. Wir haben Muscheln und angeschwemmte Steine gesammelt. Ich habe ihr die Farben des Meeres und des Strandes beigebracht. Perlmuttschimmer, Schiefergrau, Silbergrau, Seemöwenweiß, Muschelschalenschwarz, Steingrau. Agaat hielt jeden Gegenstand erst gegen ihre und dann gegen meine Haut. Etwas Weißes schimmere gegen meine Haut noch weißer, und das Grau wirke grauer, stellte sie ernsthaft fest. Aha. Der Sturm peitschte in der Flussmündung hohe Wellen auf. Später haben wir uns im Hotel an den Kamin gesetzt, um uns aufzuwärmen. Ich war froh, dass mitten in der Woche außer uns niemand da war, sonst hätte Agaat im Auto bleiben müssen. Ich sehe noch Schwierigkeiten auf uns zukommen an öffentlichen Plätzen, aber noch ist sie ja ein Kind. Sie haben ihr warme Milch in einem Emailbecher gebracht.

5. Oktober

Ich gewöhne Agaat an ihre Rolle im Haus. Habe eine Apfelkiste vor das Spülbecken gestellt, damit sie hochkommt. Nun spült sie jeden Morgen die Kaffeetassen für mich. Sie benutzt inzwischen sogar die schwache Hand, als sei ihr jedoch eine gewisse Vorsicht angeboren. Lasse sie zur Übung Jaks Socken, Taschentücher und Unterhosen in der Wanne auf dem Hinterhof waschen. Sie will nicht, dass jemand sie sieht, wenn sie mit beiden Händen arbeitet. Der Ärmel der schwachen Hand ist immer nass und schmutzig, weil sie nicht will, dass ich ihn aufrolle.

9. Oktober 1954

Erste Lese- und Schreibstunde. Ich verwende das Bibel-ABC und schlage damit zwei Fliegen mit einer Klappe. Habe die alte Alphabet-Tafel aus dem Keller geholt, mit der Ma schon mich unterrichtet hat.

A steht für Adam, den ersten Mann,
dann kam Eva und lebte mit ihm zusammen.
B steht für Babel, den Turm, hoch wie kein anderer,
doch dann gerieten die Sprachen durcheinander.
C steht für Christus, unseren Erlöser und Herrn:
ihm müssen wir zuhören, ihn müssen wir ehren.

Sie hält den Bleistift in der linken Hand, ebenso wie das Messer. Sie schämt sich noch immer ihrer schwachen Hand und versteckt sie, sobald man hinsieht. Ich habe zu ihr gesagt: Agaat, der Herr hat dich so gemacht und will nicht, dass du dich schämst.

10. Oktober

Warum werden meine Steine und Muscheln grau?, fragte Agaat, meine Zunge ist schon ganz müde davon, sie blank zu lecken. Ich schlug vor, ein Glasgefäß voll Wasser ans Bett zu stellen und sie hineinzutun, dann würden sie wieder hübsch. Wasser ist für Muscheln das, was Liebe für die Seele des Menschen ist, sagte ich. Ohne Liebe wird die Seele aschgrau, trocken und kalt. Ich bin braun wie Schlamm, und mein Mund ist voller Spucke, sagte Agaat. Sie leckte über ihren Unterarm und zeigte ihn mir. Klemmte die Hände unter die Achseln und sagte: Brote im Ofen, ganz heiß, fühl mal. Sie ist richtig schlau, die Kleine!

Habe Ma angerufen und ihr erzählt, welch große Fortschritte wir machen, und sie erwiderte wie immer mit einem gewissen Unterton: Ich bin froh, dass du etwas hast, woran du dich erwärmen kannst, mein Kind.

13. Oktober
Bin mit Agaat in den Wald gegangen, ganz hoch hinauf in den Urwald. Habe ihr von dem riesigen Kaiserfalter erzählt, der auf der Außenseite schwarz ist und innen blau wie ein Auge, wenn er seine Flügel ausbreitet. Das Juwel des Waldes. *Apatura iris*. Das Auge, das das Geheimnis der Seele schützt. Nur gute Menschen erblicken ihn. Hast du ihn schon mal gesehen, Môme?, fragte Agaat und sah mich dabei auf eine Weise an, dass ich nicht lügen konnte. Ich hoffe, ihn einmal zu Gesicht zu bekommen, erwiderte ich. Wir können jeden Tag herkommen, schlug sie vor, wie viele Tage hat ein Leben? Wenn wir ihn fangen, stecken wir ihn in ein Glas, dann kann er nicht mehr raus, sagte sie mit einem grausamen kleinen Lächeln. Woher kommt das? Ich darf nicht vergessen, dass dieses Kind ein anderes Leben führte, bevor ich es gefunden habe. Nein, sagte ich zu ihr, ein Schmetterling gleicht der Seele eines Menschen, er verkümmert in Gefangenschaft. Wo wohnen die Fledermäuse?, fragte sie.

14. Oktober 1954
Wir üben jetzt täglich Lesen und Schreiben. Sie macht bemerkenswert schnelle Fortschritte. Wir rechnen mit den Fingern und Zehen. Bei den Rechnungen lässt Agaat ihre schwache Hand weg. Ich halte stattdessen meine Hand hin, ich blättere für sie um und radiere ihre spiegelverkehrten Dreien und Fünfen aus, wenn sie Schwierigkeiten hat. Sie hält die kleine Hand unter dem Tisch verborgen.

Gemeinsam bilden wir einen vollständigen Menschen mit zwei starken Händen, sagte ich. Bin ich dein Kind?, fragte Agaat. Du bist mein kleiner Pavian, antwortete ich. Wir lernen die Windrichtungen und die Namen der Monate und Jahreszeiten, die Feiertage und was sie bedeuten. Auf diese Weise habe ich ihr sogar ein wenig (Religions-)Geschichte beigebracht. Karfreitag,

Ostermontag, Van-Riebeeck-Tag, Tag des Bundes. Ich habe dich am Tag des Bundes gefunden, weißt du noch?, fragte ich sie. Das beweist, dass all dies der Plan Gottes ist. Sie sah mich nur mit großen Augen an.

15. Oktober

Die Kräuter, die wir gepflanzt haben, wachsen üppig. Agaat pflückt Stängel von jedem Kraut, probiert sie und kaut die Samen. Sie kennt alle Namen, Petersilie, Sellerie … Fenchel mag sie am liebsten. Fenchel und Koriander, sage ich, das eine ist wie das andere. Stimmt nicht, sagt sie, das eine schmeckt nach Lakritz, das andere nach Trockenwurst. Sie ist sehr aufmerksam und hat ein erstaunliches Gedächtnis. Kein Wunder bei der vielen Aufmerksamkeit, die sie bekommt! Ich wiederhole alles so oft, bis sie es verstanden hat. Ein Kind muss gedrillt werden, das ist meine feste Überzeugung.

16. Oktober

Habe Saar heute Morgen eine Riesenstandpauke gehalten. Agaat war im Hinterhof damit beschäftigt, Jaks Unterhosen, Taschentücher und Socken in der Zinkwanne zu waschen. Da hörte ich, wie Saar sie hänselte: Du musst fester reiben, Mädchen, du musst reiben! Sein Rotz ist zäh, und seine Füße stinken, und seine Schlange spuckt dicke Klumpen aus. Die Küchenmädchen sind neidisch auf Agaat und hacken ständig auf ihr rum. Ich werde nicht zulassen, dass sie das Ergebnis meiner harten Arbeit ruinieren.

18. Oktober

Musste erneut eingreifen. Saars Kinder haben Agaat auf dem Hinterhof ausgelacht und verspottet und dann die frisch gewaschene Wäsche in den Schmutz geworfen. Sie hat sich nicht gewehrt, sondern nur das Kinn vorgeschoben. Seltsam, Agaat weint nicht, jedenfalls habe ich sie noch nie weinen sehen, egal, was passiert ist. Ich habe ihr gesagt, sie solle es sich nicht zu Herzen nehmen, die wären anders als sie.

Heute Abend vor dem Schlafengehen sagte sie: Die haben gesagt, ich käme aus einer Saufmuschi von der anderen Seite des Berges. Pfui, wie hässlich!, sagte ich. Sie kommt jetzt offenbar in das Alter, in dem sie beginnt, Fragen zu stellen. Sie sah mich mit großen Augen an. Was sie wohl in ihrer Kokosnuss da oben denkt? An wie viel kann sie sich erinnern? Ich habe ihr eine hohe Dosis Baldrian gegeben, als ich sie hierherbrachte. Anschließend schlief sie tagelang. Ich weiß nicht recht, was ich ihr erzählen soll. Vielleicht einfach die Wahrheit, aber ich habe das Gefühl, dass der richtige Zeitpunkt dafür noch nicht gekommen ist.

Ich muss die Geschichte auf jeden Fall vorher für mich selbst aufschreiben, bevor ich vergesse, wie es sich anfühlte und wie es dazu kam. Die Berufung, die Aufgabe, schwarz auf weiß, um ihretwillen, damit sie es eines Tages nachlesen kann. (Obwohl ich mich jeden Tag aufs Neue frage, was genau ich hier versuche, zustande zu bringen, und warum ich es so tue, wie ich es tue, und was dabei herauskommen wird, Gott steh mir bei!)

Als ich am Abend aufstand (ich muss eine Weile bei ihr im Bett eingeschlafen sein), ist sie aufgewacht und sagte aus heiterem Himmel: Lys ist meine Schwester. Sie hat mir gezeigt, wie man einen Maulwurf fängt. Wie fängt man denn einen Maulwurf? Man schaut, welcher Hügel frisch ist, und pinkelt in der Nähe auf den Boden. Man wartet und wartet und pinkelt immer wieder auf dieselbe Stelle. Und dann? Man hält seinen Draht und seinen Stock bereit. Und dann? Dann wartet man, hält die Augen offen und sagt die ganze Zeit: Maulwurf, Maulwurf, hier ist das Loch! Und dann? Dann gräbt er an dieser Stelle ein Loch, weil der Boden ganz weich vom Pipi ist. Er gräbt sich heraus, und man wartet, bis der Haufen eine Handbreit hoch ist, dann hakt man mit dem Draht schnell in das Loch und piekt mit dem Stock, und dann holt man ihn mit einem Ruck am Hinterbein raus. Vorsichtig, denn er kann zwar nichts sehen, aber ganz schön beißen. Und dann? Dann zerschmettert man seinen Kopf mit einem Stein und zieht ihm das Fell ab. Was macht man denn mit dem Fell? Es ist schön weich. Und wie bekommt man es weich? Man steckt den Draht hindurch und wickelt es herum. Lys hat es auf einer Seite festgehalten. Oder man hängt es an einen Dornbusch und wringt das Fell jeden Tag, bis es weich ist.

Lieber Herrgott! Will lieber gar nicht daran denken, was noch alles in ihrer Vergangenheit lauert!

20. *Oktober*

Habe A. heute mit in die Stadt genommen, hatte einen Friseurtermin. Sie wollte mich die ganze Zeit an der Hand nehmen, aber ich sagte, geh schön neben mir her, hier in der Stadt hält man sich nicht an der Hand. Schließlich bist du schon groß. A. war ganz fasziniert vom Haareschneiden. Sie nahm der Friseurgehilfin den Handfeger ab und kehrte mein Haar auf die Schaufel. Woher kommen die Haare? Ansonsten war sie sehr brav, während ich meine Einkäufe erledigte.

Dann traf ich Beatrice bei Kriel und Co., und sie schlug vor, zusammen im Good Hope Café einen Tee trinken zu gehen. Und was ist mit Agaat?, fragte ich. Kauf ihr ein Eis und sag ihr, sie soll draußen warten, antwortete B. Ai, wie kann sie so gefühllos sein! Sie ist doch noch ein kleines Kind. Nein, erwiderte ich, ich rede mit Georgie. Pah, der Küstenkaffer, höhnte Beatrice, er wird wohl nichts dagegen haben, wenn du sie mit reinbringst, aber er sollte besser an seine Kundschaft denken. Ich bat um einen Tisch ganz hinten, ein wenig versteckt neben der Küchentür, und da kam die Kellnerin in ihrer weißen Schürze und mit der weißen Haube klappklapp durch die Pendeltüren und brachte A. einen Riesenbecher Eis mit Limonade und dazu einen langstieligen Löffel und einen Strohhalm. A. staunte Bauklötze. Dann kamen zwei andere Kellnerinnen heraus und starrten A. an. Gehen Sie weg, sagte ich, sie ist doch noch ein Kind. A. hat den ganzen Riesenbecher aufgegessen, ich wusste gleich, das war zu viel, aber B. hatte ihn – vermutlich aus Bosheit – bestellt. Ihr Gesichtsausdruck sagte deutlich: Du hast es ja unbedingt gewollt, du wirst schon sehen, was du davon hast. A. saugte und saugte an dem milchig grünen Zeug in dem hohen Glas, den Blick unverwandt auf Tretchikoffs Bild des Sterbenden Schwans an der Wand geheftet. Als wir wieder draußen waren, kotzte sie auf den Bürgersteig. Schnell hielt ich ihren Kopf über den Rinnstein, und B. marschierte klickklack auf ihren hohen Absätzen davon, als kennte sie uns nicht. Manche Leute sind einfach unmöglich!

23. Oktober

Ich zeigte ihr Bilder von Fahrzeugen. Seltsame Reaktion. Ein Schiff? Niemals werde ich eines betreten! Ein Flugzeug? Nie würde ich da einsteigen! Ein Zug? Guck mal der Rauch, wie gruselig! Ich spielte ihr auf dem Klavier den Zweiklang der Zugpfeife vor. Nein, ich würde rausspringen! Ich laufe lieber! Aber du fährst doch auch mit mir mit dem Bakkie über Land? Schön, aber du sitzt ja am Steuer, Même.

27. Oktober 1954

A. war heute sehr ungezogen. Sie hat aus dem Aga-Herd einen glühenden Span genommen und im Hinterhof eine ungelesene Zeitung und die nagelneuen braunen Papiertaschen angezündet, in denen ich Kräutersamen aufbewahre. Kleiner Teufelsbraten! Hab ihr tüchtig mit dem Staubwedel auf den Hintern gegeben. Weiß nicht, was ich Jak sagen soll, seine Zeitung ist ihm doch so wichtig. Habe sie tüchtig erschreckt, indem ich so tat, als würde ich bei der Polizei anrufen und dem Konstabel erzählen, wie frech sie gewesen wäre. Sie sollten sie abholen und in eine Zelle mit Gittern und schwerer Stahltür sperren, ohne Essen und Pipitopf. Damit habe ich ihr wirklich Angst eingejagt! Aber bitte schön, lieber soll sie Angst haben als frech werden. Sie fürchtet sich jetzt sehr vor dem Telefon. Wenn ich telefoniere, belauscht sie mich aus einem Versteck heraus. Ich nutze jede Gelegenheit. Wenn ich mit jemandem gesprochen habe, lege ich nicht gleich auf, sondern halte den Hörer weiter ans Ohr und tue so, als würde ich dem Pfarrer, der Polizei oder dem Magistrat von ihren Streichen und Ungezogenheiten berichten. Damit habe ich wirklich ein sehr gutes Mittel entdeckt, sie zu bändigen.

4. November 1954

Das Jahr ist fast schon wieder zu Ende. Das erste Jahr von Agaats und meinem gemeinsamen Leben. Wie schnell die Zeit vergangen ist! Wie anders als in früheren Jahren!

Ich habe mir wieder einmal vorgenommen, den Anfang der Geschichte aufzuschreiben, aber es ist so heiß, und ich sitze hier draußen auf der Veranda und bin völlig erschöpft. Ich versuche, an jenen Tag zurückzudenken. Wann genau bin ich auf die Idee gekommen, warum habe ich es getan? An manchen Tagen weiß ich es wirklich nicht mehr. Wir machen ausgezeichnete Fortschritte, drei, vier Tage, eine Woche lang, und dann kommt wieder ein Rückschlag. Sie hat so eine Art, mich anzusehen, die mich fuchsteufelswild macht – als hätte ich ihr ganzes Leben zerstört, nur weil ich sie einmal züchtigen musste! Wie soll sie sonst lernen, was gut und was schlecht ist?

Der Herr ist mein Zeuge, ich weiß nicht, ob ich der Sache noch gewachsen bin. Manchmal kenne ich mich selbst nicht mehr mit diesem Kind im Haus. Wie ist es möglich, dass dieses kleine, verkrüppelte, halsstarrige, dumme Mädchen dort im Hinterzimmer solche Gefühle in mir wachruft? Sie ist doch diejenige, die nichtsnutzig ist. Und ich wollte doch nichts anderes erreichen, als sie zu einem Menschen zu machen, ihr etwas fürs Leben mitzugeben, ein Zuhause, Chancen, Liebe.

Ich bin frustriert und ungeduldig, und ich kann mir nicht helfen, aber manchmal widert sie mich an. (Ja, ich schäme mich, aber es ist wahr!) Das lange Kinn, die hervorstehenden Augen, die so durchdringend gucken können, der unbezähmbare Krauskopf, der dünne Arm, dieses Tückische bisweilen, die Grausamkeit, die manchmal aus ihr hervorbricht. Wie schenkt man einem Wesen, das derart verdorben ist, ein gutes Herz? Wie bekomme ich jemals genug Fleisch auf diesen dünnen Körper? Wie kann ich ihre Sinne und ihren Verstand aktivieren? (Ganz zu schweigen von ihrem Gewissen!) Und ihr dazu einen eigenen Willen einflößen (aber zugleich Gehorsam!) und eine Seele? Sie widersteht mir, sie ist noch lange nicht gezähmt.

An manchen Tagen beschleicht mich das Gefühl, das Kind wäre wie eine dunkle Besenkammer, in die ich alles hineinzwänge, was mir in den Sinn kommt, in der Hoffnung, dass es irgendwann etwas nütze. Eines Tages öffne ich dann die Tür, und sie tritt patent und aufrecht heraus, alle Glieder gesund und stark, dankbar und bereit zu dienen, eine solide Person, für die sich alle meine Tränen und Mühen gelohnt haben. Sodass ich aller Welt zeigen kann: Seht ihr, ich habe es euch doch gesagt! Ihr wolltet mir ja nicht glauben.

15. November 1954 morgens

Saar rief mich aus dem Garten: Kommen Sie, Mies, gucken Sie mal, was Agaat spielt! Auf Zehenspitzen schlich ich durch die Küchentür und spähte um die Ecke. Da spielte sie mit der Stoffpuppe auf dem Telefonhocker Inquisition! Sie hatte die mit Flusssand gefüllte Puppe absichtlich so hingesetzt, dass sie herunterfallen musste. Sie fiel, erhielt eine Ohrfeige, fiel erneut und bekam einen Finger ins Auge gebohrt.

Sitz, Puppe, sitz! Wenn du nicht schön gerade sitzt und mich ansiehst und mir antwortest, wenn ich mit dir spreche, rufe ich die Polizei!

Dann kletterte Agaat auf den Telefonhocker und nahm den Hörer ab. Hallo, hallo, Polizei? Kommen Sie sie holen und sperren Sie sie ein! Sie ist frech! Sie sieht mich dreist an! Sie stellt sich dumm! Sie macht sich in die Hose!

An Fantasie mangelt es ihr nicht, egal, was ihr sonst fehlen mag.

19

Das Schärfen der Messer.

Wie viele Stunden ist es her? Ich schlief noch – wenn man das Schlaf nennen kann, dieses schwimmende, träumerische Delirium, in dem ich inzwischen überwiegend dahintreibe.

Plötzlich ertönten im Dunkeln schabende Geräusche am Kopfende des Bettes.

Gewaltige Anstrengung. Letzter Satz. Metall auf Metall. Con brio.

Der Lufthauch verriet mir ihre Position. Hin und her strich sie, in immer schnellerem Rhythmus, ein Schaukeln im Takt der Schläferin. Sie schliff, ohne die Verbindung zu meinem Bett zu unterbrechen. Das Geräusch wurde dumpfer, wenn sie zum Körper hin strich, und zu einem hohen Sington gen Ende des Schleifstabes. Ein Schleifhauch wehte mir übers Gesicht.

O Agaat, was wirst du dir noch für mich ausdenken? Messer wetzen über meiner komatösen Nasenspitze!

Nach dem Klang zu urteilen war es das große Messer, das mit den drei silbernen Nieten auf dem Heft. Und es war der längste Schleifstab, der schwere mit dem gusseisernen Griff. Er wird in der untersten Schublade neben dem alten Aga aufbewahrt, weil er ansonsten nirgends hineinpasst.

Es war eine anschauliche Küchenlektion. Wie alt war sie damals? Noch nicht alt genug, um mit scharfen Gegenständen zu hantieren.

Schau, du stützt den Stab in der Taille ab, und die Spitze legst du auf die Tischkante.

Das ist lange her. Jetzt ruht die Spitze des Stabes auf der obersten Querstange meines Bettgitters, in der Nähe meines Kopfes. Das andere Ende liegt über Agaats Bauch.

Ein gefährliches Spiel! Wenn der Stab wegrutscht! Wenn das Messer springt! Wenn die Klinge bricht! Das wäre gefährlich! Lebensgefährlich! Ja, so ist es gut. So erinnerst du mich daran, dass ich noch existiere. An Fantasie mangelt es dir wahrlich nicht! Egal, was dir sonst auch fehlen mag!

Wie viele Stunden ist das her? Vielleicht kann auch sie meine Stunden nicht mehr richtig zählen. Vielleicht berechnet sie sie jetzt durch das Schärfen von Messern, durch Grashalme, durch die Blüten der Bougainvillea, die ganz leise knisternd auf die Veranda fallen.

Meine geschliffenen, grasleichten Stunden.

Die Bänder der Schürze raschelten, während sie das Messer wetzte.

Wohin ruderst du mich, Agaat, zu welcher Küste, zu welcher Flussmündung?

Sieben Messer habe ich nach Gehör gezählt, sie sind alle noch da, bis hin zu dem dünnen, abgenutzten mit der gebogenen Klinge, mit dem in der Küche von Grootmoedersdrift Möhren und Gurken geschabt werden. Durch die Augenschlitze konnte ich sie blitzen sehen.

Reiherflügel, ein Gewitterhimmel.

Wohin fliegst du mit den Klingen, Agaat, zu welch hohen Langeberger Horizonten?

Das Bett sang.

Trotz meiner Verschlossenheit fand sie weiche Stellen in mir. Was könnte ich mir Besseres wünschen?

Komm, stell dich vor mich hin, du bist groß genug, um zu lernen, wie man mit scharfen Gegenständen hantiert.

Ich nehme ihre Hände in meine, die kleine Hand in meine Rechte. Ich drücke den Schleifstab gegen ihren Körper. Die starke Hand hält das Messer. Ich zeige ihr den richtigen Strich, die Klinge muss singen, sage ich, komm, wir lassen die Messer singen!

Warum, fragt sie, fühlen sich meine Hände nach dem Schleifen stundenlang taub an?

Das beweist nur, dass du es richtig machst, es bedeutet, dass du das Wissen in dich aufnimmst, dass es dir in Fleisch und Blut übergeht, sodass du die Lektion nicht mehr vergisst: Eine gute Küche erkennt man am Zustand ihrer Messer, eine gute Farm an der Schärfe der Pflugscharen und Sensen.

Habe ich mir nur eingebildet, dass ich unser Schleiflied hörte? Beim Einatmen?

Heho, spann den Wagen an.

Ja, Agaat, der Weizen steht weiß auf den Feldern. Der Mähdrescher zieht eine Schneise durch die Halme.

Über die Feldwege schaukelt der Wagen mit seiner Ladung goldener Garben. Mein Bett mit seinen glänzenden Gittern voll beladen mit Kleintrou- und Daeraad-Getreide.

Kann ich meinen Ohren wirklich trauen?

Ja, ich habe es gehört, das Rascheln von Zeitungspapier, Schalen, die auf einen Blechboden fallen. Die große Emailschüssel, die noch von Ma stammt, die mit den drei roten Rosen auf dem Boden, die weiße mit dem schwarzen Riffelrand und den immer größer werdenden schwarzen Flecken an den Stellen, wo die Glasur abgeplatzt ist. Nicht mehr geeignet für Milch, aber gut genug für Blut, für Obst- und Gemüsereste. Ich konnte sie durch meine Augenschlitze erkennen, ein großer weißer Fleck, der das Sonnenlicht einfing und reflektierte, eine Wolke, die durchs Zimmer schwebte.

Kann ich Regen machen? Kann ich es vollbringen? Köstlichen Regen? Ein köstlicheres Ende, als man nach alldem erwarten würde? Wie?

Ein langsames Schälen war es, stundenlang zog es sich hin. Ein Schnippeln, ein Raspeln. Von langen Pausen unterbrochen fielen Stücke ins Wasser.

Warum schliff und schälte sie hier in meinem Zimmer? Warum sehe ich ihren Schatten dort unten auf dem Boden? Einen Schatten auf ihren Knien? Eine Wolke, die auf eine Wolke tropft?

Der Geruch war grün und süß und roh, ein Hauch von Brechbohnen der Sorte Lazy Housewife, von Zuckererbsen, von Kohl, Möhren, weißen Rübchen und Radieschen, frisch gezogenen Fenchelknollen, der ganze Gemüsegarten unterhalb der Furt, Wasser aus dem Bewässerungsgraben, der Lehm dunkel von Schubkarren voller Kompost.

Als der Bauernkürbis dumpf auf den Boden prallte, dämmerte es mir.

Ich sollte die Küche hören können. In voller Betriebsamkeit. Alle Register.

Toccata und Fuge.

Ich sollte hören und riechen, wie es sein würde, wenn ich nicht mehr da wäre. Die Anfänge der Zubereitung des Leichenschmauses, ihre ganze Hingabe. Die Vorbereitungen für die Gäste – mit Konzentration, mit Engagement, mit virtuoser Fingerfertigkeit.

Es sollte mich trösten. Es sollte mich beruhigen. Ich war in den Messern, ich war in den Schalen, in den Schubladen, in den Emailschüsseln, ich war der fruchtbare schwarze Kompost, ich war der Boden, und nichts würde ohne mich wachsen. Nichts bis zum Ende aller Zeiten, wenn ich hier nicht gewirtschaftet hätte, und keiner der Menschen, die zurückbleiben würden, könnte von diesem Land leben.

Meine letzte Mahlzeit. Das war es, was sie für mich herrichtete. Für den enthaltsamen Ehrengast.

Acht Uhr. Ob sie kommen und an meiner Stelle essen würde?

Der Tisch ist gedeckt. Damast, Blumen, Wein, Kerzen, Silber, Kristall, Porzellan. Vier Gänge am Fußende meines Bettes.

Sie zog das Pflaster von meinem weit aufgerissenen Auge, sperrte das zugefallene auf und gab Tropfen in beide, sodass ich alles mit ansehen konnte.

Hier kommen nun die Gerichte. Da kommen sie, eines nach dem anderen. Das weiße Porzellan. Hier schwebt die große ovale Platte mit der Lammkeule vorbei, komplett mit Knöchel. Garniert mit Rosmarin, blauen Blüten und allem Drum und Dran. Die fettige Schwarte knusprig braun.

Das Lamm hatte auf der Kräuterwiese geweidet, damit sein Fleisch besonders schmackhaft würde, früh schon ausgesucht und am Ohr markiert, der Darm mit Milch und Semmelmehl gereinigt. Von hinten hatte sie sich ihm genähert, als es auf dem Kleefeld stand und vor sich hin träumte, sodass es nichts bemerkte, denn Angst macht das Fleisch gallbitter.

Ach, Agaat, bestimmt hast du mit deinem Schlachterärmel geholfen! Schnell und sauber hast du gearbeitet, mit Rücksicht auf Wolle und Haut.

Mit einem Ruck schüttelt sie die Serviette aus, steckt sie vorne in die Schürze. Eine Gardenie prangt auf ihrer Brust.

Dreiundvierzig Jahre zusammen auf der Welt.

Ihre Haube kippt nach vorne. Im Namen einer unsichtbaren Gemeinde.

Wir schmunzeln ein bisschen über die imaginären Zuhörer. Ich verstehe, Agaat.

Komm, Herr Jesus, sei unser Gast und segne, was du uns bescheret hast.

Warum wollen die Leute essen, wenn jemand gestorben ist?

Wann habe ich Agaat einmal am Tisch sitzen und essen sehen?

Damals im Wohnzimmer, am kurzen Ende des Tisches, lieber Herr Jesus, sei unser Gast, den silbernen Schieber in der einen, die stumpfe Silbergabel in der anderen Hand.

Am Küchentisch, in den frühen Abendstunden, gemeinsam mit mir, einen extra Löffel in der Hand: Komm, noch einen Bissen. Geschichten und Reime, damit sie aß.

Und als die Uhr zwölf schlug,
war ihr Teller wieder aus Email,
ihr Becher aus Blech,
und ihr Messer, ihre Gabel und ihr Löffel
lagen unter der Küchenspüle.
Schau, hier sind deine Sachen,
sie haben jetzt ihren eigenen Platz, wie du.
Du bist von einem anderen Blut.

Mit Nagellack malte ich ein großes A auf die Unterseite des Tellers und auf die Unterseite der Tasse, sodass sie nicht mit dem Geschirr der Bediensteten verwechselt würden.

Sie packte immer ihr eigenes Besteck und Geschirr ein, sei es für ein Picknick, einen Kirchenbasar oder für den Urlaub in Witsand. Sie trug ihre Sachen in ein weißes Tuch eingeschlagen bei sich. Sie aß ihr Picknick hinter einem Baum, ihr Basaressen hinter der Gartenmauer des Küsters. Hinter der geschlossenen Küchentür aß sie erst, wenn es im Haus still geworden war. Der Baumstamm sagte: *Bitte nicht stören!*, die Tür sagte: *Zutritt verboten!* Hoch ist die Mauer dort unter dem Flieder.

Eines Abends spähte ich durchs Küchenfenster. Sie hatte ihren Platz mit dem Emailgeschirr, der langzinkigen Gabel, dem alten Messer mit dem Knochengriff und dem Blechbecher voll Wasser eingedeckt. Sie holte den blauen Teller aus dem warmen Ofen, zog den Stuhl zurück, sah auf das Essen hinab, als wäre es gekochtes Menschenfleisch, prüfte mit beiden Händen den Sitz der Haube und die korrekte Lage der Schürzenbänder und aß mit gemessenen Bissen, in gleichmäßigem Rhythmus, an der äußersten Tischkante, auf die sie beim Kauen den Blick senkte, den Mund ganz geschlossen, mit kaum merklichen Kieferbewegungen, den Rücken gestrafft, den Kopf hoch erhoben, ohne sichtbares Schlucken, außer wenn sie Wasser hinterhertrank in kleinen Zügen, als wäre es Salzwasser, bitter oder Blut.

Sie wusste, dass sie beobachtet wurde, und zeigte mir, dass sie es wusste, indem sie Messer und Gabel auf den Teller legte, die Hände im Schoß faltete, starr geradeaus blickte und abwartete. Ich war schwer von Begriff, löste mich nur widerstrebend vom Fenster, die Hunde sprangen an mir hoch. Da stand sie auf und zog die Vorhänge vor meiner Nase zu, in kleinen Rucken, ohne Eile, als wäre ich gar nicht da, als wäre das Gesicht, das sie gesehen hatte, bloß ihr eigenes Spiegelbild in der Fensterscheibe.

Jakkie spekulierte später darüber, warum seine Nêne lieber allein aß.

Warum darf ich dir nicht dabei zusehen, wenn du isst, Gaat?

Weil meine Zähne so groß sind, Boetie.

Warum kann ich dir nicht dabei zusehen, wenn du trinkst, Gaat?

Weil ich die Küchenschlange in meinen Becher melke, mein Kind.

Warum sitzt du immer allein?

Weil ich alleine bin.

Warum ziehst du die Vorhänge zu?

Damit der Blitz nicht in meine Gabel einschlägt.

Warum schließt du die Tür?

Damit mein Messer nicht davonläuft.

Was isst du denn, Agaat?

Gedämpften Frosch, gebratene Eidechse und Suppe aus den Tränen von Steinen.

Hör auf, das Kind bekommt noch Albträume!

Mach weiter, denn deine Même wird das Zeitliche segnen!

Ist das ein Lied? Warum klingt es so vertraut?

Das Tischchen singt am Fußende meines Bettes.

Das gestärkte Tischtuch singt.

Gottheiten des Todes.

Deckel werden abgehoben, Dampf steigt auf.

Mein Auge, das nicht blinzeln kann, wird allsehend. Weder Motten noch Rost können einen solchen Anblick zerstören.

Agaat, die das Fleisch schneidet.

Agaat, die ihren Teller befüllt. Weiß und grün und gelb und rot.

Mir läuft das Wasser im Mund zusammen, doch der Mund schmeckt nicht mehr.

Iss für mich einen Psalm aus Kürbis und Süßkartoffeln, in Orange und Ocker, schichte eine Pyramide über mir auf, grabe ein unterirdisches Silo, bohre Gucklöcher für die Sterne, kerbe den Winkel der Mondstrahlen in die Rillen.

Liegt das rechte Ruder in der Dolle, und ist auch das linke da, ist es geschmiert? Wo ist das Fleisch mit der glänzenden Fettschwarte, ist es schon für mich in weißen Musselin gewickelt?

Wer bekommt den Knöchel? Wer liefert die Knödel? Wohin in Gottes Namen mit den grünen Kohlrouladen? Was tun mit der gebackenen Fledermaus?

Die Höhlenwand seufzt.

Ziehe die Regenschirmplane mit den Zähnen von den Streben!

Denn sie muss eine andere werden und gut durchkochen bis in die Kerne hinein, ihr ganzes Ich und ihre Selbstsucht loslassen und ihre eigene Herrin werden. Schluss mit dem Hunger nach anderer Leuts Herz und Leber, Schluss mit dem Durst nach anderer Kinds Tränen, strebe zum Hellsten des Zwielichts, achte die schwarzroten Dächer der Verdammnis, wie es im Totenbuch geschrieben steht. Wo habe ich das gelesen?

Ich komme ihr zwischen die Zähne. Mein Körper, mein Blut. Sie trägt die Windrose auf ihrem Beffchen, sie schlägt mit der Gabel auf einen Gong aus Kristall.

Sie steht vom Tisch auf.

»Sieh mal, ich bin fertig«, sagt sie. Sie entfaltet es. Sie präsentiert mir das große Tuch. Dasjenige, an dem sie die ganze Zeit gearbeitet hat. »Es muss jetzt fertig werden«, sagt sie, »ich kann nicht mehr. Doch bevor ich es wasche, stärke und bügle, muss ich es anziehen und mich damit in dein Grab legen. Heute Nacht ist Anprobe.«

Ich kann nicht mehr gut hören, was war das?

Sie hängt sich den über und über bestickten Stoff wie ein Zelt über den Kopf. Dann streift sie ihn über die weiße Schürze und das schwarze Kleid. Ihre Haube verschwindet und kommt aus dem Halsausschnitt wieder hervor.

Woher hast du dieses Kleid, woher hast du dieses Totenhemd?

Ich sehe mit einem Auge, ich sehe es.

Ich sehe auf dem Kleid das Meer bei Infanta, ich sehe das Land bei Skeiding. In Schwarzstickerei, Gazestich, gefülltem Plattstich, Kreuzstich und Flechtwerk.

Es ist das Feuer, es ist die Flut, es ist die Ernte.

Das Scheren, das Kalben, der Weg der Frauen, ein Reiher am

Himmel, ein Blauer Kaiser im Wald, alles von hier bis zu den Hottentots-Holland-Bergen, sämtliche Szenen von Grootmoedersdrift.

Sie wirbeln vor mir herum, sie drehen sich, das letzte Karussell. Ritornello.

Und hier mein Herald, der es für mich anprobiert und vorführt. Das vierte und letzte Kleid einer Frau.

Sie tritt hinaus auf die Planke. Das Schiff läuft bald aus, die Kadetten pfeifen schon.

O mein altes Klavier, ich erkenne dich nicht wieder, dein Gesicht eine trauernde Ruine.

Ist es gut genug, um darin begraben werden?, fragt sie mich mit den Augen.

Mit dem Mund sagt sie: »Ich habe es so gut gemacht, wie ich nur konnte. Erinnerst du dich noch an den Stoff? Das Glenshee-Leinen? Für später, wenn ich eine Meisterin geworden sei, hast du damals gesagt. Erst die Geschichte Südafrikas, hast du gesagt, dann der Himmel.«

Sie zieht die Schnüre um den Hals fest.

Sie lächelt ein Stellvertreterlächeln. O meine allermakaberste Agaat! Ich sehe es in ihren Augen, ich kann es sehen, ich, die ich diese Augen sehen gelehrt habe! Das Auge der Meisterin, bis an den Rand des Grabes!

Eine Rüstung gegen Würmer, sagt Agaats Blick. Kleiner Scherz! Den Saum nähe ich zu, sobald du drinsteckst, dann können sie auch nicht unten hineinkriechen, jedenfalls nicht, solange dein Haar noch wächst.

Doch bis dahin bleibt der Saum offen.

Denn die Kundschafterin geht zu Fuß.

Die zwei schwarzen Spitzen ihrer Schulschuhe gucken darunter hervor. Dampf steigt aus der Haube. Diabolus in musica! Sie macht sich auf den Weg zu jenem weiß ummauerten Ort. Tschi, tschi, tschi, quietschen unterwegs ihre Fußsohlen.

*

Der Anfang vom Ende. Dieser Gedanke ließ dich während der gesamten Dauer jenes letzten Festes nicht mehr los, jenes letzten Besuchs von Jakkie. Das Ende, das stets eine Wiederholung des Anfangs ist. Das Wechseln der Fahrzeuge, eine Besichtigungsfahrt, ein totes Schaf, ein lebendiges Schaf, die Erinnerung an ein Schaf, ein Hirte mit Stab, Vogeleier in einer Schüssel, ein Flugzeug, ein Feuer, die blauen Geburtstagsberge, die weißen Callas auf den Sumpfwiesen, die Mutter, der Vater, der Sohn, die vollen Schüsseln, die Leute, die kamen und gingen.

Und Agaat.

Diesmal war es Jakkie, der versuchte, Zugang zu ihr zu finden.

Du spürtest, wie die Augen der Gäste ihn und jede eurer Handlungen musterten.

Vom Essen wurde dir übel.

Du hattest die ganze Zeit das Gefühl, ein Stück über dem Boden zu schweben. Deine Zunge war zu groß für deinen Mund, deine Wangen waren wie gelähmt. Du bemühtest dich nach Kräften, die richtigen Sätze zu sprechen.

So viel Anlauf, so viel Dynamik, so viel Hoffnung, so viel Mühe, ein solch hoher Wetteinsatz. Um den Schmetterling zu fangen. Doch wenn man ihn endlich in der Hand hielt, war er nur mehr ein Zucken auf der Haut, der Goldstaub legte sich auf den Daumen, der Regenbogen verblasste, die Fühler flatterten gegen das Handgelenk.

Das Paradies geht verloren, wenn seine Grenzen in Sicht kommen.

»Jetzt guck doch nicht so!«, ermahnte dich Jak. »Dramatisier doch nicht alles!«

Doch auch er selbst war ganz fahl im Gesicht, und auch Jakkie sah blass aus unter seinem Dreitagebart.

Es war das erste Mal, dass er unrasiert nach Hause gekommen war, in einem knittrigen Hemd und einem mit Schlammspritzern bedeckten Auto. Sein eigener Wagen sei kaputt und stehe in einer Werkstatt in Saldanha, erklärte er.

Ihr wart daran gewöhnt, dass er stets in adretter Uniform

erschien, wohl um euch zu beeindrucken, wie du glaubtest. Er brachte stets einen Koffer voller blauer und weißer Hemden, Hosen, Mützen und Uniformjacken mit. Agaat zuliebe, dachtest du, damit sie über die Epauletten, die Knöpfe und die militärischen Umschläge der Hosen und Hemden staunte und sich über den ordentlichen Bügelberg begeisterte, den sie daraus türmen konnte. Jede Falte war anschließend messerscharf, die Flecken eingeweicht und entfernt und die Knöpfe, Sterne, Streifen und Gürtel auf Hochglanz zu neuer Pracht poliert.

An jenem Wochenende jedoch trug er eine Reisetasche bei sich, die du nicht kanntest, und Zivilkleidung, die ihm zu groß zu sein schien.

Lass nur, sagte er zu Agaat, als sie die Tasche an sich nehmen wollte, es ist alles sauber. Herzlichen Glückwunsch nachträglich zum Geburtstag, ich hab dir was mitgebracht, aber ich muss es noch einpacken. Dann entschuldigte er sich, er müsse noch mal kurz telefonieren, und schlug in seinem Notizbuch eine Nummer nach.

Fiel es dir in diesem Moment wieder ein?

Du holtest einen Bogen Geschenkpapier aus dem Flurschrank und schobst ihn unter Jakkies Tür hindurch, während er sich umzog. Du dachtest: Ich sage lieber nichts, und wenn Jakkie später weg ist, entschuldige ich mich bei ihr.

Hast du es je getan? Gab es eine Gelegenheit, sich um Agaats vergessenen Geburtstag zu sorgen nach allem, was im Anschluss an Jakkies Besuch geschah?

Du sahst ihnen nach, als sie, wie immer mit einem Körbchen voller Kekse und einer Thermoskanne Kaffee, zu ihrem Rundgang über den Hof aufbrachen. Jakkie wirkte abwesend und in sich gekehrt. Du gingst in sein Zimmer und sahst nach, was sie für ihn vorbereitet hatte.

Auf dem Tisch stand ein Strauß Blumen, wie Jakkie sie liebte, wie Agaat sie ihn zu lieben gelehrt hatte und wie du es zuvor Agaat gelehrt hattest. Schilf, Gräser, Laub und gelbe Fenchelblüten zwischen weißen Callas. Auf seinem Nachttisch stand eine mitternachtsblaue Steingutschale mit Vogeleiern aus der Sammlung, die sie zusammengetragen hatten, als Jakkie noch ein Junge gewesen war. Du vermochtest dir nicht vorzustellen, wie Agaat die Eier all die Jahre über unversehrt hatte aufbewahren können. Doch da waren sie, heil und glatt: ein braun geflecktes Regenpfeiferei, drei weiße Taubeneier, blaue Finkeneier und das grüne Ei des Schwarzkehlchens mit rostbraunen Flecken rund um das breitere Ende. Die Prachtstücke waren zwei lachsfarbene Exemplare, dunkelrosa und lila marmoriert: die Eier des Ziegenmelkers, der geduckt auf den Feldwegen saß und rief: *Here-here-verlos-uns.* Herr-Herr-erlöse-uns.

Über der Bettkante lag die braune Fußdecke, die Agaat gestrickt hatte und mit der Jakkie aufgewachsen war. Seine Kopfkissen steckten in Bezügen, die sie vor langer Zeit weiß auf weiß bestickt hatte. Der gute Hirte, die kluge Jungfrau. Als Kind wollte er in seinem Zimmer immer alles ganz genauso haben wie sie in ihrem.

Du setztest dich aufs Bett und streicheltest mit beiden Händen über die Kissen und die Fußdecke, um ihre Struktur zu fühlen. Du erinnertest dich an Jakkies kleinen warmen Körper, wenn ihr ihn euch anreichtet – in Agaats Decke gewickelt, wenn er bei ihr im Außenzimmer vor dem Feuer eingeschlafen war. Du dachtest daran, wie ihr ihn auf die Kissen bettetet, die Agaat für ihn bestickt hatte, damit er sie in der Nacht nicht zu sehr vermisste. Mit seinen kleinen Fingern fuhr er über die Bilder, die runden Rücken der Schafe, den Stab des Hirten, die Flamme in der Laterne.

Agaat streichelte ihm über den Kopf.

Schlaf gut, Gaats kleiner Junge.

Du standest auf und öffnetest die Fenster. Eine von Agaats Schürzen hing über der unteren Türhälfte des Außenzimmers. Sie hatte sich für den Spaziergang eine saubere angezogen.

Jakkies Jackett hing über dem Stuhl. Sein Tagebuch, war es in seiner Innentasche? Doch du suchtest nicht danach. Du dachtest an Agaats Briefe, die du abgefangen hattest. Seine Reisetasche stand offen; ein Buch lag obenauf. Polnische Gedichte, ins Englische übersetzt. Zbiegniew Herbert. Der Dichter war dir unbekannt, deines Sohnes Literaturgeschmack ein Rätsel für dich. Du gingst auf der Suche nach den beiden in den alten Obstgarten, eine Leinentasche für späte Orangen als Alibi in der Hand.

Du betratst den Obstgarten durch das hintere Tor. Ein betäubender Geruch von in der Sonne faulenden Zitrusfrüchten lag in der Luft. Dir wurde schwindlig. Baumreihe um Baumreihe liefst du ab, ohne sie ausfindig machen zu können. In der Quittenreihe spürtest du endlich ihre Anwesenheit, und doch war es totenstill. Du schlichst über die andere Seite der Allee weiter, deine Schritte wurden dabei vom rauschenden Wasser übertönt.

Sie saßen im Schatten am Ufer des Bewässerungsgrabens, die Füße im Wasser. Jakkie goss gerade den letzten Rest Kaffee aus der Thermoskanne in den Becher und trank aus. Agaat starrte vor sich hin. Du sahst der Haltung ihres Rückens an, dass sie bedrückt und niedergeschlagen war. Jakkie schraubte die Kappe der Thermoskanne wieder auf.

»Das ist die ganze Geschichte«, sagte er. »Es gibt kein Zurück mehr, und ich weiß nicht, was vor uns liegt.«

Er blickte ebenfalls geradeaus.

Lange saßen sie so da.

Du hattest dich flach hinter einen Wall gelegt, die Sonne brannte dir auf die Schulterblätter. Ihre Rücken ragten vor dir auf wie eine geschlossene Tür. Vielleicht sprachen sie leise miteinander, ohne sich dabei anzusehen. Verstehen konntest du allerdings nicht mehr. Irgendwann beugte sich Jakkie weit vor über den Graben und wandte sein Gesicht schräg aufwärts Agaat zu. Jetzt konntest du seine Lippen lesen.

»Wie klingt das Wasser beim Öffnen der Schleuse im Graben?«, fragte er und gab gleich darauf selbst die Antwort.

»G-g-g-g-g-a-a-a-a-t.«

Er zog die As in die Länge und ließ den Ch-Laut weich über den Gaumen streichen.

»Weißt du noch, Gaat? Der Klang des Meeres in einer Muschel? Das Geräusch des Windes im Weizen? Weißt du noch, wie du mich hast lauschen lassen? Und alles klang wie dein Name. Gggggaaaat, sagt die schwarze Kiefer im Regen. Die auffliegende Wildgans quakt Gaat-agaat-agaat, und selbst die Flut rauscht deinen Namen, wenn sie sich von ferne der Furt nähert, erinnerst du dich?«

»Ai, du warst noch sehr klein.«

»Ich wollte immer wissen, wo du herkommst und was dein Name bedeutet.«

»Ja, du warst ein neugieriges Kerlchen.«

»Ich bin immer noch neugierig. Du hast versprochen, dass du es mir eines Tages sagen wirst.«

»Eines Tages, jetzt noch nicht.«

»Eines Tages, wann? Ich gehe fort, denk daran!«

»Eines Tages, wenn die Zeit reif ist.«

»Es ist Zeit, die Orangen sind faul!«

Jakkie drehte sich zur Seite und lehnte sich gegen den Uferwall. Er wählte eine Orange aus dem Korb und holte ein Taschenmesser aus seiner Tasche.

»Kennst du dieses Messer?«

»Du hast es noch?«

»Ich werfe nichts weg, was du mir mal geschenkt hast. Erinnerst du dich daran, wann du es mir geschenkt hast?«

»Ja, es war an deinem neunten Geburtstag. Ich musste vorher um Erlaubnis fragen. Dein Vater meinte, du würdest nur Unsinn damit anstellen.«

»Er sagte, wenn ich ein Messer haben wolle, müsse ich zuerst beweisen, dass ich ein Mann sei, und ein Mann könne einem Lamm den Schwanz abschneiden. Er hat mich dazu gezwungen. Du auch, und Mama auch. Und ausgerechnet mein eigenes zahmes Lamm musstet ihr nehmen.«

Jakkie sprach laut, heftig, man konnte hören, dass er aufgebracht war.

»Ich habe keine Angst mehr vor ihm, Gaat, dafür habe ich schon zu oft beinahe den Löffel abgegeben im Dienste seiner lächerlichen *Nasionale Party*. Die verdammten Mirages, die Scheißraketen, die mir um die Ohren geflogen sind! Ich habe Hunderte Menschen getötet, mehr, als ich jemals erfahren werde. Mein Gott, es ist so furchtbar! Wie soll ich bloß mit dieser Schuld weiterleben? Ich schäme mich für all das, was ich mit mir habe machen lassen und dass ich nicht früher zur Besinnung gekommen bin! Ich habe immer nur Kadavergehorsam gekannt und zu allem Ja und Amen gesagt. Ich könnte kotzen, wenn ich diese miesen Scheißkerle behaupten höre, ihre Anwesenheit dort oben hätte einen Sinn und trüge zum Ruhm unserer Nation bei. Tätärä, bummbumm! Das ist doch krank! Krank! Es ist besser, dass ich verschwinde, bevor ich noch etwas Unüberlegtes tue. Mein Vater ist erbärmlich und meine Mutter ebenfalls. Sie sorgen wechselseitig dafür, dass sie erbärmlich bleiben, mit all ihrer Weisheit und ihrem Reichtum. Die ganze Gesellschaft hier kotzt mich an, die piepsigen Frauen, die angeberischen Männer, deren Welt aus Zuchtvieh, Afrikaner-Nationalismus, Kirche und Panzerfäusten besteht. Für wen halten sie sich? Für den Nabel der Welt, obwohl sie blind und taub dafür sind, was wirklich vonstatten geht? Wie lange soll das noch so bleiben? Und ihr Gott ist natürlich genau wie sie, er ist einer von ihnen, ragt gerade mal um einen halben Kopf über die Glatze des Pfarrers hinaus. Gott, der Allmächtige, Prüfer der Agrarbank.«

»Der Obstgarten hat Ohren.«

Das waren Agaats Worte. Die Worte waren für dich bestimmt, das wusstest du. Du krochst rückwärts davon, standest vorsichtig auf und kehrtest heim. Unterwegs lasest du noch ein paar Orangen auf, um irgendetwas in der Tasche zu haben. Ein Alibi.

Erbärmlich, dachtest du, mein Sohn hält mich für erbärmlich.

Du zogst ein anderes Kleid an. Niemand sollte erfahren, dass du auf dem Bauch herumgekrochen warst. Auf dem Rücken, wo dich die Augustsonne verbrannt hatte, war die Haut über den Schulterblättern noch lange heiß und juckte.

Den ganzen Nachmittag über, als Jak Jakkie auf der Farm herumführte, um ihm seine neuesten Errungenschaften vorzuführen, hattest du das Gefühl, dass in deinem Kopf ein Tonband mit Kommentaren ablief.

Die Bokbaai-Vygies erschienen dir wie ein fieberhafter Hautausschlag, die Namaqualand-Gänseblümchen wie kniehohes Feuer. Der ganze Garten kam dir wie eine einzige Anklage vor, umfassend und traurig.

Jakkie begutachtete den Garten.

»Das ist Gaats Werk«, sagtest du.

»Gaats und meines«, behauptete Jak. »Weißt du nicht, dass deine Mutter monatelang unter Ohnmachtsanfällen gelitten hat? Am Abend nach der Ordensverleihung ist sie glatt in den Graben gefallen. Bestimmt hat Agaat es dir erzählt. Auf eine verwesende Kuh ist sie gestürzt. Anschließend war sie zu nichts mehr zu gebrauchen.«

Jak hielt seinem Sohn die Tür zum neuen Schlachthaus auf. Die Schlachtung auf dem Block habe ihn schon immer angewidert, erklärte er, die alten Äxte und Messer und die Blutrinne unter den Eukalyptusbäumen, an der die Hunde leckten, und der Fliegenschrank, der im Wind schwankte.

Das Schlachthaus sei eine Bereicherung für Grootmoedersdrift, sagte er, stabil gebaut und mit glänzenden Stahloberflächen, Neonleuchten, vollständig automatisierten Förderbändern und industriellen Kühlanlagen ausgestattet. Jak klopfte gegen die Wand, streichelte die glänzenden Oberflächen mit dem Handrücken.

Blass im Licht des Kühlschranks lagen in tiefen Marinierbottichen Lämmer und Spanferkel mit zusammengebundenen Beinen. Agaat hatte sie für das große Braai am nächsten Tag bereits entlang der Wirbelsäule auf mittelgroße Grillspieße gesteckt.

Du verließest das Kühlhaus wieder. Das fahle Licht auf den Hinterteilen, Rippen und Beinen, die kopflosen Kadaver – es war gruselig.

An dem Tag, als die Installateure euch die fertig aufgebaute Anlage vorgeführt hatten, hattest du an Agaats Seite gestanden. Du hattest es nicht mit ansehen können.

Verängstigt hatten sich die Tiere im Isoliergatter gedrängt, bevor sie mit einem Ruck bei lebendigem Leib an einem Haken hochgezogen worden waren. Widerlich, wie das Blut in die Auffangrinnen gelaufen war, wie die Schlachtersäge gekreischt hatte.

»Siehst du, jetzt kann man hier mit nur einer Hand schlachten«, hatte Jak Agaat so laut zugebrüllt, dass er das Kreischen übertönt hatte.

Er nahm einen Schafskopf aus der Kühlung und hielt ihn an den Ohren Jakkie hin. Der Kopf gehörte Dawids Familie; sie hatten ihn noch nicht abgeholt. Er steckte die Klinge der Knochensäge mit einem Klick in die Halterung und griff den Kopf zu beiden Seiten an den Ohren. Langsam führte er ihn über die Stahloberfläche auf die Klinge zu.

»Sieh genau hin!«, schrie er über den Lärm hinweg Jakkie zu. »Kein Dreck, keine Splitter, kein Krafteinsatz, so schnell wie ein Genickbruch!«

Der Kopf stammte von einem jungen Merinoschaf, das am Ohr zum Schlachten markiert worden war. Es hatte einen dicken Wollschopf auf dem Kopf, samtige rosafarbene Ohren, die für die Rasse typische faltige Nase, lange, blasse Wimpern. Das Maul unter der bräunlichen Schnauze war schon ein wenig verzogen.

Jak drückte den Kopf hinunter und schob ihn mit den Händen rechts und links gegen die Klinge. Es gab einen Ruck, als die Zähne der Säge in die Wolle griffen. Dann stieß sie auf Knochen und kreischte immer höher und höher, je dicker die Knochenmasse an der Stirn wurde.

Anschließend hielt Jak die beiden Hälften in die Luft. Sie sahen aus wie ein Querschnittsmodell aus einem Labor: die weichen grauen Hemisphären des Gehirns, die weißen Nebenhöhlen, die braunen Furchen der Nasalöffnungen, die Mundhöhle mit den langen Hälften der fast purpurfarbenen Zunge, dünner, als man erwartet hätte, ein paar Blutstropfen daran, der Kiefer mit den zwei Vorderzähnen in der Mitte entzweigesägt.

»Siehst du, ganz einfach«, sagte Jak und klappte die beiden Hälften zusammen wie ein Buch. Dann drehte er den Kopf quer und sägte ihn mit behänden Zügen in Würfel, sodass die Außenseiten wie die Teile eines Puzzles auf die Sägefläche fielen. Er schaltete die Maschine aus, entfernte die Klinge, legte sie in die Spüle und wischte die Würfel mit einer Handbewegung in den Abfallbehälter. »Ein Kinderspiel«, sagte er und schob mit einem Fuß den Behälter zurück in die Kühlung.

Was dachte sich Jak nur dabei? Welcher Logik er bei seinem Rundgang folgte, war dir unverständlich.

Als Nächstes waren Jaks neue Merino-Zuchtwidder an der Reihe. Unter der Leitung der Experten von der Tygerhoek-Versuchsfarm hatte er Experimente durchgeführt, um den Einfluss verschiedener Futter- und Nahrungsergänzungsmittel auf die Fruchtbarkeit der Schafe zu bestimmen. Du hörtest mit an, wie er Jakkie alles erklärte. Wenn man ihm so zuhörte, hätte man glauben können, er wäre Bauer mit Leib und Seele.

Ihr hattet vier Widder, etwa ein Dutzend Schafe, jeweils in einem separaten Gehege mit einer Nummer und einem Blechbriefkasten, in dem der jeweilige Fütterungsplan aufbewahrt wurde.

»Was du hier siehst, ist Zehntausende Rand wert«, erklärte Jak. »Das sind die Champions von Katbosch, Zoetendals Vallei und Van Rheenenshoogte. Sie sind haarscharf dran am Super-Nutzmerino. Da wollen wir hin.«

Jakkie hörte ihm überhaupt nicht zu. Es war, als wäre er bereits auf der Reise. Fortwährend wanderte sein Blick in Richtung der Straße, die man von den Gehegen aus sehen konnte.

Wonach er strebe, sagte Jak, seien hundert Prozent Vererbbarkeit, ein Lämmerpreis von hundertfünfzig Prozent im Vergleich zum jetzigen, frühe Entwöhnung, größtmögliche Homogenität und Gleichmäßigkeit im Körperbau und dazu höchste Wollqualität.

Ihr musstet seinen ganz besonderen Widder mit ihm begutachten.

Hannibal, stand auf dem Zinnnamensschild.

»Wenn man bedenkt«, sagte Jak, »dass es hier vor der Ankunft des weißen Mannes nur die fettschwänzigen Hottentotschafe mit ihren Knubbelknien und die Kapschafe mit dem wirren Fell gegeben hat, dann haben wir es wirklich weit gebracht.«

Der Widder wich auf seinen zarten Beinchen ein Stück zurück, als ihr euch nähertet.

»Ihr müsst in die Hocke gehen«, sagte Jak, »sonst erschrickt er.«

Er schnalzte mit der Zunge und gab ein beruhigendes Murmeln von sich.

»Feineres Vlies als das Rambouillet und sogar das Vermont, kühner als die Sachsen, kompakter als die Australier, so ein Südafrikanisches Merino. Unseren Bedingungen perfekt angepasst.«

Jak strich die Wolle auf dem Rücken des Tieres ein wenig auseinander.

»Vier Zoll, sehr weich, kein Querhaar, und seht nur, wie breit die *Stapel* sind!«, sagte er. »Fühlt mal die Struktur!«

Jak isolierte ein Büschel und führte Jakkies Hand dorthin.

»Sieh nur, wie es steht! Und die schöne Blumenkohlspitze!«

Er spreizte das Vlies noch an zwei weiteren Stellen.

»Siehst du, überall ganz gleichmäßig, sogar am Bauch, und durchweg gut gefettet.«

Jakkie interessierte sich mehr für den Tonfall seines Vaters als für seinen Vortrag. Das erkanntest du an seiner Reaktion. »Und dieser Kopf!«, rief er. Nur du hörtest den Spott in seiner Stimme.

»Ja, Hannibal«, sagte Jak an das Schaf gewandt, »wir reden von deinem Kopf. Aber nicht, dass du mir eingebildet wirst!«

Jak ging neben dem Widder in die Knie und nahm seinen Unterkiefer in beide Hände.

»Großes, starkes, offenes Gesicht, wachsam und maskulin.« Er öffnete das Maul ein wenig, sodass man das Zahnfleisch und die Zähne erkennen konnte. »Breites Maul, ohne Flecken. Und fühl mal die seidenweiche Haut auf der Nase!«

Jakkie rieb vorsichtig über die Nase. Ihm sei nie bewusst gewesen, sagte er, dass ein Schaf so eine lange Nase habe.

»Genau wie sie sein sollte«, sagte Jak, »lang und schön geschwungen, und sieh nur, wie breit die Hörner vom Kopf abstehen und wie groß die Ohren sind, lebhafte, weiche Ohren für seinen Baas.« Jak berührte den Widder hier und da und überall, als formte er eine Skulptur. »Breit in den Schultern, breite Brust, tiefer Brustkorb. Robuste Schulterblätter. Guck mal, wie weit sich die Rippen wölben, wie gerade die Linie vom Hals bis zum Schwanz verläuft, wie quadratisch die Kruppe ist und wie kräftig die Hinterbacken! Genug Platz für die Hoden.«

Er drückte leicht auf den weichen, flaumigen Hodensack.

Der Widder hob ein Hinterbein und trat aus, als Jak seine Hoden berührte. Jak packte den Huf und hielt den Widder mit der anderen Hand am Horn fest.

»Einen Moment noch, Hannibal, zeig uns mal deine Füße! Gerade und stark von der Ferse bis zum Knie. Dieser Widder wird bestimmt nicht stolpern oder umknicken! Seht euch diese Hufe an, so schön bernsteinfarben!«

Jak stand auf und drückte die offenen Stellen im Wollvlies zusammen.

»Wahnsinn, Pa«, sagte Jakkie. »Du solltest Schafspoet werden.«

Das war viel Text für den verlorenen Sohn.

Du warst nicht überrascht, als Jak abends bei Tisch fragte: »Und, was hältst du von der momentanen politischen Situation?«

»Muss das sein?«, versuchtest du zu intervenieren. »Wir wollen doch in Ruhe essen.«

Du sagtest es Agaat zuliebe, um sie zu trösten. Mit angespanntem Gesicht stand sie neben den Schüsseln. Ihr konntet das Essen nicht genießen. Bei Tisch herrschte Schweigen.

Agaats Hände. Beeindruckend, was sie zubereitet hatte. Eigens für die Familie, trotz aller Vorbereitungen für das große Fest am nächsten Tag. Die alten Lieblingsgerichte – all das köstliche Essen, mit dem Jakkie aufgewachsen war, wurde aufgetischt. Gedämpfter Flussaal auf Blattspinat als Vorspeise. Hühnerpastete, Ochsenzunge, Hasenbraten mit Wiesenchampignons, die sie im vergangenen Herbst getrocknet hatte. Gedünstete Trockenpfirsiche und Bratkartoffeln, grüne Bohnen mit Zwiebeln, glänzende

Süßkartoffeln und Blumenkohl mit Senf-Käsesoße. Kürbispfannkuchen und ein Salat aus Baby-Rote-Bete in Essigmarinade und Perlzwiebeln in einer wohlschmeckenden Soße. Alles angerichtet im besten Porzellan und garniert mit frischer Petersilie, Schnittlauch, Rosmarin und Minze.

Sie hatte nicht wie sonst erst um Erlaubnis gefragt, sondern von sich aus die feinste Tischwäsche, die Kristallgläser und das Silberbesteck aufgedeckt. Außerdem hatte sie die Tafel mit zwei Kerzenleuchtern und einem flachen Tischgesteck aus Zinerarien und jungen Efeuranken geschmückt. Um Jakkies Teller hatte sie eine Geburtstagsgirlande aus den ersten blauen Babiana-Schwertlilien gelegt, die sie in der Fynboskloof gepflückt hatte.

Warum hattest du den Eindruck, dass sie es auch um ihretwillen getan hatte? Du fragtest dich, wie du ihren Geburtstag hattest vergessen können. Der zwölfte Juli. Bei dem Gedanken daran blieb dir das Essen im Halse stecken. War der zwölfte Juli der Tag gewesen, an dem sie das Telefongespräch geführt hatte? War das ihr Geburtstag gewesen?

Du hättest die Wahrheit herausfinden können, wenn du gewollt hättest. Du hättest Jakkie beiseitenehmen und ihn fragen können, ob er an jenem Tag tatsächlich mit ihr telefoniert hatte. Doch du sagtest nichts, du schwiegst. Dir war, als würde die Flut des Unausgesprochenen um dich herum anschwellen. Deine Arme fühlten sich taub an. Dir wurde heiß. Es juckte dich am ganzen Körper.

»Mein Sohn, ich habe dich gefragt, wie du die politische Lage siehst«, wiederholte Jak.

Er hatte zu viel getrunken. Du legtest die Hand auf seine, aber er schüttelte sie ab und gestikulierte mit der Gabel in der Luft herum.

»Schließlich ist er bei der Luftwaffe, er muss doch mehr wissen als der kleine Mann auf der Straße.«

Jakkie drehte sein Glas in den Händen. Du fingst seinen Blick auf und signalisiertest ihm: Sei still, ignorier ihn einfach. Du gabst Agaat einen Wink, den Tisch abzuräumen.

Jak warf die Hände in die Luft.

»Will mir hier denn gar niemand antworten? Hast du das Sprechen verlernt, Jakkie? Antworte mir gefälligst, wenn ich mit dir rede! Agaat, stell die Schüsseln wieder hin, du sollst auch hören, was dein Liebling zu sagen hat. Kleinbaas Jakkie will scheinbar fortgehen, das pfeifen die Spatzen schon von den Dächern. Er will sein liebes Kindermädchen verlassen, mit dem er heimlich telefoniert.«

Da ließ Jakkie sein Glas los. Es kippte um, und der Rotwein lief über die weiße Tischdecke.

»Pa«, brachte er noch hervor, da sprang Agaat schon mit Tüchern, Wasser und Salz herbei. Sie versuchte, Jakkie mit Berührungen insgeheim zu beruhigen, indem sie sich mal von der einen, mal von der anderen Seite über seine Schultern beugte. Sie holte ein sauberes Glas aus der Küche, schenkte Jakkie neuen Wein ein und füllte auch Jaks Glas wieder auf. Sie machte so viel Aufhebens um die Gläser, als wollte sie so einen Streit verhindern.

»Die liebe Gaat«, fuhr Jak fort, »unsere Bäckerin und Butlerin – wie eine Henne, die versucht, ihre Küken zusammenzuhalten. Sieh mal, er reagiert wie ein kopfloses Huhn, wenn sein Vater ihn ins Gebet nehmen will.«

Da stand Jakkie auf und warf seine Serviette hin. Jak beugte sich über den Tisch und drückte ihn zurück auf seinen Stuhl.

»Nein, du setzt dich hin, damit ich dir etwas sagen kann«, fuhr er fort, als befände er sich auf einem geselligen Farmerfest.

Er holte weit aus, fing bei Elsa Jouberts Buch über die Leiden der Schwarzen Poppie Nongena an, das in Südafrika kontrovers diskutiert wurde.

»Deine Mutter hat es sich gekauft, aber nie ganz gelesen«, sagte er, »angeblich weil es zu traurig war, als hätte deine Mutter Probleme mit Traurigkeit.«

Spöttisch sah er dich an, doch nicht dich hatte er im Visier. Jakkie solle ihm gefälligst mal erklären, was strukturelle Gewalt sei.

Jakkie sah auf und wandte den Blick ab. Er zitterte am ganzen

Körper im Rhythmus seiner Beine unter dem Tisch. Agaat versuchte, sich unauffällig in die Küche zu verdrücken. Jak stand auf, zog den Stuhl am anderen Ende des Tisches zurück und klopfte mit einer Hand auf die Rückenlehne.

»Komm, Gaat, komm und setz dich einen Moment, das war doch früher immer dein Platz, nicht wahr?«, sagte er. »Jetzt hör mal gut zu, denn dein Kleinbaas, Kaptein de Wet, wird uns nun eine Erklärung liefern. Ich sehe nämlich nicht, inwiefern strukturelle oder eine andere Art von Gewalt gegen dich ausgeübt wird. Gewalt wurde dir vielleicht früher mal angetan, und davon ist dir dein dünner Arm geblieben. Ob du aber im Mutterleib behindert gefickt oder getreten wurdest, spielt dabei keine Rolle. Dafür brauchst du nicht umherzuirren, denn du hast ja mittlerweile hier auf Grootmoedersdrift ein hübsches Dienstbotenzimmer mit Kamin und lebenslangem Wohnrecht. Strukturelle Vorteile, würde ich das nennen. Weiße-Leute-Essen, Weiße-Leute-Sprache, eine weiße Schürze, weiße Bettlaken und dein kleiner weißer Liebling hier, der mit dir seine kleinen Geheimnisse teilt, die noch nicht mal seine eigenen Eltern hören dürfen. Die hören nur die kleinen weißgewaschenen Lügen. Komm schon, Jakkie, sag es uns: Was ist strukturelle Gewalt?«

Jak ging um den Tisch herum und bedeutete Agaat, sich auf den Stuhl zu setzen. Für einen Moment dachtest du, er wolle sie an ihrem dünnen Arm berühren, doch er tat es nicht, sondern signalisierte seinen Wunsch lediglich mit einer Kopfbewegung.

Agaats Blick war wie versteinert. Sehr aufrecht, sehr steif setzte sie sich auf die Stuhlkante.

»Weiße Tischdecken, weiße Kerzen, duftende weiße Blumen«, sagte Jak mit ausgebreiteten Armen, »so weiß ist sie und arrangiert für uns alles in Weiß, genau wie wir es lieben. Genau wie diese Poppie Dingsbums es getan hat: Sie hat ihre Schauergeschichte dieser Schriftstellerin eben so erzählt, wie sie wusste, dass sie sie würde hören wollen – eine Geschichte, die sich gut verkaufen würde. Wie ich gehört habe, wurde sie inzwischen in eine Menge Sprachen übersetzt, und die Meid erhält einen Anteil der Erlöse. Eine verkehrte Welt: Afrikaner, die sich mit Hausmädchengeschichten aus dem Hinterhof einen Namen machen und sie verbreiten wie das Evangelium.«

Jak nahm einen großen Schluck Wein.

»Soll dein Vater dir erzählen, was er denkt, Jakkie? Er denkt, dass die Welt uns Weiße in diesem Land nur wegen der schlimmen Dinge interessant findet, die wir den Hotnots und den Kaffern angeblich angetan haben. Demnächst wirft man uns auch noch vor, dass wir für die angeblichen Opfer deren Geschichten aufschreiben. Nein, lieber sollen wir den armen Tröpfen schön beibringen, ihre Geschichten selbst aufzuschreiben, und sie dann hübsch für sie verpacken. Ein erstklassiges Exportprodukt. Aber ob wir dann am Gewinn beteiligt werden, ist noch die Frage.«

Jak lallte. Seine Gesten waren unangemessen.

Wenigstens ist er nicht gewalttätig, dachtest du. Du versuchtest, Agaats Blick zu erhaschen für den Fall, dass er gewalttätig werden sollte. Doch sie tat so, als sähe sie dich nicht. Ihre Augen waren auf Jakkie gerichtet, der ebenfalls große Schlucke Wein aus seinem neuen Glas nahm.

»Und, wie wär's, Agaat?«, drängte Jak. »Du bist doch die Ausnahme hier. Deine Nooi hat dir doch bereits das Schreiben beigebracht. Sehr geehrter Herr, hochachtungsvoll, wenn Sie so freundlich wären. Besseres Afrikaans als die gesamte Belegschaft der Zeitung, viele Journalisten können nur davon träumen! Schließlich hast du lange Briefe an den Sehr geehrten gnädigen Kaptein de Wet geschrieben. Er hat sie sicherlich nicht weggeworfen. Vielleicht sollte er sie sammeln und an die Sehr geehrte Mevrou Joubert schicken. Sie wird dein Niederländisch ein bisschen auffrischen, damit du noch mehr Leute erreichen kannst. Damit würdest du eine zweite Chance erhalten, könntest dir ein neues Leben aufbauen. Man würde Interviews mit dir führen. Dieser Poppie haben sie die Tür eingerannt, ja sie sogar dazu gedrängt, einen Film zu drehen. Immer und immer wieder musste sie dieselbe Geschichte ihrer langen Reise erzählen. Sie muss sich zu Tode gelangweilt haben! Würde mich nicht überraschen, wenn sie am Ende ein Jahr und noch ein Jahr dazuerfunden hätte, um die Sache zumindest für sich selbst ein bisschen interessanter zu machen.«

Jakkie schüttelte den Kopf, das Gesicht in den Händen.

»Jak, das reicht!«, sagtest du.

Jak ging über deinen Zwischenruf hinweg.

»Wie wär's, Agaat? Du bräuchtest noch nicht mal was dazuzulügen, wenn man dich nach deiner Geschichte fragte. Sie ist besser als jeder Artikel aus den Herzschmerz-Zeitschriften. Hol Stift und Papier«, sagte er, »dann bekommst du von mir die lange und die kurze Version.«

Reglos saß sie da und starrte vor sich hin. Jak lief vor ihr auf und ab und diktierte.

»Weiße Frau, kinderlos, stiehlt Baby mit einem Arm, Punkt. Einarmige Haushälterin leistet Geburtshilfe für kleinen weißen Jungen auf Passstraße, Punkt. Vater fällt aus Boot in Flussmündung, Punkt. Modellflugzeug explodiert, Punkt. Farbige Meid spielt Amme Mutter Tante, Punkt. Aber vielleicht wollt ihr auch lieber ein kleines Lied«, sagte Jak. »Deine Mutter hat euch doch immer so gerne Lieder beigebracht. Eure Sprache war die Musik.«

Jak sang nicht.

»Hier hinter dem Hügel auf unserem Bauernhof«, sagte er, »bekommen die Schafe die Blauzungenkrankheit, der Weizen bekommt Rost, die Frau jammert, der Mann meckert und so weiter, Katastrophen, wie sie im Buche stehen. Und dann? Der Sohn wird erwachsen, stürzt von den Felsen des Huisriviers auf seinen Vater, wird Soldat, fliegt Kampfflugzeuge, bombt drei Jahre lang im angolanischen Mondlicht mit seiner Impala alles platt, was mit FAPLA, SWAPO, MPLA und Kubanern zu tun hat. Und jetzt seht ihn euch an! Zieht den Schwanz ein, fünfundzwanzig im Jahr neunzehnhundertfünfundachtzig, hier in unserem belagerten Südafrika. Gibt auf, wenn wir ihn am allernötigsten brauchen! Und die Meid, die schreibt und schreibt.«

Jak salutierte erst vor Agaat, dann vor Jakkie.

»Ich bin sicher, dass Sie wissen, sehr geehrter Kaptein, dass

Mevrou de Wet, Ihre geschätzte Mutter, alle Briefe ihrer Dienerin an ihren Sohn öffnet …«

Jakkie sah erst dich an, dann Agaat. Er blinzelte langsam mit den Augen und legte den Kopf auf die gefalteten Arme.

»So, Agaat«, sagte Jak, »das ist die Geschichte. Kannst du dir für uns noch einen Schluss ausdenken? Beim Sticken zeigst du doch auch so viel Fantasie!«

Wie lange zog sich das hin? Eine halbe Stunde, eine Stunde? Jak sah aus, als würde er gleich anfangen zu weinen. Er schlug mit der Faust auf den Tisch, aber es war keine Kraft darin.

»Habt ihr denn gar nichts dazu zu sagen?«, schrie er. Er schwankte bedrohlich. »Habt ihr denn nichts zu sagen? Was muss man euch antun, damit ihr aufwacht? Ihr habt kein Rückgrat! Es wird ein schlimmes Ende mit uns nehmen! Deswegen belagert der Feind unsere Grenzen! Ihr Afrikaner-Frauen solltet die Fackel tragen, doch ihr seid nutzlos, die Afrikaner-Jugend ist charakterlos und ohne Ideale, ja sogar die Afrikaner-Hausmädchen kriegen den Mund nicht auf! Haben dafür unsere Vorfahren das Land mit ihren Vorderladern erobert, mit nichts weiter als den Kleidern, die sie am Leib trugen, und ihren Ochsenwagen gegen die barbarischen Horden? Na, Agaat, wie lange ist es her, dass deinesgleichen ihren Herren im Schlaf die Kehle durchgeschnitten haben? Damit hättest du wirklich ein Thema für einen Roman, statt deinem sentimentalen Zwitschern, Hundkatzemaus, nicht gerade Spionageheimnisse, die du mit deinem Kleinbaas teilst, diesem Landesverräter!«

Jak sank schlaff in den Sessel und murmelte vor sich hin, immer langsamer, wie ein Uhrwerk, das auslief.

Jakkie blieb mit dem Kopf auf den Armen am Tisch sitzen. Nach einer Weile blickte er nicht einmal mehr auf.

Du betrachtetest seinen Kopf, der wie der von Jak geformt war, die unrasierten Wangen dieses seltsamen jungen Mannes, deines Sohnes, inmitten der Schüsseln und der schmutzigen Teller. Seine Lippen bewegten sich, er murmelte dem Salz, in das langsam und rosafarben der verschüttete Wein einsickerte, irgendetwas zu. Du sahst zu Agaat hinüber, deren Augen langsam hin- und herrollten wie die eines Chamäleons, ohne dass sich ihr Kopf auch nur einen Millimeter nach links oder rechts bewegt hätte. Eine Fliege ließ sich auf dem Blumenkohl nieder. Agaat scheuchte sie weg.

Ihr bliebt dort sitzen, du und Agaat, noch lange, nachdem das Reden aufgehört hatte. Man hörte nur noch das Ticken der Standuhr, die zwei Mal die Viertelstunde schlug, und das Summen der lästigen Fliege um eure Köpfe. Schließlich stand Agaat auf. Sie mied deinen Blick, fasste lediglich nach ihrer Haube, um zu kontrollieren, ob sie richtig saß.

»Komm, wir bringen sie in ihre Zimmer«, sagte sie.

Als wäre es das Normalste auf der Welt.

Ihr packtet sie rechts und links unter den Achseln und schleiftet sie den Flur hinunter, erst den einen, dann den anderen. Ihr legtet sie auf ihre Betten und zogt ihnen die Schuhe aus.

War es später in dieser oder in der folgenden Nacht oder erst nach dem Wochenende, als du Verdacht schöpftest? Du leertest alles auf deinem Bett aus und versuchtest nachzuzählen – die Tabletten, die Tropfen, die Pulver. Aber du konntest dich nicht mehr daran erinnern, wie viel von all dem noch hätte da sein müssen. Wobei du in den Wochen vor dem Fest ohnehin von allem mehr als sonst genommen hattest. Agaat zählte deine Tabletten morgens für dich ab und legte sie auf deinen Schminktisch, weil du manchmal nicht mehr wusstest, ob du sie schon genommen hattest, und dann nahmst du versehentlich die doppelte Dosis und warst am nächsten Tag zu matt, um irgendetwas zu tun.

Ob sie so weit gegangen war, Jak und Jakkie etwas in den Wein zu tun? Du wagtest nicht, sie danach zu fragen. Du hattest Angst, dass sie etwas über die Briefe sagen würde. Du sahst in deiner Handtasche und den Tragetaschen im Kleiderschrank nach, ob du vielleicht vergessen hattest, einen von ihnen abzuschicken. Den einen – die Ode auf Grootmoedersdrift – fandst du nicht wieder, so gründlich du auch suchtest. Du fandest überhaupt nichts wieder. Du bekamst Angst. Plötzlich war es wichtig, sich bis ins kleinste Detail an alles zu erinnern. Aber du konntest es nicht.

War dir vielleicht irgendwann einmal gegenüber Jakkie oder Jak etwas entschlüpft, dem man hätte entnehmen können, dass du Agaats Briefe gelesen hattest? Oder hatte Agaat es ihnen erzählt?

Du dachtest an die Tagebücher. Nachdem Jakkie zur Luftwaffe gegangen war, hattest du aufgehört, Tagebuch zu führen. Du sahst nach den Heften im obersten Schrankregal im Gästezimmer, wo du sie zwischen den Federbetten versteckt hattest. Du blättertest einige von ihnen durch. Ob du vielleicht ein paar von Agaats Briefen, die du vergessen hattest aufzugeben, dort hineingelegt hattest? Hier und da fiel dein Blick auf die eine oder andere Passage, und du fragtest dich, was ein anderer wohl damit anfangen würde.

Du dachtest darüber nach, aber du warst dir nicht sicher. Deine Handschrift erschien dir fremd, aufrechter, strenger, als sie dir vertraut war. Du bandst die Hefte in Stapeln mit Küchengarn zusammen. Deine Hände zitterten dabei. Dann legtest du sie ins Sideboard zu den anderen Dokumenten.

Zittrig standst du im Wohnzimmer, nachdem du die Hefte weggeschlossen hattest. Das Sideboard schimmerte dunkler als gewöhnlich. Der Esstisch war leer geräumt und glänzend poliert, dekoriert einzig mit einem Blumenstrauß in einer Vase. Keine Spur mehr von der Mahlzeit, der Zwietracht. Dennoch herrschte eine bedrückende Atmosphäre. Alles Vertraute war – unter der Oberfläche, im Kern – wie mit Dynamit geladen.

Du hattest das Gefühl, beobachtet zu werden, als du mit dem Sideboardschlüssel in der Hand dastandst, doch die Vorhänge waren zugezogen, die Tür geschlossen, es war niemand da. Jetzt passiert es, dachtest du, das letzte Glied der Kette scheuert durch. Alles, wofür du gelebt hattest, alles, was du aufgebaut hattest, alle Fassaden, die du aufrechterhalten hattest, die Lüge, die du gelebt hattest. Das letzte Glied.

Die Hand mit dem Schlüssel schwitzte.

Schließlich legtest du ihn offen auf den Tisch.

Du setztest dich im Dunkeln auf einen Stuhl in deinem Zimmer, eine Frau am Rande des Abgrunds, ängstlich den Morgen abwartend, die erste Drossel ein Herold des Todes. Agaat brachte dir deinen Kaffee und erwähnte mit keiner Silbe, dass du immer noch in den Kleidern des Vorabends dasaßest. Sie zog nur die Augenbrauen hoch, weil du die Tabletten, die sie dir zurechtgelegt hatte, nicht eingenommen hattest.

Du hattest Angst vor ihr. Die Angst war größer, wenn sie direkt vor dir stand, als wenn sie sich hinter deinem Rücken hielt. Du kauertest dich zusammen, als du hörtest, mit welch flottem, gleichmäßigem Tempo sie ihrer Arbeit nachging. Es war, als schlüge sie dich mit Stöcken, mit Eisen, schon seit dem vorherigen Abend, und auch jetzt noch, am Tag des Festes. Du konntest nicht fassen, welch ruhige, frohgemute Miene sie zur Schau trug.

Bis spätabends erhielt sie sie aufrecht.

Bis sie in das Flugzeug stieg.

Erst da konntest du auf eine seltsame Art und Weise durchatmen.

Da war wieder sie an der Reihe, geschlagen zu werden.

Waren es die Gräuel deiner eigenen Familie, die dir die Augen öffneten für die Macht oder auch die Ohnmacht, die sich auf den Gesichtern widerspiegelte, die weiß übertünchten Makel der Gäste, die am folgenden Tag in Gruppen und Paaren eintrafen? Lag es an deinem Schlafmangel? Daran, dass du deine Tabletten nicht genommen hattest? Sodass du zum ersten Mal nach Gott weiß wie vielen Jahren ganz klar warst und dir deutlich bewusst wurde, was um dich herum geschah?

12. August 1985. Sie sind herzlich eingeladen.

Plötzlich sahst du alles mit Jakkies Augen: die piepsigen Ehefrauen, die angeberischen Ehemänner, die hohen Kleinmädchenstimmen, mit denen die Frauen einander zuzwitscherten, die hässliche Prahlerei der Kerle, die Kinder frech oder ängstlich, die Kindermädchen augenscheinlich fügsam, obgleich sie bereits mit Stielaugen in Richtung Küche nach den Überresten des Festes schielten. Brot, Fett, Kerzen, Tücher, Seifen, Zündhölzer. Nach der Party würde das große Plündern einsetzen. Wie immer.

Du sahst dich in deinem roten Kleid in den Gartenspiegeln.

Du hörtest deine scheinheilige Stimme. Du schütteltest Hände, drücktest deine Wange gegen die pudrigen Wangen der anderen Frauen, küsstest die feuchten Münder der Männer.

Meine Mutter ist erbärmlich. Sie sorgen wechselseitig dafür, dass sie erbärmlich bleiben. Die ganze Gesellschaft. Jakkies Worte vom Vortag. Dein Kind. Blut von deinem Blute. Nicht allzu überraschend, dass du dir den Schuh sofort anzogst. Gehirnwäsche, protestierte eine andere Stimme in deinem Kopf. So funktionieren Subversion und Gehirnwäsche.

»Willkommen, willkommen auf Grootmoedersdrift!«, sagtest du wieder und wieder.

Und dachtest: Offenbar befinde ich mich zwischen zwei Zyklen der Gehirnwäsche, und das ohne meine Tabletten.

Du sahst Jak und Jakkie an, die sich aus Reue über den gestrigen Abend von ihrer besten Seite zeigten. Beide schämten sich für ihren Filmriss und versicherten einander, dass sie garantiert einen Haufen Mist geredet hätten. Agaat bestärkte sie in ihrer Meinung. Sie hatte ihnen zum Frühstück Alka-Seltzer und Vitamine, einen großen Kanister Orangensaft und eine Kanne starken Kaffee vorgesetzt.

Doch nach dem Frühstück kam der Moment, da Agaat es übertrieb, indem Jakkie ihr feierlich versprechen musste, dass er an seinem Geburtstag nicht zu viel trinken und eine nette Rede halten werde. So weit hörtest du mit, bevor Agaat in ihr Zimmer ging.

Jakkie stand an ihrer Tür und redete weiter mit ihr.

»An meinem Geburtstag, Gaat!«, rief er, das Gesicht von der Türöffnung abgewendet. Du sahst zur Küchentür hinaus und erkanntest den Ausdruck auf seinem Gesicht wieder, den du bei Jak so oft gesehen hattest: die reine Lust, einen anderen zu verletzen.

Du sahst, wie Agaat in der Tür erschien und Jakkies Blick erhaschte.

Den nächsten Satz verstandest du nur teilweise.

»Dann erklär du es eben!«, ertönte es, und: »Nein, ich werde keinen Brief schreiben, am Ende gerät er noch in die falschen Hände. Schreib du etwas! Denk dir was aus!«

War es das, was er sagte? Er hatte den Kopf zu Agaats Zimmertür hineingesteckt. Dann zog er ihn wieder zurück. Die Sonne fiel auf seine braunen Locken. Ganz schön lang, dachtest du, für einen Offizier, der gerade erst Urlaub bekommen hat.

Die Hände auf die untere Türhälfte gelegt, sagte er: »Na gut, wenn ich schon an meinem eigenen Geburtstag nicht mal trinken darf und genau das sagen muss, was du mir vorschreibst, dann wirst du, meine liebe Agaat, heute Abend zu mir ins Flugzeug steigen, damit ich dir zeigen kann, wie Grootmoedersdrift von oben aussieht. Ich habe eigens für dich den Vollmond bestellt. Wunderland bei Nacht!«

Jak kam aus dem Wohnzimmer durch den Flur, ging an dir vorbei in die Küche und hinaus auf den Hinterhof. Er hörte mit an, was Jakkie sagte. Sie lachten gemeinsam über die Aussicht, Agaat ins Flugzeug zu verfrachten. Dann machten sie sich auf den Weg, die Brennstoffversorgung und die Landebahn zu überprüfen.

Das waren die Geschehnisse am Morgen, die Stimmen, die Sätze, die Gesichter in Türen, die Rücken, die Fronten, das Stillstehen, das Wegdrehen, das Vorbeilaufen.

Du wartetest ab, während sich das Fest zum Abend hinzog, die Fackeln und Feuer brannten und die Silhouetten der Tiere beleuchteten, die sich auf den Spießen drehten. Grotesk sah es für dich aus. Und so roch es auch. Die Luft war erfüllt vom Geruch gerösteten Fleisches. Hexensabbat. Aber wer waren die Hexen? Sicherlich nicht diese herzlichen, überschwänglichen Menschen, die von nah und fern zum Geburtstag deines Sohnes gekommen waren? Vielleicht bin ich psychotisch, dachtest du, vielleicht habe ich meine Medikamente so lange eingenommen, dass ich zum Menschenfeind verkomme, wenn ich sie aus Versehen nur einen Tag weglasse. Jak sagte immer: Schluck deine Pillen, Milla, damit du den Mund hältst, während die Männer Krieg führen.

Du versuchtest vergeblich, diese Gedanken zu unterdrücken, und doch hieltest du konstant Ausschau nach den ersten Vorboten des Unheils, während unter Agaats Aufsicht die großen

Salatschüsseln und Brotkörbe auf den Tisch kamen. Du versuchtest, den Überblick zu wahren, während du mithalfst, die Gäste zu bedienen, all die alten Bekannten und ihre Kinder, die sich dort versammelt hatten wie Replikationen der dritten und der vierten Generation. Du vermochtest diesen Eindruck nicht zu verdrängen. Das gesellige Rauschen klang falsch in deinen Ohren. Sogar Beatrice und Thys, deine ältesten Freunde, erregten dein Misstrauen. Sie waren Vertraute des Pfarrers. Sie würden ihm von jedem zu lauten Lachen, jeder falschen Note und jedem Tropfen berichten, der im Übermaß getrunken würde. Auf hundert Rand genau wären sie in der Lage, die Kosten der Veranstaltung zu schätzen, und würden entsprechend der Ausgaben den zehnten Teil berechnen, und der Vertreter Gottes in Swellendam würde ihn zu gegebener Zeit eintreiben, um die Kassen der Kirche zu füllen. Du hättest diese Leute bitten können, dir zu helfen, Agaat zu beschützen und mit Jak zu reden. Du hättest versuchen können, selbst mit dem Pfarrer zu sprechen. Doch was hätten sie schon ausrichten können? Gegen dein Gefühl einer sich langsam anbahnenden Explosion, die Grootmoedersdrift in Hunderte Scherben und Trümmer zerreißen würde?

Du warst mit deinem Gefühl allein. Du versuchtest, es abzuschütteln, und bestelltest einen Kaffee, um wieder zu dir zu kommen. Der Schlafmangel, dachtest du.

Da waren die teigigen Dieners von Vreugdevol mit ihrem glatten schwarzblauen Haar. Malaiischer Abstammung, das war dir schon bei eurer ersten Begegnung klar gewesen. Sie waren als Weiße klassifiziert worden, was auch immer das hier auf der anderen Seite des Sir-Lowry-Passes bedeuten mochte. Sie hielten die Köpfe über die Teller gesenkt, ihre Wangen glänzten, als sie einander über den schmiedeeisernen weißen Tisch hinweg beäugten, als nähmen sie an einem Wettessen teil. Du gingst näher heran, um deine verzerrte Perspektive zu korrigieren, doch sie waren derart ins Futtern vertieft, dass sie dich kaum begrüßten.

Du brachtest einen Krug Eis zum Tisch der Fronemans, wo Frau und Kinder mit traurigen Augen unter den strengen Blicken ihres frömmlerischen Vaters an Gläsern mit lauwarmer Limonade nippten.

»Hier, nehmt doch ein bisschen Eis«, sagtest du. »Mit Eis schmeckt alles gleich viel besser.«

Du hörtest dich an wie der Heilsarmee entsprungen, jedenfalls in deinen eigenen Ohren. Sie lächelten dir halbherzig zu.

Etwas abseits an einem eigenen Tisch saßen die Miesmacher von Loch Maguire. Du hattest den Eindruck, als wäre ihr Missmut an jenem Abend besonders deutlich spürbar. Pol Knoblauch, der Blaubart mit dem steifen Hals, der Gerüchten zufolge mit den kleinen Jungs seiner Farmarbeiter herummachte. Seine Frau, die Sopranistin von der Kirchengalerie. Es hieß, sie säße jede Woche wegen unbestimmter Beschwerden beim Gynäkologen.

Auch die reichen Meyers von Konstandhof waren gekommen: sieben Brüder, alle mit den gleichen feinen Gesichtszügen und leicht schrillen Stimmen, allesamt Schürzenjäger, alle mit Schlupfhoden, wie behauptet wurde. Dazu die Meyers-Schwestern und -Cousinen, samt und sonders ein bisschen verrückt und auf Beruhigungs- oder Aufputschtabletten.

Sehe ich auch so aus?, fragtest du dich. Im schwachen Licht des Festzelts erschien dir dein rotes Kleid plötzlich schwarz. Die Ärmel lagen schwer auf deinen Armen. Es schien dir, als bewegtest du dich immer langsamer.

Auf einmal stand Gawie Tredoux neben dir. Er stand einfach nur da und sagte kein Wort. Als er schließlich die Stimme erhob, klang sie müde.

»Denkst du, was ich denke, Milla? Unsereins ist bestenfalls noch Material für schlechte Seifenopern, im schlimmsten Fall für Biografien über alte Männer mit großen Plänen. Und die jungen Leute haben zu nichts mehr Lust außer zum Surfen, Marihuanarauchen und Gitarrespielen.«

Du sahst ihn an. Er war sichtlich gealtert. Seine Frau hatte ihn verlassen. Sein Sohn war Mitglied irgendeiner Rockband, die mit Protestsongs durch aller Herren Länder zog.

»Pass auf dich auf, Milla«, sagte er, »du weißt, ich bin immer für dich da, wenn du mich brauchst.« Er drückte dir die Schulter. »Und bitte richte Agaat vielen Dank für ihre Bemühungen aus, wie immer alles vom Feinsten, aber ich mache mich jetzt auf den Weg, bin heute Abend einfach nicht in der Stimmung für eine Party. Du auch nicht, scheint mir, aber so ist das Leben, meine Liebe, lächle und ertrage es, morgen ist ein neuer Tag.«

Damit du nicht in Tränen ausbrachst, mischtest du dich unter die erlesenen Ehefrauen der Meyers-Brüder, einen Harem voll geteiltem Groll unter dem Kommando der Schwiegermutter, einer aufgedonnerten Matriarchin, die angeblich früher Fotomodell gewesen war. Trotz ihres fortgeschrittenen Alters erkanntest du im Kerzenschein ganz deutlich, woher die hohen Wangenknochen ihrer Söhne stammten. Halb neidisch, halb schadenfroh machten sie und ihre Schwiegertöchter dir Komplimente zu dem Bankett, zu deinem Sohn, zu deinem Mann. Sie waren Schicksalschwestern. Stammhalterzuchtstuten. Anhand ihrer Hinterbacken ausgesucht und für ebendiesen Zweck gekauft. Düngerprinzessinnen. Genossenschaftsköniginnen. Overberg-Barbies, nannte Jak sie. Du durchschautest die Söhne mühelos: dünkelhafte Machos, von klein auf.

Und inmitten von all dem: Jakkie, die Liebenswürdigkeit in Person. Scheinbar hielt er sein Versprechen.

Er grüßte, bediente, ertrug. Er reagierte auf Jaks Rede, wenn auch nicht mit großer Wärme, so doch korrekt und mit der angemessenen Anzahl zahmer Witze. Er bedankte sich. Meine liebe Mutter, mein Vater, das Vorbild. Das einzige Anzeichen für einen wacheren, intelligenten Verstand unter all den belanglosen Formalitäten waren seine sorgsam gewählten, mit doppelter Bedeutung aufgeladenen Worte für Agaat, die er während seiner Rede zu sich nach vorn hatte rufen lassen.

Er dankte ihr für das Essen, die Gestaltung des Gartens und die Planung des gesamten Festes. Sie sei eine Frau, die große Höhen erreiche, eine, die ihre Flügel ausbreiten werde. Sie habe ihm als Kind gezeigt, wie der Blaukranich sich in die Lüfte schwinge, wie der Schildrabe von hier bis nach Mosselbaai fliege, sie habe ihm gezeigt, was der Rückenwind bei einem Finken und der Gegenwind bei einer Möwe bewirke, sie habe ihm die Namen der Wolken beigebracht, die Luftströmungen lesen gelehrt und ihm erzählt, wie der Teufel Wirbelwinde aus dem Staub der Hügel entfache.

Und: Es sei ihm eine Ehre und ein Privileg, sie als ersten Passagier zu einem besonderen Geburtstagsflug mitzunehmen.

Es gab Applaus. »Ein richtiger Süßholzraspler!«, rief einer. »Du solltest in die Politik gehen, de Wet!«

Jakkie übergab Agaat ein hübsch verpacktes Geschenk und erklärte, sie habe vor Kurzem erst Geburtstag gehabt. »Es ist etwas, was du gut gebrauchen kannst«, sagte er.

»Aufmachen! Aufmachen!«, riefen die Leute.

Agaat kämpfte mit dem Geschenkpapier. Sie war sichtlich verlegen, weil die kleine Hand nicht richtig funktionieren wollte angesichts ihres Publikums. Jakkie nahm ihr das Päckchen aus der Hand, zog das Klebeband ab und gab es ihr zurück.

Hol es raus, bedeutete er ihr mit einer Kopfbewegung.

Es war ein schimmerndes, glänzendes Kopftuch aus Rohseide, ganz in Rot. Es floss und glänzte im Lampenschein, als Agaat es ausschüttelte.

Du sahst, wie Agaats Augen zu funkeln begannen. Sie konnte natürlich schlecht sagen: Hauch mich mal an, ich will wissen, ob du Alkohol getrunken hast! Ob sie misstrauisch war, weil er so beredt gesprochen hatte? Durfte eine Bedienstete es sich erlauben, den Atem ihres Kleinbaas zu überprüfen?

Du dachtest an eine Szene zurück, als Jakkie fünf Jahre alt gewesen war und der vor ihm knienden Agaat ins Gesicht hatte hauchen müssen.

Pralinen gestohlen!

Fenchelsamen gekaut!

Brot mit Aprikosenkonfitüre gegessen!

Das alles konnte sie mit geschlossenen Augen feststellen.

Warum versuchtest du nicht, Jakkie die Idee mit dem Flug auszureden?

Du legtest ihm die Hand an die Schulter. Wie hart er ist, dachtest du, wie weit von mir entfernt. Auch ohne den steifen blauen Serge seiner Luftwaffenuniform fühlte sich sein Körper unnachgiebig an.

»Du willst sie vorführen«, sagtest du nur.

Er schüttelte deine Hand ab und schob sie beiseite, doch du warst ihm nah genug, du rochst den Alkohol in seinem Atem. Aufsässigkeit lag in seinem Blick.

»Mama«, sagte er, »was jetzt passiert, ist etwas zwischen mir und Agaat. Ich habe meinen Anteil beigetragen ...« Er wandte sich ab, bevor er weiterredete. »Sie wird mit mir zusammen in diese Cessna steigen und erfahren, wie es sich anfühlt, frei wie ein Vogel zu sein. Denn das ist es, wovor sie Angst hat. Davor habt ihr alle Angst. Ihr habt mehr Angst vor der Freiheit als vor den Kommunisten. Sie könnte euch in den Schoß fallen, und ihr würdet sie nicht erkennen und nichts damit anzufangen wissen. Ich darf nicht sagen, was ich will. Auf Agaats Wunsch – weil sie glaubt, verhindern zu können, dass der Abend für die ganze versammelte Overberg-Mannschaft verdorben würde. Dafür muss sie jetzt büßen. Nicht ich führe sie vor, sie führt sich selbst vor. Wenn ich also dies nicht darf und sie das nicht kann, müssen wir eben zusammen in die Luft gehen.«

Jakkie sah dich an.

»Vielleicht kann sie mir dort oben in den Wolken endlich erzählen, wo sie herkommt und wie es sie hier nach Grootmoedersdrift verschlagen hat mit ihrer dummen Haube und den Schulschuhen, dort hinten im Außenzimmer, so treu, so vorzeitig gealtert und so verstockt, mit ihrer Stickerei und ihren Schreibblöcken, für die anderen Leute auf der Farm eine Tyrannin. Sie hassen sie, sie verspotten sie, und ihr seid schuld daran. Sie ist noch verkorkster als Frankensteins Monster.«

Du klingst schon wie dein Vater, lag es dir auf der Zunge, zwar auf eine andere Art, aber genauso arrogant. Doch du schwiegst. Du warst beschämt, dass er eine Sache sagte, dann das Gegenteil davon tat und es noch nicht einmal bemerkte.

Ihr fuhrt im Jeep zur Landebahn, überquertet mit hoher Geschwindigkeit die Brücke über die Furt und schleudertet auf der anderen Seite den Abhang hinauf. Kurz zuvor war die Brücke noch überflutet gewesen. Jakkie fuhr, gefolgt von einer ganzen Autokolonne mit Gästen, die das Spektakel mit ansehen wollten.

»Du fliegst mir aber nicht mit dieser Schürze und dieser weißen Haube auf dem Kopf, Agaat«, sagte Jakkie.

»Doch, das werde ich«, erwiderte sie.

»Du bist nicht deine Schürze und deine Haube, Agaat«, sagte Jakkie.

»Doch, das bin ich«, erwiderte sie.

»Na ja, dann wirst du heute Abend zur Abwechslung mal spüren, wie es ist, wenn du mal nicht du selbst bist. Ich musste mich deinetwegen verstellen, und jetzt bist du dran. Wo ist das Tuch?«

»Ich trage keine Kopftücher.«

»Nimm diese Bischofsmütze ab und binde dir das Tuch um, Gaat. Und runter mit dieser Schürze, auf der Stelle!«

»Guck doch weg, wenn es dir nicht passt.«

»Aitsa«, sagte Jak und fügte hinzu: »Vorsicht, sie ist geladen!«

Sie lachten, dein Mann und dein Sohn.

Du sahst Funken und hörtest das statische Knistern, als Agaat das Tuch aus ihrer Schürzentasche zog. Du stiegst aus und folgtest Jak und Jakkie.

Um die Start- und Landebahn herum herrschte Gedränge, während die Männer zwei Reihen Traktorscheinwerfer für den Start aufstellten. Ein paar Frauen waren auch mitgekommen, standen am Rand und unterhielten sich. Kinder scharten sich um das Flugzeug. Du drehtest dich weg. Es war Vollmond, eine helle Nacht, in der noch die Kälte des vergangenen Winters lag. Du wandtest dich wieder um. Das kleine weiße Flugzeug am Ende der Start- und Landebahn sah aus, als bestünde es aus zusammengeleimten Leisten. Ein weißer Klecks vor den schwarzen Konturen der Hügel.

Jakkie kletterte hinein. Im Gegenlicht beobachtetest du, wie er die Steuerelemente kontrollierte. Die Scheinwerfer gingen an, und ein greller Lichtstrahl fiel über den steinigen Boden der Brache. Dann leuchteten die roten und grünen Lichter an den Flügelspitzen auf. Der Motor tuckerte und brummte, und als Jakkie Vollgas gab, begannen die Propeller, sich zu drehen, langsam erst, dann immer schneller, bis sie nur noch ein verschwommenes Rad abbildeten. Allmählich stieg um den Rumpf eine Staubwolke auf, und durch die Schwaden hindurch erkanntest du das Heckruder, das sich erst nach rechts und dann nach links bewegte.

Dann wurde die Tür auf der Passagierseite geöffnet, und eine Hand winkte. Die hintere Tür des Jeeps ging auf. Agaat hatte sich das rote Kopftuch im Krankenschwesternstil um den Kopf geknotet, angesetzt hoch über der Stirn, hinten dreizipflig. Wie hat sie das nur so schnell hinbekommen?, fragtest du dich. Hatte sie abends in ihrem Zimmer mit den vielen Tüchern geübt, die Jakkie ihr im Laufe der Jahre geschenkt hatte?

Die Kinder schrien. Zwischendurch riefen die Männer, die Hände wie Trichter um die Münder gelegt: Schnall dich an, Gaat! Ein Stoßgebet, Gaat! He, jetzt sehen wir die Meid in die Luft gehen! Mein Gott, bestimmt scheißt sich das arme Ding in die Hose! Pinkelt sich in die Hose! Wenn sie überhaupt eine Hose trägt! Jakkie, hast du einen Pisspott in deiner Flugmaschine? Sie wird kotzen! Flieg sie bis zur Kirche, dann kann sie den Katholiken aufs Dach speien! Und den Apostolen genauso! Und auf die Kaffersiedlung!

Agaat sah nicht nach rechts und nicht nach links. Sie kletterte die Trittleiter hinauf, die Spitze ihres Kopftuchs flatterte im Wind. Mit der kleinen Hand hielt sie sie am Hinterkopf fest. Die halbe Agaat stand oben auf dem Trittbrett, die Hüften schmal ohne das Taillenband der Schürze, die Schulter schief ohne die weißen Träger. Mit der starken Hand hievte sie sich durch die Türöffnung und schlug die Klappe hinter sich zu. Durch das Fenster konntest du erkennen, wie sie starr geradeaus blickte, das Kinn vorgereckt, die Lippen zusammengepresst.

Und dann waren sie weg, mit einem Ruck und einem Satz, schneller und schneller, bis sie am Ende der Startbahn abhoben.

Für einen Moment waren sie hinter dem Plateau unsichtbar. Man hörte nur den Motor dröhnen, als die Maschine an Höhe gewann. Dann kehrten sie in einem Bogen zurück. Einmal, zweimal, dreimal nickten die Scheinwerfer, und die Flügel wackelten von einer Seite zur anderen. Die Kinder winkten und johlten zur Antwort auf diesen Gruß.

Ein paarmal kreiste das Flugzeug über dem Hof, höher und immer höher, bevor es auf geradem Kurs in Richtung Stadt verschwand.

Als wollte er Agaat fühlen lassen, wie es ist fortzugehen, dachtest du.

Du weigertest dich, mit Jak zurückzufahren. Du wolltest allein zusehen, wie die Heckleuchten immer kleiner, die weiße Flanke im Mondlicht immer unschärfer wurde. Du wolltest in Gedanken dort oben bei Agaat im Cockpit sitzen, die Landschaft, aus der Höhe kaum wiederzuerkennen, zu Füßen. Du wusstest nicht genau, ob du nachdenken oder nicht denken wolltest. Schließlich machtest du dich allein auf den Weg zurück nach Hause. In einiger Entfernung glühte und flackerte der Hof von Feuern, Fackeln und erleuchteten Zelten. Die bunten Laternen spiegelten sich im See. So musste es aus dem Flugzeug heraus aussehen. Wenn man nicht wusste, was du wusstest, sah es so aus wie in einem Märchen.

Du fragtest dich, ob du dir besser die Schuhe ausziehen solltest, als du die Furt überquertest. Du musstest dich vorsichtig vorantasten, so tief war der Weg mittlerweile von Autoreifen zerfurcht. In der Mitte der Brücke rutschtest du aus, fingst dich gerade noch und bliebst stehen, um dich zu sammeln, um zu sehen und zu hören. Grootmoedersdrift, dachtest du, wie viel diese Furt schon gesehen haben muss! Schimmernde Insektenkreise bildeten sich auf dem Wasser, du hörtest das Quaken der Frösche, die fernen Klänge des Festes auf dem Hof, ein raues Lachen vom See herauf. Die schwarzen Stämme der Akazien, das schwarze Wasser im Fackelschein, die im Licht flatternden Motten. Wenn ich das Ganze nur deuten könnte!, dachtest du. All diese Zeichen. Wenn sich mir ihre Bedeutung nur offenbaren würde als Hinweis für die Zukunft!

Die Nässe drang allmählich durch deine Schuhsohlen. Du blicktest hinab. Der Lack deiner Schuhe glimmte unheimlich im Dunkeln, als wären deine Füße in Feuer gehüllt. Jak hatte in Agaats Auftrag am Wegesrand Fackeln für die Gäste aufgestellt, damit sie den Randstein ausmachen konnten, wenn sie um die Ecke bogen. Nicht dass dies das größte Problem gewesen wäre. Ihr hättet zudem den Schlamm hinunterschaufeln lassen sollen, von dem die Randsteine vollständig überdeckt waren. Du zogst die Schuhe aus und kratztest den klebrigen schwarzen Schlamm mit einem Zweig ab.

Wie lange war Agaat in der Luft? Eine halbe Stunde? Irgendwann bretterte jemand in einem Jeep mit Karacho in den Garten und setzte sie am Eingang des Empfangszeltes ab. Eine Schar Kinder sprang hinzu, um als Nächstes eine Flugrunde zu drehen. Du konntest nicht erkennen, wer am Steuer saß. Der Jeep hinterließ beim Anfahren schwarze Furchen im Rasen. Agaat trug wieder ihre weiße Haube und ihre Schürze. Ein Zipfel des roten Kopftuchs hing aus ihrer Schürzentasche heraus. Mit schnellen Schritten ging sie über den Hof zum Haus hinüber. Die Kinder schwärmten ihr nach.

»Was hast du gesehen, Agaat? Hast du keine Luft mehr bekommen, Agaat?«

Im Laufschritt versuchtest du, sie einzuholen.

»Erzähl, Gaat, was hast du gesehen?«, drängten die Kinder.

»Nichts«, hörtest du sie sagen, »es ist Nacht.«

»Baas, Agaat«, hörtest du eine befehlende männliche Stimme. »Nichts, Baas, es ist Nacht, Baas.« Es war der weiße Vorarbeiter, der den Chauffeur für einen der Meyers-Brüder gespielt hatte. »Glaubst du, weil du dort oben in der Luft warst, könntest du deine guten Manieren vergessen? Ich bin mir sicher, du hast etwas gesehen. Jetzt sag uns, was du gesehen hast.«

»Den Kirchturm, Baas.«

»Woher weißt du, dass es der Kirchturm war?«

»Er hatte Lichter obendrauf.«

»Baas.«

»Baas, was?«

»Der Kirchturm hatte Lichter, Baas.«

»Meneer Lotriet«, sprachst du den Mann an, »Ihre Leute wollen fahren, sie suchen Sie dort hinten im Zelt. Und es gibt starken Kaffee. Mir scheint, den können Sie gebrauchen, bevor Sie sich auf den Weg machen.«

Der Mann verzog sich mit einem gemurmelten: »Ja, Mevrou, Sie haben recht, Mevrou.«

»Wie benehmt ihr euch eigentlich?«, schimpftest du die Kinder. »Komm, Agaat, ich bin froh, dass du heil wieder zurück bist. Ich gehe mit dir.«

»Nein, ich gehe allein«, erwiderte Agaat.

Du folgtest ihr trotzdem. Der Lärm des Flugzeugs übertönte deine Stimme. Es zog tief über die Wipfel der Eukalyptusbäume und die Dächer der Nebengebäude in Richtung des Sees. Du hörtest Geschrei und sahst die Laternen auf dem Floß schaukeln, als die Leute sich hinwarfen und Schutz am Boden suchten.

Eine Reihe Aushilfskellner mit großen Tabletts voller Dessertschüsseln drängte sich auf dem Gartenweg an dir vorbei. Der Duft von gebackenem Schokoladenpudding, Dattelpudding, Brandytorten und Likörbiskuits stieg dir in die Nase, Agaats Desserts für Jakkies Geburtstag, Jakkie, der mit seinem kleinen Flugzeug über dem Hof hin und her brauste, sodass es klang, als wäre die Hölle losgebrochen.

Zweimal hörtest du, dass neben dir etwas gesagt wurde, bevor du verstandst, worum es eigentlich ging.

»Agaat kann im Moment nicht bedienen, Mies, sie ist mit ihrer Arbeit in der Küche im Rückstand.« Es war Saar. Das Zögern in ihrer Stimme ließ dich aufhorchen.

»Kann sie denn überhaupt noch arbeiten?«

»Sie sitzt im Dunkeln in ihrem Zimmer, Mies, sie sagt, ihr sei nicht wohl, ihr Kopf tue weh.«

Es half, dass du etwas zu tun hattest. Du wolltest den Abend zu einem guten Ende bringen. Deine Handlungen fühlten sich träge an, deine Stimme gedämpft. Es war zu spät für deinen Geschmack. Du schicktest jemanden, um die Leute vom Floß zu scheuchen, und befahlst ihm, die Gartenlaternen und Fackeln zu löschen. Du bliest persönlich die Paraffinlampen im Festzelt aus, leertest die Aschenbecher und hobst die Kippen vom Boden auf. Du stelltest dich ans Nachtischbüfett und trotztest einer Horde Kinder, von denen die größeren heimlich getrunken hatten. Rüde demonstrierten sie dir, was sie wollten, und naschten mit den Fingern aus den Schüsseln, einen wilden Blick in den Augen. »He, du! Vorsicht!«, knurrte Lietja einen an, der seinen Ärmel in die Schüssel gehängt hatte, und stieß ihn mit der Rückseite eines Löffels gegen die Brust. Den anderen schöpfte sie grinsend alles durcheinander auf die Teller.

Wenn Agaat am Büfett stand, ging es so niemals zu. Sie achtete stets darauf, dass alle sich ordentlich anstellten und sich benahmen. Erwachsene zuerst!, hätte sie gesagt, woraufhin die Kinder wie Löwen beim Peitschenknall des Dompteurs zurückgewichen wären. Sie hätte alle aufgefordert, sich erst die Auslage anzusehen, und ihnen erklärt, was es alles gab, all die leckeren Sachen mit den wunderbaren Namen, dann erst hätte sie jedem etwas zum Probieren gegeben mit den Worten: Wenn's schmeckt, komm dir noch etwas holen, es ist noch so viel da!

Über das Chaos des Nachtischbüfetts blicktest du hinüber in das Zelt.

An der Bar gegenüber hatten sich die Männer zusammengefunden, hauptsächlich die jüngeren, die nassgeschwitzt vom Tanzen kamen, um ihren Durst zu löschen. Lauthals riefen sie den Kellnern ihre Bestellungen zu, tranken mit weit zurückgelegten Köpfen direkt aus den Bierflaschen, rülpsten und steckten dann wieder die Köpfe zusammen, redeten und lachten.

Schon am frühen Abend hattest du gesehen, dass das Tor zum Heuschober nur angelehnt war, und ein- oder zweimal hattest du ein Pärchen hineingehen und wieder herauskommen sehen. Jetzt erkannte man an der Haltung der Männer, dass sie mit ihren Eroberungen prahlten. Zwei der Kindermädchen saßen an einem Tisch und entfernten Stroh aus ihren Haaren. Die Frauen und einige der älteren und zurückhaltenderen Paare starrten sie ausdruckslos an.

Hin und wieder flog das Flugzeug tief über das Zeltdach hinweg und ließ die Kerzen auf den Tischen flackern. Dann blickten alle auf, als rechneten sie damit, die Flügel durch die Plane brechen zu sehen.

Du überquertest den Hof in Richtung der Scheune. Ein metallisches Hämmern ertönte, gegen den Rhythmus der Musik. Es war die Pflugschar, die unter der Wildfeige vor der Tür der Scheune hing. Corrie Meyers, die nur noch einen ihrer hochhackigen Pumps trug, hämmerte darauf mit einer Brechstange, die Jak dort aufgehängt hatte, um die Arbeiter zur Pause zu rufen. Die Brechstange war zu schwer für sie. Jedes Mal, wenn sie sie anhob, knickten ihre Handgelenke mit den silbernen Armreifen ab, und nach jedem Schlag verlor sie das Gleichgewicht, sodass sie sich an der Pflugschar festhalten musste.

Ihr Lippenstift war verschmiert, und Wimperntusche lief ihr über die Wangen.

»Ich kann das nicht mehr ertragen! Ich kann es nicht eine Minute länger ertragen! Scheißkerl! Mieser Scheißkerl!«

Surabaya-Johnny. Du tatst so, als hättest du sie nicht gesehen.

In der Scheune war es düster. Irgendjemand hatte die gelben Lampen herausgedreht, die Jak ringsum an den Wänden aufgehängt hatte. Es roch nach Schweiß, Alkohol und schalem Parfüm. Auf den Heuballen saßen Pärchen und knutschten. Die meisten derjenigen, die danebenstanden, waren junge Mädchen auf Beutezug und verheiratete Frauen, die zur Abwechslung einmal einen anderen Körper unter ihren Händen fühlen wollten. Die Tänzer bewegten sich auf einer Bahn entlang der Scheunenwände. Die Musik war schnell, es lag Hektik in den Bewegungen derer, die mithalten konnten, während die weniger Geschickten aneinanderstießen und sich gegenseitig auf die Zehen traten.

Flüche wurden laut: »Scheiße, aus dem Weg, Mann, jetzt pass doch auf, wo du hintrittst!«

Weiter hinten in der Scheune spielte die Band immer noch, was das Zeug hielt. In dem schwachen Licht schrammelten und zupften die Musiker an ihren Gitarren, und der Schlagzeuger drosch derart vor sich hin, dass er die anderen Instrumente fast völlig übertönte.

Auch Riekert Meyers war unter den Tänzern. Mitten auf der Tanzfläche gab er seine ganz eigene Vorstellung mit einer dir unbekannten jungen Blondine. Riekert drehte das Mädchen an den Fingerspitzen, erst in die eine, dann in die andere Richtung, zog sie eng an sich und legte ihr beim Tanzen die Hände auf Unterleib, Hüften und Hintern. Du konntest im Gesicht der jungen Frau lesen, was vor sich ging, und erkanntest den kessen Schmollmund, die Genugtuung und die selbstzufriedene Eitelkeit wieder, die die Meyers-Brüder bei all ihren Geliebten auslösten. Auf Riekerts herzförmigem Gesicht lag ein verführerisches Lächeln. Die Band spielte nur für ihn. Eine heiße Nummer, wie es so schön hieß.

Du warst die Erste, die hörte, was Corrie Meyers schrie. Sie drängte sich zwischen die Tänzer und schrie ihnen mit einem irren Grinsen ins Gesicht.

Als wären es deren Stirnen, die brannten.

Als schlügen die Flammen aus ihrem Mund.

Im Nu warst du draußen. Die Scheune stand lichterloh in Flammen. Rauch quoll aus den Belüftungsöffnungen und aus der offenen Tür. Durch den Spalt konntest du einen Blick auf das Inferno im Inneren erhaschen. Es war August, und das frische Luzerneheu gärte. Außerdem lagerten dort Ballen von Weizenstroh für die Einstreu in den Ställen. Hinter dir drängten sich die Tänzer und diejenigen, deren Reaktionen aufgrund von zu viel Alkohol deutlich verlangsamt waren. Die Gäste strömten aus dem Zelt und deuteten auf die Scheune. Doch niemand unternahm etwas.

Das Flugzeug kreiste über dem Hof. Ob Jakkie jetzt zufrieden ist?, dachtest du verbittert.

War das der Moment, in dem Agaat erschien? Ihre schwarzweiße Gestalt auf dem offenen Platz vor der brennenden Scheune? Alle starrten sie an. Sie drehte sich um, gebot mit ihrer starken Hand der Menge zu schweigen und begann, nach links und rechts Befehle zu rufen: Du und du, ihr tut das, Sie tun dies, die anderen jenes. »Sichert zuerst den Holzschuppen, das Zwiebellager, die Benzintanks und die Dieselfässer!«, rief sie. »Macht ringsum den Boden nass!«

Du wusstest, dass die normalen Gartenschläuche nicht weit genug reichen würden.

Agaat indes hatte sofort den Wassertank im Sinn, der im Sommer als Viehtränke auf die Weide gezogen wurde und den ihr seit dem letzten Brand stets mit Wasser gefüllt bereithieltet.

»Holt den Traktor raus, hängt den Wassertank an und nässt zuerst den Boden rund um die Treibstofftanks!«, befahl sie. Dann ließ sie leere Getreidesäcke aus der Scheune schleppen. »Bindet sie los! Macht sie nass! Bringt sie her! Beeilung!«, brüllte sie.

»Wo ist Jak?«, riefst du. Jemand schrie, dass er immer noch oben an der Landebahn sei.

Agaat schickte nach den langen Leitern unter dem Schuppendach und ließ die jungen Männer die nassen Säcke über die Tanks werfen. Sie gehorchten ihr wie einem General.

Dawid stolperte unbeholfen umher und blickte sich verängstigt um. Sie schickte ihn zum Pumpenhaus am Stausee, um die Pumpe einzuschalten, die der Gartenbewässerung diente. Wenn sie liefe, wäre zumindest das Haus in Sicherheit.

Doch sie hatte noch weiter gedacht. Sie wusste, wo im Garten die Bewässerungsrohre in flachen Gräben verliefen und wo sie oberirdisch verlegt worden waren. Sie versammelte eine Mannschaft von Aushilfskellnern und -küchenmädchen und zeigte ihnen, wo sie die Rohre ausgraben mussten. In Reih und Glied zogen sie ein langes schwarzes Bewässerungsrohr mit Sprühköpfen nach dem anderen auf den Hof und legten eine Bahn um die Nebengebäude. Hier und da musste eine Verbindung neu gesteckt werden.

Agaat zog die benötigten orangefarbenen Verbindungsstücke, Messer, Klemmen und Schraubenzieher aus den Schürzentaschen. Staunend verfolgtet ihr die Maßnahmen, die sie ergriff. Sie legte den Hebel um, der das Ventil am Haus öffnete.

»Hebt das Rohr an! Haltet die Sprühköpfe fest! Hochheben, festhalten, zielt auf die Dächer! Alle zusammen, eins, zwei, drei!«, schrie Agaat.

Die Hände in die Taille gestemmt, sah sie zu, wie ihr Plan in die Tat umgesetzt wurde. Sämtliche Sprühköpfe waren mit Helfern bemannt, die sie so hielten, dass der Wasserstrahl hoch hinaufschießen konnte. Im Nu waren die Regenrinnen der Gebäude mit Wasser gefüllt, und nach und nach lag der Hof dunkel und nass glänzend vor euch.

Die Wellblechplatten auf dem Dach der Heuscheune sprangen durch die Hitze und den Schock des kalten Wassers mit lautem Knall aus den Verbindungen und fielen scheppernd hinunter. Lange Feuerzungen leckten ihnen nach, und ein Funkenregen ging nieder.

Die Männer wurden angewiesen, das Werkzeug und die Maschinen aus der großen Scheune zu holen und Letztere in sicherer Entfernung zu parken. Traktoren, Mähdrescher und wertvolle kleinere Maschinen sowie die Paraffin- und Ölvorräte mussten gesichert werden. Nasse Säcke waren überall drübergeworfen worden. Leute liefen wie von Agaat befohlen mit Wassereimern umher. Die Sprühköpfe wurden auf die klaffenden Löcher im Dach der Heuscheune gerichtet. Es zischte, wenn das Wasser auf die Flammen traf. Dicke Dampfwolken quollen aus dem Dach.

Du sahst Agaat mit Jakkie reden.

»Endlich! Los, steh nicht rum und fass mit an! Füll fünf leere Melassefässer mit Wasser!«, befahl sie ihm. »Schraub die Kappen ab und roll sie so durch die Scheunentür, dass wir mit dem Wasser direkt unter das Feuer kommen.«

Es war so abrupt vorbei, wie es begonnen hatte. Innerhalb einer Stunde war die Scheune nur noch ein schwarzer, rauchender Trümmerhaufen. Die Leute standen in kleinen Grüppchen auf dem Hof herum, vor Schreck ernüchtert, die Kleider über und über mit Schlamm und Ruß bedeckt.

Wo waren Jak und Jakkie? Du blicktest dich um, konntest sie in der Menge aber nirgends entdecken. Agaat schlug auf die Pflugschar. Als sich alle unter dem wilden Mandelbaum versammelt hatten, erteilte sie dir das Wort.

Du bedanktest dich bei den Leuten für ihre Unterstützung und ihre Anwesenheit bei dem Fest. »Es tut mir schrecklich leid, dass es so enden musste«, sagtest du.

Einige der älteren Leute suchten nach Agaat, weil sie ihr die Hand schütteln wollten, doch sie war verschwunden.

Sie schlief auch nicht in ihrem Zimmer in jener Nacht.

Und am nächsten Morgen war Jakkie weg.

Du hattest nachts Türen schlagen gehört und vage wahrgenommen, dass Autoscheinwerfer über den Hof huschten und jemand redete, aber du warst zu betäubt von deinen Medikamenten gewesen, um aufzustehen. Du hattest gedacht, du hättest einen Traum. Hörtest du, tschick, das Sideboard aufgehen? Und wieder zu, tschick? Als du am nächsten Morgen gegen zehn Uhr erwachtest, wehten schwarz verbrannte Papierfetzen an der verglasten Veranda vorüber bis vor deine Zimmertür.

Du gingst in die Küche. Jak stand vor Agaat. Du drängtest dich an ihm vorbei. Sie hielt eine Hand in der anderen. Du gingst in Jakkies Zimmer. Sein Koffer war verschwunden. Sein Bett war unberührt.

Zuerst kam die Militärpolizei, dann die Geheimpolizei.

Sie befragten dich und Jak nach euren politischen Ansichten. Danach wollten sie wissen, was ihr über Jakkies politische Einstellung, seine Ansichten über den Angola-Krieg und seine Handlungen der letzten Monate sagen konntet.

Ihr sagtet beide aus, dass er stets positiv, korrekt und begeistert von seinem Einsatz bei der Luftwaffe erzählt habe.

Sie wollten keine eurer Fragen beantworten.

Sie durchsuchten das Haus.

Sie fanden nichts.

Als sie fertig waren, servierte Agaat Tee. Du hättest diesen Leuten keinen Tee angeboten. Agaat war es, die ihre Gesichter sehen wollte. Du wusstest, dass sie von der Küche aus alles belauscht hatte.

Ihr behandeltet Agaat, als hättet ihr sie erst tags zuvor eingestellt, und sie verhielt sich wie eine Hausangestellte, die einmal in der Woche vorbeikam.

Es sei von nationalem Interesse, sagte der Offizier, dass ihr jeden Versuch Jakkies, mit euch Kontakt aufzunehmen, sofort der nächsten Polizeidienststelle meldetet. Die Zuwiderhandlung stelle einen Straftatbestand dar. Damit würdet ihr euch zu Komplizen machen.

»Wobei denn überhaupt?«, fragte Jak.

In diesem Stadium der Ermittlungen könne er keine Auskünfte erteilen, antwortete der Mann, dadurch werde die Untersuchung behindert.

Der Brief kam einen Monat später. Dawid war in die Stadt gefahren, um die Post abzuholen, und übergab später im Hinterhof Agaat den Umschlag. Du wartetest im Wohnzimmer. Es dauerte eine halbe Stunde. Dann stand Agaat in der Wohnzimmertür, hielt dir den Brief hin und sagte: Lies.

Du lasest den ersten Absatz.

»Liebe Gaat, ich werde dieses Land verlassen haben, wenn Du diesen Brief erhältst. Ich habe jemanden gebeten, ihn nach meiner Abreise in der Stadt für mich aufzugeben. Ich hoffe, er wird nicht abgefangen.«

Die Handschrift sah anders aus als Jakkies übliche Schrift. Die Buchstaben neigten sich nach dem Zufallsprinzip vor und zurück, er musste den Brief in großer Eile hingekritzelt haben.

Jak trat zu euch und nahm ihn dir aus der Hand.

Ihr beobachtetet, wie er ihn las, sein Blick jagte über die Zeilen. Er wurde erst blass, dann rot. Dann steckte er sich den Brief in die Hosentasche und stürmte hinaus.

Du hörtest, wie er das Auto mit Vollgas im Rückwärtsgang

aus der Garage fuhr, sahst, wie er in der Schlammpfütze am Tor anhielt, das Tor aufstieß und über das Viehgatter raste, dass die Eisenstäbe hinter den Rädern nur so hochsprangen und die Hunde kläffend die Verfolgung aufnahmen.

Agaat setzte sich hin. Zum ersten Mal seit ihrer Kindheit saß sie mit dir zusammen in einem Sessel im Wohnzimmer.

Doch sie lehnte sich nicht zurück, sondern blieb auf der Kante sitzen.

»Was schreibt er?«, fragtest du.

Sie antwortete nicht. Sie hob die Hände an die Haube, ließ sie jedoch wieder sinken, noch ehe sie sie berührt hatte. Sie sah aus, als lausche sie, als wolle sie nichts in der Nähe ihrer Ohren haben, um besser hören zu können. Es sah aus, als zähle sie.

»Bitte«, sagtest du, »wie lange soll ich noch im Ungewissen bleiben?«

Etwa eine halbe Stunde lang müsst ihr so dagesessen haben. Auf dem Hof herrschte Stille. Vogelgezwitscher im Septembergarten. Die bunten Farben der Ranunkeln und Anemonen spiegelten sich in der halbmondförmigen Scheibe oben in der offenen Tür wider. Ein Hauch von Fenchel lag in der Luft.

Dann hörtet ihr den Knall.

Agaat blieb sitzen, die Hände im Schoß, den Blick ins Leere gerichtet. Dann stand sie auf, als hätte sie eine alltägliche Aufgabe zu erledigen. Du siehst sie heute noch in der Haustür stehen, Agaats dunkle Silhouette vor dem Hintergrund des hellen Frühlingstages, als sie sich zu dir umdrehte.

»Er ist unten an der Furt«, sagte sie. »Ruf Dawid, hol den Bakkie, beeil dich!«

Du sahst ihr nach, als sie die Straße hinunterrannte, eine Hand an der Haube.

Du schlugst den Gong.

Als du am Unglücksort ankamst, drängten sich dort bereits alle zusammen, Dawid, Agaat und eine ganze Schar Kinder und Frauen aus den Arbeiterhütten. Das Heck des Alfa ragte aus dem Wasser. Ein Hinterrad drehte sich. Das Verdeck stand offen.

Jak hing ein Stück weiter über dem Wasser.

Der abgebrochene Ast einer Schwarzakazie war von vorne in seine Brust eingedrungen und ragte hinten aus dem Rücken wieder heraus.

Agaat sah dich nicht an.

»Holt ihn runter«, befahl sie Dawid und Julies.

Sie mussten den Ast schließlich absägen. Sie trugen Jak, so wie er war, mitsamt dem Ast in der Brust, ans Ufer. Sein Gesicht war in einem Ausdruck der Überraschung erstarrt. Der Unterkiefer war ausgerenkt. Agaat schloss ihm die Augen.

»Stellt einen Fuß rechts und links auf seine Brust und zieht zu zweit«, sagte Agaat. »Ein, zwei, drei!«

Begleitet von einem Schwappen rutschte der Ast heraus.

»Setz dich«, sagte Agaat und hielt dich an den Ellbogen. Du konntest dich nicht länger aufrecht halten.

Dort lagt ihr im grünen Gras. Du und Jak. Und Jaks Ast.

Sein Blut sickerte ins schlammige Wasser der Furt. Die Farbe des Blutes biss sich mit dem Rot des Alfa.

Agaat schickte die Frauen und Kinder nach Hause. Dawid und die anderen Arbeiter mussten den Traktor, ein Abschleppseil und die Bahre holen. Saar und Lietja sollten den Arzt anrufen und Riechsalz aus der Hausapotheke holen.

Als alle gegangen waren, beugte sich Agaat nach vorn und zog den Brief aus Jaks Hosentasche, genauso zerknittert, wie er ihn dort hineingesteckt hatte. Es war voller Blut. Die Schrift war verschmiert.

»Er wollte zur Polizei fahren und ihn dort abgeben«, sagte Agaat. »Doch er konnte es nicht mit seinem Gewissen vereinbaren. Er wollte zurückkommen, hat aber die Kurve nicht geschafft.«

Sie trennte die Blätter voneinander, glättete sie sorgfältig und steckte sie in die Schürzentasche.

»Komm erst mal wieder zu dir, dann lese ich ihn dir vor und verbrenne ihn anschließend«, sagte sie. »So kann man uns nichts nachweisen.«

Dann bückte sie sich und renkte mit einem Ruck Jaks Kiefer wieder ein.

Wie praktisch, dachtest du. Gut, dass sie das schon so früh bei den Schafen gelernt hat, die mit schiefem Unterkiefer aus dem Dipbad kamen.

Sie hielt dir das Riechsalzfläschchen unter die Nase.

»Guck, dort ist er ins Rutschen geraten«, sagte Agaat.

Du sahst die abknickende Schlammspur, wo auf der niedrigen Brücke der Randstein fehlte.

Als ihr Jak im Hinterhof abgelegt hattet, hörtest du zum ersten Mal aus der Küche den Vers, den die Arbeiter auf der Farm bis in die dritte und die vierte Generation kichernd wiederholen sollten.

Der Baas von Grootmoedersdrift,
herrje!
So groß und so erhaben
und landete im Graben!

man hat so lange nichts von mir gehört dass man durchaus meinen könnte ich wäre tot das lässt mich kalt wirklich ich kann es nicht leugnen die welt ist mir aus den händen geglitten manchmal noch habe ich den drang zu rufen zu schreien aufzustehen das bedürfnis in die wellen zu rennen doch ein meer aus glasigem gel erstreckt sich vor mir eine geräuschlose salzig weiße küste ein traum aber ich schlafe nicht bin nicht tot bin wach zwischen mir und mir sind alle vertiefungen verlandet berg ohne höhlen etagen ohne treppenhaus gefangen im aufzug der aufzug bin ich selbst hab nicht mal genug platz um einen arm zu heben um alarm zu schlagen ich selbst bin der alarm kein spielraum mehr zwischen mir und mir ich fülle mich vollständig meine füllung gewebespannung in einem stängel würde ich platzen? wie ein granatapfel der vom baum fällt? matschig aber leicht wegzuräumen? wer wird die kerne aufkehren wer wird mit der schuhsohle über den fleck auf dem stein wischen? oder werde ich aus mir hinausweichen wie luft aus einem fahrradschlauch? über dem arm zu all den anderen fahrradschläuchen getragen? bilder schenken keinen trost mehr meine füllung samen erde wind ich bin wer ich bin nicht undurchlässig kein hin und her kein umdrehen möglich der anblick der blinden wand würde mich erleichtern doch ich selbst bin die wand bin name bin mehl bin geschichte mein leiden ist vollendet meine zunge ist schwarz schlucke mund voll wasser o meine seele in mir gibt es keinen raum um dich in mir zu beugen

27. Mai 1955

Jak sagt, wir sollten A. zu Dawid und seiner Familie geben & s. an ihr eigenes Volk gewöhnen. Je früher, umso besser, sagt er, das Kind würde verwirrt aufwachsen, sie habe ja gar keine Spielkameraden. Als kümmerte ihn das auch nur einen Deut. Doch er hat recht, wenn er sagt, die weißen Kinder, die hierherkommen, wüssten es nicht besser & würden denken, sie wäre eine Farmarbeiterin & sie brüskieren.

Trotzdem protestiere ich! Sie ist etwas Besonderes & entwickelt sich aus dem grausamsten Elend, praktisch aus dem Nichts. Jeden Tag habe ich Anlass zu glauben, dass all meine Mühe und Hingabe nicht vergeblich waren & dass mein Glaube an die Sache & jeder Tropfen Schweiß und Tränen, den ich in sie investiert habe, jetzt allmählich Früchte tragen. Alles hat einen Sinn, habe ich zu Jak gesagt, sie wurde mir geschenkt, um etwas über mich zu erfahren. Um zu erfahren, was wirklich wichtig ist im Leben. Jak sagt, ich klinge wie eine Zeugin Jehovas auf Eau de Cologne. Er dachte, mir müsste doch inzwischen klar sein, dass es gar nicht um A. gehe. Ich rede immer nur von mir & ich mache ihn krank mit meinem sentimentalen Gerede. Ich solle ihm das bitte ersparen, denn er sehe hier nur den schlimmsten Fall von Größenwahn & Kontrollsucht südlich der Sahara.

Das ist nicht wahr! Ich spiele mit ihr & ich lehre sie singen & tanzen. Wenn er ihr nur ein wenig Aufmerksamkeit schenkte & sich Zeit nähme, sie ein bisschen besser kennenzulernen, würde er sehen, dass sie eine überaus interessante kleine Person ist (interessant ist vielleicht nicht das richtige Wort, eher eigensinnig, intensiv, impulsiv, fantasievoll – etwas zu sehr –, aber lieber ein bisschen zu lebendig als stinklangweilig, wie Pa immer zu sagen pflegte).

28. Mai 1955

Habe A. 24 neue Wachsmalkreiden & 10 Töpfchen Plakafarbe gekauft. Heute Abend Schafe Henne Esel Hahn schreiben & malen gelehrt. Gute Wahrnehmung vor allem von Form & Position der Ohren Schnauze & Augen. Ich brachte ihr bei, die Farben zu mischen & nicht nur eine Ecke der Seite zu bemalen. Sie macht es gut, aber sie muss noch vieles aufholen.

Heute Abend dachte ich, sie schliefe bereits, da kam sie zu mir & zeigte mir ein Bild von der Farm mit der Überschrift GROTMODERSDRUF. Du hast Flügel, weil du mein Engel bist, sagte sie. Ich hatte ihr beim Malen der Flügel auf einem separaten Blatt ein wenig helfen müssen. Nur Luzifer der rebellische Engel hat derart spindeldürre schwarze Flügel, hatte ich zu ihr gesagt. Jak hat ein Strohdach schwarzer Haare auf dem Kopf, dicke schwarze Augenbrauen & zwei rote Flecken als Wangen & sitzt auf der Motorhaube eines roten Autos mit schwarzen Rädern. Sie wusste nicht, wie man einen Mann in einem Auto malt, auch das musste ich ihr zeigen. Da war ich also zweimal mit meinem roten Kleid & reparierten Flügeln & Jak zweimal erst auf & dann in seinem Auto vor dem Wohnhaus von Grootmoedersdrift mit Schornstein & Giebel & grünen Bäumen & blauen Bergen & einem Blumengarten voller Vögel & Lämmer & Schmetterlingen.

Jak & mich gibt es also zweimal & dazu von allen anderen Lebewesen je eines, aber wo bist du denn?, fragte ich. Sie sei drinnen, antwortete sie. Ihr sucht mich, und ich verstecke mich vor euch im Kamin. Oje! Ich fragte mich, ob das arme Kind hier wirklich glücklich ist.

30. Mai
Heute Morgen sprang A. auf ihrem Bett herum & brachte plötzlich einen Pfiff hervor. Sie will gar nicht mehr aufhören zu springen & das Pfeifen schafft sie immer öfter, große Aufregung!

4. Juni 55
A. hat eine neue Angewohnheit. Sie schmiegt ihren Kopf an mich, weil ich immer so lecker rieche, sagt sie. S. legt den Kopf auch in meine Pulloverschublade, wenn ich mich anziehe. Eben war sie mal wieder verschwunden & ich fand sie in meinem Zimmer, halb im Schrank verkrochen & eingeschlafen mit dem Kopf auf meinen Pullovern. Jetzt verstehe ich, warum der Schrank immer so unordentlich ist. Finde immer den roten Pullover obenauf & von ihr warmgeschlafen. Was machst du denn in meinem Schrank?, schimpfte ich mit ihr. Entschuldige bitte, sagte sie & mein Herz wurde ganz weich & ich drückte sie an mich. Du riechst so gut, flüsterte sie mir ins Ohr, kann ich eines Tages auch so gut riechen?

4. Juni 55
Am meisten Spaß macht es uns im Moment, raus aufs Feld zu spazieren & die Natur kennenzulernen, die Namen der Insekten, Vögel, der kleinen Reptilien, Kleinsäuger, Grassorten, wilden Blumen, Steine. Ich habe Pas alte Nachschlagewerke in einem Rucksack dabei & dazu ein Notizbuch & ein Fernglas & ihre Lupe & dann bestimmen wir Pflanzen, Tiere & Steine & sammeln Proben. Lerne dabei selbst allerhand Bemerkenswertes. A. hat ein gutes Auge, merkt sich alle Besonderheiten & erinnert sich an sämtliche Kennzeichen & entdeckt manches, was ich nicht beachte. Die weiß gesprenkelte Brust des Rötelfalken in einem Baum, Puppen im Gras & Kokons, die von Zweigen hängen, Spinnweben zwischen Grashalmen, Eidechsenskelette, Kot

von Hasen & Klippschliefern & Antilopen. Die in den Zweigen aufgehängten oder aufgespießten Opfer der Würger interessieren sie besonders. Deswegen nennt man sie so, erklärte ich ihr & dann musste ich ihr natürlich auch die Todesstrafe & die Gründe dafür erläutern.

Habe ihr vor einer Weile ein Fossil gezeigt, das Pa hier in den Bergen gefunden hat & jetzt interessiert sie sich auch dafür, sammelt andauernd Steine & schlägt sie auf, um nachzusehen, ob etwas darin ist & tatsächlich hat sie gleich drei, vier Mal etwas gefunden! Woher wusstest du das?, fragte ich. Einige Steine sind wärmer als andere, antwortete sie. Kann es sein, dass das Kind das Zweite Gesicht hat? Neulich kam sie mit einem kleinen Frosch. Wusste gar nicht, dass es so etwas Winziges gibt, nicht größer als ein Streichholzkopf. Ein Mikro-Frosch lt. Amphibienbuch & heute hat sie einen wunderschönen kleinen Elfenbeinfrosch gefunden. Musste ihr erst das Wort Elfenbein erklären & dann, wie der Frosch zum Elefantenzahn kommt.

Maulwurfschlange, Flughund, Hufeisen, Bandwurm, Salzschwaden, Treibsand, Schlingpflanze, Kannibalenspinne, Kaiserfalter. Sie entdeckte bald, dass die Komposita nicht immer auf die gleiche Weise funktionieren & manchmal musste ich mir etwas ausdenken, um sie zufriedenzustellen.

Hatte eine geniale Idee, ein glücklicher Einfall war es oder vielleicht eher eine Vorahnung & ich schlug in Pas altem Mineralienbuch unter »Agaat« nach. Und da stand es: Quarz, benannt nach dem alten griechischen Namen »Achate« für einen Fluss in Sizilien. Bemerkenswert! Aprikosenachat, Augenachat, Feuerachat, Honigachat, Schlangenhautachat, Moosachat, Regenbogenachat. Guck mal, sagte ich, eine ganze Welt mit deinem Namen! Ich sagte: Alles auf der Welt ist an allen Punkten durch Wörter miteinander verbunden & wir kennen eine Sache durch den Namen einer anderen Sache & wir verbinden diese Namen miteinander.

Es ist eine Kette & wenn man ein Glied bewegt, bewegen sich alle. Die Möglichkeiten sind endlos.

Sie will den blauen Schmetterling fangen, sagt sie, für ihre Sammlung. Man dürfe ihn nicht fangen, erwiderte ich, er sei heilig. Sie sagte: Ich fürchte mich nicht vor Schmetterlingen, sie beißen nicht, was ist heilig? Ich versprach ihr, darüber nachzudenken. Momentan stellt sie andauernd solche Fragen. Wo ist der Himmel, warum sterben Menschen, wo sitzt die Seele, warum ist eine Sache soundso & nicht anders? Der Himmel ist ein Stein, sagte sie unvermittelt. Ja, erwiderte ich, ein Edelstein. Wände aus Jaspis & Straßen aus Gold. Nein, erwiderte sie, das meine sie nicht & sie zeigte mir den Stein mit dem versteinerten Farnblatt. Das ist die Seele, sagte sie, gefangen im Himmel. Das muss man sich mal vorstellen!

Abends packt sie all unsere Funde aus & sortiert sie. Ich komme gar nicht hinterher, sie mit genügend Schalen & Flaschen & Schachteln & Bändern & Sammelalben & Filzquadraten, Stiften, Reißzwecken & Büroklammern für die Proben zu versorgen, die sie sammeln will. Sie ist ein bemerkenswert ordentliches & ausdauerndes Kind, außergewöhnlich, denke ich. Ich lasse ihr freie Hand, obwohl es in ihrem Zimmer allmählich wie im Labor eines Zauberdoktors riecht. Saar & Lietja sagen, sie wurde mit der Glückshaube geboren. Was für ein Abenteuer!

7. Juni 55

Heute Nachmittag nach dem Mittagessen verschwand A. spurlos & kehrte sehr schmutzig zurück. Sie ist wahrhaftig auf eigene Faust in den Wald gegangen! Habe ihr eine ordentliche Tracht Prügel verpasst. Der Tokkelossie fängt dich, der böse Geist! Der Wald ist nichts für kleine Kinder, merk dir das! Dein Name bedeutet »gut«. Gut, erwiderte sie weinend, sind Sachen, verschiedene Sachen, die keinen richtigen Namen haben. Hab und

Gut ist in einem Koffer & Diebesgut ist Geklautes. Nicht auf den Mund gefallen, die Kleine. Du willst mir Widerworte geben?, fragte ich. Dann kriegst du gleich noch eine Tracht hinterher! Gut ist wahr, gut ist schön, gut ist nobel.

8. Juni 55

Was schreibst du da in dein kleines Heft?, fragte Agaat. Eine Geschichte, beispielsweise über ein kleines Mädchen, das schon pfeifen kann! Darf ich auch?, fragte sie & schon nahm sie den roten Wachsmalstift.

Ich schraib in das Buch von meiner Même.
Ich hab sie ser lip.
Meine eine hant ist gros und meine andere hant ist klain.
Sie hat mich auch ser lip.

Komm, so geht es richtig:

schreib
hand
lieb
groß
klein
sehr

Sie spricht inzwischen gutes Afrikaans. Nur die Kombination von Verben und Präpositionen klappt manchmal noch nicht so richtig.

10. Juni 1955

Ich hänge all ihre Bilder an den Wänden ihres Zimmer auf: zwei Uhus auf einem Zweig, eine rote Prinzessin mit einer Krone auf dem Kopf, eine starr dreinblickende schwarze Katze auf gelbem Papier. Das Kind erstaunt mich. Neulich, als wir unter der großen alten Felsenfeige ein Picknick machten, sah sie mich an und fragte: Warum kann ein Baum nur ein Baum sein? Weil er heilig ist, sagte ich. Was ist heilig?, fragte sie wieder. Ich sagte: Alles, was wild ist, und alles, was frei ist, alles, was wir nicht selbst gemacht haben, alles, was wir nicht festhalten und binden können. Deine Seele ist heilig. Sie sah mich kurz an und erwiderte: Aber du hast mich gefangen und gezähmt. Da habe ich sie fest an mich gedrückt, die Arme.

12. Juli 1955

Einen schönen Geburtstagskuchen habe ich gebacken und sieben Kerzen draufgesteckt. Einen ganzen Karton mit Büchern habe ich zusammengestellt, gesammelt bei allen, die sie nicht mehr verwenden konnten. Habe sie schön in glänzendes Papier eingepackt & mit Geschenkband umwickelt, aber dann gab es einen weiteren Vorfall. Ai, eines der Kinder, die ich eingeladen hatte, hat A. offenbar verspottet, sodass sie den Jungen in die Außentoilette einsperrte & er sich die Seele aus dem Leib schrie. Hab sie fürchterlich verprügelt, auch deswegen, weil sie sich weigerte, mir zu verraten, was er zu ihr gesagt hatte, bevor sie ihn einschloss. Sag mir alles, du sollst keine Geheimnisse vor mir haben, ermahnte ich sie, nur gute Geheimnisse darfst du haben, von denen der Herr weiß.

16. September 1955

Habe eben etwas unglaublich Rührendes gesehen. Vorhin in der Küche hörte ich den Rotbrustkuckuck im Vorgarten & als er gar nicht mehr aufhören wollte zu rufen, bin ich raus auf die vordere Veranda, um nachzusehen, wo er sein Nest gebaut hatte. Da stellte ich fest, dass es die ganze Zeit Agaat gewesen war, die voller Konzentration auf der Veranda stand. Jedes Mal, wenn der Vogel pfiff, pfiff sie zurück & dann wartete sie auf eine Antwort, Verwunderung auf dem Gesicht, weil sie gar nicht glauben konnte, was da geschah. Habe mich leise wieder fortgeschlichen, weil ich erkannte, dass dies ein privater Moment war & bis jetzt habe ich noch nicht ein Wort darüber von ihr gehört. Man merkt ihr aber deutlich an, dass sie ein Geheimnis mit sich herumträgt.

17. April 1956

Der tägliche Drill ist nicht vergebens. A. kommt wirklich gut voran mit dem Lesen & Schreiben. Habe heute beobachtet, wie sie eine der Geschichten in der Kinderbibel vor sich hin buchstabierte. Ab & zu fragte sie mich nach einem schwierigen Wort: Gerechtigkeit, Mitgefühl, Vision, Zorn, Verdammnis, Gnade. Ich habe alles für sie aufgeschrieben, säuberlich in Silben getrennt & klebte sie neben die anderen Listen in ihrem Zimmer, damit sie sie sich einprägen kann. Habe sie ein paar Gedächtnis-, Additions- und Verständnistests unterzogen. Sie ist wirklich nicht dumm. Ich stelle ihr Aufgaben über Themen aus dem Landwirtschaftswochenblatt & dem Farmalltag, die ihr vertraut sind. Hmm, brummte Jak, bieg das Bäumchen nur, solange es noch jung ist. Zynisch wie immer.

3. Mai 1956

A. hat die Angewohnheit, einfach zu verschwinden. Dafür bekommt sie regelmäßig Schläge, aber sie tut es trotzdem. Musste gestern wieder fürchterlich mit ihr schimpfen. Was machst du denn, wenn du wegläufst, welchen Unfug stellst du an? Ich grabe, antwortete sie. Ich sehe mir ihre Nägel an; ganz voller Erde. Was gräbst du denn?, fragte ich. Kleine Furchen, antwortete sie. Was für kleine Furchen? Für Samen, sagte sie. Da ging mir ein Licht auf. Jetzt weiß ich, warum neuerdings überall Fenchel wächst, im Garten, im Hof, an den Bewässerungsgräben & im Obstgarten. Bis jenseits der unbefestigten Straße auf dem Brachland habe ich die gelben Fenchelblüten gesehen. Um Gottes willen, das wächst ja wie Unkraut! Du wirst es bis auf die letzte Pflanze rausreißen! Nein, erwiderte sie, das sind meine Pflanzen. Manchmal ist das

Kind einfach unmöglich, ich frage mich, wie lange sie das schon betreibt. Wart nur, sagt Jak, eines Tages wird sie Fenchelministerin.

28. Juni 1956

Gestern Abend wieder mit Jak gestritten, weil ich angeblich zu viel Zeit & Geld in A. investiere. Hätte ihm nie den Stoff zeigen dürfen, den ich gekauft habe. Rot für ein neues Kleid für ihren Geburtstag in zwei Wochen. Er sagt, er will nicht wieder ein Kuchengelage hier haben, das führe nur zu Unannehmlichkeiten & er habe auch keine Lust mehr, die Fragen der Leute zu beantworten. Er sagt, die Leute wollten schon von ihm wissen, ob Agaat ihn mit Baas, Pa oder Onkel anspreche. Jetzt bringe ich ihr eben bei, dass ich Nooi Milla bin & Jak Meneer de Wet heißt. Aber sie vergisst es, sie nennt mich weiterhin Même, wenn sie froh oder aufgeregt ist & Jak will natürlich nichts anderes hören als Baas.

10. November 1956

Sie schämt sich noch immer wegen ihres Arms. Es ist im Sommer zu heiß für lange Ärmel, aber sie will keine kurzärmeligen Kleider tragen. Mit nur einem langen Ärmel kann ich sie auch nicht herumlaufen lassen.

15. November 1956

Endlich haben wir eine Lösung gefunden. Aus feiner weißer Baumwolle habe ich ihr einen zarten, leichten Pullover gehäkelt, den sie über ihre Kleider streifen kann. Der rechte Ärmel ist länger & mit einer Manschette versehen, sodass er die kleine Hand zur Hälfte verdeckt. Sieht ganz so aus, als würde sie ihn tragen. Dazu ein weißes Band in den Haaren. Ich habe sie vor den Spiegel gestellt. Jetzt siehst du aus wie eine Schneeflocke, habe ich gesagt.

18. November 1956

Bin gestern Abend wieder zu A. ins Bett geschlüpft & habe bei ihr geschlafen bis zum Morgen, nachdem mich Jak einfach hatte liegen lassen, nachdem er mit mir fertig war. Er ist nicht eher zufrieden, bis ich schreie. Er tut mir weh; als ob das etwas nützen würde. Als ich am frühen Morgen wach wurde, hatte sich A. ganz eng an mich geschmiegt. Als ich aufstand, erwachte sie ebenfalls & sagte noch im Halbschlaf: Ich kann wie die Vögel pfeifen, weißt du das? Wie der Bokmakiri, der Würger & der Kaptriel, wie sie alle.

22. November 1956

Habe in einem alten Buch eine tolle Idee für A.s Haar gefunden. Ich halte es in der Regel kurz geschnitten, komme aber trotzdem nicht gut mit dem wolligen Kopf zurecht. Also setzten wir uns stundenlang im Hof in den Schatten an der Wand & ich flocht ihr Haar in zierliche Zöpfchen flach über den Kopf. Leider gelang es mir nicht annähernd so gleichmäßig & gerade wie auf dem Bild im Buch. Bestimmt braucht man dazu genauso viel Übung wie beim Korbflechten. Die Küchenmädchen lachten über das Ergebnis: Jetzt hat die Mies Agaat endlich schön weiß gemacht & dann versucht sie, sie in eine Transkei-Kaffermeid zu verwandeln! Als A. das hörte, lief sie weg & als sie sich im Spiegel sah, war der Ofen vollends aus & ich musste die Zöpfe wieder aufmachen & das dauerte deutlich länger, als sie einzuflechten, weil sich die Haare inzwischen mächtig verknotet hatten & es ziepte & Agaat schrie wie am Spieß. Was für ein Tamtam! Ich nehme an, es ist besser, ihr Haar jeden Abend mit Johnson's Babyshampoo zu waschen, dann wissen wir wenigstens, dass es sauber ist.

10. Februar 1957

Habe vorgestern alte Arithmetikbücher aus der Schule abgeholt, um sie mit ihr durchzuarbeiten. Sie multipliziert & dividiert einfach zu schön & kann das Einmaleins bis zur Sechserreihe. Damit liegt sie nicht weit hinter den Zweitklässlern aus der Stadt zurück. Habe angefangen, ihr das Notenlesen & einfache Tonleitern für eine Hand beizubringen. Die andere kann sie immer noch nicht gut öffnen. Wir spielen einfache Melodien zusammen, ich spiele die rechte Hand. Ich muss sagen, das genieße ich sehr. Jak sagt: Pass nur auf, reiche ihnen den kleinen Finger, dann nehmen sie gleich die ganze Hand.

24. Februar 1957

Bin mit A. hinauf in die Luipaardskloof zur Fledermaushöhle gewandert. Sie war fasziniert von diesen Mäusen, die so komisch flogen & eklig stanken. Die Tiere sind in Schwärmen über unsere Köpfe hinweggeflattert, aber A. wollte bleiben & löcherte mich mit Fragen: Wie hängen sie sich auf, wie schlafen sie, warum piepsen sie so? Habe mit Müh und Not eine eingefangen & zeigte ihr die Membran zwischen den Flügelspeichen & das große Ohr, mit dem sie das Echo der Piepstöne einfängt & die kleine Schweineschnauze.

23. März 1957

Habe meine alten Notenhefte hervorgeholt & nach all den Jahren endlich wieder angefangen zu üben, kleine Bach-Partiten & alte Evergreens, die nicht allzu schwer zu spielen sind. Liebestraum, Lied ohne Worte, Largo. Gibt mir ein ganz neues Lebensgefühl.

A. kann gar nicht genug von der Musik bekommen. Habe ihr einige von Pas alten Platten auf dem Kurbelgrammofon vorgespielt. Sie mag die Lieder am liebsten, wenn ich ihr die Geschichte erzählt & den Text vorgelesen habe. Sie will sie dann wieder & wieder hören & ist ganz verrückt nach den Volksliedern von Mahler, der Hl. Antonius predigt den Fischen & Wo die schönen Trompeten blasen. Ich spiele es ihr vor, bis wir kleinere Stücke mitsingen können. Sie bläst die Trompetennoten durch ein zusammengerolltes Blatt Papier, schlägt die Trommeln der Geistersoldaten auf Topfdeckeln & marschiert dabei durchs ganze Haus. Wir puderten ihr Gesicht weiß & zeichneten mit Holzkohle einen Schädel darauf & dann geht sie voll und ganz in der Rolle auf. Ich könnte mich totlachen über diese ganzen Aktionen! Muss mich nur in Acht nehmen, dass Jak nicht dahinterkommt, weil er sich dann darüber lustig macht. Es scheint, dass ihm Sanftmut & Gelächter peinlich sind.

Lasse sie klassische Musik im Radio hören & bringe ihr die Namen der Stücke bei, die Tempobezeichnungen, erzähle ihr die Geschichten der Opern. Sie kennt schon eine Menge Lieder aus dem Gesangbuch & einige Psalmen & Kirchenlieder. Wir singen sie zusammen am Morgen, wenn ich sie wecke & in den Abendstunden, wenn sie zu Bett geht & wenn wir in der Küche sind oder zu den Schafen fahren. Lehre sie die zweite Stimme. Guter Mond & Lass mich wandern durch die Heide kann sie am besten. Kann gut die Melodie halten, obwohl sie noch so klein ist. Pfeift in ihrem Zimmer »Wie ein Hirsch in dürren Wäldern« vor sich hin, wenn sie ihre Rosenkäfer auf den Filz steckt. Frauen, die pfeifen & Hähnen, die krähen, wird man beizeiten den Hals umdrehen, sage ich. Sie will wissen, was ein Hirsch ist. Habe ein Foto von einem Hirschen in der alten Encyclopædia Britannica gefunden. Sie saugt das Wissen in sich auf wie ein Schwamm. Sitzt im Wohnzimmer & blättert die alten Bücher durch, wann immer sie die Möglichkeit dazu hat. Bringe ihr jetzt jeden Tag drei neue Wörter & drei neue Dinge bei, schreibe sie auf & hänge das Blatt in ihr Zimmer. Zither, Laute, Tamburin. Sie malt sie von den Zeichnungen ab.

Was wird ihr all dieses Wissen später einmal nützen? Soll ich sie zur Schule schicken? Ich weiß nicht mehr, wie ich mir das alles vorgestellt habe. Warte wohl besser ab, wie sich die Dinge entwickeln. Sie lackiert jetzt alle Insekten mit hartem Panzer, um sie zu konservieren, doch sie lösen sich dadurch nur umso schneller auf. Werde beim Naturschutzbund anrufen & fragen, wie man so etwas richtig macht.

15. April 1957

A. hat sich einen eigenen Tanz nach dem Beispiel des Sonnengrußes ausgedacht, den sie noch immer jeden Morgen ausführt. Habe ihn jeden Tag konsequent mit ihr geübt, da ich immer noch manchmal die Steifheit & Verschlossenheit an ihr bemerke, sobald sie müde oder angespannt ist. Der Sonnengruß ist nicht zuletzt eine gute Übung für die krumme Schulter. Jetzt gibt es kein Halten mehr & sie bringt sogar mir noch etwas bei. Heute Morgen z. B. war es der Tanz des Kaiserfalters. Erst sitzt er ganz still, die Flügel noch zugeklappt, frierend in der Morgendämmerung mit Tau auf der Nase & den Flügeln, die auf der Außenseite pechschwarz mit weißen Sternen sind & die Fühler noch benetzt von der Nacht & dann entfaltet er seine Flügel in der Morgendämmerung – das hat sie mir erzählt & dabei den Tanz erfunden. Einmal, zweimal, dreimal öffnet er langsam die Flügel, sobald die ersten Sonnenstrahlen auf ihn fallen & dann meint er, dass ein Flügel anders ist & er dreht seinen Kopf & blickt über seine Schulter & sieht oh, dieser Flügel ist himmelblau auf der Innenseite & kitzelt & zittert & schillert & der Schmetterling spürt den Drang zu fliegen, ganz berauscht von seiner eigenen Farbe in der Sonne, die immer höher aufsteigt & immer heller & heller scheint & er weiß nicht, ob er das Blau lieber auf dem einen oder auf dem anderen Flügel haben will & da versucht er es mit beiden.

Gott weiß, wo sie das alles hernimmt. Sie hat den *Apatura iris* noch nie mit eigenen Augen gesehen, sie weiß nur das, was ich ihr von ihm erzählt habe.

Es wurde ein sehr ausführlicher Tanz für uns beide heute Morgen. Erst in ihrem Zimmer, wo sie mir alles erklärte & dann ging es in mein Zimmer & wieder raus aus meinem Zimmer auf die Seitenveranda & vornherum über den Gartenweg & durch die letzten Bartnelken & rund um die große Eiche in der Mitte des Gartens. Sogar mit dem dünneren Arm flatterte & winkte sie in dem lang gehäkelten Ärmel. Dann jagte erst ich sie & dann jagte sie mich & wir trippelten & sprangen mit gestreckten Beinen über die Blumenbeete. Streck die Füße, Agaat, rief ich & zeigte ihr die erste Ballettposition mit den Armen über dem Kopf & sie zeigte mir das blitzschnelle Öffnen der Flügel & das Kippen & den steilen Aufstieg & das Taumeln & Fallen des großen Schmetterlings & dann wälzten wir uns beide im Gras, sie halb auf mir in einem Wirrwarr von Armen und Beinen. Erwischt!, rief sie. Dann legte sie mir die Arme um den Hals & sagte: Schließ die Augen, öffne die Augen, Même, du bist meine einzige Mutter! Ich weine zu sehr, um weiterschreiben zu können.

2. August 1958

Streit mit Jak über A.: Was ich mit ihr machen wolle, wenn sie größer sei? Sie könne schließlich nicht für immer bei uns im Haus bleiben. Ich müsse mir etwas einfallen lassen, sagt er, entweder sie oder ich.

25. August 1958

Hier ist der Teufel los. Bin heute Nachmittag rüber zu B. gefahren, um ihr Daunen für ihre Federbetten zu liefern. Als ich zu A. zurückkehrte, saß sie in der Zimmerecke & es herrschte blankes Chaos. Anscheinend war J. der Ansicht, durch die Tiere in

A.s Sammlung würde das Haus von Käfern & Holzwürmern & Milben & Schimmel und was weiß ich befallen & er hat all ihre Sachen auf einen Haufen in den Hinterhof geworfen & A. aufgetragen, ihr Zimmer leer zu räumen. Offenbar duldet er weder irgendein Objekt noch ein Bild noch Wörterlisten, Federn, Hörner oder Päckchen mit Fenchelsamen in ihrem Zimmer, sondern nur noch das, was seiner Meinung nach in ein Schlafzimmer gehört.

Habe ihr geholfen zu retten, was noch zu retten war & ihr versprochen, dass ich ihr helfen werde, die Sammlung neu anzulegen, aber sie ist untröstlich über ihre Vogeleier & ihre aufgespießten Insekten & getrockneten Wildblumen. Auch den Leopardenschädel hat J. im Hinterhof zertrümmert & alles zerstört & zerrissen. Mein Gott, das war alles, was dieses Kind besaß! Harmlose kleine Spielsachen! Zum Glück sind die Fossilien unversehrt.

Bin sehr traurig über die Bilder, die J. zerrissen hat. Hatte mir vorgestellt, ein paar zu behalten, damit sie sich später einmal würde ansehen können, was sie als kleines Mädchen gemalt hat.

26. August 1958

A. schmollt. Aber was soll ich denn machen? Ich kann J. schließlich nicht übers Knie legen & ihm eine Tracht Prügel verpassen für das, was er getan hat? Ich werde mich hüten, mit ihm zu schimpfen. Am besten, man geht ihm aus dem Weg & fängt keinen Streit mit ihm an. Sie will nicht essen. Sitzt am Tisch & starrt mich an, als wäre ich diejenige, die ihre Sachen kaputt gemacht hat.

28. August 1958

Habe A. heute Abend mit in den Zirkus genommen, um sie zu trösten, aber auch diese Unternehmung endete in einem Fiasko.

Wir hatten drei Karten gekauft, aber dann hat man sie nicht mit reingelassen auf die Seite für die Weißen. Der Mann am Eingang war furchtbar unhöflich. Was tun? Wir gingen also zum Eingang für Nichtweiße & da war die Karte für Weiße nicht richtig & ich musste tatsächlich noch eine Karte für Farbige kaufen & dann wollte sie natürlich nicht allein reingehen, aber Jak & ich hatten schließlich schon Karten. Inzwischen war Jak stinksauer & sah mich an, als wollte er mir bedeuten: Ich hab's doch gewusst! Also schlug ich vor, dass er hineingehen solle & ich mit Agaat draußen zwischen den Käfigen & den Wohnwagen herumspazieren & wir uns die Tiere & Artisten ansehen würden, es war immerhin noch halbwegs hell. Es war ein richtiges Spektakel dort am Zelteingang: ein Elefant & Ponys mit Federbüschen & der Starke August im Leopardentrikot & die Clowns, die schon die ersten Faxen machten. Später wollten wir im Auto auf ihn warten. Aber das war ihm auch nicht recht. Er packte mich inmitten der ganzen Leute am Arm & zischte mir ins Ohr: Du wirst mit mir da reingehen, Frau & dann musste ich die arme A. draußen stehen lassen. Hatte gerade noch genug Zeit, ihr Geld für ein Eis zuzustecken. Es war furchtbar, ohne sie in diesem Zelt zu sitzen. Konnte es nicht genießen, so verstört war ich & konnte an nichts anderes denken als an A., die gar nicht an so viele Menschen & seltsame Orte gewöhnt war. Als wir herauskamen, saß sie im Staub neben dem Auto auf dem Parkplatz, denn der Wagen war natürlich abgeschlossen. Zum Glück war es nicht sehr kalt, aber jetzt ist sie wieder böse auf mich & dabei wollte ich es doch nur wiedergutmachen!

J. hat sich eben neben mich gestellt & mich angestarrt: Schreiben! Immer nur Schreiben! Mit deinen kleinen Krallenklauen! Und was bringt dir das? Hier muss ein Leben gelebt werden & hier sind Entscheidungen zu treffen & Arbeit will erledigt werden. Aber kaum drehe ich mich um, schon sitzt du wieder da & kritzelst in deine blöden kleinen Hefte & ich warte umsonst auf dich im Schlafzimmer. Vergiss nicht, dass ich dein Mann bin &

meine Bedürfnisse habe. Wenn er so ist, kann man nichts erwidern. Muss ihm aus dem Weg gehen & warten, bis er sich wieder beruhigt hat.

29. August 1958

Bin letzte Nacht wieder zu A. ins Bett geschlüpft. J. war nach dem Theater im Zirkus besonders grob zu mir & flucht & schimpft & misshandelt mich seelisch. Schon wieder ein Kleid mit kaputtem Reißverschluss. Sollte besser nicht bei dem Kind Zuflucht suchen, doch am Ende war sie diejenige, die mich tröstete. Mach dir keine Sorgen, sagte sie zu mir, du brauchst kein schlechtes Gewissen zu haben, ich habe durch einen Schlitz im Zelt geguckt & den Zirkusdirektor mit dem hohen Hut & die Possen der Clowns & die Trapezkünstler in ihren roten Samtschuhen mit dem Glitzerzeug auf der allerhöchsten Stufe gesehen & als die Trommeln einsetzten, weil es spannend wurde, bin ich ein Stück zurückgewichen & dann habe ich an den Schatten auf der Zeltwand & durch die Scheinwerfer gesehen, wie die Artisten geschaukelt & in der Luft Saltos geschlagen & einander in letzter Sekunde aufgefangen haben & dann bin ich wieder näher herangegangen & habe die Trompeten glänzen sehen, als die Musiker sie anhoben, um hineinzublasen. Da habe ich natürlich erst recht geweint & je mehr ich weinte, umso fester schloss sie mich in ihre Arme. Das ist nichts, weswegen du weinen müsstest, flüsterte sie mir ins Ohr. Soll ich dir ein Glas warme Milch holen, Même? Gott im Himmel, wie soll ich dieses Problem nur lösen?

23. Februar 1959

A. ist wirklich sehr verantwortungsbewusst & hilft längst eifrig überall auf der Farm mit: stapelt Kürbisse, zieht Kartoffeln, rupft Gänse. Sie hat große Fortschritte in der Küche gemacht & bereitet schon eine gute weiße Soße & ordentlichen Eintopf & ausgezeichnete Apfeltaschen & Scones zu. Auch mit

Nadel und Faden ist sie geschickt. Habe ihr einen Handarbeitskorb geschenkt. Bringe ihr täglich etwas Neues bei, Knopflochstich, Plattstich, Deckenstich. Ich lobe sie oft & sie reagiert sehr positiv auf Lob & Ermunterung & versucht daraufhin, sich weiter zu verbessern, ja sich selbst zu übertreffen. Sie hat sogar alleine Brombeeren gepflückt & nach dem Rezept im Kochbuch Brombeermarmelade daraus gekocht, ohne auch nur ein einziges klebriges Fleckchen in der Küche zu hinterlassen. Außerdem ist sie außerordentlich aufmerksam. Sie hat Bescheid gegeben, dass die Hühner niesen & dadurch konnten wir einen Ausbruch von Pips verhindern. Haben nur vier Stubenküken verloren & alle anderen Hühner, Puten & Enten präventiv behandelt. J. hat geglaubt, er könnte den Geflügelauslauf dorthin bauen, wo es zieht & das hat er nun davon. Er behauptet, die Hühner hätten sich bei A. & mir angesteckt. Wir infizierten alles, was wir berührten & was ich denn täte, wenn als Nächstes er den Pips bekäme?

11. März 1959

A. hat mir heute Morgen am Bett ein Geburtstagsständchen gesungen. Viel Glück und viel Segen. Schon in den frühen Morgenstunden hat sie ganz allein einen Orangenkuchen gebacken & mit Puderzucker krumm & schief 33 daraufgeschrieben. Dann schenkte sie mir ihr schönstes Fossil, eingeschlagen in einen grünen Samtrest, den sie mit Deckenstich eingefasst & mit einer roten Schleife zugebunden hatte. Ich war dabei, als sie es oben auf dem Berg gefunden hat. Habe noch nicht herausgefunden, was es ist. Sieht aus wie ein Schwebesamen mit membranartigen Flügeln oder ein fliegendes Insekt. Eine parasitäre Wespe vielleicht. Sieht genauso aus wie ein Segelschiff & die Riffel im Stein wie Wellen. Bemerkenswerte Ähnlichkeit. Kann kaum glauben, dass sie es mir schenken will. Das ist ganz allein unser Schiff, und rate mal, wohin wir segeln?, hat sie gesagt. Was geht nur im Kopf dieses Kindes vor?

10. Oktober 1959

Kann J.s Aggression gegenüber A. nicht länger ertragen. Im Haus herrscht eine unerträgliche Atmosphäre. J. behauptet, sie wäre frühreif & machte ihm schöne Augen. Unsinn, aber vielleicht übersehe ich auch etwas. Höre die Dienstmädchen, die Hänseleien in der Küche: Dir wachsen ganz schöne Titten, Aschenputtel! Sie ist launisch in letzter Zeit. Damit fangen die Probleme bestimmt erst an.

13. Oktober 1959

A. liest unentwegt & ich habe letztes Jahr einen Stapel von Mas Büchern aus dem Keller geholt. Genoveva von Brabant, Allein auf der Welt, Der Gefangene von Zenda, Das scharlachrote Siegel, Auf den Spuren des Meisters von HV Morton & Die Nesthäkchen-Bände. A. kennt sie inzwischen auswendig & bittet um weitere Bücher. Jak erlaubt ihr nicht, Bücher für Erwachsene zu lesen. Was der Unterschied sei, frage ich, schließlich lese sie auch das Landwirtschaftsblatt.

27. Oktober 1959

Habe die ganze Nacht wach gelegen & über A. nachgedacht. Sie hat sich immer schon gerne zurückgezogen, aber in letzter Zeit ist es extrem. Saar & Lietja sagen, sie treibe sich mit ihren Büchern in der Nähe der Arbeiterhütten herum, aber sie laufe weg, sobald sie nach ihr rufen. Die Arme, sie sucht sicher Anschluss. Ich nehme an, ich muss sie bald über die Tatsachen des Lebens aufklären. Dürfte nicht schwierig sein, sie kennt das Decken, Lammen & Kalben & weiß sogar über die Vermehrung bei Insekten & Vögeln Bescheid. Neulich hat sie mir erzählt, sie habe eigenhändig unsere Terrierhündin abgekoppelt, als wieder einer der Arbeiterhunde in ihr feststeckte.

3. November 1959
Bin fix & fertig nach dem Gespräch mit Beatrice heute Morgen. Ich vermute, dass sie nur vorbeigekommen ist, um mir vom neuesten Klatsch zu berichten. Offenbar reden die Leute über A. & besonders die Frau von Pfarrer van der Lught scheint sich das Maul zu zerreißen. Angeblich seien wir dabei, auf »subtile Weise die Tradition zu untergraben« & der Regierungspolitik zuwiderzuhandeln. Was würde passieren, wenn jeder täte, was ich mit A. machte?

Eine gute Frage, finde ich.

B. ließ einfach nicht locker: Wenn wir unser Haus nicht in Ordnung brächten, würde das Jaks Stellung in der Kirche & bei den Bauernverbänden & in der Lokalpolitik gefährden & weiß Gott was sonst noch alles.

Ich erwiderte, dass es mit Jaks Glauben ohnehin nicht weit her sei. Das Kind bedeute mir so viel & obwohl Jak & ich bei diesem Thema unterschiedlicher Meinung seien, habe ich das Gefühl, dass ich dadurch eine bessere Ehefrau für Jak werde, denn ich habe mehr Liebe im Herzen & könne für ein bedürftiges Wesen sorgen. B. sah mich schief an, aber ich fuhr fort: Durch sie sehe ich die Welt mit anderen Augen & ich fragte: Kannst du dir überhaupt vorstellen, was es bedeutet, kinderlos zu sein?

B. verzog skeptisch das Gesicht & trank ihren Tee bei abgespreiztem kleinem Finger. Das sei ja alles gut & schön & edel, sagte sie, aber ich solle dennoch gründlich über die langfristigen Folgen nicht nur für uns, sondern auch für die Gemeinschaft & für A. selbst nachdenken. Dabei verzog sie sauertöpfisch den Mund. (J. nennt das ihren Krieg-den-Knopf-nicht-auf-Gesichtsausdruck & sagt, er wolle lieber nicht wissen, wie sie untenrum aussieht.)

Ich muss sagen, diese Seite von B. habe ich bisher noch nicht gekannt, inzwischen achte ich aber mehr darauf. Ich weiß, dass der gute Thys zum *Broederbond* gehört & er auch Jak anwerben will, aber Jak hat kein Interesse daran. Ich weiß auch, warum: weil sie dort zu viele Bücher lesen. Beatrice sagt, Thys sitze jeden Abend über das Wörterbuch gebeugt da, das sei alles zu hoch für ihn.

Ich erwiderte, ich wisse nicht viel über diese geheimen Organisationen & ich stimme für die NP, aber ich werde mich nicht scheuen, mich öffentlich gegen solch finstere Klüngeleien auszusprechen. B. warnte mich, das sei streng geheim & was ich mir eigentlich einbilde, wenn ich glaube, mich gegen die Anführer & Intellektuellen meines eigenen Volkes zu stellen. Ich werde mir noch mein eigenes Grab schaufeln & Jaks obendrein, wenn dies meine Einstellung sei. Ich müsse wissen, auf welcher Seite mein Brot gebuttert sei & »sie« könnten es denjenigen, die der Sache des Volkes nicht wohlgesinnt seien, sehr schwer machen & wir würden nie die oberste Sprosse der Leiter erklimmen, wenn »sie« wüssten, dass Jak de Wets Frau gegen den Strom schwimme, möge sie noch so gelehrt & kultiviert sein. Ich ging hinaus & setzte neuen Tee auf, um nicht aus der Haut zu fahren & als ich wieder zurückkam, fuhr sie an genau derselben Stelle fort, an der sie aufgehört hatte.

Tja, sagte sie, A. könne ja ohnehin nichts mit der Erziehung anfangen, die ich ihr angedeihen lasse. Was solle man denn mit einer gebildeten Bediensteten auf einem Bauernhof? Sie sei keine Bedienstete, erwiderte ich & dann sagte B., sie kenne niemanden sonst, dessen Kinder die Veranda kehrten & die Hühner fütterten & Tee für die Gäste servierten & ihre Mütter mit Nooi ansprächen. Ich sagte, A. & ich verstehen einander wunderbar. Das seien Namensspiele & Arbeitsspiele, wir haben eben eine besondere Beziehung. B. entgegnete, was es nütze, wenn wir beide glauben, es sei ein Spiel & es sei etwas Besonderes & alle anderen in diesem Land halten es für abnormal & eine Sünde vor Gott.

Werde wohl selbst mal mit dem Pfarrer reden müssen. Kann nicht ganz glauben, was B. mir über die Ansichten der Pfarrersleute erzählt hat. Schließlich hat van der Lught persönlich Agaats Namen ausgesucht & sie getauft. Wie kann er jetzt derart anders über sie denken? Könnte schwören, dass es an seiner Frau liegt & sie die eigentliche Giftspritze ist.

16. Dezember 1959

Periode zwei Wochen überfällig, wenn meine Berechnungen stimmen. Ist schon öfter vorgekommen. Vielleicht verursacht das Theater um A. mir diese Übelkeit. Sie ist derart auf mich fixiert, dass sie mir sofort meine Stimmungen ansieht & wenn ich niedergeschlagen wirke, fragt sie gleich, ob sie etwas falsch gemacht habe. Heute Morgen stand an meinem Bett ein Strauß Hortensien mit roten Weihnachtssternblättern in der grauen Vase. Die werden nicht lange halten, sagte sie, dazu sei es zu heiß, aber sie wolle mich doch ein wenig aufmuntern & ob ich mich krank fühle.

23. Dezember 59

Habe mir heute Blut abnehmen lassen. Der Arzt war schon im Urlaub & nur sein Partner war in der Praxis. Er konnte mir nicht sagen, wann die Ergebnisse kommen würden, meinte aber, da ich schon so lange versuche, schwanger zu werden, werde er die Blutprobe gern zur Analyse nach Kapstadt schicken, um sicherzugehen.

26. Dezember 59

Laufe in einem fort auf & ab & hoffe, dass das Telefon klingelt oder vielleicht auch lieber nicht, falls es schlechte Nachrichten sind. Konnte gestern nicht einmal was essen. Darf gar nicht daran denken! Lieber Gott, nach allem, was ich durchgemacht habe! A. umkreist mich wie eine lästige Biene & bringt mir Kaffee oder

Tee, aber ich habe sie weggescheucht. Sie weiß, dass irgendetwas nicht stimmt, ihr kann ich nichts verheimlichen.

30. Dezember 59

Bilde mir ein, dass mir die ganze Zeit übel ist. Habe schon in der Praxis angerufen, aber niemand hat abgenommen. A. versucht, mich zu trösten & stellt jeden Tag frische Blumen in die graue Vase. Mein Gott, die können mich doch nicht so im Ungewissen lassen! Weihnachtszeit, Jahreswechsel, keiner da. Habe eben mit dem Kopf zwischen den Knien dagesessen, weil mir so übel war, und da fühlte ich, wie A. mir mit der kleinen Hand etwas hinhielt. Kau das, flüsterte sie mir ins Ohr, das hilft mir, wenn mir schlecht ist. Fenchelsamen. Was wünschst du dir für das neue Jahr, Même?, fragte sie mich.

1. Januar 1960

Bin zu zittrig zum Schreiben. Und zu abergläubisch, um es hier schwarz auf weiß festzuhalten – am Ende verschwindet es! Der Arzt war zufällig in seiner Praxis, da fand er das Ergebnis aus dem Labor. Positiv! Ich trage das Wissen mit mir herum wie eine Perle unter dem Herzen. Habe J. noch nichts gesagt. Muss auf den richtigen Moment warten. Heute Abend fahren wir nach Frambooskop – große Party. Einer der Brüder Scott kommt zurück, um die Beerenfarm zu übernehmen. Der Oubaas kann offenbar nicht mehr. Falls J. bei unserer Rückkehr heute Abend gut gelaunt ist, erzähle ich es ihm.

Agaat hat mich gefragt, was ich denke. Worüber grübelst du? Über neugierige kleine Mädchen. Warum sind deine Wangen so rot? Damit ich schöner aussehe, mein Kind, sagte ich vor dem Spiegel. Musste mich heute ständig betrachten, bis ich auf einmal ihren Blick im Spiegel auffing. Sie sah mich ganz seltsam an & dann wurde mir klar, dass es deshalb war, weil ich »mein Kind«

gesagt hatte. O nein, wie unbedacht von mir! Bald werde ich mein eigenes Kind haben. Was wird sie davon halten?

Vielleicht ist es Gottes Wille, dass es gerade jetzt geschieht. Vielleicht klärt sich dadurch einiges & vielleicht wird es leichter, klare Entscheidungen zu treffen. Was willst du heute Abend anziehen?, fragte A. Mein schwarzes Kleid mit den weiten Ärmeln, das ich zuletzt auf der Hochzeitsreise getragen habe, als wir tanzen gingen. Aitsa, sagte A., die Königin der Nacht & pfiff auf dem Weg durch den Flur die Melodie der großen Arie aus der Zauberflöte. Es klang wirklich melancholisch. Dabei pfeift sie normalerweise immer dann, wenn sie glücklich ist & viel zu tun hat oder mich ärgern will, denn sie weiß, sie soll nicht pfeifen.

2. Januar 1960

Bin zu A. geschlüpft nach dem Streit gestern Abend. War überhaupt so unglücklich. Vielleicht hat B. recht & man sollte einfach seine Meinung für sich behalten. Möglicherweise habe ich die Männerrunde mit meinen Ansichten über Kunstdünger & Bodenbeschaffenheit verärgert. Was ist bloß in mich gefahren? A. tat so, als würde sie schlafen, als ich in ihr Bett huschte. Hat sie gelauscht & mit angehört, was ich zu J. über das Kind gesagt habe? Vielleicht hat sie auch gehört, was er darauf geantwortet hat? Sie war heute den ganzen Tag traurig. Sie muss die Scherben der Vase, die J. gestern Abend zerbrochen hat, ganz unten aus dem Müll geholt haben, denn heute Nachmittag habe ich sie ordentlich geklebt im Schrank wiedergefunden. Weiß zwar nicht, ob sie noch dicht hält, werde sie aber vorerst nicht wegwerfen, um A.s Gefühle nicht zu verletzen. Sie sieht aus, als sei ihr die ganze Zeit zum Weinen zumute. Ich bin vor Übelkeit nur noch ein Häuflein Elend.

7. Juli 1960

Finde das richtige Heft nicht, mein Gott, wie die Zeit vergeht! Es ist so schwer, alles im Kopf zu behalten. Will lieber nicht zu weit zurückblättern. A.s Kindheit & Jugend. Habe das Gefühl, ewig nicht mehr Tagebuch geführt zu haben. Habe mich in einer Zeitspanne von sechs Monaten in einen anderen Menschen verwandelt. Gott sei Dank ist mir nicht mehr schlecht. Leide nur noch unter geschwollenen Knöcheln & Sodbrennen am Morgen.

Habe mich am Wochenende wieder fürchterlich wegen Ma aufgeregt. Zuerst, nachdem J. die Hunde getreten hatte; da hat sie mir eine Predigt über Männer gehalten. Sie hat vorgeschlagen, die Tatsache, dass J. mich schlägt, über die Hausmädchen auszustreuen, vor allem über A. Ha, ich kann's mir schon vorstellen, das arme Kind als meine Botin bei jemandem wie B.! Warum muss ich mir überhaupt noch ein einziges Wort von all dem anhören, was sie sagt? Nachdem sie meinen armen Pa sein ganzes Leben lang mit ihren Vorschriften unter ihrer Fuchtel hatte! Das Schlimmste aber ist, dass ich das Außenzimmer, das ich für A. zurechtgemacht habe, versehentlich habe offen stehen lassen, nachdem ich Ma all meine Vorbereitungen gezeigt hatte & Saar natürlich die Gelegenheit beim Schopf packte, als sie am Spätnachmittag Milch holen kam & es sich angesehen hat. Offenbar hat sie alles bis ins kleinste Detail inspiziert & tänzelte dann mit hämischem Gesicht in der Küche herum & provozierte A. mit einem angeblichen »Geheimnis« & das, nachdem ich mir so viel Mühe gegeben & nur nachts gearbeitet habe, wenn alle schon schliefen. Es war mir so gut gelungen, es bis jetzt vor A. zu verbergen! Nahm also Saar beiseite & versuchte, mit ihr darüber zu reden. Da fiel sie mir doch glatt ins Wort & antwortete mir ganz frech: Nie und nimmer werde ich es ihr sagen, Mies & falls sie etwas merkt, behaupte ich, es sei mein Zimmer. Ich werde sagen, ich habe meine Hotnothütte da unten an der Furt satt, das undichte Dach & die Mücken, die mich in der Nacht bei lebendigem Leib zerfressen. Ich werde hier hinten wohnen & in einem schönen, weichen Bett schlafen & einen Spiegel & einen Herd & Tee, Zwieback & eine weiße Haube & eine weiße Schürze haben wie die Dienstmädchen im Royal Hotel.

Mein Gott, welche Probleme daraus wohl wieder entstehen werden! Will man es den einen recht machen, verletzt man damit andere.

20

Agaats Schritte klingen anders als sonst, wenn sie nur kommt, um die Vorhänge aufzuziehen und die Verandatür zu öffnen. Sie klingen immer dann anders, wenn sie plant, meine Augen zu öffnen. Sie klingen dann wie die Schritte einer Person, die ein Buch in Händen hält, dessen Inhalt sie eigentlich zu sehr belastet, um es zu Ende zu lesen, die sich aber dennoch in irgendeiner Weise dazu verpflichtet, ja gezwungen fühlt. Selbst wenn das Ende vorhersehbar und schon zu lange in Sicht ist.

Dieses Gefühl hatte ich bereits die letzten paar Male, als Agaat mir die Augen öffnete. Sie konnte mich dabei nicht ansehen.

Heute jedoch fühlt es sich anders an. Bin ich endlich wieder auf normale Proportionen geschrumpft? Ich habe mich in diesem Bett immer zu groß und zu umfangreich gefühlt. Ihre Erwartungen an mich erschienen mir zu hoch. Ich habe mich dadurch beeinflussen lassen und mein Leben – ihr Leben – unnötig erschwert.

Aber heute ist es anders.

Bin ich über Nacht eine andere für sie geworden?

Sie misst sich plötzlich nicht mehr an mir.

Ich warte darauf, dass sie meine Augen für mich öffnet. Was kann ich durch sie offenbaren? Meine blaue Iris, meine reglosen Augäpfel, das Weiß meiner Sklera, das Schwarz meiner Pupille? Nicht viel mehr als das. Mehr ist nicht mehr übrig.

Als sie in der Nacht – letzte Nacht? – mein Zimmer verließ, schloss sie mir beide Augen, das schlafende, das sie vor der Mahlzeit aufgesperrt hatte, und das starrende, das ich nicht mehr alleine schließen kann. Sie packte meine Glieder ein, dichtete sie ab, als wäre ich ein Schiff: Pech zwischen die Planken, ehe es in seinem bestickten Totenhemd hinaussegelt.

Habe ich das geträumt? Die weiße Haube, das weiße Kleid am schwarzen schmiedeeisernen Tor, die weiße Ummauerung? Das Ausziehen der Schuhe?

Habe ich es gesehen? Den schwebenden Gang zwischen den Grabsteinen, die Füße in dem Haufen schwarzer Erde, das Einsinken bis zu den Knöcheln?

Ein Ritardando über lehmige Klumpen, lento, lento sostenuto, dann der Blick nach unten und das Zögern, das Hinabsteigen in die Grube, für einen Augenblick war nur noch die Haube sichtbar, ein Großsegel über den Wellen.

Habe ich das erfunden?

Und als sie endlich flach auf dem Rücken in meinem Grab dort auf dem alten Familienfriedhof lag, war die Nacht über ihr ein Rechteck voller Sterne, der Bär und der Skorpion, der Steinbock und der Widder, der ganze Tierkreis und die Jahreszeiten auf die große Uhr des Firmaments getupft? Das Kreuz des Südens, war es für sie sichtbar, wie es immer schon in der zweiten Dezemberhälfte über Grootmoedersdrift stand? Die Achse leicht geneigt, ein Anker auf Grund?

Gab es einen Schauer? Fühlte ich die Kälte unter meinem Rücken? War da eine Unebenheit unter meinen Schultern? Waren meine Flügel richtig unter mir gefaltet? Standen die vier Ecken der Milchstraße rechtwinklig zueinander? Und die Wände, waren sie lotgenau in die Erde gelassen?

Und das Lied? Hörte ich es? Das Lied, dessen Ende der Anfang ist? Gedämpft aus einem dunklen Ort?

Ein Baum wächst in der Erde
und blüht in Schönheit –
o Baum!

Stundenlang dauerte das an, mit langen Pausen. Ich sang mit, im Traum konnte ich wieder singen, die zweite Stimme.

Und an dem Baum wächst ein Zweig,
ein anmutiger Zweig,

ein lieblicher Zweig!

Später stiegen die Worte, die in der Tiefe gewesen waren, hoch hinauf und schwebten über den Hof, eine herrliche Koloraturstimme aus den Bergen, Worte, die die endlose Folge von Ursache und Wirkung zu einer Schleife verknüpften.

Da lachte das Kind
ein anmutiges Lachen,
ein schönes Lachen!
Dann lachte das Kind mit der Frau,
die Frau sitzt auf dem Bett,
das Bett ist aus Federn,
die Federn kommen von der Taube,
die Taube schlüpft aus dem Ei,
das Ei liegt im Nest,
das Nest liegt auf einem Zweig,
der Zweig wächst am Baum,
der Baum wächst in der Erde
und blüht in Schönheit –
o Baum!

Nun ist es Morgen.

Ein neues Geräusch!

Agaats neuer Gang, als hätte sie über Nacht abgenommen.

Was höre ich da? Die Schnappverschlüsse eines Koffers werden geöffnet, altmodische Federverschlüsse, die klicken, als wären sie frisch geölt. Wann wird sie kommen und meine Augen öffnen, damit ich sehen kann, was dort geschieht?

Ihr Schatten fällt auf mein Bett, auf meine Haut. Aus der Kühle nähert sich eine Hand. Wie leicht liegt ihre Hand auf meiner Stirn! Und jetzt auf meinen Wangen. Wie anders sich ihre Handflächen anfühlen!

Sie sind bereit für den Schlussakkord. Für das letzte Kneten. Alles ist so gut, wie es nur geht, sagen sie. Mehr können wir für dich nicht tun. Ein Brot ist ein Brot, gut durchknetet und aufgegangen, irgendwann muss es gebacken werden. Und Musik ist keine Musik, wenn sie für immer anhält. Es gibt ein Introitus und ein Amen. Das Minimum für eine Messe. Auch die Fantasie für Soloharfe muss den Anspruch an das Ende erfüllen. Einmal gespielt, muss auch die letzte Note schließlich verklingen.

Jetzt werden meine Augenklappen abgenommen, die Pflaster abgezogen, die Wattebäusche entfernt. Welle um Welle fällt das Licht herein. Hellrot ist die Morgendämmerung hinter meinen Augenlidern. Kühle, feuchte Tupfer nehmen der Helligkeit die Schärfe. Jetzt berühren ihre Fingerspitzen meine Wimpern. Um sie auseinanderzuziehen. Es zumindest zu versuchen. Wie ich es sie gelehrt habe.

Gestern Nacht ist sie aus meinem Grab gestiegen.

Sie hat den Berg erklommen.

Jetzt bin ich an der Reihe, jetzt ist sie gekommen, um mich aus dem Wasser zu holen. Ich beeile mich, zu ihr zu gelangen, meinen Anteil beizusteuern.

Ach, wenn ich nur sprechen könnte! Ich würde sie so gerne fragen, ob sie sich an früher erinnern kann. An die Schmetterlinge, die wir aus den Pfützen retteten, nach den ungewöhnlich schweren Regengüssen, die in ihrem ersten Jahr auf Grootmoedersdrift fielen. Die Tiere waren zu schwer zum Fliegen, gefangen im Regen. Wir klaubten sie aus dem Schlamm, bliesen über die zusammengeklebten Flügelspitzen, bis wir einen Ansatz fanden, und zogen die Flügel dann ganz, ganz vorsichtig wie Pergamentpapier auseinander, sodass kein Stück kleben blieb.

Wir arbeiteten langsam, unter einer Menge Gemurmel meinerseits, weil sie damals noch nicht sprechen konnte. Stundenlang waren wir damit beschäftigt, während die letzten Regentropfen fielen, und mit dem Quaken der Frösche in den Ohren. Wir setzten die Schmetterlinge in die Sonne, oben auf den Erdwall am Bewässerungsgraben. Dann kauerten wir uns mit dem Kinn auf den Knien davor und warteten.

Wir wetteiferten, wer von uns als Erste sehen würde, wie sich einer von ihnen bewegte. Unverwandt starrten wir sie an. Wie tot lagen die Tierchen da.

Ich war mir nicht sicher, ob es funktionieren würde. Ich meinte, mich noch aus meiner Kindheit daran zu erinnern, dass es klappen könnte. Ich sah ihren Blick auf die halb toten Insekten in den Pfützen, ihr mürrisches Gesicht, das Kinn nach vorn gereckt, die Lippen geschürzt, als würde sie sie viel lieber zertreten.

Es dauerte eine halbe Stunde.

Zuerst kehrten die Farben zurück. Manche waren orange, weiß und schwarz, andere blau, gelb und schwarz. Auf einmal regte sich einer, dann ein anderer, dann zwei, drei, bis es durch die auf- und zuklappenden Flügel schien, als atmete der gesamte Erdwall.

Sieh nur, signalisierte ich ihr mit den Augen, du wolltest mir ja nicht glauben!

Da lächelte sie.

Ich erinnere mich noch gut an diesen Tag. Sie müsste sich auch daran erinnern, sie hat mir die Passage vor Kurzem erst aus meinem Tagebuch vorgelesen. Es war im März, der 29. März 1954. Ob sie auch daran denken muss? Mit ihren Fingerspitzen an den Wimpern meines oberen Augenlids?

Damals habe ich sie zum ersten Mal lächeln sehen. Sie zog das Kinn an und presste die Lippen aufeinander, ein unfreiwilliges Lächeln, aber immerhin. Ich sah weg, damit sie sich nicht unbehaglich fühlte. Aber ich erinnere mich noch gut daran. Ein Wunder, dachte ich. Ich sah mehr Farben, als es in Wirklichkeit gab, weil mir alles vor den Augen verschwamm. Zuerst flog ein Schmetterling auf, dann folgten zwei, drei, dann alle zusammen in einer Wolke, die einen Augenblick lang über unseren Köpfen schwebte, bevor sie die Quittenallee entlangflatterte und zwischen den Bäumen des alten Obstgartens verschwand.

Jetzt bin ich an der Reihe. Mein oberes Augenlid wird an den Wimpern hochgezogen, Fingerspitzen ziehen an meinem Unterlid. Mein Auge ist verdreht, ich kann nicht durch den Sehschlitz schauen.

»Hoch«, flüstert Agaat, »schau auf!«

Sie drückt meine Augen mit leicht kreisenden Bewegungen nach oben.

Komm, Auge, komm!

Da ist es!

Ich sehe es!

Und ich sehe dich!

In das weit aufgerissene Auge gibt sie einige Tropfen. Die Lider des anderen klebt sie oben und unten mit Pflasterstreifen fest. Anfangs war ihr Blick nur auf ihre eigenen Hände gerichtet. Sie nahm sich Zeit. Ich wartete darauf, dass sie mich wieder ansah. Beide Augen fühlten sich an, als wären sie zu weit aufgesperrt.

Ich muss sie mit äußerst verwunderter Miene angeblickt haben.

Erinnerst du dich noch an den braunen Koffer mit meinen Sachen? Es ist, als hätte ich ihn gestern erst vergraben. Als wäre er mit Schwefel konserviert.

Ich kann nicht einmal mehr die Augen schließen, um besser zuhören zu können. Ich muss sie ansehen, ihr Gesicht ist dicht über meinem. Sie sieht mich an, wie man auf einen vollen Stausee blicken würde. Sie durchdringt meine Hornhaut nicht. Sie dringt nicht in mich ein. Sie sucht nicht mehr nach dem Ende des Regenbogens.

Sie hat akzeptiert, dass sie mich und mein Sterben nicht begreifen kann.

Sie lächelt mir zu.

Ich sehe mein Spiegelbild in ihren Augen.

Alles ist noch da, sagt sie, genau so, wie du es verpackt hast. Kleidung, Stiefel, Bänder. Schalen, Eier, Steine und Knochen, meine Listen, die Bücher, alles. Nur die Insekten haben sich aufgelöst, und die gepressten Blumen sind ein wenig spröde geworden. Und sieh mal hier, sogar mein Sack ist noch da, mit dem ich auf Grootmoedersdrift angekommen bin. Weißt du noch? Am Anfang hast du Süßigkeiten für mich darin versteckt.

Um mich aus meiner Verschlossenheit zu locken.

Ich war furchtbar schüchtern, nicht wahr?

Und sieh nur, was immer noch darinsteckt!

Agaat legt etwas an meine Wange, bevor ich erkennen kann, was es ist.

Fühl mal, sagt sie, nichts ist so weich wie ein Maulwurfsfell.

Sie hält es an meinen Hals.

Sogar mein Rad und mein Stock sind noch da, sagt sie.

Sie schiebt die Spitze des Stocks in die Achse des Rades und rollt es über die Decke an meinem Körper hinauf. Ich spüre, wie es über meinen Bauch gleitet.

Ich sehe noch, wie sie mir vorausrennt und das Tor für mich öffnet, mit ihren weißen Flatterbändern, ihren weißen Kniestrümpfen und ihrem grünen Kleid. Und ihrem Rad und ihrem Stock.

Ich kann die Augen nicht lange offen halten. Man muss zwischendurch mal blinzeln. Berge halten in diesem Moment inne. Das Leben ist es, das in einem Wimpernschlag vorübergeht. Während Sterben eine Ewigkeit dauern kann.

Armer Jak. Hatte keine Zeit, sich auf den Tod vorzubereiten. Flog einfach durch die Luft und wurde von einem Ast aufgespießt. Hatte über sein Leben nie nachgedacht. Blieb einfach in der Furt hängen.

Wäre es mir so lieber gewesen? Schnell? Ohne Aufschub?

Und Agaat, wie wäre es ihr lieber gewesen, wenn sie hätte wählen können? Wäre ihr ein harter Schlag gelegener gekommen als dieses Ausräumen und Einräumen, das Leeren und Befüllen, diese endlose Improvisation? Ein Auf und Ab in Zeitlupe? Ein langer Windstoß aus dem Blasebalg, um die Glut so lange wie möglich zu erhalten?

Was hatten wir davon? Von dem Drehen des Stöckchens auf dem Hölzchen?

Dieses Bett ist eine Feuerstelle, eine dünne Rauchfahne steigt auf.

Ein Kleid, um mich darin zu begraben.

Ein geschwefeltes Konservierungstuch.

Anprobiert und ausprobiert.

Ich rieche Lunte!

Ich sehe, wie es jetzt und hier neben meinem Bett über den Karten hängt. Gewaschen, gebügelt und gestärkt. Die weiße Stickerei leuchtet. Wenn man es umdrehte, wären die Fäden auf der anderen Seite sauber vernäht und fein säuberlich verborgen. Sonst wäre es nicht Agaats Arbeit.

Ich würde sie so gerne fragen, ach, wenn ich nur sprechen könnte, würde ich sie fragen: Weißt du noch, wie Jakkie immer neben dir gesessen hat, als er noch klein war? Er konnte einfach nicht glauben, dass unter einer Nadel ein solches Bild entstehen kann.

Wie machst du das, Gaat?

Weißt du noch, wie er gedrängt hat?

Sie konnte seine Frage nie hinreichend beantworten.

Man spannt den Stoff in den Stickrahmen, erklärte sie, sticht mit der Nadel durch den Stoff, zieht sie auf der anderen Seite wieder heraus und fügt die Stiche zu einem Muster zusammen. Auf den Fäden des Stoffs entstehen Windungen, Punkte, Reihen, Streifen, Bögen, Brücken und Treppchen, Kreuze und Speichen von Dächern und Dämmen. Man zeichnet ein Muster und füllt es aus und wiederholt es Reihe um Reihe, und dann schau, was entsteht: eine Geschichte, ein Gedicht, ein Bild für den Kopfkissenbezug oder die Tagesdecke, für die Ärmelmanschette, das Tischtuch oder das vierte Kleid einer Frau.

Wird Jakkie mich darin sehen, Agaat? Wird er sich eines fernen Tages an mich in meinem Totenhemd erinnern? Aufgebahrt und in das Glenshee gekleidet?

Ich glaube, ich erkenne das Gewebe wieder. Also ist es wahr, was sie gesagt hat? Ist es mein großes Geschenk an sie vom Tag ihrer ersten Stickstunde? Für später, wenn sie die Kunst beherrschte?

Meine Augen sind trocken. Ob sie sie noch einmal betropft, sodass ich betrachten kann, was sie alles daraufgestickt hat? So viele winzige Details, dass das Muster an manchen Stellen wie eine Notenschrift aussieht. Sind es Noten? Was könnte es sein? Was wäre es, wenn Agaat komponieren könnte? Eine symphonische Tondichtung? Oder Programmmusik, wie der Karneval der Tiere? Eine Arie für zwei weibliche Stimmen und Farmgeräusche?

Aber nein, so heiter ist es nicht. In der Mitte erinnert es an eine Seite aus einem Handbuch, eine Anleitung zum Sterben, ein Heimwerker-Nachschlagewerk mit Illustrationen. Die Informationen sind als Beschriftungen um die Leiche herumgestickt, die mit über der Brust gefalteten Händen im Sarg liegt. Ich werde eine Frau in einem Kleid in einer Frau in einem Kleid sein.

»Ounooi«, sagt Agaat, »deine Leute sind gekommen, um sich von dir zu verabschieden.« Sie hält etwas in der Hand, was ich nicht erkennen kann. Die Bibel? Mit der anderen Hand winkt sie in Richtung Flur. Ich höre Hundekrallen über die Bodendielen trippeln.

Was soll ich sehen? Wem winkt sie dort im Flur? Kommt! Kommt! Die Hunde? Boela und Koffietjie? Wer? Dort an der Tür? Wer ist da? Dawid, Julies mit dem Hinkefuß, Saar, Lietja, Kadys, ein paar Kinder, große und kleine. Alle in Sonntagskleidung. Der Geruch nach billiger Seife erfüllt das Zimmer, die kleinen Mädchen tragen Satinschleifen im Haar, ihre Mütter geblümte Kopftücher, die Männer halten ihre Hüte in den Händen.

»Das sind nun all die, mit denen ich hier auf Grootmoedersdrift weiter wirtschaften werde, Ounooi«, sagt Agaat.

Ihre Stimme klingt sachlich. Als führe sie Zeugen an. Sie beweist den anderen, dass ich die ganze Zeit, jahrelang, in diesem Bett am Leben gewesen bin. Sie beweist ihnen, dass ich jetzt gehe. Sie hebt die Zügel an, die jetzt übergeben werden.

»Guten Morgen, äh«, sagt Dawid. Sein kühler hellgrüner Blick ruht für einen Moment auf meinen Augen. Er weiß nicht, in welches er hineinsehen soll. Er knetet seinen Hut in den Händen.

»Oumies«, sagt Saar, »wir werden uns gut um alles kümmern.«

»Sie waren gut zu uns, Oumies«, sagt Lietja. »Wir werden … Wir werden … hierbleiben, unter Agaat.«

Die Botschaft ist deutlich. Ich sehe, wie sie einander ansehen, wie sie die neue Ordnung einzuschätzen versuchen. Wir werden sehen. Wir machen einfach das Beste daraus.

Ich sehe, wie die Erwachsenen den Kindern die Hände auf die Schultern legen.

Schaut, Kinder, schaut, so sieht das aus.

Die Kinder stehen mucksmäuschenstill da, die Mädchen in ihren neuen, noch nicht ausgebleichten Kleidern, die Jungen mit ungebügelten Hemdkragen, die sich weiß von ihrer braunen Haut abheben. Ihre Augen sind weit aufgerissen. Einer hält Boela am Nackenfell fest. Koffietjie winselt unter dem Bett.

Agaat stellt sich ans Fußende meines Bettes und sieht mich an.

Es ist gut, Agaat, es wird schon werden, ich wünsche euch alles Gute, Mut und Kraft und so viel Frieden wie irgend möglich.

»Die Ounooi sagt«, interpretiert Agaat, »danke, dass ihr gekommen seid, um euch zu verabschieden. Ihr seid gute Menschen, sagt sie. Sie wünscht euch Frieden und Glück, frohe Weihnachten und ein gesegnetes neues Jahr. Sie sagt, dass ihr von nun an jedes Jahr zwei Schafe zu Weihnachten bekommt und dazu ein junges Kalb und wie immer ein ganzes Fass Schnaps. Sie sagt, sie weiß, dass ihr gut mit mir zusammenarbeiten werdet, genauso gut, wie ich mein ganzes Leben hier auf Grootmoedersdrift mit ihr zusammengearbeitet habe.«

»Amen«, sagt Kadys mit Grabesstimme.

»Amen«, murmeln die anderen gedämpft.

Dawid setzt seinen Hut auf. Höre ich ein unterdrücktes Kichern? Ich sehe, wie ein Kind ein anderes in die Rippen stößt. Die Gruppe beginnt, sich zu zerstreuen.

Agaat öffnet das Buch, in das sie ihren Finger gehalten hat. Der Umschlag ist abgenutzt, dunkelblau. Sie verkündet: »Aus dem Abschnitt Boden und Faktoren, die das Pflanzenwachstum beeinflussen, Kapitel: Eine unterschätzte Gefahr, aus dem Absatz: Der Erosionsprozess. Seite dreihundertfünfundfünfzig. Dort steht geschrieben: Viele von uns werden sich noch gut daran erinnern, dass es vor noch nicht allzu vielen Jahren in einigen Bezirken ausgedehnte, prächtige Sumpflandschaften gab, die *Vleie,* die mit wildem Klee, Sumpfgras und anderen nützlichen Pflanzenarten bedeckt waren. Es gab Teiche und Seen, die ganzjährig mit klarem, sauberem Wasser gefüllt waren. Rings um diese Seen wuchsen Binsen (*Prionium serratum*), Zypergras (*Cyperus textilis*) und zahlreiche andere schöne Pflanzen. Wo sind die Vleie heute? Sie sind völlig verschwunden, und statt ihrer existiert heute nur mehr ein Wirrwarr aus hässlichen Entwässerungsgräben. Wo früher der wilde Süßklee blühte, wächst jetzt höchstens noch vereinzelt ein giftiger Bitterbusch (*Chrysocoma tenuifolia*). Es gibt keinen Tropfen Wasser mehr, weil die Gräben ein so ausgeklügeltes Abflussnetzwerk bilden, dass das Regenwasser unmittelbar in andere, größere Gräben abgeleitet wird und von dort aus abfließt bis ins Meer. Überall auf den Vleie, die früher mehr Vieh ernährten als jeder andere Teil des *Velds*, wird heute auf einem Gebiet in der Größe einer durchschnittlichen Farm nicht einmal mehr eine Bergschildkröte satt.«

Sie schließt das Buch. Sie lächelt mich an.

Schildkröte.

Sie nimmt ihre kleine Schere aus der oberen Schürzentasche, schneidet ein Pflaster ab und klebt mein starrendes Auge zu. Dann zieht sie die mit Vaseline getränkte Watte ab, die das andere Auge offen hält. Ich fühle, wie sich das Oberlid langsam senkt. Kräftig stimmt sie einen Choral an. Ich fühle ihren Atem auf meinem Gesicht. Ich fühle, wie die Hunde sich ans Bett drängen. Eine nasse Schnauze schiebt sich unter meine Hand.

Bleib bei mir, Herr! Der Abend bricht herein,
es kommt die Nacht, die Finsternis fällt ein.
Wo fänd ich Trost, wärst du, mein Gott, nicht hier?
Hilf dem, der hilflos ist: Herr, bleib bei mir!

Die anderen fallen ein, getragen ziehen sie die Töne in die Länge. Es geht einem durch Mark und Bein, die Frauen weinen fast.

Wie bald verebbt der Tag, das Leben weicht,
die Lust verglimmt, der Erdenruhm verbleicht;
umringt von Fall und Wandel leben wir.
Unwandelbar bist du: Herr, bleib bei mir!

Alle werden jetzt von der Wucht der Hymne mitgerissen. Beim letzten Vers steigt Agaats Diskant in die Höhe.

Halt mir dein Kreuz vor, wenn mein Auge bricht;
im Todesdunkel bleibe du mein Licht.
Es tagt, die Schatten fliehn, ich geh zu dir.
Im Leben und im Tod, Herr, bleib bei mir!

*

Den Beginn hast du nie aufgezeichnet. Du konntest dich nicht dazu überwinden. Es würde zu lange dauern, redetest du dir ein. Eine Rechtfertigung, während alles andere bereits in Bewegung war. Deine Ehe. Die Landwirtschaft mit all ihren Verästelungen. Außerdem lag etwas Rätselhaftes über dem Anfang. Du sagtest dir stets: Eines Tages, wenn du nicht mehr so viel zu tun hättest. Wenn du dich besser konzentrieren könntest. Wenn du die Muße hättest, dich hinzusetzen und zu versuchen, alles genau so zu rekonstruieren, wie es sich zugetragen hatte. Die Taumelkäfer auf dem See – du hattest dir vorgenommen, ihren wissenschaftlichen Namen nachzuschlagen. Als hätte das etwas genutzt. *Gyrinus natator*. Alles nur Ausreden.

Inzwischen kanntest du den eigentlichen Grund. Oder besser: einen der Gründe.

Die Geschichte war nicht für ein Tagebuch bestimmt.

Nichts davon war für ein Tagebuch bestimmt.

Sie hätte unmittelbar in die Familiensaga aufgenommen werden müssen: Grootmoedersdrift, Bauernhof, Haus, Mann, Frau, Kind.

Das erste Kind.

Von Anfang an. Es war nie eine eigenständige Geschichte gewesen. Vor allem nicht in den frühen Anfängen.

Du dachtest, du könntest aus Agaat ein eigenes Kapitel machen. Du glaubtest, sie auf diese Weise isolieren und sie wie ein Tier in einem Einzelgehege behandeln zu können, damit niemand aus erster Hand von deinem Scheitern und deinen Fehlern erführe.

Du sprachst nie mit ihr über deine Beweggründe und Gefühle angesichts ihrer Aufnahme. Du verbotst ihr, dich je danach zu fragen. Du redetest dir ein, dass es so am besten für sie wäre. Lieber würdest du ihr das große Ganze schildern, wenn die Zeit reif wäre und sie selbst darüber urteilen könnte.

Aber das hast du schlicht vergessen.

Es gab immer wieder Vorfälle, die dich an deinen Vorsatz erinnerten, aber dann fiel es dir doch zu schwer. Kurz nach Jakkies Geburt, als gerade alles gut lief, schriebst du die Widmung in das erste Heft. Ein andermal, sogar mehrmals, versuchtest du, das Ganze abzuschließen, einen letzten Eintrag zu verfassen, und du hofftest, damit würde es sich von selbst erledigen. Eines Tages nahmst du alle Bücher zur Hand, stapeltest sie und bandst sie mit einer Schnur zusammen. Du schlossest sie weg und verdrängtest den Gedanken, jemals einen derartigen Plan gehabt zu haben – die Absicht, sie alle der einen zu geben, derjenigen, um die es ging. Du verpasstest deine Chance. Wieder und wieder verpasstest du sie. Irgendwann wolltest du den ganzen Kram einfach nicht mehr sehen. Und weil du dich nicht mehr bewegen konntest, trugst du ihr auf, die Hefte zu verbrennen.

Da wurde dein Totenbett zur Feuerstelle. Knisternd reif war die Zeit, die ihr in den Schoß fiel. Windgetrocknet das Material. Deine Augen und Ohren waren die Herde, in die sie die mit Füller beschriebenen Seiten der Croxley-Schulhefte werfen konnte. In der Reihenfolge, die sie bestimmte. Mit so vielen Auslassungen und Ergänzungen, dass niemand, nicht einmal du, jemals in der Lage gewesen wäre, den wahren Sachverhalt zu ermitteln.

Ihr Timing war genial. Ebenso die Art der Präsentation. Bündel um Bündel holte sie die Tagebücher aus dem Schrank und hob das Beste auf bis zum Schluss.

Timing. So hätte der zweite Name des Herrn lauten sollen anstelle von Vorsehung. Anstelle von Gnade.

Timing. Chance. Zufall. Von Anfang an durchzog es die ganze Geschichte wie ein roter Faden.

Jene Woche 1953, Mitte Dezember, am Geloftedag. Die Ernte war eingebracht, und es gab eine Atempause auf Grootmoedersdrift. Du wolltest weg von Jak. Wieder einmal hatte er durch seine Nachlässigkeit mit dem Mähdrescher für eine Verzögerung nach der anderen gesorgt. Du wolltest weg von den Querelen und den Ohrfeigen. Du wolltest zu deiner Mutter. Eine Woche verbrachtest du bei ihr, dann warst du dazu in der Lage, wieder heimzukehren. Du hattest bereits deinen Koffer gepackt.

Doch dann begann sie zu reden, aus heiterem Himmel, durch den lieben Gott des Timings, der ihr ins Ohr flüsterte. Über die Arbeiter – Familien, die du seit deiner Kindheit gekannt hattest und die schon seit Generationen auf Goedbegin lebten: die Septembers, die Louriers.

»Maria Lourier ist auch noch da«, sagte sie, »dein Kindermädchen, weißt du noch? Piet ist tot, an TB gestorben, heißt es. Plötzlich ging es ganz schnell mit ihm bergab, und dann starb er. Sie hat jetzt einen neuen Mann, einen gewissen Joppies, wie er genannt wird, aber sein richtiger Name ist Damon, Damon Steefert, ein Mann aus Worcester mit einem attraktiven Gesicht, aber ansonsten Abschaum. Flucht, trinkt, prügelt und weiß der Himmel, was sonst noch. Daraus ist zu allem Überfluss ein Kind entstanden, dabei hatte ich diese dumme Maria immerzu gewarnt! Schließlich ist sie schon weit über vierzig. Die Lage bei den Arbeiterhütten ist schlimm, vielleicht solltest du mal mit ihnen reden, sie tun böse Dinge mit dem Kind, sie alle. Es ist ein kleines Mädchen, irgendetwas stimmt offenbar nicht mit ihr, ist wohl verkrüppelt, spricht nicht und hockt den ganzen Tag im Kamin.«

Deine Mutter und ihr dummes Geschwätz. Wusste sie, was sie da tat? Wurde es ihr bewusst, noch während sie davon erzählte? Dir schien es, als spräche sie plötzlich langsamer, als regte sich etwas in ihr, eine Idee, ein Plan.

Du hättest ihr irgendetwas entgegnen sollen. Du hättest wenigstens den Mund aufmachen können. Aber du warst zu fasziniert von der Geschichte. Eine schlechte Mutter, ein verstoßenes Kind.

Genau diese Geschichte rieb sie dir unter die Nase.

War das ihre Rache an dir? Um sicherzustellen, dass du deinem Anteil an Schmerzen im Leben nicht entgehen würdest?

Du weißt noch genau, wie du unter den wachsamen Blicken deiner Mutter durch die Hintertür hinaus zu den Hütten der Arbeiter gingst.

»Sei vorsichtig, heute ist Feiertag!«, rief sie dir noch nach.

Die Zikaden zirpten lauter und lauter, je weiter du gingst, Dornen bohrten sich bei jedem Schritt in deine Sandalen, Kletten klammerten sich an deinen Rocksaum, die weißglühende Mittagssonne bot keinen Schatten.

Es war still rund um die Hütten, die Katerstille des Geloftedags. Der Gestank von Exkrementen lag in der Luft. Ausgemergelte Hunde mit Fliegen in den Augen lagen überall herum.

Maria saß auf der Rückseite ihres Hauses unter dem Feigenbaum, in einem zerrissenen Kleid, das Gesicht zu einer Grimasse verzerrt. Auch ihre beiden Söhne waren da, Dakkie und Hekkie, deine einstigen Spielkameraden, mit Narben auf den Wangen, die noch nicht da gewesen waren, als ihr als Kinder zusammen gespielt hattet. Sie antworteten mürrisch auf deine Fragen. Nur einmal richtete sich Maria ein wenig auf, als du schon wieder gehen wolltest, als du wie nebenbei fragtest: Wo ist denn dein neuer Ehemann, und ich habe gehört, dass du noch ein Kind bekommen hast. Es war, als wollte sie verhindern, dass du sie danach fragtest, dass darüber gesprochen wurde. Sie richtete sich kurz auf, deutete vage hinter sich und sank dann wieder gegen die Wand, das Kinn auf der Brust.

Die Hintertür stand halb offen, aber du gingst vornherum, klopftest an und wartetest. Dann drehtest du den Türknauf, stießest die Tür auf, und der Gestank von Urin, Erbrochenem, schalem Alkohol, ungewaschenen Menschenkörpern, kalter Asche und halb verkohltem Eukalyptusholz raubte dir fast den Atem. Zunächst konntest du überhaupt nichts erkennen, so dunkel war es in dem vorderen Raum. Dann gingst du durch eine angelehnte Tür in das nächste Zimmer. Dort lag eine Matratze auf dem Boden und darauf, in einem Haufen schmutziger Bettwäsche, sahst du einen Mann mit nacktem Unterleib.

Erst nachdem du einen Fensterladen aufgestoßen hattest, bemerktest du das Kind. Es kauerte in einer Ecke des rußschwarzen Herds und hatte sich die Finger einer Hand in den Mund gesteckt.

Du knietest dich vor dem Herd hin. Das Kind war fürchterlich dünn, die dürren Beine voller Kratzer und Prellungen. Durch die Löcher in den Lumpen sah man stellenweise seinen knochigen Körper. Ein Fuß war eingedreht, und einen Arm hielt es hinter dem Rücken. Du sahst dem Kind in die Augen, aber nur für einen kurzen Moment. Dann wandte es ruckartig den Kopf zur Seite und schloss die Augen, als erwartete es eine Ohrfeige.

»Schon gut, ich tu dir nichts«, sagtest du.

Das Kind begann zu zittern.

»Ich tu dir wirklich nichts«, wiederholtest du und strecktest eine Hand aus, aber das Kind presste nur den Kopf zwischen die Knie und legte sich den bisher versteckten Arm schützend um den Kopf.

Der Arm war deformiert, dünn und gerade wie ein Stock, die Hand nach unten gebogen, die Finger wie eine Pfote zusammengekrampft, der Daumen nach innen geknickt. Die Hand sah aus wie eine spitze Schnute, die man bei Kerzenlicht formte, um das Schattenbild einer Schlange an die Wand zu werfen.

Du standest auf und beugtest dich wieder zu dem Kind im Kamin hinab.

»Wie heißt du?«, flüstertest du leise. »Komm, sag der Kleinnooi deinen Namen.«

Lange Zeit war es still, nur der Atem des Kindes ging ein wenig schneller.

»Wie nennen sie dich? Sag es mir. Du kommst zu mir, so kann ich verhindern, dass man dir wehtut. Die Oumies sagt, sie tun dir schlimme Dinge an.«

In der Stille hörtest du, wie der Mann stöhnte und sich im Schlaf herumwälzte.

»Soll ich deinen Vater fragen, hmm?«

Da hörtest du unter den schützend vorgehaltenen Armen hervor ein kehliges Geräusch.

»Sag das noch mal, ich kann dich nicht verstehen.«

Du gingst noch näher heran. Sie roch nach Eisen, nach Blut, nach Ruß und Gras, und durch die Löcher ihrer Kleidung sahst du, dass sich die Haut über ihren Rippen bewegte. Du sahst, wie ihr Zwerchfell zuckte, als sie ihren Namen nannte.

Wieder konntest du nur den Reibelaut verstehen.

»Chchch – was? Das ist doch kein Name, sprich es für die Kleinnooi noch einmal aus, damit ich dich richtig verstehen kann.«

Gogga? Grieta? Gesiena? Genys?

Du drehtest den Kopf so, dass du mit einem Ohr zu dem Mädchen dahocktest, und imitiertest das Geräusch. Du spürtest ihren Atem auf deinem Gesicht. Diesmal hörtest du das Chchch deutlicher, wie einen Seufzer, wie ein Bächlein im Fynbos, ganz leise und weit entfernt, wie ein Geräusch, das man vernimmt, noch ehe man weiß, was man da hört.

Das war der Anfang. Dieser Klang. Du fühltest dich leer und angefüllt zugleich, vor Trauer und Kummer schnürte sich dir die Kehle zu. Ein leises, kehliges Fauchen, als wäre dieser Ton ein Teil von ihr.

Du tratst zurück und schlugst dir die Arme um den Körper. Irgendetwas regte sich in deinem Unterleib. Du legtest die Hände vor dein Gesicht, als wolltest du den Ausdruck darauf spüren, dich vergewissern.

Du wolltest nicht sofort wieder nach Hause gehen, du wolltest den Augenblick noch eine Weile festhalten. In einer solchen Stimmung hättest du im Haus deiner Mutter nur Misstrauen erregt. Du wolltest deine Gefühle sammeln, sie in dir verbergen, an einem Ort, aus dem du sie gefahrlos würdest heraufbeschwören können, nachts in deinem Bett, in einer halben Stunde einsamer Ruhe, während du ein Bad nahmst oder bei einem abendlichen Spaziergang.

Du gingst zu dem alten Damm hinüber, zu den Weiden, der

Ruine des kleinen Pumpenhauses am Ufersaum, hinter dem du unsichtbar warst. Dort fandst du einen Platz auf einem Baumstamm, ließest die Füße ins Wasser baumeln und versuchtest, deine Gefühle zu ergründen, die vage Süße und die Trauer. Die Hitze des Sommernachmittags war überwältigend, das schwindelerregende Zirpen der Zikaden, der Ruf des Eisvogels auf dem trockenen Ast in der Mitte der Staumauer.

Die Enten kamen von ihren Nistplätzen auf der flachen Seite des Sees auf dich zugeschwommen. Du schlossest die Augen und versuchtest, mit dem dunkelroten Nebel zu verschmelzen, den man sieht, wenn die Sonne auf die geschlossenen Augenlider fällt.

Chchch, sagtest du immer wieder, so leise wie möglich, leiser als die Zikaden, leiser als das entfernte Geschnatter der Enten, leiser als das Rascheln des Laubs in der Uferweide.

Als du die Augen wieder öffnetest, war die Welt hell und seltsam. Du hieltst den Atem an. Du wartetest auf irgendetwas, blicktest hinab auf das Wasser zu deinen Füßen. Doch dort war nichts außer zarten Kreisen auf der Oberfläche, der Taumelkäfer und sein Schatten, die krabbelnden Knickbeinchen, verdickt um die Füße, als trüge er Stiefel. Auch diese wurden reflektiert, ebenso die Beine, sechs Paar oben, sechs Paar unten, ein vages Kräuseln, das die Wasseroberfläche mit rasch aufeinanderfolgenden, perfekten Kreisen verzierte, überlappend, sich gegenseitig aufhebend, wieder neu entstehend, abebbend. Eine wimmelnde Wasserschrift. Sie erinnerte dich an eine Fuge. Kaum vorstellbar, dass dies das Werk eines einzigen Wesens war.

Als du Stunden später nach Hause kamst, war deine Mutter wie erwartet aufgebracht. »Wo bist du nur gewesen, an diesem heißen Sonntag? Dir hätte sonst was zustoßen können!«

Mir ist etwas zugestoßen, lag es dir auf der Zunge. Ich bin mir selbst begegnet, meinem fast vergessenen Ich. Stattdessen gingst du, ohne ein Wort zu sagen, in die Speisekammer und inspiziertest mit einer Hand in der Hüfte den Inhalt der Regale, während du versuchtest, dich gegen den stählernen Ton in ihrer Stimme zu wappnen.

»Milla, würdest du mir bitte sagen, was los ist? Was machst du denn für ein Gesicht? Mach bloß keinen Unsinn! Kein Wunder, dass Jak nicht mit dir auskommt. Weswegen heulst du denn jetzt schon wieder?«

Deine Stimme klang belegt und zittrig.

»Ich heule wegen der Taumelkäfer, Mutter, der Schönheit ihrer Existenz, und sei sie noch so unbedeutend, wegen der Kreise auf dem Wasser, der Kreise, die verschwinden, als wäre nichts geschehen, außer, dass ich sie gesehen habe.«

»Was redest du denn da in Gottes Namen, Milla?«

»Ich rede davon, dass unten bei den Hütten ein Kind auf die grausamste Weise krepiert und dass du es weißt und nichts dagegen unternimmst!«

»O Gott, ich hätte es wissen müssen!«, erwiderte sie, »ich wollte doch nur, dass du mal ein ernstes Wort mit Maria sprichst. Dass sie sich zusammenreißen und ihren Haushalt in Ordnung bringen soll. Misch dich nicht in die Angelegenheiten der Arbeiter ein, Milla! Damit halst du dir nichts als Arbeit und Ärger auf. Du solltest wirklich auf mich hören! Was suchst du eigentlich in der Speisekammer?«

Du hattest die Brotdose bereits geöffnet und begonnen, den Laib in dicke Scheiben zu schneiden.

»Was machst du denn da, Milla? Das ist frisch gebackenes Brot von heute Morgen! Wir haben noch Brot von vorgestern in der Hühnerfuttertüte!«

Du ignoriertest sie, holtest Butter aus dem Kühlschrank und bestrichst die Brotscheiben erst damit und dann mit Aprikosenkonfitüre. Du holtest die übrig gebliebene Lammkeule vom Mittag aus dem Kühlschrank und schnittst auch davon Scheiben ab.

»Du verursachst nichts als Schwierigkeiten, Milla. Morgen steht eine Horde Kinder vor meiner Tür, die nach Brot und Fleisch verlangen. Wo soll das denn hinführen? Die Leute kennen ihren Platz auf dieser Farm, und ich werde nicht erlauben, dass du mit deiner Unbesonnenheit meine Angelegenheiten in Unordnung bringst!«

Am liebsten hättest du deine Zähne in die Lammkeule geschlagen und deiner Mutter den Bissen ins Gesicht gespuckt. Aber du hobst die Keule nur mit beiden Händen hoch und ließest sie ihr vor die Füße fallen.

»Behalt dein Fleisch, Ma, behalt es und friss, nur du allein, während rings um dich herum die Kinder vor Hunger verrecken!«

Dann ranntest du hinaus, den Korb unterm Arm, in den du die hastig zusammengeklappten Marmeladenbrote und ein paar Früchte vom Obstteller im Wohnzimmer geworfen hattest.

Bei den Arbeiterhütten war alles ruhig. Du gingst durch die Vordertür hinein und fandst das Kind in der gleichen Position vor wie zuvor. Du stelltest den Korb vor seine Füße.

»Hier, sieh mal, was ich dir mitgebracht habe! Das ist nur für dich, hörst du? Iss es schnell auf, bevor die anderen es dir wegnehmen. Ich sage deiner Mutter, dass sie dir nichts tun dürfen.«

»Maria?«, gellte eine Männerstimme aus dem Schlafzimmer. Du eiltest hinaus und gingst nach hinten, wo ein Streitgespräch verstummte, sowie du um die Ecke bogst.

Du sprachst in einem festen Befehlston.

»Maria, ich habe Essen für die Kleine gebracht. Sorge dafür, dass sie es aufisst. Und ich will dich morgen früh um neun am Haus sehen. Bring sie mit, hörst du? Wir müssen uns unterhalten, du und ich.«

Die Frau starrte dich an.

»Hast du mich verstanden, Maria? Neun Uhr, keine Minute später. Und denk daran, den Korb zurückbringen.«

Ich klinge wie meine Mutter, dachtest du, und dir war zum Heulen zumute. Du wandtest dich schnell um und gingst wieder nach Hause. Direkt hinter der Haustür stand das Telefon, und du ließest dich von der Vermittlung mit der Farm verbinden. Du hattest den Drang, gemäß deiner Einsicht des Nachmittags zu handeln, im Geiste der Taumelkäfer. Du würdest dich nicht von deinem Vorhaben abbringen lassen und wolltest keine Zeit mehr verlieren, denn du wusstest, dass die Macht des Alltäglichen, die Perspektive desjenigen, der die Zügel in der Hand hielt, schon die Idee allein in einem Wimpernschlag als Wahnsinn abtun würde.

»Komm und hol mich ab, Jak, ich will nach Hause. Ich bringe noch jemanden mit, jemanden, der Pflege braucht«, kündigtest du ihm am Abend an, als der Anruf endlich durchging.

»Nicht deine Mutter!«, erwiderte Jak.

»Meine Mutter kann für sich selbst sorgen, Jak. Es ist das jüngste Kind von Maria von Piet. Sie wird schrecklich vernachlässigt hier in den Hütten, sie wird zugrunde gehen, wenn nicht sofort jemand eingreift.«

»Was für ein Unsinn, Milla! Wenn die Leute krepieren wollen, sollen sie krepieren. Warum sollte ich die Verantwortung dafür übernehmen?«

»Du brauchst nichts zu tun, Jak. Es ist mein Kind, ich werde es großziehen.«

Zwischendurch ertönte das übliche Klicken und Rauschen der Mithörer im Farmtelefonnetz.

Als Jak wieder sprach, klang seine Stimme trocken. »Wir reden später darüber, Milla, du hast offensichtlich keine Ahnung ...«

»Jak, glaub mir, alles wird gut.«

»Ich komme dich morgen um zwölf holen, und dann fahren wir wieder. Sag deiner Mutter, dass ich nicht zum Essen bleibe.«

Dann legte er einfach auf. Du hieltest den Hörer noch eine Weile an die Brust gedrückt. Bilder stiegen in dir auf, wie du mit dem Kind an der Hand Jak den Rücken zukehren und gehen würdest. Wie du ihn anstarren würdest, bis er den Kopf senkte und beiseitetrat, um dich vorbeizulassen.

Deine Mutter kam hinaus in den Flur. Ohne ein Wort gingst du an ihr vorbei in dein Zimmer und fingst an, deine Sachen zu packen.

Im zittrigen Licht des Generators hieltest du ein Kleidungsstück nach dem anderen vor dich: geblümtes Nachthemd, ärmellose Sommerbluse, langes, mit Spitze abgesetztes Unterkleid, bevor du alles zusammenlegtest und in die Tasche stecktest. Dann wurde der Generator abgeschaltet. Durch das Fenster erhaschtest du einen Blick auf eine Taschenlampe, die sich in Richtung der Arbeiterhütten bewegte. Du dachtest an das Kind, in der Dunkelheit, unter den Leuten, die du am Nachmittag gesehen hattest.

Mit offenen Augen legtest du dich in der Dunkelheit zwischen deine Sachen aufs Bett und dachtest darüber nach, was du zu den stirnrunzelnden Presbytern, dem kleinen Diakon der Farmkollekte in seinem schwarzen Gehrock, zu den ältlichen Damen mit ihren Hüten und Handtaschen bei der Bibelstunde, zu George, dem Griechen vom Good Hope Café, zu der scheinheiligen Beatrice und zum schönen Jak de Wet sagen würdest, der seine Krawatte vor dem Spiegel gerade rückte, ehe er samstagabends ausging.

Deine hübsche Rede würde keine Wirkung erzeugen, egal, wie oft du sie im Kopf probtest. Hier stehe ich, ich kann nicht anders.

Das Argument verblasste angesichts deiner Aufregung. Dein Herz klopfte so stark, dass du aufstehen, ein Glas Wasser aus dem Krug trinken, eine Kerze anzünden und dich noch einmal schnäuzen musstest. Dann stelltest du dich an das geöffnete Fenster und blicktest über den Hof. Dein Herz. Du legtest dir die Hand an den Hals, um deinen Puls zu fühlen.

Dir gingen Kinderreime und -lieder durch den Kopf, von Ene mene muh und raus bist du über Ringel, Ringel, Reihe bis zu Backe, backe Kuchen. Schau hinauf in die Wolken, siehst du den Kaiman mit seinem spitzen Schwanz und den Tausendfüßler, siehst du den Zauberer? Und die Speikobra? Komm, wir zählen die Pferde, die hinter dem Mond mit den Hufen stampfen, die Sterne im Kreuz des Südens und im Skorpion und die siebenundsiebzig Daunen der Distel, bis wir müde werden, bis wir schlafen. Schlaf, Kindchen, schlaf, der Vater hüt' die Schaf. Hörst du den Regenmann, der über die Langeberge kommt? Siehst du, wie sein grauer Ärmel an den Hängen entlangschleift? Und der Wind in den Schwarzkiefern und der Wind in den Getreideähren, brausend über die Hügel, so weit das Ohr hört, über die Hügel von Rietpoel und die Hügel von Protem, die runden Hügel von Klipdale und Riviersonderend, sausend und knisternd, ein rauschendes, welliges Kleid aus süß raschelnden Halmen bis dorthin, wo das Land gegen die Hänge jenes Berges stößt, nach dem unsere Gegend benannt ist – Overberg. Jenseits des Berges. Hinter ihm liegt der Tafelberg, den ich dir eines Tages zeigen werde, wenn du erwachsen bist.

Am nächsten Tag warteten sie an der Hintertür auf dich. Du hattest die streitende Gruppe schon von Weitem kommen sehen. Hastig strebten sie auf den Hof zu. Maria trug in einer Hand den leeren Korb, an der anderen hielt sie das widerspenstige Kind. Lys war auch dabei, die älteste Tochter von Marias erstem Mann. Sie hielt einen Jutesack in der einen Hand, mit der anderen gestikulierte sie. Laut deiner Mutter war Lys das einzige Familienmitglied, das etwas taugte. Sie arbeitete im Haus, und sie war es auch gewesen, die von dem verstoßenen Kind erzählt hatte.

Hinter dir in der Küche räusperte sich deine Mutter.

»Denk nach, bevor du handelst, Milla! Du bist nicht die Einzige, für die deine Entscheidung Konsequenzen haben wird.«

Mit klappernden Absätzen ging sie zurück ins Haus.

Kleinlaut blieb die kleine Gruppe vor dir stehen. Maria murmelte mit gesenktem Kopf einen Gruß. Lys trat vor und deutete mit einer Geste, einer Ellbogenbewegung an, dass sie als Interessenvertreterin ihrer kleinen Familie auftrat und man ihr vertrauen konnte.

»Morgen, Kleinnooi, ich habe gehört, die Kleinnooi will meine Mutter sehen und das Kind. Ich bin mitgekommen, weil ich gerne wissen möchte, was die Kleinnooi auf dem Herzen hat. Wenn die Kleinnooi nichts dagegen hat.«

Das kleine Mädchen gab keinen Laut von sich, wehrte sich aber aus Leibeskräften dagegen, festgehalten zu werden.

Maria zog das Kind näher zu sich heran.

Dieses Bild passte nicht in deine Fantasie. In Lys' Blick lag etwas, das du nicht ergründen konntest. Als ahnte sie voraus, was kommen würde. Sie sah dir unverwandt in die Augen. Du musstest deinen Blick abwenden.

Was hättest du an ihrer Stelle gedacht? He, du, in deinem geblümten Kleid, mit deinen lavendelduftenden Achseln, los, beiß ab und kaue, was wir schon seit langer Zeit kauen, schluck es mit deiner Weißenspucke runter! Fass! Friss! Hier, der Krüppel, der uns geboren wurde!

War es das, was Lys dachte? Unwahrscheinlich. Dir wurde klar, dass sie vielmehr aus praktischen Erwägungen heraus handelte. Als sie weiterredete, klang ihre Stimme berechnend, und aus ihrem Blick sprach unverhohlene Dreistigkeit.

»Entschuldigung, Kleinnooi, fühlen Sie sich nicht wohl?«

Nein, das traf es nicht. Dumm kamst du dir vor. In die Ecke gedrängt. Auf theatralische Szenen wartetest du vergeblich, die spielten sich nur in deinem Kopf ab. Geschehnisse wie dieses mussten sich in der Vergangenheit schon Hunderte Male auf Farmen überall in der Region ereignet haben.

»Nein, nein, Lys, mir geht es gut. Lass uns aus der Sonne gehen, kommt rein, es gibt Saft für alle.«

Du gingst ihnen voraus in die Küche, wo schon Gläser und Orangensaft bereitstanden, und holtest kaltes Wasser aus dem Kühlschrank. Du merktest, wie hinter deinem Rücken Lys – die in das Leben der Weißen Eingeweihte – die ungewöhnliche Einladung im Namen der anderen annahm und sie durch die Hintertür schob.

»Also, dann erzählt mir mal ein bisschen von dem Kind«, begannst du, während du die Getränke einschenktest. »Woher hat sie diese Behinderung?«

Lys hatte sich ihre Geschichte längst zurechtgelegt und gab sie nun zwischen schmatzenden Schlucken Orangensaft zum Besten.

»Sie wurde so geboren, Kleinnooi«, sagte sie, die Arme vor der Brust verschränkt und das Kind fest im Blick. »Sehr klein und rot, und dann dieser kleine Hängearm. Zuerst dachten wir, da hinge ein Stück Darm. Dakkie rief: Pfui! Und Hekkie: Tu sie weg!«

Und du, Lys?, lag es dir auf der Zunge, aber du schlucktest die Frage hinunter.

»Ma wurde ganz schlecht bei ihrem Anblick. Sie hat sich geweigert, sie zu stillen.«

Lys lauerte hinter ihrem Glas auf deine Reaktion.

»Wir haben ihr gesagt: Ma, nimm sie, gib ihr Milch, sie krepiert sonst.«

Das reicht, Lys, hättest du am liebsten gesagt, aber sie spulte jetzt ihr gesamtes Programm ab.

»Pa Joppies sagte, gib her, lass es mich wegbringen, das ist nicht mein Kind, meine Arme sind gerade wie Stangen, alle beide, meine Hände sind wie Schaufeln, mir fehlt nichts. Tja, Pa Joppies, hab ich mir gedacht, und deine zwei Füße, mit denen du Ma während der Schwangerschaft in den Bauch getreten hast, sind auch gerade.«

Du sammeltest die leeren Gläser ein.

»Auf diesem Kind ist schon herumgetrampelt worden, als es noch im Mutterleib lag, Kleinnooi.«

Lys kratzte mit dem Stuhl über den Fußboden, als sie sich zur Spüle umdrehte, um deine Aufmerksamkeit auf sich zu ziehen.

»Später haben die anderen sie dann andauernd getreten, sie haben nur gewartet, bis sie laufen konnte, damit sie besseren Halt für ihre Füße fanden, Hekkie und Dakkie, alle beide. Ich habe gesagt, wenn ihr sie umbringen wollt, dann hättet ihr das gleich nach der Geburt machen sollen, als sie noch von nichts wusste. Aber jetzt ist sie ein Mensch. Ihr müsst sie respektieren. Der Herr hat sie so gemacht. Sie hat auch ein Recht zu leben.«

Du wartetest darauf, dass sie weitere Begleiter des Herrn aufzählte. Teufel, Engel, drei Hahnenschreie.

»Aber sie haben nicht auf mich gehört, und wenn ich versuche dazwischenzugehen, kriege ich die Tritte ab. Ma hat einfach weggesehen und gar nichts gesagt. Sie fürchtet sich vor ihnen. Die beiden sind unter ihrem neuen Pa grausam geworden. Ich glaube, sie wollen so sein wie er, treten immer härter zu, schlagen immer fester und fluchen immer lauter.«

Lys steuerte auf den Höhepunkt zu.

»Als wollten sie den Teufel übertreffen mit Feuer, mit so harten Schlägen, dass man den Schwefel riecht und unten zwischen den Pappeln Geschrei hört, als würde ein Schwein geschlachtet, und mehr sage ich lieber nicht, der ist Herr mein Zeuge... Es wäre also eine Erlösung, eine Gnade, wenn die Kleinnooi... wenn...«

Wenn die Kleinnooi *was*, Lys?

Am liebsten hättest du die Frau angeschrien, sie im Nacken gepackt und aus der Küche geworfen.

Lys hielt das Mädchen fest an seinem dünnen Arm. Es war inzwischen ein wenig ruhiger geworden und stand dort mit einem Fuß auf dem anderen, das Saftglas unberührt vor sich auf dem Küchentisch. Es zitterte ein, zwei Mal und blickte ängstlich reihum in die Gesichter.

Du erhaschtest ihren Blick und lächeltest ihr zu, schicktest ihr eine wortlose Botschaft: Komm, jetzt müssen wir tapfer sein, du und ich, jetzt müssen wir einander helfen!

Doch das Kind wandte sofort den Blick ab und fing wie wild an zu zappeln. Das Saftglas fiel vom Tisch und zerbrach auf dem Boden, ein Stuhl kippte um.

»Egal«, sagtest du. »Ist nicht schlimm.«

Deine Mutter erschien in der Tür. Klein und alt sah sie aus.

»Tut mir leid, Ounooi, Entschuldigung, Ounooi«, beeilte sich Lys zu sagen, ging mit Kehrblech, Besen und Wischtuch auf die Knie nieder, unterwürfig, aber doch mit einem giftigen Zug um den Mund. »Ich mache das wieder schön sauber, Ounooi.«

Du legtest deiner Mutter den Arm um die Schulter und schobst sie wieder in den Flur.

»Bitte entschuldige die Unannehmlichkeiten.«

»Ai, Milla, mein liebes Kind!«

Mein liebes Kind, dachtest du. Muss ich wirklich erst in eine griechische Tragödie hineingeraten, bevor du mich dein liebes Kind nennen kannst?

Deine Mutter wandte sich ab und öffnete den Wäscheschrank im Flur.

»Sieh lieber zu, dass du das Kind sauber machst, bevor du es ins Auto lädst.« Sie holte ein abgenutztes Handtuch aus dem Schrank, riss es mit einem kräftigen Ruck entzwei und drückte dir die beiden Hälften in die Hand. »Eines zum Waschen und eines zum Abtrocknen.«

Wieder zurück im Hinterhof versammeltest du die kleine Truppe neben dem Wassertank.

Du redetest über Lys' Kopf hinweg, die dir mit den Armen in die Hüfte gestemmt gegenüberstand.

»Maria, wir nehmen das Mädchen mit nach Grootmoedersdrift. Mein Mann und ich werden uns um sie kümmern. Wie heißt sie?«

Du spürtest, wie Lys' Augen dich musterten. Du wolltest sie nicht ansehen, aber sie war diejenige, die dir antwortete.

»Sie hat keinen richtigen Namen. Wir nennen sie Gat, Asgat, weil sie immer nur mit dem Arsch im Kamin in der Asche sitzt. Sie will kein Höschen tragen.«

»Ihr wird es an nichts fehlen«, versprachst du. »Entweder ihr gebt sie in meine Obhut, oder aber eure Tage hier auf Goedbegin sind gezählt. Es gibt schon Gründe genug, euch allesamt auf die Straße zu setzen. Ihr liegt der Ounooi auf der Tasche, prügelt euch wie die Kesselflicker und erledigt eure Arbeit nicht ordentlich. Geht jetzt nach Hause und lasst sie hier, die Ounooi und ich machen allein weiter, und der Kleinbaas kommt auch gleich. Ich werde die Polizei rufen und berichten, dass Joppies seine Frau misshandelt, damit sie dort Bescheid wissen und sofort kommen, wenn es wieder Ärger gibt. Die Ounooi weiß, was los ist, und sie weiß auch, was zu tun ist, wenn Dakkie oder Hekkie wieder über die Stränge schlagen. Ist das klar?«

»In Ordnung, Kleinnooi, wir sind Ihnen sehr dankbar.«

Mit einem Handzeichen gebotest du Lys zu schweigen.

»Maria, hast du mich verstanden?«

Maria stand da mit dem Kinn auf der Brust.

»Ich will ein klares Ja von dir hören, Maria, und sieh mich an, wenn du mit mir sprichst!«

Lys grinste.

Ein dumpfer Laut drang aus der Kehle der Frau. Sie schürzte die Lippen, sagte aber nichts mehr. Sie sah dich nicht einmal mehr an.

»Wir haben ihre Sachen mitgebracht«, sagte Lys, hob den Jutebeutel vom Boden auf und hielt ihn dir entgegen.

»Ist gut, Lys, leg ihn einfach hin, ich kümmere mich darum.«

»Sie kann sprechen, wenn sie will. Und sie isst Maisbrei mit Zucker.«

»In Ordnung, Lys. Wir werden sehen.«

Du legtest dem Kind deine Hand auf den Rücken.

»Passen Sie auf, Kleinnooi, sie ist wild. Ehe Sie sichs versehen, reißt sie sich los und läuft weg. Sie müssen sie an dem dünnen Arm gut festhalten.«

»Das reicht, Lys. Du kannst jetzt nach Hause gehen. Ihr könnt jetzt alle gehen.«

Du nahmst das Kind an der gesunden Hand.

Maria hob kraftlos den Arm. Den Kopf ließ sie noch immer hängen.

»Tschüss, Asgat«, sagte Lys, »benimm dich, hörst du? Du wirst sehen, heute Abend wirst du Fleisch, Brot und Süßigkeiten essen und in einem schneeweißen Bett schlafen, ganz für dich allein. Ich habe dein Rad in die Tasche gesteckt und den Stock und das Maulwurfsfell.«

Du ließest den schmutzigen Sack, in dem sich ein paar Gegenstände abzeichneten, auf dem Boden liegen.

Wir müssen erst wieder zur Ruhe kommen, dachtest du. Wir müssen uns erst beruhigen, alle beide.

»Komm, wir gehen zum See und sehen uns die Entenküken an. Dort, wohin ich dich mitnehme, gibt es ebenfalls einen See mit Enten – nur noch schönere, mit grünen Köpfen, und in unserem See kann man schwimmen. Kannst du schwimmen? Ich bringe dir das Schwimmen bei. Erst mit einem Reifen um den Bauch, bis du das Gefühl hast, dass du es alleine kannst. Ich halte meine Hände unter dich, damit du spürst, wie du auf dem Wasser treibst. Und dann zeige ich dir, wie man wie ein Hund paddelt, immer im Kreis, während ich dich halte. Und dann kannst du ein kleines Stück alleine üben, bis du stark genug bist, und dann, eines Tages, schwimmen wir zusammen bis in die Mitte. Oder wir rudern über die Furt und nehmen uns im Boot ein Picknick mit, nur für dich und für mich. Irgendwo im Schatten breiten wir eine bunte Decke aus, und dann essen wir, leckeres, frisches Brot mit dick Butter und Aprikosenkonfitüre, so wie die Brote, die ich dir gestern gebracht habe, weißt du noch? Die waren lecker, nicht wahr? Und roten Saft. Dazu Wurst und Käse und hart gekochte Eier und leuchtend rote Scheiben Wassermelone. Kennst du Wassermelonen? Und wenn wir fertig sind, singe ich ein Lied für dich.«

Du betrachtetest eure Schatten auf dem Fußweg, eine Frau in Eile mit einem widerspenstigen Kind. Du sangst:

»Alle meine Entchen
schwimmen auf dem See,
schwimmen auf dem See,
Köpfchen in das Wasser,
Schwänzchen in die Höh.«

Du gingst zu schnell und zogst das Kind hinter dir her. Es wehrte sich und versuchte, sich loszureißen und wegzulaufen.

»Gehe ich zu schnell für dich? Und ich rede so viel! Komm, wir gehen ein bisschen langsamer, es ist jetzt nicht mehr weit.«

Doch der See wollte einfach nicht näher kommen, und das Haus erschien dir zu weit entfernt für eine Umkehr. Es war heiß. Du warst verunsichert. Es war keine gute Idee gewesen, derart planlos draufloszulaufen. Ihr hattet nur wenig Zeit. Du sahst auf die Uhr. Viertel nach zehn. In einer Stunde würde Jak da sein. Er war immer sehr pünktlich, wenn er dich von deiner Mutter abholte.

Dir zitterten die Knie. Dir war übel. Du ignoriertest das Gefühl. Einmal blicktest du zurück. Die Haustür war geschlossen und die Fensterläden gegen die Hitze des Tages zugezogen.

»Komm, ich trage dich das letzte Stück.«

Du beugtest dich hinunter und hobst das Kind auf deine

Hüfte. Du fühltest seine Beckenknochen an deiner Taille. Der drahtige Körper strebte von dir weg. Und dann, ganz plötzlich, ein Ruck, eine Drehung, ein Rutsch unter deinem Arm hindurch, und etwas Sehniges glitt an deiner Seite hinunter. Das Kind duckte sich unter dir weg, schlug einen Haken und rannte zwischen den Büschen und Grasbüscheln hindurch auf die Hütten zur linken Seite des Dammes zu.

Als du ihm nachranntest, verlorst du das Gleichgewicht und fielst hin. Beim Aufstehen löste sich eine Sandale von deinem Fuß. Über Stock und Stein sprangst du, und nach ein paar Schritten holtest du es ein. Doch du bewegtest dich plump, und das Kind schlug unerwartete Haken. Mit dem nackten Fuß hinktest du.

Ich muss ihr den Weg abschneiden, dachtest du, ehe sie gesehen wird. Ehe Joppies sie sieht. Denn bestimmt hatten sie es ihm noch nicht erzählt. Oder doch? Beide Optionen konnten das Ende bedeuten.

Das Ende wovon?, schoss es dir durch den Kopf. Du dachtest damals tatsächlich nach. Wie ein grauer Streifen zogen die Überlegungen zusammen mit den Grasbüscheln, den Ameisenhaufen und den Büschen an dir vorüber.

Noch hat gar nichts begonnen, dachtest du, ich könnte sie laufen lassen, ich könnte heimkehren, ich könnte zurück zur Farm fahren und einfach dort weitermachen, wo ich aufgehört habe. Ich brauche mich nicht anzustrengen. Nicht, wenn das Kind nicht will. Nicht, wenn sonst niemand, nicht einmal meine Mutter, sich darum kümmert, wenn nicht einmal mein Ehemann mich unterstützt. Nicht, wenn es wirklich so ist, dass ich um etwas kämpfen muss, was doch die selbstverständliche Pflicht eines zivilisierten Menschen sein sollte.

Das alles ging dir durch den Kopf, als du dem Kind hinterherliefst und versuchtest, es wieder einzufangen.

»Stehen bleiben!«, schriest du, »Achtung!« Du schnittest ihm den Weg ab, packtest es um die Taille und stürztest heftig mit ihm hin. Das Kind versuchte, sich auf allen vieren davonzumachen.

Doch mit einem Hechtsprung warst du wieder hinter ihm her und hieltest es an einem Fuß fest. Hand über Hand zogst du es zu dir, Knöchel, Wade, Oberschenkel, Rumpf, Arme, Schultern, bis du dich halb auf es drauflegen konntest. Staubwolken wallten um euch herum auf.

Hustend und schimpfend hieltest du das zappelnde Wesen fest. Mit Armen und Beinen musstest du verhindern, dass es sich wieder unter dir hervorwand.

»Du entwischst mir nicht!«, keuchtest du. »Von nun an passe ich auf dich auf. Du gehörst jetzt mir. Und jetzt sperr mal die Ohren auf und hör mir gut zu! Ich schlage dich windelweich, wenn du dich jetzt nicht benimmst! Wenn du brav bist, passiert dir nichts, aber wenn du weiter so frech bist und wegläufst, sage ich es dem Kleinbaas! Der peitscht dich mit dem Gürtel aus, bis dein Hintern voll roter Striemen ist, und dann binden wir dich mit einem Seil um den Hals an einen Mast wie einen Pavian, den ganzen Tag lang, bis du brav bist!«

Der Atem des Kindes ging stockend. Es gab ein Fiepen von sich. Und auf einmal wurde dir klar, was du gerade gesagt hattest. Du legtest deinen Kopf auf das Schlüsselbein des Kindes.

»Nein, das ist nicht wahr, das habe ich nicht so gemeint, das war dumm, dumm, dumm von mir, verzeih! Ich verspreche dir, dass dir nie, nie wieder jemand wehtun wird. Und du bist überhaupt nicht frech. Du hast nur Angst. Weil du fortgehen musst und weil du nicht weißt, was passieren wird. Keine Angst, hab keine Angst. Niemand wird dich schlagen, ich nicht und auch nicht der Kleinbaas. Alles wird gut, das verspreche ich dir, dein Stock ist da und dein Rad, Lys hat alles eingepackt. Dein Maulwurfsfell auch. Heute Abend, wenn wir auf meiner Farm auf der anderen Seite des Berges angekommen sind, bekommst du das alles wieder und kannst damit spielen, bevor du zu Bett gehst, und morgen den ganzen Tag.«

Du wünschtest dir, das Kind hätte geweint. Dann hättest du es trösten können. Dann hättest du es beruhigen und ihm Versprechungen machen und ihm etwas zusichern, es festhalten und ihm etwas zu trinken oder zu essen anbieten können. Doch du warst diejenige, die weinte. Das Kind erschlaffte lediglich unter deinem Gewicht. Du hobst es hoch und gingst mit ihm in Richtung Staudamm. Es war leicht. Deine Tränen benetzten seinen Körper.

»Schon gut«, sagtest du wieder und wieder, »schon gut, es gibt nichts, weswegen du weinen müsstest.«

Der Rock deines Kleides war in der Taillennaht an zwei Stellen gerissen, und dein Knie blutete. Das Kind war grau vom Staub und von Kratzern übersät.

Ich muss diese schlaffe Angst nutzen, dachtest du.

Am Stausee zogst du dem Kind die Lumpen aus und stecktest den Saum deines Kleides in den Unterhosengummi. Du hörtest auf zu reden, weil du spürtest, dass nicht süße Worte die Situation zwischen euch klären würden, nicht in diesem Moment und womöglich nicht für lange Zeit. Du würdest das Mädchen mit harter Hand erziehen müssen.

Du setztest sie auf den Damm, stelltest dich vor sie ins Wasser und zogst sie in deine Arme. Dann hieltest du sie unter den Achseln fest und tauchtest sie ins Wasser. Als sie die Wasseroberfläche berührte, gab sie noch einmal ein Fiepen von sich, diesmal jedoch leiser und schwächer. Sie zog die Knie an, streckte sie aber gleich wieder von sich. Du hieltest sie mit einem Arm um die Brust fest und wuschst sie mit der anderen Hand. Das Wasser hinterließ dunkle Schlieren auf der staubigen Haut. Doch die Nässe offenbarte auch noch weitere, dunklere Flecken und hier und da rötliche, die wie Brandwunden aussahen, schorfige runde Punkte, Ringelflechte und ältere, verdickte Narben. Du bespritztest sie, bis ihre ganze Haut dunkel war, und dann zogst du ein Taschentuch aus dem Ausschnitt und wuschst sie damit ab. Erst das Gesicht, dann hinter den Ohren und dann den Hals, der sehr schmutzig war. Dir schauderte beim Anblick der dick verkrusteten, krausen Haare, die bestimmt noch nie gekämmt oder geflochten, geschweige denn gewaschen worden waren. Aber das würde warten müssen. Du wuschst das Kind von vorne, spürtest dabei den Knubbel der achtlos abgebundenen Nabelschnur und fühltest, wie es sich verkrampfte, als du dich dem Unterleib nähertest. Zwischen den Beinen und am Po wuschst du es nicht, sondern benetztest es lediglich mit ein wenig Wasser.

»Na also«, sagtest du mehr zu dir selbst als zu dem Kind, »jetzt sieht zumindest eine von uns mehr oder weniger respektabel aus.«

Jak war bereits mit dem Bakkie eingetroffen. Er hatte ihn schräg mit einem Rad auf dem Rand des Bewässerungsgrabens geparkt. Du erkanntest die Zeichen. Du gingst hinten ums Haus herum und zogst dem Kind ein sauberes, ausgeblichenes Kleid an, das du im Lumpensack gefunden hattest. Dann schlossest du es im Plumpsklo ein und beobachtetest durch einen Spalt hindurch, was es tat. Es kletterte auf den Brettervorsprung, drückte sich in eine Ecke, steckte die Finger in den Mund und starrte vor sich hin. Die Toilette hatte keinen Deckel. Der Gestank von Desinfektionsmittel lag in der Luft. Das Plumpsklo war eigentlich nicht mehr in Gebrauch. Nur die Hausmädchen benutzten es noch.

»Fall nicht in das Loch, dort unten gibt es Fledermäuse. Ich bin gleich wieder da!«, flüstertest du, bevor du die Tür mit dem Haken verriegeltest. Für einen Augenblick überlegtest du, wie das Kind durch eine Röhre voller menschlicher Exkremente auf ein Licht am Ende des Tunnels zuflüchten würde. Doch die Sickergrube hatte keine Verbindung nach außen.

Du musstest jetzt deine Gedanken sammeln und handeln, so schnell du konntest. Du wusstest, dass Jak im Wohnzimmer bei deiner Mutter war.

»Ich komme gleich!«, riefst du, so leichtherzig wie nur möglich, ranntest den Flur hinunter ins Badezimmer, badetest blitzschnell und desinfiziertest deine Schürfwunde am Knie. Du durchsuchtest die Badezimmerschränke und fandest Salbe und Pflaster. Dann inspiziertest du die Medikamente deiner Mutter und ließest drei Schlaftabletten, zwei Valium und eine Flasche Baldriantropfen in die Tasche deines Bademantels gleiten. Du rubbeltest die nassen Haare mit einem Handtuch ab, betratst das stille Wohnzimmer und drücktest durch das Handtuch einen Kuss auf

Jaks Wange. Er starrte stur geradeaus, während du munter drauflosplaudertest.

»Meine Güte, Jak, du musst ja gefahren sein wie ein Berserker. Beinahe wärst du im Graben gelandet. Mit einem Vorderrad stehst du auf dem Rand, hast du das nicht gesehen?«

»Milla«, sagte er.

»Wo ist …?«, fragte deine Mutter.

»Sie wartet hinten«, riefst du über die Schulter hinweg, »wir sind gleich fertig!«

Du stopftest alles, was noch übrig war, in deine Taschen und stelltest sie hinaus in den Flur, streiftest dir ein Kleid über, fuhrst dir mit einem Kamm durch die Haare, legtest einen Hauch Lippenstift und einen Spritzer Parfüm auf und ranntest durch den Flur zum Hinterhof.

»Und jetzt gebe ich dir etwas für die Fahrt, damit es nicht noch mehr Ärger gibt, als wir ohnehin schon haben.«

Das sagtest du, noch bevor du die Toilettentür öffnetest.

Mit der Pipette voll Baldrian im Anschlag packtest du gleich beim Betreten der Toilette das Kind, hieltest seinen Kopf fest und zwangst es, den Mund zu öffnen. In dir zerbrach etwas, weil du es so behandeln musstest. Doch du wusstest dir einfach keinen anderen Rat. Du hieltest ihm die Nase zu und verabreichtest ihm auch noch eine Schlaftablette. Dann riebst du ihm fest über die Kehle. Du spürtest die kleinen Knorpelringe.

»Schlucken!«, zischtest du. »Schluck das runter, damit du ruhiger wirst. Los, schluck, ich hab es satt, mich mit dir herumzuärgern!«

stirn aus feuer augen aus ruß mund aus dem glühende kohlen fallen brüllende flammen klagen und jammern wirf mich in einen herd aus eis drück meine vorderseite in den schnee roll mich zu einem schneeball meine eine und meine andere seite meine kalte und meine heiße meine nasse und meine trockene wer bringt meine hälften in einklang? weder leim noch riemen oder balsam noch verschmelzen noch okulieren noch schweißen werden helfen durch meinen kopf verläuft ein riss kein satz ist beendet keine weisheit erlangt nichts mehr zu schlucken meine zähne fallen aus meine zunge ist kraftlos vor erschöpfung ein apfel aus glas fällt aus meinem mund o letzte lippe und kiefer des leids o letzter traum in der mistel bevor das pech mich umfängt

dringt noch ein letzter schrei aus mir heraus?

wem gehören die hände hier auf meinem Bauch die mir beim atmen helfen und mich wie einen blasebalg drücken? deren warmes gewicht mich von hinten und von unten stützt? mich von vorn zusammenhält? mich aus dem traum der verlorenen hälften rettet? wer sammelt meine teile? wer legt meinen hals in einer geraden linie auf die stütze damit der kopf nicht nach vorn kippt und ich ersticke? wer zieht sanft meine schultern auseinander wie flügel? wer legt sein knie zwischen meine knie sodass mein fleisch nicht verklebt? wer schwimmt unter mir wie eine boje damit ich nicht durch mein eigenes gewicht in mir versinke? in wessen körper werde ich gehalten wie in einer krippe? geschaukelt wie in einer wiege? wer atmet unter mir, als läge ich auf einer lebendigen bettstatt mein puls stabilisiert von einem anderen puls mein atem im rhythmus eines anderen mein verstand in ein robustes gerüst gekleidet meine sätze gestützt von anderen sätzen wie mauern auf einem felsen? wer?

wo bist du agaat?

hier bin ich

eine stimme die zu mir spricht ein rätsel wo ruhe ist

eine kerze die in einem spiegel für mich angezündet wird

mein stecken und stab mein sich drehendes rad

ein mund der zusammen mit meinem im tal der todesschatten auf glas haucht

wo du hingehst, da will auch ich hingehen

dein haus ist mein haus

dein land ist mein land

das land das der herr dein gott dir gab

ist dies nun der anfang jener leichtigkeit? kann ich jetzt alleine gehen? bin ich endlich eine membran zwischen einer weide und ihrer spiegelung? ein prisma das ein bild überträgt? bin ich sowohl die baumkrone in der luft als auch die im wasser? ja ohne wehklagen ohne seufzen in einer durchlässigen welt ohne ende dieses rauschende gebiet grashalm für grashalm einander zugeneigt der stein am ufer wie der stein im see getragen von wolke zu wolke auf dem südostwind wo der klee nichts vom humus weiß und der stängel der ähre nicht die fülle missgönnt und sich der blaukranich flügelrauschend über die wellen erhebt eingerahmt von der reflektierten wolke und der spiegelung des baums auf dem still dahinströmenden fluss dessen ruf ein letztes mal zu ihm wiederkehrt aus dem tal mit glockenspiel mit kanonendonner wo alles bis hin zum kleinsten kreisenden eifrig kritzelnden wasserinsekt reflektiert alles so mit offenen augen hinein ins weiße licht so tief bewegend so

in mein overberg
liebend
in meiner hand die hand der kleinen agaat

EPILOG

Die Turbulenzen haben sich fast gelegt, das Flugzeug brummt bereits seit Stunden gleichmäßig vor sich hin. Konnte nicht schlafen. Die letzten Tage auf dem Hof beschäftigen mich – der Staub auf der Suurbraakstraße, die ausgetrocknete Furt, die Steine, die Viehgatter im Boden, die Blumengestecke, Schweinshaxen, Beileidsbekundungen. Hier sitze ich nun, und die Tasche voller Erinnerungen drückt gegen meine Knie.

Ich habe noch lange nicht alles verarbeitet, aber ich mache Fortschritte, vor allem nach diesem Ereignis. Himmel, Gaat ließ die Leute am Grab die dritte Strophe der alten Nationalhymne *Der Ruf Südafrikas* singen. *Beim Klang deiner Hochzeitsglocken, beim Schlag der Erde auf dem Sarg …*

Da waren alle Augen auf mich gerichtet.

… streichelt deine Stimme uns nie vergeblich, stets weißt du, wo deine Kinder sind. Dein Ruf bleibt niemals unerhört, wir antworten immer, immer mit Ja!

»Wach auf und riech den roten Köder«, hätte Papa gesagt. Armer Papa, mit seinen unpassenden Sprüchen. Immerhin trugen sie zu einem Artikel über Nationalismus und Musik bei. Und wie Thys dastand! Die Schultern militärisch gestrafft, die Augen starr zum Himmel, die gute alte Beatrice neben ihm, den Blick auf den Horizont gerichtet. Die Arbeiter, Männer wie Frauen, sangen die Hymne wie ein Kirchenlied, die Augen theatralisch verdreht und textsicher vom Anfang bis zum Ende.

Auf Agaat war Verlass. Sie würde die neue Hymne nicht allzu schnell einführen. Nur Dawid hielt den Mund, stand da wie ein Totempfahl und schaute genau, ob ich mitsang.

Anschließend folgte noch *Wie ein Hirsch in dürren Wäldern*, sämtliche Strophen, wie Mama es sich gewünscht hatte. Es war ein straffes Programm, bevor der Sarg hinabgelassen werden konnte.

Diesmal fliege ich in einer Boeing 747. Leichtes Zittern, hin und wieder ein Ruck, aber es ist nicht mehr annähernd so unruhig wie beim Start. Die Tasche zu meinen Füßen wird allmählich lästig.

Unpraktisch, diese Dinge mit mir herumzuschleppen. Ich habe meinen Geburtsteller in Delfter Blau dabei, ein Tütchen Fenchelsamen, das Horn und den Blasebalg. Zusätzliches Handgepäck, das nicht im Frachtraum transportiert werden sollte. Wilde Gerüche Afrikas, trockene Proteine. Ich werde sie bei der Ankunft beim Zoll deklarieren müssen. Die Hunde werden sie ohnehin erschnüffeln, und andernfalls würden sie konfisziert.

Doch Agaat hat darauf bestanden, dass ich sie mitnahm.

»Blas ab und zu auf dem Horn für mich«, bat sie und wandte den Blick ab. »Ich werde es hören«, sagte sie. Jedenfalls glaube ich, dass sie das sagte. Nur ihre Lippen bewegten sich. Dann war ihre Stimme wieder fest. »Und mach dir ein schönes Feuer im Kamin. Hast du einen Kamin? Ihr habt doch fast das ganze Jahr Schnee dort oben, oder?«

Noch zehn Stunden, dann werde ich wieder im Schnee stehen. Der Innenraum des Flugzeugs ist abgedunkelt. Hier und da fällt der gelbe Strahl einer Lampe auf das Buch eines späten Lesers, eine Flugbegleiterin kommt mit Gläsern voll Orangensaft, zusätzlichen Decken, Milchflaschen für ein Baby durch den Gang. Einige Rugbyspieler wandern noch auf und ab. Ohne Ausnahme jünger als zwanzig, waren beim Essen sehr laut. Zwischendurch stimmten sie einen Schlachtgesang zur Melodie von *Macarena* an. Darüber sollte ich mal was schreiben. Ball, Weib und Gesang. Jetzt herrscht endlich Ruhe.

Ist Schlaf nicht ein wundersüßes Ding.

Ein Albtraum ist es gewesen. Eigentlich hatte ich mir eine Tour durch die Overberg-Gegend vorgenommen, ein paar Tonbandaufnahmen in den Townships, all die alten Orte wiederzusehen, die Höfe und Siedlungen mit den seltsamen Namen, von denen ich versucht habe, den Leuten in Toronto zu erzählen. Vermaaklikheid heißt Entertainment, Le Fleuve Eternel ist Riviersonderend. Inzwischen lasse ich es lieber bleiben.

Ich bewundere den lieben Gott für sein ästhetisches Geschick, eine Welt zu erschaffen, die Himmel und Hölle zugleich ist. Wer hatte das geschrieben? Konrád? *The Garden Party*. Mas Beerdigung, Sträuße, wohin man sah, der Garten in voller Blüte, ringsum die Sommerdürre.

Diskrepanz – dieses Gefühl bedrückte mich, seitdem ich erstmalig wieder den Fuß auf südafrikanischen Boden gesetzt hatte. Die Fahrt vom Flughafen zur Farm, das Licht grellweiß, blendende Glut. Rote Erde rechts und links der Straße, die schwarzen Schatten der Eukalyptusbäume, Wasserlöcher mit gelben Verdunstungsringen, eine letzte schleimige Pfütze am Boden. Das war immer schon so gewesen. Wann und wie waren meine romantischen Sehnsüchte entstanden? Verlassene Bauernhöfe, vernachlässigte Gebäude, rostige alte Maschinen. Meine Maßstäbe haben sich verschoben, jene an die Zivilisation und die Menschenwürde. Fuhr lange Zeit hinter einem offenen Lkw voller Arbeiter her, die für den Samstagseinkauf in die Stadt gekarrt wurden. Viel Verkehr auf der Hauptstraße. Blieb im Auto sitzen, starrte hinaus. Deutlicher hätte man sich nicht abgrenzen können. Trunkenheit in den Straßen von Swellendam. »Die Fotze deiner Mutter!«, schrien die Farbigen einander in ihrem typischen Afrikaans zu. Weiße eilten mit hastigen Schritten und starren Gesichtern an ihnen vorbei.

Es war, als blickte ich durch zehn Zentimeter dickes Glas. Plötzlich war sie wieder da, die alte Gewissheit: Ich gehöre nicht mehr hierher.

War zu lange fort.

Über ein Jahrzehnt.

Womöglich zu kurz.

Gaat verzog keine Miene. Ihre Haube ragte höher auf und war dichter bestickt, als ich sie in Erinnerung hatte, und sie trug eine Brille. Ansonsten war sie wie immer, vielleicht ein wenig fülliger. Das Kinn weit nach vorn gereckt, mit flinken, kurzen Schritten, die Sohlen schmatzend auf dem Holzfußboden. Apartheids-Cyborg. Zusammengesetzt aus losen Komponenten plus Tonband.

Der Leichenschmaus machte mich regelrecht krank – die Mengen und danach eine ganze Woche lang Resteessen, bis Gaat alles Übriggebliebene in Emailschüsseln füllte und den Arbeitern überließ. Die Kinder fielen darüber her, noch ehe die Erwachsenen eine Chance hatten. Agaat ging mit einer Latte dazwischen.

Kann nicht aufhören, daran zu denken. Ein Zuviel, das nie reichte, wie schon immer auf Grootmoedersdrift. Und alles war süß. Süßkartoffeln, Süßkürbis, süßes Kompott, süßer gelber Reis, süße Erbsen, Bananensalat in gelber Kondensmilchmayonnaise.

Der Bestatter – dicke Finger, geschwätzig – hatte als Thema das bestickte Totenhemd gewählt: Genesis und Grootmoedersdrift in einem, ein wahres Kunstwerk, es musste ein ganzes Leben gedauert haben, es anzufertigen, jeder Stich an seinem Platz.

War letztendlich erleichtert, dass ich zu spät kam. Hätte es nicht mit ansehen wollen. Agaat hatte Ma persönlich in das über und über bestickte Kleid eingenäht, sie in den Sarg gelegt und ihr die Handschiene mitgegeben, mit deren Hilfe sie in den letzten Jahren geschrieben hatte. Dann hatte sie eigenhändig den Deckel zugeschraubt. Niemand sonst solle meine Mutter berühren, so der Bestatter.

Dann die Tagebücher. Vielleicht belasteten die so sehr meinen Organismus. Wie die Dämpfe der chemischen Brühe, in denen die Schafe gedipt wurden. Dauert eine Weile, bis das Gift wieder aus dem Blut gefiltert ist. Aber ich war ja selbst schuld. Vielleicht hätte ich dankbar sein sollen. Vielleicht würde die Dosis auch immunisierend wirken wie eine Pockenschutzimpfung.

Zwei Tage nach der Beerdigung. Der Hof roch immer noch nach Mittagessen. Ich lag nackt auf meinem Bett im Gästezimmer, die Hitze lastete schwer auf meiner Brust.

Gaats weiße Schürze hing am Haken hinter der Küchentür.

Die große Schürzentasche diente ihr als Beutel, in dem sie ihre Schlüssel verstaute. Fuhr mit der Hand hinein, Gänsehaut am ganzen Körper. Ich kam mir vor wie ein Schurke, nackt im Haus der verstorbenen Mutter.

Der Schlüssel zum einzigen Zimmer im Haus, das abgeschlossen war. Dem einzigen, das überhaupt noch eine Tür hatte. Neue Scharniere, ohne Erklärung.

Als ich mit dem Schlüssel in der Hand in dem leeren Haus stand, lastete die Stille auf mir, schwer wie vor einem Gebet, schwer wie vor dem Handauflegen, vor dem Wasser auf der Stirn. Sie wog so schwer wie in meiner Kindheit, damals in der Kirche, wenn das Hüsteln der Gemeindemitglieder von den Kirchenbänken widerhallte.

Das Hausdach tickte in der Hitze, die Dielenbretter knarzten unter meinen Füßen. Mein Herz pochte. Das gleiche Gefühl hatte ich als Kind, wenn ich nachmittags ins Außenzimmer schlüpfte. Um bei Gaat zu sein, bei ihrem weichen Körper in ihrem Nachthemd, wenn sie ein Nickerchen machte, in einer Wolke aus Stärke und Deodorant.

Es war dunkel im Zimmer. Ich schob die Tür hinter mir zu und blieb einen Moment stehen, bis sich meine Augen daran gewöhnt hatten.

Mas Zimmer. Im ersten Moment war es so wie immer. Zugezogene Gardinen, ein schwacher Dunst von Schmerz und Fürzen, ein Geruch von Kummer und Angst. Meine Ruh ist hin, mein Herz ist schwer. Leise Radiomusik. Mittagskonzert.

Doch jetzt war alles still.

Und da stand es vor mir: ein hohes Bett voller Kissen, ein dunkler Fleck auf dem obersten Bezug, Gegenstände, die von der Decke baumelten. Chromgeländer, Bänke, Stühle, Stahlrahmen. Beklemmend war es. Die Wände waren bedeckt von bizarren Dingen. Trommeln. Schatten huschten hinter den Gardinen vorüber.

So war es. Wie immer. Mehr Fragen als Antworten.

Ihre Stimme! Gedämpft, von irgendwoher. Für manche Dinge

gibt es keine Erklärung, Jakkie, manche Dinge sind eben so, wie sie sind. Und du musst nicht alles glauben, was man dir erzählt. Es gibt so viele böse Zungen, so viel Altweibergewäsch.

Mit großen Schritten durchmaß ich das Zimmer, riss die Gardinen auf und öffnete die Verandatüren. Der Geruch war mir zu viel – der Geruch von Stoffen und Polstern, trockenem Gras und Vanille, Medikamenten, Desinfektionsmitteln, Seife, Atem, ein süßliches Miasma des Verstorbenseins.

Ich drehte mich um und sah mich im Zimmer um. Die Nachmittagssonne fiel auf den Fußboden, Chrom und Glas reflektierten das Licht. Bestechend. Ali Babas Höhle. Kein guter Vergleich. Eher das düstere Reich der Mütter. Überall Hinweise. Objekte, die das Gedächtnis auf seltsame Weise anregten.

Kleider und Hüte, Spiegel, Uhren, Karten, Fotos, vergilbte Diagramme, ein Stück Papier, vollgekritzelt mit Phrasen: Ich wünsche mir, ich fürchte, ich hoffe, ich träume. Fragezeichen, Ausrufezeichen, eine Alphabet-Tafel mit biblischen Reimen.

Ich betastete alles, die Federn, die Weizenähren in einem alten Ingwerbierglas, Zettel, die an die Gardinen geheftet waren.

Ein Objekt nach dem anderen nahm ich in die Hand. Legte es wieder zurück. Den Schädel einer Antilope und den eines Pavians, ein Eidechsenskelett, ein Widderhorn, ein Trokar, eine Kanüle.

Ich drehte die Kurbel des Fleischwolfs, der an der Tischkante festgeschraubt war. Ein hohler metallischer Klang auf Holz. Die Mühlen Gottes.

In einer Schüssel fand ich meine lackierten Vogeleier, das alte Fernglas in seinem Lederetui mit dem roten Futter, Opas altes Teleskop, mit dem Mama Gaat und mir den Sternenhimmel erklärt hatte.

Der Mond und die Sterne waren alles, was in diesem Zimmer fehlte.

Es gab Schmetterlinge, die mit Stecknadeln auf grünem Filz befestigt waren, einen Kupferstößel, den Geburtsteller in Delfter Blau, der jetzt in meiner Tasche steckt, einen Spaten, ein geteertes Seil, eine Mähdrescherklinge, ein getrocknetes Schafsohr, ein Hufeisen, drei Pipetten, einen Maulschlüssel zum Spannen der Zaundrähte, einen Sack Kompost, Schraubgläser mit Bodenproben, eine Drahtschere, einen Coopers-Dosierkanister für Schafmedizin, eine rostige Sichel.

Nicht gerade Bilder einer Ausstellung.

Ein abgewetzter brauner Koffer mit Flechten um die Schnallen ruhte auf den Armlehnen eines Stuhls direkt neben dem Bett. Er steckte voller modriger Lumpen, Papieren und Knochen, dazu ein paar Murmeln. Muffig. Corpus delicti. Stellte ihn auf den Boden und setzte mich auf den Stuhl. Mir war schwindlig.

Das war Gaats Werk, unverkennbar. Miss Havisham in der Totenkammer.

Was hätte ich ausgewählt, um meiner Mutter zu gedenken? Ihr, die in meinem Leben so viel weniger präsent gewesen war als Gaat?

Dies hier war mehr als ein Gedenken. Die Positionierung der Stühle erinnerte mich eher an ein Volkstribunal. Hier saß ich nun, nackt zwischen den leblosen Requisiten, ein Akt vor Kienholz-Einrichtung. Der Künstler wäre neidisch auf dieses Tableau gewesen. *Homunculus in the skull nursery.*

Endlich schaffte ich es aufzustehen. Ich musste mir einfach dieses dunkle Ding auf dem Kissen ansehen. Es war das kleine, weiche Fell eines Maulwurfs oder einer Fledermaus. An Kordeln von der Decke hingen ein kleines Rad ohne Speichen und ein Stock. *Analyse that.*

Es dauerte eine Weile, bis mir die Croxley-Hefte auffielen, die überall in kleinen Stapeln herumlagen. Zahlreiche Seiten waren herausgerissen und am Vorhang befestigt worden, alle bedeckt mit der Handschrift meiner Mutter. Tagebücher. Schon aus der Zeit vor meiner Geburt. Alles, was Kamilla de Wet der Nachwelt hatte hinterlassen wollen. In der Hoffnung, dass jemand die Schriften entdecke. Und ich war nicht der erste Leser. Sie selbst musste die Tagebücher mehrmals gelesen haben. Die Seiten trugen datierte Korrekturen in ihrer Handschrift – Tage, ja sogar Monate und Jahre später als der ursprüngliche Eintrag. Als wäre es ihr schwergefallen, die ganze Wahrheit in nur einer Fassung wiederzugeben.

Ich fühlte mich unbehaglich, hatte Angst, entdeckt zu werden, aber ich schaffte es, gerade genug zu lesen, um mir ein Bild machen zu können. Vor allem die rot unterstrichenen, am Rand datierten Passagen las ich, die von Gaats Hand als »gelesen« markiert worden waren. Ein, zwei Mal, drei Mal. Einige Teile waren in den letzten Monaten täglich gelesen worden. Im Rollstuhl, in der Gehhilfe, im Sitzbad, wie Gaat auf jeder Seite dazu vermerkt hatte. Gesungen, rezitiert, in Druckschrift in neuer Reihenfolge abgeschrieben, Bibeltexte, Flüche, Anklagen. Die Wörter voll ausgeschrieben, die Sätze mit Satzzeichen versehen. Als hätte sie die Abkürzungen, die Schlamperei nicht tolerieren können.

Zwei der kopierten Seiten waren noch ans Lesegestell meiner Mutter geheftet.

14. September 1960, einen Monat nach meiner Geburt.

Im Namen des allmächtigen Gottes, Herrscher über unser aller Schicksal und Bewahrer des Buchs des Lebens, widme ich, Kamilla de Wet (geb. Redelinghuys) dieses Tagebuch der Geschichte von Agaat Lourier; Tochter von Maria Barrydale und Damon (Joppies) Steefert von Worcester Lourier, damit ihr diese Aufzeichnungen eines Tages vor Augen führen mögen, wie auserwählt sie war und welch unschätzbar wertvolle Chancen ihr geboten wurden, indem sie auf der Farm Grootmoedersdrift eine christliche Erziehung erhielt und alle Privilegien des Lebens bei einer guten Afrikaner-Familie genoss. Möge sie beim späteren Lesen über die unergründlichen Wege der Vorsehung nachdenken, die mich, gehorsame Dienerin und Frau ihres Volkes, zu ihrem Werkzeug machte, um sie aus dem bitteren Elend zu erlösen, in dem sie gewiss als Verstoßene ihrer eigenen Familie zugrunde gegangen wäre. Ich bete um Gnade für diese große Erziehungsaufgabe, die ich auf mich genommen habe und zu Ehren des Herrn nach bestem Wissen und Gewissen durchführen werde.

Dein Reich komme.

Dein Wille geschehe.
Denn Dein ist das Reich und die Kraft und die Herrlichkeit
in Ewigkeit.
Amen.

Das hatte sie wirklich geschrieben? Meine sentimentale Hypochondermutter mit ihrem Kopf voller romantischer deutscher Melodien? So angefüllt mit dem Wahnsinn dieses Landes? Klang mir eher nach Papa. Toastmaster-Prahlerei. Ohne jede Spur von Ironie.

Ich habe sie geliebt, auf meine Art. Aber das hätte ich nicht lesen dürfen.

Auch nicht die Inschrift auf dem Grabstein. Hinten in der Scheune zeigte Gaat ihn mir, den säuberlich beschrifteten Stein.

Kamilla Redelinghuys. 11/3/1926 – 16/12/1996
Hingegangen in Frieden.
Und Gott sah, dass es gut war.

Auf was für Ideen die Leute kamen!

Mir wird auf einmal kalt. Bin ich der Einzige in diesem Flugzeug, der noch wach ist? Mondlicht auf der Wolkendecke. Vor dem Serviceabteil ist die Gardine zugezogen.

Inwiefern bestimmt Grootmoedersdrift mein Selbstbild? Denn das tat es unvermeidlich. Und doch: Der Sinn meines Daseins liegt anderswo, das ist von Anfang an so gewesen, und es wäre selbst dann so gewesen, wenn ich dort geblieben wäre. Stets bewegte ich mich in Gedankensphären, in denen sich die Gedanken selbst bewerteten, in einem Raum, in dem man alles aus der Ferne hörte.

Genügte das Hören? Für wie lange? Bevor ich gezwungen wurde zu handeln?

Habe zumindest bei den Notaren in Swellendam mein Testament gemacht und die Farm Agaat überschrieben. Sie soll sie eines Tages hinterlassen, wem immer sie will. Sie ist in der Lage, sie allein weiterzubewirtschaften. Mit Handpflug und Maultier, mit Pökelfass und Butterfass, Sichel und Dreschboden, wenn es sein muss. Wie die ersten Bauern auf diesem Land. Sie ist Teil dieses Ortes, das war von Anfang an so. Gehärtet, gesalzen, gegerbt. Die Lehren der Urväter sind in ihr Inneres eingekerbt wie die Zehn Gebote auf den steinernen Tafeln, tiefer und deutlicher, als ich sie jemals bewahren könnte. Sie kennt die Böden. Sie kennt die Sprache. Sie weiß, wo ihr Platz ist. Sie kann für sich selbst sorgen. Und ihren Schrein ungehindert weiter verehren. Sie kann jeden Tag die Stirn mit der weißen Haube gegen den Bettpfosten legen wie ein Jude an der Klagemauer. Mit dem einen Unterschied: Das gelobte Land wurde ihr bereits geschenkt, doch ihr Schöpfer lenkt sie jetzt per Fernbedienung. *Six feet under.*

Ich konnte nicht länger leben in diesem Land. Es studieren dagegen schon. Ich wollte erforschen, wie die Musik die Kultur der Afrikaner, der afrikaanssprachigen Weißen, geprägt hatte. *Heimwee* von S. le Roux Marais habe ich früher selbst gesungen. Fado war das nicht.

Die Zeitung von gestern habe ich am Flughafen liegen gelassen. Diese Art von Journalismus – Rugbyspieler auf der Titelseite, auf der Rückseite und in der Mitte, Gesetzlosigkeit und Korruption, Kindesmissbrauch, Politiker, die die AIDS-Gefahr leugnen, Mittelschicht-Sexskandale, Briefe von empörten Kreationisten. Wie in Gottes Namen soll das weitergehen?

Um sinnvolle Forschungen zu betreiben, muss man zuallererst den Impuls unterdrücken, für das Rote Kreuz arbeiten zu wollen. Das sage ich mir zumindest.

Ich will, dass sich diese Wunde endlich schließt und nur mehr eine saubere weiße Narbe zurückbleibt, *une cicatrice.* Die höchstens noch im Wechsel der Jahreszeiten auf der Nordhalbkugel ein wenig empfindlich ist. Trauer sei eine lebenslange Übung, sagt mein Therapeut. Diese Aufgabe liegt nun vor mir: Ich muss lernen zu trauern. Um meine Mutter, meine Mütter, die weiße und die braune. Trauern um mein Heimatland. Um Papa, der besser als Mama begriffen hatte, wie die Beziehung zwischen ihnen funktionierte, sich aber selbst nicht helfen konnte.

Sie hatten den Ast aus ihm herausziehen müssen, erfuhr ich damals. Der Brief, den Gaat in meinem Namen geschrieben hatte, steckte blutdurchtränkt in seiner Hosentasche. Was für ein makaberes Detail. Kurz nach dem Unfall schrieb sie mir nur, dass er mit dem Auto in die Furt gekracht sei, und basta.

Wegen »meines« Briefes, hieß es immer.

Mein dummer Vater.

Meine arme Mutter.

Was bleibt? Trauerarbeit. Trauer, bis ich den Hattrick gemeistert habe. Die schwierige Dreifaltigkeit: abwechselnd Waffel, Stein und Blumen, wie es in dem Gedicht von Philip Larkin hieß. De Wet, individuiert.

Höre ich etwas über das Motorengeräusch, über das Rauschen der Klimaanlage hinweg? Eine Melodie? Einen Rhythmus?

Warum das? Ausgerechnet? Gaats Geschichte, die letzte Geschichte, die sie mir immer vor dem Schlafengehen erzählen musste und die Mama niemals hören durfte. Ihre Stimme in meiner Nähe, ihre Stirn über mich gebeugt, die Stickerei auf ihrer Haube ganz nah, weiße Schafe, weiße Blumen, weiß, Berge und Bäume …

Bilder hinter meinen Lidern. Hoch oben in der Nase ein Kribbeln, rußig, rauchig, das glühend heiße Feuer in Gaats Zimmer. Jedes Wort musste stimmen. Wenn sie auch nur eines wegließ, merkte ich es sofort. Wenn sie andere Formulierungen wählte, protestierte ich. Oder ich verlangte, dass sie wieder von vorne anfing. »Du erzählst es nicht richtig!« Betonung, Rhythmus, Wiederholungen, Fragen. Agaats starker Arm um meine Schultern, ihre kleine Hand auf meiner Brust. Ihre Stimme, beschwörend.

Es war einmal vor langer, langer Zeit eine Frau, die sehr unglücklich war. Sie wohnte mit ihrem Mann auf einem Bauernhof am Fuße eines großen blauen Berges an einem Fluss. Ihr Haus stand in der Nähe einer

Furt unter hohen Bäumen in einem Garten voller Blumen. Es hatte zwei weiße Giebel, eine Veranda und viele Zimmer. Nachts, wenn die Geräusche des Tages erstarben, hörte sie den Fluss fließen, den Wind in den Bäumen, den Klang des schlafenden Berges, chchchchchchchchch, wie das Rauschen einer Muschel am Ohr. Dann war sie sehr traurig und weinte in ihrem Bett, leise, damit ihr Ehemann nicht aufwachte. Er war ein schöner Mann mit glänzenden schwarzen Haaren, aber sein Herz war kalt. Mit lauter Stimme prahlte er, obwohl er nichts geleistet hatte, seine Hand war grausam und sein Kopf voller Leichtsinn. Er konnte sie nicht trösten.

Er war ein Grund für ihre Unzufriedenheit. Aber es gab noch einen anderen, wichtigeren Grund. Errätst du, was es war?

War sie so hässlich wie die Sünde?

Nein, sie war recht hübsch.

War sie arm?

Nein, sie war reich.

Hatte sie keine Freunde?

Doch, sie kannte eine Menge Leute.

Hatte ihre Mutter sie verstoßen?

Nein, ihre Mutter liebte sie hinreichend, wenn sie auch streng und ein bisschen geizig war.

Dann weiß ich es nicht. Warum war sie so unglücklich?

Sie war kinderlos, die Frau. Nach sieben Jahren Ehe war sie noch immer nicht schwanger geworden. Das war der Grund für ihre Traurigkeit.

Aber dann, eines Tages, war sie zu Besuch auf dem Bauernhof ihrer Mutter jenseits des großen blauen Berges. Und als die Uhr zwölf schlug, sagte ihre Mutter zu ihr:

Schau mal bei den Hütten der Arbeiter nach dem Rechten, dort gibt es ein kleines Mädchen, das wurde von seiner Mutter verstoßen, vielleicht kannst du ihr helfen.

Und die Frau ging zu den Hütten der Arbeiter, kleinen braunen Hütten auf trockener brauner Erde, und sie dachte: Was habe ich hier zu suchen? Hier gibt es nur Hühner mit Federn an den Beinen, und Hunde liegen hechelnd in der Sonne.

Die Tür zu einer der Hütten war angelehnt. Und die Frau trat an den Türspalt und rief und klopfte, aber niemand antwortete ihr.

Also stieß sie die Tür auf.

Chchchch, knarrte das Scharnier.

Drinnen war es stockfinster. Zuerst konnte sie nichts erkennen, aber als sich ihre Augen an die Dunkelheit gewöhnt hatten, sah sie eine pechschwarze Öffnung. Das war der Kamin, voller Asche, Ruß und angekohlten Holzscheiten. Und in der Ecke des Kamins saß ein pechschwarzes Etwas.

Sie ging näher heran und sah, dass das Etwas Beine hatte.

Und das Etwas hatte Arme.

Und das Etwas hatte seinen Kopf unter seinen Kleidern versteckt.

Und die Kleider hatten Löcher.

Und durch die Löcher konnte sie die Rippen zählen.

Und die Ellbogen waren rissig.

Und die Knie waren aufgeschlagen.

Und die Haare waren verlaust.

Und die Ohren waren voller Dreck.

Und der Hals war schmutzverkrustet.

Und die Füße waren voller Schlamm.

Und als die Frau noch genauer hinsah, erkannte sie, dass der eine Arm von jenem Etwas dünner war als der andere und dass eine Schulter krumm und eine Hand zu einer Kralle verbogen war. Die Hand sah aus wie der Kopf einer Schlange.

Und die Frau kniete sich hin, vor das Etwas im Kamin, und fragte: Wie heißt du?

Sie lauschte, hörte aber keine Antwort.

Wie heißt du?, fragte sie wieder. Bist du vielleicht das Kind, das verstoßen wurde?

Sie lauschte noch aufmerksamer, doch sie konnte immer noch nichts hören.

Sieh mich an, sagte sie, sag mir, wie nennen sie dich?

Sie legte ihre Hand auf die krumme Schulter, und die Kreatur kauerte sich zusammen, und dann hörte sie etwas.

Chchchchchchchchch.

Das Etwas sah noch schwärzer aus als zuvor, und es fühlte sich unter der Hand der Frau so kalt an wie erloschene Kohle.

Da wurde die Frau sehr wütend.

Komm raus, du kleine Missgeburt, sagte sie, packte das Etwas im Genick und schleifte es aus dem Kamin und zur Tür hinaus ins helle Tageslicht.

Stell dich gerade hin, sagte sie, damit ich sehen kann, was für ein Tier du bist!

Da sah sie, dass es ein kleines Mädchen war. Doch das Mädchen warf ihr einen Blick zu und nahm Reißaus. Die Hühner flatterten auf, die Hunde sprangen beiseite, und die Frau rannte hinterher.

Kleiner Nacktarsch, schrie sie, dich fange ich ein!

Über die Gräben sprang das kleine Mädchen, barfuß über die Steine, durch die Dornen, rund um einen Busch, andersherum um einen Baum, über einen Ameisenhaufen, schneller als ein Kaphase, und die weiße Frau immer hinterher. Und sie rannten und rannten, quer übers Feld, weit über die Brache und die Straße hinunter bis auf den Damm. Da packte die Frau das Mädchen um die Taille und warf es zu Boden.

Das Kind trat, biss, zappelte und hustete, fauchte chchchchch und quietschte, aber die Frau hielt es mit aller Kraft fest und sagte: Jetzt wasch ich dich so weiß wie Schnee!

Sie schleppte sie zum Stausee, tauchte sie hinein und wusch sie mit einem weißen Taschentuch. Das Taschentuch wurde schwarz, und das Wasser wurde schwarz, und das Kind blieb schwarz.

Dich nehme ich heute mit nach Hause, sagte die Frau, dich zähme ich, dich mache ich weiß!

Sie packte sie in einen kleinen Karton, so klein wie eine Uhr, so schwarz wie eine Grille, und sie nahm sie mit über den Berg zum Haus am Fluss mit den zwei weißen Giebeln.

Was ist das denn?, fragte der Mann.

Das ist ein Kind, sagte die Frau.

Es ist ein Stein, sagte der Mann, es ist ein Stück Kohle.

Und die Frau sagte: Wart nur ab, du wirst schon sehen, die krieg ich klein, die krieg ich sauber!

Und die Frau schrubbte, spuckte, fauchte und putzte, rubbelte und rieb, und das Kind wurde zwar nicht weiß, aber es wurde sauber und kam braun wieder zum Vorschein.

Wie heißt du? Hast du keine Zunge, kleines Aschenputtel?, fragte die Frau. Mach den Mund auf!

Aber das Kind wollte nicht sprechen und nicht essen, und es blieb verschlossen wie ein Stein.

Die Frau kniff und schlug es, die Frau drohte und bettelte, die Frau fluchte und schrie und sprang auf und nieder.

Irgendwann war sie vollkommen erschöpft von der Plackerei, schloss das Kind ins Hinterzimmer des Hauses, sank in sich zusammen, legte den Kopf auf die Knie und weinte.

Du dummes Weib!, schimpfte der Mann. Siehst du, jetzt bist du noch unglücklicher als zuvor! Ein böses Kind hast du in unser Haus gebracht, einen Mistkäfer!

Doch die Frau sprach: Wart nur ab, du wirst schon sehen, ich weiß, sie ist gut, sie wird uns noch viel Glück bringen.

Die Frau sägte einen Schlitz in die Tür, und durch die Öffnung pfiff sie dem Kind etwas vor. Den ganzen Tag sang sie Lieder für das Mädchen und spielte ihm auf dem Klavier etwas vor. Sie läutete Glöckchen, schlug auf Stöckchen und tanzte. Sie nähte ihm Kleider, zeigte ihm Schattenspiele, sagte Verse auf und kochte das leckerste Essen. Aber das Mädchen blieb klein, hart und steif und sprach kein Wort. Es kroch lediglich unters Bett oder rollte sich in der Ecke seines Zimmers zu einer Kugel zusammen.

Dann hatte die Frau eines Tages eine Idee. Ich hab dich in einem kalten, pechschwarzen Kamin gefunden. Vielleicht brauchst du ein lebendiges Feuer!

Als die Frau »Feuer« sagte, strahlten die Augen des Kindes wie zwei Morgensterne. Kaum zu glauben: Es sprang auf und ward so emsig wie eine Ameise. Es suchte nach trockenen Gräsern und Papier, das es zerknüllen konnte, es sammelte Zweige und Stöcke, es trug fünf alte Maiskolben herbei und schichtete alles auf einen Haufen. Die Frau brachte drei große Holzscheite, nahm ein Stück glühende Kohle aus dem Herd, legte es unter den Haufen und sagte zu dem Mädchen:

Jetzt blas, mein Kind, so fest du kannst, damit endlich Leben in dich kommt!

Das Kind blies die Wangen auf und pustete und pustete mit aller Kraft, bis irgendwann eine zarte Rauchfahne aufstieg, eine Flamme aufflackerte und der Haufen anfing zu brennen. Es knisterte und knackte, die Funken flogen, die Flammen loderten hoch auf, winkten mit heißen roten Händen und sagten: Komm, Kind, komm! Und tanze und singe, denn aus uns kamst du hervor! Du kommst aus dem Kamin, du kommst aus dem Wind, aus der Glut des Holzes, aus dem rußschwarzen Schornstein, der Funken verschluckt und die Lilie mit Asche besprenkelt, du kommst aus dem Rauch, der die Sonne rot färbt wie Kupfer und den Mond so gelb wie Gold.

Und von diesem Tag an war das kleine Mädchen lieb und brav und ein Kind wie jedes andere Kind, und es wurde auf den Namen »Gut« getauft.

Die Frau brachte ihr Backen, Kochen, Waschen und Bügeln, Fegen und Putzen bei. Sie zeigte ihr, wie man strickte und mit Nadel und Faden umging. Sie lehrte sie lesen und schreiben. Sie band ihr eine Schleife ins Haar, zeigte ihr einen Spiegel und sagte: Siehe, jetzt bist du ein Mensch.

Und sie nahm sie mit in den Wald, ans Meer und auf die Felder, und sie lehrte Gut die Namen der Pflanzen, der Fische, der Tiere, Insekten und Blumen, der Monate und Tage. Sie erklärte ihr, wann es Zeit war zu säen und Zeit zu ernten und wann Lämmerzeit und wann Schurzeit. Sie sang mit ihr Psalmen und Hymnen der Dankbarkeit. Und Gut trug ein rotes Kleid und lernte fleißig und verrichtete alles so gut, dass sie ihrem Namen alle Ehre machte. Sie wuchs heran und trug ein grünes Kleid und wurde stark und hatte gute Manieren und sagte ihre Gebete und aß am Tisch mit dem Bauern und seiner Frau und schlief in ihrem Zimmer am Ende des Flurs. Und jeden Abend erzählte ihr die Frau die Geschichte, wie sie sie aus dem pechschwarzen Kamin gerettet und aus ihr ein Kind im Haus und einen Menschen im Spiegel gemacht habe. Und der Atem der Frau war süß, und ihre Hände auf Guts Kopf waren weich. Und manchmal, wenn der Ehemann die Frau geschlagen hatte, schlüpfte sie in der Nacht in Guts Bett, suchte dort Trost und schlief bei ihr bis zum Morgen.

Doch eines Tages nach sieben Jahren geschah etwas, das alles veränderte. Die Frau erwartete ein eigenes Kind.

Raus, sagte sie zu Gut. Raus aus meinem Haus. Von jetzt an wohnst du in einem kleinen Zimmer draußen auf dem Hof. Nimm deine Sachen! Hier ist ein Koffer! Weg mit dem roten Kleid und runter mit dem grünen! Hier ist eine Schürze, und hier ist eine Haube, halte sie weiß! Hier ist dein Kleid, es ist schwarz, und dort neben dem Hundezwinger ist dein Bett, und hier ist dein Teller und dein Becher aus Email, und von nun an wirst du alleine essen.

Und hier ist dein Buch, aus dem sollst du lernen, wie man einen Bauernhof bewirtschaftet, und hier ist die Bibel. Sorge gut für deine Seele. Und hier ist ein großes weißes Tuch, lern hübsch sticken, damit du dein Zimmer verschönern kannst. Von jetzt an sollst du meine Sklavin sein. Du wirst gegen Lohn für mich arbeiten.

Guts Herz war zutiefst verletzt. Aber nicht für lange, dann wurde es so hart wie Stein und so schwarz wie Ruß und so kalt wie ausgebrannte Kohle. Sie nahm den Koffer voll mit den Sachen des Kindes, das sie einst gewesen war, mit seinen Kleidern, Schuhen und Habseligkeiten, und vergrub ihn tief in einem Loch am blauen Berg jenseits des Flusses. Darüber stapelte sie pechschwarze Steine, trat mit ihren nagelneuen schwarzen Schuhen darauf herum, zuckte mit ihrer krummen Schulter, deutete mit der Schlangenkopfhand darauf und sagte: Jetzt bist du tot, Gut.

Niemand bemerkte etwas von Guts Kummer, denn sie weinte ohne Tränen. Jeden Tag tat sie gewissenhaft ihre Arbeit: fütterte die Hunde, schrubbte den Küchenfußboden, reinigte den Ofen, polierte das Silber, wischte den Tisch blitzblank, wusch die Laken in Seifenlauge, bis sie schneeweiß waren, bügelte sie in messerscharfe Falten und stapelte sie im Wäscheschrank fein säuberlich übereinander. Sie flocht Zwiebeln und stapelte Kürbisse, schlachtete Schafe und rupfte Gänse, schnitt Luzerne mit der Sichel und brachte Blumen aus dem Garten und stellte sie in Vasen, die Rosen, die Lilien, die Gräser.

Und die Frau sprach: Meine Sklavin, deine Arbeit ist gut.

Gut betrachtete die Hände der Frau. Sie hatte sie über dem Bauch gefaltet, der immer dicker und dicker wurde durch das Kind, das sie erwartete. Und ihr Mund war bitter wie Aloe, und ihre Eingeweide waren voll giftiger Galle.

Nach acht Monaten und zwei Wochen setzten vormittags bei der Frau die Geburtswehen ein. Sie sagte zu Gut: Komm mit, ich will zu meiner Mutter fahren auf die andere Seite des Berges. Pack vorsichtshalber alles ein, was ich brauchen könnte, Messer und Schere und Pinzette und Tücher und Handtücher und Wasser und Feuer, denn es kann sein, dass dieses Kind noch vor dem Mittag hinauswill.

Und auf halbem Wege schrie die Frau: Das Kind kommt!

Da bereitete Gut ihr dort unter der hohen Sonne entlang der Straße, wo der Wasserfall schäumt, ein Lager aus schneeweißen Tüchern. Sie goss kochendes Wasser in eine schneeweiße Schüssel und flüsterte zwischen den schneeweißen Beinen der Frau: Komm, kleine Buttermilch, komm, komm, kleine Eukalyptusblume, komm heraus, schneeweißes Lamm meiner Même, komm!

Und die Frau keuchte, und die Frau presste, und die Frau schiss. Und Gut rieb, und Gut zog, und Gut spuckte, und Gut drückte, und die Frau schrie, sie trat um sich, sie betete, und sie fluchte, aber das Kind steckte fest wie ein Schlüssel in einem Schloss.

Hilf mir!, weinte die Frau, grau sind die Klippen, und schwarz ist der Fluss. Gut, ich werde sterben, hilf mir!

Und Gut nahm ein Messer, und sie nahm eine Pinzette und eine Schere, und sie holte tief Luft und schnitt den Bauch der Frau von oben bis unten auf. Und als die Kirchturmuhr jenseits des Berges zwölf Uhr schlug, zog sie den Jungen aus dem Blut und dem Schleim, durchtrennte die Nabelschnur, wusch ihn, wickelte ihn in Tücher und gab ihm einen Namen, den nur sie kannte.

Du-bist-mein, nannte sie ihn.

Er wuchs auf an ihrer Brust, und sie wusch ihn, wenn er schmutzig war, und gab ihm Milch, wenn er durstig war, und rieb sein Bäuchlein, wenn er Blähungen hatte, und kühlte seine Stirn, wenn er Fieber hatte, und wiegte und tröstete ihn, wenn er weinte, und sang ihm vor und kleidete ihn an und zog ihn aus und brachte ihn jeden Abend in ihrem Zimmer im Hinterhof zum Einschlafen, bevor sie ihn zurück ins Haus trug. Sie brachte ihm das Laufen bei, lehrte ihn sprechen, schwimmen und tanzen und fliegen und auf dem gebogenen Horn des Widders zu blasen.

Ich bin eine Sklavin, aber Du-bist-mein, flüsterte sie ihm jedes Mal ins Ohr, bevor sie ihn an seine Mutter übergab.

Und seine Mutter sah zu, wie Gut dem Kind das Laufen und Sprechen beibrachte und ihn im Schwimmen, Tanzen und Fliegen unterrichtete.

Und sie hörte zu, wenn die beiden einander durch das Blasen auf dem Horn verständigten, das Kind und seine Nêne, weit über Vlei und Hügel.

Und jeden Abend erzählte Gut ihm, wie sie ihn zwischen den grauen Felsen am schwarzen Fluss gerettet hatte. Sie sang ihm Reime vor, ließ ihn Rätsel lösen, summte Lieder auf Grashalmen zwischen den Lippen vor dem Feuer in ihrem kleinen Außenzimmer, und mit der Bügeleisenhand zeigte sie ihm Schattenspiele an der Wand.

Und die Frau belauschte sie an der Tür, spähte durch den Schlitz und legte das Ohr ans Schlüsselloch. Sie war eifersüchtig, aber was sollte sie sagen, und was konnte sie schon tun?

Gut fing für den Jungen silberne Fische im Meer und kupferfarbene Frösche im See und zeigte ihm den blauen Schmetterling im Wald. Sie nähte ihm Hosen aus rotem Samt und ein grünes Hemd aus Baumwolle und stickte ihm den guten Hirten und die kluge Jungfrau in Weiß auf seinen Kissenbezug.

Schau, du bist ein Mensch, zeigte sie ihm im Spiegel, und Du-bist-mein.

Und er lachte in ihre Augen und spielte zu ihren Füßen, und er hüpfte an ihrer Hand unter den hohen Bäumen rund um das Haus mit den zwei weißen Giebeln am Fluss hinter dem blauen Berg, und ihr Herz war froh und ihr Inneres erwärmt. Und ihr Groll ließ nach, denn er war das Licht ihres Lebens.

Diese unglaubliche Geschichte. Brüder Grimm und Schauermärchen in einem.

Doch es gab noch eine andere Geschichte.

Die Welt ist groß.

»Sprunghafter, als uns lieb ist, boshafter und fröhlicher als vermutet, unverbesserlich vielfältig.«

Wo hatte ich das her?

»Lautlos kollateral und inkompatibel.«

Das sollte ich ändern. Das Lautlose will ich nicht mehr. Vielmehr sollte mein Leben klangvoll sein, klangvoll kollateral und inkompatibel.

Das Widderhorn will ich auf mein Fensterbrett legen.

Des Knaben Wunderhorn.

Und der Blasebalg wird seinen Platz beim Kaminbock neben der JetEagle finden.

Blæs, blæst – blæs blidt – i blinde,
blæs friskhed til min hyttes bænk
med myge, vege vinde
og regn i sagte stænk.
Blæs, blæst – blæs op – fanfarer,
til natten åbenbarer …

Norden, Süden, ein erstarrtes Intervall, ein Schmetterling auf Filz.

Auf dem Fluginformationsbildschirm nähert sich die blaue Scherbe der Boeing der großen grünen Landmasse Kanadas. Plektrum und Harfe.

Ich schließe meine Augen, um zu schlafen.

GLOSSAR MIT ERKLÄRUNGEN DER AFRIKAANSSPRACHIGEN WÖRTER UND ANDERER BEGRIFFE

Kurze Hinweise zur Aussprache des Afrikaans: Das *g* wird in etwa wie das deutsche *ch* in »lachen« ausgesprochen (außer nach *r*, wie z.B. in *berg*; »Agaat« spricht man also wie »Achaat«), das *u* wie ein stummes *ü*, *oe* wie *u*, *st* spricht man getrennt. Die Verkleinerungsform *tjie* klingt wie *kie*, *eu* wie ein stummes *ö*, das *y* in etwa wie *ei*, *ui* wie *öi*. Doppelte Vokale werden lang ausgesprochen.

Diese Hinweise dienen nur als Lesehilfe und erheben keinen Anspruch auf phonetische Korrektheit.

Afrikaans: eine Tochtersprache des Niederländischen, in Südafrika die zweitwichtigste Landessprache nach Englisch. Daneben gibt es neun weitere Landessprachen. Afrikaans ist die Muttersprache auch vieler Nichtweißer.

Afrikaner: weiße, afrikaanssprachige Südafrikaner

Aitsa (Ausruf): He! Was soll das?

Baas (Afrikaans): Chef, während der Apartheid Anrede der Nichtweißen für weiße Männer

Bakkie: Pick-up, Transporter mit offener Ladefläche

Boetie (Afrikaans): kleiner Bruder, liebevolle Bezeichnung für kleinen Jungen oder jüngeren Mann

Botulismus: bei Rindern tödlich verlaufende Krankheit, die beim Typ C durch mit Kadavern verseuchtes Futter entsteht

Braai: Barbecue, Grillen, sehr beliebt in Südafrika

(Afrikaner) Broederbond: Geheimorganisation der afrikaanssprachigen europäischstämmigen Bevölkerung in Südafrika. Er

war eine Kernzelle für die Einführung und Durchsetzung der Apartheid.

Drahtautos: typisches Spielzeug armer Kinder in ganz Afrika

Droëland: nicht bewässerte Felder und Weiden

Fynbos: Bezeichnung für die vielseitige, mittelmeerähnliche Flora der Kaphalbinsel, die über 8500 Pflanzen umfasst, von denen 6000 nur dort vorkommen

Geloftedag (heute: Tag der Versöhnung): Feiertag am 16. Dezember, an dem einer historischen Schlacht zwischen *Voortrekkern* (s.u.) und Zulus gedacht wird

Großer Treck (s. *Voortrekker*)

Hotnot: abfällige Bezeichnung für nichtweiße Kapbewohner

Kaffer: abfälliges Wort für Nichtweiße

Kleinnooi: junge *Mies* (s.u.)

Meid: nichtweiße Haushaltshilfe

Même: Mama

Meneer (Anrede): Herr

Mevrou (Anrede): Frau

Mieliepap: Maisbrei, s. a. *Pap*

Mies: Anrede für eine (weiße) Frau, insbesondere Arbeitgeberin

Nêne: Kindermädchen

Nooi: *Mies* (s.o.)

NP: Nasionale Party, National Party

Oumies (wörtl. »alte Misses«): gleiche Bedeutung wie *Ounooi* (s.u.)

Ounooi (wörtl. »alte Herrin«): allgemein respektvolle Anrede für die ältere Frau, die in irgendeiner Form das Sagen hat

Pap: Maisbrei (vgl. *mieliepap*, s.o.), wird überall im südlichen Afrika gegessen

Sarie: afrikaanssprachige Frauenzeitschrift

Stapel: zusammenhängende Haarbüschel im Schafsvlies

Vaalafval: Gericht aus Kopf, Magen und Füßen eines Schafes

Veld (Afrikaans): offene, unbebaute Landschaft

Vetkoek: kleines, ungesüßtes Schmalzgebäck

Vlei: ein Stück tief liegendes Land, das während der Regenzeit mit Wasser bedeckt ist

Voortrekker: die afrikaanssprachigen Bewohner der Kapregion, die nach der britischen Annexion der Kapkolonie 1835 im Großen Treck (s.o.) in Richtung Norden auswanderten und dort die Burenrepubliken (Transvaal, Oranje-Freistaat, Natal und einige kleinere Staaten) gründeten

Vygies: eine Sukkulente (*Mesembryanthemum*)

DANKSAGUNG

Ich danke der Universität Stellenbosch für die praktische und finanzielle Unterstützung, die die Entstehung dieses Buches ermöglicht hat, insbesondere den Professoren Izak van der Merwe, Hennie Kotzé, Johan Groenewald, Walter Classen, Fritz Ponelis und Louise Viljoen. Mein Dank gilt außerdem Lou-Marié Kruger für ihre scharfsinnigen Anmerkungen während des Schreibprozesses und ihre tagtägliche Unterstützung, Hennie Scholtz für die Sorgfalt, den Humor und die Sympathie, mit der sie das Leben mit diesem Buch hingenommen hat, sowie folgenden Personen, die mich mit wertvollen Empfehlungen unterstützt haben: Michiel Heyns, Ina Gräbe, Hannes van Zyl, Henning Snyman, Ena Jansen, Siegfried Huigen, Riet de Jong-Goossens sowie Dion und Hanlie Naudé. Ferner danke ich Hanna Botha, Tertius Kapp, Everhard van Niekerk und meinen Eltern Jack und Marie van Niekerk, die mir dabei geholfen haben, schwer erhältliche Informationen zu beschaffen. Und schließlich danke ich Diane Schneider, die mich von Anfang bis Ende aufrecht gehalten hat.

In diesen Roman sind zahlreiche Zitate eingeflossen, unter anderem Verse aus »Cut Grass« und »Church Going« von Philip Larkin, aus »Über allen Gipfeln« von Johann Wolfgang von Goethe sowie aus »Natteregn« von Nis Petersen, das 1971 von Jørgen Jersild als Teil des Liedzyklus »Tre romantiske korsange« vertont wurde, ein Vers aus »Frauenliebe und -leben« von Robert Schumann und Adelbert von Chamisso sowie eine Liedzeile aus »Will you remember« aus dem Film »Maytime« (Sigmund Romberg und Rida Johnson Young).